HEYNE

Das Buch

Dies ist die Geschichte der jungen Priesterin Freya, die um ihr Volk und ihren Glauben kämpft. Und es ist die Geschichte von Thor, dessen Vater Odin ihn zu einer grausamen Entscheidung zwingt. Eine Geschichte von Liebe und Krieg und von drei außergewöhnlichen Frauen, deren Mut den Lauf der Welt verändert.

Als Odin und sein barbarischer Stamm in das Gebiet der Vanen eindringen, sieht deren Königin Åse nur einen Ausweg – Krieg. Während eines Feldzuges gelingt es Åses Tochter Freya, Odins Sohn Thor gefangen zu nehmen. Doch dann geschieht das Unfassbare: Zwischen der jungen Priesterin und dem Krieger entwickelt sich eine verhängnisvolle Liebe. Als Åse voller Zorn die eigene Tochter zum Friedenspfand macht, ergreifen Freya und Thor die Flucht. Doch Odins Arm reicht weit, und er lässt die beiden an seinen Hof bringen, wo ihre Liebe inmitten von Verrat und Intrigen einer schweren Prüfung unterzogen wird. Bis Freya erkennt, dass sie, Tochter einer Königin und Priesterin der Mondgöttin, ihren eigenen Weg gehen muss – für sich und die Zukunft ihres ungeborenen Kindes ...

Die Autorin

Die Schwedin Johanne Hildebrandt arbeitete als Bahnhofsvorsteherin, bevor sie erfolgreich eine Journalistenlaufbahn einschlug. Seit 1991 berichtet sie zudem als Auslandskorrespondentin aus den Krisengebieten der Welt und ist für eine der größten skandinavischen Tageszeitungen tätig. Ihre große Saga über die nordischen Götter, »Tochter der Mondgöttin«, ist ihr erster Roman und machte sie auch als Autorin weit über die Grenzen Schwedens hinaus bekannt.

Johanne Hildebrandt

Tochter der Mondgöttin

Roman

Aus dem Schwedischen von
Gabriele Haefs

Deutsche Erstausgabe

WILHELM HEYNE VERLAG
MÜNCHEN

Titel der Originalausgaben:
SAGAN OM VALHALLA:
FREJA
IDUN
SAGA FRAN VALHALLA

FSC
Mix
Produktgruppe aus vorbildlich
bewirtschafteten Wäldern und
anderen kontrollierten Herkünften

Zert.-Nr. SGS-COC-1940
www.fsc.org
© 1996 Forest Stewardship Council

Verlagsgruppe Random House FSC-DEU-0100
Das FSC-zertifizierte Papier *München Super* für Taschenbücher aus dem
Heyne-Verlag liefert Mochenwangen Papier.

Deutsche Erstausgabe 10/2006
Redaktion: Birgit Groll / Natalja Schmidt

Printed in Germany 2006
Umschlaggestaltung: Nele Schütz Design, München
Satz: Buch-Werkstatt GmbH, Bad Aibling
Druck und Bindung: GGP Media GmbH, Pößneck

ISBN-10: 3-453-52249-4
ISBN-13: 978-3-453-52249-7

http://www.heyne.de

Die Priesterin

1

Es war still, viel zu still. Keine bellenden Hunde, keine lachenden Kinder, keine Stimmen. Freya fröstelte und zog ihren Umhang fester über der Brust zusammen.

Der Wind jagte eine Staubwolke über den Hof. Das Tor des leeren Gartens schlug hin und her. Auf den Feldern lagen die Halme am Boden.

Keine Menschen, keine Tiere.

Die Angst wand sich in ihrem Magen wie eine kalte Schlange.

Was im Namen der Göttin war diesen Menschen widerfahren?

Das Langhaus war nicht gerade groß, knapp achtzehn Schritte lang. Es war auf die alte Weise gebaut und das Strohdach reichte fast bis auf den Boden.

Sie wusste, dass die Antwort dort liegen musste.

Neben der Tür lag eine zerbrochene Urne. Dunkelrote eingestaubte Beerengrütze breitete sich zu Freyas Füßen aus.

Eine frische Blutlache vermischte sich damit. Freya zitterte und trat einen Schritt zurück. Der Wind wurde jetzt stärker. Er riss an ihren Zöpfen und packte eine Haarsträhne, die immer wieder gegen ihre Wange schlug. Sie spürte es nicht.

Zwei lange Blutspuren zogen sich von der Lache bis zu der grob zurechtgehauenen Tür. Ein langer Speerschaft war gegen die Tür gerammt worden, so dass sie von innen nicht geöffnet werden konnte.

Jetzt wusste sie.

Sie streckte die Hand aus und entfernte den Speer behutsam.

Die Tür öffnete sich mit leisem Knarren. Freya betrat das Langhaus. Grauschwarzer Rauch quoll ihr in dicken Wolken entgegen. Er stach in ihrer Lunge, und sie krümmte sich hustend zusammen, während ihr die Tränen über die Wangen liefen. Sie wollte nichts sehen, wollte nicht mehr wissen, aber etwas zwang sie dennoch auszuharren.

Plötzlich hörte sie aus dem Inneren des Hauses ein Geräusch. Die Unterwelt schien sich geöffnet zu haben und das Zischen des wütenden Feuers machte Freya noch größere Angst. Sie schluchzte auf und starrte in die graue Dunkelheit. Ein magerer Mann lag ein paar Schritte weiter auf dem Bauch. Er war nur mit einem Leibschurz bekleidet. Sein wettergegerbter Rücken glich einer blutenden Wunde. Irgendwer hatte in wahnwitzigem Zorn auf ihn eingestochen, wieder und wieder. Durch die blutigen Fleischfetzen hindurch waren weiße Knochen zu sehen. Freya bohrte die Nägel in die Handfläche, der Schmerz vertrieb die drohende Ohnmacht und sie zwang sich, den Blick zu heben und noch mehr zu sehen.

Überall lagen Tote: Frauen, Kinder, Männer, Gesinde. Ein Riese schien sie erschlagen und danach auf den Lehmboden geschleudert zu haben.

Bei der Feuerstätte lag eine Frau mit gespaltenem Gesicht, ihre weiße Brust fiel aus dem zerfetzten Kleid. Neben ihr starrten drei kleine Kinder, alle fast gleich groß, Freya aus toten Augen an.

Ein kleines Mädchen hielt noch immer ein aus Stroh geflochtenes Pferd in der Hand. Sicher hatten sie in ihrer Angst bei der Mutter Schutz gesucht, als die Mörder über sie hergefallen waren. Vergeblich.

Der Rauch wand sich um die kleinen Körper, das Feuer loderte über den Schlafbänken auf. Bald würde das ganze Langhaus von den Flammen verschlungen werden.

Eine blonde Frau lag halb unter einer Schlafbank, offenbar hatte sie sich darunter verstecken wollen. In ihren Armen hielt sie einen Säugling. Ihre Haare fluteten wie Mondlicht über das tote Kind. Die Flammen hatten ihre Kleidung bereits erfasst, sie suchten ihr Gesicht, umzüngelten ihren Körper.

Plötzlich war das Feuer überall. Es schlug über den Toten zusammen, fraß sie, verzehrte sie.

Freyas Magen krampfte sich zusammen.

»Göttin, erbarme dich!«

Sie wischte sich mit dem Ärmel über den Mund und starrte in die

Flammen. Nie in ihrem Leben hatte sie etwas dermaßen Entsetzliches gesehen!

Gleich darauf wurde sie selbst vom Feuer erfasst. Die Flammen schlugen über ihrem Körper zusammen, umzüngelten ihn, sengten ihre goldenen Haare weg. Sie hob das Gesicht und schrie, nicht vor Schmerz, denn das Feuer konnte ihr nichts anhaben, sondern in Trauer und ohnmächtigem Zorn.

Und dann griff das Feuer von Freya auf Vanaheims Felder und schließlich auf die ganze Welt über. Die Flammen loderten bis zum Himmelsgewölbe auf und alles war nur noch Zerstörung.

Voller Panik fuhr Freya hoch und schlug mit den Händen um sich. Sie musste das Feuer löschen. Weg. Es musste weg!

»Ganz ruhig. Alles ist in Ordnung.«

Die beruhigende Stimme holte sie ein wenig in die Wirklichkeit zurück. Wo war sie nur? Plötzlich leuchteten in der Dunkelheit Gullveigs silbrige Haare auf.

Freya starrte ihre Tante verständnislos an und kämpfte noch immer mit dem Entsetzen. Es war nur ein Traum gewesen. Sie war in Sicherheit.

Ihr Herz machte wilde Sprünge. Sie hob die Hände und rieb sie an ihren tränennassen Wangen, während sie verzweifelt versuchte, wieder zu sich zu kommen.

Sie war zu Hause.

Freya lag auf ihrer Schlafbank in der Halle der Priesterinnen. Eine Schulter war gegen die Lehmwand gepresst, aus der einige Strohhalme herausragten und in ihren Arm stachen. Unter dem Strohdach konnte sie die dunklen Spinnweben ahnen. Ihr Ranzen hing an einem Balken. Er pendelte langsam vor der geflochtenen Schilfwand hin und her, die ihr Lager von dem ihrer Nachbarin abtrennte. Ihr Hemd klebte an ihrem schweißnassen Leib.

Hier gab es nirgendwo Feuer.

Ein Schnarchen auf der anderen Seite des Ganges ließ sie den Kopf wenden. Njörunn lag auf dem Rücken und ihr Arm hing schlaff von der Bank herab.

Hatte sie nicht geschrien? Auf jeden Fall schien keine der anderen aufgewacht zu sein. Freya schüttelte gereizt den Kopf. Alles war so verwirrend.

Vorsichtig legte sie sich wieder hin und schaute in die Augen der alten Frau.

»Es tut mir Leid, dass ich dich geweckt habe, Tante.«

Sie erkannte ihre eigene Stimme nicht, die jämmerlich und dünn klang, wie die eines kleinen Mädchens. Gullveig gab keine Antwort, sondern streichelte nur ihre Haare. Freya packte die Hand der alten Frau und klammerte sich daran, als sei sie ein kleines Boot im Sturm und Vanaheims Hohepriesterin eine geborgene Bucht, in der sie Schutz suchen konnte.

»Hast du eine Warnung erhalten?«

Es war eine Feststellung, keine Frage.

Freya nickte, die Traumbilder tanzten vor ihren Augen, so lebendig, dass sie wieder zu zittern begann.

»Sie waren tot … und verbrannten. Etwas ist passiert oder wird passieren. Wir müssen ihnen helfen!«

Gullveig legte die Hand auf die Stirn ihrer Pflegetochter und nickte stumm. Eine wohltuende Wärme breitete sich in Freyas Körper aus.

Angst und Albtraum wichen.

Als Freya wieder ruhig atmete, zog Gullveig ihre Hand zurück, woraufhin Freya sich wie ein kleines Kind zusammenrollte, den Kopf auf das Knie der alten Frau legte und den vertrauten Duft von Erde und Rauch in sich einsog.

»Erzähl jetzt«, sagte Gullveig leise.

Freya erklärte so gut sie konnte. Jedes Wort brannte in ihrer Kehle, als sei der gierige Rauch Wirklichkeit gewesen, kein Traum. Gullveig hörte schweigend zu. Als Freya fertig war, saß sie still da und schaute ins Dunkel.

»So etwas Schreckliches habe ich noch nie gesehen«, sagte Freya mit weher Stimme.

»Mach dir keine Sorgen«, erwiderte Gullveig gelassen.

Die alte Frau war betroffener, als sie zugab. Es gab schon lange

Anzeichen für das Unheil, das Vanaheim widerfahren würde. Das Gewebe der Nornen näherte sich der Vollendung. Freyas Zeit war gekommen. Gullveig strich eine von Freyas blonden Haarsträhnen beiseite und seufzte.

»Unerbittlich verrinnt die Zeit.«

Freya hob den Kopf und schaute ihr ins Gesicht.

»Wie meinst du das?«

»Du zähltest erst fünf oder sechs Sommer, als du zu mir gekommen bist. Du warst ein ernstes kleines Mädchen, und jetzt bist du erwachsen und eingeweiht«, sagte Gullveig.

»Das weiß ich noch. Ich hatte das Gefühl, endlich nach Hause zu kommen.«

Gullveig sah das kleine Mädchen vor sich, das Freya einst gewesen war, die Tochter der Königin Åse.

Das Mädchen hatte geweint und gejammert bei den Übungen, durch die sie später gelernt hatte, ihre Kraft zu kontrollieren. Gullveig war ihr gegenüber hart gewesen, hatte sich bei der Unterweisung nicht erweichen lassen, denn die Geister hatten sie zur Eile gemahnt. Für eine junge Priesterin gab es so viel zu lernen.

»Findest du, dass ich dich zu hart angefasst habe?«

Freya schüttelte den Kopf.

»Nein, ich wusste doch, dass das sein musste.«

Gullveig lächelte traurig, und die alte Unruhe erwachte zum Leben.

Freya war für ein großes Schicksal geboren, aber nicht einmal Gullveig konnte sehen, welche Zukunft auf die Pflegetochter wartete. Die Nornen hatten das Lebensgewebe der jungen Frau versteckt. Vielleicht, weil wie bei allen großen Seherinnen die Gefahr bestand, dass Finsternis und Wahnsinn drohten, ihre Sinne zu verschlingen, ehe sie ihre volle Kraft erreicht hatte. Und Freya würde noch lange brauchen, ehe sie ihre Fähigkeiten beherrschte. Vielleicht würde sie sterben und deshalb ihr Lebenswerk nicht vollenden können.

Gullveig seufzte. Wenn sie es doch nur wüsste. Freya stand am Anfang ihres Lebens, während Gullveig selbst sich nach dem Nachleben sehnte. Feuchtkalte Winter hatten ihren Körper zerfressen. Ihre Knie schmerzten und waren geschwollen. Sie konnte nicht einmal mehr richtig sehen, der Nebel vor ihren Augen ließ alles trübe und grau werden. Dennoch verlangte die Göttin, dass sie weitermachte. Vielleicht würde das Zeichen, ihren Umhang zu übergeben, erst erfolgen, wenn Freya ihren Platz einnehmen konnte. Sie hoffte von Herzen, dass das bald der Fall sein würde.

»Ruh dich jetzt aus«, sagte Gullveig und streichelte ein letztes Mal den Kopf ihrer Pflegetochter.

»Ja, Tante.« Freya ließ sich wieder auf ihr Lager sinken.

»Morgen deuten wir die Zeichen. Wir werden schon einen Rat finden«, flüsterte Gullveig und stöhnte auf, als der Schmerz ihre Hüfte packte. Mit schweren Schritten schleppte sie sich zu ihrem Lager.

Freya lag auf ihrer Bank und kämpfte gegen das Verlangen, hinterherzulaufen und zwischen Gullveigs Felle zu schlüpfen, wie sie das als Kind getan hatte. Aber jetzt war sie erwachsen und musste dankbar dafür sein, dass die Hohepriesterin sich die Zeit genommen hatte, zu ihr zu kommen. Gullveig hatte ihr schon lange nicht mehr so viel Zärtlichkeit erwiesen.

Das Stroh raschelte, wenn eine der Priesterinnen sich im Schlaf umdrehte. Freya lag still auf ihren Fellen und schaute zu den Schatten des Strohdachs hoch. Sie war hellwach und würde nicht wieder einschlafen. Jemand hustete in der Dunkelheit, ein trockener, reißender Husten, der die schlafende Lunge quälte.

Plötzlich merkte Freya, dass sie dringend musste. Sie stand auf. Der harte Boden war kalt unter ihren bloßen Füßen, als sie vorsichtig zwischen Stoffbündeln, Schemeln und anderen auf dem Boden liegenden Gegenständen ihren Weg suchte.

Die Doppeltür ächzte, als Freya auf den Hofplatz hinausschlüpfte. Schwere Nebelschwaden zogen langsam über das Feld. Freya murmelte einen respektvollen Gruß für diese Disen, die Nebengöttinnen, die über die Hallen wachten.

Das Langhaus auf der anderen Seite des Hofplatzes ragte als Schatten auf. Die Hütten dahinter waren fast nicht zu sehen.

Aber die uralte Eiche mitten auf dem Hofplatz streckte ihre knorrigen Äste in die verfliegende Nacht. Flüchtige Disen schmiegten ihre feuchten Finger an den groben Stamm des Weltenbaumes. Alles war still.

Freya lief zu dem Wäldchen hinter dem Totenhaus hinüber. Dort ging sie in die Hocke. Sie sog den vertrauten Geruch ein. »Alles ist wie immer«, sagte sie sich und schaute hinaus auf das endlose Meer, das sich unterhalb der Anhöhe ausbreitete. Das Licht der Dämmerung zeigte sich im Westen als vages Versprechen. Bald würde der Tag da sein, der erste nach der Frühlings-Opferfeier.

Plötzlich nahm Freya ihre Körpergerüche wahr, Schweiß und den herben Geruch, der der Vereinigung mit Vidar entstammte. Ihre Oberschenkel waren bis hinunter zu den Knien verklebt.

»Komm doch«, flüsterte der Bach Johka, der sich perlend zwischen Bäumen und Moos seinen Weg suchte. Freya streifte das Hemd über ihren Kopf und suchte nach ihren Erinnerungen an das Fest. Der Warntraum der Nacht hatte alles Wunderbare des Vortags vertrieben. Wie hatte sie das vergessen können?

An diesem Tag hatte sie mit der Göttin getanzt. Zusammen mit ihren Schwestern hatte sie dem Boden Wachstumskraft und Leben geschenkt.

Freya kniff die Augen zusammen und lächelte, als sie sich die Bilder noch einmal vor ihr inneres Auge rief. Sie sah, wie Gullveig das Messer hob und den Hals des Hengstes aufschlitzte. Wie das pulsierende Blut über den Opferaltar strömte.

Die segensreiche Kraft hatte sie erfüllt. Sie war um den Steinaltar getanzt, aufgepeitscht vom ekstatischen Schlag der Trommeln, und die dunklen Töne der Bronzeluren hatten dieselben Mächte angerufen. Das dunkle Hengstblut flutete über die Steinplatten, seine Macht verbreitete sich in langsamen Stößen über die Opferstätte und weiter über die Insel, wo sie Feldern, Tieren und Menschen Lebenskraft schenkte.

Göttin und Gott vereinigten sich in einer Lichtkaskade auf dem von Blut überströmten Altar. Das heilige Paar, Gullveig und Freyr, der Hohepriester der Alfen, segnete Vanaheim.

Vidar hatte an ihrer Seite gestanden, aber er war es doch nicht gewesen. Der Zwillingsgott hatte seinen Körper übernommen. Die Göttin sang in Freyas Blut, gesegnete Kraft schärfte ihre Sinne.

Am Ende war sie unter ihrem Gott zu Boden gesunken und Vidar hatte seinen Samen in die heilige Ackerfurche verströmt.

Damit war das Opfer vollendet gewesen.

Freya lächelte, als sie vorsichtig zwischen den glatten Steinen in den Bach stieg. Das Wasser umschloss sie und stach wie mit kleinen Nadeln in ihre Haut. Sie schauderte zusammen und merkte, wie ihr Leib sich mit Gänsehaut überzog. Nach einigen tiefen Atemzügen hatte sie sich daran gewöhnt und ihre Muskeln entspannten sich.

Wo mochte Vidar jetzt sein? Ob er zusammen mit seinen Brüdern schlief? Sie brauchte nicht einmal die Augen zusammenzukneifen, um sein Gesicht vor sich zu sehen. Er war so schön, sein Körper so geschmeidig, schlank und doch so stark.

Sie sprachen fast nie miteinander und sahen sich nur zu den Ritualen. Vielleicht war das ja gut so. Vielleicht würde er sich als Enttäuschung entpuppen, wenn sie ihn besser kennen lernte.

Freya nahm eine Hand voll Kies vom Bachboden auf.

Es war sicher besser, wenn mit Vidar alles so blieb, wie es war. Mit raschen Bewegungen rieb sie die letzten Reste des Opferfestes von ihren Oberschenkeln. Es brannte, als die schimmernden Kieskörner über ihre weiche Haut schrammten.

Dann schlich sich der Warntraum wieder in ihr Bewusstsein.

»Aber ist es nicht seltsam, dass ich nach dem Opferfest so etwas träume?«, fragte sie den Bach.

»Hüte dich, halte den Traum von dir fern, bis der Tag gekommen ist«, mahnte er.

Freya nickte. Im Wechsel zwischen Nacht und Tag war es wichtig, sich nicht für schwermütige Gedanken zu öffnen. Die nächtlichen Mächte der Finsternis könnten verharren und sich in ihrem Inneren einnisten. Es wäre nicht das erste Mal.

Sie wollte nicht so werden wie die unverständige Orga, die sie im Wald aufgegriffen hatten, nachdem sie in die Dunkelheit hinausgeschlichen war. Jetzt saß sie mit leerem Blick auf ihrem Lager und stieß ab und zu einen Schrei aus, der in ihnen allen das Blut gefrieren ließ. Wer wusste, in welcher Welt Orga lebte?

Freya erhob sich fröstelnd und zog ihr Hemd wieder an. Es klebte an ihrem Körper, als sie zur Halle zurücklief. Doch statt zu ihren schlafenden Schwestern zurückzukehren, trat sie hinter das Langhaus und setzte sich an die Wand. Sie musste eine Weile mit ihren Gedanken allein sein. Als sie sah, wie die Disen auf dem endlosen Meer ihren Morgentanz aufführten, lächelte Freya traurig und streichelte die schwarzen Schlangen, mit denen ihre Arme tätowiert waren. Sie war der Mondgöttin persönlich geweiht. Wenn ihrem Volk Unheil widerfuhr, musste sie fest bleiben und die Zeichen so deuten, dass Vanaheim überlebte. Das war ihre Pflicht, und das gab ihr Kraft.

Die Dämmerung war jetzt nah, die Vögel begrüßten den neuen Tag. Es war so hell, dass Freya ihren Traum deuten konnte. Sie schloss die Augen und ließ alle Gedanken aus ihrem Kopf strömen.

Der Traum war ein Vorzeichen, aber er gehörte nicht zu denen, die den Tod eines nahe stehenden Menschen ankündigten. Wie die Warnungen, die sie als Mädchen nachts schreiend aus dem Schlaf gerissen und die die Priesterinnen zu ihrem Lager getrieben hatten, um bei der Deutung zu helfen. Mit diesen Vorzeichen hatte sie zu leben gelernt.

Nein, das hier war viel schlimmer. Die Bilder der brennenden Menschen tanzten vor ihren Augen. Der Gestank von Rauch und verbranntem Menschenfleisch quälte ihre Nase.

Die Antwort stellte sich rasch ein. Sie brauchte keine Hilfe, um diese Botschaft zu deuten, keine singenden Seherinnen, die ihre magischen Knochen warfen, um flüchtigen Disen eine Antwort zu entlocken.

Freya wusste, was ihr Traum bedeutete.

Es war der Anfang vom Untergang ihres Volkes. Erschüttert schlang sie die Arme um ihre Knie und krümmte sich zusammen. Konnte das denn wirklich möglich sein?

Wann würde es geschehen? Und warum? Sie seufzte und schmiegte die Stirn an ihre Knie.

Wenn sie doch nur mehr gesehen hätte. Dann könnte sie diesen armen Menschen vielleicht helfen. Aber diese verdammten Träume mit den dunklen Bilderfetzen aus der Zukunft gaben nie die Antwort, die sie brauchte. Sie vernahm nur leises Flüstern über Entsetzen und Tod. Immer Tod. Sie wünschte sich so sehr, von diesen Bildern befreit zu werden. Wie schön müsste es sein, so frei zu sein wie die anderen jungen Frauen in Vanaheim! Die zum Opferfest gehen und die Geschichten der Erzähler anhören, die lachen und ihr Leben leben konnten, ohne irgendetwas zu wissen. Wie schön musste es sein, so frei zu leben!

Aus dem Kochhaus hörte sie ein Rascheln. Die Mägde waren aus ihren Hütten unten am Hang gekommen, um den Morgenbrei für die Priesterinnen zu kochen. Das vertraute Scharren des Laufsteins über den Mahlstein war schwach über den Hofplatz zu hören. Das rosa und blaue Himmelsgewölbe kündigte den Moment an, in dem die Sonnengöttin in ihrem von goldenen Pferden gezogenen Wagen vorbeijagen würde.

Hinten vom Wäldchen klang leiser Gesang herüber, mit dem die Priesterinnen den neuen Tag willkommen hießen. Freya ließ sich zurücksinken und stimmte leise in das fröhliche Ritual ein. Vanaheims Strohdächer leuchteten jetzt unten im Tal auf. Die Göttliche erhob sich aus ihrem Heiligtum.

Dunkelheit wich Licht und Ruhe, denn die Sonnengöttin hatte den neuen Tag gebracht. Freya dankte für diesen Segen.

Dann mischte sich etwas anderes unter den Gesang der Priesterinnen und der Vögel. Ein Grußsignal. Freya schaute aufs Meer hinaus. Im verfliegenden Morgennebel konnte sie zwei kleine Boote erkennen. Die Ruder peitschten die Wasseroberfläche, offenbar hatten sie es eilig.

Der Klang der Hörner rollte über das Wasser, ein langes Signal antwortete, und damit waren die Boote in der Bucht von Vanaheim willkommen.

Doch dann traf die Vorahnung Freya wie ein Schlag in die Magengrube. Schluchzend krümmte sie sich zusammen und betete um Kraft und Hilfe. Aber alles hatte schon angefangen.

Trygve, der Häuptling von Hallunda, ließ sein Horn sinken und griff nach dem Mast. Die vier Ruderer steigerten unbewusst ihr Tempo, denn sie waren todmüde und sehnten sich nach etwas Ruhe im Hafen.

Trygve warf einen Blick zurück, das Boot mit den Waren folgte ihnen noch immer.

»Nur noch ein paar Schläge«, rief er und musterte besorgt Vanaheims Höfe, die sich am Ufer ausbreiteten. Hinter den Häusern ragten drei Bergkuppen auf, und auf der höchsten, der in der Mitte, thronte ein riesiges Langhaus, Königin Åses Halle.

In der Bucht wimmelte es nur so von fremden Booten, sie gehörten Händlern, die zum Opferfest gekommen waren. Sie glitten an einem Salzschiff aus dem Süden vorbei und dann scharrte der Kiel endlich über den Sandboden. Müde ließen die Männer ihre Ruder sinken.

Mit einem Sprung hatte Trygve das Ufer erreicht. Er rückte die Axt in seinem Gürtel gerade und machte sich mit zielstrebigen Schritten auf den Weg.

Einige Köpfe lugten aus den Hütten am Strand. Die Händler blickten aufmerksam von ihren Fellen und Stoffbündeln auf. Helle Gesichter vom Ostmeer, dunkle Männer aus dem Norden mit ihren Schmuckstücken aus Bein, ihren Zaubertrommeln und ihren Fellen von unbekannten wilden Tieren, sie alle starrten neugierig. Aber niemand sagte auch nur ein Wort.

Nur der Alte, der sie mit dem Horn willkommen geheißen hatte, wagte es, sich Trygve in den Weg zu stellen.

»Warum kommt ihr Leute aus Hallunda erst jetzt? Das Opferfest ist doch vorbei«, sagte er und kniff prüfend die Augen zusammen. Sein braunes Wams war verschmutzt und er hatte nicht mehr viele Zähne im Mund.

»Ich muss dringend mit Königin Åse sprechen.«

»Ach, und was ist passiert?«

»Das ist nicht für deine Ohren bestimmt«, sagte Trygve und lief rasch weiter über den Weg, der sich den Hang hochschlängelte.

Er kam an mehreren Langhäusern mit Zäunen und Pferchen

für Schweine, Kühe und Schafe vorbei. Ein kleiner magerer Knabe scheuchte rasch seine Ziegen vom Weg, als er den mit eiligen Schritten näher kommenden Trygve erblickte. Die Frauen und Männer, die schon auf die Felder gegangen waren, um vor der Nachmittagshitze mit der Arbeit fertig zu sein, riefen ihm hinterher:

»Was ist passiert, Hallundamann?«

»Bringst du schlechte Nachrichten?«

Trygve gab keine Antwort, zog nur den Kopf ein und lief weiter. Sein Umhang umflatterte ihn wie schwarze Rabenflügel.

Bald hatte er den wegen seiner Schönheit sagenumwobenen Hof der Königin erreicht. Die tüchtigsten Bildritzer der Insel hatten die dunkelgelben Lehmwände mit Bildern von Opferfeiern, Beisetzungen, Schiffen, Göttinnen und Göttern geschmückt. Die Bilder glühten träge in der Morgensonne.

Trygve trat vor die verschlossene Doppeltür und betrachtete düster das in das dicke Holz eingeschnitzte Wappen der Königin: zwei Schlangen, die sich um einen Wildschweinkopf wanden.

Er atmete tief durch, fuhr sich dann mit der Hand über seinen geflochtenen Bart, rückte die Axt in seinem Gürtel gerade und klopfte an.

Zwei Herzschläge später öffnete eine rundliche ältere Frau und musterte ihn mit gereizter Neugier.

»Was führt dich denn so früh her?«, fauchte sie, ohne auch nur zu bemerken, dass Trygve immerhin ein Häuptling war, der Achtung und Respekt verlangen konnte.

»Führe mich sofort zur Königin«, sagte er, mit einer Stimme, die großartiger klang, als er sich fühlte.

»Sie kann jetzt noch keinen Besuch empfangen.«

»Aus dem Weg, Frau, meine Botschaft duldet keinen Aufschub!«, brüllte Trygve.

Die Frau musterte ihn misstrauisch, dann zuckte sie mit den Schultern.

»Na gut. Dann komm«, sagte sie mürrisch.

Er folgte ihr in die riesige Halle, die sicher über fünfzig Schritte lang und voller Schönheit und Pracht war. An den Lehmwänden zeigte ein großes Wandgemälde, wie die Göttin die Vanen vor der großen Katastrophe warnte und ihren Schiffen den Weg nach Vanaheim zeigte. Es wurde beleuchtet von zwei Fackeln, die in verschlungenen, an den Wänden befestigten Sonnenspiralen steckten.

Daneben hingen die bronzenen Prachtschilde, die mit den Spiralmustern der Sonnengöttin und der Ewigkeit verziert waren. Die Schilde fingen das Licht der Fackeln ein und jagten Fäden aus gesponnenem Gold durch den Raum.

Der Boden war mit Wildschwein-, Wolfs- und Bärenfellen ausgelegt. Gewaltige Elchsgeweihe hingen von den Balken. Es gab sogar einen aus Holz geschnitzten Hochsitz mit bronzenen Sonnenrädern als Füße.

Trygve blieb stehen und schaute sich mit großen Augen um. Zum ersten Mal besuchte er die Königin, und er hatte nicht gewusst, dass ihr Reichtum so groß war. Dort vor der hölzernen Querwand sah er den Thron der Königin, verziert mit Drachen, Schlangen, Göttinnen und verschlungenen Rankenmustern, die in leuchtenden Farben bemalt waren. Über der hohen Rücklehne schwebte das Wappen von Vanaheim. Er hatte von den Skalden Lieder über diesen Hochsitz gehört, und sie hatten nicht übertrieben. Es war wirklich das Schönste, was er je gesehen hatte.

»Glotz nicht, sondern komm mit.«

Trygve zuckte zusammen und folgte der Frau, die an die Feuerstätte vor dem Hochsitz trat.

Dort saßen Königin Åse und Göndul, die Quänenkönigin, und aßen ihren Morgenbrei aus Holznäpfen.

Åses Haare fielen ihr offen über die Schultern und sie trug ein schlichtes gelbes Gewand, was sie jung und unschuldig aussehen ließ. Sie blickte Trygve und die Magd fragend an.

»Was ist los, Beilja?«

Während sie sprach, verloren sich ihre weichen Züge und sie nahm ihre königliche Haltung an.

»Er wollte sich nicht abweisen lassen. Hat gesagt, es sei eilig«, sagte die mürrische Magd.

Åse schaute Trygve forschend an und wandte sich dann wieder an Beilja.

»Trag das Beste auf, was das Haus zu bieten hat, und sorge dafür, dass seine Leute keine Not leiden.«

Beilja nickte und verschwand mit großen Schritten hinten in der Halle. Trygve blieb stehen, denn er wusste nicht so recht, wie er sich jetzt verhalten sollte.

»Willkommen in meiner Halle, Trygve aus Hallunda. Du bringst schlechte Kunde«, stellte Åse fest und schob sich mit Daumen und Zeigefinger noch ein wenig Brei in den Mund.

Er nickte und fuhr sich nervös über den Bart.

»Dann heraus damit«, sagte Åse, stellte ihren Napf ab und beugte sich vor, um besser hören zu können.

Trygve erzählte mit leiser Stimme. Danach schickte Åse ihn fort. Lange blieb sie stumm und nachdenklich sitzen und starrte das Schwert Sigil an, das über ihrem Hochsitz hing. Dieses zierliche Schwert war in acht Generationen von Königin zu Königin weiter vererbt worden. Sein einziger Zweck bestand darin, Vanaheim zu schützen.

»Bald wirst du es von der Wand nehmen müssen«, sagte Göndul, schlug die Arme übereinander und schaute zu dem Schwert hoch.

Sie war in ein Gewand aus weichem Seehundsfell gehüllt und hatte sich das Zeichen der Meeresgöttin Ran auf die Stirn tätowieren lassen. Um ihren Hals trug sie ein prachtvolles Halsband aus Wolfs- und Bärenzähnen. Obwohl Göndul klein und sehnig war, strahlte sie Macht und Kraft aus.

»So sieht es aus«, sagte Åse und fühlte sich plötzlich sehr alt und müde, als habe die Nachricht ihr alle Stärke geraubt.

»Du weißt, was Gullveig sagt. Das siebte Zeitalter geht zur Neige und mit ihm stirbt unsere Welt«, fuhr Göndul bitter fort und richtete ihren Raubtierblick auf Åse. »Wie sieht also deine Entscheidung aus?«

Åse erhob sich und reckte den Rücken, als sei alles bereits unwiderruflich entschieden. »Ich werde kämpfen, Verwandte.«

»Wohl gesprochen«, sagte die Königin der Quänen und ging lächelnd in die Hocke. »Man soll sich niemals kampflos ergeben.«

Åse winkte den Mägden, die weiter hinten in der Halle gewartet hatten, und gab ihnen Anweisungen. Die Mägde hörten mit großen Augen zu und machten sich dann zu Pferd oder zu Fuß auf den Weg.

Die Botschaft verbreitete sich in ganz Vanaheim, beim Rat der Ältesten, in den Hallen der Priester und bei allen hochgeborenen Gästen, die nach der Opferfeier noch auf der Insel weilten. Alle wurden zum Ting in Königin Åses Halle befohlen.

Gullveig holte Freya gleich nach dem Morgenbrei. Sie schritten schweigend an den Gesindehütten, den Kochgruben und den Haufen aus zersprungenen Kochsteinen vorbei. Erst als die Tante den Weg zum höchsten Gipfel der Bergkuppen einschlug, begriff Freya, dass sie unterwegs zum heiligen Hain waren.

Die ältesten Priesterinnen hatten sich dort bereits versammelt, als Freya zwischen die heiligen Bäume trat. Sie saßen auf den dreizehn Steinblöcken, die den heiligen Stein in der Mitte des Hains umgaben. Nur ein Stein war noch leer, und auf dem ließ Gullveig sich nieder.

Als Freya von der Warnung berichtete, die ihr im Morgengrauen zuteil geworden war, tauschten die anderen Blicke und tuschelten untereinander.

»Ich will nicht, dass du mit anderen darüber redest. Kannst du mir das versprechen?« Gullveig richtete ihren strengen Blick auf Freya, der nur ein Nicken blieb.

Anschließend wurde sie zum Hofplatz geschickt. Njörunn und Siv saßen im Schatten unter dem Strohdach und plauderten über das Opferfest und wer dort zusammen gelegen und wer sich geprügelt hatte. Freya setzte sich zu ihnen, die Unruhe schien ihren Kopf zum Platzen zu bringen. Was würde jetzt passieren? Zu welchem Entschluss würden die Älteren gelangen? Sie lehnte ihren schmerzenden Kopf an die Wand.

Die Mägde eilten mit Eimern und Bündeln in den Händen hin und her. Freyas Magen bewegte sich nervös. Vor dem Opferfest hatte sie neun Tage gefastet und jetzt verspürte sie großen Hunger, beschloss aber, noch zu warten, denn wenn sie zu viel aß, könnte sie krank werden. Sie wischte sich den Schweiß vom Gesicht. Es war zwar erst früher Morgen, doch schon sehr heiß.

Die älteren Priesterinnen kehrten zurück aus dem Hain und setzten sich in den Schatten des Schutzbaumes. Sie steckten die Köpfe zusammen. Freya musterte sie besorgt. Einige jüngere Mädchen säuberten gerade den Wagen, in dem Gullveig zur Feier gebracht worden war. Während sie noch putzten, erklang ein drohendes: »Seid ihr noch immer nicht fertig? Bringt den Wagen zurück!«

Freya schaute auf, als Snotras grelle Stimme die Geschäftigkeit durchschnitt. Die Priesterin kam mit wütendem Gesicht auf sie zu. Snotra war dünn wie eine Herbsttanne, ihr weites Gewand schlackerte um ihre Beine. Sie war Gullveigs engste Vertraute und keine der Jüngeren konnte begreifen, warum die Hohepriesterin gerade sie ausgewählt hatte, wo es so viele andere tüchtige Priesterinnen gab.

»Seht ihr, jetzt will sie die Mädchen wieder runterputzen«, flüsterte Siv.

»Immer muss sie so gemein sein«, sagte Njörunn.

Freya schwieg und sah zu, wie Snotra stehen blieb und etwas zu den Mädchen sagte. Die machten sich sofort daran, den Wagen vom Hof zu schieben. Das hölzerne Gefährt war groß und schwer, die hohen, mit Leder überzogenen Räder sperrten sich. Der Schweiß strömte über die bloßen Oberkörper der Mädchen, als sie versuchten, den Wagen dorthin zu bugsieren, wo Snotra ihn haben wollte. Schließlich gelang es, ihn in den Teil des Langhauses zu schieben, in dem Werkzeug und Wagen aufbewahrt wurden.

»Das reicht. Und jetzt fegt die Blumen weg«, sagte Snotra und zeigte auf die welken Blätter, die den Wagen geschmückt hatten und jetzt im Staub umherlagen.

»Die armen Mädchen«, sagte Njörunn.

»Sag das nur nicht laut, sonst holt sie uns auch noch an die Arbeit, und das bringe ich nicht über mich, heute ist doch Ruhetag«, flüsterte Siv.

Erleichtert sahen sie Snotra im Kochhaus verschwinden. Die Mädchen fegten den Hofplatz mit Reisigbesen und wirbelten Staubwolken hoch, die die anderen hustend aufspringen ließen.

In diesem Moment kam eine Botin durch das offene Tor geritten. Die Frau sprang von ihrem schweißnassen kleinen braunen Pferd und schaute sich um. Snotra stand als Erste bei ihr, gleich darauf kam Gullveig über den Hof geeilt.

Freya reckte neugierig den Hals. Die Botin flüsterte Gullveig etwas ins Ohr. Sollte Freya es wagen, sich dazuzustellen? Doch ehe sie eine Entscheidung getroffen hatte, war die Botin schon wieder auf ihr Pferd gesprungen und jagte vom Hof. Gullveig sprach jetzt mit Snotra. Freya ging mit pochendem Herzen auf die beiden zu. Was mochte es mit dieser Botin auf sich haben? Dann schaute Gullveig auf und warf einen kurzen Blick in Freyas Gesicht.

»Zieh dich um, Freya. Du kommst mit uns zu Åses Halle.«

»Was ist passiert?«

»Das, was du bereits gesehen hast. Beeil dich. Stell jetzt keine Fragen.«

Freya lief mit hämmerndem Herzen zum Langhaus, während Snotras gehässige Blicke sich in ihren Rücken bohrten. Sie spielt keine Rolle, dachte Freya, als sie ins kühle Dunkel der Halle rannte. Wenn ich es nur erfahre.

Ganz Vanaheim schien sich auf Königin Åses Hofplatz versammelt zu haben, um die Botschaft zu hören. Freya schaute sich in diesem Gedränge überrascht um. Sie kannte die meisten hier. Auch wenn sie als junge Priesterin die Hallen nur selten verlassen durfte, kamen viele Menschen zu ihnen, um sich bei Krankheiten und Sorgen Rat zu holen. Freya nickte einer jungen Frau zu, die im Winter ein Fieber gehabt hatte, und wartete, bis die Leute höflich beiseite traten, um sie durchzulassen.

Zwei von Åses Kriegern standen neben der offenen Tür. Ernst und starr, mit verschränkten Armen und in den Gürteln gesteckten

Dolchen. Beide hatten lange blonde Haare, Leibschurze und kurze schwarze Umhänge. Verschlungene Tätowierungen bedeckten ihre Arme und Brust. Als Gullveig das Haus betrat, verneigten sie sich aus Achtung vor Vanaheims Hoher Priesterin.

Die alte Frau hielt ihren Schlangenstab in der Hand und schritt energisch aus. Niemand konnte ahnen, wie sehr ihre Hüfte dabei schmerzte. Sie war würdevoll. Als Hohepriesterin und Schwester der Königin nahm Gullveig eine wichtige Stellung ein. Denn ohne den Segen der Göttin konnte beim Ting kein einziger Entschluss gefasst werden.

Neben Freya ging Snotra, stumm und angespannt. Um nichts in der Welt konnte sie begreifen, warum Gullveig Freya mitgenommen hatte. Für eine so junge Person war das gar nicht gut. Es könnte ihr zu Kopf steigen. Freya war noch kaum eine vollwertige Priesterin, sie wusste nichts über die Welt außerhalb Vanaheims. Es wäre besser für alle gewesen, wenn sie zu Hause geblieben wäre und gearbeitet hätte, denn dann hätte sie mit der Zeit Demut gelernt.

Freya spürte Snotras Abneigung wie kleine Nadeln auf ihrer Haut, aber das war ihr jetzt wirklich egal. Die Aufregung darüber, hier sein zu dürfen, überlagerte alles. Endlich brauchte Gullveig ihre Hilfe, endlich durfte sie an den höchsten Beratungen teilnehmen.

In der Halle wimmelte es schon von Gästen, die sich um Åses Hochsitz versammelt hatten. Das Stimmengewirr verstummte, als die drei Priesterinnen auf sie zukamen. Alle wichen bescheiden zur Seite und machten den Auserwählten der Göttin Platz.

Gleich darauf fiel Freya vor Vanaheims Königin auf die Knie.

»Die Gnade der Göttin sei mit unserer Königin«, konnte sie hervorbringen, dann berührte sie ihre Stirn, ihr Herz und ihren Schoß, ehe sie den Blick zu ihrer Mutter hob.

Åse strahlte Macht und Reichtum aus. Sie trug ein rotes Kleid und ein schweres goldenes Halsband, das größte, das Freya je gesehen hatte. Um ihre Arme hatte sie Bronzespiralen gewunden. Ihr Umhang war mit funkelnden Steinen besetzt, und vor ihrem Bauch prangte eine spitze Prachtschnalle, so groß wie vier Fäuste.

Freya senkte den Kopf und sah die schönen, reich bestickten Fellschuhe der Königin.

Angesichts der Größe ihrer Mutter kam sie sich klein und dumm vor. Åse bedachte sie mit einem kurzen Blick, dann ließ sie sich auf die Wolfsfelle auf dem Hochsitz zurücksinken. Ihre grünen Augen strahlten strenge Kraft aus.

Freya machte eine letzte Verbeugung und wich dann zurück. Dabei spürte sie im Bauch die vertraute Sehnsucht nach einem Zeichen der Zuneigung dieser Frau, die ihre Mutter war. Aber bei Åse war kein Mitgefühl zu finden. Sie war eine Königin der Königinnen.

Es war Åse, der die Göttin die Macht gegeben hatte, über das Reich der Vanen zu herrschen, sie war die Richterin, die für Gerechtigkeit sorgte, die Beschützerin ihres Volkes. Sie hatte keine Zeit für ihre Töchter. Um die mussten sich andere kümmern, gerade deshalb hatte sie Freya doch Gullveig überlassen.

Freya nahm den Arm ihrer Tante und half ihr, sich auf eine der schön geschnitzten Bänke zu setzen, die in einem Halbkreis um Åses Hochsitz aufgestellt worden waren. Danach trat sie zusammen mit Snotra hinter den Rücken der Hohen Priesterin. Dort standen sie Seite an Seite, wie zwei Dienstmägde.

Auch die übrigen Gäste nahmen jetzt Platz. Freyas ganzer Körper prickelte vor Spannung bei deren Anblick. Es waren die bedeutendsten, berühmtesten Kämpfer der Vanen, Häuptlinge und Königinnen, deren Namen an den langen Winterabenden am Feuer besungen wurden.

Dort saß die sagenumwobene Göndul, nur zwei Armlängen von ihr entfernt. Freya hatte das Gefühl, eine uralte Sagenkönigin vor sich zu haben. Göndul beherrschte die Kampfzauber besser als alle Priesterinnen von Vanaheim. Viele Stämme hatten vergeblich versucht, ihre Insel einzunehmen, und Göndul hatte das Blut der Feinde in den Boden eingepflügt.

Freyas Schwester Gefion unterhielt sich mit der Königin der Quänen. Gefion sah klein aus neben ihr, ihre schwarzen Haare hingen offen über ihren Rücken. Sie gestikulierte und lachte.

Freya verspürte ein wenig Neid, als sie die Freude ihrer Schwester sah. Gefion war zwei Winter jünger als Freya, und sie war bei Gönduls Stamm aufgewachsen, weshalb sie sich jetzt als Quänin betrachtete. Aber Gefion wirkte vor allem wie ein eifriges Hundebaby, als sie umhersprang und bei der Königin und den Furcht einflößenden Kriegerinnen, die hinter Gönduls Rücken standen, um Zuneigung bettelte.

»Was grinst du so?«, fauchte Snotra ihr ins Ohr.

»Einfach so«, sagte Freya und versuchte sich nichts anmerken zu lassen, während sie zusah, wie Göndul sich jetzt mit dem düsteren Alvarin unterhielt, dem König von Alfheim. Er war so alt, dass er schon fast wieder zum Kind geworden war. Sein Bart war grau, sein Blick trüb. Er klammerte sich mit einer Hand, die einer runzligen Klaue ähnelte, an seine Tochter. Die Tochter, die schöne Alfhild, stand auf dem Höhepunkt ihrer Kraft. Sie hatte in ihrer Jugend in Vanaheim eine Ausbildung zur Priesterin gemacht, dann war sie heimgekehrt, um am Tag des Todes ihres Vaters seinen Platz einzunehmen. Eine tiefe Ruhe prägte ihr feines Gesicht. Ihre dunklen Haaren waren mit Bronzenadeln kunstfertig hochgesteckt. Ihr Mund war füllig, ihre Augen von klarem Blau, und sie trug ein knöchellanges tiefrotes Gewand. Alfhild wurde zwar wegen ihrer Schönheit verehrt, doch auch ihre Gerechtigkeit nötigte den anderen Respekt ab. Bereits jetzt war im Grunde sie die wahre Herrscherin in Alfheim.

Sie beugte sich über ihren Vater und wechselte einige Worte mit Göndul. Die beiden lachten leise, wie über einen geheimen Scherz. Dennoch hätte der Unterschied zwischen diesen beiden Frauen nicht größer sein können. Göndul sah neben Alfhild geradezu vierschrötig aus. Fast schienen sie verschiedenen Zeitaltern zu entstammen. Und doch verband sie eine für alle sichtbare Freundschaft.

Alfheim war eine große, im Westen gelegene Halbinsel, auf der das wichtigste Heiligtum des Zwillingsgottes lag. Sein Hoher Priester, Freyr, saß neben Alfhild. Er war der schönste Mann unter den Vanen, blond und sanftäugig umfasste sein neugieriger Blick die Tinggäste.

Freyrs Gesicht hellte sich auf, als er Gullveigs Blick einfing. Mit zwei raschen Schritten stand er vor der Hohen Priesterin. Am Vortag war er vom Zwillingsgott besessen gewesen, hatte Gullveig auf dem blutigen Altar begattet und der Göttin durch seine Manneskraft gehuldigt. An diesem Tag war in seinen Augen nur Besorgnis zu sehen.

»Mutter«, sagte er und fiel vor der Hohen Priesterin auf die Knie.

»Hoher Priester?«

»Was sagst du zu diesen Neuigkeiten?«

Freyrs Stimme war leise und ernst.

»Vanaheims Schicksalsstunde ist gekommen. Wir haben gewusst, dass es passieren würde«, erwiderte Gullveig.

Freya spitzte überrascht die Ohren. Worüber redeten sie da? Welche Zeichen konnten das gewesen sein? Wieso wussten sie schon, was passieren würde? Ihr hatte niemand etwas gesagt. Freya bedachte Snotra mit einem wütenden Blick. Sicher hielt die sie vom Rat der Ältesten fern.

»Freya hatte heute ein Traumgesicht, in dem ein Hof geplündert wurde.«

Freyr warf Freya einen raschen Blick zu und beugte sich weiter zu Gullveig vor.

»Dann hat es offenbar angefangen«, flüsterte er so leise, dass Freya seine Worte nur ahnen konnte.

»Wie stellt Alfheim sich dazu?«

»Wir folgen dir, Hohepriesterin.«

Gullveig nickte zufrieden.

»Gut. Die Göttin wird uns auf die Probe stellen. Egal, was passiert, Vanaheim darf nicht gespalten werden. Dann wird alles einstürzen. Du musst bei der Göttin schwören, Vanaheim immer zu beschützen.«

Freyr nahm die Hand der Alten und schaute ihr ernst in die Augen.

»Diesen Eid habe ich schon vor langer Zeit geschworen. Und gern lege ich ihn noch einmal ab.«

Er runzelte die Stirn und blickte Gullveig besorgt an.

»Hast du in deinen Visionen noch etwas anderes gesehen?«

Das Band zwischen Gullveig und Freyr war stark. Sie waren viel mehr als Frau und Mann, sie waren die mächtigsten Diener der Göttin, waren ein heiliges Paar. Freyr war von Gullveigs Macht und Stärke abhängig. Sie zu verlieren könnte auch seinen eigenen Untergang nach sich ziehen. Seine Besorgnis war verständlich. Aber Gullveig lachte nur und streichelte seine glatte Hand.

»Was im Gewebe vorhanden ist, kann niemand ändern.«

»Gestern hat die Sonnengöttin unser Opfer angenommen. Warum schickt sie unserem Volk schon einen Tag darauf Ungemach? Ich begreife das nicht«, sagte Freyr.

»Es ist nicht deine Aufgabe, dir über die Ratschlüsse der Göttin den Kopf zu zerbrechen. Geh zu deinem Platz zurück. Wir reden später weiter«, sagte Gullveig.

Ihre Stimme klang jetzt abweisend und kühl. Freyr nickte und eilte an seinen Platz neben Alfhild zurück.

Freya schaute forschend ins Gesicht des Priesters, das ihrem eigenen so ähnlich war. Waren sie eigentlich Blutsverwandte?

Sie schüttelte den Kopf. Darüber wollte sie heute nicht auch noch nachdenken.

Vanaheims älteste, klügste Frauen und Männer von den verschiedenen Höfen waren in eifrige Gespräche vertieft.

Dann nahm Åses Sprecher, ein rundlicher Mann in einem schlichten braunen Umhang, zu den Füßen der Königin Platz. Er sollte weitertragen, was auf dem Ting gesagt wurde.

Åse erhob sich und ließ ihren Blick über die Versammlung wandern.

»Trygve aus Hallunda bringt böse Kunde. Hört zu, was er zu sagen hat.«

Sie setzte sich wieder. Jetzt war es in der Halle so still, dass alle ihren eigenen Herzschlag hören konnten.

Trygve erhob sich von seiner Bank und trat mitten in die Runde. Er schaute zu Boden, wie um der Erde die Kraft zu entlocken, seine Botschaft vorzutragen.

Freya wartete achtungsvoll.

»Sprich«, mahnte Sigvard Weitfahrer ungeduldig.

Freya unterdrückte ein Lachen, als der berühmte Kämpfer ihrer Mutter ungeduldig die Arme übereinander schlug. Einer, der mit seinem Schiff zum Ende der Welt und zurück reiste, müsste doch genügend Ruhe besitzen, um einem Mann Zeit zum Überlegen zu geben.

Aber die Ermahnung tat ihre Wirkung.

»Ein fremder Stamm streift durch die westlichen Wälder. Sie töten mein Volk und brennen unsere Höfe nieder«, sagte Trygve.

Leises Gemurmel verbreitete sich in der Halle. Freya schloss die Augen und sah die Toten vor sich. Die Warnung war deutlich und richtig gewesen.

»Die Fremden kommen wie Schatten in der Nacht. Sie können Bärengestalt annehmen. Die, die fliehen konnten, erzählten alle davon, wie die bepelzten Fremdlinge im Wald verschwunden sind.«

Trygve drehte sich um, damit alle in der Runde sein Gesicht sehen konnten.

»Ich sage es euch allen. Dieser Stamm wird von bösen Mächten beschützt. Sie beten den Kriegsgott Tiwaz an und er hat ihnen magische Schwerter geschenkt, die nicht zerbrochen werden können. Die wenigen, die sie gesehen und überlebt haben, sagen, dass diese Schwerter aussehen wie still stehendes Wasser.«

Trygve warf einen fast triumphierenden Blick in die Runde. Er hatte die schlimmste Botschaft gebracht, die zu Lebzeiten der Anwesenden nach Vanaheim gekommen war.

Freya rang nach Atem und schaute zu Gullveig hinab. Sie war die Einzige, die keine Miene verzog. Königin Åse saß vornübergebeugt auf ihrem Hochsitz und musterte die Gesichter der Anwesenden, als suche sie darin etwas.

»Und ich sage euch, drei Höfe haben sie verbrannt und geplündert. Bald werden die Vanen bei Hallunda tot sein, wenn ihr uns nicht zu Hilfe kommt. Deshalb bitte ich euch, edle Verwandte und Freunde, helft uns«, sagte Trygve und senkte vor dem Ting den Kopf. Seine grauen Zöpfe verbargen seinen niedergeschlagenen Blick.

Die Versammlung brach in lautstarke Diskussionen aus.

Was war zu tun? Die Menschen aus Vanaheim mussten Rache an den Fremden nehmen, aber wie? Drei Höfe waren ein entsetzlicher Verlust an Tieren und Menschen.

»Warum habt ihr euch nicht gewehrt? Warum sucht ihr Hilfe in Vanaheim, habt ihr keine eigenen Kämpfer?«, fragte Göndul und beugte sich vor. Sie hatte niemals anderswo Hilfe gesucht, wenn ihre eigene Insel angegriffen worden war.

Gönduls Worte ließen Trygve unter seinem Bart erröten.

»Es geht hier nicht um ein paar Boote mit Kämpfern, sondern um einen ganzen Stamm, der in den großen Wäldern im Westen gerodet und Höfe angelegt hat. Wir sind in Hallunda nicht so viele. Unsere besten Kämpfer sind ums Leben gekommen, als sie unseren Boden verteidigen wollten.«

Göndul schnaubte und ließ sich zurücksinken. Trygves Gesicht wurde schamrot.

Freyr schaltete sich ein.

»Wisst ihr, woher sie kommen?«

Trygve wandte sich dankbar dem Hohen Priester der Alfen zu.

»Sie kommen weit aus dem Osten.«

Königin Åse saß stumm auf ihrem geschnitzten Hochsitz. Der schwache Fackelschein tanzte über ihr sorgenvolles Gesicht.

»Ist das das Volk, von dem auch die Kaufleute erzählt haben? Das schon so viele Siedlungen verwüstet hat?«

Verärgert ließ sie sich auf ihrem Hochsitz zurücksinken.

»In diesem Fall sind sie bereits weit gewandert, um sich an Vanaheims Stränden niederzulassen. Welch ein Fluch ist da über uns gekommen!«

Obwohl Freya schon als Kind in Gullveigs Obhut gegeben worden war und ihre Mutter deshalb kaum kannte, wusste sie, was Åse dachte. Ein Kampf mit diesem Stamm würde viel Gold und Menschenleben kosten.

Die Vanen waren kein Kriegervolk, sie beteten keine Kriegsgötter an, sondern die Göttin, die die Samen auf den Äckern keimen ließ und die ihnen Reichtum in Form von Bronze und Gold gab. Die

Kämpfe, die sie trotz allem ausfochten, galten fast immer Fremden, die ihre Schiffe überfallen hatten. Nur selten wurden Vanaheims Höfe von ihren Nachbarn bedroht. Es stand nicht einmal fest, ob Åse über genügend taugliche Krieger verfügte. Göndul hatte zwar allerlei tapfere Kämpferinnen, aber sie würde sich ihre Teilnahme an einem Kampf teuer bezahlen lassen, und dieses Gold würde Königin Åse herbeischaffen müssen.

»Was können die Priesterinnen tun? Könnt ihr die Fremden mit Krankheit schlagen oder sind sie zu weit weg?«

Gullveig schüttelte den Kopf.

»Wir brauchen etwas von denen, die wir mit Zauber überziehen, ein Haar, einen Fingernagel, ein Kleidungsstück. Die Kräfte müssen zu ihrem Ziel geführt werden.«

»Aber wenn ihr ein Haar von ihrer Königin hättet, dann könntet ihr ihr ein Unglück senden?«

»Ja, natürlich. Auch wenn sie sich schützt, sind wir zahlreich und mächtig. Es kann seine Zeit dauern, aber früher oder später durchbrechen wir ihren Schutz«, sagte Gullveig wahrheitsgemäß.

Freya nickte hinter ihrem Rücken, obwohl sie wusste, dass niemand das sehen konnte. Diese Art von Zauber beherrschte sie zur Vollendung. Einmal hatte Gullveig einer Bäuerin geholfen, eine Pisskrankheit auf einen Kerl zu beschwören, der sie schändlich behandelt hatte. Freya lächelte bei dieser Erinnerung. Eigentlich war das keine Aufgabe für eine Priesterin, aber Gullveig nahm das nicht so genau.

Es war nicht sehr schwer, einen Zauberschuss abzugeben. Man musste die richtigen Sprüche aufsagen und krankes Blut mit etwas von dem Menschen in Verbindung bringen, der getroffen werden sollte. Das alles wurde dann an einem brennenden Pfeil befestigt, und der wurde zum Vollmond in den Himmel geschossen. Mit Hilfe der Finsternis wurde die Krankheit nun dem Opfer gesandt, das normalerweise nach ein oder zwei Tagen zusammenbrach.

Fast alle Priesterinnen konnten das. Freya selbst kämpfte gegen mächtigere Kräfte, sie versuchte das Wetter zu lenken, eine Kunst, die die Göttin nur wenigen Priesterinnen gewährte.

»Wir wissen nichts über diese Fremden, abgesehen davon, dass sie angeblich über Bärenkräfte verfügen. Wie viele sind sie? Werden sie von einer unbekannten Kraft beschützt?«, fragte Åse.

»Wir sollten sie aufsuchen. Vielleicht können wir mit der Königin der Fremden reden und Gold oder Bronze fordern. Wenn sie die volle Kraft der Vanen kennen lernen, sind sie vielleicht zum Friedensschluss bereit«, schlug Gullveig vor.

Åse musterte ihre Schwester nachdenklich und lachte dann bitter.

»Wenn wir sie aufsuchen, können wir vielleicht Dinge an uns bringen, die den Zauberschuss ermöglichen«, fügte Gullveig hinzu.

»Aber wer soll mit Untieren sprechen, die sich in Bestien verwandeln und unsere Kinder morden?«, fragte Trygve empört.

»Ich«, sagte Gullveig.

Freya riss die Augen auf. Gullveig wollte eine so lange Reise antreten? Sie war doch alt und müde. Sogar Freyr wirkte besorgt, als Gullveig sich mühsam und auf ihren Schlangenstab gestützt erhob. Die gelben Steine in den Augen der Schlange funkelten und schienen zu leben.

»Ich mache mich auf den Weg. Und wenn sie weder Frieden schließen noch Buße zahlen wollen, dann komme ich zurück und wir wissen zumindest, wie wir diese seltsamen Fremdlinge besiegen können«, sagte sie ruhig.

Königin Åse sah ihre ältere Schwester nachdenklich an. Sie war im vergangenen Jahr wirklich gealtert.

»Bist du sicher?«

Vanaheims Hohepriesterin lachte auf.

»Nicht einmal ein Fremdling würde gegen eine Priesterin die Hand erheben.«

»Sie haben Frauen ermordet, Mütter mit Kindern. Sie verachten die Göttin. Stell dir vor, sie nehmen dich uns weg, Mutter«, rief Trygve außer sich und sprang auf.

Bei diesen Worten schnappte Freya nach Luft. Wie konnte er es wagen, sich in dieses Gespräch einzumischen?

Gullveigs Kraft wuchs wie ein dunkler Schatten, als sie Hallundas Häuptling ansah.

Wer war Trygve, dass er die mächtigste Verbündete der Göttin auf dieser Erde kritisierte?

Trygve, der seine Worte offenbar nicht durchdacht hatte, sah seinen Fehler sofort ein und wand sich vor Verlegenheit.

»Vergib mir, Mutter. Meine Worte waren voreilig«, sagte er demütig.

Gullveig wandte sich wortlos ihrer jüngeren Schwester zu und wartete darauf, dass diese ihre Überlegungen beendete.

Königin Åse hatte keinerlei Hoffnung, dass die Fremdlinge ihnen eine Entschädigung zahlen würden, aber das Wissen, das Gullveig auf ihrer Reise sammeln würde, könnte später den Kampf entscheiden. Und wenn sie zudem vom Zauberschuss der Priesterinnen beschützt würden, dann wäre der Sieg leichter zu erringen, so dass bei den Vanen manches Leben gerettet werden würde.

Es war wichtig, auf alles vorbereitet zu sein. Das hatte sie von ihrer Mutter gelernt. Wenn es eine böse Macht gab, die die Fremdlinge beschützte, dann würde ihre Schwester das in Erfahrung bringen.

Aber es musste bald passieren. Die Kämpfer mussten zur Ernte wieder zu Hause sein. Wenn sie die Krieger jetzt schon kommen ließ, dann konnten die sich bald in Hallunda versammeln.

Åse lächelte, während sie die weichen Wolfsfelle streichelte. Es war nur recht und billig, dass Trygve die Kämpfer mit Lebensmitteln versorgte, während sie auf Gullveigs Rückkehr warteten. Hallundas tüchtige Schmiede hatten seinen Bauch schließlich auch rund und wohlgenährt werden lassen. Sowie die Hohepriesterin Hallunda dann erreichte, könnten sie zum Angriff übergehen.

Åse nickte zufrieden und ließ ihre Blicke über die ernsten Gesichter der Anwesenden gleiten. Sie hatte da wirklich einen hervorragenden Plan ausgeheckt.

»Wann könnt ihr uns eure Kämpfer schicken?«

»Sobald du uns bezahlt hast«, erwiderte Göndul sofort.

Ihre Kriegerinnen lachten hinter ihrem Rücken schallend los und die Königin der Quänen schien sich ebenfalls über die Aussicht auf einen Kampf zu freuen.

Åse nickte zufrieden.

»Und du, Sigvard?«

Der weit gereiste Kaufmann trat stolz einen Schritt vor.

»Meine Schiffe sind immer bereit. Ich habe zwanzig kampferprobte Männer, und bei Bedarf kann ich noch weitere besorgen.«

Plötzlich sprang Alfhild auf und tauschte einen herausfordernden Blick mit Sigvard.

»Alfheim kann vier Boote stellen«, teilte sie würdevoll mit.

Jetzt hatten auch die anderen das Gefühl, ein Versprechen abgeben zu müssen. Sie meldeten sich der Reihe nach zu Wort. Åse zählte in Gedanken schweigend mit. Am Ende kam ein ansehnliches Heer zusammen, wesentlich mehr Kämpfer, als sie erwartet hatte. Als der letzte Häuptling gesprochen hatte und in der Halle Ruhe eingekehrt war, erhob Åse sich würdevoll und stellte fest:

»Damit ist der Beschluss gefällt.«

Durch zweimaliges lautes Händeklatschen bekräftigte sie die gegebenen Versprechen. Wieder setzte Stimmengewirr ein und alle standen auf. Das Gesinde tauchte aus dem hinteren Teil der Halle auf und brachte Schüsseln voller süßer Beeren und frisch gebackene Fladenbrote. Die reich verzierten Hörner wurden mit Met gefüllt und den vornehmsten Gästen überreicht.

Freya nahm sich ein Brot und aß mechanisch. Eine seltsame Ruhe erfüllte sie jetzt. Als seien die Entscheidungen ihrer Mutter und ihrer Tante keine Überraschung, als habe sie immer schon gewusst, was passieren würde. So war sie auch nicht erstaunt, als Gullveig ihr kurz und bündig mitteilte: »Du kommst mit.«

Freya nickte zufrieden. Sie wollte alle Kräfte aufwenden, um diese Feinde kennen zu lernen und danach ihre Macht nutzen, um sie zu vernichten. Sie lachte kurz. Das hier war das Einzige, was von Bedeutung war. Und wenn alles vorüber wäre, sollten die Fremdlinge in ihrem Blut liegen.

Auge um Auge, Zahn um Zahn. So wollte es das Gesetz.

Freya nahm noch einen Bissen Brot und schaute sich um. In der Halle waren so viele Menschen, dass ihr das Atmen schwer fiel. Der Lärm tat ihren Ohren weh.

Für einen kurzen Moment sehnte sie sich nach der Ruhe in den Hallen der Priesterinnen, aber dann überlegte sie es sich wieder anders.

Sie hielt eine Magd an, die eine Schüssel mit Johannisbeeren umhertrug, nahm sich davon eine Hand voll, aß sie genussvoll und machte sich dann auf die Suche nach anderen Köstlichkeiten.

Freya blieb bei Trygve stehen, der von den quänischen Kriegerinnen umringt war. Die hochgewachsenen, in Leder gekleideten Frauen ähnelten ihrer Königin, sie hatten die gleichen Tätowierungen, ihre Haare waren mit Lehm eingeschmiert und ihre Zöpfe steif und grau.

Spitze Dolche funkelten in ihren Gürteln. Trygve wirkte nervös, als die Frauen sich über ihn beugten und ihn mit Fragen nach den Fremdlingen überschütteten.

»Sehen diese Schwerter wirklich aus wie still stehendes Wasser?«

»Haben sie gar keine anderen Waffen?«

»Können wir mit Leuten sprechen, die die Fremdlinge gesehen haben?«

Trygve gab sich bei seinen Antworten alle Mühe, doch Freya musste über seine Unbeholfenheit lachen. Sie selbst hätte gern den Quäninnen viele Fragen gestellt, hütete sich aber, die Kriegerinnen zu unterbrechen.

Stattdessen drängte sie sich hinter den Rücken eines Häuptlings von den kleinen Inseln und zwei seiner Kämpfer, die sich gerade mit einem alten Tingangehörigen unterhielten.

Sigvard stand hinten an der Wand und trank aus einem schwarz gefleckten Kuhhorn mit geschnörkelten Beschlägen. Er diente Åse und brachte seiner Königin immer neue Schätze nach Hause, weshalb er in Vanaheim hoch geehrt wurde. Er war groß und stattlich, aber auch beängstigend, lang und übellaunig, ganz anders als der lichte Freyr. Angeblich war er in der Welt weiter herumgekommen als irgendein anderer Vane und galt als unbesiegter Kämpfer, der großen Reichtum angehäuft hatte. Freya versuchte zu ihm zu gelangen, denn er sollte ihr etwas von der weiten Welt erzählen. Als dann jedoch Alfhild in ihrem roten wehenden Gewand vorüberfegte, leuchteten seine Augen auf und er lief zu Alfheims zukünftiger Königin hinüber.

»Sei gegrüßt, Alfhild Mannsbezwingerin. Deine Schönheit wird mit jedem Tag überwältigender.«

Alfhild blieb stehen und musterte Sigvard belustigt.

»Und du wirst immer frecher, mein Lieber.«

Sigvards Gesicht wurde weich und sah nun fast schön aus.

»Ich bin durch die ganze Welt gereist, ich habe die schönsten Frauen gesehen, die es gibt, aber keine kann sich mit dir messen. Alfhild, hör mir zu, ich bitte dich, nimm mich zum Mann.«

Alfhild lachte auf.

»Das sagst du jedes Mal, wenn wir uns sehen. Aber ich möchte doch wissen, hast du nicht Frauen und Kinder genug, Sigvard?«

Ihre funkelnden Armreifen klirrten, als sie scherzhaft die Wange des Kämpfers streichelte.

»Oder begehrst du vielleicht in Wirklichkeit Alfheims Hochsitz und nicht mich?«, flüsterte sie lachend und ging weiter zu Königin Åse.

Sigvard blieb sprachlos stehen, schaute hinter ihr her und ballte die Fäuste, so dass seine Fingerknöchel weiß wurden.

Freya stand verwirrt daneben, mit dermaßen aufregenden Ereignissen hätte sie niemals gerechnet. Sigvard begehrte Alfhild. Unfassbar! Vielleicht würde er eines Tages König werden, angeblich bekam er ja alles, was er sich wünschte. Aber Alfhild war sicher nicht dumm genug, seinen Schmeicheleien zu erliegen.

Freya entdeckte ein einsames Brot, das noch auf einem großen Bronzeteller lag. Sie lief hinüber und konnte es sich schnappen, ehe ihr jemand anders zuvorkam.

Im selben Moment wurde ihr etwas ins Ohr gezischt.

»Mach dich hier bloß nicht wichtig.«

Es war Snotra.

Freya fuhr zusammen. Die Abneigung umgab die ältere Priesterin wie eine Wolke.

»Warum bist du so verärgert?«, fragte Freya überrascht.

»Mach dir klar, wo dein Platz ist. Das ist alles«, erwiderte Snotra und ging weiter.

Freya murmelte eine Verwünschung. Was hatte sie jetzt wieder falsch gemacht? Schon als kleines Kind hatte sie geschwiegen und den älteren Priesterinnen zugehört. Dabei besaß sie mächtigere Kräfte als die meisten Priesterinnen im Rat der Dreizehn, das wussten alle. Trotzdem wurde sie dort ausgeschlossen, durfte an keiner der wichtigen Entscheidungen teilnehmen. Und dann musste sie auch noch rund um die Uhr Snotras Abneigung ertragen.

Freyas Stimmung besserte sich nicht, als jetzt ein Schatten neben sie glitt. Sie seufzte tief, als Gefion sie höhnisch angrinste.

Plötzlich kam Snotras Ablehnung ihr vor wie ein milder Südwind.

»Allerliebste Schwester«, sagte Freya mit einer Stimme, die vor Abscheu nur so troff.

»Ach, du wirst also mit den Fremdlingen reden. Was für ein Glück, dass du Gullveigs Rockzipfel nicht loslassen musst, sonst wäre das alles bestimmt viel zu unheimlich für dich. Wie oft hast du die Hallen der Priesterinnen verlassen? Aber sicher, die lassen dich ja ab und zu raus, damit du es mit irgendeinem Alfenpriester treiben kannst.«

Gefion lachte lauthals, es war ein schrilles, unangenehmes Lachen. Sie war jetzt so dicht an Freya herangetreten, dass diese einen Schritt zurückwich.

»Ich sehe, dass deine Haut vor Neid brennt. Aber es ist schon besser, wenn du am Rockzipfel unserer Mutter bleibst, Schwesterchen. Da kannst du deinen Hass auf alle Welt pflegen und den wirklichen Gefahren entgehen«, fauchte Freya.

Gefion schnaubte und warf den Kopf so heftig in den Nacken, dass ihre dunklen Haare tanzten. Ihr Gesicht war hart und angespannt, ihre hellblauen Augen funkelten vor Wut.

»Und wer bist du? Nichts kannst du, außer zu singen, deinen

Körper anzubieten und mit deinen angeblichen Albträumen die ganze Insel vor Schreck hochfahren lassen.«

Freya trat einen Schritt vor, presste sich gegen Gefion und hielt ihr Gesicht ganz nah an das der Schwester. Die beiden starrten einander hasserfüllt an.

»Ich kann dich auch verwünschen, auf dass du nie mehr deinen Bogen heben kannst. Also verschwinde, Schwester, ehe ich dich in einen Kampfbann schlage!«

Wütend schaute sie hinter ihrer Schwester her. Sie begriff deren Hass nicht, aber sie selbst hätte sich nicht so gehen lassen dürfen. Es war nicht richtig, Drohungen auszustoßen, wenn man nicht bereit war, den Worten auch Taten folgen zu lassen. Aber sie hatte ihre Schwester satt; dass sie beide unter Åses Herz gelegen haben sollten, konnten weder Freya noch sonst jemand wirklich begreifen. Nicht nur in ihrem Wesen waren sie so unterschiedlich, sondern auch im Aussehen. Freyas Haare waren gelb wie Stroh, ihre Augen dunkelgrün, sie war hochgewachsen und stark. Eines Tages würde sie den Platz ihrer Tante als Erste unter den Priesterinnen einnehmen. Gefion dagegen sollte später den Umhang der Königin anlegen.

Zwei Schwestern lenkten die Geschicke der Insel, die eine war zuständig für den Wohlstand des Volkes und die andere für den Dienst an der Göttin. So hatten die Vanen es seit der Morgenröte der Zeiten gehalten.

Aber wie das in Zukunft werden sollte, konnten sie sich nicht vorstellen, denn niemals waren zwei Schwestern einander so fremd gewesen.

Die kleingewachsene Gefion war so dunkel, dass sie einen Schwarzalfen zum Vater hätte haben können. Ihr Gesicht wirkte grob, ihr Körper war geschmeidig und stark wie der einer Jägerin.

Sie liebte Jagd und Kampf, immer war sie unterwegs, um mit Pfeil und Bogen Beute zur Strecke zu bringen. Gefion war nach alter Weise bei den Quäninnen aufgewachsen und hatte deren Sitten erlernt. Diese wohnten in Hütten und häuften weder Gold noch Bronze an. Stattdessen jagten sie im Wasser Seehunde und an Land Bären und Wildschweine.

Die Quäninnen lebten nicht mit ihren Männern zusammen, sondern verbrachten jeden Sommer nur einen Monat mit ihnen. Diese Zeit war das Einzige, was Gefion bei ihrer Pflegemutter und deren Volk verabscheute. Wenn die Männer die Insel verließen, nahmen sie ihre Söhne mit, die inzwischen sieben Sommer zählten, und zogen sie weiter selbst auf. Und über das Reich der Quäninnen senkte sich abermals der Friede.

Wenn Gefion nach Vanaheim zurückkehrte, war für alle deutlich, dass sie die Sitten in der Halle ihrer Mutter verachtete und ihr weichwangiges Volk verabscheute.

Gefion verspottete Freya, wusste aber nichts von der harten Ausbildung, die diese durchgemacht hatte. Freya hatte schon als Kind gelernt, Tage und Nächte hindurch bewegungslos bei einem heiligen Stein zu sitzen und dessen Kraft kennen zu lernen. Sie hatte ihren Geist gelehrt, Vogelgestalt anzunehmen und über die ganze Welt zu fliegen.

Sie hatte gelernt, mit ihren seherischen Fähigkeiten zu leben, die ihr immer wieder Bilder von Trauer und Tod zeigten. Während endloser Sonnenwanderungen hatte Freya Pflanzen studiert und wusste, wie sie Krankheiten lindern konnte. Sie konnte Kindern auf die Welt helfen und führte die dazu nötigen Rituale durch. Sie hatte Feinde verflucht und gelernt, den bösen Gegenkräften auszuweichen. Vor allem aber war sie durch das schreckliche Totenreich gewandert und hatte ihre Weihe zur Priesterin überlebt. Sie war eine Auserwählte.

Und da brauchte sie sich die törichten Beschimpfungen ihrer Schwester nun wirklich nicht anzuhören.

2

Alles musste vollkommen sein. Freya trug ihr schönstes Gewand, das Kornblumenblaue mit den langen Ärmeln, das über den Hüften weit geschnitten war und sie deshalb kräftiger wirken ließ. Ihre Haare waren zu neun Zöpfen geflochten, so vielen, wie ein Kind Monate unter dem Herzen der Mutter liegt, weshalb die Neun als heilige Zahl galt. Rock und Mieder lagen zusammen mit Weissagungsknochen und Schmuckstücken im Ranzen.

Um ihren Hals trug sie ihr schönstes goldenes Halsband. Es war so groß, dass drei Reihen von Goldspiralen auf der breiten Platte Platz hatten, und es war ihr kostbarster Besitz.

Freya ging die Schachteln und Bündel durch, die auf der Schlafbank verteilt lagen. Was musste sie sonst noch mitnehmen?

Sie schaute zu den jüngeren Schwestern hinüber, die sich hinter ihrem Rücken drängten. Ihre Fragen hallten unbeantwortet in der Halle wider.

»Hast du keine Angst?«

»Was wirst du zu den Fremdlingen sagen?«

Freya schwieg. Sie hatte keine Antwort. Vergeblich versuchte sie ihre Gedanken zu sammeln und die Unruhe zu vertreiben. Ihre Handflächen waren schweißnass. Endlich würde sie die Insel verlassen, sie würde auf eine Reise gehen, die Welt sehen. Verbargen sich in den tiefen Wäldern wirklich Wunderwesen und Trolle? War Skadis Geist dort zu sehen? Gab es Riesen und verwunschene Bären?

Die Fragen der Mädchen prasselten noch immer auf sie herein.

»Werden wir dir fehlen?«

»Wie lange wirst du fortbleiben?«

Wütend fuhr Freya herum, jetzt reichte es wirklich. Aber die leuchtenden Augen der anderen hinderten sie daran, sie zu verjagen. Sie waren doch nur neugierig.

Freya musterte ihre zwischen den Schlafbänken herumliegenden Kleider. Vor der Querwand der Halle waren unter dem an der Wand rot aufleuchtenden Zeichen der Göttin Krüge aufeinander gestapelt. Sie betrachtete die rußgeschwärzten Steine der Feuerstätte. Und die blank gescheuerten Sitzbänke.

Das war ihr Zuhause.

Hier war sie aufgewachsen.

Etwas schnürte ihr die Kehle zusammen.

»Also wirklich, lasst Freya jetzt in Ruhe.«

Sivs gebieterische Stimme ließ die Mädchen widerwillig einige Schritte zurückweichen.

»Geht jetzt an eure Arbeit.«

Siv klatschte in die Hände und dieses scharfe Geräusch jagte sie flüsternd in die Flucht.

»Waren wir auch einmal so?«, fragte Siv.

Es raschelte, als sie sich zwischen Schachteln und Bündeln auf die Bank setzte.

Freya gab keine Antwort. Blutwurz war immer nützlich. Sie steckte die sandfarbene Pflanze in ihren Ranzen und schnupperte an einem Büschel Silberblatt. Es war zu alt und hatte seine Kraft verloren. Verärgert legte sie es beiseite.

Snotra, ihre beste Heilkundige, würde sie auf der Reise begleiten. Sicher würde sie mehrere Ranzen voller Heilkräuter mitnehmen. Aber sollte sie nicht doch Steinkraut und Disenhorn einpacken? Es war immer gut, auf Nummer Sicher zu gehen. Freya verpackte Kräuter in ihrem Ranzen.

»Ich beneide dich nicht, Schwester«, sagte Siv mit sanfter Stimme und strich sich eine goldene Haarsträhne aus dem Gesicht.

Sie war kleiner und jünger als Freya, ihr Körper aber war schon mehr als bereit, Leben zu geben. Ihre Hüften waren breit, die Brüste groß, ihr Gesicht rund und freundlich.

Freya unterbrach ihre fieberhafte Suche und schaute zu ihrer Freundin hoch. Sie waren zusammen aufgewachsen. Zum ersten Mal seit ihrer Kindheit würden sie getrennt sein. Freyas Brust krampfte sich ängstlich zusammen.

Wenn sie sich nun niemals wiedersehen würden?

»Ich glaube, auf dich wartet ein großes Schicksal. Und jetzt machst du deine ersten Schritte«, sagte Siv.

Freya zuckte mit den Achseln und band einen Riemen um den nun ziemlich vollen Ranzen.

»Wir werden ja sehen, was passiert. Auf jeden Fall wird es schön sein die Insel zu verlassen und Ruhe vor der Arbeit, den Morgenritualen und den Übungen der Ältesten zu haben. Was immer passiert, ich weiß, dass ich nicht umherwandern und einen Stein mit vier Farben suchen muss, der dann vor das Kochhaus gelegt wird. Solche langweiligen Aufträge bleiben mir jetzt erspart«, sagte sie und vermied es damit, ihre Angst und ihre Unruhe zu erwähnen.

Siv lachte. Es gab keine einzige Priesterin, die diese scheinbar sinnlosen Übungen, die neben der täglichen Arbeit ausgeführt werden mussten, nicht verabscheut hätte.

»Ich beneide dich. Du kannst die Welt sehen und bist mit dieser ungeheuren Kraft gesegnet.« Siv wandte sich ab, um den Schatten zu verbergen, der über ihr Gesicht huschte. Freya wusste um ihren Kummer.

»Wer weiß. Eines Tages kommen vielleicht deine Tanten, um dich zu holen«, sagte sie behutsam.

Siv kam aus dem Norden, und nachdem ihre Mutter bei einer Seehundjagd ums Leben gekommen war, hatten Sivs Tanten sie in Gullveigs Obhut gegeben. Siv war damals nur wenige Jahre alt gewesen, aber sie konnte sich an ihre Verwandten erinnern und träumte oft von ihnen.

»Jetzt ist das hier mein Zuhause.« Siv lächelte tapfer.

Freya erwiderte das Lächeln. Sie hatte so viel mit Siv geteilt, sie hatten einander in aller Hoffnungslosigkeit getröstet, miteinander gewetteifert und waren zusammen vom Kind zur Frau gereift.

»Wir werden uns bald wiedersehen.«

Freya richtete die unsichtbare Wand auf, die unerwünschte Visionen vertrieb, und legte danach die Arme um Siv. Erstaunt spürte sie, wie ein Bäuchlein gegen ihren Leib gepresst wurde.

»Du bist ja gesegnet!« Sie legte die Hand auf Sivs Gewand. Das neue Leben vibrierte in seiner keimenden Kraft.

Siv errötete und wandte sich ab.

»Was ist denn los?«, fragte Freya aufgeregt.

»Beim Herbstopfer hat Freyr den Platz des Gottes eingenommen. Zusammen haben wir der Göttin gehuldigt. Und bei so einem Vater muss es doch ein schönes Kind werden, meinst du nicht?«

Wovon redete sie? Siv war beim Herbstopfer nicht mit Freyr zusammen gewesen. Freya konnte sich genau erinnern. Dann dämmerte es ihr langsam.

»Was hast du denn nur angestellt?«

Sivs Wangen röteten sich noch mehr.

»Wir waren zusammen im Kochhaus. Ich wollte es wirklich. Ich habe diesen Mann mein ganzes Leben lang begehrt. Er ist der Einzige, den ich haben will.«

Trotzig hob sie den Kopf und streckte den Bauch vor.

»Ich bereue nichts.«

Freya legte ihr zärtlich die Hand auf die Wange.

»Wenn das Kind nicht bei den Ritualen entstanden ist, dann ist es nicht sicher, ob Gullveig dir erlauben wird, es zu behalten.«

»Ich kann das Kind doch nicht aus meinem Bauch vertreiben. Nie im Leben! Ich werde es behalten.«

Die sonst so sanfte Siv blitzte sie an wie ein Sommergewitter. Freya musterte ihre Freundin verblüfft. Was war nur in sie gefahren? Sie verstand überhaupt nichts mehr.

»Aber …«

Sie konnte ihren Satz nicht beenden.

»Freya. Es ist so weit!«

Plötzlich tönte Snotras Stimme wie ein Peitschenhieb durch die Halle.

»Ich muss los. Wir reden später darüber«, sagte Freya und hüllte sich in ihren blauen Umhang.

»Warte, ich helfe dir, hier.«

Vorsichtig nahm Siv die beiden runden Spangen mit den verschnörkelten Schlangen und befestigte sie unter Freyas Hals.

»Denk nicht mehr daran, was ich gesagt habe. Sei vorsichtig.«

»Das verspreche ich«, sagte Freya und lief mit dem Ranzen in der Hand auf den Hofplatz.

Die Schwestern drängten sich im Schatten des Schutzbaumes aneinander, zusammen mit einigen Alfenpriestern, die die Auserwählten zu den Booten begleiten wollten. Freya empfand einen Freudenschauer, als sie Vidars breite Schultern sah. Sie lief in seine ausgestreckten Arme.

»Hast du gedacht, ich würde nicht kommen?« Er begrüßte sie mit einem warmen Kuss.

Freya streichelte die goldgelben Haare des Alfenpriesters und genoss die Wärme, die von ihm ausging.

»Es ist so schön, dass du gekommen bist«, keuchte sie, als sein Mund ihren losließ.

»Es wird schön sein, wenn du wieder hier bist«, sagte Vidar und zusammen gingen sie hinter den anderen her.

Freya drehte sich um und warf einen letzten Blick auf Siv, die zusammen mit Njörunn, Frid und allen anderen Schwestern vor der Tür stand. Sie winkte ein letztes Mal und konnte ihre Tränen kaum zurückhalten, als sie durch das geflochtene Tor ging.

Aber als sie den Hofplatz verlassen hatte, da schienen Kummer und Sorgen zu verfliegen. Sie waren auf dem Weg hinaus in die Welt. Endlich würde sie wissen, wie es dort aussah, weit fort von Vanaheim.

Freya lächelte dem diesigen Sonnenschein zu. Sie schwebte über den festgetrampelten Weg, vorbei an den Apfelbäumen, deren weiße Blütenblätter ins Gras rieselten. Vorbei an den Gesindehütten unten am Hang.

Ein alter Mann saß vor seiner Hütte und flocht eine Schilfmatte. Er winkte und zeigte auf eine magere Ziege, die neben ihm angepflockt war und auf einem Stöckchen herumkaute. Ein kleines Kind saß unter dem Bauch des Tieres und nuckelte an den Zitzen.

Freya legte eine Hand auf Ziege und Kind und segnete beide, ehe sie den anderen nachlief.

Als sie sich Vanaheims Hafen näherten, verließen die Menschen Felder und Hofplätze, um sie zu den Booten zu bringen.

Die Alfenpriester stimmten ein Abschiedslied an, das zwischen den Bergkuppen widerhallte und die Schweine sich in ihren aus Weidenruten geflochtenen Gehegen unruhig aneinander drängen ließ.

Freya winkte und segnete, bis ihre Arme müde waren. Und dann hatten sie den Hafen erreicht.

Åses Prachtboot wiegte sich würdevoll auf den Wellen. Die geschnitzten Schlangenköpfe vorn und achtern sahen lebendig aus und schienen jeden Feind angreifen zu können, der sich dem Boot näherte. An den Seiten wanden sich weitere heilige Schlangen. Das flachbödige Seepferd, so nannten sie das Boot, das halb so lang war wie die Halle der Priesterinnen, sollte sie über das Meer zu Skadis Land tragen. Trygves zwei Boote sahen daneben sehr klein aus.

Åses Seefahrer, ein alter Mann mit nur noch wenigen Zähnen im Mund, und seine Söhne warteten schon an der Reling. Die Priesterinnen gingen als Letzte an Bord des beladenen Bootes. Drei braune, zottige kleine Pferde standen in seiner Mitte. Sie waren sorgfältig angebunden worden und konnten nur unruhig stampfen. Drei Mägde saßen zusammen mit einer Hand voll von Sigvards starken Kämpfern auf den Ruderbänken. Die Männer sollten das Boot bewachen, während die Gesandten zum Hof der Fremdlinge gingen.

Die Königin wirkte besorgt, als Gullveig würdevoll auf sie zukam. Jetzt hing so viel von ihrer Schwester ab. Würde sie das wirklich leisten können? Die alte Frau hob ihren Schlangenstab und sprach einen Segen über die Königin.

»Ich weiß, dass die Mächte mit dir sind, aber ich werde trotzdem ein Opfer für dein Wohlergehen bringen«, sagte Åse.

Gullveig stützte sich schwer auf ihren Schlangenstab.

»Dafür danke ich dir. Und jetzt musst du mir etwas versprechen«, sagte sie und streichelte die funkelnden Augen des Schlangenkopfes.

Åse seufzte innerlich und rechnete mit einem von Gullveigs vagen Sprüchen, die dann nach Belieben ausgelegt werden konnten. Aber Gullveig war diesmal überaus deutlich.

»Ich will, dass du bei der Göttin schwörst, niemals zuzulassen, dass Vanaheim gespalten wird. Du kennst die Weissagung: Wenn unser Volk nicht zusammenhält, wird die Insel untergehen.«

Åse musterte Gullveig forschend, während es ihr eiskalt über den Rücken lief. Was hatte die andere in ihren Visionen gesehen? Verschwieg ihre Schwester ihr womöglich etwas?

»Du weißt, welchen Eid ich abgelegt habe, als ich an den Platz unserer Mutter gerückt bin. Wenn Vanaheim bedroht wird, bin ich zum äußersten Opfer bereit. Sag mir, was du weißt, darum bitte ich dich als deine Schwester und deine Königin.«

Gullveigs runzliges Gesicht zog sich zusammen. Für einen Moment war Åse fast sicher, dass Gullveig ihr alles berichten würde, doch als sie dann den Mund öffnete, kam sie auf eine alte Angelegenheit zu sprechen.

»Uneinigkeit kann auch die treffen, die durch starke Blutsbande zusammengehören. Um Widerstand leisten zu können, müssen wir das stärken, was zerbrechlich ist.«

Die Alte lachte, als sie Åses gereizten Blick sah. Mit schlurfenden Schritten ging sie zum Wasser und watete zum Schiff hinaus. Die Königin schüttelte langsam den Kopf, als sie sah, wie die alte Frau dann an Bord gehoben wurde. Sie wusste genau, was die Hohepriesterin mit ihren letzten Worten gemeint hatte. Gullveig verlangte, dass sie sich mit Freya aussöhnte.

Sie schaute verstohlen zu dem ernsten Gesicht ihrer Tochter hinüber, die in gebührender Entfernung von Priesterinnen und Priestern wartete. Ihre flehenden Blicke bohrten sich wie Mückenstiche in Åses Haut. Aber anders als Mücken und Insekten konnte Freya nicht verscheucht werden, auch wenn Åse das im Laufe der Jahre immer wieder versucht hatte. Es reichte nicht, dass sie das Mädchen Gullveig und der Göttin vermacht hatte, Freya verlangte dennoch Zuneigung. Åses alter Ärger machte sich wieder bemerkbar.

Gullveig hatte einmal gesagt, dass Freya die mächtigste Priesterin werden könnte, die jemals auf der Insel gelebt hatte, wenn sie nur lernte, ihre volle Kraft zu nutzen. Aber Åse reichte es, die alles sehende Gullveig zur Schwester zu haben. Die Göttin wusste, dass es nicht immer so leicht war, mit ihr zusammenzuleben. Trotzdem hatte Åse, schreiend und blutend, noch so ein Wesen in die Welt setzen müssen.

Åse rückte ihre Gürtelschnalle gerade, so dass deren Spitze trotzig aufs Meer zeigte. Freya war dem Mann, den Åse über alles hasste, wie aus dem Gesicht geschnitten. Und sie beherrschte Künste, die ihr schreckliche Angst machten. Nicht einmal die Göttin selber könnte von ihr verlangen, eine solche Tochter zu lieben. Nein, da war Åse Gefions trotziges Schweigen lieber, erinnerte es sie doch immerhin an sich selbst. Sie ließ ihren Blick durch den Hafen schweifen und suchte nach ihrer jüngeren Tochter, fand sie aber nicht. Sicher hatte sie sich davongeschlichen, wie es eben ihre Art war.

Snotra hustete und lenkte damit ihre Aufmerksamkeit auf sich. Åse nickte Gullveigs Gehilfin steif zu. Dann näherte sich Freya, mit flehendem Hundeblick. Åse schaute sie kurz an und wünschte ihr alles Gute. Die Enttäuschung war in Freyas Augen zu sehen, als sie sich umdrehte, um an Bord zu gehen. Åse ärgerte sich, als sie in Gedanken noch einmal Gullveigs Worte hörte. Vielleicht sah sie ihre Tochter hier zum letzten Mal. Vielleicht ... fast ohne zu wissen, was sie tat, löste Åse den schwarzen Stein, der an einem Lederriemen um ihren Hals hing.

»Hier, Tochter. Der wird dir Glück bringen.«

Freyas Gesicht strahlte jetzt vor Freude. Åse gab ihr den Stein, dessen blanke Oberfläche das Zeichen für Kraft zeigte. Wusste Freya, was sie da bekommen hatte? Nur wenige kannten die Macht dieses Zeichens und noch weniger wagten, es offen zu tragen. Aber die Tochter wusste es sicher, und sonst würde Gullveig sie aufklären.

Diesen Glücksbringer hatte Freyas Vater Åse geschenkt, ehe er die Insel verlassen hatte. Sie hängte Freya den Schmuck um den Hals und der Stein suchte sich einen Platz auf der jungen Brust.

»Geh jetzt«, sagte Åse streng.

Gleich darauf begann Gullveig mit dem Opfer für die Meeresgöttin Ran, ihre schrille Stimme bat um guten Wind und eine sichere Überfahrt. Åse sah, wie Freya an Bord kletterte. Bald darauf verließ das Boot die Bucht, ein Vogelschwarm umschwebte den Mast. Die Priesterinnen hatten ihre Reise angetreten.

Freya brannte vor Aufregung, als das Segel gehisst wurde und das Boot aus der Bucht glitt. Sie sah ihre Mutter am Strand kleiner und kleiner werden. Bald waren nur noch die drei Felskuppen über Vanaheim zu sehen. Das Schiff hatte das offene Meer erreicht. Ran füllte das graue Segel mit frischem Wind. Trygves Boote segelten neben ihm her, wie zwei Fohlen, die sich an Königin Åses prachtvolles Gefährt drängten.

Freya setzte sich an den Bug und spürte, wie ihr ganzes Wesen mit neuem Leben erfüllt wurde. Das Schiff glitt durch die Wellen wie ein geschmeidiges Pferd, nasser, salziger Wind liebkoste ihr Gesicht.

Es war wirklich so, wie die Skalden erzählten. Segeln bedeutete, in den Armen der Göttin gewiegt zu werden. Alles um Freya war von segensreichem Blau, der Himmel, das Meer, alles verschwamm miteinander. Das göttliche Licht strahlte vom Himmelsgewölbe. Freya kniff die Augen zusammen und hielt Ausschau nach den Wölfen, die den Wagen der Sonnengöttin jagten, aber die verbargen sich hinter einem dünnen Wolkenschleier.

Unter ihnen breitete sich das Reich Rans aus, der launischen Schwester der Sonnengöttin. Jeden Abend lenkte die Strahlende ihren Wagen hinab ins Meer, um dann in die Unterwelt weiterzufahren, wo sie mit Hilfe von Rans zauberkundigen Fischen die Reifriesen zurückdrängte, die das Reich der Menschen an sich reißen und alles Leben vernichten wollten. Es waren diese Frostwesen, die die Wölfe hinter dem Sonnenwagen herjagten, und an dem Tag, an dem die Bestien die Drachen einholten, würden Kälte und Finsternis sich ein weiteres Mal über die Welt senken. Und dann würde abermals das Zeitalter des ewigen Winters über sie hereinbrechen.

Jeder Tag und jede Nacht waren ein Kampf. Und sie konnten nur die große Mutter, die alles geboren hatte, anflehen, ihren Göttinnen die Kraft zu geben, sich der Menschenkinder zu erbarmen.

»Ich danke dir, du Strahlende, Lichte«, murmelte Freya.

»Das hier ist eine gute Zeit zum Segeln. Ran ist gerade gut gelaunt«, sagte der zahnlose alte Seefahrer und streichelte die Reling.

»Und wann ist eine schlechte Zeit?«, fragte Freya.

Er zuckte mit den Schultern.

»Zwei Handbreit zur Seite«, schrie er seinem ältesten Sohn zu, der achtern saß und das Ruder hielt. Der junge Mann nickte und presste das lange Holzstück in die Richtung, in die sein Vater gezeigt hatte. Der Alte nickte zufrieden, beugte sich über die Reling und hielt einen Finger ins Wasser. Er leckte daran, grunzte etwas Unverständliches und wischte sich dann die Hand an seinem schwarzen Wams ab.

»Wann ist eine schlechte Zeit?«, fragte Freya noch einmal.

»Na ja. Nach dem Herbstopfer ist es schwer, den Weg zu den nebligen Inseln zu finden. Ran mag es nicht, wenn man dann das große Wasser überquert. Deshalb ist es für weit reisende Kaufleute schwer, nach dem Herbstopfer noch nach Hause zu gelangen.«

»Wie findet man denn den Weg?«

Freya blickte den alten Mann, der sich mit einem Finger in seinem sonnenverbrannten Gesicht kratzte, fragend an. Sie wollte alles über das Meer und die Welt außerhalb Vanaheims wissen.

»Das habe ich von meinem Vater gelernt. Man folgt den Schatten und kostet das Wasser, man betrachtet Küsten und Inseln. Und nachts zeigt die Göttin einem mit ihren Himmelszeichen den Weg.«

»Wie sieht es auf den nebligen Inseln aus? Hast du die tanzenden Riesen gesehen?«

»Ja, das habe ich, und so etwas werde ich sicher nie wieder erleben.«

Freya schnappte nach Luft. Er hatte das also wirklich gesehen!

Der Alte lachte und kratzte sich am Kinn, denn er freute sich über die Aufmerksamkeit, die die junge Priesterin ihm erwies.

»Bewegen die Steine sich wirklich im Kreis?«

»Sie standen still, als ich vorüberging, aber man weiß ja nie, was sie in der Dunkelheit treiben. Aber diese Steine sind tatsächlich groß, das kannst du mir glauben, sie überragen noch den höchsten Baum. Mächtig sind sie, die Priesterinnen und Alfen auf jenen Inseln, die sie aus den Bergen bis zum Steinkreis haben wandern lassen.«

»Hast du das gehört, Gullveig? Er hat den heiligen Kreis gesehen!«

Die alte Frau saß auf einer Ruderbank und schaute aufs Meer hinaus. Als Freya sie rief, wandte sie sich um und lächelte.

»Das weiß ich.«

»Warum kommen die Priesterinnen der nebligen Inseln nicht nach Vanaheim?«

»Sie waren doch schon oft da«, sagte Gullveig.

Freya verstummte überrascht. Auch das hatte sie nicht gewusst. Sie wollte dem alten Seefahrer weitere Fragen stellen, doch er ging auf die andere Seite des Bootes und befahl einem seiner jüngeren Söhne, die Pferdeäpfel unter den verängstigten Tieren wegzuräumen.

Freya ging zu Gullveig nach vorn. Sie musste einfach mehr wissen.

»Warum haben sie den heiligen Ring gebaut?«

»Aus denselben Gründen, aus denen deine Stammmutter ihre Gatten geopfert hat, um die Göttin gnädig zu stimmen. Die Reifriesen hatten Nifelheim verlassen und Kälte und Finsternis hätten fast die gesamte Welt erobert.«

»Aber haben sie auf den Inseln nicht geopfert?«

»Doch, aber die Göttin war außer sich vor Zorn. Viel zu viele hatten sich von ihr abgewandt. Sie beteten jetzt die Götter an. Die Menschen dort drüben begriffen nicht, welche Mächte sie in Bewegung gesetzt hatten. Erst, als die Sonnengöttin sich abwandte und die Finsternis sich über die Erde senkte, ging ihnen auf, welchen Fehler sie begangen hatten. Die Götter der Männer konnten ihnen nicht helfen. Die Menschen mussten es allein mit Riesen und Reifthursen aufnehmen. Glücklicherweise gab es Priesterinnen, die Rat wussten. Wenn sie zu Ehren der Sonnengöttin den mächtigsten Tempel errichteten, den die Welt je gesehen hätte, dann würde sie sich ihnen wieder zuwenden.«

»Ließ sie sich gnädig stimmen?«

»Ja, ganz zum Schluss.«

»Aber warum hatte man sich von der Göttin abgewandt?«

Gullveig seufzte und strich sich eine in der sanften Brise tanzende Haarsträhne aus dem Gesicht.

»Das kommt eben vor. Es gibt boshafte Götter, die den Männern nachts im Schlaf Gift ins Ohr träufeln. Wenn die Männer dann aufwachen, halten sie sich für stärker als die Muttergöttin. Die Ordnung wird gestört und die Mächte des Chaos brechen über die Welt herein. Und dann sieht es immer übel für die Menschen aus.«

»Ist das auch bei den Fremdlingen passiert?«

Gullveig nickte. »Und deshalb weißt du, dass es ihnen niemals gut gehen wird.«

Freya nickte stumm und schaute aufs Meer hinaus. Es hatte eine andere Farbe, als die ihr vertraute, sogar der Geruch hatte sich geändert, er war weicher und nicht so stechend wie um ihre Insel herum. Die dunkelblauen Wellen jagten einander spielerisch, während die Sonne sie zum Funkeln brachte.

Alles wirkte so friedlich, aber sie wusste, dass unten im Meer entsetzliche Untiere lauerten, die das Boot mit einem einzigen Bissen verschlingen konnten. Und ganz weit vor ihnen, hinter dem blauen Horizont, endete das Reich der Menschen, dort hausten die Reifthursen zusammen mit fürchterlichen Schreckenswesen, die immer wieder versuchten, in die Welt der Menschen einzudringen. Nur die Sonnengöttin konnte sie zurückdrängen.

»Wie lange können wir segeln, bis wir das Reich der Menschen verlassen haben?«

Gullveig lachte kurz.

»Das musst du den da fragen«, sagte sie und zeigte auf den alten Seefahrer, der am Bug Ausschau hielt.

Freya schloss die Augen. Sie dachte über ihre eigene Endlichkeit nach. Das langsame Wiegen versenkte sie bald in einen segensreich traumlosen Schlaf.

Als sie erwachte, hatten sie Skadis Land erreicht. Die Boote folgten der Küste nordwärts. Freya setzte sich wieder nach vorn und betrachtete entzückt die endlosen Wälder. Zweimal waren in einer Bucht ein paar Hütten zu sehen. Einmal glaubte sie, Angehörige des alten Waldvolks zu entdecken, aber sicher war sie sich nicht. Auf jeden Fall standen im Schutz einiger Büsche kleinwüchsige Wesen und betrachteten die drei Boote.

Das alte Volk wich den Menschen aus. Angeblich hatten die Vanen gegen das alte Volk gekämpft, mit Bronzeschwertern gegen Steinäxte, als die Göttin sie in dieses Land geführt hatte, um sie vor der großen Katastrophe zu retten.

Die Vanen hatten den Sieg davongetragen und seither war das alte Volk verschwunden. Es lebte tief in den Bergen und Klüften, wo niemand es finden konnte.

Freya tastete nach dem schwarzen Stein, den ihre Mutter ihr geschenkt hatte, und folgte dem Zeichen der Kraftrune mit den Fingerspitzen.

»Das ist ein wunderbares Geschenk, der Stein hat deiner Mutter so viel bedeutet«, sagte Gullveig mit sanfter Stimme.

Gullveig saß im Schatten einer Plane, die gespannt worden war, um die Priesterinnen vor der Nachmittagssonne zu schützen. Freya trank kühlen Wacholderbeersaft aus einem Krug.

»Woher kommt der Stein? Hast du ihn ihr geschenkt?«, fragte sie und reichte Gullveig den Krug.

Das Opferlamm blökte verzweifelt achtern im Boot. Die Mägde saßen bei dem Tier und versuchten es zu füttern, während sie sich mit lauten Stimmen unterhielten. Die Pferde hielten die Köpfe gesenkt und schlugen traurig mit den Schwänzen. Die Kämpfer waren in ein Brettspiel vertieft.

»Nein, deine Mutter hat ihn von jemandem bekommen, der ihr mehr bedeutet hat, als mir das jemals möglich war.«

Gullveig lächelte traurig. Snotra schaute auf und blickte die Hohepriesterin abwartend an. Freya hatte längst begriffen, dass der Stein eine Geschichte hatte. Sie legte den Kopf schräg und flehte stumm.

»Erzähl.«

Gullveig zögerte. Vielleicht war die Zeit noch nicht gekommen, um Freya alles zu erzählen. Und es wäre außerdem ein Verstoß gegen die Sitten ihres Volkes. Kinder gehörten ihrer Mutter.

Als sie Snotras wütenden Blick auffing, fasste Gullveig einen Entschluss. Snotra musste lernen, dass gewisse Regeln gebrochen werden konnten und das Ganze bisweilen wichtiger war als die Details. Außerdem verging der Nachmittag nur langsam und die Reise war lang.

»In ihrer Jugend hat Åse einen jungen Alfenpriester namens Njörd geliebt. Er war der schönste Mann in Vanaheim. Ihre Liebe war groß.«

Freya erstarrte. Diese Geschichte war offenbar etwas Einzigartiges. Ihre Mutter hatte einen Mann geliebt? Das erschien ihr unvorstellbar.

Gullveig sah ihre Verwirrung und lachte.

»Also wirklich. Wir waren nicht immer alt und runzlig. Deine Mutter war immer schon ernst, aber in ihrer Jugend war sie fröhlicher, als du sie je erlebt hast. Als unsere Mutter an einem Lungenleiden starb, legte Åse deren Umhang um. Natürlich machte sie Njörd zu ihrem König.«

Gullveig lächelte bei dieser Erinnerung. Bilder aus alten Zeiten huschten in dem glitzernden Wasser vorüber.

»Damals war die Halle der Königin ein Ort der Freude. Nichts konnte deiner Mutter misslingen. Ich half ihr dabei, ihre Kinder zu gebären. Kochte Gelbstern, um ihre Schmerzen zu lindern, wenn sie schreiend und blutend neues Leben auf die Welt brachte. Das Erste war ein starker Knabe.

Als sie ihr zweites Kind gebar, fing sie an sich Sorgen zu machen.

Auch das war ein Junge. Ein mageres Kerlchen, das nur einige Stunden in dieser Welt verharrte. Und danach passierte nichts mehr. Zwei Jahre vergingen, aber kein Leben schlug in Åses Schoß Wurzel. Und das, obwohl sie oft zur Quelle ging und Geschenke für die Göttin niederlegte. Njörd machte sich womöglich noch größere Sorgen. Das Land brauchte einen fruchtbaren König, etwas anderes lässt die Göttin sich nicht bieten.

Auch Leute von Vanaheim machten sich Sorgen. In den Hallen wurde getuschelt, und bald wurden die ersten Stimmen laut, die forderten, dass Åse Njörd wegschicken und sich einen König nehmen solle, der Kraft in den Lenden hatte. Er wurde offen verhöhnt, wurde König Schwanzlos genannt. Glücklicherweise gab es in diesen Jahren gute Ernten, denn du weißt ja, was sonst vielleicht passiert wäre?«

Gullveig schaute Freya auffordernd an, und die antwortete rasch: »Er wäre geopfert worden, um die Göttin gnädig zu stimmen.«

Gullveig nickte zufrieden.

»Nun war Njörd ja Alfenpriester und deshalb waren alle von seiner Fruchtbarkeit überzeugt.«

»Aber das stimmte nicht«, sagte Snotra.

»Das stimmte nicht«, sagte Gullveig.

»Ich sagte ganz offen, dass etwas geschehen müsse, denn Åse musste Kinder gebären. Am Ende habe ich Njörd weggeschickt. Er nahm den erstgeborenen Knaben mit. In Alfheim weihte er sich dann dem Zwillingsgott. Kaum war er verschwunden, da schwoll Åses Bauch an. Aber es war zu spät. Und Åse sprach weder über das, was passiert war, noch über ihren schwellenden Leib.

Aber als ich dann eines Tages in ihre Halle kam, berichtete sie, dass das Kind ein Mädchen war und dass ich es aufziehen sollte.«

Gullveig versank in ihren Erinnerungen, während Freya bewegungslos neben ihr saß. Mit pochendem Herzen stellte sie sich vor, wie die Geschichte weiterging.

Vorsichtig zupfte sie an Gullveigs Umhang.

»Bitte, Tante, erzähl weiter.«

Die alte Frau zuckte zusammen.

»Den Rest kannst du dir sicher denken«, fuhr sie fort. »Åse gebar ihr drittes Kind. Das warst du.« Die alte Frau reiste durch die Zeit und hielt wieder die neugeborene Freya in den Armen. Sie lächelte bei dieser Erinnerung.

»Was ist dann passiert?«

Freyas Stimme klang angespannt. Zum ersten Mal erfuhr sie etwas von ihrer Vergangenheit. Es war die erste Erklärung, die ihr für die Kälte ihrer Mutter gegeben wurde.

»Urteile nicht zu hart über Åse. Sie hat es in diesem Leben nicht leicht gehabt. Sie lebt anders als du, sie hört die Stimme der Göttin nicht, weiß nichts über deren Willen. Åses Macht ist weltlich, sie sieht und versteht nicht, sie ahnt nur. Sei dankbar dafür, dass du eine Auserwählte bist, und urteile nicht über die, die ausgeschlossen sind«, sagte Gullveig, die Freyas Gedanken gelesen zu haben schien.

»Das Abschiedsgeschenk deines Vaters war der Glücksbringer, den du jetzt um den Hals trägst. Trag ihn mit Freude. Denn obwohl deine Mutter so sehr um diesen Mann getrauert hat, dass ihr Herz hart wurde, hat sie den Talisman nie abgelegt. Er ist das Letzte, war ihr von der großen Liebe ihres Lebens geblieben ist.«

»Und Gefion?«, fragte Freya erschüttert.

Gullveig nickte.

»Ja, Åse brauchte doch mehr als nur eine Tochter. Gleich nach deiner Geburt musste ich für deine Mutter einen neuen König aussuchen. Ihr war das alles egal. Ich entschied mich für einen staatlichen Jäger, Gendilfs Sohn. Åse war nicht unzufrieden und brachte bald Gefion auf die Welt. Aber als das Mädchen einige Jahre alt war, erkrankte er an einem Fieber und starb. Seither hat sie sich keinen neuen König mehr genommen.«

»Was ist aus Njörd geworden?«, fragte Freya.

Mein Vater. Sie konnte dieses Wort kaum denken, so ungewohnt war die Vorstellung für sie, dass es irgendwo einen Mann gab, der sie gezeugt hatte.

»Ja, Njörd. Seine Kräfte waren groß und er wurde zum Hohen Priester von Alfheim. Das machte für deine Mutter alles natürlich noch schwerer. Njörd kam wieder auf unsere Insel und nahm zusammen mit mir an den Ritualen teil. Obwohl sie wusste, dass der Gott und die Göttin unsere Körper benutzten, war es doch schrecklich für sie, unseren Segnungen zusehen zu müssen. Åse wurde immer schweigsamer. Eine Königin hat ein hartes, einsames Leben. Die ganze Welt verlangt einen Teil deiner Mutter, das darfst du nicht vergessen. Njörd war ein guter Mann, der von ganzem Herzen um Åse trauerte. Am Ende gab er seine Stellung als Hoher Priester auf, aber meines Wissens lebt er noch immer in Alfheim.«

Freya schloss die Augen, denn ihr Kopf drohte, von diesem unglaublichen neuen Wissen zu bersten. Sie hatte doch nicht ahnen können, dass ihre Mutter und ihre Tante so etwas erlebt hatten. Und sie hatte einen Bruder, das bestätigte ihren alten Verdacht. Ob sie es wagen konnte, nach ihm zu fragen?

»Was ist aus dem Jungen geworden? Meinem Bruder?«

Gullveig zögerte, vielleicht hätte sie geantwortet, wenn Snotra sich nicht eingeschaltet hätte.

»Das spielt wirklich keine Rolle. Und weißt du nicht ohnehin schon mehr, als du wissen musst?«

Freya verbarg ihren Ärger und schaute aufs Wasser hinaus.

»Bitte, Snotra, lass es mich doch wissen.«

Snotra achtete nicht auf sie, sondern wandte sich Gullveig zu.

»Es kann nicht gut sein, das alles zu erzählen. Überleg doch nur, was es für Probleme bringen kann.«

Gullveig nickte.

»Jetzt muss ich mich ausruhen.«

Sie ließ sich mühselig auf den Fellen nieder und schloss die Augen. Es hatte keinen Sinn, noch weitere Fragen zu stellen.

Die Boote suchten sich ihren Weg in einem Labyrinth aus kahlen Felsen, an denen sich nur hier und da ein Grasbüschel festklammern konnte. Je weiter sie segelten, desto grüner wurden die aus dem Meer emporragenden Klippen. Das Meer duftete süßer, die Berge waren dunkler. Weite Sumpfgebiete waren zu erkennen. Fremde Vogelschreie hallten über dem Wasser.

Als sie einen spärlichen Wald mit hohen Laubbäumen erreicht hatten, erklärte der Seefahrer, dass sie nun fast am Ziel seien. Und erst jetzt, in diesem Moment, dachte Freya an das, was ihnen bevorstand. Für kurze Zeit konnte sie keinen klaren Gedanken fassen. Was sollte aus ihnen werden?

Sie sah zu Gullveig hinüber. Die alte Frau schaute friedlich aufs Wasser hinaus. Freya schwor einen stummen Eid, komme, was wolle, ihre Tante nicht zu enttäuschen. Sie würde sich würdevoll allem stellen, was die Zukunft für sie bereit hielt.

Das Boot legte mit dumpfem Scharren an dem felsigen Ufer an. Aufgeregt sprang Freya in das lauwarme Wasser und watete auf das unbekannte Land zu. Die Gerüche plagten ihre Nase, sie waren so anders als alle, die sie kannte. Nicht einmal die Eichen rochen wie zu Hause. Freya blieb verwundert stehen und schaute sich um. Das hier war Skadis Land. Endlich waren sie am Ziel.

Die bärtigen Kämpfer luden fluchend die wild wiehernden Pferde aus dem Boot. Diese kämpften sich ans Ufer und stürzten sich sofort auf die Grasbüschel zwischen den Steinen und Felsen. Die Mägde schlugen das Nachtlager auf. Ein Kämpfer zog die Axt aus dem Gürtel und ging Holz sammeln. Die anderen brachten Bündel und Urnen und stapelten sie vorsichtig aufeinander. Freya ging dem Anführer der Kämpfer, Byggvir, entgegen, als er mit dem Opferlamm auf dem Arm durch das Wasser watete. Sie nahm das Tier und folgte Gullveig und Snotra in den Wald, um fremde Disen um Schutz anzuflehen.

Der Wald verhielt sich abwartend, seine Kraft pulsierte schwach zwischen den mit Moos bewachsenen Stämmen und grauen Steinen. Gullveig ging zu einem großen, von Bäumen und Unterholz umgebenen Felsblock. Ihr Umhang blieb im Gebüsch hängen und leise sang sie ein Zauberlied, um das Wesen des Waldes zu besänftigen. Freya horchte mit all ihren Sinnen. In diesem Wald gab es etwas, das sie nicht erkannte. Es griff nach ihr, betastete das in ihrem Arm ängstlich blökende Lamm. Sie blieb ganz still stehen, während die Disen sie erforschten.

»Ich grüße euch, Geister dieses Waldes, ich grüße euch, Geister dieses Waldes, ich grüße euch, Geister dieses Waldes …«

Das Lamm blökte, während Gullveig das Zauberlied sang. Sein kleines Herz pochte gegen Freyas Handfläche und das Tier schien seinen bevorstehenden Tod zu ahnen. Die Zeit war gekommen.

Freya legte das Lamm auf den grauen Felsblock. Die drei Frauen begannen, Gebete aufzusagen. Gullveig hob langsam das verzierte Bronzemesser, grüßte die Wesen des Waldes und lud sie zu sich ein. Trockenes Laub raschelte, als die Unsichtbaren sich um sie versammelten.

Die Frauen steigerten die Intensität der Gebete, ihre Stimmen stiegen zu den Baumwipfeln auf, schwebten zum Wasser hinüber und hinaus ins Unbekannte. Freya spürte, wie die Kraft im Wald wuchs, sie vibrierte zwischen den Bäumen, drang in sie ein. Sie glitt in das neblige Grenzland, das der Zauber zwischen den Welten bildet. Das Lied steigerte sich zu einem Schrei. In diesem Moment durchschnitt das Messer den Hals des Lammes. Eine dunkle Woge spülte über Freya dahin, als das Blut über den grauen Felsen strömte. Halb in Trance griff sie nach ihrem gesegneten Zweig, hielt ihn in das Blut und verteilte danach die Lebenskraft des Lammes über Bäume, Blätter und Boden. Jetzt war der Puls des Waldes derselbe wie ihrer. Gullveig verteilte das Blut, bis sich jede Vertiefung in dem grauen Felsblock rot gefärbt hatte. Die Blutkraft ließ den Stein knistern.

Die Frauen dankten den Mächten, sie dankten der Göttin, sie flehten und beteten um ihre Hilfe und ihren Schutz.

»Erce, Erce, höre auf die Worte deiner Töchter.«

Dann verstummten sie gleichzeitig.

Es war vollbracht.

Freya löste sich aus ihrer Trance und schien wie aus einem Traum zu erwachen. Nicht ein Laut war zu hören. Es herrschte vollkommene Stille. Dann spürte sie eine warme Welle, die durch ihren Leib wogte. Die Vögel sangen jetzt wieder und der Wind spielte in den Baumwipfeln.

Ihr Opfer war angenommen worden. Sie wurden von den Disen beschützt.

Jetzt konnten sie ihre Wanderung antreten.

»Das hier ist Lökk. Sie kommt von einem der Einödhöfe und hat oft in dieser Gegend gejagt. Sie wird euch zum Hof der Fremdlinge führen«, sagte Trygve und zeigte auf das magere Mädchen, das neben ihm stand. Mit ihren langen Beinen und ihren verfilzten Haaren hatte sie Ähnlichkeit mit einem Fohlen, doch sie besaß einen wachen Blick voller Kraft.

Gullveig nickte beifällig.

»Es ist ein knapper Tagesmarsch«, sagte Lökk.

»Ich würde auch gern mitkommen«, sagte der Häuptling von Hallunda.

»Nein, Trygve, kein Mann darf unsere Reise stören. So lange wir nur Frauen sind, stehen wir unter dem Schutz der Göttin und weder Mensch noch Tier werden uns etwas tun.«

»Das mag wohl so sein, aber ich will nicht tatenlos bei den Booten bleiben«, sagte Trygve.

»Mach, was du willst. Sind alle so weit?«

Gullveig sah sich um. Die Mägde hielten die schwer bepackten Pferde an den Lederriemen, die um die Köpfe der Tiere gebunden waren.

»Alles ist bereit«, sagte Freya und lud sich den Ranzen auf die Schulter.

»Möge die Göttin über euch wachen«, sagte Trygve zum Abschied.

»Wir haben nichts zu befürchten«, erwiderte Gullveig zuversichtlich.

Freya winkte den Kämpfern und dem alten Seefahrer zu, als sie Gullveig in den Wald folgte.

»Wir werden für euch beten«, riefen die anderen.

»Hier lang«, sagte Lökk und zeigte ihnen den Weg durch den spärlichen Wald.

Bald war das Lager nicht mehr zu sehen und sie waren umschlossen von Baumstämmen.

Freya schaute sich verwundert um. Sie hatte das Gefühl über dem trockenen Laub auf dem Boden zu schweben. Nach der langen Bootsreise war jede Bewegung ein Genuss. Ihre Lebensgeister erwachten aufs Neue.

Das hier war wirklich ein Abenteuer.

Bald würde sie die Mörder sehen, bald würde sie zum Werkzeug für die Rache der Göttin werden.

Die Sonne schoss hoch oben über ihren Köpfen goldene Pfeile durch die hellgrünen Baumkronen. Vögel jagten an ihnen vorüber, um dann in einer lauten Kakophonie ihre Anwesenheit zu verkünden. Zwei Rehe erstarrten hinter den schlanken, glatten Baumstämmen und schauten sie verdutzt an.

Aber diese Tiere waren nicht die Einzigen, die sie im Auge behielten. Freya spürte im Rücken die unsichtbaren Blicke der Waldgeister. Die Blätter raschelten, wenn sie ihren Spuren folgten. Freya schärfte ihre Sinne, um diese Wesen zu sehen, aber sie wirkten im Sonnenlicht wie schimmernde Luft. Sie sah nur, wie ein Baumstamm für einen Moment undeutlich wurde, als ein Geist vorüberhuschte. Aber trotzdem waren sie da, überall. Sie glichen einer freundlichen, neugierigen Kraft, die sie umwogte.

An diesem ersten Tag legten sie keine sonderlich weite Strecke zurück. Gullveigs Beine waren steif und sie hatten es nicht eilig. Also suchten sie sich eine Stelle für ihr Nachtlager und die Priesterinnen gossen ein wenig Met in einem Kreis um das Lager aus, während die Mägde das Zelt aufbauten. Danach legte Freya vorsichtig Brot und Beeren auf den Boden und sang ein Gabenlied. Das blauweiße Abendlicht verwandelte den Wald in einen Tempel, in dem die Waldgeister sich deutlicher abzeichneten. Wenn Freya alle Konzentration aufwandte, konnte sie die aufgeregte Neugier sehen, mit der diese Wesen sich um die Opfergaben drängten. Kleine grün schimmernde Geschöpfe stupsten graue Waldschrate an, um Platz zu haben. Andere Geister besaßen keine richtige Form, ihre Kraft war eher zu spüren als zu sehen. Und hinter den jüngeren Wesen gab es die Seele des Waldes, schwer und Geborgenheit schenkend, wie eine Mutter. Freya warf einen Blick zu dem Zelt hinüber, wo Snotra und Gullveig ins Gespräch vertieft waren. Eine Magd machte gerade Feuer.

Vorsichtig ging Freya einige Schritte weiter. Trockenes Laub kitzelte ihre Fußsohlen. Ein Igel lugte hellwach aus einem Dornbusch. Freya ging in die Hocke und rief ihn zu sich. Das kleine Tier schaute sich neugierig um und nahm dann mit seiner schwarzen Schnauze Witterung auf. Freya rief immer weiter. Jetzt hatte der Igel das Gestrüpp fast verlassen. »Komm zu mir, komm zu mir, hier gibt es Futter für dich«, rief Freyas Geist. Der Igel fasste seinen Entschluss, kam eifrig auf sie zugewackelt, wobei die schwarzen Pfötchen das Laub zum Rascheln brachten. Freya lächelte und griff sich mit der rechten Hand an den Gürtel. Jetzt hatte der Igel ihre Füße fast erreicht. Sie zog ihr Messer und stieß zu.

Der schwarzweiße stachelige Körper wurde an den Boden genagelt. Das Tier konnte nicht einmal mehr schreien, ehe es mit einer letzten Zuckung sein Leben aushauchte. Das Letzte, was Freya wahrnahm, war seine Überraschung.

Freya musterte den toten Igel zufrieden. Er hatte zwar nicht viel Fleisch, war aber doch eine Abwechslung zu der schalen Grütze, die sie auf ihrer Reise gegessen hatten.

Sie blickte sich um. Die Waldgeister hatten sich um sie herum versammelt und warteten ab.

»Vergib mir«, murmelte Freya und zog das Messer aus dem Igel. Ein Stachel bohrte sich in ihren Finger und Blut quoll hervor. Sie stieß eine Verwünschung aus, konnte aber aus dem toten Tier ein wenig Blut herauspressen und ließ es zusammen mit ihrem eigenen auf den Boden tropfen.

»Ich danke für die Gabe«, sagte sie respektvoll und merkte, wie die Geister sich um diese Gabe drängten, um deren Lebenskraft zu trinken.

Freya schob alle eigenen Gedanken fort. Sie lud die Geister dazu ein, ihr Bewusstsein zu erfüllen. Die Reaktion erfolgte zuerst zögernd, als ob sie nicht wagten, ihr zu vertrauen. Freya blieb sitzen, ruhig und mit geschlossenen Augen.

Sie konnten Vertrauen zu ihr haben. Sie lud sie ein. Alles war friedlich. Die Geister folgten der Einladung, und eine intensive Welle von Empfindungen brach über Freya herein.

Mit all ihren Sinnen, mit ihrem ganzen Körper wurde sie von einer kaum zu ertragenden Achtung vor der gewaltigen Schönheit erfüllt, die es in diesem Wald gab. Die Gefühle überwaltigten sie, zerrissen sie fast. Schön. Alles war so schön. Sie spürte, nein, sie war die grün schimmernde Seele des Waldes. Sie war das langsame Wachsen, die Ruhe des Winters und die Explosion des Lebens im Frühling. Sie war die uralten Steine, die die Weisheit vom Morgen der Zeiten mit sich trugen, war das flüchtige Schattenleben unter verfaulenden Baumstümpfen, sie war die tiefe Waldmagie, die jede Baumgruppe verzauberte. Sie war eins mit der Göttin.

Tränen liefen ihr über die Wangen und Freya dankte in Gedanken dafür, dass sie das sehen konnte. Die Geister zogen sich langsam zurück, und obwohl sie versuchte, sie zurückzuhalten, wusste sie zugleich, dass ihr Verstand nicht mehr hätte ertragen können.

Bald waren alle verschwunden und sie war wieder allein.

Eine Hand auf ihrer Schulter brachte sie zurück in die Wirklichkeit.

»Dein Blick ist klarer geworden«, sagte Gullveig leise.

Freya umklammerte die Hand der Alten. Sie wusste nicht, was sie sagen sollte, es gab keine Worte, um dieses Erlebnis zu beschreiben. Deshalb hielt sie einfach den toten Igel hoch.

»Ich habe ein wenig Fleisch gefangen.«

»Ach, wie gut. Komm, dann braten wir ihn über dem Feuer«, sagte die Tante lächelnd.

Freya erhob sich und bemerkte, dass sie Gullveig überragte. Wann war sie so groß geworden? Oder war Gullveig geschrumpft?

Verwundert beobachtete sie die mühsamen Schritte der alten Frau. Deren Körper war so alt und gebrechlich. Sie sah unter ihrem blauen Leinengewand aus wie ein Vogeljunges. Wann war das passiert? Wann war Gullveig so alt geworden?

Sie lief ihr voraus, gab den Igel einer Magd und half dann der alten Frau, am Lagerfeuer Platz zu nehmen.

»Mein Körper ist müde, er schmerzt und reißt. Nur Snotras warme Hände machen mein Leben erträglich, aber ich bin müde, so müde. Ich sehne mich nach dem Tag, an dem ich von allem befreit werde.«

Gullveigs Stimme klang trocken und sachlich, aber ihre Worte schnitten Freya ins Herz. Sie fiel vor der Tante auf die Knie und legte den Kopf in ihren Schoß. Als Gullveigs Hände ihre Haare streichelten, kamen ihr die Tränen.

»Aber, aber. Sei nicht traurig, ich lebe doch noch. Und egal, was passiert, du hast ein langes Leben vor dir, nutze es gut.« Die Alte verstummte und blickte lange ins Feuer, als spiele sich Freyas Leben in den Flammen ab.

»Wie steinig dein Weg auch werden mag, du musst ihm folgen. Du darfst nicht auf die Worte der anderen hören. Du musst hocherhobenen Hauptes weiterwandern. Ganz Vanaheims Schicksal hängt davon ab«, sagte sie mit der tonlosen Stimme der Seherin.

Freya setzte sich auf und musterte Gullveig forschend. Böse Ahnungen jagten Schauer über ihren Rücken. Aber die Alte winkte nur abwehrend und betrachtete den Igel, der jetzt auf einem heißen Stein gebraten wurde, mit hungrigem Blick.

»Jetzt wird gegessen.«

Thor verfluchte den Acker. Wie schon so oft flehte er den ausgedörrten Boden an. Er hatte wirklich alles getan, was er konnte, aber die Saat wollte keine Wurzeln schlagen. Nicht einmal das kostbare Lamm, das er nach der Aussaat geopfert hatte, war von diesem widerborstigen Feld angenommen worden.

Einige wenige Halme wiegten sich im warmen Wind. Und das war nicht das einzige Unglück, das ihnen widerfahren war. Nur wenige Tiere hatten in diesem Frühjahr Junge geworfen. Im Wald wich das Wildbret ihnen aus. Allein das Meer gab ab und zu widerwillig einen geringen Fang heraus.

Noch immer lastete der Fluch auf ihnen.

Er seufzte und kratzte besorgt sein mit dunkelroten Stoppeln übersätes Kinn.

Im Winter würden sie hungern müssen. Es hatte keinen Sinn, davor die Augen zu verschließen. Der Hunger würde sie nicht zum ersten Mal quälen und die Schwächsten unter ihnen in den Tod treiben.

Er schaute zu den Kindern hinüber, die lachend über den Hofplatz tollten. Im Winter würden sie vor Hunger weinen und verzweifelt um Nahrung flehen. Und im zeitigen Frühling würden sie stumm und geschwächt auf ihren Bänken liegen. Die Schwächsten würden in aller Stille sterben und ohne große Zeremonien im Wald begraben werden. Er hatte das schon so oft miterlebt.

Thor schaute dem Jungen hinterher, den drei Sommer zuvor eine Leibeigene geboren hatte. Es war ein wilder kleiner Bursche mit den gleichen dunkelroten Haaren wie er selbst.

Thors Vater Odin hatte den Kleinen im Wald aussetzen wollen, aber Thor hatte es nicht zugelassen. Kein Kind sollte unnötig sterben müssen.

Er reckte seinen schmerzenden Rücken und fluchte leise vor sich hin. Er würde dafür sorgen, dass sein Volk überlebte. Verdammte Hexen, die dieses Unheil auf sie herab beschworen hatten! Jorunn hatte die Göttin gnädig stimmen wollen, aber der alte Glaube hatte nichts zu bieten, außer toten Kindern und Hungerwintern.

Odin hatte der Göttin schon längst den Rücken gekehrt. Er sagte, kein Mann dürfe Befehle von einer Frau entgegennehmen und sein Leben von Hexen lenken lassen. Tiwaz sei mächtiger als alle diese Frauenzimmer zusammen.

Und Odin hatte Recht. Thor hatte die Nähe des Gottes im Kampf gespürt. Er kannte Tiwaz' berauschende Macht.

Trotzdem hatten Hexen diesen Fluch auf sie geladen, hatten den Höchsten besiegt.

Thor hob einen Stein vom ausgedörrten Boden auf und schleuderte ihn wütend zum Waldrand hinüber. Eine leichte Berührung seines feuchten Rückens ließ ihn herumfahren.

»Woran denkst du?«

Es war seine Mutter, Jorunn, die ihn aus ihren traurigen braunen Augen ansah.

»Es wird wieder ein harter Winter, Mutter. Die Felder geben nicht viel her. Der Fluch liegt noch immer auf uns und vergiftet unser Leben.«

Wütend spuckte er auf den unfruchtbaren Boden.

Jorunn seufzte. Ihr ohnehin schon gekrümmter Körper sank noch ein wenig mehr in sich zusammen. Auch sie hatte versucht, diesem fremden Land zu opfern, aber es schien nicht auf sie hören zu wollen. Schien sich ihren Gebeten zu verweigern. Und dabei war sie doch die Tochter einer Priesterin und hätte dadurch die Macht besitzen sollen, mit den Erddisen zu sprechen.

»Wir haben drei Winter überlebt und uns eine prächtige Halle gebaut. Das Land ist groß, niemand ist mit Feuer und Äxten zu uns gekommen. Es wird bestimmt besser«, sagte sie tröstend.

Thor schnaubte.

»Noch ist niemand gekommen, aber die Männer aus Utgard haben in Hungerzeiten Vieh von fremden Höfen gestohlen. Sie haben gesagt, dass die Tiere dort fett waren und die Ernten dicht an dicht wuchsen. Mutter, ich werde das auch tun. Im Herbst, wenn die Ernten eingeholt und die Scheunen voll sind, werde ich mit einigen Männern losziehen. Angeblich gibt es im Osten noch andere reiche Höfe. In diesem Winter wirst du nicht wieder Hunger leiden. Ich gebe dir mein Wort. Auch wenn das Kampf bedeutet. Es wäre nicht das erste Mal.«

Er lächelte freudlos.

Jorunn streichelte traurig Thors raue Wange. Sie wusste, was passieren würde. Die Fremden würden ihre Verwandten zusammenrufen und sie vertreiben. Das Schicksal ihres Volkes würde sich wiederholen.

Traurig schaute sie zum Hofplatz hinüber, als rechne sie schon mit dem Auftauchen von Feinden. Aber dort, im hohen Gras, wurde ihr ein anderer Anblick zuteil, der sie vor Überraschung aufschreien ließ.

»Schau nur, Thor!«

Er folgte ihrem Blick und keuchte auf.

»Bei Tiwaz«, sagte er atemlos.

Drei Lichtgestalten kamen den Hang heruntergeschwebt. Sie schimmerten blau und golden und schienen Sonne und Himmel um sich gesammelt zu haben. Waren es Menschen oder Göttinnen, die sie hier heimsuchen wollten?

Er trat einige Schritte vor und schaute den Wesen aus zusammengekniffenen Augen entgegen. Die Frau ganz vorn trug einen langen Stab mit einem glitzernden Kopf.

»Das sind Priesterinnen des alten Glaubens«, sagte Jorunn andächtig.

Ihre Worte ließen die alte Angst zu neuem Leben erwachen.

»Sie können uns wieder ins Verderben stürzen. Du weißt, dass Hexen immer Unglück bringen«, sagte Thor unsicher.

Vielleicht müsste er seine Waffenbrüder warnen. Zusammen könnten sie die Frauen von ihrem Boden vertreiben.

»Thor, das sind die Töchter der Göttin. Sie können uns retten. Nur sie können den Fluch aufheben«, sagte Jorunn.

»Sie werden nicht lange leben, wenn Vater sie entdeckt«, sagte Thor verbissen und schaute den Frauen entgegen. Je näher sie kamen, umso menschlicher sahen sie aus.

Jorunn nickte und wischte sich eine Träne von der Wange, während sie ihre Gedanken sammelte. Es musste eine Möglichkeit geben, Odin zu besänftigen, damit diese Priesterinnen ihnen helfen könnten.

Sie schaute ihrem hochgewachsenen Sohn in die Augen.

»Du hast Recht. Odin trinkt schon den ganzen Tag. Er ist jetzt nicht bei Verstand, und wenn du mir nicht hilfst, dann werden wir alle ins Verderben gestürzt.«

»Was soll ich tun?«

Jorunn erklärte es ihm.

Das hohe Gras reichte Freya bis zur Taille. Bei jedem Schritt wirbelte sie eine Wolke aus Staub, Insekten und Schmetterlingen auf.

Bald erreichten sie einen ausgetretenen Weg. Sie sprang über einen Haufen Kuhfladen und schaute sich neugierig um. Jetzt hatten sie die Fremden fast erreicht. Bald würde Freya die Ungeheuer sehen, die Bärengestalt annehmen konnten. Erregung mischte sich mit Furcht, und sie wusste nicht, wo die eine endete und die andere begann.

Auf den ersten Blick sah der Hof der Fremdlinge nicht viel anders aus als Vanaheim. Die neu errichtete Halle war klein, aber sie war so gebaut wie die Halle von Freyas Mutter, mit dickem Strohdach und hellen, mit Lehm verschmierten Wänden. Freya sah, wie eine Frau und ein hochgewachsener Mann von einem Feld her auf die Halle zuliefen.

Die beiden hatten sie gesehen.

Freya holte tief Luft. Sie waren drei Auserwählte, die unter dem Schutz der Göttin standen. Keine böse Macht war stark genug, um sie zu besiegen. Sie blickte zu Gullveig hinüber, die ungerührt mit ihrem Schlangenstab weiterwanderte, und ließ die Ruhe der Alten zu ihrer eigenen werden.

Sie hatte nichts zu befürchten.

Aber dennoch. Ein vages Gefühl des Unbehagens verstärkte sich bei jedem Schritt. Etwas stimmte nicht. Dieses Gefühl steigerte sich, je näher sie dem Hof kamen. Sie nahm es in sich auf, drehte und wendete diese seltsame Empfindung. Der Boden schien sich vor Unbehagen über seine Gäste zu krümmen. Freya schärfte ihren Blick, konnte aber nirgendwo ein Wesen entdecken.

Snotra drehte sich um und wechselte mit Freya einen ernsten Blick. Sie hatte es also ebenfalls wahrgenommen. Was war das?

Freya konzentrierte sich auf die Umgebung. Nicht die kleinste Bewegung war in der Luft. Keine Kraft wachte über den Menschen auf diesem Hof.

Vor Überraschung trat sie in einen dicken Kuhfladen. Sie fluchte und wischte sich den feuchten Dung rasch mit einer Hand voll trockenem Gras ab.

Hatten die Fremden die Disen denn nicht freundlich gestimmt, ehe sie hier ihre Wohnpfosten eingeschlagen hatten? Begriffen sie nicht, was passieren konnte, wenn die Mächte nicht auf ihrer Seite standen?

Hinter dem Zaun standen auf ausgedörrtem Boden einige jämmerliche Halme. Nicht einmal das Getreide wollte hier wachsen. Es waren die erbärmlichsten Äcker, die Freya in ihrem ganzen Leben je gesehen hatte.

Einige magere Kühe grasten am Waldrand, und ein schmutziger Hütejunge starrte die Fremden an. Die Rippen der Tiere ragten aus den mageren Körpern hervor. Sie schienen nach einem langen und kalten Winter eben erst auf die Weide gelassen worden zu sein. Freya fiel es immer schwerer, ihre Angst unter Kontrolle zu halten. Sie lief zu Gullveig hinüber.

»Welches Unheil ist diesem Hof widerfahren?«

Die Alte schaute sie düster an.

»So schlecht wächst der Same nicht einmal, wenn er auf unfruchtbaren Boden geworfen wird. Auf diesem Feld hier lastet Krankheit«, sagte Gullveig.

»Und jetzt weiß ich auch, warum. Möge die Göttin uns gnädig sein«, sagte Snotra, blieb mitten auf dem Weg stehen und zeigte auf die Halle.

Freya keuchte auf, als sie das Unfassbare sah. Neben dem Langhaus lag ein großer Felsblock, zweimal mannshoch und mit glatten Seiten. Die Fremdlinge hatten ihre Halle neben einem Weihestein errichtet – kein Wunder, dass auf ihren Feldern nichts wachsen wollte!

»Tante, wie ist das möglich?«, fragte Freya atemlos. Noch nie hatte sie etwas so Lästerliches gesehen. Nie hätte sie gedacht, dass Menschen eine solche Dummheit begehen könnten.

Jedes kleine Kind wusste doch, dass in einem Weihestein Disen wohnten, die Achtung und Opfer verlangten. Und unter den Disen hausten die Kleinen, die – wenn sie nicht mit Respekt behandelt wurden – Menschen und Vieh mit Krankheit schlagen konnten. Ein Weihestein war eine heilige Stätte, an der sich Mächte aus Luft, Feuer, Erde und Geist versammelten.

Dort aber hatten die Fremdlinge ihr Haus gebaut und ihr Abfallhaufen lag gleich daneben.

»Kein Wunder, dass die Mächte wütend sind. Das hier ist ein entweihter Ort«, sagte Gullveig leise und zeichnete eine Schutzrune in die Luft. Die leuchtete schwach auf und fiel dann ohnmächtig zu Boden.

Freya fuhr entsetzt zusammen, tat es Gullveig aber nach. Groll und Abscheu schlugen ihnen mit jedem Schritt entgegen. Wie konnte dort überhaupt jemand leben? Was mochten das für Menschen sein?

»Vielleicht haben die bösen Mächte die Herrschaft ergriffen?«, fragte Freya.

Ihre Stimme zitterte, obwohl sie versuchte, gefasst zu klingen.

»Nein, hier herrschen die Göttin und ihre Mächte. Sie sind zornig, aber sie haben die Sinne der Menschen nicht übernommen«, sagte Gullveig.

Freya schluckte hart und hoffte, dass Vanaheims Hohepriesterin Recht hatte. Ihr Puls hämmerte dermaßen, dass ihre Ohren dröhnten. Brennende Leiber aus ihrem Traum tanzten vor ihren Augen.

»Denkt daran, dass ihr für den Zauberschuss Kraft sammeln müsst. Aber vorsichtig«, mahnte Gullveig.

»Was passiert, wenn sie weder Buße zahlen noch Frieden schließen wollen?«, fragte Freya.

»Dann werden die Mächte ihnen ihre rechtmäßige Strafe zuteilen«, erwiderte Gullveig.

Ein Frau tauchte auf und trat hinter das dünne geflochtene Tor. Sie wurden also erwartet. Freya musterte die Frau neugierig. Alles an ihr war braun wie fruchtbare Erde, die langen offen hängenden Haare, das Wams, die Farbe des mageren Gesichts. Vielleicht hatte der Bär sie so braun werden lassen?

Freya starrte die Fremde an. Sie sah wirklich nicht so aus, als könne sie Bärengestalt annehmen, aber man wusste ja nie. Vielleicht würde sie sich bald verwandeln?

Freyas Schritte wurden langsamer. Sie wollte auf jeden Fall bereit sein.

Erst jetzt sah sie, dass die Frau keine Armbänder und auch keinen anderen Schmuck trug. Dieser Stamm musste schrecklich arm sein, wenn die Frauen ihre Bronze und ihr Gold nicht mehr zu Armreifen verarbeiten konnten. Noch die letzte kleine Magd in Vanaheim trug zumindest ein Halsband. Freya legte die letzten Schritte zurück und blieb dann neben Gullveig stehen. Jetzt kam es darauf an. Gullveig hob den Stab mit dem geschnitzten Schlangenkopf. Die Schlangenaugen glitzerten im Sonnenlicht.

»Friede und gutes Wachstum. Möge die Göttin über dir wachen, Schwester«, sagte sie höflich.

Die Frau schaute sich eilig um und zeichnete dann mit der Hand einen blitzschnellen Gruß.

»Und über dir, Schwester. Ich bin Jorunn.«

Ihre Stimme war leise und sie sprach undeutlich, wie mit vollem Mund, aber ihre Worte waren dennoch zu verstehen. Freya atmete langsam auf. Wenn sie mit der Hand das schalenförmige Zeichen der Göttin malen konnte, würde sie sich wohl nicht verwandeln, um die Besucherinnen in Stücke zu reißen.

Im Gegenteil, sie schien vor unverfälschter Angst geradezu zu glühen. Freya schnappte nach Luft. Was war nur diesen Fremdlingen widerfahren, was auf ihrem Hof war so entsetzlich, dass sie selbst es ebenso fürchteten?

»Schwestern, hört mir zu. Böse Zeiten sind über unseren Hof hereingebrochen, mein Mann ist nicht so, wie er sein sollte. Ihr solltet wieder gehen, denn ich fürchte, euch könnte sonst etwas passieren«, warnte Jorunn.

Gullveig schaute auf den Hofplatz hinter der Frau.

»Ich sehe den Fluch, der auf euch lastet, aber ich fürchte weder deinen Mann noch die Mächte. Ich habe wichtige Dinge mit dir zu besprechen, Königin.«

Jorunn sank in sich zusammen, wie unter einer schrecklichen Schande.

»Ich bin keine Königin. In dieser Halle fasst mein Mann, der König, alle Beschlüsse«, flüsterte sie mit gesenktem Blick.

Freya riss überrascht die Augen auf. Konnte das denn wirklich möglich sein? Was waren diese Fremdlinge nur für Menschen? Ein Mann, der alle Beschlüsse fasste. Fast hätte sie losgelacht.

»Nun gut. Dann sprechen wir mit eurer Priesterin.«

»Nein, nein.« Jorunn seufzte tief. »Wie haben auch keine Priesterin. Mein Mann betet andere Götter an.«

Freya stockte der Atem. Sie hätte nicht überraschter sein können, wenn die Frau sich in einen sprechenden Bären verwandelt hätte. Ein Mann, der Entscheidungen traf, keine Priesterinnen und eine neben einem Weihestein errichtete Halle. Diese Fremdlinge hatten wirklich keine Ahnung davon, wie es auf der Welt zuging.

Sogar Gullveig wirkte erschüttert, als sie darum bat, zu diesem Häuptling geführt zu werden. Jorunn widersprach, dann aber gab sie sich geschlagen und öffnete widerwillig das Tor.

Auf dem Hofplatz stand eine Hand voll Frauen und Männer und sie alle starrten die Priesterinnen an wie aus dem Moor aufgetauchte Geister. Einem glotzenden Leibeigenen fiel ein Eimer aus der Hand. Ein schöner Mann mit Haaren wie reifer Weizen trat vor die Schmiede und musterte die Besucherinnen. Dabei griff er sich an die Hüfte, als ob er eine nicht vorhandene Waffe suchte. Das Schweigen lag drückend über dem Hof und eine Welle des Unbehagens kam den blau gekleideten Frauen entgegen. Jorunn beugte sich zu Gullveig hinüber und flüsterte: »Sie halten euch für Hexen. Hört mir jetzt genau zu, haltet euch an meinen Sohn Thor, egal, was passiert. Er wird euch beschützen.«

Verblüfft schauten sie die Frau an. Das alles war neu und unbegreiflich.

Dann wurden die Doppeltüren der Halle mit einem Knall aufgeschlagen und ein schwarzbärtiger Mann kam mit schwankenden Schritten heraus. Er blieb stehen, rückte seinen breiten Gürtel gerade und musterte die Frauen von oben herab.

»Was ist das denn? Besuch?«, rief der Schwarze in demselben Kauderwelsch wie Jorunn. »Die Hexen sind gekommen, eine alte, eine junge und eine irgendwo dazwischen«, sagte er und lachte so sehr, dass sein Bauch über seinem Gürtel bebte.

Immerhin gab es auf diesem Hof zumindest einen wohlgenährten Menschen.

Der Schwarze torkelte auf Gullveig zu und musterte sie von Kopf bis Fuß. Sein Bart war ungekämmt, Essensreste hingen um seinen Mund. Er stank nach altem Met. Sein Blick war kalt und abweisend. Das also war der Mann, der über diesen Hof herrschte.

Freya schauderte es, etwas Abstoßenderes hatte sie noch nie gesehen, Gullveig dagegen erwiderte den Blick des Mannes, ohne mit der Wimper zu zucken. Sie standen schweigend da und maßen einander wie zwei Hengste kurz vor dem Kampf um eine brünstige Stute.

Eine fröhliche Stimme löste die tödliche Spannung auf.

»Vater, wo bleibt die Gastfreundschaft? Sollen die Frauen denn auf unserem Hofplatz vor Hitze in Ohnmacht fallen?«

Ein hochgewachsener Jüngling mit dunkelroten Haaren und unter straffer Haut spielenden Muskeln erschien auf dem Hofplatz. Er lächelte breit und freundlich.

»Ich bin Thor. Willkommen in Idunvallen«, sagte er und nickte den Priesterinnen höflich zu.

Das also war Jorunns Sohn. Freya musterte ihn von Kopf bis Fuß. Trotz seiner schlichten Kleidung hatte er die Haltung eines Königs und seine schwellenden Muskeln trug er wie ein Adelszeichen. Die langen Haare schimmerten dunkelrot. Und gut gewachsen war er, fast einen Kopf größer als Freya, die doch die meisten auf diesem Hof überragte. Er sah wirklich ganz anders aus als alle Männer, die sie je gesehen hatte.

Thor erwiderte ihren Blick offen, aus dunkelblauen Augen, die verwundert in ihre blickten. Freya holte Atem. Rasch senkte sie den Blick. Sie wollte kein böses Blut schaffen.

Thors muntere Aufforderung hatte den stummen Kampf zwischen Gullveig und dem Häuptling beendet. Der Häuptling fuhr zusammen und schien aus einem Traum zu erwachen.

»Ja, was ist aus unserer Gastfreundschaft geworden? Willkommen in Idunvallen. Frau, bring Trinkhörner für unsere Gäste. Niemand soll Odin nachsagen können, dass er sich nicht um seine Gäste kümmert«, sagte der Schwarzbärtige und zeigte auf die offene Tür.

Jorunn bedachte ihren Mann mit einem besorgten Blick, dann

verschwand sie in der Halle und erteilte ihren Mägden die nötigen Befehle. Freya betrat das kühle Dunkel. Ihr Unbehagen wuchs, als ihre Augen sich an die Finsternis gewöhnten. Es roch fremd. Was würde sie hier sehen? Bärenfelle vielleicht, die die Fremdlinge benutzten, um eine andere Gestalt anzunehmen? Als sie sich jedoch umsah, konnte sie kaum etwas Überraschendes entdecken.

In diesem Langhaus sah es aus wie in der Halle der Priester, nur war es eben viel kleiner. Die Schlafbänke wiesen nur sechs Plätze auf, drei auf jeder Seite. Das Dachstroh duftete noch immer frisch, die groben Stämme waren noch immer hell, das Haus konnte also noch nicht lange hier stehen.

Ein kleines Kind schlief in einer Wiege. Diese wurde von einem Mädchen mit verfilzten Haaren und schmutzigem Gesicht bewegt, dessen Augen Freya mit einem ganz und gar leeren Blick ansahen. Zwei ältere Frauen, beide in geflickten Gewändern, machten sich an den Tongefäßen unter den Lagern zu schaffen. Was Freyas Blick jedoch fesselte, waren zwei seltsame Schwerter, die über Kreuz an der Querwand bei der Feuerstätte hingen. Waren das die verzauberten Schwerter, die Trygve erwähnt hatte? Freya hatte so etwas noch nie gesehen. Sie machte ein paar Schritte darauf zu und fühlte sich angezogen von deren dumpfem Glanz. Diese Schwerter leuchteten nicht wie Goldbronze, sie waren wirklich blank wie still stehendes Wasser. Was wohnten in dieser Halle nur für seltsame Kräfte?

»Setzt euch«, sagte der Schwarzbärtige und ließ sich auf einem der Baumstämme nieder, die die erloschene Feuerstätte umgaben.

Gullveig nahm stolz und furchtlos Platz, Snotra setzte sich ebenso hocherhobenen Hauptes neben sie.

Als Gullveig ihren Schlangenstab auf den Boden legte, als Zeichen dafür, dass sie sich keine Sorgen machte, setzte Freya sich eilig neben Snotra. Dort fühlte sie sich sicher. Bald fiel Sonnenlicht durch die Türöffnung und einige Männer kamen herein. Sie nahmen auf den übrigen Baumstämmen Platz und starrten die Priesterinnen an. Aus ihren Blicken leuchtete Misstrauen. Sie fragte sich, wie sie ein Haar von einem dieser Männer an sich bringen sollte, denn sie scheuten sie ja offenbar wie das Feuer.

Thor ließ sich ihr gegenüber nieder. Er starrte sie ebenso offen an wie vorhin auf dem Hofplatz. Seine Blicke wanderten wie beißende Ameisen über ihren ganzen Leib. Dankbar ließ sie sich von Jorunn das Trinkhorn geben. Der Häuptling, Odin, richtete sich schwankend auf und sie tranken auf das Wohl des Hauses.

Der Met war süßer, als Freya es gewohnt war, und er war stark. Kein Wunder, dass diese Männer betrunken waren. Wenn sie dieses Horn leerte, würde sie keinen klaren Gedanken mehr fassen können.

Sie hatte erwartet, dass Jorunn sich zu ihnen setzen würde, die Priesterinnen hatten einen ganzen Baumstamm für sich, aber Jorunn und die anderen Frauen standen in der Nähe des Herdes und schauten zu ihnen herüber. Das Mädchen mit dem Kind war verschwunden.

Es war ein seltsames Gefühl, nur mit Männern an einer erloschenen Feuerstätte zu sitzen. Odin stand schwankend da und fing in seiner fremden Aussprache an zu reden.

»Willkommen in Idunvallen. Wir freuen uns, endlich Gäste aus diesem ungerodeten Land begrüßen zu dürfen. Wir sind schon vor vielen Sonnenwanderungen hier eingetroffen ...«

Odin starrte ins Leere, dann redete er mit lauter Stimme weiter. Was war er doch für ein seltsamer Mann. Und so abstoßend. Bei der Vorstellung, mit einem solchen Mann zusammenleben zu müssen, lief es Freya eiskalt den Rücken hinunter. Arme Jorunn. Und er fasste alle Beschlüsse, das war unvorstellbar. Wie konnten die Frauen es hinnehmen, dass die Männer sich die Macht nahmen? Männer konnten den Willen der Göttin doch nicht deuten!

Hier auf dem Hof der Fremdlinge hatten sie schon so viele unbegreifliche Dinge gesehen, dass sich in Freyas Kopf alles drehte. Sie ließ ihre Blicke über die bärtigen Männer wandern, die breitbeinig dasaßen und ihrem Häuptling ehrerbietig lauschten. Das waren die Mörder.

Die Bilder aus ihrem Traum zogen in Wellen an ihren Augen vorüber. Dort saßen sie zufrieden und wohlgenährt, während die Körper der Toten schwarz versengt in ihren zerstörten Hallen lagen.

Der Hass entfaltete sich in ihr wie eine Blume im Frühling. Diese Männer müssten mit durchbohrten Herzen leblos auf dem Hofplatz liegen, ihre Gesichter in blutige Fetzen zerhackt werden.

Der Hass legte sich in ihrem Magen zur Ruhe, als die Gewissheit in ihr wuchs. Die Männer von Idunvallen würden für ihre Untaten zur Rechenschaft gezogen werden. Sie würde schon eine Möglichkeit finden, um dafür zu sorgen, dass sie krank und hilflos dalagen, wenn die Kämpfer der Vanen ihren Hofplatz erreichten.

Häuptling Odin redete weiter, über seine Halle, über sein Volk. Freya hörte nicht zu, sie sah nur, wie sich sein verdreckter Bart unter seinen fleischigen Lippen bewegte. Ihre Verachtung wuchs. Wie konnten sie sich dieses Gefasel anhören? Sie waren Priesterinnen im Dienste der Göttin.

Sie standen unendlich viel höher als dieser simple Einödbauer.

Aber dennoch. Überrascht schärfte sie ihren Blick. Hinter seinem betrunkenen Auftreten gab es noch etwas anderes. Freya konzentrierte sich, suchte mit allen Sinnen danach, was sich in ihm versteckte. Es dauerte lange, doch endlich hatte sie es erkannt.

Er besaß Kraft. Die gleiche dumpfe Kraft wie die Alfenpriester. Freya war überrascht. War er ein Priester oder waren ihm seine eigenen Fähigkeiten unbekannt? Aber wie konnte er seinen Hof unfruchtbar werden lassen? War er blind? Böse? Was für ein Fluch lastete auf diesen Männern?

Wieder fiel ihr auf, dass Thor ihr unverwandt ins Gesicht starrte. Er ärgerte sie ebenso wie eine Fliege, die sich nicht verscheuchen ließ. Sie brauchte keine Priesterin zu sein, um seine Lust und sein Begehren zu spüren. Die waren so wirklich wie der glatte Baumstamm, auf dem Freya saß. Wütend blickte sie ihn an. Was dachte er sich eigentlich? Dass sie sich hier anbieten würde wie eine brünstige Stute, nur weil er hier saß und sie mit halb offenem Mund blöde anglotzte?

Glaubte er etwa, sie, eine Priesterin und Tochter einer Königin, würde für einen gottlosen mordenden Fremdling ihre Oberschenkel öffnen? Wie konnte er dermaßen überzeugt von sich sein?

Sie hörte zu, wie Gullveig jetzt so vorsichtig wie möglich erklärte, warum sie gekommen waren, alles in dem Wissen, dass sie hier auf Messers Schneide balancierte.

Die alte Frau sprach ausführlich über den geheiligten Boden.

»In euren Feldern gibt es nicht viel Leben«, sagte sie behutsam.

»Nein«, erwiderte Odin und fiel Gullveig damit ins Wort, was für einen Mann ja ohnehin schon ein Frevel war.

»Wir haben die Erde so gut genutzt wie wir konnten, aber sie verweigert sich unserem Pflug«, fügte er unhöflich hinzu, ohne auf die alte Frau zu achten. Er redete endlos lange über seinen Kampf mit dem hiesigen Boden und über die Wanderung, die sein Volk durch finstere Wälder zurückgelegt hatte, um hierher zu gelangen.

»Wie viele Höfe habt ihr gebaut?«, fragte Gullveig listig.

»Genug, um zufrieden sein zu können«, antwortete Odin. So überaus betrunken war er offenbar doch nicht.

»Aber ich sehe, dass an eurer Feuerstätte viele Kämpfer sitzen. Und ich nehme an, dass es auf den Höfen, die ihr auf frisch gerodetem Boden erbaut habt, noch viele weitere gibt.«

»Mein Stamm zählt viele mutige Kämpfer. Erzähl uns aber, wo dein Volk lebt. Wir könnten uns doch gegenseitig unterstützen. Wie segelt man, um nach Vanaheim zu gelangen?«

»Ach, Richtung Sonnenuntergang, über das große Wasser. Ich bin nur eine alte Frau und weiß nichts über die Wege, die heimwärts führen.«

»Aber wie seid ihr denn nach Idunvallen gelangt? Seid ihr allein, drei schutzlose Frauen?«

»Wir sind nie allein, die Göttin wacht über uns.«

»Das kann ich mir nicht vorstellen. Frauen können doch nicht einfach so durch die Wälder wandern?«

»Wir sind vor Fremdlingen und wilden Tieren geschützt.«

»Wo seid ihr aufgebrochen? Wie lange musstet ihr wandern, um zu uns zu gelangen?«

In Odins Augen funkelte es. Offenbar glaubte er Gullveig kein Wort.

»Wir sind so lange durch die Wiesen gewandert, dass ich nicht mehr weiß, wo wir aufgebrochen sind. Als Priesterinnen müssen wir alle Höfe von Vanaheim besuchen, um die Zukunft vorherzusagen und den Boden zu segnen, der bestellt werden soll.«

»Aber eure Kleider sind sauber und ihr seht nicht aus wie nach einer langen Wanderung durch tiefe Wälder.«

»Wir haben viele Gewänder bei uns und haben die schönsten angelegt, um dich und dein Volk zu ehren.«

Odin verstummte und nahm einen Schluck aus seinem Horn. Einer seiner Brüder beugte sich vor und flüsterte ihm etwas ins Ohr.

Odin nickte.

»Kannst du beschwören, dass ihr nur zu dritt seid, und dass oben im Wald keine Kämpfer warten, um unseren Hof anzustecken und auszuplündern?«

Gullveig schaute ihm lange in die Augen, dann sagte sie:

»Ich schwöre bei der Göttin. Nicht deshalb sind wir hergekommen.«

»Aus welchem Grund aber dann?«

Freya spannte sich am ganzen Leib an. Jetzt galt es.

Sie zählte sieben Kämpfer, die an der Wand standen oder um die erloschene Feuerstätte saßen, hochgewachsene Männer, aber doch kleiner als der Jüngling Thor. Lange Bärte trugen sie, und sie waren schlicht gekleidet. Normale Männer, keine mächtigen Krieger, die die Gestalt von Bären oder Wölfen annehmen konnten. Selbst wenn es auf den anderen Höfen noch doppelt so viele Krieger geben sollte, müsste ihr Volk diese Leute hier besiegen können.

Sie kam nicht auf die Idee, dass die Krieger ihnen etwas antun könnten. Das verboten die Gesetze der Gastfreundschaft, die ältesten Gesetze auf der Welt. Auch Fremdlinge würden nicht gegen diese Gesetze verstoßen, das war einfach unvorstellbar.

Die seltsamen Schwerter glommen, wie sie dort an der Querwand hingen. Wenn sie sie nur genauer untersuchen und in Erfahrung bringen könnte, welche Kraft darin wohnte!

Thors Blicke wanderten noch immer über ihren Körper. Ohne auch nur zu wissen, warum, beschloss sie, ihm einen raschen Blick zuzuwerfen. Den nahm er dankbar entgegen, und plötzlich musste sie lachen. Er war wie ein junger Hund, der um eine Liebkosung bettelte.

Aber jetzt wurde die Sache ernst. Gullveig nahm ihren Stab und richtete sich auf. Ihre Gestalt wuchs, als sie den Schlangenstab hob. Odin schien erschüttert zu sein, als er sich im Schatten dieser Gestalt wiederfand, die eben noch eine schwache alte Frau gewesen war. Gullveigs Stimme hallte über den Hof.

»Höfe in der Nähe von Hallunda sind abgebrannt worden, Vanen wurden geschändet. Wir suchen die Übeltäter. Wenn sie Buße zahlen und Frieden schließen, wird Vanaheim sich nicht rächen. Dann werden unsere Priesterinnen den Boden segnen, so dass niemand je wieder stehlen muss. Wenn aber die Mörder Vanaheim und der Macht der Göttin trotzen, dann werden Feuer und Zerstörung eure Höfe und eure Nachkommen treffen, bis eure Sippe vom Erdboden getilgt ist.«

Gullveig setzte sich und schrumpfte vor den Augen der anderen zusammen.

Es war ein redliches und großmütiges Angebot. Aber das Schweigen in der Halle war kalt. Der ganze Hof schien den Atem anzuhalten. Odin starrte stumm den festgetrampelten Lehmboden an. Freya spürte, wie sich in ihm der Zorn anhäufte. Er umgab diesen Mann wie eine schwarzrote Wolke.

Das konnte nie im Leben gut gehen. Sie warf einen nervösen Blick auf die umstehenden Kämpfer. Sie waren bereit. Die Hände lagen auf den Dolchen in ihren Gürteln. Die Muskeln waren angespannt, sprungbereit.

Freya schluckte hart. Sie würden doch wohl nicht Hand an drei Priesterinnen legen? Sie konnten doch wohl nicht …

»Vater, erlaubst du mir zu sprechen?«

Thor sprang auf. Odin antwortete mit einem verblüfften Grunzen. Obwohl Thor der älteste Sohn auf dem Hof war, war es eine unerhörte Frechheit, sich in eine Beratung einzuschalten. Thor wusste das auch, aber dennoch wandte er sich nun an Gullveig:

»Wir haben gehört, wie du dein Anliegen vorgebracht hast, und mein Vater, der für seine Klugheit und seinen guten Willen weithin bekannt ist, wird sich deine Worte überlegen. Aber ich weiß, dass ich für alle hier auf dem Hof spreche, wenn ich dich bitte, Folgendes zu bedenken: Wir wissen nichts von ausgeplünderten Häusern oder von gestohlenem Vieh. Deine Anklagen tun uns weh. Wir sind hergekommen, um in Ruhe und Frieden zu leben. Wir wünschen uns Frieden mit unseren Nachbarn, wer immer sie sein mögen, aber sie haben unsere Halle noch nie besucht. Die Gesetze der Gastfreundschaft verlangen, dass wir euch ehren, doch ich glaube, es ist jetzt für uns alle an der Zeit, wieder an die Arbeit zu gehen. Ich werde euch zu eurem Lager geleiten. Morgen kommt ihr dann wieder her, um an der Feuerstätte meines Vaters zu essen und zu trinken. Danach könnt ihr heimkehren und euren Verwandten berichten, dass mein Vater ein gastfreundlicher Mann ist, der seinen Nachbarn nur das Beste wünscht.«

Thor verstummte. Die Kämpfer standen abwartend da, noch immer in Bereitschaft. Dann erhob Odin sich schwankend.

»Wohl gesprochen, mein Sohn. Morgen halten wir ein Gastmahl ab.«

Die Männer applaudierten und eine Welle der Erleichterung ging durch die Halle. Gullveig nickte, erhob sich würdevoll und ging schnellen Schrittes durch die offene Doppeltür. Freya folgte ihr, während in ihr der Zorn aufwallte. Diese Fremdlinge logen ihnen ins Gesicht, aber nach Thors Rede blieb ihnen nichts anderes übrig als sich zu verabschieden.

Gullveig und Snotra hatten das Tor bereits erreicht. Sie liefen weiter und redeten leise miteinander. Freya beschleunigte ihre Schritte. Plötzlich konnte sie das Land der Fremdlinge nicht rasch genug verlassen. Sie kämpfte gegen den Drang an, einfach loszurennen.

Hinter sich hörte sie Schritte. Thor holte sie ein, mit einem törichten Lächeln auf den Lippen. Freya ging nun noch schneller, um ihre Schwestern zu erreichen.

»Hab doch nicht solche Eile, ich will mit dir reden«, bat er.

»Es gibt nichts, worüber ich mit dir reden will.«

»Ich will dir nichts Böses, im Gegenteil. Bitte, warte«, sagte er leise und packte Freyas Handgelenk. Es war kein böser Zugriff, er wollte nur ihre Schritte verlangsamen, damit er ihr sein Verhalten erklären könnte. Aber Freya war davon überrumpelt. Gegen Berührungen konnte sie sich nicht wehren, die waren das Letzte, womit sie gerechnet hätte.

Als Thors kräftige Hand ihr dünnes Handgelenk berührte, fing die Welt Feuer. Freya wurde in die Unterwelt gezogen, überwältigt von einer Kraft, die ihr fast die Sinne raubte. Eine Welle von Bildern kam über sie, so schnell, dass sie sie fast nicht erkennen konnte. Thor mit blutiger Kriegsaxt, brüllend vor Wut, während er einen Fremden erschlug. Thor, der durch tiefe Wälder eilte. Ein Ring von Männern, die einen gehängten Jungen umstanden. Thor, der beschützend einen Säugling in seinem starken Arm hielt. Das alles stammte aus der Vergangenheit. Freya schwankte. Ein Bild aus der Zukunft zeichnete sich ab, schmerzlich klar und deutlich. Thor begattete auf einem Weihestein eine Frau. Sie klammerten sich aneinander und schluchzten vor Wonne und vor Kummer. Die Frau war eine Auserwählte, sie trug die heiligen Schlangen auf ihren Armen. Mit wachsendem Entsetzen sah Freya, wie die Frau in ihrer Vision den Kopf wandte. Für einen kurzen Moment schaute sie sich selbst ins Gesicht. Das hier war auch ihre Zukunft.

Kurze Blitze der Finsternis. Dann war alles verschwunden. Es gab nur noch Schmerz und Verwirrung.

Snotra war Freya zu Hilfe gekommen und hatte Thors Hand entfernt. Gullveig half ihr beim Aufstehen.

»Weißt du denn nicht einmal, dass sie nicht berührt werden darf«, rief Gullveig wütend.

Mit einer raschen Bewegung schob sie Freyas Ärmel hoch und zeigte die heiligen Schlangen, die sich um die Arme wanden.

Thor wich erschrocken zurück. Das Hexenzeichen. Er hatte eine Hexe berührt. Jetzt war er doppelt verflucht.

»Pfui, was für Hexenpack und Zaubergesindel!«, rief er.

»Was seid ihr nur für Leute? Ich sollte dich so verwünschen, dass du nie wieder pissen kannst«, sagte Snotra wütend.

Thor erbleichte und griff sich zwischen die Beine, um sich zu schützen. Kleinlaut sah er zu, wie die verwirrte Freya über die Wiese zurück zum Lager im Wald geführt wurde. Sie musste um jeden bleischweren Schritt kämpfen. Kaum hatten sie ihr Lager erreicht, brach sie zusammen. Gullveig sank neben ihr auf die Knie und legte ihr eine heilende Hand auf die Wange. Hier waren die Mächte nahe, es gab keine beängstigende Leere, nichts, was an ihrem Geist zerrte. Freya nahm Gullveigs Wärme und die Kraft des Waldes in sich auf, wie eine durstige Wanderin, die in der sommerlichen Hitze endlich einen kühlen Quell erreicht hatte.

Sie würde mit dem Fremdling Thor zusammen sein. Mit ihm, einem Ungläubigen, einem Kriegshetzer, einem Schlächter. Freya wand sich auf dem Boden, ihr hellblaues Kleid wurde vom Schmutz dunkel. Es konnte nicht wahr sein. Durfte nicht passieren.

Freya stand auf, streifte Gullveigs Hand ab, schleppte sich zum nächst stehenden Baum und erbrach sich heftig. Tränen liefen ihr über die Wangen. Nie im Leben würde sie sich diesem Mann hingeben. Sie schaute zum dunklen Himmel hoch und schwor in Gedanken einen heiligen Eid. Hör mich, Mutter. Niemals werde ich mein Volk verraten und mit diesem Kriegshetzer zusammen sein. Ein kühler Wind streichelte ihre Haare und sie fühlte sich getröstet. Die Vision musste ein Irrtum gewesen sein, ein boshafter Scherz fremder Götter.

Thor sah mit wachsendem Entsetzen zu, wie Freya fortgeführt wurde. Er hatte nur mit ihr sprechen wollen, konnte doch nicht ahnen, dass sie schreiend und zuckend wie ein toller Hund zu Boden fallen würde.

Und diese schwarzen Schlangen … ihm schauderte. Wenn sein Vater sie gesehen hätte, hätte er die Frauen erschlagen. Dessen war er sich sicher. Die Schlangen waren ein Symbol für alles Unglück, das ihnen widerfahren war. Entsetzt betrachtete er seine grobe Hand, als rechnete er damit, dass sie zusammenschrumpfen und wie ein verfaulter Apfel abfallen könnte.

Zugleich erwachte seine Wut. Er hatte diesen Frauen das Leben gerettet. Wenn er sich nicht eingeschaltet und ein Gastmahl vorgeschlagen hätte, wären sie von seinem Vater mit dessen Speer getötet worden. Thor hatte Frieden gestiftet, sich dafür aber nur Probleme eingehandelt.

Und das Ganze hatte er seiner Mutter zuliebe getan, auf deren Flehen er damit eingegangen war.

Nur das hatte er der jüngsten dieser Priesterinnen des alten Glaubens erzählen wollen. Er wollte sie warnen und ihr alles erklären. Aber zum Lohn war ihm mit einer schrecklichen Verwünschung gedroht worden. Diese Frauen waren wirklich undankbar. Da kamen sie mit ihren goldenen Schmuckstücken und verlangten von seinem Volk noch mehr Gold. Aber er würde sich von diesen Hexen wahrlich keine Angst einjagen lassen. Schließlich war er der stärkste Kämpfer von allen. Mit raschen Schritten ging Thor auf das Lagerfeuer der Priesterinnen zu, pflügte durch das hohe Gras und brummte wütend vor sich hin.

Er hatte sein Ziel fast erreicht, als er sah, wie Freya aus dem Wald kam und sich an das Feuer setzte. Ihre goldenen Haare umstoben ihren Kopf wie eine Wolke. Thor blieb stehen und schnappte gequält nach Luft. Jetzt war sie wieder da, diese seltsame Schwäche, die diese Frau in seinem Körper auslöste. Bestimmt hatte sie ihn verhext. Er wurde wie das Wasser, wie ein Schwächling, der sich nicht vom Lager erheben kann. Keine andere Frau konnte ihn so schwach werden lassen, und er hatte in seinem Leben wirklich schon viele gekannt.

Was geschah denn nur mit ihm?

Trank sie seine Manneskraft?

Er kannte die Antwort, auch wenn sie ihm nicht gefiel. Die junge Priesterin war die schönste Frau, die er je gesehen hatte. Er begehrte sie so sehr, dass seine Lenden schmerzten. Er wollte ans Feuer treten, sie in seine Arme nehmen und zu seinem Hof tragen. Die Priesterin gehörte ihm. Warum sah sie das nicht selbst?

Dann besann er sich. Seine Gedanken waren töricht. Seine Sippe würde ihn ausstoßen, wenn er das Lager mit einer Hexe teilte. Es wäre ein Frevel an seinem Vater und an ihrem Gott.

Und wie machte er sich zum Narren, wenn er um ihr Lager strich, wie um das einer läufigen Hündin!

Eines der Pferde dieser Priesterinnen wieherte unruhig in der Abendluft. Lautlos glitt Thor davon und kehrte zum Hof zurück. Er brauchte eine Leibeigene, sonst würde er den Verstand verlieren.

Er musste die Hexe aus seinen Gedanken vertreiben.

3

Als Freya schweißnass erwachte, fühlte sie sich immer noch erschöpft. Die Nacht war von dunklen Traumgesichten erfüllt gewesen. Sie lag still da und schaute zu den Fellen der Zeltdecke hoch, während sie ihre Gedanken sammelte. Eine flüchtige Erinnerung daran, wie Thor durch die Nebel der Grenzwelt gewandert war, war noch vorhanden. Sie versuchte sich genauer zu erinnern, aber die Bilder lösten sich auf und entglitten ihr, verschwanden im Vergessen.

Draußen schnaubte eines der Pferde.

Sie wischte sich die Schweißtropfen aus dem Gesicht. Es war warm, aber das war keine normale Hitze, sondern eine schwere, drückende Wärme, die gegen ihre Schläfen presste. Sie hatte das Gefühl, dass die Mächte vor dem Gastmahl ihre Kräfte steigerten. Vielleicht sollten sie noch einmal ein Opfer bringen.

Ein leises Röcheln schreckte sie auf. Snotra schlief noch. Ihr sonst so angespanntes Gesicht war friedlich, leichtes Schnarchen strömte über ihre Lippen.

Freya erhob sich vorsichtig und streifte einen Kittel über. Sie bückte sich und ging hinaus, die Sonne tat ihren Augen weh.

Draußen war die Hitze noch schlimmer, fast unwirklich. Auf dem langen Hang, der zum Hof der Fremdlinge hinunterführte, wimmelte es nur so von Lichtdisen, die Luft bebte und änderte sich durch ihre Anwesenheit. Der Hof unten am Wasser war kaum zu erkennen, das Langhaus wogte hinter dem Tanz der Disen. Der Tag hatte kaum begonnen.

Es war merkwürdig still, kein Vogel war zu hören, nur das Surren der Insekten im hohen Gras. Die Pferde standen mit gesenkten Köpfen im Schatten eines Baumes, sie grasten nicht, sondern schlugen nur träge mit ihren langen Schwänzen. Das Rascheln der Blätter einer Eiche am Waldrand ließ Freya zu den ausgedörrten, auseinander ragenden Zweigen hochblicken.

Dort saßen drei schwarze Raben und starrten sie an.

Drei Stück! Drei Raben, drei Unglücksboten. Freya fuhr zusammen und wehrte den bösen Blick ab. Einer der Boten der Schwarzdisen schüttelte sein Gefieder. Die anderen saßen bewegungslos da, abwartend.

»Hast du das gesehen?«, fragte sie Gullveig.

Die alte Frau saß im Schatten unter einem schlichten Sonnenschutz aus Blättern und Zweigen. Sie schaute aus zusammengekniffenen Augen zu den Raben hoch und nickte.

»Botenvögel bei unserem Lager.«

»Was hat das zu bedeuten, Tante?«

»Da müssen wir wohl die Mächte fragen.«

Gullveig zog umständlich die magischen Knochen aus dem Lederbeutel an ihrem Gürtel. Freya ging neben ihr in die Hocke, sah zu, wie die Tante die Weissagungsknochen an ihren Mund hielt und ihnen etwas Unhörbares zuflüsterte, um sie dann auf die Felle zu werfen. Sie fielen gold schimmernd über das zottige graue Fell, dann kamen sie zur Ruhe. Gullveig beugte sich murmelnd über sie.

»Schau her.«

Sie hob ein eckiges Knochenstück hoch, in das das schwarze Zeichen für Gefahr eingeritzt war. Freya schnappte nach Luft. Das war wirklich ein böses Omen, noch eins!

»Was soll hier aus uns werden, Tante?«

Die alte Frau zögerte lange, so dass Freya wusste, dass sie etwas vor ihr verbarg.

»Ich habe nichts gesehen, was auf Untaten während des Gastmahls hinweisen könnte«, sagte Gullveig schließlich.

So rasch, dass Freya nicht sehen konnte, was die anderen Knochen besagten, sammelte Gullveig die übrigen Knochen wieder ein. Freya wischte sich ein wenig Schweiß von der Stirn. Sollte sie ganz offen fragen oder es mit List versuchen? Sie entschied sich für Letzteres.

»Glaubst du, dass die Fremdlinge Frieden mit uns schließen werden?«

Die Hohepriesterin gab keine Antwort.

Eine jüngere Magd kam auf sie zu und stellte zwei Tongefäße auf den Boden. Freya bedankte sich und schaute in das eine, es enthielt gesäuerte Blutgrütze. Sie nahm sich eine Hand voll der grauschwarzen Grütze und stopfte sie in den Mund. Es gab auch einige zähe Fischstücke, auf denen sie langsam herumkaute.

Die säuerliche Grütze wollte ihr nicht schmecken, denn ihr Magen war noch vom Vortag her unruhig. Also streifte sie den Breirest von ihren Fingern und trank stattdessen ein wenig Wasser aus dem anderen Gefäß.

»Tante, ich bitte dich. Was steht uns bevor?«

Gullveig wand sich und zog an ihren grauen Haarsträhnen, bis sie in alle Richtungen ragten.

»Sicher wird sich alles zum Guten wenden. Snotra hat dem liederlichen Fremdling, der dir gefolgt ist, ein Haar weggenommen. Was hast du gestern bei ihm gesehen?«

Freya schlug die Augen nieder, die Scham überwältigte sie, als sie das Traumbild vor sich sah, in dem sie und der Mann einander wollüstig umfingen.

»Ich habe gesehen, wie er anderen Männern das Leben genommen hat«, antwortete sie ausweichend.

Gullveigs scharfe Augen glitzerten vor Lachen.

»Und das war alles?«

»Das war das einzig Wichtige«, sagte Freya.

Die alte Frau lachte dermaßen, dass ihre grauen Haarsträhnen ihren Kopf umtanzten. Sie beugte sich vor und streichelte Freyas Wange. Ihre Hand war fest und warm.

»Du warst mir wie eine eigene Tochter, glaubst du wirklich, du könntest mir etwas verheimlichen? Ich weiß schon, was du gesehen hast. Die Knochen sagen dasselbe. Willst du wissen, was das war?«

»Nein. Denn niemals werde ich mich so einem hingeben«, fauchte Freya.

»Gut.«

Gullveig nickte stumm vor sich hin und griff zum bleichgelben Knochenrest eines Bären. Die schwarze Rune, die über den bröckeligen Knochen tanzte, funkelte vor Kraft. Freya fröstelte trotz der Hitze. Das war das Zeichen für Kampf.

»Wenn du dich ihm hingibst, musst du gegen Mächte kämpfen, die größer sind als du selbst. Nicht einmal deine Mondgöttin kann dir dann helfen.«

»Ich habe bei den Disen geschworen, mein Volk niemals zu entehren.«

Dieser Eid war ihr leicht gefallen. Gullveig nickte und steckte die Knochen in ihren Lederbeutel.

Als sie fertig war, nahm sie einen Bissen Grütze, es war die beste Kost für eine Greisin, die fast alle Zähne eingebüßt hatte. Freya sah sie verzweifelt an, sie hätte sie schütteln mögen, flehen, weinen.

»Du weißt etwas, worüber du nicht sprechen willst.«

Die Alte schüttelte den Kopf.

»Wir alle sind Kinder in der Hut der Göttin. Sie wacht über uns.«

»Bitte, ich flehe dich an. Schweben wir in Gefahr?«

»Schweig jetzt, Kind, deine Fragen machen mich müde. Mach mir lieber die Haare.«

»Ja, Tante«, sagte Freya demütig.

Sie warf einen ängstlichen Blick auf die drei Raben in dem Baum und kniete dann hinter der alten Frau nieder, während sie in ihrer Gürteltasche kramte. Der aus Knochen geschnitzte Kamm lag ganz unten, unter einem Stoffstück, einigen Bändern und den Weissagungsknochen. Sie zog ihn hervor und ging mit den weißen Zinken durch Gullveigs dünne graue Haare.

Die alte Frau schloss die Augen und genoss diese Berührung. Nur wenn Freya zu hart ziepte, grunzte sie unwillig. Als die Haare sorgsam gekämmt waren und um Gullveigs Gesicht hingen wie ein dünner Schleier, flocht Freya an jeder Seite vier Zöpfe. Die band sie mit blauen Bändern aneinander und befestigte sie jeweils auf der anderen Kopfseite. Den letzten Zopf, den aus den Haaren über der Stirn, legte sie mitten auf den Kopf und steckte ihn mit einer Nadel fest.

Zufrieden erhob sie sich und musterte ihr Werk. Jetzt sah Gullveig wirklich aus wie eine Hohepriesterin.

»Du bist noch nicht fertig«, hörte sie Snotra verschlafen murmeln.

Freya zuckte zusammen. Sie hatte die andere nicht kommen hören.

»Aber Kleine. So unheimlich bin ich doch wirklich nicht.«

Snotra setzte sich in den Schatten und löste ihre schwarze Mähne. Der Schweiß floss in kleinen Bächen von ihrem Haaransatz über ihr Gesicht. Freya zog den Kamm durch die Haare und spürte Snotras ruhenden Zorn.

In Snotra gab es nicht viel Freude, sie handelte eher aus Pflichtgefühl als aus Liebe zur Göttin. Ab und zu schien sie nicht einmal Verständnis für menschliche Schwäche und Angst aufbringen zu können. Das war eine seltsame Eigenschaft für eine Heilerin, die im und außerhalb des Geistes der Kranken nach Krankheiten suchen musste. Die anderen Heilpriesterinnen waren sanft und konnten tief ins Innere der Menschen hineinblicken. Aber in Snotra schien es einen harten Knoten zu geben. Freya wusste nicht, warum. Sie flocht ihr rasch die Haare und war gerade fertig, als Snotra zum Hof hinüberschaute.

»Da kommt Besuch«, sagte sie kurz.

Freya folgte ihrem Blick. Der Hang lag einsam und verlassen da. Aber dann erkannte sie in der flirrenden Hitze eine Gestalt. Sie erhob sich, um die Besucherin in Empfang zu nehmen. Die Raben in der Eiche beugten sich interessiert vor.

Es war ein Mädchen mit einem Kind auf dem Arm. Sie schaute sich besorgt um und eilte dem Lager entgegen. Je näher sie kam, umso deutlicher wurde sie zwischen den tanzenden Disen. Das Mädchen war jung, selber noch ein Kind mit Beinen und Armen so mager wie Stöckchen. Sie war gekleidet wie die Fremdlinge. Schwarze verfilzte Haare umhingen das magere Gesicht. Das Kind hing leblos an ihrer Schulter. Sie kämpfte mit diesem Gewicht und war hochrot vor Anstrengung.

»Sie bringt ein krankes Kind«, stellte Snotra fest.

Das Mädchen hatte das Lager erreicht. Sie musterte sie verängstigt und rang mühsam um Atem.

»Was können wir für dich tun, Tochter?«

Als sie Gullveigs gütige Stimme hörte, zuckte die Fremde zusammen. Sie schaute sich ein letztes Mal um, dann sagte sie:

»Könnt ihr etwas tun? Angeblich könnt ihr Krankheiten forthexen.«

Wortlos nahm Snotra das Kind von der Schulter des Mädchens und legte es auf die Felle unter den Zweigen. Das kleine Mädchen reagierte nicht. Es lag auf dem Rücken und starrte ins Leere, die Augen waren glasig, die Wangen rot.

»Ihr bringt sie doch nicht um? Ich habe gehört, man muss euch etwas geben, wenn man euch um Hilfe bittet. Wenn ihr mein Kind rettet, dann könnt ihr mich haben. Sie werden mich ja doch umbringen, wenn sie herausfinden, dass ich hier gewesen bin.«

Freya blickte das verängstigte Mädchen überrascht an.

»Wie meinst du das?«

»Ich …« Plötzlich brach das Mädchen in Tränen aus. Sie sank zitternd im Gras in sich zusammen.

»Kümmer du dich um sie, wir sehen uns das Kind an«, befahl Gullveig.

Freya sah das Mädchen hilflos an. Was sollte sie tun? Sie griff zu dem Gefäß mit dem Wasser und ging vorsichtig zu der Weinenden.

»Hier, trink.«

Das Mädchen verstummte und schaute Freya misstrauisch an. Mit dem Handrücken wischte sie sich Rotz und Tränen aus dem Gesicht.

»Das ist nur Wasser«, sagte Freya.

Die junge Besucherin griff zögernd nach dem Gefäß und roch an dessen Inhalt. Am Ende trank sie, lange und reichlich. Als sie das Tongefäß zurückgab, war es fast leer.

»Verzeihung«, sagte sie kleinlaut.

Gullveig strich mit der Hand über den Körper des Kindes und sang dabei mit schriller Stimme, um die Geister zusammenzurufen. Das Mädchen fuhr zusammen und schrie vor Angst auf.

»Gullveig und Snotra sind die besten Heilfrauen, die es gibt. Es war klug von dir, deine Schwester herzubringen.«

Das Mädchen schluchzte auf.

»Das ist nicht meine Schwester, das ist mein Kind. Ich habe sie im vorigen Frühling bekommen. Kränklich war sie von Anfang an. Es war nur gut, dass Odin gerade nicht da war. Da bin ich mit ihr zu Thor gegangen und er hat sie auf die Stange gesetzt und ihr einen Namen gegeben. Sot heißt sie.«

Freya blickte das Mädchen überrascht an.

»Was soll das heißen, er hat sie auf die Stange gesetzt?«

Jetzt blickte das Mädchen verständnislos.

»Sie nehmen das Kind aufs Knie, heben es dreimal über die Stange und geben ihm einen Namen. Und damit haben sie anerkannt, dass das Kind ihrer Stange entstammt.«

Eine Welle des Entsetzens überrollte Freya. Etwas so Grauenhaftes hatte sie noch nie gehört!

»Sie begatten also ein Kind?«

Das Mädchen schüttelte kichernd den Kopf. Ihr Gesicht veränderte sich sehr, wenn sie lachte, sie sah jetzt fast hübsch aus.

»Nein, nein. Das nicht. Auf diese Weise bekommen die Kinder einen Namen. Und niemand darf ein Kind aussetzen, das einen Namen hat.«

»Ach was«, sagte Freya, noch immer erschüttert.

So etwas Unsinniges, dass Männer entschieden, ob ein Kind leben durfte oder nicht, hatte sie noch nie gehört. Das war ein Frevel am innersten Wesen der Göttin, kamen die Kinder doch aus den Körpern der Frauen.

Freya war außer sich vor Zorn, als ihr das alles langsam aufging. Ein kleines Kind im Wald auszusetzen, wo der Wolf seine Zähne in die weiche Kehle schlagen konnte. Wie brachten sie das nur über sich?

Sie musterte das kranke kleine Mädchen. Ihre dünnen Arme lagen schlaff auf dem Schafsfell. Der dunkle Haarflaum auf ihrem Schädel war schweißnass.

»Ist das Thors Kind?«, fragte sie.

Das Mädchen zuckte mit den Schultern.

»Ich weiß nicht«, sagte sie aufrichtig. »Es kann seins sein, oder das eines anderen. Nachts kommen viele zu meinem Lager. Sie mögen mich leiden, die Männer«, sagte sie und hob stolz den Kopf. »Ich bin mit ihr zu Thor gegangen, weil er der Einzige ist, der den Kindern Namen gibt. Außer Baldur, meine ich. Der gibt auch Namen, aber mit dem hab ich ja nicht geschlafen«, erklärte sie sachlich.

Freya sah Thor vor sich. Dass er, ein Kriegshetzer, Kinder beschützte! Wieder tauchte ihr Traumgesicht vor ihr auf. Rasch jagte sie es fort und dankte der Göttin dafür, dass sie in Vanaheim lebte.

»Wie ist Odin denn eigentlich?«, fragte sie das Mädchen.

»Er ist hart und kennt keine Gnade, aber er beschützt uns vor unseren Feinden. Werdet ihr mich opfern, wenn das Kind gesund wird?«, antwortete das Mädchen und hatte mit seinen großen braunen Augen jetzt Ähnlichkeit mit einem ängstlichen Kalb. Freya schüttelte stumm den Kopf und unterdrückte das Lachen, das in ihrem Inneren aufperlte. Eine Hilfe Suchende zu opfern, was war das denn für ein Gerede?

»Die Göttin hat uns die Fähigkeit zu heilen gegeben, und deshalb ist es unsere Pflicht allen zu helfen, die zu uns kommen.«

Das Mädchen atmete erleichtert auf. In die braunen Augen trat neues Leben.

»Ihr werdet mich also nicht erstechen?«

»Nein«, antwortete Freya und lachte jetzt doch.

Das Mädchen nickte zufrieden.

»Aber könnt ihr mein Kind retten?«

Snotra blickte von der Kleinen auf.

»Es ist ein Sommerfieber. Sie bekommt Pfeilwurz und Hahnensporn, das müsste eigentlich helfen. Aber deine kleine Tochter ist schwach, sie hat zu wenig zu essen bekommen. Und deshalb hat sie vielleicht keine Kraft mehr.« Snotra musterte das Mädchen, das unter seiner Schmutzschicht errötete.

»Wir hatten schlechte Zeiten. Es gibt nicht genug Nahrung für die Kleinen«, murmelte sie.

»Der Häuptling hat einen runden Bauch«, erklärte Snotra und die Abneigung troff nur so aus ihrer Stimme.

»Ja, das schon«, stammelte das Mädchen.

»Kann ich dir irgendwie helfen?«, fragte Freya.

Snotra könnte wirklich freundlicher sein. Die Fremde war doch zu ihnen gekommen und bereit gewesen ihr Leben zu opfern, um ihr Kind zu retten. Sie war ziemlich jung, aber eine schlechte Mutter war sie nun wirklich nicht.

»Ich mach das schon«, sagte Snotra und befahl einer Magd, Feuer zu machen. Diese griff zu den Feuersteinen und ließ Funken über das Holz rieseln. Bald loderten die Flammen auf.

Das Mädchen hockte sich in den Schatten und wartete. Als sie ihr den Rücken zukehrte, sah Freya Risse in dem verschlissenen Kittel. Ohne nachzudenken, schob sie das Kleidungsstück hoch. Der Rücken des Mädchens war von gelblichen Striemen bedeckt.

»Was ist passiert?«, fragte Freya entsetzt.

»Nichts«, fauchte das Mädchen, riss sich los und strich wütend ihren Kittel nach unten.

»Was haben sie dir angetan? Haben sie dich ausgepeitscht?«

»Lass mich in Ruhe!«

Das Mädchen krümmte sich wie ein wütendes Tier, das zum Angriff ansetzt. Freya wich mit erhobenen Handflächen zurück.

»Ganz ruhig, ich will mich doch nur um deine Wunden kümmern.«

»Kümmer du dich um das Kind, deshalb bin ich hergekommen.«

»Aber sie haben dich doch geschlagen!«

»Sie prügeln mir die Aufsässigkeit aus dem Leib, sonst verderbe ich den ganzen Hof«, schrie das Mädchen und bleckte die Zähne wie ein in die Enge getriebenes Tier.

Freya schwieg. Hier gab es nichts, was sie sagen oder tun konnte.

Snotra legte die Kräuter zum Trocknen auf einen heißen Stein. Danach zerkrümelte sie in einem mit Wasser gefüllten Holzbecher eine Hagebutte und flößte diesen Trank dem Kind mit großer Mühe ein.

»Sie wird wohl überleben, aber sie muss sehr viel trinken, sonst wird sie die Krankheit nicht los«, sagte Snotra und reichte das Kind seiner Mutter. Um den Hals der Kleinen hing ein Blatt, in dem einige Kräuter eingewickelt waren.

»Nimm ihr das ja nicht weg. Es hält die bösen Geister ab, damit sie die Kraft des Kindes nicht verzehren können.«

Das Mädchen nickte respektvoll.

»Danke«, flüsterte sie und streichelte ihre kleine Tochter, die an ihrer Schulter schlief.

Snotra reichte ihr ein Rindenbündel, in dem sie die restlichen angewärmten Kräuter verstaut hatte.

»Leg das ins Wasser und lass es ziehen. Davon gibst du ihr dann jeden Tag zu trinken.«

Das Mädchen nahm andächtig das Bündel entgegen und dankte ein weiteres Mal.

»Ich gehe jetzt«, sagte sie.

»Warte«, sagte Snotra und musterte sie mit Adlerblick. »Weißt du, dass du noch eins im Bauch hast?«

Von einer Sekunde zur anderen lag in den Augen des Mädchens nur noch Entsetzen. Sie klammerte sich an ihr krankes Kind.

»Nein, das darf nicht sein …«

Snotra legte die Hand auf ihren Bauch.

»Es ist noch neu, erst zwei Monde alt. Sieh dich doch an. Du bist selbst noch ein Kind, du darfst dir nicht ein Kind nach dem anderen zulegen.«

Das Mädchen schüttelte beschämt den Kopf.

»Gibt es bei euch denn keine Heilfrau?«, fragte Gullveig freundlich.

»Die ist vor zwei Wintern gestorben. Jorunn kann allerlei, aber sie traut sich nicht, zu viel zu tun. Odin schlägt sie bewusstlos, wenn er sie dabei erwischt.«

Die Priesterinnen tauschten einen stummen Blick. Sie brauchten nichts zu sagen, sie verstanden einander auch so.

Snotra seufzte, ging murmelnd zu ihrem Ranzen, zog einige Bündel heraus und legte sie auf die Felle.

»Schau her, Kleine. Kennst du einige von diesen Kräutern?«

Das Mädchen nickte stumm. Snotra suchte Kräuter aus und wickelte sie in einige große Blätter, die sie dann mit verärgertem Gesicht aushändigte.

»Merk dir, was ich sage. Jeden Monat bei Vollmond nimmst du zwei Hagebutten und kochst sie in zwei Mund voll Wasser. Gib etwas von diesem Wasser dann in die Erde. Wenn ihr kein Loch für die Erddisen habt, dann kannst du es auch in ein Loch in einem Baum schütten. Bitte dabei immer wieder die Göttin deinen Leib zu verschonen. Danach trinkst du im Mondschein davon. Das wird das Kind aus deinem Bauch wegnehmen und verhindern, dass neue sich dort festsetzen. Aber noch besser wäre es, wenn du nicht mehr mit Männern zusammen bist, du hast doch gerade erst angefangen zu bluten.«

»Danke. Ich will es versuchen«, murmelte das Mädchen und senkte demütig den Kopf.

»Geh jetzt«, sagte Freya.

»Ja«, sagte das Mädchen und umklammerte das Kind und das Bündel. Freya ließ ihren Rücken nicht aus den Augen, die eiternden Striemen waren bei jedem Schritt zu sehen.

»Was sind denn das für Menschen? Wissen die denn gar nichts?«, murmelte Snotra wütend.

»Warum schlägt die Göttin diese Männer nicht mit Ohnmacht?«, fragte Freya verwundert.

Nur Gullveig schwieg.

Thor hatte sich zwischen den Bäumen versteckt und sah nun zu, wie Kol mit dem kranken Kind an der Schulter die Priesterinnen verließ. Er stieß eine stumme Verwünschung aus. Diese Leibeigene hatte doch den Verstand verloren! Odin hatte allen auf dem Hof verboten in die Nähe der Fremdlinge zu gehen. Obwohl Kol schon oft geschlagen worden war, gehorchte sie noch immer nicht. So konnte das nicht weiter gehen. Der Trotz dieses Mädchens würde auf die anderen Leibeigenen übergreifen. Sie mussten sie totschlagen.

Er verscheuchte eine Fliege von seiner Wange, seine Gesichtsmuskeln bewegten sich, als er die Zähne zusammenbiss. Sie hätten Kol ihrem Schicksal überlassen sollen, als sie an dem großen Fluss im Osten die jämmerlichen Hütten ihrer Sippe überfallen hatten. Er hatte sie damals hinter einem Felsen gefunden, ein verängstigtes Kind und nur wenige Sommer alt. Odin hatte sie mitgenommen, denn im Winter waren mehrere Leibeigene gestorben und sie brauchten Nachschub. Aber das war offenbar ein Fehler gewesen. Thor seufzte und kratzte sich mit dem Holzschaft seiner Axt am Bein, während er Kols Kind musterte, das leblos über ihrer Schulter hing.

Er hatte dem kränklichen kleinen Mädchen einen Namen gegeben. Nicht, weil er geglaubt hatte, es sei sein Kind, sondern weil Kol geweint und gebettelt hatte.

Thor kochte jetzt vor Zorn. Verdammte Göre. Hatte er nicht noch vor wenigen Tagen versucht ihr Verstand in den Leib zu prügeln? Doch dann fiel sein Blick auf Freya, die zum Hof hinunterschaute. Ihr Anblick konnte seine Wut kaum mildern. Verdammte undankbare Hexe. Den ganzen Morgen hatten sie darüber beraten, wie sie mit den Priesterinnen verfahren sollten.

Odins Brüder wollten ihnen den Kopf abschlagen. Sie meinten, dass diese Vanen dann in Scharen kommen, jedoch unter ihren Schwertern sterben würden, wodurch ihnen fette Kriegsbeute sicher sei. Aber Thor hatte auf die weisen Worte seiner Mutter gehört und seinem Vater und seinen Onkeln ihren Plan vorgetragen. Sie brauchten die Hilfe der Hexen, um den Fluch zu tilgen, der auf ihren Feldern und ihrem Vieh lastete. Deshalb sollten sie den Priesterinnen ein Geschenk machen, nicht, weil ihre eigenen

Verwandten in Utgard die Höfe der Vanen überfallen hatten, das würden sie niemals zugeben, sondern um den Nachbarn ihren guten Willen zu zeigen. Auf diese Weise würden sie ihr Gesicht wahren.

Odin war auf diesen Vorschlag eingegangen, was Thor und die anderen überrascht hatte. Aber als Thor sich die Sache genauer überlegte, fiel ihm das Begehren ein, das in Odins Augen gefunkelt hatte, als er die goldenen Halsbänder der Priesterinnen ansah. Odin sehnte sich nach Reichtum, aber das war nicht sein einziges Bestreben, er wollte sich auch mehr Wissen aneignen. Und vor Freyas Brust hing ein Stein mit einem heiligen Zeichen. Er hatte früher einmal von der Wortmagie erzählt, die die Hexen auf einer Insel beherrschen. Mit dieser Magie konnten die Mächte beschworen werden. Odin wollte dieses Wissen. Und auf irgendeine Weise würde er es an sich bringen.

»Sollen sie das Feld segnen, und wenn sie später mit Kämpfern zurückkehren, dann wird Tiwaz uns doch den Sieg bringen«, hatte Odin den Männern der Sippe erklärt.

Das war klug und vorausschauend zugleich. Auf diese Weise konnten sie gute Ernten und fette Kriegsbeute erwarten.

Thor kratzte sich zerstreut an der Narbe auf seiner Brust. Er hatte das Kämpfen satt. Seit seiner frühesten Kindheit lebte er mit dem Schwert. Wann immer sein Stamm irgendwo ihre Wohnpfosten eingeschlagen hatte, waren sie vertrieben worden. Besonders dann, wenn die Sonne heißer wurde und die Saat auf den Feldern verbrannte. Stämme wie der ihre litten dann am meisten.

Thor und die anderen Kämpfer plünderten und stahlen, wo immer sie konnten, aber ihre Beute wurde immer geringer. Alte und Kinder starben, nach jedem Winter waren sie weniger.

Sie starben einen langsamen Tod, wie so viele andere Stämme vor ihnen, denn sie lebten in bösen Zeiten mit Hungersnöten und bitteren Wintern.

Aber Odin wusste Rat. Er musste Tiwaz ein gewaltiges Opfer bringen. Nach langem Nachdenken entschied er sich für das größte, das einem Mann überhaupt möglich ist.

Noch heute konnte Thor das Gesicht seines jüngeren Bruders vor sich sehen, als sein Vater ihn in den Tod führte. Ein magerer Junge, der Angst hatte und doch auch entschlossen war. Das Schicksal des Stammes ruhte auf seinen Schultern. Er sollte in der Geisterwelt Tiwaz dazu bringen, dass er Odins Volk half.

Erst als der Vater ihm die Schlinge um den Hals legte, verlor der Junge seine Selbstbeherrschung. Schreiend und zappelnd wurde er an der Eiche hochgezogen. Die Mutter des Jungen, eine von Odin bei einem Überfall erbeutete Frau, heulte zu Füßen ihres sterbenden Sohnes wie ein waidwundes Tier.

Aber Odins Gesicht blieb verschlossen. Schweigend sah er seinen Sohn sterben, dann harrte er zwei Tage und zwei Nächte vor der Eiche aus. Ohne zu essen oder zu trinken saß er dort und sprach mit den Geistern, während der Leichnam seines Sohnes über seinem Kopf hin und her pendelte. Thor wartete mit seinen anderen Brüdern im Lager. Sie verloren kein Wort über das, was passiert war.

In der Dämmerung des dritten Tages kam ihr Vater mit schweren Schritten zurück. Sein Anblick machte ihnen allen Angst. Das Alter furchte sein Gesicht, graue Strähnen durchzogen seine Haare.

Aber was Odin zu erzählen hatte, gab allen neue Hoffnung. Die Götter hatten ihm ein endloses Land gezeigt, wo das Getreide sich schwer auf den Äckern neigte und es im Wald von Wild nur so wimmelte. Es war ein Land, in dem die Sonne mild war und wo der Regen die Erde anfeuchtete. Dort könnten sie in Überfluss und Frieden leben.

Sofort nahm die Sippe die große Wanderung auf. Sie kämpften sich durch endlose Wälder und überfielen die Menschen auf den Höfen, um sich zu nehmen, was sie haben wollten. Viele starben unterwegs, an Erschöpfung, Krankheit oder Hunger. Aber sie zogen immer weiter nach Norden und nach Westen. Und sie überquerten das große Wasser.

Thor war auf diesem langen Treck trotz allem hoffnungsvoll gewesen. Er hatte gemerkt, dass die Sonne milder wurde, und er sah, wie reich und freigebig die Erde war. In seinem Herzen spürte er, dass er endlich auf dem Weg zu einem Ort war, der seine Heimat werden sollte.

Am Ende erreichten sie diese wunderschöne Gegend, wo der Wald sich zum Wasser hin öffnete. Hier rammte sein Vater seinen Wanderstab in den Boden und erklärte, sie seien am Ziel. Thor freute sich. Odin hatte wirklich die Wahrheit gesagt. Hier war Platz für sie alle, die Sonne war mild, das Erdreich fruchtbar, der Wald voller Leben.

Gemeinsam nahmen sie den ungerodeten Boden in Besitz, machten die Gegend urbar und fällten Holz. Thor arbeitete hart, freudig mühte er sich von Sonnenaufgang bis Sonnenuntergang ab. Aber als sie dann auf dem dem Wald abgerungenen Boden Saat auswarfen, wies die Erde ihre Gaben ab. Nichts wollte wachsen. Der Boden weigerte sich.

Odin suchte Antwort bei seinem Gott. Die Antwort, die er auf seinen Traumreisen fand, machte allen Angst. Hexen des alten Glaubens hatten sie verflucht. In seinem tiefsten Herzen wusste Thor, wer diese Hexen waren. Blau gekleidete Weibsstücke, die in einem Kreis standen und Beschwörungen sprachen, wenn sie einem Hof übel gesinnt waren. Odin hatte behauptet, den Fluch getilgt zu haben, aber Thor sah, dass nichts wuchs. Nur eine andere Hexe konnte sie von dem Fluch befreien. Das wusste jedes kleine Kind.

Deshalb mussten sie die drei Hexen, die behaupteten, aus Vanaheim zu stammen, gnädig stimmen.

Freya ging langsam über die Wiese. Ihr Gewand leuchtete hellblau, die Sonne tanzte in ihren goldenen Haaren. Sie sah aus wie eine Göttin. Ein fast unbezwingbares Verlangen, ihr die Kleider vom Leib zu reißen und ihren Körper zu begatten, loderte zwischen Thors Beinen auf.

Mit entschlossener Geste lud er sich die Axt auf die Schulter und schritt in den Wald, um Holz zu hacken.

Als die Schatten lang wurden, kam ein Leibeigener zum Lager der Priesterinnen, um sie zum Gastmahl zu holen. Sie waren bereit.

Wortlos erhoben sie sich und folgten dem mageren, ängstlichen Mann.

Durch die flirrende Hitze wanderten sie den Hang hinab, noch wies nichts darauf hin, dass dieser Tag sich abkühlen könnte. Weit hinten am Himmelsgewölbe waren düstere Wolken zu sehen. Freya warf einen Blick auf die sinkende Sonne und bat die Göttin um Klugheit und Mut.

Sie gingen durch das aus dunklen Weidenruten geflochtene Tor. Auf dem Hofplatz versuchte ein halbwüchsiges Mädchen, ein Schwein einzufangen, das aus seinem Gehege entwichen war. Als sie die Priesterinnen sah, erstarrte sie und stürzte davon. Der Leibeigene zeigte auf die weit offen stehende Doppeltür des Langhauses. Von drinnen waren muntere Stimmen zu hören. Gullveig blieb stehen, stützte sich auf ihren Stab und flüsterte Freya und Snotra zu:

»Wir sitzen nicht zusammen, sondern verteilen uns, damit wir uns holen können, was wir brauchen. Wenn etwas passiert, dann müsst ihr beide sofort zu den Booten zurückkehren.«

»Aber Freya ist doch jünger und schneller?«

»Tut, was ich euch sage«, verlangte Gullveig.

»Ja, Mutter.«

Der Leibeigene stand jetzt neben der Doppeltür und hustete.

»Der Häuptling wartet an der Feuerstätte.«

Die drei Frauen wechselten einen letzten Blick. Freya holte tief Atem und ging dann ins Haus. Das Feuer loderte trotz der Hitze draußen, seine Wärme schlug ihr wie eine Flammenwand ins Gesicht. Die Kämpfer und Söhne des Hofs drängten sich auf den Baumstämmen, die die Feuerstätte umgaben. Sie saßen im Dunkeln, nur das Licht des Feuers tanzte über ihre schweißnassen Gesichter, während sie stumm die Priesterinnen anstarrten.

Freya ließ ihren Blick über die Männer wandern. Die meisten trugen keine Umhänge, sondern einfache braune Kittel mit breiten Ledergürteln, in denen Äxte und ab und zu ein Schwert steckten. In der Halle gab es mehr Waffen, als sie je gesehen hatte, und an den Wänden funkelten die seltsamen Schwerter.

Odin saß auf seinem Hochsitz, neben sich einen leeren Schemel.

Sein schwarzer Bart war geflochten, seine langen Haare ebenso. Er erhob sich und empfing die Priesterinnen mit unangenehm falscher Herzlichkeit.

»Willkommen zu meinem Gastmahl. Heute werden wir beschließen, wie wir gute Nachbarschaft halten können.«

Seine Stimme dröhnte durch die Halle, die Männer murmelten leise etwas, das als Zustimmung gedeutet werden konnte.

»Ich danke dir, Häuptling Odin. Es wärmt mein Herz hier zu sein«, sagte Gullveig mit lauter, klarer Stimme. Sie ging zu ihm und nahm neben ihm Platz.

»Wir haben das Beste bereitet, was der Hof bieten kann, um euch zu ehren«, sagte Odin und hob den Arm. Jorunn brachte ein Holzgefäß, in dem einige gekochte Fleischstücke in ihrem Saft schwammen.

»Ich fühle mich geehrt«, sagte Gullveig und nahm höflich einen Bissen. Fett tropfte auf ihr blaues Gewand.

Freya sah sich nervös um. An diesem Abend schien Odin immerhin nüchtern zu sein, hoffentlich würde alles gut gehen. Sie suchte sich mit Snotra zusammen einen Platz auf einem Baumstamm und die Kämpfer rückten eilig beiseite. Freya setzte sich an den äußersten Rand. Zu spät ging ihr auf, wer auf der Nachbarbank saß.

Thor.

Schlimmer hätte es wohl kaum kommen können. Freya starrte vor sich hin und rutschte ein Stück weiter weg. Jorunn kam mit dem Holzgefäß vorbei und Freya fischte gierig mit den Fingern einen Bissen aus der Soße. Hungrig kaute sie den Fleischklumpen, ein Stück Knorpel zerbrach zwischen ihren Zähnen.

»Ihr müsst weit gewandert sein, um zu uns zu kommen«, sagte ein sanftäugiger Jüngling, der neben Thor saß. Er hatte bei ihrem Eintreffen auf dem Hof gestanden.

»Nicht so weit«, erwiderte Freya ausweichend.

»Ich bin Baldur, Odins Sohn. Ich bin auch der Bruder dieses groben Klotzes«, sagte der Jüngling und legte Thor eine Hand auf die Schulter. Thor schaute nicht hoch, sondern starrte ins Feuer und kaute auf seinem Fleisch herum.

»Ich bin Freya, Åses Tochter«, sagte Freya und hoffte, dass das als höfliche Antwort durchgehen könnte.

»Kennst du den Namen deines Vaters nicht?«

Baldur wirkte überrascht und auch die beiden bärtigen Kämpfer neben ihm verstummten. Sie beugten sich interessiert vor.

»Nein«, sagte Freya. Sie hatte nicht vor ihr frisch erworbenes Wissen über ihren Vater preiszugeben. Hier war es ja ohnehin nicht von Bedeutung.

»Was seid ihr nur für Menschen, dass ihr nicht einmal den Namen eures Vaters kennt«, rief der eine Kämpfer, ein breiter Mann mit Schmerbauch und geflochtenem braunem Bart.

»Ach, du tust das doch sicher auch nicht, Blutaxt. Der alte Harald hat dich ja wohl kaum zeugen können, so zahnlos und elend wie er war, als du auf die Welt gekommen bist. Bestimmt hat deine Mutter es hinter seinem Rücken mit dem halben Stamm getrieben«, sagte sein weniger umfangreicher Nachbar und die Männer in ihrer Nähe lachten so heftig los, dass der Met aus ihren Trinkhörnern schwappte.

»Mein Vater, Harald, war ein großer Kämpfer. Wer mir widersprechen will, kann mit mir nach draußen gehen, dann werden wir die Frage klären«, sagte der Blutaxt genannte Kämpfer.

Seine Augen blitzten und er legte die Hand auf das kurze Schwert in seinem Gürtel. In diesem Moment kam eine junge Leibeigene, um sein Trinkhorn aufzufüllen. Einige Tropfen Met fielen auf Blutaxts Knie und fast ohne aufzuschauen, schlug er dem Mädchen so wütend ins Gesicht, dass sie rückwärts in die Schatten taumelte.

Diese Szene ließ die Männer verstummen und belustigte Blicke wechseln. Wie würde das wohl enden?

Aber Blutaxts Nachbar zeigte sich unbeeindruckt.

»Kein böses Wort über deinen Vater, aber der Alte, der dich in die Welt gesetzt hat, muss doch ganz schön in Schwung gewesen sein, auch wenn er schon fast tot war«, sagte er grinsend und hatte abermals die Lacher auf seiner Seite.

»Und diese Stange hier hat ebenso viel Schwung, das kann ich euch sagen. Fragt nur die Frauen hier im Haus. Die laufen wie die

Hündinnen, sobald sie mich sehen«, sagte Blutaxt, rieb sich zwischen den Beinen und feixte zufrieden.

»Wenn sie laufen, dann ja wohl eher weit weg von dir«, meinte sein Nachbar und schlug brüllend vor Lachen Blutaxt in den Rücken.

»Du schließt wohl von dir auf andere, du Schreckgespenst«, antwortete Blutaxt und prustete seinerseits los. Beide Männer klopften einander auf die Schultern und leerten ihre Hörner.

»Bringt mehr Met, ihr Weiber«, schrie Blutaxt, und sofort stand die Leibeigene, die er geschlagen hatte, neben ihm und füllte das braune Kuhhorn.

Baldur beugte sich vor und betrachtete Freya voller Mitgefühl.

»Dein Vater, hat er dich nicht auf die Stange gesetzt?«

Freya hob stolz den Kopf.

»Solche Sitten haben wir nicht. In Vanaheim ist die Mutter wichtig, den Namen des Vaters erfahren wir nie.«

Die lachenden Kämpfer verstummten jählings. Sie sahen zutiefst erschüttert aus. Sogar Thor riss seinen Blick vom Feuer los und richtete ihn auf Freya. Die errötete angesichts dieser Aufmerksamkeit. »Im Grunde kennt man doch immer nur die Mutter eines Kindes, der Vater könnte jeder sein«, sagte Freya in einem tapferen Versuch die Sache genauer zu erklären.

Die Männer schwiegen, jemand hüstelte.

»Ja, die Sitten sind eben verschieden. Man hat ja schon von Leuten gehört, die nach der alten Weise leben«, sagte Baldur dann endlich.

Die Männer murmelten eine vage Zustimmung, wandten sich dann ab und unterhielten sich über etwas anderes. Freya schüttelte den Kopf, was waren das doch für unwissende Narren!

Sie schaute zum Hochsitz hinüber und versuchte Gullveig und Odin zuzuhören. Sie hatten offenbar den Wortwechsel von eben nicht gehört und waren in ein ernstes Gespräch miteinander vertieft. Nur einige Wortfetzen waren durch Stimmengewirr und Lachen zu hören.

»Zu uns kommen viele Händler, und die aus Rygeland haben die beste Bronze für Äxte«, sagte Gullveig gerade.

»Die Macht meiner Schmiede ist so groß, dass Tiwaz ihnen unzerbrechliche Waffen geschenkt hat. Da siehst du zwei davon«, sagte Odin und zeigte auf die beiden Schwerter an der Wand. »Sie machen meine Kämpfer unbesiegbar.«

»Ich habe schon von diesen Schwertern gehört«, sagte Gullveig.

Freya beugte sich vor, aber jetzt lachten einige Männer schallend auf und sie hörte nichts mehr. Es war wohl ein gutes Zeichen, dass die beiden so ruhig miteinander sprachen. Sie hielt Ausschau nach Snotra, die den Baumstamm verlassen hatte und sich jetzt mit einem bleichwangigen Jungen unterhielt.

»Hier. Trink.«

Jorunn reichte ihr ein mit Met gefülltes Kuhhorn.

»Danke. Willst du dich nicht setzen, damit wir miteinander reden können?«

Jorunn schüttelte den Kopf und lächelte verlegen, wich zurück und verschwand hinten in der Halle.

Freya betrachtete das geschnitzte Horn, ließ den Finger am Randbesatz aus Bronze entlangwandern und lauschte den Stimmen der Männer.

»Ich habe hinten im Wald Schlingen ausgelegt. Morgen will ich danach sehen, aber sicher werden sie wieder leer sein«, sagte Baldur.

»Aber Vili hat doch vor einigen Tagen einen Hirsch erlegt«, meinte Thor.

»Und wir werden uns für den Rest des Sommers sein prahlerisches Gerede anhören müssen«, lachte Baldur.

»Das stimmt, aber ich glaube schon, dass es dort in der Gegend reichlich Wild gibt«, meinte Thor nachdenklich.

Er hatte Freya halb den Rücken gekehrt, aber seine Nähe füllte doch den Luftraum zwischen ihnen. Freya schüttelte sich, wie um ihren Geist von seinem zu befreien.

Nun fiel ihr Blick auf das Mädchen, das sie früher an diesem Tag aufgesucht hatte. Sie lief mit einer Schüssel umher, die sie den Männern ehrerbietig anbot. Vergeblich versuchte Freya ihren Blick einzufangen. Die Frauen des Hauses verhielten sich alle so, sie bedienten die Männer wie Mägde.

Wie konnten sie das zulassen? Begriffen sie denn nicht, dass es ein Frevel gegen die Göttin war, die Lebengebärerinnen nicht zu ehren? Männer waren zur Arbeit da, deshalb wurden sie mit starken Armen und Beinen geboren. Ihre Lebenskraft war groß und sollte den Frauen geschenkt werden.

Freya achtete ihre Brüder sehr. Sie waren wichtige Speichen im großen Weltenrad. Aber über das Leben von Frauen zu entscheiden, Kindern Namen zu geben, deren Leben zu beherrschen! Wussten sie denn nicht, dass nur die große Mutter das Recht hatte, Leben zu geben und zu nehmen? Freya hob das Horn und trank den bittersüßen Met. Seine Wärme breitete sich in ihrem Körper aus.

Ein weiteres Holzgefäß wurde herumgetragen, das mit Brei gefüllt war. Sie nahm sich zwei Hand voll und schluckte, ohne zu kauen. Bald brachte ein anderes Mädchen Fleisch und diesmal nahm Freya sich einen Knochen, den sie eilig abnagte und aus dem sie dann das Mark heraussaugte. Danach fühlte sie sich stärker.

Wenn nur Thor nicht neben ihr gesessen hätte. Sie schielte zu ihm hinüber, er aß und trank schweigend. Den Kopf gesenkt, seinen Blick auf das Essen gerichtet. Es war nicht von Bedeutung, sie spürte, wie sehr ihre Nähe ihn erfüllte. Das war offensichtlich.

Jetzt, wo der Met ihre Sinne erweicht hatte, gestand sie sich in Gedanken ein, dass sie Thor für eine oder zwei Nächte zu sich genommen hätte, wenn er kein Fremdling gewesen wäre. Er war ein prachtvoller Bursche, das musste man ihm lassen. Die kräftigen Arme schwollen unter dem ärmellosen Kittel und sein Gesicht war glatt rasiert, er trug nicht den widerlichen Bart der meisten anderen Fremdlinge. Seine Augen waren so blau wie ein tiefes Meer. Seine langen dunkelroten Haare waren im Nacken mit einem Lederriemen zusammengebunden. Er erinnerte wirklich an einen brünstigen Stier, strahlte eine urwüchsige, mit der Erde verbundene Kraft aus.

Freya rutschte hin und her. Vielleicht war sie ein wenig ungerecht gewesen. Am Vortag hatte er ja immerhin versucht ihnen zu helfen. In ihm war keine Feindseligkeit zu finden.

Nicht, dass das wirklich eine Rolle gespielt hätte. Wenn Gullveig und Odin sich wegen der Buße nicht einigen könnten, würden sie diesen Hof im Morgengrauen verlassen und zu ihren Kriegern zurückkehren.

Und dann würde das Blut dieser Männer hier bald den Boden färben.

Anderenfalls würden sie die Erde besprechen. Natürlich würden sie keine große Kraft aufwenden, gerade genug, um die Macht zu besänftigen, die das Leben daran hinderte, im Boden der Fremdlinge zu keimen. Danach würden sie dann gleich zu den wartenden Booten zurückkehren und die Heimreise nach Vanaheim antreten.

Plötzlich hatte sie Heimweh. Der Lärm und das Geschrei in der Halle waren eine Qual im Vergleich zu der Stille und dem Frieden, die bei den Priesterinnen herrschten. Sie hätte gern gewusst, wie es Siv wohl ging, und Vidar. Ob ihre Schwester Gefion schon unterwegs war nach Hallunda?

Baldur beugte sich über Thor hinweg, um einem Kämpfer hinter dem Feuer etwas zuzurufen. Blitzschnell zupfte Freya ein Haar von seinem Rücken. Sie lächelte zufrieden, als sie es in ihren Beutel steckte. Niemand hatte etwas bemerkt.

Thor trank mehr als sonst, vor allem, um Freyas Nähe zu vergessen. Aber je mehr er trank, desto schwerer fiel es ihm. Verdammte Hexe, ihre Schönheit raubte den Männern den Verstand.

Er kämpfte eine Weile mit sich, dann beschloss er, sich von seiner freundlichen Seite zu zeigen. Er konnte doch nicht den ganzen Abend schweigend neben einem Gast sitzen.

»Ich möchte für gestern um Entschuldigung bitten«, sagte er und sah, wie Freya vor Überraschung zusammenzuckte. Denn hob sie den Kopf und musterte ihn herablassend.

»Weißt du denn nicht, dass man eine Auserwählte nicht berühren darf? Kein Wunder, dass eure Felder so leer sind und euer Vieh so mager«, sagte sie.

Thor holte tief Luft und rang mit seinem Zorn. Verdammte Hexe, undankbar war sie und ihnen übel gesinnt.

»Ich mag ein Fremdling sein, aber ich habe jedenfalls noch nie einen Hof besucht und Buße für etwas verlangt, das mein Volk nicht getan hat«, sagte er mit mühsam erkämpfter Höflichkeit.

Ihre weißen Zähne schimmerten in einem überlegenen Lächeln, das ihn noch wütender machte. Warum begriff sie nicht, dass er versuchte, sie wie einen geehrten Gast zu behandeln? Warum war sie so halsstarrig? Verdammtes Weib!

Wieder breitete sich Schweigen zwischen ihnen aus.

Thor sah, wie Loki sich hinter Odins Rücken zu schaffen machte, und das konnte seine Laune wohl kaum heben. Würde dieser Narr sich jetzt auch noch in alles einmischen?

»Wer ist das?«, fragte Freya und zeigte auf den schmächtig gebauten jungen Mann, dessen Umhang das verschlungene Schlangen- und Sonnenzeichen der Schamanen aufwies.

»Das ist Loki. Mein Vater hat sich seiner angenommen, als wir nach Westen gewandert sind.« Er hoffte, dass ihr diese Auskunft genügen würde. Loki war der Letzte, über den er sprechen wollte.

Thor ließ Kol nicht aus den Augen, als sie mit einer Schüssel vorüberging. Er hatte noch nicht mit seinem Vater sprechen können, nahm sich aber vor, das am nächsten Morgen als Allererstes zu erledigen.

»Ich dachte, ihr hättet eigene Priester?«, fragte Freya und hüstelte.

»Mein Vater leitet die Opferfeiern. Loki ist ihm behilflich«, antwortete Thor irritiert. Rauch und Hitze machten ihm jetzt wirklich zu schaffen. Warum hielt Odin bei dieser Hitze das Gastmahl im Haus ab?

Er beschloss das Thema zu wechseln.

»Du verspottest uns, weil unsere Felder nichts hergeben. Sag uns doch lieber, was wir tun können, um bessere Ernten zu erzielen.«

Überrascht sah er, dass Freya dunkelrot anlief. Fast wäre ihr das Kuhhorn aus der Hand gefallen und der Met schwappte über, als sie es wieder zu fassen bekam.

»Ich muss kurz Luft schnappen«, sagte sie und reichte ihm das Horn. Flink wie ein Reh war sie aus der Halle gelaufen. Thor schaute ihr verdutzt hinterher. Was hatte er denn nun wieder gesagt oder verbrochen?

»Verscheuchst du die Frauenzimmer von unserer Feuerstätte, Thor? Ein kluges Mädchen, das rennt, so hässlich, wie du bist.«

Baldur grinste spöttisch. Thor erhob sich mit lautem Seufzer und blickte auf die beiden Hörner in seiner Hand.

»Dann muss ich wohl dafür sorgen, dass sie sich nicht vor Verzweiflung die Kehle durchschneidet.«

Die Männer wollten sich ausschütten vor Lachen und die Stimmung in der Halle näherte sich einem Höhepunkt. Erik Langbogen zog eine Flöte hervor und bald sangen die Männer ein Lied und trampelten dazu mit den Füßen den Takt.

»Schwer lag die Axt in meiner Hand. Der Feind schrie auf vor Angst.«

Thor ging auf die weit offenen Türen zu, blieb aber für einen Moment neben seinem Vater stehen, um dem Gespräch zuzuhören.

»Wenn ihr unseren Boden segnet und unser Unglück ein Ende nimmt, könnt ihr auf unsere Freundschaft und unseren Dank zählen«, sagte Odin ernst.

»Einen Fluch aufzuheben, ist keine Kleinigkeit, das ist nicht im Handumdrehen erledigt. Wenn wir diese Arbeit übernehmen sollen, muss die Buße großzügig bezahlt werden. Das müssen wir genauer besprechen«, sagte Gullveig.

»Das können wir tun, aber vergiss nicht, dass wir keine Buße bezahlen, wir überreichen ein Geschenk«, sagte Odin und winkte einem Leibeigenen, der eine Schüssel mit gekochtem Fleisch anbot.

Gullveig seufzte tief und nippte an ihrem Trinkhorn.

»Ich lebe schon lange genug, um zu wissen, dass man Unbekannten nur selten Freundschaftsgaben überreicht.«

Thor blickte seinen Vater besorgt an. Odin wirkte ruhig, fast belustigt, aber Thor wusste ja, wie leicht die Stimmung seines Vaters umschlagen konnte. Jederzeit konnte ein Zornausbruch erfolgen.

Das hatte er selbst oft genug erfahren, ehe er zu groß geworden war, um Schläge und Stöße fürchten zu müssen. Aber an diesem Abend schien sich alles nach Wunsch zu entwickeln.

Er ging hinaus auf den dunklen Hofplatz und nahm den schweren Duft von Erde und knisternder Hitze in sich auf.

Freya stand am Weihestein, dessen grobe Oberfläche ihre Stirn kühlte. Ihre Übelkeit verflog langsam, als sie spürte, wie sich in der Stille des Steines etwas Vertrautes regte.

Wie wird ein Acker gesegnet! Wie konnte er eine solche Frage stellen? Sie kochte vor Wut. Selbst das kleinste Kind kannte die Fruchtbarkeitsrituale! Wusste, wie Tiere geopfert wurden und wie ihr Blut zur Erde fließen musste. Worauf dann die Vereinigung der Auserwählten auf dem gesegneten Boden folgte, einer Frau und eines Mannes, der Göttin und des Gottes. Freya hatte schon oft den Platz der Göttin eingenommen, sie hatte den göttlichen Samen in den feuchten Boden eingepflügt und das Opfer vollendet. Es war ein Ritus voller Freude und Lust.

Jetzt wollte Thor es mit ihr zusammen machen. Sie zog die still stehende Luft tief in sich ein und umarmte den Stein. Der genoss ihre Nähe und freute sich über ihre Zuneigung.

Sie schaute hoch, als dumpfer Donner über den finsteren Himmel rollte. Die Göttin war wütend. Im Stein war eine besorgte Bewegung zu spüren. Böse Omen am Morgen, und jetzt war »Sie« erzürnt. Das alles verhieß überhaupt nichts Gutes.

Schwere Schritte waren zu hören. Eine dunkle Gestalt kam auf sie zu. Thor.

Freyas Herz hämmerte wild drauflos. Er blieb zwei Schritt vor ihr stehen, hakte die Daumen in den Gürtel und sah sie unsicher an.

»Offenbar beleidigt dich alles, was ich tue?«, fragte er endlich.

Hinter seinen kargen Worten war seine Willenskraft zu hören. Thor wollte sie.

Aber nein.

Sie war die Tochter einer Königin und eine Auserwählte der Göttin. Er war ein Mörder, der ihr Volk abgeschlachtet hatte. Plötzlich kamen seine Worte ihr kraftlos vor.

»Werdet ihr die Buße bezahlen?«

Freyas Stimme klang kälter, als sie beabsichtigt hatte. Er zuckte zusammen.

»Du wirst schon mit dem zurückkehren, wonach du verlangst.«

Überrascht hörte sie einen Anflug von Kummer in seiner Stimme.

»Ich habe euch in einer Vision gesehen. Wie ihr Kinder niedergemetzelt und ihre Körper verbrannt habt«, sagte sie und hob trotzig das Kinn.

Ihre Worte waren wie ein Zauber, der ihre Sehnsucht vertrieb und stattdessen die stärkende Wut erweckte.

»Mich hast du darin jedenfalls nicht gesehen«, sagte Thor leise.

Sein Kummer war jetzt deutlicher.

»Bist du nicht eins mit deinen Verwandten?«

Seine blauen Augen loderten vor Zorn. Das dumpfe Donnergrollen rollte abermals über den düsteren Himmel.

»Doch. Meine Sippe ist mein Leben. Aber sag mir, hast du gesehen, wie deine Kinder an Hunger starben? Hast du gespürt, wie der Hunger an deinem Gedärm zehrte, bis du vor Schwäche kaum noch stehen konntest?«

Freya schüttelte den Kopf, leicht erschrocken über seine Wut. Sie hatte Gerüchte gehört, wonach Menschen im Spätwinter manchmal verhungerten, aber auf ihrer Insel war das nie passiert. Åses Gesetz zwang alle dazu, Notleidenden zu helfen.

»Die Göttin schenkt uns Gaben im Überfluss. Wenn dein Volk gefragt hätte, hätte mein Volk mit euch geteilt.«

»Ja, das kann ich mir denken«, erwiderte Thor bitter. »Es ist leicht, mit Gold um den Hals dazustehen und über Großzügigkeit zu reden, aber was, wenn du nichts zu geben hättest?«

»Wenn ihr der Göttin dientet, würdet auch ihr in Frieden und mit guten Ernten leben«, erwiderte Freya voller Überzeugung.

Ein drohender Wind fegte über den Hof, packte Freyas Umhang, hob ihn und ließ sie im Abendlicht aussehen wie eine Dise. Sie hob die Nase und schnupperte, ein heftiger Regen zog herauf. Sie sollten besser ins Haus gehen.

Thor trat einen Schritt vor. Jetzt war er so nah, dass sie die Wärme seines Körpers spüren konnte. Sie sog den harschen Geruch von Rauch und Schweiß ein. Ihre Kehle schnürte sich zusammen und das Atmen fiel ihr schwer.

»Warum bist du vom Gastmahl weggelaufen?«

Jetzt klang seine dunkle Stimme freundlich, eindringlich. Vielleicht wusste er wirklich nicht, was er da gesagt hatte. Was konnte so ein Bauer aus den Wäldern eigentlich, außer zu essen, auf dem Feld zu arbeiten und Kinder zu zeugen?

»Fragst du deine Gäste immer, ob ihr zusammen den Acker segnen wollt?«, fragte Freya.

Thor schwieg zuerst vor Verwirrung, dann ging ihm auf, was sie meinte. Er prustete los. Sein Schnaufen übertönte die dumpfen Warnungen der Göttin, die in den Wolken erklangen.

»Nicht genug, dass ich mich so schlecht benehme, dass meine Gäste mir ohnmächtig zu Füßen fallen. Ich beleidige sie noch dazu so sehr, dass sie die Feuerstätte meines Vaters verlassen!«

Er stieß diese Worte halb erstickt heraus und musste dazwischen immer weiter lachen. Freyas Mundwinkel zuckten, obwohl sie das gar nicht wollte.

»Ich bin wirklich eine Katastrophe als Gastgeber«, sagte Thor jetzt.

Freya wandte sich um und versteckte ihr Lächeln. Würdevoll wartete sie ab, bis Thor erschöpft seine Tränen abgewischt hatte. Als er sich beruhigt hatte, sah er Freya mit plötzlichem Ernst an.

»Die Wahrheit ist, dass du die schönste Frau bist, die ich je gesehen habe. Ich denke die ganze Zeit an dich, seit ich dich vor der Halle meines Vaters gesehen habe. Vielleicht bist du Priesterin, vielleicht bist du meinem Volk feindlich gesinnt, aber trotzdem begehre ich dich.«

Er verstummte und hob abwehrend die Handflächen.

»Jetzt habe ich es gesagt. Jetzt kannst du meine Männlichkeit mit einem Fluch belegen, so dass ich nie wieder eine Frau begatten kann.«

Freya musterte ihn überrascht. Hatte der Bursche restlos den Verstand verloren? Wie konnte er an einem Abend wie diesem überhaupt solche Gedanken hegen?

Sie presste sich gegen den Weihestein, spürte die Kühle in ihrem Rücken. Thor hatte die Wahrheit gesagt. Sie las seine Gedanken so deutlich, dass sie in ihrem Kopf widerhallten. Er begehrte sie dermaßen, dass ihr Blut darauf antwortete.

Besorgt, als fürchte er, sie könne wieder von Traumgesichten und einer Ohnmacht geschlagen werden, beugte er sein Gesicht über ihres.

»Willst du?«

Seine Stimme war ein zärtliches Flüstern. Freya gab keine Antwort, konnte sich nicht rühren. Ja, sie wollte ihn in sich haben, sie begehrte ihn mit ihrem ganzen Körper. Aber das durfte nicht sein, er war ihr verboten. Ihn zu nehmen wäre ein Frevel gegen ihr Volk. Und doch konnte sie ihren Blick nicht von seinen dunkelblauen Augen losreißen.

Seine rauen Lippen streiften ihre, zitterten vor zurückgehaltener Kraft, doch der Kuss war sanft und behutsam. Am schwarzen Himmel grollte der Donner. Er wurde immer stärker und schneller. Thor stand noch immer abwartend vor ihr. Er atmete schnell und angestrengt, seine Lippen auf ihrem Mund. Freya schloss die Augen, spürte, wie die Luft sich verdichtete.

Sie fing Feuer. Es war wie im Traum, all ihre Beherrschung, ihre Kühle verflogen. Ausgehungert öffnete sie sich für ihn, legte die Hände an seine rauen Wangen und küsste ihn tief und wild. Seine Arme umschlossen sie, hoben sie zu sich hoch. Sie jubelte in Gedanken, als seine Männlichkeit an ihrem Bauch wuchs.

In der Halle wischte Gullveig sich mit dem Ärmel die Schweißströme von der Stirn. Sie war jetzt wirklich böse auf den Schwarzbärtigen.

»Was sagst du?«, fragte Odin.

»Warte«, sagte Gullveig kalt und winkte Snotra zu sich. Die war sofort da und ging neben Gullveig in die Hocke.

»Wo ist Freya?«

Snotra zuckte mit den Schultern.

»Sie ist nach draußen gegangen. Das würde ich auch gern tun. Hier drinnen kann man ja nicht atmen.«

»Schau mal!«

Gullveig zeigte auf die beiden armseligen Bronzearmbänder, die auf Odins Knie lagen. Sie waren eine Beleidigung, für sie und für Vanaheim.

»Findest du nicht, dass drei prächtige Höfe mehr wert sind?«

Odin zuckte mit den Schultern und lachte verbindlich.

»Wir sind ein armes Volk, und das hier ist nur eine schlichte Freundschaftsgabe.«

Gullveig hob ein Armband auf und sah es sich genauer an. Ihr Blick hatte sich getrübt, aber sie konnte die Spuren der früheren Besitzerinnen wahrnehmen. Die Visionen kamen in Wellen und ließen sie zu Eis erstarren.

Erschüttert reichte sie den Schmuck Snotra, die ihn ebenfalls untersuchte.

»Die Göttin möge sich erbarmen«, rief sie dann.

»Hier ist sogar Vanaheims Zeichen«, sagte Snotra und zeigte auf einen kleinen, in die Bronze eingeritzten Wildschweinkopf.

Gullveig schloss die Augen, spürte, wie der Zorn sie in Wellen überkam.

Nicht genug, dass sie sich den ganzen Abend Lügen hatte anhören müssen, jetzt war ihr noch dazu die größtmögliche Beleidigung angetan worden. Sie sah Odin an. Sah ihn mit einem Blick an, der sein Lächeln verwittern ließ.

»Das hier habt ihr von unseren Höfen gestohlen, nachdem ihr mein Volk ermordet hattet. Jetzt gebt ihr mir zwei jämmerliche Armbänder und glaubt, das reiche!« Sie drohte Odin mit dem Schmuck und schrie ihren Zorn aus sich heraus.

»Möge die Göttin dich zu Asche verbrennen. Verdammter Heuchler und Lügner! Wie kannst du es wagen, mir besudelte Buße anzubieten!«

Gullveig schaute sich wütend in der Halle um. Die Musik verstummte. Die Kämpfer schauten Odin abwartend an und griffen nach ihren Waffen.

»Ich verfluche euch alle neunfach wegen dieser schändlichen Bluttat«, schrie Gullveig mit einer tiefen Stimme, die nichts Menschliches mehr hatte.

Entsetzt sahen die Männer, wie sie sich vor ihren Augen verwandelte. Sie wuchs zu einem schwarzen Schatten heran. Über ihren Köpfen dröhnte der Himmel immer wütender.

»Ihr sollt in Nifelheim brennen, von den Reifriesen verschlungen werden, die Disen sollen euch die Eingeweide aus dem Leib reißen und sie kochen. Es gibt keinen Ort, an den ihr vor Vanaheims Rache fliehen könnt. Keine Macht kann die dunkle Mutter besänftigen!«

Der Hofplatz loderte auf wie Feuer, während ein wilder Knall den Himmel zerfetzte. Freya schwankte und kam wieder zur Besinnung. Entsetzt ließ sie Thor los und wich zurück. Mit was für einem Zauber hatte er sie gebunden? Fast hätte sie Vanaheim verraten!

»Niemals!«

Dieses Wort spuckte sie aus. Voller Selbstverachtung und schwarzem Zorn hob sie die Hand und schlug ihm ins Gesicht. Er nahm den Schlag entgegen, ohne sich zu rühren, hielt den Kopf stolz erhoben, doch sein Blick war so verletzt, dass sie erschrocken nach Luft schnappte.

»Niemals«, sagte sie noch einmal, doch es klang jetzt sanfter, wie eine Bitte um Entschuldigung.

Plötzlich hörten sie, dass die Musik verstummt war. Jemand schrie in der Halle, etwas war passiert, etwas war aus dem Ruder gelaufen!

»Verdammte Hexen!«

Freya und Thor fuhren gleichzeitig herum, sahen Gullveig und

Snotra über den Hofplatz eilen. Ein greller Blitz ließ den Himmel aufleuchten. Ein Mann tauchte hinter den Priesterinnen auf und hob den Speer zum Wurf.

»Möge Tiwaz euch alle schlachten, ihr verdammtes Trollgesindel!«

Es dauerte nur zwei Herzschläge, dann hatte Thor begriffen, dass ihnen allen das Verderben drohte. Vor Angst jagte er auf den erhobenen Speer seines Onkels zu. Er musste ihn rechtzeitig erreichen, musste der Priesterin das Leben retten. Thors Füße wirbelten den Staub auf.

Die jüngere Priesterin rannte auf den Wald zu. Aber Gullveig blieb stehen und hob ihren Stab, die grauen Haare tanzten um ihren Kopf. Ihre Verwünschungen hallten auf dem Hofplatz wider.

Der Zorn des Himmels steigerte sich. Die Menschen bebten vor Schreck, die Schweine schrien in ihrem Gehege.

Endlich. Mit einem letzten Sprung warf Thor sich dem erhobenen Speer entgegen. Er riss die Waffe mit solcher Kraft an sich, dass sein Onkel zu Boden stürzte. Im nächsten Moment wurde Thor von einem harten Stoß im Rücken getroffen. Sein Vater jagte vorüber, den Speer Gungnir in der Hand. Odins Augen waren leer und ausdruckslos. Thor schluckte. Dieses Aussehen fürchteten die Feinde seines Vaters mehr als alles andere.

Die Berserkerwut hatte Odin erfasst. Er war für seine Taten nicht mehr verantwortlich. Mit einem aus der Unterwelt geholten Schrei sprang er vor die singende Priesterin. Odin drohte der Hexe mit Gungnir.

In diesem Moment brach oben am Himmelsgewölbe eine solche Wut los, dass der Hofplatz hell erleuchtet wurde. Der Donner ließ den Boden unter ihren Füßen zittern. Thor schaute zu den lodernden Blitzen hoch, sah den Kampf der beiden Riesen am Himmel.

»Die Hexen verfluchen unsere Frauen!« Odins Gebrüll sammelte die Männer des Hofes um ihren Häuptling. So, als könne ihre Anwesenheit ihm Kraft für den Kampf geben.

Gullveigs Beschwörungen wurden immer lauter und stärker. Die

Luft war von einem stechenden Gestank erfüllt, der Thor Angstschauer über den Rücken jagte.

Was machte die Hexe da? Stieß sie Verwünschungen aus? Ein lauter Knall hätte ihn fast zu Boden geworfen. Der Boden vor Odins Füßen brannte plötzlich. Die Hexe hatte ein Bannfeuer darauf geschleudert. Aber sein Vater stand noch immer aufrecht da und lachte, erfüllt von heiligem Zorn.

Dann kam Freya auf sie zu, wie in Trance. Der Umhang wehte um ihren Körper. Thors Entsetzen kannte keine Grenzen. Er konnte gegen übermächtige Feinde kämpfen, er fürchtete sich vor keinem lebenden Mann, aber zu sehen, wie die Frau, die er eben noch in den Armen gehalten hatte, die Hände hob und einen Fluch über sein Volk sang, war mehr, als er ertragen konnte.

Odins grobe Stimme gab ihm Kraft.

»Sie will all unser Gold. Sie will uns alles abnehmen, was wir besitzen. Seht nur, wie sie uns verflucht. Schweig oder brenn im Feuer, verdammtes Weib!«

Odin hob den Speer Gungnir, aber da fiel ihm plötzlich Jorunn in den Arm.

»Du stürzt uns alle ins Unglück. Mann, ich flehe dich an.«

Sie klammerte sich an ihn.

»Geht, Priesterinnen. Lauft!«

Doch Jorunns Worte blieben ungehört. Weder Gullveig noch Freya achteten auf sie. Ihr Geschrei hallte einstimmig von allen Seiten wider.

Freyas Gesicht war leblos und verschlossen, fremde Mächte schienen sie in Besitz genommen zu haben. Thor schluckte. Jetzt sah er Freyas wahre Natur. Jetzt sah er die bösen Kräfte, die in ihrem Körper am Werk waren.

Odin hatte Recht. Die Hexen sprachen einen Fluch aus. Sie waren alle verloren. Jorunns verzweifelte Schreie vermischten sich mit dem Gesang der Hexen. Odin schlug jetzt mit dem Speerschaft auf sie ein. Sie krümmte sich wie ein Tier zusammen, als die Schläge auf ihren mageren Leib niederprasselten, wieder und wieder.

»Im Namen der Göttin, hör auf!«

Ihr verzweifelter Ruf ließ den Berserker Odin die letzten Reste seines Verstandes verlieren. Thor schrie vor Zorn.

Der Himmel wurde von einer weiteren lodernden Flamme zerrissen, die vor ihnen in den Boden schlug. Der Donner ließ sie alle erzittern.

Gullveig bannte die Blitze in den Boden. Die Mächte waren in ihrer Hand und nun kehrte sie sie gegen die Männer. Die Blitze schlugen immer dichter bei ihnen ein. Freyas Kraft vergrößerte Gullveigs Macht, und Gullveig schrie die Blitze mit schriller Stimme an, sie beschwor sie, die Fremdlinge zu Asche zu verbrennen. Vage nahm sie wahr, wie die Kämpfer einen Kreis um sie bildeten, aber in diesem Moment war sie von mächtigeren Kräften besessen.

Die lodernden Blitze jagten wie Rachegeister über den schwarzen Himmel. Der Donner übertönte alles.

Odin schlug wie wahnsinnig auf Jorunn ein, die jetzt reglos und blutend auf dem Boden lag.

Thor versuchte sich einzumischen, die Schläge anzuhalten, seine Mutter zu retten, aber vier Paar Hände hielten ihn zurück.

»Lass das deinen Vater regeln«, sagte einer seiner Onkel und lachte betrunken, als sehe er hier einem lustigen Spiel zu.

Thor kämpfte. Er wand sich, schlug und trat. Vergebens.

Seine Mutter starb vor seinen Augen. Er sah ihr Gesicht vor sich, ihre traurigen Augen, spürte ihre sanfte Hand. Odin schlug auf das blutige Bündel auf dem Boden ein.

»NEIIIIIN!«

Ein roter Zornesschleier schob sich vor seine Augen, Tränen der Wut liefen über sein Gesicht.

»Hör auf, du feiger Eidbrecher! Greif lieber mich an, wenn du dich traust!«

Aber Odin sah und hörte nichts.

Thor flehte Baldur um Hilfe an. Aber Baldur stand hilflos daneben und sah nur zu. Er wagte nicht, Odin zu trotzen. Nicht in diesem Zustand.

Es kam Thor vor wie eine Ewigkeit, dann ließ Odin seinen Speer sinken und sah sich um. Der Wahnsinn loderte in seinen Augen.

Er hob den Speer zum Feuer, das den Himmel zerfetzte, und schrie den singenden Priesterinnen entgegen:

»Heute Abend werdet ihr auf dem Scheiterhaufen brennen! Hört, wie die Götter es fordern! Gebt mir die Weibsstücke!«

Der Himmel dröhnte vor Wut. Die betrunkenen Kämpfer jubelten, bestärkt von Odins Zorn. Sie packten Gullveig, fassten ihre Arme, entblößten ihre Brust.

»Für Tiwaz!«, brüllte Odin.

Gungnirs scharfe Spitze hatte den Brustkorb der Alten sofort durchbohrt. Freyas Schreie vermischten sich mit denen Thors. Gullveig schwankte, doch mit der Kraft der höheren Mächte setzte sie ihren Gesang fort.

Die unerschütterliche und hoheitsvolle Haltung der Hohen Priesterin ließ Odin restlos die Besinnung verlieren. Er packte die Haare der alten Frau und zerrte sie daran durch den Schmutz zurück in die Halle, wo das Feuer der Herdstätte noch immer aufloderte.

Dort schleuderte er Gullveig in das Flammenmeer. Sie schrie wie ein Geistwesen, konnte sich aber erheben und taumelte mit brennenden Haaren und Gewändern in die Halle. Der Gestank von verbranntem Haar und Fleisch füllte den Raum. Die Kämpfer starrten sie gebannt an. Die Frauen hielten ihren Kindern die Augen zu.

»Stirb, Weib, stirb!«

Odin hob seinen Speer und bohrte ihn noch einmal in Gullveigs Brustkorb. Sie sank zu Boden und er trat sie in die Flammen zurück. Aber nun geschah das Unvorstellbare: Gullveig erhob sich ein weiteres Mal. Ein unmenschlicher Schrei entrang sich ihren schwarz versengten Lippen. Das Feuer fraß gierig an ihrem blutenden Leib, verschlang ihn, verzehrte ihn. Wie eine fürchterliche Feuerdise stand sie in der tödlichen Hitze. Der Himmel dröhnte über dem Dach der Halle. Dann sank Gullveig in die Knie.

Sie hätte längst tot sein müssen, jetzt brannte ihr Fleisch und zerplatzte in der Hitze. Der Gestank breitete sich in der ganzen

Halle aus. Aber trotzdem konnte sie langsam und schreiend aus den Flammen kriechen.

Ihre Gestalt hatte nichts Menschliches mehr. Odin fluchte und stieß Verwünschungen aus. Zum dritten Mal durchbohrte er die Greisin mit dem Speer. Dann beförderte er sie mit einem Tritt zurück in die Flammen, und endlich verstummten ihre Schreie und sie krümmte sich zusammen und starb.

Im selben Moment fegte Kälte durch Odins Halle. Die Doppeltür schlug wütend im Wind.

Die Männer verstummten und schienen erst jetzt begriffen zu haben, was sie getan hatten. Entsetzt starrten sie das versengte Fleisch der alten Priesterin an. Draußen prasselte der Regen auf den Boden und verwandelte alles in brodelnden Schlamm.

Odin fuhr zusammen und schaute sich um. Er schien aus seiner Trance zu erwachen. Er riss sich zusammen, sah das an, was einst Gullveig gewesen war, und versuchte sich zu erinnern. Vergeblich. In ihm gab es nur weiß glühende Wut.

Nach kurzem Überlegen wandte er sich an seine Kämpfer:

»Holt euch die beiden anderen, ehe sie ihr Volk warnen können.«

Die Männer nickten und griffen zu ihren Waffen. Odin folgte mit düsterer Miene und schnallte Schwert und Brünne um.

Auf dem Hofplatz blieb er bei Thor stehen, der stumm im Regen stand und seine schwer verletzte Mutter ansah. Sein Sohn hatte wirklich seltsame Vorstellungen. Er verbrachte zu viel Zeit mit den Frauen. Natürlich bereute Odin, dass er seinen Zorn an Jorunn ausgelassen hatte, aber sie hätte ihren Gemahl im Kampf nicht aufhalten dürfen.

Nicht, wenn ihn die Berserkerwut ritt. So war es nun mal. Das hatte sie sehr genau gewusst, und deshalb war alles ihre Schuld.

»Nimm dein Schwert und tu deine Pflicht, mein Sohn. Zeig, dass du ein Mann bist. Wenn du deinen Vater und dein Volk im Stich lässt, wirst du ehrlos sterben.«

Thor sah seinen Vater an. Der Regen verbarg seine Tränen.

Odin hatte nicht einmal einen Blick auf Jorunn geworfen. Nicht einmal so viel Beachtung hatte er ihr gegönnt. Jetzt stand er hier mit seinem Speer und seinem kostbaren Umhang und erteilte Befehle. In Thors Brust schwoll der Hass an. Er hätte Odin umbringen mögen.

Ihm den Speer ins Herz stoßen. Ihn leiden sehen.

Odin lachte auf, als er den Blick seines Ältesten wahrnahm.

»Du bist ein guter Junge, das ist der Zorn, den du mit in den Kampf nehmen sollst.«

Er legte ihm die Hand auf die Schulter. Thor richtete sich hilflos auf und ließ sich zu den wartenden Kriegern führen.

Die Hexenjagd konnte beginnen.

4

Wie eine Blinde stürzte Freya durch den Regen. Rasch, rasch vorwärts. Fort von den Mördern. Ihre Füße jagten über das feuchte Laub, regenschwere Zweige peitschten ihr Gesicht und zerrissen ihr langes Gewand. Aber sie lief weiter, wie ein waidwundes Wild, das vor den Jägern um sein Leben rennt.

Stolpernd, kämpfend, weinend kämpfte sie sich durch die düstere Regenwand. Die Mächte schienen zu wüten, weil das Unfassbare geschehen war. Gullveig war tot, hingemetzelt wie ein Opfertier. Jeder Atemzug durchschnitt Freyas Brust wie ein Messer. Am Ende wurde sie langsamer und ließ sich erschöpft zu Boden sinken.

Vor dem, was geschehen war, konnte sie nicht davonlaufen. Vanaheims Hohepriesterin war ermordet worden. Ihre geliebte Tante war tot. Freya hob ihr Gesicht in den Regen und wollte ihn ihre Tränen und Trauer wegspülen lassen. Aber das gelang ihr nicht.

Sie schrie ihren Schmerz in die Nacht hinaus.

Sie hatten Gullveig umgebracht und Freya hatte nichts unternommen.

Sie wand sich auf nassem Laub. Warum hatte sie nicht eingegriffen? Gab es denn nichts, was sie hatte tun können, um die Katastrophe zu verhindern?

Die Bilder, entsetzlicher als alle Visionen, die sie jemals gehabt hatte, tanzten vor ihren Augen. Odin, der die verletzte Gullveig in die Halle schleifte. Der Gestank des Kämpfers, der Freya festgehalten hatte, als sie versuchen wollte, ihrer Tante zu Hilfe zu kommen. Der dunkle Schatten, der sie von dem Kämpfer befreit und fort, in die Freiheit, gestoßen hatte.

Überrascht ging ihr auf, was da passiert war. Thor hatte ihr das Leben gerettet. Sie war fortgerannt, während Gullveigs Schrei ihr Herz zerrissen hatte

Dieser unmenschliche Schrei.

Freya jammerte und schlug wütend mit den Fäusten auf den Boden ein. Die Trauer tat so entsetzlich weh, sie zerrte an ihrem Magen, bohrte sich wie Messerstiche in ihre Haut.

Ein schwarzer Schatten ragte vor ihr auf und verschlang sie. Der Wahnsinn riss die Macht an sich. »Lass sie kommen, lass sie auch mich umbringen«, fauchte sie. Freya kroch auf allen vieren umher, ihr Gewand hing in Fetzen um ihren von blutenden Wunden übersäten Leib. Die Schmerzen drohten, ihren Schädel zu spalten. Sie zerkratzte sich das Gesicht mit den Fingernägeln, sie schrie und verfluchte.

»Verdammte Mörder!«

Freya hob ihr Gesicht zum dunklen Himmel.

»Wie konntest du das zulassen?«

Ihr Ruf wurde vom Dröhnen des Regens verschlungen.

Keine Antwort.

Hatte »Sie« sie verlassen? War die Göttin nicht mehr da? Nicht einmal das Gesicht der Mondgöttin war zwischen den schwarzen Wolken zu sehen.

Eine Welle des Entsetzens und der Einsamkeit schlug über Freya zusammen. Drohend türmte sich die Finsternis vor ihr auf. Ihre Hände zitterten hemmungslos. War sie allein? Freya hielt im Regen Ausschau. Ihr heftiges Atmen hallte leer zwischen den stummen Baumstämmen wider.

Sie war preisgegeben. Waren in dieser verfluchten Nacht zwei ihrer Mütter verschwunden? Freya schluchzte auf.

Wie ein verirrtes Kind, das sich ängstlich in der Dunkelheit versteckt, krümmte sie sich in der Nässe zusammen. Sie tastete nach dem Opfermesser und schloss erleichtert die Finger um die kühle Bronze, als sie es fand. Sollte sie sich hier und jetzt das Leben nehmen? Sich den Mächten opfern?

Freya hob das Messer und richtete es auf ihre Brust. Es wäre so leicht, sich in die Geborgenheit schenkende Umarmung der Göttin sinken zu lassen.

»Wenn ich jetzt zu dir komme, nimmst du mich dann auf?«, fragte sie in die Stille hinein.

Noch immer keine Antwort.

Sie fuhr mit dem Finger über die scharfe Klinge und versuchte ihre Gedanken zu ordnen. Wenn die Göttin verschwunden war, dann war Freyas Geist verloren. Dann würde sie bis ans Ende der Zeiten durch diesen fremden Wald wandern müssen. Und das wäre noch schlimmer, als unter den Speeren der Fremdlinge zu sterben.

Jahre der Übung halfen Freya dabei sich langsam zu beruhigen. Nach und nach wurden ihre Gedanken klarer.

Die Göttin wollte keine beschädigten Geschenke. Sie betastete ihren blutenden Körper. Sie konnte nicht sterben. Noch nicht. Und nicht durch eigene Hand.

Gullveig war tot. Diese Erkenntnis war ebenso schmerzhaft wie eine Begegnung mit Odins Speer.

Aber Freya lebte.

Das Leben war ein Geschenk. Leben durfte nicht weggeworfen werden.

Wieder hob sie ihr Gesicht und schrie in die Nacht hinaus. »Hol mich nach Hause, große Mutter. Erce, wo bist du?«

Ihr Flehen verhallte ungehört in der Nacht.

Wenn es nur nicht so kalt gewesen wäre. Freya schlang die Arme um die Knie. Sie zitterte am ganzen Leib, vor Angst und vor Kälte. Wohin sollte sie jetzt gehen? Sie müsste zum Boot und zu Vanaheims Kämpfern zurückkehren, aber sie ahnte ja nicht einmal, wo sie sich befand. Der Himmel war schwarz, keine Bilder konnten sie führen.

In welche Richtung war sie gelaufen, nachdem sie von Thor befreit worden war? Das wusste sie nicht. Alles bis auf Gullveigs unmenschlichen Schrei war verschwunden.

Müde ließ sie sich zu Boden sinken, zitternd wie eine Sterbende, während der Regen über ihren eiskalten Leib fiel. Langsam strömte die Zeit an ihr vorbei.

Plötzlich ließ etwas sie den Atem anhalten. Ein Geräusch. Waren das die Fremdlinge? Sie presste sich an den Boden und sah sich um. Da war es wieder. Ein leises Rascheln.

Freya schloss die Augen und ließ ihren Geist behutsam durch den tiefen Wald wandern. Hier gab es keine freundlichen Waldgeister. Keine Tiere, keine Elchbullen.

Dann nahm sie etwas wahr. Hinter den dunklen Baumstämmen war Leben. Irgendjemand dort draußen beobachtete sie voller Widerwillen und Hass.

Freya schloss die Augen. Ihre Tränen mischten sich mit dem Regen. Sie würde also auf jeden Fall sterben. Einsam und hilflos würde sie in einem fremden Wald ihrem Schicksal begegnen. Ohne Zeremonien, ohne von ihren Schwestern in die andere Welt geleitet zu werden.

Wie gern wäre sie stattdessen zusammen mit ihrer Tante gestorben. Dann hätten sie zusammen zur Göttin zurückkehren können.

Aber wenn das hier ihr Schicksal war, dann wollte sie es ergeben annehmen. Welchen Grund gab es schließlich zum Weiterleben?

Freya holte tief Luft.

»So möge es geschehen«, murmelte sie und schaute in die Dunkelheit hinaus.

Zwei gelbe Augen funkelten hinter der Wand aus strömendem Regen. Isegrimm würde sie holen. Gelbe spitze Zähne würden ihre Kehle zerfetzen.

Der dunkle Schatten kam vorsichtig näher. Eine wilde Urkraft, älter als die Menschen, näherte sich zögernd dem zitternden Wesen, in dem das Blut pulsierte.

»Komm nur, graue Schwester. Hol mich nach Hause«, sagte Freya leise.

Sie versuchte ganz ruhig zu sprechen, während sie ihren Rücken gegen einen Felsblock presste. Die Wölfin kam langsam auf sie zu. Abwartend. Zögernd.

Jetzt war sie so nah, dass Freya die gespitzten Ohren sehen konnte. Sie schloss die Augen, wartete auf den Sprung. Nichts passierte. Ihr Herzschlag war lauter als der prasselnde Regen.

Zeitalter vergingen.

Aber nichts passierte.

Freya öffnete die Augen. Die Wölfin saß eine Armlänge von ihr entfernt, sie kauerte sich im Regen zusammen und schien sich gar nicht wohl in ihrer Haut zu fühlen. Sie schauten einander an, Mensch und Tier. Was war das hier? Dann richtete die Wölfin sich auf und ging zwei Schritte weiter, wandte sich um und schaute Freya auffordernd an.

Freya kam mühsam auf die Beine, verwirrt und enttäuscht. Sie war der Wiedervereinigung mit Gullveig so nah gewesen, und jetzt passierte das hier. Konnte das wirklich möglich sein? War die Wölfin eine Botin?

Sie schaute hinaus in die Dunkelheit und taumelte dann hinter dem großen grauen Tier zwischen den dunklen Baumstämmen her. Schmerzpfeile jagten durch ihren Körper, und doch schleppte sie sich weiter, Schritt für Schritt.

Langsam ging die Nacht in grauen Tag über, noch immer peitschte der Regen. Die Wölfin blieb stehen und trat ungeduldig von einem Bein aufs andere, als Freya sich zum Ausruhen zu Boden sinken ließ. Irgendetwas schien das Tier anzutreiben.

Aber was?

Freya hatte keine Ahnung, wo sie sich befanden. Der Wald war leer und verlassen, sie fühlte sich wie im Grenzland zwischen Leben und Tod. Vielleicht war sie dort ja auch? Aber Freya war schon früher dort gewandert, und dabei hatten keine Schmerzen ihren Leib gequält. Nein, das hier war sicher Wirklichkeit. Vielleicht hatten böse Mächte den Wald mit einem Fluch belegt? Sie hätte doch auf ihrer ewig langen Wanderung andere Wesen treffen müssen, ein Tier, einen Waldgeist, aber sie sah nur die Wölfin. Freya riss einige Birkenblätter ab und stopfte sie in den Mund. Dabei überlegte sie, ob Snotra wohl noch lebte. Gullveig hatte sie fortgeschickt, ehe sie das Feuer in den Boden gebannt hatte. Bestimmt hatte Snotra Vanaheims Boot erreicht und die Kämpfer geholt. Diese Vorstellung gab Freya Trost. Zur Strafe würde Odins Hof brennen. Auge um Auge, Zahn um Zahn. Der Gedanke an Rache gab ihr neue Kraft.

Aber sie brauchte Ruhe. Der Regen ließ nach.

Am Ende blieb die Wölfin stehen und schüttelte sich mit ungeduldiger Bewegung das Wasser aus dem Fell. Sie witterte unruhig und legte die Ohren an. Freya ließ sich zu Boden sinken und kroch zu einer Pfütze, Regenwasser, das sich zwischen Zweigen und Laub in einer kleinen Senke gesammelt hatte. Dort trank sie gierig, um den schrecklichen Durst zu löschen, der ihren Hals brennen ließ. Das Wasser schmeckte nach Erde und verfaultem Laub. Es war göttlich.

Eine tiefe Männerstimme hallte zwischen den regennassen Baumstämmen wider. Freya und die Wölfin erstarrten und lauschten gespannt. Ja, da kamen Männer, sie bahnten sich mit schweren Schritten ihren Weg. Freya wurde vom Entsetzen gefasst und presste sich auf den Boden. Hatte die Wölfin sie zu den Fremdlingen geführt? Würde Odin auch sie mit seinem Speer durchbohren?

Ein brennender Pfeil leuchtete im trüben Licht auf, dann erlosch er und fiel auf den nassen Boden. Verwirrt starrte Freya den Flammenstrich an.

Dann tauchte aus dem Regen ein dunkler Schatten auf, ein Mann mit rundem Schild und hocherhobenem Schwert. Freya atmete erleichtert auf. Es war Sten, einer der Kämpfer ihrer Mutter.

Wie im Traum sah sie ihn auf sich zustürzen, hörte seine weiche Stimme, starke Arme hoben sie gen Himmel. Als Letztes, ehe die Finsternis sie verschlang, sah sie einen grauen Schatten zwischen den Bäumen verschwinden.

Vanaheims Kämpfer hatten in voller Rüstung gewacht, als Snotra sie erreicht und erzählt hatte, was geschehen war. Von diesem Moment an fasste Snotra alle Beschlüsse. Jetzt war sie Vanaheims Hohepriesterin.

Die Tochter ihrer Königin im Feindesland zurückzulassen wäre eine Schande für sie alle gewesen. Also schickte Snotra Kämpfer aus, die suchen und die Wege beleuchten sollten. Das war gefährlich, denn die brennenden Pfeile könnten auch die Fremdlinge auf ihre Spur bringen, aber Vanaheims Kämpfer fieberten ohnehin danach, ihre Hohepriesterin zu rächen. Diesen Kampf nahmen sie gern auf.

Es war schon spät am Tag und sie hatten die Hoffnung fast aufgegeben, als Sten Freya brachte. Traurig strömten sie um die junge Frau zusammen. Hatten sie auch die Tochter der Königin verloren?

Sie trugen sie zu Åses Boot und legten sie vorsichtig auf ein Lager, dann übernahm Snotra Freyas Pflege.

Byggvir, der Anführer der Vanenkrieger, hatte schon gegen seefahrende Plünderer gekämpft. Er war ein listiger und vorausschauender Krieger. Als nun ein Späher die Nachricht brachte, dass die Fremdlinge sich näherten, waren seine Männer bereit.

In den Bäumen saßen zwei Bogenschützen, hinter mit grauem Moos bewachsenen Baumstämmen warteten die übrigen Krieger ausgerüstet mit Langspeeren und scharfen Schwertern. Sie hockten hinter ihren prächtigen Schilden, die aus vier Schichten dicken Leders bestanden. Die Fremdlinge zeigten weniger Vorsicht. Übermütig liefen sie zu den Booten, schlugen auf ihre Schilde und riefen den Namen ihres Kriegsgottes.

Tiwaz!

Tiwaz!

Die Rufe hallten im Wald wider. Ein Krieger nach dem anderen trat aus dem Regendunst hervor, wie ein Wesen aus einer anderen Welt.

Freya kam zu sich. Verängstigt fuhr sie hoch, wurde aber sofort von Snotras fester Hand wieder aufs Lager gedrückt.

»Da sind sie. Bleib still liegen und halt den Mund!«

Freya gehorchte, benommen und schwach.

Dann hörten sie das Gebrüll der aufeinander treffenden Kämpfer. Goldene Bronze traf auf beißendes Eisen. Die Schreie der sterbenden Männer hallten über dem Wasser wider.

Aber es waren die Bogenschützen in den Bäumen, die das kurze Scharmützel entschieden. Ihre Pfeile trafen die Feinde wie tödliche Bisse, drangen zwischen Harnisch und schützendes Leder. Fünf Kämpfer der Fremdlinge fielen. Ein schriller Ruf holte die Feinde zurück und sie verschwanden im Wald.

Freya lag bewegungslos und horchte auf gedämpfte Rufe und Stöhnen. Plötzlich spülte eine Welle aus Wärme und Kraft durch ihren eben noch so schwachen Leib. Mit einer Schnelligkeit, die sie und auch Snotra überraschte, erhob sie sich auf zitternden Beinen. Sie nahm nicht einmal das Wasser wahr, als sie an den steinigen Strand watete. Der Hass brannte in ihrer Brust. Sie hatte nur noch einen Wunsch, die Körper der Fremdlinge zu sehen und sie dann zu zerhauen und zu schänden.

Am Strand las Sten einen Helm der Kämpfer auf, ein neues Schwert hielt er bereits in der Hand. Zufrieden wiegte er diese beiden Schätze in der Hand. Bei einem noch lebenden Fremdling blieb er stehen. Mit zwei raschen Schritten hatte er den verletzten Feind erreicht und tötete ihn durch einen schnellen Stoß in den Rücken. Der Kämpfer zuckte zweimal zusammen, dann war er tot.

Freya verwünschte ihn.

»Mögest du unselig bis ans Ende der Zeiten über die Erde wandern«, sagte sie und zeichnete eine Unfriedensrune über den Körper des toten Kämpfers. Die Rune leuchtete auf und senkte sich dann auf den Leichnam.

Sten musterte die junge Priesterin voller Entsetzen. Sie hatte eine grauenhafte Verwünschung ausgestoßen. Der Gefallene würde im Tod keine Ruhe finden, und dieser Ort hier würde für ewig heimgesucht sein. Er tauschte einen Blick mit Byggvir, der herankam, um sich ein Bild von der Lage zu machen.

Kurz darauf kehrten die Vanenkrieger mit leeren Händen aus dem Wald zurück, die Fremden waren geflohen. Auch sie zuckten zusammen, als sie Freyas leere Augen sahen, doch sie waren dankbar dafür, dass sie eine dermaßen düstere Kraft auf ihrer Seite hatten. Diese junge Priesterin mit den brennenden Augen und dem zerfetzten Gewand wanderte wie die düstere Mutter über das Schlachtfeld.

Freya war nicht mehr sie selbst, etwas Mächtigeres hatte Besitz von ihr ergriffen.

Snotra eilte herbei und legte ihr einen Umhang um die Schultern, aber das bemerkte Freya nicht. Sie ging zu einem der gefallenen Fremdlinge weiter. Sein Rücken war dunkelrot vor Blut, ein Pfeil hatte sich tief in seine Schulter gebohrt.

Freya sah, wie sein rotes Haar sich mit dem Blut seiner Wunde vermischte. Und das gab ihr ein Gefühl der Befriedigung.

Wie im Traum ging sie neben ihm in die Hocke, zog den Pfeil heraus und drehte den Mann mühsam auf den Rücken. Der Krieger stöhnte vor Schmerz. Seine Lippen waren grau und sein gequälter Blick fing Freyas ein und ließ tief in ihr etwas langsam zum Leben erwecken. Sie lächelte bitter, erfüllt von weiß glühendem Hass, als sie sah, wen sie vor sich hatte.

»Thor!« Sie spuckte seinen Namen aus. »Hoffentlich musst du ebenso viel leiden wie Gullveig!«

Thor stöhnte. Er spürte, dass er im Sterben lag. Sein Körper war stumm, langsam strömte das Leben aus ihm heraus. Aber er bereute nichts. Er durfte auf dem Schlachtfeld sterben, und mehr konnte ein Mann sich nicht wünschen. Das Nachleben würde gut werden, er würde in Tiwaz' Saal sitzen.

Langsam näherte er sich der warmen Dunkelheit. Aber dann wurde er hilflos in seinen Körper zurückgerissen, zurück in Schmerz und Ohnmacht. Thor hielt verzweifelt Ausschau nach der bösen Kraft, die ihn in diese elende Welt zurückgezwungen hatte.

Ein goldhaariges Wesen schwebte in den Nebeln. Freya, die schöne Hexe. Sie lebte. Erleichtert versuchte er zu lachen. Dann war alles so, wie es sein sollte.

Aber bald drang ihr Hass zu ihm durch. Für sie hatte er alles geopfert. Er hatte ihr das Leben gerettet. Warum begriff sie das nicht?

Thor versuchte sich zu verteidigen, zu erklären. Seine Lippen kamen ihm fremd vor, wollten ihm nicht gehorchen. Die Wörter musste er unter Schmerzen herausstoßen.

»Wusste nicht … versuchte … mein Vater …«

Freya packte seine Haare. Ein Schmerz wie aus tausend Speerwunden schoss durch seinen gequälten Körper.

»Und dann kommst du noch her, um weiter zu morden«, fauchte sie.

Die Wut der Hexe war ebenso schrecklich wie seine Wunden.

»Keine … Wahl …«

Byggvir trat neben Thor und hob seinen Speer, um ihm den Gnadenstoß zu versetzen.

Freya warf einen letzten Blick auf den sterbenden Thor und wollte gerade zustimmend nicken, als sie sich plötzlich sagen hörte:

»Nein. Er ist ein Häuptlingssohn. Wir können Lösegeld für ihn verlangen.«

Freya verstummte verblüfft. Was hatte sie da gesagt? Sie konnten doch Thors Leben nicht schonen. Aber es war so, als habe eine andere durch sie gesprochen.

Sie wollte ihre Worte schon zurücknehmen, als ihr Blick auf Snotra fiel. Die schaute die junge Priesterin und den verletzten Fremdling lange an.

»Sie werden alle sterben«, erwiderte Snotra endlich. Ihre Stimme hallte über das Schlachtfeld.

Freya erhob sich auf unsicheren Beinen. Die dunkle Trance hielt sie noch immer im Griff.

»Lebendig ist er mehr wert.«

Snotra bedachte sie mit einem viel sagenden Blick und sah die fremde Macht, die aus Freyas Augen schimmerte. Dennoch musste sie diese Herausforderung annehmen. Wenn sie jetzt zögerte, würde sie Gullveigs Umhang niemals wirklich tragen können.

»Darüber hast nicht du zu entscheiden. Gullveig ist tot, ich nehme jetzt ihren Platz ein.«

Die Wut entflammte in Freya ebenso rasch, als hätte Snotra eine Fackel in trockenes Stroh geworfen. Dieses verdammte Weibsbild! Die würde niemandes Platz einnehmen. Gullveig war ja noch nicht einmal beigesetzt worden.

»Diesen Entschluss kann nur die Göttin fassen, und ich habe noch kein Zeichen von ihr gesehen«, dröhnte die junge Priesterin mit so düsterer Stimme, dass Byggvir einige Schritte zurückwich.

Unschlüssig sah er dem Kampf der beiden Frauen zu. Das hier verhieß nichts Gutes für ihre Fahrt, Priesterinnen, die um einen todgeweihten Fremdling kämpften. So etwas hatte er noch nie gesehen. Unsicher ließ er den Speer sinken.

»Er wird sterben. Und du gehorchst«, sagte Snotra kurz.

»Niemals. Dann gebe ich ihm Blutschutz. Und du musst erst mich töten«, sagte Freya triumphierend. Kaum hatten diese Worte ihren Mund verlassen, bereute sie sie jedoch bitterlich.

Zu spät.

Freyas Worte jagten über den Strand, ließen die Kämpfer erstarren und sie voller Entsetzen ansehen. Jemandem Blutschutz zu gewähren, jemanden mit dem eigenen Leben schützen zu wollen, das war ein gewaltiges Gelübde. Eins, das nicht zurückgenommen werden konnte.

Snotra erbleichte unter ihren schwarzen Haaren.

»Hast du den Verstand verloren, Mädchen? Er hat Gullveig ermordet. Warum wirfst du dein Leben fort? Hat er dich durch einen Zauber wahnsinnig werden lassen?«

Langsam kam Freya wieder zur Besinnung. In ihrem Mund breitete sich Blutgeschmack aus. Was für böse Kräfte hatten sie dazu gebracht, ihr Leben für einen Fremdling aufs Spiel zu setzen? Bestimmt hatte sie den Verstand verloren. Was im Namen der Göttin sollte sie jetzt machen?

Der sterbende Thor war ihr doch egal, sie war so wütend geworden, weil Snotra sofort Gullveigs Platz eingenommen hatte. Aber dieser Eid, den sie nun einmal geschworen hatte, konnte nicht zurückgenommen werden. Jetzt musste sie zu ihren Worten stehen. Die Kämpfer müssten erst sie töten, ehe Thor an die Reihe kommen könnte. Sie würde seinetwegen sterben.

Sie schaute zu dem sterbenden Thor hinüber und sah zwischen den Schmerzen in seinen blauen Augen auch einen Keim von Vertrauen aufleuchten. Begriff er nicht, dass sie beide in die Unterwelt wandern müssten, egal, was sie jetzt noch sagte?

Freya schloss die Augen und rief in Gedanken die Mondgöttin an, der sie diente. Eine Antwort erwartete sie nicht.

Doch die kam wie eine sanfte Liebkosung. Freya brach in Tränen aus. Endlich. Wieder diese Stimme zu hören, nicht mehr einsam zu sein, es war, wie von einer liebenden Mutter umarmt zu werden. Aber ihre Erleichterung musste rasch der Angst Platz machen. Die milde Stimme teilte ihr den Wunsch der Göttin mit. Freya schluckte ihre Tränen hinunter. Was die Göttin begehrte, war unvorstellbar. So etwas hatte sie noch nie gehört. Die Göttin konnte doch nicht … Freya musste sich verhört haben. Aber mit jedem Herzschlag wurde die Stimme in ihr stärker, jetzt war sie in Freyas Kopf zu einem wütenden Dröhnen geworden. Sie musste es sagen und es musste sofort geschehen.

Freya blickte gequält in die von Entsetzen und Abscheu geprägten Gesichter Snotras und der Kämpfer. Dann richtete sie sich gerade auf und sagte mit eintöniger Stimme:

»Ich werde diesen Mann meiner Herrscherin schenken. Ich habe ihre Stimme gehört. Ich weihe ihn der Mondgöttin.«

Endlich verstummte die Göttin. Freya holte Atem und betrachtete ihre zitternden Hände. Was war mit ihr geschehen? Sie schaute sich hilflos um.

Snotra zuckte zusammen, wie nach einer Ohrfeige. Nicht genug, dass Freya sie in aller Öffentlichkeit herausgefordert hatte, jetzt wollte sie noch dazu diesen Fremden opfern. Auch das wäre eigentlich Snotras Aufgabe gewesen. Freya ging zu weit. Viel zu weit. Sie hätte ihren Platz kennen und Snotra unterstützen müssen. Sie spürte die verstohlenen Blicke der Kämpfer. Sah, wie die sich abwartend über ihre Waffen beugten, sie hatten jetzt keine Angst mehr, sondern waren nur noch gespannt.

Wenn Snotra in den Hallen der Priesterinnen herrschen wollte, durfte sie keine Schwäche zeigen. Für sie stand jetzt nur noch ein Weg offen.

»Das Opfer eines Häuptlingssohns. Schon lange hat niemand mehr eine dermaßen kostbare Gabe gemacht«, verkündete sie mit einer Stimme, die vergeblich mit dem Zorn rang.

Thor hüstelte. Ein Blutsfaden sickerte aus der Wunde in seinem breiten Nacken, in der der Pfeil gesteckt hatte.

»Sie verlangt ihn als Buße für ihre erschlagene Hohepriesterin«, sagte Freya tonlos.

»Wir wollen uns freuen, dass sie dir die Kraft geschenkt hat, unsere Hände aufzuhalten. Ich werde selber seine Wunden pflegen, damit er am Leben bleibt, bis das Opfer vollbracht werden kann.«

Snotra schaute sich würdevoll um.

»Worauf wartet ihr noch? Nach Hallunda.«

Die Krieger sammelten eilig die letzten Beutestücke ein, während Freya an Bord stieg. Sie setzte sich neben Thor und hüllte sich fröstelnd in ihren Umhang. Was wollte die Göttin mit diesem Fremdling? Verzweifelt versuchte sie, zur Besinnung zu gelangen, während die beiden Boote durch die Nebel gerudert wurden, nach Hallunda, nach Vanaheim.

5

Asentor. Einsamer Reiter. Eine schrille Stimme flüsterte Thors Beinamen, während er zwischen Leben und Tod schwebte. Bald verhallte sie im Nebel. Thor schaute sich um, als das Land Form annahm. Karge graue Felsen streckten sich in die Unendlichkeit dahin. Dunkellila Heidekraut zu seinen Füßen. Ein Gefühl des Verlusts in der Brust. Schmerz. Der war verschwunden. Er hob die Hand und musterte die groben Schwielen. Entweder war er tot oder er träumte, aber besonders wichtig kam ihm das nicht vor.

Einen Herzschlag darauf schwebte er über einem Wald, der ihm seltsam vertraut vorkam. Nicht die dunkelgrauen Baumwipfel sorgten dafür, dass er sich plötzlich zu Hause fühlte, auch nicht die Bäche oder die kleinen Lichtungen. Nein, er hatte das Gefühl, dass der Geist des Waldes ihm Erinnerung schenkte.

Hier war er aufgewachsen, hier hatte er seine Männlichkeit gewonnen.

Dort stand die alte Eiche, an der Odin Thors Bruder geopfert hatte. Das bleiche Gesicht des Gehenkten schimmerte zwischen den Blättern und Thor freute sich über das Wiedersehen.

Wenn das hier das Nachleben war, dann würde er bald in Tiwaz' Halle neben seinem Bruder sitzen. Tagsüber würden sie kämpfen, nachts würden wunderschöne Frauen ihnen Ströme von Met servieren. Thor versuchte möglichst schnell zu seinem Bruder zu gelangen, aber der Geist entglitt ihm und war verschwunden.

Eine leise Furcht breitete sich in ihm aus. Wurde er vor Tiwaz' Halle abgewiesen?

Nein. Ein Gefühl des Trostes kam ihm entgegen. Es spielte keine Rolle. Jetzt nicht. Aus dem Wald strömte Geborgenheit und trug ihn weiter, über endlose Grasflächen, über graubraune Berge, deren verschneite Gipfel glitzerten, während sie das Weltall stützten. Ein Habicht kreiste hoch über seinem Kopf

Wenn das hier der Tod war, dann gab es nichts zu befürchten.

Er erreichte einige elende Steinhütten, die sich am Rand eines endlosen Meeres aneinander drängten. Sie standen leer, waren offenbar in aller Eile verlassen worden.

Thor ruhte auf den warmen Winden, schaute hinab auf die Häuser und auf die verkrümmten Bäume, die sich an dem ausgedörrten Steinboden festklammerten.

Hinten an dem schwarzen Strand saß eine Gruppe von Männern. Ihre Gesichter waren ernst und verschlossen. Thor näherte sich zögernd, doch dann blieb er in einem unsichtbaren Netz hängen. Er kämpfte vergeblich. Der Habicht kreiste unruhig über ihm und schrie seine Wut aus sich heraus.

Zwischen den Männern saß ein alter Schamane mit übereinander geschlagenen Beinen und der Zaubertrommel in der Hand. Er hatte Thor gerufen, das begriff dieser jetzt. Wie das Seil ein Pferd festhält, damit es nicht in die Nacht hinauslaufen kann, so hielt der Zaubergesang des Alten ihn in der Luft. Und Thor konnte nichts dagegen tun.

Der Schamane war uralt, er sah aus wie eine mit Moos bewachsene morsche Eiche. Er hob sein Gesicht und sang einen Zauber in einer längst vergessenen Sprache. Thor antwortete, begriff aber nicht, auf welche Weise. Er kam sich vor wie in zwei Teile geteilt, und doch schien alles gut und richtig zu sein.

Hinter dem Schamanen sah er die Hügel, wo vor langer Zeit die Toten begraben worden waren, ihre Geister waren flüchtige Echos aus der Vergangenheit, die Zeit hatte ihre Existenz aufgelöst.

Das war der Geburtsort seines Vaters, und der alte Schamane war mit seinem Vater verwandt. Vor langer Zeit hatte Odin sein Volk von hier fortgeführt, auf die lange Wanderung nach Westen. Thor blickte tief in den Geist des Alten und sah die weiße Schlange, die seinen Vater geführt hatte. Die Schlange hatte auf Odins Schulter gesessen, hatte geflüstert und ihn beschworen, sein Volk vor Feinden und der Sonne zu retten, die es mit Dürre geschlagen hatte.

Er konnte die verschlungenen Versprechen der Schlange hören, von blau schimmernden Reichen im Norden, wo der Boden fruchtbar und der Wald voller Wild war.

Ein magischer Ort, wo eine sanfte Sonne in den Nächten schien und wo Hexen lebten, die über uralte und so mächtige Kenntnisse verfügten, dass sein Stamm niemals irgendeine Gefahr zu befürchten hätte.

Sein Vater hatte gelauscht, war aber blind gewesen für das Gift, das die Schlange in sein Ohr träufelte, und das ihn langsam zerfraß. Als Odin den Preis erkannt hatte, der von ihm verlangt wurde, war es bereits zu spät. Zum ersten Mal in seinem Leben empfand Thor Mitleid mit seinem Vater. Odin war nicht unsterblich, auch er trug Schwäche in der Brust.

In diesem Moment sah der Alte ihn an, als sei er der wirkliche Thor aus Fleisch und Blut. Er streckte die Hand nach ihm aus, hatte viele Fragen, doch ehe Thor auch nur ein Wort sagen konnte, zog etwas ihn zurück. Zurück über Berge, Wälder und Seen.

Er kehrte in seinen Körper zurück und wurde dort mit einer Welle von Schmerzen empfangen. Thor stöhnte verzweifelt auf.

Lange horchte er dann auf die Stille, ehe er langsam die Augen öffnete. Schwacher Feuerschein umgab ihn. Wo war er?

Langsam nahm vor seinem Gesicht eine Schattengestalt Form an. Er wusste, wer sie war, noch ehe er sie klar sehen konnte.

Besorgte grüne Augen schauten in seine. Haare, die seine Brust kitzelten. Thor schloss die Augen und sog den sättigenden Duft ihres Körpers ein.

»Da bist du wieder«, flüsterte Freya.

Er wollte etwas sagen, aber als er den Kopf bewegte, schoss der Schmerz abermals wie vergiftete Pfeile durch seinen Kopf.

Eine Hand, kühl wie ein Sommerregen, legte sich auf seine Stirn und vertrieb die Schmerzen. Thor lag ganz still da und genoss dieses Gefühl. Doch dann fiel ihm alles wieder ein. Irgendetwas war nicht so, wie es sein sollte. Es war ganz und gar nicht so, wie es sein sollte.

Die Erinnerung kehrte in Wellen zurück. Sein Vater hatte seine Mutter misshandelt. Ob sie noch lebte? Die alte Priesterin war verbrannt. Er hatte sein Schwert nehmen und sich den Kämpfern anschließen müssen, als sie im Wald Jagd auf die Frauen gemacht hatten.

Der Kampf.

Sie waren in eine Falle getappt. Er war von einem Pfeil getroffen worden. Es wäre ein ehrenvoller Tod gewesen, er hatte sich darauf gefreut, doch der Feind hatte ihm den Gnadenstoß verweigert. Warum?

Jetzt war er gefangen. Thor schaute sich um. Er lag in einer runden Hütte. Es war kalt. Wo mochte er sich befinden?

»Trink das hier«, sagte Freya.

Thor rang gequält um Atem. Der Feuerschein malte einen goldenen Lichtkranz um ihren Kopf. Dadurch sah sie aus wie eine Göttin.

»Ich habe geträumt …«

Die Worte schmerzten, seine Zunge war starr und taub. Freya legte ihm die Hand in den Nacken, half ihm hoch und führte eine Lederkanne an seine Lippen. Gierig trank er die kühle Flüssigkeit. Zu rasch. Er musste husten, die Schmerzen wüteten wieder in seiner Brust.

»Dein Geist hätte sich fast verirrt. Ich habe ihn zurückgesungen«, sagte Freya.

»Ich will …«

Er versuchte sich aufzurichten, die Schwäche zu überwinden, aber der Schmerz ließ ihn mit einem gequälten Stöhnen zurücksinken.

Freya hatte ihm das Leben gerettet, als er am Strand zu Boden gesunken war. Sie hatte den Speer des Kriegers angehalten. Aber warum? Er schüttelte gereizt den Kopf, als die Erinnerung ihm wieder entglitt.

Dann plötzlich bekam er sie zu fassen. Mochten die Mächte sich seiner erbarmen! Sie wollte ihn bei der Frühlingsfeier wie einen Hengst opfern!

Thor sah sie jetzt mit neuen Augen. Sie hatte das Gewitter auf sie herabbeschworen und seinen Stamm mit ihren Schlangenarmen verflucht. Neben ihm saß eine Hexe.

Und er hatte ihr das Leben gerettet. Er war ein Narr, der ihrem Blendwerk zum Opfer gefallen war und seinen Stamm verraten hatte. Und jetzt wollte sie ihn ihren Göttinnen schenken.

Er dankte Tiwaz dafür, dass sein Vater ihn so nicht sehen musste. Es brachte keine Ehre, durch den Dolch einer Frau zu fallen. Sein Tod würde seinem Volk große Schande bringen.

»Verflucht seist du, wenn du mich nicht als Krieger sterben lässt«, fauchte er.

Freya zog hastig die Hand von seiner Stirn.

»Verflucht seist du, der Gullveig ermordet hat. Du solltest dich darüber freuen, dass ich dein elendes Leben gerettet habe.«

»Um mich zu opfern!«

Wenn er nur die Kraft dazu besessen hätte, dann hätte er sie jetzt ins Gesicht geschlagen.

»Du solltest dich darüber freuen, dass ich dich der Göttin schenke und deinen unheiligen Göttern wegnehme.«

»Sprich nicht so über Tiwaz, verdammte Hexe!«

»Ich spreche, wie ich will. Du bist meine Opfergabe, du gehörst mir. Ich pisse auf Tiwaz und seinen ganzen Anhang!«, erwiderte sie und lachte über Thors hilflosen Zorn.

Sehr lange brachte er kein Wort heraus.

Bei einer unbekannten Gottheit zu landen, bedeutete Verdammung in alle Ewigkeit. Er war verloren.

»Du kannst mir die Nachwelt nicht stehlen«, sagte er.

Aber die Hexe blickte ihn nur aus ihren grün schimmernden Augen an und sagte: »Ich kann tun, was ich will.«

Sie lächelte und Thor wurde so wütend, dass er am ganzen Körper bebte.

»Hör zu, du goldhaarige Hündin. Ich habe zweimal dein jämmerliches Leben gerettet. Und jetzt willst du mich schlachten wie ein Schwein. Mögest du brennen wie die andere Hexe. Du hast keine Ehre.«

Seine Schulter tat so weh, dass ihm schwarz vor Augen wurde. Er hätte es besser wissen müssen. Sein Leben lang hatte Odin ihn vor dem Verrat der Frauen gewarnt. Aber er hatte den Kopf verloren und sich so töricht aufgeführt wie ein brünstiger Stier.

Wütend biss Thor die Zähne zusammen. Der Schmerz verwandelte ihn in ein Klageweib. Er wollte nicht noch mehr Schande über sich und sein Volk bringen, indem er über das Schicksal jammerte, das die Götter ihm auferlegt hatten.

»Glaub mir, ich habe wirklich keine andere Wahl, als dich der Göttin zu schenken. Sie hat dich von mir verlangt«, sagte Freya.

Ihr Gesicht wurde weicher und sah jetzt traurig aus, es schien ihr wirklich Schmerz zu bereiten, dass sie ihm das Leben nehmen musste. Thor fluchte in Gedanken, er verwünschte alle falschen Frauenzimmer.

»Ich habe mich Tiwaz geweiht«, sagte er mit dumpfer Stimme.

»Das alles liegt nicht in meinen Händen.«

Das Schweigen breitete sich zwischen ihnen aus.

Vor der Hütte raschelte etwas, gedämpfte Stimmen waren zu hören. Eine Kuh rief in der Ferne nach ihrem Kalb.

Es gab nichts mehr zu sagen oder zu erklären. Die Menschen sind nicht frei, alle müssen ihre Pflicht den Mächten und der Sippe gegenüber erfüllen.

»Ich verstehe«, sagte Thor.

Freya erhob sich mit geschmeidigen Bewegungen.

»Da hast du etwas zu essen.«

Sie nickte zu seiner Seite hinüber und verschwand.

Eine Männerstimme fragte, warum es so lange gedauert habe. Freyas helle Stimme gab eine unverständliche Antwort.

Draußen standen Wachen. Thor starrte in die trübe Luft der Hütte.

Jetzt war nur noch eins wichtig.

Er musste fliehen.

Trygves Halle war fast leer. Die abgenutzte Holztür stand offen und ließ graues Licht in den dunklen Raum sickern. Der kalte Wind fegte durch die Öffnung und schlug die Bündel aus getrockneten Kräutern unter den Dachbalken hin und her. Das Klirren der Waffen und die Stimmen der Kämpfer, die sich unten am Strand versammelt hatten, waren zu hören.

Freya ging zu ihrer Schlafbank und legte die frisch gepflückten Heilkräuter auf die Felle. Sie dufteten würzig.

Die Hausfrau lief in ihrem braunen Kittel geschäftig an ihr vorbei. Sie räumte die Holznäpfe beiseite, aus denen sie den Morgenbrei gegessen hatten, und behielt ihre beiden jüngsten Mädchen im Auge, die auf einer geflochtenen Schilfmatte spielten.

»Jetzt geht sie«, sagte die Ältere, ein blondes mageres Mädel mit zerzausten Haaren, und schwenkte die Strohpuppe.

»Neijein«, protestierte die Jüngere und streckte ihre molligen Arme nach der Puppe aus.

»Sie muss baden«, erklärte die Ältere vernünftig und kratzte sich an den Flohstichen, die rot auf ihrem Hinterteil leuchteten.

Freya lächelte schwach und zog ihre Schuhe an, ohne auf die Schicht aus Schmutz und Staub zu achten, die ihre Füße grau färbte.

»Hast du nichts Sinnvolles zu tun?«, fauchte die Hausfrau.

»Doch«, murmelte Freya untertänig, während ihr Schauer des Unbehagens über den Rücken liefen.

»Du brauchst nicht herkommen und dir einbilden, du seist etwas Besonderes und könntest machen, was du willst.«

Die buschigen Augenbrauen der Hausfrau zogen sich über den wässrig blauen Augen zusammen. Freya blickte sie voller Abneigung an.

Sie war wirklich keine schöne Frau, mit ihrer üppigen Taille und ihren baumstammgroben Armen. Eine lange Reihe von Geburten hatte ihr dauerhafte Rückenschmerzen eingebracht, die für ihre üble Laune verantwortlich waren. Ihre Haare waren schon lange grau, aber sie war die eigentliche Herrin auf Hallunda.

»Ich bin dankbar, dass ihr mich aufgenommen habt«, sagte Freya ausweichend.

»Wenn ich das zu entscheiden hätte, wärst du nicht hier. Ich weiß wirklich nicht, was du dir dabei gedacht hast, einen Gefangenen herzuschleppen und ihm Blutschutz zu gewähren!«

Wenn alles noch wie früher gewesen wäre, dann wäre die Hausfrau schmeichelnd um Freya herumscharwenzelt. Doch seit Gullveigs Tod hatte Freyas Leben sich verändert. Das hier indes war mehr, als sie ertragen konnte.

»Ich bin noch immer Åses Tochter, also hüte deine Zunge!«, fauchte sie.

»Warum wohnst du dann nicht im Zelt deiner Mutter?«

»Weil dein Mann mir Gastfreundschaft erwiesen hat«, antwortete Freya und lief zur Tür.

Das Gemurmel der Hausfrau folgte ihr hinaus in den düsteren Tag.

Freya holte tief Luft und schob sich eine Haarsträhne aus dem Gesicht. Die Worte der Hausfrau taten ihr weh. Seit sie in Hallunda eingetroffen waren, wurde sie nicht besser behandelt als eine Leibeigene.

Sie ging an Trygves Langhaus vorbei, das vielleicht dreißig Schritte zählte, ungefähr die Hälfte davon diente als Vorratslager. Zwei Knechte brachten einige Arm voll Zweige. Davon mussten die Tiere leben, wenn der Winter und die Reifthursen kamen.

Freya warf einen Blick auf das daneben gelegene kleinere Langhaus. Einige Frauen saßen davor auf dem Boden und gerbten Felle. Sie schielten zu ihr herüber, während sie die Felle von Knochen und Hautstücken befreiten.

Ein paar kleine graue Hunde schlichen schnuppernd herum. Einer versuchte die Fische zu erreichen, die an einem hohen Holzgestell trockneten. Das Tier sprang kläffend zurück, als eine Frau einen Stein nach ihm warf.

Vom langen Hang, der zum Strand hinunter führte, waren laute Rufe zu hören. Dort warteten die ungeduldigen Kämpfer.

Alle hatten Åses Gebot vernommen und waren von nah und fern zusammengeströmt, um Vanaheims Ehre wiederherzustellen. Ihre Boote drängten sich in der Bucht. Zelte, Feuerstätten, Waffen, rastlose Frauen und Männer überschwemmten Hallunda. Die Hausfrau beschwerte sich immer wieder, dass sie sich breit machten und ihre Tiere und ihr Getreide verzehrten.

Freya blieb stehen, als ein magerer Junge einige braune, zottelige Schweine in den Wald hinter dem Kahlschlag trieb.

»Rein, Schwein, rein, Schwein«, sang er in Richtung der wütend grunzenden Tiere und schlug sie mit einem Stock auf ihre breiten Hintern.

Freya lächelte und versuchte den Blick des Jungen einzufangen, aber er achtete nicht auf sie. Im Gegensatz zu den vier Frauen, die sie von der dampfenden Kochgrube her mit halb offenen Mündern anstarrten.

Ihre länglichen Gesichter zeigten ihre enge Verwandtschaft, und dieser Eindruck wurde noch dadurch betont, dass sie alle die gleichen kurzen braunen Wollwämse mit geflochtenen Gürteln trugen. Die Jüngste war so ins Glotzen vertieft, dass sie sich an einem der Steine verbrannte, die sie erhitzen sollten, um darauf die Abendmahlzeit zu kochen.

»Bei den Reifthursen«, fluchte sie wütend und blies auf ihre Hand.

Freya ging hocherhobenen Kopfes weiter, in dem Bewusstsein, dass die Frauen jetzt glaubten, sie habe sie mit einem Fluch belegt. Ihre wütenden Blicke bohrten sich wie Messerspitzen in Freyas Rücken.

»Ist er schon tot?«

Freya fuhr zusammen. Überrascht sah sie Siv mit übereinander geschlagenen Armen vor sich stehen.

»Ich wollte dir keine Angst machen.«

»Ach. Nein, er ist nicht tot«, antwortete Freya verwirrt und holte tief Luft.

Siv hatte sie fast zu Tode erschreckt.

»Schade. Wenn er stirbt, dann bleiben dir Opfer und Blutschutz erspart. Wie konntest du nur …«

Siv verstummte, als sie Freyas wütenden Blick sah.

»Wenn du mich so hassenswert findest, warum machst du es nicht wie alle anderen und weigerst dich, mit mir zu sprechen?«

Sivs Gesicht wurde weicher und sie trat einen Schritt auf Freya zu.

»Weil du immer meine Freundin gewesen bist. Ich will dich verstehen. Du weißt, dass alle sagen, wenn du nicht mit Thor gebuhlt hättest, als Gullveig verbrannt wurde, dann wäre sie heute noch am Leben. Es heißt, du hättest nicht auf ihr Schreien gehört.«

Freya musterte ihre Freundin überrascht.

»Wie kannst du, ausgerechnet du, an mir zweifeln?«

Siv errötete und schlug die Augen nieder.

»Ich sage nur, was ich gehört habe.«

»Aber glaubst du das auch?«

Siv versteckte sich hinter ihren goldschimmernden Haaren und musterte sie verängstigt.

»Natürlich glaube ich das nicht.«

»Aber wer sagt so etwas über mich?«

»Alle«, flüsterte Siv und schien in Tränen ausbrechen zu wollen.

Freya schaute zu den Zelten von Vanaheim hinunter, die unten am Hang hinter Trygves Haus aufgebaut worden waren. Ihr Magen krampfte sich zusammen. So schlimm stand es also.

Bestimmt hatte Snotra diesen bösartigen Klatsch verbreitet. Aber wie konnten die anderen Priesterinnen ihr glauben? Freya hatte doch als Kind auf ihren Knien gesessen, sie hatten ihre Tränen getrocknet und sie ihre Künste gelehrt. Die Priesterinnen waren ihre Mütter.

Es war so ungerecht. Und nichts konnte sie tun, um sich zu wehren.

»Versuch, sie zu verstehen. Was du getan hast, war Wahnsinn. Einfach so ein Opfer zu erklären, das geht uns alle an. Siehst du das nicht ein? So etwas hat noch niemand erlebt. Und das macht es uns allen so schwer«, sagte Siv.

»Und was ist mit mir?«, flüsterte Freya. »Ist es für mich denn nicht schwer? Ich war dabei. Sie haben Gullveig ermordet. Ich wäre um ein Haar selbst ums Leben gekommen. Hätte ich da der Göttin trotzen sollen, als sie ihr Opfer verlangte?«

Siv schüttelte den Kopf und versuchte Ordnung in ihre Gedanken zu bringen.

Zwar hatte sie immer widersprochen, wenn die Priesterinnen allzu böse über Freya lästerten, aber es war nicht so leicht, wie Freya zu glauben schien. Die Jüngeren hatten sich gegen Siv gewandt, hatten sie Opferliebchen genannt und behauptet, Freya sei von den bösen Mächten besessen, wolle mit den Fremdlingen buhlen und sie alle ins Verderben ziehen. Am Ende war Siv verstummt. Vor Snotras Prüfungen war noch so viel zu erledigen, dass sie kaum Zeit zum Denken fanden. Siv legte unbewusst die Hand auf ihren wachsenden Bauch.

»Erzähl mir von Thor«, sagte sie.

Die Neugier ließ ihre Augen funkeln. Freya zuckte mit den Schultern, während der Zorn ihre Wangen glühen ließ.

»Es gibt nicht viel zu sagen. Er wird überleben«, antwortete sie ausweichend.

»Wie ist er denn so?«

»Ziemlich unerträglich.«

»Sag jetzt die Wahrheit, bist du in ihn verliebt?«

Freya schüttelte überrascht den Kopf.

»Nein! Wie kommst du denn auf die Idee?«

»Weil das die einzige Erklärung ist«, seufzte Siv.

Sie verstummten. Freya sah ihre Mutter aus dem Zelt unten am Hang kommen.

Einige blau gekleidete Priesterinnen liefen ihr entgegen. Jetzt redeten sie sicher über sie. Ich muss stark sein, mahnte sie sich. Ich darf jetzt nicht weinen. Nicht vor Siv. Sie schluckte und riss sich zusammen.

»Ab und zu will die Göttin, dass ihre Töchter neuen Boden urbar machen«, erklärte Freya dann endlich. »Denk an die Geschichte von Skadi. Als sie gegen die Reifthursen kämpfen wollte, versuchte ihr Volk, sie an einen Baum zu binden. Sie behaupteten, dass Skadi Unheil über sie bringen würde. Aber Skadi floh und nahm einsam mit ihrem Bogen den Kampf auf. Sie siegte und ihretwegen zog das Eis sich zurück. Wenn Skadi ihrem Volk nicht getrotzt hätte, könnten wir heute nicht hier leben. Sie hat der Stimme der Göttin gehorcht und jetzt beschützt ihr Geist dieses Land.«

Siv blickte sie skeptisch an.

»Du bist keine Skadi, Freya. Du bist eine Priesterin, die für große Probleme gesorgt hat. Snotra ist noch immer nicht zur Hohen Priesterin geweiht worden und wir müssen gegen die Fremdlinge in den Kampf ziehen. Dinge passieren, die viel größer sind als du.«

Jedes Wort, das Siv sagte, traf Freya mitten ins Herz. Traurig schaute sie die Frau an, die sie fast ihr ganzes Leben kannte.

»Hilf mir.«

Ihre Worte waren ein hilfloses Flüstern.

»Liebe Freya, dein Gemüt ist vom Wahnsinn verdüstert«, sagte Siv und hielt ihr die Hand hin.

Freya wich langsam zurück. Nicht einmal bei Siv war Hilfe zu finden. Langsam fand sie sich mit dieser bitteren Wahrheit ab. Sie war einsam und würde das auch bleiben. Das Einzige, was ihr noch blieb, waren ihre Pflichten.

Es war schon Abend, als sie widerwillig zur Geburtshütte ging, in die Thor eingesperrt war. Die Kämpfer, die sich um die dampfende Kochgrube drängten, schauten sie neugierig an und stopften dabei tropfende Fleischstücke in den Mund. Freya starrte zu Boden, als eine schrille Frauenstimme ihren Rücken traf.

»Willst du ihn heute erstechen, Freya?«

Freya richtete sich ganz gerade auf und beschleunigte ihre Schritte. Nie im Leben würde sie sich hier anpöbeln lassen wie eine leibeigene Missgeburt.

Der Wachtposten vor der Hütte erhob sich mit abweisender Miene und legte die Hand auf die Axt in seinem Gürtel. Sie sah, wie sich seine Lippen hinter seinem hellbraunen Bart verzogen.

»Ich will ihm etwas zu essen bringen und seine Wunden versorgen«, sagte sie.

Der Wachtposten schaute sie misstrauisch an und öffnete langsam die Tür. Mit leisem Knarren fiel sie hinter Freya wieder zu.

Sie blieb stehen, atmete erleichtert auf und starrte ins Dunkel.

Die meisten Menschen von Hallunda waren in dieser Hütte auf die Welt gekommen. Beißstöcke mit Reihen von Zahnabdrücken lagen auf dem Boden und berichteten von Schmerz und Not der Mütter. Sie spürte den blutroten Kampf, spürte Freude und Kummer, die in die ergrauenden Bretter der Wände eingezogen waren.

Die runden Zeichen der Göttin leuchteten rot, zusammen mit den in den Mittelpfosten eingekerbten Beschwörungen. Es war fast lästerlich, dass ein angehendes Opfer in diesem Grenzland zwischen den Welten eingesperrt war. Oder war es nur gut und richtig so? Sie wusste es nicht, und im Grunde spielte es auch keine Rolle.

Thor lag auf dem Rücken, er war an Händen und Füßen mit groben Lederriemen gefesselt.

Sein schlafendes Gesicht sah friedlich aus. Schwarze Todesschatten lagen unter seinen Augen. Seine flachen Atemzüge hoben und senkten seine breite Brust unter dem zerfetzten Hirschlederhemd.

Sie legte ihre zitternden Finger auf sein Herz. Es schlug dumpf unter ihrer Hand.

Dort sollte ihr Opfermesser treffen und sein Leben auslöschen. Und danach würde sie zurückkehren dürfen.

Als sie mit der Nachricht von Gullveigs Tod in Hallunda eingetroffen waren, war Freya zum Zelt ihrer Mutter gegangen, hatte sich mit gesenktem Kopf davor auf die Knie geworfen und gewartet. Der Tag verstrich langsam, der Abend kam, Åse blieb jedoch aus. Beilja hatte ihr einen Kittel hingeworfen, damit sie ihr zerfetztes Gewand ablegen und sich bedecken könnte, wie das einer Priesterin geziemt. Aber danach war nichts mehr passiert. Am Ende hatte Freya sich damit abfinden müssen, dass sie ausgestoßen war.

Ihr blieben nur noch Schweigen und der verletzte Thor. Vorsichtig ließ sie ihre Finger durch seine dunkle Brustbehaarung wandern, formte die rotglänzenden Locken zu kleinen Linien.

Sie musste stark sein. Das hier war eine Prüfung. Sie musste alles so durchstehen wie sie damals ihre Weihe zur Priesterin durchgestanden hatte, als sie blutend im Baum hängen musste. Damals hatte das Leiden ihr die Tore zu neuen Welten des Wissens geöffnet.

Alles hatte seine Bedeutung. Auch das hier war eine Einweihung, auch wenn sie nicht wusste, zu was. Aber sie wusste, was sie zu tun hatte. Thor musste gesund werden, er durfte keine Wunde mehr am Leib haben. Wenn er bereit war, würde sie eine vollendete Opferfeier durchführen.

Thors Herz schlug kraftvoll unter ihrer Hand. Vorsichtig streichelte sie seinen Brustkorb. Sein Tod würde Vanaheim Kraft schenken und alle würden sie umarmen und willkommen heißen. Die Göttin würde an ihrer Seite stehen und zusammen würden sie Kraft verbreiten.

Freya lächelte, als sie sich das alles vorstellte. Die Priesterinnen würden Angst bekommen und ihr huldigen, weil sie gesehen hatte, was ihr Volk brauchte. Sie würde diese Ehrenbezeigungen demütig hinnehmen, kein Wort würde sie über die Prüfungen verlieren, die die anderen ihr auferlegt hatten. Sie lächelte siegesgewiss. Alles geht vorbei. Aus den Träumen wird die Wirklichkeit des nächsten Tages erschaffen.

»Du siehst froh aus.«

Die raue Stimme ließ sie zusammenfahren. Vom Schmerz gequälte meeresblaue Augen schauten in ihre.

»Ich habe nicht gemerkt, dass du wach bist«, murmelte Freya und entfernte rasch ihre Hand von seinem warmen Brustkorb.

»Bist du schon lange hier?«

»Nein.«

Er sah sie forschend an.

»Ich wollte nach deiner Wunde sehen«, sagte Freya und band mit grobem Griff die Stoffstreifen los, um den Kräuterbrei abzukratzen. Die Wunde hatte sich entzündet, böse Geister hatten einen Weg durch ihre Schutzbeschwörungen gefunden.

Sie drückte auf die weißen Wundränder und sah grauen Eiter hervorquellen. Ein Übelkeit erregender Gestank verbreitete sich in der Hütte.

»Das sieht böse aus«, stellte Thor fest.

»Das lässt sich aber ändern.«

Sie steckte eine Hand voll bitterer Heilblätter in den Mund und zerkaute sie zu einem weichen Brei, den sie dann in die Wunde einrieb.

Thor schaute ihr neugierig zu.

»Warum machst du dir solche Mühe? Du willst mich ja doch töten. Erstich mich lieber sofort, dann bist du mich los.«

»Man darf der Göttin keine beschädigten Geschenke bringen«, sagte Freya kurz.

Thor lachte bitter, dann musste er husten.

»Ja, stimmt«, sagte er, als seine Lunge sich beruhigt hatte. »Aber wenn du mich doch so gern umbringen willst, warum streichelst du meinen Körper, wenn du glaubst, dass ich schlafe?«

Freya wandte errötend den Kopf ab und wollte sich erheben. Verdammt, warum hatte sie nicht bemerkt, dass er wach war?

»Mach dir keine Sorgen. Ich werde dich nicht belästigen. Ich kann mich ja nicht wehren, schließlich bin ich gefesselt. Du kannst dir also in aller Ruhe die Stelle an meinem Körper aussuchen, in die du das Messer stoßen willst.«

Freya schwieg und warf ein knorriges Holzstück ins Feuer. Der grauweiße Rauch ließ ihre Augen tränen. Ein unbehagliches Schweigen machte sich in der Hütte breit.

»Verzeihung«, sagte Thor.

Überrascht schaute sie auf. Ein schwaches Lächeln spielte um seine grauen Lippen.

»Verzeihung wofür?«

»Dafür, dass ich so wütend bin.«

Freya zuckte mit den Schultern und schob das rauchende Holzstück zu den glühenden Kohlen hinüber. Sie hatte nicht vor, sich von seinen glattzüngigen Finten überlisten zu lassen.

»Du bist krank.«

Freya erwiderte forschend seinen Blick.

»Ich wünschte, ich müsste nicht wie ein verletzter Eber hier liegen. Aber wenn es mein Schicksal ist, einer fremden Göttin geopfert zu werden, dann kann ich nichts daran ändern. Wenn das mein Weg ist, werde ich ihn wandern, ohne Schande über mich und meine Sippe zu bringen. Ist das da Brei?«

Freya nickte und reichte ihm den Napf. Sie sah, wie er sich abmühte, trotz seiner gefesselten Hände und seiner Wunden den Löffel zum Mund zu heben.

»Warte!«

Ohne weiter nachzudenken zog sie das Messer aus ihrem Gürtel und durchtrennte die Fesseln an seinen Handgelenken. Die Lederriemen fielen auf seine Knie. Langsam setzte Thor sich auf und rieb sich erleichtert die Handgelenke, dann aß er.

»Du hast Vertrauen zu mir.«

»Wenn du fliehst, werde ich an deiner Stelle sterben. Ich habe dir Blutschutz gewährt«, sagte Freya.

Der Löffel hielt auf halbem Weg zu seinem Mund inne und Thor starrte sie überrascht an.

»Warum hast du das getan?«

»Die Göttin hat dich verlangt, und ich erfülle ihre Wünsche«, sagte Freya und starrte ins Feuer.

Thor verzehrte schweigend seinen Brei. Sein Gesicht war verschlossen und nachdenklich. Am Ende stellte er den Holznapf auf den Boden und nickte vor sich hin, als habe er einen Entschluss gefasst.

»Dann fliehen wir zusammen.«

»Fliehen?«

Ihr Zorn loderte ebenso hastig auf wie der Zweig im Feuer. Was bildete er sich eigentlich ein? Dass sie seinetwegen alles aufgeben würde? Hatte er denn den Verstand verloren?

»Du wirst überhaupt nicht fliehen. Wache!«

Der übellaunige Kämpfer steckte seinen Kopf durch die Tür.

»Fessele ihn«, sagte sie und drängte sich am Wachtposten vorbei durch die schmale Tür. Sie zitterte am ganzen Leib vor Zorn. Wie eingebildet konnte man eigentlich sein?

6

Trygve legte sich den Umhang um die Schultern und schauderte zusammen, als die feuchtkalte Morgenluft unter seinen Leibschurz drang.

Die Nacht war Unheil verkündend kalt gewesen, und das konnte nur eins bedeuten. Unglücklich ließ er seinen Blick über die grau-schwarzen Schatten wandern, die nur vage an die vertrauten Häuser und Hütten seines Hofes erinnerten, dann lief er zu den Feldern hinüber.

Vom Strand her war ein trockenes Husten zu hören.

Die Kühe drängten sich am Waldrand mit gesenkten Köpfen aneinander.

Er blieb beim Gemüsefeld stehen. Die geflochtenen Weidenruten, die den Zaun bildeten, waren nasskalt vor Tau, der zu fließen begann, als er sie mit seinen erstarrten Fingern berührte. Das Tor öffnete sich widerwillig mit leisem Knarren. Er lief weiter und seine schlimmsten Befürchtungen wurden bestätigt.

Die Bohnen hingen leblos an ihren Stangen, die anderen Pflanzen lagen tot auf dem Boden. Nur die größeren Gewächse und der Fenchel hatten die Nacht überlebt.

Trygve stöhnte leise, als er in die Hocke ging und versuchte, sich von dem Ausmaß dieser Katastrophe ein Bild zu machen.

In der Nacht waren die Reifthursen über seine Felder gewandert. Er schaute zum Weizenfeld hinüber und glaubte für einen Moment, die Kälteriesen mit ihren eiskalten Füßen über die Saat tanzen zu sehen. Hässlich und abstoßend mit ihren großen Köpfen und ihren strähnigen Haaren hauchten sie die gebrechlichen Halme an. Er wünschte, er könnte die Axt holen und ihre missgestalteten Körper niedermachen. Aber die Macht der Reifthursen war größer als die der Menschen.

Notzeiten kamen über Hallunda. Wie war das möglich? Es war doch mitten im Sommer, in der Jahreszeit der Sonnengöttin.

Trygve zog vorsichtig die toten Pflanzen aus der schwarzen Erde und versuchte klar zu denken.

Die Göttin hatte offenbar ihre Hand von ihnen genommen. Erbost über Gullveigs Tod hatte sie ihr Antlitz abgewandt. Jetzt konnten die Reifthursen nach Belieben über die Felder der Vanen tanzen. Trygve seufzte tief. Zu vieles war zu schnell passiert. Langsam erhob er sich und kehrte mit schweren Schritten zur Halle zurück.

Etwas musste geschehen, um die Reifthursen zu besänftigen, ehe die ganze Ernte verloren war, sonst würden sie im Winter Hunger leiden müssen. So viel war immerhin gewiss.

Die Wärme des Feuers schlug ihm entgegen, als er das Haus betrat. Er legte den Umhang auf das Bettstroh, um sich dann an die Feuerstätte zu setzen und sich die Hände zu wärmen. Kälte und Feuchtigkeit ließen seine Finger schmerzen. Die letzten Winter hatten seinem Körper übel mitgespielt. Das Alter rückte näher, aber das war dasselbe wie mit Reifthursen und anderem Elend, kein Mensch konnte daran etwas ändern.

Er nahm die Schale entgegen, die die Hausfrau ihm mit wütender Miene reichte. Vor langer Zeit war er einmal stolz auf sie gewesen und hatte sie geliebt. Jetzt schienen Schmerzen und Verbitterung sie von innen her aufzuzehren und sie hässlich zu machen. Viel zu selten wandte sie sich ihm zu, wenn sie zusammen auf der Schlafbank lagen.

Er nahm sich eine Hand voll Brei und verzog entsetzt das Gesicht, als der verbrannte Geschmack sich in seinem Mund ausbreitete.

»Da siehst du, welches Unheil dieses blonde Unwesen über uns gebracht hat, der Brei brennt an und die Reifthursen tanzen über den Hof. Du musst sie wegschicken.«

Die Hausfrau hatte die Hände in die Seiten gestemmt, ihre Augen waren schmale, von Bosheit gefüllte Schlitze. Hinter ihrem Rücken hörte er ein zustimmendes Gemurmel. Graue, müde Gesichter nickten beifällig.

Trygve schaute überrascht auf. Seine Söhne und seine beiden jüngeren Brüder blickten mit verschlossenen Gesichtern zu Boden. Ihre Frauen standen mit verschränkten Armen und auffordernden Mienen neben ihnen. Auf Unterstützung konnte er hier also nicht hoffen.

Böka, die alte Priesterin, die sein Leben lang auf dem Hof gewesen war, schnitt mit ihrem zahnlosen Mund wütende Grimassen.

»Du hörst, was die Frau sagt. Sie kennt sich mit solchen Dingen aus«, sagte sie mit ihrer krächzenden Stimme.

»Unfug. Åses Tochter und Vanaheim schaden, du redest, wie du's verstehst«, grunzte Trygve und spuckte unsicher ins Feuer.

Er hatte Freya aufgenommen, als sie aus dem Boot gestiegen war, halb erfroren, erschöpft und verzweifelt über den Tod ihrer Tante. Åse hatte über sie den Ausnahmezustand verhängt und beschlossen, dass sie am Strand schlafen sollte. Aber als Trygve Freyas traurige Augen gesehen hatte, hatte er es nicht über sich gebracht, sie in die Kälte zu jagen. Sie kam ihm vor wie die erloschenen Pflanzen seines Feldes.

Also hatte er Freya in die Halle geholt und ihr eine Schlafbank und zu essen gegeben. Und seither hatte die Hausfrau ihn jeden Tag dafür büßen lassen.

»Man sieht es ihr doch an, dass sie den Verstand verloren hat. Einen Fremdling herzuschleppen, um dann das Opfermesser in ihn zu stoßen. Wer weiß, welchen Fluch der mit sich bringt! Bald wird das Vieh krank, das kannst du mir glauben«, sagte die Hausfrau und stellte so energisch eine Kanne Ziegenmilch neben Trygve auf den Boden, dass das Gefäß fast zerbrochen wäre.

»Schweig jetzt, Weib. Verspritz hier ja nicht dein Gift«, sagte Trygve ohne wirkliche Überzeugungskraft.

Immerhin hatte er den Hof von seiner Mutter geerbt. Also müsste er hier auch etwas zu sagen haben.

»Schweig selber, du hirnloser Kerl. Du denkst mit der Stange, denn in deinem Kopf ist alles leer. Und jetzt gehe ich zu den Vanenpriesterinnen und bitte sie, das Unheil vom Hof zu vertreiben. Einen geringen Verstand hast du immer schon gehabt, aber sein Haus für die Kräfte der Finsternis zu öffnen, das würde nicht einmal ein Wahnsinniger wagen«, schimpfte die Hausfrau.

Sie hüllte sich in ihren Umhang und eilte hinaus, dicht gefolgt von der ältesten Tochter.

Eine angenehme Stille breitete sich in der Halle aus, als die Hausfrau die Tür zuschlug und mit ihrem Zorn verschwunden war. Trygve schaute sich um, aber die anderen waren alle mit ihrer Arbeit beschäftigt und wichen seinen Blicken aus. Nicht einmal die kleinen Töchter kletterten wie sonst zum Spielen auf seine Knie. Er würde es niemals laut sagen, aber er war erleichtert darüber, dass seine Frau sich um das Problem Freya kümmern wollte. Die anderen hatten sicher Recht, bestimmt hatte Freya Unheil und Reifthursen auf den Hof gebracht. Jetzt musste Åse entscheiden, was geschehen sollte. Freya war ja schließlich ihre Tochter.

Thor löffelte den Brei, den Freya mitgebracht hatte. Sie hockte schweigend vor ihm und wiegte sich auf den Hacken hin und her.

Als er fertig war, ging er mit dem Wachtposten nach draußen, um sich zu erleichtern. Der fror zwar wie ein Hund, weigerte sich aber die Hütte zu betreten.

»Heute Nacht hat es gefroren«, sagte Thor, als er zurückkam.

»Die Reifthursen schlagen sofort zu, wenn wir keine Hohepriesterin haben«, erwiderte Freya und stellte das Tongefäß näher ans Feuer heran.

Sie tunkte einen Finger in das warme Wasser und zerkrümelte dann getrocknete Flechten, Weidenblätter und Heilbeeren darüber.

Bald verbreitete sich eine würzige Waldluft in der Hütte.

»Was für einen Unfug hast du heute vor?«

Freya setzte sich aufs Lager und zog schweigend das Hirschlederhemd über seinen Kopf. Danach streifte sie seinen Leibschurz ab. Thor schaute sie belustigt und erwartungsvoll an.

»Ich hoffe, ich irre mich nicht!«

Wortlos tunkte sie einen Wollbausch in den Absud und feuchtete damit seine Schultern und seine Brust an, um ihn schließlich auf die Wunde zu legen.

Die bösen Mächte, die seine Wunde vergifteten, mussten vertrieben werden.

Langsam zog sie den Wollbausch von der Wunde weg, fort von seinem Körper, und sang dabei ein Zauberlied.

Thor lag ganz still da, und zuerst merkte sie nicht einmal, was geschah. Sie war zu vertieft in ihre Arbeit.

Jetzt strich der Wollbausch über seinen flachen Bauch. Die dunklen Haare lockten sich über seinen ruhenden Muskeln. Thor stöhnte mit zusammengebissenen Zähnen. Seine erhobene Männlichkeit leuchtete rot auf seinem Bauch. Freya erwachte wie aus einem Traum, ihre Konzentration auf den Zauber löste sich auf und verflog. Sie schaute überrascht, ja fast beleidigt in Thors erwartungsvolles Gesicht.

»Da ist er«, sagte Thor mit stolzem Grinsen.

Für einen Moment brachte sie kein Wort heraus, sondern ließ ihren Blick nur zwischen Thors Gesicht und seiner erhobenen Stange hin und her wandern. Glaubte er wirklich, sie wollte ihn reiten, während er vor ihr lag, wie ein Schwein, das geschlachtet werden soll?

Ihr Staunen löste den grauen, erstickenden Schleier auf, der sich wie eine unsichtbare Mauer zwischen sie und die Wirklichkeit geschoben hatte. Plötzlich fühlte sie sich wacher, anwesender als sie es je seit Gullveigs Tod getan hatte.

Sie sah Thors Körper mit einem ganz neuen Blick. Der kräftige Brustkorb endete mit einem flachen, behaarten Bauch. Seine Beine waren kräftig und doch geschmeidig. Eine alte Narbe zog sich vom Knie zum Oberschenkel hin. Sie streckte einen Finger aus und strich über den verschlungenen Narbenwulst.

»Ein Baum, den ich gefällt habe und der in die falsche Richtung stürzte. Hätte mir fast das ganze Bein abgerissen«, sagte er mit vor Begehren heiserer Stimme.

Freya zog ihre Hand zurück und lächelte.

Sie konnte schon verstehen, warum die Göttin sich Thor als Liebhaber wünschte.

Rasch wusch sie auch seinen restlichen Körper. Ließ den Wollbausch sogar über seine Stange gleiten. Als sie fertig war, zog sie ihm den Leibschurz wieder an.

»Ist das alles?«, fragte er bestürzt.

»Du bist doch wahnsinnig. Ich kann dich nicht besteigen, wenn der Wachtposten vor der Tür steht«, lachte Freya.

»Warum nicht? Ein Geschenk, ehe ich sterbe«, schlug Thor mit hoffnungsvollem Lächeln vor.

»Wenn es dir darum geht, dann brauchst du dir keine Sorgen zu machen. Du wirst so viel geritten werden, dass deine Lenden brennen«, erklärte Freya lächelnd, griff nach der Kanne mit dem jetzt fast kalten Wasser und goss es über seine Männlichkeit.

Lachend sah sie zu, wie sie sich krümmte und erlosch.

»Du ärgerst mich.«

»Gut so. Du brauchtest eine Abkühlung.«

Sie wollte gehen, doch er sagte: »Bitte, bleib. Sag mir, was passieren wird.«

Sie stellte die Kanne ab, legte einen feuchten Zweig ins Feuer. Die Hütte war so undicht, dass der Rauch den Weg in das Loch im Dach nicht fand, sondern gleich durch die Ritzen zwischen den Brettern zog. Die Glut trieb mit Fauchen und Knallen die Feuchtigkeit aus dem Zweig, dann fing er Feuer.

»Das Opfer ist kein schlechter Tod«, sagte Freya. »An einem Morgen, drei Tage, ehe der Mond sich rundet, bringen die Priesterinnen dich zur Opferquelle, und dort wirst du gewaschen. Ein Lager ist dann bereits für dich bereitet. Sie geben dir so viel Met, wie du nur trinken kannst, sie reiben dich mit Öl und Honig ein, füttern dich mit dem Besten, das sie nur herbeischaffen können. Und in den drei Tagen wirst du jede von ihnen nehmen. Deine Manneskraft wird auf Erden dein letztes Geschenk an die Göttin sein.«

Sie verstummte und sah Thors breites Grinsen.

»Ich könnte mir Schlimmeres vorstellen.«

Er war unter seinem Leibschurz schon wieder halbwegs steif geworden.

Freya lächelte erleichtert. Je mehr er sich seinem Schicksal ergab, desto leichter würde es für sie beide sein.

»Die Mondgöttin ist eine gütige Herrscherin. Du wirst dich bei ihr wohl fühlen.«

»Ist das ihr Zeichen?«

Er nickte zu den schwarzen Schlangen an ihren Armen hinüber.

Freya streichelte sie stolz. Es war zwar lange her, aber noch immer nahm sie den Nachhall der jubelnden Freude wahr, mit der sie zum ersten und einzigen Mal die Verschleierte vor sich gesehen hatte. Sie hatte Freya zu ihrer Dienerin erwählt. Die Priesterinnen in Vanaheim hatten gestaunt, ja, sie waren fast schon außer sich vor Freude gewesen. In jeder Generation wurde nur eine von der Mondgöttin erwählt. Und nur diese durfte die Schlangen tragen.

Erstaunt erkannte Freya, dass ihr Stolz unter Trauer und Angst begraben gewesen war. An diesem verfluchten Morgen, nachdem die Reifthursen über Hallunda getanzt waren, war vieles in ihr wieder erwacht.

»Was sagen eure Männer dazu, dass die Frauen mit einem Fremdling schlafen?«

»Wie meinst du das?«

»Schauen sie dabei zu?«

»Kann schon sein. Was spielt das für eine Rolle?«, fragte Freya und runzelte angesichts von Thors höhnischem Grinsen die Stirn.

»Wenn meine Frau es vor aller Augen mit jemandem triebe, würde ich sie totschlagen«, sagte er mit dumpfer Stimme.

Freya prustete los.

»Du kannst eine Frau doch nicht besitzen wie eine Kuh?«

»Natürlich kann ich. Ich besitze doch auch Leibeigene, und da kann ich auch Frauen besitzen.«

Freya starrte ihn verdutzt an. Er meinte das wirklich ernst! Es war unfassbar.

»Eine Frau ist also nicht mehr wert als eine Leibeigene?«

Thor wand sich.

»Es ist nicht so schlimm, wie es sich für deine Ohren anhört. Wir kümmern uns um unsere Frauen, sorgen dafür, dass sie zu essen haben und beschützt werden. Viele Frauen auf unseren Höfen werden hoch geehrt. Das musst du mir glauben. Ich würde für sie sterben.«

»Glaubst du, du könntest mich besitzen?«

Freya sah ihn mit wachsendem Zorn an.

Thor zögerte lange, dann antwortete er:

»Ihr habt hier andere Sitten. Ihr lebt nach der alten Weise und ich begreife nicht, dass eure Männer sich das gefallen lassen.«

»Weil sie mehr Verstand im Kopf haben als irgendwer bei euch. Wir hungern nicht und müssen nicht stehlen, um zu überleben«, rief Freya und wollte gehen.

Sie hatte nicht vor, diesen Narren noch weiter über seine abscheulichen Sitten reden zu lassen.

»Warte, bitte, Freya!«

Widerwillig blieb sie vor der Tür stehen und wartete, bis Thor sich mühsam aufgesetzt hatte.

»Wirst du mich töten?«

Seine Stimme klang jetzt trockener, genauso gut hätte er fragen können, welches Schwein zum Gastmahl geschlachtet werden sollte.

Freya nickte.

»Ich gebe dir einen Zaubertrank, und wenn der dir zu Kopfe gestiegen ist, dann bemale ich deinen Körper mit den heiligen Zeichen. Ich lege dir ein Seil um den Hals und reiche die Enden zwei meiner Schwestern. Sie ziehen gleichzeitig daran, während ich dir das Opfermesser in die Brust stoße. Und wenn du nicht mehr atmest, versenken wir deinen Leib im Wasser der Opferquelle.«

Sie verstummte und sah Thor an, der sich hinlegte und zur Decke hochstarrte.

»Du wirst nichts spüren«, sagte sie und stellte sich vor, wie sie sein Herzblut einsammelte, ehe sie ihn in die Quelle hinunterließen.

Das Blut war heilig und voller Kraft. Damit würden sie Riesen und Reifthursen bannen, sie so weit von Vanaheim vertreiben können, dass sie nie wieder zurückfinden könnten.

»Ich verstehe. Ich werde dreimal sterben, für jedes Gesicht des Mondes einmal«, sagte er endlich.

Freya nickte überrascht. Das waren weise Worte für einen kriegsliebenden Fremdling.

Thors Augen wurden größer und weit hinten in ihrem tiefen Blau funkelte etwas ande-

res auf.

»Wirst du mich besteigen?«

Freya schüttelte den Kopf.

»Niemals?«, fragte er enttäuscht.

»Nein. Ich führe das Opfer durch«, sagte sie kurz.

»Schade«, murmelte er traurig.

Freya zuckte mit den Schultern.

»Wie sieht mein Nachleben aus?«

»Du wirst der Liebhaber der Göttin sein und dein Nachleben so verbringen wie die Tage vor deinem Tod, gefüttert und geliebt von wunderschönen Disen, die sich bis ans Ende der Zeiten um dich kümmern werden.«

»Bist du sicher?« Thor schien das nicht ganz zu glauben.

»Ganz sicher.«

»Woher weißt du das? Wie viele Männer hast du schon geopfert?«

»So etwas ist in Vanaheim schon ziemlich lange nicht mehr geschehen. Aber jetzt, wo Gullveig nicht mehr lebt und die Sonnengöttin ihr Antlitz von uns abgewandt hat, müssen wir es vielleicht wieder tun. Du merkst ja, wie kalt es ist. Wir müssen immer wieder gegen die Riesen kämpfen, denn wenn sie die Macht ergreifen, dann bricht der Fimbulwinter aus und wir müssen alle sterben.«

Freya lief es eiskalt den Rücken hinunter.

Sie hatte das in ihren Visionen gesehen, hatte gesehen, wie die Riesen über die Körper der Menschen tanzten, die blau gefroren im Schnee lagen.

»Ich kenne die Riesen gut, ich kämpfe schon mein Leben lang gegen sie.«

Freya betrachtete die Muskeln an seinem Arm, die sich hart unter seiner gespannten Haut abzeichneten.

»Habt ihr wirklich keine Göttinnen?«

Thor musste lachen.

»Natürlich haben wir welche, oder kannst du dir vorstellen, dass Tiwaz sich um die Gebärwehen der Frauen kümmert? Aber wir ehren sie nicht mehr als den Allvater.«

Sie tauschten einen Blick und verstummten, als der Abgrund zwischen ihnen aufklaffte.

»Komm zu mir. Ich weiß, was du willst«, flüsterte Thor.

Freya schüttelte abwehrend den Kopf.

Begriff er nicht, dass er seine Worte sorgfältig wählen musste, wenn er mit einer Priesterin sprach? Vermutlich nicht. Niemand hatte ihm erklärt, wie es auf der Welt zugeht. Er wusste es einfach nicht besser.

»Du hast einen Körper, der zum Buhlen wie geschaffen ist, aber in knapp einem Mond werde ich dich der Göttin opfern, also kann daraus nichts werden.«

»Ich bekomme alle anderen, nur dich nicht. Ist die Mondgöttin eifersüchtig?«

»Nimmst du von dem Essen, das du deinen Göttern schenkst?« Sie lachte, als Thor den Kopf schüttelte.

»Du musst wissen, dass ich nicht vorhabe, mich auf dem Opferstein töten zu lassen.«

»Dir bleibt nichts anderes übrig«, sagte Freya.

»Das werden wir ja sehen.«

Notzeiten in Vanaheim, die Fußspuren der Reifthursen auf den Feldern. Königin Åse schauderte zusammen und schaute zu dem Grabhügel hinüber, der sich umgeben von Nebelschwaden auf einer Bergkuppel erhob. Åse dachte daran, wie viel Arbeit und Fürsorge geleistet wurden, um diese Königin vergangener Zeiten, die noch heute über ihr Volk wachte, zu ehren.

Sie hatte die Geschichten schon als kleines Kind gehört.

Zu Beginn der Zeiten, als die Welt noch längst nicht so aussah wie jetzt, hatte die Göttin Svea in Vanaheim Träume gesandt. Sie sollte ihre Familie über das Wasser führen, zu einem Ort, an dem der Weihestein aussah wie eine Langhalle. Das war ihr Schicksal. Svea zögerte lange, beugte sich am Ende aber dem Befehl der Göttin und sammelte ihre Nächsten um sich. Sie wollten schon Abschied nehmen und die Boote besteigen, als eine Fremde erschien, in einem langen Gewand und mit einer Kapuze, die ihr Gesicht verbarg. Sie reichte Svea ein längliches Fellbündel.

»Das hier ist ein Teil von Vanaheims Geist. Er kann nicht gebrochen und nicht besiegt werden. Du wirst zu seiner Hüterin, doch an dem Tag, an dem du stirbst, wird er mit dir begraben. Schwöre bei deinen Stammmüttern«, sagte die Fremde.

»Ich lege den Eid vor dir ab«, erwiderte Svea verblüfft und wickelte das Fell auseinander. Es enthielt ein schimmerndes Schwert. Funkelnde Steine waren in den Griff eingearbeitet, Muster glühten an der Seite.

»Bis in den Tod musst du es behüten. Erst an dem Tag, an dem Vanaheim von übermächtigen Feinden bedroht wird, kann das Schwert aus deinem Grab geholt werden. An diesem Tag wirst du zum Lebensrad zurückkehren. Das ist der Wille der Göttin«, sagte die Frau und verschwand vor ihren Augen.

Svea zitterte angesichts dieser gewaltigen Aufgabe. Zusammen mit ihrer Familie verließ sie Vanaheim und in ihren Booten steuerten sie das offene Meer an. Das Schwert half ihr, die entsetzlichen Ungeheuer zu besiegen, die die Boote zerreißen wollten. Nachts träumte sie von einem Weihestein, der aussah wie ein Langhaus. Er lag neben einem Wald mit schönen Bäumen. Am Ende konnte sie diesen Ort finden und mit ihrer Familie dort einen Hof bauen.

Er war jedoch erst zur Hälfte fertig gestellt, als die Schwarzalfen sie mit Feuer und Verwünschungen angriffen. Aber Svea konnte die Feinde mit ihrem wundersamen Schwert in die Flucht schlagen. Nach dem Sieg wurden sie in Ruhe gelassen und konnten den freigebigen Boden bestellen. Das Vieh wurde fett vom Gras der nahe gelegenen Weiden und bald lebten alle ein gutes Leben. Das Schwert hing an der Wand, wie es sich für Schwerter mit Zauberkräften eben gehört.

Es erweckte jedoch Sehnsucht und Besitzwünsche bei den jungen Leuten, die oft die magischen Zeichen bewunderten. Und so hätte es auch bleiben können, wenn nicht Sveas jüngster Sohn bei einem Alfenpriester, der früher einmal als Bronzegießer gearbeitet hatte, in die Lehre gegangen wäre.

Als der Sohn fast erwachsen war, baute er auf einem oberhalb des Hofs gelegenen Hügel einen Ofen und verbrachte dort seine Tage mit dem Versuch, ein Schwert zu schmieden, das ebenso schön und mächtig war wie Sveas. In späteren Jahren beteiligten seine Söhne und Töchter sich an der Arbeit, aber es gelang ihnen nie.

Ihr beharrliches Streben jedoch ließ sie zu den fähigsten Bronzegießern von Vanaheim werden. Bald strömten die Menschen von nah und fern zusammen, um mit ihnen Tauschhandel abzuschließen.

Und so kam es, dass eine Königin und ein Schwert für viele Generationen Glück und Reichtum sichern konnten.

Gereizt strich Åse eine feuchte Haarsträhne fort, die sich im Nebel an ihre Wange geklebt hatte. Wie wohl ihr eigener Nachruf aussehen würde? Die Menschen in Vanaheim führten ein gutes Leben, aber sie brachten Åse keine Liebe entgegen. Sie fürchteten sich vor ihr, sie zitterten vor ihrer Macht, und sie liebten sie nicht. Gullveig war diejenige gewesen, die sie geliebt hatten. Das war immer so gewesen.

Åse verdrängte den Schmerz. Sie wollte nicht um Gullveig trauern – noch nicht. Sie hatte zu viel zu erledigen und konnte sich nicht in Selbstmitleid ergehen.

Die ganze Nacht hindurch hatte sie mit verbotenen Zweifeln gerungen. Wenn die Fremden siegten, würde Vanaheim untergehen. Åses Name würde nie mehr erwähnt werden, und alle würden sie verfluchen.

Aber sie war nicht als Kriegerkönigin geboren, Åses Stärke lag darin, für den Austausch von Waren zu sorgen, denn sie war eine Meisterin, wenn es um Verhandlungen ging. Sie war die Richterin, die gerechte Urteile fällen und über die Leben der Menschen entscheiden konnte.

Sie richtete sich auf und schob die Gürtelschnalle vor ihrem Bauch gerade.

»Königin, ich bitte um deinen Beistand«, rief sie dem Geist der sagenumwobenen Königin zu.

Aber der Grabhügel blieb still und kalt. Zu seinen Füßen spielten die Nebelschwaden. Åse seufzte. Was hatte sie denn erwartet? Dass Svea aus dem Hügel hervortreten und ihr ihr Schwert überreichen würde?

»Vanaheim wird bedroht«, rief sie laut und hielt den Atem an.

Sie wartete so lange, bis ihr das Blut fast in den Adern erstarrte. Endlich warf sie einen letzten Blick auf den Grabhügel und kehrte zu den Zelten zurück.

Immerhin hatte sie ihre Verwandte Göndul auf ihrer Seite, die alles über die Kunst des Kampfes wusste. Unbewusst richtete Åse sich gerade auf, als sie den Ring aus Zelten betrat, den ihre Leute am Hang oberhalb von Trygves Hof aufgeschlagen hatten.

Unruhig umherirrende Blicke verharrten erleichtert, als die Menschen sie sahen. Sigvard kam ihr entgegen und verneigte sich demütig.

»Wir haben uns Sorgen um dich gemacht.«

Åse schnaubte. Was hatten die sich denn eingebildet? Vielleicht, dass sie sich ertränkt hatte? Sie wollten anscheinend über jeden ihrer Schritte Bescheid wissen. Sigvard lief vor ihr hin und her und versuchte mit dummem Lächeln, sich bei ihr einzuschmeicheln.

Sie setzte sich auf den dreibeinigen Schemel vor ihrem Zelt. Wenn Svea ihr nicht beistehen wollte, musste sie sich selbst helfen. Das wäre schließlich nicht das erste Mal.

Es waren noch zahllose Dinge zu erledigen. Häuptlinge wollten mit ihr sprechen, Kämpfer meldeten sich, aber zuerst musste sie das größte Problem von allen lösen.

Vanaheim konnte nicht ohne Hohepriesterin überleben. Wenn die Rituale nicht durchgeführt würden, wären sie alle verloren. Schon jetzt war die Welt ins Schwanken geraten, die Reifthursen waren bereits zur Stelle und bald würden auch die anderen Riesen auftauchen um Åses Reich in Stücke zu reißen. Gullveigs Tod musste gerächt werden, aber die Menschen waren unruhig und kein Kämpfer würde ohne den Segen einer Hohen Priesterin in den Krieg ziehen.

Beilja kam angewatschelt und flüsterte ihr ins Ohr: »Jetzt kommen sie.«

Åse hob den Blick und sah neun blau gekleidete Gestalten mit Schlangenstäben in den Händen aus dem Nebel hervortreten. Mit ihren verschlossenen Gesichtern und den schwarzen Trauerstreifen, mit denen sie ihre Stirn bemalt hatten, glichen sie eher Disen als Menschen.

Åse nickte den Frauen zu und nahm die Spannungen zwischen ihnen wahr, wie sie auch die Angst bei einem Feind gespürt hätte.

»Friede und gute Ernte, Königin«, sagte Snotra.

Åse nickte und fragte sich, ob es richtig wäre, Snotra Gullveigs Platz einnehmen zu lassen. Die magere Priesterin hatte immerhin schon mehr als ihren halben Lebensweg hinter sich gebracht. Das war gut. Ansonsten wusste Åse nicht viel über Snotra, obwohl die immer hinter Gullveig gestanden hatte. Sie machte einen pflichtbewussten Eindruck und offenbar ließ sie auch mit sich reden. Und das war wirklich das Wichtigste, fand Åse, denn obwohl die Göttin über alles herrschte, brauchte Åse doch ab und zu die Hilfe einer wohlwollenden Hohen Priesterin, um Vanaheims Größe unter Beweis zu stellen.

»Wann können die Prüfungen beginnen?«, fragte sie Snotra.

»Wenn ich geläutert bin. Ich brauche noch drei Nächte«, erwiderte Snotra feierlich.

Åse verbarg ihre Unruhe. Jeder Tag, den sie abwarten mussten, gab den Fremdlingen mehr Zeit zur Vorbereitung. Und das könnte für den Kampf entscheidend werden. Aber nicht einmal die Königin von Vanaheim konnte die Durchführung der Rituale beschleunigen.

»Bist du so weit?«, fragte sie Snotra.

»Ich bin so weit, wie ich es jemals sein kann.«

»Was könnt ihr gegen die Reifthursen unternehmen?«

Åse zeigte mit einer weiten Handbewegung auf die Umgebung. Snotra tauschte einen kurzen Blick mit den anderen Priesterinnen, dann sagte sie:

»Wir haben die ganze Nacht gegen sie gekämpft, wir haben zu den mächtigsten Beschwörungsformeln gegriffen, die wir überhaupt kennen. Aber wir haben sie erst in der Dämmerung vertreiben können. Die Kraft der Reifthursen ist groß, aber heute Nacht werden wir uns ihnen stellen. Trygves Hausfrau hat uns eine prächtige Kuh überlassen, die wir in der Abenddämmerung opfern werden.«

»Warum hat die Göttin ihr Antlitz von uns abgewandt?«

Die Priesterinnen schlugen die Augen nieder.

»Die Strahlende kann uns nicht finden, seit Gullveig die Kraft der Göttin nicht mehr in unsere Welt lenkt. In dem Moment, in dem Gullveig gestorben ist, ist die Verbindung abgerissen. Wenn ich die Prüfungen überlebe, werde ich sie wieder zu uns führen«, sagte Snotra.

Åse schaute sie abwartend an, hinter Snotras sanften Worten gab es etwas, das ihr Sorgen machte. Konnte es sich um Unsicherheit handeln?

»In diesen drei Tagen und drei Nächten haben wir keinen Schutz gegen die Kräfte der Riesen«, sagte Åse kurz.

»Ganz ohnmächtig sind wir nicht. Wir werden opfern und an der Opferquelle beten. Wir werden die verborgenen Kräfte heraufbeschwören.«

»Dann werde ich ein Geschenk machen«, sagte Åse.

»Das ist eine weise Entscheidung, Königin«, erwiderte Snotra.

Åse schaute gereizt zu Sigvard hinüber. Der hatte sich in seiner Zeltöffnung breit gemacht und ließ sich kein Wort von diesem Gespräch entgehen. Aber das hier war nicht für Männerohren bestimmt. Er nahm ihren Blick wahr und zog sich mit einem kurzen Nicken zurück.

»Welche Geschenke werden gebraucht?«

»Wenn wir die Riesen nicht mit magischen Worten vertreiben können, dann müssen wir der Göttin ein Opfer als Geschenk und als Mitteilung senden.«

»Redest du von Freyas Fremdling?«

Snotra schnaubte verächtlich.

»Ein Mann kann doch für Vanaheim keine Botschaften überbringen. Außerdem ist er der Mondgöttin geweiht und muss vorbereitet werden. Der Mond muss seine volle Kraft erreichen, und das wird erst in achtzehn Nächten der Fall sein. Aber für die jüngeren Priesterinnen wäre es eine Ehre, für Vanaheim zu sterben. Es haben sich schon mehrere angeboten, den Weg in die Nachwelt anzutreten.«

Lange musterte Åse Snotras gesenkten Kopf. Ihre Ahninnen hatten oft Menschen geopfert, wenn Vanaheim bedroht gewesen war. Aber das war lange her, Friede und gute Ernten hatten seither ihr Volk gesegnet. Waren die Zeiten jetzt wirklich so schlecht, dass sie Menschen töten mussten? Jetzt, wo sie in den Kampf ziehen würden, brauchten sie alle Priesterinnen und Kämpfer. Erst wenn sie den Sieg errungen hatten, konnten sie Leben vergeuden.

»Geht mit der Opferkuh zur Quelle, sprecht und singt eure Zauberverse, und ich gebe euch ein Geschenk, das ihr im heiligen Wasser versenken könnt. Snotra, du bleibst hier. Ihr anderen könnt gehen.«

Die Priesterinnen verneigten sich und glitten mit hocherhobenen Häuptern und Schlangenstäben würdevoll zurück in den Nebel. Åse erschauerte. Ab und zu machten diese Frauen ihr Angst. Sie schienen sich bereits in der Welt der Geister zu befinden und dort alle Geheimnisse zu erfahren.

»Wir müssen über meine Tochter Freya sprechen«, sagte Åse und sah, wie Snotras Blick unsicher wurde.

»Es wäre besser für den Frieden hier, wenn sie weiterhin ausgestoßen bliebe«, sagte Snotra kurz.

»Freya ist die einzige Mondpriesterin, die Vanaheim hat, und

Gullveig hat mir oft erzählt, dass sie eine überaus mächtige Beschwörerin ist. Wird sie im Kampf gegen Riesen und Reifthursen denn nicht gebraucht?«

Snotra erbleichte so sehr, dass ihre schwarzen Trauerstreifen in ihrem Gesicht zu leuchten schienen.

»Ihre Kräfte sind wirklich stark, aber …« Sie schluckte, ehe sie weitersprach.

»Freya hat mich herausgefordert, während ich versuche, meine Priesterinnen vor diesen gewaltigen Prüfungen zu sammeln. Es steht zu viel auf dem Spiel.«

»Du hast Angst vor ihr«, erklärte Åse.

Snotras dunkle Augen funkelten auf.

»Nein. Ich will nur einem Machtkampf entgehen. Gullveig hat gewusst, dass Freya zu jung und unerfahren ist, um das Amt der Hohen Priesterin zu übernehmen. Aber wenn ich die Prüfungen nicht überlebe, dann ist sie an der Reihe, Gullveigs Umhang anzulegen.«

Åse erhob sich und sah Snotra an.

»Und wenn sie den Fremdling geopfert hat?«

»Dann kann sie zu uns zurückkehren.«

»Gut. Das war alles.«

Sie verabschiedete Snotra mit einem Nicken und begab sich in ihr Zelt, wo Göndul mit einem Methorn in der Hand auf dem Bett herumlungerte.

»Hast du das gehört?«

Die Quänenkönigin nickte.

»Ist Snotra vielleicht nicht die Richtige? Ihre Macht ist groß, und wer weiß, in welche Richtung sie unser Volk lenkt.«

Åse nahm eine Blaubeere aus einer Schüssel und steckte sie langsam in den Mund. Nachdenklich zerbiss sie die Schale und wartete, bis der süße Geschmack ihren Mund gefüllt hatte.

»Die Priesterinnen leben von meinem Gold.«

»Vielleicht will Snotra alles haben.«

»Dann wird sie nicht sehr lange leben«, sagte Åse mit einem Schulterzucken und ließ sich neben Göndul sinken.

»Die Mutter meiner Großmutter hat ihrer Schwester die Kehle durchgeschnitten und die Macht genommen. Deshalb bin ich Königin und Priesterin zugleich. Niemand ist sicher, nicht einmal du. Du solltest den Umhang der Hohen Priesterin umlegen. Es ist doch Wahnsinn, einer Frau, mit der du nicht einmal verwandt bist, solche Macht zu überlassen.«

»Vanaheim ist zu groß, und deshalb kann ich mich nicht den Ritualen widmen«, sagte Åse abwehrend, nahm Göndul das Trinkhorn aus der Hand und genoss das süßliche, warme Getränk.

»Dann schluck deinen Stolz hinunter. Gib Freya den Umhang. Sie ist diejenige, die an Gullveigs Stelle treten sollte. Das weiß Snotra nur zu gut, und deshalb fürchtet sie sich vor ihr.«

»Wie wir das auch sehen mögen, auf jeden Fall hat Freya eine entsetzliche Tat begangen.«

»Sie hat vielleicht das einzig Richtige getan. Hast du dir das schon einmal überlegt? Du bist zu sehr mit dem Krieg beschäftigt, um klar denken zu können. Freya hat den Häuptlingssohn gefangen genommen. Du kannst Gefangene austauschen, Lösegeld fordern, ihn im Krieg verwenden ...«

Wütend sprang Åse vom Lager hoch und lief im Zelt hin und her.

»Meinst du vielleicht, das wüsste ich nicht? Aber Freya hat ihm doch Blutschutz gewährt und damit ist er wertlos. Entweder muss Freya auf dem Opferstein ihr Leben lassen oder der Fremdling. Verdammte Göre, wenn sie diesen Kerl nicht hergeschleppt hätte, dann hätte ich sie zu unserer nächsten Hohen Priesterin gemacht. Mit ihrem unüberlegten Verhalten hat sie alles aufs Spiel gesetzt. Und deshalb bleibt sie jetzt besser ausgestoßen. Reifthursen, Krieg und eine wahnsinnige Tochter, alles Elend ist über mich hereingebrochen, seit Gullveig diesen schrecklichen Tod erleiden musste.«

Göndul sah die Unsicherheit, die sich hinter dem Zorn verbarg.

»Na gut. Aber es ist eine sinnlose Vergeudung einer mächtigen Priesterin. Sie muss sich doch irgendwie nützlich machen können.

Hast du übrigens schon gehört, dass heute Morgen drei weitere Schiffe eingetroffen sind?«

Åse holte tief Luft und riss sich zusammen.

»Wie viele Krieger haben wir jetzt?«

Sie sprachen über den bevorstehenden Kampf und darüber wurde Freya bis auf Weiteres vergessen.

Vor dem Zelt stand Sigvard und versuchte zu horchen, während er sich scheinbar an seinem Gürtel zu schaffen machte. Viel konnte er jedoch nicht aufschnappen. Åses Mägde wachten über sie wie wütende Hunde. Er warf Beilja einen zornigen Blick zu und wollte schon zu seinen Männern zurückgehen, als er eine Gruppe aus Frauen und Männern auf Åses Zelt zukommen sah. Verblüfft starrte er die lächelnde Frau an, die diesen Zug anführte. Alle seine Wünsche waren in Erfüllung gegangen. Alfhild hatte ihre Kämpfer nach Hallunda begleitet.

Überirdisch schön in einem kurzen Rock aus Zwilch und einem schlichten Oberteil unter dem bestickten Umhang kam sie auf ihn zu, mit einem Lächeln, das ihm Schauer über den ganzen Leib jagte.

Die Leute mochten glauben, was sie wollten, aber Sigvard liebte Alfhild wirklich. Er hätte alles getan, um zu ihrem Gemahl zu werden, aber sie misstraute ihm und behauptete, ihm gehe es um den Hochsitz und nicht um ihre Liebe. Das stimmte nicht, und das wollte er nun beweisen.

Sie blieb vor ihm stehen. Die dunklen Haare umwogten ihr Gesicht, ihr Lächeln hätte die Götter zu einem Freudenlied veranlassen können. Er brachte kein Wort heraus.

»Sigvard. Ich freue mich dich zu sehen.«

In diesem Moment verlor Sigvard alles, was er je an Vernunft und Verstand besessen hatte. Er beugte sich zur Königin von Alfheim vor und flüsterte: »Deine Schönheit macht mich glücklicher, als du das jemals begreifen wirst.«

»Du hattest immer schon eine glatte Zunge …«

»Ich bitte dich, lass uns irgendwo allein sein.«

Alfhild lachte spöttisch.

»Warum denn das?«

»Bald ziehe ich in den Krieg und bin bereit für Vanaheim zu sterben. Vorher habe ich nur noch den einen Wunsch, dass du meinen Worten zuhörst.«

Alfhild trat einen Schritt zurück, musterte ihn von Kopf bis Fuß und zuckte dann mit den Schultern.

»Na gut. Dann komm heute Abend zu mir«, sagte sie. Gleich darauf war sie in Åses Zelt verschwunden.

Sigvard musterte ihre Kämpfer und versuchte nicht zu grinsen wie ein verliebter Jüngling. Wenn ich nur einmal in meinem Leben ihr Lager teilen darf, dann werde ich als glücklicher Mann für Vanaheim sterben, dachte er.

Aber als die helle Dämmerung den Boden berührte und Sigvard vor Alfhilds Zelt stand, war er fast außer sich vor Angst. Der Weltumsegler fürchtete sich wie ein kleiner Junge. Er schluckte und ging hinein. Im Zelt war keine Magd zu sehen, er sah nur ein großes, mit kostbaren Fellen bedecktes Lager. Dort lag Alfhild und schaute ihrem Gast belustigt entgegen. Sigvard atmete ganz langsam, als er durch den dünnen Kleiderstoff ihre Oberschenkel sah.

»Willkommen, Sigvard Weitfahrer, setz dich zu mir.«

Sie klopfte auf das Wolfsfell, auf dem sie lag.

»Königin. Ich habe ein Geschenk für die schönste Frau der Welt.«

Sigvard griff nach dem Halsband, das er unter seinem Umhang versteckt hatte.

Alfhild schnappte überrascht nach Luft und setzte sich auf. Ein schöneres Halsband hatte sie noch nie gesehen und sie kannte auch keinen Schmied, der etwas Vergleichbares herstellen konnte. Aus dickem Gold waren perfekte kleine Menschen gehämmert, die ihrerseits größere Muster bildeten, welche sich schließlich zu Wellen zusammenschlossen. Alfhild ließ die Fingerspitzen über den Schmuck wandern und musterte Sigvard aus leuchtenden Augen.

»Es ist wunderschön.«

Sie griff nach seiner Hand.

»Nimm mich zum Mann. Es ist mir egal, ob du Königin bist oder nicht, ich bin reich genug um mir ein eigenes Reich zu kaufen. Ich will nur bei dir sein.«

Er verstummte und sah Alfhild flehend an. Sein Herz hämmerte wie wild. Wenn sie ihn jetzt auslachte, würde er Vanaheim verlassen, in die Ferne segeln und niemals zurückkehren. Aber Alfhild lachte nicht. Sie schaute ihm nur forschend ins Gesicht. Und dann setzte sie sich mit einer einzigen geschickten Bewegung rittlings auf ihn und zog ihm sein Wams aus.

»Da wollen wir doch erst mal sehen, welche Künste du beherrschst«, sagte sie und küsste ihn hungrig. Sigvard ließ sich langsam auf den Rücken sinken, während die wunderschöne Königin ihn liebkoste.

»Nimm diesen Dreck von hier weg.«

Der alte bärtige Kämpfer warf einem von Sigvards Männern, einem kräftigen Mann mit unter dem Leibschurz schwellenden Muskeln, den Lederschild zu. Der andere fing ihn in der Luft auf und trat drohend einen Schritt vor.

»Wir können das ja auch gleich klären!«

Freya lief vorüber, ohne auf diese Auseinandersetzung zu achten. Es war nicht mehr so kalt wie vorhin, aber der schwere Nebel ließ noch immer alles feucht und klamm werden. Und die Stimmung war mehr als nur gereizt.

Die beschäftigungslosen Kämpfer gerieten jeden Tag unten am Strand aneinander, einer von Trygves Söhnen war dabei so übel zugerichtet worden, dass er zu Bett liegen musste. Und in der Halle stauchte die Hausfrau alle zusammen, die sich hineinwagten.

Freya hielt sich zumeist im Wald auf, wo sie Reisig und Heilkräuter suchte. Nur dort fand sie Ruhe und Frieden. Sie lief jetzt mit einem Arm voll Holz zu Thors Hütte und wandte ihren Blick vom Zelt der Priesterinnen ab. Snotra würde bald geläutert sein. Und darauf warteten sie alle. Wenn sie die Einweihung überlebte, würden sie endlich in den Kampf ziehen können. Freya schluckte ihre Verbitterung hinunter und lief weiter. Plötzlich trat ihr eine dunkle Gestalt in den Weg. Freya blieb stehen und erkannte Gefion.

Gefion hatte Kriegsbemalung aufgelegt, schwarze Streifen zogen sich über ihre Wangen. Noch nie hatte Freya ihre Schwester in so zufriedener Stimmung erlebt.

»Verschon mich mit deinem Hass«, murmelte sie düster.

»Was ist denn in meine so überaus gerechte Schwester gefahren? Hat die Göttin dich vielleicht gebissen?«, höhnte Gefion.

»Jetzt musst du doch zufrieden sein, Schwester. Alle haben sich von mir abgewandt, genauso, wie du dir das immer gewünscht hast«, sagte Freya.

Gefion trat unsicher von einem Fuß auf den anderen und kratzte sich am Arm, während sie Freya ansah. Die Schwester sah aus wie ein verdorrter Zweig, der jeden Moment vom Wind zerbrochen werden kann. Jetzt, wo Freya ihre Ruhe und ihre Überlegenheit verloren hatte, wirkte sie geradezu menschlich. Zu ihrem Erstaunen empfand Gefion einen Hauch von Mitleid mit dieser Jammergestalt.

»Meine Pflegemutter möchte, dass du mit uns kämpfst. Göndul sagt, du kennst dich mit Kampfzaubern aus«, sagte Gefion.

Freya schaute ihre Schwester überrascht an. Es stimmte schon, dass sie einen Kämpfer mit Blendung schlagen oder ihm eine Kampffessel anlegen konnte, um ihn zur Bewegungslosigkeit zu verdammen. Aber Göndul war schließlich Hohepriesterin und wenn es um Kampfzauber ging, war sie die Mächtigste von allen. Freya war nichts, im Vergleich zu ihr. Sie hatte noch nicht einmal einen Kampf mitgemacht.

Freya klammerte sich an die Ladung Reisig in ihrem Arm und versuchte klar zu denken. Es war ein großartiges Angebot. Wenn sie zusammen mit Göndul kämpfte, wäre sie nicht mehr ausgestoßen. Sie wäre wieder von den anderen aufgenommen. Freya musste einfach lächeln. Mit der Quänenkönigin zusammen kämpfen zu können. Welche Ehre!

»Aber warum?«

Gefion zuckte so energisch mit den Schultern, dass ihr Bogen auf und ab hüpfte.

»Ich habe keine Ahnung. Mir wäre es ja lieber, du bliebest zu Hause. Aber sie will mit dem Fremdling sprechen, den du opfern wirst.«

Deshalb also wollte die Quänenkönigin sie bei sich haben. Göndul wollte mehr über ihre Feinde erfahren. Für Thor würde das hart werden. Göndul würde ihn so lange quälen, bis er ihr alles erzählt hatte. Freya schluckte widerstrebend.

»Sie kann jederzeit kommen«, sagte sie.

»Gut, dann hole ich sie jetzt. Morgen ist ein großer Tag. Ich bin ja gespannt, ob Snotra es schafft«, sagte Gefion und lief in großen Sprüngen über die Wiese davon.

Freya schaute ihr hinterher. Dass Göndul sie bei sich haben wollte! Sie sollte wirklich zu ihr gehen. Aber dann würde sie auch bei der Begegnung mit Thor dabei sein.

Unschlüssig starrte Freya ihr Reisigbündel an.

Kurze Zeit später kehrte Gefion mit Göndul und den anderen Frauen zurück. Alle hatten sie Kriegsbemalung angelegt, sie machten rasche Schritte, ihre Gesichter waren verbissen. Jetzt sollte Freya zu ihnen gehören. Sie grüßten sie höflich, als sie sie sahen.

»Kommst du mit?«, fragte Göndul.

Freya schüttelte den Kopf.

»Ich muss noch etwas erledigen«, sagte sie, ließ das Holz auf den Boden fallen und lief davon.

Sie wollte nicht wissen, was jetzt passierte, und sie wollte es auch nicht hören.

Gefion starrte Thor neugierig an. Er lag auf dem Rücken, seine Hände und Füße waren mit dicken Lederriemen gefesselt. Er hielt Gefions Blick problemlos stand.

»Da hat Freya uns aber einen Jammerlappen angeschleppt. Ob es sich überhaupt lohnt, ihm das Opfermesser in den Leib zu jagen?«, fragte sie und grinste Hrist an, die sich neben ihr breit machte.

Hrist beugte sich neugierig über Thors Gesicht.

»Versteht er, was ich sage?«

»Ja, das tut er«, sagte Gefion.

Sie genoss den berauschenden Hass, der sie jetzt durchströmte. Gullveig rächen zu können, indem sie so eine Kreatur tötete, war wahrlich ein köstliches Geschenk der Göttin.

Gleich darauf drängte Göndul sich an ihr vorbei. Die sehnigen Kriegerinnen mit ihren Lederwämsen und breiten Gürteln füllten die Hütte.

Gefion wich zurück und blickte ihre Schwestern voller Stolz an. Magische Tätowierungen umwanden deren Arme. Nach dem Kampf, sofern sie dabei einen Feind erschlug, würde auch Gefion diese uralten Zeichen in ihre Haut einritzen lassen können. Und dann würde sie richtig zu diesen Frauen gehören.

Göndul beugte sich über den fremden Kämpfer, hob langsam sein zerfetztes Hirschlederwams hoch und roch an seiner Wunde. Sie legte den Finger darauf und drückte zu. Als der Kämpfer vor Schmerz aufstöhnte, lächelte sie. Es würde nicht schwer sein, ihn zum Sprechen zu bringen.

Thor kämpfte mit seinem Entsetzen. Etwas so Schreckliches wie diese Frauen hatte er noch nie gesehen. Sicher stammten sie aus der Geisterwelt und waren durch Hexenkünste aus den Grabhügeln geholt worden. Sie musterten ihn mit toten Blicken, und sie trugen Halsbänder aus Bären- und Wolfszähnen. Ihre Kleidung war aus Leder, nicht aus Tuch. Sie waren gekommen, um ihn zu opfern. Da war er sich sicher. Freya hatte gelogen, als sie versprochen hatte, dass die Priesterinnen ihn bei der Opferquelle reiten würden. Das hier war sein letzter Tag.

Die Lederfrau hielt ihr schwarz bemaltes Gesicht dicht über seins, ihre mit Lehm eingeschmierten Zöpfe fielen schwer auf sein Gesicht. Vergeblich zerrte Thor an den Lederriemen um sein Handgelenk. Er verfluchte diese schreckliche Erniedrigung.

Jetzt war er verloren, nie würde er in Tiwaz' Halle sitzen.

Entsetzt nahm er wahr, dass die Frau seinen Mund und seine Stirn beschnupperte. Dann hob sie ihr Gesicht ein wenig und schaute ihm in die Augen. Trotzig hielt er ihrem Blick stand.

»Hast du viele Brüder?«

Sie sprach nicht laut, aber ihre Worte dröhnten in seinen Ohren.

Erst jetzt begriff Thor, was geschehen würde.

Er schloss die Augen und wollte den Schmerz wie ein Krieger hinnehmen. Vergeblich.

Bald schrie er wie ein verendendes Tier.

Freya lief zum Strand, ihre Wangen glühten vor Scham. Thors Schreie durchschnitten ihren Körper. Sie lief an der Halle vorbei. Wenn sie nur weit genug rannte, würde sie das nicht mehr hören müssen.

Vor ihren Füßen landete ein klatschender Wasserschwall. Die Hausfrau hielt einen leeren Eimer in der Hand und grinste höhnisch.

»Ich bitte um Vergebung«, sagte sie, obwohl sie das offenbar absolut nicht so meinte.

Böka, die alte Priesterin, die auf einem Schemel neben der Tür saß und Fische reinigte, lachte schrill.

»Bringt Göndul deinen Liebsten gerade um? Der schreit ja wie ein gestochenes Schwein.«

In diesem Moment hatte Freya genug. Das war die Grenze. Sie hob den Kopf und starrte die beiden an.

»Seht euch vor, ihr alten Weiber, sonst verpasse ich euch so arge Zahnschmerzen, dass ihr Tag und Nacht schreien werdet«, fauchte sie und hätte die beiden gern bis nach Nifelheim verwünscht.

Die beiden Frauen wirkten jetzt unsicher und verzogen sich wortlos im Langhaus. Freya kochte vor Wut. Sie hatte diese ganzen Gemeinheiten endgültig satt.

Sie schnaubte und ging hocherhobenen Hauptes weiter. Als sie den Strand erreicht hatte, konnte sie die Schreie aus Thors Hütte nicht mehr hören. Die Kämpfer drängten sich um ihre Zelte, und obwohl es helllichter Tag war, loderten wärmende Feuer auf. Leder, Ranzen, Waffen und Köcher lagen im Sand verstreut.

Zwei Jünglinge schlugen am Wasser mit Holzkeulen aufeinander ein. Freya blieb stehen und musterte ihre schlanken Körper, als sie in der aufstiebenden Gischt den Schlägen auswichen. Eine Schar von Meeresvögeln kreiste laut schreiend über ihren Köpfen.

Einer der Jünglinge wurde am Kopf getroffen und fiel der Länge nach in die Brandung. Der ganze Strand prustete los und klatschte in die Hände. Der Sieger half seinem Kumpel auf die Beine und wischte ihm das Blut von der Stirn.

»Seht mal, da ist die Opferhure!«

Die Beleidigung stammte von einigen alten Kämpfern, deren Arme Alfheims Stierzeichen aufwiesen. Sie glotzten Freya an, als ob ihr eine Brust aus der Stirn wüchse.

Sie starrte wütend zurück, bis die Männer verlegen ihre Blicke abwandten. Ein Stück entfernt von ihr machte ein alter Mann das Zeichen, das den bösen Blick abwehrt. Freya richtete sich auf und ging weiter. Jetzt war der ganze Strand verstummt und ließ sie nicht aus den Augen.

Freya ging ganz langsam, um zu zeigen, dass sie sich nicht beeinflussen ließ. Dabei blickte sie ins Wasser und in den Sand, der zwischen ihren Zehen hervorquoll. Wartet nur, bis ihr in den Kampf zieht, dachte sie. Dann werdet ihr um Kampffesseln und Schutzsprüche betteln. Ich bin Freya, Königin Åses Tochter und Auserwählte der Mondgöttin. Ihr könnt mir nichts tun.

Stolz hob sie den Kopf und erwiderte den Blick der Kämpfer. Widerwillig merkten die, wie ihre Abneigung gegen Freya verschwand, als habe sie sie durch stumme Magie bekehrt.

Bald ließ sie den Strand hinter sich und folgte einem gewundenen Pfad, der zwischen Haselsträuchern einen Hügel hinaufführte. Nun konnten die anderen sie nicht mehr sehen.

Zwischen den Bäumen konnte sie frei atmen, die Stille schloss sich um sie. Sie folgte dem Weg immer weiter, achtete aber nicht auf ihre Umgebung, bis sie den höchsten Punkt der Anhöhe erreicht hatte. Erstaunt fand sie sich vor Hallundas sagenumwobener Bronzegießerei wieder.

Drei hochgewachsene Bronzegießer kehrten ihr den Rücken zu, weil sie miteinander in ein Gespräch vertieft waren. Sie waren nackt bis auf ihre Lederschurze, der Schweiß strömte über ihre schwellenden Rückenmuskeln.

Freya ging ein paar Schritte weiter, die Hitze des Feuers schlug ihr entgegen, aber die Männer schienen sie noch immer nicht bemerkt zu haben.

Sie zeigten auf Tongegenstände, die sie ein Stück vom Feuer entfernt auf dem Boden ausgelegt hatten. Ein dermaßen schmutziger Junge, dass er durchaus die Nacht in einem Misthaufen verbracht haben könnte, rannte hin und her und verschob diese Tonstücke. Ein etwas älterer Junge warf Reisig ins Feuer. Ein Hämmern aus dem Inneren der Schmiede verriet, dass dort jemand aus goldener Bronze eine Axt oder vielleicht ein Schmuckstück formte. Diese groben Männer in ihren Lederschurzen beherrschten eine für Freya unbekannte Magie, denn sie konnten mit Hilfe des Feuers Steine in Schönheit verwandeln. Ein Stück von der Schmiede entfernt stand ein Zelt, vor dem zwei Stöcke mit Hirschschädeln aufragten. Die Alfenpriester. Natürlich hausten sie hier. Das hier war ihre Magie.

Vielleicht war Vidar auch hier? Doch als sie an ihn dachte, konnte sie nicht einmal sein Bild vor sich sehen. Wenn sie die Augen schloss, dann tauchte Thors Gesicht vor ihr auf.

Ein dunkelhaariger Alfenpriester entdeckte sie, winkte und rief etwas ins Zelt hinein. Sofort schlug Freyr das Leder vor der Zeltöffnung beiseite und trat in den grauen Tag hinaus. Freya schnappte nach Luft.

Er brauchte keinen Sonnenschein, strahlend schön kam er mit wehendem Umhang und Leibschurz auf sie zu.

»Das ist ja ein unerwarteter Besuch«, sagte Freyr lachend.

Freya lachte strahlend zurück. Bei diesem Mann gab es keine Feindschaft. Er hatte sie nicht ausgestoßen, wie die anderen alle.

»Friede und gutes Wachstum. Ich grüße dich, Hoher Priester der Alfen«, sagte sie höflich.

»Mal abwarten, wie lange das noch gut geht«, erwiderte Freyr und verzog ein wenig das Gesicht.

»Aber die Reifthursen sind doch weitergezogen?«, fragte Freya überrascht.

»Alles ist im Gewebe und nichts währt ewig«, erwiderte Freyr schwermütig.

Plötzlich begriff Freya. Gullveigs Tod hatte nicht nur ihre eigene Stellung verändert. Es stand durchaus nicht fest, ob Snotra Freyr als ihren Zwillingsgott akzeptieren würde. Sie schien die einzige Frau in ganz Vanaheim zu sein, die seine Schönheit unberührt ließ.

Wenn Snotra Freyr jedoch nicht wollte, könnte er auch nicht Hoher Priester in Alfheim bleiben.

»Snotra wäre doch wahnsinnig, wenn sie dich nicht erwählte«, sagte Freya.

»Das finde ich allerdings auch«, antwortete Freyr mit ernster Miene.

Das knisternde Feuer der Bronzegießer ließ Freyas Rücken heiß werden. Sie sah Freyr an und konnte sich in diesem Moment nicht gegen den ketzerischsten aller Gedanken wehren. Sie war geboren, um Vanaheims Hohepriesterin zu werden. Nicht Snotra. Gullveigs Umhang gehörte ihr durch ihre Geburt.

Eine Sturzwelle aus Erleichterung und Schuldgefühlen schlug über ihr zusammen. Die anderen wären imstande sie zu töten, wenn sie ihre Gedanken erraten könnten. Aber trotzdem loderte in ihrer Brust jetzt der Trotz auf. Sie hätte die Auserwählte sein sollen, nicht Snotra.

»Kann ich mit dir über das sprechen, was passiert ist?«, fragte sie Freyr.

Der nickte, und langsam entfernten sie sich vom Zelt, fort von neugierigen Ohren und redseligen Zungen. Ob sie Freyr wohl vertrauen konnte? Gullveig hatte das getan.

»Wenn ich Hohepriesterin wäre, würde ich dich zu meinem Hohen Priester wählen.«

Freyr musterte sie forschend und nickte dann nachdenklich.

»Das höre ich gern, aber leider können nicht wir das bestimmen. Die Göttin entscheidet. Wenn Snotra nicht gut genug ist, wird sie sie töten oder ihr den Verstand nehmen.«

»Du weißt, dass Snotra nicht stark genug ist, um die Priesterinnen von Vanaheim zusammenzuhalten. Wenn sie das Ritual überlebt, verlieren wir vielleicht alles«, sagte Freya wütend.

Freyr blieb stehen, legte die Hand auf ihren Arm und schaute sie bittend an.

»Es stimmt schon, dass Snotra nicht Gullveigs Kräfte besitzt, aber sollten wir das nicht der Göttin überlassen?«

Freya schnaubte über diese Unentschlossenheit.

»Du weißt genau wie ich, dass es Vorkehrungen gibt. Glaubst du wirklich, Snotra wird die Zeremonie antreten, ohne sich zu schützen? Die älteren Priesterinnen werden ihr die Kraft geben.«

Freyr blieb bei einem Baum stehen, strich langsam mit den Händen über die glatte Rinde und drehte sich dann um.

»Ich sage dir das, weil Gullveig dich so geschätzt hat. Fordere Snotra nicht heraus, jetzt, wo ganz Vanaheim in Gefahr schwebt.«

»Du weißt, dass Snotra die Falsche wäre.«

Der Alfenpriester schüttelte wortlos den Kopf.

»Es kommt nicht immer so, wie wir das wollen«, sagte er sanft.

»Feige Rede eines schwanzlosen Mannes«, fauchte Freya.

»Nenn mich, wie du willst, aber schwanzlos ist wohl kaum der richtige Ausdruck«, grinste Freyr.

Freyas Zorn verflog.

»Da hast du allerdings Recht«, lachte sie.

»Denk daran, dass ich dein Freund bin. Schon jetzt bist du in einer schwierigen Lage, du beschützt einen Fremdling.«

Freya wich wütend zurück.

»Das stimmt nicht …«

»Du vergisst, wer ich bin. Glaubst du nicht, dass ich, der Gatte der Göttin, Liebessehnsucht erkenne, wenn ich sie sehe?«

Freya biss sich in die Lippen.

»Wenn du Snotra trotzt, wird Königin Åse dich vertreiben. Vanaheim muss in den Krieg ziehen, es ist nicht die richtige Zeit und nicht der richtige Ort für einen Machtkampf. Und wohin würdest du dann gehen? Du kannst nach Alfheim kommen, ich würde dir schon eine Freistätte bieten, aber ich glaube nicht, dass du dich bei den Mannen des Zwillingsgottes wohl fühlen würdest. Willst du in Hallunda leben? Vielleicht würde Trygve dich aufnehmen. Aber willst du dann wie eine ganz normale Frau auf dem Feld arbeiten?

Und deine Knochenstücke hervorziehen und weissagen, wenn jemand dich aus Liebeskummer aufsucht?«

Freyr schüttelte nachdenklich den Kopf.

»Die Göttin muss größere Pläne für dich haben.«

Freya schaute auf den Boden und zuckte mit den Schultern.

»Sie weist mir den Weg.«

»Dann wollen wir nachsehen, welches Schicksal sie dir bereitet hat.«

»Nicht einmal Gullveig konnte meine Zukunft erkennen.«

»Wer weiß, vielleicht kann es der Zwillingsgott?«

Freya lachte spöttisch. Ein Mann wollte etwas besser können als eine Priesterin? Freyr wartete gelassen und mit verschränkten Armen.

»Entweder sehe ich etwas, und dann sage ich es dir, oder ich schaffe es nicht, und dann macht es doch auch nichts.«

Freya dachte schweigend nach. Am Ende stimmte sie zu.

»Also los.«

Freyr lächelte liebevoll, legte ihr die Hände an die Wangen und küsste sie leicht. Freya leckte sich die Lippen. Sein Mund schmeckte süß wie Met. Dann öffnete sie ihren Geist dem blonden Priester.

Freyr schloss mit tiefem Seufzer die Augen. Freya spürte über ihrem Kopf ein vages Prickeln, dann drang ein Zauber in ihre Kopfhaut.

Sie spürte seinen Geist in sich – eine fremde Kraft, die sich einen Weg durch ihr Inneres suchte. Es war kein schönes Gefühl. Das hier wäre eigentlich ihre Aufgabe gewesen. Fast ohne es zu wissen, stieß sie den Priester zurück und versuchte nun, in ihn einzudringen.

Bilder strömten durch ihren Kopf. Sie sah Freyr mit anderen Frauen, besessen vom Zwillingsgott, lachend mit seinen Mannen.

Der Kontakt riss ab.

Sie stand wieder am Feuer der Bronzegießer. Das rhythmische Hämmern hallte in der Luft wider.

Freya schüttelte den Kopf, um die Bilder zu vertreiben.

»Ich habe nicht viel gesehen. Was hast du gesucht?«, wollte Freyr mit sanftem Tadel in der Stimme wissen.

Sie errötete und schlug die Augen nieder.

»Ich wollte sehen, ob es stimmt.«

»Ob was stimmt?«

Freyrs Stimme wurde härter. Er wuchs vor ihren Augen, der Zwillingsgott kam zum Vorschein.

»Ich wollte sehen, ob wir dieselbe Mutter haben«, sagte Freya leise.

»Du hättest fragen können.«

»Hättest du geantwortet?«

»Nein«, antwortete er lächelnd.

Ein Ochse vor einem mit Holz beladenen Wagen trottete auf die Werkstatt zu. Ein alter Mann schlug mit einem langen Stock auf das müde Tier ein. Als es sich trotzdem nicht mehr bewegen konnte, winkte er einige Jungen herbei, die angestürzt kamen, um mitzuhelfen.

»Wir gehören zu den Auserwählten. Die Göttin ist unsere Mutter und der Zwillingsgott unser Vater. Es spielt keine Rolle, wer uns zufällig ins Erdenleben hineingeboren hat.«

»Ich habe von Åse und dem Priester Njörd gehört. Und wenn Njörd dein Vater ist, dann teilen wir Vater und Mutter.«

»Woher weißt du das?«, fragte Freyr blitzschnell.

»Ich weiß es einfach«, erwiderte Freya.

Wieder schob sich das Schweigen zwischen sie.

»Ganz Vanaheim steht am Rand des Abgrundes, du stehst kurz vor der Verbannung und musst einen Fremdling opfern. Aber du zerbrichst dir den Kopf darüber, ob wir Vater und Mutter teilen. Das finde ich seltsam«, sagte Freyr.

Freya zuckte noch einmal mit den Schultern. Sie konnte dazu nichts sagen.

»Weißt du, was ich bei dir gesehen habe? Die heiligen Schlangen werden deine Wege leiten«, sagte Freyr feierlich.

Freya unterdrückte ein Schnauben. Das hätte wirklich jede Weissagerin auf jedem Hof feststellen können. Das war nichts Neues.

Aber sie nickte nachdenklich, denn sie wollte ihre Freundschaft nicht aufs Spiel setzen.

»Bist du mein Bruder?«

Freyrs Hand streichelte ihre Wange.

»Ich hoffe, nicht.«

Dann küsste er sie und sein verlangender Mund hatte nichts Brüderliches, sondern war von unverhohlenem Begehren erfüllt. Freya wurde weich in seinen Armen, spürte die Lust in sich wachsen. Er hatte Recht. Es war unwichtig, ob er ihr Bruder war.

Als er sie losließ, glühten ihre Wangen, als ob sie vor dem Feuer der Schmiede gestanden hätte.

»Komm, ich bring dich zurück«, sagte Freyr.

Die Bronzegießer schauten überrascht auf, als sie an ihnen vorübergingen, wie auch die Kämpfer am Strand und die Kinder vor Trygves Langhalle.

An der Eiche, einen Steinwurf von dem kantigen Weihestein entfernt, stand Trygve mit einigen anderen Männern. Sie banden die Hinterbeine eines zappelnden und schreienden Schweines zusammen. Die Frauen warteten, bis das Schwein am Baum hochgezogen wurde. Als es oben hing, trat Trygves Hausfrau mit dem Messer vor und zerschnitt mit einer heftigen Bewegung die Kehle des Tieres. Blut spritzte aus dem zappelnden Schwein. Trygve hielt das Tier fest, während die Frauen das Blut in Holzgefäßen auffingen.

Freyr ging zu einer der Frauen und hielt den Finger in ihr Gefäß. Mit dem warmen Blut zeichnete er einen Kraftstrich auf Freyas Stirn.

»Jetzt bist du noch schöner«, lachte er und führte Freya dann die letzten Schritte zur Hütte.

»Dir scheint es ja wirklich egal zu sein, welche Kräfte du herausforderst«, murmelte Freya zufrieden.

»Besser, die Ehre einer Schwester wiederherzustellen, als sich unter einem Stein zu verbergen.«

Trotzig küsste er sie vor den verstohlenen Blicken der Opfergemeinde. Freya kicherte, als sie die verwirrte Miene der Hausfrau sah. Sie schob ihre Hände unter seinen Leibschurz, auf die gespannten Oberschenkel. Freyrs schlanke Männlichkeit pulsierte in ihrer Hand.

Er stöhnte auf. Küsste sie härter.

Die beiden jungen Wachen vor der Hütte grinsten und fingen an zu tuscheln.

Doch dann wich Freya zurück.

Sie hatte jetzt wirklich nicht die nötige Ruhe für ein Liebesspiel.

Freyr mache eine leichte Verbeugung und berührte seine Stirn, ein Zeichen des Respekts.

»Du weißt, wo du mich findest, wenn du mich brauchst«, flüsterte er und ließ sie stehen.

Freya sah, wie er an Trygve und dessen Leuten vorüberging, hocherhobenen Hauptes und mit ausgebeultem Leibschurz.

»Wie konntest du?«, schrie eine wütende Siv.

Sie war plötzlich aufgetaucht, ihre Haare hingen nachlässig über ihre Schultern, ihr blaues Gewand war befleckt und verschmutzt. Siv baute sich vor Freya auf, stemmte die Hände in die Seiten und ihre Augen waren vor Zorn schwarz.

»Wie meinst du das?«, fragte Freya.

Die Freude über Freyrs Freundschaft verrann wie Schmelzwasser im Frühling.

»Ich weiß genau, was du vorhast. Du willst den Vater meines ungeborenen Kindes stehlen. Die Reifthursen sollen dich holen!«

»Aber ich will doch gar nicht …«

»Du bist schlecht. Die anderen haben Recht, wenn sie das sagen.«

»Aber das war doch nur Freyr. Du weißt, dass er allen gehört.«

»Du weißt, was er mir bedeutet. Ich erwarte sein Kind, aber das ist dir egal. Du willst einfach alles haben. Und um deine Freundinnen kümmerst du dich nicht.«

»Aber Siv, ich bitte dich«, flehte Freya.

»Mögest du dreifach verflucht sein!«

»Aber ich will Freyr doch gar nicht. Ich habe nichts getan.«

Siv trat ganz dicht vor Freya hin und schaute ihr wütend in die Augen.

»Heute Nacht, wenn Snotra auf die Probe gestellt wird, werde ich um deinen Untergang beten«, fauchte sie.

Ehe Freya etwas sagen konnte, rannte Siv auch schon zu Vanaheims Zelten hinüber.

Freya schüttelte den Kopf. Das hier ging über ihren Verstand.

Thor war wütend, seine Augen glühten in der dunklen Hütte wie die eines Raubtiers.

Göndul hatte ihm offenbar zugesetzt. Frisches Blut floss über seinen Arm. Er hatte Schmerzen. Das spürte sie.

Sie hockte sich neben die geflochtene Schilfmatte und wusste nicht, was sie sagen oder tun sollte.

»Du lebst«, flüsterte sie endlich.

»Ich will wie ein Mann sterben, nicht wie ein gefesseltes Weichtier«, sagte Thor.

Er verzog vor Schmerz das Gesicht. Verbitterung trat an die Stelle des Zorns.

»Hier liege ich, gefesselt an Händen und Füßen wie ein Wickelkind, und werde von wahnsinnigen Frauen gequält. Du hättest mich warnen können!«

Freya wiegte sich auf ihren Hacken hin und her.

Göndul wollte sie bei sich haben. Sie würden gegen Thors Volk in den Krieg ziehen. Da konnte sie sich hier kein Mitleid erlauben.

»Bald wird die Halle deines Vaters brennen und deine Brüder werden erschlagen auf dem Feld liegen«, sagte Freya.

»Das redest du dir ein. Meine Leute warten auf euch, siegesgewiss und mit den Mächten auf ihrer Seite.«

Sein bitteres Lachen hallte in der Hütte wider.

»Gib mir dein Messer, damit ich mich gegen die Wachen vor der Tür wehren kann. Dann kann ich wenigstens wie ein Mann sterben. Also gib es mir.«

Mit einer so raschen Bewegung, dass sie fast nicht zu sehen war, zog Freya ihr Opfermesser aus dem Gürtel und zerschnitt die Riemen an Thors Armen und Beinen. Thor setzte sich mühsam auf und rieb vorsichtig seine Glieder.

»Dann geh, wenn du willst. Verschwinde, damit ich dich nicht mehr sehen muss«, brüllte sie außer sich vor Wut.

»Spiel hier nicht die Verrückte«, sagte er überrascht.

»Aber das bin ich doch, ausgestoßen von meinem eigenen Volk und Beschützerin von Fremdlingen. Da kann ich auch gleich an deiner Stelle sterben, das wäre ein schönes Ende für Åses Tochter.«

Sie hieb das Messer vor seinen Füßen in den Lehmboden.

»Bitte sehr. Erstich mich doch gleich, kämpfe um deine Freiheit. Die Göttin mag wissen, dass viele sich über meinen Tod freuen werden.«

Freya packte eine Hand voll Lehm und warf sie nach Thor, während ihr die Tränen über die Wangen liefen. Sie wimmerte wie ein gemartertes Tier, kroch zur Wand und kauerte sich dort zusammen.

Thors Blicke wanderten zwischen Freya und dem Messer hin und her.

Ganze Zeitalter schienen zu vergehen. Vor der Hütte plauderten die Wachen. Hundegebell mischte sich unter grelles Kinderlachen.

Freya kniff die Augen fest zusammen, um zu vergessen, was sie draußen erwartete. Siv und die Hausfrau, ihre Verbannung. Wie lange würde sie das wohl noch aushalten müssen?

Gleich darauf schlossen sich zwei starke Arme um ihren Leib. Thor zog sie auf seine Knie. Freya saß ganz still da, mit geschlossenen Augen, sie wagte nicht zu atmen. Zärtlich wiegte er sie hin und her, wie ein kleines Kind.

»Ich lasse dich nicht im Stich.«

Die Sanftheit seiner rauen Stimme trieb ihr die Tränen in die Augen.

Freya sog seinen herben Geruch ein, fühlte seine schweren Herzschläge und spürte, wie seine Bartstoppeln ihre Haut zerkratzten.

Zum ersten Mal seit Gullveigs Tod fühlte sie sich nicht mehr einsam.

Die Priesterinnen rieben Snotras nackten Leib mit Öl und Honig ein und sangen Kraftlieder, um sie für ihre Wanderung zu stärken. Snotra stand still da, mit gehobenen Händen und geschlossenen Augen. Sie schien nicht zu wissen, was hier mit ihr geschah.

Siv strich den Umhang glatt, den sie später übernehmen sollte.

Sie versuchte, ihre Wut zu verstecken, um Snotra nicht zu stören, aber das fiel ihr schwer. Was Freya getan hatte, war unvorstellbar.

Vor nur zwei Tagen hatte Siv mit Freyr gesprochen und ihm mitgeteilt, dass sie sein Kind erwartete. Er war nicht einmal überrascht gewesen. Er hatte wie so oft fröhlich gelächelt und gesagt, das sei schön und er freue sich auf das Kind. Und jetzt trieb Freya es mit ihm, ohne sich um Siv oder irgendeinen anderen Menschen zu kümmern.

Plötzlich begriff sie. Freya benutzte Freyr, um sich wieder Zutritt zu Vanaheim zu verschaffen. Siv lächelte bitter. So musste es sein.

Es war sicher ganz leicht für Freya gewesen, den weichherzigen Freyr auszunützen und ihn dazu zu bringen, sie vor aller Augen zu küssen.

Sie schnappte nach Luft und der Hass ließ ihren Körper auflodern. Sie würde sich rächen. Die Mächte mussten ihr Genugtuung verschaffen.

Die Priesterinnen ließen Snotra jetzt los, und deren magerer Leib glänzte vor Öl und Honig.

Siv überreichte eilig und mit einer Verbeugung den Umhang. Eir legte ihn Snotra um die nackten Schultern. Nackt, wie am Tag ihrer Geburt, sollte sie ihren Prüfungen entgegengehen und – so die Göttin das wollte – aufs Neue geboren werden.

Siv blickte Snotra forschend an. Nicht einmal der Schatten einer Empfindung war in den tiefen Runzeln ihres Gesichts zu sehen. Gelassen nahm sie einen Holznapf entgegen und trank. Nach zwei Atemzügen geriet sie ins Schwanken und musste sich setzen.

Die dreizehn Priesterinnen schlossen den Kreis um die in sich zusammengesunkene Frau. Schweigend warteten sie auf den Beginn der Wanderung durch die neun Welten. Snotras gespannte Miene lockerte sich ein wenig, kurze, schrille Schreie drangen durch ihre geschlossenen Lippen.

Eir nickte bestätigend und sie führten sie langsam zum draußen wartenden Wagen. Eir setzte sich neben sie und hielt Snotra fest, damit diese nicht zu Boden fallen konnte. Ihr Kopf hing schlaff über ihre Brust, ihr schmales Gesicht war verzerrt.

Und dann begann die Fahrt zu Hallundas Opferquelle.

Siv hielt die Zügel der Kühe, die den Wagen zogen. Sie genoss die Geborgenheit schenkende Wärme der Tiere und verdrängte mit großer Mühe den Gedanken an Freya. Jetzt musste sie an ihre Pflichten denken.

Neben dem Weg standen Kämpfer und Bäuerinnen stumm wie Geisterwesen. Aus ihren Augen leuchtete die Unruhe, während sie Vanaheims angehende Hohepriesterin anstarrten.

Snotra murmelte mit erregter Stimme unzusammenhängende Wortfetzen.

Die Priesterinnen stimmten ein Lied an.

»Erce, Erce. Sie gibt uns Leben. Unsere Mutter wandert durch das Totenreich …«

Sivs Stimme klang laut und schrill. Nie hätte sie geglaubt, dass sie diese Worte singen würde. Gullveig hatte unsterblich gewirkt, wie ein uralter Weltenbaum. Langsam holperte der Wagen über den Weg und als sie die Opferquelle erreichten, erhoben sich langsam neun Reiher aus dem schwarzen Wasser. Und nicht ein Kräusel war im Wasserspiegel zu sehen.

Die Priesterinnen senkten demütig die Köpfe angesichts dieser Respektsbekundung.

Sie führten Snotra über den Bohlenweg zum Wasser. Am Ufer hingen an Stangen die Häute der Opfertiere. Ihre verwesenden Köpfe starrten die Priesterinnen aus leeren Augenhöhlen an. Unten im Wasser waren alte Geschenke halb im Schlamm versunken, mit Lebensmitteln gefüllte Gefäße, funkelnde Schmuckstücke, Waffen und Äxte.

Die Priesterinnen halfen der nackten Snotra, sich dicht vor der Quelle auf die Knie niederzulassen. Siv kehrte zum Ufer zurück und setzte sich mit den anderen auf den feuchten Boden. Die Welten glitten ineinander über. Weiße Nebelschleier stiegen aus dem Wasser auf und umhüllten Snotras magere Gestalt.

Die Disen hatten sie zu sich geholt.

Dann schrie Snotra vor Entsetzen und Angst.

»Es ist so weit.«

Freya schaute zu Thor auf. Sie spürte, wie die Luft sich veränderte. Gewaltige Kräfte waren in Aufruhr.

Sie schloss die Augen. Sie hätte jetzt dort knien müssen, nicht Snotra.

»Wann wirst du es erfahren?«

»In der Morgendämmerung.«

»Dann werden wir zusammen wachen.«

Thor ließ sich auf die Felle des Schilflagers sinken.

Freya zögerte kurz, dann schmiegte sie sich an ihn. Schweigend lagen sie nebeneinander und warteten darauf, dass die Nacht ein Ende nahm.

Als die Nebel sich verzogen und der Tag anbrach, lag Snotra reglos auf dem Knüppeldamm, der in die Opferquelle hineinragte.

Siv richtete sich langsam und mit steifen Gliedern auf, alles prickelte, als das Blut langsam wieder durch ihren Körper strömte. Eine Wolke aus Mücken schwärmte um Snotras Körper, ihre Lippen waren zerbissen. Blutfäden troffen von ihrem Mund auf den Boden. Ihr Augen starrten leer zu den Wolken empor.

Eir schlug sie hart auf die Wange. Entsetzt sah die Priesterin, wie Snotras Körper in unkontrollierte Zuckungen ausbrach. Aber damit kehrte auch das Leben in sie zurück.

Siv wartete andächtig. Jetzt galt es, jetzt würden sie es erfahren.

»Meine Sinne sind unversehrt«, flüsterte Snotra leise.

Jubel erfüllte das Ufer. Sie sangen der Göttin ein schrilles Preislied.

Snotra hatte überlebt. Die Göttin hatte ihre Wahl getroffen und Vanaheim stand unter dem Schutz einer neuen Hohen Priesterin.

Snotra wurde eilends angezogen und zu Åses Zelt gefahren. Erschöpft und mit leeren Augen starrte sie die Kämpfer an, die ihre Rückkehr bejubelten. Bald würden sie Hallunda verlassen und in den Kampf gegen die Fremdlinge von Idunvallen ziehen können. Sie hoben ihre Waffen und sangen zu Snotras Ehren.

Die Kinder streuten vor dem Wagen Blumen, Trygve weinte vor Glück. Die Luft kam ihnen schon milder vor. Die Ernte war gerettet. Sie hatten es geschafft.

Vor Åses Zelt drängten sich die Menschen, als Snotra von Eir vor die Königin geführt wurde.

Siv schaute besorgt in Snotras Gesicht. Sie war totenbleich und ihr Gemüt schien sich verdüstert zu haben. Trotzdem stolperte sie vor Åses Sitz und sank auf die Knie.

»Als Auserwählte der Göttin schwöre ich, Vanaheims Königin zu dienen.«

Snotras Stimme klang so tonlos, dass es Siv kalt den Rücken hinunterlief.

»Als Vanaheims Königin schwöre ich, die Auserwählte der Göttin zu beschützen«, erwiderte Königin Åse mit fester Stimme.

Die Worte waren gesprochen, der Eid war abgelegt. Die beiden waren jetzt eins.

Freya sah durch Risse in der Hüttenwand den Auflauf vor Åses Zelt. Es war zu Ende, sie hatte verloren.

Bald würde sie zum Zelt gehen und darum betteln müssen, Vanaheims Hoher Priesterin Treue schwören zu dürfen. Vielleicht würden sie sie nicht einmal einlassen. Vielleicht würde sie in ihrer Schande auf den Knien liegen müssen, wie an dem Tag, an dem sie vor Åses Zelt abgewiesen worden war.

»Du musst«, sagte Thor, als er die Hände auf ihre Schultern legte und sie an sich zog. Sie schloss die Augen, bedrückt von Niederlage und Kummer.

Sie hatten die ganze Nacht gesprochen. Jetzt wusste er alles über sie und Vanaheim. Als sie erst einmal angefangen hatte, schienen die Wörter danach verlangt zu haben, dass sie laut ausgesprochen wurden. Thor hatte zugehört und nicht viel gesagt. Am Ende hatte er sie gebeten alles zu tun, um sich mit ihrer Mutter zu versöhnen.

»Ohne unsere Sippe sind wir nichts.«

Das stimmte. Aber zugleich hatte sie aus ganzer Kraft auf Snotras Tod gehofft. Das war schändlich und gemein, aber es war ihr innigster Wunsch. Die Göttin hatte nicht auf sie gehört.

Thor küsste sie leicht auf den Kopf.

»Geh jetzt. Die Zeiten ändern sich, nur die Sippe hat Bestand.«

Freya machte einige widerwillige Schritte in Richtung Tür, dann blieb sie stehen. Zögernd zupfte sie einige Grashalme von ihrem Umhang und versuchte sich zu sammeln.

»Nun geh schon«, sagte Thor.

»Warum tust du das für mich?«

Sie stellte die Frage ohne aufzublicken. Sorgfältig musterte sie ihren Mantel, um festzustellen, ob noch weitere Grashalme in dem schwarzen Wollstoff festhingen. Freya schaute unschlüssig auf und begegnete seinem Blick.

»Das weißt du«, sagte Thor.

Ein schwaches Lächeln umspielte seine Lippen. Freya nickte stumm.

Seine Gefühle waren kein Trost, im Gegenteil, sie machten ihre Last nur noch schwerer. Sie seufzte und verdrängte den Gedanken an das bevorstehende Opfer. Mit einem letzten Blick auf sein entschlossenes Gesicht öffnete Freya die Tür und trat hinaus in die Morgendämmerung.

Die Menschen von Hallunda verstummten, als sie sie kommen sahen. Freyas Herz schlug wie besessen, als sie die misstrauischen Gesichter der anderen erblickte. Das hier ist eine Prüfung, sagte sie sich in Gedanken und hob den Kopf. Und ich werde sie bestehen.

Vor der verschlossenen Zeltöffnung standen Sigvard und zwei seiner Männer. Sie blieb stehen und schaute sie fragend an.

»Lasst mich hinein, damit ich den Eid ablegen kann«, sagte sie.

»Warte, Åses Tochter, Priesterin von Vanaheim«, sagte Sigvard und schlüpfte ins Zelt.

Das Atmen fiel ihr schwer, eine Schlinge schien ihre Kehle zusammenzuschnüren. Die Blicke der anderen brannten, hinter ihrem Rücken hörte sie verstohlenes Tuscheln. Weis mich nicht ab, flehte sie in Gedanken.

Gleich darauf kam Sigvard aus dem Zelt.

»Du kannst hineingehen«, sagte er und nickte freundlich.

Die anderen tuschelten lauter. Freya hob den Kopf und betrat das Zelt ihrer Mutter. Es war überfüllt, die verbrauchte Luft schlug ihr entgegen. An den Wänden des runden Zeltes standen die Priesterinnen und das Licht einer einzigen Fackel zuckte über ihre blauen Gewänder. Keine sagte auch nur ein Wort, ihre verschlossenen Gesichter registrierten sie ohne Wärme oder Freude. Das Schweigen war ebenso stickig wie die Luft.

Mitten im Zelt saß Snotra auf einem Schemel, der bestickte Umhang der Hohen Priesterin hing um ihre schmalen Schultern. Åse thronte in ihrem schönsten Gewand neben ihr. Beide schauten Freya ausdruckslos an, als sie sich ihnen zögernd näherte.

Snotras Gesicht war leichenblass, ihre Augen leer. Krampfhaft und mit weißen Fingerknöcheln hielt sie sich am Schlangenstab fest.

Freya blieb stehen. Es war so weit. Die Schlinge um ihren Hals wurde angezogen.

»Mutter«, sagte Freya. Dieses Wort musste sie aus sich hinausstoßen.

Langsam fiel sie auf die Knie und presste als Zeichen ihrer Unterwerfung die Stirn auf den Boden. Das Halsband presste gegen ihren Kehlkopf, es tat weh, aber sie wagte nicht sich zu bewegen.

»Ich schwöre, Vanaheims Hohepriesterin bis zum Tag meines Todes zu dienen. Ich bitte dich, Mutter, meine Ehrerbietung anzunehmen.«

Sie spuckte diese Worte förmlich aus, dann schloss sie die Augen und hielt den Atem an.

»Nach dem Opfer«, sagte Vanaheims Hohepriesterin.

Diese drei Wörter trafen Freyas Rücken wie ein Peitschenhieb. Sie presste ihr Gesicht auf den Boden, um ihre Tränen zurückzuhalten. Die Erniedrigung ließ ihren Magen brennen, als sie sich auf zitternden Beinen erhob.

»Nach dem Opfer«, sagte sie.

Snotras Gesicht leuchtete im Dunkel weiß auf.

»Dann werde ich deinen Eid annehmen.«

Es war ein Versprechen der Versöhnung, die Versicherung, dass Freya wieder ein vollwertiges Mitglied der Gemeinschaft werden würde.

Freya verließ das Zelt rückwärts und lief dann fort. Eine fremde Macht schien ihre Schritte zur Opferquelle zu lenken. Sie hätte Erleichterung und Freude empfinden müssen, aber Freya war nur wütend. Ihre Schwestern mussten blind sein. Merkten sie nicht, dass bei Snotra der Wahnsinn ausbrach?

Sie hatte zwar die Prüfungen überlebt, war aber alles andere als unversehrt. Freya verfluchte diese Ungerechtigkeit. Dafür würde Vanaheim büßen müssen. Freya stieg über einen Erdklumpen, sprang über einen verfaulenden Baumstamm und eilte weiter zur Quelle.

Der Brunnen war wieder zur Ruhe gekommen, die Mächte hatten an Kraft gewonnen. Jetzt musste die Göttin ihr Schweigen brechen. Freya sehnte sich so sehr nach Wissen. Sie wurde schneller und rannte am Ende los.

Siv lächelte glücklich, als sie vor Snotra auf die Knie sank, um den Eid abzulegen. Es war ein unbeschreibliches Erlebnis, bei der Amtseinführung einer neuen Hohen Priesterin dabei zu sein. Sivs helle Stimme war von Freude erfüllt.

»Ich kann deinen Eid nicht entgegennehmen«, sagte Snotra mit ihrer tonlosen Stimme.

Siv schaute auf, pures Entsetzen füllte ihr Gesicht.

»Warum nicht?«, schrie sie auf.

»Du hast ein Kind im Bauch. Ich will dich nicht«, fauchte Snotra.

Die Priesterinnen murmelten erregt untereinander. Njörunn, die Dunkle, protestierte.

»Aber viele von uns haben Kinder.«

Doch Snotra schwieg einfach nur und wiegte sich hin und her, starrte ins Leere und achtete nicht auf die weinende Siv, die noch immer zu ihren Füßen lag.

Njörunn nahm ihre Hand und führte sie behutsam aus dem Zelt.

Wie konnte die Hohepriesterin der Göttin Siv verschmähen, die doch Leben schenken sollte? Njörunn legte den Arm um die weinende junge Frau, um sie vor Hallundas neugierigen Blicken zu beschützen.

Wenn sie sie ins Zelt der Priesterinnen brachte, dann verstieß sie gegen Snotras Anordnungen. Aber Siv musste doch ihre Sachen packen dürfen.

»Was soll ich machen? Wo soll ich hin?« Siv schluchzte verzweifelt, als Njörunn sie ins Zelt der Priesterinnen führte.

Sie hatte keine Verwandten in Vanaheim, denn sie war hoch im Norden geboren, dort, wo die Menschen das Land mit den Schwarzalfen teilten.

Ihre Mutter war auf der Seehundjagd ums Leben gekommen und ihre Tanten hatten sie schon als kleines Kind in Gullveigs Obhut gegeben. Vanaheims Priesterinnen waren ihre Familie gewesen, aber jetzt hatten sie sich gegen sie gewandt.

»Nimm dich zusammen, damit wir uns eine Lösung überlegen können«, sagte Njörunn. Sie war eine praktische Heilkunstpriesterin, die davon ausging, dass sich alle Probleme überwinden ließen, wenn man nur den richtigen Weg einschlug.

»Es ist aus. Ich gehe ins Wasser«, schniefte Siv.

»Sei still. Du bist für immer verdammt, wenn du deinem Kind etwas tust, jetzt, wo es schon so groß ist. So schlimm kann das doch gar nicht sein. Du bist eine ausgebildete Priesterin und kennst dich mit der Hofarbeit besser aus als die meisten anderen unter uns. Jede Hausfrau würde dich mit Freuden aufnehmen. Das ist die Lösung.«

Njörunn nickte zufrieden.

»Du wirst irgendwo in Dienst treten.«

Siv schaute mit vom Weinen geschwollenen Augen auf.

»Ich soll Dienstmagd werden?«

»Dir bleibt nichts anderes übrig«, erwiderte Njörunn voller Entschiedenheit.

7

Das Wasser der Opferquelle war schwarz. Es funkelte wie ein Tor zur Geisterwelt.

Freya murmelte mit gesenktem Kopf einen Segen. Sie hatte die Rituale seit vielen Tagen nicht mehr durchgeführt.

»Vergib mir, Erce. Ich bitte dich um Rat«, flüsterte sie und öffnete ihren Lederbeutel, in dem sie die Weissagungsknochen aufbewahrte.

Ein lauter Schrei ließ sie aufblicken. Ein Adler ließ sich auf das Quellwasser zu fallen, streifte den Wasserspiegel und flog danach mit majestätischen Flügelschlägen weiter. Es war ein kraftvolles Zeichen. Die Göttin hatte einen Boten gesandt, der ihren Worten lauschen sollte. Das Schweigen war beendet. Mit rascher Handbewegung ließ Freya die Knochenstücke in ihre Hand fallen. Sie murmelte einen Spruch und warf sie auf den Boden.

Sofort stellte sich die Vision ein. Es gab einen Kampf, bei dem keine Seite den Sieg davontragen konnte. Frauen schrien, Kämpfer wurden von Pfeilen getroffen. Im nächsten Moment schwebte Freya über den Hallen der Priesterinnen von Vanaheim. Aber die Häuser waren leer und verfallen. Der Schutzbaum trug keine Blätter mehr, obwohl es noch warm war. Es gab nur Leere und Zerstörung. Entsetzt schnappte Freya nach Luft.

Was war passiert? Wo waren ihre Schwestern?

Sie schaute zu den Nachbarhöfen hinüber, und dann zu Åses Halle. Die Häuser waren verlassen. Freyas Volk war verschwunden.

Das war Snotras Erbe.

Aber dann erhob sich in der Ferne etwas anderes, es ragte in den

Himmel und funkelte vor Pracht und Reichtum. Plötzlich wusste sie den Namen. Walhalla. Das lag in der Zukunft.

Die Vision verflog und Freya sank entkräftet in sich zusammen. Mit leerem Blick schaute sie zu den Baumkronen auf, die sich um die heilige Stätte drängten. Vanaheim war verloren. Das hatten ihre Visionen ihr nun zum zweiten Mal mitgeteilt. Was sollte sie jetzt machen?

Die glänzenden Knochenstücke lagen zwischen den groben Grashalmen. Nur drei waren auf die richtige Seite gefallen: Thurse, Madr und Ur.

Sie schaute verblüfft die tanzenden Zeichen an: Riese, Mutter und Kraft?

Warum wurde sie nicht gewarnt? Die Nornen hatten ihr Vanaheims Untergang gezeigt, doch die Knochen sprachen noch immer von einer Zukunft. Sie musste in Walhalla liegen. Doch wo lag Walhalla?

Freya fröstelte und schlang die Arme um den Leib, während sie versuchte ihre Gedanken zu ordnen. Der erste Teil der Vision war der bevorstehende Kampf gewesen. Keine Seite würde den Sieg davontragen.

War das gut oder schlecht? Würden sie Frieden schließen, waren sie gleich stark? Waren es nicht die Fremdlinge, die Vanaheim bedrohten?

Wenn sie doch nur mehr gesehen hätte! Und wenn Snotra Vanaheim ins Verderben trieb …

Der Klang schwerer Schritte ließ sie hochfahren, die Knochen zusammensuchen und sie im Lederbeutel verstauen.

Überrascht sah sie dann Göndul, die Königin der Quänen, unbewaffnet neben sich stehen.

»Hier bist du also. Hast du etwas über den Kampf erfahren?«

Freya schüttelte den Kopf. Was sie gesehen hatte, war zu unklar, um darüber zu sprechen. Göndul musterte sie mit scharfem Blick.

»Na gut, ich kann ja selber in die Quelle schauen. Wirst du kämpfen, wenn es losgeht?«

»Ich werde mein Bestes tun, Königin«, antwortete Freya mit einer Überzeugung, die sie gar nicht empfand. Die Bilder der Vision tanzten vor ihren Augen.

Göndul ging in die Hocke und schaute auf das Wasser hinaus. Sie riss einen Grashalm ab und steckte ihn nachdenklich in den Mund.

»Gestern hatte ich einen Traum. Darin liefst du mit deinem Fremdling durch den Wald.«

Freya erstarrte. Gönduls Worte ließen ihr eiskalte Schauer über den Rücken laufen.

»Ich würde Vanaheim und die Göttin niemals auf solche Weise im Stich lassen«, sagte sie erschüttert.

Göndul lächelte.

»Ich bin ein praktischer Mensch. Ich habe gelernt, dass alles sich ändern kann. Heute Freund, morgen Feind, das Einzige, was Menschen tun können, ist, ihre Ehre zu bewahren.«

Sie richtete ihren Falkenblick auf Freya.

»Ich glaube, du besitzt Kraft und Ehre. Deshalb darfst du unter dem quänischen Zeichen kämpfen. Aber wenn du mich verrätst, dann schneide ich dir die Kehle durch.«

Freya schüttelte langsam den Kopf.

»Ich werde dich niemals verraten, Königin. Das schwöre ich.«

Göndul erhob sich mit einer geschmeidigen Bewegung.

»Gut. Mach dich bereit. Snotra hat das Klarsignal gegeben. Wir segeln im Morgengrauen.«

»Stimmt das?«, fragte Freya.

Göndul nickte. Die Kraft, die sie umgab, sprühte Funken. Ihr Muskelspiel ließ die Tätowierungen sich bewegen, als ob sie ein eigenes Leben besäßen.

»Die Mägde, die ihr bei den Fremdlingen zurückgelassen hattet, sind heimgekehrt. Sie konnten fliehen und ihre Pfadfinderin hat den Weg zu einem Vanenhof gefunden.«

»Wo sind sie jetzt?«

»Bei Trygve. Geh zu ihnen und lass mich allein. Ich will meine Herrscherin um den Sieg bitten.«

»Ich danke dir, Königin und höchste Quänin«, sagte Freya und verließ die Quelle mit hocherhobenem Kopf.

In der von Rauch erfüllten Halle brodelte es vor Aufregung. In Hallunda gingen wirklich große Dinge vor sich. Zuerst Snotras Weihung, dann der bevorstehende Krieg und jetzt auch noch das. Sogar die Hausfrau sah begeistert aus, als sie hier neben den Flüchtlingen saß.

Die drei Mägde und die junge Pfadfinderin Lökk waren erschöpft, aber unverletzt.

Sie beantworteten Eirs Fragen und versuchten zugleich, die saure Grütze zu essen, die die Hausfrau ihnen gereicht hatte. Freya drängte sich zwischen Familie und Priesterinnen durch, um zu hören, was sie erzählten.

»Lökk hat Argwohn geschöpft und uns dazu überredet, zum Wald zu laufen. Diese schrecklichen Menschen waren überall, mit ihren Hunden und Speeren. Sie rannten wie besessen hin und her. Lökk fand ein Versteck, wo wir die ganze Nacht verbracht haben. Wir haben die Stelle, wo die Boote lagen, erst am nächsten Abend erreicht, aber da wart ihr schon losgesegelt«, sagte Röskwa, die älteste Magd.

»Habt ihr eure Sachen nicht mitnehmen können?«, fragte Eir.

Röskwa schüttelte den Kopf.

»Vergebt uns. Pferde, Ranzen und Proviant, wir mussten alles zurücklassen, wir hatten ja solche Angst.«

»Wenn wir nicht geflohen wären, wären wir bei den Kriegshetzern als Leibeigene geendet«, sagte Lökk mürrisch.

Eine kräftige Frau mit molligen Armen und einem breiten Gürtel über ihrem braunen Rock erhob sich.

»Ihr solltet meiner Tochter dafür danken, dass sie eure Mägde hergeführt hat. Wir erwarten Geschenke, keine Klagegesänge.«

Freya sah, wie Eir diese Frau mit Blicken maß. Sie selber war gar nicht auf die Idee gekommen, Lökk könne frei geboren sein und eine robuste Hofbesitzerin aus Utgard zur Mutter haben.

»Ein Geschenk werdet ihr bekommen«, sagte Eir endlich.

Inzwischen prasselten die Fragen auf Lökk und die anderen herein.

»Was habt ihr gesehen?«

»Wie weit musstet ihr gehen?«

Lökk erhob sich und schleuderte stolz ihre braunen Haare nach hinten, ehe sie ihre Blicke durch das Gewimmel wandern ließ, um sich davon zu überzeugen, dass alle ihr zuhörten.

»Der Hof meiner Tante lag doch in der Gegend, ehe sie ihn abbrannten.«

Sie spuckte wütend aus und schob die Finger unter ihren Gürtel.

»Ich war nicht sicher, wo das war, aber ich hatte doch eine Vermutung, wie wir zurückfinden würden. Wir mussten einfach am Wasser entlang nach Osten gehen. Am Schlimmsten war es, das Moor zu durchqueren.«

Ihr schauderte bei dieser Erinnerung und sie musterte zufrieden die andächtigen Gesichter der Zuhörenden. Die Mägde nickten zustimmend.

»Das Moor hätte sich Röskwa fast geholt, aber wir konnten sie zum Glück noch herausziehen. Nachts tanzten Irrlichter, und das Geschrei der verdammten Geister hallte über den Moorschwaden wider. Wir haben das alles nur mit Mühe und Not überlebt, ohne den Verstand zu verlieren. Und dabei sind wir gar nicht durch den Finsterwald gegangen.«

»Wusstet ihr denn, wohin ihr unterwegs wart?«

»Ja, denn der Hof meiner Mutter liegt nur einen Tagesweg vom Moor entfernt.«

»Richtig, der Göttin sei Dank. Ich habe sie alle ins Boot gesetzt, nachdem ich sie mit Nahrung versorgt hatte. Ich dachte doch, dass die Königin mit ihnen sprechen wollte«, sagte Lökks Mutter.

»Das war klug von dir«, sagte Eir mit verbindlichem Nicken.

»Nein, das war töricht, denn jetzt will die Kleine in den Kampf ziehen.«

Lökks üppige Mutter bedachte ihre Tochter mit einem strengen Blick.

»Aber daraus wird nichts, denn jetzt hat sie sich genug herumgetrieben. In einem halben Mond wird die Ernte eingeholt, Felle müssen abgekratzt werden, Wolle gesammelt und gesponnen, die Zäune müssen repariert werden, ganz zu schweigen von dem vielen Holz, das wir hacken müssen, damit es noch vor dem Regen trocknen kann.«

Lökk verdrehte die Augen und seufzte tief.

Eir und die anderen Priesterinnen verließen die Halle. Freya schlüpfte zu Lökk nach vorn und begrüßte sie.

»Sag mir, du tüchtige Pfadfinderin, ist es möglich von hier aus zu den Fremdlingen zu gehen oder zu reiten?«

Lökk nickte eifrig.

»Du musst natürlich zuerst das Wasser überqueren«, meinte sie und bewegte ihre Hand vage in Richtung des Königinnenzeltes. »Danach kannst du dem Wasser einfach nach Westen folgen. Aber du musst den Finsterwald durchqueren oder um ihn herumgehen, und das dauert lange. Es wäre also besser, mit dem Boot über den Sund zu fahren.«

»Wie lange würde es wohl dauern, zu den Fremdlingen zu gehen?«

»Zu Fuß? Über eine halbe Mondwanderung. Warum willst du das wissen?«

»Ich habe überlegt, ob sie vielleicht auf dem Landweg zu uns gelangen wollen«, sagte Freya.

»Nein. Da brauchst du dir keine Sorgen zu machen. Wirst du morgen auch in den Kampf ziehen?«

Freyas Nicken entlockte Lökk ein neidisches Schnauben.

»Ich würde alles dafür geben, mitfahren zu können. Meine Mutter macht mich wahnsinnig mit der vielen Arbeit.«

Freya lächelte und wünschte ihr alles Gute, dann rannte sie aus der stickigen warmen Halle in die frische Luft nach draußen. Mit entschiedenen Schritten ging sie auf Thors Hütte zu. Aber dann hörte sie ein ersticktes Schluchzen. Freya blieb stehen und schaute sich um. Zwischen Wagen und Laubhaufen stand eine rot verweinte Gestalt.

»Siv!«

Freya lief auf die junge Priesterin zu.

»Was ist passiert?«

»Snotra hat den Verstand verloren«, schluchzte Siv und erzählte, was ihr widerfahren war.

Freya hörte mit wachsendem Unbehagen zu. Eine Priesterin, die abgewiesen wurde, weil sie ein Kind erwartete. So etwas Seltsames hatte sie noch nie gehört.

»Und jetzt weiß ich nicht, was ich machen soll.«

Freya betrachtete die an der Wand hängenden Sicheln und überlegte. Wider Willen empfand sie eine leichte Schadenfreude. Jetzt erfuhr Siv am eigenen Leib, was es für ein Gefühl war, ausgestoßen zu sein.

Siv schluchzte wieder los. Sie lehnte sich an einen Karren und versuchte, sich zu erbrechen, brachte aber nur ein wenig Schleim heraus.

»Willst du das Kind aus dir herausspucken?«

»Es fühlt sich so an.«

»Das geht vorbei.«

»Nein. Es wird nie ein Ende nehmen. Manchmal glaube ich schon, dass es alle Lebenskraft aus mir heraussaugt. Ich werde mich in eine leere Hülse verwandeln.«

Freya versuchte ein tröstendes Lächeln aufzusetzen, aber Siv sah wirklich elend aus. Ihr Gesicht war fast kreideweiß, ihre Haare stumpf und verfilzt und sie war so mager wie ein Zaunpfahl. Nur das Kind ragte aus dem klapperdürren Leib heraus.

»Alles ist so schrecklich. Ich weiß noch immer nicht, wohin. Ab und zu überlege ich, ob ich nicht ins Wasser gehen soll«, gestand Siv.

»Niemals. Wenn du dir das Leben nimmst, wirst du nicht wiedergeboren. Außerdem hast du doch ein Kind im Bauch, willst du das etwa auch umbringen?«

Freya war empört, etwas so Törichtes hatte sie noch nie gehört.

»Alles wird sich finden. Im Gewebe der Nornen spielt alles eine Rolle.«

»Das werden wir ja sehen«, sagte Siv mit schwacher Stimme.

»Hast du Trygves Hausfrau gefragt, ob du bei ihr bleiben darfst?«

Siv schüttelte den Kopf.

»Ich suche Freyr. Vielleicht kann er sich um mich kümmern.«

Freya blickte Siv erschüttert an. Besaß die denn gar keinen Stolz? Wollte eine ausgebildete Priesterin vor einem Mann im Staub kriechen?

»Sprich lieber mit der Hausfrau. Freyr hat seine eigenen Probleme«, mahnte sie.

Siv sah sie wütend an und trat zwei Schritte zurück.

»Nicht einmal jetzt, wo ich ins tiefste Unglück geraten bin, erlaubst du mir, mit Freyr zu sprechen.«

Warum fasste Siv alles, was Freya sagte, so falsch auf?

»Ich denke nur an deine Ehre …«

Wütend spuckte Siv auf den Boden.

»Du denkst nur an dich selbst. Ich hätte nie mit dir reden dürfen«, schrie sie und rannte weg.

Freya blieb hilflos stehen. Was sollte sie tun? Bestimmt war Siv von den Kräften der Finsternis besessen, und Freya hatte weder Zeit noch Kraft, um sie zu vertreiben.

Königin Åse betrachtete ihr Gepäck, während das Gesinde zwischen den Zelten wie Lemminge hin und her eilte. Die alten Zweifel waren verflogen, jetzt war die Zeit für Taten gekommen. Endlich. Sie wiegte das Schwert Sigil in der Hand und ging in Gedanken ihren Plan durch. Sie würden siegen, und nichts würden sie dem Zufall überlassen.

Vorsichtig näherte Beilja sich.

»Jetzt ist alles für das Opfer bereit.«

Åse nickte und lief in langen Schritten los. Sigvard und seine Männer schlossen sich ihr auf dem Weg zur Opferquelle an. Die Kämpfer warteten unten auf dem Weg, erwartungsvoll und eifrig. Åse nickte ihnen zu, als sie sich hinter ihrem Rücken sammelten. In dieser Nacht würden über Vanaheims tapfersten Seelen die Fackeln lodern. In dieser Nacht würden sie der Siegesgöttin opfern, damit diese über sie wachte.

Die Nacht vibrierte vor fiebriger Erregung. Die Kinder rannten ziellos hin und her, um nichts zu verpassen. Die Kühe brüllten unruhig im Gehege, Hunde bellten in der Dämmerung, als lauere in der Dunkelheit ein unsichtbarer Feind. Draußen in der Bucht lagen die schwer beladenen Boote tief im Wasser.

Thor saß auf seinem Lager. Für Freya gab es kein Lächeln, keinen freundlichen Blick, als sie sich neben ihn sinken ließ.

Sie würde gegen Thors Sippe in den Krieg ziehen. Sie würde seine Brüder mit Kampffesseln schlagen, und dann würden sie getötet werden. Stechende Schwerter, schlagende Hämmer. Das war die Wirklichkeit.

»Ich würde alles darum geben, wenn ich in diesem Kampf an der Seite meiner Brüder stehen könnte«, sagte Thor.

»Das verstehe ich«, erwiderte Freya.

»Es wird nicht leicht für euch werden.«

»Die Mächte werden auf unserer Seite sein«, sagte Freya.

Thor lachte bitter. Sie musterte ihn schweigend. Seine Wunde war fast verheilt, der Verwesungsgeruch verflogen, seine Kraft war zurückgekehrt. Jetzt trug er sein zerfetztes Hemd wie einen kostbaren Umhang. Er legte den Kopf schräg und sah sie lange an.

»Was passiert, wenn du stirbst?«

Freya zuckte überrascht mit den Schultern. Es kam ihr unmöglich vor, dass sie, eine Priesterin im Vollbesitz ihrer Kräfte, sterben könnte.

»Es geht so schnell. Ein Pfeil in der Brust, und schon ist es vorbei. Wenn du in den Kampf ziehen willst, musst du gut darüber nachdenken. Du musst dich auf die Nachwelt vorbereiten.«

Seine Stimme klang sachlich, als rede er von einem Fischzug oder einer Jagd. Freya versetzte ihm einen wütenden Stoß.

»Versuch nicht, mich zu schrecken, mir machst du keine Angst.«

Sein Lachen war bitter und freudlos.

»Wenn ich in meinen vielen Kämpfen etwas gelernt habe, dann dieses: selbst die Besten können fallen. Es ist besser, vorbereitet zu sein, als überrascht zu werden. Und deshalb sag schon, was wird aus mir, wenn du stirbst?«

»Das weiß ich nicht, und ich habe auch nicht vor, mir darüber den Kopf zu zerbrechen«, erwiderte Freya entschieden.

»Lass uns eine Abmachung treffen.«

Freya blickte ihm fragend ins Gesicht.

»Gib mir deinen Dolch. Wenn du im Kampf ums Leben kommst, dann kann ich durch die Wälder fliehen. Dann ist dein Leben nicht mehr für meins verpfändet. Und ich kann mit intakter Ehre fliehen.«

Versuchte er hier, sie in die Irre zu führen? Aber in seinem Blick fand sie keine Spur von Lüge oder Verrat, dort gab es nur Kraft und Sorge.

»Ich bitte dich. Meine Wunden sind verheilt, ich bin ein Mann, ein Krieger. Der einzige Grund, aus dem ich noch hier bleibe, ist, dass du dein Leben verlierst, wenn ich fliehe.«

»Woher weiß ich, dass du nicht sofort fliehen wirst?«

»Du musst Vertrauen zu mir haben.«

Sie erhob sich nachdenklich und wanderte in der Hütte hin und her. Sollte sie wirklich ihre Zukunft in Thors Hände legen?

»Nein.«

Wütend wandte Thor sein Gesicht ab.

Er war davon überzeugt, dass Freya sterben würde, sie hatte keinerlei Kampferfahrung, und es waren immer die Ungeübten, die fielen. Sie würde zu den ersten Opfern seines Vaters gehören. Er sah, wie ihre runde Brust sich unter dem schwarzen Kittel bewegte, wenn sie atmete. Dorthin würde Odins Speer zielen. Wie sollte er ihr das begreiflich machen?

»Meine Leute sind stark, sie werden tapfer kämpfen.«

Besorgt sah er, wie in ihr wieder der Zorn erwachte. Er konnte sagen und tun, was er wollte, sie würde ihm doch kein Wort glauben. Welch ein Fluch, dass er nicht mit seinem Volk kämpfen durfte!

»Lass dir zumindest einen Rat geben. Erinnerst du dich an den

Schamanen, der in der Halle meines Vaters gesessen hat? Du wolltest wissen, wer das ist. Er heißt Loki«, sagte Thor mit ernster Stimme.

Freya erinnerte sich an ihn, das war der Mann, der ausgesehen hatte wie ein Alfenpriester.

»Mach einen großen Bogen um ihn. Versprich mir das.«

»Warum?«

»Darum. Vertrau mir wenigstens in diesem Punkt.«

Erleichtert sah er, dass Freya nickte.

»Das kann ich dir versprechen.«

Er nahm ihre Hände und drückte sie so fest, dass sie vor Schmerz aufstöhnte.

»Halte dich im Hintergrund.«

Freya erhob sich. Ihr Herz schlug heftig. Sie hängte sich den Ranzen über die Schulter, knöpfte ihren Umhang am Hals zu und sah den Kämpfer an, der kein Fremdling mehr war. Trauer, Leid und das Dasein als Ausgestoßene hatten sie einander nahe gebracht. Plötzlich konnte sie den Gedanken, fern von ihm zu sein, kaum noch ertragen. Sie wollte ihn berühren, wollte seine Haut an ihrer spüren. Freya schluckte.

»Sei vorsichtig«, sagte er mit heiserer Stimme.

Sie nickte kurz und ging hinaus in die Dämmerung.

Die Kämpfer hielten ihre Waffen, ihre goldenen Beinschützer und ihre prachtvollen, aus vier Lederschichten genähten Schilde hoch über das Wasser. Die Fackelträger leuchteten ihnen den Weg zum Strand, ein Feuerstrom schien sich dem Land zu nähern.

Freya schaute sich um. Über diese blau schimmernden Felsen war sie mit Gullveig an Land geklettert. Seit damals schienen mehrere Zeitalter vergangen zu sein. Da war der graue Felsen, auf dem Thor verletzt gelegen hatte, dort hinten hatten sie dem Wald geopfert.

Im nächsten Moment umdrängten die nassen Krieger sie und ließen lachend ihre Lasten auf den Boden fallen, um sich die Schuhe anzuziehen. Freya wich zurück und suchte Göndul zwischen den

Fackeln, die die Nacht zum lichten Tag machten. Sie drängte sich zwischen den Kämpfern durch und entdeckte die Quänenkönigin auf einer kleinen Anhöhe, umgeben von ihren Frauen.

Dort standen die starken Bogenschützinnen mit ihren Bögen über den Schultern. Weiches Leder lag um ihre geschmeidigen Körper. Gesichter und Zöpfe waren mit Lehm eingeschmiert. Sie sahen aus wie blutrünstige Rachedisen.

Die Vanenpriester sangen ein wildes Kampflied, um den Mut der Kriegerinnen und Krieger anzustacheln. Ihre Stimmen wurden über den dunklen Strand getragen, über das endlose Moor, in die Wälder, wo die Vögel ruhten.

»Ich bin bereit«, sagte Freya zu Göndul.

»Kümmere dich um mein Volk«, erwiderte die Königin.

Gefion stand neben Göndul. Sie kochte vor Erregung und schien endlich ihren Platz im Leben gefunden zu haben. Gefion hatte sich die Haare abgeschnitten, wie eine echte Kriegerin, die sich der Göttin weiht. Ihre schwarzen Haarstoppeln waren vom hellen Lehm starr geworden. Ihr Gesicht war schwarz bemalt, um ihrem Seelentier zu ähneln, dem Raben. Freya sah auf den Schatten, der über ihrer Schwester lag, und dachte, dass Gefion im Kampf sicher eine entsetzliche Gegnerin war.

Freya nahm ihren Ranzen hervor.

»Du kannst mit deiner Schwester anfangen«, sagte Göndul.

Freya und Gefion tauschten einen misstrauischen Blick, dann begann Freya mit dem Segen. Sie hüllte Gefion in einen Nebel aus Unverletzlichkeit. Die Arbeit war anstrengend, jede Beschwörung kostete sie Kraft, aber sie führte alles mit großer Sorgfalt durch. Auch Gefions Bogen und ihre Pfeile wurden gesegnet, damit sie ihr Ziel fänden.

»Vielleicht rettest du mein Leben und schenkst mir Ehre«, sagte Gefion, als Freya fertig war.

»Das hier wird dich schützen, aber für die Ehre bist du selber zuständig«, erwiderte Freya und nahm sich als Nächste Hird vor. Am Ende trugen alle Frauen das Schutzzeichen des Wildschweins.

Ihre Pfeile würden von den Rachedisen zu ihren Zielen getragen werden, und ihre Körper waren durch den Segen geschützt. Freya ging zum Wasser und wusch sich das Gesicht. Sie musste etwas essen, die Beschwörungen hatten ihr alle Kraft geraubt. Erschöpft durchwühlte sie ihren Ranzen und zog Brot und ein Stück Fleisch hervor, die Beilja in Blätter gewickelt und ihr mitgegeben hatte, ehe Freya an Bord gegangen war. Mit gierigen Bissen riss sie das grobe Brot aus dem runden Laib. Das blutige Fleisch schmeckte saftig und roh.

Die Nähe der Rachedisen schenkte ihr die Lebenslust zurück. Freya ließ ein Stück Brot ins Wasser fallen und bedankte sich.

»Ich sage der Thursen drei. Der Nöte neun.«

Ein Hornstoß ließ die Kämpfer verstummen und zu Königin Åse hinüberblicken.

»Vorwärts. Für Vanaheim!«

Åses Schrei hallte über dem schwarzen Wasser wider. Die Waffen klirrten, als die Kämpfer sie hochhoben. Und dann traten sie die Wanderung nach Idunvallen an, Rache zu fordern.

»Haltet euch jetzt bereit.«

Gönduls Kriegerinnen packten ihre Waffen, als sie den dunklen Wald verließen. Sie traten neben die übrigen Kämpfer. Bald standen sie in schweigenden Doppelreihen da und schauten auf Odins Hof hinunter.

Freya griff wieder zu ihrem Ranzen. Mit zitternden Händen zog sie kleine Stücke getrockneter Kampfwurz heraus. Es eilte jetzt. Sie schob ein Stückchen zwischen Hirds Lippen und murmelte einen raschen Zauberspruch. Hird zerkaute das braune Kraut stumm und konzentriert. Freya ging zu Hrist weiter.

»Ich nicht. Ich brauche das nicht«, sagte die und spuckte lachend auf den Boden.

Freya sagte nichts, sondern trat jetzt neben Gefion. Bald war sie fertig, sie hatte für die Kämpfenden alles getan, was in ihrer Macht stand.

Ihr Herz schlug wie besessen, ihr Mund war vor Aufregung wie ausgedörrt.

Sie sah zu Snotra hinüber, die an den Reihen der Kämpfenden entlangging und sie segnete.

Irgendetwas stimmte hier nicht. Ihr erhobener Stab strahlte keine Kraft aus. Freya reckte den Hals und stellte sich auf Zehenspitzen. Die Hohepriesterin flößte keine Kraft ein, sondern Unbehagen. Wenn sie vorüberging, traten die Krieger mutlos von einem Fuß auf den anderen.

Noch zwei Schritte, und Snotra hatte die Quänenkriegerinnen erreicht. Freya begegnete dem Blick der Hohen Priesterin. Snotra hatte entsetzliche Angst.

»Möge die Göttin im Kampf über dich wachen«, murmelte Snotra und ging weiter.

Freya schüttelte den Kopf und kehrte an ihren Platz zurück. Sie spürte, wie die Kraft der Besorgnis wich. Etwas musste geschehen, aber was?

Gleich darauf sah sie die kraftvolle Gestalt ihrer Mutter aus dem Glied treten. Åse schlug mit dem Schwert auf ihren Schild. Die Kämpfer hoben die Waffen und folgten ihrem Beispiel. Der gewaltige Lärm vertrieb alle Furcht. Freya atmete auf und spürte, wie in ihrer Brust die Kraft wuchs.

Die Kampfrufe wogten zum unten am Hang gelegenen Hof hinunter.

Mit einem tiefen Atemzug hob Freya die Arme und sagte Beschwörungen auf.

Unten auf dem Hof kamen dunkle Gestalten aus der Halle. Es waren viele, mehr, als sie erwartet hatten. Odins Kämpfer formierten sich zu Doppelreihen. Ihren Bewegungen war kein Zögern anzusehen, jeder schien zu wissen, was er zu tun hatte. Schon bald marschierten sie wild und beängstigend den Hang hinauf. Große Männer mit dicken Lederharnischen über den braunen Wollwämsen. Ihre Bärte waren geflochten, ihre Augen loderten. Sie drohten mit ihren Schwertern, Speeren und Knüppeln, als sie sich den Reihen der Vanen näherten.

Freya stellte sich auf Zehenspitzen und sah etwas Entsetzliches.

Braune Felle wogten hin und her, die Feinde führten Bären in ihren Reihen.

Unbewusst berührte sie die gewundenen Schlangen an ihren Armen, als könnten die ihr Kraft und Trost schenken.

Aber in den bemalten Gesichtern der Quänenkriegerinnen war keine Unruhe zu sehen. Sie drohten mit ihren Waffen und schrien die Männer an:

»Jetzt kommt schon, ihr schwanzlosen Weichlinge!«

»Jetzt werdet ihr bluten!«

»Ich ersteche euch mit meinem Speer!«

Die Rufe der Quäninnen mischten sich unter die grellen Kampfsprüche der Priesterinnen und den Lärm der Schwerter, die gegen die Schilde geschlagen wurden.

Freya schaute mit hämmerndem Herzen auf die wogenden Bärenfelle. Sie reckte sich und kniff die Augen zusammen. Was für ein entsetzlicher Feind kam da auf sie zu? Dann erkannte sie ein Gesicht und begriff.

Es waren keine Bären, sondern Männer, die sich Felle um ihre nackten Leiber gebunden hatten. Die Bärenköpfe lagen auf ihren, und die wilde Kraft des Tieres, vermischt mit menschlichem Wahnsinn, hing über den brüllenden nackten Männern. Das hier war eine beängstigende Magie, der Freya noch nie begegnet war. Sie hatten wirklich die Kraft der Tiere übernommen. Wie konnte das nur möglich sein?

Ein Bärenmann kam mit schwankenden Schritten auf die Quäninnen zu.

»Möge die Göttin meinem Geist gnädig sein«, murmelte sie.

Königin Åse wandte sich mit ausgestreckten Händen an die Vanenkrieger.

Freya rang um Atem, für einen kurzen Moment machte ihre Angst ihrer Begeisterung Platz. Nie zuvor war ihre Mutter so sehr Königin gewesen wie in diesem Moment. An ihrem roten Mantel funkelten die Edelsteine, die Schmuckstücke glitzerten an ihrem Körper.

Åse hob das Schwert Sigil über ihren Kopf.

»Kämpfer von Vanaheim! Einherjer! Seht das Schwert der Königin, unsere Vorfahren stehen uns im Kampf bei. Ich werde euch in diesem Leben belohnen. Die Göttin wird euch in der Nachwelt ehren. Ihr habt nichts zu befürchten, denn die Mächte sind auf unserer Seite!«

Vanaheims Kämpfer brüllten ihre Zustimmung.

Freya sagte ihre Beschwörungen auf. Jetzt lag über den Kämpfern eine gewaltige Kraft. Die Disen schwebten in den Reihen hin und her.

In diesem Moment erhob sich die Sonne aus der Unterwelt und schickte ihr Licht zu Vanaheims Kriegern. Ein schmaler Sonnenstrahl traf Sigil und ließ das Schwert in Åses Hand aufflammen.

Freyas Kopf drohte zu bersten, als sie das Begeisterungsgebrüll hörte. Die Göttin war wieder bei ihnen. Tränen liefen über Freyas Wangen. Zum ersten Mal seit Gullveigs Tod zeigte die Sonne sich.

»Das ist das Zeichen, kämpft jetzt gut«, rief Åse.

Die Kämpfer brüllten vor Freude.

Freya hob beide Arme und rief mit gellender Stimme ihre Sprüche. Sie nutzte die Kraft der Kämpfer, um die Mächte anzurufen.

»Auf mein Zeichen hin«, sagte Göndul und die Bogenschützinnen legten ihre Pfeile ein.

Freya betete jetzt stumm, die Kraft wuchs. Ein Teil von ihr schien auf dem Boden zu stehen und menschlich zu sein, der andere schwebte über den aufmarschierenden Fremdlingen.

Odin und seine Kämpfer blieben zwei Baumlängen vor denen von Vanaheim stehen.

Alles verstummte.

Ein hinkender Mann trat vor und stand einsam vor den Reihen der Fremdlinge. Freya hätte ihn überall erkannt. Es war Odin. Thors Vater, Gullveigs Mörder.

Odin hob den Langspeer und schrie:

»Wer seid ihr, dass ihr meinen Hof bedroht?«

»Wir verlangen Buße für unsere Verwandte Gullveig, die ihr in eurer Halle ermordet habt.«

Åses Stimme hallte mächtig über den Hof. Die Disen wirbelten um ihren Beinschutz. Der Geist von tausend Königinnen schien sich hinter ihrem Rücken versammelt zu haben.

»Wir haben eine Hexe getötet, die uns verfluchen wollte, meint ihr vielleicht die?«, spottete Odin und seine Männer lachten.

»Du hast unsere Höfe verbrannt und mein Volk ermordet. Beuge dich Vanaheim oder brenne dreifach.«

»Schweig, Weib, verschwinde mit deinem elenden Pack oder stirb«, brüllte der rasende Odin.

Er drehte sich zu einem Mann in Schamanentracht um, einem jungen Mann in zottigen Kleidern, der eine Zaubertrommel in der Hand hielt. Es war Loki, den Freya in der verfluchten Nacht von Gullveigs Tod in Odins Halle gesehen hatte. Loki, vor dem Thor sie gewarnt hatte. Dieser Mann schien aus ihrem eigenen Volk zu stammen. Ein Verräter.

Er schlug rhythmisch und beschwörend auf seiner Trommel. Freya ahnte in der Luft, die sie umgab, eine vage Machtverschiebung. Eine fremde Kraft war aufgetaucht. Etwas Unbekanntes.

In diesem Moment hob Odin seinen Speer und schleuderte ihn in die Reihen der Vanen. Die Spitze zerschnitt den Arm einer Bogenschützin aus Vanö.

Das war das Zeichen.

»Für Vanaheim!«

Åses Schrei jagte die wütende Sturzwelle aus brüllenden Kämpfern los. Wie eine Sturmflut, die gegen den Strand schlägt, schlugen die Kämpfer gegen die Reihen der Fremdlinge. Schwert traf auf Schwert. Pfeile regneten über Kämpfer, die im Nebel zu Boden sanken.

Der Kriegsgesang der Vanen hallte ungebrochen über das Schlachtfeld. Freya hob die Hände und sagte ihre Sprüche auf, während sie Wut und Stärke in sich aufsog. Die Sonne verbrannte ihr Gesicht und steigerte ihre Kraft. Das hier war ein gerechter Kampf. Die Mächte waren auf ihrer Seite.

Zwischen ihren Händen wuchs die Kampffessel. Ihre Kraft ließ ihren Körper prickeln wie eine darüber kriechende Ameisenschar.

Bald war sie so stark, dass ihr ganzer Leib schmerzte. Erst jetzt fixierte sie den Schamanen Loki und schleuderte ihm mit erleichtertem Seufzer die Kampffessel entgegen.

Er erstarrte mit der Trommel in der Hand. Eine von Gönduls Bogenschützinnen jagte einen Pfeil in seine Schulter. Freya hatte schon die Arme gehoben, um Kraft für die nächste Kampffessel zu sammeln, als Loki sich wieder bewegte. Er riss sich den Pfeil mit einer schmerzhaften Grimasse aus der Schulter. Mit dem blutigen Pfeil in der Hand schaute er hoch und begegnete hasserfüllt ihrem Blick. Freya betrachtete ihn entsetzt. Das kann doch nicht sein, dachte sie. Er hätte die Fessel nicht so rasch sprengen können. Der Mut, den sie sich erarbeitet hatte, verflog. Loki ließ den Pfeil los, bückte sich und hob seine Trommel auf, ehe er hinter den Reihen seiner Leute verschwand.

Gleich darauf rannte ein bärtiger Krieger mit einer Axt in der Hand und Wahnsinn im Blick auf die Quänenkriegerinnen zu. Freya ließ seine Bewegungen durch die Kampffessel erstarren, Göndul fegte vorbei und warf ihn durch einen Stich in die Brust zu Boden. Bald kam der Nächste, diesmal lief er auf Freya zu. Ein Fremdling im Bärenfell brüllte seinen Zorn aus sich heraus und hob seine Keule.

Der Kampfeswahnsinn ließ seine Augen lodern, er hatte sich die Lippen zerbissen, Blut lief über sein Kinn.

Freya hob ihre Hände um Kraft zu sammeln. Der Mann im Bärenfell hob seine Keule und zielte auf eine Quänin, die mit erhobenem Speer vor Freya getreten war. Mit einem Schlag zertrümmerte er ihren Schädel, sie sank blutüberströmt zu Boden, während der Kämpfer seinen Wahnsinnsschrei ausstieß.

Freya sprach verzweifelt ihre Beschwörungen, als sie ihn näher kommen sah. Nun war er fünfzehn Schritte von ihr entfernt, jetzt nur noch zehn. Sie ließ die Kampffessel los und betete in Gedanken um genügend Kraft. Der Kämpfer erstarrte, in der Zeit gefroren, und brüllte wie ein verletzter Bär.

»Der Göttin sei Dank«, murmelte Freya.

Doch dann sah sie voller Entsetzen, wie der Kämpfer sich schüttelte und mit schwankenden Schritten auf sie zukam. Hatte sie ihre Fähigkeiten eingebüßt?

Freya hob die Hände und leierte ihre Zaubersprüche herunter, in dem Wissen, dass sie so schnell keine neue Kampffessel schmieden könnte. Der Bärenmann kam näher, es trennten sie nur noch sieben Schritte. Sollte sie fortlaufen? Nein, das wäre Verrat an ihrem Volk. Jetzt war es gleich so weit.

Doch als hätten die Disen eingegriffen, wurde der Kämpfer jetzt seitlich von einem Pfeil getroffen. Er blieb stehen, brüllte zum Himmel hoch und riss den Pfeil heraus. Freya wich entsetzt zurück. Er war unverletzlich, das war ein Zauber, den sie nicht kannte.

Im nächsten Moment stürzten sich zwei Kämpfer mit Alfheims Zeichen auf den Feind. Sie bohrten ihre Speere in den Rücken des Bärenmannes, wütend wandte er sich ihnen zu. Freya schleuderte eine neue Kampffessel. Ein Kämpfer zielte auf die bloße Brust des Bärenmannes, einmal, zweimal, erst nach dem dritten Treffer fiel dieser endlich auf den Rücken. Sie bohrten ihm mehrmals den Speer in die Brust, um ganz sicher sein zu können, dass er tot war.

Alfheims Krieger nickten Freya dankbar zu, dann stürzten sie sich wieder ins Kampfgetümmel. Freya schaute auf den Toten hinab, jetzt, wo die Bärenkräfte ihn verlassen hatten und sein Geist in die Nachwelt eingegangen war, erkannte sie ihn. Es war Blutaxt, einer der Männer, die am Abend von Gullveigs Tod in Odins Halle gesessen hatten.

Hasserfüllt schaute sie über das Schlachtfeld. Byggvir kämpfte gehen einen von Licht umgebenen Mann, der aussah wie Thors Bruder, Baldur hatte der geheißen.

Plötzlich ließen einige Fremdlinge ihre Waffen fallen und jagten voller Angst zum Hof hinunter. Freya ließ suchend ihre Blicke wandern, dann entdeckte sie Snotra und einige andere Priesterinnen, die ein Stück von ihr entfernt im Kreis standen und Beschwörungen aufsagten. Sie lachte auf. Die Priesterinnen hatten ein Blendwerk heraufbeschworen, das den Fremdlingen Angst einjagte.

Freya holte tief Luft, entschied sich für einen Mann, der gegen

Hird kämpfte, und sammelte wieder Kraft. Fürchten konnte sie sich an einem anderen Tag.

Wieder und wieder schmiedete sie Kampffesseln, während die Todesschreie über das Schlachtfeld hallten. Das Gras wurde zertrampelt, die Erde färbte sich blutrot.

Brennend vom Kampf und vom Hass merkte Freya nicht, dass ihre Kräfte nachließen. Plötzlich war sie erschöpft und einer Ohnmacht nahe. Als Anfängerin hatte sie zu viel Kraft verbraucht. Bleich und beschämt hoffte sie, dass niemand dieses Versagen gesehen hatte. Schwankend ging sie zu einem Baum und ließ sich erschöpft gegen den groben Stamm sinken, das Schlachtfeld schien unter ihren Füßen zu schwanken.

Sie schloss für einen Moment die Augen, riss sie dann aber wieder auf und ließ ihre Blicke durch den Nebel wandern, der sich über sie gelegt hatte. Eine zottige Figur kam mit einem Messer in der Hand auf sie zu. Fliehen!, rief eine innere Stimme in ihr. Freya machte einige Schritte, sank dann aber kraftlos in das hohe Gras. Sie hatte keine Kraft mehr.

Hoch! Weg! Die Stimme in ihr trieb sie zum Aufstehen. Zu spät. Ein harter Stoß warf sie auf den Rücken. Die zottige Gestalt setzte sich rittlings auf sie, hielt ihre Arme mit den Beinen fest. Das ist das Ende, dachte sie gleichgültig, als sie in Lokis grinsendes Gesicht sah.

»Du bist eine von den Hexen, die Thor getötet haben«, sagte Loki und hob das Messer.

Gefion warf ihren Bogen fort, als sie ihren letzten Pfeil verschossen hatte. Sie entriss einem gefallenen Alfheimkrieger den Speer und stürzte sich in den Kampf.

Endlich konnte sie das tun, wozu sie geboren war! Sie traf einen blonden Jüngling im Bein und trat ihm ins Gesicht, so dass er der Länge nach zu Boden ging. Sie wollte ihm gerade den Speer ins Herz stoßen, als ein kräftiger Mann mit einer Keule brüllend auf sie losstürzte. Gefion tänzelte ihm aus dem Weg und stach ihn in den Rücken. Danach bohrte sie den Speer in den Rücken eines

Knechtes der Fremdlinge. Sie schrie vor Freude, als er zu Boden sank.

»Für Vanaheim«, rief sie.

»Für die Quäninnen«, schrie Göndul neben ihr, ehe sie wieder davonwirbelte. Das Blut pochte in ihrem Leib, ihr Mund war vor Erregung wie ausgedörrt. Noch nie hatte sie sich so lebendig gefühlt.

Dann warf sie zufällig einen Blick zu Freya hinüber. Ein Fremdling saß rittlings auf ihr. Freya würde sterben. Verflucht! Sie musste zu ihr. Gefion rannte auf den Waldrand zu. Sie wurde schneller und hob den Speer. Spürte, wie dessen Gewicht sich ausbalancierte, als sie ihn auf den schmalen Rücken des Fremdlings richtete.

In diesem Moment schaute der Fremdling sich um, als habe er eine Warnung erhalten. Als er Gefion auf sich zukommen sah, sprang er von Freya herunter und jagte rasch wie ein Wiesel zum Wald. Gefion schleuderte seinem fliehenden Rücken den Speer hinterher. Umsonst. Im letzten Moment wich er aus, der Speer landete im Gebüsch.

Gefion stieß einen stummen Fluch aus. Sie blieb neben Freya stehen, um wieder zu Atem zu kommen.

»Mach, dass du wegkommst, wenn du nicht auf dich aufpassen kannst«, schrie Gefion.

Freyas Augen waren weit aufgerissen und leer. Sie griff sich an die Brust, schluchzte zweimal auf und erbrach sich dann ins Gras.

Gefion schaute sich gereizt um. Der Kampf wogte jetzt weiter unten am Hang. Hier war kein Fremdling in der Nähe.

»Vergib mir«, sagte Freya mit jämmerlicher Stimme. Sie wischte sich den Mund mit einem Grasbüschel und kam dann schwankend auf die Beine.

»Bist du verletzt?«

»Nein«, flüsterte Freya.

Die beiden Schwestern tauschten einen stummen Blick.

»Torheit«, fauchte Gefion und ging den Speer holen. Dann kehrte sie zu Freya zurück. Das Gesicht der Schwester war kreideweiß.

Gefion packte Freyas Arm und führte sie zu der Baumgruppe,

wo die Priesterinnen die Verwundeten versorgten. Als sie Freyas Arm losließ, sank die Schwester sofort kraftlos zu Boden.

»Du hast mir das Leben gerettet«, sagte Freya überrascht, als sei ihre Lage ihr gerade erst bewusst geworden.

»Bild dir nicht zu viel ein«, sagte Gefion grob, machte auf dem Absatz kehrt und stürzte sich wieder ins Gefecht.

Freya schaute ihrem in Leder gehüllten Rücken verwundert hinterher.

Erst bei Sonnenuntergang kam Freya langsam wieder zu Kräften. Sie schaute die blutrote Sonne an, die sich hinter hellblauen Nebeln fast versteckt hatte. Ihr Kopf schmerzte, als sei er in zwei Hälften zerteilt worden. Schwankend erhob sie sich und versuchte, den roten Nebel aus ihren Augen zu streichen. Der Hunger riss an ihren Eingeweiden. Sie durchwühlte ihren Ranzen und fand ein Stück Fleisch, das sie ohne zu kauen hinunterschluckte. Kaum hatte es ihren Magen erreicht, als ihre Kräfte und mit ihnen die Scham sich wieder einstellten.

Sie hatte sich wie eine unwissende Dienstmagd verhalten. Die Kampfmagie zehrte die Körperkräfte auf und sie war so in den Kampf vertieft gewesen, dass sie sich ganz verbraucht hatte.

Das Jammern der Verletzten war durch das Kampfgetöse vom Hof zu hören. Am Baum neben ihr hockte Njörunn neben einem älteren Mann von Alvö und versuchte, seinen zerschundenen Arm zu verbinden. Der Mann scherzte mit ihr und bat sie, ihn zum Mann zu nehmen. Erst als Njörunn einen Verband ziemlich grob um seine Wunde wickelte, stöhnte er auf und verstummte.

Freya schluckte und sah zu, wie die Priesterinnen zwischen den Verwundeten umherliefen. Sie musste ihren Schwestern doch zu Hilfe kommen. Sie hatte durch ihren Zusammenbruch die Quäninnen im Stich gelassen. So erbärmlich war sie, so wertlos.

Eirs Gewand flatterte neben ihr auf.

»Da bist du wieder. Sieh mal auf dem Schlachtfeld nach, ob du noch Verwundete findest«, sagte sie und wirbelte davon.

Wie betäubt ging Freya auf das Schlachtfeld zu. Die letzten Sonnenstrahlen ließen den Hang rot und blau schimmern. Das Gras kitzelte ihre Beine. Sie hob ihr Gewand und schaute zu Boden. Blutstropfen funkelten an einem Grashalm wie frisch gefallener Tau.

Welche Buße war wohl für dieses Feld zu bezahlen?

Der Kampf tobte inzwischen am Zaun vor dem Hof. Die Kämpfer wogten hin und her, jetzt jedoch langsamer. Alle schienen ihre letzten Kräfte aufzubieten, um sich gegenseitig zu vernichten. Ein heiseres Röcheln ließ sie das hohe Gras absuchen.

»Wasser, gib mir Wasser.«

Der Junge war noch nicht zum Mann geworden. Sein Gesicht war vor Schmerz verzerrt, seine Hände pressten sich auf seinen zerstochenen Bauch. Blut quoll durch seine Finger und tropfte von seinem braunen Wams in das von seinem Gewicht geknickte Gras. Es war einer von Sigvards Kämpfern, sie erkannte ihn jetzt.

»Wasser.«

Die weißen Lippen waren gesprungen. Freya schaute sich um, nirgendwo gab es hier Wasser.

»Hilf mir.«

Sie konnte nichts mehr tun, um sein Leben zu retten. Der Junge würde bald tot sein.

Sein Gesicht war schon gelbweiß, die Angst leuchtete aus seinen Augen.

»Fürchte dich nicht.«

Sie versuchte ihn zu trösten. Der kalte Schweiß stand auf seiner Stirn. Ihr Zauber holte ihn behutsam ein wenig aus dem Schmerz heraus. Das Gesicht des Jungen glättete sich, wurde wehrlos.

»Nicht traurig sein. In der Nachwelt wirst du neben der Göttin sitzen«, flüsterte Freya.

»Bring meiner Mutter die Todesbotschaft, Priesterin.«

Sie nickte.

»Das verspreche ich.«

Liebevoll streichelte sie sein Bein.

Der Junge blickte ihr in die Augen, suchte hilflos ihren Blick. Die Dämmerung ging in den Abend über. Dann zuckte der schmale Körper, einmal, zweimal. Die hellblauen Augen brachen. Der Junge hatte ausgelitten.

Unten am Zaun ritt Gefion auf einer düsteren Welle aus Kampfwahn. Sie stürzte zur Kampflinie vor. Als sie sah, wie Sigvards Schwert auf den Schild eines Fremdlings aufprallte, jagte sie weiter und stieß ihren Speer einem Jungen in die Brust. Der ging mit dumpfem Schrei zu Boden. Gefion zog ihren Speer heraus und stieß ihn wieder und wieder in die Brust des Jungen.

Das Blut des Toten lief über sein Gesicht und mischte sich mit dem Schweiß, der von seinem Leib tropfte.

Dann machte sie sich über den nächsten und dann wieder über den nächsten Feind her. Sie war nicht mehr sie selber, eine Furie hatte von ihrem Körper Besitz ergriffen, die Rachegöttin ritt neben ihr.

Die Kämpfer der Fremdlinge stürzten sich ebenso hemmungslos wie die Vanen ins Getümmel. Mehrere hatten sich die Kleider vom Leib gerissen, nackt, als seien sie unverletzlich, rannten sie furchtlos auf die Vanenkrieger zu.

Gefion entging einem Schwert um Haaresbreite, als Sigvard sie beiseite stieß. Sie fiel der Länge nach zu Boden. Eine Bewegung, die sie aus dem Augenwinkel heraus wahrnahm, ließ sie sich zur Seite werfen. Gleich darauf bohrte sich neben ihr ein Speer in den Boden. Ein Arm riss sie hoch, warf sie vornüber.

»Sie haben Gefion gefangen«, hörte sie Göndul schreien, dann wurden ihre Arme gepackt und sie wurde zwischen die Fremdlinge gezogen. Beißend und tretend setzte sie sich zur Wehr, als die Männer sie zur Halle schleiften. Sie war gefangen. Ein Schmerzensblitz schlug in ihren Kopf ein. Danach war alles dunkel.

Freya richtete sich neben dem Toten auf. Sein Speer lag neben ihm auf dem Boden. Sie hob ihn hoch und lief wütend zum Hof hinunter, um den Tod des Jungen zu rächen.

Es war jetzt fast dunkel.

Die Fremdlinge waren zu Odins Halle zurückgedrängt worden.

Die Zweige im geflochtenen Zaun gaben unter fallenden Kämpfern und fliehenden Männern nach. Der Rückzug stärkte die Vanen und ihre Schreie und Kampflieder hallten über das Schlachtfeld.

Jetzt tobte der Kampf auf dem Hofplatz.

Freya blieb am Zaun stehen, um über die spitzen Zweige zu springen. Doch dann hörte sie ein leises Röcheln und einen flehenden Ruf.

Freya schaute sich um. Hinter einem runden Stein lag eine gefallene Kriegerin. Es war eine Quänin. Freya fiel neben der Verletzten auf die Knie. Es war eine tödliche Wunde, ein tiefer Stich in der Brust. Jeder Atem wurde zu einem leisen Röcheln.

Langsam sickerte das Blut aus der Wunde über das helle Lederwams, tränkte die Stickereien auf dem Bauch und erreichte endlich die Arme. In der Hand hielt die junge Quänin einen Speer, den sie Freya zu reichen versuchte.

»Tu es«, fauchte sie.

Freya streichelte hilflos die weißen Wangen der anderen. Es war Storm, eine der Kriegerinnen, die sie unter den Schutz des Wildschweinzeichens gestellt hatte. Sie hatte offenbar entsetzliche Schmerzen.

»Das kann ich nicht«, sagte Freya und küsste die Sterbende auf die Stirn. »Du kannst alles von mir verlangen, aber das nicht.«

Die Kriegerin schloss gequält die Augen. Als Freya versuchte ihr die Hand auf die Stirn zu legen, wandte sie wütend den Kopf ab. Freya schluckte, schaute sich um, aber niemand war in der Nähe. Alle kämpften um ihr Leben.

Wer bist du, dass du die letzte Bitte einer Sterbenden ablehnst?, fragte die Stimme in ihr hart und wütend.

»Ich habe noch nie einen Menschen getötet. Ich kann das nicht. Sie gehört doch zu uns.«

Was bist du für eine Priesterin, die glaubt, sie könne das Gewebe verändern? Lass sie nicht leiden, wies die Stimme sie an.

Freya blickte überrascht auf. Vor ihr am Zaun schimmerte die Luft. Sie nickte verbissen und schluckte ihr Entsetzen hinunter.

Die Kriegerin erwiderte erleichtert ihren Blick, als sie breitbeinig neben sie trat und den Speer hob.

»Erce, nimmt deine Tochter zu dir nach Hause«, sagte Freya laut und bohrte den Speer mit aller Kraft ins Herz der jungen Frau. Die Spitze durchstieß das Lederwams und verschwand in der Brust. Mit einem letzten Zucken starb die Kriegerin.

Freya stand vor Entsetzen erstarrt neben ihr.

»Mögest du in der Nachwelt Frieden finden«, flüsterte sie, während sich ihr Magen umdrehte.

Plötzlich stand Loki vor ihr. Freya riss den Speer aus dem Herz der Toten und richtete ihn auf den kleinen Schamanen, um dessen Lippen ein triumphierendes Lächeln spielte. Seine strähnigen Haare klebten an seinem schweißnassen Gesicht. Seine kleinen schwarzen Augen loderten vor Hass.

»Mögest du an den Leichenstränden in Gift waten«, fauchte Freya.

Er blieb stehen und grinste höhnisch.

»Willst du gegen mich kämpfen, Hexe? Glaubst du wirklich, *du* könntest mich besiegen?«

Loki lachte. Freya hob den Speer und trat einen Schritt zurück.

Was soll ich tun?, fragte sie die Stimme in ihr.

Weiche zurück, noch ist die Zeit nicht gekommen.

Das ist nicht so leicht.

Doch, das ist es.

Freya richtete sich gerade auf und schaute den kleinen Schamanen an.

»Glaubst du, ich fürchte einen Verräter, der mit Kriegshetzern kämpft? Verschwinde von hier, sonst verfluche ich deinen Schwanz.«

Lokis Lachen erstarb, sein Gesicht verzerrte sich vor Hass. Furchtlos, als sei Freya eine Fliege, trat er vor die Speerspitze. Freya zögerte nicht. Sie zielte auf seine Brust, aber mit einer so raschen Bewegung, dass ihr Auge sie nicht erfassen konnte, wich Loki aus und Freya musste vorspringen, um nicht das Gleichgewicht zu verlieren.

Plötzlich stand Loki hinter ihr und legte ihr die Arme um den Hals. Freya keuchte entsetzt auf. Sie konnte sich nicht bewegen.

»Das ist die Rache für das, was du Thor angetan hast«, flüsterte Loki ihr ins Ohr.

Freyas Körper reagierte, ehe ihr aufging, dass er ihr den Nacken brechen wollte. Die Jahre des Trainings und die Panik sammelten so viel Kraft in ihr, dass sie am ganzen Körper zitterte. Feuer. Ich brauche Feuer, das war ihr letzter bewusster Gedanke. Dann richtete sie die Kraft auf Lokis Gesicht.

Er ließ sie los, stieß einen Schrei aus, taumelte rückwärts und schlug die Hände vor die Augen.

Lauf, schrie in ihr die Stimme und Freya sprang über den Zaun und rannte zu ihren Kriegern, ohne sich noch einmal umzuschauen.

Ein dumpfer Hornstoß hallte auf dem Hofplatz wider. Der Kampf war zu Ende. Freya blieb stehen. Der Göttin sei Dank, murmelte sie, drehte sich um und hielt Ausschau nach Loki. Er war verschwunden.

Sie wischte sich den Schweiß aus dem Gesicht und ging unbemerkt hinter den Rücken ihrer Verwandten in die Hocke. Während sie die warme Abendluft einatmete, die nach Schweiß, Blut und Angst stank, schlug ihr Herz wie besessen.

Erst nach einiger Zeit erhob sie sich wieder. Vorn beim Langhaus passierte jetzt etwas. Sie drängte sich durch die erschöpften Vanenkämpfer nach vorn.

Zwischen den erschöpften Frauen und Männern war Åses purpurroter Umhang zu sehen. Freya zwängte sich durch, um besser sehen zu können, die Kämpfer ließen sie widerwillig passieren. Sie wanderte an erhobenen Speeren und schweren Äxten entlang.

Dann hatte sie Åse erreicht. Neben Åse stand Göndul mit verschränkten Armen und einem wütenden Lächeln auf den Lippen. Freya schaute sich überrascht um. Die Bogenschützinnen umstanden Odin und seine Männer mit erhobenen Bögen im Halbkreis. Sie waren besiegt.

Aber die Fremdlinge standen Rücken an Rücken und mit gezückten Schwertern da. Sie waren bereit zu sterben, das war allen klar. Sie würden nicht einen Schritt zurückweichen. Odin drohte Åse mit seinem silbrig glänzenden Schwert und grinste herausfordernd.

»Na los.«

Aber Åse blieb stehen. Warum tötete sie Gullveigs Mörder denn nicht?

Erst jetzt sah Freya die in sich zusammengesunkene Gestalt, die von Odins Brüdern hochgehoben wurde.

»Möge die Göttin sich erbarmen.«

Alle Kraft schien aus ihrem Körper zu strömen.

Gefion hing kraftlos zwischen den Männern. Der Älteste hielt ihr einen Dolch an die Kehle. Seine fleischigen Lippen lachten unter seinem Bart. Was hatten sie ihr angetan? Gefions blutige Brust war durch ihr zerfetztes Hemd zu sehen. Wollten sie Vanaheims zukünftige Königin töten?

»Stehen geblieben«, fauchte Göndul.

Odin trat vor seine Männer und stemmte die Hände in die Seite. Er grinste die Vanen siegesbewusst an. Ein wütendes Gemurmel brach los.

Königin Åse hob ihre Arme in einer gebieterischen Geste. Langsam breitete sich Stille über Idunvallen aus. Freya wagte nicht einmal zu atmen.

Was hatte Åse vor?

Åse stand gelassen und ruhig da und schaute Odin an. Mit keiner Miene verriet sie, dass die anderen ihre Tochter gefangen hatten.

»Legt vor Vanaheim eure Waffen nieder«, rief Åse.

»Niemals!«, schrie Odin und seine Männer hoben Schwerter und Speere und stimmten lauthals zu.

»Noch einen Schritt und wir schneiden deiner Tochter die Kehle durch. Wir nehmen ihr das Leben, weil du meinen Sohn ermordet hast.«

Gefion schien bewusstlos und nicht zu wissen, was um sie herum passierte, während sie wie eine Strohpuppe zwischen den beiden Männern hing.

Freya sah ihre Mutter überrascht an.

Wollten die Männer sie wie ein Tier abschlachten? Es war kein Verbrechen, Feinde nach einem ehrlichen Kampf zu töten. Aber würde Åse ihr eigenes Kind für Vanaheim opfern? Freya war sich da nicht sicher.

Åse schaute kurz zu Gefion hinüber und richtete ihren Blick dann wieder auf Odin.

»Das da ist nicht meine Tochter«, sagte Åse.

Odin lachte auf und legte dabei den Kopf in den Nacken und zeigte seine schwarzen Zahnstümpfe.

»Wen willst du hier an der Nase herumführen, Königin Åse von Vanaheim? Ich weiß weit mehr über dein Volk als du selber.«

Freya dachte fieberhaft nach, aber sie konnte den Männern keine Kampffesseln anlegen, es waren zu viele. Und obwohl sie viele Priesterinnen hatten, würden sie es niemals gleichzeitig schaffen. Ihre Kräfte waren ihnen hier keine Hilfe.

Hilflos musste sie einsehen, dass sie ihre Schwester nicht retten konnte, Gefion, der sie ihr Leben verdankte.

Hilf mir, flehte sie in Gedanken, doch die Stimme gab keine Antwort. Die Spannung war jetzt fast unerträglich. Niemand sagte etwas.

Auf dem Feld zwischen ihnen lagen die Gefallenen. An diesem Tag waren viele ums Leben gekommen, zu viele. War Odin bereit, sein ganzes Volk zu opfern, nur weil er zu stolz war um Frieden zu schließen?

Die Stille war betäubend, sogar die Erde hielt den Atem an.

Dann handelte Åse. Die Steine an ihrem Umhang funkelten, als sie einen Schritt auf Odin zutrat. Scharfe Waffen wurden nervös gehoben. Åse starrte Odin an und baute sich vor dem kleinen Mann auf.

»Die Ehre verlangt, dass ich dir die Möglichkeit biete, für dein Volk Buße zu entrichten. Es ist keine Schande, Leben zu bewahren«, sagte sie mit schroffer Stimme.

Odins Augen blitzten, Åse dagegen war ruhig und würdevoll. Lange maßen sie einander mit Blicken, fochten einen unsichtbaren Kampf aus.

Dann nickte er kurz.

»Lass uns unter vier Augen beraten. Wir nehmen jeweils zwei Ratgeber mit. Keine Waffen, kein Verrat.«

»Gut.« Åse nickte. »Und ehe du meiner Tochter die Kehle durchschneidest, musst du wissen, dass dein ältester Sohn lebt. Er ist mein Gefangener.«

Odin konnte das Licht, das in seinen Augen aufloderte, nicht verbergen.

»Das ist gelogen ...«

»Nein, meine Tochter hat ihm das Leben gerettet.«

Odin schüttelte ungläubig den Kopf.

»Ist das ein verräterisches Blendwerk, um das Leben deiner Tochter zu retten?«

»Dein Misstrauen ist kein gutes Omen«, erwiderte Åse säuerlich.

»Frag meine Tochter. Sie soll dir bei den Worten der Göttin schwören und dir die Wahrheit sagen. Oder misstraust du sogar den Mächten?«

Freya trat vorsichtig neben Åse, ihre Hände zitterten und kalter Schweiß lief ihr über den Rücken.

Odins Blick zeigte, dass er sie erkannt hatte.

»Spricht die Königin die Wahrheit?«

Freya reckte stolz den Rücken und erwiderte seinen Blick.

»Thor lebt. Die Göttin soll mein Leben nehmen, wenn ich lüge. Ich habe ihn selbst gesund gepflegt und über sein Leben gewacht.«

Odin wandte sich zu seinen Brüdern um, beide senkten die Köpfe und tuschelten miteinander. Am Ende nickte Odin und drehte sich zu Åse und Freya um.

»Wenn Thor lebt, dann stehe ich in deiner Schuld.«

Freya atmete langsam auf und schaute besorgt zu Gefion hinüber.

»Dann überlass uns meine Tochter, danach verhandeln wir über den Frieden«, fiel Åse ihm ins Wort.

Odin schüttelte langsam den Kopf.

»Wenn ich meinen Sohn zurückbekomme, gebe ich deine Tochter heraus.«

Freya blickte entsetzt in Gefions bleiches Gesicht. Ohne die richtige Pflege würde sie bestimmt sterben. Sie flüsterte ihrer Mutter ins Ohr: »Lass mich sie pflegen, sonst ist sie verloren.«

Åse hörte zu, ohne Odins Gesicht aus den Augen zu verlieren.

»Lass Gefion von meinen Priesterinnen pflegen.«

Odin zeigte auf Freya.

»Nur von der da. Und jetzt lass uns unter vier Augen verhandeln.«

Åse ging auf den Waldrand zu, Snotra und Göndul folgten ihr. Die Kämpfer zogen sich zurück und ließen sie und Odin mit seinen beiden Brüdern durch.

Als sie verschwunden waren, standen die Vanen und Asen da und musterten einander misstrauisch. Niemand wusste, was sie jetzt machen sollten.

Sigvard fand sich Baldur gegenüber. Freya trat nervös von einem Fuß auf den anderen, sollte sie sich zu ihrer Schwester wagen? Aber die Fremdlinge hielten Gefion noch immer fest und sahen nicht gerade umgänglich aus. Warum unternahm niemand etwas?

Am Ende ließ Sigvard langsam sein Schwert sinken. Thors blonder Bruder schaute sich unschlüssig um. Dann holte er tief Luft und steckte das kurze Schwert in seinen Gürtel.

Die beiden Männer nickten einander düster zu.

Waffenruhe.

Bögen wurden gesenkt, Speere abgelegt.

Freya lief zu Gefion und schleppte ihre Schwester zum Weihestein. Dort, vor allen geschützt, legte sie ihre Schwester auf den Boden und setzte sich neben sie.

Die Wunde in Gefions Brustkorb war nicht tief, blutete aber heftig. Erleichtert sah Freya, dass das Blut dunkel war, nicht hell und flüssig. Dann wäre die Wunde gefährlicher gewesen. Aber so konnte sie Gefions Leben retten, sofern die Mächte auf ihrer Seite waren.

Der Ranzen, der am frühen Morgen mit Lebensmitteln und Kräutern gefüllt gewesen war, war jetzt fast leer. Die Schwestern hatten ihre Heilkräuter an sich genommen, als Freya bewusstlos im Gras gelegen hatte. Sie presste eine Hand auf Gefions Wunde und leerte mit der anderen den Ranzen aus. Ein Stück Fleisch, der Beutel mit den Weissageknochen, einige Büschel Weißmoos und Weidenblatt, das war alles, was ins Gras fiel. Entsetzt suchte sie weiter. Wo war der Blutwurz? Hatte man ihn weggenommen?

Das Blut aus Gefions Wunde quoll durch ihre Finger. Wenn sie es nicht zum Stillstand bringen konnte, würde Gefion sterben müssen.

»Verflucht«, schluchzte Freya in ihrer Angst.

»Was soll ich jetzt machen?«

Sie griff nach ihrem Umhang, nahm ihren Dolch und schnitt ein Stück Stoff heraus, dass sie auf die Wunde drückte. Das half nichts.

Sie holte tief Luft, verdrängte ihre Angst und beruhigte sich so weit, dass sie über der Wunde einen Zauber singen konnte. Einen Moment lang schien das Blut langsamer zu fließen. Aber dann quoll es wieder stoßweise hervor.

»Ich brauche Blutwurz. Nur das kann dir helfen«, flüsterte sie Gefions weißem Gesicht zu und rannte dann zu Eir, die sich weiter hinten auf dem Hof um einen gefallenen Krieger kümmerte.

»Ich brauche Blutwurz, sonst muss Gefion sterben.«

»Ich kann dir leider nicht helfen, denn ich habe fast nichts mehr. Es sind so viele verwundet worden«, sagte Eir besorgt und durchsuchte ihren Ranzen. Sie schien restlos erschöpft zu sein.

»Weder Blutwurz noch Frauenmantel. Ich habe ein Mädchen nach Erlenrinde geschickt, aber es dauert noch eine Weile, bis sie zurückkommt und der Absud fertig ist«, sagte Eir.

Freya rannte zurück.

Unterwegs riss sie eine frisch angezündete Fackel an sich, niemand protestierte. Vom Hang her war ein Klagegesang zu hören.

Freya bohrte die Fackel neben Gefion in den Boden. Der flackernde Schein ließ sie die Wunde besser sehen.

»Mach dir keine Sorgen. Du wirst nicht sterben, das verspreche ich dir.«

Die Augenlider der Schwester hoben und senkten sich und sie schaute Freya verständnislos an.

»Mit mir ist es aus.«

»So leicht kommst du mir nicht davon«, fauchte Freya, mit einer Stimme, die eher ängstlich klang als wütend.

»Mir ist kalt«, flüsterte Gefion.

Freya hätte weinen mögen. Das war ein schlechtes Zeichen. Sie legte ihren zerfetzten Umhang ab, wickelte Gefion hinein und streichelte unbeholfen ihre Stirn.

»Du stirbst erst, wenn ich das sage. Eir kann jeden Moment mit dem Blutwurz hier sein.« Gefion lächelte schwach. Ihr Gesicht war bedrohlich weiß. Bald würde sie die Nachwelt erreicht haben.

Freya hielt Ausschau nach Eir, aber die ließ sich nicht blicken. »Liebes Wesen«, flüsterte sie dem Weihestein zu. »Hilf mir.«

»Psst. Hexenzauberin.«

Freya schaute sich gereizt um. Wer wagte es, sie in diesem Moment zu stören?

»Hexenzauberin, ich bin 's, Kol. Die mit dem kranken Kind.«

Freya schaute hoch, und das junge Mädchen mit dem zerschlagenen Rücken glitt aus dem Schatten des Weihesteins hervor.

»Du lebst«, stellte sie fest.

Das Mädchen stand schon vor Freya und ging nun in die Hocke.

»Ich habe etwas, das dir gehört. Hier«, flüsterte sie.

Sie zog etwas unter ihrem schmutzigen Kittel hervor und ließ es neben Freyas Füße fallen.

Freyas Herz machte einen Satz. Dort lag der Hirschlederranzen, den sie bei ihrer Flucht zurückgelassen hatte.

Sie riss ihn mit zitternden Händen auf und kippte seinen Inhalt auf dem Boden aus. Dort, zwischen Bündeln und Schachteln und Bändern lag getrockneter Blutwurz!

»Hol kochendes Wasser und angewärmte Steine!«

Kol lief zur Halle, aber Freya hatte keine Zeit zu warten. So rasch wie möglich schnitt sie den dunkelbraunen Klumpen in dünne Scheiben und steckte sie in den Mund. Zugleich wischte sie die Wunde mit Weißmoos aus.

Als sie den Wurz zu einer klebrigen Masse zerkaut hatte, verteilte sie ihn auf Gefions Wunde. Sie sang gerade einen Heilzauber, als Kol einen dampfenden Bronzekessel angeschleppt brachte, den sie dann auf den Boden stellte. Freya zerkrümelte Weidenblatt im Wasser und rührte mit dem Dolch um.

»Wozu ist das denn gut?«

»Das hilft gegen das Wundfieber«, sagte Freya und drückte vorsichtig die Blutwurzmasse auf Gefions Verletzung.

Ihr ganzer Brustkorb war von Blut bedeckt. Bitte, Göttin, mach, dass es hilft. Halte das Blut an, halte es jetzt endlich an. Mach, dass sie mir nicht stirbt, jetzt, nachdem sie mir das Leben gerettet hat.

»Die Männer waren schrecklich wütend, als ihr weg wart. Noch tagelang waren alle außer sich. Das war nicht lustig, das kannst du mir glauben. Stimmt es, dass du Thor gerettet hast?«

Freya nickte zerstreut.

»Wie gut. Meine Kleine lebt auch noch. Sie ist noch nicht mal krank. Aber das Kind in meinem Bauch ist noch da. Ich hab mich nicht getraut eure Kräuter zu nehmen.«

Freya entfernte die Blutwurzmasse und zerkrümelte vorsichtig Disenhorn über Gefions Wunde, denn ein Blatt zu viel könnte ihr den Tod bringen. Als sie damit fertig war, sang sie ein Zauberlied, um die Wunde zu beruhigen. Und bald sickerte nur noch ein wenig Blut hervor. Erleichtert atmete sie auf. Sie hatte es geschafft.

»Komm jetzt zurück«, flüsterte Freya.

Gefion gab keine Antwort. Sie hatte die Augen geschlossen, ihr Gesicht war noch immer kreideweiß. Freya legte ihre Wange an ihren Mund und nahm einen leisen Atemhauch wahr.

Jetzt konnte sie nur noch beten.

Kol hockte schweigend vor ihr und wiegte sich auf ihren Hacken hin und her. Ihre strähnigen Haare fielen ihr ins Gesicht und sie lugte schüchtern hindurch.

Eine vage Erinnerung meldete sich in Freyas Hinterkopf zu Wort.

»Lebt Jorunn noch?«

Kol schüttelte so heftig den Kopf, dass ihre Haarsträhnen flogen.

»Nein, Odin hat sie umgebracht, als er in Berserkerwut geraten war.«

Freya dachte an Thor, ihm würde das wehtun.

»Jetzt will der Häuptling sich eine neue Frau nehmen. Als ob er mit all den Frauenzimmern hier auf dem Hof nicht schon genug zu tun hätte. Weißt du, was jetzt aus uns werden soll?«

Freya zuckte mit den Schultern, ohne ihren Blick von Gefions Gesicht weichen zu lassen.

»Es kommt wohl darauf an, wie Åse und Odin sich einigen können. Eins weiß ich aber bestimmt, niemand wird dir oder deinem Kind etwas tun.«

»Warum nicht?«

Kol wirkte aufrichtig überrascht. Freya schaute Gefions Brust an, aus der Wunde trat jetzt kein Blut mehr aus.

»Weil du der zukünftigen Königin von Vanaheim das Leben gerettet hast«, sagte Freya mit strahlendem Lächeln.

Kol schaute erschüttert zu Boden, doch dann leuchteten ihre Augen glücklich auf.

»Himmel, ich wusste doch nicht, dass das so wichtig war.«

»Ich werde dafür sorgen, dass Vanaheim dich belohnt. Sag mir, was du dir am meisten wünschst.«

Kol verdrehte die Augen.

»Alles, nur das hier nicht. Und dass das Kind aus meinem Bauch verschwindet.«

Sie senkte die Stimme.

»Ich möchte nur weg von hier.«

»Wünschst du dir denn kein schönes Schmuckstück?«

»Doch, aber das würden sie mir nicht lassen. Jetzt weiß ich 's. Du sollst mich kaufen, damit ich mich um dich kümmern kann.«

Freya lächelte.

»Ich brauche dich nicht zu kaufen, wir haben doch gesiegt.« Sie schaute sich auf dem Hofplatz um. Irgendwer hatte Feuer gemacht, und die Funken beleuchteten Hof und Halle. Die erschöpften Kämpfer saßen an die Hauswand gelehnt auf dem Boden oder ruhten sich im Gras aus. Das Misstrauen schien einer tiefen Müdigkeit gewichen zu sein. Ein verletzter Fremdling wurde ins Haus geführt. Vier verwundete Vanen lagen auf dem Boden. Die Priesterinnen wachten bei ihnen. Freya sah, dass Njörunn vorübereilte und dann verschwand.

Eir brachte einen jungen Mann mit einer Beinwunde. Behutsam half sie ihm beim Hinlegen.

»Kann ich dir nicht dienen?«, fragte Kol hoffnungsvoll.

Langsam schüttelte Freya den Kopf.

»Nein, aber wenn du willst, dann kann ich dafür sorgen, dass eine andere dich aufnimmt und dich das Kind behalten lässt. Ist dir das recht?«

Kol nickte eifrig.

»Nimm den Ranzen und bring ihn Eir, das ist die da hinten.«

Kol schnappte sich den Ranzen aus Hirschleder und lief damit zu der überraschten Eir. Kol zeigte auf Freya, und Eir strahlte auf, als sie den Inhalt des Ranzens sah.

Die Verhandlungen zwischen Odin und Königin Åse dauerten lange, denn was immer sie vorschlugen, es fiel ihnen schwer sich zu einigen.

Das Gesinde lief hin und her, um sie mit Speisen und Getränken zu versorgen, durfte aber nicht so nahe kommen, dass es hören konnte, worüber gesprochen wurde.

Vanen und Asen warteten ungeduldig auf die Entscheidung.

Freya saß mit übereinander geschlagenen Beinen bei Gefion.

Sie hatte keine Gefühle und keine Gedanken mehr, sie schien eine andere geworden zu sein. Gefion würde sicher überleben. Vanaheim hatte den Sieg errungen, und nur darauf kam es an.

Thor schien sich für sie in einer anderen Welt zu befinden. Wurde er in Hallunda gut bewacht oder hatte er die Flucht ergriffen? Nicht einmal das kam ihr noch wichtig vor.

Sie war in diesen Zustand der Leere so tief versunken, dass sie gar nicht bemerkte, wie Baldur sich mit zögernden Schritten näherte.

»Störe ich?«

Freya schaute zu Thors Bruder hoch und schüttelte den Kopf.

»Wird sie überleben?«

»Das weiß allein die Göttin.«

Plötzlich merkte sie, wie satt sie es hatte, sich um Verletzte Sorgen machen zu müssen. Seit Gullveigs Tod hatte sie nichts anderes getan. In Gedanken verfluchte sie dieses viele Blutvergießen.

»Mein Bruder …«

Baldurs Frage blieb unbeantwortet in der Luft hängen.

»Thor lebt«, sagte Freya dann endlich müde.

Bis auf Weiteres, dachte sie. Aber was sollte aus ihm werden? Bestimmt würde er gegen Gefion ausgetauscht werden. Aber ihr Gelöbnis? In dieser Nacht gab es so viele Unwägbarkeiten.

Baldur schaute aus zusammengekniffenen Augen zum Waldrand hinüber. Ein Ring aus Fackeln warf sein Licht über die dunklen Gestalten, die dort die Verhandlungen führten.

»Weißt du, was passieren wird?«

»Nein«, sagte Freya. Warum ließ er sie nicht in Ruhe? Begriff er nicht, dass sie mit ihrer Schwester allein sein wollte?

Baldur schien ihre Gedanken gehört zu haben.

»Gut, wir können später weiterreden«, sagte er unsicher und ging zu seinen Angehörigen, die vor der Halle saßen.

Die seltsame Stille, die sich über den nebligen Hofplatz gesenkt hatte, wurde gebrochen, als die Kämpfer vom Wasser zurückkehrten. Nach dem Ausruhen hatten sie dort ihren Durst gelöscht und sich Blut und Schweiß abgewaschen. Jetzt kamen sie mit erschöpften, unsicheren Schritten daher. Erst auf dem Hofplatz teilten sie sich, Odins Kämpfer gingen zur Halle, die aus Vanaheim ließen sich vor den Vorratshäusern nieder. Oben am Waldrand, wo die übrigen Vanenkrieger ihr Lager aufgeschlagen hatten, loderten einige Feuer. Freya schaute verträumt in den sternklaren Himmel. Der Mond, der schon mehr als halb voll war, stieg über die Baumwipfel und ließ sein freundliches Licht durch die Sommernacht leuchten.

»Ich habe mich so nach dir gesehnt«, flüsterte Freya.

Die Schlangen auf ihren Armen wurden durch die Kraft der Mondstrahlen erhitzt. Ihre Brust schwoll an und wiegte sich bei jedem Atemzug weich auf und ab.

»Hilf mir«, flehte sie und hob ihr Gesicht zu ihrer Göttin.

Sofort stellte sich die Antwort ein.

»Habe ich dich jemals im Stich gelassen?«

»Nie.«

Freyas Stimme wurde zu einem Hauch voller Hingabe.

»Aber ich begreife nicht …«

Die Mondgöttin lachte. Ihre Stimme war jetzt dumpf und voller Kraft.

»Du wirst noch begreifen.«

Dann war sie verschwunden, und nur Leere blieb zurück.

Freya kniff überrascht die Augen zusammen. Sie kam sich vor wie ein kleines Kind, das in die warme Umarmung seiner Mutter geflohen war. Die Mondsichel funkelte, wie um sie zu begrüßen. Sie liebte ihre Herrscherin ja so sehr!

Lächelnd musterte sie die schlafende Gefion.

»Alles wird gut. Hast du das gehört, Schwester?«

Aber Gefion wanderte in ihren Träumen dahin und wusste nichts.

»Freya!«

Freyr kam auf sie zugerannt. Sie runzelte die Stirn, was mochte jetzt wieder passiert sein?

»Wird sie wieder gesund?«

Er musterte Gefion für einen Moment.

»Das weiß nur die Göttin.«

»Deine Mutter will uns beide sprechen.«

Freya erhob sich und streckte ihre steif gewordenen Beine aus.

»Ich kann meine Schwester jetzt nicht allein lassen.«

»Ich kann mich um sie kümmern.« Eir hatte sich aus dem Gewimmel auf dem Hofplatz gelöst.

Freya nickte und ging hinter dem Alfenpriester her.

»Was wollen sie von uns?«, flüsterte sie, als sie sich dem Fackelring näherten.

»Ich weiß es nicht. Aber es scheint nichts Gutes zu sein«, antwortete er verbissen.

Königin Åse saß auf einem Klappstuhl, Snotra stand wie ein hochgewachsener Rabe neben ihr, doch weder Göndul noch Odin und seine Brüder waren zu sehen. Hatten sie den Friedenseid bereits abgelegt?

Schatten verbargen Åses Gesicht, das Schwert Sigil an ihrer Hüfte funkelte bedrohlich. Freya wurde von bangen Ahnungen erfüllt.

Sie grüßte und wartete.

»Tochter. Freyr. Ich muss euch etwas mitteilen.«

Åses Stimme klang vor Erschöpfung brüchig.

»Vanaheim hat mit Odins Stamm Frieden geschlossen. Sie beugen sich der Göttin. Wir werden Gefangene austauschen. Sie verlangen eine Priesterin und einen Priester, die den Boden segnen können. Und dazu seid ihr beide ausersehen«, sagte Åse.

Freya starrte bestürzt die Lippen ihrer Mutter an, während die Bedeutung dieser Mitteilung ihr erst langsam aufging. Und dann schien in ihr ein Damm aus Trauer und Entsetzen zu brechen. Das konnte doch einfach nicht wahr sein!

Ihre eigene Mutter wollte sie den Fremdlingen überlassen, einem Stamm, der den Krieg liebte. Männern, die wie wilde Tiere im Wald lebten.

Sie würde Vanaheim verlassen müssen. Niemals würde sie die Hallen der Priesterinnen oder den Opferhain wiedersehen.

»Mutter, verschone mich …«

Aber Åses Gesicht war unzugänglich.

»Drei Sonnenwanderungen wirst du hier leben. Odin wollte dich für das ganze Leben zu seiner Frau machen, so sind hier die Sitten, aber das habe ich abgelehnt.«

»Das ist dein Werk!«, schrie Freya Snotra an. »Jetzt bist du wohl zufrieden, wo du mich beiseite geschafft hast und du die nicht mehr zu sehen brauchst, der Gullveigs Platz zugestanden hätte. Verflucht seist du …«

»Schweig, Tochter«, schrie Åse. »Sag nichts, was du bis ans Ende deiner Tage bereuen müsstest.«

»Aber Mutter, Vanaheim …«

»… läuft dir nicht weg. Nimm dich zusammen, Tochter. Wir alle müssen Opfer bringen. Und du bist ja nicht allein. Auch Freyr wird hier leben. Thor kennst du ja schon, diese Leute hier sind dir also nicht ganz fremd«, sagte sie mit einer Stimme, die ebenso kalt war wie ein Reifthurse.

Freya starrte ihre Mutter und Snotra verzweifelt an. Sie hatten sie weggeworfen wie einen alten Knochen. Eine warme Hand fasste ihre und drückte sie so fest, dass der Schmerz ihre Sinne wieder schärfte. Sie sah Freyr an. Dem schien das alles nichts auszumachen. Nur Freya, die dicht neben ihm stand, konnte sehen, wie seine Wangenmuskeln arbeiteten.

»Du verstößt mich also.«

Seine Stimme klang beherrscht, nicht eine Spur von Kummer war darin zu hören.

Åse winkte ab.

»Das hier war die beste Lösung für alle. Die beiden Brüder des Häuptlings, die Schmiede, werden in Vanaheim leben. Das ist ein sinnvoller Tausch.«

»Müssen wir gleich hier bleiben? Dürfen wir uns nicht einmal von unseren Angehörigen verabschieden?«, fragte Freyr.

»Freya kann mit uns nach Hallunda kommen und am Danksagungsfest teilnehmen. Dann kann sie Abschied nehmen und sich das nötige Gesinde aussuchen. Freyr, du musst hier bleiben und Gefions Stelle als Geisel einnehmen.«

Åses Lippen verzogen sich zu einem kurzen Lächeln.

»Odin findet dich wertvoller als meine beiden Töchter zusammen.«

Mit diesen Worten war Freyas und Freyrs neues Schicksal entschieden, und sie konnten nichts mehr daran ändern.

Es hätte nicht schlimmer kommen können. Alles, was Freya liebte, alles, was sie ehrte, würde sie verlassen müssen.

Freyr drückte vorsichtig ihre Hand.

»Was wird aus Thor? Und Gefion?«, fragte Freya endlich.

Snotra trat zwei Schritte vor und schlug ihren schwarzen Umhang um sich.

»Das Gelübde muss erfüllt werden, wir müssen der Göttin für den Sieg danken, den sie uns geschenkt hat.«

Freya schaute Snotra erstaunt ins Gesicht und suchte nach Triumph und Hass, konnte aber nur Leere finden. Snotra hatte sie zum Tode verurteilt, aber das schien sie absolut nicht zu berühren.

»Ich kann nicht bei Odins Volk leben, wenn ich den ältesten Sohn des Häuptlings opfere. Dann werden sie mir die Kehle durchschneiden«, rief sie verzweifelt.

»Die Fremdlinge achten unsere Sitten, sie werden das verstehen. Sie haben geschworen euch unversehrt zu lassen«, sagte Snotra.

»Sie haben Gullveig ermordet.«

»Und dafür müssen sie teuer bezahlen.«

Freya suchte flehend den Blick ihrer Mutter. Sie konnte doch ihre ältere Tochter nicht in den Tod schicken. Aber Åses Gesicht war düster und verschlossen.

»Wie geht es Gefion?«

Freya schlug die Augen nieder.

»Nicht sehr gut.«

Åse nickte nachdenklich.

»Gefion kommt mit uns nach Hause. Das ist abgemacht.«

Ein langer Schatten fiel über die Königin. Es war Göndul, die den Kreis aus flackernden Fackeln betrat.

»Die Zeremonie für Kwasir ist vorbereitet. Es ist an der Zeit unsere Abmachung mit Met und Blut zu bekräftigen.«

Åse erhob sich müde und zog ihren Umhang gerade.

»Hätte das nicht bis morgen Zeit gehabt?«

»Sei froh, dass du keine Bettfreundschaft anbieten musst«, sagte Göndul mit bitterem Lächeln und folgte Åse aus dem Fackelkreis.

Snotra entließ Freyr mit einer Handbewegung. Freya lachte freudlos, jetzt waren sie endlich allein. Die beiden Priesterinnen maßen einander mit Blicken.

»Ich weiß durchaus, worauf du aus bist.«

Freya lachte höhnisch und trat ganz dicht an Snotra heran. Die Mondsichel funkelte in der Nacht und stärkte sie mit ihrer Kraft.

»Du wirst dich niemals mit mir messen können. Und an jedem Tag, an dem du Gullveigs Mantel trägst, wirst du das wissen und dich schämen.«

Snotras Augen funkelten auf, aber hinter dem Zorn nahm Freya den harschen Geruch von Angst und Unsicherheit wahr.

»Was weißt du denn überhaupt?« Die Hohepriesterin zischte wie eine Schlange. »Es ist jetzt zu Ende, Freya, du kannst nichts mehr ausrichten. Die Göttin hat ihre Wahl getroffen. Und für wen hältst du dich, dass du glaubst, ihrem Willen trotzen zu können?«

Die falsche Selbstsicherheit der Älteren versetzte Freya in Wut. Nie im Leben würde sie sich das gefallen lassen.

»Du wirst Vanaheim ins Verderben stürzen! Ich habe die verlassenen Hallen gesehen, und die Gehege, in denen kein Vieh mehr war. Alles ist deine Schuld. Alles!«

Freya bereute diese Worte, sowie sie sie ausgesprochen hatte. Aber jetzt war es zu spät. Snotra erbleichte und hüllte sich in ihren Umhang.

»Die größte Gefahr für Vanaheim liegt in deinem Ungehorsam«, sagte sie und ließ Freya in dem Kreis aus erlöschenden Fackeln stehen. Langsam sank die junge Priesterin in die Knie.

Was sollte sie jetzt tun? Sie war wie ein in die Falle gegangenes Tier. Für sie stand kein Weg mehr offen. Sie musste Thor opfern, obwohl feststand, dass Odin ihr aus Rache das Leben nehmen würde.

Aus der Halle waren Rufe zu hören. Durch die offenen Türen fiel Licht auf den Hofplatz.

Freya hob ihr Gesicht in den Mondschein. Wenn sie Thor opferte, würde das ihre Macht als Priesterin ungeheuer vergrößern. So sehr, dass weder Odin noch sein Schamane ihr etwas anhaben könnten.

»Willst du wirklich Thor haben?«

Die Göttin wirbelte um ihren Körper. Eine Fackel erlosch, dann noch eine. Eine einzige war übrig, deren sterbende Flamme in der Nacht kämpfte.

»Du weißt, was du zu tun hast«, flüsterte die Göttin mit ihrer zarten Silberstimme.

Die letzte Fackel zuckte und erlosch.

Freya schluckte und nickte stumm.

8

Vom Sieg berauschte Kämpfer tanzten lachend um die Feuer, die die Bewohner von Hallunda in der hellen Sommernacht entfacht hatten, um den Kriegern den Weg ans Land zu zeigen. Das Gesinde schleppte Metgefäße vom Haus herbei. Die Schlachtschweine schrien in den Bäumen. Die Kinder rannten zusammen mit den bellenden Hunden aufgeregt hin und her. Es war das größte Fest, das jemals auf Trygves Hof stattgefunden hatte, nie zuvor hatte es einen solchen Grund zum Feiern gegeben. Die Bedrohung war abgewehrt, der Friede gesichert.

Hallundas Häuptling watete als einer der Ersten an Land. Glücklich hob er seine Hausfrau hoch und pflanzte ihr einen schallenden Kuss auf den Mund. Sie wurde nicht böse, sondern lachte nur und befahl den Mägden, mehr Met zu holen. Er musterte sie zufrieden, sie trug ihr schönstes Gewand, das gelb leuchtete vor dem sandigen Strand. Trygve kannte sie gut genug um zu wissen, dass sie stolz auf ihn war, weil er ausgezogen war, um für den Hof zu kämpfen.

Aus der ganzen Umgebung waren Menschen nach Hallunda geströmt, um auf Nachricht zu warten. Als sie von dem Sieg erfahren hatten, hatten alle Vieh und Met geholt, um die Rückkehr der Kämpfer zu feiern. Es sollte ein Fest werden, von dem noch nach Generationen gesprochen werden würde.

»Das hast du gut gemacht«, lobte Trygve seine Hausfrau.

»Ach, was redest du denn da«, sagte sie und errötete ein wenig. Er wollte noch etwas sagen, aber schon wurde er von seinen Kindern umringt, die seine Beine umklammerten, an seinem Wams zogen und nach seiner Axt griffen. Er ging in die Hocke, nahm sie alle in den Arm und fuhr ihnen durch die Haare. Als er dem Kleinsten die Axt hinhielt, fiel sein Blick kurz auf seine Hausfrau. Ihr Gesicht sprach von Zärtlichkeit.

»Du sollst am großen Feuer sitzen, neben Königin Åse«, sagte sie mit einer vor Stolz so weichen Stimme, dass er für einen Moment glaubte, sich verhört zu haben. Trygve nahm ihre Hand. Zusammen gingen sie zum Feuer.

Freya betrachtete die Feiernden aus großen Augen, als sie durch das warme Wasser zum Strand watete. Es hatten sich fast mehr Menschen eingestellt, als zum Frühjahrsopfer nach Vanaheim kamen. Einige Männer tanzten am Wasser im Kreis, sie hatten einander die Hände auf die Schultern gelegt, der Sand spritzte um ihre Füße.

Weiter entfernt rangen zwei Jünglinge miteinander, sie wälzten sich über den Boden und bald schlug ihre Rauferei in Ernst um. Das alles war gut so. Freya legte eine Hand auf ihren Ranzen. So konnte sie ungestört alles besorgen, was sie brauchte.

»Endlich ein Fest«, sage Hird.

Sie und Hrist trugen Gefion auf einem zwischen zwei Stangen befestigten Fell. Freyas Schwester war noch immer bleich und mitgenommen, aber sie war auf der Rückreise überraschend schnell wieder zu Kräften gekommen. Freya hatte während der ganzen Fahrt neben ihr gesessen und Kraftlieder gesungen, um ihr Stärke zur Selbstheilung zu geben. Nicht ein einziges Mal hatten sie darüber gesprochen, dass sie sich in Idunvallen gegenseitig das Leben gerettet hatten. Beim bloßen Gedanken daran geriet Freya in Verlegenheit, und sie war sich sicher, dass es Gefion ebenso ging. Zum ersten Mal gab es zwischen ihnen ein dünnes Band des Vertrauens und Freya wollte nicht riskieren, dass es wieder zerriss.

»Sieh dir mal den Schwarzhaarigen an«, sagte Hird und nickte zu einem dunklen Jüngling hinüber, der gerade um das Feuer tanzte. An seinen Armen schwollen die Muskeln, seine Brust glänzte vor Schweiß.

»Den werde ich heute Abend müde reiten«, fügte sie mit zufriedenem Grinsen hinzu.

»Aber was machen wir mit dieser Fußmüden hier? Wir legen sie wohl am besten ins Zelt ihrer Mutter, denn der Spaß wäre zu anstrengend für sie«, sagte Hrist und schüttelte die Bahre so heftig, dass Gefion fast heruntergefallen wäre.

»Ich werde feiern, dass ich heute Nacht nicht im Schiff der Toten brennen muss«, fauchte Gefion wütend und klammerte sich an den Stangen fest.

»Jetzt wird die Fußmüde feiern, dass sie dem Schwert nicht entgehen konnte. Du hast wirklich eine komische Schwester, Freya«, sagte Hrist.

Die Augen der Quänenkriegerin funkelten in ihrem schwarz bemalten Gesicht. Freya lächelte unsicher, ab und zu fand sie es schwer, diese Frauen zu verstehen.

»Lasst mich runter«, bat Gefion.

»Was hat sie gesagt?«, fragte Hird.

»Sie sagt, wir sollen sie runterlassen«, sagte Hrist überrascht.

»Da müssen wir wohl gehorchen, sie wird später ja mal Königin«, sagte Hird mit ernster Miene.

»Neeein«, schrie Gefion mit ängstlichem Lachen.

Hrist nickte so eifrig, dass ihre Zöpfe flogen.

»Klug gesprochen, Schwester. Wir müssen an unsere Zukunft denken.«

Und wie auf ein Zeichen hin ließen sie die Bahre los und Gefion landete platschend im Wasser. Freya ging verblüfft einen Schritt auf ihre Schwester zu, die spuckend und fluchend versuchte sich zu erheben.

»Ich bring euch um!«, brüllte Gefion.

Die beiden Quäninnen lachten dermaßen, dass sie sich aneinander festhalten mussten.

»Da musst du zuerst gesund werden, Fußmüde«, prustete Hrist.

Freya zog Gefion auf die Füße, denn die war immer noch so geschwächt von ihrer Verletzung, dass sie kaum stehen konnte. Aber Freya musste doch über ihre Schwester lachen, die schwankend vor ihr stand, während ihr das Wasser aus Kleidern und Haaren tropfte. Sie sah aus wie ein verzweifelter Hund, der ins Wasser geworfen worden ist.

»Verhöhnst du eine verwundete Kriegerin? Dieses Grinsen werden wir dir ganz schnell abwaschen«, sagte Hrist und kam auf Freya zu, die erschrocken zurückwich und ihren Ranzen packte.

»Jetzt reicht es!«

Gönduls scharfe Stimme ließ sie zusammenfahren. Die Königin musterte sie streng und stemmte die Hände in die Seiten.

»Stellt heute Nacht ja keinen Unfug an. Und lasst die Söhne des Hofes in Ruhe. Die Hausfrau ist ein giftiges Biest. Ihr Keifen wird meinen Kopf zum Bersten bringen, wenn ihr die Jungmänner hier nicht ungeschoren lasst.«

Hird und Hrist murmelten irgendetwas vor sich hin, und in Freyas Ohren klang das nicht gerade überzeugend.

»Es gibt Fische genug im Wasser, also macht, was ihr wollt, nur haltet mir diese Alte vom Leib.«

Göndul verstummte plötzlich und wandte ihr schwarz bemaltes Gesicht dem Wasser zu. Freya folgte ihrem Blick. Vier ältere Frauen trugen langsam eine ihrer toten Schwestern zum Totenschiff. Weiße Blumen und ein Speer lagen auf ihrer Brust. Die mit Lehm eingeschmierten Zöpfe der Kriegerin streiften die Wasseroberfläche. Ihre Augen waren geschlossen, ihr Gesicht gelbweiß und starr.

Freya stockte der Atem. Das war die junge Frau, der sie den Gnadenstoß versetzt hatte.

»Ehrt eure Schwester. Heute Nacht wird sie auf den Flammen zur Göttin segeln«, sagte Göndul mit belegter Stimme.

Freya musterte die Tote traurig. Sie hatte niemandem von diesem Zwischenfall auf dem Schlachtfeld erzählt. Aber die junge Frau suchte sie im Traum auf und zwang sie, ihr den Gnadenstoß wieder und wieder zu geben. Freya fuhr dann schweißnass und verzweifelt aus dem Schlaf auf, obwohl sie wusste, dass sie richtig gehandelt hatte.

»Ich habe ihr den Gnadenstoß versetzt«, sagte Freya.

Göndul wandte sich um und musterte sie überrascht. Danach nickte sie düster.

»Dann danke ich dir dafür, dass du ihre Qualen gelindert hast.«

Hird und Hrist nickten und murmelten zustimmend. Freya atmete erleichtert auf.

»Storm wird mir in diesem Leben fehlen, aber ihr Geist wird über mich wachen«, sagte Gefion und schüttelte sich wie ein nasses Tier.

Göndul legte ihr vorsichtig die Hand auf die Schulter.

»Denkt an ihren Namen, singt an der Feuerstätte ihr Lied.«

»Das verspreche ich«, flüsterte Gefion.

Göndul bedachte Hird und Hrist mit einem letzten strengen Blick und folgte dann der Toten zum Schiff.

»Komm jetzt, Fußmüde«, wurde Gefion von den Quäninnen ermahnt, und sie halfen ihr an Land.

Freya blieb im Wasser stehen und schaute hinter Göndul her.

Auf der ganzen Fahrt hatte sie versucht, die Königin zu fragen, ob sie Åses und Snotras Entschluss, Freya zu vertreiben, richtig fand. Das hier war ihre letzte Möglichkeit.

Sie lief hinter der Königin her. Die Krieger hoben die Tote jetzt gerade in das flache Totenschiff. Göndul hielt die Reling fest, so dass das Boot ruhig lag, als die anderen hineinstiegen.

»Königin, ich würde dich gern etwas fragen«, sagte Freya vorsichtig und griff nach der Reling.

Göndul wandte Freya ihr schwarz bemaltes Gesicht zu und schüttelte langsam den Kopf.

»Nicht heute Abend. Ich will meine Tochter ehren.«

Freya wich verblüfft zurück. Göndul stieg ins Boot. Ihre eigene Tochter.

Wieso war sie vor Trauer nicht außer sich? Wie viel Kraft war nötig, um in einem solchen Moment sich und dazu ihr ganzes Volk zusammenzuhalten?

Göndul hatte dem Mädchen das Leben geschenkt, sie in die Welt hineingeboren. Nun sah sie, wie die Königin den Kopf wandte und am Hals ihrer Tochter weinte.

Respektvoll zog Freya sich zurück.

Als sie ans Ufer watete, fragte sie sich unwillkürlich, ob ihre eigene Mutter sie wohl auch so betrauern würde.

Am Strand sah sie, wie Hird einen Jüngling aus Alfheim einfing und ihn heftig auf den Mund küsste. Er schien sich geschmeichelt zu fühlen und lächelte die Quänenkriegerin, die ihm die Hand auf die Brust legte, als Zeichen dafür, dass sie ihn wollte, scheu an.

Ein Stück weiter entfernt hatte Sigvard den Arm um Alfhild gelegt, sie hielten ihre Köpfe dicht aneinander und strahlten vor Verliebtheit.

Freya lächelte. Da hatte Sigvard Alfheims zukünftige Königin ja doch noch eingefangen. Jetzt war er sicher zufrieden. Sie sah, wie Sigvard an diesem warmen Abend den Umhang ablegte und auf einen Stein legte. Als die beiden verschwunden waren, lief sie hinüber und verstaute ihn rasch in ihrem Ranzen. Der Umhang war genau das, was sie brauchte, und Sigvard würde ihn wohl kaum vermissen.

Åse saß auf ihrem Klappstuhl aus Otterfell neben dem größten Feuer. Freyas Magen krampfte sich zusammen, als sie ihre Mutter aus dem schwarzen Horn mit dem verschnörkelten Bronzebeschlag trinken sah. Sie konnte sich noch gut an das Horn erinnern, aus der Zeit damals, als sie als kleines Kind in der Halle ihrer Mutter gelebt hatte.

Freya schluckte und ließ sich müde auf einen Stein sinken. Sie wischte sich den Sand von den Füßen, ehe sie ihre Schuhe anzog. Weitere Schiffe legten an und deren Kämpfer eilten auf den Strand zu. Der Met floss in Strömen. Schweine wurden über den Feuern gebraten. In dieser hellen Sommernacht würden die Kämpfer dem Leben huldigen.

Freya hob zitternd das Gesicht zu dem bleichen Mond, der sich in hellrosa Wolken gehüllt hatte. Es war fast Vollmond. Die Zeit lief ihr davon.

»Hab Erbarmen«, flüsterte sie.

Es galt nun: jetzt oder nie.

Freya trug einen kurzen Rock und ein schwarzes Wams, das sie auf dem Boot eingetauscht hatte. Während der Überfahrt hatte sie auch ein wenig Essen in ihrem Ranzen aufbewahrt, aber sie brauchte noch mehr. Freya lief eilig vom Strand fort.

Oben bei Trygves Halle lief das Gesinde zwischen Kochgrube und Wohnhaus hin und her. Niemand achtete auf Freya, die das Langhaus betrat und sich den Weg zu Börkas Lager suchte. Unter Börkas Schlafbank lagen Bündel und Schachteln. Rasch durchsuchte Freya sie und füllte ihren Ranzen. Danach schaute sie sich um. Niemand hatte sie gesehen.

Hinten an der Feuerstätte fand sie einige Fladenbrote, das war aber auch alles. Dann rannte sie aus der Halle und hinüber zu den Mettonnen.

Dort füllte sie zwei Holzschalen mit dem dunkelgelben Getränk.

Schnell wie der Wind gab sie einige zerkrümelte Kräuter in die Schalen. Die zerstoßenen Blätter schwammen an der Oberfläche. Freya biss sich auf die Lippen und ließ ihren Blick über den Hofplatz wandern.

Hinten bei der Kochgrube stand eine Tonne Sauerfisch. Vielleicht wäre das die Lösung. Sie zog zwei der eingelegten Fische heraus und legte sie auf den Schalenrand. Sofort lösten sie sich im Met auf.

Freya holte tief Luft und ging auf die Gebärhütte zu.

Zwei alte Männer standen an der Tür. Sie starrten sie wütend an, als sie näher kam.

»Sieh an«, sagte der eine. »Was willst du hier?«

»Ich will nach meinem Blutgefangenen sehen. Macht auf.«

»So früh bekommt er noch nichts zu essen«, sagte der andere und nickte zu Freyas Schalen hinüber.

Sie seufzte.

»Aber ein wenig Met ist er doch wohl wert«, sagte sie und legte den Kopf schräg.

Die Männer wurden noch übellauniger.

»Bekommen Gefangene neuerdings Met zu trinken?«

»Eigentlich ist er kein Gefangener mehr. Wir haben Frieden geschlossen und deshalb wird er freigelassen. Aber das könnt ihr ja nicht wissen, wo alle Welt euch hier vergessen hat. Wisst ihr was? Nehmt ihr den Met, ihr habt ihn verdient.« Freya lächelte und hielt ihnen die Schalen hin.

Die Männer griffen zögernd zu. Sie schnupperten skeptisch an dem Getränk, hielten einen Finger hinein und kosteten. Freya starrte einen Tropfen an, der dem einen im Bart hängen blieb. Sie wagte nicht, zu atmen, und jeder Herzschlag hallte in ihrem Körper wider.

»Ja, ja, dann sollten wir uns wohl bedanken.«

Freya nickte kurz und war in der Hütte verschwunden, ehe die Männer sich die Sache anders überlegen konnten. Sofort packten zwei Hände ihre Schultern und zogen sie hinein in die Dunkelheit.

»Erzähl endlich!«

Thors Bart war während ihrer Abwesenheit lang geworden. Seine Augen brannten vor Unruhe. Seine Finger bohrten sich wie Raubtierkrallen in ihre Schultern.

»Dein Vater und deine Brüder leben«, sagte sie rasch.

Er seufzte erleichtert auf. Der Griff um Freyas Schultern lockerte sich ein wenig.

»Wir haben deinen Vater besiegt, der Friede ist geschlossen. Deine Onkel werden als Geiseln in Vanaheim leben.«

»Was wird aus mir?«

Sie sah jetzt, dass er wieder gesund war.

»Snotra verlangt deinen Tod«, sagte sie.

Es hatte keinen Sinn ihm die Wahrheit zu verheimlichen.

»Verflucht!«

Er ließ sie los und lief ruhelos in der Hütte hin und her.

»Deine Mutter lebt nicht mehr«, sagte Freya.

Ohne Vorwarnung schlug Thor wütend mit der Faust gegen den Mittelpfosten. Die ganze Hütte zitterte. Die Tür wurde geöffnet und ein Wärter schaute herein.

»Was ist denn hier los?«

»Nichts weiter. Er betrauert den Tod seiner Mutter«, rief Freya.

»Ach so. Na gut. Sorg dafür, dass er sich still verhält«, knurrte der Mann und verschloss umständlich die Tür.

Thor schaute mit einem vor Hass triefenden Blick zur Tür hinüber. Sein Körper war angespannt wie der eines Raubtiers, das zum Sprung ansetzt. Freya trat dicht an ihn heran.

»Nimm dich zusammen. Wir haben nicht viel Zeit. Hör zu …«

Ein harter Stoß, der Siv im Rücken traf, zwang sie dazu, einen Schritt ins Wasser zu tun, wodurch ihre Schuhe und ihre Füße nass wurden.

Sie fuhr herum. Die Betrunkene, die sie angerempelt hatte, grinste albern und verschwand dann mit ruckhaften Bewegungen zwischen den Tanzenden.

Siv kam sich vor wie in einer anderen Welt. Freyr würde nicht kommen. Sie schloss die Augen und legte die Hände auf ihren Bauch, wo sich alles verkrampfte, als wolle das Kind jetzt schon zum Vorschein kommen. Leerer Schmerz und tiefe Trauer erfüllten sie.

Niemals würde sie Freyr wiedersehen. Ihre ganze Zukunft war zerstört. Von ihrem Leben war nichts mehr übrig. Wie gelähmt schaute Siv auf das Wasser hinaus.

An jedem Tag, seit die Boote Hallunda verlassen hatten, hatte sie die Göttin angefleht, Freyr zu beschützen. Sie hatte zusammen mit der Hausfrau und den anderen im Langhaus gelebt, sich um Freyas Blutgefangenen gekümmert und den Kräutergarten gepflegt.

Sie verabscheute die Leute aus Hallunda, sie hasste ihre neuen Pflichten, aber sie hielt aus, weil sie wusste, dass Freyr bald zurückkehren und sie mit sich nach Alfheim nehmen würde.

Freyr, der Vater ihres Kindes, ihre Zukunft, war verschwunden. Jetzt würde er mit Freya zusammenleben. Ach, und was würden sie treiben! Verflucht sei das zukünftige Glück der beiden.

Was sollte Siv tun?

Sie könnte in Hallunda bleiben und auf dem Hof arbeiten. Sie, eine ausgebildete Priesterin, die das Kind des Hohen Priesters erwartete, sollte zur schnöden Magd werden. Freya und Snotra, alle hatten ihr den Rücken gekehrt. Keine Priesterin kümmerte sich um sie, obwohl sie doch schwanger war. Auf sie wartete jetzt nur noch endlose Plackerei vom Morgengrauen bis zur Abenddämmerung. Sie hatte ihrem Kind nichts zu bieten, weder Gold noch Hofbesitz oder gar eine hohe Geburt.

Einige Kämpfer zogen eifrig ihr Boot an den Strand und liefen dann mit stolzen Schritten und erwartungsvollen Blicken zu Åse ans Feuer.

Siv starrte mit leerem Blick in das über dem Wasser tanzende Mondlicht.

Mit jedem Atemzug wuchs ihr Kummer, der schließlich wie eine wüste Landschaft ihr Inneres ausfüllte. Ihr Schmerz war unerträglich, wie ein Messer, das ihre Haut zerfetzte und sie schutzlos und blutend im Sand liegen ließ.

Das Wasser schlug lockend ans Ufer, kühl und dunkel.

Siv begriff. Die Göttin hatte sie verlassen. Die große Mutter hatte ihr den Rücken gekehrt. Leere und Trauer waren alles, was dieses Erdenleben noch für sie bereithielt.

Die Wellen flüsterten ihr lockend zu. Wenn sie doch nur in Rans Arme sinken könnte. Dann wäre diesem Schmerz ein Ende bereitet. Es reichte. Es war genug!

Sie fuhr sich mit den Nägeln über die Wangen und jammerte wie ein verwundetes Tier.

Sie hielt es nicht mehr aus.

Man würde schlecht über sie sprechen, wenn sie sich zusammen mit ihrem Kind ertränkte, aber das spielte jetzt keine Rolle mehr. Langsam liefen ihr die Tränen über die Wangen. Was spielte es für eine Rolle, ob sie in diesem oder im nächsten Leben ausgestoßen wurde?

Es wäre besser für das Kind, nicht in dieses ganze Elend hineingeboren zu werden. Es würde doch ein niedrig geborenes Kind sein, ein Knecht oder eine Magd, das sich mit den Resten aus Hallundas Schüsseln begnügen müsste. Das Kind bewegte sich in ihrem Bauch, strampelte, wie um sich gegen sein Schicksal zur Wehr zu setzen.

»Das findest du doch auch, oder? Du willst doch wohl nicht in dieses Leben geboren werden?«, flüsterte Siv und kaum hatte sie das gesagt, als eine neue Ruhe sie erfüllte. Ihr Entschluss war gefasst, die Erlösung zum Greifen nah. Aber zuerst musste sie ihren Ranzen holen und ihn mit Steinen füllen, damit sie rasch in die Tiefe gezogen würde. Sie wollte ihre abendlichen Pflichten erfüllen, wollte sich vergewissern, dass das Tor zwischen Küchengarten und Viehgehege geschlossen war und dass Thor seine Abendmahlzeit erhielt.

Niemand sollte ihr nachsagen können, sie habe ihre Pflichten vernachlässigt.

»Bist du stark genug, um zu fliehen?«

Thor nickte düster.

»Lieber auf der Flucht sterben als in Gefangenschaft.«

»Ich habe Schlafkräuter in den Met der Wachen gemischt, aber ich weiß nicht, ob ich genug genommen habe.«

»Ich bringe sie um«, sagte Thor.

Freya reichte ihm Sigvards Umhang, den sie am Strand gestohlen hatte.

»Wem gehört der?«

»Einem, der ihn entbehren kann«, sagte Freya und ließ ihren Blick über den Boden wandern. Ein in ein Blatt gewickeltes Stück Fleisch lag dort. Sie nahm es an sich und legte es in ihren Ranzen.

Thor legte sich den Mantel um die Schultern. Seinen Bewegungen konnte sie ansehen, dass er doch noch nicht ganz gesund war. Würde er die Flucht überstehen?

Vor der Hütte war ein Rascheln zu hören. Beide erstarrten und horchten in die Nacht hinaus.

Dann näherten sich leise Schritte der Hütte. Eine Männerstimme sagte etwas.

»Da kommt jemand. Verflucht. Und die Wachen sind noch nicht betäubt. Mach dich bereit.«

Thor trat hinter die Tür.

Siv kam mit vorsichtigen Schritten herein und schaute sich überrascht um. Sie war barfuß und ohne Umhang, statt des blauen

Priesterinnengewandes trug sie einen kurzen braunen Kittel. Ihr Gesicht war zerkratzt.

Sie sah Freya mit leerem Blick an.

»Ja, ja, hier bist du also«, stellte sie fest.

Freya nickte und fluchte in Gedanken. Was hatte Siv denn hier zu suchen? Sie würde alles verderben.

Wütend registrierte sie, wie Siv sich langsam umschaute und erst Freyas vollgestopften Ranzen sah, dann Thor, der mit verschränkten Armen und eingehüllt in Sigvards Umhang dastand. In ihren Augen leuchtete ein Licht auf.

»Ihr wollt fliehen.«

Siv lächelte triumphierend.

»Aber da habe ich euch überrascht. Dafür wird Snotra mich belohnen.«

Wenn Siv ihre Fluchtpläne verriet, würden sie die Nacht nicht überleben. Freya schüttelte den Kopf, als Thor sie fragend anblickte. Sie konnten Siv nicht töten, nicht jetzt, wo sie ein Kind unter dem Herzen trug. Deshalb zwang Freya sich zu einem Lachen.

»Ich verstehe nicht, was du meinst. Übrigens bringe ich gute Nachrichten von Freyr, aber die hast du wohl schon gehört?«

Siv erstarrte und schaute sie misstrauisch an.

»Nein.«

»Er hat gesagt, dass er bei Odin gern mit dir zusammenleben möchte«, sagte Freya zögernd.

In Sivs leeren Augen flammte etwas auf und verlosch dann gleich wieder.

»Du lügst, um dich zu retten, du hast nur Blendwerk und Unwahrheiten zu bieten. Ich weiß genau, dass du selbst auf Freyr scharf bist«, fauchte sie wütend.

Freya zuckte mit den Schultern und gab sich alle Mühe, ihre Ruhe zu bewahren.

»Ich habe keine Sehnsucht nach Freyr. Außerdem hat meine Mutter mich Odin zur Frau gegeben. Und daran kann ich nichts ändern.«

In Thors Gesicht wich die Überraschung dem Zorn. Freya senkte den Blick, denn das wollte sie nicht sehen. Sie lächelte Siv treuherzig an.

»Freyr will dich. Er findet es eine Schande, dass Snotra dich vertrieben hat, und er möchte gern mit dir zusammenleben, jetzt, wo er kein Hohepriester mehr ist. Er freut sich auf das Kind, und bei den Fremdlingen ist doch der Vater wichtig. Da kannst du Thor fragen.«

»Das stimmt«, sagte Thor langsam.

In Sivs Gesicht rangen Zweifel und Hoffnung miteinander.

»Du lügst mich doch wohl nicht an?«

Freya legte die Hand aufs Herz.

»Ich schwöre bei der Göttin, dass ich die Wahrheit sage.«

Das Licht in Sivs Augen brannte jetzt wirklich, diese Nachricht schien ihr das Leben wieder geschenkt zu haben. Sie legte ihre Hände auf ihren runden Bauch und ließ ihre Blicke zwischen Thor und Freya hin und her wandern.

»Aber ihr wollt fliehen, nicht wahr?«

Freya holte langsam Luft, dann nickte sie.

»Snotra will, dass ich Thor opfere, aber dadurch wäre der Frieden bedroht und sein Vater würde mich umbringen. Åse hat mich ihm doch zur Frau gegeben, und da kannst du dir vorstellen, was passiert, wenn ich seinen ältesten Sohn opfere. Deshalb bitte ich dich, Siv, hilf uns.«

Thor trat vor, packte Sivs Schultern und drehte sie zu sich um.

»Komm nach Idunvallen. Du hast mein Wort, dass du mit deinem Kind dort ein gutes Leben haben wirst. Du bist jung und ansehnlich, und wenn Freyr dich nicht zur Frau nimmt, wird einer meiner Brüder das tun. Vielleicht mache ich es sogar selbst«, lachte er.

»Die Alfenpriester werden Freyrs Vieh und seine anderen Habseligkeiten nach Idunvallen bringen. Fahr mit ihnen. Wir kommen dann nach.«

Freya drückte Sivs Arm.

»Snotra hat dich aus deinem Zuhause vertrieben, aber jetzt kannst du dir ein neues Leben aufbauen. Und wenn du es nicht mir zuliebe tun willst, dann denk an das Kind.«

»Bald hast du deinen eigenen Hof, auf dem dein Kind aufwachsen kann«, sagte Thor.

Siv schüttelte langsam den Kopf und lehnte sich an den Mittelpfosten. Die Wände der Hütte ächzten.

»Du kannst nicht fliehen. Du hast ihn doch der Göttin versprochen. Und du würdest ganz Vanaheim ins Unglück stürzen«, flüsterte sie.

»Das geht nur die Göttin und mich an. Du hast die Wahl, entweder wirst du Freyrs Gattin oder du gehst zu Snotra, und dann verlierst du alles.«

Freya hielt den Atem an, während Siv überlegte. Jeder Muskel in ihrem Körper war angespannt. Wenn Siv jetzt losschrie, wären sie verloren.

»Wenn du gelogen hast, dann werde ich mich rächen, das schwöre ich«, sagte Siv endlich.

Erleichtert stieß Freya die Luft durch ihre zusammengebissenen Zähne und wechselte mit Thor einen raschen Blick.

»Freyrs Diener segeln in ein paar Tagen. Geh jetzt, dann sehen wir uns bald wieder.«

Siv blickte sie unsicher an, dann öffnete sie endlich die Tür und ging hinaus in die Sommernacht. In der Nähe sang ein Sommervogel. Sie hörten, wie die Wachen draußen hin und her trampelten.

»Bist du bereit?«

Freyas Flüstern war leise wie ein Atemhauch. Thor nickte und grinste. Danach ging alles sehr schnell. Er riss die Tür auf, schlug die erste Wache nieder, entriss dem Mann die Axt und traf den anderen damit am Hinterkopf. Freya hatte sich kaum bewegt, als er die beiden alten Männer auch schon mit eingeschlagenen Schädeln in die Hütte schleifte. Blut und graue Hirnmasse strömten langsam auf den Lehmboden.

Thor steckte sich die eine Axt in den Gürtel und nahm die andere in die Hand. Dann blieb er stehen und horchte. Alles war still, nur vom Strand her waren Gelächter und Gesang zu hören.

Kalter Schweiß strömte über Freyas Rücken. Ohne nachzudenken streckte sie die Hand nach Thor aus. Es gab keinen Weg zurück. Zwei Knechte gingen hinten in die Halle. Aber die beiden sahen sie nicht.

Vorsichtig schlichen sie hinter die Hütte. Freyas Herz hämmerte wie besessen. Bald würde jemand ihre Namen rufen. Bald würden sie gefangen genommen werden. Åse würde sie lebend auf dem Scheiterhaufen verbrennen.

Thors Hand lag warm um ihre. Sie gingen schneller, rannten in den Wald und schreckten einige Hirsche auf, die in unterschiedliche Richtungen davonjagten. Freya jagte über Steine und Moos. Die Angst trieb ihre Schritte an. Sie mussten so weit wie nur möglich von Hallunda entfernt sein, wenn ihre Flucht entdeckt wurde.

Sie dankte der Göttin dafür, dass sie den kurzen Rock angezogen hatte und lief schneller, um mit Thor Schritt halten zu können.

Sie hatte Vanaheim verraten. Sie würde dreifach verflucht werden. Aber eines Tages würden die anderen begreifen, dass ihr nichts anderes übrig geblieben war.

Der Wald wurde dichter und dann, als die Luft in ihrer Lunge wie Feuer brannte, hörte er plötzlich auf. Sie blieb stehen, schaute atemlos den Hang hinunter und schrie verzweifelt auf. Hier ging es nicht weiter.

Der steile Hang fiel zu einem dunklen Sund ab. Das war das Ende des Weges. Freya rang nach Atem und wischte sich den Schweiß aus dem Gesicht.

»Was machen wir jetzt?«

Thor seufzte und folgte ihrem Blick.

»Gibt es noch einen anderen Weg?«

»Das weiß ich nicht.«

Sie sah zu den Sternen hoch, die in dieser Nacht nah waren, fast schienen sie die Baumwipfel zu streifen. Die Zwillingsgötter funkelten neben dem Drachen. Starklicht, der leuchtende Pfeiler, der das Himmelsgewölbe trug, war gleich hinter ihr. Die Mondgöttin hatte ihr Gewand abgeworfen und wachte jetzt goldgelb und wachsend über ihnen.

»Es geht nur vorwärts«, sagte sie düster.

»Dann müssen wir das Wasser überqueren«, sagte Thor.

Der Mond beleuchtete die Kronen der Bäume, die am Rand des Hangs wuchsen. Tote Bäume streckten wie Gespenster ihre Arme aus.

»Komm«, sagte Thor und fing dann an, den Hang hinabzugleiten und zu laufen.

Freya folgte ihm auf unsicheren Beinen. Die Vorstellung, eine dunkle unbekannte Wasserstraße zu überqueren, machte ihr fast mehr Angst als die Aussicht, von Snotra gefangen zu werden.

Am Ende stand sie neben den stechenden Sträuchern und verrottenden Bäumen, die Land und Wasser trennten. Mücken umschwärmten ihre nackten Beine, sie schlug nach ihnen, während sie zusah, wie Thor im Mondlicht Stöcke zusammentrug.

»Glaubst du wirklich, dass das geht?«

Er schaute auf.

»Hilf mir lieber, ich habe gerade einen brauchbaren Stamm gefunden.«

Freya half ihm einen Baumstamm das letzte Stück zum Wasser zu tragen. Er war schwer und glatt, seine Rinde zerkrümelte unter ihren Fingern.

»Zieh dich aus«, sagte Thor.

Er riss sich sein Wams herunter und stopfte es in ihren Ranzen. Nackt und lachend stand er dann vor Freya. Während der Flucht war er zusehends fröhlicher geworden. Die Freiheit hatte ihn zum Leben erweckt.

»Wir werden stromabwärts getragen, und ich könnte schwören, dass niemand uns finden kann.«

»Niemand wird uns finden, weil wir an Rans Tisch sitzen«, sagte sie düster.

Ein Ausdruck der Verwirrung huschte über sein Gesicht. Dann ging ihm auf, dass sie von der Meeresgöttin sprach.

»Sie können jeden Moment hier sein.«

Freya stand bewegungslos da, als er ihren Gürtel aufband und in ihren Ranzen steckte.

»Also gut, dann lass es uns wagen«, sagte Freya hoffnungslos und bat Rans neun Töchter, sie über das Wasser zu tragen und sie nicht in die Tiefe zu reißen.

Sie zog Wams und Rock aus und stopfte beides in den Ranzen, in dem kaum noch Platz war. Die Steine unter ihren Füßen waren glatt, das dunkle Wasser schloss sich um ihre Beine.

Ein Schritt, zwei Schritte, dann hatten sie plötzlich keinen Boden mehr unter den Füßen. Greip, die Greiferin, wirbelte um ihre Beine und riss mit eiskalten glitschigen Fingern daran.

»Hilf mir, Greip, deine Mutter hat mich noch nie gewollt, lass mich auch jetzt davonkommen.« Freya konnte kaum sprechen, aus lauter Angst war ihre Kehle wie zugeschnürt.

Thor musterte sie besorgt, als sie sich am Stamm anklammerte.

»Wir müssen die Beine als Paddel nehmen, also musst du losstrampeln, wenn ich es sage.«

Freya schaute zum gegenüberliegenden Ufer hinüber. Es war nicht sehr weit, fünfzehn Baumlängen ungefähr.

»Thor!«

Er sah sie an.

»Wenn ich sterbe, dann sollst du wissen …«

»Tu einfach, was ich dir sage. Das Einzige, was dich umbringen könnte, wäre, wenn du den Verstand verlierst«, sagte er gelassen und in diesem Moment hätte sie ihm fast geglaubt.

Aber als Freya den nächsten Schritt machte und wieder keinen Boden unter sich spürte, verlor sie vor Angst fast die Besinnung. Entsetzt klammerte sie sich an den glatten Stamm. Ihre Hände glitten ab und Freya schlang die Arme um das Holz und bohrte die Nägel in den fauligen Baum.

Greip schlug ihre kalten Krallen in ihren Leib, sie zerrte und zog, damit Freya den Zugriff verlor. Unten im schwarzen Wasser konnte sie die Tochter der Meeresgöttin erahnen. Ihr glänzender Rücken jagte vorüber, gleich darauf schlang sie sich um Freyas Leib. Thor legte einen Arm um den Stamm, auch er hatte keinen Boden mehr unter den Füßen, und der Baum trieb immer schneller abwärts. Freya zitterte am ganzen Körper. Sie wollte nicht sterben, jetzt nicht.

»Treten«, rief Thor und Freya gab sich alle Mühe, aber ihr Körper schien ihr nicht gehorchen zu wollen.

Immer schneller trieben sie am Ufer entlang. Thor strampelte wie besessen. Das Wasser schlug über Freya zusammen und sie konnte nichts mehr sehen. Aber Greip wollte sie nicht loslassen. Freya schloss die Augen und flehte zähneklappernd:

»Wenn du mich loslässt, bekommst du meine schönste Brosche. Und damit wärst du die Schönste unter deinen Schwestern.«

Ein feuchtes Hohngelächter schallte aus der Tiefe zu ihr herauf.

»Warum sollte ich mich mit einer Brosche begnügen, wenn ich mir holen kann, was ich will?«

»Ich werde alles für dich tun, wenn du uns nur loslässt«, flüsterte Freya.

Es wurde still, Greip lockerte ihren Griff und schien über das Angebot nachzudenken.

Freya kämpfte immer noch darum, sich an dem glatten Baum festzuhalten. Sie hatte fast keine Kräfte mehr, ihre Arme zitterten vor Anstrengung.

»Du bekommst alles, was du willst.«

»Dann web mir innerhalb von neun Mondwanderungen einen Umhang, der in allen Farben leuchtet und so schön ist, dass meine Schwestern mich beneiden werden.«

»Das schwöre ich bei der Göttin.«

Im nächsten Moment waren sie von Greips Zugriff befreit.

Es ging unendlich langsam, aber am Ende näherte der Baum sich langsam dem Land.

»Wir sind fast am Ziel. Jetzt musst du treten«, schrie Thor.

Sie erreichten das Ufer und etwas Weiches streifte Freyas Füße. Erleichtert merkte sie, wie ihr Fuß im schlammigen Boden versank. Thor nahm ihre Hand und zog sie durch das Schilf und den hellgrauen Hang hoch, der aus dem Schilfmeer aufragte. Dort sank sie erschöpft auf den Felsen in sich zusammen und rang um Atem.

Sie war bis ins Mark durchgefroren.

Thor öffnete den Ranzen und murmelte dabei vor sich hin.

»Das meiste ist feucht«, sagte er dann und zog Freyas triefnassen Umhang heraus. Wütend ließ er ihn zu Boden fallen und wühlte dann weiter.

»Nichts Trockenes zum Anziehen, kein Zunder, um Feuer zu machen.«

Nachdenklich betrachtete er das Schilf.

»Wenn wir Zeit hätten, könnte ich einen Schilfmantel für dich flechten, aber das würde zu deutliche Spuren hinterlassen.«

Freya kauerte sich auf dem Fels zusammen. Sie bat alle bekannten und unbekannten Mächte um Schutz. Zwei Arme legten sich um ihre Taille. Thors fester Körper presste sich gegen ihren Rücken.

Sie schloss die Augen und genoss seine Nähe. Langsam legte sich ihr Zittern.

»Jetzt finden sie uns jedenfalls nicht so leicht«, sagte Thor.

Seine große Hand glitt über ihre Brust, erstarrte an ihren Oberschenkeln. Er drückte sich enger an sie, während ein milder Nachtwind ihre nackten Körper liebkoste. Freya schloss die Augen und legte den Kopf an seine Brust.

»Sie können uns immer noch durch Hellseherei und Zauberschüsse finden. Aus Vanaheim kann niemand fliehen«, murmelte sie.

»Hexengefasel. Wenn uns jemand verfolgt, dann schlage ich ihn tot. Manneskraft reicht weit in dieser Welt«, flüsterte Thor ihr ins Ohr.

»Mit solchen Reden lenkst du die Mächte auf uns.«

»Ich werde schon mit den Mächten kämpfen. Das habe ich mein Leben lang getan«, sagte Thor störrisch.

Freya schaute in Richtung Hallunda. Vom Hof war nur das über den Baumwipfeln schwebende Licht zu sehen. Es wurde langsam stärker.

Sicher war das das brennende Totenschiff. Die gefallenen Kämpfer segelten in die Nachwelt. Ihre Schwestern standen am Strand und sangen Abschiedslieder. Es war eine ehrenhafte Beisetzung, ein würdiger Schluss für die, die für Vanaheim gestorben waren. Sie stellte sich vor, wie das fauchende Totenfeuer das Schiff verschlang, wie die Haut der Toten in der Hitze barst und wie ihre Schädel schmolzen. Ihre Reise war zu Ende.

In Freyas Bauch schien ebenfalls ein Feuer zu lodern. Was sie getan hatte, brachte ihr keine Ehre ein. Sie war eine Eidbrecherin, und wenn sie starb, ohne die Göttin zu entschädigen, dann würde sie ihr Nachleben in Gift watend an den Leichenstränden verbringen.

»Wir müssen weiter«, mahnte Thor und zog sie auf die Füße.

9

Die Decke vor Åses Zelt wurde beiseite geschlagen und Snotra kam mit hochroten Wangen und wehenden Haarsträhnen hereingestürzt. Sie trug nicht einmal einen Umhang, obwohl es doch schon fast Mittag war, sondern nur einen schlichten Rock und ein Wams.

Åse ließ sich in ihrem geschnitzten Sessel zurücksinken, als Vanaheims Hohepriesterin sich vor ihr aufbaute und die Hände in die Seiten stemmte. Wieder wurde der Eingang zum Zelt geöffnet und eine verlegene Eir schlüpfte herein und stellte sich wie ein Schatten hinter Snotra.

»Wie konnte das passieren?«

Snotra schrie so laut, dass Åse gereizt die Stirn runzelte. Sie tauschte einen Blick mit Alfhild und Göndul, die zusammen mit ihr gefrühstückt hatten. Sie saßen um die Truhe, auf der Bronzeschüsseln voller Früchte, Beeren und Nüsse aufgetischt waren.

Åse beugte sich vor und nahm sich ein flaches Honigbrot, ehe sie die Frage der Hohen Priesterin beantwortete.

»Wichtig ist jetzt erst einmal, dass sie wieder eingefangen werden.«

Sie biss in das Brot und schnitt eine Grimasse, weil es so hart war, dass ihr die Zähne wehtaten.

»Der Zorn der Göttin wird uns ins Verderben stürzen. Freya ist mit einem Blutopfer entflohen, hat es den Mächten gestohlen. Ich sage es nicht zum ersten Mal. Freya wird Unheil über Vanaheim bringen«, schrie Snotra und ballte so hart die Fäuste, dass ihre Fingerknöchel weiß wurden.

Åse hob warnend eine Hand. Snotra war zu weit gegangen.

Niemand durfte es wagen, der Königin gegenüber einen solchen Ton anzuschlagen. Außerdem litt Åse unter entsetzlichen Kopfschmerzen.

»Wir wissen nicht, wozu das alles führen wird, es ist im Gewebe«, sagte Göndul und trank durstig das von Beilja gebrachte kalte Wasser.

Snotra blickte die Quänenkönigin überrascht an.

»Du bist die Auserwählte der Göttin. Wie kannst du so etwas sagen?«

»Schweig jetzt«, sagte Åse mit schneidender Stimme, und Snotra riss sich zusammen. Sie wusste, dass sie zu weit gegangen war.

Åse war unmittelbar nach Anbruch der Dämmerung von Beilja geweckt und über die neueste Entwicklung unterrichtet worden. Widerwillig hatte sie sich aus den weichen Fellen gelöst und den hübschen Jüngling, den sie nach dem Siegesfest mitgenommen hatte, weggeschickt.

Sofort nach Verlassen ihres Zeltes hatte sie mit Trygve gesprochen und ihm befohlen, Freya und Thor von Jägern verfolgen zu lassen. Aber Trygve hatte nicht gleich die passenden Leute gefunden, da niemand in dieser Nacht sein übliches Lager aufgesucht hatte, und wer bis ganz zuletzt gefeiert hatte, war vom Met noch immer benommen.

Insgeheim hoffte Åse, dass Freya und Thor die Flucht gelingen würde. Damit wären für Vanaheim viele Probleme gelöst. Wenn Snotra ihren Willen durchsetzte, würde Thor geopfert werden, und das hätte für Freya und den mit Odin geschlossenen Frieden ein böses Ende bedeuten können. Das Problem war, dass die alten Männer, die Thor bewacht hatten, nicht mehr lebten. Jetzt forderten ihre Familien von Åse Entschädigung.

Sie seufzte und warf das harte Stück Brot gereizt in die Schüssel, traf aber daneben, und so fiel das Brot auf den mit Wolfs- und Bärenfellen bedeckten Boden. Es nahm einfach kein Ende. Die Vanen waren schlimmer als Vogeljunge, immer rissen sie den Schnabel nach Gold und Geschenken auf. Manchmal war der Reichtum wirklich eine Last und ein Fluch.

Außerdem befürchtete Åse, dass die Flucht den Zorn der Göttin auf sie lenken könnte. Darüber hatten sie gesprochen, ehe Snotra ungebeten ins Zelt gestürzt war. Göndul hatte immer wieder betont, dass nur Freya den Willen der Mondgöttin deuten könne. Und wenn die Göttin wirklich dieses Opfer verlangt hätte, dann wäre Freya nicht geflohen.

»Die Mondgöttin hat vor der Schlacht ihr Opfer gefordert und ich habe in ihrem Namen mehrere Kämpfer getötet. Wenn sie Blut wollte, dann hat sie mehr als genug erhalten. Die Mondgöttin ist nicht unbillig. Freya ist ihre Priesterin. Sie hätte sich ohne den Segen der Göttin niemals auf diesen Weg gemacht. Außerdem lag es im Gewebe, ich habe schon vor langer Zeit von dieser Flucht geträumt«, hatte Göndul gesagt. Åse glaubte ihr, da die Quänenkönigin weiser war als die meisten anderen.

Zugleich wuchs ihr Misstrauen, was Snotra anging. Die Hohepriesterin hatte versagt, sie hatte die Kämpfer bei der Schlacht nicht um sich versammeln können, und sie wirkte viel zu unsicher, egal, was sie unternahm. Sie war nicht das, was Vanaheim brauchte. Doch Åse hatte vor Snotra ihren Eid abgelegt und musste deshalb zu ihr halten.

Åse seufzte tief. Als Gullveig noch lebte, war alles viel leichter gewesen. Snotra schien die ganze Zeit am Rande des Wahnsinns zu balancieren.

»Die kommen nicht weit. Die besten Späher von Hallunda sind hinter ihnen her. Bald werden sie die Flüchtlinge bringen«, sagte Åse.

Snotra nickte stumm und versuchte ihren Zorn hinunterzuschlucken.

»Du kannst jetzt gehen«, sagte Åse gelassen.

Wortlos drehte Snotra sich um und verließ das Zelt, gefolgt von der verlegenen Eir. Die drei Frauen schwiegen, als die Priesterinnen verschwunden waren.

»Vor ihr liegt noch ein weiter Weg, bis sie Gullveigs Platz einnehmen kann«, sagte Alfhild endlich und wickelte sich ihre langen dunklen Haare um einen Finger.

Sie trug einen schlichten kurzen Rock und ein schwarzes, rot besticktes Wams. Um ihren Hals lag eine schwere goldene Kette, die Åse noch nie gesehen hatte. Das war alles. Keine Gürtelschnalle vor dem Bauch, die ihre Stellung anzeigte, keine Armbänder. Und doch war sie schöner als jede andere Frau in Vanaheim. Dass sie Sigvard Weitfahrer heiraten wollte, konnte deshalb niemand begreifen.

Åse erhob sich von ihrem Klappstuhl und lief ziellos im Zelt hin und her, obwohl es kaum Platz zum Umherlaufen bot. Das Bett mit seinen Fellen, drei Truhen und einige Stühle nahmen fast allen Raum ein.

Vor dem Bett lag die Bußezahlung, die Odin geleistet hatte. Es war eine ziemlich kleine Ausbeute, viel weniger, als sie erwartet hatten. Sicher hatte er versucht, alle Wertgegenstände zu verstecken. Aber sie hatte eines der mächtigen Schwerter an sich genommen, die aussahen wie still stehendes Wasser. Später würden Odins Brüder den Bronzegießern von Vanaheim zeigen, welcher Zauber diese Schwerter geschaffen hatte.

Zu der Beute gehörte auch eine große, schön verzierte Schale, auf der Bilder der Göttin und des Zwillingsgottes in Silber gehämmert waren. Åse hob die Schale kurz hoch, legte sie dann aber wieder weg.

Danach griff sie zu einer spannenlangen Bronzestatue. Die stellte eine kniende Mondpriesterin dar. Ihre Augen waren golden. Die eine Hand lag auf ihrer Leben spendenden Brust, die andere war erhoben und hielt ein schönes besticktes Band, das an einer zwei Hände breiten verschlungenen Schlange befestigt war. Åse wiegte Priesterin und Schlange in den Händen – das Band, das sie zusammenhielt, funkelte.

»Die solltest du in der Quelle opfern und der Göttin damit für den Sieg danken«, sagte Göndul.

»Das hatte ich auch vor«, erwiderte Åse und stellte die Figuren vorsichtig wieder hin. Wie zwei lebende Wesen machten sie es sich im flauschigen Bärenfell gemütlich. Das erschien Åse als gutes Omen. Sie suchte zwischen Schnallen, Dolchen und anderen

Kleinigkeiten, entschied sich dann aber für die Silberschale und reichte sie Alfhild mit nachlässiger Geste.

»Hier ist ein Geschenk dafür, dass du Sigvard zum Mann nehmen willst. Die Göttin allein weiß, was du an ihm findest, aber ich will dir nicht im Weg stehen.«

Alfhild schnappte nach Luft und strich mit den Fingern über das Opfergefäß.

»Das ist zu viel.«

»Was willst du eigentlich mit Sigvard?«, fragte Göndul.

Zu beider großer Verwunderung wurde Alfheims zukünftige Königin rot wie ein kleines Mädchen.

»Ich liebe ihn.«

Åse und Göndul tauschten einen belustigten Blick.

»Aber ihn deshalb gleich zum König zu machen? Er ist wohl kaum der schönste Mann in Vanaheim, und wenn eine Missernte kommt, musst du ihn der Göttin schenken. Bist du dazu bereit?«

Åse sprach langsam und musterte Alfhild. Die nickte.

»Er ist reich und für die Alfenpriester ist es eine Beruhigung, wenn ich einen König an meiner Seite habe«, sagte sie dann.

»Das mit dem Reichtum kann ich verstehen, aber du lässt dir doch von den Priestern wohl nicht sagen, was du zu tun hast?«, fragte Åse.

Alfhild legte den Kopf schräg und schaute die beiden herausfordernd an.

»Ich bin nur praktisch.«

Die beiden Königinnen prusteten los.

Åse schüttelte den Kopf. Die Vorstellung, dass Sigvard durch sie zu so großen Reichtümern gelangt war, dass eine schöne Königin ihn zum König machen wollte, war wirklich komisch. Sie hatte nichts gegen Alfhild, im Gegenteil. Sie würde eine weise Königin sein. Wenn sie sich Probleme aufhalsen wollte, indem sie einen Mann nahm und ihre Macht mit ihm teilte, dann war das allein ihre Sache.

»Ich wünsche dir viele Töchter«, sagte sie endlich und trank Alfhild aus einem mit Wasser gefüllten Becher zu.

»Ich auch«, schloss Göndul sich traurig an. Die Erinnerung an die tote Storm jagte wie ein Schatten über ihr zerfurchtes Gesicht.

»Aber ich muss dich warnen, Alfhild«, sagte Åse dann mit ernster Stimme. »Du darfst Sigvard nicht unterschätzen, er ist ein ehrgeiziger Mann. Hör nicht auf ihn, wenn er versucht, dich mit schönen Worten und sanften Liebkosungen einzuwickeln.«

Alfhild lächelte verliebt und spielte an ihrer Silberschale herum.

»Das weiß ich doch alles. Aber Sigvard bedeutet auch eine Herausforderung für mich, er ist nicht so pflegeleicht wie die anderen.«

»Nein, das weiß die Göttin«, schnaubte Åse.

»Und außerdem, wenn ich schon einen Mann nehmen muss, dann kann ich das auch gleich erledigen, jetzt, wo Freyr bei Odin ist und die Alfenpriester sich einen neuen Hohen Priester zulegen müssen. Ich weiß noch, wie lange sie damals gebraucht haben, um sich auf Freyr zu einigen. Und jetzt werden sie wieder Monate brauchen, ehe sie sich einen neuen ausgesucht haben. Der Göttin sei Dank, dass Njörd noch lebt …«

Alfhild schaute kurz zu Åse hinüber, und die erstarrte. Njörd lebte noch. Dann entspannte sich ihre Haltung. Es spielte keine Rolle. Das alles war aus und vorbei.

Göndul ließ ihren Blick von der einen zur anderen wandern und schüttelte dann den Kopf.

»Männer bringen nur Unglück. Ich begreife nicht, warum ihr sie in eure Hallen aufnehmt, das ist doch unnatürlich. Ich treffe sie jedes Jahr für eine Mondwanderung, und danach habe ich ihr ewiges Gezänk nur noch satt. Nein, es wird schön sein, wieder nach Hause zu kommen«, sagte sie und seufzte.

»Es sind jetzt neue Zeiten angebrochen. Sogar Odin hat begriffen, dass er ohne den Segen der Göttin nicht in Skadis Land leben kann«, sagte Åse.

»Das muss sich noch herausstellen. Ich kann allerdings nicht verstehen, wie du ihm deine ältere Tochter wie eine Zuchtkuh zuschieben konntest«, sagte Göndul.

»Jeder Friede muss durch Geiseln bekräftigt werden. Wen hätte ich denn sonst nehmen sollen? Freya hat sich schließlich überall unmöglich gemacht, und da war das die beste Lösung.«

»Und was haben wir bekommen? Odins Bruder Hönir hat kein Wort gesagt, seit er Idunvallen verlassen hat.«

»Du weißt genau, dass ich das Richtige getan habe!«

»Ich würde ihnen jedenfalls nicht einmal einen Hund überlassen«, murmelte Göndul und starrte die Felle auf dem Boden an.

Weit von Vanaheims Zelten in Hallunda entfernt, hinter den kahlen grauen, von Moos und Flechten bedeckten Felseninseln, tief in den Wäldern, verließ eine Wildschweinfamilie vorsichtig ihr unter einem Gestrüpp gelegenes Nachtquartier. Die Sau nahm Witterung auf und grunzte dann ihren fünf Frischlingen zu, die sofort umherliefen und den Boden nach Nüssen und anderen Nahrungsmitteln durchwühlten.

Am Bach, einen Steinwurf entfernt, musterte ein Elchbock neugierig die Wildschweine, dann spreizte er die Vorderbeine, um sich über das still stehende Wasser zu bücken. Als er eine Weile getrunken hatte, hob er den Kopf und witterte nachdenklich in der warmen Luft, während ihm das Wasser vom Maul tropfte. Etwas Fremdes befand sich in der Nähe, ein Windstoß aus dem Gebüsch brachte einen unbekannten Geruch mit sich. Der Elch hob würdevoll sein schweres Geweih und entfernte sich mit langen Schritten von diesem Unbekannten.

Zwischen den Büschen wurde Freya zu ihrem Unwillen davon geweckt, dass die Sonne ihr Gesicht erwärmte. Ihr ganzer Körper juckte und sie schlug gereizt nach einigen Insekten, die über ihrem Kopf surrten.

Thor grunzte und legte seinen schweren Arm um ihre Taille. Sie blieb still liegen und sah die dunkle, rot schimmernde Haarmähne, die auf seinen ruhenden Muskeln spielte.

Sein schlafendes Gesicht war vertrauensvoll, so, als könne ihm nichts Schlimmes passieren. Sie schob ihm eine Strähne von der Wange. Ihr Verrat lastete wie ein schwerer Stein auf ihrer Brust.

Sie war vogelfrei, ein Flüchtling. Und doch … jubelnde Erregung drohte ihre Brust zum Bersten zu bringen. Sie war frei. Es gab keine geflüsterten Verwünschungen mehr hinter ihrem Rücken, keine verstohlenen Blicke. Sie lächelte in den klaren, blauen Himmel hinauf.

Und sie war mit Thor zusammen.

Sie streckte eine Hand aus und streichelte seine bärtige Wange. Seine Augenlider bewegten sich ein wenig. Langsam schaute er zu ihr hoch.

»Bist du so weit?«

Seine Stimme war heiser und hellwach.

»Wozu denn?«, fragte Freya.

Sie schmiegte sich zärtlich an ihn. Er öffnete die Arme und drückte sie so fest an sich, dass sie sein Herz schlagen hörte. Freya kniff die Augen zusammen und nahm den herben Geruch von Männlichkeit in sich auf. Seine sonnenwarme Haut fühlte sich unter ihrer weich an.

Freya streichelte seine Brust, dann ließ sie ihre Hand abwärts wandern, über seinen Brustkorb, hinunter zum Bauch, wo ihre Finger über seine gespannten Muskeln fuhren.

Thor atmete jetzt schneller. Sie lächelte unschuldig, ließ die Hand noch weiter nach unten gleiten und packte seine feuchte Steifheit. Sie musste ihn haben. Jetzt.

Thor keuchte auf und drehte sich auf ihren Bauch. Freya war bereit, als er tief in sie eindrang. Heiße Wellen der Lust füllten ihren Körper. Endlich gehörte er ihr. Das hier hatte nichts mit den vagen Liebesakten der Zeremonien zu tun. Das hier war richtig und echt.

Sein Schweiß an ihrer bloßen, wogenden Brust. Freya hob hungrig die Hüften, bohrte ihm die Nägel in den Rücken und ließ sich von ihm bis zum Wahnsinn reiten.

Nach einigen Herzschlägen war alles vorüber.

Thor legte erschöpft seinen Kopf auf ihren Bauch. Sie spielte mit seinen langen Haaren, streichelte seine starken Schultern und genoss die ruhige Befriedigung.

»Was immer auch passiert, das hier ist es wert«, sagte Thor, als er sich schließlich erhob, um sich an einem Baum zu erleichtern.

Sie musterte ihn neugierig, als er sich anzog, den Ranzen über seine Schulter warf und eine Axt in den Gürtel steckte, der seinen Leibschurz festhielt. Danach blickte er ihren Körper forschend an.

»Das Leben ist eine quälende Wanderung zum Tod. Aber es gibt Freudenquellen für einen Mann, und du gehörst einwandfrei dazu.«

Er grinste zufrieden und steuerte den Wald an. Seine kupferroten Haare glänzten in der Sonne. Freya schnappte verdutzt nach Luft und zog sich ebenfalls an. Seine Kraft war zu ihm zurückgekehrt. Sie hatte ihn noch nie so schön gesehen. Er sah aus wie ein Gott, so, wie er sich hier bewegte, riesengroß und mit schwellenden Muskeln.

Nach einigen Schritten blieb Thor stehen und schob die Hand in einen Ameisenhaufen. Als die roten Ameisen über seinen Arm wimmelten, rieb er sie vorsichtig in seinen Bart. Ameisenbisse vertreiben Flöhe und Läuse.

»Weißt du, was vor uns liegt?«, fragte er, als sie ihn eingeholt hatte und er sich von den Ameisen befreite, die ihre Arbeit getan hatten.

Freya schüttelte den Kopf und riss ihren Blick von ihm los, um stattdessen zur Sonne emporzuschauen.

Sie hatten in der Nacht so ungefähr ihre Richtung beibehalten können. Solange sie nach Westen wanderten, müssten sie sich Odins Stamm nähern. Freya wurde der Ernst der Lage nun wieder bewusst, vor ihnen lag wirklich kein leichter Weg.

»Wir müssen den Finsterwald durchqueren, und auf dem lastet angeblich ein Fluch. Wenn uns die Jäger vorher nicht einholen, können wir darin umkommen.«

Freya schüttelte es, als sie über eine Wasserlache sprang, die ziemlich faulig stank. Sie glitt auf den feuchten Blättern aus und ihr einer Fuß versank im Schlamm. Rasch zog sie ihn heraus und ging weiter. Ihre Schuhe steckten in ihrem Ranzen, sie waren nach der nächtlichen Flucht nass und zerrissen. Und vor ihr und Thor lag noch eine Wanderung von vielen Tagen.

Freya schaute sich um und sah Thor mühelos über die Lache setzen. Mit zwei raschen Sprüngen hatte er sie dann eingeholt.

»Mach dir keine Sorgen wegen der Jäger, die erschlag ich mit der Axt«, sagte er grinsend.

»So, wie du den Wächtern den Schädel eingeschlagen hast?«, fragte Freya düster.

»Sie hatten keine Kraft, nicht im Arm und nicht in der Stange. Ich habe deinen Verwandten einen Gefallen getan, eigentlich sind sie mir Dank schuldig.«

Er lachte und schwenkte die Axt in der Luft, die Sonne ließ die blanke, ungeschmückte Schneide aufleuchten. Freya schaute sich besorgt um.

So stark er auch war, es gab doch Kräfte, die er nicht besiegen konnte.

Sie kletterten über einige von Moos überwachsene Felsen, die an einem Hang lagen, stiegen über einen verrottenden alten Baum und liefen dann bergab. Dort, in der steinigen Senke wuchs auf dem trockenen Boden Liebeswurz. Freya blieb neben den kleinen gelben Blumen stehen und zog sie vorsichtig aus der Erde. Diese Pflanze war eine gute Nahrung. Als sie fast alle herausgezogen hatte, steckte sie die Wurzeln in ihren Ranzen und fing an die Blätter zu essen.

»Probier mal«, sagte sie zu Thor und reichte ihm eine Hand voll.

»Die sind ein bisschen bitter, aber sie löschen den Durst.«

Er kaute, zuckte mit den Schultern und nahm dann den Weg durch den Wald wieder auf.

Freya lief hinterher und hielt dabei Ausschau nach weiteren Pflanzen. Das trockene Fleisch und die Brote würden nicht lange vorhalten. Sie mussten im Wald etwas zu essen finden.

»Wenn wir der Küste folgen könnten, wäre es einfacher«, sagte sie.

»Wir sind höchstens eine halbe Tageswanderung vom Meer entfernt.«

»Ich glaube, sie werden mit Booten nach uns suchen. Zwischen den Bäumen sind wir sicherer.«

Thor streifte sein Hemd ab, denn es war schon heiß und Schweiß strömte über seinen Rücken.

Freya konnte ihren Blick nicht von seinem Körper losreißen. Wieder wurde sie von heißem Verlangen erfüllt. Es wütete in ihr wie ungestillter Hunger, als sie die ruhenden Muskeln unter der feuchten Haut seines Rückens streichelte.

»Es ist schön, dass wir zusammen sind«, sagte sie leise.

Thor legte ihr den Arm um die Schultern, er war schwer und warm. Sie sehnte sich nach mehr Nähe.

»Es ist schön, dass ich nicht gefesselt daliege wie ein Schwein, das geschlachtet werden soll. Wenn wir Zeit hätten, könnte ich einen Bogen herstellen und uns mit Fleisch versorgen. Aber wir haben immerhin zwei Äxte. Und sieh nur …«

Er bückte sich und riss einige halbreife Blaubeeren vom Strauch.

»Es ist Erntezeit. Wir finden alles, was wir brauchen. Wenn du die Kräfte besänftigst, werden ich und die Äxte uns um wilde Tiere, Riesen und anderes Ungeziefer kümmern«, sagte er und grinste.

»Meinst du, das ist so leicht?«, fragte Freya skeptisch.

Er blieb stehen und hob sie lachend in die Luft, seine starken Arme lagen um ihre Taille, ein fordernder Kuss traf ihren Mund. Freya presste ihre Hüften gegen ihn.

»Ich sterbe, wenn meine Zeit abgelaufen ist. Es ist ein warmer Tag und ich bin endlich frei. Du bist bei mir. Ich habe nicht vor, mir irgendwelche Sorgen zu machen, so lange das nicht unbedingt nötig ist.«

Er stellte sie wieder auf den Boden.

»Heute Nacht werde ich die Mondgöttin um dein Leben anflehen. Ich muss eine Opferquelle oder eine Anhöhe finden und ihr ein Geschenk darbringen. Vielleicht gibt sie dich dann frei.«

Freya griff sich an den Hals und betastete das goldene Halsband, das sie bisher im Ranzen getragen hatte.

Thor riss die Augen auf.

»Hast du den Verstand verloren? Das ist doch mehr wert als drei Höfe samt Vieh!«

»Ich hoffe, es ist mehr wert als dein Leben«, erwiderte Freya ernst.

Er verstummte und sie gingen weiter durch den Wald. Die Bäume standen jetzt dichter und sie suchten sich ihren Weg durch das Unterholz, das sich über der verfaulenden Laubmatte ausgebreitet hatte. Sie fanden einen Bach, wo sie ihren Durst stillen konnten, und verzehrten einige Wurzeln vom Steinwurz, der neben dem Bachlauf wuchs.

Der Schatten der hohen Bäume linderte die Sommerhitze, aber die Luft stand still, und als der Nachmittag anbrach, waren sie beide nass geschwitzt und müde. Thors Kraft war verflogen, er griff immer wieder nach seiner Wunde und seine Schritte wurden langsamer.

In Freyas Körper brodelte die wachsende Stärke der Mondgöttin, und sie schaute sich unruhig um, wenn die Wesen des Waldes wie Schatten zwischen Baumstämmen und Felsen verschwanden. Hier lebten keine gewöhnlichen Geister, und es war auch kein wohlwollender Wald. Hatten sie den Finsterwald schon erreicht? Eine unbekannte Kraft umschloss sie, und Freya sträubten sich die Nackenhaare.

Obwohl sie es eilig hatten und hungrig waren, opferte sie ein Stück von dem Fleisch, das sie aus Thors Hütte mitgenommen hatten, und sprach einen Friedenszauber. Aber die fremden Mächte wichen misstrauisch beiseite. Und das war ein böses Omen.

Die Dämmerungsdisen hatten den Wald bereits in ein bläuliches Licht gehüllt, ihre bleichen Schatten spielten zwischen den Baumstämmen.

Und dann sah sie etwas oben auf einer Anhöhe und atmete erleichtert auf.

»Sieh nur, ein Weihestein!«

Sie ließ Thor stehen und lief zu dem viereckigen Stein, schwang sich geschmeidig hinauf, obwohl er eben so groß war wie sie. Auf der rauen Außenseite wuchs grünes, feuchtes Moos. Vorsichtig wischte sie es beiseite und legte für den aufgehenden Mond die Kraft des Steines frei.

Einige rote Striche waren zu sehen, konnte es denn möglich sein, dass sie solches Glück hatte?

Thor stand vor dem Stein und sah zu, wie Freya sich daran zu schaffen machte. Schon von Kindesbeinen an hatte er gelernt die Mächte zu ehren, aber Freyas Welt war für ihn fremd und machte ihm Angst. Alles war erfüllt von geheimen Zeichen und Stimmen, die er nicht sehen oder hören konnte.

Die Göttinnen, die sein Volk verehrte, waren mütterlich und fügsam. Sie blieben an der Feuerstätte. Er sah zu, wie Freya auf allen vieren über den Stein kroch. Sie zog ihr Wams aus, wischte sich den Schweiß damit ab und ließ es dann auf den Boden fallen. Ihre Brüste wogten hin und her, sie sah aus wie ein ungezähmtes Tier, und in ihm mischten sich Abscheu und Begierde.

Wenn sie nicht mit ihm geflohen wäre, hätte er den Bluteid brechen müssen, mit dem sie sein Leben gerettet hatte. Und dann wäre er als Mann nicht mehr viel wert gewesen. Aber sie war Odin versprochen, seinem eigenen Vater. Diesem verdammten alten Bock.

Freya erwiderte freudestrahlend seinen Blick.

»Sieh doch nur!«

Thor ließ den Ranzen auf den Boden fallen und stieg ebenfalls auf den Felsblock. Freya lächelte ihn glücklich an und zeigte auf einige schalenförmige Vertiefungen im Stein.

»Siehst du das Zeichen der Göttin? Wir haben Glück. Und schau, hier ist noch mehr …«

Sie zeigte auf ein innig umschlungenes Paar. Die Stange des Mannes war so lang wie ein Arm.

»Das sind wir«, sagte Freya lachend.

Thor legte die Hand auf ihre Brust, deren Haut so sanft war wie eine Liebkosung. Ihre Brustwarze zog sich unter seinem Finger zusammen, und gleich darauf war er steif und bereit.

»Was ist das denn hier?«

»Gibt es bei euch keine Ritzbilder, um den Mächten zu danken?«

Sie atmete jetzt schneller. Thor zog sie an sich.

»Nein.«

»Wenn wir Bilder in Steine ritzen, binden wir für immer unsere Dankbarkeit. Das Schiff hier soll die Göttin bitten, das wirkliche Schiff zu bewahren, der Mann mit der Stange will seine Männlichkeit behalten. Spürst du die Kraft nicht?«

Thor ließ seine Hand ihren Oberschenkel hochwandern.

»Die spüre ich doch immer.«

Sie ließ ihren Blick von ihm zum Himmel wandern, dann lächelte sie einladend. Thor legte sie auf den Rücken und begattete sie auf den roten Felsbildern. In diesem Moment hätte er schwören können, zwischen den Bäumen Tiwaz' widerhallendes Lachen zu hören.

Als er befriedigt war, richtete er sich auf und grinste Freya, die sich Moosstücke aus den Haaren zupfte, herablassend an.

»Man kann über dein Volk ja sagen, was man will, aber so richtige Stangen scheinen die Männer nicht zu haben. Was für ein Glück für dich, dass du mit einem richtigen Mann zusammen sein kannst«, sagte er und schwenkte sein erschlaffendes Glied voller Stolz.

Freya wandte sich ab, um ihr Lachen zu verbergen. Dann wurde sie wieder ernst.

»Du musst jetzt gehen. Such dir ein Lager, von dem aus du mich nicht sehen kannst. Ich muss mich vorbereiten.«

Sie schaute zum dunkler werdenden Himmel hoch. »Sie wird bald hier sein. Also verschwinde«, sagte sie schließlich.

Thor wurde wütend. Glaubte sie, ihn wie einen Leibeigenen behandeln zu können?

»Sprich nicht so mit mir, Frau«, brüllte er.

Freya wandte sich langsam um und ihr Gesichtsausdruck ließ ihn zu Eis erstarren. Sie sah nicht mehr menschlich aus, sondern zeigte die überirdischen Züge, die er beim Tod der Hexe auf dem Hofplatz an ihr beobachtet hatte.

»Unsere Leben hängen vom Wohlwollen der Göttin ab. Geh, und komm nicht her, egal, was passiert.«

Thor kochte vor Zorn, verzog sich am Ende aber murrend in den Wald.

Einen Tagesmarsch von ihnen entfernt ging Lökk vor einem Gebüsch in die Hocke und fuhr langsam mit der Hand über die nach unten gedrückten Zweige. Ihre Begleiter, die drei Jäger, warteten hinter ihr.

»Was siehst du?«, fragte der Älteste ungeduldig.

Lökk warf einen müden Blick auf die drei. Alle trugen das Zeichen des Hirschgottes, alte Narben aus den Jagdritualen leuchteten auf ihren Wangen und die Beutetiere waren in ihre Arme tätowiert. Die Männer galten als die besten Jäger von Hallunda, aber Lökk war davon nicht beeindruckt.

Sie hatten kaum ein Wort gesagt, seit sie den Hof verlassen hatten, und sich auch nicht besonders nützlich gemacht.

Zwischen dem Vogelkot auf dem Felsenhang hatte sie die Spuren gesehen, die bewiesen, dass Thor und Freya an diesem Ufer an Land gegangen waren. Und das hier war ihr Nachtlager gewesen. Lökk schnaubte. Sie würde sich nicht hetzen lassen, denn sie war die beste Pfadfinderin in Vanaheim und jetzt würde sie das allen beweisen.

Sie beugte sich über das Nachtlager und schnupperte ausgiebig am Boden. Dann lachte sie und hielt den ernsten Männern ein dunkelgrünes Blatt hin.

»Hier haben sie es gleich nach der Dämmerung gemacht«, sagte sie mit stolzem Grinsen.

Die Jäger nickten mit ernster Miene und griffen unbewusst nach ihren Speeren.

»Sie können noch nicht weit sein«, meinte Lökk und kam aus dem Gebüsch zum Vorschein, während sie ihre Blicke über den Boden wandern ließ. Fast sofort sah sie eine Stelle, wo von einem verwesenden Baumstamm ein wenig Moos abgekratzt worden war.

»Dahin. Sie sind in diese Richtung gegangen.«

Mit langen, geschmeidigen Schritten machten sie sich auf den Weg zu ihrer Beute.

Freya saß mit übereinander geschlagenen Beinen auf dem Weihestein, die roten Kraftritzungen waren zwischen ihren Beinen zu sehen. Sie sang das Lob der Göttin, so, wie ihre Ahninnen es seit dem Morgengrauen der Zeiten getan hatten. Freyas gellender Gesang hallte zwischen den Bäumen wider und stieg danach zum Himmelsgewölbe hoch. Ihr Blut dröhnte in ihren Adern.

Dann erhob sich die Mondgöttin goldglänzend aus der Unterwelt und bedeckte das gesamte Himmelsgewölbe. Freya holte tief Luft, sie hatte die Göttin bisher nur selten so mächtig gesehen. Freya stand jetzt auf dem Stein und hob die Arme, spröde Mondstrahlen liebkosten ihren Leib.

»Dunkle Mutter, hör mein Flehen …«

Sie sang den mächtigsten Zauber, den sie beherrschte, und sofort wurde ihr Antwort zuteil. Die Kraft ließ ihren Körper beben, sie war fast unerträglich und erfüllte sie doch mit einem qualvollen Genuss. Eine Sturmflut aus Licht, ein sanftes Flüstern, dann war sie da.

Freya keuchte in ängstlicher Liebe auf. Die Gestalt vor ihr hatte Gesicht und Körper einer jungen Frau, die langen weißen Haare umwogten ein wunderschönes Gesicht mit geschlossenen Augen.

Freya fiel auf die Knie.

»Mondgöttin, du ehrst mich.«

Das schöne Gesicht lächelte und öffnete langsam die Augen. Die leuchteten gelb, wie ein Wolf in der Nacht.

»Dienerin.«

Die Stimme dröhnte wie die von tausend wilden Tieren. Doch gleich darauf flüsterte sie wie eine zärtliche Mutter.

»Du verrätst mich.«

»Nein, nein. Niemals.«

Tränen liefen über Freyas Wangen. Niemals würde sie ihre Herrscherin verraten, die sie so sehr liebte.

Die Gestalt vor ihr lächelte sanft.

»Ich warte auf meinen Geliebten.«

Während sie das sagte, fegte ein Schwarm von Männergeistern hinter ihrem Rücken hervor und verschwand wie schwarze Vögel vor der Mondscheibe.

»Der Eid darf nicht gebrochen werden«, rief die Gestalt mit dröhnender Stimme.

»Rette sein Leben, nicht mir zuliebe, sondern für Vanaheim. Beschütze mein Volk«, flüsterte Freya mit verängstigter Stimme.

Die gelben Augen schimmerten in der weißen Gestalt. Ihre beängstigende Schönheit ließ den ganzen Wald vibrieren und trieb Tiere und Geister in die Flucht.

»Und wenn ich verzichte, was gibst du mir dann?«

»Was du willst. Nimm mich zu dir«, flüsterte Freya und streckte flehend die Arme aus.

Die Nähe der Mondgöttin war schier unerträglich, ihre Kraft riss an Freyas Körper. Entsetzt sah sie, wie die Göttin vor ihr herschwebte, den Kopf schräg legte, sich verwandelte. Ihre Haare wurden zu Schlangen, die sich um einen durchsichtigen Kopf wanden, und gleich darauf war sie ein golden schimmerndes Lichtwesen.

»Du bist ein Nichts in der Ewigkeit. Es ist erst einen Atemzug her, dass ich herabgestiegen bin und dich auserwählt habe, als du im Baum hingst und dein Wissen durch Leiden erkauftest.«

Die Göttin schwebte in der Luft. Ihr Gesicht war nur eine Handbreit von Freyas entfernt. Freyas Körper zitterte unkontrolliert, ihre Zähne klapperten, die Tränen liefen ihr über das Gesicht. Die Göttin lächelte wie eine liebevolle Mutter.

»Nein, du sollst leben. Du sollst dein Schicksal erfüllen.«

»Danke, Mutter, danke.«

Freya hob weinend das goldene Halsband, das sie um den Hals getragen hatte. Das Lachen der Mondgöttin hallte zwischen den Bäumen wie Donnergrollen wider.

»Deine Schuld ist größer …«

Freya nickte, während die Trauer ihren Körper durchschnitt wie glühende Messer.

»Dein Wille ist mein Wille. Was soll ich tun?«, flüsterte sie.

Die Göttin entfernte sich langsam, um dann als schimmernder Schatten zurückzukehren. Ihre gelben Augen funkelten auf und schickten Freya eine Welle der Kraft entgegen. Diese stöhnte auf und ihr Magen krampfte sich zusammen wie nach einem Dolchstoß.

Mondblut strömte jetzt wie eine heiße Flut ihre Schenkel hinunter. Die Mondgöttin strich mit eiskalter Hand über das heiße Blut und schien damit diesem heiligen Fluss Kraft zu entziehen.

Sie wurde immer stärker, wurde größer und deutlicher.

»Du ehrst mich«, keuchte Freya.

Die Stimme von tausend Seelen hallten im Mund der Göttin und sie füllte den ganzen Wald mit ihrer Anwesenheit. Dann leuchtete sie noch einmal auf und verschwand in der Unendlichkeit.

Freya sank weinend auf dem Stein in sich zusammen, ihr Körper zuckte krampfhaft. Blut sickerte aus ihrem Schoß in die Schalen, die das Zeichen der Göttin waren.

Thor sah Freya durch die Morgendämmerung auf sich zukommen. Aber die Frau, die sich dort zwischen den geraden Tannenstämmen bewegte, war eine ganz andere als die, die er auf dem Bilderstein zurückgelassen hatte.

Ihre Haare waren heller, ihr Gesicht kreideweiß, aber am meisten Angst machte ihm der Ausdruck ekstatischen Entsetzens in ihren Augen.

Er schwieg, als sie sich ans Feuer setzte und aus leeren Augen vor sich hinstarrte. Was immer sie erlebt haben mochte, es war nicht von dieser Welt. Thor wartete.

Am Ende sah sie ihn mit gebrochenem Blick an.

»Du bist frei«, sagte sie tonlos.

Thor streckte die Hand aus, um ihre Wange zu streicheln, aber sie wich aus und schüttelte traurig den Kopf.

»Wir müssen weiter.«

Sie lief mit gehetzten Schritten auf den Wald zu. Irgendetwas war in der Nähe, etwas, das es auf sie abgesehen hatte.

Thor warf Erde in die Glut und schaute hinter ihr her. Was konnten das für Hexenkräfte sein, die sie in Besitz genommen hatten?

Er packte den Ranzen und folgte dann Freyas Schritten. Als er sie erreicht hatte, griff er ihren Arm und zwang sie dazu stehen zu bleiben.

»Sag, was passiert ist, wenn wir das hier zusammen durchstehen wollen, dann muss ich doch wissen, gegen welche Mächte wir kämpfen?«

»Die Jäger sind hinter uns her. Ich spüre ihre Nähe.«

Sie hatte nicht vor, Thor von ihrer Nacht zu erzählen. Er hätte das alles doch nicht verstanden. Ihr Monatsblut strömte ihr über die Schenkel, es hinterließ Spuren. Sie durchsuchte ihren Ranzen und nahm ein Stück Zunder, um die Blutung anzuhalten. Das reichte. Sie würde nicht lange bluten, nicht, wenn sie auf der Flucht waren.

»Warum wendest du dich von mir ab?«

Freya seufzte.

»Ich kann nicht das nehmen, worauf die Göttin verzichten muss. Kannst du das nicht begreifen?«

Sie lief in den Wald.

Wütend rannte Thor hinterher. Was sollte das nun heißen? Sollte er auf sie verzichten, Odin aber nicht? Nie im Leben!

Er schaute über die endlosen Baumreihen hinweg und rief in Gedanken seinen Gott an.

»Tiwaz, wie groß ist deine Kraft? Kannst du die Göttin der Frauen besiegen oder bist du ebenso schwanzlos wie die Männer von Vanaheim?«

Ein eiskalter Zornwind fegte durch den Wald und in Thors Nähe wurde das Laub aufgewirbelt. Er lachte und schlug mit den Äxten gegen die Baumstämme.

»Dann zeig, dass du mir Kraft und Schutz geben kannst. Oder willst du schweigend zusehen, wie die Göttin der Hexen mir das wegnimmt, was mir mit Fug und Recht gehört? Hast du Angst vor ihr?«

Thor warf den Kopf in den Nacken und lachte schallend.

»Wenn du nicht stark genug bist, um mich zu beschützen, dann kann ich auch gleich die alten Göttinnen anbeten. Ich fordere dich heraus, Tiwaz!«

Triumphierend ließ Thor seine Äxte sinken und sah Freya an, die ein Stück von ihm entfernt stand und ihn voller Entsetzen ansah.

»Narr. Begreifst du denn nicht, was du hier tust? Willst du die Mächte gegeneinander aufhetzen, während wir auf ihr Wohlwollen angewiesen sind?«, schrie sie und wollte im Wald verschwinden.

Thor seufzte tief. Verdammtes Weib, war sie denn nie zufrieden? Wütend lief er hinter ihr her.

Die schlanken Tannen machten uralten knorrigen Bäumen Platz, deren Zweige nach den Eindringlingen griffen. Kaum hatten sie diese Bäume erreicht, lief es Freya eiskalt über den Rücken. In diesem Wald war etwas Krankes, etwas, das uralt und boshaft war. Das hier musste der Finsterwald sein.

Freya stieg über einen der zahllosen Bäume hinweg, die ihnen den Weg versperrten. Sie lagen überall umher, wie Krieger, die erst vor kurzem hier im Kampf gefallen waren. Dann wieder ragten Teile der Bäume wie spitze Speere in den Himmel. Als wollten sie die Sonnengöttin selber aufspießen, sollte sie sich durch das undurchdringliche Dach aus dunkelgrünen Baumkronen wagen.

Überall wuchsen zackige Büsche, deren Zweige nach ihren nackten Beinen griffen und sie blutig kratzten. Der ganze Wald stank nach uralter Bosheit und Verwesung.

Freya schaute sich ängstlich um. Nicht die Bäume und die sumpfigen Stellen machten ihr Angst, sondern die Anwesenheit der übelwollenden Mächte. Sie schienen jeden Schritt zu beobachten, den sie machte, und über ihr Eindringen zu toben.

Sie lief hinter Thor her, der mit der Axt in der Hand vor ihr herwanderte, und murmelte Schutzsprüche. Langsam drangen sie bis ins Herz des Waldes vor. Die Dunkelheit umschloss sie, aber es waren keine Abenddisen, die den Wald ins blaue Licht der hellen Sommernacht gehüllt hätten. Das hier war eine Dunkelheit, die aus dem feuchten Boden emporstieg. Die Bäume verwandelten sich in der Dämmerung in Gespenster und in ihrer zerfurchten Rinde waren verzerrte Gesichter zu sehen.

»Wir sollten hier lagern«, sagte sie zu Thor.

Er schaute sich mit besorgter Miene um und nickte dann. Sie gingen nebeneinander weiter und sammelten Holz, schienen einander nicht einen Moment allein lassen zu wollen.

»Ich kann verstehen, warum ihr sagt, dass auf diesem Wald ein Fluch liegt«, sagte Thor.

Freya brach einen trockenen Zweig ab, und der scharfe Knall ließ sie beide zusammenzucken. Irgendetwas flatterte durch ihr Blickfeld, es raschelte zwischen den Baumstämmen, Hunderte von Augen folgten ihnen. Sie suchten Zuflucht zwischen zwei Bäumen, die sich aneinander drängten und die von Unterholz umgeben waren. In aller Eile machten sie Feuer. Erst, als die ersten Flammen am Holz leckten, konnte Freya wieder atmen.

»Was ist denn nur los?«, fragte Thor.

Freya spürte, wie die Dunkelheit sich fester um sie zusammenzog.

»Es ist besser, wenn wir hier bleiben«, flüsterte sie mit hämmerndem Herzen.

In der Ferne war das traurige Geheul eines Wolfs zu hören. Freya zuckte zusammen und rückte dichter an Thor heran.

Ihre Hand zitterte, als sie einen brennenden Zweig aus dem Feuer zog. Sie versuchte ihre Angst zu verdrängen, aber als sie einen Schutzkreis in den feuchten Boden zeichnen wollte, konnte sie ihre Stimme kaum unter Kontrolle halten.

»Kräfte der Finsternis, weicht, nichts darf diesen Kreis betreten. Thurse, finde Frieden. Nichts besteht außer diesem Kreis …«

Thor stand mit einer Axt in der Hand da. Ein tiefes Unwohlsein erfüllte ihn. Er würde den Kräften, die Freya hier beschwor, nur zu gern gegenübertreten, wenn sie sich nur richtig zeigten. Aber kaum glaubte er, Meister Petz vor sich zu sehen, schon verschwand lautlos eine Wolfsmeute zwischen den Bäumen oder schwarze Schatten flatterten in seinen Augenwinkeln und waren verflogen, sowie er den Kopf bewegte.

Freya beendete ihren Zauber und fuhr sich müde mit dem Handrücken über die Stirn.

»Mehr Kraft kann ich nicht in den Kreis holen«, sagte sie.

Thor spürte die Glut des Kreises und die Kraft der von Freya gezeichneten Zauberzeichen fast körperlich.

»Was sind da draußen für Unwesen unterwegs?«

Freya seufzte und schüttelte müde den Kopf.

»Es ist eine Kraft, die ich nicht kenne, und sie ist uns nicht wohlgesonnen. Vielleicht sind es die Geister der Männer, die du in Hallunda getötet hast. Wenn meine Kräfte zurückkehren, werde ich versuchen, sie zur Ruhe zu beschwören. Aber ich weiß nicht, ob das möglich ist, dort draußen ist noch etwas anderes, viel Stärkeres.«

Sie verstummte, öffnete ihren Ranzen und schaute düster hinein. Dort lagen nur einige grauweiße Stücke getrockneten Fleisches, zwei Stücke Brot, die inzwischen so hart waren, dass sie sie in Wasser auflösen mussten, und die unterwegs gesammelten Wurzeln. Sie zog eine hervor und kaute langsam darauf herum.

»Wie viele Tageswanderungen brauchen wir noch, um den Wald hinter uns zu bringen?«, fragte Thor und nahm sich ein Stück Fleisch.

»Ich weiß nicht«, erwiderte Freya.

Ein greller Schrei hallte im Abend wider.

Freya fuhr zusammen, die Angst umschlich sie wie ein Tier auf leisen Pfoten.

»Bisher ist noch nie jemand durch den Wald gegangen. Die Pfadfinderin, mit der ich gesprochen habe, Lökk, hat die letzte Wegstrecke nach Hallunda mit dem Boot zurückgelegt. Sie konnte mir über den Finsterwald nichts erzählen. Aber angeblich nimmt er kein Ende und man läuft darin immer wieder im Kreis. Die Göttin möge uns schützen und auf den richtigen Weg führen«, sagte sie.

»Ja, entweder sie oder Tiwaz«, knurrte Thor und warf einen Zweig ins Feuer, das aufloderte und seine kupferroten Haare Funken sprühen ließ. Er ging in die Hocke und starrte in die Flammen. Unter dem zerfetzten und verschmutzten Hirschlederwams war seine behaarte Brust zu sehen. Freya hätte ihn gern berührt, ihn liebkost, aber Thor war in Gedanken versunken.

Deshalb breitete sie ihren Umhang auf dem Laub und der feuchten Erde aus und legte sich hin. Hoch über ihr bewegten sich die dunklen Baumkronen. Feuchtigkeit stieg durch den Boden auf und legte sich um ihren Rücken.

»Schlaf du, ich werde Wache halten. Und später kannst du mich ablösen«, murmelte Thor.

Aber Freya fand keine Ruhe. Wenn sie die Augen schloss, kamen sofort Bilder von dem Kampf in Idunvallen, Gullveig, Snotra, die Göttin. Sie sah den toten Jungen aus Alfheim, musste ein weiteres Mal Storm den Gnadenstoß versetzen. Alles tanzte durch ihren Kopf.

Mit einem einzigen Schlag hatte das Schicksal alles verändert. Freya schloss die Hand um das Halsband mit der Kraftrune, das ihre Mutter ihr geschenkt hatte.

Vielleicht war es die Müdigkeit, die dafür sorgte, dass sie nicht sofort merkte, wie die Luft sich um sie herum verdichtete. Aber als sie die Augen öffnete, war die Luft erfüllt von einer Kraft, die ihre Haut brennen ließ.

Sie setzte sich auf und schaute sich besorgt um.

Thor sprang mit der Axt in der Hand auf.

»Was ist denn los?«

Dort war etwas, schwarze Schatten zwischen den Baumstämmen. Aus dem Augenwinkel heraus sah sie etwas, und deshalb wandte sie sich rasch um. Schwarze Schatten. Sie näherten sich dem Schutzkreis und flatterten über dem Boden. Hinten bei den Bäumen funkelten zwei Augen auf.

Freya packte Thors Arm und rang um Atem.

Die Luft vibrierte vor Kraft und Bosheit. Die Dunkelheit schloss sich dichter um sie zusammen. Presste gegen den Schutzkreis.

»Was ist das?«, fragte Thor.

»Böse Geister«, erwiderte Freya und kämpfte um ihre Selbstbeherrschung.

Sie hatte schon früher gegen die Kräfte der Finsternis gekämpft, aber sie waren nie so zahlreich und so mächtig gewesen. Sie biss die Zähne zusammen und verdrängte ihre letzten Zweifel. Nur wenn sie ruhig blieb, könnte sie genügend Kraft sammeln, um das Böse zu vertreiben.

Freya sank vor dem Schutzkreis in die Knie und sprach mehr Stärke in den Strich, den sie mit glühendem Holz in den Boden gezogen hatte.

Der Strich leuchtete in der Dunkelheit. Seine Kraft schlug die Schatten ein wenig zurück. Freya nahm ihre stummen, wütenden Schreie wahr. Sie warfen sich abermals gegen den Schutzkreis und Freya sorgte weiterhin dafür, dass der unversehrt blieb. Die Sommernacht war hell und kurz. Sie müsste standhalten können. In einer Winternacht wären sie dem sicheren Tod entgegengegangen. Aber sie sah schon, dass es in der Ferne heller wurde. Freya ließ ihren Zauber verstummen, um Atem zu holen, nur für einen Moment, einen Herzschlag.

Aber das war lange genug.

Ein wütender Schrei zerriss die Nacht, der Schutzkreis erlosch und verlor seine Kraft. Im nächsten Moment wurde Freya von purer Bosheit zu Boden geworfen. Sie hatte das Gefühl, ihr Rücken würde zerschnitten und ihre Lunge aus ihrem Leib gerissen. Der Schmerz war unerträglich. Sie schrie in besinnungsloser Angst, griff sich an den Rücken, doch dort klaffte keine Wunde, gab es nichts.

Dann wurde alles still. Langsam klang der Schmerz ab. Freya lauschte und schaute sich um. War es zu Ende? Konnte das möglich sein? Thor legte ihr den Arm um die Schulter. Freya blickte ihn an.

Gleich darauf sickerte eine eisige Kälte zwischen den Bäumen hindurch. Freya schlang sich die Arme um den Leib, sie zitterte vor Angst und Entsetzen. Aus Thors Mund quoll ein frostiger Hauch.

»Erce, beschütze mich«, rief sie laut.

»Was ist denn los?«, fragte Thor.

»Ich weiß nicht«, antwortete sie verzweifelt.

Zwischen den Bäumen war ein Rascheln zu hören. Eine Greisin schleppte sich mit schweren Schritten durch den Wald. Ihre Gestalt war so vertraut, so erfüllt von Erinnerungen, dass Freya in Tränen ausbrach.

Es war Gullveig, die da mit dem Stab in der Hand auf sie zukam, gekleidet wie am Abend ihres Todes. Mühsam erreichte sie den Kreis, blieb stehen und schaute Freya mit einem Blick an, der vor Bosheit gelb aufleuchtete.

»Hier sitzt also die Eidbrecherin mit ihrer Opfergabe?«

Die Stimme war abgrundtief und hallte im ganzen Wald wider.

Das war zu viel. Vor Angst drehte Freyas Magen sich um. Ohne ein Wort zu sagen erbrach sie ihre Abendmahlzeit. Wie gelähmt starrte sie die zerkauten Wurzeln und den gelben Schleim an, die da vor ihren Füßen gelandet waren.

Das hier war Blendwerk. Gullveig war bei der Göttin.

Sie holte tief Luft und schaute zu dem Wesen hoch. Die Angst war ihre ärgste Feindin. Sie musste ihr mit demselben Mut entgegentreten, wie damals, als sie im Baum gehangen hatte.

»Sag deinen Namen«, rief sie. Ihr Herz hämmerte so heftig, dass ihr schwarz vor Augen wurde. Ihr Mund war trocken und schmeckte bitter nach Erbrochenem.

Gullveig löste sich zu einem nebelhaften Wesen auf, einem schwarzen Schatten ohne Form.

»Deinen Namen«, beschwor Freya sie.

Sie leckte sich die Lippen und nahm all ihre Kraft zusammen.

Nur wenn sie den Namen dieses Schreckensbildes kannte, würde sie es bekämpfen können. Aber dieses Wesen hatte nichts Vertrautes an sich. Nur Dunkelheit und Furcht waren aus der Unterwelt der Totengöttin Hel gesickert. Freya kannte keinen Zauber, um das Entsetzen zu vertreiben, das hier vor ihr schwebte. Es war einfach zu mächtig.

Was sollte sie tun? Verzweifelt durchsuchte sie ihre Erinnerung nach allem, was sie in der Halle der Priesterinnen gelernt hatte. Es musste eine Möglichkeit geben. Sonst würden sie sterben und ihre Seelen würden in alle Ewigkeit an diesen verfluchten Boden gekettet sein. Und dann begriff sie. Die Erkenntnis war so klar, dass die Göttin selber sie geschickt haben musste.

»Ich segne dich, ich segne euch alle«, rief sie und trat mit ausgestreckten Händen aus dem Kreis heraus.

Der Wald verstummte, wartete ab.

»Mögest du Frieden finden. Ich werde in dieser und in allen anderen Nächten für dich beten.«

Freya suchte und fand in sich das Licht der Göttin.

»Ich werde mein Feuer anzünden, um dir Licht zu geben. Ich werde die alten Lieder singen, damit du dich erinnerst. Bei jedem Schritt, den ich durch diesen Wald mache, werde ich dich ehren. Jede Beute, die ich zur Strecke bringe, werde ich im heiligen Opfer mit dir teilen.«

Sie spürte nicht, wie ihr Monatsblut an ihrem Oberschenkel entlanglief und dann zu Boden tropfte. Es wurde sofort von der schwarzen Erde aufgesogen. Der schwarze Schatten wich abwartend zurück und wogte über dem Boden hin und her.

Sie konnte das Misstrauen des Wesens spüren, als dessen Schatten sich um es scharten.

»Das alles schwöre ich im Namen der Göttin«, sagte sie laut und betete darum, dass das Wesen ihre Worte hörte. Ob es sie jetzt töten wollte? Es war noch immer kalt, ihr Atem stand als weißer Nebel in der Luft. Ein Geschenk, das Wesen brauchte ein Geschenk.

Sie streifte ein Armband ab und legte es vorsichtig ins Gras.

»Das ist für dich.«

Eine Ewigkeit kam und ging. Freyas Herz schlug wie besessen in ihrem Körper. Sie rang die Hände. Sie sollten ihr Geschenk annehmen und sie in Ruhe lassen. Dann fegte die Kraft wie ein Wind über den Boden. Einen Herzschlag darauf war sie verschwunden.

Thor schaute Freya erstaunt an, als sie sich ans Feuer setzte.

»Du hast mit den Mächten verhandelt.«

Freya brachte kein Wort heraus, sie bebte am ganzen Leib und war erschöpft und kraftlos. Der Geist war verschwunden, aber er würde zurückkehren, und es stand noch nicht fest, ob er dann ebenso umgänglich sein würde. Sie versuchte zu schlucken, aber ihr Mund war wie ausgedörrt und sie war entsetzlich durstig. Aber hier gab es kein Wasser. Sie suchte in ihrem Ranzen und fand einige Blätter Liebeswurz, die sie in den Mund steckte.

Für den Rest der Nacht wurden sie in Ruhe gelassen. Als sie sich am nächsten Tag wieder auf den Weg machten, war der Unwille zwar noch vorhanden, hinderte ihre Schritte aber nicht mehr.

Sie stiegen über Baumstämme, kämpften sich durch Gestrüpp. Freyas Füße schmerzten, ihre Beine bluteten aus von den Zweigen gerissenen Wunden. Sie zog ihre Schuhe an, obwohl der eine zerrissen war, doch bald musste sie sie wieder ablegen. Der Boden wurde immer feuchter und dann standen sie am Rand eines endlosen Moores.

»Das wird ja immer schlimmer«, sagte Thor übellaunig.

Große Insektenwolken schwebten über dem Moor, aus dem Grasbüschel herausragten. Einige Bäume hatten sich im feuchten Boden anklammern können, würden in dieser Nässe aber bald absterben.

Freya ging in die Hocke und pflückte eine der weißen Blumen, die weiße Striche durch das viele Grün zogen.

»Disenwolle. Die Disen weben daraus ihre Kleider«, sagte sie und zog sich die flauschige Blume über die Wange. Sie war glatt und weich.

»Du kannst deine Disen bitten, uns durchs Moor zu führen«, sagte Thor und machte einige Schritte. Sofort sank er bis zu den Knien ein, und bei jedem Schritt war ein schwappendes Geräusch zu hören. Er drehte sich zu Freya um und schüttelte besorgt den Kopf.

»Wir müssen uns beeilen, wenn wir das Moor vor Einbruch der Dunkelheit hinter uns lassen wollen.«

Freya ließ die Blume los, sprang auf ein Grasbüschel und von dort zum nächsten. Schon konnte sie Thor überholen, doch dann stolperte sie und sank ebenfalls ein. Gereizt kämpfte sie sich weiter. Eine Wolke von Insekten versammelte sich um sie, ihre Stiche juckten sie am ganzen Leib. Sie wollte sich ihr Gesicht schon mit Schlamm einschmieren, um den Insekten zu entgehen, als sie den frischen Geruch von Bärlauch wahrnahm. Freya schaute sich um, und hinten bei einem umgestürzten Baum wuchs ein ganzer Teppich aus diesen grünen Pflanzen. Auch Thor schien sie zu kennen, denn er folgte ihr dorthin, riss eine Hand voll ab und rieb sich damit unter erleichtertem Stöhnen Gesicht und Rumpf ein. Es half, dass sie sich gegenseitig am ganzen Leib damit einrieben, danach blieben die Insekten fern. Sie gingen erst weiter, als sie einen großen Vorrat gesammelt und im Ranzen verstaut hatten.

Sie brauchten fast den ganzen Tag, um das Moor zu durchqueren und dann noch drei Tage, bis der gesamte Finsterwald hinter ihnen lag. Thor baute jeden Abend in der Nähe ihres Lagers einige einfache Fallen auf, ein Bissen unter einem Stück Holz, das von einem Stäbchen festgehalten wurde. Er schnitt schmale Streifen von seinem Lederwams und knüpfte daraus Schlingen, doch nichts blieb darin hängen. Die Fallen befanden sich vielleicht zu dicht bei ihrem Lager, und Thor hatte weder Zeit noch Lust, um länger als unbedingt nötig im Wald zu bleiben. Das getrocknete Fleisch ging zur Neige und sie lebten von ungekochten Wurzeln, die bitter schmeckten. Da sie den Wald so rasch wie möglich hinter sich bringen wollten, nahmen sie sich nicht die Zeit, sich ein Kochgefäß zurechtzuschnitzen.

Sie wurden immer müder und hungriger. Freya musste die ganze Zeit an Essen denken, sie träumten beide von gebratenem Schweinefleisch, das vor Fett nur so troff, von Quark mit Beeren und Bluthefe und Fischstücken. Bald sprachen sie nicht einmal mehr miteinander, sondern kämpften sich nur verbissen immer weiter.

»Merkst du was?«, fragte Thor und hielt die Nase in den Wind.

Freya blieb stehen und witterte.

»Was denn?«

»Es riecht nach Meer.«

»Da irrst du dich.«

»Es liegt in dieser Richtung«, sagte er und lief weiter.

Freya folgte ihm gereizt, denn sie glaubte, dass er sich geirrt hatte. Stundenlang gingen sie weiter, bis auch Freya meinte, den Geruch eines großen Gewässers wahrzunehmen. Konnte das wirklich stimmen? Meer bedeutete Nahrung.

»Sieh mal!«

Thor zeigte triumphierend auf einen Bach, der sich zwischen Felsen und Wurzeln seinen Weg erkämpfte.

Freya lächelte zum ersten Mal seit langer Zeit. Der Bach würde ihnen den richtigen Weg zeigen.

Bald standen sie auf den Felsen und schauten auf eine kleine Bucht. Am Ufer wuchs dichtes Schilf, einige Vögel hoben vom Strand ab und flogen über das Wasser davon.

Freya ging im Schilf in die Hocke und bohrte die Hände in den lehmigen Boden. Dann packte sie eine Wurzel und riss daran, bis sie sich löste. Die süßliche Knolle steckte sie sofort in den Mund und legte danach die schwerer zu kauenden Wurzeln beiseite.

Thor kam zu ihr und kostete Knollen und Wurzeln. Er kaute nachdenklich und lachte dann.

»Ich wusste ja gar nicht, dass man die essen kann. Das ist wirklich traurig«, sagte er.

»Wieso denn?«

»Weil zu Hause die ganze Bucht voll Schilf ist und wir im vergangenen Winter fast verhungert wären.«

Er warf die Schilfwurzel mit einer Grimasse ins Wasser. Freya zuckte mit den Schultern und zog weitere Wurzeln hervor, bis sie einen ansehnlichen Haufen beisammen hatte.

Thor hatte inzwischen Holz gesammelt und den Zunder hervorgeholt. Bald loderte auf dem Felsen ein Feuer auf. Freya legte einige faustgroße Steine ans Feuer, um sie anzuwärmen.

Danach zog sie ihren Dolch und lockerte die braunen, lederartigen Flechten von den Felsen. Thor watete durchs Wasser und sammelte Muscheln und Tang. An diesem Tag sollte es ein Festmahl geben.

Dicht beim Feuer befand sich im grauen Felsen eine Vertiefung, in der ein wenig Wasser stand. Ein natürliches Kochgefäß. Freya entfernte allen Schmutz daraus und säuberte einige Steine. Danach ging sie zum Bach, um Wasser zu holen. Da die Steine noch nicht warm waren, entschloss sie sich, mitsamt ihrer Kleidung ein Bad zu nehmen. Das tat gut. Sie zog sich aus und befreite ihren Körper dann von Erde, getrocknetem Blut und Schmutz. Danach wusch sie ihre Kleidung. Als sie fertig war, saß Thor am Feuer und reinigte Flechten. Er sah sie in regelmäßigen Abständen an und lächelte.

»Mach nicht so ein glückliches Gesicht«, sagte Freya mit einer Stimme, die schroffer klang, als sie sollte.

»Warum sollte ich nicht glücklich sein? Der verdammte Wald liegt hinter uns, ich kann mich zum ersten Mal seit Tagen satt essen. Natürlich bin ich zufrieden. Jetzt fehlt mir nur noch etwas Fleisch.«

Thor ließ drei der heißen Steine ins Wasser gleiten, das sofort zu kochen begann. Dann ließ er Flechten und ein Stück Steinwurz hineinfallen. Freya legte ihre Kleidung zum Trocknen auf die warmen Felsen. Danach setzte sie sich nackt ans Feuer, während das Wasser ihr vom Körper und von den Haaren tropfte. Sie konnte sehen, wie mager sie geworden war, ihre Rippen ragten hervor, ihre Beine waren wie Stöcke. Die Sonne und ein warmer Wind trockneten sie behutsam. Sie schloss die Augen und genoss diesen Moment.

»Ich wüsste ja gern, ob die Jäger uns noch immer verfolgen«, sagte Thor und ließ noch einen Stein in die Vertiefung fallen. Die Flechten zerfielen jetzt zu einer grauen Masse. Als sie zu einem festen Brei zerkocht waren, war das Essen fertig.

»Ich glaube, die sind tot«, erwiderte Freya.

Sie hatte die Pfadfinderin Lökk und die drei Männer in einem Traum gesehen. Sie lagen leblos auf der Lichtung, auf der Freya und Thor die Mächte bezwungen hatten.

Ihre Gesichter waren von Insekten bedeckt, aber sie hatte noch das Entsetzen sehen können, in dem sie im Augenblick ihres Todes erstarrt waren.

Im Traum hatte sie begriffen, was passiert war. Die vier waren zu dem Opfer geworden, das sie versprochen hatte. Sie hätte das alles gern bedauert, aber in Wahrheit war sie einfach nur erleichtert.

Sie schilderte Thor ihren Traum. Der zuckte nur mit den Schultern.

»Entweder sie oder wir. Mehr ist dazu nicht zu sagen«, meinte Thor und warf die Muscheln in die Vertiefung. Bei dem würzigen Geruch lief ihnen das Wasser im Munde zusammen.

»Das ist seltsam, wir sind in die richtige Richtung gegangen, aber

Idunvallen haben wir noch nicht erreicht. Wir sind noch nicht einmal in der Nähe.«

Freya nickte düster und erhob sich, um Blätter zu sammeln. Sie bekam Angst, sie könnten sich verirrt haben.

»Glaubst du, dass Idunvallen schon hinter uns liegt?«

Thor schüttelte den Kopf.

»Das kann nicht sein.«

Das Essen war fertig. Er verteilte die heiße graue Masse auf die Blätter und machte sich hungrig darüber her. Später lagen sie auf dem Rücken auf dem sonnenwarmen Felsen und genossen das Gefühl ihrer vollen Mägen.

»Wenn wir Idunvallen erreichen, musst du mit meinem Vater zusammenleben«, sagte Thor und sah sie fragend an.

»Das wird nicht so, wie du glaubst. Ich werde in meinem eigenen Haus leben und wenn er versucht in mein Bett zu kriechen, dann werde ich seine Stange verwünschen.«

Freya kicherte, als sie Thors skeptischen Blick sah und drehte sich um. Der Fels war warm unter ihrem Bauch.

»Kannst du das?«

»Das ist einfach. Ich kann es dir beibringen.«

»Nein, danke«, sagte er und hob abwehrend die Hände.

Sie schloss die Augen und ließ sich von der Sonne liebkosen. Dann fiel ein Schatten über ihr Gesicht. Thor kam zu ihr, er zog sie an sich und sie schliefen auf dem Felsen miteinander.

Danach schaute er sie schweigend an.

»Ich kann den Gedanken nicht ertragen, dass du meinem Vater gehören wirst.«

»Ich gehöre nur der Göttin«, sagte Freya mit scharfer Stimme und setzte sich auf.

Er schnaubte und drehte sich auf die Seite, denn sie sollte sein Gesicht nicht sehen.

Aber als Freya an diesem Abend am Feuer eingeschlafen war, schaute Thor noch lange auf das stille Wasser hinaus.

10

Die Schlange kam im Traum zu Freya. Sie war nicht sonderlich groß und kohlschwarz. Freya schaute verzweifelt zu, wie das Tier sich zu ihrem Gesicht hochschlängelte und sich dann zischend aufrichtete. Ihre Zähne troffen vor Gift.

Freya schloss die Augen. Es gab keinen Ort, an den sie fliehen konnte, kein Weg stand für sie offen.

Eine Welle des Schmerzes, dann leerte die Schlange zitternd ihr Gift in Freyas Kehle.

Langsam öffnete Freya die Augen. Sah in die leere Seele der Schlange. Obwohl sie wusste, dass sie sterben musste, bewunderte sie deren Schönheit. Einen Atemzug darauf löste die Schlange sich auf und war verschwunden.

Freya erwachte. Es war schon Morgen. Graue Wolken waren über der Bucht zusammengezogen und ein stiller Nieselregen senkte sich über den Boden. Die Feuchtigkeit zog in ihr Lager aus Tannenzapfen und in den Umhang, in den sie sich gewickelt hatte.

Es war kalt. Sie fror und hatte am ganzen Leib Schmerzen. Die vom Nebel verhüllten Bäume wogten hin und her. Freya wickelte sich noch fester in den feuchten Umhang. Ihr Hals tat vom Schlangenbiss weh. Sie war schon jetzt müde und erschöpft. Und doch war das hier nur der Anfang.

»Endlich wach.«

Mühsam drehte sie den Kopf und sah Thor, der eine Elle vom Ufer entfernt stand und sich erleichterte.

Freya schluckte mühsam. Ihr Mund brannte vor Durst.

»Zauberschuss.«

Thor musterte sie überrascht. Jeden Abend sang sie für die Geister und sagte ihre Zaubersprüche auf. Und da hatte er gedacht, sie seien sicher.

»Hast du nicht gesagt, dass nichts dir etwas anhaben kann?«

»Vergiss es«, fauchte Freya.

Thor legte die Hand auf ihre feuchte Stirn, die unter seinem Griff zu lodern schien.

»Du bist leichenblass. Was soll ich tun?«

Langsam öffnete Freya ihre schmerzenden Augen. Das graue Licht stach sie wie mit Nadeln.

»Nichts.«

Sie schloss die Augen und ließ sich in die einladende Dunkelheit treiben. Die Schlangen warteten in der Ferne auf sie. Ihre Glücksbringerinnen hatten sich gegen sie gewandt und wollten sie jetzt zu den Leichenstränden bringen.

Jetzt musste sie in der Nachwelt die Strafe für ihren Eidbruch auf sich nehmen. Langsam ertrank sie in ihrer Verzweiflung. Es gab so viel, was sie noch hatte tun wollen, so vieles, was nun ungeschehen blieb.

Hinter den Schlangen erhob sich die Totengöttin Hel, schön und Ehrfurcht gebietend.

Freya ging langsam auf sie zu.

Ein scharfer Schmerz in ihrer Wange holte sie zurück an den Strand.

»Nicht einschlafen. Was soll ich tun?«

»Mir ist so kalt«, flüsterte sie und ihre Zähne fingen an zu klappern.

Thor stand auf, um Holz zu sammeln. Das hier verhieß nichts Gutes, er hatte genug Kranke gesehen, um zu wissen, wann es schlimm stand.

Er grub trockene Holzstücke und Laub aus dem Boden und kämpfte mit der Glut, bis er im Nieselregen ein widerwilliges kleines Feuer entfachen konnte. Das fütterte er mit Holz und Laub, bis es stark geworden war.

Freya bebte inzwischen vor Schüttelfrost und war glühend heiß. Sie durfte nicht hier mitten im Wald sterben. Thor packte sie an den Schultern, schüttelte sie und schlug ihre Wangen, bis sie brannten.

»Was hast du mir gegeben, als ich krank war?«

Keine Antwort.

»Freya!«

»Elchsgras oder Weidenrinde«, flüsterte sie.

Thor schaute die Bäume an. Er hatte keine Ahnung. Er hatte sich nie dafür interessiert, was die Heilfrauen in ihren Bündeln aufbewahrten. Und jetzt musste er teuer für seine Unwissenheit bezahlen.

»Du musst mir sagen, wie das aussieht.«

Nach einer Ewigkeit öffnete sie die Augen wieder.

»Elchsgras. Am Wasser. Kleine weiße Blüten. Riechen.«

Ein gequälter Blick, ein heiseres, unverständliches Flüstern, dann versank sie wieder in ihrem Dämmerzustand. Thor streichelte ihre verfilzten Haare und suchte mit seinen Blicken die zwischen Wald und Ufer gelegene Wiese ab. Was sollte er zuerst tun? Die Blumen suchen oder eine Schutzhütte bauen?

Es wäre sicher besser, zuerst ein richtiges Lager für sie herzustellen, damit sie nicht mehr so frieren musste. Unter dem feuchten Laub fand er eine Schicht, die der Regen noch nicht erreicht hatte. Er grub sie aus und richtete aus Ästen und Reisig eine trockene Unterkunft her, dann brachte er Freya und das Feuer hinüber.

Er holte ein wenig Wasser und zwang es durch ihre grauen Lippen. Sie hustete schwach, murmelte etwas über Schlangen und war danach gleich wieder eingeschlafen.

Thors Angst wurde immer größer. Freya war vom Tode gezeichnet. Sie hatte aufgegeben. Er hätte zuerst die Pflanzen suchen müssen. Also legte er Holz aufs Feuer und die Kochsteine daneben, dann wanderte er am Strand entlang. Dort aber sah er nur Schilf. Wenn es hier in der Gegend Elchsgras gab, dann hatte es sich jedenfalls gut versteckt. Thor rannte los. Der Regen wurde stärker und bald konnte er kaum noch etwas sehen. Vielleicht wuchs das Elchsgras tiefer im Wald. Er hielt danach Ausschau, fand aber nichts. Jetzt war er wirklich verzweifelt, wusste er doch nicht einmal, was er hier suchte. Kleine weiße Blüten. Er rannte am Strand hin und her und riss alle möglichen Pflanzen aus dem Boden. Schließlich gab er auf. Es war hoffnungslos. Er wollte sich jetzt wieder um Freya kümmern und durchquerte dabei eine Ansammlung von hohen blühenden Pflanzen. Als er hindurchschritt, nahm er den scharfen Geruch wahr. Thor blieb stehen. Diese Pflanzen hatten kleine weiße Blüten. Aber sie waren so riesig. Konnten das die richtigen sein? Er riss einen Arm voll ab und rannte zu Freya.

Sie lag so leblos da wie vorhin, als er sie verlassen hatte. Vergeblich versuchte er sie zu wecken. Er horchte an ihrer Brust. Die Mächte schienen auf Freyas Tod zu warten.

»Niemals«, fauchte Thor und schleuderte Wasser und Kochsteine in die Grube.

Er hatte keine Ahnung, ob er die Blüten kochen sollte, aber als er verwundet gewesen war, hatte Freya ihm allerlei Arten von Absud eingeflößt, und da war das sicher auch hier richtig. Er riss die Blüten in kleine Fetzen und füllte die Kochgrube damit. Je mehr, desto besser. Als alles kochte, füllte er ein aus Rinde geformtes Gefäß damit und versuchte, Freya die Flüssigkeit einzuflößen. Dabei betete er darum, dass er ihr hier kein Gift gab. Sie setzte sich zur Wehr, aber er machte weiter, bis sie fast das ganze Gefäß geleert hatte.

Jetzt hatte er getan, was er konnte. Ihm blieb nur noch abzuwarten, ob sie leben oder sterben würde.

Es konnte nicht mehr weit bis Idunvallen sein. Freya durfte nicht sterben, wo sie es doch fast geschafft hatten. Nicht nach allem, was sie hatten durchmachen müssen. Jorunn war tot, Freya würde sterben, seine Brüder waren in Idunvallen im Kampf gefallen. Thor atmete tief durch. Er konnte hier doch nicht herumsitzen und flennen wie ein altes Weib.

Thor wickelte Freya in seinen Umhang, legte sich neben sie und horchte auf den Regen, der dumpf auf die aus Ästen und Reisig erbaute Schutzhütte prasselte.

Jetzt lag alles in den Händen der Mächte.

Königin Åse stand vor ihrer Halle und betrachtete ihre Herden, die friedlich auf den tiefer im Land gelegenen Weiden grasten. Die Tiere sahen von hier wie kleine Punkte in der Landschaft aus. Hinter Åses Rücken lag das Meer. Ein kühler Wind brachte feuchten Salzgeruch mit sich. Es war schön, wieder zu Hause zu sein.

Endlich war das Leben in seine gewohnten Bahnen zurückgekehrt, das Weltenrad drehte sich weiter, im selben Muster, mit denselben Problemen. Åse hatte keinen Grund sich zu beklagen. Die Heerfahrt hatte sie zwar Kühe, Salz und Bronze gekostet, aber sie hatte einen tauglichen Verbündeten gewonnen, und den konnte sie auch brauchen.

Eine Vertraute war von Handelsreisen in den Süden zurückgekehrt und hatte von Kämpfen tief unten in Skadis Land und bei den Dänen berichtet. Der Krieg war wie eine Seuche, die sich auch Åses Insel näherte. Sie musste etwas unternehmen. Åse spuckte dreimal zu Boden, um die Gefahr abzuwehren, denn an die Feinde zu denken konnte bewirken, dass sie angezogen wurden.

Aber die beiden Fremdlinge, die Odin ihr als Geiseln mitgegeben hatte, waren eine Sache für sich. Åse seufzte. Der eine konnte nur Met trinken und plappern, der andere, der laut Odin durchaus Verstand besaß, sagte nie ein Wort.

Åse war sich durchaus nicht sicher, ob sie nicht betrogen worden war.

Sie hörte schleppende Schritte und drehte sich um. Gefion überquerte den Hofplatz. Ihre Wunden waren noch immer nicht verheilt, sie sah bleich aus und konnte sich nur langsam bewegen. Sie trat neben ihre Mutter und schaute aufs Meer hinaus.

»Denkst du an Freya?«, fragte Gefion.

Åse gab keine Antwort. Freyas Flucht war das Hauptgesprächsthema in Vanaheim. Seit sie mit Thor verschwunden war, war eine halbe Mondwanderung verstrichen. Åse wusste nur, dass sie Idunvallen nicht erreicht hatten. Das Boot, das Freyrs Gesinde und seine Besitztümer nach Idunvallen gebracht hatte, war vor Åses Aufbruch nach Hallunda zurückgekehrt und hatte das berichten können.

»Vielleicht ist sie tot«, sagte Åse und kaum hatte sie das laut gesagt, wollte ihr diese Möglichkeit nicht mehr aus dem Kopf gehen und machte ihr Angst.

»Wenn sie tot wäre, wüssten wir das doch sicher. Die Priesterinnen hätten es in ihren Visionen gesehen. Sie lebt da hinten in den Wäldern«, erwiderte Gefion überzeugt und schaute über das Meer zu Skadis Land hinüber.

»Dann müsste sie sich zu Odin begeben und mein Wort einlösen. Ich habe geschworen, dass Freya drei Sommer lang als seine Gattin leben wird. Wenn sie nicht hingeht, ist diese Abmachung gebrochen.«

Åse blickte Gefion forschend an.

»Wenn sie bis zum Frühlingsopfer nicht aufgetaucht ist, musst du ihren Platz einnehmen. Ich kann nur hoffen, dass Odin darauf eingeht. Vielleicht können wir zwei von den jüngeren Priesterinnen dazu überreden, dich zu begleiten.«

Gefion starrte ihre Mutter voller Entsetzen an.

»Wenn du mich Odin zur Frau gibst, dann gehe ich ins Wasser. Das schwöre ich dir.«

Sie trat einen Schritt zurück und wollte gehen, aber Åse riss sie zu sich.

»Was du willst oder nicht willst, spielt hier keine Rolle. Es geht um Vanaheim und um meine Ehre. Ich habe mein Wort gegeben, und ich werde es auch halten. Und wenn du dich nicht für dein Reich opfern kannst, wirst du am Tag meines Todes auch nicht meinen Platz einnehmen.«

»Du denkst schon wie die Kriegshetzer …«

Ohne ein Wort zu sagen ließ Åse Gefions Handgelenk los und verpasste ihr eine schallende Ohrfeige. Gefion heulte auf wie ein verwundetes Tier. Als Åse sah, wie ihre jüngere Tochter sich zusammenkrümmte und sich die Wange rieb, kam ihr das Gefühl, dass mit Freya etwas nicht stimmte. Es war kein klares Wissen, es war einfach eine unbehagliche Empfindung.

»Eskil und Sale aus Narlunda sind hier. Sie streiten sich wieder um ihre Felder und du sollst den Fall klären«, murmelte Gefion mürrisch.

Åse seufzte und verdrängte die Gedanken an Freya, während sie zur Halle ging. Diese Meinungsverschiedenheit würde wohl nie ein Ende nehmen.

Thor wachte die ganze Nacht neben Freya und zwang sie in regelmäßigen Abständen dazu, den Absud aus Elchsgras zu trinken. Als das Morgengrauen heraufzog, atmete sie noch immer, wenn auch nur so schwach, dass er ihren Atem an seiner Wange kaum spürte.

Und nun fasste er einen Entschluss. Er steckte einige Schilfwurzeln in den Ranzen, hängte ihn sich über den Rücken und hob danach Freya hoch. Dann machte er sich in die Richtung, in der seiner Meinung nach Idunvallen lag, auf den Weg. Alles war besser, als hier zu sitzen und auf das Unvermeidliche zu warten.

»Wenn dir überhaupt irgendwer helfen kann, dann werde ich diese Person finden«, sagte er zu der bewusstlosen Freya, als er durch den Wald ging.

Die mit Moos bewachsenen Bäume schienen kein Ende zu nehmen, es gab nur Thors Schritte über den dicken Blätterteppich. Grauer Himmel über üppigem Grün. Freyas weißes Gesicht ruhte an seiner Schulter.

»Immerhin sind wir nicht mehr im Finsterwald. Wer weiß, vielleicht liegt hier irgendwo ein Hof«, murmelte er und kämpfte sich eine Anhöhe hoch.

Der Ranzen schlug gegen seinen Rücken. Ein heftiger Regen spülte ihm den Schweiß von der Stirn.

»Bald finde ich Menschen, die dich gesund machen können. Schlaf du so lange und ruh dich aus«, flüsterte er.

Nach einiger Zeit verbissener Wanderung schmerzten seine Muskeln. Widerwillig blieb er bei einem Felsen stehen und legte sie ab, dann ließ er sich zu Boden sinken und nahm sie in seine Arme. Er hielt sie wie ein kleines Kind, strich ihr die blonden Strähnen aus dem Gesicht und küsste ihre trockenen, aufgesprungenen Lippen. Seine Angst krampfte ihm die Brust zusammen. Er verfluchte sich, weil er so hilflos hier sitzen musste. Sie waren nun eine Ewigkeit durch diese verdammten Bäume gewandert, und der Wald ging immer noch weiter, so weit das Auge reichte.

»Tiwaz, komm her und hilf uns«, rief er, obwohl er wusste, dass Tiwaz sich für Liebeskummer und Krankheiten nicht interessierte. Aber er war der Gott, dem Thor sich verschworen hatte und dessen Zeichen in seinen Körper eingeritzt war.

»Was bist du mir jetzt für eine Hilfe? Wenn ich sie im Kampf besiegt hätte, hättest du sie verlangt, wenn sie ein Zeichen trüge, würdest du hier stehen, um sie ins Nachleben zu holen. Aber dich interessieren ja nur Kampf und Macht.«

Thor verstummte und wusste nur zu gut, dass er zu weit gegangen war. Es würde ihm jetzt wirklich nicht helfen, wenn er die Mächte herausforderte.

Die Dämmerung kam, aber er wagte nicht Freya loszulassen um Feuer zu machen. So blieb er stumm sitzen und horchte auf den Wald, während er auf Freyas Tod wartete. Danach würde er ein Feuer machen und hier an diesem Stein ihren Leichnam verbrennen.

Er hätte sie gern gefragt, aber sie schien seine Worte oder seine Berührungen schon lange nicht mehr wahrzunehmen. Trotz seines Kummers musste er nun lachen. Sein Leben lang hatte er Hexen gehasst, sie hatten sein Volk verflucht und er selbst hatte mehrere getötet. Trotzdem hatte sein Vater mit ihrer Königin Frieden geschlossen und nun saß er hier und hielt Freya in den Armen. Das Leben konnte wirklich seltsame Wege einschlagen.

Was sollte nun aus dem Fluch werden, wenn Freya starb, ohne ihn aufgehoben zu haben? Er seufzte und strich sich eine Haarsträhne aus der Stirn. Dabei hob er den Kopf und lauschte. Er nahm ein Geräusch wahr, das er nicht identifizieren konnte. Es war kein Tier, das hörte er immerhin.

Vorsichtig legte Thor Freya auf den Boden, nahm die Axt in die Hand und machte sich für den Kampf bereit. Wollte ein Wesen aus der Geisterwelt ihn hier heimsuchen?

Zwischen den Bäumen schimmerte etwas.

Er betrachtete den Feuerschein aus zusammengekniffenen Augen und packte die Axt fester. Hatten es die Abgrundswesen aus dem Finsterwald wieder auf sie abgesehen? Gaben die denn niemals auf?

Plötzlich sah er, dass es Fackeln waren. Konnte es in dieser Gegend denn wirklich Menschen geben? Er spannte seine Muskeln an und umklammerte den Axtgriff. Die Fackeln kamen näher. Ob es nun Menschen oder Geister waren, er würde ihnen im Kampf entgegentreten.

Aber als die Wesen zwischen den Bäumen auftauchten, konnte er sie nur noch mit halb offenem Mund anstarren. Sie sahen anders aus als alles andere, was er auf dieser Welt je gesehen hatte.

Es waren vier Männer, klein wie halbwüchsige Kinder, aber mit behaarten, breiten und in Bärenfelle gehüllte Körper. In ihren Gürteln steckten kunstfertig geschmiedete Äxte und in den Händen hielten sie Fackeln, die sie hoch über ihre Köpfe hielten, als sie ein Stück vor Thor und Freya stehen blieben.

»Bei Tiwaz, was sind das denn für Elendswesen?«, murmelte Thor.

Diese hässlichen Geschöpfe konnten doch unmöglich Menschen sein. Aber sie sahen immerhin nicht aus wie Feinde. Die groben Gesichter beobachteten ihn erwartungsvoll.

Vielleicht war das das alte Volk, von dem Freya erzählt hatte. Was immer sie waren, er hatte nichts zu befürchten. Thor entspannte sich langsam. Die Männer waren so klein, dass er sie mit zwei Axthieben töten könnte.

Sie zeigten mit groben Fingern auf ihn und redeten wild durcheinander. Thor schüttelte den Kopf. Er verstand kein einziges Wort. Die Fremdlinge kamen zwei Schritte näher und zeigten auf Freya, und jetzt sahen ihre groben Gesichter ehrlich besorgt aus.

Langsam hob Thor eine Handfläche um zu zeigen, dass er ein Freund sei.

Das ließ die Wesen zufrieden nicken. Einer, der Anführer, hob seine Fackel, kam auf Thor zu und sagte etwas.

Thor zuckte mit den Schultern. Die Kleinen schnatterten untereinander.

Der Anführer kam noch etwas näher. Er beugte sich vor und zeigte mit einem braunen Finger auf Freya.

»Komm«, sagte er mit einer dunklen Stimme, die plötzlich ganz anders klang als zuvor, als er mit seinen Kameraden sprach.

Der Kleine streckte langsam eine behaarte Hand aus und zog Thor am Arm. Thor zögerte nicht, er hatte nichts zu verlieren. Alles war besser, als einfach nur auf Freyas Tod zu warten. Die Kleinen hatten sicher einen Hof in der Nähe, wo sie immerhin Hilfe und Essen finden würden.

Er hob Freya hoch und nickte.

Die vier Männer drängten sich eifrig vorwärts. Sie hatten es eilig. Immer, wenn er stehen bleiben wollte, um sich auszuruhen, trieben sie ihn weiter.

»Komm«, dröhnte die Stimme des Anführers abermals.

Thor ließ sich durch den dunkler werdenden Wald treiben.

Das erste Anzeichen dafür, dass sie sich dem Zuhause der kleinen Wesen näherten, war ein auf eine Stange gesteckter glänzend weißer Hirschschädel.

Die Männer kamen ihm aufgeregt vor, sie sangen und einer rannte auf einen schwarzen Schatten zu, der nun vor ihnen aufragte. Thors Schritte waren schwer vor Müdigkeit. Freya hatte schon lange nichts mehr gemurmelt oder sich bewegt.

»Wo ist deine Göttin jetzt?«, fragte Thor in ihr bleiches Gesicht.

Plötzlich riss einer der Männer ihn in den Wald. Thor kam ins Schwanken und wäre fast mit Freya zu Boden gefallen.

»Was soll das denn, du Trottel?«, schrie er.

Der Kleine redete ununterbrochen und zeigte auf den Weg, auf dem sie gekommen waren. Thor sah, dass der Mann hin und her lief und sich zwischen den dunklen Schatten auf dem Boden zu schaffen machte. Thor schaute in eine tiefe Grube hinunter. Jetzt begriff er. Der Kleine hatte ihn davor bewahrt, in eine Falle zu gehen. Thor nickte dem kleinen Mann dankbar zu und machte zusammen mit ihm einen weiten Bogen um die Fallgrube.

Bald ragten an den Seiten des Weges zwei riesige Felsbrocken auf. Sie hatten ihr Ziel erreicht.

Thor starrte verdutzt vor sich hin. Was immer er erwartet hatte, so etwas hatte er sich nicht vorgestellt.

Er stand vor einigen Hütten, die am Fuße einer steilen Felswand standen. In der Felswand sah er mehrere große Grotten, an deren Eingang Feuer brannten.

Seile und Leitern verbanden die Höhlen miteinander, und mehrere Männer kamen jetzt zu Thor und seiner Begleitung herabgeklettert. Schon nach wenigen Augenblicken war er von kleinen Menschen umringt. Sogar die Kleinsten von ihnen hatten grobe Gesichter, durch die sie erwachsen aussahen. Die meisten waren nackt, Frauen, Kinder und Männer gleichermaßen. Ihre braunen behaarten Körper pressten sich an ihn, sie zeigten auf ihn, kniffen ihn in die Haut und redeten laut in ihrer seltsamen Sprache auf ihn ein.

Thor hob Freya höher, als die Kleinen anfingen, auch sie zu kneifen und ihre blonden Haare zu berühren, während sie noch immer wild durcheinander redeten. Eine zahnlose Frau mit einem kleinen Kind an ihrer schlaffen Brust bückte sich und versuchte unter Thors Hemd zu schauen. Er knurrte und rasch wichen die anderen zurück. Einer von Thors Begleitern stellte sich vor ihn, rief in wütendem Tonfall etwas und drohte mit der Axt. Dann drehte er sich um und teilte mit stolzer Stimme irgendetwas mit.

Thor kam sich vor wie eine kostbare Beute, die zum Stamm nach Hause geschafft wird. Gereizt schaute er sich um. Diese Schwächlinge würden Freya doch nicht helfen können. Ihre Lippen waren jetzt so grau, dass sie unmöglich noch am Leben sein konnte. Er schüttelte sie vorsichtig, doch sie hing schlaff und bewegungslos in seinen Armen. Langsam machte er sich die Wahrheit klar, und diese Wahrheit packte sein Herz mit scharfen Krallen, um es mit diesem Kummer zu zerreißen.

Es war zu spät.

Wütend starrte er die kleinen Menschen an. Was wollten die überhaupt von ihm? Plötzlich fielen ihm Sagen über Menschenfresser ein, die ihre Feinde verzehrten, um sich deren Kraft einzuverleiben. Nie im Leben würde er sich hier fressen lassen. Er ließ seine Blicke über die kleinen Leute hinwegwandern. Sie waren sehr viele, aber er würde die meisten mit in den Tod nehmen, ehe es mit ihm aus wäre. In seinem Kopf nahm ein Kampfesplan Form an. Es wäre besser wegzugehen und Freya im Wald zu begraben. Sie sollten ihren Leichnam nicht schänden können, er war immer noch Manns genug, um das zu verhindern.

Gleich darauf zerriss ein gellender Schrei die Nachtluft. Die Schwächlinge verstummten, wichen zur Seite und ließen eine Frau durch, die einem Albtraum entsprungen zu sein schien. Sie war uralt und zahnlos. Auf dem Kopf trug sie eine Lederhaube, an der Hirschgeweihe und Wildschweinzähne befestigt waren. Graue Haarsträhnen lugten darunter hervor und umgaben ihr grob gefurchtes Gesicht wie eine Wolke. Ihre Bekleidung bestand lediglich aus einem Bärenfell. Ihre Körper war von Tätowierungen bedeckt, von Strichen und Kreisen, Schlangen und Schlingen. Aber nicht deshalb wich Thor erschrocken zurück und legte die Arme um Freya. Das lag an dem Halsband aus kleinen weißen Menschenschädeln, das über den ausgetrockneten Brüsten hing.

»Was ist denn das, beim Gott des Himmels und der Berge?«, murmelte Thor.

Die Hexe trat würdevoll auf Thor zu, würdigte ihn aber nur eines kurzen Blickes. Dagegen sah sie sich Freya genau an. Sie roch an ihrem Mund und drückte einen überaus schmutzigen Finger gegen ihre Haut. Danach strich sie mit der Hand über Freyas Oberarme und grunzte zufrieden.

Thor wich von der Hexe zurück. Was hatte sie mit Freyas Leichnam vor? Niemals würde er zulassen, dass sie den besudelte. Die Hexe schien seine Gedanken verstanden zu haben, denn sie schaute mit mürrischer Miene auf.

»Komm.«

Ihre Stimme war dunkel und heiser. Thor schüttelte den Kopf. Er hatte nicht vor, mit dieser Hexe aus der Unterwelt irgendwo hinzugehen. In den Augen der Alten blitzte es.

»Friede.«

Thor schüttelte den Kopf. Niemals. Die Schwächlinge, die bisher geschwiegen hatten, redeten jetzt empört drauflos und stießen ihn an. Seine früheren Begleiter zerrten an seinen Armen und versuchten ihm Freya zu entreißen. Andere drückten gegen seinen Rücken. Thor hatte keine Wahl. Er trat einige Schritte vor, und als er das getan hatte, musste er einfach weitergehen. Plötzlich fiel sein Blick auf die Tätowierungen der Hexe. Die zeigten genau so eine Schlange, wie Freya sie auf dem Arm hatte. War auch sie eine Hexe? Er schaute in Freyas leichenblasses Gesicht. Es war vorüber. Die Hexe schrie ihn an. Was hatte er zu verlieren, wo Freya doch schon tot war? Das Totenkopfweib würde Freya vielleicht in deren Unterwelt geleiten können.

»Ich komm ja schon«, sagte er mürrisch.

Die Hexe führte ihn zu einer unten im Berg gelegenen Grotte.

Der Eingang war eng und niedrig. Thor musste sich auf alle viere fallen lassen und Freya in die Höhle ziehen. Drinnen aber waren die Wände hoch. Thor blieb abwartend stehen und schaute sich um. Vier Fackeln waren neben einem Lager aus Elchs- und Hirschfellen, die über einem Reisighaufen lagen, in die Erde gesteckt. Die Hexe zeigte darauf. Hier sollte er Freya hinlegen. Thor zögerte und schaute sich misstrauisch um, während er mit seinen bösen Ahnungen rang. Was war das für ein Ort? Die Hexe schrie etwas in ihrer Sprache und zwei seiner Begleiter kamen in die Höhle gestürzt und zogen an Thor. Er gehorchte nun endlich. Vorsichtig legte er Freyas reglosen Körper ab.

Die Wände waren bedeckt mit Bildern, wie er sie auf dem Felsen gesehen hatte, auf dem Freya ihre Göttin angebetet hatte. Der tanzende Fackelschein ließ sie lebendig wirken. Hirsche sprangen auf der Flucht vor Jägern mit erhobenen Speeren über Felsen, Frauen buhlten mit Männern mit gewaltigen Riesengliedern, eine Frau hob vor einem Tier eine Doppelaxt und überall wanden sich Schlangen.

Weiße Menschen- und Tierschädel grinsten ihn von einem Felssims her an. Die Hexe wühlte in ihren Rindenschachteln und setzte sich dann zu Freya. Sie schaute Thor wütend an und zischte dann wie eine angriffsbereite Schlange: »Geh!«

Thor zögerte. Es hatte das Gefühl, Freya bei der Totengöttin selber zurückzulassen.

»Ist sie tot?«

Die Hexe schüttelte den Kopf.

»Geh!«

Das grobe Gesicht der Frau war hasserfüllt. Hier konnte er Freya nicht lassen.

»Wenn du ihr etwas tust, wirst du ebenfalls sterben«, sagte Thor mit fester Stimme. Er wollte der Frau seine Angst nicht zeigen.

»Narr«, fauchte die Hexe.

Thor hob seine Axt. Sein Begleiter versuchte ihn zum Höhlenausgang zu ziehen, aber Thor schüttelte ihn ab.

»Schwör mir, dass du ihr nichts tun wirst!«

Die Wut in den Augen der Frau hätte ausgereicht, um einen Sterblichen Feuer fangen zu lassen. Sie schrie etwas in ihrer singenden Sprache und zeigte dann auf Freyas Arme. Danach sprang sie auf, packte eine Fackel und ging tiefer in die Höhle hinein. Das Licht tanzte über verschlungene Schlangen an der Wand – solchen, wie Freyas Tätowierungen sie zeigten. Anschließend deutete die Hexe auf die Schlange auf ihrem Arm.

»Schwester«, zischte sie wütend und zeigte auf ihr Herz.

Dann sprang sie vor und trat Thor in den Bauch. Verblüfft wich dieser einen Schritt zurück und rang um Atem. Die Hexe schien jetzt völlig den Verstand zu verlieren. Die Schädel tanzten über ihrer Brust und sie zeigte schreiend auf den Höhlenausgang. Thor warf Freya einen letzten Blick zu, dann kroch er aus der Grotte und setzte sich vor den Eingang.

Er hatte nicht vor, von dieser Stelle zu weichen, bis Freya tot oder gesund wäre. Die Männer mit den Bärenfellen kamen angeschlichen und setzten sich neben ihn, um ihm zu zeigen, dass sie zu ihm hielten. Da saßen sie nun und sahen den in den Höhlenausgängen brennenden Feuern zu, während aus der Höhle ein grauenhafter Gesang zu hören war.

Einer der Männer legte Thor eine behaarte Hand auf den Arm und sang etwas, das sich beruhigend anhörte. Thor schluckte. Er war in der Unterwelt gelandet. Aus der Höhle hörte er jetzt mehrere Trommeln. Grelle Stimmen sangen ein seltsames Lied. Langsam sträubten sich ihm alle Haare. War die Hexe da drinnen denn nicht allein gewesen? Er hätte schwören können, dass die Höhle keinen anderen Eingang besaß. Thor erstarrte und hob die Finger zu der Geste, die den bösen Blick abwehrt. Er hatte in seinem Leben schon viel gesehen, hatte auf seinen Wanderungen manches erlebt, aber seit Odin in Idunvallen die Hexe getötet hatte, war seine ganze Welt in Blendwerk und Hexenspiel verwandelt worden.

Missmutig hob er einen Zweig auf und fing planlos an, irgendetwas in den hellen Boden zu zeichnen. Seine Begleiter aus dem Wald saßen neben ihm und ließen ihn nicht aus den Augen. Gereizt sprang Thor auf und fing an, hin und her zu laufen.

Als er am nächsten Tag erwachte, mit steifem Körper, weil er auf dem nackten Boden gelegen hatte, und gereizt, weil die Sonne ihm in die Augen stach, stand das ganze kleine Volk vor ihm und starrte ihn an. Alle kicherten und redeten miteinander, als er sich aufsetzte und sich den Schlaf aus den Augen rieb. Ein schmutziges Kind mit verfilzten Haaren trat vor, tippte Thors Arm an und rannte dann lachend und kreischend zu den anderen zurück.

Seine Begleiter vom Vortag waren bereits wach. Sie schienen sich miteinander zu beraten. Die anderen Angehörigen des kleinen Volkes trugen keine Umhänge, sondern nur Leibschurze, und sie waren die hässlichsten und behaartesten Menschen, die Thor je gesehen hatte.

Er überlegte, was er wohl machen sollte, und am Ende nickte er einen Gruß. Die anderen lachten und plapperten. Thor seufzte müde.

In den Grotten quiekten Schweine und kamen plötzlich zum Vorschein. Zwei halbwüchsige Knaben trieben sie mit langen Stäben vor sich her. Die Schweineherde schien kein Ende zu nehmen, es waren prachtvolle Sauen mit großen Jungen. Wütende Eber. Alle waren gesund und kräftig und hatten braune Borsten wie Wildschweine. Ein Eber blieb stehen und witterte misstrauisch, dann ging er weiter.

Thor richtete sich überrascht auf. So viele Schweine hatte er noch nie gesehen. Dieses Trollpack war ja reich!

»Schweine«, sagte er zu seinen Begleitern, und die nickten zufrieden und zeigten auf die Tiere.

»Rimner! Rimner!«

Thor nickte. Jetzt wusste er, dass er sein erstes Wort gelernt hatte. Der Anführer seiner Begleiter zeigte auf sich und sagte: »Eitre.«

Der kleine Mann schaute Thor erwartungsvoll an, und der nickte und zeigte auf sich und nannte seinen Namen.

Die Schwächlinge jubelten, und danach lernte Thor die Namen der drei anderen Männer, die ihn im Wald gefunden hatten: Berling, Brokk und Allweiß.

Sie hatten sich gerade über ihre Namen verständigt, als aus der Grotte ein lauter Schrei zu hören war. Freya! Sie lebte! Erleichtert machte Thor einen Schritt auf die Öffnung zu. Was machte die Hexe mit ihr? Die vier Kleinen vertraten ihm sofort den Weg und fuchtelten abwehrend mit den Händen. Ein weiterer Schrei war zu hören, lang und so voller Entsetzen, dass selbst die kleinen Leute vom Eingang zurückwichen. Thor schaute sich unschlüssig um. Er wollte die Kleinen nicht niederschlagen, um nicht ihren Zorn zu wecken.

»Bei den allmächtigen Kräften. Was ist das für ein Wahnsinn?«

Zornig setzte er sich und wartete. Freyas Schreie waren jetzt nicht mehr zu hören. Und sie lebte. Er lächelte. Noch immer war sie in dieser Welt.

Nach dem ersten Tag ließ das kleine Volk ihn in Ruhe. Nur einige Kinder schlichen sich an und lächelten erwartungsvoll, als ob sie mit Geschenken rechneten. Thor achtete nicht auf sie. Er wartete nur auf Freya.

Zwei seiner Begleiter verschwanden, nur Berling und Allweiß blieben bei ihm. Thor verbrachte viel Zeit damit, sich ihre Hämmer anzusehen.

Sie waren perfekt ausbalanciert, ihre verschlungenen Muster so schön und aussagekräftig, wie er es in seinem ganzen Leben noch nicht gesehen hatte. Er wusste nicht, was er von diesen Schwächlingen halten sollte. Zwar wohnten sie wie Tiere in Höhlen, besaßen aber ein Vermögen an Schweinen und Waffen. Sie schienen nichts anzubauen, aber ab und zu kamen Frauen mit Körben voller Pflanzen aus dem Wald. Er entfernte sich jetzt ebenfalls von der Felswand und machte sich mit der Umgebung vertraut. Die war nicht so beeindruckend, wie er zuerst gedacht hatte. Neben der Höhle der Hexe gab es eine weitere, deren Eingang unten am Boden lag, und dort wurden die Schweine nachts eingesperrt. Weiter oben lagen noch zwei Höhlen, dort hausten die Schwächlinge.

Wo immer er sich zeigte, überall kamen Leute auf ihn zu und nannten wieder und wieder ihre Namen. Thor antwortete höflich mit seinem eigenen, obwohl er innerlich kochte. Er hatte das Warten so satt. Es waren schon viel zu viele Tage und Nächte vergangen.

Er wollte in die Höhle der Hexe gehen und nach Freya sehen, anstatt mit den kleinen Schwächlingen herumzualbern. Aber er wusste auch, dass er den Wesen, die Freya in ihrer Gewalt hatten, Respekt erweisen musste. Außerdem bekam er dreimal pro Tag eine üppige Mahlzeit von ihnen. Und wenn Thor sich nach etwas gesehnt hatte, dann danach. Er verschlang Brei und Fleisch mit gierigem Appetit, legte sich danach vor dem Höhleneingang zum Schlafen nieder und wartete abermals eine unendlich lange Zeit.

»Thor!«

Eitre weckte ihn vorsichtig. Er setzte sich auf und schaute sich um, es war noch immer Nacht. Der Mond hatte sich versteckt.

Eitre zeigte auf den Wald. Allweiß stand schon mit dem Hammer in der Hand bereit. Thor brauchte keine weiteren Erklärungen. Er hatte schon verstanden. Bereit zum Kampf stand er auf. Einen Herzschlag später kamen die schwarzen Schatten aus dem Wald. Die Schwächlinge rannten ihnen schreiend entgegen. Thor hatte den Feind mit ein paar Sprüngen erreicht. Ein kleiner Mann, der fast so aussah wie Eitre, kam mit erhobenem Speer auf ihn zu. Thor glitt geschmeidig zur Seite und schlug dabei dem Kleinen mit seiner Axt den Schädel ein. Er brüllte und sein Blut geriet ins Kochen. Dann erschlug er noch einen und noch einen. Es war einfach, er mähte die Schwächlinge nieder wie ein Schnitter die Weizenhalme. Blut spritzte über seinen Körper und ließ seinen Kampfeswahnsinn auflodern. Er sah und hörte nichts mehr. Die feindlichen Schwächlinge konnten ihm nichts anhaben, er war zu schnell, zu groß, zu geschmeidig. Niemand war ein besserer Kämpfer als Thor. Niemand entging seiner Waffe.

Gleich darauf war alles zu Ende. Die Eindringlinge flohen in den Wald, gefolgt von den Schwächlingen aus den Höhlen. Thor wollte sich ebenfalls an die Verfolgung machen, aber jemand hielt ihn zurück. Wütend hob er die Axt und erst im letzten Moment erkannte er Allweißens Gesicht. Er riss die Waffe beiseite, so dass der Schlag den Kopf des Schwächlings nur streifte. Thor besann sich, rang um Atem und der Kampfeswahnsinn verließ ihn. Sein Herz hämmerte wie besessen. Das war wirklich ein kurzer Kampf gewesen.

Er musterte die kleinen Körper, die auf dem Boden verteilt lagen. Und das ganze kleine Volk war mit Fackeln zur Stelle und untersuchte die Toten. Sie schauten ängstlich zu Thor hinüber, obwohl der ganz still dastand. Allweiß zog an seinem Arm. Zeigte und gestikulierte, drückte seine Muskeln zusammen. Er bewunderte Thors Kraft. Thor nickte stolz und fing an die Waffen der Erschlagenen einzusammeln. Nur zwei von ihnen trugen Axt und Hammer, die anderen hatten Speere. Das war eine Enttäuschung für Tiwaz.

Erst jetzt entdeckte Thor die Hexe, die aus ihrer Höhle gekommen war. Zum ersten Mal, seit er Freya dort abgelegt hatte. Thor stand sofort neben ihr.

»Wo ist Freya?«

Das Hexenweib fauchte eine Antwort. Sein Kampfgeist erwachte erneut. Er packte die Hexe an den Schultern und schüttelte sie hin und her.

»Antworte, Weib! Wo ist meine Frau?«

Alle Schwächlinge erstarrten. Aber die Hexe schrie ihn weiterhin an. Allweiß zog an seinem Arm und wollte ihn losreißen.

»Verdammt noch mal, nie im Leben bitte ich dich um Erlaubnis,

Alte«, schrie Thor und lief auf die Höhle zu. Jetzt hatte er es satt der Hexe zu gehorchen.

Er ließ die eroberten Waffen am Eingang fallen und kroch trotz Allweißens Warnrufen hinein. Drinnen erhob er sich und schaute sich um. Die Außenwelt schien plötzlich weit weg zu sein, kein Laut drang zu ihm durch.

Freya lag mit geschlossenen Augen auf dem Rücken, sie war nackt und hatte die Arme auf der Brust verschränkt. Plötzlich war Thor ganz ruhig. Andächtig nahm er neben ihr Platz. Sie atmete. Ihre Brust bewegte sich ein wenig. Ihr ganzer Körper war mit Zeichen bemalt worden, das Lager mit weißen Blumen bestreut. Thor war schon benommen von dem schweren, süßen Geruch. Freya lebte. Sie war schöner denn je. Er streichelte ihre Brust, beugte sich vor und küsste ihre Lippen. Aber sie bewegte sich nicht und erwachte auch nicht, als er sie leicht schüttelte. Immerhin war sie nicht tot. Ihr Gesicht hatte Farbe bekommen, ihre Lippen waren leicht rosa, nicht grau.

Im nächsten Augenblick packte eine Hand seine Haare und riss ihn zurück. Die wütende Hexe schrie etwas, das sich wie ein Fluch anhörte. Allweiß war auch zur Stelle und zeigte auf den Ausgang. Der Schwächling machte ein ernstes, besorgtes Gesicht. Thor ging mit ihm nach draußen, ohne sich um die schreckliche, schreiende Alte zu kümmern. Er hatte genug gesehen.

Zufrieden hob er die Waffen auf und ging zum Wasser. Als er den lehmigen Strand erreicht hatte, wusch er sich seit langer Zeit zum ersten Mal und dankte dann Tiwaz für den errungenen Sieg. Lange betete er um Hilfe auf dem Heimweg und um Schutz für seine Sippe.

Danach zerbrach er die Speere über seinem Knie und warf sie laut rufend in das schwarze Wasser. Als Letztes ließ er die beiden Hämmer folgen. Zufrieden mit diesem Opfer drehte er sich um und schaute in Allweißens erstauntes Gesicht.

Thor grinste.

»Das verstehst du nicht, was? Dass die Götter für diesen Sieg belohnt werden wollen.«

Allweiß murmelte etwas und Thor hätte gern gewusst, wie sein Volk seine Götter ehrte. Das aber erfuhr er, als er zu den Höhlen zurückkehrte und sofort bereute nicht am Strand geblieben zu sein.

Das kleine Volk umstand eine hohe Eibe am Waldrand. Dort wurden die Toten an den Füßen aufgehängt. Thor runzelte die Stirn und kam näher.

Die Hexe schnitt den Toten die Hälse durch und sang mit ihrer schrillen Stimme. Zwei Frauen hoben eine große verzierte Schale hoch und sammelten darin das Blut. Thor mochte seinen Augen nicht trauen. Er hatte so etwas schon einmal gesehen, das war aber auf seinen Wanderungen weit im Osten. Die Schwächlinge lachten erwartungsvoll. Sie tranken die Kraft ihrer Feinde und opferten sie dann dem Berggott. Das war nicht sein Glaube. Er wollte sie nicht stören. Müde kehrte er zum Höhleneingang zurück, um sich auszuruhen. Aber obwohl er erschöpft war, wollte der Schlaf sich nicht einstellen. Ein Gedanke wollte ihm nicht aus dem Kopf. Was hatte die feindlichen Schwächlinge zum Angriff getrieben?

Das sollte er am nächsten Tag erfahren.

Schon im Morgengrauen kam das kleine Volk, streichelte ihn und lachte. So ging es den ganzen Tag weiter.

Das war ziemlich lästig, und als Eitre später mit ihm in eine der Höhlen gehen wollte, folgte er ihm bereitwillig.

Thor kletterte über Baumstämme den Berg hoch und erreichte den ersten Felssims. Eitre führte ihn in den Berg.

Die Höhle war ziemlich lang und so hoch, dass Thor aufrecht stehen konnte. Überall gab es Schachteln, Urnen und Betten. Über allem hing ein fauliger Gestank. Thor schnaubte. Aber Eitre zwang ihn zum Weitergehen und nun sah Thor am Ende der Höhle einen Gang, der in die Tiefe des Berges führte. Von dort waren gedämpfte Schläge zu hören. Thor ging mit eingezogenem Kopf durch den engen Gang, in dem es so heiß war, dass sein Schweiß nur so strömte. In Gedanken fluchte er vor sich hin. Er kam sich vor wie ein Tier, das in den Mutterleib zurückkriecht. Aber bald weitete der Gang sich aus und er erreichte eine weitere Höhle.

Dort schlugen zwei Schwächlinge gegen die Wand. Eitre hob

die Fackel und fuhr mit der Hand über die glitzernde Wand. Thor stieß einen Laut des Erstaunens aus. Die Wand war von funkelnden Steinen besetzt. Konnte das Gold sein? Mit hämmerndem Herzen berührte auch er diese Steine. Glitzernder Reichtum, der Berg war heilig. Kein Wunder, dass die Schwächlinge überfallen worden waren.

Eitre nickte und führte ihn zurück auf den Felssims und hinunter zur Höhle der Schweine. Erst jetzt sah Thor, dass es eigentlich zwei Höhlen waren, eine für die Tiere, die andere war eine Schmiede. An diesem Tag wurde dort nicht gearbeitet. Die Essen waren kalt, doch auf dem Boden lagen Werkzeuge und Gussformen. Eitre schlug auf seine Axt und gestikulierte. Thor begriff. Die Axt war hier geschmiedet worden. Er schaute den kleinen Mann mit ganz neuem Respekt an. Eitre war ein Meisterschmied, der über großen Reichtum verfügte.

An diesem Abend brachte eine junge Frau ihm zu essen. Sie hatte Blumen in ihren langen schwarzen Haaren und lächelte Thor schelmisch an, als sie den Breinapf vor ihm hinstellte. Thor aß, ohne der Frau auch nur einen Gedanken zu widmen. Dann wurde ihm ein Becher mit einem starken, metähnlichen Getränk hingestellt, den er dankbar leerte. Die Frau stand noch immer da und schwenkte ihre fülligen Brüste.

Eitre versetzte ihm einen Stoß, bewegte die Hand in einer viel sagenden Geste und grinste zufrieden. Es war ganz klar, was Thor seiner Ansicht nach mit der Frau machen sollte.

»Das meinst du doch nicht im Ernst!«, rief Thor verstört.

Glaubten die Schwächlinge wirklich, dass er sich mit diesem hässlichen Wesen vereinen würde, während Freya mit dem Tode rang? Thor hob abwehrend die Hand.

»Nein.«

Etwas Schlimmeres hätte er nicht tun können. Eitre plusterte sich auf und überhäufte ihn mit Schmähungen. Die junge Frau und die anderen schimpften lauthals. Das zog immer mehr Zuhörer an und bald stand das ganze kleine Volk da und schrie seine

Empörung aus sich heraus. Er hatte sie wirklich beleidigt, das war klar.

Odins Wanderungen hatten aus Thor einen weit gereisten Mann gemacht. Er hatte gelernt, dass es in anderen Ländern andere Sitten gibt und dass man seine Gastgeber niemals beleidigen darf.

Aber mit der da zu schlafen? Er sah die Frau an und schluckte tapfer. Ihre Zähne waren so schwarz wie ihr Gesicht und ihre Haare. Ihr Rücken war bedeckt mit kleinen Locken, wie sie auch üppig zwischen ihren Beinen wuchsen. Thor packte tapfer den Metbecher und leerte ihn auf einen Zug. Dabei betete er zu Tiwaz. Er brauchte jetzt wirklich alle mögliche Hilfe, wenn er überhaupt eine Erektion zustande bringen wollte.

Die junge Frau kicherte glücklich, als sie ihn in eine Höhle führte. Thor war nicht empfindlich. Er schloss die Augen und dachte an Freya. Nach einer Weile konnte er dann seine Pflicht erfüllen. Er lächelte starr und verließ die Grotte. Draußen standen alle Kleinen und jubelten.

»Tiwaz, die Blätter werden gelb, bald ist die Zeit für das Herbstopfer gekommen. Ich muss jetzt nach Hause. Bitte, befrei mich von diesem Ort«, betete er.

Irgendwer musste seine Gebete erhört haben, denn als Thor am nächsten Morgen aufwachte, stand sie lächelnd vor ihm. Ihr Gesicht war mager geworden, aber ihre bleichen Wangen hatten die krankhafte Röte verloren.

»Es ist vorüber«, sagte Freya.

Thor erhob sich langsam und nahm sie in die Arme. Freya schloss die Augen, sie war schwach und verwirrt. Sie war zwar schon seit drei Tagen wieder bei Bewusstsein, hatte aber das Gefühl, dass ein Teil von ihr immer noch schlief.

»Ich dachte, du würdest sterben«, sagte Thor.

Sie schaute in sein sonnenbraunes Gesicht und spielte einen kurzen Moment mit dem Gedanken ihm alles zu erzählen, was sie durchgemacht hatte. Aber dann kam sie zu dem Schluss, dass er niemals begreifen würde, was es bedeutete, durch die neun Welten der Unterwelt zu wandern, ohne zu sterben. Sie hatte dieselbe

Reise gemacht wie Snotra, als die zur Hohen Priesterin geweiht worden war, jedoch mit einem Unterschied: Snotra war eine Nacht lang unterwegs gewesen, Freya dagegen eine halbe Mondwanderung. Sie schauderte. In ihrem ganzen Leben würde sie nicht über das Entsetzliche sprechen können, was sie dort unten erlebt hatte. Ohne Bestlas Zauber wäre sie bis zum Ende der Zeiten dort unten geblieben. Sie schuldete der Alten mehr, als sie jemals würde bezahlen können.

»Ich war fast tot, aber Bestla hat Buße für mich gezahlt«, sagte Freya und ihr schauderte abermals. Für Thor musste das als Erklärung reichen.

Sie wollte erzählen, wie sie zur Gnipahöhle hinabgesunken war und wie sie durch Gölls Fluss aus spitzen Messern geschwommen war, um dann die Leichenstrände zu erreichen. Sie wollte ihre Flucht von dort schildern, die sie weiter durch die Welten geführt hatte, mit Bestlas Seelentier als einziger Begleitung. Aber dieser Mann würde das alles nicht begreifen.

Bestla kam aus ihrer Höhle, reckte ihren steif gewordenen Körper und schaute aus zusammengekniffenen Augen zur Sonne hoch.

Freya lächelte müde.

»Sie kann dich nicht leiden.«

»Ich sie dagegen sehr. Ich war so sicher, dass du mir sterben würdest. Wenn diese Wesen nicht gekommen wären …«

Er nickte zu Eitre und dessen Kameraden hinüber, die der Hexe auf dem Fuße folgten.

»Bestla sagt, die Mondgöttin habe ihr eine Vision gesandt. Für uns ist das eine Ehre. Das alte Volk will mit den Menschen nämlich nichts zu tun haben. Sie behaupten, wir zerstörten die Welt.«

»Du verstehst also, was sie sagen?«

»Ja. Ihre Worte sind mit Zauber gefüllt. Alle unsere Sprüche sind in dieser alten Sprache. Ich habe immer gehofft, ihnen zu begegnen, aber ich hätte das doch gern auf eine andere Weise getan.«

Sie lachte zögernd. Thor blickte sie forschend an. Er musste wissen, wie sehr sie sich verändert hatte.

»Sie bringen uns mit dem Boot nach Idunvallen. Das hier ist das Ende unserer Reise.«

Er nickte und dachte daran, was sie in Idunvallen erwartete. Nichts würde mehr so sein wie vorher. Aber er hatte ihr das Leben gerettet und damit dafür bezahlt, dass sie dasselbe für ihn getan hatte. Sie waren durch keine Schuld mehr gebunden.

Thor würde das niemals laut sagen, aber diese Erkenntnis sorgte dafür, dass er sich leer und traurig fühlte.

Schon am nächsten Tag machten sie sich auf den Weg. Das kleine Volk drängte sich um sie zusammen. Ihnen schien der Abschied schwer zu fallen.

Einige Frauen reichten Freya feierlich ein Bündel, das diese demütig in Empfang nahm. Thor hielt Ausschau nach Eitre, doch der ließ sich nicht blicken. Sie wollten schon zum Boot gehen, als er angerannt kam. Dabei schien er etwas hinter seinem Rücken zu verstecken.

Eitre blieb vor Thor stehen und sang etwas in seiner fremden Sprache.

»Er sagt, dass ihr Brüder im Geiste seid. Und deshalb will er dir Mjölnir schenken«, erklärte Freya.

Eitre nickte und hielt Thor den größten Hammer hin, den dieser jemals gesehen hatte. Andächtig nahm er die Waffe entgegen, die kühle Bronze lag schwer in seiner Hand. Noch nie hatte er eine dermaßen prachtvolle Arbeit gesehen. Die viereckigen Schaftköpfe waren von verschlungenen Schlangen und Spiralen besetzt, die sich miteinander verbanden und kreuzten wie Freyas Tätowierungen. Er legte die Hand auf die behaarten Schultern des kleinen Mannes.

»Dein Geschenk ist zu großartig. Das kann ich niemals wieder gutmachen.«

Eitre gab eine Antwort.

»Er sagt, das sei ihr Dank für deinen Kampf. Und du wirst immer ein Bruder sein und lebst im Schoß seiner Schwester weiter«, sagte Freya und schaute ihn viel sagend an.

»Mir blieb nichts anderes übrig, sonst hätten sie mich wohl umgebracht.«

»Wenn du eine Frau abweist, dann weist du das ganze Volk ab. Du hast richtig gehandelt«, sagte Freya und nahm ihr Bronzearmband ab.

Bestla war verschwunden und sie reichte es Eitre.

»Ein Geschenk zum Dank.«

»Ich danke für meine Mutter. Ihr werdet an unserer Feuerstätte immer willkommen sein. Und beim nächsten Mal werden meine Brüder und ich dir ein wunderschönes Halsband schenken«, sagte Eitre.

»Du ehrst mich. Friede und gute Ernte«, sagte Freya und nahm Thors Hand.

Sie folgten Berling und Allweiß zum Strand, wo bereits ein Ruderboot auf sie wartete. Freya schien über den Weg zu schweben. Das hier war der Beginn einer ganz anderen Reise als der, die nun hinter ihr lag.

11

Freya und Thor schauten schweigend nach Idunvallen hinüber. Das sonnengelbe Strohdach von Odins Halle war durch die Bäume zu sehen, eine bleiche Rauchschlinge stieg aus dem Rauchloch auf. Die kleinwüchsigen Kühe weideten zwischen den Stoppeln auf dem Acker, bewacht von einem mageren kleinen Jungen, der zusammengekrümmt auf einem Stein hockte. Hinter den Felsen, geschützt von Zäunen und Büschen, waren gebeugte Rücken zu sehen. Aus der Ferne hörten sie eine Axt, die auf Holz einhieb.

Freya wandte sich um und schaute aufs Meer hinaus. Das Boot war hinter einer Landzunge fast verschwunden. Der schmale ausgehöhlte Baumstamm jagte wie ein Pfeil über das ruhige Wasser. Freya wäre am liebsten am Strand entlanggerannt und hätte ihnen zugerufen, sie sollten zurückkommen, statt die letzten Schritte zu Odins Hof hinter sich zu bringen.

»Vater wird sicher froh sein, wenn ich mit seiner Braut zurückkehre«, sagte Thor verbissen.

Er zog sein Hirschlederhemd gerade, es war verschwitzt und so zerfetzt, dass es schon fast auseinander fiel. In einem Riss in der Schulter leuchtete die rote Narbe der Pfeilwunde.

Erst jetzt sah Freya, wie sehr Thor seit ihrer ersten Begegnung abgemagert war. Damals war er kräftig gewesen, jetzt lagen seine Muskeln wie gespannte Seile unter seiner Haut. Sie sah die Ader, die zwischen den Sehnen in seinem Hals pochte.

Es gab so viel, was Freya gern gesagt hätte, was sie ihm erzählen wollte, aber sie hatte das Gefühl, dass eine Schlinge um ihren Hals zusammengezogen wurde.

Es war zu Ende. Es hätte keinen Sinn, noch etwas zu sagen.

Von dem Moment an, in dem sie den Hof betraten, würde sie Odin gehören, wie eine Kuh oder ein Halsband. Ihre eigene Mutter hatte sie gegen Frieden und Handelsbeziehungen eingetauscht, hatte sie zu einem Leben fern von Vanaheim verdammt.

Aber wenn sie nicht mit Thor geflohen wäre, dann hätte Odin ihr die Kehle durchgeschnitten, und jetzt würde sie doch immerhin überleben. Da war sie sich sicher. Und so lange sie am Leben wäre, wollte sie kämpfen. Sie erwiderte Thors Blick. Sie sahen einander lange an.

»Ich bringe dich noch hin, und dann ziehe ich weiter«, sagte er endlich.

Sie wollte ihn anschreien, dass sie es auf dem Hof nicht aushalten würde, wenn er nicht da wäre. Sie wollte ihn anflehen, ihn bitten, zu bleiben. Aber sie brachte nur diesen einen Satz heraus:

»Wohin willst du?«

Freyas Stimme klang brüchig und heiser vor Verzweiflung.

»Das werde ich noch sehen«, antwortete er mit einem Schulterzucken, dann ging er weiter in Richtung Hof. Sie folgte. Ihnen blieb jetzt nur noch die Pflicht.

»Ich fühle mich wie eine Kuh, die zum Opfer geführt wird«, sagte sie leise.

Ohne Vorwarnung geriet Thor bei diesen Worten in Wut. Mit tiefrotem Gesicht packte er ihre Schultern und schüttelte sie.

»Meinst du, ich will dich mit meinem Vater zusammen sehen? Meinst du nicht, dass ich das verhindern will?«

Freya machte sich von ihm los und trat überrascht einen Schritt zurück. Seine Wut riss sie aus ihrer Verzweiflung.

»Vanaheim zu Liebe muss ich mit Odin zusammenleben, aber ich habe durchaus nicht vor, deshalb auch sein Lager zu teilen. Wenn dein Vater versucht in mein Bett zu gelangen, dann werde ich seine Stange verzaubern.«

»Ja, das kann ich mir vorstellen«, knurrte Thor verbittert.

Freya schnaubte wütend und strich sich die Haare aus dem Gesicht.

»Ich habe nicht vor, so zu werden wie euer willenloses Vieh von Frauen. Ich habe die Wanderung durch die Unterwelt überstanden und ich werde auch das hier schaffen. Es sind nur drei Sommer, danach bin ich frei. Entweder glaubst du mir und verlässt dich auf mich, oder du tust es nicht. Du musst entscheiden, ob du warten willst.«

Kaum hatte sie diese Worte gesagt, da spürte sie deren tiefe Wahrheit.

Sie hatten die Gehege erreicht, jetzt war es nicht mehr weit. Freya ließ ihren Blick über die Felder wandern. Eine tiefe Ruhe lag über ihnen, ganz anders als bei ihrem ersten Besuch hier. Sicher war das Freyrs Werk.

Der Zaun war nach dem Kampf wiederhergestellt worden, auf dem Schlachtfeld wuchs hohes Gras. Sie sah den Kampf vor sich, suchte mit den Blicken die Stelle, wo vor ihren Augen der Junge mit der Bauchverletzung gestorben war. Und dort hinten hatte sie Storm den Gnadenstoß versetzt. Für einen Moment huschte das Bild der sterbenden Quänenkriegerin an ihr vorüber. Freya kniff die Augen zusammen. Jetzt gab es hier nur noch üppiges Gras, das sich im Wind bewegte. Der schläfrige Friede erschien ihr wie eine Beleidigung der Toten.

»Thor!«

Ein junger Mann kam über den Hof gerannt und stürzte dann schreiend auf sie zu. Freya erkannte den blonden Jungen mit dem verschlissenen Leibschurz. Es war Baldur, der seinen älteren Bruder lachend umarmte.

»Wir dachten schon, wir hätten dich für immer verloren«, sagte er mit leuchtenden Augen.

Dann rief er über den Hofplatz: »Jetzt seht doch nur, wer hier ist!«

Weitere Männer tauchten auf. Bei Thors Anblick ließen sie alles stehen und liegen und kamen ihm entgegengerannt. Eine Kinderschar folgte, nackt und barfuß drängten sie sich hinter den Männern, die Thor auf die Schulter klopften und wild durcheinander redeten.

Freya wich vor den schweißnassen Körpern und den lauten Stimmen zurück. Die Männer bemerkten sie nicht einmal, ihre Augen leuchteten in den bärtigen Gesichtern, als sie Thor begrüßten.

»Wir haben auf dein Wohl getrunken, als wir von deiner Flucht aus Hallunda hörten«, sagte Erik Langbogen. Er war offenbar in der Schmiede an der Arbeit gewesen, denn er trug noch immer eine gegerbte Tierhaut um Bauch und Brust.

»Wie war 's denn so bei den Hexen?«, fragte Baldur.

»Ich war schwer verletzt, Freya hier hat mich gepflegt. Wir sind zusammen geflohen«, erwiderte Thor.

Die Männer erstarrten und schauten Freya zum ersten Mal mit überaus misstrauischen Blicken an.

»Du willst doch wohl nicht behaupten, dass die Hexe dich gerettet hat«, rief Baldur.

»Doch«, Thor nickte.

Die Männer prusteten los. Sie krümmten sich zusammen und schlugen sich auf die Schenkel.

»Ja, was man nicht im Arm hat, muss man im Schwanz haben«, kicherte Baldur und schlug Thor in den Rücken. Der schlug die Arme übereinander und lächelte gutmütig.

»Den Kampf habe ich jedenfalls nicht verloren«, sagte er gelassen.

Das Gelächter der Männer verstummte. Sie schlugen die Augen nieder.

»Es wird auf jeden Fall spannend, heute Abend am Feuer deinen Bericht zu hören. Dein Vater wird auch froh darüber sein, dass du wieder da bist«, sagte Erik Langbogen schließlich.

»Die Hexe, die du da mitgebracht hast, ist wohl dieselbe, die ihre Königin ihm zum Friedensschluss geschenkt hat?«, fragte Loki, der unbemerkt hinter den Rücken der Männer hervorgeglitten war.

Freya blickte entsetzt in das Fuchsgesicht des kleinen Schamanen. Der schaute sie berechnend an und schien schon zu planen, was er mit ihr anstellen würde.

Wieder nickte Thor.

»Ja, sie wird die Braut meines Vaters sein«, sagte er kurz.

»Als ob Odin nicht genug Weiber hätte. Ich kann sie ja übernehmen«, sagte Erik Langbogen und musterte Freyas Oberschenkel mit wohlgefälligem Blick.

In diesem Moment reichte es ihr. Jetzt hatten sie sie zu sehr beleidigt.

Freya trat wütend zwischen die Männer, baute sich vor Erik Langbogen auf und brüllte:

»Schweig! Vergiss nicht, wer den Kampf gewonnen hat. Erweise mir Achtung, sonst lasse ich deinen Sack an deiner Zunge anwachsen, und dann kannst du nie mehr auch nur ein Wort sagen!«

Erik Langbogen erbleichte unter seinem blonden Bart und wich zurück.

»Er hat das nicht so böse gemeint«, sagte Thor.

Aber das hier war ihr Krieg und sie musste kämpfen, das war ihr immerhin klar. Freya reckte sich und richtete ihren Blick auf die belustigten Männer.

»Ich warne euch, noch mehr von diesem Gerede, und ich verpasse euch den bösen Blick, und ihr werdet nie wieder Glück haben.«

Sie wechselten einige erschrockene Blicke.

»Ihr solltet auf sie hören. Ich habe sie Dinge tun sehen, die keiner von uns verstehen könnte«, warnte Thor mit leichtem Lächeln.

»Sie hat ihm den Kopf verdreht«, sagte Loki und schaute Freya mit spitzem Blick an. Ihr war klar, dass er ihre Begegnung auf dem Schlachtfeld nicht vergessen hatte. Er war noch immer ihr Feind.

»Mit meinem Kopf ist alles in Ordnung, aber ohne Freyas Zauber wäre ich nicht mehr am Leben. Ich werde das alles heute Abend an der Feuerstätte erzählen«, sagte Thor.

»Zauberei und Blendwerk. Als ob es nicht reichte, dass dieser buhlende Schamane hergezogen ist«, murrte Baldur.

»Wo sind Freyr und seine Leute?«, fragte Freya, die jetzt unbedingt zu ihren Leuten wollte.

Baldur zuckte mit den Schultern.

»Der ist sicher bei Odin in der Halle oder in der Hütte, die wir für ihn bauen mussten«, sagte Baldur und nickte zum Hof hinüber.

»Führ mich zu ihm.«

Baldur schaute Thor fragend an, und der nickte kurz.

»Na, dann komm«, sagte er und setzte sich in Bewegung.

»Himmel, Thor, da hast du aber ein Weib angeschleppt«, hörte sie noch, als sie durch das Tor gingen.

Der Hofplatz sah fast so aus wie damals, als sie neben der verletzten Gefion gewacht hatte. Ein kleines schwarzes, zottiges Pferd war vor dem leeren Schweinegehege angebunden, seine Flanken waren schweißnass, es war wohl erst kürzlich geritten worden. Den Kopf hielt es gesenkt und mit dem langen Schwanz schlug es nach Fliegen. Auf der anderen Seite saßen zwei alte Leute und gerbten eine Haut. Eine Leibeigene stand in dem kleinen Küchengarten, starrte Freya an und versuchte zugleich, verwelktes Gras auszuziehen.

Durch die geöffnete Tür waren gedämpfte Stimmen aus der Halle zu hören. Zwei von Flöhen zerstochene Hunde dösten im Schatten unter dem Strohdach vor sich hin. Sie waren so mager, dass ihre Rippen aus dem schmutzigen Fell ragten. Besonders gute Wachhunde konnten sie nicht sein, denn der eine schaute nur gleichgültig hoch, als Freya an ihm vorüberging.

Eine Frau, die Freya für eine Freigeborene hielt, da sie besser gekleidet war als die magere Jammergestalt im Küchengarten, kam mit einem mit Wasser gefüllten Holztrog aus der Halle. Sie schüttete das Wasser über den Hunden aus, woraufhin diese kläffend aufsprangen, um sich dann vor einem Steinhaufen erneut niederzulassen.

Freya schaute zum Weihestein hinüber und nickte zufrieden. Der Stein war mit Blut eingeschmiert und eine geopferte Ziege hing an einigen Pfählen, hoch über dem Boden, so dass die Hunde ihre Zähne nicht in die Opfergabe schlagen konnten. Kein Wunder, dass der Boden jetzt ruhiger war. Fette Fliegen summten um den verfaulenden Kopf der Ziege.

»Seid ihr froh darüber, dass Freyr bei euch ist?«, fragte sie den schweigsamen Baldur, der daraufhin mit den Schultern zuckte.

»An ihm ist wohl nicht viel auszusetzen. Er hat seine Ziegen, ein Pferd und vier Kühe hergeschafft. Er hat versprochen, dass wir die essen werden, wenn es einen harten Winter gibt. Und er hat Glück bei der Jagd und beim Fischen, und da ist es wohl in Ordnung.«

Er verstummte, als ein Frauenschrei über den Hofplatz hallte.

Baldur zeigte auf eine große Hütte, die mit ihrem Strohdach und ihren soliden Wänden schon fast ein Haus war. Sie war neben dem Wohnhaus errichtet worden. Wieder drang ein Schrei durch die frisch gezimmerte Tür.

»Das ist Frauensache«, sagte Baldur und eilte zurück zu seinem Bruder.

Freya öffnete die Tür und ein erstickender Schmerzensgestank schlug ihr entgegen.

Auf einer Schilfmatte lag Siv mit schweißnassem Gesicht und einem Stück Holz zwischen den Zähnen. Die Leibeigene Kol und eine Frau, die Freya noch nie gesehen hatte, saßen vor ihrem aufgedunsenen Bauch. Die drei starrten Freya so überrascht an, als sei die soeben aus der Unterwelt aufgestiegen.

»Was für ein gewaltiges Glück«, sagte Kol andächtig.

»Du verfluchte Eidbrecherin! Verschwinde!«, schrie Siv, halb wahnsinnig vor Schmerzen.

Freya legte neben der Tür ihren Ranzen ab. Was sollte sie machen? Sie hatte keinen Gedanken an Siv oder deren kommendes Kind verschwendet, dazu war zu viel passiert. Ihr schlechtes Gewissen legte sich wie ein steinerner Umhang über ihre Schultern. Siv hatte Recht. Sie hatte sie belogen.

»Wir können keine Feindinnen sein. Jetzt nicht.«

Siv wandte ihr ihr glühend rotes Gesicht zu. Ihre Augen waren vor Schmerz trübe.

»Hol das Kind aus meinem Leib«, schrie sie, während die Wehen durch ihren Körper jagten und ihren Bauch zucken und beben ließen. Siv biss auf das Holzstück und stöhnte wie ein sterbendes Tier.

Als die Schmerzen abklangen, sah sie Freya aus rot unterlaufenen Augen an, die trotz ihrer Erschöpfung von Abneigung brannten.

»Du schadest deinem Kind, wenn du voller Hass gebierst«, warnte Freya.

Sivs Körper bäumte sich in einer neuen Schmerzwelle auf. Sie war jetzt kurz davor. Mit hämmerndem Herzen setzte Freya sich zwischen Sivs Beine und versuchte, ihre Gedanken zu sammeln. Die ältere Frau neben Kol musterte sie neugierig und machte Platz für sie. Diese Frau hatte etwas Würdevolles. Sie trug ein schlichtes Kleid, aber das war bei Geburten immer so. Ihr Verhalten jedoch unterschied sie von allen anderen Frauen, die Freya in Idunvallen bisher gesehen hatte. Und endlich ging ihr auf, warum. Diese Frau wirkte nicht unterwürfig.

»Du bist also Freya. Ich bin Frigg, Odins Frau. Sei willkommen hier.«

Freya starrte die Frau mit einer Mischung aus Überraschung und Erleichterung an. Odin hatte sich schon eine neue Frau genommen.

Damit bliebe ihr das erspart.

»Danke«, sagte Freya.

»Das geht schon seit heute Nacht so«, sagte Frigg und nickte besorgt zu Sivs Schoß hinüber, der rot und offen auf das Kind wartete.

»Wo ist Freyr?«

»Er holt dieses Gras, das sie die ganze Zeit isst«, erzählte Kol und sah Freya aus funkelnden Augen an.

»Ist das Lebenswasser schon aus ihr hinausgeflossen?«

»Das ist schon fast zwei Tage her«, antwortete Frigg besorgt.

Siv wurde von Schmerzen geschüttelt und biss mit gequältem Stöhnen auf ihr Holz.

»Ich schaff das nicht!«

»Natürlich schaffst du das!«

Freya holte tief Luft. Sie hatte nicht vor, das hier Fremdlingen zu überlassen.

Aber jetzt musste in kurzer Zeit sehr viel erledigt werden. Sie nahm eine Hand voll Kohle aus der erlöschenden Feuerstätte und zerdrückte sie in ihrer Hand. Danach spuckte sie hinein, bis sie einen schwarzen Brei hatte, mit dem sie Zeichen auf Sivs zum Bersten gespannten Bauch zeichnete, während sie einen Geburtszauber sang. Kol starrte sie verängstigt an, Frigg dagegen ließ sich nichts entgehen.

Der Zauber half. Siv hob ihr schweißnasses Gesicht und schaute ihren großen, ruckenden und bebenden Bauch an.

»Ich schwöre, dass ich nie wieder mit einem Mann schlafen werden«, stöhnte sie.

Freya lächelte Frigg zu.

»Da bist du nicht die Erste, die das sagt. Und jetzt musst du kämpfen, sonst stirbst du, und dein Kind auch«, sagte sie und teilte Sivs Beine.

In diesem Moment wurde die Tür aufgerissen und ein schweißtriefender und atemloser Freyr kam mit einem Büschel Gras in der Hand herein.

»Die Mächte seien gepriesen, du bist endlich da, Schwester.«

Er drückte Freyas Arm und schaute dann Siv besorgt an.

»Wie sieht es aus?«

Sivs Gesicht war vom Schmerz verzerrt.

»Gib das Gras her und verschwinde.«

Sie riss das Gras an sich und kaute darauf herum, ohne es hinunterzuschlucken.

»Ganz ruhig, Schwester«, mahnte Freya, nahm ihr das Gras aus der Hand und legte es beiseite.

»Wenn du zu schnell isst, dann verlierst du das Bewusstsein, und das würdet ihr beide nicht überleben.«

»Aber nicht dein Körper wird hier zerrissen. Liebste Göttin, nimm das Kind aus meinem Leib.«

Siv wehrte Freyrs Hand ab, die versuchte, ihr die schweißnassen Haare aus dem Gesicht zu streichen.

»Ich will dich nicht sehen.«

»Verschwinde, Freyr. Du, Kol, kannst Wasser holen. Trödel nicht zu lange herum«, sagte Freya und zeigte auf die Tür.

Erleichtert machten beide sich davon. Bald brachte Kol einen Ledersack voll Wasser, das über der Kochgrube angewärmt wurde.

»Siv, stell dich auf alle viere. Es ist so weit«, sagte Freya.

»Das schaff ich nicht«, keuchte Siv. Sie war jetzt ruhiger, das Gras tat seine Wirkung. Mit großer Mühe konnte sie sich dann wirklich umdrehen und sich schluchzend auf Hände und Knie stellen.

»Gut gemacht. Das schaffst du«, sagte Freya beruhigend.

»Ganz bestimmt«, sagte Kol, deren eigener Bauch sich unter ihrem Kittel wölbte. Sie sah zu, wie Freya singend mit der Hand Sivs Lenden streichelte, wie bei einer nervösen Stute. Sivs geschwollene Brust schlug gegen ihren gewaltigen Bauch. Jetzt war ein Kopf zu sehen, Schleim und Wasser tropften auf die Schilfmatte. Kol schob das Holzstück in Sivs schreienden Mund.

Freya sang Kraftlieder, denn hier tobte ein wahnwitziger Kampf. Siv und das Kind irrten im Grenzland zwischen Leben und Tod hin und her. Ihre Schmerzen ließen die Hütte erbeben.

Jetzt war der Kopf fast schon draußen. Freya versuchte den runzligen und glitschigen Kopf festzuhalten. Aus Sivs Schoß sickerte ein wenig Wasser. Jetzt hatte Freya den Kopf gepackt.

Bei der nächsten Wehe zog sie am Kopf und das Kind glitt auf die Schilfmatte. Freya sah das blaue, geschwollene Glied zwischen seinen Beinen an.

»Es ist ein Junge«, sagte sie und zog ihr Opfermesser aus dem Gürtel.

Mit einem raschen Schnitt kappte sie den Lebensfaden. Ein leises Jammern war von den schmalen Lippen zu hören. Das Kind würde leben. Die vier Frauen verstummten, als die Geister durch den Raum fegten.

Freya hob den Kleinen in die Luft und lächelte triumphierend. Das hier war das größte Wunder auf der Welt.

»Der Göttin sei Dank. Sei uns willkommen«, flüsterte sie und wusch das Kind mit einem Lappen, den Kol ihr reichte.

Es war so klein, kleiner als jedes Kind, das sie je gesehen hatte. Aber er war trotzdem perfekt, alle Finger, alle Zehen waren vorhanden.

Sie legte ihn an Sivs Brust. Sofort riss der Kleine den Mund auf wie ein Vogeljunges und suchte nach der Brustwarze.

»Schön«, flüsterte Siv erschöpft und streichelte vorsichtig den schwarzen Flaum auf dem Kopf des Kleinen.

Freya lächelte, ging in die Hocke und wartete darauf, dass der Blutklumpen, von dem das Kind sich bisher ernährt hatte, zum Vorschein käme.

Das dauerte, aber am Ende brachte Siv auch den heraus. Freya brach ihn auseinander und betrachtete den Lebensbaum, der seine Zweige ausstreckte. Dort war das Schicksal des Kindes verzeichnet. Siv reckte den Hals, um das Schicksal zu sehen.

»Was kannst du sagen, was siehst du?«

»Ruhe. Warte.«

Freya ließ den Finger an den Zweigen entlangwandern, sah sie sich genau an, denn sie wollte nichts Falsches sagen. Doch sie konnte nur gute Zeichen entdecken.

»An deiner Brust liegt ein Jäger. Sein Lebensbaum ist stark. Du brauchst dir keine Sorgen um ihn zu machen. Er ist stark und klug«, sagte sie und lächelte Siv an. Erleichtert küsste Siv ihren kleinen Sohn, der mit offenem Mund an ihrer Brust eingeschlafen war.

Freya vertiefte sich weiter in die Betrachtung des Lebensbaumes. Sie folgte den gelben Zweigen durch das rote Fleisch. Nur eins fiel ihr auf. Unter dem schwächlichen Vaterzweig wuchs ein viel stärkerer und kräftigerer. Er verschlang sich mit dem Schicksal des Kindes und ließ es stärker und größer werden.

»Ein Mann, der nicht sein Vater ist, wird ihm während seiner Kindheit Nahrung und Stärke geben.«

»Ja, Freyr taugt wirklich nichts.«

»Wie soll der Kleine heißen?«

Siv schaute ihren Neugeborenen an und streichelte vorsichtig seine Wange.

»Ich weihe dich der Göttin und gebe dir den Namen Ull«, sagte sie in feierlichem Tonfall und machte über dem Kind das dazugehörige Zeichen.

Freya nickte zufrieden.

»Das ist ein guter Name für einen Jäger.«

Die Luft schimmerte und plötzlich stand Gullveig vor ihnen und musterte das Kind. Freya schnappte nach Luft. Aber das hier war kein boshaftes Blendwerk, das hier war der Geist der echten Gullveig, schwach, aber doch anwesend.

Das Gefühl des Trostes umfing sie wie ein warmer Umhang. Gullveig lächelte. Freya war nicht mehr einsam.

Dann wurde an die Tür geklopft. Freyr fragte, ob er eintreten dürfe.

»Warte«, rief Freya und wandte sich an Siv, die die Arme um das Kind legte, wie um es vor seinem Vater zu beschützen.

»Das ist ja nicht das erste Kind, bei dessen Geburt er sich nützlich macht. Und hier auf dem Hof wird es offenbar noch weitere geben. Aber das ist uns egal. Oder was meinst du?«, fragte sie den Kleinen.

Freya nickte Kol zu, damit diese die Tür öffnete, und gleich darauf stand ein freudestrahlender Freyr in der Hütte.

»Die Göttin hat Leben geschenkt, ich danke ihr.«

Er beugte sich mit erstaunter Miene über Siv, die ihn gereizt anblickte.

»Wie klein!«

»Als er herausgekommen ist, ist er mir überhaupt nicht klein vorgekommen«, murmelte Siv.

»Hat es wehgetan?«

Freya schnaubte. »Siv braucht jetzt Ruhe. Also geh du lieber.«

»Ich wollte dem Kleinen nur sofort einen Namen geben«, sagte Freyr.

Freya starrte Freyr aus weit aufgerissenen Augen an. Hatte er den Verstand verloren? War das derselbe Mann, der vor der Schmiede in Hallunda zu ihr gesagt hatte, Mutter und Vater seien nicht von Bedeutung?

»Wir sind nicht hergekommen, um zu werden wie die Kriegshetzer. Bist du so hochmütig geworden, dass du dir einbildest, du könntest den Platz der Göttin einnehmen? Glaubst du, du kannst Leben erschaffen, nur weil du deine Stange dort hineinsteckst, wo es dir gerade passt?«

»Nein, aber ich dachte …«

Freya erhob sich und zeigte auf die Tür.

»Mach, dass du wegkommst. Und misch dich hier nicht mehr ein. Nimm deine Sachen und such dir einen anderen Schlafplatz. In diese Hütte wirst du keinen Fuß mehr setzen.«

Freyr erbleichte.

»Freya …«

Aber jetzt ergriff Idunvallens neue Herrscherin die Macht. Dass ein Mann sich an einem neugeborenen Kind zu schaffen machte, war mehr, als Freya ertragen konnte.

»Jetzt geh endlich. Raus«, sagte sie und schob den verdutzten Freyr mit energischer Hand durch die Tür.

Frigg schloss sie hinter ihm und schüttelte den Kopf.

»Ihr habt ja seltsame Sitten, soll der Vater das Kind denn nicht auf die Stange setzen und ihm einen Namen geben?«

»Nach unseren Sitten hat es schon einen Namen«, sagte Freya.

»Du darfst das nicht erlauben. Denn sonst kann Freyr ihn mir wegnehmen«, sagte Siv ängstlich und starrte Freya an. Sie schien erst jetzt zu begreifen, dass sie die einzigen Priesterinnen aus Vanaheim auf diesem Hof und deshalb aufeinander angewiesen waren. Frigg schaute schweigend zu, während sie einen langen Blick wechselten.

»Hast du meinen Gatten schon begrüßt?«, fragte sie endlich.

»Nein«, antwortete Freya. »Ich bin sofort hergekommen.«

»Dann bringe ich dich zu ihm. Ruh dich jetzt aus, Siv, es war harte Arbeit, aber du hast deine Sache gut gemacht. Kol wird sich um dich kümmern.«

Sie streichelte Sivs Wange und wurde mit einem dankbaren Blick belohnt.

Freya hob den noch immer warmen Lebensbaum hoch und legte ihn vor die Schwelle. Dort würde er drei Tage liegen bleiben, damit alle sich über das Schicksal des Jungen informieren könnten.

Zwar schien niemand auf dem Hof von diesen Dingen Ahnung zu haben, aber trotzdem. Es war schließlich höchste Zeit, dass sie ein paar sinnvolle Sitten kennen lernten.

Sie versuchte sich an ihrem Wams die blutigen Hände abzuwischen.

»Komm, wir gehen an den Strand, damit du dich waschen kannst. Du siehst schrecklich aus nach deiner langen Wanderung. Ich werde dir helfen, dich für die Begegnung mit deinem zukünftigen Gatten bereitzumachen.«

Freya blieb stehen und schaute mit hämmerndem Herzen in Friggs Augen. Was redete diese Frau da nur?

»Odin ist doch schon mit dir verheiratet!«

»Ein so großer Häuptling kann so viele Frauen nehmen, wie er will.«

»Ich würde mich lieber ertränken, als mit deinem Mann ins Bett zu steigen. Das schwöre ich«, fauchte Freya.

Frigg lachte traurig angesichts dieses Wutausbruchs.

»Man gewöhnt sich an alles.«

Seit Frigg mit ihren Kindern nach Idunvallen gekommen war, hatte sie von der jungen Hexe aus Vanaheim gehört, die Odins neue Frau werden sollte. Frigg war eine praktische Person, eine Frau musste das Schicksal auf sich nehmen, das ihr im Leben beschieden war. Aber als ihr erster Mann auf der Bärenjagd von den Bären zerrissen worden war, hatte sein Bruder den Hof übernommen. Er war zwar bereit gewesen, Frigg und ihren drei Töchtern eine Unterkunft zu gewähren, aber sie und die neue Herrscherin auf dem Hof hatten sich überhaupt nicht verstanden. Deshalb hatte sie sich gefreut, als Odin sie zur Frau verlangt hatte. Das bedeutete für sie eine höhere Stellung auf einem reicheren Hof. Noch ehe sie mit Odin unter dem Hammer stand und eingesegnet wurde, hatte sie gewusst, dass er noch eine andere Frau nehmen würde. Anfangs hatte sie deren Kommen gefürchtet und ihr den Tod draußen in den Wäldern gewünscht, doch je mehr sie mit dem Alfenpriester Freyr gesprochen hatte, umso deutlicher war ihr geworden, dass Freya weder für sie noch für ihre Töchter eine Gefahr bedeutete.

Außerdem hatte sie genügend Probleme mit den Frauen der Kämpfer, die auf dem Hof lebten und ihr das Leben schwer machten.

Es war oft die Rede von den vanischen Hexen gewesen, die durch Zauber ihrem Volk den Sieg genommen hatten. Ihre Sitten sollten seltsamer sein, als man das je vernommen hatte, und sie lebten angeblich auf die alte Weise. Doch ihre Königin hatte mit Odin einen sehr guten Frieden abgeschlossen und außerdem für Handel und gute Ernten gebürgt. Deshalb brauchten sie keine Hungerwinter mehr zu befürchten, und das war für Frigg das Wichtigste.

Sie sah die junge Frau an, die ganz anders war als die Bilder, die sie sich von dieser seltsamen Hexe gemacht hatte. Freya war doch kaum mehr als ein junges Mädchen. Aber obwohl sie so mager und am ganzen Leib verdreckt war, war sie so schön, dass es den Augen wehtat.

Odins glattzüngige Reden würden ihre Ablehnung sicher besiegen, bald würde sie die Schenkel um Friggs Mann schlingen. Da war Frigg sich sicher – sofern Freya nicht einen anderen liebte. Thor war ein stattlicher Mann. Die beiden waren lange in den Wäldern unterwegs gewesen. Es wäre doch seltsam, wenn sie dabei nicht zueinander gefunden hätten.

»Es ist viel über dich und Thor geredet worden, das kannst du dir ja vorstellen. Ihr seid doch zusammen hergekommen?«, fragte Frigg vorsichtig.

»Ja, wir sind zusammen gewandert«, antwortete Freya zögernd.

»Und nicht nur gewandert, stelle ich mir vor.«

»Die Leute glauben so viel«, sagte Freya kurz.

Sie hatte nicht vor, sich zu erniedrigen, indem sie von ihrem Kummer und ihrer Liebe erzählte.

»Ich weiß ja, dass das schwer für dich ist, aber glaub mir bitte, dass du dich auf mich verlassen kannst. Ich bin wirklich deine Freundin«, sagte Frigg lächelnd.

Jetzt war sie sicher. Freya war keine Bedrohung. Und sie wollte lieber die Verbündete der Hexe sein als ihre Feindin.

Frigg ließ ihre Blicke über die Frauen wandern, die tuschelnd an der Kochgrube standen und darauf warteten, dass das Feuer herunterbrannte und nur noch Glut übrig wäre.

»Fulla!«

Die braunhaarige junge Frau ließ einen Arm voll Holz ins Feuer fallen und schaute dann auf.

»Komm her!«

Fulla lief an der Halle vorbei, gefolgt von zwei kleinen Mädchen, die sich bald an Friggs Beinen festhielten. Sie streichelte ihre Köpfe, die eine war blond wie sie selber, die andere, etwas Größere, hatte braune Locken.

»Was ist es denn geworden, Mama?«

Frigg lächelte ihre Töchter liebevoll an.

»Ein kleiner Junge«, sagte sie mit weicher Stimme.

»Wird er leben?«

»Ja, da bin ich mir sicher.«

»Wer ist das denn?«, fragte die Jüngere und sah Freya an, die nach Thor Ausschau hielt.

Doch der war offenbar in die Halle gegangen, jedenfalls war er nirgendwo zu sehen.

»Das ist Freya. Sie wird Odins andere Frau sein. Fulla, hol meinen Kamm und das gelbe Gewand und komm damit zur Badebucht.«

Sie nickte den beiden Mädchen zu.

»Und ihr könnt mitkommen und Wache halten.«

Die beiden jubelten und rannten in Richtung Strand davon.

Friggs Gesicht war müde, aber freundlich.

»Komm jetzt, Freya, wir werden dich schön machen.«

Es dämmerte schon, als Frigg einen Schritt von Freya zurücktrat und sie in einer Mischung aus Stolz und Kummer ansah. Obwohl Freya sich geweigert hatte, sich die Haare flechten zu lassen, war sie unendlich schön. Ihr volles Haar hing lockig um ihren Kopf. Es wies denselben korngelben Farbton auf wie das Wams und der weite Rock – beides von Frigg geliehen – und wie die spitze Gürtelschnalle auf ihrem Bauch. Ihre Augen leuchteten grün in dem besorgten Gesicht, ihre Haltung war die einer Königin. Friggs Magen krampfte sich verzweifelt zusammen. Würde Odin Freya vorziehen? Dann würde sie verstoßen werden und als Magd dienen müssen.

»Bist du so weit?«, fragte Frigg und lächelte tröstend, als sie in Freyas Augen eine Mischung aus Angst und Wut entdeckte.

»Ich danke dir«, sagte Freya aus ehrlichem Herzen. Das Bad und die sauberen Kleider hatten ihr neue Kraft gegeben, und nun konnte sie Odin gegenübertreten, Gullveigs Mörder. Sie schaute die ältere Frau an, die sich so um sie kümmerte, obwohl sie deren Stellung bedrohte.

»Ich werde nie deine Freundlichkeit vergessen und ich schwöre, dass ich dir niemals Schaden zufügen werde.«

Frigg nickte und konnte ihre Erleichterung nicht verbergen.

Die Luft in der Halle war stickig und warm, obwohl die Türen offen standen. Der harsche Geruch von Männerschweiß mischte sich unter den Essensgeruch, der von der Kochgrube kam, und ließ in hungrigen Mündern das Wasser zusammenlaufen. Einige brennende Zweige in der Feuerstätte beleuchteten die Gesichter der Männer, die um sie herumsaßen. Frauen und Kinder drückten sich an die Wände und Schlafbänke. Alle hörten Thor zu, der mit lauter Stimme erzählte, was ihm widerfahren war seit der stürmischen Nacht, in der er von Vanaheims Kriegern verwundet worden war. Aber kaum erblickte er Freya, da verstummte er. Alle drehten sich zu ihr um. Sie trat einige Schritte in die Halle, blieb dann aber stehen und erwiderte Thors Blick. Seine Wangen loderten rot auf. Da er sich den Bart abgenommen hatte, sah er jetzt viel jünger aus. Und wie er dort in dem schwarzen, von einem breiten Ledergürtel festgehaltenen Wollwams stand, kam es ihr vor, als hätte er noch nie besser ausgesehen. Wie sollte sie das nur aushalten?

»Komm jetzt, nicht schüchtern sein«, flüsterte Frigg.

Freya ließ sich zu Odins Hochsitz führen. Als sie ihn dort sitzen sah, schwarzbärtig und dickbäuchig, fand sie zu sich und erwiderte furchtlos seinen Blick.

»Sieh an. Das schönste Mädchen auf der Welt ist hergekommen, um meine Frau zu werden«, sagte Odin lachend und ließ seine lüsternen Blicke über ihren Körper wandern.

Trotzig hob Freya den Kopf. In ihrem Rücken spürte sie Thors Zorn und Verzweiflung.

»Meine Mutter hat mich hergeschickt, um deinen Boden zu segnen. Das werde ich gern tun. Aber von einer Ehe kann hier nicht die Rede sein. Wenn ich dich heirate, kann ich meine Aufgabe nicht erfüllen.«

Sie wollte noch mehr sagen, doch Odin war bereits aufgesprungen wie ein wütender Stier.

»Du bist als Geisel hier und wirst tun, was dir befohlen wird. Ich habe mit deiner Mutter eine Abmachung getroffen und die wird eingehalten werden«, brüllte er.

Freya kämpfte gegen den in ihr auflodernden Zorn an. Sie wechselte einen Blick mit Frigg, die jetzt besorgt neben Odin stand.

»Ich werde deine Gattin sein, aber wenn du Zauber willst, dann musst du deine Lust anderswo stillen. Die Wahl liegt bei dir, Häuptling«, sagte Freya und verschränkte die Arme vor ihrer Brust.

»Willst du dich mir in meiner eigenen Halle widersetzen?«, brüllte Odin mit hochrotem Gesicht. Der Speichel troff nur so in seinen Bart.

In diesem Moment schien in Freya ein Damm zu brechen. Sie hatte sich schon vieles gefallen lassen müssen, aber von einem Mann, den ihre Mutter im Kampf besiegt hatte, wollte sie sich nun wirklich nicht verspotten lassen. Odin trat einen Schritt vor und hob die Hand, um sie zu schlagen.

»Dann erstich mich mit dem Speer und verbrenne mich im Feuer, wie du es mit Gullveig getan hast, aber vergiss nicht, dass meine Mutter mich rächen wird. Und beim nächsten Mal wird niemand mehr überleben, um eure Leichname zu bestatten. Vanaheim wird euch allesamt auslöschen«, schrie Freya.

Odin riss sich zusammen und kämpfte einen gewaltigen inneren Kampf mit sich, um nicht vom Berserkerzorn überfallen zu werden. Freya aber war jetzt alles egal. Odin mochte sagen, was er wollte, sie würde sich seinem Willen nicht beugen. Lieber wollte sie sterben.

Sie drehte sich um und sah Thor an. Sie spürte, wie gern er sich auf seinen Vater gestürzt hätte, auf den Mann, der schuld am Tod seiner Mutter war. Die Gesichter der anderen zeigten Entsetzen. Sie hassten Freya, weil sie die Tochter ihrer Bezwingerin war. Freya spürte das jetzt deutlich, aber es spielte keine Rolle. Sie hatte nicht vor auszuweichen. Schließlich waren die Mächte auf ihrer Seite.

Wieder schaute sie Odin an.

»Du hast wirklich eine seltsame Art, dich bei der Retterin deines ältesten Sohnes zu bedanken. Nennst du das vielleicht Gastfreundschaft?«

Odin schnappte nach Luft und fand dann endlich die Sprache wieder.

»Für die Rettung meines ältesten Sohnes gebührt dir meine Achtung. Du bist willkommen und wirst in Idunvallen in Frieden leben, aber wenn du mir keinen Respekt erweist und nicht nach unseren Sitten lebst, wirst du es hier schwer haben.«

Freyas Herz machte einen doppelten Schlag. Ihr Mund war vor Furcht wie ausgedörrt. Aber wenn sie sich jetzt geschlagen gäbe, dann würde sie immer weiter zurückweichen müssen, bis Odin sie mit dem Rücken an die Wand gedrückt hätte. Das hier war ein Kampf, den sie gewinnen musste.

»Und wenn ihr mir keine Achtung erweist, dann werde ich nach Hause gehen, und eure Äcker können von mir aus verwelken. Ich stelle die Bedingungen. Erst, wenn du sie erfüllt hast, werde ich dich den Zauber lehren, der dir so ungeheuer wichtig ist.«

Hinter ihrem Rücken schnappte alles nach Luft. Was sagte sie da? Die Hexe musste doch den Verstand verloren haben. Besaß sie gar kein Schamgefühl? Frigg schien mit einer Ohnmacht zu ringen, als sie da mit bleichen Wangen neben dem Hochsitz stand. Aber Odins Wut musste der Überraschung weichen. Dieses Mädchen hatte größeren Mut, als er sich hatte vorstellen können, aber bei der Mutter war das kein Wunder.

Plötzlich grinste er. Seine Wut war wie weggeblasen, und jetzt sah er eher aus wie ein gütiger alter Onkel.

»Du bist wirklich ein Anblick für die Götter, schön bist du, dass es die Augen schmerzt, und klug bist du wie ein Rabe. Aber du kannst sagen, was du willst, du wirst mit mir unter den Hammer treten und als meine Gattin eingesegnet werden. So lautet die Abmachung, die ich mit deiner Mutter getroffen habe.«

»Von mir aus, aber ich werde mit meinen Frauen zusammen in der Hütte wohnen. Gib mir eine Bank, damit wir nicht auf dem Boden sitzen müssen. Und zwar so rasch wie möglich. Sorg dafür, dass wir sofort frisches Brot und Quark erhalten. Wir haben eine frischgebackene Mutter unter uns, die ihre Kraft zurückgewinnen muss«, sagte Freya.

»Das wird sich schon finden, Tochter der Königin Åse und Priesterin von Vanaheim«, erwiderte Odin und hatte damit ihrer hohen Stellung Respekt gezollt.

Er streckte die Hand aus, die sie nach kurzem Zögern nahm.

»Loki!«

Der fuchsgesichtige Schamane löste sich aus den Schatten. Sein schwarzer Umhang umflatterte ihn wie ein Rabenflügel.

»Segne uns jetzt sofort unter dem Hammer ein. Sag deine Sprüche auf und sorge dafür, dass Freya meine Gattin wird«, befahl Odin.

»Jetzt schon?« Freya schnappte nach Luft.

Der Boden schien sich geöffnet zu haben und sie glaubte der Unterwelt entgegenzustürzen.

»Es gibt ja wohl keinen Grund zu warten. Du bist schon passend gekleidet und bereit«, sagte Odin gutmütig.

Dann beugte er sich vor und flüsterte ihr ins Ohr:

»Du bist wie eine junge Stute, ebenso eigensinnig und starrköpfig, aber ich habe schon wildere Pferde zugeritten.«

Sie schauderte zusammen, als sein feuchter Atem ihr Ohr kitzelte.

»Wenn du mir zu nahe kommst, werde ich dir die Pisskrankheit an den Leib hexen. Deine Stange wird lecken wie ein zerbrochenes Sieb, und sie wird für den Rest deines Lebens als nutzloser Hautzipfel zwischen deinen Beinen hängen«, fauchte sie und schaute sich langsam nach Thor um.

Dessen Gesicht war vor Wut tiefrot angelaufen und die Adern

pulsierten auf seiner Stirn. Sie betete darum, dass er Odin erschlagen und sich auf seinen Platz setzen würde. Denn dann könnte sie seine Gattin werden, statt diesem Frauenmörder angesegnet zu werden wie ein herrenloser Hund, den man auf dem Feld aufgelesen hatte. Doch Thor stand nur da und unternahm nichts.

Loki brachte einen Hammer. Er hielt ihn über seinen Kopf und stimmte ein schlichtes Lied an. Wenn Freya nicht so traurig und wütend gewesen wäre, hätte sie schallend losgelacht. So schlicht war diese Botschaft. Es ging darum, dass die Frau ihrem Mann in jeder Hinsicht gehorchen solle, denn er sei ihr Gott auf Erden. Und es sei die Aufgabe der Frau ihm viele Kinder zu gebären und auch seinen geringsten Wunsch zu erfüllen. Und die Frau, die sich weigerte, sei eine schlechte Frau und müsse bestraft werden, denn sie sei eine Schande für ihre ganze Sippe.

Aber noch ehe sie etwas sagen konnte, ließ Loki den Hammer sinken und rief mit lauter Stimme:

»Die Frau Freya aus Vanaheim gehört jetzt Odin, dem Häuptling der Asen.«

Noch ehe sie eine passende Bemerkung abgeben konnte, presste Odin seine fleischigen Lippen auf ihren Mund. Angeekelt trat Freya einen Schritt zurück.

»Näher als das wirst du mir nicht kommen.«

»Das werden wir noch sehen«, sagte Odin und dankte danach für die Glückwünsche, die seine Männer ihn zuriefen.

Wortlos verließ Freya die Halle. Sie lief hinüber zum Weihestein, blieb dort stehen und biss sich so hart in die Faust, dass der Schmerz ihren Wunsch, laut aufzuschreien, sofort verdrängte. Schlimmer konnte es gar nicht werden. Eine schrecklichere Strafe hätte die Göttin ihr gar nicht auferlegen können. Gequält legte sie die Hand auf das geronnene Blut auf dem Stein und betete um Gnade und Hilfe. Aber es war Neumond, die Göttin hatte das Himmelsgewölbe verlassen. Wenn sie doch nur zu Hause in Vanaheim sein könnte!

Wenn nur Thor zu ihr käme. Wenn sie nur noch ein einziges Mal mit ihm sprechen könnte. Aber er hatte vorhin ja keine Hand gerührt.

Ein grauer Schatten bog um die Ecke. Freyas Herz schlug wild. Konnte das möglich sein? Dann seufzte sie enttäuscht auf. Der Mann, der auf sie zugelaufen kam, war durchaus nicht ihr Geliebter.

»Was machst du denn hier? Alle wollen wissen, wohin du verschwunden bist.«

Freyr musterte sie besorgt.

»Ich tauge überhaupt nichts mehr. Ich habe Vanaheim verraten, als ich mit Thor geflohen bin. Und jetzt bin ich wie eine Kuh eingetauscht worden und soll mit einem Mann leben, den ich hasse und der meine Pflegemutter ermordet hat. Nichts von allem, was ich liebe, ist mir geblieben. Die Göttin straft mich«, sagte sie tonlos.

Freyr legte die Hand an ihre Wange.

»Was höre ich denn da?«

Seine Stimme klang sanft und besorgt.

»Was ist mit der Freya passiert, die ich einst gekannt habe und die klug und stark zugleich war? Es ist alles gar nicht so schlimm, wie du glaubst. Als Frodi herkam, hat er erzählt, dass deine Mutter durchaus nicht so wütend über deine Flucht ist, wie viele zuerst geglaubt haben. Åse ist eine praktisch denkende Frau, und was du getan hast, war gut für Vanaheim. Das weißt du. Und es ist auch gut für Vanaheim, dass du hier bist und deinem Volk gegenüber deine Pflicht tust.

Außerdem bist du nicht allein. Ich bin doch hier, und Siv auch. Die Herrscherin des Hauses ist dir wohlgesinnt, ich habe gehört, dass sie mit dir sprach wie mit einer Freundin.«

»Wie kann Odin denn mehrere Frauen nehmen? Wofür hält er sich eigentlich, für einen Stier, der seine Kühe bespringt?«

Freyr lachte leise.

»Ja, so ungefähr. Aber du wirst ihn lehren, was es mit den Mächten auf sich hat. Du kannst Odin durch den Zauber ändern, kannst ihn auf den richtigen Weg führen. Also steh hier nicht herum wie ein mutloses kleines Mädchen. Fang mit deiner Arbeit als Priesterin an. Tu, was du immer schon getan hast. Die Mächte wissen wirklich, dass das nötig ist.«

Freya holte tief Atem. Alles, was er sagte, stimmte. Nach allem, was passiert war, nach allen Prüfungen, die sie durchgemacht hatte, stand die größte ihr noch immer bevor. Und im Namen der Göttin, sie würde sich als würdig erweisen. Sie reckte sich und schaute Freyr ins Gesicht, das so vertraut und doch so anders war. Er lächelte breit, seine Zähne schimmerten weiß, seine blonden Haare wurden von einer sanften nächtlichen Brise gestreichelt.

»Du bist wirklich mein Bruder.«

»Ja, das bin ich«, erwiderte Freyr und küsste sie auf den Mund.

12

Ull saugte schmatzend an Sivs strotzender Brust, während sie sein Köpfchen streichelte und dem Kleinen Geheimnisse zuflüsterte. Als das Kind eingeschlafen war, schaute sie zu Freya hoch, deren Anwesenheit sie erst jetzt bemerkt zu haben schien.

»Da hast du also einen Gatten genommen.«

Ihre Stimme war so spitz wie ein frisch geschliffener Dolch, alle Mütterlichkeit war daraus verschwunden. Siv sah müde und mitgenommen aus. Sie hatte dunkle Schatten unter den Augen und ihre sonst golden schimmernden Haare hingen stumpf und verfilzt um ihr Gesicht.

»Nur dem Namen nach«, sagte Freya.

»Du bildest dir vielleicht ein, wir seien Freundinnen, weil du mir bei der Geburt helfen durftest, aber eins musst du wissen, ich werde dir nie im Leben verzeihen. Wie konntest du diese Lüge über Freyr erzählen?«

Freya schluckte. Es schien eine Ewigkeit her zu sein, dass sie Hallunda verlassen hatte. Aber Siv hatte Recht, sie hatte sich schändlich betragen.

»Ich glaubte damals, ich hätte keine Wahl«, sagte sie ehrlich.

»Du bist falsch und hast nur Verrat im Sinn und eines Tages wirst du mir für alles büßen.«

Sie ließ sich neben ihr schlafendes Kind auf das Bett sinken.

»Wir sind hier die einzigen Priesterinnen aus Vanaheim. Wir müssen gegen die Asen zusammenhalten«, sagte Freya.

»Ach, komm mir doch nicht so. Thor konnte damals in der Hütte in Hallunda die Wahrheit sagen. Ihm vertraue ich mehr als dir.

Du hast mich immer verachtet. Für dich bin ich nur eine Magd, die dich bedienen soll, so warst du schon immer. Åses Tochter, die große Seherin. Warum hast du das alles hier nicht kommen sehen?«

Sie grinste Freya höhnisch an und die schloss die Augen. Warum konnte niemand sie verstehen? Waren die anderen denn alle blind?

»Wenn dir das hier nicht passt, dann solltest du sofort zurückgehen.«

»Nein, das habe ich nicht vor. Ich bleibe hier und behalte dich im Auge.«

»Jetzt hältst du den Mund!«

Freyas Stimme klang wie ein Peitschenhieb. Sie hatte auf Sivs Freundschaft gehofft, aber wenn das nicht möglich war, dann würde Freya ihr nicht zu Kreuze kriechen.

»Entweder benimmst du dich anständig oder du verschwindest von hier. Ja, ich bin Åses Tochter und damit von höherer Geburt als du. Bis zu diesem Tag habe ich nicht darüber nachgedacht, aber wenn du es so haben willst, dann erkläre ich dich hier und jetzt zu meiner Magd. Und deshalb hast du mir zu gehorchen.«

Ull erwachte und jammerte ängstlich. Siv versuchte ihm wieder die Brust zu geben und zog die Warze über den Mund des Kleinen, bis er sich festsaugte.

»Ist das klar?«

Siv schaute mit vor Hass triefendem Blick von ihrem Kind auf.

»Ich habe verstanden«, sagte sie.

»Gut.«

Freya musterte sie wütend und verließ die Hütte. Kaum hatte sie die Tür hinter sich geschlossen, rang sie um Atem. Ihre Hände zitterten vor Wut.

Verdammt, warum hatte sie nie Ruhe und Frieden? Verdammt sei Sivs Abneigung.

Sie atmete einige Male tief durch und überquerte dann den Hofplatz. Ein halbwüchsiger Junge drehte hinten bei der Schmiede ein Seil. Er hatte dazu ein Bündel zerschlagener Brennnesselstängel um einen Holzklotz gewunden. Unten am Strand hängte ein alter Mann ein Fischernetz zum Trocknen auf.

Der warme Wind brachte den fauligen Gestank des neben dem Weihestein gelegenen Abfallhaufens mit sich. Sie musste dafür sorgen, dass er entfernt wurde. Gullveig war bei den zersprungenen Steinen und den verwesenden Knochen wie ein Schatten zu sehen. Freya schauderte es.

Aber das hier war kein Augenblick für düstere Ahnungen. Sie musste praktisch denken. Der Sommer war zu Ende und sie hatte keine Heilkräuter. Darum musste sie sich jetzt als Allererstes kümmern.

»Es hat keinen Sinn, Klagelieder zu singen«, sagte sie sich und ging zum Langhaus hinüber, um von Frigg einen Korb zu leihen. Eine zahnlose Greisin saß neben der Tür auf einem Schemel und reinigte Fische. Sie schaute nicht auf, als Freya vorüberging, doch als sie das dunkle Haus betrat, hörte sie die Alte flüstern: »Geh nach Hause, Hexe.«

Freya blieb stehen und schaute hinunter in das runzlige Gesicht.

»Hüte deine Zunge, sonst zeige ich dir, was ich alles kann.«

Wütend schlug die Greisin die Augen nieder und brach einem weiteren Fisch den Kopf ab.

Zu Freyas Erstaunen saß Odin vornübergebeugt neben der Feuerstätte. Warum war er nicht wie alle anderen draußen bei der Arbeit? Sie versuchte sich unbemerkt vorbeizuschleichen, aber er rief sie zu sich.

»Setz dich hierher.«

Als sie an seinen feuchten Kuss vom Vortag dachte, wurde ihr schlecht, und sie spannte alle Muskeln an. Ob er neue Annäherungsversuche plante? Nein. An diesem Tag war er anders.

Odin hatte Schmerzen. Und diese zeichneten tiefe Furchen unter seine Augen.

Sie atmete tief durch, während sie sich langsam auf die Bank setzte.

»Gestern warst du so schnell verschwunden, eine widerwilligere Braut habe ich in meinem Leben noch nicht gesehen«, sagte Odin.

»Ich hatte allerlei zu erledigen. Außerdem bist du nur dem Namen nach mein Gatte, vergiss das nicht.«

»Warte nur, ehe du dich 's versiehst, hast du deine scharfe Zunge verschluckt und flehst mich an, damit ich deinen Acker pflüge«, sagte Odin, schaute ihre Brust an und leckte sich die fleischigen Lippen.

»Nie im Leben!«, fauchte Freya und sprang auf. Sie hatte keine Zeit, sich dieses Greisengefasel anzuhören.

»Warte!«

Freya sah, wie er ihr langsam sein Bein hinstreckte.

»Unter der Haut scheint es zu brennen, so sehr tut es weh. Kannst du etwas dagegen tun?«

Freya musterte kurz das schwarz behaarte Bein und verschränkte die Arme vor ihrer Brust.

»Warum sollte ich dir helfen?«

»Weil ich das will.«

Frigg und einige andere Frauen waren hinten in der dunklen Halle mit irgendeiner Arbeit beschäftigt. Sie nickte Freya lächelnd zu und machte dann weiter. Odin bewegte auffordernd sein Bein.

»Was bekomme ich dafür?«

»Ich bringe dich nicht um!«, fauchte Odin.

Sie musterte ihn verächtlich und wollte zu Frigg hinübergehen.

»Warte!«

Odin gab sich alle Mühe, seinen Zorn zu verbergen.

»Wenn du mein Bein heilst, dann schwöre ich bei Tiwaz, niemals etwas zu tun, was du nicht willst.«

Diese Worte waren süß wie Honig, seine Augen flehten. Freya glaubte durchaus nicht, dass Odin sein Versprechen halten würde, aber jetzt kannte sie immerhin seine Schwäche.

Also machte sie kehrt, legte ihm widerstrebend die Hand aufs Knie und versuchte sich so weit zu entspannen, dass sie sich in sein Bein hineinfühlen konnte.

Neben dem üblichen Kälteschmerz spürte sie noch etwas anderes.

»Na? Loki hat es mit allerlei Tränken und Sprüchen versucht, aber ich bin oft genug zwischen den Welten hin und her gereist, um zu wissen, dass nichts von allem, was er tut, mir Hilfe bringen kann.«

Freya schaute überrascht auf. Sie hatte also Recht gehabt, als sie den Schamanen bei Odin gesehen hatte. Aber weder er noch Loki schienen sich mit der Heilkunst besonders gut auszukennen. Freya spürte, wie Verachtung in ihr aufstieg. Was waren das nur für unwissende, einfältige Menschen! Noch die letzte Nachwuchspriesterin in Vanaheim hätte durch Zauber und Zeichnungen Odins Schmerzen vertreiben können. Gullveig hatte viel mehr gelitten, aber sie hatte niemals jammernd in ihrer Halle an der Feuerstätte gesessen.

»Das wird sehr schwer«, sagte sie langsam. Es gab keinen Grund Odin mitzuteilen, dass die Heilung das pure Kinderspiel sein würde.

Odins Augen blitzten auf.

»Aber du kannst etwas tun?«

Freya nickte mit ernster Miene.

»Das schon, aber ich muss die nötigen Mittel sammeln, ehe ich zaubern kann. Das braucht seine Zeit.«

»Kann der Alfenpriester dir nicht helfen?«

Freya lachte, was für ein Trottel.

»Wenn ein Mann die Pflanzen berührt, verlieren sie ihre Kraft.«

»Dann kannst du mich den Zauber doch nicht lehren.«

»Einen Teil schon, aber nicht alles. Es gibt Dinge, die Männer nicht schaffen.«

»Kannst du mich lehren, solche Fesseln zu schmieden, wie du meinen Männern im Kampf auferlegt hast?«

Seine Augen funkelten vor Lust und Willen.

»Ich kann es versuchen«, sagte Freya vorsichtig.

»Wann kannst du das Bein heilen?«

»Wenn ich die richtigen Pflanzen finde, dann geht das schon heute Abend.«

Odin nickte nachdenklich.

»Du brauchst Hilfe.«

»Ja, Kol hat ein Kind im Bauch und Siv stillt. Ich brauche ein Mädchen, das die Pflanzen und den Wald hier in der Gegend kennt.«

Odin schaute suchend zu den Frauen auf der anderen Seite der Halle hinüber.

»Frigg!«

Odins erste Frau eilte an die Seite ihres Gatten.

»Ja?«

»Wo ist Starkes Tochter Lin?«

»Draußen im Küchengarten.«

»Sie soll Freyas Gehilfin sein.«

Odin schnitt eine Grimasse.

»Von jetzt an kannst du dich an Frigg wenden, wenn es um Frauensachen geht.«

Freya nickte. Ihr war das nur recht so.

»Komm, dann gehen wir Lin suchen«, sagte Frigg. Die grauhaarige Greisin murmelte wieder etwas, als sie vorübergingen.

»Kannst du ihm tatsächlich helfen? Er ist entsetzlich, wenn er Schmerzen hat«, sagte Frigg.

»Ich werde mir alle Mühe geben.«

Lin trug ihren Namen zu Recht. Sie war ein junges Mädchen mit flachsblonden Haaren und gertenschlanker Taille. Sie wirkte nicht gerade begeistert, als Frigg ihr auftrug Freya zu helfen, aber als sie später durch den Wald gingen, zeigte es sich, dass Lin wirklich recht viel über die dortige Pflanzenwelt wusste.

»Wie ist das möglich?«, fragte Freya nach einer Weile.

Lin hatte bisher noch kein Wort gesagt, sondern Freya nur misstrauisch gemustert, wenn sie sich unbeobachtet fühlte. Jetzt zuckte sie mit den Schultern.

»Meine Mutter hat mir vor ihrem Tod alles erzählt.«

»Ist das lange her?«

»Nein«, antwortete Lin abweisend.

Danach fiel kein Wort mehr zwischen ihnen.

Freya sammelte so viele Kräuter wie sie konnte, unter anderem auch das, was sie für Odin brauchte, nämlich Tollkirschen und Fliegenpilz.

Als sie in die Hütte zurückkehrte, bereitete sie den Trank vor, und während dieser unter Lins Aufsicht kochte, holte sie eine Knochennadel und befestigte sie an einer Holzplatte. Danach konnte sie ihr Lachen kaum unterdrücken. Eins stand fest: Odin hatte eine Reise vor sich, die er so bald nicht vergessen würde.

»Jetzt gibt es Abendessen«, sagte Lin.

Freya nickte und folgte ihr in die Halle, wo ihr der schwere Geruch von Schweiß, Rauch und Essen entgegenschlug. Die Männer waren wieder da, drängten sich laut redend um die Feuerstätte und schlugen sich den Bauch voll. Thor saß breitbeinig da und war in ein Gespräch mit Erik Langbogen vertieft. Freyas Herz schlug heftig. Er trug einen neuen, schlichten, braunen Kittel, seine dunkelroten Haare fielen ihm offen auf die Schultern. Sein Gesicht wirkte friedlich, jetzt, wo er wieder an seinem angestammten Platz war.

Sie setzte sich neben ihn auf die Bank und schaute ihm erwartungsvoll ins Gesicht. Aber Thor hatte nur einen kurzen abweisenden Blick für sie und wandte sich dann wieder Erik Langbogen zu. Sie sprachen über eine bevorstehende Elchsjagd.

Odin nickte Freya von seinem Hochsitz aus zu, sonst schien kaum jemand auf sie zu achten. Alle schlugen die Augen nieder, wenn sie ihrem Blick begegneten. Nur Frigg lächelte, als sie ihr einen Holznapf mit Blutgrütze und gekochten Blättern reichte.

Die angespannte Stimmung veranlasste Freya dazu, sich in ihre Mahlzeit zu vertiefen.

Die anderen redeten so leise, dass sie nichts zu Thor sagen konnte, ohne dass die anderen es mitbekommen hätten. Aber sie spürte, dass ihre Nähe ihn erregte. Das hier war Wahnwitz. Sollte sie mit ihrem Geliebten nicht einmal reden dürfen? Doch dann erzählte Baldur von einem Pfad, an dem sie eine Fanggrube anlegen müssten. Seine laute Stimme hallte im ganzen Langhaus wider. Freya holte tief Luft und beugte sich zu Thor vor.

»Was ist es für ein Gefühl wieder zu Hause zu sein?«

Langsam wandte er den Kopf und musterte sie abschätzend.

»Manches ist schwer zu ertragen.«

»Wir müssen uns treffen.«

Er schüttelte den Kopf.

»Hier gibt es zu viele Augen.«

Freya schluckte. Die Vorstellung, mit ihm nicht einmal sprechen zu können, konnte sie nicht ertragen.

»Wann gehst du?«

»Ich weiß nicht«, antwortete er kurz und wandte sich wieder ab.

Gedemütigt biss Freya die Zähne zusammen. Wie konnte er sie abweisen wie eine Leibeigene? Bedeutete sie ihm wirklich nichts mehr? Sie erkannte ihn nicht wieder. Das hier war nicht derselbe Mann, den sie gesund gepflegt und der während ihrer Krankheit vor Bestlas Hütte gewacht hatte.

Odins forschender Blick kroch wie Ameisen über ihren Leib. Wütend starrte sie zurück.

»Meine Brüder Hönir und Vili leben jetzt bei deiner Mutter in Vanaheim. Kannst du uns schwören, dass sie gut behandelt werden?«, fragte Odin.

»Meine Mutter ist keine Eidbrecherin«, sagte Freya kurz.

Odin nickte und erhob sich mühsam.

»Jetzt gehen wir zu dir, Gattin«, sagte er mit so lauter Stimme, dass die ganze Halle es hören musste.

Thor zuckte zusammen, als habe jemand ihn geschlagen, schaute sich aber nicht um, gönnte ihr nicht einen einzigen Blick.

Freya erhob sich langsam und folgte Odin aus der Halle.

Alle schwiegen und ihre Blicke brannten Freya im Rücken.

Kaum hatte sie die Halle verlassen, hörte sie, wie Scherze laut wurden.

»In dem alten Bock ist ja doch noch Leben.«

»Aber die Hexe scheint doch dich zu lieben, Thor, und früher bist du mit der Stange in der Hand hinter ihr hergelaufen. Treibst du es mit dem Weib deines Vaters?«

Die groben Scherze hallten im Langhaus wider. Freya blieb mit hämmerndem Herzen stehen, um Thors Antwort zu hören.

»Lieber ficke ich Kühe als Hexen.«

Die Männer wollten sich ausschütten vor Lachen.

Wie konnte er sie verhöhnen, nach allem, was sie getan und einander gesagt hatten? Hatte sie sich in einen schwanzlosen Weichling verliebt? Sie musste wahnsinnig gewesen sein.

Freya holte tief Luft.

Thor war ihrer nicht wert. Sie musste vorwärts schauen, musste für sich und Vanaheim eine Zukunft bauen. Odin wartete bei ihrer Hütte.

Sie öffnete die Tür und zeigte auf das Lager.

»Setz dich dahin und zieh dich aus. Ich bin gleich bei dir«, sagte sie und zwang sich ein blasses Lächeln ab.

»Ich wusste doch, dass du noch zur Vernunft kommen würdest.«

Odin legte seinen Kittel ab und ließ sich mit erwartungsvollem Grinsen auf den Fellen zurücksinken.

Sein runder Bauch wölbte sich über der halb aufgerichteten Stange. Die Brust hing schlaff über seinem Brustkorb. Freya schluckte und flehte die Göttin um Kraft an.

Thor focht mit sich selbst einen bitteren Kampf aus. Mit ansehen zu müssen, wie Freya mit Odin zu Bett ging, war ungefähr so, als werde ihm das Herz aus dem Leib gerissen. Er hätte hinüberstürzen und seinen verdammten Vater totschlagen mögen. Die Wut brachte sein Blut zum Kochen. Aber er hatte nicht vor, wegen Freya seine Ehre zu verlieren. Seine Brüder würden ihn verspotten und niemand würde mehr auf ihn hören, wenn er wegen einer Frau zum Vatermörder würde.

Also blieb er mit gesenktem Kopf sitzen und starrte ein Rehbein an, von dem die Hunde alles Fleisch abgenagt hatten.

Jemand setzte sich neben ihn. Er erkannte ihn erst, als er aufschaute.

Loki war zur Hälfte Mensch und zur Hälfte Fuchs. Natürlich hatte er Thors Elend gewittert und wollte ihn jetzt auch noch verhöhnen.

»Freya ist eine schöne Frau, es war sicher aufregend, mit ihr im Wald unterwegs zu sein.«

Lokis Stimme klang glatt und süß wie Honig.

»Ich frage mich wohl, um wie viele Männer sie schon ihre Schenkel geschlungen hat? Dieses Mädchen hat doch Ahnung davon, was Spaß macht. Sie treibt es mit dir und mit Odin. Und als Nächster kommt dann ihr eigener Bruder an die Reihe.«

Überrascht schaute Thor ihn an. Dieser verdammte Loki wusste genau, wie er sein Gift ausstreuen musste.

»Ich habe Freyr und Freya gestern miteinander reden hören. Sie haben einander Bruder und Schwester genannt. Und beim Frühlingsopfer werden sie miteinander schlafen.«

Loki schien zu frösteln, er rieb sich die Arme, als sei es kalt in der Halle.

»Diese Vanen haben wirklich entsetzliche Sitten. Das ist nichts für ein ehrbares Volk.«

»Ich glaube dir kein Wort«, rief Thor.

Loki zeigte sein zufriedenes Fuchslächeln.

»Die Liebe macht blind.«

»Schweig, du weichschwänziger Schwächling!«

Loki ließ sich zurücksinken und schaute zur Decke hoch. Dabei sang er:

»Törichte Männer glauben den Frauen. Sinken an ihren weichen Busen, vergessen die Sippenehre, um ihre Stange einzutunken.«

Einige der Männer an der Feuerstätte verstummten und hörten Loki neugierig zu.

Thor riss ihn von der Bank und fauchte:

»Jetzt hältst du den Mund, oder ich schlage dir mit Mjölnir den Schädel ein!«

Loki schüttelte so heftig den Kopf, dass seine Haare tanzten.

»Ganz ruhig, Armstarker. Willst du mich in der Halle deines eigenen Vaters erschlagen?«

»Du weißt, dass er das nicht wert ist«, rief Baldur und warf einen abgenagten Knochen ins Feuer.

Langsam ließ Thor Loki los und setzte sich wieder. Aber wenn er geglaubt hatte, der andere werde jetzt verschwinden, dann hatte er sich geirrt.

»Sag mal, du legst die Frauenzimmer auf dem Hof doch sonst so gern aufs Kreuz, aber bis jetzt hast du noch keine von den Leibeigenen besucht. Sollte ich vielleicht die Götter bitten, dir deine Manneskraft zurückzugeben?«

Erik Langbogen lachte los.

»Haben die Hexen dir den Schwanz verzaubert?«

»Ich warne dich«, fauchte Thor.

»Hast du Siv gesehen, ein prachtvolles Frauenzimmer ist das, große Brüste, und Kinder gebären kann sie auch. Wenn sie wieder auf den Beinen ist, wäre sie nicht etwas, in das du deine Stange bohren kannst?«

»Meinem Vater und dem Hausfrieden zuliebe werde ich dich nicht totschlagen«, sagte Thor und ging zu der Schlafbank hinüber, die er mit Baldur teilte. Dort legte er sich hin und schloss die Augen, ohne auf Loki zu achten, der langsam vorüberging und dabei sang:

»Liebeskummer, Liebeskummer. Mein Herz bricht, Liebeskummer. Fordert ja nicht Thor heraus, den Gewittergeborenen. Wir wollen kein Unwetter haben«, sang Loki, aber jetzt klang seine Stimme besorgt.

»Schweig endlich, du Narr«, sagte Thor und sah, wie Loki in den Schatten verschwand.

Freya warf einen Zweig ins Feuer und sah, wie Odin die Augen verdrehte, bald war nur noch das Weiße zu sehen. Sie lächelte. Sie hatte ihm einen so starken Trank eingeflößt, dass er die ganze Nacht zwischen den Welten schweben würde.

Dann tunkte sie den Eibenzweig in den Kessel und bespritzte Odins nackten Leib, während sie die Geister sammelte. Odin wiegte sich hin und her.

Die Zeit war gekommen.

Mühselig drehte sie ihn auf den Bauch und zog die Nadel hervor, die sie an dem Holzstück befestigt hatte. Vorsichtig berührte sie mit der Spitze seinen Rücken, in der Mitte, gleich neben dem Rückgrat, und bohrte mit kleinen leichten Schlägen Löcher in die Haut. Bald hatte sie zwei Reihen nebeneinander gesetzt, jede aus dreizehn Punkten. Freya wischte das Blut ab und rieb ein wenig Eibenasche in die Wunden, um sie zu säubern und zu färben.

Odin flog noch immer durch die Geisterwelt. Freya saß neben seinem Kopf und fing an ihm ins Ohr zu flüstern. Was sie in dieser Nacht sagte, sollte er in alle Ewigkeit im Gedächtnis behalten. Jetzt konnte sie alles verändern.

Sie erzählte, wie die Welt erschaffen worden war, und wie die Menschen leben sollten. Sie sang Lieder über die Göttin und erzählte, wie diese geehrt wurde. Die ganze Nacht saß sie da, und erst, als ihre Kehle schmerzte und ihr die Worte ausgingen, verstummte sie.

Im Morgengrauen kam Odin wieder zu sich. Er setzte sich hellwach auf und schaute sich verwirrt um.

»Willkommen in dieser Welt«, begrüßte Freya ihn.

Er grunzte und erhob sich langsam und schwankend. Wortlos ging er hinaus in den beginnenden Tag.

Eine Weile später kam Kol herein, mit Sot auf der Hüfte und einer Schale Morgengrütze in der Hand.

»Das war wohl eine wilde Nacht?«

Freya fing an zu essen und sah zu, wie Sot in das Bett kroch, wo Odin gelegen hatte. Dort rollte die Kleine sich zusammen und schlief ein.

»Ich war die ganze Zeit mit dem beschäftigt, was du Hexenkünste nennst«, sagte Freya.

»Das glaubst du ja wohl selber nicht«, sagte Kol.

»Die Leute sollen glauben, was sie wollen«, erwiderte Freya gelassener, als sie sich wirklich fühlte. Thors Stimme hallte in ihrem Kopf noch wider. Lieber mit einer Kuh ficken. Sie lachte bitter. Dem würde sie es noch zeigen.

Die Tür wurde aufgerissen und Siv kam herein. Sie war wütend, weil sie im Langhaus hatte schlafen müssen. Wortlos legte sie sich neben die schlafende Sot. Freya musterte sie nachdenklich. Früher oder später würde sie Sivs bedrohliche Abneigung durch Zauber bannen müssen. Aber darüber wollte sie sich jetzt nicht den Kopf zerbrechen.

Odins Traumreise war sicherlich die intensivste, die er je erlebt hatte. Sie hatte ihr Bestes gegeben. Jetzt würde er auch lange Zeit keine Schmerzen haben. Und wenn die sich wieder einstellten, würde er gekrochen kommen und abermals um Hilfe bitten. Damit hatte sie Macht über ihn. Freya erhob sich und hüllte sich in ihren Umhang.

»Ich gehe Lin holen. Wir sind heute Abend wieder da.«

Schweigend schauten die beiden Frauen hinter ihr her.

Die Zeit verging sehr schnell. Freya verbrachte ihre Tage draußen im Wald, und zusammen mit Lin konnte sie einen reichlichen Vorrat an Heilkräutern anlegen. Bald hingen die Büschel so dicht unter der Decke, dass Kol Krüge formen musste, in denen die Pflanzen aufbewahrt werden sollten. Dabei erwies sie sich als geschickte Töpferin. Als Frigg diese Kunstfertigkeit entdeckte, musste sie für die Halle weitere Krüge herstellen, und das ärgerte Aska, die Leibeigene, deren Aufgabe das bisher gewesen war.

Wenn Freya rasch etwas gelernt hatte, dann, nicht auf die Frauen von Idunvallen zu hören, die waren ebenso klatschsüchtig wie die Männer, und vor allem zogen sie über Freya her.

Thor bekam sie nur selten zu sehen, der ging ihr meistens aus dem Weg und da sie ihre Mahlzeiten nicht mehr in der Halle einnahm, blieb ihr abends sein Anblick erspart. Das war auch besser so. Er war wie eine eiternde Wunde und die wollte sie nicht unnötig berühren.

Frigg gab ihr Schafswolle und Freya ließ Siv die Wolle waschen, färben, kämmen und spinnen. Aus diesen Garnen webte Freya den Mantel, den sie der Göttin Greip versprochen hatte.

Aber nur viel zu selten konnte sie sich dieser Zeit raubenden Arbeit widmen. Odin besuchte sie nach dem Abendessen, um sich nach Zaubern und Vanaheim zu erkundigen.

Er staunte noch immer über die Reise, die er zurückgelegt hatte.

Die Schmerzen waren verschwunden, und nun konnte er sich über seine Visionen den Kopf zerbrechen.

In einer war er über ein Land geschwebt, in dem nichts wachsen konnte, und dort hatte er eine flüchtende Frauengestalt gejagt. Dieser Traum war so schlicht, dass jedes Kind ihn hätte deuten können. Freya erklärte ihm ihn: Da er die Göttin nicht ehrte und nicht einmal seine eigenen Frauen und deren Kraft zu schätzen wusste, würde er niemals Frieden und gute Ernten erwarten können.

»Ich begreife nicht, dass ein so kluger Mann wie du das nicht versteht. Sprich mit Freyr, der dem Zwillingsgott dient, der Frau und Mann zugleich ist. Beide sind nötig, um die Welt im Gleichgewicht zu halten.«

»Aber der Mann steht über der Frau. Der Mann ist stärker und klüger.«

Freya lachte und schüttelte den Kopf.

»Männer können keine Kinder gebären. Sie besitzen diese Gabe nicht. Männer sind stark und sie sind gute Arbeiter. Sie können im Kampf fallen, ohne dass die Sippe untergeht. Aber was passiert, wenn alle Frauen sterben? Nein, die Göttin hat den Frauen den größeren Verstand gegeben. Und deshalb müssen sie die Entschlüsse fassen.«

»So spricht ein kleines Mädchen, das ein beschütztes Leben geführt hat. Die Welt ist auf Macht aufgebaut. Kraft ist vonnöten, um Land zu erobern und die Zukunft einer Sippe zu sichern.«

»Was willst du mit Land, wenn die Felder leblos sind und die Ernten ausbleiben?«

So ging es hin und her, und schließlich fand Freya es durchaus amüsant, sich im Wortstreit mit Odin zu messen. Mit der Zeit lernten sie, einander immer mehr zu respektieren.

Es überraschte Freya, dass es so lange dauerte, bis Odin sie bat sich seine Zukunft anzusehen. So eitel, wie er war, hatte sie gedacht, dass er früher danach fragen würde. Aber als es dann so weit war, zog sie die Weissagungsknochen hervor und schwenkte sie vor seinem Gesicht hin und her.

»Bist du sicher?«

»Willst du mir Angst einjagen, Frau?«

Odin lächelte unter seinem schwarzen Bart. Es war schon spät am Abend und sie hatte ihn eines der Kraftlieder gelehrt, die im Kampf gesungen werden. Jetzt betrachtete er die Weissagungsknochen interessiert.

»Na gut. Wenn du also willst.«

Freya warf die Knochen und während sie fielen, wogten die Bilder durch ihren Kopf. Odin hing an einem Baum wie eine Priesterin, die eingeweiht werden sollte, Männer trugen ein hölzernes Bild, das ihn darstellte, Männer starben in seinem Namen. Und hinter allem ragte Walhalla auf. Eine riesige Halle, die Macht und Herrlichkeit ausstrahlte. Da war es wieder! Walhalla wurde so groß, dass es Himmel und Erde füllte.

Sie glitt aus ihrer Vision heraus und schaute auf die gelblichen Knochen auf der schmutzigen Schilfmatte.

Sie brauchte lange, um ihre Visionen zu deuten. Was bedeutete Walhalla, sollte es in Zukunft Vanaheims Platz einnehmen? War Odin derjenige, der dieses Neue erschaffen würde? Nein. Er machte das nicht allein, aber er war wichtig.

Gereizt schüttelte Freya den Kopf. Verflucht, warum konnte sie nie genug in Erfahrung bringen?

»Zuerst wird dir gehuldigt, aber nicht von allen, danach werden sie dich hassen und dein Bild verbrennen. Aber in Vergessenheit geraten wirst du nie«, sagte sie langsam.

»Erzähl mehr.«

Freya zögerte. Sie konnte nicht verraten, dass er wie ein Gott verehrt werden würde. Das würde ihm zu Kopf steigen.

»Ich werde dich am Baum hängen lassen. Das wird dir Macht geben«, sagte sie und konnte ihren Worten doch selbst kaum glauben.

»Das hört sich gut an«, meinte Odin zufrieden. »Wann wird das passieren?«

»Vergiss nicht, dass du dabei sterben kannst«, warnte Freya.

»Das müssen die Mächte entscheiden.«

»Zuerst musst du dich vorbereiten.«

»Wann wird das passieren?«

Sie zuckte mit den Schultern.

»So was weiß man eben nie.«

Odin lachte auf.

»Schöne Freya, du hast keine Ahnung, wer ich bin. Schon vor deiner Geburt habe ich gewusst, dass du mich den Zauber lehren würdest. Glaubt du, ich weiß nicht, wen du wirklich an deiner Seite haben willst?«

Freya hielt den Atem an. Vor ihr saß mit übereinander geschlagenen Beinen ein lächelnder Thor.

Dann schüttelte sie gereizt den Kopf.

»Das ist doch nur Blendwerk.«

Thor verblasste und sie sah wieder Odin vor sich.

»Es hilft, wenn man junge Frauen in sein Lager bekommen will«, sagte er und krümmte sich vor Lachen.

Dann erhob er sich und verließ sie wortlos.

Freya blieb verdutzt und erschüttert sitzen. Was waren das eigentlich für Mächte, die er beherrschte? Wer war Odin?

Ihre Blicke suchten nach Gullveig, doch die war nirgendwo zu sehen.

Thor wurde in der Dämmerung davon geweckt, dass Baldur ihm seinen Ellbogen in die Seite stieß. Er rutschte ein wenig zur Seite. Sie waren zu viele hier im Haus, seit der Alfenpriester mit seinen Dienern eingezogen war. Es wäre besser, wenn Thor den Hof verließe, sich auf Wanderschaft begäbe oder die Verwandten auf den anderen Höfen besuchte. Aber irgendetwas schien ihn zurückzuhalten. Und jetzt hatte er zu lange gewartet. Es war fast schon Winter, und da konnte man nicht wie ein verirrter Hund durch die Wälder streunen. Hier hatte er immerhin ein Dach über dem Kopf und Essen im Napf. Er seufzte und sah zu den Leibeigenenfrauen hinüber, die an der Feuerstätte beschäftigt waren.

Ab und zu suchte Odin seine Gesellschaft, er dagegen ging seinem Vater aus dem Weg. Er hatte dem Mann, der seine Mutter umgebracht hatte, nichts zu sagen.

Er verfluchte das Schicksal, das ihn dazu zwang, Odins Prahlerei über seine beiden schönen Frauen und seine Manneskraft anhören zu müssen. Er schloss die Augen und träumte wie so oft davon, dass er seinem Vater den Schädel einschlug.

Schon als Odin Freya zur Frau genommen hatte, hatte er seinem Sohn einen triumphierenden Blick zugeworfen. Odin wusste, dass Thor die Vanenpriesterin begehrte. Er wollte ihn durch seine Prahlerei verhöhnen, wollte ihn klein machen, wie er das immer schon getan hatte. Nein, in Idunvallen war kein Platz mehr für Thor. Er musste seinen eigenen Boden urbar machen und sich ein eigenes Haus bauen, weit weg von der überfüllten Halle seines Vaters. Als ältestem Sohn stand ihm ein Teil des Viehs auf dem Hof zu, aber Odin würde verlangen, dass er blieb, um ihm später als Häuptling nachzufolgen.

Deshalb müsste er diesen Rang an Baldur abtreten, erst dann würde er seine Erbschaft verlangen können. Je mehr Thor darüber nachdachte, umso verlockender erschien ihm dieser Gedanke. Sein eigenes Feld zu bestellen, ohne irgendwen um Erlaubnis bitten zu müssen.

Thor kratzte sich an einem Flohstich am Bauch. Wenn er sich einen Hof baute, brauchte er eine Frau, aber er wollte doch nur Freya. Verflucht! Warum hatte er Idunvallen nicht verlassen, als noch Zeit war?

Allein ihr Anblick sorgte dafür, dass sein Herz ihm aus dem Leib gerissen wurde. Jeden Abend nach Sonnenuntergang sah er Odin mit zufriedener Miene zu ihrer Hütte gehen. Siv und Kol mussten dann bis zu Odins Rückkehr in der Halle warten. Während Thor wie ein Narr dort saß und scherzen und lachen musste, um Loki keine Angriffsfläche zu bieten.

Siv suchte an diesen Abenden oft seine Gesellschaft. Dabei hielt sie ihr Kind auf dem Arm. Ab und zu erzählte sie, wie lieb Freya Odin gewonnen hätte und dass sie sich darauf freue ihm ein Kind zu gebären. Thor verstummte und schaute ins Feuer. Siv stand Freya so nah, dass sie doch sicher die Wahrheit sprach.

Freyas Versprechen, nur dem Namen nach Odins Gattin zu sein, war also leeres Gerede gewesen. Langsam ging ihm auf, was sie in Wirklichkeit für ein Mensch war.

»Freya schlingt ihre Schenkel um Odin, weil er die Macht besitzt. Was du verspürst, ist ein Liebeszauber, das weiß ich, vergiss nicht, dass ich Priesterin bin. Du verdienst eine richtige Frau, die nur dich ehrt und dir viele Söhne gebiert«, flüsterte Siv dann immer wieder.

Je mehr er sich das überlegte, umso deutlicher ging ihm auf, dass sie da nicht Unrecht hatte. Ungerecht und falsch, genauso war Freya. Dass er das nicht längst erkannt hatte!

Doch nicht nur Thor litt in dieser Zeit. Auch Frigg war nicht froh, das sah er, obwohl sie versuchte, ihre Gefühle zu verbergen. Sie war eine gute Frau, eine bessere, als sein Vater verdient hatte. Obwohl Thor seine Mutter schrecklich vermisste, hatte er widerwillig gelernt, Frigg zu respektieren. Sie sorgte für Ordnung in der Halle, nichts wurde vergessen oder vernachlässigt. Auch hatte sie die Leibeigenen fest unter Kontrolle und teilte die Vorräte sorgfältig ein. Die Ernte war zwar schlecht ausgefallen, aber Fischerei und Jagd waren besser verlaufen, als ihnen das in Idunvallen bisher je geglückt war.

Thor wusste, dass sie das Freya und Freyr zu verdanken hatten. Langsam hoben die beiden den Fluch auf, der über dem Hof gelegen hatte.

Außerdem hatte der Alfenpriester versprochen, dass sie sein Vieh essen könnten, wenn es einen harten Winter gäbe. Der Hunger war vom Hof vertrieben worden, und das war das Wichtigste von allem.

Es war seltsam, wie alles sich verändert hatte. Zwölf Asen waren im Kampf ums Leben gekommen, einer davon war sein eigener Bruder. Jetzt ruhten sie im Hügel und wachten über den Boden. Durch ihren Tod war der Frieden geschlossen worden, der sie aus dem Zugriff der Hexen befreit hatte. Die Hexen vertrieben die Hexen. Und das war nun wirklich nicht zu begreifen.

Zwei Leibeigene brachten Milch. Frigg weckte die Kinder, die schlaftrunken von ihren Bänken kletterten. Noch im Halbschlaf setzten sie sich auf die Baumstämme vor der Funken sprühenden Feuerstätte.

Thor ließ Frigg nicht aus den Augen. Obwohl Odin Freya zur Nebenfrau genommen hatte, war er immer freundlich zu ihr und zeigte keine Spur von Abneigung.

Aber in letzter Zeit hatte sie sich oft mit dem Alfenpriester Freyr unterhalten. Thor hatte gesehen, wie sie die Köpfe zusammensteckten. Vielleicht suchte sie jetzt anderswo ihre Lust? Thor seufzte. Wenn er erst seine eigene Halle hätte, würde er Frauen und Gesinde besser im Griff behalten.

»Ich gehe Holz hacken«, teilte er Baldur mit, und der antwortete mit einem verschlafenen Brummen.

Thor stand von der Schlafbank auf. Frigg füllte die Holznäpfe der Kinder mit Milch. Zwischen den verschlafenen Gesichtern war auch das des rothaarigen Jungen zu sehen, den die Leibeigene Stena vier Sommer zuvor geboren hatte. Das Gesicht des Kleinen leuchtete auf, als er Thor erblickte. Der fuhr dem Jungen durch die Haare, ehe er die Halle verließ.

Draußen war es bitterkalt. Eine bleiche Morgensonne kämpfte sich am Himmel aufwärts. Thor ging zur Hausecke und betrachtete die Farbenpracht der Bäume.

Die Schweine schrien in ihrem Gehege, sie wollten herausgelassen werden und sich im Wald satt fressen. Thor achtete nicht auf sie. Er war schon lange kein Schweinehirt mehr. Aus der Schmiede holte er eine Axt zum Holzhacken. Das war zwar nicht nötig, aber sein Körper verlangte danach, sich abzureagieren. Er ging tief in den Wald hinein, blieb dann stehen und hielt Ausschau nach einem passenden Baum. Seine Muskeln sangen, als er loslegte.

Die Sonne stand schon hoch am Himmel, als er die Axt weglegte und sich hinsetzte, um sich auszuruhen. Thor wischte sich den Schweiß aus dem Gesicht und genoss seine Erschöpfung.

»Ich dachte, du wärst gerade mit Kühe ficken beschäftigt?«

Er fuhr zusammen, wandte sich um und sein Herz wurde schwer wie ein Stein.

Dort stand sie, in einem schlichten braunen Kittel. Die bleiche

Herbstsonne spielte in ihren Haaren, die offen über ihre Schultern hingen. In der Hand hielt sie einen mit Pflanzen gefüllten geflochtenen Korb. Das alte Begehren ließ seinen Körper schmerzen, doch was ihn zum Reden brachte, war der Zorn.

»Und du hast dich von der Seite meines Vaters losgerissen. Willst du es jetzt bei mir versuchen? Und dir vielleicht auch noch Baldur vornehmen, wo du schon mal dabei bist? Nimm uns einfach alle«, sagte er bitter.

Sofort bereute er seine Worte. Aber zu spät. Freya war schon in Zorn geraten.

»Und dir habe ich zur Flucht verholfen! Was bist du nur für eine jämmerliche Gestalt von einem Mann!«

Thor kämpfte mit seinem Zorn und dem Wunsch, sie zu Boden zu reißen und sie inmitten von Holzspänen und trockenem Laub zu lieben. Sie war wie eine Krankheit. Allein ihre Nähe ließ ihn schon schwach werden.

»Verstehst du nicht, wie schwer es für mich ist, mit ansehen zu müssen, wie Odin jeden Abend in dein Bett steigt, um mich danach höhnisch anzugrinsen«, brüllte Thor.

»Ich habe nie mit deinem Vater geschlafen. Begreifst du eigentlich nicht, was ich dir sage?«

»Ich habe genug von deinen Lügen und deinem Blendwerk. Ich glaube dir kein Wort. Geh zurück zu meinem Vater und schling deine Schenkel um ihn. Wir haben uns nichts mehr zu sagen.«

Sie verstummten und starrten einander voller Wut an.

»Vielleicht hast du Recht. Denn ich weiß nicht, was mit dem Mann passiert ist, den ich so geliebt habe«, sagte Freya endlich.

Thor schrie auf, packte die Axt und schleuderte sie tief in den Wald hinein, wo sie irgendwo im Gebüsch landete.

Die Wut ließ seinen Körper kochen. Er wusste, dass es keinen Zweck hatte, es würde alles nur schlimmer machen. Verflucht! Warum hatte er Idunvallen nicht verlassen, dann wäre ihm das hier erspart geblieben. Jetzt aber war er machtlos und konnte nicht mehr fliehen.

Sie stand so dicht vor ihm, viel zu dicht. Ihre Brüste streiften seinen Brustkorb leicht. Er musste all seine Selbstbeherrschung aufbringen, um diese Hexe nicht zu berühren.

»Was hast du jetzt vor? Willst du mich schlagen, wie ihr es mit euren Frauen üblicherweise macht?«

Aus ihrer Stimme sprach ein solcher Hass, dass ihm schwarz vor Augen wurde. Er riss ihren Kopf an sich und küsste sie so hart, dass er den Geschmack von Blut verspürte. Aber dann waren ihre Hände plötzlich überall und ihr Körper drückte sich an seinen.

Es gab keinen Weg mehr zurück.

Thor warf sie zu Boden, riss ihren Kittel auf und drang wütend in sie ein. Mit jedem Stoß nahm er sie in Besitz. Jegliche Spur seines Vaters musste vertrieben werden. Freya gehörte ihm.

Aber als er dann tief in ihr kam, mischte seine Freude sich mit Verzweiflung. Er sank in sich zusammen und legte den Kopf auf ihre Brust. Sein Herz hämmerte vor Scham. Er hatte sie genommen wie eine Leibeigene.

Erst als sie seinen Kopf wegstieß und aufsprang, wagte er es, Freyas wütenden Blick zu erwidern.

»Wir haben einander nichts mehr zu sagen«, sagte sie schroff und zog ihren Kittel gerade.

Er sah sie zwischen den Baumstämmen verschwinden und konnte kein Wort herausbringen. Er wollte hinter ihr herlaufen und sie zurückhalten. Ihr alles erklären und sie dazu bringen, ihn zu verstehen. Aber er stand einfach nur auf und holte seine Axt. Wütend zerhackte er den Ulmenstamm, dass die Späne nur so aufstoben. Die Erschöpfung schenkte ihm schließlich einen Moment der Ruhe.

Freya lief in ihre Hütte, schloss die Tür und lehnte sich dagegen, damit niemand hereinkommen konnte. Tränen liefen über ihre Wangen. Dieser verdammte Thor! Wie hatte sie sich danach gesehnt, mit ihm zu sprechen und seine Haut an ihrer zu spüren. Jeden Abend vor dem Einschlafen sah sie sein Gesicht vor sich. Und jetzt hatte er ihr das angetan!

Sie griff sich zwischen die Beine, ihr Schoß brannte wie Feuer, aber immerhin blutete sie nicht. Wie hatte er das tun können? Freya wischte sich die Tränen ab. Sie hatte ja auch mit ihm zusammen sein wollen, aber seine Gewalttätigkeit hatte alles ruiniert. Er war nicht aus Lust über sie hergefallen, sondern um ihren Körper und ihren Geist zu besiegen.

»Was ist passiert?«

Entsetzt schaute Freya Siv an, die in der Dunkelheit auf der Schlafbank saß. Sie bewegte die geflochtene Wiege hin und her, in der Ull in ein Stück Lammfell gewickelt schlief, und sah Freya neugierig an.

»Nichts«, erwiderte Freya kurz.

»Hast du deshalb Laub in den Haaren und fasst dir zwischen die Beine, als ob du dich wund gebuhlt hättest?«

»Du weißt nicht, wovon du redest«, fauchte Freya.

»Ich glaube, doch«, sagte Siv gelassen.

Freya ging zu ihren Körben und machte sich mit zitternden Händen daran die Kräuter zu reinigen. Wenn sie erzählte, was passiert war, würde Siv sofort alles zu Odin weitertragen. Sie war den ganzen Tag mit den Frauen des Hofes in Klatsch vertieft, lief mit Ull umher, als sei der aus Gold, und prahlte damit, dass er schon größer sei als die drei anderen im Laufe des Sommers auf dem Hof geborenen Kinder. Freya schaute wütend zu Siv hinüber.

»Willst du nicht zu deinen neuen Freundinnen rennen?«

»Doch, die möchten sicher gern wissen, dass du frisch gebuhlt und zufrieden aus dem Wald gekommen bist, wo Thor gerade mit Holzhacken beschäftigt ist. Alte Liebe stirbt eben nicht so leicht. Was Odin wohl sagen wird, wenn ich ihm das erzähle?«

Siv lachte leise vor sich hin.

»Du redest, wie du 's verstehst«, fauchte Freya.

»Versuch nicht zu lügen. Ich glaube dir schon längst nicht mehr.«

Ull jammerte in seiner Wiege, und Siv hob ihn heraus und legte ihn an ihre üppige Brust. Jetzt war nur noch das gierige Schmatzen des Kindes zu hören.

»Du bist so verbittert darüber, dass du Freyr nicht haben kannst, dass du dich gegen alle kehrst, die dir wohlgesinnt sind«, sagte Freya.

Siv lachte auf und streichelte ihr Kind.

»Was sollte ich wohl mit dem? Du begreifst mal wieder gar nichts. Ich will für mich und Ull einen größeren Fisch fangen.«

Sie schaute auf ihr Kind hinunter.

»Nicht wahr, kleiner Mann? Du weißt doch, was deine Mutter will?«

»Siv, hör mir jetzt gut zu.«

Freya ragte wie ein drohender Schatten vor Siv auf.

»Kein Wort über das, was passiert ist, sonst belege ich dein Kind mit Krankheit. Das schwöre ich dir!«

Freya wurde von ihren eigenen Worten schlecht, aber sie musste Siv zum Schweigen bringen. Siv erbleichte und drückte ihr Kind an sich.

»Ich werde schweigen«, flüsterte sie, doch dann gewann sie ein wenig von ihrer Frechheit zurück.

»Aber ich habe nicht vor, hier auch nur noch eine einzige Nacht zu verbringen.«

Freya sah zu, wie Siv die Hütte verließ und die Tür hinter sich ins Schloss warf. Erschöpft ließ sie sich auf die Schlafbank sinken und schloss die Augen, während die Gedanken ihr durch den Kopf wirbelten.

Njörunn lief über den verschlungenen Weg zum Opferhain. Herbstwinde kamen vom Meer und brachten feuchte Kälte mit sich. Der Winter würde sich früh einstellen und viele lange, ereignislose Tage an der Feuerstätte mit sich bringen.

Sie reckte den Hals, um Ausschau nach Eir zu halten. Seit Tagen versuchte sie schon, mit dieser Frau zu sprechen, die Snotra näher stand als alle anderen, aber Eir schien niemals von der Seite der Hohen Priesterin zu weichen. Hinten am Weihestein war ein schwarzer Umhang zu sehen. Njörunn lief noch schneller und erreichte Eir, die im Kreis der Steinriesen betete.

»Mutter«, rief sie.

Eir schaute sich mit erschrockenem Gesicht um und griff sich ängstlich an ihre grauen Zöpfe.

»Ist etwas passiert?«

Njörunn schüttelte den Kopf und trat näher, damit der Wind ihre Worte nicht wegtrüge.

»Ich muss etwas mit dir besprechen«, sagte sie bittend.

Eir würde sie vielleicht aus den Hallen der Priesterinnen vertreiben, wenn sie mit ihr geredet hatte.

»Dann raus damit.«

Njörunn schluckte, dann fasste sie sich ein Herz.

»Es geht um Snotra. Vieles ist nicht, wie es sein sollte. Wir wissen nicht mehr, was wir machen sollen. Die Jüngeren haben nichts zu tun, und vorgestern hat Snotra Jens vom Nachbarhof abgewiesen, als der Hilfe für seine kranke Tochter brauchte.«

Njörunn verstummte und schaute flehend in Eirs verschlossenes Gesicht, während ihr Herz in ihrer Brust hämmerte.

»Snotra redet nur über Freya und behauptet, die sei an allem schuld. Aber Freya war unsere Schwester, und auch, wenn sie sich seltsam verhalten hat, hat sie doch den Frieden gesichert.«

Eir sagte noch immer nichts, sie stand nur schweigend und mit ernster Miene neben dem grauen, kalten Weihestein. Ihr blaues Priesterinnengewand flatterte ihm Wind.

»Du musst etwas unternehmen«, flehte Njörunn. »Wenn Snotra dem Umhang der Hohen Priesterin nicht gewachsen ist, dann müssen wir eine finden, die das schafft. Vielleicht hätten wir Freya wählen sollen?«

Langsam wandte Eir den Kopf.

»Schweig jetzt, Mädchen, und überlege dir, was du sagst. Es geht hier um Dinge, die weit über deinen Verstand hinausreichen. Geh wieder an die Arbeit und denk daran, dass nichts Vanaheim so sehr schaden kann wie Klatsch und Verleumdung.«

Njörunn erbleichte und schlug demütig die Augen nieder.

»Ja, Mutter.«

Doch dann schaute sie auf und der Trotz loderte in ihrem Blick.

»Aber ich habe nichts mehr zu tun und es fällt mir schwer, die Wahrheit zu verschweigen.«

Njörunn rannte über den Weg und wirbelte dabei Laub auf. Als sie verschwunden war, ließ Eir sich müde auf einen Stein sinken. Das hier war schlimmer, als sie geahnt hatte. Wenn Snotra sich jetzt nicht zusammenriss und Ordnung in die Hallen der Priesterinnen brachte, dann könnte das das Ende für sie alle bedeuten. Die älteren Priesterinnen waren schon losgezogen, um auf den Höfen zu weissagen und Boden und Vieh zu segnen. Einige waren nicht einmal zum Herbstopfer zurückgekehrt und Eir wusste, warum. Sie hatten kein Vertrauen mehr zu Snotra, und Snotra schien sie nicht zu verstehen. Njörunn hatte schon Recht, das Wichtigste in Snotras Leben war ihr Hass auf Freya.

Dabei spielte es keine Rolle, wie oft Eir versuchte, ihr ins Gewissen zu reden.

Snotra hörte nicht zu. Sie konnte die halbe Nacht aufbleiben und Freya Zauberschüsse und Elend schicken. Sie war wie besessen von einer bösen Kraft.

Eir seufzte. Sie kannte Snotra schon ihr Leben lang, seit diese als halbwüchsiges Mädchen in die Hallen gekommen war. Und schon damals war sie in der Heilkunst erfahren gewesen, denn die hatte sie von ihrer Mutter gelernt.

Dann hatte eine unbekannte Krankheit die Gegend heimgesucht. Snotras Mutter wies als eine der Ersten die schwarzen Beulen um den Mund auf. Zwei Tage darauf starb sie. Und Snotras fünf Geschwister waren inzwischen ebenfalls erkrankt. Verzweifelt versuchte sie mit Kräutern und Beschwörungen zu retten, aber zuerst starb Eli, die nur einen Sommer gelebt hatte, dann die anderen. Snotra hatte geweint und verzweifelt ihre Tränke gekocht, doch es nutzte nichts. Sie war zu den benachbarten Höfen gelaufen, um um Hilfe zu bitten, doch auch dort fand sie nur Krankheit und Ödnis. Die Menschen hatten sie um Rettung angefleht, Mütter ihr ihre kranken Kinder hingehalten und geweint, Väter lagen bereits tot auf den Hofplätzen. Ihre Freunde klammerten sich an ihre Arme und schrien, sie solle die Seuche fortnehmen.

Snotra wusste nicht, was sie machen sollte. Weinend und verzweifelt bat sie die Göttin um Hilfe, erhielt aber keine Antwort. Und die Krankheit zog weiter durch die Gegend.

Tag und Nacht brannten die Leichenfeuer. Am Ende waren keine Menschen mehr übrig, die die Toten zum Feuer bringen konnten, und deshalb musste Snotra sie auf ihren Schlafbänken verwesen lassen.

Erki, ein junger Knecht, war der Einzige, der noch lebte. Snotra wich nicht von seiner Seite und glaubte, dass er wieder gesund werden würde, denn er hatte viel länger durchgehalten als alle anderen. Als er dann schließlich doch starb, saß sie zerschmettert von Einsamkeit, Hilflosigkeit und Trauer an seiner Seite.

Am Ende hatte das Geschrei der durstigen und ausgehungerten Tiere Snotra dazu veranlasst sich von Erki loszureißen. Sie ließ sie aus dem Gehege frei und versuchte selbst irgendwie zu überleben.

Einige ältere Priesterinnen fanden sie viel später, als sie zwischen den Höfen auf Wanderschaft waren. Ein halbwüchsiges mageres Mädchen, das allein zwischen erloschenen Leichenfeuern und halb verwesten Leichen lebte. Snotra war wie ein wildes Tier, sie war scheu und schweigsam.

Sie lockten sie zu sich und brachten sie nach Vanaheim, wo sie ihr Gemüt heilen wollten. In der ersten Zeit lag Snotra nur mit leeren, weit aufgerissenen Augen im Bett. Gullveig saß jeden Tag bei ihr und beruhigte ihr Inneres. Langsam kam Snotra wieder zu sich, und seither hatte sie alles für Gullveig getan.

Snotra war besessen von der Heilkunst, denn sie glaubte, es gebe einen Grund, weshalb die Göttin sie am Leben gelassen hatte. Bald war sie zu Vanaheims tüchtigster Heilpriesterin geworden. Sie verlor nie ein Wort darüber, was sie vor ihrem Eintreffen in Vanaheim durchgemacht hatte, aber diese schreckliche Zeit steckte in ihr wie ein harter Knoten. Snotra war niemals fröhlich und immer die Pflichtbewussteste von allen. Alles musste vollkommen sein, Sitten mussten bewahrt und befolgt werden. Snotra war immer streng und hart gewesen, am meisten aber zu sich selber.

Eir schaute über das grau wogende Meer. Sie hatte das Gefühl, dass Snotras Gemüt sich jetzt ganz und gar verhärtete. Mitleid und Verständnis, die früher trotz allem vorhanden gewesen waren, waren verschwunden. Wenn Snotras Gemüt vergiftet war, dann musste jemand eingreifen. Eir seufzte tief. Wenn doch alles nur so wäre wie früher und sie sich ihrer friedlichen Arbeit mit Heilkräutern und Heilen widmen könnte. Ihr Leben lang hatte sie versucht der Welt mit ihren vielen Problemen auszuweichen, und jetzt sah es so aus, als hielte sie Vanaheims Zukunft in Händen. Die Wege der Göttin waren wirklich unergründlich.

Mit schwerem Herzen sah sie Snotra den Weg hinaufkommen. Die Hohepriesterin war in der letzten Zeit noch mehr abgemagert, Augen und Wangen glühten im Wind.

»Da bist du. Ich habe gute Nachrichten«, sagte sie lächelnd.

In Eir wurde ein Funken der Hoffnung entzündet. Vielleicht würde alles eine Lösung finden, ohne dass sie eingreifen müsste.

»Ich habe entschieden, welchen Alfenpriester ich beim Frühjahrsopfer bei mir haben will«, sagte Snotra und setzte sich auf einen Stein.

»Ich habe immer gesagt, wie wichtig es ist, die Rituale und die alten Bräuche beizubehalten. Deshalb müssen wir zu dem zurückkehren, was früher war, erst dann können wir das neue Übel abwehren, das immer näher rückt.«

Eir blickte Vanaheims Hohepriesterin abwartend an und ihre Verzweiflung wuchs.

»Und an wen hast du gedacht?«

Snotra schaute triumphierend auf.

»An den stärksten Priester der Alfen. Njörd.«

Eir brauchte eine Weile, um sich zu fassen und wieder sprechen zu können.

»Njörd kannst du nicht nehmen. Åse wäre außer sich vor Wut«, flüsterte sie endlich.

»Ich bin die Hohepriesterin, ich muss das Beste für Vanaheim auswählen und den Mann nehmen, der mir beim Ritual die größte Kraft geben kann«, sagte Snotra entschieden.

Eir schüttelte besorgt den Kopf und flehte in Gedanken Gullveigs Geist um Rat und Hilfe an. Das war entsetzlich. Snotra könnte die Spaltung nach Vanaheim bringen.

»Ich bin sicher, dass Åse versteht, wie wichtig das ist. Und Njörd ist schließlich seit einer ganzen Ewigkeit nicht mehr Åses König. Das ist doch alles längst vergessen.«

Eir schloss schweigend die Augen. Es gab keinen Weg zurück. Sie musste etwas unternehmen, so sehr das auch schmerzte.

Freya saß am Webrahmen und arbeitete an ihrem Umhang. Sie befestigte den Wollfaden mit einem Holzstück und legte dann die Kette. Ihre Schultern schmerzten und sie war müde. Greips Umhang war noch immer nicht vollendet, und die Zeit wurde knapp.

Die Tür wurde mit einem leisen Knacken geöffnet und Kol steckte ihren schwarzen, verfilzten Kopf in die Hütte.

»Seid ihr jetzt richtig verfeindet?«, fragte sie und fing an Sivs Habseligkeiten zusammenzusuchen.

»Das kann man so sagen«, antwortete Freya.

Kol stand zögernd vor ihr.

»Und was ist mit mir? Habe ich etwas falsch gemacht? Ich möchte mit Sot gern hier bleiben. In der Halle sind so viele, und hier bin ich nachts nicht den Kerlen ausgesetzt.«

Kol biss sich auf die Lippe und schaute Freya flehend an.

»Du kannst hier wohnen, so lange du willst.«

Kol strahlte und verschwand mit Sivs Sachen. Freya tauschte einen Blick mit Gullveig, die nur für sie sichtbar auf dem Bett saß. Ihr Heimweh wurde immer stärker. Es schien eine Ewigkeit her zu sein, dass sie in Vanaheim mit ihren Schwestern zusammengewesen war. Sie dachte daran, wie sie zu den Sternsteinen gegangen waren, zusammen mit der zahnlosen alten Alin, die erzählt hatte, wie das Himmelsgewölbe sich drehte und wie die Steine zusammen mit den Sternen gedeutet werden konnten. Am Ende hatten alle es begriffen, nur Skalf nicht. Was hatten sie sie deshalb aufgezogen!

»Ich sehne mich nach meinen Schwestern«, flüsterte Freya.

Gullveig nickte langsam und schien das zu verstehen, danach

wandte sie den Kopf. Ihre Wange war bis auf den Knochen vom Feuer zerfressen.

»Was ist passiert?«, flüsterte sie, aber im selben Moment wusste sie Bescheid. Gullveig hatte sie vor einer Verwünschung beschützt. Die wer ausgeworfen hatte? Snotra! Eine andere konnte es gar nicht sein. Freya streckte die Arme zu dem dünnen Geistwesen aus, das einst ihre Tante gewesen war.

»Ich werde dir größere Kraft geben, das verspreche ich. Ich werde für dich opfern.«

Aber Gullveig schüttelte langsam den Kopf, sie schien nicht bleiben zu wollen, sondern in die Nachwelt hinein zu verbleichen.

»Aber ich brauche dich!«

Gullveig lächelte kurz und schüttelte noch einmal den Kopf. Gleich darauf war sie verschwunden. Freya schaute traurig in die leere Luft. Ihre Tante musste zurückkommen, sie durfte sie nicht verlassen. Nicht auch noch Gullveig!

Siv ließ sich von Kol ihre Habseligkeiten geben und verstaute sie unter dem Bett, das sie mit Lin teilen würde.

»Du Arme, du musst bei ihr bleiben. Kannst du nicht auch in die Halle ziehen?«

»Nein, hier ist es zu eng«, sagte Kol ausweichend und lief weg, als Solveig, Starkes Frau, auf Siv zutrat.

»Ach, du wirst also jetzt hier wohnen.«

»Ja, ich kann einfach nicht bei Freya bleiben. Sie hat gedroht mein Kind zu verfluchen!«

»Nein! Was sagst du da?«

Solveig riss die Augen auf und wollte schon die anderen Frauen rufen, als Siv sie bat zu schweigen.

»Bitte, sag das nicht weiter. Wenn Freya erfährt, dass ich darüber gesprochen habe, dann wird sie meinem Kind etwas antun. Du hast ja keine Ahnung, wie ich mich fürchte!«

Solveigs Augen drückten ihr Mitleid aus.

»Du Arme!«

»Ich bin so froh darüber, dass ich hier bei euch wohnen darf.«

Solveig legte beschützend den Arm um Sivs Schulter.

»Wir werden uns schon um die Hexe kümmern, wenn sie dir etwas antut!«

Dann senkte sie die Stimme.

»Und mach auch um Frigg einen Bogen. Sie glaubt, sie hätte hier zu bestimmen, und niemand darf schlecht über Freya sprechen. Frigg ist ja wirklich seltsam, verstehst du.«

Siv nickte und sie tauschten ein verständnisinniges Lächeln.

Gleich darauf wurden die Türen aufgerissen und die Männer kamen herein, müde, schmutzig und schweißnass, denn sie hatten den ganzen Tag lang Fanggruben angelegt. Thor ließ seinen Ranzen auf seine Schlafbank fallen, die fast neben Sivs lag. Sein Kittel wies an der Schulter einen breiten Riss auf.

»Was ist das denn?«, rief Siv und stürzte auf ihn zu. »Dein Kittel ist ja zerrissen, zieh ihn aus, dann kümmere ich mich darum.«

Thor lächelte und legte seinen Kittel ab. Nun stand er halb nackt da, trug nur noch seine Beinkleider.

»Aber setz dich doch und ruh dich aus, dann hole ich dir etwas zu essen. Du bist ja total erschöpft. Und das hier, das flicke ich.«

Thor ließ sich vor der Feuerstätte auf die Bank sinken, er war angenehm müde und schrecklich hungrig. Bald brachte Siv ihm eine Schale gekochtes Fleisch und eine Kanne Dünnbier. Sie setzte sich neben ihn und begann seinen Kittel zu flicken. Thor aß und als er die Kanne halb geleert hatte, fühlte er sich ziemlich wohl in seiner Haut. Inzwischen hatte er sich an Sivs Fürsorge gewöhnt. Immer scharwenzelte sie um ihn herum und erfüllte ihm ungefragt jeden seiner Wünsche.

Er wusste, dass sie ihn begehrte, aber noch hatte er nicht mit ihr geschlafen. Irgendwie hatte es sich einfach nicht ergeben, er konnte das selber nicht erklären.

»Ich werde jetzt hier wohnen«, sagte sie.

»Ach, ist bei Freya kein Platz mehr für dich?«

Siv schaute von der Arbeit hoch und riss ihre traurigen blauen Augen auf.

»Sie hat mich und mein Kind bedroht. Sie hat gesagt, sie wollte uns töten.«

»Warum denn das?«, fragte Thor in einer Mischung aus Überraschung und Zorn.

Sivs Augen füllten sich mit Tränen und sie schlug die Augen nieder.

»Ich kann nicht …«

»Vor mir brauchst du keine Angst zu haben«, sagte Thor sanft.

»Sie ist wütend, weil du mir so viel bedeutest. Deshalb will sie mich und mein Kind umbringen«, flüsterte Siv.

Wütend sprang Thor auf. Was hatte er da für eine Schlange auf den Hof gebracht!

»Du brauchst keine Angst mehr zu haben«, versicherte er der weinenden Siv und streichelte unbeholfen ihre Wange.

»Bitte, du darfst Freya nichts sagen. Dann bringt sie uns beide um.«

»Mach dir keine Sorgen«, sagte Thor und verließ die Halle.

Siv schaute triumphierend ihre Näherei an.

»Glaubst du nicht, dass es Leute gibt, die sehen, was du da treibst, Schwester?«

Siv fuhr zusammen und sah Freyr, der mit übereinander geschlagenen Armen hinter ihr stand. Wieso bildete er sich ein, über sie urteilen zu dürfen?

»Du machst dir nichts aus mir und Ull, aber für Freya kriechst du, wie die Schlange, die du eben bist«, sagte sie bitter.

Freyr verzog keine Miene. Sein ansonsten so sanftes Gesicht zeigte nur noch Abscheu.

»Du hast nicht gerade viel Ehre im Leib.«

Sivs Zorn wuchs. Sie hätte ihm die Augen auskratzen mögen. Dieser unverschämte Kerl!

»Wie kannst du es wagen mich zu verurteilen, verschwinde von hier, sonst rufe ich Thor.«

»Eines Tages werden sie erkennen, welches Gift du verspritzt«, sagte Freyr und warf Siv einen weiteren verächtlichen Blick zu, ehe er ging.

»Eines Tages wirst du vor mir kriechen, du verdammter Alfenpriester«, fauchte Siv hinter seinem Rücken.

An diesem Abend kam Odin spät. Freya wartete und rechnete fast schon nicht mehr mit ihm, als er hereinkam und sich mit einem tiefen Seufzer ihr gegenüber niederließ.

»Was ist das für ein Streit zwischen dir und Siv? Sie redet die ganze Zeit mit den Frauenzimmern und verspritzt ihr Gift. Ich habe Frigg gebeten ihr das auszutreiben.«

»Sie macht mich für ihr Unglück verantwortlich«, sagte Freya.

Sie hatte inzwischen gelernt offen mit Odin zu sprechen. Ab und zu freute sie sich sogar auf seine Besuche. Er besaß großes Wissen über das Verborgene, mehr als sie geahnt hatte. Rasch lernte Odin die Zauber, die sie ihm vorsang. Auch wenn sie das niemals laut sagen würde, so machte es ihr Freude ihn zu unterrichten. Jetzt kratzte er sich im Bart und schaute sie aus funkelnden Augen an.

»Siv braucht einen Mann und ein Kind im Bauch. Es wird nicht schwer sein sie zu verheiraten, wenn du zustimmst. Sie ist doch deine Magd.«

Freya nickte. Es war eine gute Idee, Siv zu verheiraten. Freya würden ihre Gemeinheiten und ihre Abneigung dann erspart bleiben. Sie lächelte. Jetzt dachte sie auch schon wie die Fremdlinge.

»Denkst du an jemand Bestimmten?«

»In Utgard werden jetzt zwei Höfe gebaut, aber die Männer dort haben schon mehr als genug Weibsleute«, überlegte er. »Hier auf dem Hof gibt es ja Baldur, aber der scheint sie nicht gerade innig zu lieben. Siv scheint sich gut mit Thor zu verstehen«, sagte er und nickte, als sei sein Entschluss gefasst.

Vor Freyas Augen wurde alles schwarz. Ihr Thor sollte mit Siv leben? Nicht, so lange sie selbst noch am Leben war.

Sie begegnete Odins forschendem Blick. Tief hinten in den braunen Augen funkelte es. Plötzlich erkannte Freya, dass sie in eine Falle getappt war. Odin spielte auf ihr wie auf einer alten Flöte, und sie hatte nicht einmal begriffen, worauf er aus gewesen war.

»Das sollten wir uns vielleicht noch einmal überlegen«, sagte Freya vorsichtig.

»Warum denn? Thor fühlt sich nicht wohl hier auf dem Hof. Er wünscht sich nichts so sehr wie sein eigenes Haus, aber er glaubt nicht, dass ich ihm das nötige Vieh geben würde. Deine Mutter hat versprochen, dir als Mitgift einige Kühe zu geben. Von denen habe ich noch nichts gesehen. Aber wenn wir im Frühling die Tiere herbringen lassen, können wir Siv mit Thor verheiraten.«

Er schaute ihr in die Augen. Und in ihre Seele.

»Das wäre sicher das Beste für alle«, sagte er.

Freya war einfach sprachlos. Nicht genug, dass sie Thor verlieren sollte, sie sollte auch noch seine Zukunft sicherstellen.

»Na, was meinst du?«

Freya holte langsam Atem. Vielleicht wäre es wirklich das Beste. Sie würde ja doch nach Vanaheim zurückkehren. Aber niemals mehr mit Thor zusammen zu sein?

Freya nickte langsam, während ihre Welt in Stücke brach.

»Gut, dann rede ich jetzt mit Thor«, sagte Odin und erhob sich.

»Warte doch«, sagte Freya.

Er durfte das jetzt nicht tun, noch nicht.

»Was ist denn los?«

Sie schaute sich voller Panik um.

»Soll ich dich denn nicht unterrichten?«

Odin lächelte.

»Heute Abend nicht, Gattin.«

Wie gelähmt sah Freya hinter ihm her, als er im Abenddunkel verschwand. Der Herbstwind rüttelte an der Tür. Freya brachte es nicht über sich, aufzustehen und sie zu schließen.

Sie saß einfach nur auf ihrer Schilfmatte und starrte ins Nichts.

Gefion sprang von Windfaxe und band das Pferd an eine verwachsene Tanne, die sich an der kargen Heide festklammerte. Langsam betrat sie dann den Ring aus Weihesteinen, der zu dem sturmgrauen Himmel aufragte.

Zwei Gestalten kamen mit wehenden Umhängen auf sie zu. Zwietracht und Intrigen. Ganz Vanaheim redete jetzt über Snotra, Unzufriedenheit und Unsicherheit verbreiteten sich auf der Insel. Hilfe

Suchende wurden abgewiesen. So etwas war noch nie passiert. Njörunn und Frid erreichten mit rosigen Wangen die Steine.

»Friede und gute Ernte«, sagte Gefion und verschränkte die Arme vor ihrer Brust. »Ist es wirklich so schlimm, wie alle behaupten? Ist Snotra dabei den Verstand zu verlieren?«

»Ich glaube, das ist schon passiert«, erwiderte Njörunn und schob sich die wehenden schwarzen Haare aus dem Gesicht.

»Nein, die Hallen werden jetzt ein bisschen besser geleitet. Ich glaube, es wird sich alles finden«, widersprach Frid.

Njörunns dunkle Augen loderten auf.

»Wie kannst du so etwas behaupten? Das Einzige, was Snotra tut, ist Freya zu verwünschen und Flüche loszulassen. Sie sieht nicht einmal, dass die Hallen kurz vor dem Einstürzen sind. Ihr Wahnsinn verbreitet sich wie eine Seuche auf der Insel. Åse muss eingreifen«, erklärte sie und schaute Gefion auffordernd an.

»Meine Mutter ist mit dem Krieg im Süden beschäftigt. Sie glaubt, dass der auf uns übergreifen wird«, antwortete Gefion ausweichend.

»Deshalb brauchen wir eine richtige Hohepriesterin. So kann das nicht weitergehen. Wir müssen Freya holen«, sagte Njörunn und breitete bittend die Arme aus.

»Was könnte Freya denn schon ausrichten?«, fragte die blonde Frid mit traurigem Lächeln.

»Ihre Macht ist größer als Snotras, sie kann wieder Einigkeit unter den Priesterinnen schaffen«, sagte Njörunn wütend.

»Wir wissen ja nicht einmal, ob sie zurückkommen würde«, sagte Frid.

»Freya würde Vanaheim nie im Stich lassen. Was ist denn los mit dir, Frid, willst du nicht, dass sie zurückkommt?«

Frid seufzte und schaute zu Boden.

»Ich will nur, dass alles wieder so wird wie früher. Wenn Freya Eintracht in die Hallen bringen kann, dann will ich, dass sie zurückkehrt.«

»Besteht Snotra noch immer auf Njörd als Hohen Priester beim Frühjahrsopfer?«, fragte Gefion.

Njörunn nickte schweigend.

Gefion machte sich an dem Bogen über ihrer Schulter zu schaffen und dachte nach. Åse war so wütend gewesen, als sie von Snotras Plänen gehört hatte, dass sie die Hohepriesterin nicht in ihre Halle gelassen hatte. Und seither wollte sie auch mit den Priesterinnen nichts mehr zu tun haben. Gefion hatte versucht, mit Åse darüber zu sprechen, war aber jedes Mal abgewiesen worden. Sie reckte sich. Ihr Erbe war in Gefahr und sie hatte nicht vor, stillschweigend zuzusehen, wie Vanaheim zerrissen wurde.

»Wir holen Freya«, sagte sie wütend und schaute auf das graue Meer hinaus. Sie hätte nie erwartet, dass sie eines Tages ihre Schwester um Hilfe bitten müsste, um die Eintracht in Vanaheim wiederherzustellen.

»Falls sie es zu den Fremdlingen geschafft hat. Das wissen wir doch nicht mit Sicherheit.«

»Wenn Freya tot wäre, hätten wir das im Gewebe gesehen«, wehrte Njörunn gereizt ab.

»Die Herbststürme haben schon eingesetzt. Wir müssen bis zum Frühling warten. Dann wird meine Mutter ein Boot nach Idunvallen schicken. Und ihr fahrt mit, um meine Schwester zu holen«, erklärte Gefion.

Njörunns Augen funkelten. Sie wollte so gern reisen und mehr von der Welt sehen. Und jetzt würde sie Vanaheim ein weiteres Mal verlassen dürfen. Das war mehr, als sie zu hoffen gewagt hätte.

»Aber Freya ist doch als Geisel bei ihnen. Kann sie dann einfach nach Hause fahren?«, fragte Frid.

»Ich weiß, wie wir dieses Problem lösen werden«, sagte Gefion.

»Bis zum Frühjahr ist es noch lang, bis dahin kann viel passieren«, seufzte Njörunn besorgt.

»Daran lässt sich nichts ändern. Nutzt die Zeit, um mit euren Schwestern zu sprechen. Stellt fest, wer auf unserer Seite steht und wer Snotra behalten will«, schlug Gefion vor und band Windfaxe los.

»Aber kein Wort über unsere Pläne!«

Die beiden Priesterinnen schüttelten den Kopf.

Gefion schwang sich auf ihr Pferd und hob die Hand zum Gruß, dann jagte sie über die Heide davon.

Die Herbststürme waren so heftig, dass sie die Tiere ins Langhaus holen mussten. Die Menschen saßen meistens drinnen und beschäftigten sich mit Winterarbeit, sie webten, reparierten ihr Werkzeug und stellten neues her. Kein vernünftiger Mensch ging nach draußen, niemand außer Freya.

Sie kämpfte sich durch den Wind zum Meer. Der Sturm riss an Bäumen und Strohdächern, schleuderte Holzstücke und Zweige auf den Hofplatz.

Vergeblich hatte sie versucht den Hof mit Ruhe zu belegen, eine fremde Macht schien die Stürme anzuziehen. Die heulende Gjalp wütete über dem Meer.

Freya musste ihren Eid einlösen. Sie kämpfte sich am Weihestein vorbei zum Wasser, das gegen den Strand peitschte. Das Meer kochte.

Freya fiel auf die Knie und öffnete ihr Bündel, während der Wind ihre die Haare gegen die Wange schlug.

»Komm zu mir, Greip«, schrie sie, aber die Worte wurden vom Wind zerfetzt.

Freya wartete geduldig, dann rief sie wieder:

»Bring deine Schwester zur Ruhe. Unsere Abmachung muss eingehalten werden.«

Sie verstummte und betete, dass der Mantel gut genug wäre, denn sonst würde sie mit in die Wogen gerissen werden.

Es dauerte ziemlich lange. Doch dann schlossen sich die dunkelgrauen Wellen zu einer Frauengestalt zusammen.

»Mein Umhang«, flüsterte Greip mit feuchtkalter Stimme.

Freya ließ den Umhang im Wind flattern. In den langen Nächten hatte sie sich alle Mühe gegeben. Rot und Blau zogen sich durch den schwarzen Grund und lange Reihen aus funkelnden Steinen waren unten angenäht.

Greip streckte die Hand aus und riss die Gabe an sich.

Freya ließ los und die Wellen holten ihren Mantel in die Tiefe.

»Schön«, lachte Greip mit dumpfer Stimme vom Meeresboden her und Freya atmete erleichtert auf.

»Ich bitte dich, die mir nahe Stehenden zu schützen.«

Greip erhob sich grau und beängstigend aus dem Meer.

»Elend kurz ist das Menschenleben. Wir sind in Ewigkeit da. Was wir haben wollen, nehmen wir uns auch.« Sie wirbelte mit ihrer wütenden Schwester herum und verschwand in den mannshohen Wellen.

Freya lief in die große Halle, und Frigg half ihr die Tür hinter sich zu schließen.

»Na, ist dein Opfer angenommen worden?«, flüsterte sie so leise, dass es sonst niemand hörte. Freya mochte nicht laut über ihre Abmachung mit Greip reden.

»Ja, ich habe meinen Eid eingelöst«, flüsterte sie zurück.

»Aber du bist bis auf die Knochen durchnässt. Wärm dich jetzt erst einmal auf, damit du nicht krank wirst.«

Frigg drückte Freya auf eine der Bänke vor der Feuerstätte, wo die Flammen loderten und im Raum eine segensreiche Wärme verbreiteten. Frauen und Männer saßen hier und die meisten waren mit irgendeiner Arbeit beschäftigt. Sie nickte Odin zu, der mit Loki über einem Brettspiel saß. Freyr und Garver sahen zu. Garvers Frau saß neben ihm und webte. Freya streckte die Hände aus, wärmte sie am Feuer und schaute in die müden und durchfurchten Gesichter.

Einige Kinder liefen quengelnd hin und her und stritten sich. Ein kleiner Junge schlug auf einen älteren ein und bezog so arge Prügel, dass er schreiend zu seiner Mutter floh. Das ganze Haus jammerte, als der Sturm Dach und Gebälk packte.

Freyas Körper schmerzte vor Müdigkeit. Der Herbst war zu schwer für eine einsame Priesterin gewesen. Sie hatte jedes Tier gesegnet, hatte ihre Bäuche und Lenden mit Fruchtbarkeit gezeichnet, die Felder geehrt und Ran Opfer gebracht. Zugleich hatte sie die Kräuter gesammelt, die sie für das Frühlingsopfer und für andere Zwecke benötigte.

Thor polierte mit einem Lederlappen ein Schwert. Er würdigte sie nicht eines einzigen Blickes, für ihn schien sie Luft zu sein. Siv saß neben ihm und stickte. Sie schaute Freya aus Augen an, die vor Triumph und Bosheit geradezu funkelten.

Wie schon so oft spielte Freya mit dem Gedanken, ihr einen Zauberschuss zu schicken, um sich den Anblick ihres Feixens zu ersparen. Jetzt war Siv doch sicher zufrieden, sie würde ihren eigenen Hof bekommen und mit dem Mann ins Bett gehen dürfen, den Freya sich wünschte, was Siv nur zu gut wusste. Und er, dieser schwanzlose Weichling, hatte kein Wort über den Zwischenfall im Wald verloren, sondern war ihr einfach ausgewichen.

Freya sah, dass er nur vorgab, sein Schwert zu putzen. Plötzlich reichte es ihr.

»Thor. Ich habe unsere Schuld bei Greip bezahlt«, sagte sie mit einer Stimme, die alle verstummen ließ.

Thor schaute kurz zu ihr hinüber, dann putzte er schweigend sein Schwert weiter.

Siv starrte wütend auf ihre Stickerei. Aber Freya hatte das Schweigen satt. Sie hatte etwas Besseres verdient.

»Kannst du dich nicht an Greip erinnern? Sie hätte uns fast in die Tiefe gezogen, als wir aus Hallunda geflohen sind. Das war unmittelbar, nachdem ich dich befreit hatte und damit der Göttin gegenüber eidbrüchig geworden war.«

Freya lauschte dem Sturm und lächelte.

»Vielleicht straft sie uns jetzt dafür.«

Die anderen fingen an zu murmeln und zu tuscheln, aber Freya ließ ihren Blick nicht von dem schweigenden Thor weichen. Endlich schaute er mit brennendem Blick auf.

»Ich kann mich sehr gut an alles erinnern, was du getan hast«, sagte er kurz.

Freya nahm die Schale Fleisch, die Frigg ihr mit fragendem Blick reichte.

»Sehr gut. Manche Dinge kann man nicht vergessen«, sagte sie und achtete nicht darauf, dass Odin von seinem Brettspiel aufschaute.

»Glaubst du, Siv wird eine gute Gattin sein?«, fragte sie dann und schaute den sich verlegen windenden Thor unschuldig an.

»Da bin ich mir sicher.«

»Wie kannst du so sicher sein? Kannst du erklären, was eine gute Gattin auszeichnet?«

Alle verstummten und sahen Thor an. Der legte umständlich sein Schwert beiseite und erwiderte trotzig Freyas Blick.

»Eine gute Gattin gehorcht ihrem Mann in allen Dingen und gebiert ihm viele Söhne. Sie ist eine tüchtige Hausfrau und kann weben und nähen.«

Freya lachte verächtlich. Jedes seiner Worte war für sie eine Herausforderung.

»Soll sie auch schön sein?«

»Natürlich.«

Freya nickte zufrieden und schaute dann Siv an.

»Schaffst du das wohl alles, Schwester?«

Siv spitzte den Mund.

»Das weißt du doch.«

»Ich hatte Ehre und Glauben für wichtig gehalten, aber da habe ich offenbar noch viel zu lernen«, sagte Freya und verließ die Feuerstätte mit vor Abscheu brennender Brust. Sie wollte die beiden nicht zusammen sehen. Sie verfluchte Siv, diese falsche Schlange. Sie konnte nur ahnen, welches Gift sie verspritzt hatte, um sich Thors zu bemächtigen, dieses feigen Bockes.

Sie drehte sich in der Tür um und erwiderte seinen Blick. Der brannte vor Sehnsucht und heimlichem Begehren. Freya ging hinaus in den Sturm.

Thors Zeit war zu Ende.

13

Ein gewaltiges Unwetter zog an den Tagen vor dem Frühjahrsopfer über Idunvallen auf. Der Regen peitschte die Felder, der Wind riss an Strohdächern und Bäumen. Es war ein böses Omen und besagte, dass es nur ein Vorbote des Sturmes war, der über dem Meer wütete.

Aber zwei Tage vor dem Opfer kamen die Mächte plötzlich zur Ruhe. Jetzt streichelte eine sommerwarme Sonne den Hof.

Freya stand vor der Hütte und schaute auf die frisch erwachten Felder hinaus, während neue Lebenskraft in ihren Körper strömte.

Die dunklen, ereignislosen Tage an der Feuerstätte waren vorüber. Tag für Tag hatte sie den Geschichten über Odins Volk und dessen Wanderungen gelauscht und dabei Kleiderstoff gewebt. Der Winter war die Zeit, die der langsamen Arbeit gewidmet wurde und die Erzählungen halfen dabei, die dunklen Tage vergehen zu lassen. Freya hörte sie sich genau an.

Odins Volk hatte ein hartes Leben geführt, das war ihr jetzt klar. Aber immerhin hatten sie in diesem Winter nicht hungern müssen, obwohl die Nahrung knapp geworden war. Nur ein einziges Kind, ein zwei Sommer alter Knabe, war einer Krankheit erlegen. Freya hatte vergeblich versucht den Kleinen zu retten, seine Lebenskraft hatte ein Ende genommen und er war im ewigen Schlaf versunken.

Er wurde bei seinen Verwandten begraben, damit er sich in der Nachwelt nicht einsam fühlen musste. Gleich darauf hatte Freyr einen Elchbullen erlegt, und der hatte sie über die letzte schwere Zeit gerettet, bis auf dem Abfallhaufen die ersten Brennnesseln wuchsen. Zwei neue Kinder waren auf die Welt gekommen. Freya hatte

Kol bei der Geburt eines Sohnes geholfen, der den Namen Sten bekam, einem prächtigen, lebensstarken Kind, das inzwischen schon sitzen konnte.

Freya sah sich das Vieh an, das sie mit ihrem Zauber durch den Winter gebracht hatte. Langbeinige Kälber und Zicklein spielten auf dem lichtgrünen Hof. Nie zuvor hatte es auf dem Hof so viele Jungtiere gegeben.

Menschen und Tiere waren noch immer mager, aber alle fanden, dass sie in Idunvallen noch nie einen dermaßen milden Winter erlebt hätten. Beim diesjährigen Frühlingsopfer hatten sie wirklich für vieles zu danken.

»Du siehst bleich aus. Du solltest mehr Würzblut trinken«, sagte Freyr und reichte Freya den kleinen, unebenen Tonbecher voller Wasser, Kuhblut und Kräutern.

Freya trank gierig, es schmeckte widerlich, aber sie hatte Durst und wollte den Staub aus dem Mund vertreiben.

Sie lebte jetzt seit neun Tagen von Würzblut, und die in diesem Getränk enthaltenen Kräuter ließen sie über dem Boden schweben. An diesem Abend würde sie zum ersten Mal das Frühlingsopfer abhalten und für die Gaben danken, die die Göttin diesem Hof geschenkt hatte. Ihr liefen Schauer über den ganzen Körper. Nichts durfte dabei schief gehen.

»Das geht schon gut. Ich bin doch dabei«, sagte Freyr mit fröhlicher Zärtlichkeit. Obwohl er so mager war, war er in diesem Winter noch schöner geworden. Die hohen Wangenknochen zeichneten sich scharf in seinem Gesicht ab.

In dieser Nacht würden sie gemeinsam den Mächten huldigen.

Freya kam alles klein und erbärmlich vor. Es würde nicht so großartig werden wie in Vanaheim, obwohl Freyr einen schönen Hengst als Opfertier ausgesucht hatte. Sie musste ihr Bestes tun, auch wenn sie unter Fremdlingen lebten.

Sie sah zu den Frauen bei der dampfenden Kochgrube hinüber. Die schauten verstohlen zurück und tuschelten miteinander.

»Das Unwetter war ein Zeichen, eine Warnung«, sagte Freya langsam,

»Wir müssen hoffen, dass die Göttin während des Opfers auf uns hört«, erwiderte Freyr langsam.

»Warum sollte sie? Siehst du die Frauen da hinten, die halten mich für verrückt. Sie haben Angst vor mir, weil ich den Zauber beherrsche und mit den Geistern rede. Sie wollen nur gehorchen und ihren Männern untertan sein. Sie alle sind eine Schande für die Göttin.«

Freya kniff die Augen zusammen und sah Gullveigs Schatten zusammen mit den Disen über die Felder schweben. Die Geister der Toten ruhten über den Grabhügeln.

»Du sprichst durch das Würzblut. Du kannst die Menschen in einem halben Jahr nicht ändern, das ist unmöglich.«

»Ich habe Vanaheim vor mir gesehen, wo meine Schwestern sich zum Frühjahrsopfer versammelten.«

Sie lächelte traurig, das Heimweh brannte in ihrer Brust.

»Ich würde alles tun, um jetzt dort sein zu können.«

Freyr schaute aufs Wasser hinaus.

»Sie haben versprochen zum Opfer ein Boot zu schicken.«

Freya schaute aus zusammengekniffenen Augen zur Sonne hoch. Die Disen umwirbelten sie so heftig, dass ihr schwindlig wurde. Sie brachten eine hoffnungsvolle Gewissheit mit sich.

»Sie sind unterwegs«, flüsterte sie. »Bald werden sie hier sein.«

»Ich hoffe, du hast Recht«, sagte Freyr und nickte Frodig zu, der ihn holen wollte.

»Wir sehen uns beim Opferstein, Schwester.«

Kaum war Freyr verschwunden, da löste Frigg sich aus der Gruppe der Frauen und kam zu Freya herüber.

Sie sah müde und erschöpft aus.

Es waren viele Gäste von den anderen Höfen gekommen, sie musste ihnen Gastfreundschaft erweisen und sich um alle kümmern, und das war harte Arbeit.

»Komm in meine Hütte, dort ist es kühl«, forderte Freya sie auf. In der Hütte wurde der Absud für das Frühlingsopfer in einem großen Bronzekessel langsam erwärmt.

Freya ging in die Hocke und schnaubte, als sie den bitteren Geruch wahrnahm. Der Trank würde später mit Met gesüßt werden. In dieser Nacht sollten alle mit ihr reisen.

»Wir müssen etwas besprechen«, sagte Frigg langsam.

»Dann sprich«, sagte Freya und lächelte. Der Boden schwankte unter ihren Füßen, aber davon wurde ihr nicht schlecht, es reizte sie eher zum Lachen.

»Mein Schoß ist leer. Ich kann Odin kein Kind schenken. Begreifst du, was das bedeutet?«

»Du willst, dass ich Leben in dich hineinhole, wie ich es mit den Tieren getan habe«, sagte Freya.

Aber Frigg schüttelte langsam den Kopf.

»Wenn ich kein Kind bekomme, dann musst du das tun.«

»Nein.« Mehr gab es dazu nicht zu sagen.

»Das ist deine Pflicht.«

»Wenn du ein Kind haben willst, dann musst du die Göttin darum bitten. Sie gebietet über Leben und Tod.«

Freya wiegte sich hin und her, sie hatte das Gefühl in der Unendlichkeit aufgelöst zu werden. Plötzlich konnte sie alles sehen, was sie gewesen war und werden würde.

»Tu dich heute Nacht mit Freyr zusammen. In neun Mondwanderungen wirst du einen Sohn gebären. Das ist im Gewebe.«

Ihre Stimme klang tonlos und seherisch.

»Das kann ich doch nicht tun!«

Frigg wurde rot und sah zutiefst empört aus.

Freya prustete los. Plötzlich fand sie es wahnsinnig komisch, wie Frigg und die anderen Frauen auf dem Hof ihr wahres Wesen und die wilde Stärke, mit der sie gesegnet waren, hinter vorgeblicher Ehrsamkeit versteckten.

»Du weißt doch, dass du tun kannst, was du willst. Warum kommst du zu mir, wenn du weißt, dass nur Freyr der Göttin so sehr behagt, dass sie dir ein Kind schenken würde.«

»Aber das kann ich nicht«, erklärte Frigg verzweifelt.

Freya hörte auf zu lachen und legte die Arme um die ältere Frau. Warme, schweißnasse Haare streiften ihren Mund. Friggs Herz schlug an ihrer Brust. Zärtlichkeit überwältigte sie.

»Hör auf dich zu zügeln wie ein widerspenstiges Pferd«, flüsterte sie, während die Hütte sich langsam um sie drehte. Sie klammerte sich an Frigg, die sie voller Sehnsucht und Scham ansah.

»Du willst doch Freyr«, flüsterte Freya.

»Aber ihr beiden werdet doch zusammen sein?«

»Göttin und Gott benutzen uns. Die Nacht ist erfüllt von Zauber und Leben. Nutze sie gut, Schwester.«

Die Tür wurde aufgerissen und Kol kam hereingestürzt. Sie blieb überrascht stehen und sah die beiden Frauen an.

»Das Boot ist da. Sie sind gekommen!«

Njörunn und Frid umarmten Freya, die abwechselnd lachte und weinte. Endlich waren ihre Schwestern bei ihr.

»Wir müssen sofort miteinander reden«, sagte Njörunn und zog Freya am Arm.

Freya blieb stehen und schaute aus verschleierten Augen zu dem Boot aus Vanaheim hinüber, das mit gebrochenem Mast am Strand lag.

»Was ist passiert?«, fragte sie.

»Wir wären im Sturm fast umgekommen. Mehrere Kühe sind über Bord gespült worden. Die Wellen hätten uns fast in die Tiefe gezogen, aber im letzten Moment hat Greip uns dann am Leben gelassen«, erklärte Frid.

Freya wandte sich dem stillen Wasser zu, sah in der Tiefe den Schatten von Rans Tochter und lächelte froh und dankbar. Sie würde Greip einen weiteren Umhang weben, einen noch schöneren als den ersten.

Byggvir und die anderen Männer begrüßten sie, dann holten sie die Kühe aus dem Boot. Brüllend und unsicher liefen sie auf die Weide. Ihre Kühe, die sie weggeben sollte.

»Komm jetzt. Wir haben wichtige Nachrichten von zu Hause.«

Neben ihr trat Njörunn unruhig von einem Fuß auf den anderen. Ihr blaues Gewand schimmerte, auf ihrer Brust glitzerte eine Brosche aus Bronze. Neben ihr stand die bedächtige Frid und sah Freya mit besorgter Freude an.

Freya lachte los. Lichtspiralen aus Freude schienen sich vom Boden zu lösen und zum Himmel emporzufliegen. Ihre Schwestern waren gekommen.

»Sie hat zu viel Würzblut getrunken. Wir sprechen morgen darüber«, sagte Frid.

Njörunn seufzte gereizt.

»Wir warten schon so lange.«

»Sie wird uns heute Nacht ja nicht weglaufen.«

In diesem Moment kamen Baldur und Erik Langbogen angerannt, gefolgt von Odin und den übrigen Hofbewohnern. Der Häuptling trug seine Prachtgewänder, sein blankes Schwert steckte in einer reich verzierten Scheide. Ohne zu grüßen musterte er die Kühe.

Freya lachte und staunte über die Schönheit, die an diesem Tag über dem Hof ruhte.

»Wo ist Siv?«

Freya schüttelte bei dieser Frage den Kopf.

»Sie hasst mich. Sie wird Thor heiraten«, sagte sie und lachte wieder los.

Die Priesterinnen tauschten einen besorgten Blick.

»Zeig uns, wo wir wohnen sollen. Bis heute Abend ist noch viel zu tun.«

Freya schwebte schwerelos über dem spärlichen Gras. Lichtwirbel waren in der Ferne zu sehen, und sie eilte ihnen entgegen und wich den schwarzen Schatten sorgsam aus.

Mit einer Kraftanstrengung durchquerte sie das Tor zur anderen Welt. Jetzt war sie nicht mehr Freya, jetzt füllten Lichtdisen ihren Körper.

Sie lachte die schimmernden Lichtwirbel an, die sie willkommen hießen. Sie genoss die funkelnden Farben. In dieser Nacht würden sie zusammen tanzen. In dieser Nacht waren sie und die Göttin eins.

Weißes Geißblatt unter ihren nackten Füßen. Trommeln, die sie in heiligem Tanz um den Altar jagten. Die Priesterinnen umwirbelten sie, alte Geister schwebten zwischen ihnen, um Mutter Erde ihre Lebenskraft zu schenken.

Der Lichtschein des Altars streckte sich nach ihr aus. Sie schwebte zwischen den Feuern weiter, auf das strahlende Licht zu …

Die Trommeln dröhnten wie der Herzschlag der Erde.

Freya glitt zwischen den Welten dahin. Sie war ein Geist, eine Dise. Sie war eins mit der Göttin, eins mit dem Gras unter ihren bloßen Füßen. Der Rhythmus der Trommeln zerriss ihr Blut.

Sie hob die Arme und sprach den uralten Zauber.

»Mutter, hör die Bitten deiner Töchter. Erce, hör deine Dienerinnen. Wir danken dir für deine Gaben, für das Leben, das du uns schenkst.«

Die Stimmen der Priester hoben sich wie eine Spirale zum Himmel. Die Kräfte wirbelten wie fliehende Vögel an ihnen vorbei.

Erstaunt sah Freya, dass ihre tätowierten Schlangen zum Leben erwachten und sich um ihre Arme und ihren Leib wanden. Eine fremde Anwesenheit war in ihrem Körper und lenkte ihre Handlungen.

Gehörnt und mit Doppeläxten in der Hand schritten die Priester auf den Hügel zu. Sonnenspiralen glänzten an ihrer Brust.

Freyr ging an der Spitze, Freyr, der Schöne. Der Stattliche. Doch in dieser Nacht war auch er ein anderer, seine Augen strahlten durch die Kraft des Zwillingsgottes. Die Hörner auf seinem Kopf sprühten vor Kraft Funken.

Er war der Jäger, der Beschützer des Lebens, der Liebhaber der Göttin. Freya lachte. Ihre Schritte kamen ihr leicht vor. Sie war Luft.

Ein perfekter Hengst, gold glänzend und geschmückt mit heiligen Blumen tänzelte nervös umher und versuchte sich aufzubäumen.

Die Trommeln wurden lauter. Freyr sank in die Knie und legte den Kopf an Freyas Bauch. Sie segnete ihn und als er sich gestärkt von ihrer Kraft erhob, sagten sie ihre Gebete auf. Ihre beiden Stimmen wurden zu einer.

Priesterin und Priester, Göttin und Gott. Die Mächte hatten sie vollständig in Besitz genommen.

Die Frau, die einst Freya gewesen war, hob ihr Opfermesser in die vier Windrichtungen. Sie grüßte die Mächte, lud sie zu sich ein. Die Priester hielten den Hengst noch immer fest. Freyr hob die Opferkeule. Nach einem einzigen Schlag fiel das bewusstlose Tier auf den Altar.

Freya schnitt den Hals des Tieres auf. Das Blut wurde in pulsierenden Kaskaden über den Altar gepumpt. Dessen Kraft war unwiderstehlich. Sie erfüllte sie, zog an ihrem Körper, hielt ihr einen roten Schleier vor die Augen.

Sie legte ihre Hand auf das heiße Blut und verteilte es auf dem Altar. Es lief über die raue Steinplatte und tropfte auf den Boden. Freya schloss die Augen und genoss dieses Gefühl. Freyrs Hand holte sie zurück in die Wirklichkeit.

Sie musste weitermachen.

Als ob die Mächte ihre Hand lenkten, bückte sie sich und schnitt dem Hengst seine Männlichkeit ab. Jubelnd hielt sie diesen Glücksbringer hoch. Er sollte den Menschen und der Erde Leben schenken. Er sollte für Fruchtbarkeit bürgen.

Die Trommeln wurden leiser.

»Ich danke dir für das vergangene Jahr. Ich danke dir für das kommende Jahr.«

Freyas Stimme war fremd, ihr Gesicht hatte sich verändert, niemand hätte jetzt übersehen können, dass die Göttin sie in Besitz genommen hatte.

Sie wandte sich ihrem Hirschgott zu und bemalte sein Gesicht mit dem Blut des Hengstes.

Jetzt waren sie eins.

Sie nahm ihren Gott entgegen. Sie nahm das Opfer an.

Die Kraft pulsierte jetzt so heftig, dass es im Körper schmerzte.

Göttin und Gott vereinigten sich in einer Lichtkaskade auf dem blutüberströmten Altar.

Wellen aus Kraft rollten den Hügel hinunter, auf Menschen, Felder und Tiere zu. Sie weckten das keimende Leben, ließen es zu einem dröhnenden Feuer auflodern.

Das Opfer war vollendet.

Thor stand ein Stück vom Hügel entfernt und sah zu, wie die Leute von diesem und von den Nachbarhöfen sich auf dem Feld paarten wie Tiere. Er sah einen grinsenden Loki die Brust der dunklen Priesterin lecken, die früher an diesem Tag eingetroffen war. Gleich darauf bohrte er seine Stange zwischen ihre wollüstig gespreizten Beine.

Wenn Thor nicht so wütend gewesen wäre, hätte er sich gern an diesem Spiel beteiligt, aber er sah immer wieder Freya und Freyr zusammen vor sich. Und dabei drehte sich ihm der Magen um.

Wie konnte Odin zulassen, dass seine eigene Gattin es mit einem anderen trieb?

Langsam erhob Freya sich vom Altar. Sie konnte sich kaum aufrecht halten, ihr Körper war blutverschmiert und ihr Gesicht von Ekstase verklärt, sie schien nicht mehr sie selbst zu sein.

Ihre Magd und eine blonde Priesterin führten sie zum Strand.

Wie gut, dass er nichts von ihrem Met getrunken hatte. Odin hatte allen zu trinken befohlen, aber Thor hatte sich geweigert. Er wusste ja von Siv, was passieren würde.

Erik Blutaxt zog lachend eine Leibeigene zu Boden und streifte ihr Hemd hoch. Thor sah sehnsuchtsvoll zu, wie die anderen lachten, tanzten oder im Gebüsch verschwanden. Überall waren Stöhnen und unterdrückte Rufe zu hören.

Hinter dem Altar erblickte er Frigg. Sie stand vor Freyr, und der legte jetzt die Arme um sie. Thor sah, wie sie zum Wald gingen, und schnaubte wütend. Der Priester hatte doch eben erst Freyas Schoß verlassen. Liederlichkeit und Wildheit buhlten miteinander. Thor wollte das nicht mehr mit ansehen.

Und dabei hatte er schon mit Siv geschlafen, ehe sie ins Langhaus gegangen war, um auf die Kinder aufzupassen.

Er brauchte mehr. Verflucht.

Er leerte seinen Becher und ging zum Strand hinunter. In seiner männlichen Überheblichkeit merkte er nicht, dass die Liebesdise Sköfn lachend seine Schritte lenkte.

Freya stand im Wasser und streckte ihre Arme nach den Mondstrahlen aus, die sie liebkosten, während die beiden Frauen ihren Körper wuschen.

Thor stand wie verzaubert am Ufer. Alles, was in den letzten Wochen trennend zwischen ihnen gelegen hatte, war in dieser Nacht verflogen. Die Kraft zog an ihm, zwang ihn zu ihr.

Freya war die, die er haben musste.

Als er das Wasser erreicht hatte, drehte sie sich langsam um und schaute ihn mit einem überirdischen Ausdruck im Gesicht an.

»Da bist du also«, mehr sagte sie nicht.

»Sollen wir ihn wegschicken?«, fragte Frid.

»Geht ihr zum Opfer. Thor und ich haben viel zu besprechen«, sagte Freya, ohne den Blick von seinem Gesicht weichen zu lassen.

Die Frauen verschwanden, und Freya und Thor waren allein in der Nacht. Vom Opferplatz her waren die Trommeln zu hören. Der Mond streichelte Freyas nackten Leib. Thor ging langsam durch das Wasser auf sie zu. Das kühle Nass reichte ihm bis zu den Oberschenkeln. Er spürte es nicht einmal, sein Körper brannte wie bei einem Wundfieber.

»Du hast mich im Stich gelassen. Du hattest kein Vertrauen zu mir«, sagte Freya gelassen.

»Ich weiß«, antwortete Thor.

Zum ersten Mal seit ihrem Eintreffen auf Odins Hof fühlte er sich wach und anwesend. Das Mondlicht ließ ihren Körper glühen und klärte seine Gedanken. Er hatte auf Sivs Lügen gehört und sich von den Prahlereien seines Vaters lenken lassen.

»Bald brechen Heimdal und ich auf. Ich werde meinen Hof in der Nähe von seinem bauen.«

»Siv wird eine gute Frau sein. Sie wird dir viele Söhne gebären und dein Haus verwalten«, sagte Freya und lächelte, halb Mensch und halb Göttin. Ihre Kraft ließ Thors Haut brennen, seinen Kopf prickeln. Aber er hatte keine Angst vor dieser Kraft, jetzt nicht mehr. Nicht, wenn er hier stehen und sehen konnte, wie ihre Brustwarzen im Nachtwind hart wurden.

»Ich will dich. Du sollst meine Kinder gebären.« Das klang so selbstverständlich, dass er nicht begreifen konnte, wieso er diese Worte noch nie gehört hatte.

»Das wäre ein schlimmer Verrat an Siv.«

»Ich war ein Narr, dass ich auf ihr Gift gehört habe. Verzeih mir meinen Wahnwitz. Komm zu mir.«

Freya lächelte und küsste ihn. Thor keuchte auf. Feuerpfeile bohrten sich in seine Haut, brachten sie zum Brennen.

Er nahm sie in die Arme und trug sie vorsichtig ans Ufer. Dort, im Grenzland zwischen Meer und Land, öffnete sie sich für ihn und langsam drang er in ihren mondschimmernden Körper ein.

Freya schlang die Beine um ihn, richtete sich zu ihm auf, als er seinen Samen zitternd in ihre Feuchtigkeit ergoss. Danach lagen sie still und vereint da.

Die Luft schimmerte, wurde stärker. Freya schaute überrascht zu der zerstörerischen Schönheit der Mondgöttin auf. Sie schwebte über ihr wie eine strenge Mutter.

»Hör jetzt zu. Das ist deine Zukunft …«

Das war die Lösung für alles, was ihr solches Kopfzerbrechen machte, der Weg, den sie gehen musste.

Freya schaute zu den lachenden Sternen hoch und lächelte dankbar und traurig.

Thor zog sich langsam aus ihr heraus.

»Sag, dass du auf meinen Hof kommst.«

Freya erhob sich, küsste traurig seine nach Mann und Met schmeckenden Lippen. Langsam leckte sie diese bittere Süße, dann sagte sie: »Ich liebe dich.«

»Das wusste ich doch! Ich werde uns einen prachtvollen Hof bauen, alle Frauen werden dich um dein Haus beneiden. Ich weiß, wo es liegen wird, auf einem Hügel, damit wir Ausblick über die Wälder haben und der Wind den Gestank des Abfallhaufens wegträgt.«

Er legte die Hand auf ihren Bauch.

»Sei nicht traurig darüber, dass du noch keine Kinder hast. Bald wird dein Bauch sich wölben, dafür sorge ich.«

Sein Stolz machte sie traurig und froh zugleich.

»Ich liebe dich«, sagte Thor und streichelte ihre feuchten Haare.

Zärtlich küsste Freya seine Brust.

»Ich werde dich nie vergessen, egal, was passiert«, sagte sie und ging in die Nacht hinaus.

»Ich soll nach Hause kommen?«

Verblüfft schaute Freya Njörunn und Frid an, und die nickten ernsthaft.

Sie ließ sich mit schmerzendem Kopf zurücksinken und versuchte ihre Gedanken zu sammeln. Eine gelassen Ruhe lag über dem Hof. Nur vom Boot aus Vanaheim her waren Äxte und Hämmer zu hören, dort wurde ein neuer Mast hergestellt. Langsam begriff Freya, was die anderen gesagt hatten.

Sie sollte nach Hause kommen. Nach Vanaheim.

»Du hast ja keine Ahnung, was das bei uns im Winter für ein Elend war. Heute sagt Snotra, wir sollen dies tun, morgen etwas ganz anderes«, erzählte Njörunn. »Alles ist ein einziges Chaos.«

»Die Leute auf den Höfen flüstern hinter Snotras Rücken, sie sagen, sie habe den Verstand verloren«, sagte Frid.

»Das Schlimmste ist, dass die Saat in diesem Jahr so schlecht ausgefallen ist. Und Åse ist wütend, weil Snotra Njörd zum Frühjahrsopfer bestellt hat.«

Freya schaute überrascht auf. Njörd, der Mann, der ihr Vater war, sollte beim Opfer Freyrs Platz einnehmen. In ihrem Kopf drehte sich alles, was sowohl an diesen Mitteilungen lag als auch an den Nachwirkungen des Würzblutes.

»Du musst Snotras Platz einnehmen. Nur so kann Vanaheim gerettet werden«, sagte Njörunn.

Freya schüttelte den Kopf und schnaubte. Jetzt kamen sie gekrochen. Aber als sie sie so dringend gebraucht hatte, hatten sie einen großen Bogen um sie gemacht. Aber dennoch ... sie schaute auf das Wasser hinaus und merkte, wie sich in ihr eine bittere Zufriedenheit regte. Alles, was sie in ihren Visionen gesehen hatte, wurde jetzt Wirklichkeit. Jetzt sollte sie die anderen retten.

»Welche Priesterinnen wollen, dass ich Snotras Platz einnehme?«

Sie sah den Blick, den ihre Schwestern tauschten, ehe Njörunn antwortete.

»Fast alle.«

Freya konnte ihrer Stimme anhören, dass sie nicht die Wahrheit sprach.

»Wie viele?«

»Vielleicht ein Drittel, viele sind unsicher, aber wenn du erst in Vanaheim bist, werden sie zu dir halten. Und Gefion, deine eigene Schwester, lässt dich grüßen und dir sagen, dass sie dich als Hohepriesterin haben will«, sagte Njörunn und sah Freya triumphierend an.

Es musste wirklich schlimm sein, wenn auch ihre Schwester sie nach Hause rief.

»Der Krieg im Süden nähert sich, Vanaheim braucht eine starke Hohepriesterin«, sagte Njörunn flehend.

»Es ist deine Pflicht zu uns zurückzukommen. Du kannst Vanaheim nicht im Stich lassen«, sagte Frid.

Nach Hause zu dürfen, dort Hohepriesterin zu werden und Vanaheim zu retten. Das war alles, was Freya sich gewünscht, was sie ihr Leben lang angestrebt hatte.

»Man soll vorsichtig sein, wenn man um etwas bittet, denn es kann passieren, dass man es bekommt«, sagte Freya zögernd.

Sie wiegte den von Njörunn mitgebrachten Lederbeutel in der Hand.

Er war gefüllt mit dem Schmuck, der ihr noch blieb, und einigen Stücken, die die jüngeren Priesterinnen ihr geschenkt hatten. Mit diesem Reichtum könnte sie sich von Odin freikaufen.

»Die Zeit drängt. Wir müssen aufbrechen, sobald das Boot repariert ist.«

Njörunn sah hinter ihren dunklen Locken sehr ernst aus. Die ordentliche Frid nickte zustimmend.

»Und wenn Odin mich nicht gehen lassen will?«

»Dann nehmen wir deinen Platz als Geiseln ein.«

Freya musterte ihre Schwestern mit scharfem Blick. Warum waren sie plötzlich dermaßen bereit, sich zu opfern?

»Glaubt ihr wirklich, Odin würde darauf eingehen?«

»Er war einer von denen, mit denen ich beim Opfer zusammen war, und danach hat er gesagt, er wünschte, ich könnte deine Stelle einnehmen«, sagte Njörunn.

»Du hast mit Odin geschlafen?«

»Für Vanaheim tu ich das gern«, erklärte Njörunn ernsthaft.

Freya konnte ihr Lachen nur mit Mühe unterdrücken.

»Auf sein Wort ist nicht gerade Verlass«, sagte sie endlich. »Aber ich werde mit ihm reden.«

Odin legte sich schlaftrunken den Umhang um die Schultern und schaute Freya überrascht an. Hatte er da wirklich richtig gehört?

Nicht genug, dass sie ihn aus dem Bett gezerrt und in den Wald geführt hatte. Jetzt wollte sie sich zu allem Überfluss auch noch freikaufen.

Damit hatte er nun wirklich nicht gerechnet.

»Nimm meinen Reichtum«, sagte sie und legte den Beutel mit den Schmuckstücken auf seine Knie.

Odin öffnete den Beutel und berechnete ihr Vermögen. Das war mehr, als er vor ihrer Mutter hatte verbergen können. Mehr, als er im Krieg gegen die Vanen verloren hatte.

»Du hast versprochen, dass ich im Baum hängen werde«, sagte er und schaute zu der Eibe hoch, die sich hinter seinem Rücken in der Nacht erhob.

Freya nickte zu den beiden anderen blau gekleideten Priesterinnen hinüber, die jetzt aus dem Dunkel hervorkamen.

»Sowie wir uns geeinigt haben, können wir anfangen.«

Odin strich sich zerstreut über den Bart und dachte nach. Wenn er das hier überlebte, würde er über unglaubliche Kräfte verfügen. Und danach hatte er gestrebt, seit dem Tag, an dem er das Dorf am schwarzen Strand verlassen hatte. Das hier waren das Ende und der Anfang seiner Wanderungen.

»Du könntest sterben«, sagte Freya.

Odin nickte, leicht verärgert über diese Bemerkung.

»Das nehme ich auf mich. Die Sache ist abgemacht. So, wie du willst.«

Wortlos reichte Freya ihm einen Krug mit einem Zaubertrank. Als er den geleert hatte, nahmen die Priesterinnen ihm Umhang und Leibschurz ab. Odin stand nackt in der Nacht und wartete darauf, dass die Welten sich auflösten. Die hellen Frauenstimmen liebkosten seinen Körper, auf seine Haut wurden magische Zeichen gemalt. Er machte seine ersten Schritte durch das Grenzland.

Weitere Stimmen mischten sich unter die der Frauen. Starke Hände hoben ihn in den Baum und alles wurde dunkel um ihn.

Odin wurde von unerträglichem Schmerz geweckt. Es war Tag. Seine ausgestreckten Arme waren am Baum festgebunden, seine Füße waren an den Stamm gefesselt. Freya stand unten, sie hob etwas zu ihm hoch. Einen Speer.

Sein Brustkorb wurde durchbohrt und er hing schreiend und blutend am Baum. Aber durch den roten Schmerzensnebel konnte er jetzt die Nachwelt sehen. Zwei Raben flogen ihm entgegen. Odin folgte ihnen mit gequältem Stöhnen.

Freya kniete neben Freyr und schaute zu dem bewusstlosen Odin hoch. Das Blut strömte über seinen Leib.

»Das hier ist der siebte Tag und noch hat keine Macht ihn erwählt. Er wird das nicht überleben«, sagte Freyr.

Freya bedachte ihn mit einem müden Blick. Nach den vielen durchwachten Nächten war sie erschöpft.

»Er wird es schaffen.«

»Was hast du gesehen?«

Sie schüttelte abweisend den Kopf.

»Ich will nicht darüber sprechen. Was passiert auf dem Hof?«

»Frigg beruhigt alle, die Fragen stellen. Sie hat Odin ja gesehen und alles begriffen. Aber wir werden Probleme bekommen, wenn er stirbt.«

»Dann wird Thor Häuptling.«

Freyr lächelte und streichelte ihre Wange.

»Und das wünschst du dir doch.«

Plötzlich stieß Odin einen Entsetzensschrei aus. Freya tunkte einen Lappen ins Wasser, steckte ihn auf einen Stock und feuchtete Odins Lippen damit an. Er schien das Wasser, das über seine trockenen grauen Lippen rann, nicht zu bemerken.

»Wie lange hast du im Baum gehangen?«

»Einen Tag und eine Nacht«, sagte Freyr.

»Ich brauchte acht Nächte, dann hat die Mondgöttin mich zu sich genommen«, sagte Freya ernst. »Bei jedem Schritt, den er macht, wird er klüger. Das ist gut für sein Volk und gut für uns.«

Sie erstarrte und horchte in den Wald hinein. Flügelschläge hallten zwischen den Bäumen wider.

»Es ist jetzt bald so weit«, flüsterte Freya.

Gleich darauf flatterten Hunderte von schreienden Krähen um Odins hängenden Leib. Sie hackten in seine Wunden, kratzten an seinen Augen. Ihr heiseres Geschrei hallte unerträglich laut zwischen den Bäumen wider.

Zwei Atemzüge darauf flogen sie auf und waren verschwunden. Odins Körper hatte sich in eine einzige blutige Wunde verwandelt.

»Er ist erwählt«, verkündete Freya.

Freyr zog sein Messer und rief nach Frodig. Zusammen schnitten sie den Häuptling der Asen vom Baum. Njörunn hielt schon Wasser und Kräuter bereit.

Freya legte ihm die Hand auf die Stirn, sein Leben strömte ihr entgegen.

»Er ist aus dem Totenreich zurückgekehrt. Er ist auferstanden«, sagte sie und nickte.

Der Mann, der neun Tage, nachdem er von Freya geholt worden war, nach Idunvallen zurückkehrte, war nicht derselbe, der den Hof verlassen hatte.

Eines seiner Augen war ausgehackt worden, die schwärende Wunde mit einer schwarzen Binde bedeckt. Odins Körper war von Wunden übersät, die an der Lende nur halb verheilt. Doch was er an Schmerzen bezahlt hatte, hatte er an Weisheit und Kraft gewonnen. Seine Wunden heilten rasch. Und obwohl er die Hälfte seiner Sehfähigkeit verloren hatte, sah er jetzt klarer und besser als je zuvor.

»Du hast deinen Teil unserer Abmachung gehalten«, sagte Odin zu Freya.

Sie nickte und staunte über diese Veränderung. Auf seinen Schultern saßen zwei schwarze Raben, die Seelentiere, die ihn zu sich genommen hatten. Er lächelte mutwillig und ging auf den Hofplatz, hocherhobenen Hauptes, wie ein Sieger. Frigg ließ die Wolle fallen, die sie in Händen hielt, und lief ihm entgegen. Bald war Odin von seinen Leuten umgeben. Er drehte den Kopf und bedachte die Vaninnen mit einem letzten Blick, dann ließ er sich in die Halle führen.

»Er wird ein großer Mann sein«, sagte Freyr langsam.

»Größer als fast alle anderen«, bestätigte Frodi.

»Aber was hast du da erschaffen?«

Njörunn musterte Freya besorgt, doch die lächelte nur. Das Neue, was nun Form angenommen hatte, hatte immer schon in Odin gelegen. Sie hatte es nur wachsen lassen. Sie hielt Ausschau nach Kol. Das Mädchen stand vor der großen Halle und hielt ihr jüngstes Kind auf dem Arm. Als Kol Freyas Blick begegnete, nickte sie und lief dann los.

Die Sommerdisen spielten auf ihrem uralten Platz auf dem Hof. Die Hitze quälte Feld und Vieh. Freya hob ihr Gesicht in die Leben spendende Sonne und lehnte den Rücken an die grobe Rinde des Baumes. Hier hatte sie damals mit Gullveig und Snotra ihr Lager aufgeschlagen. Der Kreis hatte sich geschlossen.

»Seither ist so viel passiert«, sagte sie zu Gullveig.

Die Alte hatte ihr den Rücken gekehrt und blickte aufs Wasser hinaus. Sie stand unbeweglich im warmen Wind. Unten am Ufer lag das Boot aus Vanaheim, der frisch gezimmerte Mast leuchtete in seiner Mitte. Byggvir und seine Männer liefen über den Strand. Alles war bereit für die Heimreise.

»Jetzt musst du entscheiden, was passieren soll«, flüsterte Gullveig.

Freya nickte und spürte, wie das Heimweh in ihrer Brust brannte. Aber als sie tief in sich hineinschaute, gab es keinen Zweifel mehr.

»Sie hoffen, dass ich wie du bin, eine Bewahrerin. Sie glauben, wenn ich zurückkehre, dann wird alles so wie früher. Aber es gibt Dinge, die ich verändern will, Dinge, die ich auf meiner Reise gelernt habe und die die Priesterinnen niemals akzeptieren würden. Denn ich bin nicht wie du, und wenn sie das entdecken, werden sie enttäuscht sein. Und was werden sie dann machen? Intrigieren und versuchen auch mich loszuwerden? Was einmal zerbrochen war, geht auch später leicht wieder in Stücke.«

Gullveig drehte sich um und schaute sie mit herausforderndem Blick an.

»Wenn ich nach Hause fahre, dann kommt es zum Kampf zwischen mir und Snotra, zu einem Machtkonflikt in Vanaheim. Genau, wie du es befürchtet hast.« Freya lächelte traurig. Eines Tages würden ihre Schwestern verstehen, dass der Verzicht die einzige redliche Lösung war. Dass sie ihnen kein größeres Opfer bringen könnte.

»Du bist erwachsen und zur Frau geworden«, sagte Gullveig.

Ihr Geistwesen war in der Sonne dünn und gebrechlich. Sie schimmerte und wurde vom Wind noch durchsichtiger gemacht.

Freyas Kehle schien sich zuzuschnüren, als sie Gullveig verschwinden sah.

»Warte«, flüsterte sie. Das Wort kam ihr kaum über die Lippen und sie musste es herauspressen. Das alte Schuldgefühl zog wieder die Schlinge an. Widerwille stieg in ihr auf, als habe sie in einer eiternden Wunde herumgestochert.

Sie musste es sagen, egal, wie weh es tat. Jetzt oder nie, denn bald würde Gullveig in der Ewigkeit verschwunden sein.

»Verzeih mir, dass ich dich nicht aus dem Feuer gerettet habe«, schluchzte sie schließlich.

Gullveig schüttelte den Kopf.

»Alles, was passiert ist, war im Gewebe. Du hättest nichts ändern können.«

Tränen liefen über Freyas Wangen und Erleichterung nahm ihr endlich ihre Schwermut.

»Du hast es gewusst.«

Gullveig nickte, dünn wie ein Lufthauch.

»Du brauchst mich nicht mehr«, flüsterte die Alte mit zärtlichem Flehen in der Stimme.

Freya erhob sich langsam und sah, wie sehr die Alte sich nach Freiheit sehnte.

»Geh in Frieden, Tante.«

Ein warmer Wind führte die letzten Nebelschwaden davon. Gullveigs Geist war zur Göttin gegangen. Freya streckte die Hand aus und streichelte die leere Luft, während ihr Herz vor Liebe wehtat.

Dann holte sie tief Luft und ging auf den Hof zu.

Rimfaxe ließ im Morgennebel ein müdes Schnaufen hören und scharrte unzufrieden mit einem Huf über den Boden.

»Du musst still sein«, flüsterte Freya, als sie den Lederriemen um den braunen zottigen Bauch des Tieres legte. Die Ledersäcke auf dem Pferderücken klirrten leise.

Sie zog an dem Bronzekessel, der auf dem Rücken des anderen Pferdes hing. Darunter lagen die aufgerollten Felle.

Alles war bereit.

Sie schaute sich im bleichen Licht der Dämmerung um. Selbst die Hunde schliefen noch. Sie lagen als grauer Haufen neben der Hallentür. Ab und zu hob einer von ihnen den Kopf, um zu sehen, was hier vor sich ging. Wenn sie Freya dann erkannten, versanken sie wieder im Schlaf.

Freya lächelte über ihre Aufregung. Die Hüttentür knarrte. Kol kam mit der schlafenden Sot auf dem Arm und ihrem neugeborenen Kind in einem Lederranzen auf dem Rücken.

»Ich bin so weit.«

»Du kannst es dir noch anders überlegen«, sagte Freya.

Kol schüttelte energisch den Kopf.

»Niemals.«

Freya nickte und ging in die Hütte. Frid und Njörunn schliefen auf ihren Fellen. Die restliche Hütte war leer, die beiden hatten nichts gemerkt, als Freya und Kol ihre Habseligkeiten hinausgebracht hatten. Oder hatten sie geglaubt, sie brächten sie zum Boot, und hatten deshalb nicht reagiert? Freya ging in die Hocke, strich die dunklen Haare von Njörunns Schulter und schüttelte sie leicht.

Njörunn setzte sich sofort auf und schaute sich in hellwacher Verwunderung um.

»Was ist los?«

»Ich gehe jetzt«, sagte Freya. Hinter Njörunns Schulter blickte Frid auf, ihre blonden Haare standen nach allen Seiten ab.

»Soll das Boot uns hier zurücklassen?«, fragte Njörunn wütend.

»Nein. Ich verlasse Idunvallen. Das ist mein Abschied. Wenn ihr mit mir sprechen wollt, dann müsst ihr herauskommen«, sagte Freya und lief zur Tür. Kol konnte nicht Kinder und Pferde zugleich überwachen. Sie sah Freya erleichtert an und reichte ihr die Pferdezügel.

Gleich darauf lief Njörunn zitternd auf bloßen Füßen über den taufeuchten Hof.

»Willst du uns wieder im Stich lassen?«

Ihre dunklen Augen blitzten.

»Ich habe euch noch nie im Stich gelassen, im Gegenteil«, sagte Freya leise.

»Aber du musst mit uns kommen«, sagte Frid und hüllte sich in ihren Umhang.

Freya blickte ihre Schwester traurig an. Sie war immer so ordentlich und pflichtbewusst gewesen. Obwohl sie die Antwort in der Hand hielt, konnte sie es noch immer nicht begreifen.

»Ich kann nicht nach Vanaheim zurückkehren, das würde noch mehr Zwietracht auf die Insel bringen. Und nichts hat Gullveig mehr gefürchtet als das. Deshalb gehe ich jetzt.«

»Wohin willst du?«, fragte Njörunn.

»Ich werde meine eigene Halle bauen. Dort werde ich wohnen,

ohne andere, die über mich hinweg entscheiden und handeln. Ihr könnt gern mitkommen und mit mir zusammenleben, wenn ihr wollt.«

Frids Gesicht war vor Bestürzung verzerrt.

»Aber du kannst doch nicht einfach weggehen und alles verlassen.«

»Die Höchste lenkt meine Schritte.« Freya sah Njörunn an, und die musterte sie forschend und schob sich langsam eine Haarsträhne aus dem Gesicht. Tief in ihren Augen lag etwas, eine versteckte Sehnsucht.

»Warum willst du das?«, fragte sie einfach.

»Ich will im Namen der Göttin etwas Neues bauen«, sagte Freya.

»Und was soll das sein?«

Freya zuckte mit den Schultern.

»Sie wird mich führen. Es wird ein Leben in Freiheit sein. Dort wird niemand mehr irgendwelchen Fremdlingen als Geisel überlassen. Keine wird verurteilt, wenn sie ihren eigenen Weg gehen will. Mehr weiß ich nicht.«

»Hör nicht auf sie, Njörunn. Wenn wir die alten Sitten nicht ehren, sind wir verloren«, sagte Frid.

»Sind wir das wirklich?«

Frid zog an Njörunns Kittel.

»Komm jetzt. Freya will die Hallen der Priesterinnen in Snotras wahnsinnigen Händen lassen. Es interessiert sie nicht, wenn die Hohepriesterin alles einreißt, was Gullveig aufgebaut hat. Und denk an Gefion, wie kannst du deine eigene Schwester im Stich lassen?«

Freya seufzte tief. Die spröde Freundschaft, die sie und Gefion aufgebaut hatten, würde zerbrechen, aber wenn sie nach Vanaheim zurückkehrte, würden noch kostbarere Dinge verloren gehen. Sie würde Vanaheim und alle, die dort lebten, vermissen. Was sie jetzt tat, würde alle Bindungen zerschneiden.

»Du kannst nicht allein deine eigene Halle bauen«, sagte Njörunn.

»Die Göttin wird mir helfen«, sagte Freya und als sie das sagte, verspürte sie in sich eine bekräftigende Woge der Wärme.

Njörunn sah zögernd zuerst Kol und dann Freya an. Sie fühlte sich von Freyas Angebot wirklich verlockt. Schon als Kind war Njörunn die gewesen, die am wenigsten Ruhe im Leib hatte. Jetzt lag das Abenteuer wie ein funkelndes goldenes Schmuckstück vor ihr.

»Ich werde meine Sachen packen«, sagte sie und ging auf die Hütte zu.

»Das verbiete ich dir«, rief Frid.

Ihre Stimme ließ einen Hund verschlafen aufblicken.

»Du kannst mir nichts verbieten«, sagte Njörunn und drehte sich um.

»Zuerst ziehst du mich in deine Pläne hinein, obwohl ich das gar nicht wollte. Dann komme ich mit dir her, weil ich dir geglaubt habe, dass Freya für Vanaheim so wichtig ist. Und jetzt lässt du mich einfach im Stich.«

In Frids sonst so sanfter Stimme war ein Hauch von Zorn zu hören. Njörunn wand sich missmutig unter ihren anklagenden Blicken.

»Du kannst doch auch mitkommen?«, schlug Freya vor.

»Nein. Ich habe vor mein Wort zu halten«, erwiderte Frid.

Sie reckte sich und musterte Njörunn schweigend. Die kehrte ihr endlich den Rücken zu und verschwand in der Hütte.

Als die Tür zugefallen war, wandte Frid sich wütend an Freya.

»Verräterin«, fauchte sie.

Freya schaute überrascht in Frids glühende Augen. Sie hatte die andere noch nie so erregt gesehen, sie hatte nicht einmal geahnt, dass Frid wütend werden konnte. Ihr Zorn verhieß nichts Gutes.

»Du lässt alles und alle im Stich, lockst auch noch Njörunn mit dir. Vanaheim braucht dich, aber du gehst einfach. Die Reifthursen sollen dich holen«, rief Frid und spuckte vor Freyas Füßen in den Staub.

»Verstehst du nicht …«

»Ich verstehe genug! Du elende Verräterin! Du weigerst dich

Vanaheim Ruhe und Eintracht zu bringen. Du überlässt uns der Zwietracht, obwohl du Frieden schaffen könntest. Mögest du dreifach verdammt sein!«

Freya war einige Schritte zurückgewichen, als Frids harte Worte fielen. Jetzt blieb sie stehen und schaute sich um. Die Pferde bewegten die Ohren. Sot jammerte in Kols Armen. Freya versuchte sich zu sammeln. Frids Worte knallten im Morgenlicht wie Peitschenhiebe.

»Du bist eine Schande für Gullveig!«

»Jetzt reicht es. Begreifst du nicht, dass ich Gullveigs Erbe behüte? Sie hat uns immer wieder eingeschärft, dass in Vanaheim Eintracht herrschen muss, wenn die Insel nicht untergehen soll. Trotzdem willst du mich nach Hause holen, damit ich Streit mit Snotra anfange. Bist du eigentlich blind?«

Njörunn kam mit dem Ranzen über der Schulter aus der Hütte. Sie blickte an Frid vorbei, ging zu Kol und nahm die schlafende Sot auf den Arm. Verschlafen legte das Kind sich an ihrer Schulter zurecht.

»Ich bin so weit«, sagte Njörunn mit leuchtenden Augen.

Freya streichelte Rimfaxes weiches Maul, während sich ihr Magen in aufgeregter Furcht zusammenkrampfte. Die Schweine grunzten wütend in ihrem Gehege. Bald würde der ganze Hof erwachen. »Dann los.«

»Ich werde zu Hause von eurem Verrat erzählen«, sagte Frid und verschränkte die Arme vor der Brust.

»Tu das«, sagte Freya und lächelte die Schwester, die sie ihr Leben lang gekannt hatte, besorgt an.

»Sag ihnen, dass ich darauf verzichtet habe, die Frau herauszufordern, die mich mehr hasst als alles andere im Leben und die meinen Tod wünscht.«

»Lass uns doch nicht in Feindschaft auseinander gehen«, flehte Njörunn.

»Du willst es ja nicht anders«, fauchte Frid.

Freya zog an dem Riemen, der um Rimfaxes Hals lag, warf einen letzten Blick auf die Hütte und ging los. Das Tor knarrte ein wenig, als sie es öffnete. Der ausgetretene Pfad führte am Ufer entlang, vorbei an dem wartenden Boot aus Vanaheim, hinüber zum Wald.

Frids Zorn lag zwischen ihnen wie ungebrochenes Schweigen. Die frische Morgenluft mit ihrem sättigenden Geschmack hüllte sie langsam ein. Bei jedem Schritt fiel ihnen das Atmen leichter.

Sie gingen an den Feldern vorbei, die schon jetzt reichliche Ernte verhießen. Die Vögel begrüßten die Sonnengöttin. Die Nebel wogten über dem Meer. Bleiche Geister schwebten über den Grabhügeln.

»Freya!«

Seine dunkle Stimme traf sie wie ein Messerstich. Freya blieb stehen und starrte zu Boden. Sie hätte wissen müssen, dass sie nicht verschwinden konnte, ohne dass Thor es bemerkte.

»Geht weiter«, sagte sie und ließ Njörunn und Kol mit ihren Pferden vorbei. Als diese den Waldrand erreicht hatten, drehte sie sich langsam um.

Er stand allein auf dem Weg. Die ersten Sonnenstrahlen ließen seine Haare funkeln, ließen sie glühen wie bei einem Gott. Das alte Begehren verbreitete sich in Freyas Körper wie ein Gift.

»Was soll das? Willst du mich verlassen?«

Thors grobe Stimme war heiser vor Sehnsucht und verhohlenem Zorn. Langsam streckte er bittend seine Hand aus.

Freya nickte mit hämmerndem Herzen.

»Aber du hast doch gesagt, dass du bei mir leben wirst?«

Sie schaute traurig den Mann an, den sie liebte, und sie liebkoste mit ihren Blicken jeden Teil seines Gesichts.

»Das geht nicht.«

»Aber du gehörst doch mir«, sagte er.

Langsam schüttelte Freya den Kopf.

»Ich gehöre nur der Göttin.«

Thors Augen funkelten auf. Er riss sich zusammen, um sie zurückzugewinnen. Sich kampflos geschlagen zu geben, war nicht seine Art.

Freya legte sich die Hand auf den Bauch und spürte, wie tief dort drinnen das neue Leben pulsierte.

Thors Kind.

Das Geschenk der Göttin zum Frühjahrsopfer.

»Ich werde dich immer lieben«, sagte sie mit belegter Stimme.

Dann riss sie sich mühsam von seinem Blick los und ging auf den Wald zu. Zwischen den Baumstämmen raschelte es, als sich die neugierigen Waldgeister um sie drängten. Thors Blicke brannten in ihrem Rücken. Aber er kam ihr nicht hinterher. Bald hatte der Wald sie verschlungen. Langsam löste sich das Messer aus Freyas Herzen und verschwand.

Die Sonne erhob sich aus der Unterwelt und ließ die Wolken auflodern. Die Pferde liefen mit gespitzten Ohren dahin, erfüllt von unbändiger Lebensfreude.

Hinter dem Wald wartete eine unbekannte und verheißungsvolle Zukunft. Eine ganz neue Welt.

In Freya stieg ein Jubel auf.

Sie war frei und konnte ihr Leben selbst gestalten.

Endlich.

Tochter des Donners

1

Die dreizehn Steinquader standen in einem Kreis auf der Heide. Wie Riesen reckten sie sich seit dem Morgen der Zeiten gen Himmel.

Nur wenige Wesen erfassten die Ausmaße ihrer Kraft.

Die Priesterin hockte am Feuer in der Kreismitte, das Licht tanzte über ihr schwarz bemaltes Gesicht. Auf ihrem Gewand funkelten goldene Stickereien, ihr Halsband war schwer und kostbar.

Schön war sie und die Männer begehrten sie wegen ihrer Schönheit. Aber ihrem Blick fehlte jegliches menschliche Leben.

Der Wind fegte leise jammernd über die öde Heide und die Steine stießen eine gequälte Klage aus.

Die Priesterin betrachtete ihre blutverschmierten Arme. Sie hatte ihre Aufgabe erfüllt. Jetzt ließ die Kraft ihres Opfers sie erzittern.

»Komm, Finsternis!«

Abermals loderte das Feuer auf. Die Priesterin hob die Arme und sang eine Beschwörung.

Ihre gellende Stimme durchdrang die Welten und erreichte sogar das Totenreich. Sie schloss die Augen und trank die Lebenskraft ihrer Opfer. Dabei bebte ihr Körper vor Genuss.

»Nimm meine Gabe, lass sie an Kraft gewinnen.«

Sie hob den Bronzedolch und schnitt sich tief in die Handfläche. Das Feuer fauchte, als das Blut in die Flammen tropfte. Die Luft um die Priesterin verdichtete sich, im Rauch waren flüsternde Stimmen zu hören.

»Komm Finsternis, komm Bosheit, erhebt euch, verzehrt, vernichtet. Ich rufe euch, ich beschwöre euch!«

Die Priesterin griff zu dem blutbefleckten Umhang, der neben ihr lag, und bedeckte damit die Flammen.

Der Boden bebte. Ein Todesschrei zerriss die Luft.

»Ich befehle euch, ich gebe euch Kraft, um diese Leben zum Verlöschen zu bringen.«

Noch einmal loderten die Flammen auf. Der Gesang der Priesterin schwoll auf Sturmstärke an. Langsam erhoben sich aus dem Umhang Schatten.

»Tötet die Feinde meines Herrn. Rottet sie aus!«

Die Schatten wogten aus dem Feuer empor, stiegen zum Himmel. Ein albtraumhafter Schrei ließ die Erde erzittern. Dann war alles vorbei. Stille kehrte ein.

Die Frau ließ sich erschöpft zu Boden sinken. Sie schaute ihre blutige Hand an und lächelte.

Es war vollbracht.

Der frische Südwind blähte das graue Segel. Skidbladnir ritt mit schäumendem Bug über die Wellen. Thor stand an der Reling und schaute besorgt zu den Inseln hinüber. Sie hatten nicht mehr viel Zeit.

Wenn sie es nur schafften!

In den blaugrauen Wellen tauchte ein Seehund auf. Thor musterte ihn mit hungrigen Blicken. Er war schon lange nicht mehr zur Jagd gegangen, weder an Land noch zur See. Hatte die Freude, wenn der Speer sich in den fetten Körper bohrte, den Ruck am Seil, wenn das Tier zu fliehen versuchte, schon lange nicht mehr gespürt; den Todeskampf des Seehundes, wenn sein schwerer Rumpf über die Reling gezogen wurde, nicht miterlebt, wie auch den heißen, fetten Speck nicht genossen. Er wusste schon gar nicht mehr, wann er zuletzt einen sorglosen Tag erlebt hatte.

»Komm her, Vater«, rief Ull.

Thors Gedanken wandten sich wieder dem schlingernden Schiff zu. Er kämpfte sich zum Bug vor, wobei sein Umhang seinen Rücken peitschte. Die Männer standen nebeneinander. Kampfbereit wachten sie über dem Kranken.

Thor packte das Stag und ging neben dem leblosen Freyr in die Hocke.

»Ist er tot?«, fragte er seinen Pflegesohn, der an der Seite des Alfenpriesters wachte.

Ull schüttelte den Kopf.

»Er ist zu sich gekommen und hat etwas gesagt, das ich nicht verstehen konnte«, sagte der Junge und rückte das Bärenfell gerade, mit dem der Alfenpriester zugedeckt war.

Thor nickte beruhigend, als er die fragenden Blicke seiner Männer sah. Freyr war noch am Leben.

Skidbladnir bäumte sich auf wie ein Pferd. Thor packte die Bahre des Alfenpriesters, ehe das Schiff zurück in die Wellen geschleudert wurde. Das Wasser schäumte über den Bug. Verdammte Seuche!

Thor schaute düster auf den Kranken hinunter. Hart war das Schicksal, das Freyrs Leben auf diese unmännliche Weise beenden wollte. Aber gegen die fauligen Beulen gab es keine Hilfe. Wer krank wurde, starb.

Sommerfieber und Lungensiechtum konnte ein erwachsener Mann überwinden. Aber das hier?

Thor schüttelte den Kopf. Es war unnatürlich.

Die Frauen tuschelten untereinander, dass die Krankheit ein Fluch sei, der den Asen auferlegt worden war. Sie hatten an Torpfosten und Türen Lederbeutel aufgehängt. Vergebens. Freyr, ihr Opferpriester, war dennoch mit der Krankheit geschlagen worden.

Das war ein böses Omen.

Thor legte Ull die Hand auf die Schulter. Sein Pflegesohn versuchte, sein trauriges Gesicht unter seiner braunen Haarmähne zu verbergen.

»Gib mir zu essen, Knabe.«

Ull reichte ihm den Hirschfellranzen, den Siv ihnen mitgegeben hatte.

Zwischen Laubbündeln und Brotkuchen lagen einige Fleischbissen. Elch. Thor reichte Ull ein Stück, ermahnte ihn, es anzunehmen.

»Kein Unglück wird durch einen leeren Magen erträglicher.«

Der Junge nahm widerwillig einen Bissen. Thor nickte beifällig und aß dann auch selbst. Das Fleisch war sehnig und schmeckte ranzig.

Für den Jungen war es am schlimmsten, denn Freyr war schließlich Ulls Vater.

Jetzt, wo der Alfenpriester sie gebeten hatte, ihn in seine Heimat Alfheim zu bringen, würde der Junge nicht einmal einen Grabhügel besuchen können. Thor reichte ihm eins von Sivs flachen Broten. Ull wandte sich ab.

»Reiß dich zusammen, Knabe. In Alfheim wimmelt es doch nur so von Hexen, vielleicht können die deinem Vater die schwarze Seuche austreiben.«

Ull strich sich die Haare aus den Augen und blickte Thor düster an.

»Es gibt keine Heilung.«

»Die Hexen haben schon seltsamere Dinge geschafft. Und dein Vater wird nicht schneller gesund, wenn du ihn betrauerst, während er noch atmet.«

Thor schluckte das letzte Stück Fleisch hinunter und erhob sich. Er war besorgter, als er zugab. Die schwarze Seuche hatte sich auf den Höfen von Idunvallen wie ein Lauffeuer verbreitet. Zwölf erwachsene Asen waren schon in die Nachwelt hinübergegangen. Aber Thor durfte seinen Männern seine Angst vor der Krankheit nicht zeigen, Sorge und Düsterkeit würden schließlich niemandem helfen.

Also reckte er den Rücken und zog eine Grimasse. Die Meeresluft schien seinen alten Narben neues Leben zu geben. Bei jeder Bewegung schmerzten sie.

Thor band seinen Lederharnisch auf, ließ die Luft an seine feuchte Haut vordringen. Kratzte sich an der halb verheilten Wunde auf seinem Rücken.

Wenn nur Odin zu Hause gewesen wäre, er hätte sicher Rat gewusst. Aber der Vater war von seiner Reise zu Gorm noch nicht zurückgekehrt. Das war eine andere Geschichte, über die Thor sich den Kopf zerbrach.

Am Ufer öffnete sich nun eine schmale Bucht. Zwischen den glühenden Herbstbäumen waren bereits zwei Höfe zu erkennen. Auf den Weiden stand Vieh.

»Wir werden heute Abend dort sein«, rief Thor seinen Männern zu.

Die nickten stumm und wandten sich wieder ihren Aufgaben zu. Keiner wollte sprechen, während der sterbende Freyr im Boot lag.

Nur Bragi erhob sich vom Deck. Der Jüngling kämpfte sich durch das schlingernde Boot nach vorn und setzte sich neben Ull. Er legte dem Freund die Hand auf die Schulter.

»Wir werden Alfheim besuchen, soweit ich weiß, soll das ein großartiger Anblick sein.«

Ull zuckte mit den Schultern.

»Erzähl von der Insel. Stimmt es, dass die Königin dort eine Halle aus Gold bewohnt?«

Thor schnaubte und schaute zum Land hinüber. Er hatte Königin Alfhild nicht mehr aufgesucht, seit sie Frieden geschlossen und Freundschaftsbande geknüpft hatten. Das war lange her. Der Gatte der Königin, Sigvard, kam im Frühling zu ihnen, um Felle einzutauschen. Aber Thor hatte nie einen Grund gefunden, um nach Alfheim zu segeln.

»Über die Leute von Alfheim kann ich nichts Schlechtes sagen, aber goldene Hallen haben sie nicht«, antwortete er ausweichend.

»Hüte dich, Bragi. In Alfheim wimmelt es nur so von Hexen, die es auf deine junge Stange abgesehen haben«, rief Loki von der Reling her.

Obwohl es ein heißer Tag war, trug der Schamane einen dicken Pelzmantel. Fuchsköpfe hingen über seine Schultern, die Amulette und Knochenstücke an seinem Kraftgürtel bewegten sich im Rhythmus des Schiffes.

»Meine Stange kann jedes Frauenzimmer haben, das gut aussieht«, sagte Bragi wahrheitsgemäß.

»Die Hexen reiten dich, bis du den Verstand verlierst, und opfern dich dann ihrer Weibergottheit«, warnte Loki und grinste.

»Jetzt reicht es.«

Thor sah den Schamanen unwillig an.

»Wenn sie die schwarze Seuche aus Freyr vertreiben können, dann müssen wir ihnen dankbar sein. Es sind harte Zeiten. Und nur ein Narr wendet sich von denen ab, die ihm helfen können.«

Loki schlug die Augen nieder, um seine Beschämung darüber zu verbergen, dass seine Beschwörungen der Seuche gegenüber machtlos geblieben waren. Aber er konnte nicht lange schweigen.

»Ich hatte ein Gesicht. Ich habe Freya in Alfheim gesehen. Schön und mächtig verzehrt sie sich nach dir.«

Der Schamane zog sich kichernd den Fuchsmantel über seine strähnigen Haare. Sogar der Wind schien sich für einen kurzen Moment zu legen, um sich Thors Antwort anzuhören. Die Männer auf dem Schiff tauschten viel sagende Blicke.

Freya.

Thor legte die Hand auf Mjölnir. Sein Zorn quoll hervor wie der Eiter aus Freyrs fauligen Beulen. Er musste all seine Kraft aufwenden, um seine Wut zu beherrschen, denn er hatte nicht vor, vor seinen Männern die Beherrschung zu verlieren.

»Ich habe eher Vertrauen zu meinem Hund als zu einem schwanzlosen Schamanen, der nur zu gern Röcke tragen und wie ein Weib die Beine breit machen würde«, erwiderte Thor.

Lokis Lächeln verschwand und er versank in der Tiefe seines Mantels. Die Männer lachten schallend. Die düstere Stimmung an Bord war verflogen. Man plauderte und scherzte und Baldur trank ausgiebig aus einer mit Met gefüllten Urne.

Nur Freyr lag nach wie vor reglos da.

Thor kehrte den anderen den Rücken zu und versuchte, sich zu sammeln. Was Loki gesagt hatte, konnte durchaus zutreffen. Er hatte gehört, dass Freya in der Nähe von Königin Alfhild lebte.

Vielleicht besaß die Hexe die Macht, die schwarze Seuche zu vertreiben. Thor umklammerte die Reling so fest, dass seine Fingerknöchel weiß wurden. Verdammte trügerische Hexe.

Er hatte sie mit seinem Leben beschützt, hatte sie zur Frau nehmen und einen Hof bauen wollen. Trotzdem hatte sie seinen Namen und seine Männlichkeit entehrt und beschämt.

Hexenkünste und Trugbilder.

Was war er für ein Narr gewesen, dass er auf ihre Lügen gehört hatte.

Und jetzt würde er vielleicht abermals vor diese Hündin treten und um ihre Hilfe bitten müssen. Thor biss die Zähne zusammen. Tiwaz war ihm wahrlich nicht gnädig. Sollte er, der größte Held der Asen, gezwungen werden, vor Freya seinen Stolz hinunterzuschlucken?

Der Wind riss die Wolken in Fetzen. Die Herbstsonne schien über dem Schiff.

Thor schaute aus zusammengekniffenen Augen zu den Wolken hoch.

»Wir werden schon sehen, Tiwaz. Wir werden schon sehen.«

Idun lehnte den Kopf an die raue Baumrinde und schaute zufrieden über den Apfelhain hinweg. Nie zuvor war die Ernte so reich gewesen.

Sie hatte einen Korb nach dem anderen mit Äpfeln gefüllt, hatte jede Frucht in schützende Grashalme gewickelt. Ihr Rücken schmerzte noch immer von der vielen Arbeit.

Aber jetzt hingen die Körbe an den Balken des Langhauses. Das Obst würde für den ganzen Winter reichen.

Idun nahm ein braunes Blatt, drehte es zwischen ihren Fingern und spürte, wie warme Zufriedenheit durch ihren Körper strömte.

»Du siehst zufrieden aus«, sagte Sot.

Idun lächelte das etwas ältere Mädchen hilflos an.

»Die Göttin war gütig«, sagte sie bescheiden.

»Ich habe Kol zu deiner Mutter sagen hören, dass du sehr gute Arbeit geleistet hast«, sagte Sot und schaute Idun viel sagend an.

Das konnte doch nicht wahr sein! Idun lächelte glücklich. Kol hatte sie gelobt. Das war fast noch nie vorgekommen.

»Ich fühle mich geehrt.«

Sie legte die Hand aufs Herz.

Idun war für die Apfelbäume verantwortlich, sie kannte jeden knotigen Ast so gut wie ihren eigenen Körper. Sie hatte sich solche Mühe gegeben, hatte Platz geschaffen, damit jeder Baum Luft und Licht bekam, und sie hatte die Eichen vertrieben, die immer wieder versuchten, auf der Anhöhe der Apfelbäume Wurzeln zu schlagen.

Ihre Arbeit war belohnt worden. Früher wirkten die alten Bäume wie verzerrte, gequälte Geister. Ihre Früchte waren sauer und hart gewesen. Aber Idun hatte sie gepflegt, hatte mit ihnen gesprochen und sie liebkost. Jedes Jahr hatte sie deren Plagen gelindert, und jetzt gaben die neuen Triebe süße und saftige Früchte.

»Das machst du gut, Apfelmädchen, auch wenn du keine Priesterin bist«, sagte Sot.

Iduns Stolz versickerte wie Spülwasser auf einem trockenen Hof.

»Nicht alle können sein wie du«, sagte sie leise.

Sot stellte sich taub. Sie erhob sich mit geschmeidiger Bewegung und schaute über die schmale Landzunge, die zwischen der Insel der Priesterinnen und Alfheim lag. Ein kühler Herbstwind spielte mit ihrem blauen Gewand und ihren dunklen Haaren. Mit ihren breiten Hüften und ihrem üppigen Busen war Sot eine der schönsten Frauen von Alfheim.

Die Alfenpriester besangen ihre Schönheit, die Männer auf den Höfen der Umgebung machten lange Umwege, um einen Blick auf sie zu erhaschen. Und bald kam das Alfenopferfest, da würden sie sich um Sot scharen, während Idun vergessen am Rand stand.

Düster betrachtete diese ihre sommersprossigen Arme. Warum sollte jemand sich um sie kümmern? Sie war mager, hässlich und dumm. Und sie taugte zu gar nichts.

Sie wusste durchaus, dass die Leute hinter ihrem Rücken lachten. Sie sagten, die Tochter der Hohepriesterin fürchte sich vor ihrem eigenen Schatten.

»Sei nicht traurig, deine Zeit kommt auch noch«, sagte Sot, als habe sie Iduns Gedanken gelesen.

Idun hob den Kopf und blickte die Priesterin mit neuem Interesse an.

»Hast du in der Opferquelle meine Zukunft gesehen?«

Sot verdrehte die Augen.

»Aber sicher. Du wirst Alfhild als Königin nachfolgen; und eine Quelle mit flüssigem Gold finden und mit bloßen Händen einen Drachen töten. Und im folgenden Sommer wirst du den größten Hof von Vanaheim bauen und dort mit so stattlichen Alfenpriestern leben, dass es in den Augen wehtut.«

Idun kicherte, wurde dann aber wieder ernst.

»Ich wünschte, du könntest nachsehen, was sich in meinem Lebensgewebe befindet.«

»Das ist einzig und allein Sache deiner Mutter. Das weißt du.«

»Mutter ist stumm wie ein Stein«, flüsterte Idun traurig.

»Steine schweigen selten. Du kannst sie nur nicht hören«, sagte Sot.

Idun seufzte. Sie konnte ihre Mutter nicht bitten. Von nah und fern kamen Menschen, um die Hohepriesterin um Hilfe zu bitten, und Idun wusste, dass sie deshalb keine Zeit für sie hatte. Es war nicht leicht für Freya, eine Tochter zu haben, die weder zur Priesterin noch zu sonst etwas wirklich taugte. Das Beste, was Idun tun konnte, war zu schweigen und nicht zu stören. Das hatte sie lernen müssen.

Aber trotzdem. Idun kratzte sich an ihrem sommersprossigen Arm und schaute aus zusammengekniffenen Augen in die Sonne. Wenn sie nur erführe, was ihr Lebensgewebe enthielt, dann würde ihr jegliche Unruhe erspart bleiben.

Sie wünschte sich so sehr, eines Tages auf ihrem eigenen Hof leben zu können. Jeden Abend sah sie ihn vor sich, ein Langhaus mit geschnitzten Möbeln, fettes Vieh auf der Weide, starke Töchter, die lachend auf dem Hofplatz spielten.

Und jeden Abend fragte sie sich, ob dieser Traum jemals Wirklichkeit werden könnte.

»IDUN! SOT!«

Idun fuhr zusammen, als sie Njörunns Rufe hörte.

Ein Vogel hob erschrocken von einem Zweig ab und flog schreiend zum Wasser hinüber.

Sot schnitt eine Grimasse.

»Die haben uns aber keine lange Pause gegönnt«, sagte sie und zog Idun auf die Beine.

»IDUN!«

Wortlos gingen die beiden Mädchen zum Langhaus. Der Weg wand sich den Hügel hinunter und verschwand dann unter uralten Eichen.

Die Sonnenstrahlen drangen wie goldene Pfeile durch die Baumkronen und ließen den Weg im Licht schimmern. Hinter den dicken Baumstämmen raschelte und prasselte es. Der Wald war erfüllt von unsichtbaren Wesen, Geistern, kleinem Volk und Mahren. Idun spürte, wie sie hinter ihrem Rücken ihre Krallen ausstreckten.

Sie lief zu Sot und nahm deren warme Hand. Sofort fühlte sie sich weniger unwohl in ihrer Haut.

Die beiden gingen an den fast ganz mit graugrünem Moos bedeckten Steinquadern vorbei. Bald erblickten sie zwischen den dicken Baumstämmen das Langhaus.

Die Bäume wuchsen so dicht hinter der Rückseite der Halle, dass die Zweige das Dach streiften. Die Priesterinnen sagten immer, der Wald halte seine schützenden Hände über ihr Heim. Solche Reden liebten sie.

Idun warf einen düsteren Blick auf das Strohdach. Es war fast verfault und von Gras überwuchert. Sie brauchten ein neues. Im Winter hatte es durchgeregnet und sie hatten sich neue Schlafplätze suchen müssen.

Aber die Priesterinnen ließen den Sommer verstreichen, ohne etwas zu unternehmen. Sie hatten wichtigere Dinge zu tun, sie sprachen mit den Geistern und suchten in der Opferquelle nach Zeichen.

Wenn sie ihren Hof nur in Ordnung halten könnten. Sie waren reich genug, um jemandem damit zu beauftragen. Alle, die Rat und Hilfe der Priesterinnen erbaten, brachten Geschenke mit. Die Truhen waren gefüllt mit Bronze und Reichtümern, sie besaßen ausreichend Vieh und kostbare Gewänder. Aber sie hatten nur zwei Knechte.

Idun seufzte düster.

Wenn sie jemals auf ihrem eigenen Hof leben könnte, würde sie ihn so gut wie möglich in Ordnung halten.

»Da seid ihr ja.«

Njörunn stand neben dem Abfallhaufen. Eine Wolke aus fetten Fliegen saß auf den verfaulenden Essensresten. Es stank entsetzlich, aber die Priesterinnen schienen nichts zu bemerken.

Njörunn sah müde aus, die Falten um ihre Augen waren tiefer als sonst. Grauschwarze Haarsträhnen hatten sich aus ihren Zöpfen gelöst. Ihre Kleidung war verschmutzt.

»Idun, geh zu Kol, sie hat eine Aufgabe für dich. Sot, für dich gibt es Arbeit im Kräutergarten.«

Sot seufzte tief.

»Na, worauf wartest du noch? Du weißt, was du zu tun hast.«

Njörunn war mürrisch und barsch wie immer. Aber Idun ließ sich davon nicht schrecken. Hinter Njörunns Derbheit und ihrer scharfen Zunge verbarg sich sehr viel Zärtlichkeit. Wenn Idun in ihrer Kindheit eins gelernt hatte, dann das.

Idun verließ Njörunn und Sot und bog um die Ecke.

Der Hof war leer, bis auf Handfaste, der bei einer der Hütten Holz hackte. Der alte Knecht murmelte etwas vor sich hin. Er war nicht ganz normal, dachte nur langsam, aber an Holz mangelte es ihnen nie. Unter dem hervorspringenden Dach um das Haus herum war immer genug aufgestapelt. Die Schläge der Axt aus Feuerstein hallten über den staubigen Hof.

Zwei graue Hunde trotteten müde vorüber und ließen sich am Tor zum Ziegenpferch zu Boden sinken.

Die Tür des Langhauses stand offen. Idun blieb auf der Schwelle stehen und nahm den vertrauten Geruch von kalter Feuerstätte, getrockneten Kräutern, Blut und Staub in sich auf.

Unter den Dachbalken bewegten die Bündel aus getrockneten Kräutern, die Körbe und die Lederbeutel sich langsam hin und her.

Bunte Kreise, Sonnenspiralen und Göttinnenzeichen leuchteten schwach an den braunroten Lehmwänden.

»Kol?«

Bei den Urnen bewegte sich ein Schatten.

Sie schien Blutgrütze für den Winter anzusetzen. Idun schluckte. Das war die widerlichste Speise, die sie kannte.

»Endlich! Njörunns Gemecker hätte mich fast um den Verstand gebracht«, knurrte Kol und ging zu den Sitzstöcken an der Feuerstätte.

Dort nahm sie einen aus Weidenruten geflochtenen Korb und reichte ihn Idun. In diesem Korb lagen drei runde Schachteln aus Baumrinde und einige Laubbündel. In Idun keimte eine schwache Hoffnung auf.

»Bring das zu Alfhild. Du kannst einige Tage bei ihr bleiben.«

»Danke.«

Im Langhaus schien die Sonne aufzugehen. Endlich würde sie die Halle der Königin besuchen dürfen. Sie hatte sich so danach gesehnt. Dort gab es Geschichtenerzähler und Musiker, Leben und Wärme, ganz anders als an den langen, stummen Abenden auf der Insel. Idun strahlte Kol an und lächelte.

»Komm. Du musst dich so anziehen, wie es sich für ein Mädchen von deiner Geburt gehört.«

Idun lief zu ihrer Schlafbank. Sie ließ ihren grauen Kittel auf die Felle fallen und zog sich ein braunes Wams über den Kopf. Kohl half ihr, den kurzen Wickelrock zu binden. Ihr Geschmeide, das schwere, zweireihige aus Bronze, trug sie bereits.

Idun suchte sich zwei breite Armbänder aus und streifte sie über ihre Handgelenke. Sie lächelte, als sie sie im Dunkeln schimmern sah. Die Kleider ließen sie wachsen, schon kam sie sich älter vor.

Kol legte ihr den blauen Umhang mit den goldenen Stickereien um die Schultern und schloss dann die Schlangenschnalle.

Schuhe und langer Rock wurden in den Ranzen gepackt.

Dann war sie bereit. Kol musterte sie und seufzte zufrieden.

»Aber benimm dich«, sagte sie und gab ihr den Korb in die Hand.

Idun küsste ihre Wange und lief hinaus in den staubigen Sonnenschein. Der Ranzen schlug gegen ihren Rücken, als sie über den Weg zum Wasser ging. Beim Kräutergarten blieb sie stehen.

Sots Rücken war hinter den gelben Hopfenstangen zu sehen. Idun lächelte und winkte, dann lief sie weiter.

Drei Boote und ein Kanu waren am Strand vertäut. Das bedeutete, dass keine Priesterin die Insel verlassen hatte. Trotzdem war das Langhaus leer. Wo konnten sie stecken? Sicher draußen auf der Landspitze, wo sie ihre Rituale durchführten. Idun erschauerte ein wenig, als sie auf das stille Wasser hinauspaddelte. Sie durfte den Norden der Insel, wo der Steinkreis stand, nicht betreten. Aber das machte ihr nichts aus. Jedenfalls jetzt nicht, wo sie unterwegs zu Königin Alfhild war.

Idun bewegte das Paddel einige Male, mehr war nicht nötig, denn schon hatte sie das andere Ufer erreicht.

Sie band das Kanu an einer alten Birke fest, die sich im lehmigen Boden festklammerte, dann stieg sie die steile Böschung hoch.

Atemlos erreichte sie die Geisterheide.

Sie hielt Ausschau nach Menschen. Sie fühlte sich sicherer, wenn sie wusste, dass jemand in der Nähe war. Aber alles war leer und öde, bis auf einige Kühe, die schweigend zwischen den grauen Steinen grasten. Idun verließ der Mut.

Der Wald war nichts im Vergleich zu dieser Gegend. Hier gab es viele gefährliche Geister.

Sie ging mit gesenktem Kopf weiter, blickte auf ihre nackten Füße. Der geflochtene Griff des Korbes wurde durch ihren Schweiß nass. Sie durfte mit denen in der Nachwelt nicht sprechen und sie durfte sie auch nicht ansehen, denn sonst könnten sie sie in die Unterwelt locken. Es wäre nicht das erste Mal. Sie durfte keinerlei Kontakt zu den Toten haben.

Wieder erschauerte Idun, dann sah sie zum Totenhaus auf der rechten Seite hinüber. Dort lebten die bösen Geister. Die, die Menschen töteten.

König Alvarin hatte dieses Haus vor seinem Tod bauen lassen. Es war dem Zwillingsgott geweiht und galt als das größte Bauwerk der Welt. Die dicken Steinmauern ragten in die Wolken. Ein Dach gab es nicht. Einmal hatte sie ihre Mutter nach dem Grund gefragt. Wenn sie an die Antwort dachte, errötete sie. Es war doch selbstverständlich. Die Geister mussten zur Göttin nach oben steigen, und da durfte ihnen nichts den Weg versperren.

Idun blieb stehen, hob einen rauen Stein aus dem Gras und küsste ihn. Dann warf sie ihn gegen die Wand des Totenhauses. Der Stein landete mit einem leisen Geräusch auf den anderen Steinen, die die Menschen im Laufe der Jahre geworfen hatten. Steine waren das Einzige, was die Toten an die Erde binden konnte, für die Zeit, in der sie als Geister bei den Menschen blieben.

Zu ihrer linken Seite befand sich der Hügel mit Alfheims anderem Totenhaus, das Hel geweiht war.

Als König Alvarin und die Alfenpriester das neue Haus auf der Landspitze gebaut hatten, hatten sie die Gebeine der Toten aus Hels Totenhaus ausgegraben und ins neue überführt. Aber dort war es dann so gekommen wie immer, wenn die Lebenden die Toten stören. Die Geister waren wütend gewesen und hatten Menschen und Tiere angegriffen. Sie tranken ihre Lebenskraft und schlugen sie mit Krankheit.

Alvarins Torheit wurde in den Langhäusern verflucht. Es wussten doch alle, dass die Göttin Hel über das Totenreich regierte und nicht der Zwillingsgott. Seine Macht konnte die Toten nicht zur Ruhe bringen.

Die Alfenpriester konnten die Geister nicht bezwingen.

Das Gebäude, von dem Alvarin sich Unsterblichkeit versprochen hatte, hatte Alfheim seine schwerste Zeit eingebracht. Niemand konnte ihnen helfen. Selbst die Priesterinnen von Vanaheim nicht.

Aber Königin Alfhild, die für ihre Klugheit weithin bekannt war, hatte Rat gewusst. Sie hatte Schiffe über das ganze Sommermeer gesandt, um Freya suchen zu lassen.

Sigvard hatte sie tief in den Wäldern gefunden. Als Freya von Alfheims Notlage gehört hatte, war sie herbeigeeilt. Sie hatte einen Klingstein mitgebracht, dessen Kraft nicht seinesgleichen fand. Wenn Freya darauf schlug, ertönte aus seinem Inneren ein tiefer Ton, denn der Stein war mit einem großen Zauber erfüllt.

Mithilfe des Steins hatte Freya gesiegt, wo viele andere versagt hatten. Sie hatte die bösen Geister bezwungen. Die Gebeine waren in ihr altes Totenhaus zurückgekehrt und schließlich zur Ruhe gekommen. Aber Freya musste weiterhin die düsteren Mächte auf der Heide beschwören.

Idun fuhr zusammen. Ein Schatten reckte sich ihr entgegen und sie hätte schwören können, dass er sich über den Boden bewegte. Ein Vogel schrie heiser irgendwo über ihr.

Sie rannte so schnell sie konnte auf Alfhilds Halle zu. Vorbei am heiligen Baum, vorbei an dem uralten Grabhügel, der hoch wie ein Berg aufragte. Sie hatte keinen Blick für den rot angestrichenen Pfosten, der das Grenzland zwischen Leben und Tod markierte. Erst als sie das erste Feld erreicht hatte, verlangsamte sie atemlos ihre Schritte.

Hier gab es Menschen. Erleichtert sah sie einige Männer, die den Boden düngten, während die Ochsen, die den Karren zogen, ihr Gebrüll über die Heide erschallen ließen. Eine Magd legte um einen Garten einen Zaun an. Sie lächelte Idun strahlend an, hob ihren ärmellosen Kittel und strich sich den Schweiß aus der Stirn.

»Kommt die Kleine von der heiligen Insel zu Besuch?«

Idun senkte höflich den Kopf und lief weiter. Die Frau lachte und fing an, mit einem runden Stein einen Holzpfahl in den Boden zu schlagen. Einige Schweine schnüffelten zwischen den Büschen herum. Sie hatte ihr Ziel jetzt fast erreicht.

Unten am Strand drängten sich die Boote. Alfhilds flachbödiges Prachtschiff und Sigvards Langfahrschiff ließen die anderen aussehen wie kleine Kanus.

Die Netze hingen an ihren Gestellen, ein Greis holte gerade Trockenfisch. Nur einige Steinwürfe weiter ragte die Halle der Königin auf.

Laute Kinderrufe trug der Wind zu Idun herüber. Sie lächelte, lief zwischen die geflochtenen Hütten, die den Hofplatz umstanden, und war am Ziel. Aufgeregt schaute sie sich um.

Menschen eilten hin und her, Geschrei und Gelächter waren zu hören. Die Mägde drängten sich um die Kochgrube, die nach Rauch und gebratenem Fleisch roch. Alfhilds Sohn, Bolde, kämpfte mit einem Mädchen, das Idun noch nie gesehen hatte. Ihre nackten

Oberkörper glänzten vor Schweiß, wenn sie einander wütend mit ihren Holzschwertern angriffen. Idun sah neugierig zu, wie Boldes Muskeln unter seiner Haut spielten. Aber er war nicht geschmeidig genug.

Idun lächelte, als Boldes Gegnerin ihn mit einem wütenden Ausfall zurückdrängte und mit ihrem Schwert gegen seines hämmerte. Mit einem raschen Schlag auf die Hand hatte sie ihn entwaffnet.

Sie schob das Schwert mit einem Fußtritt fort und drückte ihm die Spitze ihres eigenen auf den Hals.

Die Männer auf dem Hof lachten grob, mehrere feuerten das Mädchen an, worauf diese mit breitem Grinsen ihre Waffe von Boldes Hals entfernte. Das Ganze hatte nur zwei Atemzüge gedauert.

Idun ging weiter. Zwei Mädchen beruhigten ein goldbraunes Pferd, das sich aufbäumen wollte. Das Gebell der Hunde vermischte sich mit dem Gehämmer aus der Schmiede. Moira, die Hausfrau auf dem Hof, und die übrigen Frauen saßen mit ihren Webrahmen im Schatten.

Idun lächelte, hob die Hand zu einem Gruß und schaute sich dann um. Wo waren die anderen?

Ein kleines Kind kam angerannt und warf sich mit glücklichem Geheul in ihre Arme.

»Da bist du ja«, lachte Idun und stellte ihren Korb sorgfältig ab, ehe sie Svea, die jüngste Tochter der Königin, in die Arme nahm. Sie hatte solche Sehnsucht nach ihr gehabt. Sie küsste ihre Locken, nahm den schweren Duft von Kind und Schweiß in sich auf. Gleich darauf schlangen sich zwei weitere Arme um ihre Taille.

»Geh weg! Das ist meine Idun!«, schrie Svea ihre ältere Schwester empört an.

»Ich hab genug Platz für euch beide«, lachte Idun und legte ihren anderen Arm um Alfheims zukünftige Königin.

Ingvild lächelte ihr feines Lächeln.

»Du bleibst doch hier, Idun, sag, dass du hierbleibst.«

»Ja, wenn deine Mutter es erlaubt.«

»Jaaa.«

Die beiden Mädchen wanden sich aus ihren Armen und stürzten

zum Langhaus, um zu fragen. Ihre Kittel wehten im Wind, ihre schmutzigen Füße wirbelten Staubwolken auf. Idun wurde es ganz warm ums Herz. Lächelnd hob sie ihren Korb hoch und ging auf die dunkelbraune Doppeltür zu. Darüber thronte Alfheims Kennzeichen, das Stierhorn. Alfhilds Hof war von Reichtum erfüllt. Die Halle war groß und hatte ein goldgelbes Strohdach. Alles war geputzt und gepflegt, hier waren eifrige Hände am Werk.

Dann kam die Königin aus der Halle. Idun fuhr sich mit der Hand über die Haare und reckte sich. In ihrem hellgelben, mit goldenen Fäden bestickten Kleid überstrahlte Alfhild sogar die Sonnenkönigin. Selbst Sots Schönheit musste davor verblassen.

Idun schaute überrascht die beiden Bronzebroschen an, die über der Brust der Königin befestigt waren. Sie hatte noch nie so große Schmuckstücke gesehen, jedes war größer als vier Fäuste und gefüllt mit ineinander verschlungenen Schlangen. Eine Kette zog sich zwischen ihnen hindurch und klirrte leise, als die Königin jetzt auf Idun zukam und ihre Wange küsste.

»Schau an. Die Einzige, die meine Jüngste zähmen kann. Dich muss die Göttin geschickt haben, jetzt haben wir endlich ein wenig Ruhe hier auf dem Hof«, sagte sie und schaute die Mädchen mit gespielter Strenge an.

Die kicherten und knufften einander, während sie sich um Alfhild drängten. Sie verschmutzten ihr Kleid mit ihren Fingern, aber das schien die Königin absolut nicht zu stören.

Idun legte die Hand aufs Herz und senkte demütig den Kopf, ehe sie Alfhild den Korb hinhielt.

»Das schickt Kol mit vielen Grüßen.«

Alfhild musterte den Korb kurz und gab ihn einer Magd. Dann richtete Alfhild ihre tiefblauen Augen auf Idun und legte den Kopf schräg.

»Du warst schon viel zu lange nicht mehr bei uns zu Gast.«

Idun musterte ihre bloßen Füße, sie hätte ihre Schuhe anziehen sollen, denn ihre Füße waren jetzt verschmutzt von Staub und Lehm

»Ich war so sehr mit der Ernte beschäftigt.«

»Man sollte dich nicht wie eine Leibeigene schuften lassen. Ich verstehe deine Mutter nicht. Was macht sie eigentlich? Was macht ihr da drüben überhaupt? Ich habe auch sie schon sehr lange nicht mehr gesehen.«

»Ich weiß nicht«, antwortete Idun und merkte, dass sie rot wurde.

Sie durfte nicht über die Unternehmungen der Priesterinnen sprechen, nicht einmal mit Alfhild. Ihre Mutter war in dieser Hinsicht sehr streng.

Die Königin runzelte die Stirn, doch dann verflog ihr Unmut so rasch, wie er gekommen war.

»Na, deine Mutter hat ja immer schon getan, was ihr gerade passte. Aber ich hoffe, dass du lange bleiben wirst.«

»So lange, wie ich darf«, flüsterte Idun.

»Dann bist du willkommen.«

»Danke«, flüsterte Idun, aber Alfhild hatte sich schon abgewandt. Sigvard kam von den Feldern her. Die Königin lächelte und winkte ihrem Gemahl zu.

»Du kannst immer zu meiner Feuerstätte kommen, junge Verwandte«, rief sie noch.

Sigvard legte lachend den Arm um seine Gemahlin. Sie steckten die Köpfe zusammen und redeten miteinander, als seien sie lange voneinander getrennt gewesen, dabei war er sicher erst im Morgengrauen aufgebrochen. So sollte eine Frau mit ihrem Mann leben.

Eine kleine Hand zog an Iduns Rock.

»Spielen wir ein Brettspiel?«

Svea schaute erwartungsvoll zu ihr hoch.

Idun nahm ihre Hand.«

»Aber natürlich«, sagte sie und lächelte.

Das Herdfeuer loderte auf, in der Halle drängten sich schon die Menschen. Idun ließ sich auf einem Sitzstock nieder und verteilte die weißen und schwarzen Steine auf dem Brett. Svea überlegte angestrengt, wie sie die auslegen sollte.

Idun seufzte zufrieden und schaute sich um. Die ganze Halle

schien vor Wärme zu strahlen. Die Leute redeten und lachten. An den Wänden hingen große Stickereien in leuchtenden Farben, zusammen mit Tierhörnern und Fellen. Das Licht der Feuerstätte und die Fackeln ließen sie fast lebendig aussehen.

Aber das Fantastischste von allem war der gewaltige Bronzeschild hinter dem Sessel der Königin. Der war ein Geschenk der Alfenpriester. Schon oft hatte Idun die vollendeten Spiralen bewundert, die dem Schild Ähnlichkeit mit der Sonne gaben.

An der Querwand standen Truhen, die die Kostbarkeiten der Königin enthielten. Idun gefiel die große Silberschale mit den vielen kleinen Figuren am besten. Sie war ein Geschenk von Königin Åse, der Herrscherin der Wanen. Wie gern würde Idun einmal die Königin von Vanaheim kennen lernen. Ihre Halle und ihr Reichtum galten als die größten auf der Welt. Wenn Idun das alles richtig verstanden hatte, dann war Åse ihre Großmutter. Aber niemand sprach über ihre Verwandtschaft mit der Königin. Idun wusste genau, dass sie keine Fragen stellen durfte, aber sie hatte schweigend gelauscht und daraus ihre Schlüsse gezogen. Ihre Mutter war Königin Åses Tochter, aber aus irgendeinem Grund hatte Freya ihre Mutter verlassen. Das musste vor Iduns Geburt geschehen sein. Vor der Geburt dieser untauglichen Tochter. Die Schande sorgte dafür, dass ihr Magen sich zusammenzog.

Idun holte Atem. Es hatte doch keinen Sinn, hier Trübsal zu blasen. Alles war eben, wie es war. Sie war keine Priesterin. Sie war eine Enttäuschung.

Die Königin kam herein und nahm in ihrem geschnitzten Sessel Platz. Sie legte den Kopf schräg und wickelte sich eine Haarsträhne um den Finger. Ach, wie gern hätte Idun sie als Mutter gehabt und immer hier gelebt.

Um die Königin versammelten sich Alfenpriester und Gäste. Alfhild war die Sonne von Alfheim, alle wollten sich an ihrem Licht wärmen.

Die Königin beugte sich vor und flüsterte Njörd etwas zu. Der alte Alfenpriester lachte laut und tief. Sein Mund war zahnlos, seine Augen von einer weißen Haut überzogen. Es hieß, er sei blind und sehe trotzdem. Sein Bart, der ebenso weiß war wie sein Kittel und sein Umhang, hüpfte beim Lachen auf und ab. Idun hätte gern gehört, wovon da vorn die Rede war.

Neben Njörd saß Widar, der Hohepriester der Alfen. Sein Mund war verkniffen, sein weißer Umhang mit Goldstickereien besetzt. Idun konnte ihn nicht leiden. Er war aufgeblasen wie eine Pissblase am Morgen und er prahlte damit, dass er der Auserwählte von Vanaheims Hohepriesterin war.

»Du bist dran«, sagte Svea.

Idun schaute das Spielbrett an. Von ihren weißen Steinen waren schon einige verschwunden.

Der Blick der Kleinen funkelte vor unschuldiger Erwartung.

»Schummeln ist deiner unwürdig.«

Svea riss in tiefem Erstaunen ihre blauen Augen auf.

»Das habe ich nicht verstanden.«

»Schummeln ist dasselbe wie lügen.«

Sofort füllten Sveas Augen sich mit Tränen. Ihre Unterlippe zitterte.

»Sag Mutter nichts.«

Idun zog das Kind auf ihr Knie.

»Reiß dich zusammen, Königinnentochter. Denk daran, dass du Würde zeigen musst«, flüsterte Idun.

Sie verbarg ihr Gesicht in Sveas Locken und genoss die Wärme der Kleinen.

Alfhild betrachtete Idun. Ihr Herz tat ihr weh, wann immer sie den gebeugten Rücken des Mädchens ansah. Sie, die von höherer Geburt war als alle anderen, verhielt sich ängstlich wie ein geprügelter Hund.

»Es ist eine große Schande, dass Freya ihre Tochter nicht besser erzieht. Es kann ja sein, dass Idun nicht die Priesterin ist, die sie sich gewünscht hat, aber sie ist trotzdem Åses Enkelin. Weißt du, was sie im Sommer gemacht hat? Äpfel geerntet.«

Alfhild schnaubte und trank den süßen, warmen Met. Njörd legte seine runzlige Hand auf ihre und drückte sie herzlich.

»Freya versucht, ihrer Tochter Verantwortung beizubringen. Das ist doch nichts Schlechtes.«

»Für einen Blinden siehst du wirklich viel«, erklärte Alfhild.

Njörd lachte und ließ ihre Hand los.

»Ich sehe, was ich sehen will. Und wir wissen nicht, was Freya in der Opferquelle gesehen hat. Sie erzieht das Mädchen sicher so, wie es richtig ist.«

»Ich hoffe, dass du Recht hast«, sagte Alfhild.

Dann beugte sie sich zu Widar vor und lächelte ihr strahlendes Lächeln.

»Und jetzt erzähl von deiner Reise nach Vanaheim. Haben sie Gorms Schiffe vertrieben? Und wie geht es Åse?«

Von den Inseln, Höfen und Reichen der Wanen war Vanaheim am mächtigsten. Von dieser Insel aus hatte sich das Volk der Wanen im Land ausgebreitet. Vanaheim war die Mutter der Sippe und die dortige Königin war die reichste und mächtigste. Alle Wanen mussten sie ehren und ihr gehorchen. Sogar Königin Alfhild. So war es immer gewesen, seit dem Morgen der Zeiten. Widar senkte bescheiden den Kopf, ehe er antwortete.

»Gorm hat Vanaheim im Frühjahr überfallen. Sie haben einen Hof angesteckt, der der Halle der Königin so nahe lag, dass sie ihn von ihrer Tür aus sehen konnte.«

Alfhild schüttelte den Kopf. Krieg im Herzen Vanaheims. Sie lebten wahrlich in bösen Zeiten.

»Hat die schwarze Seuche sie getroffen?«

Widar räusperte sich und runzelte die Stirn.

»Ja, das hat sie. Viele sind krank, am schlimmsten ist es auf Lillön, wo ein ganzer Hof betroffen ist.«

»Aber die Priesterinnen können sie doch sicher beschwören?«

»Snotra hat die schönsten Tiere der Insel geopfert. Die Kraft der Hohepriesterin ist groß. Bald werden sie die schwarze Seuche aus Vanaheim vertrieben haben, darauf kannst du dich verlassen«, sagte Widar voller Überzeugung.

Man kann nie ganz sicher sein, dachte Alfhild und dankte der Göttin dafür, dass sie ihr Freya geschickt hatte. In Alfheim war niemand erkrankt. Sie war sicher, dass sie das der Kraft der Priesterin verdankte, und sie hoffte, dass die Mächte sich aller erbarmen würden.

Alfhild spielte mit ihrem Halsband und ließ sich in ihrem Sessel zurücksinken.

»Wie geht es Königin Åse?«

»Die ist alt und kraftlos. Trotzdem weigert sie sich, den Drachenthron aufzugeben und ihn Gefion zu überlassen. Das ist dort jetzt das einzige Gesprächsthema.«

»Åse war immer schon halsstarrig«, sagte Njörd so leise, dass Alfhild es kaum hören konnte.

Widar beugte sich vor und flüsterte:

»Angeblich ist auch ihr Verstand jetzt verdunkelt.«

»Armes Vanaheim«, sagte Alfhild leise und dachte an ihren verstorbenen Vater.

Die Schatten ihres Vaters hielten sich noch immer in der Halle auf. Sie konnte ihn in sich zusammengesunken am Herd hocken sehen, gekrümmt und knotig, mit seinem grauen strähnigen Bart und den mageren, gefleckten Händen. Gegen Ende hatte der Alte weder Vernunft noch Zähne besessen. Wenn er er selbst gewesen wäre, hätte er sich niemals von den Alfenpriestern zum Bau dieses verdammten Totenhauses überreden lassen, das fast ihr ganzes Reich ins Verderben gestürzt hätte. Verfluchter Alvarin!

Wenn sie es nicht geschafft hätte, Freya zu finden und sie dazu zu bewegen, Vanaheim zu helfen, würde sie jetzt über eine Insel aus Asche regieren. Die Eitelkeit wahnsinniger Kerle! Sie hätte Alvarin rechtzeitig Gift geben sollen. Aber sie war zu weichherzig gewesen, und dafür hatte sie dann teuer bezahlen müssen.

Widar hob sein Horn und trank zu ihren Ehren. Alfhild nahm diese Ehrenbezeugung gnädig an.

Der Hohepriester hatte Alvarins verdunkelten Verstand ausgenutzt. Und jetzt saß er an ihrer Feuerstätte und schmiedete seine Ränke.

Alfhild drehte einen ihrer Ringe. Es gefiel ihr nicht, dass sie sich mit ihm gutstellen musste. Seit dem Morgen der Zeiten hatten die

Göttin und ihre neun Töchter über die Menschen geherrscht und die Priesterinnen hatten ihren Willen ausgeführt. Aber die Menschen brauchten auch den Zwillingsgott, den die Alfenpriester verehrten. In Alfheim war seit jenem verdammten Tag, an dem ihr Vater sich von Widar hatte verleiten lassen, das Gleichgewicht gestört worden und die Macht dieses Gottes war immer größer geworden.

Wenn Alfhild gekonnt hätte, hätte sie die Alfenpriester längst von ihrer Insel vertrieben, aber sie brauchte sie und ihre Kenntnisse im Schmieden und Bronzegießen. Und solange Alfhild Freya und die Priesterinnen begünstigte, würden Widar und seine Priester um ihr Wohlwollen kämpfen.

Der Alfenpriester wusste, welche Schande er über die Insel gebracht hatte. Deshalb wand er sich nun zu ihren Füßen wie ein Wurm und das Handwerk der Alfenpriester füllte ihre Truhen mit Gold und Geschmeide. Trotzdem musste sie diese Ränkeschmiede sorgsam im Auge behalten.

Ein Gebrüll ertönte bei den Schlafbänken, wo die Männer mit Armdrücken beschäftigt waren. Einer der Kämpfer sprang auf und hob stolz die Faust über den Kopf. Sigvard versetzte zwei Hunden, die aufeinander losgegangen waren, Tritte. Die zottigen Tiere verzogen sich knurrend unter einen Sitzstock. Alfhild trank den warmen, süßen Met und ließ sich zurücksinken. Sie hatten jetzt zu viele Hunde, sie würden sich von einigen trennen müssen.

»Hat Gefion endlich eine Tochter bekommen?«

Widar schüttelte den Kopf.

»Dafür gibt es noch keine Anzeichen. Und das ist Vanaheims großer Kummer. Die Göttin verweigert ihr die Fähigkeit, Leben zu schenken.«

Widar zog an dem weißen Kittel, der über seinem Schmerbauch Falten warf. Alfhild machte ein besorgtes Gesicht, niemand durfte sehen, wie zufrieden sie war. Die Spaltung von Vanaheim gab Alfheim mehr Macht und neuen Reichtum.

Immer mehr Schiffe suchten ihre sicheren Strände auf, um sich dem Tauschhandel zu widmen. Sie kamen zu ihr, nicht zur kraftlosen Königin Åse. Alfhild brauchte nur noch geduldig abzuwarten.

Wenn Gefion keine Tochter gebar, dann gab es nur eine Erbin, die Åses Platz einnehmen könnte. Sie schaute noch einmal zu Idun hinüber, die sich über das Brett beugte und einen Stein versetzte. Die Kleine hatte keine Ahnung, welche Macht auf sie wartete. Und deshalb würde Alfhild sie leicht für immer an sich binden können.

Sie seufzte zufrieden. Das alles hatte sie sehr gut gemacht.

Njörds halb geleertes Horn fiel zu Boden.

Sein zahnloser Mund verzerrte sich und er stieß einen entsetzlichen Schrei aus, so, als rissen die Mächte der Finsternis ihm das Fleisch von den Knochen. Alfhild fuhr zusammen und schaute den Alten verdutzt an. Njörd musste den Verstand verloren haben. Seine runzligen Hände irrten durch die Luft, als kämpfe er gegen einen unsichtbaren Feind. Widar erhob sich und versuchte vergeblich, den Alten zu beruhigen.

Alfhild sprang wütend auf.

»Das reicht jetzt!«

Solche Szenen wollte sie in ihrer Halle nicht sehen. Die Hofleute starrten den schreienden Alfenpriester verwundert an.

Svea fing in Iduns Armen an zu weinen.

Alfhild packte den Alten an den Schultern und schüttelte ihn heftig.

»Schweig oder sprich!«

Njörds Schrei wurde zu einem Jammern.

»Mein Junge!«

Ein Speichelfaden rann aus seinem schlaffen Mund. Dann verstummte er und wandte sich den Türen zu.

»Trauer über Alfheim!«

In diesem Moment fingen die Hunde an zu bellen, vom Strand her wurden Rufe laut. Alfhild schnappte nach Luft.

»Macht euch bereit«, befahl sie.

Sigvard hatte schon das Schwert von der Wand genommen, die Hofleute rannten los, um Äxte, Schwerter und Dolche zu holen.

Alfhild fluchte. Ein Boot so spät im Jahr verhieß nichts Gutes. Aber wenn der verfluchte Gorm sich ihrer Insel näherte, dann würde er es bereuen. Sigvard warf ihr ihren Dolch zu, sie fing ihn auf und befahl Moira: »Versteck die Kleinen. Macht euch bereit zu Kampf oder Flucht!«

Idun hatte die Arme um die weinende Svea gelegt. Moira hob Ingvild auf. Die Mägde standen bereits mit den Waffen bereit, um für Alfhilds Erbin zu sterben. Die Nichte der Königin, Astrid, trug ein Schwert. Sie war eine gute Kämpferin. Sie würde die Mädchen sehr gut verteidigen.

»Wir warten hier«, schrie Moira.

Sigvard und die anderen Männer liefen aus der Tür.

»Hütet euch vor Brandpfeilen«, rief Alfhild und ging mit dem Dolch in der Hand auf die Tür zu. Gorms Männer würden versuchen, die Halle anzustecken. Dabei konnten die Menschen wie ein Hammel in einer Kochgrube verbrannt werden.

Sie schaute zu den Schatten über den Dachbalken hoch, suchte im Stroh nach grauen Rauchschlingen. Aber noch war nichts zu sehen.

Kindergeschrei und Greisengejammer füllten den Saal. Vom Hof her waren gedämpfte Rufe zu hören. Alfhild trat kampfbereit in den Abend hinaus und schaute sich um. Was immer auf sie wartete, sie würde ihm mit ganzer Kraft begegnen.

Gefions Schritte hallten in Königin Åses Prachthalle einsam wider. Alles war dunkel und leer. Sie hob ihre Fackel und suchte in den Schatten. Leere Bänke, ein Bronzesessel.

»Mutter?«

Ihre Stimme klang verloren in dem riesigen Raum. Langsam drehte Gefion sich um. Die Glut in der erlöschenden Feuerstätte schwelte nur noch.

»Vielleicht musste sie mal kurz raus«, sagte Sigrid und stieg vorsichtig über ein Bärenfell.

Gefion schüttelte langsam den Kopf. Åse war nicht draußen, und sie lag auch nicht auf ihrer Schlafbank. Dort hatte das Gesinde schon gesucht. Die Schatten schlossen sich immer dichter um sie. Ihr schauderte.

Vanaheim brüstete sich mit der größten Halle der Welt, aber nicht einmal riesige Flammen hätten die Kälte vertreiben können, die sich durch die Lehmwände fraß.

»Wir brauchen mehr Licht.«

Sigrid blieb bei einem Balken stehen, nahm eine Fackel von der Wand und hielt sie an Gefions. Die Fackel flammte auf und erleuchtete die öde Halle.

»Da!«

Gefion folgte Sigrids Blick zum Drachenthron. Dort bewegte sich ein Schatten. Hatte die Alte denn ganz und gar den Verstand verloren? Gefion lief zu dem geschnitzten Hochsitz mit den verschlungenen Schlangen. Die Königin saß in sich zusammengesunken auf dem Thron und starrte vor sich hin. Ihre grauen Zöpfe hingen leblos um ihr runzliges Gesicht. Ihr Mund bewegte sich lautlos.

»Mutter!«

Gefion schüttelte ihre Schultern und Königin Åse schaute mit vorwurfsvollem Gesicht auf.

»Freya, bist du das?«

Die Stimme war ein trockenes Knurren.

Gefion fluchte in Gedanken, während sie zum Schwert Sigil an der Wand hochblickte.

»Nein, Mutter. Ich bin deine Tochter Gefion. Es sind wieder Boten gekommen. Sie wollen mit dir über die Seuche sprechen.«

Åse starrte mit leerem Blick vor sich hin, nichts ließ darauf schließen, dass sie Gefions Worte gehört oder verstanden hatte.

Das war doch Wahnsinn. Warum sollte sie wie eine Magd herumlaufen und Åse um Rat fragen, wo sie doch die wahre Herrscherin war? Gefion starrte wütend den zusammengesunkenen Körper an. Der war nur noch eine leere Hülle.

»Ich hole das Gesinde«, sagte Sigrid und lief davon.

Gefion schaute ihr hinterher, als sie in den Schatten verschwand. Als sie sich umdrehte, schaute Åse ihr ins Gesicht. Ein schwacher Schein von Vernunft leuchtete in den leeren Augen auf.

»Meine Kinder, ich habe euch so viel angetan«, flüsterte Åse und glitt dann wieder ins Grenzland zwischen Wahnsinn und Tod.

Gleich darauf kam das Gesinde mit niedergeschlagenen Blicken hereingeschlichen.

»Wenn das noch einmal vorkommt, werde ich eure wertlosen Rücken blutig peitschen lassen«, brüllte Gefion.

Alle zogen schweigend die Köpfe ein. Gefion versuchte, Åse auf die Füße zu ziehen.

»Komm jetzt, Mutter.«

»Gullveig, bist du das?«

Gefion seufzte.

»Deine Schwester ist schon lange tot. Überlass die Geschichte Snotra und ihren Priesterinnen und geh ins Bett. Morgen früh werde ich zu den Hallen der Hohepriesterin reiten.«

»Schick einen Boten zu den Quänen, meine Tochter muss herkommen.«

»Ich bin Gefion und habe dir von der schwarzen Seuche erzählt.«

Sie konnte ihren Zorn nicht unterdrücken.

Mit einer Handbewegung befahl sie dem Gesinde, Vanaheims Königin zu den Schlafbänken zu führen. Gefion wartete, bis sie verschwunden waren und alles wieder still war.

Nun erst setzte sie sich auf den Drachenthron und streichelte das glatte Holz mit den Fingern.

Das hier war ihr Platz.

»Sie treibt mich zum Wahnsinn!«

Sigrid glitt neben Gefion und drückte ihren weichen Körper an ihren.

»Du bist doch die Stärkste, die ich kenne«, sagte sie sanft und ließ ihre Hand über Gefions harte Arme gleiten. Gefion wurde von Wohlbehagen erfüllt und ließ sich zurücksinken.

»Du begreifst nicht, wie schlimm das ist.«

Sigrid schüttelte ihre blonden Locken und lächelte traurig.

»Doch, ich weiß. Wenn du Königin wärst, würdest du Gorms Krieger daran hindern, unsere Höfe abzubrennen. Du würdest deine Leute sammeln und alte Freundschaftsbande stärken. Vanaheim wird unter deiner Herrschaft wieder stark werden. Mach dir keine

Sorgen, du wirst eine großartige Königin«, sagte Sigrid und lächelte strahlend, während sie sich noch enger an Gefion anschmiegte.

Gefion konnte dieses Lächeln nicht erwidern.

»Vielleicht ist es schon zu spät. Vanaheim war zu lange gespalten und schwach. Wenn Åse nicht bald stirbt, werde ich kein Reich mehr haben.«

Sofort wurde Sigrid ernst.

»Kannst du denn gar nichts machen?«

»Ich werde mit Snotra sprechen, beim nächsten Vollmond, wenn sie die Zeremonien durchführt.«

»Glaubst du wirklich, dass die Hohepriesterin darauf eingeht? Vanaheims Königinnen müssen sterben, ehe ihre Nachfolgerinnen ihr Amt antreten.«

Sigrid kämpfte, um ihre Stimme ruhig klingen zu lassen. Fast gelang es ihr.

Gefion schaute schweigend in die Schatten und ließ ihre Gedanken das Verbotene streifen. Es wäre so einfach, das Leben der Alten zum Verlöschen zu bringen. Es wäre eine Erlösung für sie und für die Insel.

Aber die eigene Mutter zu töten! Gefion schluckte.

»Wenn Åse stirbt, gehört die Macht dir.«

Jetzt konnte Sigrid ihre Angst und ihre Erregung nicht mehr verbergen.

Gefion lächelte die Schöne an und gab ihr einen Kuss, der nach Honig und Met schmeckte. Sigrid war wie ein frischer Wind vom Meer, wenn die Hitze des Sommers das Gras trocken und unfruchtbar gesengt hatte. Keine andere konnte ihr solche Linderung schenken.

»Lass mich etwas holen, das dich deine Sorgen vergessen lässt. Was möchtest du? Met? Vielleicht etwas zu essen?«

Gefion schüttelte den Kopf und griff nach ihrer Hand. Die Bronzearmbänder, die sie im Sommer erhalten hatte, klirrten leise.

»Ich möchte nur dich«, sagte Gefion.

Sigrid legte ihr den Kopf an die Schulter und spielte mit ihren kurzen schwarzen Haaren.

»Mich hast du doch schon«, murmelte Sigrid. Gefion lächelte und spürte, wie die Freude ihren Bauch mit Wärme füllte.

»Die Asen kommen.«

»Sie bringen einen Sterbenden!«

So hallten erleichterte Rufe über den Hofplatz wider.

Idun drängte sich eifrig durch die Türöffnung. Sie hatte an Alfhilds Feuerstätte viel über die Asen gehört. Die Asen waren Krieger, die den Wanen mehrmals im Kampf gegen Gorm geholfen hatten. Idun blieb stehen und befreite ihren Umhang, der sich an der Schnalle einer Magd verfangen hatte. Vor den Türen bewegten die Fackeln sich durch den Abend wie Glühwürmchen.

Echte Krieger. Die Spannung kroch ihr über den Rücken wie ein Zug schwarzer Ameisen.

Was für ein Glück, dass sie hier war. Idun drängte sich an den anderen vorbei, hob den Kopf und konnte die Krieger endlich sehen.

Neun Männer standen mit erhobenen Fackeln auf dem Hofplatz. Das Licht tanzte über ihre düsteren Gesichter.

Idun keuchte auf. Diese Männer schienen einer uralten Sage entstiegen zu sein. An ihren Gürteln hingen riesige Schwerter. Einige trugen lederne Harnische. Kostbare, mit verschlungenen Mustern bestickte Umhänge ruhten auf ihren breiten Schultern. Sigvards Männer sahen neben ihnen aus wie kleine Knaben.

»Sind sie wirklich?«

Diese Frage flüsterte sie vor sich hin.

»Sie sind aus Fleisch und Blut wie wir anderen«, sagte die alte Werda, die neben Idun stand.

»Ich habe gehört, dass sie sich im Kampf in Bären verwandeln«, murmelte hinter ihnen eine Magd.

»Das ist wahr, und auf ihr Wort ist kein Verlass«, sagte Werda.

»Aber sie sind immerhin was fürs Auge«, kicherte die Magd, und noch mehrere Frauen hinter Idun prusteten los.

»Zum Ficken taugen sie immer«, stellte Werda fest.

»Dann müssen wir uns heute Abend um sie prügeln«, sagte Astrid, trat vor Idun und legte die Hand auf das Schwert, das an ihrer Hüfte hing.

Idun wich beiseite und sah zu, wie Sigvard auf den Größten der Asen zuging. Dieser Mann war riesengroß, seine Arme waren dick wie Baumstämme. Bronze funkelte an seinem Mantel und an seinem breiten Gürtel. Idun bekam eine Gänsehaut. Mit diesen groben Händen hatte er sicher viele Nacken gebrochen.

Aber Sigvard legte dem Riesen die Hand auf die Schulter, beide schienen einander Freundschaft entgegenzubringen.

»Das ist Thor, der Sohn ihres Häuptlings Odin«, flüsterte jemand.

Thor ging zu Alfhild weiter, legte die Hand auf sein Herz und senkte den Kopf. So riesengroß er auch war, er wusste immerhin, wie man sich bei den Wanen zu benehmen hatte. Idun ließ ihren Blick zu den anderen Asen weiterwandern. Neben dem Riesen stand ein blonder Jüngling. Sein Blick war neugieriger als der der anderen. Idun legte den Kopf schräg, sie sah, wie wunderschön seine Locken sein fein gemeißeltes Gesicht umgaben, sehr männlich und doch weich.

Einen solch perfekten Mann hatte sie noch nie gesehen. Lange starrte sie ihn an, sie musste sich einfach in seine Schönheit vertiefen. Abends würde Astrid ihn sich holen, oder vielleicht sogar Sot. Es hatte jedenfalls keinen Sinn, dass Idun sich nach ihm sehnte. Sie riss ihren Blick von ihm los und schaute nun die Bahre an, die die Männer auf dem Hof abgestellt hatten. Wer konnte der Tote sein? Njörd lag weinend auf dem Boden. Widar stand hilflos neben dem Alten, dessen Schultern bebten. Das Getuschel verbreitete sich wie ein Lauffeuer auf dem ganzen Hof.

»Sie haben Freyr mitgebracht.«

»Er liegt im Sterben.«

Idun hätte gern gewusst, wer dieser Freyr sein mochte, sie wollte aber nicht fragen und damit ihre Unwissenheit preisgeben. Immerhin begriff sie, dass dieser Mann für Alfheim wichtig war, da jetzt der ganze Hof tiefen Ernst zeigte. Alle ließen traurig ihre Köpfe sinken, manche weinten laut.

»Idun!«

Sie fuhr zusammen, als Alfhilds Stimme wie ein Peitschenhieb über den Hof hallte. Was konnte die Königin von ihr wollen? Vorsichtig setzte sie sich in Bewegung, spürte die Blicke der anderen in ihrem Rücken brennen. Ihr Herz dröhnte in ihrer Brust.

Es kam ihr vor wie eine Ewigkeit, bis sie dann an der Bahre stand.

»Hol so schnell du kannst deine Mutter. Wir brauchen heute Nacht die Stabträgerin«, befahl Alfhild und wandte sich dann Sigvard zu.

Idun starrte wortlos ihren Rücken an. Die Königin konnte doch wohl nicht verlangen, dass sie ganz allein über die düstere Heide wanderte? Die bösen Geister würden sie schon auf halber Strecke verschlungen haben.

»Ich …«

Alfhild fuhr herum und brachte sie mit einem einzigen Blick zum Schweigen.

»Beeil dich, sonst stirbt er!«

Idun kannte keine Beschwörungen, keinen Zauber, sie war nicht mit den Mächten verbunden. Die Dunkelheit hatte sich um den Hof geschlossen. Es war Neumond, die Geister tanzten auf der Heide. Dort draußen konnte alles möglich sein.

Idun schluckte. Ihr Mund war wie ausgedörrt und hatte einen bitteren Geschmack. Jemand drückte ihr eine Fackel in die Hand und stieß sie in den Rücken.

Sie hatte keine Wahl. Niemand wagte es, Alfheims Königin zu trotzen.

Idun schluchzte auf und lief hinaus in die Dunkelheit. Ihre Beine waren schwer und steif, sie musste sich mit aller Kraft zum Gehen zwingen. Dort waren der Zaun und der graue Stein. Das Licht ihrer Fackel wurde zusehends schwächer. Die Schatten fraßen es auf, und bald würden sie auch Idun verschlingen. Die Angst wand sich in ihrem Bauch wie eine Schlange. Idun steigerte ihr Tempo, sie lief so schnell sie konnte.

Umhang und Zopf schlugen gegen ihren Rücken.

Wie konnte Alfhild ihr das antun? Ihre Augen brannten vor Tränen. Aber sie musste Mut haben, musste zeigen, was sie konnte.

Etwas flatterte auf sie zu. Weiter vorn auf dem Weg nahmen schwarze Schatten Formen an. Idun blieb stehen und hob die Fackel. Ihr Arm zitterte vor Furcht.

Etwas war dort. Etwas Entsetzliches.

Die Geisterwesen schwebten auf sie zu. Idun rang nach Luft. Sie versuchte zu schreien, brachte aber keinen Laut heraus.

Die Schatten kamen näher, sie flossen über den Boden, bewegten sich drohend auf sie zu. Idun brach in Tränen aus. Jetzt war es aus. Sie hatte versagt. Ihre Fackel flackerte wieder. Bald wird sie erlöschen das Licht zu ersticken, das war immer das Erste, was sie machten. Idun wurde von Kraft und Willen verlassen. Sie ließ sich zu Boden sinken. Jetzt war es aus. Sie würden sie umbringen.

»Idun!«

Diese Stimme kannte sie gut.

»Steh auf.«

Vielleicht war das hier Blendwerk? Idun erhob sich mit zitternden Knien. Die Schatten wurden zu neun Wesen. Ganz vorn stand die Mondgöttin mit ihrem goldenen Gesicht und ihrem erhobenen Stab, hinter ihr warteten Vögel und Disen.

Idun starrte die Gestalten überrascht an. Sie war gerettet. Gesegnet.

Die Mondgöttin nahm ihre goldene Maske ab. Strenge wütende Blicke musterten Idun.

»Was machst du hier?«

»Mutter!«

Die Erleichterung war so groß, dass sie kaum sprechen konnte.

»Mutter, ich bin so froh, dich zu sehen«, schluchzte sie.

Freya antwortete mit tonloser Stimme:

»Kriech nicht wie eine Leibeigene auf dem Boden herum. Steh auf. Zeig Würde.«

2

Freya spürte, wie die alte Wut in ihr aufstieg. Warum konnte die Kleine sich nicht besser benehmen? Wieso lag sie hier jammernd auf dem Boden? Nicht genug, dass sie untauglich war, musste sie ihre Mutter noch dazu in Schande stürzen? Freya hielt sich die goldene Maske vor ihr Gesicht. Jetzt war sie wieder zur Mondgöttin geworden.

»Alfhild schickt mich zu dir. Die Asen haben einen gewissen Freyr gebracht«, sagte Idun vorsichtig.

Freya schnaubte verächtlich. Alfhild hatte offenbar kaum Vertrauen zu ihren Kräften. Begriff die Königin nicht, dass Freya schon seit Tagen auf Freyrs Ankunft gewartet hatte?

Von Alfhilds Hof her war Lichtschimmer zu sehen. Die Zeit drängte. Das spürte Freya tief in ihrem Herzen. Als ihre Priesterinnen sich ihr anschlossen, klirrten Dolche und Schmuckstücke leise. Ein schwacher Wind zog über den Weg und spielte mit dem Umhang auf ihrem Rücken. Freya hob ihren Stab und kniff die Augen zusammen.

Die Luft um sie herum verdichtete sich. Ein schwacher Geruch von verbrannter Erde breitete sich in der Dunkelheit aus. Dann kam die Kälte, langsam zog sie über den Weg. Freya packte ihren Schlangenstab fester und eilte weiter.

Dafür hatte sie keine Zeit. Nicht jetzt.

Einige schwarze Schatten schwebten über dem Boden. Ein Rabe stieß einen heiseren Warnruf aus. Bleiche Schatten über der Heide. Freya blickte durch Dunkelheit und Wirklichkeit hindurch.

Die Toten hatten sich versammelt.

Junge Männer, Mädchen von den Höfen, sogar eine alte Priesterin, verbittert, weil sie in der Finsternis verloren waren. Krankheit hatte ihr Leben beendet, noch war ihrem Geist ihr schmerzhafter Todeskampf anzusehen.

Dort war auch die alte Rot von der Insel Utön. Das Leben war ihr zu kostbar gewesen, nicht einmal jetzt mochte sie es loslassen. Rot wollte lieber auf der Totenheide bleiben, statt über den Helweg in die Arme der Göttin zu wandern.

Freya beschleunigte ihr Tempo. Weiter vorn auf dem Weg stand der Jüngling, der am Sommerfieber gestorben war, und sah die Priesterinnen neugierig an. Neben ihm stand ein kleiner Junge, der gerade Laufen gelernt hatte. Greise und Kinder, erwachsene Männer.

Die Namen der meisten Geister waren über die Jahre verloren gegangen. Freya musterte ihre Gestalten, suchte nach verblichenen Erinnerungen an die Leben, die sie einst geführt hatten.

Die Geister lebten im Grenzland zwischen Licht und Finsternis. Ihre Gebeine waren verbrannt worden, aber sie waren nicht zur Göttin gegangen, noch nicht. Einige hatten bleiben wollen, um das Land und ihre Nachkommen zu schützen. Das waren die wohlwollenden.

Andere blieben aus Angst vor ihrem neuen Dasein. Sie zu begreifen, war so gut wie unmöglich, denn auf der Totenheide gab es keine Freude. Aus ihrer Angst speiste sich die Finsternis. Aus diesen Geistern wuchsen Alfheims Fesseln heran. Aus Mächten der Finsternis, erfüllt von Chaos, Hass und Rachsucht.

Freya sah die bösen Geister weit hinten auf der Heide, deren Hass ihr in der Nacht entgegenschlug wie eiskalte Wogen.

Sie lächelte wütend hinter ihrer Maske. Sie hatte die Geister an diesen Boden gekettet, hatte sie in die Schatten gezwungen. Als Freya in Alfheim eingetroffen war, hatten die Geister sich auf der Insel frei bewegen können und alle Lebewesen gequält. Freya betrachtete das glühende Band aus Beschwörungen, das sie um die Heide gezaubert hatte.

Leise murmelte sie hinter ihrer goldenen Maske einen Spruch. Das Band funkelte auf, erfüllt von neuer Kraft.

Die bösen Geister wurden zurückgetrieben, einen Schritt, zwei. Wütend fauchten sie Freya an.

»Ich hatte Angst, über die ganze Heide laufen zu müssen, um euch zu holen«, sagte Idun hinter Freyas Rücken.

»Sei still«, fauchte eine Priesterin.

Freya wandte sich um und blickte ihre Tochter erstaunt an. Obwohl Idun nicht hellsichtig war, schien sie doch etwas wahrzunehmen. Idun zog ihren Umhang fester um ihre Schultern und schaute sich ängstlich um. Dieses dumme Mädchen. Schließlich wurde in Alfheim keine so gut beschützt wie sie.

Kein Geist konnte sich Idun nähern, solange ihre tote kleine Schwester über sie wachte. Hnoss umtanzte ihre ältere Schwester, wob einen Kreis aus Licht. Die langen blonden Haare der Kleinen schimmerten wie Mondlicht um ihren zarten Körper. Hnoss lachte und wirbelte herum. Der Anblick durchbohrte Freyas Herz wie ein Messer. Sie musste schlucken. Es war zwar so viel Zeit vergangen, aber trotzdem konnte sie es kaum ertragen, den Geist ihrer Tochter zu sehen.

»Du bist wie ein Goldregen in der Nacht«, flüsterte sie.

Was hätte Hnoss für eine Priesterin werden können, wenn sie nur ihre volle Kraft erreicht hätte!

Freya fiel das Atmen schwer, jeder Atemzug wurde zum Kampf. Sie hob ihren Stab und eilte weiter.

Als die Priesterinnen den Hofplatz erreichten, senkte sich sofort gespanntes Schweigen über die dort Versammelten. Gesinde in braunen Kitteln, Krieger mit Alfheims rotem Stierzeichen auf den Schultern, Frauen, deren lange Gewänder wie reife Kornfelder wehten, alle machten den Priesterinnen Platz.

Freya nickte würdevoll als Antwort auf deren Begrüßung. Was waren das doch für kleine Menschen.

Was für traurige Menschenreste. Sie rückte ihre Maske gerade und war dankbar, dadurch vor den verzückten Blicken der anderen geschützt zu werden.

Alle hier Anwesenden hatten schon um Freyas oder um die Hilfe einer der anderen Priesterinnen gebeten. Sie kannte ihre tiefsten Geheimnisse, ihre verbotenen Träume.

Dort stand die rundliche Moira, verbittert, weil Alfhild ihr nicht mehr Macht über den Hof gab. Dort war Lagi, der einen Sommer zuvor beim Fischen seinen Onkel ermordet hatte und noch heute behauptete, der sei ertrunken. Und die Magd Linna zeigte stolz ihren gewölbten Leib. Auf ihr hatte ein Fluch gelastet, durch den in ihr kein Leben keimen konnte. Freya hatte diesen Fluch aufgehoben, hatte aber nicht verraten, dass er von Linnas eigener Mutter stammte.

Astrid verbeugte sich huldvoll. Hinter ihrer Zurückhaltung verbarg sich ein wahnsinniges Verlangen nach der Macht und dem Gatten der Königin. Kaum kehrte Alfhild ihr den Rücken zu, schon umschmeichelte sie Sigvard wie eine brünstige Stute.

Freya sah die Angst dieser Menschen. Sie wussten nicht, wovor sie sich mehr fürchteten, vor ihrem Wissen oder davor, dass sie Alfheim wieder den Geistern überlassen könnte.

Astrids Verbeugung war ebenso elegant wie das Muster auf einer bronzenen Brosche.

»Sei gegrüßt, du Mächtige, du Auserwählte der Göttin.«

Freya verlangsamte ihre Schritte.

»Die Königin hat mich gebeten, dich zu Wiborgs alter Hütte zu führen«, sagte Astrid und setzte sich in Bewegung.

Die anderen machten Platz und tuschelten aufgeregt miteinander.

Astrid blieb vor der Lehmhütte stehen und winkte mit der Hand. Die geflochtene Tür stand offen und in der Dunkelheit drängten sich die Alfenpriester mit ihren weißen Umhängen aneinander. Sie bildeten gerade einen Kreis, eine dumpfe Trommel hallte in der Nacht wider.

»Nein! Keine Todesrituale!«

Die Alfenpriester erstarrten, als Freya die Hütte betrat. Einige riefen etwas, aber sie hörte nicht hin. Sie sah jetzt nur noch Freyr.

Freya fiel auf die Knie. Der Schmerz lag wie ein blutroter Dunst über seinem ausgemergelten Leib. Er hatte Schmerzen, entsetzliche Schmerzen. Sie konnte diese Schmerzen selbst spüren. Sie wurde davon zerschnitten wie von Messern. Freya biss die Zähne zusammen und stöhnte leise. Geliebter Bruder, einziger Freund.

Freyrs magere Wangen leuchteten weiß vor dem Hintergrund des Bärenfells, auf dem er lag, er hatte die Augen geschlossen. Er war so alt geworden. So ausgezehrt. Bilder aus früheren Zeiten tanzten in ihrer Erinnerung.

Der schöne Freyr, der auf dem Frühlingsopferfest von Vanaheim zusammen mit Gullveig der Göttin gehuldigt hatte. Männlicher als jeder andere, erfüllt von Weisheit. Schon damals hatte er an ihrer Seite gestanden. Als sie Thor gerettet hatte und deshalb von allen anderen verstoßen worden war, war er da gewesen. Tapfer und treu hatte er in den düstersten Zeiten zu ihr gehalten. Sogar als Königin Åse sie den Asen als Friedensgeschenk überantwortet hatte, hatte er seinen Mut behalten und Freya und der Göttin vertraut. Ihr geliebter Bruder. Er durfte nicht sterben.

Freya biss sich energisch auf die Lippe, vertrieb ihre Qualen mit Schmerz.

Vergeblich. Ihre Augen brannten vor Tränen.

Freya berührte ihre Maske mit der Hand, dankbar für deren Schutz und Stärke.

»Ich werde dich retten«, flüsterte sie leise.

Und wenn sie in Hels Totenreich hinabsteigen müsste, um seinen Geist zu holen, er würde überleben.

Freyr bewegte sich nicht, seine Augen waren noch immer geschlossen. Trotzdem wusste sie, dass er sie gehört hatte.

Seit Tagen hatte sie seine Krankheit im dunklen Wasser der Opferquelle gesehen. Sie hatte ihn zu sich gerufen, hatte ihn beschworen, zu ihr zu kommen, damit sie seine Qualen lindern könnte.

»Fürchte dich nicht«, flüsterte sie und legte die Hand auf seine fieberheiße Wange. Die Zeit drängte. Das Leben strömte bereits aus ihm heraus.

Freya schaute zu den Alfenpriestern und Königin Alfhild hoch.

»Bringt ihn sofort auf meine Insel«, sagte sie und richtete sich auf.

»Niemals.«

Widar schlug die Arme übereinander.

»Lass uns in Ruhe. Wir haben bereits mit den Ritualen begonnen.«

Er musterte sie voller Abscheu und Zorn. Freya starrte ihn an.

»Wie kannst du es wagen, so mit der Auserwählten der Göttin zu sprechen?«

Ihre Stimme war ein leises Zischen. Kein unwissendes Mannsbild würde zwischen ihr und Freyr stehen. Widars Blick irrte umher. Die Alfenpriester traten von einem Fuß auf den anderen, einige tuschelten leise in den Schatten.

»Wir ehren den Mann, der einst Alfheims Hohepriester war. Nicht einmal du kannst uns das verweigern«, erklärte Widar mit schwächerer Stimme.

Deshalb also. Freyas Zorn ließ ihre Hände zittern. Der schwanzlose Widar wollte Freyrs Leben opfern, wenn er nur das Grabfeuer anzünden und zu den Menschen von Alfheim sprechen könnte. Was für eine jämmerliche Gestalt.

Er hatte sie gehasst, seit sie nach Alfheim gekommen war. Wo er versagt hatte, hatte sie gesiegt.

Freyas Kräfte waren um vieles größer als seine.

Das wusste Widar, ebenso wie die Menschen von Alfheim, die sich lieber an sie wandten. Jetzt versuchte er, seine Macht zurückzugewinnen.

Freya hob den Kopf und sammelte ihre Stärke. Sie spürte, wie die Unsicherheit der Alfenpriester wuchs. Immerhin waren sie gescheit genug, um sich vor ihr zu fürchten.

»Ich werde Freyr das Leben zurückgeben. Willst du mir das verweigern, Alfenpriester?«

»Der Zwillingsgott verlangt, dass wir die Rituale durchführen.«

»Du sehnst dich nach seinem Tod! Das sehe ich dir an. Du willst sein Grabfeuer anzünden und in deiner ganzen Macht strahlen.«

»Freyr liegt im Sterben, bist du so blind, dass du das nicht sehen kannst?«

»Genug jetzt!«

Königin Alfhild schaltete sich ein. Sie war wütend, ihre Augen loderten vor Zorn.

»Freyr ist kein saftiger Knochen, um den ihr euch wie die Hunde prügeln könnt.«

Freya senkte den Kopf. Alfhild hatte Recht. Freya hatte sich würdelos verhalten.

»Lass mich meinen Bruder heilen«, bat sie.

»Kannst du das? Kannst du ihm wirklich die schwarze Seuche austreiben?«, fragte die Königin düster.

»Ja«, antwortete Freya ohne zu zögern.

Widar konnte seinen Zorn nicht verbergen.

»Meine Königin, ich bitte dich, Freya spricht die Unwahrheit.«

Seine Worte trieften vor Hass.

Alfhild hob eine Hand, die Ringe an ihren Fingern funkelten.

»Nimm deine Priester und geh. Möge die Göttin uns zehnfach verfluchen, wenn wir jemals die Hoffnung auf Leben aufgeben«, erklärte sie wütend.

Dann holte sie tief Atem und beruhigte sich.

Widar deutete eine Verbeugung an und verließ dann mit seinen Alfenpriestern die Hütte.

Idun konnte sich an den Asen nicht satt sehen. Das waren echte Krieger, prachtvolle Männer mit Schwertern und kostbaren Umhängen. Was für ein Erlebnis. An Winterabenden am Feuer hatte sie die Sänger von den Taten der Asen erzählen hören, und jetzt saßen sie hier in der Halle, lachten und wirkten dennoch beängstigend.

Der ganze Abend war wie ein kostbares, unerwartetes Geschenk. Auf den Sitzbänken des Langhauses drängten sich die Gäste, die Alfenpriester und Hofleute. Das Gesinde rannte mit dampfenden Holzschüsseln voller Wurzeln, Grütze und Fleisch umher. Der beste Met war hervorgeholt worden und Sigvard sorgte dafür, dass jedes Trinkhorn bis an den Rand gefüllt wurde. Niemand sollte Königin Alfhild mangelnde Gastfreundschaft nachsagen können.

Die Kinder schliefen schon lange, und nun zog Loki seine Flöte hervor. Der rhythmische Gesang über die Freuden des Frühlingsopfers hallte fröhlich von den Dachbalken wider. Einige stimmten ein, aber die meisten redeten miteinander. Schließlich waren in Alfheim nicht jeden Tag Asen zu bewundern. Alle wollten wissen, was sich in Idunvallen zugetragen hatte und wie der Kampf gegen König Gorm weitergegangen war.

Idun legte das flache Brot weg. Ihr ganzer Körper prickelte so sehr, dass sie auch nicht einen Bissen mehr essen konnte.

Stattdessen schaute sie verstohlen den Jüngling an, der auf der Nachbarbank saß. Er unterhielt sich mit einem Alfenpriester, trank und lachte.

Bragi hatten sie ihn genannt. Idun flüsterte in Gedanken diesen Namen immer wieder und spürte, wie die Wärme durch ihren Körper strömte. Bragi – der schönste Mann, den sie jemals gesehen hatte.

Langsam knöpfte er seinen Umhang auf und legte ihn auf sein Knie. Das Feuer ließ seine blanke Lederbrünne aufleuchten. Dann schaute er sich suchend um.

Ihre Blicke begegneten sich.

Idun schlug errötend die Augen nieder. Ihr Herz hämmerte wie besessen. Als sie es dann wagte, wieder aufzuschauen, blickte sie direkt in seine Augen. Er lächelte und Idun lief abermals rot an.

»Hör auf damit!«

Ein spitzer Ellbogen, der ihre Taille traf, brachte sie in die Wirklichkeit zurück.

»Du glotzt wie eine läufige Hündin. Vergiss nicht, dass du von hoher Geburt bist, und benimm dich«, sagte Moira und legte die Hände auf ihren dicken Bauch.

»Ich kann ja verstehen, dass sie dir gefallen, aber hüte dich vor den Asen, Mädchen.«

»Aber Königin Alfhild hat doch gesagt, dass sie unsere Freunde sind.«

»Das schon. Aber was man sagt, ist das eine und was man tut, etwas anderes. Asen und Wanen leben zwar seit vielen Jahren in Frieden miteinander, doch zuvor haben sie Kriege geführt.«

Moira schüttelte traurig den Kopf.

»Das war ein Elend! Deine Mutter hat dir sicher alles erzählt.«

Idun schüttelte den Kopf. An der Feuerstätte ihrer Mutter wurden die Asen wirklich nicht oft erwähnt. Aber Moira war auf der ganzen Insel bekannt als Klatschbase und wenn sie Lust hatte, konnte sie viel erzählen.

»Ich weiß gar nichts«, sagte Idun unschuldig.

Moira warf einen Blick auf die Mägde, die die übervollen Schüsseln umhertrugen. Die schienen zurechtzukommen. Und Erik stand neben dem Feuer und hielt Wache. Da konnte sie doch die Gelegenheit nutzen. Die Kleine war wirklich arm dran, und früher oder später würde irgendwer ihr alles erzählen müssen.

»Naja, ich will mich kurz fassen. Es ist eigentlich eine Schande, dass du nicht weißt, was vor deiner Geburt passiert ist. Aber du weißt doch sicher, dass deine Mutter Priesterin in Vanaheim war, und dass wir dann gegen die Asen Krieg geführt haben?«

Idun nickte.

»Weißt du, dass deine Mutter sich damals geweigert hat, Thor der Göttin zu opfern, obwohl sie das versprochen hatte? Freya hatte einfach den Verstand verloren, das kannst du mir glauben.«

Idun starrte den riesigen Asen, der zwischen Alfhild und Sigvard auf der anderen Seite der Feuerstätte saß, überrascht an. Seine Armmuskeln spannten sich, wenn er sein Trinkhorn hob. Idun konnte es nicht fassen. Das konnte doch nicht möglich sein. Ihre Mutter sollte ihn in Schutz genommen haben? Diesen Riesen?

Moira lachte zufrieden.

»Das hat ungeheuer viel Staub aufgewirbelt, wie du dir sicher denken kannst. Thor, als Gefangener der Wanen, sollte der Göttin geopfert werden. Aber sein Kriegsgott zwang Freya, ihn zu befreien, und danach sind sie zusammen geflohen. Sie waren einen ganzen Sommer im Wald verschwunden. Vanaheims Hohepriesterin war außer sich vor Zorn und schickte Riesen und Ungeheuer hinter ihnen her, aber Freya besiegte sie alle. Angeblich haben sie dort im Wald einen großen Zauber ausgeführt und Freya soll ins Totenreich hinabgestiegen sein, um neue Kraft zu finden.«

Immer wieder musste Idun Thor anstarren, der breitbeinig dasaß und an seinem Fleischstück nagte.

Moira raffte ihr Gewand, um aufzustehen.

»Bitte, Moira, erzähl weiter«, flehte Idun und legte ihr die Hand auf den Arm.

»Naja, ich hab ja noch mehr zu tun«, antwortete Moira nicht ganz abweisend, sie schien sich gern bitten zu lassen.

»Wo du doch so klug bist und so viel weißt, sag, was dann passiert ist.«

Moira lächelte nachsichtig.

»Freya und Thor gingen zu den Asen nach Idunvallen. Dort blieb sie einige Jahre, dann kam sie wieder zurück. Ich glaube, die Asen wollten sie auf irgendeine Art betrügen, das versuchen sie immer wieder, denn sie sind so tückisch wie Echsen mit gespaltener Zunge. Ja, du kannst dir sicher denken, was dann wieder los war. Aber wir sind sehr dankbar, dass sie jetzt bei uns wohnt, das kann ich dir sagen. Vanaheim hat deine Mutter schändlich behandelt. Die sollten sich allesamt schämen. Und die Asen auch«, sagte die Hausfrau mit ernster Miene.

Idun trank einen Schluck Wasser aus ihrem Holzbecher. Ihr Mund war wie ausgedörrt.

Sie hatte zwar gewusst, dass zwischen ihrer Mutter und Vanaheim Zwietracht herrschte. Niemand nannte den Namen der Königin oder der Hohepriesterin in Freyas Gegenwart jemals laut. Warum, wusste Idun allerdings nicht.

Aber dass ihre Mutter mit Thor geflohen sein sollte? Herrschte deshalb zwischen ihrer Mutter und Vanaheim eine solche Feindschaft? Wegen eines Mannes?

»Jetzt begreifst du sicher, warum es besser ist, einen Bogen um die Asen zu machen. Sieh dir Ylva an, diese Närrin!«

Moira watschelte auf ein mageres Mädchen zu, dem ein Brett mit Brot zu Boden gefallen war.

Idun starrte Thor an. Er beugte sich vor und warf seinen Knochen ins Feuer. Einen Moment lang blickte er in die Flammen. Sein Gesicht war viereckig und klar geschnitten. Mehrere Narben zogen sich über seine Wange. Seine langen roten Haare waren zu einem Pferdeschwanz gebunden. Um seine starken Arme wanden sich Tätowierungen, fremdartige Wesen und Zeichen. Er sah stark und unheimlich aus.

Thor hob seinen Blick und sah ihr ins Gesicht. Verlegen hielt Idun Ausschau nach Moira. Aber die war nirgendwo zu sehen.

Der Ase starrte sie so lange an, dass sie ganz verwirrt wurde. Idun hob den Kopf und versuchte, den grimmigen Krieger anzulächeln. Der verzog keine Miene. Dann wandte er sich ab und unterhielt sich mit Sigvard. Das, was er gesehen hatte, gefiel ihm offenbar nicht.

Idun atmete langsam auf.

Dann schaute sie abermals verstohlen zu dem schönen Bragi hinüber. Er sagte etwas zu Astrid und lachte. Seine Zähne leuchteten weiß im Feuerschein.

Wie es wohl wäre, mit ihm zusammenzuleben! Idun lächelte verträumt vor sich hin. Sie sah sich und Bragi auf einem reichen, gut versorgten Hof. Mit ihm an ihrer Seite würde sie sich niemals fürchten müssen. Er würde sie vor Feinden und Gefahren beschützen und ihr schönen Schmuck schenken. Abends, wenn er von den Feldern käme, würden sie zusammen am Feuer sitzen. Alle würden Idun um ihre schönen Kinder und ihren Mann beneiden. Sogar die Priesterinnen würden ihren Hof als den prachtvollsten in der ganzen Gegend bezeichnen. Und sich wundern, warum sie nicht schon viel früher begriffen hatten, wie tüchtig Idun doch war.

Bragi rückte sein Schwert gerade.

Ihre Wangen loderten auf und sie wandte sich ab. Was waren das für Gedanken? Er würde sich gar nicht für sie interessieren. Ein Mann wie er wurde von schönen Frauen ausgewählt, nicht von mageren Elendsgestalten wie ihr. Diese Schande würde sie ihnen beiden ersparen.

Freya hockte neben dem nackten Freyr und streichelte seinen Körper.

Gelbweißer Eiter sickerte aus den Beulen in seinen Achselhöhlen. Sein Hals war von schwarzen Flecken übersät.

Sie überlegte. Hier half kein normaler Zauber. Diese Fäulnis verlangte größere Stärke. Freya sah zu den acht Frauen hinüber, die sich an den Hüttenwänden zusammengedrängt hatten. Trotz ihrer Kenntnisse hielten sie sich möglichst weit von Freyr entfernt. Die Angst vor der Ansteckung saß tief.

Freya hatte das Gesinde über die bösen Zeiten tuscheln hören. Sie nahmen es den Asen übel, dass sie die schwarze Seuche nach Alfheim geschleppt hatten. Manche Menschen ohne Macht fürchteten sich vor allem, was sie nicht kannten.

Sie fuhr mit den Fingern über Freyrs Rippen. Spürte, wie die Krankheit in ihm ruhte.

»Ich beginne jetzt. Macht euch bereit.«

Die Priesterinnen drängten sich dichter aneinander. Sie wussten alle, was zu tun war. Njörunn zog einen Bund getrockneter Kräuter aus ihrem Ranzen. Umständlich wickelte sie die brüchige Rinde ab und zerkrümelte die Kräuter über dem Feuer. Süßer, bitterer Rauch füllte die Hütte, ließ ihnen Tränen in die Augen treten.

Wiborg schlug Zauberstäbe aneinander, zuerst langsam, dann so schnell wie Herzschläge. Es hallte dumpf in der Hütte wider.

Freya schloss die Augen und atmete tief durch. Ihr Körper wurde immer schwerer, als eine seltsame Stille sich über sie senkte. Sie glitt zwischen die Welten.

Njörunn stimmte einen gellenden Zaubergesang an, den Freya im Rauch als eine funkelnde Spirale wahrnahm. Die anderen stimmten ein, ihre Stimmen verwoben sich miteinander und lösten sich dann wieder. Freya atmete schwer. Ihre Gedanken wollten aufwärts, fort vom Körper, der sie an dieses Leben kettete. Ihr Geist war frei und ewig. Oben bei den schwebenden Disen gab es keinen Schmerz, keine Reue.

Aber Freyas Fleisch wollte sie nicht loslassen. Schwere Wellen aus Schmerzen spülten über sie hinweg. Ihr Körper bebte verzweifelt. Noch ein wenig. Freya sammelte ihre Kraft, zwang sich wieder nach oben. Jetzt.

Sie war befreit. Endlich. Ein jubelndes Gefühl von Erleichterung überkam sie, als sie zum Dach der Hütte emporstieg. Schwereloser Friede erfüllte ihren Geist. Der Schmerz verflog.

Unten auf der geflochtenen Schilfmatte lag ihr Körper, wie ein weggeworfener Ranzen. Ihr blaues Gewand schien wie Wasser über den Boden zu strömen.

Freya schwebte zwischen den Lichtdisen und genoss es, der Schwere ihres Körpers entronnen zu sein. Hier gab es keine Belastungen, keine Wehmut, keine Angst. Sie erwiderte lachend die Liebkosungen der Disen, schwebte mit ihnen in einem wilden, erleichterten Tanz.

Aber sie konnte nicht bei ihnen bleiben. Der Gesang der Priesterinnen band sie an ihre Aufgabe. Traurig riss sie sich los und zwang sich zur Rückkehr zu Freyr. Sie schwebte über ihm, genoss die Farben seines wunderbaren Gemüts. Aber in ihm wütete die schwarze Seuche.

Die Krankheit bestand aus schwarzen Fäden, die sich in Freyrs Brust wanden. Sie fraßen seine Lebenskraft, langsam und unerbittlich.

Nie zuvor hatte Freya so etwas gesehen. Die schwarze Seuche war ein Fluch, der ihm seine Stärke nahm. Wer diese Seuche auf ihn geworfen hatte, musste unendliche Kraft besitzen. So verschlungen und sorgfältig geschaffen waren die Zeichen, die durch Freyr glitten.

Wer hatte ihrem Bruder das angetan?

Freya suchte einen Weg, spürte die Anwesenheit der Priesterinnen, trank von ihrer Kraft. Woher dieser Fluch auch stammen mochte, sie würde ihn mit ihrer Kraft vertreiben. Niemand konnte sich mit ihr messen. Langsam glitt Freya in seinen Körper.

Freya nahm seinen Schmerz auf, eignete sich seine Qualen an. Schleichende Fäulnis fraß sich in ihren Hals. Sie öffnete seine Augen, sah ihren eigenen Körper, der sich auf dem Boden schreiend hin und her warf.

Der Gesang forderte sie auf zurückzukommen. Sie hatte nicht mehr viel Zeit. Rasch ließ sie ihre Kraft Freyrs ausgemergelten Leib füllen. Dann vertrieb sie den Fluch, weg, fort. Sie kämpfte gegen die Finsternis an, schrie ihre mächtigsten Beschwörungen.

Vergeblich. Für einen kurzen Moment glitt das Bild einer fremden Frau an ihr vorbei.

Freya schärfte ihren Blick, versuchte, diese Frau zu erkennen, aber die versank wieder im Verborgenen.

Njörunns Lied rief nach ihr, riss und zerrte an ihrem Gemüt. Die Zeit drängte. Freya verließ ihren Bruder und kehrte in ihren eigenen Körper zurück. Die Schwere ihrer Arme und Beine war unerträglich. Der Schmerz wütete in ihrem Magen. Ihr Mund schmeckte nach Erde und Würmern. Freya schloss erschöpft die Augen und schlief ein.

Thor hob sein leeres Horn. Ein Knecht schenkte ihm sofort aus dem Metschlauch nach.

»Dass Vanaheim von der schwarzen Seuche befallen ist, wusste ich, aber dass auch Idunvallen davon betroffen ist, ist eine schlimme Nachricht. Wie ernst ist die Lage?«, fragte Alfhild.

»Viele von uns liegen im Sterben«, antwortete Thor und etwas Met schwappte aus seinem Horn.

Alfhilds Worte hatten ihn mehr erschüttert, als er zeigen wollte. Die Seuche tobte also auch in Vanaheim. Er war so sicher gewesen, dass die Hexen die Kranken heilen könnten. Jetzt wurde diese Hoffnung zerbrochen.

Thor schaute zu der schönen Alfhild hoch, ihr Blick war mitfühlend, fast mütterlich.

»Habt ihr auch hier in Alfheim die Seuche?«

Die Königin schüttelte den Kopf.

»Erst seit vorhin.«

Ihre Stimme klang säuerlich.

»Da habt ihr Glück gehabt«, sagte Thor und verbarg seine Verbitterung.

Der Anblick der Wanen, die sich in ihrem Reichtum sonnten, ließ sein Herz brennen. Es war ein Fehler der Asen gewesen, Freundschaftsbande zu ihnen zu knüpfen. Für diese Schwächlinge waren seine Männer im Kampf gegen Gorm gefallen. Aber jetzt war Schluss!

Thor leerte sein Horn. Der Met war schwach wie Wasser und schmeckte nach Ziegenpisse.

»Es ist nicht das Glück, das Alfheim von der Seuche verschont hat. Ich glaube, die Göttin hat sich erbarmt, weil ihre mächtigste Dienerin hier lebt«, sagte die Königin.

Dann stimmte es also. Thor begegnete Alfhilds Blick.

»Gesegnet ist die, die von den Mächten beschützt wird«, murmelte Thor und hob abermals sein Horn. Als der blonde Knecht es gefüllt hatte, leerte er es mit einem einzigen Zug.

Freya war hier, und bald würde er vor diese Hündin treten. Er starrte ins Feuer und verbarg sorgfältig seinen Zorn. Ihm blieb nichts anderes übrig. Die Königin musterte ihn immer wieder mit scharfem Blick.

»Gerade jetzt ist Freya dabei, Freyr zu heilen.«

Thors Hoffnung loderte auf wie trockener Zunder.

»Kann sie das? Wenn nicht einmal die Hexen in Vanaheim die schwarze Seuche besiegen können, wie soll dann Freya den Kranken heilen?«

Er konnte seine hoffnungsvolle Erwartung nicht verbergen.

»Du ahnst ja nicht, was sie alles kann.«

Alfhild schnaubte. Ihr Schmuck klirrte leise, als sie sich zu Thors Ohr vorbeugte.

»Sie ist selbst fast eine Göttin. Freyas Macht ist unendlich«, flüsterte sie.

Alfhild ließ sich in ihrem reich verzierten Sessel zurücksinken und schaute auf das Gedränge um die Feuerstätte. Ihre Hände spielten zufrieden mit den geschnitzten Armlehnen.

Ein Knecht brachte eine Schüssel mit Fleisch. Thor nahm sich ein vor Fett triefendes Stück, aß und dachte dabei nach. Noch war Freyr nicht verloren. Das war eine gute Nachricht für die Asen. Der schwarze Tod konnte besiegt werden. Aber Tiwaz war in grimmiger und unbarmherziger Stimmung. Unter allen Hexen auf der Welt gab es nur eine, vor der er kriechen musste, und das war sie.

Seinen Zorn würde er brav hinunterschlucken müssen. Bis auf weiteres.

Er stellte sein Horn auf den Boden. Odins Worte hallten in seinem Kopf wider. Es gibt kein besseres Gepäck für eine Reise als gesunden Menschenverstand; und keine schlechtere Wegzehrung als ein Übermaß an Met.

Thor schaute vorwurfsvoll zu Baldur hinüber, der sein Horn geleert hatte und noch mehr forderte.

»Es heißt, dass Odin trotz seines hohen Alters noch einmal Vater geworden ist«, sagte Sigvard, der neben Baldur saß.

»Das stimmt. Der Alte gibt nicht auf«, sagte Thors Bruder.

Seine Stimme klang undeutlich. Baldur war betrunken, obwohl der Abend noch jung war. Wie ihm das mit dieser Metpisse der Wanen gelungen war, war ihm ein Rätsel. Thor ließ seinen Blick die Sitzstöcke entlangwandern. Seine übrigen Männer benahmen sich gut. Sie wussten, wie sie sich unter den lauten Wanenfrauen, den Hexen, den Kriegern und den gut angezogenen Alfenpriestern zu verhalten hatten. Sie nippten nur am Met, schwiegen und hörten zu.

Thor nickte beifällig.

»Arme Frigg«, sagte Alfhild.

»Meine Stiefmutter ist tot. Mein Vater hat sich zwei neue junge Frauen genommen, schön und zart wie frisch aufgeblühte Blumen. Sie wärmen sein Bett während der letzten Tage seines Lebens«, sagte Baldur und lachte.

Alfhild schnaubte unwillig. Dann reckte sie würdevoll den Rücken.

»Asen und Wanen haben wahrlich unterschiedliche Sitten.«

Thor erhob sich. Er war nicht über das Sommermeer gesegelt, um dem betrunkenen Gefasel seines Bruders zu lauschen. Er gab Baldur ein Zeichen, dann ging er hinaus, um seine Blase zu leeren. Neugierige Blicke folgten ihm. Die kühle Nachtluft klärte seine Gedanken.

Schon bald wurde die Tür aufgerissen und Baldur kam zum Vorschein.

»Du bist betrunken«, sagte Thor kurz.

Baldur grinste.

»Du irrst dich, hochverehrter Bruder. Ich freue mich nur darüber, dass ich endlich wieder über die Hexenwiesen des Volkes wandern kann, für das wir auf dem Schlachtfeld so bereitwillig verbluten.«

Baldur zog seine Stange hervor und pisste gegen die blassgelbe Lehmwand. Er schwankte, fiel gegen das Strohdach und kam lachend wieder auf die Beine.

Thor seufzte tief.

»Bald werden die Reiher des Vergessens deinen Verstand verschlungen haben.«

Baldur verstaute schwankend seine Stange in seinen Beinkleidern.

»Ehrwürdiger Bruder. Held und Häuptling. Willst du mir etwas von Unvernunft erzählen? Unser Vater ist bei Gorm gefangen. Wann wirst du, mein unfehlbarer Bruder, das endlich zugeben?«

»Schweig!«

Thor schaute sich auf dem dunklen Hofplatz um. Verdammter Narr! Da stand er hier in Alfheim und verriet, dass Odin zu Gorm gefahren war, um Friedensverhandlungen zu führen.

Aber Baldurs trunkene Zunge ließ sich nicht stoppen.

»Wir hätten nicht hinter Gorm herrennen und um Freundschaft betteln dürfen. Schwanzlos, das sind wir, wenn wir nicht bald zu den Göten segeln und unseren Vater holen.«

Thor packte Baldur so hart am Hals, dass dieser röchelnd um Atem rang.

»Jetzt schweigst du, sonst schlage ich dich auf der Stelle tot.«

Thors Zorn ließ Blitze durch seinen Kopf jagen. Sollte sein eigener Bruder ihn bei Fremden in Schande stürzen und sich wie ein Klatschweib aufführen? Jetzt reichte es! Baldur wand sich unter seinen Händen. Seine Augen quollen hervor. Metversessener Narr, man müsste ihm Vernunft einbläuen. Aber trotzdem war er sein Bruder.

Thor ließ Baldurs Kehle los.

Baldur fiel zu Boden. Wie ein Hund schnappte er auf allen vieren nach Luft. Thor zog ihn auf die Füße.

»Geh zum Boot und schlaf deinen Rausch aus.«

Baldur schwankte mit gesenktem Haupt zum Strand davon. Thor sah hinter ihm her, bis er in der Dunkelheit verschwunden war. Er seufzte tief. Ließ die Abendluft seinen Zorn abkühlen.

Baldur mochte zwar betrunken sein, aber in dem, was er gesagt hatte, lag auch ein Körnchen Wahrheit. Möglicherweise war Odin wirklich bei König Gorm gefangen. Der Vater hatte zurück sein wollen, ehe das Laub an den Bäumen gelb wurde. Und jetzt hatten sie fast keine Blätter mehr. Sie konnten nicht mehr warten.

Thor ging zur Kochgrube und wärmte sich an der nur noch schwelenden Glut. Jahr für Jahr hatten Asen und Wanen gegen Gorm gekämpft, ihren bitteren Feind. Aber die Zeiten hatten sich verändert. Viele der Stämme im Süden hatten sich unter Gorms Hammer vereint. Dessen Macht wuchs und wuchs. Und außerdem ehrte er Tiwaz. Gorm gehörte zu ihnen.

Friede und Freundschaftsbande mit Gorm würden den Asen Reichtum schenken, hatte Odin gesagt. Die Wanen sollten sehen, wie sie zurechtkamen. Die Asen hatten genug Blut für sie vergossen. Deshalb war der goldgierige Odin zur Göteninsel gesegelt, um Friedensverhandlungen zu führen.

Thor ballte die Fäuste und schaute in die Glut der Kochgrube. Schwarze Seuche und Feinde. Er würde sie beide besiegen. Aber nur ein Narr ging ohne Plan vor. Und anders als Baldur war Thor kein Narr.

Idun wischte sich den Schweiß aus der Stirn. Es war heiß. Das Feuer loderte im Gedränge auf, munteres Lachen mischte sich unter das Flötenspiel. Der alte Svetjod sprang jetzt umher und schlug mit den Händen gegen seine Fußsohlen. Idun lachte über den lustigen Tanz.

»Ich habe schon Lieder über die Frauen von Alfheim gehört, aber keins davon wird deiner Schönheit gerecht«, sagte eine Männerstimme hinter ihr.

Idun schaute mit freudig klopfendem Herzen auf. Es war Bragi. Offenbar hatten die Mächte sich ihrer erbarmt. Er lächelte und setzte sich neben sie.

Ihr Herz hämmerte jetzt wie wahnsinnig. Der schönste Mann, den sie je gesehen hatte, saß neben ihr auf der Bank. Was für ein Glück! Sie schaute verstohlen zu ihm hinüber, merkte, wie ihre Wangen glühten. Der Göttin sei Dank für Dunkelheit, Rauch und Hitze.

»Bist du Alfhilds Tochter?«

Idun schüttelte den Kopf. Sie hätte etwas sagen müssen, aber ihr Mund war verschlossen.

»Ich heiße Bragi. Ich gehöre zu Thors Gefolge. Er ist mein Häuptling. Der Mann da hinten.«

Idun schaute zu dem Riesen hinüber, der durch die Tür kam und sich zwischen Alfhild und Sigvard setzte. Sie biss sich auf die Lippe. Ich muss etwas sagen, dachte sie. Ich kann nicht stumm wie ein Baum hier sitzen. Dann geht er.

»Hast du einen Namen?«

»Ich heiße Idun«, flüsterte sie und hoffte, dass er ihr Herz nicht hämmern hörte.

Bragi trank aus seinem Horn und fuhr mit den Fingern über die Bronzebeschläge.

»Das ist ja seltsam, ich komme aus Idunvallen und du heißt Idun. Das muss ein Zeichen sein!«

Er lächelte strahlend und zeigte dabei die weißesten Zähne, die sie jemals gesehen hatte.

An diesem Jüngling war einfach alles vollkommen. Er konnte nicht wirklich sein. Vielleicht war er ein Gott? Möglich war das. Götter nahmen doch oft menschliche Gestalt an. Sie schauderte vor Wollust zusammen, als er ihr die Hand auf den Rücken legte. Dann nahm er ihren kupferroten Zopf und streichelte damit ihre Wange.

»Idun, so schön, dass sie einen ausgewachsenen Mann zum Weinen bringen kann.«

Idun lachte und wandte sich ab. Ein seltsames Glücksgefühl breitete sich in ihr aus. Bragi wollte wirklich neben ihr sitzen, er wollte ihre Haare berühren. Das war wunderbar.

Sie schaute sich verstohlen um und hoffte, dass die anderen sahen, welch großes Glück ihr da widerfuhr. Aber in diesem Moment kam Sot zur Tür herein. Die junge Priesterin ging langsam vorbei und schielte zu den Asen hinüber. Idun packte ihren Rocksaum. Bitte, mach, dass sie mir Bragi nicht wegnimmt. Bitte, Göttin, lass mich ihn behalten, und sei es nur für ein paar Minuten.

»Sag mal, Idun, wenn du nicht Alfhilds Tochter bist, wer ist dann deine Mutter?«, fragte Bragi langsam.

Idun schluckte.

»Sie ist Priesterin auf der Insel. Sie heißt Freya.«

Bragi riss die Augen auf und legte vorsichtig den Zopf zurück auf ihre Schulter.

Was war jetzt los? Was hatte sie getan? Dann begriff sie. Bragi hatte Sot entdeckt. Natürlich fand Bragi Sot interessanter. Sot erwiderte seinen Blick und lächelte ihr sanftes, lockendes Lächeln, mit dem sie jeden Mann betörte. Idun biss die Zähne zusammen. Sot würde ihn auswählen. Idun durfte nicht zeigen, wie traurig sie das machte. Sie musste Haltung bewahren.

Aber Bragi hatte nur einen kurzen Blick für Sot, dann wandte er sich wieder Idun zu. Das Licht des Feuers spiegelte sich in seinen blauen Augen.

»Wenn Freya deine Mutter ist, dann bist du nicht nur schön, sondern auch von hoher Geburt und reich. Ich bin wahrlich ein glücklicher Mann, dass ich heute Abend solche Gesellschaft habe – wenn du meine Anwesenheit gestattest. Oder soll ich dich in Ruhe lassen?«

Idun schüttelte den Kopf und lächelte. Sie hatte das Gefühl, über der Bank zu schweben.

»Ich fühle mich geehrt«, konnte sie herauspressen.

Bragi schaute sie erstaunt an. Die Musik hallte zwischen den Wänden wider. Moira legte Holz nach, und abermals loderte das Feuer auf. Der schöne Ase hob sein Trinkhorn.

»Dann trinke ich auf deine Schönheit und deine Ehre.«

Freya kam zu sich. Bewegungslos starrte sie die Zeichen an, mit denen die Hüttenwände bemalt waren. Licht und Schatten des Feuers tanzten darüber und schienen ihnen Leben einzuhauchen. Rote Elche sprangen über die Wand, ein buhlendes Paar huldigte der Göttin.

Langsam kehrte sie in die Wirklichkeit zurück und konnte sich wieder bewegen. Ihr Rücken war schweißnass, ihr Kopf schmerzte. Sie war schwach und müde nach der Reise.

Zwei ihrer Priesterinnen lehnten an der Wand und ruhten sich aus. Die anderen waren wohl vor Rauch und Hitze geflohen und feierten in Alfhilds Halle. Freya drehte langsam den Kopf und stöhnte auf. Jede Berührung schmerzte hinter ihren Augen wie glühende Kohlen. Der Hunger riss an ihren Eingeweiden.

Gleich darauf war Njörunn bei ihr. Freyas Kopf wurde gehoben, eine Tonurne an ihre Lippen gehalten. Freya trank gierig, ohne auch nur den Geschmack der warmen Milch wahrzunehmen.

Sie hatte das Gefühl, neues Leben zu erhalten, ihre Erschöpfung verflog, die Kopfschmerzen ließen nach. Bald konnte sie sich aufsetzen.

»Hier«, sagte Njörunn und reichte ihr ein warmes Stück Fleisch.

Freya riss mit den Zähnen etwas davon ab und schluckte, ohne gekaut zu haben. Das Fett lief über ihr Kinn und tropfte auf ihr Knie. Der Hunger war unerträglich.

»Ich musste dich zurückrufen. Du hast fast nicht mehr geatmet«, sagte Njörunn besorgt.

Plötzlich erinnerte Freya sich an den Zauber in Freyrs Körper. Die Schande brannte ihr im Bauch. Sie hatte versagt. Das Fleisch blieb ihr im Hals stecken. Das konnte doch nicht möglich sein. Sie, die Mächtigste von allen, hatte den Fluch nicht brechen können.

Freya zwang sich zu schlucken, aber dann lag das Fleisch wie ein Stein in ihrem Magen. Plötzlich wurde ihr schlecht, angewidert warf sie den Knochen ins Feuer.

Freya rückte näher an Freyr heran, legte ihm die Hand auf die Brust und streichelte seine Rippen mit den Fingerspitzen. Er schlief mit leichten Atemzügen.

Geliebter Freyr. Sie beugte sich über ihn und küsste seine grauen Lippen.

Ich werde ein Heilmittel finden, gelobte sie. Ruh du dich aus. Suche Kraft im Schlaf. Morgen heile ich dich. Bald sitzt du an Alfhilds Feuerstätte und lässt dein Licht über uns alle scheinen.

Freyr seufzte auf und drehte sich auf die Seite.

Freya wandte sich zu Wiborg um.

»Sprich heute Nacht deine mächtigsten Kraftsprüche über Freyr.«

Müde hob Wiborg den Kopf und schaute vom Boden hoch, wo sie auf ihrem Umhang geschlafen hatte.

»Ich muss mich nur ein bisschen ausruhen«, sagte sie erschöpft.

»Bleib wach, wenn ich mit dir rede.«

Wiborg fuhr hoch.

»Die Göttin hat dir die Gunst erwiesen, bei mir dienen zu dürfen. Danke ihr mit Hingabe und harter Arbeit«, fauchte Freya wütend.

Wiborg erbleichte und legte sich die Hand aufs Herz.

»Dein Wort ist mir Befehl.«

Freya schnaubte. Dass sie nicht begriffen, dass Faulheit und Nachlässigkeit einer Priesterin zur größten Schande gereichten. Noch nie war bei ihnen jemand an der schwarzen Seuche erkrankt. Jetzt lag Freyrs Leben in ihren Händen und sie würde ihn heilen. Aber dazu mussten alle ihre gesamten Kräfte aufwenden. Eine Schlamperei würde Freya ihnen nicht durchgehen lassen.

Njörunn stellte ihr eine Holzschüssel mit Wasser hin.

Freya feuchtete einen Wollbausch an und wusch sich damit. Das kühle Wasser schärfte ihre Sinne.

Dann stand sie auf und wartete, während Wiborg und Njörunn ihre Gewänder ordneten.

Njörunn wischte Erd- und Staubflecken von dem meerblauen Stoff. Dann reckte die Priesterin den Rücken und stellte die Frage, die ihr auf dem Herzen brannte.

»Kannst du ihn wirklich heilen?«

Freya musterte sie kalt, in ihren Augen lag nicht die Spur eines Gefühls.

»Freyr hat keine normale schwarze Seuche. Auf ihm lastet ein Fluch«, sagte sie dann endlich.

Njörunn erstarrte.

»Wer hat ihn geschickt?«

»Es war ein fremder Zauber. Ich habe so etwas noch nie gesehen. Aber unter meiner Macht wird er zusammenschrumpfen«, verkündete Freya und überzeugte sich im Licht des Feuers davon, dass ihr Gewand jetzt wirklich sauber war.

Njörunn kratzte sich an einem Flohstich am Hals. Erst jetzt sah sie, wie mitgenommen Freya wirkte. Die Arbeit dieses Abends hatte an ihren Kräften gezehrt. Aber trotzdem hielt sie sich aufrecht. Trotzig strich sie ihre Zöpfe und ihren Umhang glatt.

Fremder Zauber und Besucher von weither. Ein Gefühl kommenden Unheils ließ Njörunn zusammenschauern. Sie verdrängte ihr Unbehagen und versuchte zu lachen.

»Thor wird über deine Schönheit staunen.«

Freya erstarrte.

»Thor?«

»Er ist in Alfheim. Ich habe ihn gesehen. Und Wiborg auch.«

Freya schaute ins Feuer und holte langsam Atem. Die Hütte schien zu schwanken.

»Das hat keine Bedeutung«, sagte sie und hustete.

Njörunns messerscharfer Blick ruhte auf Freya. Er war erfüllt von Unglauben.

Aber Freya brauchte sich Njörunn gegenüber nicht zu rechtfertigen. Sie bückte sich, griff nach einem Zweig und warf ihn ins Feuer, wo er knisternd aufloderte.

»Dennoch hast du verlangt, dass wir Masken trugen, verborgen waren wir für alle Blicke, wie die Würmer in der Erde«, sagte Njörunn.

»Schweig und kritisiere nicht die, die mehr Verstand hat als du.«

In diesem Moment begann Freyr, vor Kälte zu beben, der Schweiß lief über seinen Körper. Njörunn tunkte einen Wollbausch in eine Kanne und wischte ihn mit langen Zügen damit ab.

»Das Fieber verlässt seinen Körper.«

Freya zeichnete eine Schutzrune, die in der Luft aufglühte und sich dann über Freyas gequälten Bruder senkte. Wiborg brachte eilig einen Holzbecher, den sie ihm an die Lippen hielt. Der Absud aus Weidenrinde und Kraftbeeren lief über seine Wangen, aber ein bisschen davon konnte er doch hinunterschlucken, und bald kam Freyr wieder zur Ruhe. Njörunn zog das Bärenfell über seinen Körper.

»Wacht über den geliebten Freyr der Wanen. Wenn ihr eure Aufgabe nicht erfüllt, dann werden die Reifriesen euch an den Boden ketten«, sagte Freya düster.

»Sei ohne Sorge«, erwiderte Njörunn.

Freya ging durch die aus Weidenruten geflochtene Tür und zog sie hinter sich zu.

Der Abend war überraschend kalt. Die Wärme hatte Alfheim verlassen. Das war an sich schon ein böses Zeichen. Njörunns Stimme drang durch die Wände der Hütte.

»Ich würde Thor nicht von meiner Schlafbank schubsen. Mit dem sollte man reiten gehen.«

»Ja, das schon. Aber das müsste er dann übernehmen, ich bin zu erschöpft für irgendwelche Künste«, sagte Wiborg.

Das schallende Lachen der Priesterinnen war im Dunkeln zu hören. Freya zog ihren Umhang fester um ihre Schultern.

Weiße Schatten glitten durch die Dunkelheit. Natürlich hatten sie auf sie gewartet, listig wie jagende Wölfe. Freya hob den Kopf. Sie hatte nicht vor, sich von Widar Angst einjagen zu lassen. Die Alfenpriester drängten sich um sie wie weiß gekleidete Seeleute. Widar trat vor und stemmte die Hände in die Hüften.

»Dein Hochmut muss ein Ende haben. Nicht einmal du kannst dem Zwillingsgott einen sterbenden Bruder stehlen.«

Freya holte langsam Luft. Warum trug sie ihre Maske nicht? Aber die lag noch neben Freyr auf der Matte.

»Hüte deine Zunge, Alfenpriester, sonst werde ich sie und die schlaffen Stangen deiner Priester verzaubern.«

Der Blick des Mannes wurde jetzt unsicher. Freya lächelte. Was waren sie doch jämmerlich, dachte sie.

»Deine Rede kann mir keine Angst machen. Aber ich bitte die Göttin, dir Verstand und Herz zu schenken, damit wir unseren sterbenden Bruder ehren können«, sagte Widar. Seine Priester murmelten beifällig.

Der Neumond in dieser Nacht hatte offenbar den Geistern und Widar gleichermaßen Kraft geschenkt. Alle hatten den Verstand verloren.

»Freyr wird nicht sterben.«

»Er hat die schwarze Seuche. Kein menschliches Wesen besitzt die Macht, ihn zu heilen.«

»Ich wohl«, schrie Freya.

Widar wich einen Schritt zurück und starrte sie voller Entsetzen an.

»In Vanaheim spricht man die Wahrheit. Dein Wahnsinn wird dich ins Verderben treiben. Möge der Zwillingsgott dir die Schande vergeben, die du über seine Auserwählten bringst.«

Freyas Kopf tat jetzt wieder weh, die Müdigkeit lastete wie schwere Felsblöcke auf ihren Schultern. Warum war Widar so hasserfüllt?

Als sie jung gewesen waren, hatten sie voller Freude miteinander geschlafen, er war froh und mit dem Leben zufrieden gewesen. Jetzt vergiftete er das Gemüt seiner Priester mit seiner Bitterkeit und tat alles, damit sie sich von Freya und der Göttin abwandten. Sie hatte diesen Streit ja so satt.

»Du weißt, dass du nicht siegen kannst«, sagte sie müde.

Widar erblasste vor Zorn.

»Warte nur ab, du flachbrüstige Sau«, fauchte er.

»Schweig«, brüllte Freya und trat einen Schritt auf ihn zu. »Ich habe genug gehört. Verschwinde oder nimm hier und jetzt den Kampf gegen mich auf.«

Sie hob die Hand mit dem Stab und versuchte, ihre versickernden Kräfte zu sammeln. Der Versuch, Freyr zu heilen, hatte sie ermattet, aber das wusste Widar ja nicht.

Er trat einen Schritt zurück.

Was war er doch für ein feiger Wicht, ebenso erbärmlich wie alle anderen.

Sie lächelte spöttisch, als er sich geschlagen abwandte und auf das Langhaus zuging. Dieser Kampf war gewonnen, aber Widar war nicht dumm. Er würde nie vergessen. Sie musste ihn genau im Auge behalten. Sie erwiderte die wütenden Blicke der Priester, die sich langsam entfernten. Die Luft war gesättigt von ihrem Abscheu.

»Freya, kümmerst du dich um meinen Jungen?«

Der alte Njörd tappte auf sie zu. Er streckte seine magere Hand nach ihr aus. Freya zögerte, nahm sie dann aber. Njörd brachte ihr keine leidenschaftlichen Gefühle entgegen, vielmehr das Gegenteil.

»Ich habe getan, was ich konnte«, antwortete sie.

»Das ist gut, mein Mädchen. Ich weiß, dass du dein Bestes tust«, sagte der Alte und trocknete seine Tränen.

Freya schaute den alten Mann voller Liebe an. Ihren Vater. Den Mann, der ihre Mutter geliebt hatte, Königin Åse. Diese Vorstellung war noch immer so seltsam wie damals. Aber sie hatten nie darüber gesprochen.

Doch seit dem Tag, an dem sie hergekommen war, war Njörd zu ihr gekommen, wenn sie Hilfe brauchte. Er hatte ihr gute Ratschläge erteilt und war immer fürsorglich gewesen. Mein Vater, dachte sie traurig. Sein Kummer muss noch größer sein als meiner.

»Geh zu deinem Sohn.«

»Danke.«

Njörd drückte ein letztes Mal ihre Hand.

»Ich spüre Bosheit in seiner Krankheit«, flüsterte er.

»Du hast Recht«, erwiderte Freya leise und hielt die Hüttentür für ihn auf. Als Njörd vor seinem Sohn stand, schloss sie die Tür wieder.

Die Alfenpriester verschwanden in Alfhilds Halle. Freya holte tief Luft.

Inzwischen war es Nacht geworden und eine feuchte Kälte hatte sich über den Hof gelegt. Aus den offenen Türen des Langhauses waren gedämpfte Stimmen und die Klänge einer einsamen Flöte zu hören. In der Kochgrube war noch ein wenig Glut vorhanden und der Geruch von gebratenem Fleisch hing schwer über dem Hofplatz.

Ihr lief das Wasser im Munde zusammen. Freya spürte ihren Hunger. Ohne weiter darüber nachzudenken, zog sie ihren Umhang fester um ihre Schultern und lief dem Licht und der Wärme entgegen. Sie hatte den halben Weg hinter sich gebracht, als sich ein Schatten von einer Hüttenwand löste.

»Es stimmt also. Du kannst die schwarze Seuche besiegen?«

Freya erstarrte. Es war seine Stimme – stark und rau.

Kein blasser Schatten aus einem Traum, nicht das leise Wispern, das sie hörte, wenn sie in die Opferquelle schaute. Er war wirklich. Thor war hier.

Ihr Herz hämmerte los.

»Ja«, antwortete sie, ohne sich umzudrehen.

»Gut.«

Seine Anwesenheit erweckte alle alten Erinnerungen zum Leben. Freya schloss die Augen, die Bilder jagten wie eine Frühlingsflut durch ihren Kopf. Thor lief durch den Wald, sein Gesicht war von Genuss erfüllt, ihr stummer Abschied, als sie ihn wortlos verließ. Für ihn hatte sie ihrem Volk und ihrer Göttin getrotzt.

Ein Scharren, schwere Schritte, ein Klirren. Jetzt stand er vor ihr. Sie nahm den Geruch seines Atems wahr. Freya öffnete langsam die Augen und begegnete Thors Blick.

Der war von Hass erfüllt.

Aus dem Langhaus war nichts mehr zu hören. Die Welt konnte sie nicht erreichen. Freya hob den Kopf. Die Bilder, die sie in sich getragen hatte, verblassten und zerfielen. Er hatte sich verändert. Die Jahre hatten tiefe Furchen in sein Gesicht gekerbt. Der Jüngling war für immer verschwunden, ebenso dessen Sorglosigkeit. Thor war zum Mann geworden, zum Krieger. Sein Blick war härter, fordernder, aber es gab dort noch etwas anderes. Sie suchte in seinen dunkelblauen Augen, sah die Müdigkeit, die sich hinter dem Ekel verbarg. Freya hätte wissen müssen, dass er weder vergessen noch verzeihen würde, dass sie ihn verlassen hatte. Aber die Göttin hatte diesen Dienst von ihr verlangt. Und deshalb hatte sie nicht bei Thor bleiben können.

Versuch das zu verstehen, flüsterte sie in Gedanken. Ich habe dich seit unserer Trennung jeden Tag vor mir gesehen. Ich habe für dein Wohlergehen geopfert, habe in der Opferquelle deine Schritte überwacht. Jeden Tag, an dem die Sonne aufgeht, verfluche ich, weil du nicht bei mir bist.

Langsam verrann die Zeit. Das Schweigen ragte zwischen ihnen auf wie eine Mauer.

Was war das nur für eine verdammte Nacht.

Ihr Bruder rang um sein Leben. Thor stand nach all diesen Jahren vor ihr und hätte sie offenbar am liebsten umgebracht.

Freya fasste sich an die Stirn. Glühende Messer schnitten durch ihren Kopf. Sie holte zitternd Atem.

»Freyr ist von einem Fluch getroffen worden. Ich konnte ihn noch nicht aufheben«, sagte sie mit heiserer Stimme.

Thor schlug die Arme übereinander. Unter seinem Hass sah sie das Misstrauen aufleuchten.

»Wer hat das getan?«

»Ich werde morgen nach Antworten suchen«, sagte sie stolz.

Die Kiefermuskeln bewegten sich unter seiner glatt rasierten Haut. Er hatte neue Tätowierungen auf seinen Armen. Die Muskeln spielten. Sie hatte vergessen, wie stark er war. Und wie weich die Haare auf seiner Brust unter ihren Fingern.

»Die Krankheit hat uns hart getroffen und wenn jemand sie geschickt hat, dann richtet sich das gegen uns alle. Kannst du helfen?«, fragte Thor.

»Ich kann alles, was ich will«, sagte sie würdevoll und riss ihre Blicke von seinem Leib los.

Er nickte und grinste dann verlegen, als falle es ihm schwer, das Nächste laut zu sagen.

»Gut, denn ich brauche deine Hilfe.«

Eine Narbe leuchtete weiß auf seiner Wange. Sie hätte gern gewusst, woher er die hatte, aus welchem Kampf.

»Na?«

Thor spuckte aus, als müsse er sich eines giftigen Bissens entledigen. Freya legte den Kopf schräg und versuchte, ihn mit Blicken zu besänftigen.

»Komm morgen zu mir, wenn die Sonne am höchsten steht.«

»Ist das ein Versprechen, das du halten wirst, oder hast du wieder vor, zu verschwinden?«

Was sollte das denn nun? Er sah vielleicht aus wie ein Krieger, aber er hörte sich an wie ein übellauniges altes Weib.

»Such dir andere Hilfe, wenn dir das nicht passt«, sagte sie kurz.

Er lachte bitter.

»Du würdest doch lieber Freyr umbringen, als meinem Volk zu helfen.«

Jetzt reichte es. Freyas Wut ließ ihren Kopf dröhnen. Sie packte ihren Stab, sammelte Kraft. Die Mächte der Finsternis fegten über Alfheim. Welcher Wahnsinn hatte in dieser Nacht die Gemüter der Männer verdunkelt? Alle suchten Streit mit ihr! Aber bei der Göttin – sie würde es ihnen allen zeigen!

»Ich hege keinen Groll gegen dich, Thor, Sohn des Odin. Bisher habe ich in aller Freundschaft mit dir gesprochen, aber noch ein Wort, und ich verbrenne dich zu Asche«, fauchte Freya.

Thor hob Mjölnir, trat dicht an sie heran und starrte wütend auf sie hinunter. Freya nahm den Geruch von Met und Schweiß wahr.

»Die Zeit, in der du mich mit deinen falschen Drohungen bezwingen konntest, ist vorbei«, schrie er.

Freya lachte und kniff die Augen zusammen.

»Dann schlag mich doch einfach tot. Aber ich schwöre dir hier und heute, dass mein Geist dich nie in Ruhe lassen wird. Ich werde dich heimsuchen, bis du dich in deiner Verzweiflung umbringst«, fauchte sie und ließ ihn stehen.

Als ob dein Geist jemals aufgehört hätte, mich zu quälen, dachte Thor.

Er steckte den Hammer wieder in seinen Gürtel. Sah, wie sie über den leeren Hofplatz lief. Was war er doch für ein Narr, dass er geglaubt hatte, mit ihr reden zu können. Er hatte geglaubt, seine Wut im Griff zu haben, aber ein Blick hatte gereicht, und schon hatte der alte Hass seine Worte gelenkt.

Thor fluchte in Gedanken.

Freya verschwand im Langhaus, hocherhobenen Hauptes und unbezwinglich. Ihr Anblick schmerzte wie eine alte Wunde.

Er bat Tiwaz um Stärke, dann spuckte er wütend in den Staub.

Verdammte schöne Hexe. Sie trieb ihn zum Wahnsinn.

3

Mjölnir in Thors Hand war wie ein Gewittersturm. Die Blitze des Hammers spalteten die Köpfe der Göten, ließen sie schreiend auf den brennenden Boden sinken. Thor brüllte in seinem Siegesrausch. Der Kampfeswahn brachte sein Blut zum Kochen, machte ihn unüberwindlich.

Ein Feind kam mit erhobenem Schwert auf ihn zugestürzt. Thors Schritte waren langsamer, doch er schlug blitzschnell zu. Mjölnir lag ruhig in seiner Hand. Er traf das Rückgrat des Göten. Krachend zerbrachen die Wirbel, der Feind ging zu Boden. Im selben Moment wurde Thors Rücken von einem Schlag getroffen.

Kraftlos sank er auf das Schlachtfeld.

Todesvögel flogen über den Himmel. Sie verfinsterten die Sonne, ließen alles schwarz werden.

Der Göte hob sein Schwert, Rausch und Triumph ließen seine Augen leuchten. Hoch, er musste auf die Beine kommen. Thor kämpfte mit seinem widerstrebenden Körper, versuchte sich auf die Füße zu zwingen, aber die Vögel ließen sich auf seinen Schultern nieder, ließen ihn schwer werden.

Dann löste das Schlachtfeld sich auf. Dunkelheit umschloss ihn sanft.

Alles war still, nur sein keuchender Atem war noch zu hören. Das hier ist nicht wirklich, dachte Thor. Das ist ein Traum.

Stumme Männer gingen durch das Grenzland zwischen Leben und Tod. Ihre Schritte hallten rhythmisch im Nebel wider. Thor empfand achtungsvolle Trauer.

Erik Langbogen, Ruge, Blutaxt, Tvorg – alle, die an seiner Seite gefallen waren. Sie sahen ihn nicht. Stumm und verbissen zogen sie an ihm vorüber. Eine Ewigkeit kam und ging. Die Reihen aus stummen Männern setzten sich unendlich fort.

»Trinkt ihr in Tiwazens Halle, werdet ihr dort von wunderschönen Frauen bedient?«

Sein Ruf verhallte ungehört. Gleich darauf waren sie verschwunden. Doch nun nahm in den Schatten eine vertraute Gestalt Form an. Jorunn, seine Mutter. Ihr Mund bewegte sich stumm. Thor streckte die Hand nach ihr aus, versuchte sie zu erreichen, aber sie glitt hinaus in die Dunkelheit.

»Bleib doch!«

Die Zeit lief rückwärts. Odin hob seinen Speer und schlug damit immer wieder auf den leblosen Leib der Mutter ein. Ihr Blut mischte sich mit dem Schlamm auf dem Hof. Bei jedem Schlag erbebte ihr Körper.

Thor schrie seinen Vater an, flehte ihn an aufzuhören. Er versuchte zu Jorunn zu stürzen, um ihr Leben zu retten, aber irgendwer hielt ihn zurück.

Plötzlich war Thor derjenige, der seine Mutter mit dem Speer schlug. Wieder und wieder. Jorunn musste sterben. Der Regen prasselte herab, das Gewitter zerfetzte den Himmel. Seine toten Männer traten aus den Schatten hervor. Sie lachten über Thors Mutter. Schlugen einander in den Rücken. Dann waren die Priesterinnen da, die, die er als Jüngling gesehen hatte. Er versuchte, sie beiseite zu stoßen, aber seine Hände glitten durch ihre Nebelkörper. Die Priesterinnen hoben die Arme zum Vollmond und stießen ihre gellenden, entsetzlichen Schreie aus. Schwarze Wesen schwebten vom roten Mond herab. Der Regen verwandelte sich in Blut. Und das Blut schäumte über Thor hinweg, füllte seinen Mund und floss in seinen Hals.

Es drohte, ihn zu ersticken. Thor versuchte, das gerinnende Blut mit den Fingern aus seinem Mund herauszuholen.

Thor fuhr hoch und warf das Fell beiseite. Seine Hand suchte nach Mjölnir. Er schloss die Finger um den kühlen Griff und holte keuchend Atem.

Mochte Tiwaz sich erbarmen. Thor atmete langsam, zwang sich zurück in die Wirklichkeit. Langsam löste der Traum sich auf und stieg zu den Dachbalken hoch. Würde es denn nie ein Ende nehmen? Er schüttelte den Kopf. Sein Körper war in kalten Schweiß gebadet, die Narbe auf seinem Rücken schmerzte.

Er schaute sich um. Eine schwache Glut schwelte noch in der grauen Asche der Feuerstätte. Es war noch nicht Morgen. Aber alles war ruhig.

Thor legte sich wieder hin, noch immer hielt er Mjölnir in der Hand. Er zwang sich, ruhig durchzuatmen, um zur Ruhe zu kommen. Verdammter Traum. Fast hätte er ihn um den Verstand gebracht. Die Männer hatten zum Glück nichts gemerkt. Sie schnarchten laut unter ihren Fellen. Thor lag ganz still da und lauschte, dann streckte er die Hand nach seinem Trinkhorn aus. Es war leer. Wütend ließ er es auf den Boden fallen.

»Ich kann neuen Met holen.«

Thor fuhr zusammen. Bragi lag grinsend auf seinem Fell. Hoffentlich hatte er nichts mitbekommen. Vielleicht hatte Thor geschrien? Es wäre nicht das erste Mal gewesen.

Thor stand auf.

»Ich geh nach draußen.«

Bragi war der Letzte, den er jetzt sehen wollte. Der Junge dichtete Lieder über Thors Großtaten auf dem Schlachtfeld und trug sie auf den Höfen von Idunvallen vor. Die Männer bezeichneten Thor als Helden. Sie glaubten, Tiwaz selbst übernehme beim Kampf seinen Körper. Und deshalb könnten sie auch nicht verlieren, solange Thor sie anführte.

Es stimmte schon, dass Thor sein Volk verteidigt hatte, seit er groß genug gewesen war, um ein Schwert zu halten. Er hatte auf der langen Wanderung nach Idunvallen ja auch keine andere Wahl gehabt. Aber welchen Preis hatte er dafür bezahlen müssen?

Thor räusperte sich und pisste gegen die Wand des Langhauses.

Feuchtigkeit hing in der Luft und es roch faulig. Später an diesem Tag würde es Regen geben.

Thor strich seine Beinkleider gerade und spuckte auf den Boden. Sein Mund schmeckte nach altem Met. Verdammte Freya. Die halbe Nacht hatte er versucht, sie aus seiner Erinnerung fortzutrinken. Sie an Alfhilds Seite sitzen zu sehen, war wie von einem Schwert durchbohrt zu werden. Glücklicherweise war er nicht lange in der Halle geblieben.

Thor schüttelte langsam seinen schmerzenden Kopf. Tiwaz war wahrlich nicht gnädig. Das ganze Unglück der Welt sammelte sich auf Thors Schultern. Schwarze Seuche und Verdammnis, der verschwundene Odin. Und jetzt brauchte er Freyas Hilfe, musste vor ihr kriechen wie ein schwanzloser Narr. Die Einzige, die ihm helfen konnte, war die, zu der er am wenigsten Vertrauen hatte. Es fiel ihm schwer, sich das einzugestehen. Aber diesmal war er immerhin vorbereitet. Er würde nicht auf ihre glattzüngigen Versprechungen hereinfallen. Diesmal würde sie seinen Willen tun müssen.

Die Tür knarrte. Thor fluchte in Gedanken, als Bragi neben ihn trat und sein Morgengeschäft verrichtete.

»Ganz schön viele schöne Frauen hier auf dem Hof«, sagte der Junge, als er fertig war.

»Pass du ja auf deine Stange auf«, sagt Thor.

Probleme mit Alfhild brauchte er nun wirklich nicht auch noch.

»Ich saß gestern neben einem schönen Mädchen. Sie hat Feuerhaare und Augen dunkler als Rans Abgründe.«

Thor erinnerte sich. Das Mädchen hatte ihn angestarrt, als er am Feuer gesessen hatte. Aber nicht mit Lust, wie Frauen das sonst taten, sondern mit Staunen und Angst.

»Sie ist Freyas Tochter und heißt Idun.«

Thors Kopfschmerzen machten sich bemerkbar. Dann aber wurden seine Gedanken klar. Jetzt begriff er, was Bragi da gesagt hatte.

Freyas rothaarige Tochter. Eine Tochter? Seine Tochter! Zehn Söhne hatte er gezeugt, die Hälfte davon war noch am Leben. Aber eine Tochter hatte er nicht. Jedenfalls wusste er von keiner.

Er sah den grinsenden Bragi an.

»Keine schlechte Entdeckung, was?«, fragte der Junge zufrieden.

Thor schüttelte abwehrend den Kopf. Er versuchte, sich zu erinnern, wie viele Sommer seit seiner Trennung von Freya gekommen und gegangen waren.

Freya musste das Kind unter dem Herzen getragen haben, als sie damals aus Idunvallen geflohen war. Nicht genug, dass sie ihr Wort gebrochen hatte, sie hatte ihm auch noch sein Kind genommen. Plötzlich war Thor hellwach. Ihn überkam die Wut. Noch immer wachte Tiwaz über ihm. Und jetzt besaß er die Waffe, die er brauchte.

»Gut gemacht, Junge. Das war gescheit von dir«, sagte Thor und legte Bragi die Hand auf die Schulter.

Der Jüngling reckte stolz den Rücken.

»Die Kleine war sicher hin und weg, als du mit ihr geredet hast. Die Weiber rennen doch wie läufige Hündinnen hinter dir her«, sagte Thor dann.

»Sie kam mir eher vor wie ein geprügelter Hund. Ich glaube, sie war noch nie mit einem Mann zusammen. Aber ich wäre gern der Erste«, sagte Bragi grinsend.

Thor runzelte die Stirn. Was redeten sie hier? Es ging immerhin um seine Tochter.

»Wenn du gestattest«, fügte Bragi eilig hinzu.

»Sie ist ängstlich, sagst du?«

»Ja.«

Thor schaute schweigend in den Nebel. Der Wind hob die grauen Schwaden. Jetzt konnte er den groben Stamm des Sippenbaumes sehen. Die Tür knarrte, ein Junge mit blonden, zerzausten Haaren kam herausgerannt und pisste. Als er fertig war, stürzte er auf seinen nackten Füßen zurück in die warme Halle. Zwei zottige Hunde knurrten einander unten beim Schweinepferch an.

»Ich habe einen Auftrag, den nur du mit deinen schönen Worten und deinem hellen Kopf ausführen kannst. Die anderen sind für solche Dinge nicht geeignet.«

Bragis Augen leuchteten auf.

»Was verlangst du?«

»Dass du Idun umgarnst, so gut du nur kannst. Zwing ihr deinen Willen auf. Schaffst du das wohl?«

»Das ist bereits geschehen«, antwortete der Junge stolz.

»Gut, denn das ist wichtig für mich und für Idunvallen.«

Thor schaute aus zusammengekniffenen Augen die verschwindenden Nebelschwaden an. Jetzt zeichneten sich die Hütten auf der anderen Seite des Hofplatzes vor der Dunkelheit ab.

Seine Tochter. Die Kleine war also von hoher Geburt.

Bei den Wanen galt die Abstammung von der mütterlichen Seite her und wenn Freya die Mutter war, dann war Königin Åse in Vanaheim die Großmutter. Und wenn Gefion nicht erst kürzlich eine Tochter aus sich herausgequetscht hatte, dann war die Kleine die einzige Erbin von Vanaheims Reichtümern. Thor lächelte zufrieden. Das war wirklich nicht schlecht.

Diese tückische Freya, das hatte sie ihm vorenthalten wollen. Aber jetzt hatte Tiwaz ihm diese Möglichkeit zur Rache geschenkt. Er lächelte grimmig. Nicht einmal ihre Göttin würde sie jetzt noch retten können.

Gefion packte Bluthufs zottige Mähne, trieb ihn noch schneller über den schlammigen Pfad. Der Tag war bisher nur eine vage Verheißung im Osten. Gefion erschauderte. Der trostlose Regen stahl sich durch Umhang und Beinkleider. Sie drehte sich um. Die erschöpfte Sigrid klammerte sich an ihr dunkelbraunes Ross.

Hinter ihnen thronte Åses Prachthalle auf der Anhöhe. Darunter drängten sich die Höfe aneinander. Der Weg schlängelte sich vorbei an dem Gewimmel aus Langhäusern, Hütten und Feldern. Die Hallen der Priesterinnen waren auf der anderen Seite der Bucht zu sehen und in der Ferne ahnte sie das schwarze Skelett des im Frühjahr abgebrannten Hofes.

Dieser Anblick gab Gefion Kraft. Sie tat das Richtige. Wenn Göndul noch am Leben gewesen wäre, hätte sie es genauso gemacht, hätte ihr Schicksal in die eigene Hand genommen. Hätte die Macht gefordert, die ihr zustand. Die Erinnerung an ihre Pflegemutter tat

Gefion gut. Gönduls Kraft und Klugheit fehlten ihr so sehr. Aber Göndul war durch die Schwerter der Leute aus Finnmark ums Leben gekommen, als diese die Insel der Quänen überfallen hatten. Vier Schwerter waren vonnöten gewesen, um das Leben der Kriegerkönigin zu beenden. Es war ein würdiges Ende gewesen.

Gönduls Tod hatte die Quäninnen dermaßen erbost, dass sie die Angreifenden ins Wasser getrieben hatten. Und damit war deren Schicksal besiegelt gewesen. Lebende und Tote, alle waren der Meeresgöttin Ran geopfert worden. Angeblich waren hundert von ihnen in Stücke gehauen worden. Kein einziges Leben war verschont geblieben.

Der Strand war vom Blut der Gefallenen rot gefärbt gewesen. Ran, die Trügerische, hatte die Geschenke verschlungen und seit jenem Tag den Quäninnen gute Winde und reiche Beute beim Fischen beschert. Danach hatten sie Hrist zu ihrer neuen Königin gewählt.

Gefion wischte sich den Regen aus den Augen. Ihre Schwestern fehlten ihr so sehr. Seit zwei Sommern hatte keine Quänin mehr Vanaheim besucht, obwohl ihre Insel nur zwei, drei Segeltage weiter östlich gelegen war.

Gefion wusste, warum. Die Quäninnen fühlten sich nicht wohl in Gesellschaft von weichhäutigen Frauen, die gern mit trägen Männern zusammen waren. Während die Quäninnen nach alter Sitte lebten, hatte Vanaheim sich von seinem eigenen Reichtum verderben lassen. Hier gab es jetzt nur noch Intrigen und verblassende Macht.

Aber bald würden die alten Freundschaftsbande neu geknüpft werden. Wenn Gefion erst Königin wäre, würde ihr Volk wieder wie früher in Demut leben. Und dann würden die alten Freundinnen zum Drachenthron zurückkehren. Wenn Snotra sie nicht zur Königin über Vanaheims Küsten und Inseln ernannte, dann würde sie eben einen anderen Weg einschlagen müssen.

Bluthuf wieherte leise, als sie auf einem Hof an einigen Pferden vorüberkamen. Die Tiere drängten sich in ihrem Pferch aneinander und schienen zu schlafen. Ein Schatten huschte über den Hofplatz, eine Magd, die Holz holen wollte. Als sie die Reiterinnen entdeckte, lief sie durch die Dämmerung auf sie zu und schwenkte dabei die Arme.

»Anhalten, ich bitte euch!«

Das Mädchen erreichte Bluthuf und schaute zu Gefion auf. Sie war sichtlich am Ende ihrer Kräfte.

»Ich kann nicht mehr. Hilf mir«, keuchte sie.

Gefion hätte sich erbrechen mögen, als sie das Langhaus betrat. Der süßliche Gestank von Fäulnis und Krankheit trieb ihr die Tränen in die Augen. Sie presste sich ihren Umhang vor die Nase und wartete, bis ihr Magen zur Ruhe gekommen war. Aus der Dunkelheit war gedämpftes Stöhnen und Schluchzen zu hören.

»Das sind alle«, sagte die Magd.

Gefion wartete, bis die andere an der Feuerstätte eine Fackel entzündet hatte, und ging dann zu den Schlafbänken weiter. Urnen, Felle, Stoffstücke und halb abgenagte Knochen lagen auf dem Boden herum. Ein Strohhaufen stank nach Urin.

»Ich schaffe das einfach nicht alles allein«, sagte das Mädchen, wie um Entschuldigung bittend.

»Du tust mehr, als irgendjemand verlangen kann«, sagte Gefion und ging zu den Schlafbänken, während sie sich auf den Anblick der Kranken gefasst machte.

Die lagen bewegungslos unter ihren Fellen. Irgendjemand jammerte leise.

Der Gestank wurde immer schlimmer. Das feuchte Bettstroh dampfte. Gefion blieb vor zwei Kindern stehen. Das Kleinere, ein Mädchen, weinte leise. Sie klammerte sich an ihren älteren Bruder, der leblos dalag und aus leeren Augen zur Decke hochstarrte. Sigrid legte ihm die Hand auf die Stirn und schüttelte den Kopf.

Gefion biss die Zähne zusammen. Der Junge war immerhin erlöst. Das Leiden der Kleinen jedoch tat ihr weh. Sicher würde auch sie nicht mehr lange leben. Ihre mageren Beine ragten unter ihrem schmutzigen Kittel aus dem Bettstroh heraus. Armes Kind. Gefion deckte den dünnen Körper mit einem Schaffell zu.

»Versuch dich auszuruhen«, sagte sie mit belegter Stimme.

Aber die Kleine weinte nur trostlos.

»Hier können wir nichts mehr tun«, flüsterte Sigrid.

Gefion schluckte und ging weiter zur nächsten Bank. Ein Mann und eine Frau schliefen dort nebeneinander. Vielleicht waren sie auch tot. Gefion wusste es nicht genau, und sie wollte es auch nicht wissen. Auf der nächsten Schlafbank lag eine ältere Frau, ihr Körper bebte unter den Fellen. Ihre grauen Lippen bewegten sich lautlos. Erst nach einigen Atemzügen konnte Gefion Yder erkennen, die Besitzerin des Hofes.

Gefion biss die Zähne so fest zusammen, dass es wehtat. Das hier war schlimmer, als durch das Gift der Leichenstrände waten zu müssen. Wie konnte die Göttin ihr Volk mit solchem Leid strafen? Hatten sie denn nicht geopfert und ihr gegeben, was sie begehrte?

Die Magd versuchte, einem halbwüchsigen Jungen Wasser einzuflößen, aber er konnte nicht schlucken. Das Wasser floss ihm über die Wangen. Die Magd ließ die Urne sinken, schaute Gefion hilflos an und schwankte. Sie konnte vor Erschöpfung kaum noch stehen. Gefion nahm ihr die Urne aus den Händen.

»Waren die Priesterinnen schon hier?«

»Ja, sie haben ihre Beschwörungen vorgetragen, haben die Krankheit aus den Beulen genommen und draußen an die Bäume gehängt. Aber niemandem ging es danach besser. Wirklich niemandem.«

Gefion hob den Kopf des Jungen und hielt ihm die Tonurne an die grauen Lippen. Diesmal konnte er etwas Wasser schlucken. Vorsichtig legte sie seinen Kopf auf das Stroh und stellte die Urne daneben.

»Du leistest wirklich schrecklich viel, Kleine.«

Die Magd ließ ihre Blicke von Gefion zu Sigrid wandern.

»Kann mir denn niemand helfen? Die Toten müssen verbrannt werden. Ich kann sie nicht allein tragen und die Nachbarn wollen nicht kommen«, flüsterte sie.

In diesem Moment erwachte Gefions Zorn. Diese verdammten Feiglinge von Vanaheim. Die konnten doch nur Gold zählen und sich einen Wanst anfressen. Und wo waren jene, die die Macht besaßen, diese Krankheit zu heilen? Die Priesterinnen würden ihre Pflicht tun, und wenn sie sie eigenhändig aus ihren warmen Höhlen schleifen müsste.

»Vor Sonnenuntergang wirst du Hilfe erhalten. Das schwöre ich«, erklärte Gefion und verließ die Halle.

»Mögen die Mächte dir beistehen«, flüsterte die kleine Magd.

Aber Gefion war bereits verschwunden.

Freya drückte den Eschenstab auf Freyrs Beule, sodass der gelbe Eiter hervorquoll. Sie schmierte das Holzstück sorgfältig mit dem Eiter ein und legte es dann in die Schale, die Wiborg ihr hinhielt.

Wortlos ging die Priesterin hinaus, um die Stäbe an der Opfertanne zu befestigen. Der Baum hinter dem Langhaus sollte Freyrs Krankheit auf sich nehmen.

»Er sieht schon besser aus«, sagte Alfhild.

Freya streichelte die Haare ihres Bruders.

Er atmete ruhig, seine Stirn war nicht mehr so heiß wie am Vortag. Das Fieber schien ihn zu verlassen. Freya lächelte siegesgewiss. Sie hatte sich sicher geirrt. Der Fluch war gebrochen. Sie hatte nicht versagt. Sie legte die Hand auf Freyrs Wange und streichelte sie sanft.

Die einstige Schönheit ihres Bruders war noch immer zu erkennen, aber niemals würde er wieder so schön sein wie damals, als sie gemeinsam beim Frühlingsopfer der Göttin gehuldigt hatten.

Mann und Frau, Gott und Göttin, Bruder und Schwester.

Freya hob die Hand und versetzte ihm eine schallende Ohrfeige.

Langsam öffnete Freyr die Augen und sah sie hellwach an.

»Du«, flüsterte er und hustete.

Plötzlich stand Njörunn mit einem Becher voll Wasser neben ihnen. Freyr leerte ihn gierig und ließ sich dann wieder auf sein Lager sinken.

»Meine so sehnsüchtig vermisste Schwester«, stöhnte er und lächelte ein wenig.

»Bald bist du wieder gesund«, sagte Freya stolz.

Freyr schüttelte den Kopf.

Sie musterte ihren Bruder überrascht. Begriff er denn nicht, dass er sich auf dem Weg der Besserung befand?

»Auf dir lastete ein Fluch, aber den habe ich vertrieben«, erklärte sie geduldig.

»Gegen Hyndlas Kraft bist du machtlos«, flüsterte er.

Die Priesterinnen in der Hütte tuschelten erregt miteinander. Freya brachte sie mit einem wütenden Blick zum Verstummen. Freyrs Fieber war offenbar höher, als sie geglaubt hatte. Keine andere Priesterin konnte sich mit Freya messen. Wer diese Hyndla auch sein mochte, Freya wollte sie zertreten wie einen Käfer.

»Wo finde ich sie?«

Wieder hustete Freyr. Sie wartete ungeduldig, bis sein Atem sich wieder beruhigt hatte.

»Du bist jetzt in Alfheim. Ich werde dieser Hyndla im Zauber gegenübertreten. Ich werde sie aus deinem Körper vertreiben.« Sie beugte sich vor und nahm sein verschwitztes Gesicht in ihre Hände.

»Nein!«

Freyr klammerte sich an ihre Hände und drückte sie so hart, dass Freyas Finger wehtaten.

»Such keinen Streit. Nicht jetzt. Noch nicht.«

Freya lächelte beruhigend. Der Arme, er hatte keine Ahnung, wie mächtig sie inzwischen geworden war.

Und obwohl er krank war, versuchte er, ihr Kraft und Rat zu geben.

»Die Asen sind verflucht, du darfst ihnen nicht beistehen«, keuchte Freyr und schloss die Augen.

Warum sollte sie sich dafür interessieren, was aus Idunvallen wurde? Sicher redete er im Fieberwahn.

Freya schmiegte ihr Gesicht an seinen Hals, er stank nach Eiter und Krankheit.

»Niemals werde ich dich kampflos gehen lassen. Beim Alfenopfer wirst du wieder gesund sein. Das verspreche ich dir«, flüsterte sie ihm ins Ohr.

Königin Alfhild hatte genug gehört und gesehen. Als ob es nicht reichte, dass die Asen Freyr mit seiner schwarzen Seuche hergeschleppt hatten. Jetzt hatte er auch noch einen Fluch mitgebracht.

»Was ist das für ein Finsterweib?«, fragte sie und warf sich den Umhang über die Schultern.

Freya erhob sich und schüttelte langsam den Kopf.

»Ich weiß es noch nicht. Aber bald wird sie meine Kraft kennen lernen«, sagte sie und drehte sich zu Wiborg um.

»Ruf die Priesterinnen zusammen. Wir werden für Freyr einen weißen Hengst opfern.«

Wiborg machte große Augen, senkte aber nur schweigend und demütig den Kopf. Alfhild verließ die Hütte und trat hinaus in den blaugrauen Tag. Freya folgte ihr und trat schweigend neben die Königin. Sie spürte deren unterdrückten Zorn.

»Er hat dich vor einem Kampf gewarnt«, sagte Alfhild.

Freya wandte langsam den Kopf. Ihre Wut war verflogen. Jetzt waren ihre grünen Augen ganz und gar gefühllos.

»Mit diesen Dingen kenne ich mich besser aus als du, Königin.«

»Ich will nur dein Bestes, Verwandte«, erwiderte Alfhild und verbarg ihren Zorn über diese Respektlosigkeit.

Denn wenn Freya im Kampf gegen diese andere Priesterin unterlag, dann würden abermals die Kräfte der Finsternis über Alfheim hereinbrechen. Davor fürchteten sie sich alle, weshalb Freya auch solche Macht über sie besaß.

»Freyrs Worte waren durch seine Krankheit verdüstert. Mir kann niemand etwas anhaben«, sagte Freya.

Alfhild schaute über den Hofplatz. Svea und einige andere Kinder spielten neben den Holzstapeln. Sigvards Männer kamen mit ledernen Wasserschläuchen auf das Haus zu. In der Kochgrube dampfte bereits die rote Glut. An diesem Abend sollte den Gästen das Beste aufgetischt werden, was das Haus überhaupt bieten konnte.

Verdammte Asen. Auch die waren ein Grund zur Sorge. Freyr

hatte sie als verflucht bezeichnet. Aber ohne die Schwerter der Asen würden die Wanen Gorm allein gegenüberstehen. Und damit noch nicht genug.

»Einer von Sigvards Männern hat gestern Abend, als er zum Pissen draußen war, in der Dunkelheit die Asen belauscht. Odin ist bei Gorm«, sagte Alfhild zornig.

Freyas Augen funkelten auf.

»Diese tückischen Schweine, da kommen sie mit Freyr zu meiner Halle gekrochen und winseln um Hilfe. Und zugleich plant ihr schlappschwänziger König Vanaheims Untergang.«

»Die Asen werden sich gegen Gorm wenden«, sagte Freya.

Alfhild seufzte besorgt.

»Wie soll das möglich sein?«

Ein leichtes Lächeln spielte in den Mundwinkeln der Priesterin.

»Da kann ich dir behilflich sein.«

Idun wusch sich im Bach. Das kalte Wasser vertrieb die letzten Reste des Schlafs. Sie fühlte sich seltsam wach. An diesem Tag war alles ganz anders. Noch nie hatte sie gesehen, wie schön die Bäume waren oder wie der graue Himmel schimmerte. Hatte am Abend zuvor doch wirklich Bragi neben ihr gesessen – und sich in ihrer Gesellschaft wohl gefühlt!

»Ich hoffe, dass er mich mag«, sagte sie zu Sot.

Aber die Priesterin murmelte nur vage etwas vor sich hin, hob ihr Gewand und stieg ins Wasser. Idun musterte ihre Freundin traurig. Sonst hatte sie nachts wach gelegen und Sots Erzählungen über die Jünglinge gelauscht, die an ihr Herz gerührt hatten. Und nun war es einmal umgekehrt. Warum wollte Sot ihr jetzt nicht zuhören?

Aber die hatte ihre ganzen Verehrer wohl inzwischen satt. Sie hatte es auch nicht leicht gehabt mit den vielen Bewunderern, die um ihre Aufmerksamkeit kämpften. Noch dazu musste Sot im Namen der Göttin viele heilige Pflichten ausführen. In der letzten Nacht hatte sie neben dem kranken Freyr gesessen, und das war bestimmt anstrengend gewesen.

Idun trocknete sich mit ihrem Umhang ab und zog ihre Lederschuhe an. Eine Haarsträhne hatte sich aus ihrem Zopf gelöst und sie stopfte sie sorgfältig wieder zurück. Jetzt würde sie ordentlich aussehen, wenn ihr Bragi über den Weg liefe.

Das jubelnde Gefühl in ihrer Brust stellte sich wieder ein. Ihr Körper wurde warm, wenn sie nur seinen Namen dachte. Und wenn Bragi sie nun auch mochte, vielleicht sogar verliebt in sie war? Wahnsinnsgedanken und Eitelkeit. Aber sie musste einfach davon träumen, und sei es nur für einen kurzen Moment.

Sot bückte sich und wusch sich im plätschernden Wasser.

»Sag, was meinst du? Mag er mich?«, rief Idun.

Sot starrte sie an, während das Wasser über ihr Gesicht strömte.

»Wie kannst du nur so dumm sein? Begreifst du denn nicht, dass er dich nur bespringen will? Du bist ihm doch egal.«

Iduns Freude erhielt einen Dämpfer. Das konnte nicht sein. Bragi war so lieb.

»Er hat gestern Abend an der Feuerstätte meine Hand gehalten«, sagte sie und ärgerte sich darüber, wie jämmerlich ihre Stimme klang.

Sot schüttelte ungläubig den Kopf.

»Er gehört zu den Asen! Die sperren die Frauen ein und zwingen sie, sich zu Tode zu arbeiten. Weißt du nicht mehr, was meine Mutter erzählt hat? Sie war dort als Leibeigene! Sie weiß, wie sie leben. Kein Ase ehrt die Göttin.«

Idun sah schweigend zu, wie Sot aus dem Bach stieg. Warum war Sot so böse? Sie musste schrecklich müde sein, dann war sie immer so. Bragi war doch ein Held.

»Er hat vom Krieg gegen Gorm erzählt. Sie haben uns gegen unsere Feinde verteidigt«, sagte sie zaghaft.

Sot ließ ihren Umhang sinken, plötzlich sah sie tatsächlich müde aus.

»Dumme Kleine. Warum sollte er sich aus einer Halle voller schöner Frauen gerade dich aussuchen? Wach doch aus deinen Träumen auf!«

Idun hatte das Gefühl, als hätte ihr jemand in den Bauch geschlagen. Ihr traten die Tränen in die Augen, aber sie zwang sie zurück, sie wollte nicht weinen, jetzt nicht. Sot kehrte ihr den Rücken zu und zog ihre Schuhe an.

Idun ließ sie ohne ein Wort stehen. Sie ging in den Wald. Sot hatte Recht. Sie schwang sich den Umhang um die Schultern und schaute traurig zu den Baumwipfeln empor. Sie hatte sich alles eingebildet, es war nur ein Trugbild gewesen. Sot war nicht gehässig, sie war aufrichtig. Ehrlichkeit war kostbar, auch wenn sie wehtat.

Bragi war ein hoffnungsloser Traum. Kein Mann würde Idun jemals begehren.

In jedem Herbst und jedem Frühling stand sie in ihrem schönsten Gewand einsam bei den Opferfesten. Nicht einmal die Alten und Hässlichen wollten sie. Die Männer umwarben die schönen, furchtlosen Mädchen, die lachend um das Feuer tanzten. Sie wollten keinen stummen Spatz wie Idun. Das wusste sie inzwischen, und es machte ihr nichts aus. Die Göttin schenkte jedem Menschen sein eigenes Lebensgewebe. Die einen waren schön und bunt, die anderen grau und alltäglich wie ein Arbeitskittel. Wie Idun eben.

Sie blieb bei einer Bluteiche stehen und ließ die Hand über den glatten Stamm wandern. Wenn sie nur ein wenig Freude schenken könnte, würde sie froh und zufrieden sein. Aber sogar das misslang ihr. Wie damals, als sie zur Prüfung der Priesterinnen angetreten war. Idun schluckte, schlang sich die Arme um den Leib. Es war eine schreckliche Schande gewesen, dass sie ihre Mutter mit ihren Tränen beschämt hatte.

Sie hatte das nicht gewollt, hatte versucht, dagegen anzukämpfen, aber die Finsternis machte ihr Angst. Als sie später dann um Verzeihung bat, hatte Freya sich abgewandt, wollte nichts hören. Die arme Mutter, sicher war es hart für eine so mächtige Priesterin, eine Tochter zu haben, die nicht sehend war. Wenn nur Hnoss noch da wäre. Dann hätte Freya eine Tochter, die ihren Umhang umlegen könnte, eine, die das verstehen würde, was sie ihr beizubringen versuchte.

Aber Hnoss hatte nur neun Sommer gelebt.

Trauer ballte sich in Iduns Brust zusammen. Sie ging mit raschen

Schritten durch den Wald, um den Schmerz hinter sich zu lassen. Die Erinnerung an ihre kleine Schwester war noch immer wie eine offene Wunde in ihrem Herzen. Aber nicht nur Idun litt unter dem Tod ihrer Schwester.

Sie sah ihre Mutter vor sich, bei einem der seltenen Male, wo sie allein an der Feuerstätte gesessen hatten. Freya erzählte, dass Hnoss schon als Kind Gesichte gehabt hatte. Dabei war Freyas verspannter Mund weich geworden und ihre Augen hatten sich mit Leben gefüllt. Und deshalb wusste Idun, wie sehr Freya litt.

Sie blieb stehen, zog den Schuh hoch, der ihr fast vom Fuß gerutscht wäre.

Damals hätte Idun gern ihr Leben gegen das von Hnoss getauscht. Aber nicht einmal dieses Geschenk konnte sie ihrer Mutter machen. Hnoss war verschwunden und Freyas Schoß unfruchtbar. Es gab nur noch Idun, die Schwache, die nicht sehend war.

Damals war ihr Traum von einem eigenen Hof und vielen Töchtern geboren worden. Freyas Gabe sollte vererbt werden. Und dann würde sie froh sein und Idun endlich lieben.

Idun lächelte traurig. Sie sehnte sich so sehr danach, ihr eigenes Kind in den Armen zu halten, zu sehen, wie die Kleine ihre weichen Arme bewegte.

Sie seufzte und schaute sich zwischen den Bäumen um. Der breite Weg führte weiter oben am Hang entlang. Langsam ging sie weiter.

Nichts von dem, was sie sich wünschte, schien einzutreffen. Nicht einmal die Alfenpriester suchten ihre Gesellschaft. Sie wusste, dass sie sich ein Herz fassen, sich einen aussuchen, vortreten und ihm die Hand aufs Herz legen müsste. So einfach war das schließlich. Sie hatte es schon oft gesehen.

Aber sie traute sich nicht. Wenn der Mann sie dann ablehnte? Dass ein Alfenpriester sich von ihrer Hässlichkeit abwandte, wäre mehr, als sie ertragen könnte. Trotzdem beschloss sie, es zu versuchen. Beim Alfenopferfest würde sie sich Mut antrinken und dann den schlichtesten aller Männer aussuchen. Doch schon bei dieser Vorstellung krampfte ihr Magen sich angstvoll zusammen.

»Welch strahlende Göttin erleuchtet den Wald mit ihrer Schönheit?«

Diese Stimme! War er denn wirklich? Idun blieb überrascht stehen. Bragi stand mitten auf dem Weg und lächelte auf seine wunderbare Weise. Sein Mantel hing kess über seiner einen Schulter, seine Hand ruhte mannhaft auf dem Schwertknauf.

»Ich habe dich gesucht.«

Plötzlich war Iduns Freude verflogen. Sots Worte hallten in ihrem Kopf wider. Warum spielte er mit ihr? Machte es ihm Freude, sich über eine magere Jammergestalt wie sie lustig zu machen? Begriff er nicht, wie weh ihr das tat? Aber so dumm war sie ja nicht. Jetzt nicht mehr. Ihr Traumgewebe war zerrissen. Wortlos starrte Idun den Boden an.

»Bist du mir böse? Sag mir, womit ich deinen Zorn erregt habe!«

Er stand jetzt vor ihr, die Luft erfüllte sich mit seinem herben Duft. Ein Finger unter ihrem Kinn zwang sie, aufzuschauen. Sie wich aus.

»Zerstöre doch deine Schönheit nicht durch Schwermut!«

Seine Stimme war sanft wie eine Liebkosung.

Idun rang nach Atem. Sie wünschte von ganzem Herzen, dass er die Wahrheit spräche. Aber das tat er nicht. Sie würde sich nicht zum Gespött machen und ihn damit prahlen lassen, wie leicht sie zu überreden gewesen war.

Sie starrte die braunschwarzen Blätter an. Wich seinem fragenden Blick aus.

»Ich gehe erst, wenn du mir gesagt hast, warum du mich heute verabscheust«, sagte Bragi.

Er hatte Recht. Sie musste die Wahrheit sagen. Idun riss sich zusammen, hob den Kopf, wich seinem Blick aber aus.

»Ich weiß, dass du mich nicht schön findest, also lass mich in Ruhe«, sagte sie wütend.

Bragi stemmte verwundert die Hände in die Seiten.

»Was ist das denn für ein Irrsinn? Habe ich nicht deiner Schönheit gehuldigt, seit ich dich an der Feuerstätte gesehen habe?«

Erst jetzt erwiderte Idun seinen Blick.

»Das meinst du nicht ernst. Geh.«

Das zu sagen, kostete sie all ihre Kraft. Jeder Teil ihres Körpers schrie nach seiner Nähe.

»Niemals«, widersprach Bragi mit lauter Stimme. »Und niemand soll mir sagen, was ich meine. Du und nicht schön? Solchen Unsinn habe ich noch nie gehört.«

»Aber ...«

Mehr konnte sie nicht sagen, denn nun legte Bragi seine Arme um sie und zog sie an sich.

Idun hielt den Atem an. Seine Hände streichelten ihren Rücken und sie bebte vor Wohlbehagen. Sie konnte sich ihm nicht widersetzen, jetzt nicht.

Sie schloss die Augen, fühlte sich bei ihm geborgen. Sie nahm seinen herben Duft nach Mann und Leder in sich auf. Wenn das nur immer so sein könnte. Bragi strich ihr eine Haarsträhne von der Wange.

Sein Blick war fragend und voller Wärme. Wenn sie sich nun geirrt hatte? Wenn sie wirklich sein Herz berührt hatte!

»Erzähl mir, welche Bosheit dir heute Morgen widerfahren ist«

Die Lederbrünne war kühl unter ihren Armen. Der Dolch lag an ihrer Hüfte, aber sie wagte nicht, sich zu bewegen. Nicht jetzt, wo ihr Körper wie Wasser durch seine Arme floss. Sie konnte sich doch einen Moment mit ihm gönnen. So tun, als sei das alles die Wahrheit, als fühle er sich wirklich zu ihr hingezogen. Vielleicht hatte die Göttin ihn gesandt, um ihr die ersehnten Kinder zu schenken. Das wäre doch immerhin möglich. Idun schaute zu Bragi hoch, Freudenschauer rieselten durch ihren Körper. Die Wege der Mächte waren unergründlich.

»Das spielt keine Rolle«, flüsterte sie.

»Bestimmt nicht?«

Sie schüttelte den Kopf. Bragis Gesicht öffnete sich zu einem Lächeln. Wieder strömte die Freude wie flüssiges Gold durch Iduns Körper. Der graue, dunkle Wald gewann neues Leben, alles strahlte vor Licht und Schönheit. Der Weg war leer, bis auf einen Vogel, der einen Strauch rascheln ließ. Vom Hof her waren Stimmen zu hören. In der Ferne bellte ein Hund.

»Komm!«

Seine Hand schloss sich warm um ihre. Idun ging schweigend neben ihm her, fort vom Hof, hinein in den schützenden Wald. Unter einer mächtigen Eiche blieben sie stehen.

Bragi breitete seinen Umhang auf dem Boden aus und Idun zögerte einen Moment, bevor sie sich auf dem kostbaren Stoff niederließ. Dabei kam sie sich vor wie eine Königin.

»Ich habe dich die ganze Nacht immer wieder vor Augen gehabt«, sagte Bragi und nahm seinen Gürtel ab. Vorsichtig legte er ihn ins Gras, dann ließ er sich neben Idun gleiten.

Idun starrte seine blonden Haare an, die sich auf seiner Stirn lockten, und war von seiner Schönheit wie geblendet. Wenn das doch nur die Wahrheit wäre, dachte sie.

»Ich habe auch an dich gedacht«, konnte sie herausbringen.

Bragis Gesicht öffnete sich zu seinem überirdisch schönen Lächeln, dann wurde er wieder ernst.

»Das ist so wichtig für mich. Ich habe mein Leben Tiwaz geweiht, meine Zeit auf Erden wird mir von meinem Gott geschenkt. Nur im Kampf kann ich seinen Namen ehren. Es ist ein ruhmreiches Leben, aber auch ein sehr einsames«, sagte er ernst.

Als Idun das hörte, empfand sie tiefes Mitleid. Dass er so gefährlich lebte! Die bloße Vorstellung, er könnte ums Leben kommen, war unerträglich. Wenn sie nur seine Qualen lindern, ihm ein wenig Freude schenken könnte.

»Aber ich will mich nicht beklagen«, sagte Bragi und legte die Hand auf sein Schwert.

»Ich bin bereit, im Kampf gegen den Feind zu sterben.«

Er sah traurig und doch entschlossen aus. Idun spürte, wie die Tränen unter ihren Augenlidern brannten. Wieso klagte sie, wo sie doch geborgen in ihrem Reichtum leben durfte? Ihre Sorgen waren klein und erbärmlich im Vergleich zu Bragis großartigem Kampf.

»Gibt es denn keine Freude in deinem Leben?«, flüsterte sie.

Er zuckte mit den Schultern.

»Ich habe auf Idunvallen einen Hof mit achtzehn Rindern und zwölf Schweinen. In dieser Hinsicht geht es mir gut. Drei Leibeigene habe ich erbeutet, und jetzt dienen sie mir.«

Idun starrte Bragi überrascht an. Er musste sehr reich sein, so jung, und schon mit eigenem Hof! Wenn sie doch bloß zusammenleben könnten. Sie würde ihr ganzes Leben der Aufgabe widmen, ihm Freude und Fürsorge zu schenken.

Idun schaute in den grauen Himmel und strich ihr Gewand gerade. Sie durfte keine Angst haben, jetzt nicht. Wenn sie diese Frage nicht stellte, würde sie niemals eine Antwort erhalten.

»Hast du eine Frau, die mit dir lebt?«, fragte sie mit leiser Stimme und wurde rot.

Bragi schaute ihr ernst in die Augen. Idun biss sich auf die Lippe und wartete auf die unvermeidliche Antwort.

»Ich habe nie eine taugliche Hausfrau finden können.«

Er verstummte und für einen Moment schien er sich fast zu fürchten. Idun hielt den Atem an, sie wagte nicht zu hoffen. Dann holte er tief Luft und fügte hinzu:

»Bis ich dich hier auf dem Hof an der Feuerstätte gesehen habe. Die Mächte sollen mich mit Stummheit schlagen, wenn ich lüge. Ich möchte dich auf meinen Hof mitnehmen.«

Idun brachte kein Wort heraus. Die Freude schien sie zu zerreißen. Sicher hatte sie sich verhört. Oder er log sie an, lockte herzlos mit dem, wonach sie sich am meisten sehnte. Sagten doch alle, auf die Asen sei kein Verlass.

Sie sah ihn flehend an. Spürte, wie ihre Brust sich vor Sehnsucht zusammenkrampfte.

»Blende mich nicht mit Lügen«, flehte sie.

Bragi nahm ihre Hand und drückte sie. Er lächelte unsicher.

»Ich lüge dich nicht an. Ich habe den ganzen Morgen Mut gesammelt, um dir diese Frage stellen zu können«, sagte er und legte den Kopf schräg.

Idun schloss die Augen. Sie wagte nicht, seinen Worten zu glauben.

»Du willst nicht, das verstehe ich ja. Warum solltest du einem einfachen Mann aus der Sippe der Asen folgen?«

Seine Stimme klang leise und gequält. Idun öffnete die Augen. Bragi ließ ihre Hand los und erhob sich.

»Ich bitte um Verzeihung«, sagte er steif.

Er nahm sein Schwert und ging mit langen Schritten über den Weg davon.

»Warte!«

Idun sprang auf, ihre Knie zitterten.

»Du irrst dich«, rief sie schnell.

Er blieb stehen, drehte sich langsam um. Wartete. Idun presste ihre zitternden Hände auf ihren Rock.

»Ich wage nur nicht zu glauben, dass das die Wahrheit ist«, schluchzte sie und schlug die Hände vors Gesicht, um ihre Tränen zu verbergen. Bragi stürzte auf sie zu und nahm sie behutsam in die Arme.

»Glaubst du, ich lüge?«

Seine Stimme war erfüllt von ehrlicher Verwunderung.

»Wie kann eine Frau von so hoher Geburt wie du, dermaßen gesegnet mit Reichtum und Schönheit, daran zweifeln, dass sie der Traum eines schlichten Asenkriegers ist?«

Idun weinte an Bragis Schulter. Er meinte es ernst. Er wollte sie. Es stimmte. Pures Glück strömte durch ihren Körper.

Bragi gab ihr einen sanften Kuss.

»Komm, wir setzen uns, wir haben viel zu besprechen«, sagte er dann.

Idun wischte sich die Tränen ab und lächelte.

Gefion peitschte Bluthufs Hals, um das Pferd zum schnellen Galopp zu bewegen. Sie sprengten an einer alten Hütte am Wegesrand vorbei. Das Dach war eingestürzt, verfaulende Zweige ragten in den dunkelgrauen Himmel. Überall waren überwucherte Felder und Reisighaufen zu sehen. Verfall und Fäulnis.

Sie ritt zu den beiden auf der Anhöhe gelegenen Langhäusern. Die Priesterinnen lebten vom Reichtum, der Gefions Mutter gehörte, sie hatten geschworen, den Menschen von Vanaheim zu dienen. Trotzdem saßen sie müßig im Warmen. Abermals schlug Gefion mit der Peitsche auf ihr schweißnasses Tier ein. Das Pferd jagte auf den schlammigen Hofplatz.

»Snotra!«

Gefions Ruf hallte zwischen den beiden Langhäusern wider. Das Strohdach war von Gras überwuchert, der Zaun halb eingestürzt. Die Gärten waren leer.

Ein Blatt fiel langsam vom Sippenbaum in den Schlamm. Sigrid band ihr Pferd an.

»Man sollte glauben, dass sie unseren Besuch vorausgesehen haben.«

»Auf jeden Fall werden sie ihn jetzt bemerken.«

Sie lief auf die Halle zu und riss die Tür auf.

»Aufgestanden. Eure Königin ist da«, rief sie wütend.

Vanaheims Hohepriesterin nahm an der Feuerstätte ihre Morgengrütze zu sich. Sie war wohl gerade erst erwacht, denn ihre weißen Haare hingen ihr noch ungeflochten auf die Schultern.

»Hier sitzt ihr also in schönster Ruhe, ich muss schon sagen«, erklärte Gefion und sah die Priesterinnen an, die überrascht aufsprangen. Faule Weiber!

»Was soll das? Hüte deine Zunge oder geh«, sagte die Hohepriesterin und schob sich eine Hand voll Brei in den Mund. Sie würde nicht gehorchen. Diese verdammte Hündin, dachte Gefion.

»Wie kannst du es wagen, hier zu sitzen, während die Menschen von Vanaheim sterben?«, brüllte sie.

»Du kommst also wegen der schwarzen Seuche«, sagte Snotra und kaute langsam weiter.

Gefion sah alles nur noch durch einen blutroten Schleier. Hohepriesterin hin oder her, sie wollte sich Respekt verschaffen.

»Sprich endlich!«

Snotra trank aus einer Tonkanne und murmelte etwas Unverständliches. Gefion sah die Kranken im Langhaus vor sich.

»Uns sind die Hände gebunden«, teilte Snotra endlich mit.

»Wie meinst du das?«

Langsam erhob Snotra sich. Ihre rot unterlaufenen Augen glänzten bedrohlich.

»Die schwarze Seuche ist die Strafe für Vanaheims Sünden.«

»Welche Sünden?«

Snotra schnaubte verächtlich.

»Du weißt genau, was ich meine.«

Gefion schaute sich verlegen im Saal um. Die Priesterinnen versuchten eifrig, ihre Zustimmung zu zeigen.

»Nein.«

»Es ist wieder über uns gekommen, die Krankheit ist die Strafe«, knurrte Snotra.

»Die Strafe wofür denn? Was haben die Kinder getan, die auf ihren Schlafbänken dahinsiechen? Womit könnten Yder und ihre Töchter den Tod verdient haben, wo sie euch doch immer ihre besten Kühe geschenkt und der Göttin freudig und eifrig gedient hat? Wie kann mein Volk die Mächte so verärgert haben, dass es verdient, von der schwarzen Seuche dahingerafft zu werden?«

Gefion trat dicht an die Hohepriesterin heran. Sie hätte die Alte umbringen können.

Snotra klammerte sich an ihrem Stab fest und hielt ihn wie einen Schild vor sich hin.

»Du hast die schwarze Seuche über dein Volk gebracht. Du hast die Göttin beleidigt!«

Die Hohepriesterin spuckte diese Worte aus. Gefion brachte kein Wort heraus. Die Alte hatte offenbar den Verstand verloren.

»Du lügst«, konnte sie dann endlich sagen.

Snotras dünne Gestalt verlor ihre gebrechliche, schwache Haltung. Gefion wich einige Schritte zurück. Vanaheims Hohepriesterin wuchs in der Dunkelheit, ihr Stab glühte bedrohlich, als sie ihn auf Sigrid richtete.

»Alles kommt von der Bosheit, die du an deinem Busen nährst. Sie hat deinen Schoß verflucht, hat ihn leer und unfruchtbar gemacht. Wer bist du, dass du es wagst, den Frieden in unserer heiligen Halle zu brechen, wo du doch selbst Vanaheim in den Untergang treibst!«

Snotras Stimme war ein dumpfes Dröhnen.

Ihre Worte ließen Gefions Zorn erneut auflodern. Sie hatte diese Priesterinnen mit ihren ungerechten Urteilen und ihrem geheuchelten Wohlwollen einfach satt.

»Hüte dich. Du stehst Vanaheims Königin gegenüber!«

Gefions Stimme klang wie das Knurren eines wilden Tieres.

»Du wirst niemals Königin. Nicht, solange ich lebe.«

Snotra warf den Kopf in den Nacken und lachte schrill und heiser. Dieses Geräusch traf Gefion wie ein Messerstich, es durchschnitt ihren letzten Rest an Vernunft. Sie sah die kranken Kinder vor sich. Nahm den Gestank ihrer Beulen wahr.

»Schweig!«

Aber Snotra wollte nicht aufhören. Ihr grelles Lachen triefte vor Verachtung.

Die alte Vettel musste aufhören. Sie musste jetzt den Mund halten.

Gefion zückte ihren Dolch. Hohepriesterin hin oder her, jetzt sollte Snotra lernen, Vanaheims angehender Königin Respekt zu erweisen.

»Ich warne dich«, brüllte Gefion.

Snotras Gesicht wurde vor Hass verzerrt, sie beugte sich vor.

»Glaubst du, ich fürchte mich vor dir, du unfruchtbare kleine Busenleckerin!«

Der Wahnsinn schlug über Gefion zusammen.

Sie bohrte ihren Dolch in die Hohepriesterin, weich glitt er zwischen die Rippen der Alten.

Snotra schwankte. Ein feuchtes Röcheln entrang sich ihren dünnen Lippen. Dann fiel sie mit dumpfem Aufschlag rückwärts auf den Boden. Ihr blaues Gewand wurde vom Blut langsam dunkel gefärbt.

Ruhe. Endlich herrschte Ruhe.

Die Rachedisen schrien in Gefions Kopf. Sie erfüllten sie mit wilder Blutrunst.

Sie setzte sich rittlings auf Snotra, zog den Dolch aus der Toten heraus und bohrte ihn wieder und wieder in den alten dünnen

Leib. Erst als der Wahnsinn sich legte, ließ Gefion den Dolch atemlos sinken. Finstere Befriedigung wogte durch ihren Körper.

Sie erhob sich und schaute sich lachend um, während sie sich das Blut abwischte.

Die Wirklichkeit rückte näher. Jetzt hörte sie durch das Dröhnen in ihrem Kopf hindurch die Schreie der Priesterinnen. Sie rauften sich die Haare, wanden sich auf dem Boden, starrten sie voller Entsetzen an. Sigrid riss an ihrem Arm, sie war außer sich, stieß einen lauten Ruf aus.

Die Rachedisen verstummten.

Was hatte sie getan?

Gefion schaute wie gelähmt auf Snotras leblosen Körper hinunter. Vanaheims Hohepriesterin war tot. Ein Donnerhall wurde immer lauter. Die Erde bebte unter ihren Füßen. Mochte die Göttin Erbarmen zeigen.

Sie waren verdammt.

Es war schon später Morgen, als Njörunn die Hütte verließ, um Essen zu holen. Freyr schlief ruhig. Botaid wachte über ihn. Njörunn konnte sich also eine kleine Pause gönnen.

Sie legte den Umhang über ihre Schultern und schaute in den blauen Himmel. Verdammte Kälte. Einige warme Tage mehr hätten wirklich nicht geschadet.

Sie grüßte Astrid, die vorüberjagte, und ging dann weiter zur Kochgrube.

Dort hockten Baldur und Loki, zusammen mit einem Jüngling, den Njörunn noch nie gesehen hatte. Sie sahen müde aus, ihre Augen waren rot unterlaufen und sie bewegten sich nur langsam.

»Ihr habt wohl Alfhilds Kenntnisse im Metbrauen ausgekostet«, lachte Njörunn.

Baldur schaute neugierig auf. Er hatte blaurote Flecken am Hals, und für einen Moment glaubte Njörunn, auch er trage die Seuche in sich. Dann aber ging ihr auf, dass diese Flecken einem Handgemenge entstammen mussten.

»Dich habe ich schon einmal gesehen«, sagte er.

Njörunn lächelte kurz und winkte eine Magd mit verschlissenem Kittel und Ruß auf den Wangen zu sich.

»Bring uns etwas zu essen.«

Die Magd senkte den Kopf und holte sofort Holzschalen. Als sie zurückkehrte, schöpfte sie braungraue Grütze aus dem Kessel. Njörunn nahm ihre Schüssel und zog ihren Essstab aus dem Gürtel.

»Du hast ein gutes Gedächtnis, Sohn Odins. Wir sind uns in unserer Jugend bei einem Frühlingsopfer in Idunvallen begegnet.«

Baldur machte zuerst ein überraschtes Gesicht, dann fiel ihm alles wieder ein.

»Über diese Erinnerung kann ich mich wirklich nicht beklagen«, sagte er mit breitem Grinsen.

Njörunn zuckte mit den Schultern. Seit jenem Tag war so viel Zeit vergangen, dass er keine Bedeutung mehr hatte.

Die Grütze war dick und mit Honig gesüßt. Njörunn aß gierig, bis ihr Magen voll und warm war. Die Magd hockte vor der Feuerstätte, blies Leben in die Glut und legte heiße Kochsteine neben den Kessel. Niemand sagte etwas. Njörunn schluckte den letzten Bissen hinunter, leckte ihren Essstab ab und steckte ihn wieder unter ihren Gürtel. Dann schaute sie Baldur an. Er war wirklich alt geworden, seit sie damals zusammen der Göttin gehuldigt hatten. Seine einstige Schönheit war verblichen, seine Haare waren strähnig und farblos und sein rotes Gesicht aufgedunsen. Trotzdem starrte er sie an wie ein brünstiger Hengst.

»Lebt meine Verwandte Siv noch immer bei euch?«, fragte Njörunn. Sie hatte seit einer Ewigkeit nicht mehr an die Wanenpriesterin gedacht, aber Baldurs Anblick erweckte die Vergangenheit zu neuem Leben.

»Aber natürlich. Sie ist Thors Hausfrau und hat ihm prachtvolle Söhne geboren.«

Er legte die Hand auf die Schulter des gedrungenen Jünglings, der neben ihm saß.

»Das ist ihr Erstgeborener, Ull. Freyr ist sein Vater und Thor hat ihn großgezogen.«

Njörunn riss die Augen auf. Sivs Sohn!

Der ernsthafte Junge starrte sie wütend an. Er wies keinerlei Ähnlichkeit mit Freyr oder Siv auf. Er wirkte nur feindselig. In seinen blaugrauen Augen stand Hass.

»Dann bist du doch ein Wane und gehörst zu uns«, sagte Njörunn überrascht.

Ull sprang auf.

»Nie im Leben würde ich mit Hexen und Ungeziefer leben!«

Er lief mit wütenden Schritten davon und Loki ging ihm wortlos nach.

Njörunn schaute den beiden überrascht hinterher.

»Der Junge hatte sich auf Freyrs Totenfahrt vorbereitet, aber jetzt sagt Thor, Freya habe versprochen, ihn dem Leben zurückzugeben. Das ist zu viel für ihn«, sagte Baldur zu Ulls Entschuldigung.

Dieses eine Mal war Njörunn sprachlos.

Wenn die Alfenpriester von Ull erführen, dann würden sie verlangen, dass er bei ihnen bliebe. Mit Freyr als Vater und einer Wanenpriesterin als Mutter musste der Junge doch eine ungeheure Kraft besitzen.

Sie räusperte sich.

»Taugt er zu irgendetwas?« Baldur schlug die Arme übereinander.

»Er ist ein tüchtiger Jäger. Kommt nie mit leeren Händen nach Hause.«

Njörunn versteckte ihr Lächeln. Der Zwillingsgott war in dem Jungen stark vertreten. Das war deutlich. Aber die Asen hatten das Gemüt des Jungen von den Wanen und ihrem Glauben abgewandt. Sie schaute über den Hofplatz hinweg zum Strand, wo Ull gerade zum Schiff hinauswatete. Das musste sie Freya erzählen.

»Wann segelt ihr nach Hause?«

»Wenn ich das wüsste«, erwiderte Baldur mit unerwarteter Bitterkeit. »Thor ist vor einer Weile hinaus auf die Heide gegangen.«

»Die Göttin sei uns gnädig«, murmelte Njörunn.

Freya hielt sich beim Totenhaus auf. Wollte er sie dort treffen? Beunruhigt schaute Njörunn auf.

»Was sucht er da?«

»Das Heilmittel gegen die schwarze Seuche, was sonst?«

»Wütet die arg bei euch?«

Baldur machte eine hoffnungslose Geste. Njörunn holte langsam Atem. Vorahnungen ließen ihre Kopfhaut prickeln.

»Die Strafe der Göttin zeigt sich auf unterschiedliche Weise«, sagte sie und ließ Baldur mit einem kurzen Nicken sitzen.

Thor schaute über die Ebene hinaus, die Totenheide, wie Sigvard sie beim Gelage des vergangenen Abends genannt hatte.

Über die Leute von Alfheim konnte man ja sagen, was man wollte, aber die Sache mit der Nachwelt nahmen sie nicht leicht. Noch nie hatte er gesehen, dass den Toten so viel Arbeit und Reichtümer gewidmet worden wären. Der Grabhügel, der über Alfhilds Hof wachte, war hoch wie ein Berg. Die Steine an seinem Fuß so groß wie Kinder. Und hinten an der Landzunge ragte Alvarins altes Totenhaus auf. Nicht dorthin jedoch war er unterwegs, sondern zu dem Wäldchen weiter hinten, das vor dem Hof der Alfenpriester lag. Königin Alfhild hatte gesagt, dort liege das andere Totenhaus, das sie jetzt benutzten.

Dort konnte er Freya finden.

Er folgte dem von spitzen Steinen umsäumten Weg, bis er den Hain erreicht hatte. Das Laub raschelte warnend, als er den rot angestrichenen Grenzpfahl erreichte. Thor blieb stehen und schaute zum Totenhaus hinüber, kalte Schauer jagten über seinen Rücken. Das Haus war kleiner als das auf der Landzunge, die Steinmauern schienen jedoch zu leben. Ihm schauderte und er verdrängte jeden Gedanken an das Nachleben.

Freya hatte ihm versprochen, in ihrer Opferquelle nachzusehen, wer sein Volk verflucht hatte. Sie hatte es versprochen, und nun würde sich herausstellen, ob sie zu ihrem Wort stand.

Thor lächelte bitter. Er hatte sich offenbar um den Verstand getrunken, wenn er wirklich glaubte, sich auf diese Verräterin verlassen zu können. Sie war ja nicht einmal hier. Keine Menschenseele weit und breit. Die Opfersteine lagen kahl da, das Grabfeuer war leer und kalt.

Thor fuhr zusammen. Er hatte nur kurz etwas Blaues hinter dem Totenhaus gesehen, dann stand Freya auch schon vor ihm. Sie hatte sich die Haare um den Kopf geflochten und sah aus wie die Totengöttin selber, als sie vor ihm in dem welken Gras stand.

»Stehst du zu deinem Wort?«, fragte Thor.

Sie nickte und sah ihn mit ernster Miene an.

Glotz du nur, du Hündin. Ich kenne jetzt deine Schwäche, dachte Thor, während er seinen Zorn mühsam hinunterschluckte.

»Gut«, sagte er und versuchte, seine Stimme freundlich klingen zu lassen.

Ein bitterer Geschmack breitete sich in seinem Mund aus.

Freya hob eine Augenbraue. Sie wirkte wenig überzeugt. Verdammte Hexe. Was wollte sie? Sollte er sich vielleicht nackt zu ihren Füßen winden?

»Ich werde dir meine Kräfte leihen, wenn du schwörst, deinen Hass auf mich hinunterzuschlucken«, sagte sie.

Thor schnaubte, gab sich aber alle Mühe, seinen Zorn zu bezwingen.

»Du verlangst viel.«

Sie schaute ihn aus ausdruckslosen Augen an.

»Niemand kann den Mächten trotzen. Du nicht, ich nicht. Triff deine Entscheidung, vergiss die Vergangenheit und ich werde dich in die Zukunft schauen lassen, oder verharre in deiner trüben Verbitterung, und dann bekommst du nichts von mir. Die Entscheidung liegt bei dir.«

Sie drehte sich um und ging den Hang hinunter, zum Wasser. Thor zögerte nicht lange und folgte ihr. Die Wut drohte ihn in den Wahnsinn zu treiben. Trotzdem hatte er keine Wahl. Schweigend folgte er ihrer geschmeidigen Gestalt, sah, wie ihr blaues Gewand sich an ihren schlanken Leib schmiegte. Ich müsste es dir vom Leibe reißen, dich zu Boden zwingen und dich mit meiner Stange zum Schweigen bringen, bis du nie wieder redest. Thors Fingerknöchel wurden weiß, als er die Fäuste ballte.

Sie stiegen in einen flachbödigen Nachen. Wortlos ruderte Freya sie über den Sund. Am anderen Ufer folgte er ihr in den Wald.

Noch nie hatte er so hohe Bäume gesehen wie hier, verzerrte Riesen, die jeden seiner Schritte bewachten. Thor schaute sich unwillig um. Das waren Hexenzeichen, so viel begriff er immerhin. Der Nebel schlang sich um die bemoosten Baumstämme. Es war still wie in der Nachwelt.

Er fröstelte, der feuchte Boden erinnerte ihn an seine Albträume. Jetzt musste er vorsichtig sein. Loki hatte gesagt, er dürfe von Freya auf keinen Fall etwas zu essen oder zu trinken annehmen. Denn dann würde er für immer an sie gekettet sein. Und sie durfte nichts nehmen, was ihm gehörte, kein Haar, keinen Faden aus seiner Kleidung.

Er schaute hoch zu den Baumriesen mit ihren gespreizten Zweigen. Sie sahen aus wie von Kampffesseln bezwungene Männer. Unglückliche Geister, auf ewig von den Hexen verdammt.

Sie gingen lange weiter, bis Freya bei einem von grauen, runden Steinriesen umgebenen Tümpel stehen blieb. Auf dem schwarzen Wasser war nicht eine einzige Bewegung zu sehen. Das Ufer war überhäuft von Opfergaben, von Urnen und Armbändern. Auf einem Pfahl verfaulte ein Pferdekopf.

Freya drehte sich um und musterte ihn mit einem viel sagenden Blick.

»Warte und schweige. Was immer passieren mag.«

Sie fiel auf die Knie, hielt die Hände über die schwarze Wasseroberfläche und murmelte Hexenworte vor sich hin.

Thor setzte sich auf einen Stein. Seine Abneigung gegen das, was hier vorging, bohrte sich wie Stacheln in seine Hand. Hinter ihm prasselte und raschelte es. Eine Ewigkeit kam und ging. Die Kälte kroch unter seine Kleidung und ließ seine alten Narben schmerzen. Thor seufzte, rutschte ein wenig auf dem Stein hin und her und schaute verstohlen zu Freya hinüber, die sich noch immer unbeweglich über das Wasser beugte.

Ihre Brüste unter dem blauen Gewand waren jetzt noch voller. Er ließ sie nicht aus den Augen, versuchte, sich daran zu erinnern, wie er sie in seinen Händen gehalten hatte. Zuletzt hatten sie sich beim Frühjahrsopfer auf Idunvallen gepaart. Er hatte sie bei Vollmond am Strand genommen. Bei dieser Erinnerung glühte seine Stange. Thor rutschte abermals auf dem Stein hin und her. Er dachte daran, wie Freya sich unter ihm vor Genuss gewunden hatte, er hörte ihr wollüstiges Stöhnen. Sicher war damals Idun in ihren Bauch gelangt. Eine Tochter. Ihre gemeinsame Tochter.

Langsam schüttelte Thor den Kopf. Tiwaz hatte wirklich immer eine Überraschung auf Lager. Aber was geschehen war, war geschehen. Er durfte sich nicht beklagen. Siv war eine gute Hausmutter und kümmerte sich aufs Beste um den Hof. Sie war von giftigem Wesen, aber bei ihnen war nur selten jemand krank. Feine Jungen hatte sie geboren, das Vorratshaus war übervoll, niemand musste Hunger leiden.

Das alles hätte Freya nicht geschafft. Er konnte nur froh sein, dass er ihr entronnen war.

»Gorm hat eine Priesterin an seiner Seite. Und sie hat euch die schwarze Seuche gesandt.«

Freyas Stimme war ein dumpfer Sprechgesang.

Thor fuhr zusammen und ließ sich beschämt aus seinen Erinnerungen reißen.

»Warum hegt sie Groll gegen uns?«

Freya fuhr nun ihrerseits zusammen, seine Stimme hatte sie aus ihrer Trance gerissen. Verdammter Narr, der nicht einmal wusste, wie man sich an einer Opferquelle verhält!

»Ich hab doch gesagt, dass du schweigen sollst«, fauchte sie.

Thor hob seine Hände, um sich zu entschuldigen.

Freya atmete einige Male tief durch. Dann zwang sie ihre Sinne, abermals in die schwarzen Geheimnisse der Opferquelle zu wandern. Ihre Kraft leuchtete über dem stillen Wasserspiegel. Hinunter, tiefer in die Vergangenheit. Bilder von damals und heute füllten das Wasser mit Chaos und Zerstörung.

»Priesterin«, flüsterte Freya. »Zeig dich.«

Die Fremde schaute sie aus dem Wasser an. Brennende Langhäuser. Blutende Menschen und verendetes Vieh. Schreiende Krieger, zerspaltene Schädel. Axtzeiten, Trauerzeiten. Die Priesterinnen verfluchten, schickten Hunger und Dürre. Freya kannte die Worte ihrer Beschwörungen, lauschte ihrem rhythmischen Gesang, sie wiegte sich hin und her.

Für einen Moment sah sie Thor, sah schreiende Asen. Feuer loderte zum Himmel empor. Der alternde Odin, gefesselt auf der Insel. Blut über Vanaheim, ewige Finsternis über Idunvallen. Dann versanken die Bilder wieder in der Opferquelle. Der schwarze Wasserspiegel kam zur Ruhe.

Freya schwankte hin und her, glitt zwischen den Welten dahin. Die Waldgeister sprangen über die Blätter, lärmend und ungeheuer neugierig auf ihre Gäste. Freya trank von der ruhigen Stärke der heiligen Steine. Langsam kehrte sie in die Wirklichkeit zurück.

Vorsichtige Schritte hinter ihrem Rücken. Thor hockte sich neben sie.

Freya schluckte, ihr Magen schmerzte vor Hunger.

»Wo ist dein Vater?«

Thor zögerte, was an sich schon eine Antwort war.

»Er legt Frauen aufs Kreuz und trinkt Met, wie immer«, sagte er dann endlich.

»Du lügst. Die Priesterin, die die schwarze Seuche geschickt hat, steht unter dem Schutz von König Gorm. Ich habe Hyndla von Odins Stärke trinken sehen. Sie hat ihn bei sich.«

Thor starrte sie überrascht an.

Freya legte die Hände aneinander und trank von dem heiligen Wasser. Es schmeckte nach Erde. In ihrem Kopf erhoben sich flüsternde Stimmen, aber so leise, dass sie sie nicht verstehen konnte. Sie versuchte, nicht auf diese Stimmen zu achten und lieber über das nachzudenken, was sie in der Opferquelle gesehen hatte.

»Du hast den Zorn der Priesterin auf uns herabgerufen«, sagte Freya.

Alles war im Gewebe. Aber bis Alfheim sollte die Macht dieser Hündin nicht reichen. Dafür würde Freya sorgen.

Thor fuhr zusammen. Die Schuld jagte wie ein blitzender Fischschwarm durch seinen Leib. Sollte der Fluch der Priesterinnen ihn denn für immer verfolgen? Hatte er nicht genug gebüßt? Er war doch so jung gewesen, als er sie erschlagen hatte, geblendet vom Blutrausch, den Odin aufgepeitscht hatte. Und wie hatten sie die Seuche schicken können?

»Wer ist sie?«

Freya zuckte mit den Schultern.

»Gorms Priesterin ist mächtig. Deine Waffen können dir jetzt nicht helfen.«

»Du aber kannst es.«

Freya lächelte höhnisch. Es gab auf dieser Welt keinen Grund – fast keinen –, warum sie ihre Kraft für die Asen vergeuden sollte.

Thor musterte sie zornig.

»Welche Bürde legst du mir auf? Sag mir, was ich tun soll.«

Freya erhob sich. Ihre Beine schmerzten, ihr Gewand war feucht.

Die Stimmen in ihrem Kopf wurden jetzt lauter. Hüte dich vor der Finsternis, der Alb kommt, flüsterten sie immer wieder. Ihr wurde schlecht. Freya schaute sich besorgt um. Nicht jetzt. Sie würde vom Alb überfallen und bewusstlos geschlagen werden, wenn der böse Geist sie in Fetzen riss. Sie musste machen, dass sie fortkam. In Sicherheit. Thor durfte sie so nicht sehen.

»Ich kann dir nicht helfen, nicht jetzt«, sagte sie, während die Stimmen in ihrem Kopf vor Entsetzen loskreischten.

Thor schüttelte den Kopf. Sie musste doch irgendetwas tun können. Sie mussten Gorm angreifen. Wenn sie ihm nur helfen könnte. Er sah sich nach Freya um. Jetzt entdeckte er sie zwischen den Bäumen, sie lief in eine andere Richtung.

»Warte!«

Er stürzte hinter ihr her, sprang über einen Stein, hatte sie fast erreicht, als sie stehen blieb und aufschrie.

Thor erstarrte. Freya sank zu Boden und raufte sich die Haare. Ihr Geschrei ging ihm durch Mark und Bein.

»Was ist los?«

Er packte ihre Schulter, aber Freya schlug seine Hand fort. Dann verstummte sie. Ihr Gesicht war kreideweiß und erfüllt von Entsetzen, ihre Augen waren leer und schauten in die Ferne.

»Hexenkünste«, murmelte Thor und bekam eine Gänsehaut.

Freya schien nun vollständig den Verstand verloren zu haben, es war, als habe eine böse Macht ihren Körper in Besitz genommen. Aber das war eigentlich nur die gerechte Strafe für die üble Mitteilung, die sie ihm da gemacht hatte. Wie konnte sie ihm alle Schuld zuschieben? Thor atmete tief, bezwang seinen Zorn. Sie war eine Hexe. Freya hatte ihn bestimmt angelogen, um ihn zu verwirren und sich für das Vergangene zu rächen. Alles, was sie gesagt hatte, war gelogen gewesen, um zu verbergen, dass sie die schwarze Seuche nicht heilen konnte. So waren sie, die Wanen, voller trügerischer Reden und kunstreicher Ausflüchte. Und Freya war die Falscheste von allen. Er musterte sie mit Verachtung. Sie jammerte wie ein sterbendes Tier, zerkratzte sich mit den Fingernägeln die Haut auf ihrem Bauch. Tiwaz strafte sie.

Er verließ sie, als sie sich im verfaulenden Laub wand. Ging durch den Wald, zwischen den bemoosten Baumstämmen hindurch, Schritt für Schritt, fort von ihrem erstickten Geschrei. Sollte sie dort liegen bleiben und ihre Bosheit aus sich herauskreischen.

Dann setzte ein kalter Regen ein. Thor zog sich den Umhang über die Schultern und schauderte zusammen. Der Regen fand den Weg unter seinen Harnisch und lief über seine Brust, kalt wie der Finger einer Toten.

Thor blieb stehen.

Freya lag wehrlos im Wald.

4

Heilige Mutter. Was hatte sie nur angerichtet? Snotra war die Verbindung zwischen Vanaheim und der Göttin. Ohne sie waren sie schutzlos, die Sonne würde sich abwenden, Felder und Früchte würden verschwinden. Ohne Snotra waren sie dem Weltenchaos preisgegeben.

Gefion lief im Langhaus hin und her. Ihr Kopf drohte zu bersten, weil die Priesterinnen so laut schrien. Sie weinten, rauften sich die Haare und flehten die Mächte an, sie zu verschonen. Gefion blieb stehen und schaute hinunter auf den leblosen Körper der Hohepriesterin.

Deren einer Arm lag über der Brust, der andere war nach hinten gebogen. Ihre Augen starrten glasig zur Decke hoch. Der Dolch war begraben in Snotras blutiger Brust, der um den Schaft gewickelte Goldfaden funkelte im Blut.

Gefion blieb stehen und bohrte sich die Nägel in die Hand, zwang ihre verwirrte Angst zurück. Sie musste etwas tun, die Priesterinnen beruhigen, aus Snotras Tod einen Vorteil für sich ziehen. Wie hätte Göndul sich verhalten?

Die Erinnerung an ihre Pflegemutter ließ ihr Blut langsamer durch ihren Körper fließen, ihre Ruhe kehrte zurück, ihre Gedanken nahmen Form an.

»Schweigt«, rief sie den Priesterinnen zu.

Nach einer Weile verstummten diese widerwillig. Gefion erwiderte ihre entsetzten Blicke voller Gelassenheit.

»Trauert nicht um Snotra. Die Göttin hat meine Hand gelenkt, ich war ein Werkzeug ihres Willens. Ihr alle habt sie und mein Volk im Stich gelassen. Und das hier war die Strafe.«

Gefion stemmte die Hände in die Seiten und schaute sich um. Jetzt musste sie zeigen, dass sie stark genug war, um Åses Umhang auf sich zu nehmen. Sie konnte die anderen nur durch selbstverständliche Kraft bezwingen.

Aber die Priesterinnen waren erfüllt von Misstrauen. Eir machte Zeichen, die das Böse abwenden sollten. Sogar Sigrids Gesicht war in verdutzter Angst erstarrt.

»Geht hinaus zu den Höfen, helft den Menschen von Vanaheim. Dann wird auch die Göttin, der ihr dient, mit euch zufrieden sein.«

Ein angespanntes Schweigen senkte sich über das Langhaus. Gefion holte tief Luft. Die Priesterinnen wechselten Blicke.

»Wie kannst du es wagen, in Anwesenheit ihrer Auserwählten den Willen der Göttin zu deuten?«, fragte Frid.

Gefion trat vor die Priesterin hin, so dicht, dass ihre Haut sich berührte.

»Die Göttin hat zu euch gerufen, aber ihr habt nicht gehört. In ihrer Verzweiflung über die sterbenden Kinder hat sie mich zu ihrem Werkzeug ausersehen. Schande über euch alle!«

Gefion zog ihr Schwert und ging von einer Priesterin zur anderen.

»Ihr nennt euch Vanaheims Beschützerinnen. Winter um Winter esst ihr euch an unseren Früchten fett. Eure Feuerstätte lodert hoch auf, denn wir hacken Holz und schleppen es hierher. Aber wenn die Menschen von Vanaheim, die euch an ihrem Busen genährt haben, euch brauchen, dann kehrt ihr ihnen den Rücken zu.«

Sie spuckte auf den Lehmboden.

Die Priesterinnen schwiegen. Keine bewegte sich.

»Wir werden sterben«, sagte Frid leise.

Gefion hob das Schwert.

»Ihr habt die Wahl, entweder ihr sterbt jetzt oder später. Wagt es bloß nicht, mir mit euren Künsten zu kommen. Ich bin die Königin von Vanaheim, eure Herrscherin.«

Das Blut sang in Gefions Körper. Sie war wahrlich das Werkzeug der Göttin, das spürte sie jetzt. Nie zuvor war sie so mächtig und so lebendig gewesen wie in diesem Moment.

Die alte Eir bewegte sich als Erste. Sie ging zu ihrem Bett, zog einen kleinen Ranzen aus Hirschleder hervor und legte ihn über ihre Schulter.

»Ich werde meine Pflicht tun, solange es diese Insel noch gibt. Aber die Mächte sind erzürnt, ohne eine Hohepriesterin kann Vanaheim nicht bestehen.«

Gefion schob ihr Schwert in ihren Gürtel.

»Ihr wisst alle, dass es nur eine Hohepriesterin gibt. Zwei Schwestern sollen über Vanaheim herrschen, eine mit Macht über das Gold, die andere mit Macht über die Geister. Ich werde Freya holen lassen. Wenn sie anstelle von Snotra den Umhang der Hohepriesterin auf sich genommen hätte, dann hätte die schwarze Seuche uns niemals gelähmt«, sagte Gefion.

Wortlos verließ sie die Halle der Priesterinnen. Blitze zerfetzten die Wolken. Der Wind riss an ihrem Umhang.

»Was machen wir nun?«, schrie Sigrid durch den Sturm.

»Das hier hätte ich schon längst tun sollen«, erwiderte Gefion.

Der Alb löste sich auf. Langsam kam Freya zu sich. Leder an ihrer Wange, Arme, die sie umfingen. Thor trug sie durch den Wald. Ihr Thor.

Sollten die Kälteriesen sie verschlingen, damit sie von dieser Erde verschwinden könnte.

Er hatte gesehen, wie sie vom Alb geritten worden war. Er hatte sie in den Händen des Schwarzen gesehen, ohne Kontrolle, ohne Macht.

Warum war es jetzt passiert? Eine Mondwanderung nach der anderen war geschehen, ohne dass der Alb seine Klauen in sie geschlagen hatte. Jetzt, wo sie Verstand und Würde so dringend brauchte, wurde sie zu Boden geschlagen, vor den Augen des Einzigen, dessen Bewunderung sie sich wünschte.

Freya atmete tief durch. Konzentrierte sich auf das, was jetzt vor ihr lag. Der Regen fiel in ihr Gesicht. Ihre Kleider klebten nass an ihrem Körper, sie zitterte vor Kälte. Thors Haut fühlte sich warm an.

Der Alb war nicht mehr da. Es war vorüber. Das Fleisch war ihr nicht von den Knochen gerissen worden. Der Schrei in ihrem Kopf war verstummt. Jetzt musste sie ihre Gebrechlichkeit verbergen und ihre Vernunft wieder sammeln. Alles war so, wie es sein sollte.

»Lass mich runter«, flüsterte sie.

Thor blieb stehen und musterte sie abwartend.

»Ich wollte dir nur helfen«, sagte er und ließ sie vorsichtig zu Boden gleiten.

Ihre Beine fühlten sich an wie Wollgras, die Baumstämme um sie herum schwankten. Die Disen umschwebten sie, verbargen sie in ihren grauen Mänteln, die die Welten auflösten. Ein schöner Jüngling kam aus dem Wald, auf seinem Kopf thronte ein Hirschgeweih, seine Brust war bemalt mit klarblauen Zeichen. Es war der Zwillingsgott, er lächelte sie wohlwollend an. Weiter hinten in dem dicken grauen Nebel ahnte sie die Waldgeister, schimmernde Schatten aus der Urzeit. Freya schüttelte den Kopf, ihre Sicht klärte sich. Ihr Gemüt war zerbrechlich wie ein verwitterter Tonbecher. Müde lehnte sie ihre Stirn an Thor. Der Regen lief in kleinen Bächen über seinen Harnisch. Ein herber Duft nach Rauch und Männlichkeit band sie an seinen Körper.

Thor.

Ihr Zorn kehrte mit voller Kraft zurück. Er ließ ihren Körper in dem kalten Regen glühen. Thor brachte ihrer aller Untergang. Trotzdem war er wie Gift in ihrem Blut.

Freya schluckte und wandte sich ab.

»Ich hatte ein Gesicht«, log sie.

»Das war kein schöner Anblick.«

Sie schaute auf die Lehmflecken ihres Gewandes hinunter.

»Warum hast du mich nicht allein gelassen?«

Thor lächelte verlegen.

»Deine Not war groß.«

»Und dein Abscheu auch.«

Vorsichtig strich er ihr eine feuchte Haarsträhne von der Wange. Seine Finger glühten an ihrer Haut.

Sie musterten einander schweigend. Der Regen prasselte auf den Boden, rhythmisch wie Trommeln vor einem Opferfest. Langsam kehrte Ruhe ein.

Thor wollte sich um jeden Preis ihre Hilfe sichern. Deshalb hatte er an ihrer Seite ausgeharrt. Das begriff sie immerhin. Freya zog sich ihren schweren Umhang über die Schultern und rückte die Schnalle gerade.

»Ich kann dir nicht helfen.«

Thors Wohlwollen verschwand, seine Maske zerfiel.

»Meine Männer sind auf Vanaheims Stränden gefallen, jetzt sterben sie an einer Krankheit, für die es bisher keine Heilung gibt. Trotzdem kehrst du mir den Rücken zu.«

Seine Stimme klang wie das Knurren eines wilden Tieres. Freyrs Stimme hallte in ihrem Kopf wider. Die Asen sind verflucht.

»Ich habe es schon einmal gesagt und ich sage es noch einmal. Die schwarze Seuche ist ein dir auferlegtes Joch. Ich kann dir nicht helfen. Mein Schicksal ist es, Freyr zu heilen.«

Thor packte ihren Nacken.

»Du schuldest mir Hilfe. Noch ehe der Winter zu Ende ist, wirst du mein Volk heilen und gegen Gorms Hexe kämpfen. Und wenn nicht meinetwegen, dann für dein Volk.«

»Nein.«

»Verdammte, verräterische Wanen«, fauchte Thor und stieß sie von sich wie eine giftige Schlange.

»Es steht dir nicht zu, uns Verräter zu schimpfen. Was hat Odin bei Gorm zu suchen? Welche Ränke werden hinter unserem Rücken geschmiedet?«

Thor gab keine Antwort, er starrte sie nur wütend an. Freya lächelte verächtlich und antwortete für ihn.

»Dein Vater ist dort, um mit dem König der Göten Frieden zu schließen, oder nicht? Die Eide, die ihr uns geschworen habt, wolltet ihr wie verfaulte Knochen wegwerfen. Eine ärgere Schwanzlosigkeit kann ich mir nicht vorstellen.«

Thor legte wütend die Hand auf Mjölnir. Der Regen strömte über ihn hinweg, seine Augen waren kalt und voller Hass. Freyas Lächeln verschwand, sie hob den Kopf, erwiderte seinen Blick. Ihre Beschämung war verflogen, ihre Stärke zurückgekehrt. Thor sollte sie nicht herausfordern können.

»Wir sind für euch gestorben, meine Männer sind verblutet, als sie die Wanen verteidigt haben. Und wie habt ihr es uns gedankt? Gar nicht. Erzähl mir nichts von Verrat«, brüllte Thor.

Er trat vor, presste seinen Körper an ihren und packte abermals ihren Nacken.

»Und nenn mich nicht schwanzlos!«

Seine Stimme hallte zwischen den Baumstämmen wider.

Freya kochte vor Wut. Plötzlich lächelte sie. Vergeblich presste sie die Hand auf den Mund, aber sie konnte ihr Lachen nicht unterdrücken.

»Hast du den Verstand verloren?«, fragte Thor verdutzt.

Freya schüttelte den Kopf und beruhigte sich wieder.

»Du bist nicht schwanzlos. Du bist vieles, aber das nun wirklich nicht.«

Der Zorn des Asenhelden verflog.

Er grinste und erwiderte ihren Blick.

Die Erinnerungen kehrten zurück. Sie dachte daran, wie die Muskeln seines Rückens sich bewegten, wenn er in sie eindrang, wie seine Augen sie einst voller Zärtlichkeit angesehen hatten.

Der Regen lief ihr den Rücken hinab. Thors Finger umfassten ihren Hinterkopf. Und wenn die Mächte ihr das Herz aus dem Leib rissen, sie würde nicht aufhören können, ihn zu begehren.

Sein Körper war viel zu heiß an ihrem. Freya presste die Hüfte gegen seine Oberschenkel. Dieser Augenblick war aus der Zeit herausgeschnitten. Ein Geschenk der Göttin. Und sie wollte ihn, hier und jetzt.

Freya leckte sich den Regen von den Lippen und küsste ihn voll wütender Lust.

Endlich.

Thors Arme schlossen sich so fest um sie, dass er sie fast zerdrückt hätte. Er küsste sie wie wahnsinnig. Der Zorn peitschte ihr Begehren nur noch auf. Thors Stange wuchs an ihrem Bauch. Freya rang nach Atem. Sie musste ihn in sich haben. Jetzt. Hungrig riss sie an seinen Beinkleidern, versuchte, sie zu entfernen.

Thor hob ihr Gewand, seine Hände waren warm an ihrer Haut.

Er hob sie gegen einen Baum. Ein heftiger Stoß, dann war er in ihr. Freya umschloss Thor mit ihren Beinen, nahm ihn hungrig in sich auf. Er vertrieb Alben und Schatten und füllte sie mit seiner Männlichkeit.

Er stöhnte erstickt, stieß immer härter zu. Heiße Wellen durchspülten sie, wuchsen zu einem bebenden Ende.

Thor kam wieder zu sich und musterte sie mit heißem Erstaunen. Freya ließ sich zu Boden gleiten. Sie strich ihr feuchtes Gewand gerade, warf einen Blick auf den keuchenden Thor.

»Das ändert nichts.«

Ehe er antworten konnte, war sie verschwunden.

Idun lehnte sich an Bragis warmen Leib. Seine Hand strich langsam über ihre Haare.

»Der Regen hat jetzt fast aufgehört«, flüsterte Bragi und küsste sie behutsam auf die Stirn.

»Ich will noch hier bleiben«, sagte sie.

Sie hatten Schutz unter den Steinplatten gesucht und dort im trockenen Laub gesessen. Nichts außer dem Jüngling neben ihr hatte noch irgendeine Bedeutung.

Idun staunte noch immer über das, worum Bragi sie unter der Eiche gebeten hatte. Sie sollte ihm gehören. Diese Worte waren so groß, dass sie alle ihre Gedanken ausfüllten. Aber jetzt wusste sie, dass er es ehrlich meinte, immer wieder hatte er seine Worte wiederholt. Bragi wollte mit ihr unter den Hammer treten, wollte, dass sie auf seinem Hof lebte und die Töchter gebar, von denen sie geträumt hatte.

Sie schaute in sein schönes Gesicht, nahm den Zopf, der auf seiner Schulter lag.

Alles an Bragi war weich und stark, in ihm gab es keine Bosheit.

Für ihn würde sie sich die Haare abschneiden und der Göttin in der Opferquelle weihen, mit einem Gebet um Fruchtbarkeit. Jetzt wusste sie, welche Welt außerhalb von Alfheim auf sie wartete.

Bragi hatte ihr von seinem Leben in Idunvallen erzählt, von seinem Hof und dem Reichtum, der über Felder und Wiesen wogte. Er erzählte von den Kämpfen, an denen er teilgenommen hatte. Es war wie eine unbekannte Sagenwelt, die nun aus den Nebeln hervortrat. Bragi war gegen Gorms blutrünstige Krieger angetreten. Hatte sie auf dem Schlachtfeld bezwungen, sie mit seinem Mannesmut besiegt. In unendlichen Mengen waren sie auf ihn zugestürmt, Riesen und Ungeheuer aus der Unterwelt, Frauen, die alle Waffenlisten kannten; sie alle hatten auf Seiten der Göten gegen die tapferen Asen gekämpft. Rücken an Rücken hatten sie einen Tag und eine Nacht ausgehalten. Ströme von Blut waren über den Boden geflossen.

»Ohne den tapferen Thor wären wir verloren gewesen. Wie ein Schnitter hat er die Feinde hingemäht. Sie fielen wie reife Roggenhalme. Tiwazens Licht umstrahlte Odins Sohn. Ohne unsere Helden wären wir des Todes gewesen.«

»Was ist dann passiert?«, hatte sie mit zitternder Stimme gefragt.

»Wir haben sie alle bezwungen. Nach dem Ende des Kampfes lagen sie wie hingemäht auf Tiwazens Acker«, hatte er stolz geantwortet.

Er erzählte, wie er über die Gefallenen auf dem Schlachtfeld hinweggestiegen war, als die Todesvögel bereits das Gebein der Göten fraßen. Bragi war bei jedem Göten stehen geblieben und hatte ihm Schmuck und Amulette entrissen. Die kostbarsten Waffen hatte er ebenfalls in seinen Ranzen gestopft.

»Ihre Frauen trugen die schönsten Ringe. Die Beute war so groß, dass mein Ranzen bis an den Rand gefüllt war, und bald konnte ich weder gehen noch stehen, denn mein Reichtum war zu schwer zu tragen«, hatte er berichtet.

Idun seufzte glücklich. Mit Bragi an ihrer Seite würde sie sich niemals wieder fürchten. Und er wollte sie. Sie sah sich in einer goldenen Halle stehen, umgeben von Asen, die ihr Achtung und Bewunderung entgegenbrachten. Und Bragi wachte an ihrer Seite.

Idun lächelte. Ein Glück wie ihres würde es unter Asen und Wanen kein zweites Mal geben. Und alle in Vanaheim würden Idun beneiden. Sie würden über sie voller Achtung sprechen und ihre Tüchtigkeit loben.

»Schöne Maid, ich weiß, dass die Zeit allzu knapp ist, aber ich muss meine Frage noch einmal stellen. Willst du mir folgen, denn wir brechen bald auf, vielleicht schon morgen?«, fragte Bragi.

Iduns Sehnsucht ließ ihre Brust schmerzen, aber dann verließ ihr Mut sie.

»Das kann ich nicht. Meine Mutter würde es niemals gestatten.«

Bragi lachte leise, aber es war kein freundliches Lachen, sondern das Knurren eines Wolfs.

»Deine Mutter. Die hat dich gestern an der Feuerstätte kein einziges Mal angesehen, nicht einen Blick hatte sie für ihre Tochter.«

»Freya trägt eine schwere Last und sie trauert um Freyr. Ihr eigener Bruder ist sehr krank.«

»Wir trauern alle um ihn, aber trotzdem kehren wir den Lebenden nicht den Rücken zu«, erklärte Bragi und lehnte sich an den Felsen hinter ihm.

Sein Blick war scharf, seine Stimmung hatte sich verändert.

»Ich habe gestern an der Feuerstätte auch noch andere Dinge gesehen, dein Platz war bei Gesinde und Kriegern, nicht an Alfhilds Seite.«

Idun hätte fast losgelacht.

»Warum sollte ich neben der Königin sitzen?«

»Weil du von Geburt her über ihr stehst«, sagte Bragi empört.

Idun streichelte seine glatt rasierte Wange.

»Alfhild ist die Königin, sie steht über uns allen.«

»Weißt du nichts von dem Blut, das in deinen Adern fließt?«, fragte er erstaunt.

Idun blickte ihn überrascht an.

»Freya ist meine Mutter.«

»Und dein Vater?«

Idun schlug die Augen nieder. Warum war er so böse?

»Ich weiß nicht, wer er ist. Das spielt doch wohl keine Rolle.«

Bragi holte einige Male tief Atem, nahm ihre Hand und beugte sich vor.

»Bei uns gilt das Blut des Vaters. So will es unser Brauch. Und du, meine Holde, gehörst du den höchststehenden Asen«, sagte er feierlich.

Wovon redete er da? Wie könnte sie denn für die Asen wichtig sein? Sie war doch hier. In Alfheim.

»Thor ist dein Vater«, sagte Bragi mit ernster Stimme.

Idun starrte ihn verständnislos an. Thor? Der große Häuptling, den Bragi so heiß verehrte?

Sie lachte unsicher. Machte er Witze?

Dann fiel es ihr wie Schuppen von den Augen. Moira hatte ihr doch alles erzählt. Freya war mit dem Asen durch den Wald geflohen.

»Meine Mutter hat ihn früher gekannt.«

»Das kann man auch anders ausdrücken«, grinste Bragi und ging mit leuchtenden Augen vor ihr in die Hocke.

»Thor ist dein Vater. Odin dein Großvater. Freya deine Mutter, und dann muss Königin Åse in Vanaheim deine Großmutter sein. Eine höhere Geburt kann keine Frau von menschlichem Geschlecht haben. Du bist eine Königin.«

Er streckte die Hand aus und streichelte sanft ihre Brust.

»Und du gehörst mir«, fügte er zufrieden hinzu.

Idun schaute Bragi verwundert an. Es passierte so viel, dass sie nicht alles begreifen konnte. Erst trat Bragi in ihr Leben, und nun auch noch das.

Sie hob den Arm und musterte die blauen Adern in ihrem Handgelenk.

In diesen Adern floss also das Blut des Hammerträgers.

»Was bedeutet das?«, flüsterte sie.

Das Licht, das durch die Steinquader des Hünengrabes fiel, ließ Bragis Augen grau und blau schimmern.

»Ehre und Freude«, antwortete er und lächelte.

Dann wurde er wieder ernst.

»Komm mit mir, und du wirst leben wie eine Königin. Siehst du nicht, was sie dir hier antun, sie bringen dir keine Achtung entgegen und behandeln dich wie eine Magd. Du bist zu gut für sie.«

Idun errötete und wandte sich ab. Sots Worte hallten in ihr wider. Idun sei dumm. Ihre Mutter schäme sich ihrer. Und jetzt saß hier der stattlichste Mann der Welt und nannte sie eine Königin.

»Das kann nicht stimmen. Du irrst dich.«

»Nein. Es ist die Wahrheit.«

Bragi zog sie an sich, legte die Hand auf ihren Bauch und spielte mit ihrem geflochtenen Gürtel.

»Wer schenkt dir Bronzehalsbänder? Wie viele Diener gehorchen deinem kleinsten Wunsch? Das alles werde ich dir geben, wenn du mit mir nach Idunvallen kommst. Wenn die Sippe deiner Mutter deinen Wert nicht erkennt, dann werden dich die Männer deines Vaters jedenfalls schützen. Komm mit mir, ich schwöre, dass ich dich immer verteidigen werde.«

»Aber ich kann nicht, meine Mutter wird das niemals zulassen«, sagte Idun verzweifelt.

»Dann sag deiner Mutter nichts und komm heimlich mit uns.«

Idun schloss die Augen. Es war unmöglich. Alle würden wütend auf sie sein.

Bragi hielt sie in den Armen.

»Hab keine Angst. Ich werde über dich wachen. Mach mich glücklich. Ich brauche dich.«

Idun schwieg, seine Worte hatten sie betäubt. Sie konnte nicht mehr klar denken. Lange starrte sie schweigend auf das gelbbraune Laub auf dem Boden. Wie sollte sie Alfheim verlassen können und den Zorn aller anderen auf sich ziehen? Sie erschauderte in Bragis Armen, spürte seine Wärme an ihrem Körper. Wie sollte sie Nein sagen können? Sie könnte doch Freude in sein hartes Leben bringen. Er brauchte sie. Das war wunderbar. Niemand hatte sie je gebraucht.

»Überleg es dir, mein Goldschatz, aber lass uns zuerst zu Thor gehen. Dein Vater sehnt sich danach, dich kennen zu lernen.«

Bragi erhob sich aus dem Schutz des Hünengrabs und streckte die Hand aus.

»Komm, gehen wir zum großen Helden der Asen.«

Idun sah diese Hand lange an. Aber als ihr Blick seinem begegnete, wuchs ihre Entschlossenheit. Sie ließ sich von ihm auf die Füße ziehen.

Wer war sie, dass sie das Geschenk der Göttin verschmähen könnte?

Gefion betrat Åses Prachthalle. Sie schüttelte sich wie ein Hund den Regen aus den Haaren und legte den nassen Umhang ab, während sie ihre Gedanken sammelte.

Es hatte keinen Sinn, sich den Kopf über das zu zerbrechen, was passiert war. Snotra war tot, jetzt galt es für Gefion, alle unter ihren Willen zu zwingen.

Sigrid nahm ihr den Umhang ab, sie war noch immer erschüttert und verängstigt.

»Waja vom Ältestenrat war mit ihren drei älteren Töchtern hier. Und da haben wir den alten Rolf.«

Gefion schaute sich in der Halle um.

Waja saß mit gesenktem Kopf an der Feuerstätte, ihre Töchter schauten Gefion neugierig an. Der alte Rolf wiegte sich auf der Sitzbank hin und her und fuhr sich durch den Bart. Das Gesinde war in seine Arbeit vertieft.

Åse dagegen war nirgends zu sehen. Der Drachenthron war leer. Gut.

Gefion legte die fünfzig Schritte zu dem flammenden Feuer zurück und ließ die Glut die Kälte aus ihren Händen vertreiben.

»Sei gegrüßt, ehrwürdige Waja, ich höre, du bringst böse Nachricht«, sagte sie, ohne aufzublicken.

»In meiner Gegend gibt es vier Kranke, und es wird noch ärger kommen«, berichtete die alte Frau.

»Und schlimmer steht es bereits in Vibervik«, sagte Rolf.

»Es muss etwas geschehen, sonst sind wir alle dem Untergang geweiht.«

Gefion holte Luft, der Augenblick war gekommen. Jetzt musste sie ihr Schicksal in die richtige Richtung lenken.

»Ich habe die Beule weggeschnitten, die Vanaheim vergiftet hatte«, sagte sie mit einer Stimme, die in der ganzen Halle zu hören war.

Gespanntes Schweigen senkte sich über Feuerstätte und Gäste. Das Gesinde unterbrach seine Arbeit und lauschte, Waja schaute Vanaheims angehende Königin erstaunt an.

»Was sagst du da?«

Gefion reckte sich und schickte ihnen ihre Kraft.

»Heute Nacht war die Göttin bei mir. Die Botschaft der Strahlenden war mächtig und erfüllt von gerechtem Zorn. Sie sagte, unsere eigenen Priesterinnen hätten die schwarze Seuche nach Vanaheim geholt.«

Ein Murmeln lief durch die Halle. Gefion schaute ihre Untertanen mit ernster Miene an. Misstrauen und Entsetzen waren in deren Augen zu sehen.

»Mir ging es wie euch. Wie können unsere Auserwählten uns verraten? Aber wie dürfte ich an den Worten der Göttin zweifeln?«, fügte Gefion dann hinzu.

»Die Priesterinnen haben sich von der Göttin und von meinem Volk abgewandt. Snotra diente anderen Mächten als denen, denen sie ihren Eid geschworen hatte. Die Göttin verlangte, die Beule wegzuschneiden. Ich war ihr Werkzeug.«

Gefion hob das Kinn und sah ihre Untertanen an.

»Snotra ist tot.«

Eine Magd schrie auf, die anderen weinten oder wechselten stumme Blicke. Der alte Rolf murmelte Unzusammenhängendes vor sich hin.

Waja packte die Hand einer ihrer Töchter.

»Wir sind verdammt«, murmelte sie.

»Nein!«

Gefions Stimme knallte wie ein Peitschenhieb und brachte alle zum Schweigen.

»Erst wenn Freya auf Vanaheims Hügeln Opfer bringt, wird der

Blutdurst der Göttin gestillt sein. Die Zeit von Sünde und Wohlergehen ist zu Ende. Jetzt bricht die Zeit der Entbehrungen an. Seid dankbar dafür, dass sie überhaupt noch Erbarmen hat.«

Bis auf das Schluchzen der einen Magd war in der Halle nichts mehr zu hören.

Der alte Rolf blickte Gefion voller Zuversicht an. Selbst Wajas Misstrauen schien geschwunden zu sein. Gefion spürte, wie in ihrer Brust ihre Kraft wuchs. Nun hielt sie den Sieg in der Hand.

Hoch erhobenen Hauptes ging sie zum Drachenthron weiter und nahm darauf Platz. Eine Woge der Kraft durchflutete sie, als sie die geschnitzten Schlangen der Armlehnen streichelte.

»Geht zu jedem Hof, berichtet, was passiert ist. Die Priesterinnen sind mit Hilfe unterwegs. Ich habe ihnen befohlen, die sichere Priesterinnenhalle zu verlassen, um dem Volk zu dienen. Geht jetzt alle, geht sofort. Lasst mich mit meiner Trauer allein.«

Waja erhob sich als Erste. Die Alte war noch nicht vollständig überzeugt, aber es gab nichts, was sie hätte tun oder sagen können.

»Verzweifelt nicht, noch wacht die Göttin über uns Wanen«, sagte Gefion.

»Mögest du Recht haben, Gefion. Ich hoffe und glaube, dass du Freya holen lässt, sobald das möglich ist. Ohne Hohepriesterin können wir nicht überleben«, sagte Waja.

Gefion klatschte in die Hände.

»Hallwi!«

Eine ältere Frau mit wettergegerbter Haut trat vor den Thron. Ihre hirschlederne Kleidung und ihr Halsband aus Raubtierzähnen zeigten, dass in ihren Adern quänisches Blut floss.

»Nur Vanaheims bedeutendste Seefahrerin kann diesen Auftrag übernehmen. Hallwi, fahr du nach Alfheim, um meine Schwester Freya zu holen. Ohne sie sind wir verloren. Brich sofort auf, unser Schicksal liegt in deinen Händen.«

Hallwi kratzte sich nachdenklich in ihren grauen Haaren.

»Kann schwierig werden. Riecht nach Sturm.«

»Willst du dich mir widersetzen?«, fragte Gefion kühl.

»Ich werde segeln. Wenn Ran mich verschlingt, dann ist das wohl der Wille der Mächte«, antwortete Hallwi und zuckte mit den Schultern.

»Das wird nicht passieren. Deine Aufgabe ist von der Göttin gesegnet, sie wacht über dich. Und ich werde dich reich belohnen.«

»Bring ein Opfer für mein Wohlergehen«, sagte Hallwi und winkte ihren Frauen, um ihnen Befehle zu erteilen.

Gefion tauschte einen Blick mit Waja, die ein grelles Lachen ausstieß, ehe sie, gestützt von ihren Töchtern, zur Tür ging. Die Töchter blickten Gefion voller Achtung an. Ihre Herzen hatte sie jedenfalls gewonnen.

Die Halle leerte sich rasch, am Ende war Gefion mit Sigrid allein.

»Du hast es geschafft«, flüsterte die Blonde.

»Jedes Wort, das ich heute Morgen gesagt habe, war die Wahrheit.«

Gefion schaute ihre Geliebte an.

»Reite zurück zu den Priesterinnen, sorg dafür, dass sie ihre warme Halle verlassen. Und hör dir danach an, was die Leute auf den Höfen sagen.«

»Aber …«

»Gehorche deiner Königin!«

Sigrid senkte den Kopf, in ihrem Blick lag Verwirrung.

»Ich habe doch sonst keine, auf die ich mich verlassen kann«, sagte Gefion mit sanfter Stimme.

Sigrid verneigte sich erleichtert und lief dann durch die Doppeltür hinaus. Gefion holte Atem und schaute sich in der Halle um. Endlich allein.

Sie hob die Hand und musterte ausgiebig deren Schwielen und schwarze Nägel. Am Handgelenk befanden sich noch Spuren von geronnenem Blut. Ihr Körper kam ihr schwer vor, als sie sich vom Thron erhob und auf das Dunkel der Schlafbänke zuging. Dort war alles still.

Åse schlief ruhig in ihrem Bett aus Stroh und Fellen. Ihr Mund hing schlaff nach unten, ihr Atem ging tief und regelmäßig. Gefion setzte sich auf die Bettkante und betrachtete die Frau, die ihre Mutter war.

Schlaf und Alter löschten Åses Strenge aus. Sie sah verletzlich aus und war nicht mehr die beängstigende Königin mit den harten Mundwinkeln.

Gefion seufzte und streckte die Hand nach Åses Mantel aus, der an der geflochtenen Schilfwand hing, mit der das Bett von den anderen abgeteilt war. Sie sollte wohl trauern, aber sie fühlte sich nur noch leer.

Zwischen ihr und Åse hatte es niemals Liebe gegeben. Für Åse war Gefion ein notwendiges Übel gewesen, eine ihrer Pflichten als Königin. Sie hatte zwei Töchter gebraucht, um Kleinköniginnen und Häuptlinge vom Fortbestehen des Reiches zu überzeugen. Trotzdem war die Kälte der Mutter schwer zu ertragen gewesen. Niemals ein freundliches Wort, nie eine tröstende Umarmung.

»Wie du mich gehasst hast«, flüsterte Gefion der Schlafenden zu.

Sie zögerte, dann nahm sie die Hand der alten Frau und fuhr sich damit langsam über die Wange. Die trockenen Runzeln kratzten auf ihrer Haut.

Sie ließ die Hand auf das Lammfell sinken, während die Bitterkeit mit voller Kraft zurückkehrte.

Freya hatte immerhin bei ihrer Tante Gullveig aufwachsen und deren Macht und Fürsorge genießen dürfen. Freya, die Auserwählte, immer wegen ihrer Schönheit verehrt, immer wegen ihrer Heiligkeit umworben.

Die Göttin war jedoch auch Gefion gnädig gewesen, denn sie hatte Åse dazu gebracht, Gefion zu Königin Göndul zu schicken. Dort hatte sie für eine kurze Zeit bei Verwandten leben können, bis zu dem verfluchten Tag, an dem das Schiff ihrer Mutter sie nach Hause geholt hatte.

Eine Ewigkeit lang hatte sie dann in der Pracht dieser Halle gelitten. Jetzt war das endlich vorbei.

Åse röchelte im Schlaf. Gefion fuhr zusammen.

Die Angst, die sie noch immer vor dieser ausgedörrten Greisin empfand, machte sie wütend. Aber jetzt war keine Zeit für Zweifel. Sie musste es tun, für Vanaheim.

Gefion faltete den Umhang zusammen, schaute die wellenförmigen Muster an, die sich im Wollstoff zeigten.

Åse würde nichts spüren. Ein schmerzloser Tod im Schlaf. Niemand sollte sehen, was passiert war, niemand sollte etwas merken.

Ein scharfer Schmerz bohrte sich in ihren Bauch. Sie biss die Zähne zusammen, dachte daran, was Åse immer gesagt hatte: Eine Königin gehört ihrem Land, ihr Wille und ihr Wunsch müssen immer hinter dem zurückstehen, was das Beste für Vanaheim ist.

Sie war die Letzte in der Blutlinie, die bis in den Morgen der Zeiten zurückreichte. Gefions Schicksal war es, den Drachenthron zu übernehmen. Sie war zu rücksichtsloser Stärke geboren.

Åse musste sterben, für Vanaheim.

Gefion schaute sich um, die Schlafbänke waren leer, die Halle verlassen. Sie hob den Umhang und drückte ihn auf Åses Gesicht. Der röchelnde Atem wurde durch den Stoff gedämpft. Ihre Mutter hob die Hand, ihre Finger kratzten über Gefions Arm.

Gefion beugte sich über ihre Mutter, presste den Umhang fester in deren Gesicht. Die alte Frau spannte ihren Körper an und warf sich in ihrem unerwarteten Todeskampf hin und her.

Dann erstarrte Gefion. An Åses Arm war etwas Schwarzes zu sehen.

Sie riss den Umhang vom Gesicht ihrer Mutter. Mit dunkelgelbem Eiter gefüllte Beulen prangten in der Achselhöhle der Greisin. Gefion schnappte nach Luft und schaute in die Schatten. Eine seltsame Müdigkeit fraß sich in ihren Körper. Ihre Hand zitterte leicht, als Gefion den Umhang auf den Lehmboden fallen ließ. Åse lag bereits im Sterben.

Freya nahm das trockene Gewand entgegen, das Kol ihr reichte, und streifte es sich über den Kopf. Der blaue Wollstoff umfing ihren Körper wie eine warme Umarmung. Freyas Oberschenkel waren noch feucht von Thors Samenerguss. Ihr Körper fühlte sich schwer an.

Kol öffnete den Schmuckschrein, Gold und Bronze funkelten in dem geschnitzten Kasten. Freya griff nach ihren Kleinoden.

»Du kannst gehen.«

Aber die Hausfrau zögerte noch.

»Ein Boot ist von den äußeren Inseln gekommen. Sie haben einen Kranken an Bord.«

Freya schnaubte.

»Soll ich, die Auserwählte, mich um einen Mann von den äußeren Inseln kümmern? Soll ich vielleicht auch noch Pissruten binden und den Abtritt säubern?«

Kol errötete und biss sich auf die Lippe.

»Die Priesterinnen sind bei Freyr. Ich dachte …«

»Dann lass sie herkommen. Sofort.«

Kol verbeugte sich und verschwand im Nebenzimmer. Freya sah ihr hinterher, dann ließ sie sich auf den Hocker neben der Schlafbank sinken.

Hatten denn an diesem verdammten Tag alle den Verstand verloren? Begriffen sie nicht, welche Last Freya zu tragen hatte? Sie suchte zerstreut zwischen ihren Halsbändern und entschied sich endlich für das Größte. Vier Reihen aus Sonnenspiralen wanden sich über das weiche Gold. Sie fühlte sich ein wenig besser, als sie das Geschmeide in ihrem Nacken schloss. Sie musste würdevoll und mächtig sein, wenn sie für Freyr das Opfer zelebrierte.

Thor sollte ihre Macht sehen. Wie hatte er glauben können, sie werde Freyr wegen der Kranken von Idunvallen vernachlässigen? Diese eingebildeten, verräterischen Asen!

Sie schloss die Augen, sah Thor vor sich und lächelte. Er hatte jetzt bestimmt allerlei Stoff zum Nachdenken. Freya lehnte sich an die Schlafbank, genoss die Wärme der Feuerstätte und überließ sich ihrer Müdigkeit. Die Schlafbänke waren dunkle, leere Löcher an den Wänden der Halle. Bündel und Urnen pendelten langsam unter den verstaubten Dachbalken. Langsam legte sich ihre Spannung, ihr Körper wurde weich und warm. Ihre Augen wurden schwer, doch als Freya gerade in den Schlaf glitt, veränderte sich die Luft. Sie verdichtete sich und roch nach Brand.

Verzweifelt schaute Freya auf. Etwas befand sich in der Halle. Konnte sie denn nicht ein einziges Mal verschont bleiben?

Nahm es denn nie ein Ende?

Hnoss stand neben der Feuerstätte.

»Ich habe Sehnsucht nach dir, Mutter.«

Bei diesen Worten stöhnte Freya vor Schmerz auf. Ein glühendes Band schloss sich um ihren Kopf. Schwarze Flecken schwebten vor ihren Augen.

In all den Jahren hatte sie Kranke und Schwache geheilt, hatte demütig der Göttin gedient. Trotzdem hatte sie ihren kostbarsten Besitz nicht retten können.

Alvarins Totenhaus hatte Kräfte angelockt, die Freya damals nicht erkannt hatte. Sie hatten die kleine Hnoss auf die hohen Mauern geholt. In ihrer Ahnungslosigkeit hatte sie sich von der Bosheit verleiten lassen, die im Inneren des Totenhauses auf sie wartete.

Einige Schritte auf der Mauer waren alles, was sie gebraucht hatten. Die Kräfte der Dunkelheit hatten Freyas kostbarsten Schatz zerstört, hatten ihr Genick auf dem Steinboden gebrochen. Freya sah es so deutlich vor sich, als sei es eben erst passiert. An diesem Tag hatte der Alb begonnen, an ihrem Fleisch zu nagen. Die düstere Trauer war ihre Strafe.

»Ich hätte über dich wachen müssen«, flüsterte Freya.

Ihre Schande war wie eine blutende Wunde. Wahnsinnsqualen und Totentrauer. Wenn sie nur ihr Kind zurückhaben könnte.

Hnoss schimmerte in den Schatten, sie wuchs, die Luft in ihrer Nähe wurde heller.

»Komm zu mir, Mama, du fehlst mir so«, bettelte sie mit kindlicher Stimme.

Freya fuhr sich mit der Hand über ihre nassen Haare. Spürte ihre Sehnsucht nach der Nachwelt. Erst dort würden ihre Fesseln gelöst werden und ihre Qualen ein Ende nehmen.

Hnoss lief zu Iduns Schlafbank hinüber und betrachtete die Kleidungsstücke ihrer Schwester. Sie sah so lebendig aus, fast, als sei das Schreckliche nie passiert.

»Auch Idun kommt zu mir. Noch nicht gleich, aber bald.«

Hnoss wurde traurig, ihre Unterlippe zitterte.

»Über Idun wachst du auch nicht. Wir sind Schatten für dich.«

Ihre Worte trafen Freya wie ein Fausthieb.

»Nein!«

Sie sprang auf, der Schrein fiel zu Boden und die Schmuckstücke verteilten sich auf dem Lehmboden.

»Alles, was ich im Leben bekommen hatte, habe ich euretwegen aufgegeben. Diesen Vorwurf darfst du mir also nicht machen!«

Der Geist löste sich langsam auf.

»Warte! Bleib bei mir!«

Sie streckte die Hand aus, aber Hnoss verschwand langsam in den Schatten.

Freya sank auf die Knie. In ihrem Kopf wütete ein Schmerzenssturm.

Wenn sie nur Ruhe finden könnte. Wenn ihr das hier nur erspart bliebe!

Aber sie, die Vollkommene, konnte die Anklagen ihrer toten Tochter nicht entkräften. Freya schaute zur Decke hoch.

»Mutter, gib mir Kraft«, flüsterte sie mit zitternder Stimme.

Die Männer warteten am Strand. Sie wollten lieber in der Kälte stehen und ihr Boot bewachen, statt an Alfhilds warmer Feuerstätte zu sitzen. Sie drängten sich um ein Feuer zusammen, das im Nebel hoch aufloderte. Es regnete jetzt nicht mehr. Trotzdem hatten sie sich Felle über die Schultern gelegt, um sich vor Feuchtigkeit und Kälte zu schützen. Thor schaute sie stolz an, als er von der Heide hergewandert kam. Sie waren prachtvolle Burschen. Hocherhobenen Hauptes standen sie da und scherzten miteinander.

»Und da machte sie die Beine breit und ließ einen fahren«, hörte er Ottar sagen und die Männer brachen in grobes Gelächter aus.

Rådar schlug dem Witzbold so heftig auf den Rücken, dass dem fast das Wolfsfell von den Schultern gerutscht wäre.

Thor drängte sich zwischen seine Krieger, begrüßte sie und wärmte sich die Hände am Feuer. Er hustete und fröstelte. Der Regen hatte ihn bis auf die Haut durchnässt.

»Warst du unten bei Ran, um über das Wetter zu verhandeln?«, fragte Loki.

Die Männer grinsten. Ull warf einige Zweige aufs Feuer, das knisterte und aufloderte.

»Ich hol dir einen trockenen Umhang«, sagte der Junge und watete hinaus zum Boot.

Thor schaute ihm zufrieden hinterher. Da hatte er einen braven Knaben großgezogen.

Baldur begegnete durch die Flammen hindurch seinem Blick.

»Wann segeln wir?«

»Heute Nacht«, antwortete Thor und fuhr sich mit den Händen über sein regennasses Gesicht.

Seine Hände rochen so sehr nach Freya. Irrsinn und Liebeszauber. Der Duft ihrer Feuchtigkeit ließ seinen Unterleib brennen. Bestimmt hatte sie einen Zauberspruch über ihm aufgesagt, hatte seine Sinne verhext. Sonst hätte er sie doch im Wald liegen lassen, statt sich wie ein brünstiger Hengst mit ihr zu paaren. Aber was geschehen war, war geschehen. Und er bereute es wahrlich nicht.

Thor trat näher ans Feuer heran und schaute seinem Bruder ins Gesicht. Baldur hatte trotz seiner Betrunkenheit Recht gehabt. Sie mussten in den Kampf gegen Gorm ziehen. Er hatte nicht viel Vertrauen zu Freya, aber wenn sie in der Opferquelle Odin bei Gorm gesehen hatte, dann gab es keinen Grund, ihr nicht zu glauben. Verdammter halbblinder Graubart! Odins Durst nach Macht und Gold hatte ihnen dieses Unglück beschert. Thor trug keine Schuld. Bestimmt hatte Freya sich geirrt.

Es war Odin, ihr Allvater, der Gorm aufgesucht hatte, um heimlich einen brüchigen Frieden zu schließen. Und jetzt mussten sie in den Krieg ziehen, um ihren Speermeister zu befreien.

Aber wenn Gorms Priesterin die schwarze Seuche geschickt hatte, dann würde sie teuer dafür bezahlen müssen.

Trotzdem wäre es besser, Freya mit auf die Fahrt zu nehmen. Hexe gegen Hexe, so könnten sie den Kampf gewinnen.

Er nahm den Umhang, den Ull geholt hatte, und legte ihn sich um die Schultern.

»Nachts zu segeln ist nicht so leicht. Die Kälteriesen kommen von Norden hergewandert. Ich spüre ihren stinkenden Atem bis ins Mark«, sagte Baldur.

»Wir haben keine Wahl«, sagte Thor.

Er musterte seine Männer mit ernster Miene.

»Die Hexe Freya hat mir eine Nachricht von unseren toten Kameraden übermittelt.«

Die Männer schauten auf.

»Schleift eure Schwerter. Tiwaz ruft. Ein großartiger Kampf erwartet uns. Es wird der Größte und Wichtigste, den ihr in eurem jämmerlichen Leben erfahren könnt.«

Die Männer lachten.

»Sag, dass wir gegen Gorm kämpfen werden«, rief der alte Rain.

Thors Ja wurde mit Jubel begrüßt.

»Unser Friedensangebot hat er abgewiesen. Stattdessen hat Gorm Odin gefangen genommen. Unser großer Häuptling sitzt gebunden wie ein Hund.«

Die Männer schrien vor Wut.

Rain zog sein Schwert und schwenkte es durch die Luft.

»Dann wird mein beißendes Eisen ihn bluten lassen.«

»Und meins auch«, rief Thor.

Stolz und Stärke erfüllten seine Brust. Wie sollte er mit diesen Kriegern an seiner Seite verlieren können, mit Ull, Rain, Loki, Baldur, Ottar, Rådar, Sakse?

Der Feind, dem sie entgegentreten würden, war viel stärker als sie. Trotzdem gab es in ihren Blicken keinen Zweifel, dort sah Thor nur Stärke und Wut. Sie verdienten nur das Beste. Keine Hexe, keine finstere Kraft würde ihnen schaden können. Dafür wollte er sorgen.

Alfhild lehnte sich an den Türpfosten und schaute besorgt über den nebelgrauen Hofplatz. Vor dem eilig angesetzten Opferfest an diesem Abend war noch so viel zu erledigen.

Die Mägde rannten in den Vorratshäusern aus und ein. Aiki kam mit zwei Lederschläuchen voller Wasser in jeder Hand vom Bach her. Bei der Kochgrube leerte sie sie über dem Kochgeschirr aus.

Moira schickte sie sofort, um noch mehr zu holen.

Alfhild sah diesen Arbeiten zufrieden zu. Auf ihrem Hof ging alles gut, alle kannten ihre Aufgaben. Die Welt mochte ein von Finsternis erfülltes Chaos sein, hier immerhin herrschte Ordnung.

Die Männer hatten schon die für das Opfer bestimmten Schweine geschlachtet. Ausgeblutet hingen sie an den niedrigsten Ästen des Schutzbaumes.

Sigvard zog den Feuersteindolch aus dem Gürtel, spuckte darauf und schlitzte dann den Bauch des braunen, zottigen Schweins auf. Das blaugraue Gedärm klatschte auf die geflochtene Strohmatte.

Bolde half Vadrik, den dampfenden Fleischhaufen zur Kochgrube zu tragen. Alfhild ließ ihren Erstgeborenen nicht aus den Augen. Er war dunkel und alles andere als hässlich. Aber sein Gemüt blieb ihr fremd. Bolde sagte nur selten etwas und wenn Frauen dabei waren, wirkte er unbeholfen. Am liebsten war er mit seinem Vater zusammen. Er ähnelte niemandem aus der ganzen Sippe. Alfheims Königinnengeschlecht waren immer Durchhaltevermögen und gute Laune nachgesagt worden. Nicht einmal ihr Vater Alvarin, der den Königinnenumhang hatte auf sich nehmen müssen, nachdem seine Schwester im Süden beim Bronzehandel erschlagen worden war, hatte als schwermütig gegolten. Der Einzige, der vielleicht mit Bolde Ähnlichkeit gehabt haben könnte, war ihr Urgroßvater mütterlicherseits, Didrik der Jähzornige. Aber der hatte schon als junger Mann seine Zähne verloren und seine Schmerzen mit Met und Bier verjagt. Alfhild seufzte und schlug die Arme übereinander. Die Bronzespirale an ihrem Handgelenk leuchtete auf.

Ein wütender Wind fegte vom Meer herein. Die Wellen kochten wie in einem blaugrauen Kessel. Alfhilds flachbödiges Schiff wiegte sich unruhig unter Rans harten Liebkosungen. Alfhild fröstelte, war froh, dass sie sich für ihr Wintergewand entschieden hatte und sah zu, wie Bolde unter einem weiteren Schwein die Strohmatte ausbreitete.

An dem Tag, an dem sie schreiend und blutend diesem Jungen das Leben geschenkt hatte, hatte sie geschworen, ihn nicht zu Pflegeeltern zu geben, wie es bei den Wanen sonst Brauch war. Sie wollte ihn bei sich haben, wollte eine Mutter für Töchter und Söhne sein. Moira hatte gemurrt und es als ungesund für eine Königin bezeichnet, aber Alfhild setzte sich durch.

Doch der Junge hatte von klein auf eine engere Beziehung zu Sigvard und wehrte sich gegen Alfhilds Mütterlichkeit.

»Geht's gut?«, rief sie Sigvard zu.

Ihre Stimme ließ ihn von den Schlachtschweinen aufblicken. Er lächelte und kam mit langen Schritten auf sie zu. Er sah müde aus nach dem nächtlichen Trinkgelage mit den Asen, seine Augen waren rot unterlaufen, seine Wangen rau und unrasiert. Doch trotz der langen Zeit, die sie nun schon zusammenlebten, wurde ihr beim Anblick ihres Gatten heiß.

»Sechs Schweine haben wir für das Opfer getötet. Das muss reichen«, sagte er.

»Die Alfenpriester müssen bald losgehen und die Leute zusammenrufen.«

Sie wurden von einem schrillen Schrei in einem Vorratshaus unterbrochen. Svea und Ingvild kamen zum Vorschein, gefolgt von einer wütenden Magd.

Die Mädchen kicherten, als sie zusammen mit einem bellenden Hund am Langhaus vorbeirannten.

Alfhild lächelte voller Stolz über die Wildheit ihrer Töchter. Dann fiel ihr ein, wen sie schon den ganzen Tag vermisste.

»Wo steckt Idun?«

»Sie schien sich gestern Abend in der Halle sehr gut mit Bragi verstanden zu haben«, sagte Sigvard mit viel sagendem Blick.

Das klang bedrohlich. Für die Asen war der Vater ungeheuer wichtig. Und wenn sie erführen, wer Iduns Vater war, dann könnte allerlei geschehen. Die Bronzestäbe in Alfhilds Gürtel klirrten leise, als sie einige unruhige Schritte machte. Sogar der blinde Njörd konnte die Verwandtschaft zwischen Idun und Thor erkennen. Das verhieß nichts Gutes für Alfhilds Pläne.

Alfhild schaute wütend zu Bolde hinüber, der mit seinem Steinmesser einem Schwein das Fell abzog. Verdammter Trödler. Wenn er nur Verstand genug hätte, um Idun zu umwerben, dann müsste Alfhild sich hier nicht mit dieser neuen Sorge auseinander setzen. Aber der Junge brachte ja nie ein Wort heraus, wenn Idun in der Nähe war.

»Du musst jetzt handeln.«

Sigvard schüttelte besorgt den Kopf.

»Das wird nicht leicht. Bolde hat kein Interesse an Idun. Er läuft einer der Mägde hinterher.«

»Das ist mir egal. Alfheims Zukunft ruht auf seinen Schultern. Begreift er das nicht? Ist er denn schwachsinnig?«

»Ich werde ein ernstes Wort mit ihm sprechen«, sagte Sigvard.

»Du wirst dafür sorgen, dass er meinen Willen tut. Nicht mehr und nicht weniger.«

Alfhild schnaubte über Sigvards Zaghaftigkeit. Sie hätte sich selber um die Sache kümmern müssen. Wenn Bolde und Idun erst unter den Hammer getreten wären, würde die Blutmacht des Mädchens hier auf dem Hof bleiben. Reichtum und Macht würden damit fester an Alfheim gebunden.

Jetzt strich ein Ase um Idun herum wie ein hungriger Wolf. Schön wie ein Gott war er noch dazu. Alfhild hatte ihm am Vorabend selber so manchen Blick zugeworfen. Das hier verhieß nichts Gutes. Die Asen waren nicht dumm. Sie würden begreifen, welcher Schatz dieses Mädchen war.

Alfhild schaute zur Heilhütte hinüber. Die Priesterinnen Botaid und Sot wachten an der Tür. Mit ernsten Mienen standen sie in der feuchten Kälte.

»Kann ich wieder an die Arbeit gehen?«

Alfhild nickte Sigvard kurz zu.

»Aber heute Abend will ich sehen, dass unser Sohn die Kleine umschmeichelt.«

Sigvard verzog zweifelnd das Gesicht.

»Alles, was du begehrst, meine Königin«, sagte er und küsste sie leicht auf die Stirn.

Dann ging er zu Bolde hinüber, legte dem Jungen die Hand auf die Schulter und zog ihn von den Schweinen weg.

Alfhild schaute zufrieden zu ihnen hinüber, dann hob sie die Hand und winkte Sot zu sich.

Die junge Priesterin verneigte sich mit überraschtem Gesicht vor Alfhild. Die beiden hatten noch nie miteinander gesprochen.

»Ist unserem geliebten Freyr die Gesundheit wiedergeschenkt worden?«

Sot legte die Hand aufs Herz.

»Er schläft einen stärkenden und ruhigen Schlaf. Das verheißt Gutes für seine Genesung«, erwiderte sie mit dunkler, singender Stimme.

Alfhild lächelte besorgt.

»Es gibt etwas, das mir heute Morgen Sorgen macht. Wo steckt Idun? Die Kinder fragen nach ihr.«

Sot wich dem Blick ihrer Königin aus.

»Ist sie mit dem Asen zusammen?«, fragte Alfhild streng.

Sot zögerte einen kurzen Moment.

»Ich glaube, ja«, sagte sie dann.

Alfhild legte besorgt den Kopf schräg.

»Das ist nicht so gut.«

»Ich habe versucht, ihr klar zu machen, dass sie sich vor den Asen hüten soll, aber sie hört nicht auf mich. Er hat ihr den Kopf verdreht.«

Jetzt war Alfhild sich ihrer Sache sicher. Sie versuchten, die Kleine zu umgarnen.

Sie sah sich Sot genauer an. Die war eine tüchtige Priesterin, das wusste Alfhild, aber sie war von niedriger Geburt. Ihre Mutter war Leibeigene der Asen gewesen. Das konnte Alfhild ausnutzen. Außerdem war das Mädchen schön, ihre Brüste waren füllig unter dem blauen Gewand.

»Du musst mir auf dem Opferfest beistehen und der Keil sein, der sich zwischen Idun und Bragi schiebt«, sagte Alfhild.

»Ich werde alles tun, was du begehrst, Königin«, sagte Sot demütig.

Alfhild sah und erkannte den Machthunger, der die Augen der Priesterin glänzen ließ. Sie lächelte zufrieden.

Das Schiff der Asen war nicht so reich verziert wie Alfhilds breitbäuchiges Fahrzeug. Bragi erklärte, Skidbladnir sei gebaut worden, um stark und schnell zu sein, und das sah Idun nun, als sie sich schüchtern dem Strand näherte.

Die Männer ließen ihre Arbeit sinken, als sie Idun und Bragi erblickten. Sie starrten die beiden neugierig an. Iduns Herz schlug heftig und sie errötete.

»Da ist Thor«, sagte Bragi.

Der rothaarige Riese am Bug hob die Hand zum Gruß.

Bragis Hand schloss sich um Iduns.

»Hab keine Angst. Vergiss nicht, dass du von viel höherer Geburt bist als alle diese Männer. Du kannst ihnen befehlen, was du willst. So mächtig bist du.«

Idun versuchte zu lachen. Dieses Gerede über ihre Herkunft kam ihr unwirklich vor, wie ein viel zu großer und viel zu kostbarer Umhang, der um ihre Schultern gelegt wurde.

Zwei Arme schlossen sich um ihre Mitte, Bragi trug sie über das Wasser und hob sie über die Reling. Idun kletterte an Bord und sah sich um. Die Männer glotzten. Sie versuchte, den Kloß in ihrem Hals hinunterzuschlucken.

Gleich darauf stand der Riese vor ihr. Ihr Vater. Der Held. Das Deck schwankte unter ihren Füßen.

»Willkommen, Idun. Es freut mich, dass du gekommen bist.«

Seine raue Stimme klang so freundlich, was ihn gleich weniger beängstigend erscheinen ließ. Thor legte den Arm um ihre Schultern und schaute sich im Boot um.

»Das hier ist Idun, meine einzige Tochter. Ich erkenne sie hier und jetzt als solche an. Ehrt sie, sonst erschlage ich euch mit meinem Hammer.«

Die Krieger lachten gutmütig.

»Wie kann so ein hässlicher Kerl eine so schöne Tochter haben«, sagte ein blonder Mann und kam auf Idun zu.

»Das ist mein Bruder Baldur, dein Onkel«, sagte Thor.

»Du ehrst unsere Sippe, Nichte«, sagte der blonde Krieger, senkte den Kopf und legte sich die Faust auf die Brust. Die Männer folgten diesem Beispiel. Idun staunte über diese Ehrerbietung.

»Sie erkennen deine hohe Stellung an. Von nun an werden sie dich mit ihrem Leben verteidigen«, flüsterte Bragi hinter ihrem Rücken.

Idun sah die Krieger überrascht an. Sie wollten für sie kämpfen? Sie bis in den Tod verteidigen? Ihr Körper wurde weich vor Stolz und Freude. Nie mehr würde sie sich vor irgendetwas fürchten müssen.

Idun holte tief Luft und versuchte, das viele Glück zu erfassen, das die Göttin ihr an diesem Tag geschenkt hatte. Bragi, diese Männer, ein Vater, der ein Held war. In ihrem Kopf drehte sich alles.

»Hat der Junge dich gut behandelt?«

Idun schaute Thor überrascht an. Was meinte er wohl?

»Ja«, flüsterte sie verlegen.

»Wenn er sich nicht benimmt, dann sag mir Bescheid«, knurrte Thor und schaute Bragi, der sich räusperte, grimmig an.

»Ich habe etwas mit dir zu besprechen, Häuptling. Etwas, das ich laut und vor den Ohren deiner Tochter sagen muss.«

Thor schlug die Arme übereinander. Der große Hammer an seinem Gürtel schwenkte hin und her. Der muss ja ungeheuer schwer sein, dachte Idun.

Bragi schien nervös zu sein, als er hier vor Thor stand. Verschwunden waren sein Mut und seine Gelassenheit.

»Ich habe Idun gebeten, mit mir unter den Hammer zu treten und auf meinem Hof zu wohnen«, sagte Bragi kurz und presste ihre Hand.

Idun wurde ganz und gar von Glück erfüllt. Aber Thor blieb ernst. Er schaute Bragi mit strenger Miene an.

»Da hast du eigenmächtig gehandelt«, sagte er drohend.

»Ich bitte um dein Einverständnis, hier und jetzt.«

Bragis Wangen waren rot, seine Hand, die Iduns umklammert hielt, war schweißnass.

Idun sah von einem zum anderen, langsam begriff sie. Bragi hatte Angst vor Thor, trotzte ihm aber um ihretwillen. Das war seltsam. Alles, was sie für Trugbilder und glattzüngige Rede gehalten hatte, stimmte. Bragi liebte sie wirklich. Ihr letzter Widerstand zerfiel zu Staub. Freude jubelte in ihrer Brust.

»Was sagst du dazu, Idun? Die Jungen müssen sich um deine Gunst schlagen. Willst du Bragi denn?«, fragte Thor, jetzt freundlicher.

Idun schaute zu dem Helden empor, den ihre Mutter in ihrer Jugend so geliebt hatte. Vor langer Zeit hatte Freya für Thor alles geopfert. Sie hatte Åse getrotzt und ihr Volk verlassen, um Thors Leben zu retten. Jetzt konnte Idun für Bragi dasselbe tun. Sie würde ihm Liebe schenken und Freude in sein hartes Leben bringen.

Sie drückte Bragis Hand und lächelte. Freya würde sie verstehen; Idun folgte schließlich ihrem Beispiel.

Das hier war das Schicksal, das in ihrem Lebensgewebe lag, und bald würden Iduns und Bragis Kinder die Geschichte der Liebe ihrer Eltern hören.

»Nichts möchte ich lieber«, flüsterte sie.

Thor musterte Bragi scharf.

»Das geht alles ziemlich schnell. Bei Sonnenaufgang wusste ich noch nicht, dass ich eine Tochter habe, und mittags will sie schon mit einem meiner Männer unter den Hammer treten.«

Idun errötete und starrte die groben Planken an.

»Deine Mutter wird damit nicht einverstanden sein«, sagte Thor zu Idun.

Sein Umhang hing über seiner einen Schulter, sein Schwertarm war frei. Schwarze Tätowierungen rankten sich von der Faust bis zur Schulter.

»Sie hat dich gerettet und ist mit dir geflohen«, sagte Idun.

Thor schnaubte.

»Seither ist viel passiert.«

»Ich habe Idun gebeten, uns heimlich zu begleiten«, sagte Bragi.

Idun hielt den Atem an. Was, wenn Thor das nicht gestattete?

Der musterte sie mit ernster Miene und zuckte dann mit den Schultern.

»Wir segeln heute Nacht nach dem Opfer. Es freut mich sehr, wenn du uns begleitest. Du hast mein Wort darauf, dass wir dich ehren werden. Du hast nichts zu befürchten«, sagte Thor.

Bragi sah sie an. Jetzt musste sie antworten.

Idun fühlte sich, als stände sie vor einem bodenlosen Abgrund. In diesem Moment entschied sie über ihre Zukunft. Ihr Volk würde wütend auf sie sein.

Aber wenn Freya erst ihre Enkelkinder sähe, würde sie sich freuen. Das Schiff bewegte sich sanft unter Iduns Füßen. Hier war sie geborgen. Sie drückte Bragis Hand. Bei dem Asen war keine Bosheit zu finden. Bei ihm würde sie alles bekommen, wovon sie geträumt hatte.

»Ich komme mit«, flüsterte sie.

Idun holte zitternd Atem, ihr Mut überraschte sie. Aber ihre Entscheidung war gut und richtig. Das spürte sie tief in ihrem Herzen.

Thor musterte das magere Mädchen, das da zitternd neben Bragi stand. Die Kleine benahm sich wie eine verprügelte Leibeigene. Nichts an ihr erinnerte an seine ungebärdigen Söhne, die sich die ganze Zeit miteinander rauften.

Wie konnte er der Vater dieses Angsthäschens sein? Er wagte kaum, sie anzurühren, aus Angst, ihr dabei die Knochen zu brechen.

Die Männer schlugen Bragi auf die Schultern und wünschten ihm viele Söhne. Der Junge stand stolz neben Idun. Thor schnaubte. Aber es war schließlich seine Schuld.

Iduns hohe Geburt war für Bragi wie ein goldener Schatz. Seine Stellung würde sich um vieles erhöhen, wenn er sie an seiner Seite hätte. Natürlich ergriff der Junge diese Möglichkeit, seine Macht zu vergrößern und zugleich Thor einen Gefallen zu tun. Er hatte klug gehandelt, das musste Thor zugeben.

Er lehnte sich an die Reling, während die jungen Liebenden miteinander tuschelten.

Freya würde wütend sein. Aber wenn Idun erst mit Bragi verheiratet wäre, würde sie den Asen zu Hilfe kommen müssen. Bald würde Freya bei ihnen von Hof zu Hof gehen und die schwarze Seuche vertreiben. Das war wichtiger als alles andere. Dem Band, das sie bald vereinen würde, könnte sie nicht entkommen.

Und Freya würde ihnen im Kampf gegen Gorm helfen müssen.

Thor umschloss zufrieden Mjölnirs Schaft mit der Hand und sah Idun an. Nur ein Narr pries das Eis, ehe er sicher auf dem anderen Ufer stand, und die Wünsche einer Frau waren so trügerisch wie das Herbstwetter.

Noch war das Mädchen nicht unter den Hammer getreten, noch konnte vieles geschehen.

Thor schaute zu Alfhilds Hof hinüber. Auf dem Hofplatz eilten die Menschen hin und her, das Ufer war leer. So gern er es auch getan hätte, er konnte die beiden nicht sofort vermählen. Das hätte ihm und Idun nur Schande eingebracht. Ohne ein Fest würde er von allen wegen seiner Heimlichtuerei verspottet werden und Idun würde von den anderen Frauen wie eine Leibeigene behandelt werden. Er musste zeigen, dass er sie als seine Tochter ehrte, sonst würde die Kleine ein hartes Leben haben. So viel wusste er immerhin über die Welt der Frauen.

Thor zog Mjölnir aus dem Gürtel und lächelte Idun an.

»Wir Asen haben einen Brauch. Die jungen Leute, die unter den Hammer treten wollen, schwören, ihr Versprechen zu halten.«

Die Männer murmelten beifällig.

»Ich habe hier ein Eidband«, sagte Loki und durchwühlte seinen Ranzen; dann zog er das Band heraus, in das viele Kraftzeichen eingewebt waren.

Thor begegnete Bragis Blick, er sah, wie der Junge zögerte, als sei ihm eben erst der Ernst der Lage aufgegangen. Wenn Bragi erst geschworen hätte, würde er nicht mehr umschwanken können. Idun sah verängstigt aus.

»Mach dir keine Sorgen, du wirst ein großes Fest und kostbare Geschenke bekommen, wenn wir erst in Idunvallen sind und ihr unter dem Hammer steht.«

Dann hob Thor seinen Hammer.

»Leg die Hände darauf.«

Iduns Hand zitterte über der goldenen Bronze. Sie war so klein in Bragis Pranke. Loki fing an, in einer fremden Sprache zu singen, seine Stimme hob und senkte sich, während er das Eidband um ihre Hände wickelte.

Idun schien kurz vor einem Zusammenbruch zu stehen. Loki umkreiste die beiden, murmelte seine Beschwörungen, segnete sie mit seiner Kraft. Als er verstummte, ergriff Thor das Wort.

»Bragi, schwöre bei Tiwaz, dein Versprechen zu halten und meine Tochter zur Frau zu nehmen.«

Der Junge schluckte, ehe er antwortete.

»Ich schwöre.«

»Idun, schwöre bei der Göttin, deinen Eid nicht zu brechen und dich von Bragi nicht abzuwenden.«

»Ich schwöre«, flüsterte sie.

»Dann steht es fest. Und wer den Eid bricht, möge wegen dieser Treulosigkeit vertrieben und verhöhnt werden.« Thors Stimme hallte über das Wasser.

»So möge es geschehen«, sagten die Männer wie aus einem Mund.

Thor schob Mjölnir wieder unter seinen Gürtel und schaute die jungen Leute zufrieden an. Er fühlte sich überaus wohl in seiner Haut. Eine Hochzeit war genau das, was seine Leute in diesen düsteren Zeiten brauchten. Sogar Siv würde sich darüber freuen.

Loki löste das Band, ließ die beiden frei. Bragi war bleich wie eine Eisscholle. Thor grinste. Jetzt hatte der Knabe eine wichtige Lektion gelernt. Man soll sich sehr gut überlegen, was man sich wünscht, denn es kann passieren, dass man es auch bekommt.

Der weiße Hengst bäumte sich auf. Dampf quoll aus seinen Nüstern. Die Muskeln bewegten sich unter seiner angespannten Haut. Freya strich dem Tier beruhigend mit der Hand über den Hals. Schnaubend tänzelte der Hengst vor dem Langhaus der Alfenpriester hin und her.

»Es ist eine Ehre, auserwählt zu sein, du solltest dich freuen.«

Das Pferd bewegte die Ohren. Freya nickte Svava zu. Es war ein makelloses Tier – ein hervorragendes Geschenk für die Göttin.

»Du verschwendest unser prächtigstes Tier.«

Freya drehte sich langsam um.

Widar stand mit verschränkten Armen vor dem Langhaus der Alfenpriester. Seine Verbitterung stank wie verfaultes Fleisch. Freya seufzte tief. Widars Widerwille machte ihr zu schaffen wie ein Flohstich.

Die Priester zogen die heiligen Pferde zwar groß, doch die Tiere gehörten ihnen nicht, ebenso wenig wie die Bronze und das Gold, aus denen sie ihre kostbaren Gegenstände schmiedeten.

»Der Hengst gehört der Königin, der wir alle dienen«, erwiderte Freya förmlich.

Diese offene Feindschaft zwischen Widar und ihr durfte während des Opfers nicht weitergehen. Alle Kraft musste sich auf Freyr konzentrieren.

Svava und ein Alfenpriester führten das Pferd fort.

Freya warf sich den unsichtbaren Kraftmantel der Göttin über die Schultern und trat vor den Hohepriester. Selbst sein knochiger Körper strahlte Unwillen aus. Unter seinem Kittel ragte sein Bauch hervor. Er war so weit von Freyrs geschmeidiger Schönheit entfernt! An diesem Mann gab es nichts, woran die Göttin hätte Vergnügen finden können. Hinter Widar standen seine Priester. Freya kannte einige von ihnen gut, da sie bei Opfern und Fruchtbarkeitsfesten ihre Männlichkeit genossen hatte.

Jetzt sahen sie sie abwartend und ängstlich an, verschanzten sich hinter verschränkten Armen. Aber dort stand auch der alte Njörd, erleichtert sah sie seinen gekrümmten Rücken und seinen strähnigen Bart.

»Der Kummer um Freyr verdüstert unsere Gemüter«, sagte sie.

In diesem Moment stellten sich ihre Kopfschmerzen wieder ein. Nicht jetzt. Der Schmerz bohrte sich durch ihre Stirnknochen.

Freya biss die Zähne zusammen. Sah den schweigenden Widar an.

»Es kann schwer für einen Mann sein, die Wege der Göttin zu verstehen. Aber die Mutter zu missachten, bedeutet, die Weltordnung infrage zu stellen«, sagte sie wie zu einem Kind.

»Du bist nicht die Hohepriesterin der Wanen. Diesen Mantel und diesen Stab trägt Snotra in Vanaheim«, erwiderte Widar lässig.

Freya schüttelte langsam den Kopf. Der Schmerz wanderte weiter, jetzt spürte sie ihn als weiß glühenden Stachel in Stirn und Nase. Diese Qual ließ sie alles durch einen blutroten Schleier sehen. Trotzdem blieb ihre Stimme ruhig.

»Geht, lasst uns allein«, sagte sie zu Widars getreuen Mannen.

»Ruft Alfheim zusammen«, sagte Widar, ohne Freyas Blicken auszuweichen.

Die Priester ließen sie widerwillig unter den kahlen Zweigen des Sippenbaumes stehen. Nur der alte Njörd blieb, er tastete sich zu Widar heran und klammerte sich in seiner Blindheit an dessen Arm.

Als Ältester unter ihnen besaß er das Recht, ihnen zuzuhören. Freya aber konnte sich nicht bezwingen, obwohl Njörd jedes Wort vernahm.

»Hat der Zwillingsgott dir vor Schamlosigkeit den Schädel verfaulen lassen? Jeden Vollmond kämpfe ich gegen die Finsternis, die du nach Alfheim geholt hast, aber trotzdem willst du mich herausfordern.«

Freya starrte Widar in die Augen, bis er seinen Blick senkte.

»Es stimmt schon, dass das Totenhaus, das wir gebaut haben, Alfheim fast ins Verderben gestürzt hätte. Das ist meine Schuld und ich habe der Königin teuer dafür bezahlen müssen. Aber kannst du in deinem Hochmut nicht sehen, dass ich wirklich nur Freyr ehren will?«, sagte Widar.

Freya schnaubte. Widar war eine Schlange in Menschengestalt, die Gift und Zerstörung über Alfheim ausspie. Und sie wusste, worum es ihm ging.

»Schluck deine Lügen hinunter. Wenn Freyr wieder gesund ist, wird er seinen Platz als Hohepriester der Alfen wieder einnehmen.

Du wirst dann wie ein abgenagter Knochen beiseite geworfen. Das weißt du, und davor hast du Angst.«

Die Priester kamen jetzt mit den beiden riesigen Bronzeluren aus ihrem Langhaus. Sie schauten besorgt zu Freya herüber, als sie auf dem Weg zum Boot vorübergingen. Bald würde der dumpfe Klang der geschwungenen Luren über das Wasser hallen und die Bewohner des Inselreiches zur Opferfeier laden.

Njörd meldete sich mit besorgter Stimme zu Wort.

»Die Alfenpriester ehren die Göttin seit dem Morgen der Zeiten. Widar, beuge dich vor Freya, steh ihr in dieser schweren Stunde bei, oder gib deinen Umhang auf. So kann es nicht weitergehen. Ich bitte euch beide im Namen meines Sohnes, schließt Frieden. Rettet ihn für das Leben.«

Traurig sah Freya die Verzweiflung ihres Vaters. Widar schluckte wütend, musste aber angesichts der weisen Worte des Greises schweigen.

»Ich bitte um Verzeihung, Priesterin. Du hast Recht, der Kummer hat mein Gemüt zerfressen. Ich beuge den Nacken vor deiner Übermacht«, sagte Widar und legte die Hand aufs Herz.

Die Falschheit seiner Worte war offensichtlich, aber Freya verzog keine Miene.

»Ich nehme deine Entschuldigung an, geh mit meinem Segen.«

Widar verbeugte sich und verschwand im Langhaus. Sein reich verzierter Umhang wippte trotzig auf seinem Rücken.

Njörd legte Freya die Hand auf den Arm und umschloss ihn mit vor Alter schmerzenden Fingern.

»Führe mich zu Freyrs Krankenbett. Ich will heute Nacht an der Seite meines Sohnes wachen.«

Die Nähe des Alten linderte ihre Kopfschmerzen.

»Es ist mir eine Ehre«, sagte Freya und ging langsam über den Weg zu Alfhilds Hof. Es war nicht weit, nur einige Steinwürfe, aber die Schritte des Alten waren langsam und müde. Seine weißen mageren Beine ragten unter seinem Kittel hervor. Die Lederschuhe schlurften über die verfaulenden Blätter auf dem Weg.

»Bald wirst du hier mit deinem Sohn gehen«, sagte Freya tröstend.

Njörd schwieg.

»Widar wird dir niemals verzeihen, dass du ihm so viel Macht genommen hast«, sagte er nach einiger Zeit.

»Er ist ein schwanzloser kläffender Welpe«, sagte Freya.

»Die Mächte strafen die, die auch schwache Feinde nicht ernst nehmen.«

Freya lächelte. Nicht einmal Njörd kannte ihre ganze Kraft, aber seine Fürsorge tat ihr gut.

»Du hast eine schwere Last zu tragen, Tochter. Dein mächtiges Blut ist ein Geschenk und ein Fluch zugleich.«

Freya schaute überrascht auf. Er hatte seine Vaterschaft noch nie zuvor erwähnt.

Das hätte Vanaheims Sitten widersprochen. Aber die Insel, auf der Freya geboren worden war, war weit weg und hier in Alfheim war das etwas anderes. Freya schluckte.

»Die Göttin gibt mir Kraft, Vater.«

Der Alte lächelte unter seinem weißen Bart.

»Du konntest kaum laufen, als die Mächte mich zwangen, deine Mutter zu verlassen. Und das tut mir auch nach dieser langen Zeit noch immer weh. Wir alle müssen uns dem Gewebe beugen. Vanaheims Königin muss zwei Töchter gebären. Und als ich an ihrer Seite lebte, blieb ihr Schoß Jahr für Jahr leer, nachdem du und dein Bruder zur Welt gekommen wart.«

»Deshalb bist du mit Freyr heimgekehrt«, sagte Freya.

Ihre Tante Gullveig hatte ihr das erzählt, sie konnte sich noch gut daran erinnern.

»Der Junge war meine ganze Freude«, sagte Njörd lächelnd und blieb stehen.

»Unter den Wanen hat es niemals einen besseren Mann gegeben«, sagte Freya.

Seine Augen füllten sich mit Tränen. Vorsichtig wischte Freya sie mit ihrem Umhang weg.

»Wenn ich die Mächte um einen einzigen Gefallen bitten dürfte, dann würde ich gerne vor meinem Tod einmal deine Schönheit sehen«, flüsterte er.

Freyas Herz durchzog eine zärtliche Trauer. Njörd war die Quelle von Freyrs Güte. Es war eine arge Schande gewesen, dass ihre Mutter ihn hatte fortschicken müssen. Seine Milde hätte Åses kalte Stärke mildern können.

Njörd war wirklich ein wahrer Diener des Zwillingsgottes, so wie sein Sohn.

Sie nahm seine Hände und legte sie vorsichtig an ihr Gesicht. Die steifen Finger suchten sich ihren Weg. Freya blieb ganz still stehen, sie schloss die Augen. Wenn ich nur Freyr durch das Opfer heilen kann!

Sie sog die raue Luft in sich ein, verdrängte ihren Zweifel. In dieser Nacht würde sie Alfheim und der Mondgöttin ihre Kraft zeigen. Die in Freyr wütende Bosheit würde unter ihrem Zauber zerfallen.

»Du bist wahrlich schön«, sagte der Alte und ließ zufrieden seine Hände sinken.

Sie nahm seinen Arm und sie gingen weiter über den schlammigen Weg auf den Hof der Königin zu. Die Kühe grasten gelassen im gelben Gras der Totenheide und Schafe und Ziegen mischten sich wie weiße Inseln darunter. Der Nebel lag in einem grauen Ring um den Fuß des Grabhügels. Hnoss schwebte in der schweren Feuchtigkeit vorüber.

Freya sah zu einer Schar von Totenvögeln hoch, die mit heiserem Geschrei über den Himmel jagten.

Ihre Sehnsucht nach Freyr wuchs. Sie wollte nicht warten, bis sie wieder wie früher mit ihm sprechen könnte. Schwester und Bruder, Priesterin und Priester. Seit sie Idunvallen verlassen hatte, fehlte ihr seine freundliche Unterstützung. Als Auserwählte der Göttin stand sie hoch über ihren Priesterinnen, nicht einmal die Königin kam ihr an Macht und Geburt gleich. Aber Freyr war ihrer fast würdig.

»Das Alter lässt meinen Leib verwittern. Einst konnte ich Ran beschwören, jetzt kann ich nicht einmal mehr von Hof zu Hof gehen. Ich habe nur noch Kummer und Schmerzen«, sagte Njörd.

»Dein Wissen gehört zu Alfheims Schätzen«, antwortete Freya und drückte seinen Arm.

Sie hatten den Hofplatz erreicht. Vorsichtig führte sie ihn zu der Hütte. Als sie die Tür öffnen wollte, sah sie, dass sein Schuhriemen sich gelöst hatte. Freya ging in die Hocke, hob den Lederriemen auf und band ihn vorsichtig. Danach richtete sie sich wieder auf.

Njörd war erschöpft. Die kurze Wanderung hatte seine Kräfte verzehrt.

»Ich danke der Göttin dafür, dass deine Demut noch nicht verflogen ist.«

Freya lächelte den Alten strahlend an, dann führte sie ihn in die rauchige Wärme der Hütte. Njörunn und drei andere Priesterinnen wachten bei ihrem schlafenden Bruder.

»Ruh dich jetzt aus, deine nachlassenden Kräfte verdunkeln dein Gemüt«, sagte sie herablassend.

»Das mag schon sein«, erwiderte der Alte und setzte sich mit dumpfem Stöhnen neben Freyrs Lager auf eine Strohmatte.

Freya musterte ihren kranken Bruder. Bald, dachte sie. Bald.

Njörunn stellte den Mörser weg, in dem sie Kräuter für Freyas Arzneien zerstoßen hatte.

»Wir müssen miteinander reden.«

Freya folgte ihr hinaus auf den Hofplatz.

Dort beugte Njörunn ihren Kopf zu Freya und flüsterte:

»Ich habe mit Baldur gesprochen, und der hat mir so einiges erzählt. Einer der Asen, Ull, ist Sivs Sohn. Freyr ist sein Vater.«

Freya runzelte die Stirn und erinnerte sich an den Knaben, bei dessen Geburt sie vor langer Zeit in einer Hütte in Idunvallen geholfen hatte. Sie lehnte sich an die Tür. Die Weidenruten knarrten unter ihrem Gewicht. Die falsche Siv, die sich als Freundin ausgegeben hatte und von der Freya dann in der Not verraten worden war. Der alte Hass loderte neu auf. Diese Hündin Siv, die mit giftigem Gemüt Netze der Bosheit wob.

»Ihre Brut ist hier auf Alfheims Boden?«

Njörunn grinste. »Der Junge ist von Siv und Thor großgezogen worden. Er will von seinem Wanenblut nichts wissen. Die

Asen haben ihn von uns entfremdet. Aber mit Freyrs Blut in den Adern …«

»… wird er beim Opfer wertvoll sein«, vollendete Freya den Satz.

Sie schaute zum Schiff in der Bucht hinüber. Masten bewegten sich hin und her. Diese verdammte Siv sollte Freyas Macht zu spüren bekommen.

»Hol den Asen mit dem Wanenblut!«

Njörunn verschwand mit leichten Schritten am Ufer. Freya fuhr sich mit den Händen über ihren schmerzenden Schädel und lächelte. Siv würde einen anderen Sohn zurückbekommen als den, von dem sie sich verabschiedet hatte. Aber Freya wollte vorsichtig sein. Die Spur des Mondes am Himmel sollte leichter zu sehen sein als ihr behutsamer Zauber.

Alfhild zog eine Grimasse, als Moira ihr die Haare kämmte. Diese Frisiererei würde sie noch zum Wahnsinn treiben. Sie saß jetzt schon seit einer Ewigkeit still auf ihrem Stuhl, während Moira ihr Locken drehte und feststeckte, bis sie wie eine Königinnenkrone auf ihrem Kopf prangten. Vor einem Opferfest musste sie sich in all ihrer funkelnden Pracht zeigen. Aus ihrem ganzen Reich würden die Menschen zusammenströmen. Als Königin war sie ihnen an Geburt und Reichtum überlegen. Und das musste sie nun auch zeigen.

Moira zog die Locken an ihren Ohren durch Goldringe.

Schweiß lief ihr über die Stirn.

»Man darf sich nicht kämmen, wenn Leute auf See sind«, sagte Ingvild und schaute ihre Mutter auffordernd an.

»Das stimmt. In Frauenhaaren wohnt sehr viel Kraft. Wenn du dich kämmst, wird sie freigesetzt und wenn du am Wasser sitzt, kann es Sturm geben. Deshalb müssen die Haare geflochten werden«, sagte Moira.

Svea legte eine Hand auf ihre Locken, wie um sie zu bändigen.

»Warum hat Sigvard keine Kraft in seinen Haaren?«

Alfhild lachte die Kleine an.

»Der ist doch ein Mann. Seine Kraft sitzt allein in seinem Rumpf. Nur Frauen bekommen von der Göttin Lebenskraft und Zauber. Wie würde es denn aussehen, wenn Männer Kinder gebären könnten?« Die Mädchen kicherten entzückt.

Dann wurde Ingvild ernst.

»Die Alfenpriester können doch auch zaubern.«

Alfhild und Moira wechselten einen belustigten Blick.

»Das stimmt. Sie können Kräfte in einem Stein bezaubern, können sie wie Wasser fließen lassen und sie dann zum Stillstand bringen«, sagte Alfhild und legte ihre Hand auf ihr breites Bronzearmband.

»Und wie machen die das?«

Die Mädchen schauten ihre Mutter verständnislos an.

»Das werdet ihr besser verstehen, wenn ihr größer seid und euer Blutungsfest gehabt habt«, sagte Moira.

Alfhild ließ sich im Sessel zurücksinken und lächelte. Es war nicht leicht, zwei kleinen Kindern die Welt zu erklären.

»Warum hat die große Göttin neun Töchter und nicht zwölf?«, fragte Ingvild.

»Warum ist die große Göttin die Größte?«

»Jetzt reicht's, macht, dass ihr hier wegkommt«, sagte Moira streng. Widerwillig trotteten die Mädchen davon.

Idun steckte ihren Wickelrock in den Ranzen und zog ihn dann mit zitternden Händen zu. Mehr würde sie in ihr neues Leben nicht mitnehmen. Das Wams und den wärmenden langen Rock, ihr Bronzehalsband und die Armbänder.

Plötzlich wollten ihre Beine sie nicht mehr tragen. Sie ließ sich auf die Schlafbank sinken und umklammerte ihren Zopf. Das alles war wie ein gewaltiger Traum. Aber es war Wirklichkeit. Bragi gehörte ihr, wie ein vom Himmel gefallener Schatz.

Sie hatten vor ihrem Vater geschworen, vor diesem mächtigen Häuptling, der sie beschützen würde. Nie wieder würde Idun sich fürchten müssen.

Idun schaute sich in Alfhilds Halle um. Jordar brachte einen Arm voll Holz und ließ ihn neben der Feuerstätte auf den Boden fallen. Moira schrie eine Magd an, dann wandte sie sich wieder Alfhilds Haaren zu.

Sie würden ihr fehlen. Aber eines Tages würde sie mit kostbaren Geschenken zu Besuch kommen. Dann würde sie neben Alfhild sitzen und alle würden sie ehren. Freya würde Iduns erstgeborene Tochter auf den Arm nehmen und Idun für das Leben danken, das sie ihrer Sippe geschenkt hatte.

»Spielen wir?«

Svea zupfte an ihrem Rock.

»Jetzt nicht«, antwortete Idun.

Die Kleine schaute sie traurig an, dann lief sie zu ihrer älteren Schwester, die auf den Mahlstein schlug.

Iduns Herz tat weh. Es fiel ihr schwer, die Kinder zu verlassen, aber bald würde sie ja ihre eigenen haben. Vorsichtig stand sie auf. Noch immer zitterten ihre Knie, sie fühlte sich matt und kraftlos, als sie auf die Tür zuging.

Alfhilds Stimme hallte durch das Langhaus.

»Da bist du ja. Komm her.«

Idun blieb mit pochendem Herzen stehen. Wenn Alfhild es nun wusste! Sie hatte sie bestimmt mit Bragi gesehen und alles durchschaut. Sie würde sie nicht weglassen. Idun wagte nicht, die Königin anzusehen, als sie durch die Halle ging. Sie versteckte den Ranzen hinter ihrem Rücken.

»Ich habe für heute Abend einen ehrenvollen Auftrag für dich«, sagte Alfhild und lächelte ihr strahlendes Lächeln.

»Ich … fühle mich so geehrt«, konnte Idun herauspressen, erstaunt über Alfhilds Güte.

»Du sollst mir auf dem Fest zur Seite stehen. Du wirst zusammen mit Bolde hinter meinem Sessel wachen.«

Iduns Kehle schnürte sich zusammen. An jedem anderen Abend hätte sie sich zutiefst geehrt gefühlt. Aber wenn sie der Königin aufwarten musste, würde sie den ganzen Abend nicht von ihrer Seite weichen können. Sie versuchte vergeblich, sich ein Lächeln abzuringen.

»Was ist los? Du siehst ein bisschen blass aus.«

»Ich fühle mich auch wirklich nicht so gut.«

»Bald wird es dir besser gehen«, sagte Alfhild.

Die Gedanken wirbelten durch Iduns Kopf. Was sollte sie jetzt machen? Sie musste eine Fluchtmöglichkeit finden. Was, wenn die Asen nun ohne sie segelten?

Bolde kam auf sie zu, übellaunig wie immer. Aber er hatte sich gewaschen und gekämmt. Sein Umhang ließ eine Schulter frei, sein Schwertgehänge war so lang, dass es fast nach Sitte der vornehmen Krieger über den Boden schleifte.

»Ich freue mich, zusammen mit dir über meine Mutter wachen zu dürfen«, sagte Bolde steif.

Idun musterte ihn überrascht. Wieso freute er sich darüber? Bolde hatte in seinem ganzen Leben noch kein Wort an sie gerichtet.

»Kann ich dir einen Becher Met oder Bier holen, ehe die Gäste eintreffen?«

Idun schnappte vor Verwunderung nach Luft. Was war nur mit ihm los? Wieso dieses höfliche Benehmen?

»Mutter?«

»Ja, mein Sohn.«

Er ging mit langen Schritten auf die Mettonnen zu.

»Das ist ein guter Junge. Er braucht jetzt nur noch eine Frau, die ihn zu sich nimmt«, sagte Alfhild.

Idun schwieg. Sie fragte sich, ob Bragi wohl verstehen würde, was passierte, wenn er sie hinter Alfhilds Sessel entdeckte. Er musste doch begreifen, dass sie dieses Amt nicht verweigern konnte. Vor Sorge bekam sie eine Gänsehaut.

»Die Frau, die mit meinem Sohn unter den Hammer tritt, wird großen Reichtum und viel Macht erhalten.«

Idun nickte zerstreut, als Alfhild das sagte.

Sie würden doch nicht ohne sie aufbrechen? Das würde Bragi niemals zulassen. Wieder breitete sich dieses Schwindel erregende Glücksgefühl in Iduns Bauch aus. Sie hatten den Eid abgelegt.

Bolde kehrte mit zwei Trinkhörnern zurück. Idun leerte ihren Met in einem Zug.

Die Türen wurden aufgerissen.

Die lispelnde Ilthiaud von der Nachbarinsel kam herein, gefolgt von ihrer Sippe. Ihre Töchter und die alten Frauen sahen sich mit leuchtenden Augen um, während Ilthiaud vor der Königin auf die Knie fiel.

»Wir sind hergeeilt, sowie die Luren uns zum Opfer gerufen hatten.«

Man sah ihnen an, dass sie überstürzt aufgebrochen waren. Ilthiaud hatte ihre Haare in einem Netz verstaut und sah neben Alfhilds strahlender Pracht in ihrem braunen Kittel und Umhang schlicht aus.

In diesem Moment traf Rodiaud von Västerviken ein, dicht gefolgt von Bjärta und ihrem Mann von Östgården. Langsam wurde es eng.

Die Gäste unterhielten sich munter, während sie darauf warteten, die Königin begrüßen zu dürfen. Moira schrie das Gesinde an, sie sollten den Gästen Met einschenken.

Idun stand schweigend hinter Alfhilds Rücken und sah zu, wie die Leute von Alfheim der Reihe nach vortraten und der Königin ihre Ergebenheit versicherten.

Alfhilds Wärme war jetzt verflogen. Sie sprach steif und feierlich, wie es sich für eine Königin gehört.

Das hier war ihr Volk, mit ihrem schlichten Blut und ihrem geringen Verstand waren ihr die Menschen zum Gehorsam verpflichtet. Idun hatte Alfhild einmal mit ihren Töchtern darüber sprechen hören. Auch durfte man die Hofleute nicht tadeln, weil sie keinen großen Verstand besaßen und so vieles nicht begriffen. Das muss ich mir merken, dachte Idun und starrte aufgeregt zur Tür. Wenn er nur bald käme.

Die Gäste unterhielten sich lebhaft miteinander. Die Männer von den Lindhöfen trafen ein und riefen fröhliche Begrüßungen.

Bolde trat neben ihr nervös von einem Fuß auf den anderen. Ein Schweißtropfen lief von seiner Stirn über seine Wange. Er wischte ihn mit seinem Umhang weg, sah Idun an und lächelte starr. An diesem Abend benahm er sich wirklich seltsam.

Ein Gast nach dem anderen traf ein. Iduns Herz sank. Es war heiß und die Menschen standen dicht gedrängt. Der Met ließ die Leute laut und offenherzig werden. Dieses unerwartete Opferfest führte die Menschen von Alfheim seit dem Sommerfest zum ersten Mal zusammen.

Unruhig biss Idun sich in die Wange. Es war so stickig, dass sie kaum atmen konnte. Sigvards Männer verspritzten Met. Kaum ging eine Magd mit einer Fleischschüssel vorbei, griffen sie schon zu und stopften sich den Mund so voll, dass das Fett ihnen übers Kinn lief. Der Met stieg ihnen bereits zu Kopf. Sie stießen einander an, zwei forderten sich gegenseitig zum Armdrücken heraus.

Dann verdunkelte die Türöffnung sich. Zuerst kam der breitschultrige Baldur herein, dann folgten Bragi und die anderen. Die Stimmen der Gäste wurden noch lauter. Idun biss sich auf die Lippe und versuchte vergeblich, Bragis Blick einzufangen.

Irgendetwas stimmte nicht. Er wollte sie nicht mehr, sie konnte seinen Wankelmut spüren.

Endlich sah er sie an. Iduns Blicke flehten. Fahr nicht ohne mich. Verlass mich nicht.

Bragi schaute sich um und sah, wie Njörunn und drei Priesterinnen die Halle betraten. Das Stimmengewirr legte sich.

Alfhild erhob sich würdevoll und legte sich den Umhang über den Arm.

»Lasst uns die Mächte gnädig stimmen«, verkündete die Königin und machte sich auf den Weg zur Opferstätte.

Bolde nahm Iduns Arm. Für einen Moment sah sie Bragis Umhang, dann war er verschwunden.

5

Die Geister glitten durch die Mauern des Totenhauses. Ihre Anwesenheit war beruhigend, ganz anders als die bedrohlichen Kräfte draußen auf der Heide. Hier hatten die Toten in der Nachwelt ihre Ruhe. Freya hockte sich auf den flachen Stein, auf dem Gaben abgelegt wurden, um die Geister gnädig zu stimmen: ein Stück Brot, eine Urne mit Sauermilch, ein schön geformter Stein. Sie trank die Ruhe dieses Ortes und ihre Kraft wuchs. Der Lärm des Gelages in Alfhilds Halle war nur gedämpft zu hören. Freya entfernte eine verwelkte Blume und schaute zum Licht empor. Ein einsames Lachen gellte durch die Dunkelheit. Aber es gab auch andere Geräusche.

Schwere Schritte gingen über den Boden. Die Geister glitten abwartend zwischen Steine und Lehm der Mauern zurück. Die Bäume flüsterten mahnend. Freya erhob sich.

»Nur ein Narr trotzt der Heide mit seinem Mut.«

Widerwillig lächelte sie in die Dunkelheit.

Thor löste sich aus den Schatten.

»Wir müssen miteinander reden«, sagte er schroff.

Freya schluckte. Ihre gemeinsame Zeit war gekommen und gegangen.

»Ich komme nicht in Feindschaft«, sagte Thor.

Sie schaute ihn abwartend an. Thor sah müde aus, seine Blicke wirkten besorgt. Sein früherer Zorn war verflogen.

»Du legst Hexenfesseln um meinen Pflegesohn.«

Deshalb war er also gekommen. Freya lächelte vage.

Sie hatten dem Jungen einen berauschenden Trank gegeben, und nun schwebte er zwischen den Welten. Es war nicht leicht gewesen, denn der Junge war misstrauisch. Aber als Ull am Lager seines kranken Vaters gesessen hatte, hatte Freya ihm erklärt, er könne Freyrs Leben retten, wenn er nur diesen Becher leerte. Worauf der Junge den Becher bis auf den Grund geleert hatte.

»Sein Blut muss uns beim Opfer beistehen«, sagte sie.

»Aber du hast ihn nicht deshalb zu dir gelockt.«

Freya schüttelte langsam den Kopf.

»Nein.«

Er machte zwei Schritte auf sie zu, trat dichter an sie heran. Der Umhang hing schwer über seinen Schultern. Die Luft zwischen ihnen verdichtete sich.

»Wir wecken das Wanenblut des Jungen, wir wollen sehen, ob er seine Kraft einfangen kann. Das können Asen weder begreifen noch durchführen.«

Thors Blick verdüsterte sich.

»Wer gibt dir das Recht, mit seinem Leben zu spielen?«

»Das, wozu er geboren wurde, kann kein Mensch ihm verweigern«, erwiderte Freya überrascht.

Thor schaute sie mit unergründlicher Miene an, dann nickte er, als habe er einen Entschluss gefasst.

»So ist es«, sagte er und ging zum Totenhaus weiter.

Seine Schritte waren geschmeidig wie die eines Wolfs. Er fuhr mit der Hand über die Mauern. Seine Blicke waren erfüllt von Misstrauen.

»Du weilst lieber hier bei den Toten als unter den Lebenden auf dem Fest«, sagte er.

Freya lächelte traurig. Es stimmte schon, dass sie unter Geistern und Erinnerungen leichter Ruhe fand als zwischen den schreienden Menschen von Alfheim, die sie anbettelten, ihre jämmerliche Zukunft zu denken. Aber sie war nicht die Einzige, die in den Schatten der Nachwelt weilte.

»Ich trage jedenfalls nicht meine toten Männer mit mir herum«, sagte sie mit sanfter Stimme.

Thor fuhr zusammen. Sie sah seinem Blick an, dass er spürte, wie die Toten sich an seiner Kraft festklammerten. Männer, die seine Lebenskraft nicht loslassen mochten, um sich dem Leben in der Nachwelt nicht stellen zu müssen.

»Sie kommen im Traum zu dir, nicht wahr?«

Thor nickte kurz.

»Du hättest sie beschwören, sie machtlos machen müssen. Jetzt werden sie immer stärker, während du ausgezehrt wirst.«

Er wandte den Kopf ab, aber nicht schnell genug, sodass sie den Schmerz in seinen Augen sehen konnte. Er wurde gequält und war in seiner ganzen Kraft verletzlich.

Sie legte die Hand an seine Wange, streichelte sie liebevoll.

»Du bist zu einem harten Schicksal geboren«, flüsterte sie.

Thor packte ihre Hand, drückte sie an sein Gesicht. Lange blieb er bewegungslos und mit geschlossenen Augen stehen.

»Hilf mir«, bat er dann endlich.

Es war ein Flehen. Seine Worte rissen tiefe Wunden in seinen Stolz. Freya rang um Atem. Sie spürte, wie ihr schrecklicher Kummer neue Nahrung fand.

»Jeder Atemzug, seit ich dich verlassen habe, war von Sehnsucht erfüllt.«

Sie bereute diese Worte sofort, aber es war zu spät. Sie hatte sie laut gesagt, und nun nahmen sie in der Wirklichkeit Gestalt an.

Thor entfernte ihre Hand von seiner Wange und musterte sie mit einem unergründlichen Blick. Dann ließ er sich auf einen Opferstein sinken und machte sich an Schwert und Hammer zu schaffen.

»Die Mächte sind uns nicht gnädig gewesen«, seufzte er.

Sie tauschten ein trauriges Lächeln und betrachteten die Vergangenheit ohne Groll. Blutende Erinnerungen waren zu Narben geworden.

»Es war schwer für mich, nicht zu wissen, wo du warst«, sagte Thor.

»Ich habe bei dem Alten Volk gelebt, habe ihren Zauber gelernt und meine Kraft gestärkt. Nach zwei Sommern ließ Alfhild mich dann herholen.«

Freya musterte die Narbe auf seiner Wange voller Liebe. So viel verlorene Zeit.

»Ich will alles über dich wissen«, flüsterte sie.

»Es gibt nichts zu sagen.«

Freya versuchte, seinen Blick einzufangen, aber er wandte sich ab. Das spielte keine Rolle. Sie durchschaute seine Heldenmaske.

Freya ging zur Querseite des Totenhauses. Dort streichelte sie den Klingstein, den das Alte Volk ihr geschenkt hatte. Eingemauert über dem Eingang wachte er über die Geister. Sie fuhr mit dem Finger über das Göttinnenzeichen, wischte Staub von den verbrannten Knochen, die sie in die Mauer eingelassen hatten. Kein Geschenk könnte kostbarer sein als dieses hier.

Sie nahm den kleineren Stein, der auf seinem Sims ruhte, ließ ihn zwischen ihren Händen rollen, bat um Erlaubnis, seine Stärke zu benutzen. Dann schlug sie damit gegen die graue raue Oberfläche des Klingsteins. Der volle Ton hallte durch den Hain. Thor sprang auf und machte große Augen. Freya lächelte ihn kurz an, dann schlug sie die Steine abermals gegeneinander. Der Klingstein ließ sein mächtiges Lied voller Friede und Kraft ertönen. Immer schneller schlug sie nun die Steine gegeneinander. Die Schatten, die Thors Gemüt umgaben, kamen zur Ruhe. Sie kniff die Augen zu, murmelte eine Beschwörung. Die umschloss nun Thors Schatten. Die Toten in seinem Gefolge setzten sich zur Wehr. Vergeblich. Widerwillig begaben sie sich zur Ruhe. Die Luft in seiner Umgebung beruhigte sich.

Freya legte die Steine weg und sprach einen Friedenszauber.

Er sah sie mit erleichtertem Erstaunen an. Als sei er von der neu gewonnenen Freiheit überwältigt.

»Mein Geschenk an dich sind einige ruhige Nächte«, sagte sie.

»Mein Dank sei dir gewiss.«

Der Wind trug munteren Gesang zu ihnen herüber. Der Friedenszauber umschloss sie immer dichter. Nicht einmal der kühle Abendwind konnte ihn durchdringen.

Freya fuhr wieder mit der Hand über Thors Wange. Seine Haut erfüllte sie mit heftiger Sehnsucht.

Thor schaute ihr mit ernstem Blick in die Augen, dann beugte er sich über sie und küsste sie. Ein behutsamer Kuss, der vor unterdrückter Kraft zitterte. Sie kam ihm mit ihrem ganzen Hunger entgegen.

Aber dann entzog sie sich seinen Armen. Thor wich einige Schritte zurück.

»Was hast du mir da für Hexenkräfte auferlegt?«

Wieder ließ er sich auf den Opferstein sinken und schüttelte traurig den Kopf.

»Mein Gemüt wird zerrissen«, stöhnte er gequält und fuhr sich mit der Hand durch die Haare.

In diesem Moment wusste sie, dass sein Verlangen ebenso groß war wie ihres. Nichts hatte sich verändert. Alles war wie früher.

Freya ließ ihren Umhang sinken und ging auf ihn zu. Langsam setzte sie sich rittlings auf seine Beine. Thor zögerte für einen Moment, dann schloss er seine Arme um sie.

Sie küsste tröstend seinen Kopf. Wiegte ihn wie ein trauriges Kind. Freya bewahrte jeden Atemzug in ihrem Herzen auf.

Es war ein kurzer Moment, den sie ihrem Schicksal gestohlen hatten. Dann zog er sich innerlich von ihr zurück.

Thor hob sie von seinen Knien und stand mit trauriger Entschlossenheit auf.

»Ich weiß, dass Idun meine Tochter ist«, sagte er mit heiserer Stimme.

Freya schloss die Augen. Sie hätte es wissen müssen. Natürlich war Thor dahintergekommen. Sie hätte Idun verstecken müssen, ehe die Asen gekommen waren.

»Idun geht nur mich etwas an«, sagte sie kurz.

Der Wind stahl sich zwischen sie, verschlang ihre Wärme.

Thor schaute ihr lange in die Augen. Er schien mit sich zu ringen.

»Ich bitte dich ein letztes Mal um deine Hilfe. Steh meinem Volk gegen die schwarze Seuche und gegen Gorm bei. Ich bitte dich von ganzem Herzen.«

Freya schüttelte den Kopf. Sie war an ihre Vergangenheit gebunden, wie durch ein blutiges Halsband, und sie war der Göttin verpflichtet.

Thor hob verzweifelt die Hand.

»Dann möge das geschehen, was geschehen muss.«

Freya sah, wie er in der Dunkelheit verschwand. Wie hatte er das gemeint? Sie begriff es nicht.

Aus der Ferne war fröhliches Lachen zu hören.

Sie sammelte ihre Kräfte und drängte ihre Sehnsucht mit aller Kraft zurück. Tief atmen, den Boden unter den Füßen spüren. Freya warf sich den Umhang über die Schultern, rückte ihr Halsband gerade. Die Opferhandlung musste beginnen.

Sie ging zum Altar, hob den Becher mit dem berauschenden Getränk und leerte ihn bis auf den Grund, mit einem Gebet um Vergessen und Macht.

Die Luren der Alfenpriester klagten in der Nacht. Die Menschen schrien aus voller Kehle, ließen Schilde und Schwerter klirren. Der Lärm verscheuchte die Geister von der Heide und bahnte den Lebenden einen Weg durch das Totenreich. Idun ging langsam hinter Alfhild her. Sie hob die Fackel, um den Weg auszuleuchten.

Der Lärm machte ihr Kopfschmerzen. Das Lachen und Geschrei der Leute von Alfheim erschienen ihr als Hohn.

Sie schaute sich zu der Prozession der tanzenden Menschen um. Astrid küsste betrunken einen jungen Priester. Moira hing über einem von Sigvards Kriegern. Vom Met lüsterne Hände stahlen sich unter Röcke und Kittel. Wo war Bragi?

Die Unruhe füllte ihren Magen wie ein Klumpen kalter Brei. Wenn sie nun gesegelt waren und sie hier zurückgelassen hatten? Vielleicht hatte er die Sache bereut, hatte eingesehen, dass sie nicht gut genug war. Sie hätte sich von Alfhild davonstehlen müssen. Warum war sie nur geblieben?

Ein kalter Wind ließ Staub und Laub über die Prozession wehen, die Fackeln flackerten in der Nacht. Aber die Mächte konnten in diesem Moment der Lebenslust der Menschen nichts anhaben.

Idun machte einen falschen Schritt und wäre fast gestürzt. Boldes feste Hand fing sie auf.

»Danke«, flüsterte sie.

»Ich freue mich, dir helfen zu können«, erwiderte er und sah sie mit demselben seltsamen Blick an, den er schon den ganzen Abend gehabt hatte.

Idun schaute sich noch einmal um. Nun sah sie einen Asen, einen dunkelhaarigen Mann mit langem Bart. Sie waren nicht gesegelt. Langsam atmete sie auf. Die Erleichterung ließ ihren Körper weich werden. Sie reckte sich, um besser sehen zu können, ganz weit zurück in den sich windenden Zug aus Menschen, die zum Opferplatz tanzten. Das war er. Ihr Herz klopfte wild. Bragi lachte und nahm eine Frau in seine Arme. Idun keuchte auf. Es war Sot. Die beiden tauschten heiße Küsse. Die Hände der Priesterin verschwanden unter Bragis Kittel. Bragi blieb stehen und hob sie hoch, Sots Beine schlangen sich um seinen Leib.

Idun wandte sich ab, starrte Alfhilds Locken an und kämpfte mit den Tränen. Es war zu Ende. Bragi hatte eine andere gefunden. Sein Eid war wertlos gewesen. Iduns Zukunft war auf diesem Weg durch die Heide zerbrochen worden. Natürlich hatte er sich für die schöne Sot entschieden. Sicher hatte sie sich bei den Asen zum Gespött gemacht, und nun schämte er sich ihrer. Aber sie durfte nicht neidisch sein. Ihre Augen brannten vor Tränen. Ein solcher Mann hatte nur das Beste verdient.

Bolde musterte sie neugierig. Idun schluckte ihre Tränen hinunter, klammerte sich an ihre Fackel. Sie wollte ihre Verzweiflung nicht zeigen, nicht vor Bolde.

Jetzt hatten sie den Grabhügel erreicht, das trunkene Lachen wurde langsam leiser. Idun trat hinter die Königin. Sie standen ein Stück weiter oben am Hang, Bolde trat neben ihr unruhig von einem Fuß auf den anderen.

Verzweifelt suchten Iduns Blicke nach Bragi. Wo mochte er jetzt sein?

Das dumpfe Lied der Luren schallte über die Heide.

Die Menschen von Alfheim bildeten mit den Fackeln in der Hand einen Kreis um den Hügel. Eine brennende Schlange schien ihn zu umfangen.

Noch immer suchten Iduns Blicke Bragi. Die beiden waren verschwunden. Schweiß lief ihr über den Rücken. Ihre Hände zitterten vor Angst. Dann schlang sich ein Arm um ihre Taille. Idun erstarrte und schaute überrascht zu Bolde hoch. Er lächelte verlegen und seine Hand wanderte weiter nach unten.

»Was erlaubst du dir?«

Empört riss sie sich von ihm los. Hatte Bolde den Verstand verloren?

»Sei nicht so dumm, Idun. Du weißt doch, dass wir zusammengehören, du und ich«, flüsterte er.

Sie starrte vor sich hin und kämpfte mit den Tränen. Waren jetzt alle verrückt geworden? Sie wollte Bolde nicht, nicht jetzt, niemals.

»Lass mich in Ruhe!«

Wo war ihr Geliebter? Gütige Göttin, mach, dass Bragi mich heute Nacht nicht aufgegeben hat.

Eine Frau und eine Mann verließen den Lichtkreis und verschwanden Hand in Hand in der Dunkelheit. Wenn er das nun war? Die Angst drohte, sie in Stücke zu reißen. Iduns Blicke jagten verzweifelt hin und her. Alle schauten gespannt zum Hügel hoch. Die Alfenpriester schlugen auf ihre Trommeln. Wie Herzschläge echote dieses Geräusch in der Nacht. Schwere, schläfrige Schläge, die ihre Sinne miteinander verwoben. Es hatte begonnen.

Freya stand ganz oben auf dem Grabhügel und schaute über die Fackeln hinweg.

Sie hob der Mondgöttin ihren Stab entgegen. Die schmerzhafte Kraft floss aus den Wolken herab, füllte ihren Körper mit berauschendem Genuss. Sie und die Göttin waren eins.

Freyas Blut kam zum Sieden. Sie war unüberwindlich, war die Königin über Leben und Untergang.

Die Priesterinnen sangen Kraftbeschwörungen. Der Rhythmus der Trommeln in der Nacht trieb Freya weiter. Sie sank vor dem Opferstein auf die Knie. Dessen raue Oberfläche leuchtete vor Blut und Stärke, als sie sie küsste und die ewige Kraft trank. Alfenpriester kämpften mit dem Hengst, der den Hang hochtänzelte. Das

Tier bäumte sich auf, sprang vor. Sonnenspiralen leuchteten blutrot auf seinem weißen Leib.

Freya legte ihm die Hand ans Maul.

»Ich weihe Freyr deine Kraft.«

Die Stimmen der Priesterinnen wurden immer lauter. Freya hob den Opferdolch nach Westen und bat die Kräfte zu sich. Ihr Körper bebte vor Stärke und Lust. Dann wandte sie sich nach Osten, Norden und Süden.

Die Menschen unten am Hügel betrachteten bewundernd ihre Stärke. Die Kraft der Mondgöttin wuchs, sie drohte, Freya zu zerreißen. Die Zeit war gekommen.

Ull stand bleich zwischen den Priesterinnen, der Junge schwankte hin und her.

Njörunn hielt seinen Arm. Der berauschende Trank, den sie ihm am Lager des kranken Freyr zu trinken gegeben hatten, hatte den Jungen in die Geisterwelt geführt. Er hielt die Augen weit aufgerissen. Jetzt sahen sie das, was sich auf der Heide verbarg.

Sein Geist leuchtete in der Nacht wie ein Regenbogen. Die Disen umschwebten seinen Körper. Er schaute sich überrascht um und schien nicht begreifen zu können, welch verborgene Welt sich ihm da eröffnete.

Freya winkte Ull zu sich.

Njörunn führte ihn zum Opferstein und hob seinen Arm. Überrascht sah der Knabe Freyas Macht. Er legte den Kopf schräg und wusste absolut nicht, was hier von ihm erwartet wurde.

Njörunn befahl ihm, eine Locke seines Vaters auf den heiligen Stein zu legen.

Freya nahm seine Hand, sagte Beschwörungen auf. Dann hob sie das Messer, machte einen Schnitt. Blut tropfte auf den Altar, auf die Locke, in die andere Welt. Ull grinste wie ein Betrunkener. Njörunn führte den Jüngling fort. Seine Schritte waren langsam, zögernd.

Der Hengst wollte sich noch einmal aufbäumen. Wie in Trance hob Freya den Dolch und bohrte ihn in den Hals des Tieres. Das Pferd stieß einen Angstschrei auf. Eine dunkle Welle der Befreiung jagte durch Freyas Körper.

Das Blut spritzte über den Opferstein und auf den Fluch. Freya zitterte vor Genuss und Stärke. Sie sammelte Kraft und schickte sie ihrem Bruder. Sie sah ihn in der Hütte liegen. Das Schwarze in ihm musste der wohltätigen Kraft des Tieres weichen.

Der Hengst sank in die Knie. Das Blut lief über den Stein und über den Boden. Die Beschwörungen der Priesterinnen lenkten dessen Kraft.

Freya hob ihre blutigen Arme, trank die letzte Lebenskraft des Tieres und schrie:

»Mondgöttin, meine Herrscherin. Nimm meine Gabe entgegen. Löse Freyrs Fesseln.«

Ein kalter Wind kam vom Meer herübergefegt. Der Boden unter Freyas Füßen bebte.

Aber die Göttin blieb stumm. Freya wartete. Der Hengst seufzte auf und starb. Freya ließ ihre blutigen Hände sinken. Freyr würde leben, da war sie sich sicher.

Aber warum war ihre Herrscherin nicht zu hören?

Sie drehte sich langsam um, musterte den Fackelring, der den Grabhügel umgab. Keuchend holte sie in der kühlen Nacht Atem. Der Blutrausch wich einer schmerzhaften Leere.

Eine einsame Fackel verließ Alfhilds Hof, eine zuckende Fackel, die zum Grabhügel jagte. Der Läufer rannte zu Widar und flüsterte ihm etwas ins Ohr. Der Hohepriester stieg den Hang empor. Sie musterte abwartend seinen geraden Rücken und sein höhnisches Lächeln.

Widar strahlte vor Triumph, als er sich vor ihr verneigte.

»Ich habe eine Botschaft für unsere mächtige Priesterin. Freyr ist tot. Er ist während deiner Opferhandlung gestorben.«

Das kalte Mondlicht aus den Wolken ließ ihr Blut zu Eis gefrieren.

Freya blickte verständnislos in Widars hasserfülltes Gesicht. Das konnte nicht möglich sein. Freyr konnte nicht tot sein. Sie, die Höchste unter den Priesterinnen, die Auserwählte, hatte ihn mit ihrer Gabe gesegnet. Und dann konnte Freyr nicht tot sein. Das war unmöglich.

Widar lachte spöttisch.

»Das Blutopfer hat seine Kraft verloren«, rief er den Menschen von Alfheim zu.

Unten vom Hügel her war überraschtes Murmeln zu hören. Die Fackeln bewegten sich unruhig. Widar beugte sich so weit vor, dass sie seinen stinkenden Atem riechen konnte.

»Du verräterische Lügnerin. Von nun an wird niemand mehr dich fürchten. Eine Priesterin, die nicht einmal ihren eigenen Bruder retten konnte. Das ist die Strafe dafür, dass du den Namen des Zwillingsgottes in den Schmutz gezogen hast.«

Er grinste zu der bleichen Mondsichel hoch.

»Deine Macht ist gebrochen!«

Freya taumelte rückwärts. Das durfte nicht sein. Nicht jetzt!

Die Priesterinnen starrten sie misstrauisch an. Freya konnte nicht versagt haben. Freya versagte nie!

Widars Lachen ließ ihre Stärke zerbrechen. Verzweifelt kämpfte sie, um die Überreste ihrer Macht zu sammeln.

»Meine Macht kommt von der Göttin selber«, brachte sie heraus, dann stieg sie den Hang hinab.

Die Menschen von Alfheim wichen ihr flüsternd aus. Alfhild trat neben sie und sagte etwas, das Freya nicht verstand. Sie ging schneller, lief über den Hofplatz, drang in das Dunkel der Heilhütte ein. Die Stille dort war von Totengestank erfüllt. Freyr lag leblos auf dem Boden. Der alte Njörd saß lautlos weinend an seiner Seite. Freya wartete darauf, dass jemand das abstritt, was Widar gesagt hatte. Aber bei Njörd gab es nur Gewissheit.

Wieder verließ alle Kraft ihren Körper. Sie sank neben Freyr zu Boden, griff nach seiner leblosen Hand. Sie, die Unüberwindliche, hatte versagt und ihren Bruder nicht retten können. Die Göttin hatte sich von ihr abgewandt. Freya schrie auf wie ein sterbendes Tier. Der Schmerz durchbohrte sie, sie versank in der Finsternis.

»Ich habe dir in allem gedient. Wie kannst du mich jetzt im Stich lassen?«, flehte sie.

»Schweig, Freya. Bedenke, was du sagst«, mahnte Njörunn und berührte tröstend ihre Schulter.

Freya stieß ihre Hand beiseite und musterte ihren toten Bruder.

Feuerkugeln aus Schmerz ließen ihren Körper zu Asche verbrennen. Die Schande war wie ein ätzendes Gift, das durch ihren Körper strömte.

Njörd sang ein Klagelied und wiegte sich dabei hin und her. Freya kämpfte, um bei Besinnung zu bleiben. Die Dunkelheit erhob sich wie eine schwarze Wand aus dem Boden. Das Dröhnen in ihrem Kopf steigerte sich zu schrillem Geschrei.

Sie nahm ihren Kopf in beide Hände, versuchte, sich an ihre letzten Reste von Vernunft zu klammern. Zu spät.

Der Alb stürzte sich wie ein Raubvogel auf ihren Körper, zerfetzte alles, was Freya war. Lange Messer rissen ihr das Fleisch von den Knochen. Sie weinte in ihren unerträglichen Schmerzen, sie schrie und schlug um sich, um sich zu beschützen. Zerkratzte den schwarzen Schatten mit ihren Fingernägeln. Blutige Fetzen rieselten über Freyr. Ihr Fleisch.

Bodenloses Entsetzen. Die Stimmen in ihrem Kopf brüllten ihren Wahnsinn aus sich heraus. Das Fleisch. Sie musste ihr Fleisch behalten. Freya warf sich dem schwarzen Schatten entgegen. Aber der Wahnsinn war wie ein Stein, immer tiefer zog er sie in den Abgrund des Versagens.

Und es gab nur noch Finsternis.

Idun drängte sich durch die aufgeregten Menschen von Alfheim, die Leute weinten und schrien. Die Nachricht von Freyrs Tod hatte sich wie ein Lauffeuer verbreitet. Unbeholfen versuchten die Menschen, einander zu trösten.

Idun lief an einigen Mägden vorbei und sah sich um. Die Asen waren verschwunden. Sie waren nirgendwo zu sehen. Die Angst riss und zerrte an ihr. Bragi hatte sie verlassen. Sie stieß die Leute auf dem Hofplatz zur Seite; wenn sie doch nur einen Asen finden könnte, dann wüsste sie, dass die noch da waren.

Das Schiff. Sie musste nachsehen, ob es noch am Ufer lag.

Idun kämpfte sich zum Strand weiter. Der Hang, der zum Wasser führte, war dunkel und leer. Sie lief jetzt immer schneller. Ein

Schatten glitt hinter einem Baum hervor und packte sie am Arm. Sie schrie auf und schlug um sich.

»Ganz ruhig, Asentochter.«

Erleichtert erkannte sie die Stimme.

Es war Loki mit dem Fuchsmantel.

»Ich dachte, ihr wärt schon gesegelt. Bragi war mit Sot zusammen. Freyr ist tot und meine Mutter wahnsinnig.«

Sie konnte ihre Worte nicht zügeln. Ihr Mund plapperte einfach drauflos. Plötzlich weinte sie vor Erleichterung.

Loki legte ihr den Arm um die Schultern.

»Komm, jetzt gehen wir zu Skidbladnir.«

Er führte sie zum Wasser, wo das Schiff wartete, fort von den Stimmen in der Dunkelheit.

»Ich dachte, ihr wärt gesegelt«, schluchzte Idun.

»Nicht ohne dich«, sagte Loki und hob sie an Bord.

Zwei Asen standen am Bug, sie senkten ihre Köpfe zum Gruß. Wo war Bragi? Die Bilder in ihrem Kopf wurden immer schrecklicher. Er würde sie doch nicht mehr wollen, wenn er mit Sot zusammen gewesen war.

Loki breitete auf dem Deck ein Fell aus.

»Setz dich.«

Kraftlos sank sie zu Boden.

»Bragi war mit Sot zusammen.«

Loki lachte leise, als er sich vor sie hockte. In den Händen hielt er eine kleine Urne, aus der er ausgiebig trank.

»Knaben wollen sich eben immer amüsieren. Da brauchst du dir keine Sorgen zu machen«, sagte er und reichte ihr grinsend die Urne.

Sie trank vorsichtig. Es war mit fremden Kräutern gewürztes Bier. Es brannte in ihrem Mund, dann kam es in ihrem Magen zur Ruhe.

»Er will mich nicht, jetzt nicht mehr. Und ich kann ihn verstehen«, sagte sie leise.

Loki ließ sich mühsam neben ihr nieder und lehnte den Rücken an den Mast.

»Unsicher ist das, was man in der Brust eines anderen trägt. Bragi liegt gefesselt zu deinen Füßen, gib dich damit zufrieden.«

Er seufzte tief und spielte zerstreut an einem der eingetrockneten Fuchsköpfe herum, die an seinem Umhang hingen.

»Begreifst du nicht, dass die Priesterin ihm einen Liebeszauber auferlegt hat? Bragi konnte sich nicht wehren.«

Idun schaute ihn überrascht an. So etwas würde Sot doch niemals tun.

»Sie ist meine Freundin.«

Loki lachte.

»Nur gut, dass wir dich aus Alfheim fortholen.«

In diesem Moment hörten sie gedämpfte Stimmen. Die Asen stiegen ins Boot. Baldur und Bragi schleppten den bewusstlosen Ull. Sie ließen ihn aufs Deck fallen. Bragi sah sich um, entdeckte Idun und begrüßte sie, als sei nichts geschehen.

»Machen wir, dass wir wegkommen«, rief Thor.

Die Asen setzten sich an die Ruder, und bald glitt Skidbladnir lautlos über das dunkle Wasser.

Iduns Hände zitterten, als sie sich den Umhang um die Schultern legte. Alfheims Lichter verschwanden in der Nacht. Sie war unterwegs. Jetzt gab es kein Zurück mehr.

Gefion ließ sich auf dem Drachenthron zurücksinken und sah Rudwi von den Nordhöfen die fünfzig Schritte zur Doppeltür der Halle zurücklegen. Gefions Körper schmerzte vor Müdigkeit.

Die Menschenmenge, die hören wollte, was passiert sei, fand kein Ende. Immer wieder erzählte Gefion von Åses Krankheit, dann verneigten sie sich und erkannten sie als Königin an.

Hoffentlich hatte sie damit das Entsetzen über Snotras Tod im Keim erstickt. Das Boot mit der furchtlosen Hallwi hatte die Insel bereits verlassen.

Wenn Hallwi dann Freya geholt hätte, würden wieder zwei Schwestern in Vanaheim regieren, eine, die über das Gold herrschte, und eine, die den Mächten diente. Das brauchten die Leute, dass alles so war wie immer.

Gefion nahm ein Stück Fleisch aus der Schüssel, die eine Magd hingestellt hatte, und zerkaute langsam den saftigen Bissen.

Sie hatte ihre Sache gut gemacht. Und sie hatte Åse nicht zu töten brauchen. Das war eine Erleichterung. Sie schaute zu den Schlafbänken auf der dunklen Seite der Halle hinüber. Bald würde ihre Mutter für immer verschwunden sein. Doch die Macht lag bereits in Gefions Händen. Müde begrüßte sie den letzten Besucher.

Der alte Rolf trat vor den Thron und senkte den Kopf.

»Geehrte Königin. Trotz aller Versprechen kümmert sich niemand um die Toten. Du hast uns Priesterinnen und Gesinde versprochen.«

Gefion seufzte tief. Kaum hatten sie ihre Macht anerkannt, schon stellten sie Ansprüche. Der alte Rolf war nicht der Einzige, der sich beklagte. Sie hatte Wagen ausgeschickt, um die Toten zu holen, aber man schien ihre Befehle nicht auszuführen.

»Ich habe Leute mit Wagen zu euch geschickt.«

»Bei uns war niemand.«

Gefion schluckte den Fleischbissen hinunter.

»Dann verbrennt sie selbst.«

»Ich habe nicht vor, zum Nachbarhof zu gehen und dort Tote zu suchen. Es ist auch so schon schlimm genug für einen alten Mann wie mich.«

Es war überall dasselbe. Die Leute hatten schreckliche Angst vor der schwarzen Seuche und weigerten sich, in die Nähe der Kranken zu gehen.

»Ich werde dafür sorgen, dass sie zu dir kommen, Rolf. Geh jetzt nach Hause. Kümmere dich um die deinen.«

Sie sah den alten Mann erleichtert davontrotten. Aber kaum war er verschwunden, da wurde die Tür abermals aufgerissen.

Gefion fluchte in Gedanken. Nicht noch jemand.

Aufatmend sah sie, dass es Sigrid war, keine vergrätzte Frau von einem der Höfe.

Sigrid lächelte traurig, als sie auf den Thron zulief. Gefion sah schweigend zu, wie ihre Geliebte auf die Knie fiel.

»Na?«

»Die Priesterinnen sind draußen auf den Höfen unterwegs und kümmern sich um die Kranken. Ich habe Eir auf den Hof geschickt, den wir besucht haben. Sie hat auch gehorcht, kein Wort der Klage kam über ihre Lippen.«

Zufrieden ließ Gefion sich zurücksinken. Sie hatte das Versprechen erfüllt, das sie der kleinen Magd gegeben hatte. Jetzt waren die heilkundigen Priesterinnen den Armen zu Hilfe gekommen.

»Was sagen die Leute über Snotras Tod?«

»Ich habe bei Wisna vorbeigeschaut. Dort hat die Seuche noch nicht um sich gegriffen. Sie war wütend, hat dich eine Schande für deine Sippe genannt. Aber auf den Höfen, wo es Kranke gibt, sind alle erleichtert. Lakwe sagt, es sei an der Zeit gewesen, dass du die Macht ergreifst, denn die Göttin kann Vanaheim nicht schlimmer strafen als durch die Seuche.«

Gefion atmete erleichtert auf. Sie besaß also bereits Macht über die Gedanken ihres Volkes.

»Was sagen sie zu Freya?«

Sigrid zuckte mit den Schultern.

»Die meisten freuen sich auf ihre Rückkehr. Die alte Ylva sagt, Gullveig hätte es so gewollt und Snotra hätte niemals den Umhang der Hohepriesterin auf sich nehmen dürfen.«

Gefion nahm sich noch ein Stück Fleisch und verzehrte es nachdenklich, während das Fett über ihre Finger lief.

Ylva war unter Gullveig Priesterin gewesen, hatte die Hallen der Priesterinnen aber verlassen, als Snotra nach Gullveigs Tod das Amt der Hohepriesterin übernommen hatte. Es gab viele Priesterinnen wie sie. Die würden sich nun unter Freyas Stab versammeln.

Sie schluckte und wischte sich die Hand an ihrem Kittel ab. Ein heißes Gefühl der Befriedigung breitete sich in ihrem Körper aus. Alles war so, wie es sein sollte.

Gefion lächelte Sigrid an, die noch immer zu ihren Füßen auf den Knien lag. Die Augen der Schönen strahlten vor Bewunderung.

»Königinnen und Häuptlinge aus dem ganzen Reich Vanaheim werden den Kopf vor deiner Übermacht senken.«

Gefion beugte sich vor und fasste Sigrids Kinn.

»Du hast mir gefehlt. Hol mir den besten Met, den wir haben. Wir wollen feiern, du und ich.«

Sie schloss die Hand um Sigrids Brust, die so weich, vollendet und voller Leben war. Die Lust machte sie warm und schwer.

»Alles, was du willst, werde ich dir schenken«, flüsterte Sigrid.

Gefion lachte glücklich.

»Glaub mir, meine Schöne. Das wirst du auch müssen.«

Alfhild schaute sich müde in ihrer dunklen Halle um. Langsam kam Alfheim nach seiner tiefen Trauer zur Ruhe. Erst jetzt, in diesem ruhigen Moment, konnte sie ihre Gedanken sammeln und versuchen, in dem Elend klar zu sehen, das ihr Reich da überfallen hatte.

Lautes Schnarchen war von den Schlafbänken her zu hören. Alfhild rieb sich ihren schmerzenden Nacken. Ihr schauderte bei der Erinnerung an Freyrs Tod und an die wahnsinnige Freya, die von den Priesterinnen fortgetragen worden war. Wenn sie nur ihren Verstand zurückgewann, sonst würden die Schatten sie alle verschlingen. Was sollte aus ihnen werden, wenn Freya die Geister auf der Totenheide nicht mehr beschwören könnte?

Die Unruhe brannte in ihrem Magen. Warum hatte ihr das alles passieren müssen?

Alfhild zog sich die Kämme aus den Haaren und schüttelte ihre Locken, bis die über ihren Rücken und ihre Schultern fielen. Es würde jetzt schwer werden, Widar im Griff zu behalten. Er spielte sich schon ziemlich auf. Und wenn Freyr erst auf dem Leichenfeuer lag, würde es noch schlimmer werden.

Sie fuhr sich mit den Fingern durch die Haare und kratzte sich die Kopfhaut.

Außerdem war Idun verschwunden. Die Asen hatten sie mitgenommen. Diese verdammten Verräter!

Wenn nur Sot ihre Pflicht getan und den Jüngling umgarnt hätte, dem Idun da nachgerannt war. Wenn nur Alfhilds zögerlicher Sohn bei Idun geblieben wäre, statt sie am Grabhügel allein zu lassen.

Dann wäre Idun noch immer in Alfhilds Macht.

Sie seufzte tief.

Nach all diesen Jahren hatten die Asen Idun aus dem feinmaschigen Netz gestohlen, mit dem Alfhild das Mädchen umwoben hatte. Aber daran ließ sich jetzt nichts mehr ändern.

Die Tür knarrte. Sigvard kam nach seiner allabendlichen Wachrunde herein.

Er ließ sich neben ihr in den Sessel fallen und seufzte müde. Ihr Gemahl hatte anstrengende Tage hinter sich.

»Wir müssten hinter der Kleinen herfahren. Mit den Asen kann man doch reden«, sagte er dann.

Alfhild merkte, wie ihr ein Schauer des Unbehagens über den Rücken lief. Sie kannte ihren Sigvard gut genug, um zu begreifen, dass es ihm nicht um das Mädchen ging.

»Nein. Das kann zu Streit führen und wir müssen Frieden mit ihnen halten, vor allem jetzt, wo sie mit Gorm Freundschaftsbande knüpfen wollen.«

»Wir sollen also nichts unternehmen?«

Alfhild erwiderte müde seinen resignierten Blick.

Ab und zu war er für das Offensichtliche blind.

»Wenn die Kleine mit Bragi unter den Hammer tritt, dann wird unsere Macht bei den Asen wachsen. Freyr ist tot, aber jetzt wird Iduns Blut uns miteinander verbinden. Die Asen können uns nicht verlassen und sich mit Gorm zusammentun, solange Freyas Tochter bei ihnen lebt.«

Sigvard schüttelte langsam den Kopf.

»Du irrst dich. Ich habe mich erkundigt. Thor wird gegen Gorm in den Krieg ziehen. Er hat die Kleine mitgenommen, um sich unseren Beistand zu sichern. Er will, dass wir Schiffe schicken, und er braucht Freyas Kraft. Es ist eine Ehrensache, Alfhild. Die Asen sind für uns gestorben und wir haben es ihnen nicht gedankt. Wenn wir ihnen jetzt nicht helfen, wird die Göttin uns wegen unserer Feigheit strafen.«

Alfhild schaute in die verlöschende Glut der Feuerstätte. Sigvard brannte vor Kampfeslust, sie hatte es die ganze Zeit gewusst, hatte seine Sehnsucht in ihrem Körper prickeln gespürt. Aber ihr Gemahl sollte an keinem fremden Strand sterben. Für keine Ehrensache auf der ganzen Welt.

»Lass die Asen sterben. Meine Pflicht gilt meinem Volk und meiner Sippe.«

»Du opferst Idun und die Eide, die wir geschworen haben.«

Sigvards Worte trieften vor Bitterkeit.

»Du wirst hier gebraucht. Alfheims Schicksal hängt an einem dünnen Faden. Wenn Freya die Geister nicht mehr beschwören kann, werden sie uns verschlingen. Willst du deine Kinder dem Tod überlassen?«

Sigvard musterte sie mit einem Blick, den sie noch nie an ihm gesehen hatte.

»Geliebter Gemahl«, sagte Alfhild sanft. »Gerade du müsstest doch wissen, dass der Umhang einer Königin schwer zu tragen ist. Unterstütze mich in dieser Entscheidung.«

Sie nahm seine raue Hand, liebkoste sie ein wenig.

Sigvard seufzte tief.

»Du hast Recht, Gemahlin, wie immer.«

Freya sank vor dem Altar des Totenhauses auf die Knie. Ihr Kopf schien von unsichtbaren Hämmern blutig geschlagen worden zu sein. Sie hob die Arme zum Nachthimmel. Das Licht der Mondgöttin ließ die Wolken silbern schimmern.

»Mutter!«

Freyas heisere Stimme brachte nur ein Flüstern zustande. Ihr Mund war wie ausgedörrt, ihr Hals schmerzte. Sie konnte weder essen noch trinken. Die Schande lastete zu schwer auf ihr.

Müde ließ sie die Arme sinken und schaute mit leerem Blick zu ihrer Herrscherin empor.

Wie viele Tage und Nächte mochten seit dem Opfer und Freyrs Tod vergangen sein? Sie wusste es nicht mehr. Die Zeit war zu einer einzigen blutenden Wunde zusammengeströmt. Alles war ein böser Traum. Der Alb hatte sie vor den Augen der Königin geritten. Ihre größte Schande war ans Licht gekommen. Alle hatten ihren bodenlosen Wahnsinn gesehen. Freyr war tot. Die Mondgöttin hatte Freya vor den Augen von ganz Alfheim verworfen.

Freya sank auf dem feuchten Boden in sich zusammen. Er schien sie mit kalten Fingern zu betasten. Ausgestoßen und machtlos war sie, ein Nichts.

»Lass mich zu dir kommen«, flehte sie die Mondsichel an.

Ein Windstoß fegte die trockenen Blätter über den Boden. Die Haare an Freyas Armen sträubten sich. Ein Hoffnungsschimmer erwachte zum Leben.

»Warum bestrafst du mich?«

Das kalte Licht verdichtete sich und floss durch ihren gebrechlichen Körper. Die tätowierten Schlangen auf ihren Armen brannten wie Feuer.

Aber die Mondgöttin antwortete nicht auf ihre flehentliche Bitte. Das Licht verrann in der Nacht. Freya schluchzte auf angesichts der Grausamkeit der Göttin.

Sie war verlassen. Einsam und verstoßen. Freya bohrte die Finger in den Boden und stöhnte gequält. Es tat so weh. Sie, die der Göttin mit jeder ihrer Handlungen gedient hatte, war verworfen worden. Ihre Kopfschmerzen fühlten sich an wie ein Steinregen, der ihre Stirn traf. Sie biss die Zähne zusammen und stöhnte leise. Die tuschelnden Stimmen hallten in ihrem Kopf wider, ihre Worte waren jetzt ganz deutlich. »Priesterin ohne Göttin. Die Machtlose. Schande, Schande, Schande.« Sie wuchsen an zu einem Dröhnen, zerrissen sie, schnitten sie blutig.

Freya presste die Hände auf ihre Ohren und schrie. Sofort verstummten die Stimmen. Sie ließ die Hände sinken und holte zitternd Atem. Mochten die Mächte sich ihrer erbarmen. Sie konnte nicht mehr. Freya schaute sich bebend um. Die schwarzen Bäume umgaben sie stumm. Der Boden roch faulig und leicht verbrannt. Sie strich sich die Haare aus der Stirn. Die Dunkelheit wurde dichter. Auf dem Altarstein vor ihr nahm eine schimmernde Gestalt Form an.

Hnoss.

»Mein Kind.«

Wahnsinn breitete sich in Freya aus, lockte und zog. Kinderstimmen hallten in ihrem Kopf wider. »Komm, Freya, stirb mit uns. Du brauchst nicht länger zu leiden.«

»Schweigt!«

Die Stimmen brachen mitten in einem Satz ab.

Freya holte tief Atem und schaute ihre tote Tochter flehend an. Hnoss' süßes Gesicht war vor Verachtung verzerrt.

»Du wirst für deinen Hochmut bestraft, Mutter. Du hast deine Gaben verworfen.«

Ihre Stimme war dünn und schien von weit her zu kommen.

Freya ließ den Kopf sinken und schrie vor Schmerz auf. Sie schien im Boden zu versinken. Das Flüstern der Stimmen steigerte sich zum Geschrei. Alles in ihr zerbrach. Die Traumbilder, die ihr Leben gewesen waren, zersplitterten und wurden vom kalten Wind verweht. Übrig war nur noch der schmutzige Kern. Zum ersten Mal seit langer Zeit sah sie sich so, wie sie wirklich war.

Freya erbrach sich über dem fauligen Laub, doch es kam nur gelber Schleim, der ihren Mund mit einem bitteren Geschmack füllte. Sie wischte ihn mit dem Umhang ab und zwang sich, ihr wahres Ich zu betrachten.

Hnoss hatte Recht, ihr kleines Mädchen.

Nicht die Göttin hatte versagt, sondern Freya selbst.

Die Sehnsucht nach Macht und Stärke hatte sie verschlungen, hatte ihre Schritte und ihre Handlungen gelenkt. Freya hatte der Göttin schon längst den Rücken gekehrt. Sie konnte das jetzt sehen, als sie hier vor den verwelkenden Blumen auf dem Steinaltar kniete. Hnoss schimmerte in der Nacht, streng und unerbittlich verurteilte sie ihre Mutter.

Langsam begriff Freya. Die Mondgöttin hatte über jeden ihrer Schritte gewacht. Sie hatte ihr die Kraft geschenkt, ihrer Verwandten Alfhild beizustehen, sie hatte ihr Macht und Umhang einer Hohepriesterin gegeben.

Eine Tochter hatte sie zur Erinnerung an Thor bekommen. Gold und kostbare Gewänder hatte sie besessen. Es hatte ihr an nichts gefehlt.

Alle Wünsche waren ihr erfüllt worden.

Aber das hatte ihr nicht gereicht.

Freya schlang die Arme um ihren Leib und jammerte durch zusammengebissene Zähne. Sie sah, wie sie den Menschen von Alfheim voller Verachtung gegenübertrat, den Menschen, denen sie doch dienen sollte. Sie sah, wie sie die Maske der Mondgöttin nahm und ihre Macht mit der göttlichen gleichsetzte. Den Zwillingsgott und seine Priester hatte sie verworfen.

Ihre ganzen Taten waren von Übermut und Trotz gegen die Mächte erfüllt gewesen, denen sie diente. Wie hatte sie nur so blind sein können?

Freya weinte stumm über ihren Wahnwitz. Sie, die Allessehende, war ihrer eigenen Unvollkommenheit gegenüber blind gewesen.

»Du hast Idun ebenso im Stich gelassen wie damals mich«, flüsterte Hnoss.

Feya sah ihre tote Tochter auf dem Altar stehen. Die Hände des Mädchens waren gefaltet, ihr Blick leer und erloschen. Das Totenhaus schimmerte durch ihren dünnen Leib. Sie war tot.

Für diesen Geist, diesen Traum aus der Vergangenheit, hatte Freya Idun den Rücken gekehrt. Sie hatte den Tod dem Leben vorgezogen. Feuerkugeln aus Schmerz brannten in ihrem Bauch. Sie presste die Hände auf die Brust und weinte verzweifelt.

Hnoss lachte, ein boshaftes Lachen, das ihre Augen leuchten ließ.

»Du fängst an zu begreifen, Mutter.«

Freya wischte sich die Tränen von der Wange. Bewegte ihre eingeschlafenen Beine.

»Es ist meine Trauer, die dich hier unten festhält, und ich zwinge dich dazu, über deine Schwester zu wachen«, schluchzte Freya.

»Ja, Mutter.«

Der Geist wurde dunkler und stärker.

»Und ich hasse dich, weil du mich nicht freigibst«, fauchte Hnoss.

In Freya eröffnete sich ein Abgrund der Trauer. Der Alb legte sich um ihren Leib, riss ihn mit seinen Klauen in Stücke. Zerreiß mich, friss mein Fleisch, zerstöre meine Sinne. Mag es geschehen. Freya biss die Zähne zusammen, sammelte sich und leerte ihren Schmerz bis zur Neige.

»Ich gebe dich frei, Tochter. Geh.«

Hnoss stieg vom Altar und ging zum Totenhaus, ohne sich auch nur ein einziges Mal umzusehen. Dann war sie verschwunden.

Freya sank auf das faulige Laub. Jetzt gab es keine Hoffnung mehr. Es war zu Ende.

Sie bohrte ihre Finger in den Boden, riss Erde auf wie ein gejagtes Tier, wälzte sich in ihrer Schande. Dann setzte sie sich hin.

»Komm, Hel, setz meinem Leben ein Ende«, schrie sie.

Die Stimmen hatten Recht gehabt. Im Tod könnte sie Ruhe finden, in seiner Endgültigkeit lag die Verheißung der Befreiung. Freya sank in ihrer Verzweiflung der Tiefe entgegen. Sie schaute hinüber zum Totenhaus, sah eine fremde Kraft Gestalt annehmen.

Ihr Körper fing an zu zittern. Von unsichtbaren Kräften wurde sie auf dem Boden hin und her geworfen. Die Stimmen in ihrem Kopf jubelten vor Freude. Jetzt strömte die Kraft aus dem Totenhaus. Ein schwarzes Tor zur Unterwelt tat sich in der Nacht auf und schreiende Alben quollen aus den sich langsam öffnenden Türen heraus. Freya kam zur Ruhe. Sie lag bewegungslos auf dem Boden und starrte das Tor zwischen den Welten an. Eine seltsame Ruhe breitete sich in ihrem schmerzenden Körper aus. Was auch immer geschehen mochte, schlimmer konnte es nicht mehr kommen. Der Boden bebte.

Dann nahm vor dem Totenhaus eine Frauengestalt Form an.

Freya schnappte nach Luft und presste die Stirn auf den Boden.

»Hel, ich grüße dich«, murmelte sie Lehm und Laub zu.

Die Luft stank nach verwesendem Fleisch und Feuer.

Hel war der Tod, der gekommen war, um sie zu holen. Ihre Leiden waren zu Ende.

»Sieh deine Herrscherin an!«

Die dröhnende Stimme triefte vor uralter Bosheit.

Freya zwang sich dazu, den Kopf zu heben und die erbarmungsloseste unter den neun Töchtern der Göttin anzusehen. Schwarze Nebel umwogten deren Körper. Ihre Augen waren brennende Höhlen. Ihr halber Körper war der einer wunderschönen, lebenden Frau mit rosigen Wangen und glatter Haut. Das war der schöne, schmerzlose Tod, ersehnt und erwünscht.

Aber Hels andere Seite war schwarz versengt und verrottet, wie das Totenreich, über das sie herrschte. Maden wanden sich darin, fauliges Fleisch fiel fetzenweise zu Boden. Das war der quälende, langwierige Tod, die größte Angst der Menschen.

Freya ging in die Hocke und senkte den Kopf. Die Todesgöttin, die Strafende, die die Geister der Eidbrüchigen verzehrte und sie zwang, bis an das Ende der Zeiten über die Giftstrände zu waten.

Hel, die mit sanfter Hand über die wachte, die reinen Herzens waren, wenn sie in die Arme der großen Göttin wanderten. Die Herrscherin über die Wiedergeburt. Die Lebensverzehrerin, die Königin des Chaos.

»Ich bin bereit, dir zu folgen, Königin der Finsternis«, flüsterte Freya.

Vor der Todesgöttin zerfiel ihr Leben zu Staub. Alles, wofür Freya sich gehalten hatte, war nicht mehr von Bedeutung. Vor Hel sind alle Menschen demütig.

Die Todesgöttin lachte dumpf, tausend wilde Tiere knurrten in ihrer Kehle. Sie glitt durch die Schatten und lächelte voller Bosheit.

»Steh auf, Menschenwurm. Ich werde deine Lebensflamme nicht löschen, nicht jetzt, wo du deine vielen Mängel erkannt hast. Von jetzt an wirst du mir gehören.«

Hel lachte höhnisch zur Mondsichel in den Wolken empor. Das Geschrei der Toten zerriss die Nacht. Die Erde wand sich vor Angst. Freya klammerte sich an den zitternden Boden und versuchte das Unfassbare zu begreifen. Hel, die Todesgöttin, hatte sie zu ihrer Priesterin erwählt. Sie war nicht mehr machtlos.

»Ich bin unwürdig, Königin«, keuchte sie.

»Das findet jedenfalls meine Schwester, diese Hündin.«

Hel lachte ihr entsetzliches Lachen. Die Geister im Totenhaus brüllten in ihrer unsterblichen Angst auf. Freya hörte Hnoss schreien, aber sie konnte nichts unternehmen. Jetzt nicht.

Hel kehrte Freya ihre wunderschöne Seite zu.

»Ich werde diesen Ort befreien. Ihm meine unendliche Gnade erweisen.«

Die Todesgöttin wuchs bis zu den Wolken und streckte die Arme aus. Die Geister wurden zu ihr hingezogen, sie trank sie, aß sie, sog sie in ihre endlose Finsternis. Hnoss schwebte schimmernd vorüber. Einen Atemzug lang war sie zu sehen, dann wurde sie von der Dunkelheit verschluckt. Schließlich war alles still.

Hel hatte Alfheims Geister zu sich genommen, keiner war noch vorhanden, weder gute noch böse. Freya war erlöst.

»Wie kann ich dir danken, Königin der Finsternis«, konnte sie nur mühsam herausbringen.

Hel nickte zufrieden und genießerisch. Dann kehrte sie Freya ihre entsetzliche Seite zu und leckte sich die Lippen.

Mengen von Maden fielen zu Boden.

»Du sollst mir treu dienen und der Preis, den du mir schuldest, wird dir wehtun.«

Freya trat einen Schritt vor und schluckte ihre Angst hinunter. Sie musste diese Frage stellen, sonst war sie verloren.

»Königin der Finsternis, wie kann ich Hyndla und die schwarze Seuche besiegen?«

Hel grunzte leise.

»Such das, was ich verloren habe.«

Sie wurde von einem Sturmwind unterbrochen, der aus den Wolken herabfegte und Laub und Erde hochwirbeln ließ. Freya wich verwirrt einen Schritt zurück. Die schwarzen Wolken am Himmel öffneten sich. Mondstrahlen erhellten die Finsternis, die Hel umgab.

Die Todesgöttin lachte zum Mond hoch.

»Böse, Schwester?«

Die Kraft beider Göttinnen wuchs. Freyas Körper bebte jetzt wieder, sie hatte ihn nicht mehr in ihrer Gewalt. Unsichtbare Mächte warfen sie zu Boden.

Als Freya aufschaute, schwebte die uralte Schönheit der Mondgöttin über dem Totenhaus. Die Lebensspendende, die Göttin der Zauberkraft, die Herrscherin über das Verborgene. Ihre weißen hüftlangen Haare umschlangen ihre goldgelbe Gestalt.

Tränen strömten über Freyas Wangen.

»Warum kommst du jetzt, nachdem du so lange nicht hören wolltest?«

Aber die Mondgöttin achtete nicht mehr auf sie.

Sie war Hels wegen da.

»Schwester, willst du mich abermals herausfordern?«

Ihre Stimme war kalt wie das Mondlicht und einsam wie die Wolken.

Hel fauchte in abgrundtiefem Hass. Seit dem Morgen der Zeiten bekämpften diese beiden Schwestern einander nun schon.

»Dieser Mensch gehört jetzt mir.«

Ohne Vorwarnung griff sie ihre Schwester an.

Tausend Gewitter schienen aufzudröhnen, als die Göttinnen aufeinander prallten. Freya schrie vor Angst auf. Blitze jagten über den Himmel, machten die Nacht zum Tag. Sturmwinde rissen an den Bäumen. Die Luft loderte vor Stärke und Macht.

Sie musste fort von hier, sonst würde sie untergehen. Sie musste sich verstecken, sich an den Bäumen festklammern. Der Wind hob sie fast vom Boden hoch. Erde und Laub peitschten ihren Körper.

Dann quoll ihr etwas Heißes aus Nase und Ohren. Sie fuhr sich mit der Hand übers Gesicht und erblickte überrascht ihr eigenes Blut.

Ein entsetzlicher Schrei hallte im Hain wider.

Freya versuchte zu kriechen, sie setzte einen Arm vor den anderen, doch ehe sie sich bewegen konnte, wurde sie von stummer Finsternis umfangen. Einige Atemzüge lang hörte sie nur ihren eigenen Herzschlag. Dann sank sie leblos zu Boden.

Thor schaute zu der verblassenden Mondsichel empor. Die sieben Schwestern waren jetzt neben dem Nordstern zu sehen. Die Dämmerung rückte näher, ein neuer Tag begann. Skidbladnir hatte das offene Meer erreicht. Das Schiff sprengte unter vollen Segeln über die Wellen. Der Mast ächzte leise.

Baldur hatte die eine Hand auf das Ruder gelegt, die andere hielt sich hinter seinem Rücken an einem Tau fest.

Thor gähnte. Er fragte sich, wie arg die schwarze Seuche jetzt wohl in Idunvallen wütete. Wie viele mochten erkrankt sein? Ob es auch einen seiner Söhne getroffen hatte?

Hart war das Schicksal, das den Asen auferlegt worden war.

Freyr war tot. Trotz ihrer großen Worte hatte Freya ihn nicht heilen können. Einsam musste Thor die Wurzel alles Bösen ausbrennen und seinen Vater nach Hause holen. Langsam fasste er einen Plan. Es war jetzt wichtiger zu handeln als zu trauern.

Sie würden einige Tage brauchen, um alle Männer zusammenzurufen. Hoffentlich würden die Stürme so lange Ruhe geben. Sie mussten Ran Opfer bringen, ihr ein prachtvolles Geschenk machen, damit sie sie in Frieden segeln ließ. Nichts durfte jetzt dem Zufall überlassen werden.

Er warf einen Blick zu seiner Tochter hinüber, die in Bragis Schoß schlief.

Freya würde bald in Idunvallen auftauchen. Da war er sich sicher. Sie würde sie zu Gorm begleiten. Vielleicht konnte sie die schwarze Seuche nicht heilen, aber mit der Hexe konnte sie es immerhin aufnehmen. Traurig lächelte er die kalten Wellen an. Jetzt hatte er Freya endlich in seiner Gewalt.

Thor reckte seinen schmerzenden Rücken, sah im Osten das erste Tageslicht aufleuchten. Freya hatte ihm so sehr gefehlt. Das konnte er jetzt zugeben, als er hier einsam an der Grenze zwischen Nacht und Tag stand. Das Leben war nicht dasselbe ohne sie. Bald würde er sie wiedersehen, und dann würde sie ihn mit ihrem Zorn überhäufen. Aber er würde doch in ihrer Nähe sein.

Baldur stieß einen Ruf aus und zeigte zu einer Insel hinüber. Sie war nicht groß, aber immerhin hatte ein Baum sich zusammen mit einigen dicht stehenden Büschen dort festgekrallt.

Thor ließ seine Blicke umherwandern und erstarrte. Ein harscher Gestank mischte sich unter den Salzgeruch des Meeres. Dort hinten war etwas. Er kniff die Augen zusammen und musterte die starren Zweige des Baumes. Das spärliche Morgenlicht fiel auf einen Mast, der sich hinter dem Baum versteckte. Gesegnet sei sein falkenäugiger Bruder.

»Seid bereit!«

Thor versetzte Rådar und Sakse, die zu seinen Füßen schliefen, jeweils einen Tritt. Die beiden sprangen auf und waren sofort kampffähig.

»Versteck das Mädchen«, befahl er Bragi, der sofort die hellwache Idun hinter die Ladung aus Urnen, Fellen und Bündeln zog.

Thor löste Mjölnir von seinem Gürtel. Seine Gedanken klärten sich, er spannte die Muskeln an.

Er packte Ull, schüttelte Leben in den Jungen.

»Los, es wird gekämpft!«

Thors Pflegesohn zwang sich zum Aufwachen und taumelte zu Bögen und Pfeilen hinüber.

Bragi kehrte mit gezogenem Schwert zurück.

Thor ließ die Insel nicht aus den Augen. Bald würden sie sie passiert haben und klare Sicht haben. Der Steven des anderen Schiffes war bereits zu sehen.

»Göten!«

Die Männer refften das Segel. Diesen Kampf wollten sie sich nicht entgehen lassen, niemals würden Asen fliehen wie hasenherzige Weichlinge.

Ull legte einen Pfeil auf den Bogen und hielt Ausschau nach einem Ziel.

Kräftige Ruderschläge, das fremde Schiff schoss aus seinem Versteck. Am Segel leuchtete Gorms schwarzer Widderkopf.

Thor zählte rasch die Krieger im anderen Schiff, während er seinen Umhang fallen ließ.

»Das sind zwölf«, schrie er.

»Ull, halt dich bereit.«

Ein brennender Pfeil durchschnitt den dünnen Morgennebel. Er verfehlte Skidbladnir und fiel zischend ins Wasser.

Baldur drehte das Ruder, Skidbladnir legte sich vor das feindliche Fahrzeug.

Ull spannte den Bogen. Die Luft sang. Der Göte am Ruder fiel tot ins Wasser. Noch elf. Thor rannte an den Bug und wich einem vorüberjagenden Pfeil aus. Ein weiterer Brandpfeil. Er bohrte sich in die Reling. Rain zog ihn heraus und löschte ihn mit bloßen Händen. Jetzt waren sie zum Entern bereit. Thor hob den Hammer und schrie in die Dämmerung hinaus.

Der bärtige Göte hob sein Schwert.

Thor war zu allem bereit. Mit dem Hammer in der rechten, dem Schwert in der linken Hand. Er zitterte vor Erwartung und sah seine Männer an. Verschworen wie ein Wolfsrudel waren sie bereit, der Beute die Krallen in die Brust zu schlagen.

Skidbladnir traf den Bug von Gorms Schiff.

»Für Tiwaz!«

Thor sprang auf das andere Schiff und schlug einem Krieger den Schädel ein, noch ehe er wieder festen Boden unter den Füßen hatte.

Einem anderen bohrte er das Schwert in den Bauch. Ehe der fiel, traf er mit dem Hammer einen Jüngling vor die Stirn. Die Knochen zerbrachen, das Blut quoll wie ein Wasserfall aus dem Kopf des Jungen. Thor brüllte vor Kraft. Der Blutrausch brannte in seinem Körper. Tiwaz kämpfte an seiner Seite. Thor sah alles, war überall.

Zwei Göten griffen ihn aus entgegengesetzten Richtungen an. Sie bewegten sich langsam, träge wie auf dem Meeresgrund. Der eine hatte ein Bärenfell über seinen Harnisch gelegt, der andere trug ein Schwert mit goldenem Beschlag.

Thor beförderte den einen mit einem Tritt aus dem Weg und bohrte das Schwert in den anderen, ohne sich auch nur umzusehen. Er war unüberwindlich, ein wütender Sturmwind.

Die Schwerter der Asen blitzten im Boot auf wie eilige Fischschwärme. Ihr Geschrei hallte über dem Wasser wider.

Ein alter Mann schlug ihm das Schwert gegen den Rücken. Thor warf sich zur Seite, fing das Schwert des Göten mit Mjölnir auf und presste es gegen den Leib des Feindes.

Dessen Augen strahlten vor Angst. Thor grinste und stieß dem Göten das Schwert in den Bauch. Der stöhnte auf, Blut quoll aus seinem Mund. Sein Blick füllte sich mit Schmerz und erlosch.

»Stirb, du sackloser Wicht!«

Thor zog sein Schwert heraus, wandte sich um, bereit für den nächsten Feind. Doch dort stand Baldur mit erhobenen Händen.

»Genug!«

Thor ließ die Arme sinken und rang keuchend nach Atem. Tiwaz ließ ihn los. Seine Muskeln zitterten vor Erschöpfung. Er hängte Mjölnir wieder in seinen Gürtel. Der Hammer triefte vor Blut.

Er wischte sich mit dem Arm die Stirn und schaute sich dann um. Überall lagen tote Göten. Das Blut schwappte um seine Füße. Einen Schritt von ihm entfernt lag ein Feind auf dem Bauch. Thor spuckte auf dessen Harnisch.

»Tote bei uns?«

»Rain«, sagte Baldur.

Seine Wangen und seine Brust waren blutbespritzt.

Die anderen hatten sich bereits um den toten Rain versammelt. Er lehnte mit dem Rücken an der Reling. Ein Pfeil hatte sich durch den ledernen Harnisch gebohrt und sein Herz getroffen.

Sein durchfurchtes Gesicht war zu einem Schrei verzerrt, seine Augen vor Erstaunen aufgerissen.

»Er war sicher sofort tot«, sagte Ottar.

»Ich habe gesehen, wie er einen erschlagen hat. Er hat gut gekämpft«, sagte Sakse und strich sich den Bart.

Thor musterte seine Männer. Die waren mit einigen Schrammen davongekommen.

»Trauert nicht um Rain, er hatte einen männlichen Tod, wie er ihn sich immer gewünscht hat. Jetzt sitzt er mit unseren Kameraden in Tiwazens Halle und trinkt Met, mit einer schönen Frau auf dem Knie. Wir sollten ihn alle beneiden.«

Die Männer lachten düster. Ein Jammern ließ sie verstummen.

»Lebt noch einer von den Weichlingen?«, fragte Thor.

»Ja, hier hinten«, sagte Baldur.

Thor folgte seinem Bruder nach achtern, wo ein junger Mann

vor Schmerzen wimmerte und sich die Hände ans Gesicht hielt. Das war zerschmettert, Blut spritzte aus der Stelle, wo vorher seine Nase gesessen hatte. Die Lebenskräfte strömten aus ihm heraus, aber es würde doch noch eine Weile dauern, bis er tot wäre.

Thor ging in die Hocke. Sicher hatte er diesen Jüngling erschlagen, aber er konnte sich nicht daran erinnern. Das war das Seltsame an solchen Kämpfen, erst viel später fielen ihm die Einzelheiten wieder ein.

»Hör auf zu jammern wie ein Weib.«

Der Jüngling verstummte sofort und sah Thor voller Entsetzen an.

»Warum habt ihr uns aufgelauert?«

Der Göte starrte und schwieg. Thor seufzte müde. Erst jetzt merkte er, wie durstig er war, sein Mund war strohtrocken.

»Sprich und du wirst schmerzlos sterben. Schweig und ich werde Salzwasser in deine Wunden gießen und dir danach den Blutadler in den Rücken ritzen.«

Der Jüngling riss die Augen auf. Thor und Baldur tauschten einen zufriedenen Blick. Der Bruder war auf die Idee gekommen, den Feinden den Rücken aufzuschneiden und die Lunge wie Flügel herauszuziehen. Den Göten jagte das unglaubliche Angst ein. Trotzdem schwieg der Nasenlose noch immer.

Loki hielt einen Lappen ins Wasser. Dann drückte er ihn über der Wunde aus.

Der Junge schrie wie ein Mädchen und warf sich auf die Seite. Seine Lunge röchelte feucht. Ihm blieb jetzt nicht mehr viel Zeit.

»Ihr wollt euch vor dem Frühling ein Bild von uns machen und dann zuschlagen, was?«

»Ja«, stöhnte der Junge.

»Wo ist Odin?«

Der Jüngling wimmerte und verstummte dann. Thor zuckte mit den Schultern.

»Gib mir den Dolch, Baldur, geben wir dem Adler Flügel.«

»Hyndla hat ihn in die Höhle gesperrt«, sagte der Göte rasch.

»Wo ist die?«

»Auf Gorms Hof, mehr weiß ich nicht. Ihr müsst mir glauben.«

»Woher stammt die Hexe?«

»Aus dem Süden, aus den Wäldern.«

Thor packte ihn an den Haaren, zog seinen Kopf nach hinten.

»Die Männer, die meinen Vater begleitet haben, wo sind die?«

»Ich weiß nicht. Ich schwöre bei Tiwaz.«

Thor packte den braunen Kittel des Jungen und riss ihn auf die Füße. Abermals jagte die Wut durch seinen Leib, er sah nur noch Rot.

»Du bist es nicht wert, den Namen des Kriegsgottes auszusprechen.«

Er zog den bronzebeschlagenen Dolch aus dem Gürtel des Jungen, packte dann dessen Beine und warf ihn über Bord.

Schwer fiel der Göte in Rans Arme.

»Das ist mein Geschenk für dich, Meeresgöttin«, rief Thor seinem schreienden Feind zu.

Schon nach wenigen Atemzügen war der versunken.

»Opferst du neuerdings Ran?«, fragte Baldur überrascht.

Thor zuckte mit den Schultern und steckte den Dolch in den Gürtel.

»Es kann doch nichts schaden«, sagte er und ging zurück zu Skidbladnir. Eine strahlende Morgensonne vertrieb Kälte und Nebelschwaden. Die Vögel auf der Insel sangen sorglos.

Die Männer waren bereits mit der Plünderung der Leichen und des Schiffes befasst. Bragi reichte Sakse einige Meturnen. Ottar riss eine Bronzeschnalle von einem Umhang. Zufrieden hob er sie hoch und betrachtete die goldenen Schlangen, die sich umeinander wanden. Ull versuchte einen Ring von einem erstarrenden Finger zu ziehen. Er grinste Thor an, als es ihm gelungen war.

Sakse warf einen Ranzen auf Skidbladnir hinüber. Alles würde unter allen aufgeteilt werden.

»Beeil dich, Ull. Mach Feuer, dann lassen wir das Schiff sinken.«

Der Junge zog Zunder und Feuersteine hervor und entfachte ein Feuer.

Thor schritt über das blutverschmierte Deck. Alles, was irgendeinen Wert besaß, war verschwunden. Ulls Feuer glühte, vorsichtig legte er Reisig auf die zaghaften Flammen. Bald loderten die Flammen hoch.

Mit einem feindlichen Schiff konnte man nicht weitersegeln, ohne von den Geistern der Toten in die Tiefe gezogen zu werden. Da war es besser, das Boot von den Flammen verschlingen und die Geister Ruhe finden zu lassen.

Thor stieg über die Reling in sein eigenes Boot. Seine Beine waren steif und zitterten vor Erschöpfung. Sakse fing an, Skidbladnir vom Schiff der Göten wegzustoßen.

Ull warf mehr Holz in das Feuer und sprang dann auf sein eigenes Schiff zurück.

Das wäre ihm auch perfekt gelungen, wenn er sich beim letzten Schritt nicht verschätzt hätte. So knallte er mit dem Kopf gegen den Mast und sank bewusstlos zu Boden. Die Männer krümmten sich vor Lachen. Nicht einmal Thor konnte sich beherrschen, nachdem er festgestellt hatte, dass Ull noch lebte.

»Tiwaz wird ihm morgen den Schädel mit Gewitter füllen«, sagte Baldur.

»Aber wie konnten sie wissen, wo wir waren? Sie haben auf uns gewartet, haben im Wasser gelauert wie ein alter Hecht. Ich habe ja nichts gegen einen Kampf, aber das hier war schon seltsam«, rief Ottar und ließ vor Baldurs Augen ein Halsband hin und her pendeln. Als Baldur danach greifen wollte, riss Ottar es grinsend fort.

»Wir hätten den Nasenlosen fragen können, aber den hat Thor ja Ran hingeworfen«, erwiderte Baldur.

»Nasenlos, schwanzlos und ein mieser Schwimmer. Es muss hart sein, als Göte geboren zu werden«, sagte Sakse und holte einen Eimer, den er vor Thor hinstellte.

Das kühle Wasser färbte sich rot, als Thor sich darin die Hände wusch. Thor hatte diesen Witz schon häufiger gehört und wusste genau, wie zufrieden seine Männer jetzt waren. Sie freuten sich darüber, dass sie überlebt hatten. Kein anderes Gefühl war dermaßen berauschend.

»Sie leben ja nicht so lange, wir erweisen ihnen da wirklich eine Wohltat«, sagte Baldur und prustete los.

Thor versuchte ebenfalls zu lachen, aber eine schmerzende Leere hüllte alles in einen Nebel. Die Müdigkeit ließ seine Beine schmerzen. Das war der Preis, den er für seine Berserkerwut bezahlen musste.

Er ließ sich aufs Deck sinken. Das Gōtenschiff loderte inzwischen auf wie eine Fackel. Rußflocken schwebten durch die Luft. Thor seufzte tief.

Idun zitterte vor Kälte. Alles war ein Albtraum, offenbar hatten Alben ihr Gemüt verwirrt. Die Asen konnten sich nicht so aufgeführt haben, wie Idun gesehen zu haben glaubte. Es durfte nicht wahr sein.

Thor hatte einem wütenden Bären geähnelt, als er sich seine Bahn durch die Göten geschnitten hatte, wie ein Mäher durch ein Roggenfeld. Er war nicht menschlich gewesen, in seinem Blutrausch hatte er das Gemetzel sogar genossen.

»Für dich, meine Schöne«, sagte Bragi und hielt ihr einen Ring hin, der noch blutig war von dem Finger, den Bragi einem Toten abgeschnitten hatte, um das Schmuckstück an sich zu bringen.

Idun schlang sich die Arme um den Leib. Bragi, ihr Geliebter, hatte einen Jungen umgebracht, der jünger gewesen war als er selbst. Er hatte gelacht, als der Göte durch sein Schwert gefallen war, hatte sich über dessen Leid gefreut. Bragi, der so schön über die Liebe sprach, ihr zärtlicher, angehender Ehemann, hatte die fremden Männer zerlegt wie Schlachtschweine.

Sie konnte ihn nicht ansehen. Idun wandte sich ab, ihr Mund war wie ausgedörrt und von einem bitteren Geschmack erfüllt. Ihre Hände zitterten.

Im Wasser schwamm der Umhang des Jungen, den Thor über Bord geworfen hatte. Das alles hatte Idun mit angesehen, dann hatte sie sich über der Reling übergeben.

»Dann eben nicht«, sagte Bragi. »Wenn du den Ring jetzt nicht haben willst, dann werde ich ihn für dich aufbewahren. Ich kann das verstehen. Du hast zum ersten Mal bei einem Kampf zugesehen.«

Er sprach sehr schnell, sein Blick flackerte, seine Augen glänzten.

»Wenn wir nicht so tapfer gekämpft hätte, dann wären wir jetzt tot. Wäre dir das lieber?«

Widerwillig schüttelte Idun den Kopf.

Bragi packte ihren Arm. Zwang sie, sich zu ihm umzudrehen.

»Gut, denn wenn wir tot wären, dann würdest du jetzt blutend auf ihrem Deck liegen. Jeder Einzelne von diesen Göten hätte seine Stange in dich gerammt und wenn sie dich blutig gefickt hätten, dann hätten sie dich den Fischen zum Fraß hingeworfen.«

Seine Finger drückten ihren Arm so fest zusammen, dass ihr Tränen in die Augen traten.

»Ich verstehe«, flüsterte sie.

»Und nach so einem Kampf erwartet ein Mann die Dankbarkeit seiner Frau. Verstanden?«

»Verstanden«, murmelte Idun.

Bragi lockerte seinen Griff. Müde ließ er sich auf das Deck sinken und schloss die Augen.

»Nimm mir den Harnisch ab und wasch mich. Aber hol zuerst Met, Baldur weiß, wo der aufbewahrt wird.«

Seine schweißnassen Haare lockten sich in seiner Stirn. Seine Wangen waren rot vor Anstrengung. Aber sein Blick, die fremde Kälte in seinen Augen, machte Idun Angst.

Doch er hatte gekämpft, um ihr Leben zu bewahren. Er war ein Held.

Idun schämte sich ihrer Gedanken. Sie durfte nicht böse sein, weil er sich mit Sot verlustiert hatte oder kaum mit ihr sprach.

Dieses Gefecht, dieser Kampf hatten Bragi arg zugesetzt. Jetzt musste sie ihn pflegen, seine Qualen lindern. Er brauchte sie.

Rasch lief Idun Met holen.

6

Es war seltsam still. Kein Vogel zwitscherte, kein Wind wehte, kein Hund bellte in der Ferne.

Freya öffnete die Augen. Die Morgensonne bohrte sich in ihren Kopf wie Feuersteinscherben. Baumwipfel, die sie nur vage wahrnehmen konnte, bewegten sich vor ihr hin und her.

Sie stöhnte gequält, während die Welt Form annahm. Ihr Herz schlug heftig. Sie lag noch immer vor dem Altar. Und sie lebte noch. Seltsam.

Eine Hand stahl sich unter ihren Nacken. Eine Tonkanne wurde gegen Freyas Mund gepresst. Sie trank gierig das kalte Quellwasser, dann ließ sie ihren Kopf auf den kalten Boden zurücksinken.

Was war passiert?

Langsam kehrte die Erinnerung an die Nacht zurück; Stück für Stück fügte sich alles zusammen. Sie war verstoßen worden. In ihr krampfte sich alles zusammen, vor Einsamkeit und Angst. Sie war die Auserwählte der Mondgöttin gewesen, gesegnet in allem. Freya hatte gelebt, um ihre Göttin zu ehren. Aber das hatte sich jetzt geändert.

Der Boden öffnete sich und zog sie in die Unterwelt. Ihr Magen drehte sich um. Freya hatte eine neue Herrscherin. Sie fuhr sich mit den Fingern über die Stirn. Spürte die blutigen Ränder eines runden, wunden Zeichens.

»Sie ist bei Bewusstsein. Wer hat dich zerkratzt? Woher hast du das Zeichen der Todesgöttin? Kannst du antworten?«, fragte Njörunn.

Ihre unruhigen Augen schwebten in der Luft wie eine Graudise.

»Hel hat gesiegt«, flüsterte Freya.

Die Gewissheit wuchs, als sie das sagte.

Gebrandmarkt wie ein Stück Vieh sollte sie der Todesgöttin dienen und während ihrer letzten Zeit wie ein Wurm über die Erde kriechen.

Freya biss sich in die Wange, besann sich. Der Weg, den sie jetzt gehen musste, sollte von Demut erfüllt sein.

Hel sollte sich ihrer nicht vergeblich erbarmt haben. Freya würde ihre Fehler büßen und ihre alte Macht wiederherstellen.

Freya versuchte sich aufzusetzen, aber ihr Rücken tat zu weh. Njörunn kam ihr zu Hilfe. Njörunns Blick war erfüllt von Mitleid und Abscheu. Freya sah sicher entsetzlich aus. Njörunn war schließlich kein empfindliches kleines Mädchen.

Erschöpft sah Freya sich im Hain des Totenhauses um. Njörd saß in sich zusammengesunken neben ihr, sein weißes Wams war mit Flecken übersät, graue Haarsträhnen standen von seinem Kopf ab. Der Kummer über Freyrs Tod und seine Sorge um Freya lasteten schwer auf ihm. Das konnte sie sehen. Freya schluckte.

Ihr toter Bruder, ihr bitteres Versagen. Und bald würde auch sie sterben. Das war das Schicksal, das auf Hels Priesterinnen wartete. Die Todesgöttin wollte ihre Dienerinnen bei sich in der Nachwelt haben. Aber Freya spürte weder Trauer noch Angst. Es hätte keinen Sinn, das behalten zu wollen, was sie bereits verloren hatte. In der vergangenen Nacht war ihr altes Ich zerstört worden. Die Lebensverschlingerin hatte sie zum Tode verurteilt, doch Freya hatte es nie so genossen, am Leben zu sein wie in diesem Moment. Alles, was sie früher für selbstverständlich gehalten hatte, erschien ihr jetzt als ein kostbares Geschenk.

Freya lächelte den alten Mann an und legte ihm die Hand auf den Arm.

»Vater.«

Der Alte umklammerte ihre Hand. Seine Hand war kalt. Njörd hatte sicher lange bei ihr gewacht.

»Ich habe meine beiden Kinder verloren.«

Seine Stimme zitterte vor Bewegung.

»Noch bleibt mir Zeit«, erwiderte Freya.

Aber sie wusste nicht, wie viel. Deshalb eilte es. Sie musste ihr neues Leben sofort beginnen.

Freya erhob sich, ihr wurde schwarz vor Augen.

Sie lehnte sich an die Mauer des Totenhauses und wartete, bis der Boden unter ihren Füßen nicht mehr schwankte. Njörunn brachte eine Schale voll Wasser und fing an, Freya das verkrustete Blut aus dem Gesicht zu waschen.

»Eine schlimmere Göttin hättest du dir gar nicht aussuchen können.«

Das Gesicht der Priesterin war verschlossen, ihr Blick voller Abscheu.

»Ich bin Hel dankbar für ihr Erbarmen. Ich demütige mich vor ihr und der Welt. Auf diese Weise kann ich verhindern, dass die Finsternis unsere Welt verschlingt. Sie hat mir den Weg gezeigt«, sagte Freya ernst.

Njörunn wusch ihren Lappen in der Schale aus und das Wasser färbte sich rot.

»Weißt du, wie du die schwarze Seuche besiegen kannst?«

»Nein«, flüsterte Freya.

Njörunn rieb so hart über Freyas Wange, dass es wehtat. Sie war zutiefst bewegt, versuchte aber, ihre Gefühle zu verbergen.

»Dann wird das nicht leicht«, sagte sie schroff.

Vage Erinnerungen fügten sich in Freyas schmerzendem Kopf zusammen. Was hatte die Königin der Finsternis noch gesagt?

»Was Hel verloren hat, kann die schwarze Seuche besiegen.«

So war es. Wenn Freya das Verlorene fand, konnte sie Freyr rächen und ihren guten Namen wiederherstellen. Njörd und Njörunn starrten sie überrascht an.

»Vater, du musst wissen, was es ist«, sagte Freya flehend.

Der alte Mann schüttelte unglücklich den Kopf.

»Ich weiß es nicht, Tochter. Wenn ich dieses Wissen besäße, würde ich es dir schenken.«

»Was hat die Lebensverschlingerin verloren? Was kann das sein?«, jammerte Freya.

Njörd rieb sich die Augen und dachte lange nach. Freya musterte den Alten unruhig. Dann lachte er kurz auf.

»Es gibt da etwas. Brisingamen.«

Freya keuchte auf. Hels Halsband! Natürlich! Brisingamen war eine mächtige Waffe, kein Zauber konnte ihren Kräften widerstehen.

»Mit dem Halsband werde ich die schwarze Seuche und die verdammte Hyndla, die sie geschickt hat, verbrennen. Die Hexe muss brennen, weil sie meinen Bruder getötet hat, das schwöre ich hier und jetzt.«

Njörunn schlug mit dem Lappen in die Schale, dass das Wasser nur so spritzte.

»Hat Hel dir den Schädel verbrannt?«

Aber Njörunn würde es bald einsehen. Brisingamen konnte sie alle retten. Njörd tastete nach Freyas Arm.

»Das ist unmöglich«, seufzte der Alte.

Freya lächelte, Hoffnung schäumte durch ihren Körper. Sie fühlte sich unbesiegbar.

»Nichts ist unmöglich.«

Njörd schüttelte besorgt den Kopf.

»Du begreifst nicht. Das Halsband kennen wir nur aus einer uralten Sage. Wo willst du es finden? Wo willst du suchen?«

Freya schaute zu den Bäumen hinüber, hinter denen die Halle der Alfenpriester lag. Grauer Rauch stieg aus dem Rauchloch des Strohdaches. Langsam holte sie Luft, versuchte sich an die alte Geschichte zu erinnern. Aber ihre Erinnerung war unsicher, sie hatte die Sage seit ihrer Kindheit nicht mehr gehört.

»Erzähl von Hels Halsband, Vater. Von Anfang bis Ende.«

Sie nahm den Arm des Alten und half ihm, sich auf einen Opferstein zu setzen.

»Wenn du glaubst, dass das helfen kann. Es war in uralten Zeiten, ehe die tanzenden Steine aufgerichtet wurden, ehe die Wanen nach Vanaheim segelten. Kälteriesen und Wunderwesen herrschten über die Erde. Aber die Unsterblichen begannen damals, unsere Welt zu formen.«

Njörd veränderte sich, beim Erzählen wurde er von Leben und Kraft erfüllt.

»Der Zwillingsgott begehrte Hel. Aber er durfte sie im Totenreich nicht besuchen. Verzweifelt suchte er nach einer Möglichkeit, um das Lager der Todesgöttin teilen zu können. Eines Nachts kam eine Schlange an sein Bett und flüsterte ihm ins Ohr: Sie sehnt sich nach Freude und Licht, wenn sie durch die Finsternis ihrer neun Welten wandert. Als der Zwillingsgott, der kluge Jäger, am nächsten Morgen erwachte, wusste er, wie er Hel umgarnen konnte.

Beim heiligen Berg rief er die vier Winde zusammen und sie schenkten ihm die Kraft, aus der Unterwelt die schönste Waffe zu erschaffen, die in dieser Welt jemals entstanden war. Das Halsband bestand aus neun goldenen Ringen, auf jeder Seite saß eine Platte mit neun Goldspiralen, für die neun Töchter der Göttin. Der Name dieses Schmuckstücks war Brisingamen, das Strahlende. Seine mächtige Kraft war so stark, dass niemand seiner tödlichen Schönheit widerstehen konnte.

Der Zwillingsgott stieg hinab zu Hel und brachte durch Brisingamen Licht in ihre Welt.

Nicht einmal die Todesgöttin konnte diesem Geschenk widerstehen. Sie nahm den klugen Jäger auf, in ihre Welt, in ihren Körper.

Neun Nächte lagen sie zusammen im Grenzland zwischen Leben und Tod. Hel schenkte dem Zwillingsgott solchen Genuss, dass er sie anflehte, ewig bei ihr bleiben zu dürfen. Aber Hel sagte Nein. Sie wollte allein über ihre Reiche herrschen.

Wütend verließ der Zwillingsgott sie. In seiner enttäuschten Liebe beschwor er Brisingamen zur Erde zurückzukehren. Das heilige Halsband zerfiel an Hels Hals zu Staub. Das Gold kehrte zurück zu dem Berg, aus dem der Zwillingsgott es herausgelockt hatte, seine Kräfte wurden von Wind und Erde aufgenommen. Und dort ruht das Halsband seit dem Morgen der Zeiten.«

Njörd beendete seinen Sprechgesang. Er schüttelte traurig den Kopf.

»Du siehst also, das, was du suchst, kannst du nicht finden.«

Freya schüttelte den Kopf. Der Heilige Berg, das Gold aus dem Fels.

»Was meine Herrscherin begehrt, werde ich ihr geben. Sonst sind wir verloren«, sagte sie.

»Und sie ist auch die Unbarmherzigste unter den neun Töchtern der Göttin«, sagte Njörunn leise.

Der alte Mann schüttelte langsam den Kopf.

»Die Waffe wird aus der Unterwelt durch die Kraft der vier Winde geschaffen. Wer besitzt das Wissen, das dazu nötig ist?«

»Neun Alfenpriester befreien Kraft aus Stein, lassen sie davonfließen und formen daraus, was ihr wollt«, erwiderte Njörunn.

»Das stimmt«, sagte Njörd. »Aber niemand unter uns besitzt dieses Wissen. Das schwöre ich. Um etwas so Mächtiges zu erschaffen, ist ein größerer Zauber vonnöten.«

Wieder schüttelte er den Kopf.

»Es tut mir Leid. Es ist hoffnungslos.«

Die Sonne stand schon höher am Himmel. Freya schloss die Augen, ließ ihren Geist durch die Ebene wandern.

Eine seltsame Stille lag in der Luft. Hel hatte die Toten verschlungen, hatte sie in die Nachwelt geholt. Die Totenheide war erlöst. Freya war erlöst.

Und wenn ein solches Wunder möglich war, dann würde sie auch das Halsband finden. Freya hob ihr Gewand, es war zerfetzt, blutig, verschmutzt. Sie musste sich umziehen und sich dann auf den Weg machen. Ihr blieb nicht viel Zeit.

»Es gibt etwas, das du wissen musst«, sagte Njörunn.

Ihre Stimme verhieß nichts Gutes. Freya ließ ihr Gewand sinken und schaute Njörunn in die Augen.

»Thor ist fort. Er hat Idun mitgenommen.«

Freya starrte sie verständnislos an.

Ihr Kind war verschwunden. Die Tochter, die sie in Blut und Schmerzen auf die Welt gebracht hatte.

Sie schüttelte ungläubig den Kopf. Thor konnte sie doch nicht gestohlen haben. Sie hatten doch miteinander geredet. Ihre Feindschaft hatte ein Ende genommen. Wie konnte er ihr das antun?

Wie konnte er Idun mit nach Idunvallen nehmen, wo die schwarze Seuche wütete? Wollte er sie umbringen?

Ihr Mund schmeckte mehr und mehr nach Blut.

Mein Kind. Sie schloss die Augen, sah, wie Idun auf sie zugerannt kam. Idun war noch ein Kind und ihre roten Haare umgaben ihren Kopf wie ein goldener Kranz. In der Hand hielt sie einen runden Stein, den sie am Strand gefunden hatte.

Mit ernster Miene legte sie den Stein in Freyas Hand.

»Das ist ein Geschenk, Mutter. Ich habe lange danach gesucht.«

Ihre Stimme war dünn, ihr Blick ausweichend.

Freya dankte ihr, dann kam jemand zur Tür herein und sie ließ Idun stehen, ging zu dem Gast. Den Stein legte sie auf ihren Sitzstock. Sie vergaß ihn. Als sie abends zurückkehrte, hatte ihre Tochter vom vielen Weinen rote Augen. Freya stellte fest, dass sie ihre Faust krampfhaft um etwas geschlossen hielt. Sie öffnete die Finger der Kleinen, sah den Stein, den Idun ihr geschenkt und den sie vergessen hatte.

Idun war weinend davongestürzt. Ihr weichherziges Kind. Freya musste das bei der Kleinen wieder gutmachen, musste sie heilen, solange ihr noch Zeit blieb.

Freya schauderte zusammen, ihr Körper zitterte vor Kälte. Sie legte sich ihren feuchten Umhang um die Schultern.

Njörunn nahm sie in die Arme, wiegte sie langsam hin und her.

»Ganz ruhig, Schwester.«

»Hat Alfhild ihnen Schiffe nachgesandt?«

»Nein. Sie will keinen Streit mit ihnen, jetzt nicht.«

Freya versuchte klar zu denken.

Wollte Thor ihr schaden? Nein, um seine Kinder hatte er sich immer gekümmert. Er hatte andere Pläne.

»Thor muss sich doch irgendetwas davon versprechen?«

Njörunns ruhige Stimme holte Freya auf die Erde zurück.

»Er will, dass ich die schwarze Seuche aus Idunvallen vertreibe, dass ich ihm im Kampf gegen Gorm helfe. Idun ist seine Geisel«, sagte Freya.

»Was wirst du tun?«, fragte Njörunn.

Hels Zeichen ließ Freyas Stirn brennen.

»Möge Thors Same vertrocknen, möge die schwarze Seuche seine Eingeweide verfaulen lassen. Auge um Auge, Zahn um Zahn«, sagte sie.

Thors Hof war viel kleiner, als sie erwartet hatte.

Langsam watete Idun durch das kalte Wasser, der Boden war schlammig, sie schauderte, als der Schlamm durch ihre Zehen drang.

Wenn Bragi ihr vom Zuhause der Asen erzählt hatte, hatte es sich angehört, als schimmerten die Häuser vor Gold und das Vieh vor Fett. Aber die Halle oben auf der Anhöhe sah aus wie einer der kleinsten Höfe von Alfheim.

Idun kletterte am lehmigen Ufer hoch und presste ihre Schuhe an sich. Nun kamen Leute vom Hof angerannt.

Ganz vorn lief eine Frau, die Thor umarmte. Ihr folgten einige halbwüchsige Jungen.

Ull wartete am Strand. Die Jungen kamen angerannt, umschwärmten ihn wie die Bienen. Niemand würdigte Idun auch nur eines Blickes. Sie seufzte. Was, wenn sie hier nicht willkommen war?

Sie schaute sich um, blickte Bragi fragend an.

»Ich muss mit dem Schiff die Küste hinunterfahren, in einigen Tagen bin ich wieder hier«, sagte er.

Iduns Herz wurde so schwer wie ein Stein.

»Ich dachte, wir würden zusammen sein«, rief sie.

Er konnte sie doch jetzt nicht allein lassen.

Bragi zuckte mit den Schultern. »Du hast gesehen, womit wir zu kämpfen haben. Ich muss meinen Teil der Last tragen.«

»Ich kenne hier keinen Menschen. Du hast gesagt, wir würden auf deinen Hof gehen«, flüsterte Idun.

Bragis Gesicht verdüsterte sich, seine Augen wurden so kalt wie nach dem Kampf. Idun schaute ihn ängstlich an.

Aber sein Zorn war sofort wieder verflogen. Plötzlich hellte seine Miene sich auf und er legte lächelnd die Hand auf ihren Arm.

»Ich bin doch bald wieder da. Mach nicht so ein trauriges Gesicht.«

Idun zwang sich zu einem erleichterten Lächeln. Er durfte nicht böse auf sie sein, nicht jetzt, wo er fort musste. Wie hätte es denn ausgesehen, wenn sie sich im Streit getrennt hätten?

»So gehört sich das. Kein Mann will eine streitsüchtige Frau. Du sollst doch meine Stütze sein«, sagte er lächelnd.

Idun schlug die Augen nieder. Wie hatte sie nur so selbstsüchtig und dumm sein können?

»Verzeih mir, ich hatte mir das nicht überlegt«, flüsterte sie.

Zärtlich streichelte Bragi ihre Wange. Seine Hand war hart und kalt auf ihrer warmen Haut.

»Wir sehen uns bald, mach dich schön für den Tag, an dem wir unter den Hammer treten«, sagte Bragi und watete hinaus zum Boot. Seine Schritte wirkten entschlossen. Unbesiegbar.

Idun sah ihm nach und verlor wieder den Mut. Was sollte sie jetzt tun? Sie hatte sich noch nie so einsam und hilflos gefühlt. Was, wenn er nicht zurückkehrte?

Was sollte sie dann machen?

Ihre Mutter und Alfhild mussten ihr Verschwinden inzwischen entdeckt haben. Sie waren sicher reichlich wütend. Idun schluckte, packte ihren Mantel und klammerte sich an den Wollstoff.

Weiter hinten am Strand war Thor ins Gespräch mit seiner Frau vertieft. Sie sahen zu Idun herüber. Die Frau war wütend. Ihre Augen schleuderten Blitze. Sie hasst mich, dachte Idun verzweifelt.

Draußen in der Bucht lichtete das Schiff den Anker. Bragi stand achtern und hob die Hand zu einem Gruß. Sie musste durchhalten, bis er zurückkehrte und sich um sie kümmern konnte.

Dann würde alles gut sein.

»Das kann doch nicht dein Ernst sein! Nie im Leben darf sie hier bleiben! Wie kannst du die Brut dieser verdammten Hündin herschleppen? In mein Haus?«

Siv war weiß vor Zorn.

Thor seufzte, spürte, wie die Wut in ihm hochstieg. Er hatte die spitze Zunge der Alten ja so satt. Was war das für ein Empfang für einen Mann, der von einem harten Kampf heimkehrte?

»Hier bestimme ich. Du wirst Idun mit all deiner Fürsorge aufnehmen, sonst kannst du gehen«, sagte er.

Siv wurde noch bleicher und holte tief Luft. Thor sah, wie sie ihre Situation überdachte. Falschheit und Intrigen, das beherrschte seine Gattin am besten. Wie eine giftige Schlange wand sie sich über seinen Boden.

Und seine eben erst gefundene Tochter sah aus wie ein verirrtes Hundejunges, wie sie da am Strand stand. Die Arme.

»Es gibt in diesem Leben ein Wesen, das ich mit all meiner Kraft hasse, und das ist Freya. Wie kannst du verlangen, dass ich mich um die Brut kümmere, die sie aus sich herausgepresst hat?«

»Schweig jetzt, Weib«, brüllte Thor und hob wütend die Hand. Jetzt reichte es. Er würde sie Gehorsam lehren. Siv krümmte sich ängstlich zusammen.

»Ich werde tun, was du willst, Gatte.«

Thor konnte sich im letzten Moment noch beherrschen. Seine Hand zitterte vor Zorn. Verdammtes Weib, wollte sie ihn nun auch noch dazu treiben, dass er sie schlug?

Düster ließ er die Hand sinken, sah, dass seine Söhne ihn anstarrten. Tiwaz sollte Erbarmen haben, damit er nicht würde wie sein Vater.

Thor seufzte tief.

»Zeig deinen guten Willen oder scher dich zurück nach Vanaheim. Mir ist es egal, was du tust.«

Angst und Hass loderten in Sivs Augen auf, dann murmelte sie etwas Unverständliches und ging widerwillig auf Idun zu.

Sicher würde sich alles finden. Wenn Siv sich erst beruhigt hätte, würde es ihr Spaß machen, die Hochzeit vorzubereiten.

Thor nahm den Ranzen auf den Rücken und wandte sich seinen Söhnen zu.

In der Halle der Priesterinnen ging Freya langsam um die Feuerstätte. Ihre seltsame neue Kraft schien sie fast schweben zu lassen.

Die Schmerzen der Nacht waren verschwunden, sie hatte sich gewaschen und ihre Haare geflochten.

Das blaue Gewand der Priesterinnen hatte sie abgelegt. Diese Zeit war vorbei. Sie trug jetzt ein dunkles, grobes Gewand, schlicht wie das einer Magd. Auf diese Weise wollte sie ihre Demut zeigen.

Das Zeichen auf ihrer Stirn spannte und glühte. Die acht Priesterinnen saßen stocksteif um die Feuerstätte. Ihre Mienen wechselten zwischen Angst und gespannter Erwartung. Freya hatte ihnen mitgeteilt, dass sie sie verlassen würde, und jetzt sahen sie aus wie verängstigte Kinder. Aber nicht sie brauchten Freyas Hilfe.

Erst jetzt begriff Freya, wie sehr die anderen sich an sie geklammert hatten. Hel schien ihren Augen neue Klarheit gegeben zu haben. Diese acht Frauen kannten sich in den neun Mysterien aus, ihre Kraft war sehr groß. Aber sie wagten nicht, die sichere Halle zu verlassen. Sie hätten die Welt verändern können, jede von ihnen hätte das geschafft, aber sie wollten lieber in der Geborgenheit leben, wollten sich von den dankbaren Menschen in Alfheim leiten und verehren lassen. Kein Wunder, dass Freyas Schritte, jetzt, wo sie von all dem befreit war, so leicht waren.

Sie lächelte und kratzte sich am Arm. Bald würde eine von ihnen die Frage stellen. Wen wollte sie ausersehen? Wer sollte die neue Hohepriesterin sein?

Die braunhaarige Rodälv konnte Tiergestalt annehmen. Ihre Sinne konnten mit den Falken schweben, sie lief mit den Rehen durch den Wald, niemand sah so weit wie sie.

Die schöne Sot war für das Blutopfer geboren. Im Frühling würde sie das Opferfest leiten und zusammen mit Widar der Göttin huldigen. Freya stellte sich vor, wie die beiden sich auf dem Altar vereinigten, berauscht von Lust und Blut. Das Bild verblasste. Vielleicht wäre die kräuterkundige Sigtjaud doch die Würdigere, oder Wiborg, die in die Zukunft schauen konnte.

Die Frauen musterten Freya unruhig.

Freya schüttelte verständnislos den Kopf; dieses viele Wissen, diese Kraft, und doch erfassten die Priesterinnen ihre eigenen Fähigkeiten nicht. Sie glaubten, ihre Kraft stamme von Freya, obwohl

Freya sich doch davon ernährt hatte. Ihr Kreis aus neun Frauen war heilig, aber jede von ihnen konnte ihn verlassen und in der Einsamkeit wachsen.

Wiborg erhob sich und räusperte sich verlegen, ehe sie das Wort ergriff.

»Welche von uns soll deinen Umhang auf sich nehmen?«

Freya ging zu der Wand, an der ihre Stäbe hingen. Neun Stück, einer für jede Tochter der Göttin und für den Zauber, den sie den Priesterinnen schenkte.

Sie fuhr mit der Hand über das glatte Holz, liebkoste die geschnitzten Köpfe. Die Kraft ließ ihre Fingerspitzen prickeln. Das hier war das Symbol für die höchste Macht.

Die, die diese Stäbe tragen sollte, musste nicht nur mächtig im Zauber sein, sie musste auch weise sein, in die Herzen der Menschen blicken, deren Willen mit ihrem eigenen lenken. Aber die Macht war auch eine Qual, sie verlangte eine Priesterin reinen Herzens, die den Versuchungen widerstehen konnte. Freya wusste das nur zu gut.

Sie nahm den Lebenszauber von der Wand, den goldenen Stab der Mondgöttin mit seinem Kopf aus funkelndem Bernstein. Wer das kühle Gewicht dieses Stabes trug, war die Mächtigste unter den Priesterinnen.

»Ich gebe meinen Stab und meinen Umhang an Njörunn weiter. Mögest du Alfheims Priesterinnen mit Kraft und Frieden lenken.«

Sie hielt ihrer Freundin den Stab hin.

Die Hoffnungen der anderen Priesterinnen erloschen, aber keine war überrascht, keine empfand Groll, denn Freya hatte eine gute Wahl getroffen.

Nur Njörunn runzelte die Stirn, sie war nicht zufrieden.

»Das ist eine große Ehre, aber ich will sie nicht annehmen«, sagte sie und erhob sich.

»Ich dachte, du hättest sie immer begehrt«, widersprach Freya überrascht.

Njörunn trat vor die Stäbe und legte die Hand auf den kurzen, schwarzen Stab, der für Kriegszauber benutzt wurde.

»Ich folge dir auf deiner Wanderung. Zusammen werden wir Brisingamen finden.«

Sie grinste.

»Irgendwer muss dich doch vom Boden auflesen, wenn du deine Wahnsinnsanfälle erleidest.« Freya lächelte dankbar. Njörunn, die gute Freundin, was war sie doch für ein Schatz.

»Wer soll dann den Hof leiten?«

Sots träge Stimme hallte durch die Stille in der Halle. Wie eine brünstige Stute stand sie da und lechzte nach dem Stab.

»Wiborg«, sagte Freya ohne zu zögern.

Das Gesicht der alten Seherin verzog sich ungläubig.

»Nein, du. Dieser Umhang ist zu schwer für meine Schultern. Ich strebe nicht nach Macht.«

»Eben deshalb habe ich mich für dich entschieden.«

Sie trat vor die Priesterin, legte ihr den Stab in die Hand. Kaum hatten Freyas Finger das Holz losgelassen, da spürte sie, wie die Erleichterung sie durchströmte. Jetzt war sie wirklich frei.

Sie verabschiedete sich schweigend von den Frauen. Es gab nicht mehr zu sagen. In dieser Nacht würden sie sich bei Freyrs Totenfeuer noch einmal begegnen, aber ihre Wege trennten sich bereits hier und jetzt.

»Weißt du schon, wo du suchen wirst?«

Das war Wiborg, die den Kopf jetzt höher trug als zuvor. Der Zauber des Stabes tat bereits seine Wirkung.

»In der Dämmerung findet die Verzweifelte neue Hoffnung«, antwortete Freya und schaute sich in der Halle um.

Überall gab es Erinnerungen an Idun. Das Mädchen saß am Herd, kratzte Wolle, zeigte stolz den Korb voller Äpfel, die sie im Hain gepflückt hatte. Aber Freya wollte nicht über das trauern, was sie verloren hatte, sie wollte um das kämpfen, was noch gerettet werden konnte. Mit einem letzten Gruß verließ sie die Halle. Sie kam sich vor wie neugeboren.

Alfhild ging zusammen mit Widar langsam über den Hofplatz. Die Gäste waren geblieben, um Freyr die letzte Ehre zu erweisen und über die Geschehnisse der vergangenen Tage zu sprechen. Das Totenbegängnis würde Alfhild ein Vermögen an Schlachtvieh kosten.

»Sie sind wie blutrünstige Wölfe«, sagte Widar müde.

Er war erschöpft und wirkte verhärmt. Die Todesrituale der Alfenpriester zehrten an seinen Kräften. Sie hatten hart gearbeitet, um Freyrs Fahrt in die Nachwelt vorzubereiten. Alfhild registrierte die Angst, die Trauer und die Erleichterung, die sich bei ihrem Volk bemerkbar machten.

»Vieh stirbt, Freunde sterben, nur der gute Name lebt weiter. Sie wollen an ihren Feuerstätten etwas über Freyr erzählen können«, sagte sie.

Einer der Bewohner der entfernten Höfe, Ubbe, drängte sich zu ihr durch. Offenbar war er eben erst eingetroffen, denn er trug sein Tragegestell aus Rinden und Holz noch immer auf dem Rücken.

»Stimmt es, dass die Geister uns wieder quälen werden, Königin?«

Alfhild lächelte Ubbe müde an.

»Alles wird so bleiben, wie es ist. Darauf hast du mein Wort«, sagte sie beruhigend.

»Aber wenn Freya machtlos ist und wir die schwarze Seuche hier haben?«

»Noch werden wir von der Göttin beschützt, also fürchte dich nicht«, sagte Alfhild.

Ubbe deutete eine Verbeugung an, denn das Tragegestell hinderte ihn an einer richtigen Ehrbezeigung. Dann ging er weiter, um ein wenig mit den anderen zu tratschen.

»Ich hoffe, du hast Recht«, sagte Widar, als Ubbe verschwunden war.

Alfhild und der Alfenpriester tauschten einen düsteren Blick. Seit zwei Tagen hatte sie mit keiner Priesterin mehr gesprochen. Keine war zu ihr gekommen, um sie über Freya zu informieren. Nicht einmal Sot. Alfhild schnaubte wütend, als sie an Sot dachte. Sie hatte Bragi falsch eingeschätzt. Eine hochbusige Schönheit hatte nicht gereicht, um ihn zu umgarnen. Jetzt war Idun verschwunden. Wenn

Alfhild nur wüsste, was mit Freya los war. Bei der Erinnerung daran, wie Freya geschrien und sich auf dem Boden gewunden hatte, fröstelte sie. Hatte Freya tatsächlich ihre Macht verloren? War sie wahnsinnig geworden, oder würde sie Alfheims Geister auch in Zukunft beschwören können? Das ganze Reich war in Gefahr. Aber niemand sagte Alfhild etwas.

Der alte Knecht der Priesterinnen hinderte Alfhilds Boten am Betreten der Priesterinneninsel. Wie ein grimmiger alter Hund hielt er dort Wache. Sie sollte ihn prügeln lassen. Mit der eigensinnigen Heimlichtuerei der Priesterinnen musste jetzt Schluss sein. Alfhild würde ihnen ein für alle Mal klar machen, wer hier die Königin war.

Stimmen wurden auf dem Hofplatz laut.

»Ein Boot«, schrie jemand.

»Hoffentlich nicht noch weitere Sorgen«, sagte Alfhild.

»Sogar die Mächte haben Mitleid, es muss jetzt reichen mit dem Elend«, sagte Widar mit aufmunterndem Lächeln.

Alfhild sah, wie ein junges Mädchen schnell wie ein Eichhörnchen auf einen Baum kletterte. Sie schaute zu dem Segel hinüber, das sich in der Bucht näherte.

»Ein Boot aus Vanaheim«, rief sie.

Die Stimmen wurden lauter.

Alfhild ging zum Ufer. Ein flachbödiges Boot kam unter vollen Segeln angebraust. Am Bug waren Vanaheims Farben aufgemalt.

Sie zog ihren Umhang gerade und betastete ihre Gürtelschnalle. Das hier verhieß nichts Gutes. Es war spät im Jahr, nur, wer eine eilige Unheilsbotschaft zu verkünden hatte, trotzte den Herbststürmen. Alfhild wartete ungeduldig, bis das Boot in der Bucht vor Anker gegangen war.

Eine Frau mit wettergegerbtem Gesicht, langen Zöpfen und Seehundfellkittel sprang über die Reling, watete ans Ufer und sah sich dort um. Die Leute wichen zurück und machten Platz für Alfhild. Kaum hatte die Frau sie entdeckt, beugte sie demütig das Knie.

»Sei gegrüßt, Königin. Ich bin Hallwi aus Vanaheim.«

»Steh auf und sei willkommen«, erwiderte Alfhild förmlich.

»Ich bringe der Priesterin Freya eine Nachricht von ihrer Schwester Gefion.«

Alfhild schaute die Seefahrerin überrascht an. Vanaheim schickte Freya eine Nachricht? Sie war doch von der Insel verbannt worden.

»Sag mir, was passiert ist«, befahl sie mit scharfer Stimme.

Aber die Frau schüttelte so heftig den Kopf, dass ihre grauen Zöpfe ihr um die Ohren flogen.

»Ich bitte vielmals um Entschuldigung, Königin. Aber meine Worte sind nur für Freyas Ohren bestimmt, das hat Königin Gefion mir eingeschärft. Wo kann ich die Priesterin finden? Es eilt.«

»Was sagst du da? Königin Gefion? Ist Åse tot?«

Ehe die Botin etwas sagen konnte, trat eine in ein schlichtes braunes Gewand gekleidete Frau vor.

»Ich bin Freya, sprich.«

»Mach keine Witze, du bist nicht die Priesterin«, rief eine zornige Stimme.

Die anderen brachen in erregtes Getuschel aus.

Die Frau wandte sich um und lächelte Alfhild müde an.

»Heilige Mutter«, flüsterte die Königin und packte Widars Arm.

Es war wirklich Freya. Ein Brandzeichen leuchtete auf ihrer Stirn. Ihre Augen funkelten belustigt.

»Ganz ruhig, Verwandte«, sagte sie mit ihrem Wahnsinnslächeln.

Alfhild klammerte sich an Widars Arm. Jetzt hatte sie wirklich Angst.

Freya musterte die kniende Frau. Ihr Herz schlug hoffnungsvoll, das Blut sang in ihrem Leib. Nach all den Jahren des Schweigens hatten ihre Mutter und ihre Schwester nach ihr geschickt.

»Steh auf, Hallwi aus Vanaheim.«

Die Frau erhob sich mit steifen Bewegungen und wischte sich Erde von den Beinkleidern, ehe sie das Wort ergriff.

»Snotra ist tot. Königin Gefion sagt, du sollst an ihre Stelle treten.«

Freyas Kopfschmerzen erwachten zu neuem Leben. Es kam ihr vor, als würden an ihrer Stirn Kieselsteine zermahlen.

»Meine Mutter ist tot?«

Ihre Stimme war von Kummer erstickt.

»Nein, noch nicht. Aber sie ist an der schwarzen Seuche erkrankt. Gefion hat ihren Platz eingenommen«, antwortete Hallwi.

Freya starrte das Halsband aus Wolfszähnen an, das die Seefahrerin trug; spürte, wie die Finsternis sich um sie schloss. Die Umstehenden schrien und jammerten, aber das nahm Freya nur vage wahr. Die anderen schienen weit weg zu sein.

Rans Töchter schäumten in der brodelnden See. Warum musste das jetzt passieren? Ein halbes Leben wartete sie nun schon auf diese Nachricht. Und jetzt kam sie in dem Moment, wo sie das überhaupt nicht wollte. Hels Lachen hallte ihr aus der Unterwelt entgegen.

Sie wurde zu Hause gebraucht. Freya fröstelte. Vanaheims grüne Hügel leuchteten in der Ferne. Das war ihr Geburtsrecht. Dazu hatte ihre Tante Gullveig sie erzogen, zur Hohepriesterin von Vanaheim. Freya schaute zu Alfhild hinüber.

Die Königin war leichenblass und klammerte sich an den Arm des ebenfalls erschütterten Widar.

Sie konnte die Angst der beiden verstehen. Vanaheim war ohne Hohepriesterin. Wenn diese Insel unterging, würde sie alle anderen mitreißen. Aber Freya wurde auf den Platz gerufen, für den sie geboren war. Sie sollte Åse wiedersehen. Ihr Magen verkrampfte sich vor Sehnsucht. Endlich war die Zeit gekommen, endlich war Snotra tot.

»Wie ist die Hohepriesterin gestorben?«

Hallwi beugte sich vor und flüsterte, was nur Freya hören durfte.

»Snotra ist verrückt geworden. Gefion hat sie erstochen.«

Freya lachte schallend. Das war ein würdiges Ende für die Hündin, die ihren Platz eingenommen und sie vertrieben hatte. Ihre Schwester hatte sie gerächt, hatte Snotra abgestochen wie eine Schlachtsau.

Jetzt sah auch Hallwi verängstigt aus.

»Es eilt. Die schwarze Seuche macht uns arg zu schaffen. Gefion vertraut darauf, dass du sie von der Insel vertreibst.«

Freyas Lachen verstummte. Sie starrte die Botin mit leerem Blick an, während ihre Träume zerbrachen und auf dem schlammigen Strand zu Staub zerfielen.

Es war ein schöner Moment gewesen, aber doch nur ein Traum aus der Vergangenheit. Ihre jetzige Aufgabe war eine andere.

Sie ging einige Schritte auf das Wasser zu, musterte das prachtvolle Schiff, mit dem Hallwi gekommen war. Fünf Frauen standen an Deck. Eine tüchtige Besatzung, ein sturmsicheres Boot und eine Seefahrerin, die Rans Launen trotzte.

»Du musst mich an einen anderen Ort bringen. Ich muss etwas suchen.«

Jetzt erbleichte Hallwi, ihre Hände zitterten ein wenig.

»Edle Priesterin, ich bitte dich. Gefion war streng und deutlich. Mein Leben ist vertan, wenn ich dich nicht nach Vanaheim zurückbringe.«

Freya legte den Kopf schräg und lächelte freundlich.

»Dein Leben ist auch vertan, wenn du mich nicht dahin bringst, wohin ich will«, sagte sie und schaute sich unter den erschütterten Menschen von Alfheim um. Königin Alfhild starrte sie an wie einen Gast aus der Unterwelt. Vielleicht war sie das ja auch. Nein. Das berauschende Gefühl des Neugeborenseins ließ Freyas Blut kochen. Sie würde Brisingamen finden.

»Wohin willst du?«

Das war Widars Stimme.

»Ich weiß nicht. Vielleicht kannst du mir helfen?«

Sie sah, wie Widar mit sich kämpfte. Er hasste sie, trotzdem versuchte er, sich Vanaheims angehender Hohepriesterin gegenüber korrekt zu verhalten. Freya lachte innerlich. Es fiel ihm wohl schwer, plötzlich vor ihr kriechen zu müssen. Er hatte nie geglaubt, dass sie eines Tages ihren rechtmäßigen Platz einnehmen würde.

Aber ehe er etwas sagen konnte, trat Alfhild vor, erschüttert, aber energisch.

»Wir können nicht hier herumstehen und glotzen wie weidende

Schafe. Astrid, kümmere du dich um unsere Gäste aus Vanaheim. Sigvard, grab die Meturnen aus. Moira, leg Fleisch in die Kochgrube.«

Sie schaute Freya und Widar an.

»Das andere besprechen wir unter uns.«

Alfhild warf sich den Umhang um die Schultern und ging auf das Langhaus zu. Freya verließ Hallwi mit einem kurzen Nicken.

»Wir segeln im Morgengrauen.«

Die Seefahrerin seufzte tief.

»Was immer du verlangst, Hohepriesterin.«

Als sie das Langhaus betreten hatten, klatschte Alfhild in die Hände, um alle hinauszuschicken. Ruhelos lief sie dann hin und her, während das Gesinde verschwand. Als die Tür geschlossen worden war, drehte sie sich zu Freya um.

»Was ist passiert? Wohin willst du? Was ist hier eigentlich los?«

Die Wangen der Königin glühten. Sie rang um Beherrschung.

»Du lässt Idun von Thor stehlen und willst sie nicht einmal holen«, sagte Freya wütend.

Alfhild erstarrte.

»Das konnte ich nicht riskieren. Wer weiß, was dann passiert wäre. Sie hätten ihr vielleicht die Kehle durchgeschnitten«, sagte Alfhild und hob hilflos die Hände.

Freya schnaubte, als sie diese Lügen hörte.

»Ich verstehe schon, dass es deinen Zielen widersprochen hätte, Idun von den Asen wegzuholen.«

Alfhild strich sich eine Locke aus der Stirn. Unter ihrer bemühten Beherrschung wütete die pure Angst.

»Ich bin dazu gezwungen, Vanaheims wegen. Vergib mir, ich bitte dich. Und erzähl, was passiert ist. Ich warte schon seit Tagen.«

Die Königin legte ihr die Hand auf den Arm. Freya betrachtete die Goldringe, die sich an den langen, schmalen Fingern drängten, und schluckte ihre Wut hinunter. Das Gemüt der schönen Alfhild war wie Seegras. Niemals würde sie Freyas Worten gehorchen. Doch die Königin sah nie etwas anderes als Alfheims Wohlergehen. Es hätte keinen Sinn, ihr böse zu sein.

Freya erzählte, was passiert war, dass Hel sie auserwählt habe und Brisingamen sie alle retten werde.

Doch bald erkannte sie, dass Alfhild die Bedeutung des Ganzen nicht begreifen konnte. Nicht einmal Widar, der Hohepriester, konnte diesen Segen erfassen. Aber das spielte keine Rolle.

Freya setzte sich auf eine Bank und fuhr mit der Hand über das glatte Holz. Alfhilds Schätze glänzten an der Wand. Nie hatte sie bemerkt, wie behaglich die Halle der Königin war. Alfhild ließ sich neben sie sinken, sie duftete nach Rosen und Honig.

»Du kannst uns nicht den Geistern überlassen. Wer soll sie denn sonst beschwören?«

Freya lächelte angesichts dieser Angst.

»Alfheim ist erlöst von dem Bösen, das dein Vater und Widar hergelockt haben. Hel hat sich erbarmt. Es gibt keine Geister mehr, die ihr fürchten müsstet. Wir sind beide frei«, sagte Freya.

Die Erleichterung der Königin strahlte in der Halle wie ein Regenbogen.

»Es ist vorbei?«

Freudestrahlend sah sie Freya an.

»Danke der Todesgöttin, meiner Herrscherin.«

»Ich werde Gold und Alfheims stattlichste Hengste opfern, um ihren Namen zu heiligen«, sagte die Königin.

Freya erhob sich. Sie hatte genug gesagt. Jubelnde Lebenslust erfüllte ihre Brust.

»Du kannst jetzt nicht gehen, wir müssen über das sprechen, was passiert ist«, rief Alfhild verdutzt.

»Seht ihr nicht, dass ich euch schon verlassen habe? Wiborg ist jetzt Alfheims Hohepriesterin. Wende dich an sie.«

»Warte!«, rief Widar und in seinen Augen lag ein tiefer Ernst.

»Du musst Abschied von deinem Bruder nehmen. Das ist wichtig!«

Freya schaute ihn überrascht an.

»Das hatte ich auch vor.«

Idun kauerte sich auf der Schlafbank, die Siv ihr angewiesen hatte, zusammen. Das Stroh war alt und stank und es gab keine Felle, aber sie wagte nicht, sich zu beklagen.

Siv hatte kaum ein Wort zu ihr gesagt, nachdem sie sie widerwillig willkommen geheißen hatte. Jetzt herrschte sie das Gesinde an, drei magere halbwüchsige Mädchen in zerlumpten Kitteln und einen umhanglosen Alten, die umherliefen und sich alle Mühe gaben, Siv zu Willen zu sein.

Sie waren immerhin nicht arm. Die Wand war bedeckt von Schilden und Schwertern, Siv trug Bronze um den Hals und auf ihrem Gewand.

Idun seufzte tief, versuchte, sich auszuruhen, doch sowie sie die Augen schloss, sah sie vor sich die Asen im Kampf. Blut tropfte von Bragis Schwert. Der Junge schrie, als er ertrank.

Idun schauderte zusammen, nun lief ihr der Schweiß den Rücken hinunter. Sie musste daran denken, was Bragi gesagt hatte. Wenn die Asen ihre Feinde nicht getötet hätten, dann wäre Idun heute nicht mehr am Leben. Sie waren Helden. Und der größte Held von allen war Thor, ihr Vater. Niemand hatte so viele getötet wie er.

Idun wandte den Kopf und sah zu Ull hinüber, der ruhig auf den Schaffellen auf seinem Lager schlief. Er war wohl noch immer müde von dem berauschenden Trank, der ihm beim Opferfest gegeben worden war. Sie kannte das schon. Ab und zu schliefen die Priesterinnen nach einem Opfer tagelang.

Als sie an zu Hause dachte, schnürte sich ihre Kehle zusammen. Wenn Freya sie nun holen wollte?

Das durfte nicht passieren. Dann würde sie Bragi niemals wiedersehen.

Idun nahm allen Mut zusammen, den sie überhaupt nur besaß, und ging zu der mit einer Stickerei beschäftigten Siv.

»Ich bitte um Entschuldigung, aber darf ich eine Frage stellen?«

Siv grunzte, blickte aber nicht auf.

»Kann ich bei irgendeiner Arbeit helfen? Ich will niemandem zur Last fallen.«

Jetzt hob Siv den Blick von ihrer Stickerei, ihre Augen waren eiskalt.

»Freyas Tochter will auf meinem Hof helfen?«

»Ich kann fast alles, was eine Hausfrau können muss«, sagte Idun rasch.

Siv legte ihre Stickerei auf die Bank und schnaubte.

»Kannst du spinnen, Wolle kratzen, färben, weben, schlachten und kochen?«

Idun nickte.

»Kannst du sticken, säen, ernten, eggen, Blutgrütze und Sauerfisch herstellen, Kräuter sammeln, nähen und Fell gerben?«

»Natürlich«, sagte Idun überrascht.

Hielt Siv sie denn für eine Königin?

Das alles hatte sie schon als Kind von Kol gelernt und sie war dankbar gewesen, als sie dann später nicht mehr alle diese Arbeiten ausführen musste.

Siv stand auf und schaute sie fragend an.

»Kannst du noch mehr?«

Idun errötete unter ihrem Blick, aber ihr war der Ernst des Augenblicks klar.

»Ich kann Äpfel ziehen«, sagte sie wahrheitsgemäß.

Überrascht sah sie, dass Siv jetzt loslachte. Siv lachte dermaßen, dass ihre großen Brüste unter ihrem blassgrauen Wollwams auf und ab hüpften.

»Bei den Zehennägeln der Göttin! Freya kann nicht deine Mutter sein. Bestimmt bist du ein Wechselbalg.«

Idun schaute die ältere Frau überrascht an.

»Na gut«, sagte Siv, »jetzt gefällst du mir schon besser. Du hast ja nicht einen einzigen hochmütigen Knochen im Leib. Du wirst für Bragi bestimmt eine gute Hausfrau sein.«

Sie klopfte mit der Hand auf die Bank und Idun setzte sich vorsichtig neben sie.

»Ich will dir die Wahrheit sagen, ich war wütend auf meinen Kerl, als er dich angeschleppt hat, denn ich kann deine Mutter nicht ausstehen. Aber jetzt merke ich, dass du dein Gemüt von

Thors Seite geerbt hast. Seine Mutter, Jorunn, soll eine tüchtige Hausmutter gewesen sein.«

Idun lächelte, sie wusste nicht, was sie sagen sollte. Es war ihr unangenehm, dass so schlecht über Freya gesprochen wurde, aber sie freute sich auch, weil Siv ihr nicht länger grollte.

»Du sagst auch nicht viel, und das ist gut so. Ich kann Frauen, die nur plappern, nicht leiden. Eins musst du erzählen. Wie hast du diese Flatterstange Bragi umgarnen können? Ich hätte gedacht, er würde lieber sterben, als mit irgendeinem Frauenzimmer unter den Hammer zu treten. Aber natürlich, seine Mutter ist ja alt, also braucht er eine, die sich um seinen Hof kümmert. Das ist eine richtig schreckliche Alte, das kannst du mir glauben.«

»Seine Mutter?«

Idun schaute Siv überrascht an.

»Ja, sein Vater ist in diesem Jahr hier im Wald umgekommen, ein Baum hat ihm das Rückgrat gebrochen, deshalb wohnen sie nun allein dort draußen. Aber du heiratest auf keinen schlechten Hof, er ist natürlich nicht so groß wie dieser hier, aber Thor ist ja schließlich auch Häuptlingssohn.«

Siv erhob sich und watschelte zu einer Truhe hinüber. Als sie zurückkam, hatte sie ein Stück weißen Stoff und bunte Fäden in der Hand, die sie Idun zusammen mit einer Knochennadel reichte.

»Zeig lieber gleich, was du kannst. Und jetzt will ich alles über deine Mutter wissen. Und dass du mir ja nichts verschweigst.«

Idun nahm die Stickerei entgegen. Eine Freundin, endlich. Bragis Abwesenheit würde doch nicht so schrecklich sein.

Sie erzählte kurz von ihrem Leben, wusste dabei aber nicht so recht, was sie sagen sollte.

»Ich war einmal eng mit deiner Mutter befreundet, aber sie hat mich grausam im Stich gelassen«, sagte Siv.

Idun stickte schweigend weiter. Ihre Finger waren nicht an die dünne Nadel gewöhnt, aber bald flog diese geschmeidig durch den Stoff.

Siv beugte sich vor und flüsterte ihr ins Ohr:

»Na, mit der Nadel kennst du dich immerhin aus. Ich hoffe, du hast auch das andere gut gelernt, damit du Bragi erfreuen kannst. So verwöhnt von den Frauen, wie er ist«, sagte Siv und lachte.

Thor kam zur Tür herein.

»Ist das Wasser heiß?«

Siv schrie das Gesinde an, das Eimer aus der Kochgrube brachte.

Thor öffnete seinen Gürtel und hängte ihn an einen hölzernen Haken. Schwert und Hammer pendelten an der Wand hin und her.

Gleich darauf hatte er seinen Kittel abgelegt und eine Magd zog ihm Beinkleider und Schuhe aus.

Thor war ganz nackt. Die beiden Mägde wuschen ihn mit Wollsträngen, er stöhnte zufrieden, als sie seinen narbigen Körper abrieben. Sie kicherten und tuschelten, als sie ihn reinigten.

Idun starrte errötend ihre Stickerei an. Siv dagegen achtete gar nicht auf diesen Vorgang.

»Was ist denn los, Kind, eine Wanentochter muss doch schon mal einen nackten Kerl gesehen haben. Du hast deine erste Mondblutung doch wohl schon gehabt?«

Idun starrte die Stickerei an und nickte kurz.

Siv beugte sich vor und flüsterte:

»Du warst doch schon mit einem Kerl zusammen?«

Idun schluckte. Sollte sie lügen? Nein, das hätte keinen Sinn. Sie schüttelte den Kopf.

Siv brach in schrilles Lachen aus und schlug sich auf die Knie.

»Das sag ich dir, man muss sich allerlei anhören, ehe die Ohren vom Kopf abfaulen. Wie kannst du unberührt sein, wo deine Mutter sich doch an jeden Mann heranmacht wie eine brünstige Ziege?«

Alle hatten das gehört. Idun wand sich, die Bank kam ihr hart und kalt vor.

Die Mägde kicherten.

»Ich kann dich gern ficken, wenn du unberührt bist«, sagte der älteste Sohn und seine Brüder prusteten los.

Siv sprang auf und verpasste ihm eine Ohrfeige, die ihn gegen die Wand schleuderte.

»Verschwinde und mach dich nützlich.«

Der Junge verzog sich maulend und hielt sich die Wange. Seine Brüder feixten über diese Demütigung.

Siv ließ sich mit wütendem Schnauben auf die Bank sinken.

»Verdammte Brut, die treiben mich zum Wahnsinn.«

Dann wandte sie sich an Idun.

»Du bist keine Priesterin, aber du bist unberührt und von hoher Geburt. Jetzt begreife ich, warum Bragi mit dir unter den Hammer treten will. Er muss doch zufrieden sein, wo er sich eine Gattin gesichert hat, die ihm Gold und Macht einbringen wird.«

Idun sah Siv verwirrt an.

»Aber ich bin nicht reich und Macht habe ich noch nie besessen.«

Siv seufzte und lächelte fast zärtlich.

»Nun, das kann schon sein. Aber du bist kostbarer, als du glaubst, Kleine. Und Bragi ist gerissen. Hinter seiner Schönheit liegt etwas anderes. Das wirst du bald merken.«

Sie schaute mit ernster Miene vor sich hin, dann setzte sie sich gerade und klopfte Idun aufs Bein.

»Aber wozu so lange schwätzen. Ich helfe dir, dein Hammerfest wird großartig sein, dafür werde ich sorgen. Wir können wirklich ein kleines Vergnügen brauchen, wo die Kerle bald auf ihre wahnwitzige Fahrt gehen.«

Sie beugte sich vor und flüsterte ganz leise: »Ich begreife nicht, warum sie um Odin kämpfen wollen, der ist doch uralt; besser, Thor wird Häuptling, dann brauchen sie nicht zur Göteninsel. Aber davon wollen sie nichts hören, sie reden nur noch von Krieg und Ehre. Sterben ist eine Ehre. Wahnsinnig, das sind sie. Jetzt haben sie schreckliche Angst davor, an der schwarzen Seuche zu erkranken und auf dem Rücken und ohne eine Waffe in der Hand in die Nachwelt einzugehen. Ja, so sind die Kerle eben.«

Sivs Worte wirbelten durch Iduns Kopf. Bragis alte Mutter, der bevorstehende Krieg, das Fest. Es passierte viel zu viel in zu kurzer Zeit.

»Gut, dass ihr euch miteinander bekannt gemacht habt«, sagte Thor und setzte sich an die Feuerstätte.

Er trug einen sauberen Kittel. Seine langen roten Haare waren gewaschen worden und hingen ihm offen über die Schultern.

»Wann brecht ihr auf?«

Sivs Stimme war sanft und schien um Entschuldigung zu bitten.

Thor zuckte mit den Schultern.

»Wenn wir bereit sind. Ich habe meine Männer zusammenrufen lassen. Aber erst gibt es das Fest.«

Er sah Idun an und lächelte.

»Du freust dich doch sicher, Tochter.«

Idun lächelte schüchtern.

»Mach dir keine Sorgen. Bald wirst du den Bauch hoch tragen. Du wirst Bragi viele prächtige Söhne schenken«, sagte Thor und nahm die Schale, die eine Magd ihm mit schmeichelndem Blick reichte.

Siv schien es nicht zu kümmern, wie das Gesinde sich um Thor herumdrückte. Alfhild hätte sie auspeitschen lassen und dann von ihrem Hof verwiesen. Hier herrschten wirklich andere Sitten. Und das Gerede über die Söhne, die sie gebären sollte. Sie sah ihren Vater verständnislos an, als der seinen Essnapf leerte. Söhne konnten Freya doch im Amt nicht nachfolgen.

Die Tür zum Langhaus der Alfenpriester stand offen. Auf dem Hofplatz lagen Haufen aus Abfall und verbrannten Steinen herum. Freya ging daran vorbei und blieb vor der Schwelle stehen. Sie zögerte, dann ging sie hinein ins Warme.

»Hier haben Priesterinnen keinen Zutritt«, schrie ein Priester wütend.

Freya fuhr zurück und sah an den Wänden hoch. Sie waren von schönem Schmiedewerk aus Bronze und Gold bedeckt. Widar hatte sich im Laufe der Jahre wahrlich bereichert.

Einige Priester drängten sich wütend um sie zusammen. Sie sah ihre gespannten Muskeln unter den kurzen Umhängen mit den kunstfertig geschmiedeten Schnallen.

»Ich bin gekommen, um Abschied von meinem Bruder zu nehmen«, sagte Freya.

»Lasst sie durch«, rief Widar.

Die weiß gekleideten Alfenpriester machten ihr widerwillig Platz.

Widar saß neben Freyrs Kopf, er hatte soeben die letzten Reisezeichen auf die weiße Kleidung des Toten gemalt. Njörd saß am Fußende und murmelte seine Beschwörungen.

Freya fiel vor der geflochtenen Bahre auf die Knie.

Freyr sah so friedlich aus, wie er dort lag, ganz in Weiß. Goldene Stickereien zogen sich über seine Brust dahin. Die Arme waren übereinander geschlagen. Die Lippen grau. Die Augen vor dieser Welt verschlossen.

Mein geliebter Bruder. Verzeih mir.

Die Trauer lag in ihrer Brust wie ein schwerer Stein.

Widar schaute fragend das Zeichen auf ihrer Stirn an.

»Kannst du ihn in der Geisterwelt sehen? Hat Hel dir diese Macht verliehen?«

Freya fuhr sich mit den Händen über die Augen. Nichts wünschte sie sich mehr, als mit Freyr sprechen zu können, aber das war unmöglich.

»Sein Geist ist noch an sein verwesendes Fleisch gebunden, erst nach dem Grabfeuer wird er frei sein«, sagte sie mit heiserer Stimme. Sie zog die Goldknöpfe hervor, die sie mitgebracht hatte, und legte sie unter Freyrs Hände.

»Nimm sie mit in die Nachwelt. Sie kommen aus Vanaheim«, sagte sie leise.

Ihre Zöpfe waren schwer und zu straff. Sie löste einen nach dem anderen, denn es kam ihr falsch vor, vor ihrem toten Bruder die Kraft ihrer Haare zu zügeln. Nun fielen sie über ihre Schultern wie gesponnenes Gold. Widar schaute sie nervös an, dann flüsterte er einem Priester etwas zu.

Bald dröhnten die Trommeln los. Sie hallten durch die Dunkelheit, um die Menschen von Alfheim zusammenzurufen. Njörds Beschwörungen verstummten.

»Tochter. Ich möchte dich um deinen Segen bitten«, sagte er. Seine Worte waren gedehnt und schwer.

»Den hast du schon«, sagte sie.

Der Alte hatte einen berauschenden Trank eingenommen, sein Geist reiste durch die Nacht, sein Körper schwankte hin und her.

»Ich werde meinen Sohn durch die Flammen begleiten.«

Freya riss die Augen auf.

»Aber …« Sie blickte Widar fragend an.

»Er hat in der Nacht den Eid abgelegt. Freyr muss geehrt werden, es wäre eine große Schande, einen solchen Mann allein in die Nachwelt wandern zu lassen. Und wer wäre ein würdigerer Begleiter als sein eigener Vater?«

Ein älterer Alfenpriester reichte Njörd eine mit roten Todeszeichen bemalte Urne. Ohne zu zögern leerte Njörd sie bis zur Neige.

Freya streichelte seine runzlige Wange. Ihr Herz schmerzte vor Sehnsucht und Trauer. Sie wollte ihn nicht verlieren, aber seinen Eid durfte sie nicht brechen. Und natürlich war ein freiwilliges Opfer wertvoller als eine verängstigte Magd, die sich schreiend an dieses Leben klammerte. Njörd hatte ihre Bewunderung verdient. Sie hatte nicht das Recht, ihn zu bitten, doch noch zu bleiben; sein Körper war ihm eine Qual, er sehnte sich nach dem Tod. Und bald würden sie einander in der Nachwelt wieder begegnen.

»Gehe in Frieden, Vater. Ich komme bald zu dir.«

Der Alte wiegte sich wortlos hin und her.

»Die Zeit ist gekommen«, sagte Widar und klatschte in die Hände.

Zwei Priester hoben Freyrs Bahre hoch, zwei halfen Njörd auf die Füße. Zusammen gingen sie zum Feuer. Die Trommeln hallten rhythmisch über die Heide.

Freya schaute hinüber zu dem Grabfeuer, das zwischen der Halle der Alfenpriester und dem Totenhaus aufgeschichtet worden war. Es wimmelte nur so von Menschen. Jede Frau, jeder Mann, jedes Kind in Alfheim war gekommen, um Freyas Bruder zu ehren.

Hels Anwesenheit erfüllte die Nacht, Freya spürte sie im Wind.

Die Alfenpriester stiegen auf den Scheiterhaufen. Dort banden sie Freyrs Bahre fest. Alles in Freya tat weh. Sie nahm Njörds Hand, die zitterte und vor Schweiß triefte.

»Niemand verlangt das von dir, alter Mann«, flüsterte sie, obwohl das nicht richtig von ihr war.

Sie sah ihre eigene Trauer, nicht Njörds Befreiung von einem schmerzhaften Leben in Blindheit. Sie musste sich zusammenreißen.

»Verzeih mir, Vater«, flüsterte sie.

Für einen kurzen Moment kehrte er zurück.

»Ein Geschenk für dich habe ich in der Vergangenheit gefunden. Widar wird es dir überreichen.«

»Was ist es?«

Aber der Alte war abermals in seinem Rausch versunken.

Die Alfenpriester stellten sich zwischen Njörd und dem Feuer in einer Reihe auf. Das war ihr Abschied.

Freya presste die Lippen aufeinander und kämpfte, um Mut zeigen zu können. Ihre Hände zitterten, als sie den Dolch in den Gürtel ihres Vaters schob.

»Das ist mein Geschenk für deine Reise. Ich werde Hel bitten, euch beide zu beschützen«, sagte sie mit erstickter Stimme.

Ein Priester nahm Njörds Arm und führte ihn zum Scheiterhaufen.

Die Schritte des Alten waren schwer und langsam. Jeder Alfenpriester küsste ihm die Hand. Den Leuten ging jetzt auf, was bevorstand. Alle flüsterten betroffen miteinander.

Die Alfenpriester stimmten einen Klagegesang an.

»Er geht zur Göttin«, verkündeten ihre dunklen Stimmen zum dumpfen Klang der Trommeln.

Der alte Mann hatte den letzten Priester erreicht. Er blieb stehen und wandte sich plötzlich dem Wald zu. Njörd wusste nicht mehr, wo er war.

Zwei Priester nahmen ihn an den Armen. Sie zogen und trugen den Alten auf den Scheiterhaufen.

Kaum hatten sie ihn losgelassen, da versuchte er, wieder herunterzuklettern. Er redete und schrie unzusammenhängend. Njörd war bereits in der Geisterwelt angekommen.

Die Priester legten ihn behutsam neben Freyr und banden den Alten bei seinem Sohn fest.

Alfhild trat mit ihrem Geschenk vor, einem Schwert aus Goldbronze, kostbar und prachtvoll. Dann brachten die anderen Menschen von Alfheim ihre Gaben. Lebensmittel, eine Pflanze oder ein Schmuckstück.

Hels Erwartung ließ die Nacht beben. Das hier war die Ehrenstunde der Todesgöttin, die bereits hungrig ihre Arme öffnete.

Freya hüllte sich mit zitternden Händen in ihren Umhang. Sie durfte nicht weinen, nicht hier, nicht jetzt. Als Auserwählte Hels musste sie Freude und Trost ausstrahlen. Das war ihre Pflicht. Sie durfte ihren Schmerz nicht zeigen.

Die Alfenpriester zündeten ihre Fackeln an, dann wanderten sie neunmal um das Feuer und sangen das Todeslied des Zwillingsgottes. Danach blieben sie stehen. Widar hob seine Fackel, dann hielt er inne und wandte sich an Freya.

»Steh mir bei, Schwester.«

Sie schaute ihn überrascht an und erwachte aus ihrem Trancezustand. Widar ehrte sie vor den Augen Alfheims. Das kam unerwartet.

Langsam trat Freya auf ihn zu, sie hatte das Gefühl, über den Meeresgrund zu wandern. Die Geräusche in ihrer Umgebung waren gedämpft, ihr Mund war wie ausgedörrt.

Sie legte ihre Hand neben der von Widar um die Fackel. Das Holz war kühl unter ihren Fingern, der Rauch duftete nach Kräutern.

Sie hoben gemeinsam die Fackel. Es war jetzt still, ganz still.

Ernste Augen folgten ihnen durch die Nacht.

»Für unsere Brüder!«

Widar und Freya ließen die Fackel sinken. Gemeinsam mit den übrigen Alfenpriestern zündeten sie das Leichenfeuer an. Es erwachte zischend zum Leben und fraß sich gierig durch den Scheiterhaufen. Freya ließ die Fackel los und wich vor der Hitze zurück.

»Hab Erbarmen, Hel«, flüsterte sie, als die Flammen den Gipfel des Scheiterhaufens erreichten.

Der alte Njörd fing an zu schreien, wie ein verängstigtes Kind brüllte er in die Nacht hinaus.

Freya erschauderte. Die anderen traten unruhig von einem Bein aufs andere. Mütter hielten ihren Kindern die Augen zu. Das Dröhnen der Trommeln wurde immer stärker, wie ein Gewitter übertönten sie Njörds Todesschreie.

Nach einigen Atemzügen verstummte Njörd und sein Körper versank in den Flammen.

Läuterndes Feuer, erlösendes Feuer. Das Fleisch schmolz, die Knochen barsten in der Hitze. Es war vorüber.

Ein Funkenregen stob zum Nachthimmel empor. Die Geister verließen die Körper. Befreit begannen sie ihre Wanderung über den Helweg in die Arme der großen Göttin.

Freya atmete erleichtert den Geruch von Hitze und verbranntem Fleisch ein.

Sie sah, wie der lachende Freyr beim Frühlingsopfer tanzte, sie spürte seine Lippen auf ihren. Der Boden griff mit feuchten Fingern nach ihr. Sie sank in die Knie.

»Wir sehen uns in der Nachwelt«, flüsterte sie.

Der Hunger der Flammen war befriedigt, langsam verlosch das Feuer.

Die Menschen von Alfheim zogen sich nach und nach zurück, um über das Geschehene zu sprechen und sich zu freuen, weil sie noch am Leben waren. Die Nacht wanderte langsam vorbei, die Mondgöttin verbarg ihr Gesicht. Diese Verräterin.

Der Boden hatte Freya bereits verschlungen. Sie stand am Bug eines Schiffes, das durch die Unterwelt schwamm. Am Strand der Göten tanzte Hyndla mit ihren funkelnden Zeichen. Die schwarze Seuche verließ ihren Körper und verbreitete sich in Vanaheim. Hyndla war verfault. Die Quelle der Flüche. Hyndla lachte in den Flammen, für sie war Freyrs Tod ein Sieg.

Der Hass erfüllte Freya mit zitterndem Genuss.

»Bald werde ich dir die Brüste abschneiden und vor deine Augen nageln. Und dann kannst du deine eigene Plattheit anstarren.«

Sie lachte über Hyndlas ruckhaften Tanz.

Die Priesterin hatte ja keine Ahnung, was ihr bevorstand. So sicher, wie die Midgardschlange eines Tages die Erde verschlingen würde, so sicher würde Freya Hyndlas Gebeine zerbrechen.

»Tanz, Schwester. Genieß die Zeit, die dir noch bleibt«, flüsterte sie in das knisternde Feuer.

»Bei der Todesgöttin Hel schwöre ich Rache!«

Das Feuer loderte auf, die Flammen fauchten, streckten ihre Finger nach ihr aus.

Hel tauchte in der flirrenden Hitze auf. Sie zeigte ihr schönes Gesicht, den sanften Tod.

»Ich nehme deinen Schwur an, Dienerin«, sagte sie und verschwand.

Das Feuer sank in sich zusammen, das Zischen der Flammen verstummte.

Freya schaute mit leeren Blicken in den schwelenden Aschehaufen und kehrte dann in die Wirklichkeit zurück.

Ihre Beine waren taub, sie spürte sie nicht. Vergeblich versuchte sie aufzustehen, ihr Körper wollte ihr nicht gehorchen. Eine Hand zog sie auf die Füße. Diese Hand gehörte Widar. Der Alfenpriester war wie erstarrt vor unterdrückter Trauer.

»Sie haben ausgelitten«, sagte Freya.

Zahllose Nadeln bohrten sich jetzt in ihre Beine. Die Trauer musste weichen, das Leben erfüllte sie mit brodelnder Begierde. Das war Hels wertvollstes Geschenk. Im Schatten des Todes brannte die Lebensflamme besonders klar. Das war das Älteste der großen Mysterien. Neu belebt nahm sie Widars Arm.

»Sei nicht traurig, lass uns das Leben genießen«, sagte Freya.

Sie kam sich vor wie berauscht, wie trunken von Met und Kräuterelixieren.

»Njörd war unser Allvater, Freyr unser Held, den wir besungen haben. Das alles haben wir verloren.«

Sie sah seine schmerzende Einsamkeit. Er hatte Angst vor der

Verantwortung, die nun auf seinen Schultern ruhte. Njörd hatte ihm immer gute Ratschläge zugeflüstert und ihn im Verborgenen geleitet, er hatte seine Intrigen gemildert.

Freya streichelte Widars Arm, genoss dessen Wärme. In dieser Nacht brauchte er sie. Sie musste die Tage feiern, die ihr noch blieben, musste die Geschenke nehmen, die das Leben ihr anbot.

»Lass uns das Leben genießen«, flüsterte sie und ließ ihre Hand suchend unter Widars Kittel gleiten. Ihr Schoß war feucht wie ein Moor. Er pochte und brannte vor Hunger. Widars Glätte wuchs in ihrer Hand. Sie musste ihn in sich haben. Jetzt. Ein Bach aus Lust floss an ihrem Bein entlang.

»Lass uns Frieden schließen«, keuchte Freya.

Im Grenzland gab es keinen Platz für das, was gewesen war oder werden sollte.

Er küsste sie zuerst zögernd, dann immer hungriger. Freya legte sich vor den Scheiterhaufen, öffnete sich dem Alfenpriester.

Widar drang in sie ein, stieß seine Kraft in ihre Nässe. Der Genuss durchschnitt ihren Körper, ließ das Leben wirklich werden. Jeder Moment stand ihr brennend klar vor Augen. Die Hitze der schwelenden Glut, die Schritte, die innehielten, um dann in der Nacht zu verhallen.

Zitternd nahm sie seine Stärke entgegen.

Widar ergoss sich in ihr und sank dann keuchend auf ihre Brust.

»Ich danke dir«, brachte er heraus.

Sie streichelte seine schweißnassen Haare, schaute zu den Sternen hoch.

Im Namen der Mondgöttin hatte sie viele Männer genossen. Die Rituale verlangten es, die Göttin mit Leben und Blut zu ehren. Hel dagegen war das egal. Das Einzige, was ein Mensch erhoffen konnte, war, ihrer schönen Seite zu begegnen, wenn sie kam, um sein Leben zu löschen. Und nicht in ihrem Reich verharren zu müssen, sondern in die warme Umarmung der Göttin weiterziehen zu dürfen.

Zu wissen, dass das Leben dem Ende entgegenging, war auch ein wertvolles Geschenk.

Widar zog sich aus ihrem Schoß zurück.

Freya setzte sich auf, sah zu, wie er sein Wams glatt strich. Es war gut, dass sie das getan hatten, das spürte sie. Der Hass zwischen ihnen war verflogen, jetzt herrschte Friede. Ihr war es egal, ob Vanaheims Wünsche dafür gesorgt hatten oder der Tod ihres Bruders und ihres Vaters.

»Dein Vater hat gesagt, du sollst dem Falken folgen.«

Eine bittersüße Sehnsucht erfüllte Freya, als ihr der wahre Inhalt dieser Mitteilung aufging. Ein größeres Geschenk hätte ihr niemand machen können. Widar musterte sie mit ernster Miene.

»Ich hoffe, du verstehst das besser als ich.«

Freya erhob sich. Das Feuer war jetzt zu Asche und Schlacken heruntergebrannt. Im Morgengrauen würden die Gebeine der Toten zusammen mit den Geschenken eingesammelt werden. Ein Jahr lang würden sie im Totenhaus der Alfenpriester ruhen, dann würden die Gebeine im Grabhügel bestattet werden. Freyr und Njörd würde die größte Ehre erwiesen werden, sie würden zusammen mit Alfheims Königinnen und Königen ruhen.

Widar legte seinen weißen Umhang über Freyas dunkles Mägdegewand.

»Wohin du auch gehst, ich wünsche dir alles Glück. Das Schicksal, das auf deinen Schultern ruht, ist schwer und hart«, sagte Widar und in seiner Stimme lag keine Falschheit, sondern nur Fürsorge.

»Bald wirst du meine Gebeine verbrennen, und dann denk an diese Nacht«, erwiderte Freya und merkte, während sie die Worte aussprach, wie wahr sie waren.

Sie lächelte Widar müde an, dankbar für diese Momente der Wärme und des Lebens, die er ihr geschenkt hatte.

»Vieh stirbt, Freunde sterben, nur der gute Name lebt weiter. Leb wohl, Widar. Friede und gute Ernte.«

Er sah sie voller Achtung an.

»Ich habe dich falsch beurteilt. Es gab in dir weder Machtstreben noch Hochmut, ich hatte mich geirrt.«

»Nein, das hattest du nicht.«

Freya kehrte ihm den Rücken zu und ging über die Heide davon. Das Schiff wartete, stumm und wie ein Schatten lag es in der Bucht. Brisingamen und Gorms Hündin, groß war das Schicksal, das sie nun für Vanaheim vollenden musste. Das Licht der Dämmerung zeigte sich am Himmel. Die Disen, die sich über dem Wasser langsam bewegten, bildeten Iduns Gestalt ab.

»Hab keine Angst, Tochter. Bald bin ich bei dir«, flüsterte Freya.

Gefion schaute auf die Bucht von Vanaheim hinaus, die sich unterhalb der Höfe ausbreitete. Die wenigen Boote wirkten von hier oben aus klein. Sie zählte sie sorgfältig. Keine Freya. Das Warten würde sie noch in den Wahnsinn treiben. Ihre Nächte waren erfüllt von Unruhe und Schlaflosigkeit, und das hatte sie noch nie erlebt. Nicht einmal Sigrids Umarmungen konnten ihr Frieden schenken. Gefion setzte sich auf einen Holzklotz, riss an einem verwelkten Grashalm und kaute darauf herum.

Warum kam Freya nicht, jetzt, wo sie sie brauchte? Ihre verdammte Schwester, hoffentlich hielt ihr Hochmut sie nicht ab. Freya war unberechenbar, aber nicht einmal sie konnte das Amt der Hohepriesterin verschmähen.

»Svetjod!«

Der Knecht kam angerannt und verbeugte sich tief, er sah gut aus und hatte gefällige Manieren.

»Hast du die Höfe benachrichtigen lassen?«

»Ja, Königin. Aber niemand wollte auf mich hören.«

»Sie werden kommen«, sagte Gefion und schaute zu den Grabhügeln hinüber.

Dort würde sie das größte Grab Vanaheims bauen lassen, um ihre Mutter zu ehren, wenn diese erst in die Nachwelt eingegangen wäre. Aber sie brauchte Leute von den Höfen, viele Leute. Es war eine harte Arbeit, die viel Zeit in Anspruch nehmen würde.

»Åse muss geehrt werden«, sagte Gefion.

»Darauf hat die Königin Anspruch«, murmelte Svetjod.

»Dann sorg dafür, dass es geschieht. Hole Leute her, die arbeiten können.«

Svetjod verbeugte sich.

»Ich tue mein Bestes, Königin.«

Seine Augen leuchteten vor Angst.

»Das reicht nicht.«

»Sei Svetjod nicht böse, er gibt sich doch wirklich alle Mühe.«

Sigrid lächelte und setzte sich neben sie.

Gefion erstarrte.

»Was erlaubst du dir?«

Sigrid sprang auf und lächelte unsicher.

»Verzeihung«, flüsterte sie.

Gefion schnaubte. Sigrid durfte nicht zu hochmütig werden. Sie musste wissen, wo ihr Platz war. Bleich und hohläugig war sie noch dazu. Gefion musterte wütend Sigrids schlichten braunen Kittel.

»Warum trägst du nicht den hellgelben, der mir so gut gefällt? Geh dich sofort umziehen.«

»Sofort«, flüsterte Sigrid und wurde rot.

Gefion gab Svetjod ein Zeichen.

»Und du, verschwinde.«

Er verbeugte sich und lief ins Langhaus. Gefion seufzte müde. Um alles musste sie sich kümmern, nichts konnte sie in andere Hände legen. Das war anstrengend und schwer.

Sie hörte Schritte. Gefion erhob sich und schaute über den Weg. Eine einsame Gestalt kam auf sie zu, eine Priesterin. Was mochte das wieder für ein Elend bedeuten?

Gefion lief Eir entgegen. Die Priesterin war erschöpft.

»Ich bringe eine traurige Botschaft«, keuchte sie.

»Komm erst wieder zu Kräften.«

Gefion nahm ihren Arm und führte sie zum Holzklotz, auf dem die alte Frau in sich zusammensank.

»Ich habe sie alle verloren«, sagte Eir dann endlich.

»Alle?«

Gefion lief es kalt den Rücken hinunter, als sie die Bedeutung dieses Wortes erfasste.

»Auf dem Hof lebt niemand mehr. Ich habe getan, was ich konnte.«

Eir schüttelte müde den Kopf. »Das ist das Ende. Wir sind verflucht.«

»Aber dann hol deine Priesterinnen zusammen, führt eure Rituale durch. Ihr müsst doch irgendetwas tun können. Wir sind doch in Vanaheim!«

Eir schaute zu Gefion auf, die Trauer wich ihrem Mitleid.

»Es tut mir Leid, Königin.«

Gefions Geduld versiegte, sie packte Eirs Schultern und schüttelte sie.

»Sei nicht traurig. Kämpfe!«

Dann ließ sie die Alte los. Sie wusste, dass es nichts half, Eir anzuschreien. Aber bei der Priesterin war keine Angst zu sehen, sie drückte einfach nur Gefions Hand.

»Armes Kind. Zu einem solchen Schicksal bist du geboren, wirst Vanaheims letzte Königin sein.«

»Ich werde nicht die Letzte sein«, widersprach Gefion, trotzig wie ein Kind. »Wenn Freya erst da ist, wird sie die schwarze Seuche vertreiben.«

»Du hast großes Vertrauen zu deiner Schwester«, sagte Eir.

Gefion lachte bitter.

»Mein ganzes Leben lang habe ich gehört, dass sie die Auserwählte ist. Da wird es doch Zeit, dass sie das beweisen kann.«

Eir erhob sich und griff nach ihrem Ranzen, der ihr von den Schultern zu rutschen drohte.

»Ich mache dir wegen Snotras Tod keine Vorwürfe, aber ohne Hohepriesterin können wir die Rituale kaum durchführen.«

Es war nicht schwer zu verstehen, was sie meinte.

»Freya kann jeden Tag hier sein, und bis dahin wirst du dich um die Angelegenheiten der Priesterinnen kümmern.«

Eir senkte demütig den Kopf.

»Dann habe ich eine Bitte. Die Körper der Toten verfaulen in ihren Betten, die Ratten fressen ihre Gebeine. Sie müssen verbrannt werden, sonst werden ihre Geister uns heimsuchen.«

»Ich habe Dienstboten geschickt, die das übernehmen sollen.«

Eir schüttelte den Kopf.

»Die weigern sich, die Toten anzurühren. Lass die Höfe verbrennen.«

»Hast du den Verstand verloren! Ich soll Vanaheims Reichtum anstecken? Und wenn die Flammen sich ausbreiten?«, rief Gefion.

»Der Reichtum hat denen gehört, die in die Nachwelt eingegangen sind, und Nachbarn und Verwandte haben sich bereits um ihr Vieh gekümmert. Lass die Toten mitnehmen, was sie verloren haben. Das ist ein großartiges Geschenk.«

Gefion holte Luft.

»Ich werde es mir überlegen.«

Abermals machte Eir eine demütige Verbeugung.

»Ich möchte deine Mutter sehen, wenn du gestattest.«

Gefion verneigte sich würdevoll. Aber es fiel ihr immer schwerer, ihr Entsetzen zu verbergen. Der Boden schien unter ihren Füßen zu beben, alles drohte einzustürzen. Und sie wusste nicht, wie sie das Unheil abwenden sollte.

7

Die Nadel glitt immer wieder durch den Stoff. Idun machte so kleine und hübsche Stiche, wie sie das überhaupt nur konnte. Sie wollte eine geflügelte Schlange sticken, aber bisher war nur der Schwanz fertig. Die Zeit drängte. Sowie die Stickerei fertig wäre, würde sie sie an dem Gewand befestigen, das sie von Siv bekommen hatte, dem Gewand, in dem sie mit Bragi unter den Hammer treten würde. Es war hellblau. Siv hatte es in ihrer Jugend getragen, jetzt war es der Hausfrau zu klein, während es Idun genau passte.

Mit der verschlungenen Schlange auf dem Gewand würde sie sehr gut aussehen – und Bragi würde stolz sein. Er musste sie doch schön finden.

Idun warf einen Blick zu Siv hinüber, die an ihrem Webrahmen saß, die schweren Schläge füllten das Langhaus. Der Fischgeruch aus der Kochgrube sorgte dafür, dass Idun das Wasser im Munde zusammenlief. In dieser Halle fand sie einen nie gekannten Frieden.

Obwohl die Jungen schrien und Siv schimpfte, schien die Außenwelt nicht durch die Lehmwände dringen zu können. Sie schienen beschützt zu sein, während die Welt um sie herum zusammenfiel.

»Du hast dich gut hier eingelebt. Du hast nur einige Tage gebraucht, um das Herz meiner Mutter zu gewinnen.«

Ulls Stimme ließ Idun zusammenzucken. Lautlos hatte er sich an die Feuerstätte geschlichen, jetzt setzte er sich neben sie, geschmeidig wie ein Raubtier.

Sein Blick war unergründlich und scharf.

»Ich bin Siv dankbar dafür, dass sie sich so gut um mich kümmert«, erwiderte Idun wahrheitsgemäß.

Wenn er doch nur gehen wollte. Etwas an Ull versetzte sie in schlechte Laune. Das durfte sie natürlich nicht laut sagen. Alle auf dem Hof liebten Ull. Wann immer er auf die Jagd ging, brachte er frisches Wildbret nach Hause.

»Deine Mutter hat mir ins Leben geholfen«, sagte Ull und schaute dabei so seltsam, dass Idun nicht wusste, was sie sagen sollte.

Beim bloßen Gedanken an Freya tat ihr vor Sehnsucht der Magen weh. Sie vertiefte sich wieder in ihre Arbeit, ließ den Lauf der Nadel ihr Gemüt beruhigen.

Draußen auf dem Hof schrien die Mägde einander an. Die eine wollte mehr Holz nachlegen, die andere fand, es sei ohnehin schon zu viel.

Siv ließ den Webrahmen sinken und ging hinaus, um den Streit zu schlichten.

»Deine Mutter hat mir zweimal auf die Welt geholfen. Du bist von Wanenblut, deshalb weißt du, wovon ich rede«, sagte Ull. Seine Augen leuchteten auf.

Jetzt ging ihr auf, dass er von dem berauschenden Trank sprach, den Freya ihm gegeben hatte.

Idun ließ ihre Stickerei auf ihre Knie sinken.

»Ich weiß nicht mehr darüber als irgendwer sonst. Ich bin nicht sehend.«

Sein Blick füllte sich mit Angst und Hass.

»Ich bin es nicht mehr. Nicht seit der Nacht, in der Freyr gestorben ist. Sie sprechen zu mir und wollen mich in den Wahnsinn treiben.«

Er packte ihre Hand, die Nadel bohrte sich in die Haut, aber der Wahnsinn in seinem Blick hinderte sie daran zu schreien. Also stöhnte sie nur leise vor Schmerz.

»Deine Mutter hat mich verflucht.«

Idun hielt Ausschau nach Siv, aber sie und Ull waren allein in der Halle. Wie konnte er über diese Dinge mit ihr sprechen, wo sie die Mächte doch nie gehört oder gesehen hatte?

»Angeblich ist es ein Segen, die Geister zu sehen«, flüsterte sie gequält und versuchte, ihm ihre Hand zu entziehen.

»Ein Segen! Sie lassen mir keine Ruhe. Sie wollen mich zwingen zu schändlichen Dingen«, rief er verzweifelt und ließ sie los.

Idun zog sich die Nadel aus der Hand und schnitt eine Grimasse. Es war keine schlimme Wunde, aber einige Blutstropfen quollen doch heraus.

Sie wollte sie gerade ablecken, als Ull ihre Hand wieder packte.

Er starrte das Blut an. Seine Augen waren glasig wie die einer Priesterin. Jetzt bekam Idun es wirklich mit der Angst zu tun.

»Was siehst du da?«

Sivs Stimme klang wie ein Peitschenhieb.

Ull ließ los. Rasch leckte Idun das Blut ab und schaute erleichtert zu der Hausfrau hoch.

»Ihre Hexe von Mutter hat Stimmen hinter mir hergeschickt«, sagte Ull mit der Stimme eines beleidigten kleinen Knaben.

Siv musterte ihren Sohn aufmerksam.

»Und was siehst du also«, fragte sie dann mit schlecht verhohlenem Zorn.

Ull verbarg sich hinter seiner braunen Mähne.

»Das sage ich nicht«, wimmerte er.

»Hör auf dich anzustellen wie eine Leibeigene nach dem ersten Ficken. Vergiss nicht, dass ich früher Priesterin in Vanaheim war«, brüllte Siv.

»Das kann ein Mann sich nicht gefallen lassen«, schrie Ull und fuhr sich mit der Hand durch die Haare.

»Du hast den Trank aus freien Stücken getrunken; der Einzige, der dir die Augen geöffnet hat, bist du selber. Also jammere hier nicht herum.«

Ull sprang auf und zeigte auf Idun.

»Ihre Mutter hat mich gezwungen. Sie hat gesagt, ich könnte damit Freyrs Leben retten.«

Siv schnaubte.

»Hab ich dich nicht dein Leben lang vor Freyas Bosheit gewarnt?

Aber was tust du, sowie sie einen Finger bewegt? Du rennst mit der Stange in der Hand zu ihr.«

Idun krümmte sich auf der Bank zusammen.

»Freya will alles, Reichtum, Macht und Männer. Sogar für Freyr hat sie die Beine breit gemacht. Ich habe sie beim Frühlingsopfer gesehen, Bruder und Schwester vereint auf dem Altar.«

Siv spuckte in die Asche der Feuerstätte, ihr ganzes Wesen triefte vor Hass.

»Ich hätte kotzen mögen.«

Idun rang um Atem. Das konnte doch nicht stimmen. Wie hätte ihre Mutter so etwas tun können? Sie starrte Siv überrascht an.

»Ich war von klein auf Freyas beste Freundin, aber als ich ihr im Weg stand, hat sie mich zerschmettert, ohne mit der Wimper zu zucken. Sie hat mir Freyr genommen und als Thor sich dann für mich interessierte, hat sie versucht, auch das zu zerstören. Aber niemand konnte das Gemüt deines Pflegevaters verwirren. Er war schon einmal auf ihre Künste hereingefallen und hatte sich müde gefickt. Er hielt zu mir und nahm dich zu sich wie ein Kind von seinem eigenen Asenblut. Aber du, du schwachsinniger Narr, du läufst zu Freya und lässt dich von ihr mit berauschenden Tränken und Versprechungen füllen. Hast du mir denn nie zugehört?«

Ull schien kurz vor einem Zusammenbruch zu stehen. Er war in sich zusammengesunken und wiegte sich hin und her.

»Ich habe nicht mit ihr gebuhlt«, murmelte er so leise, dass es fast nicht zu hören war.

»Dann hast du also doch noch einen Rest Anstand im Leib.«

Siv drehte sich zu Idun um, voller Abscheu, jegliche Freundlichkeit war verschwunden.

Iduns Wangen brannten vor Scham. Von all dem hatte sie doch nichts geahnt. Wie konnte das alles stimmen? Wie hatte ihre Mutter Siv so sehr verletzen können?

Langsam kam Thors Hausfrau zur Besinnung.

»Aber daran bist du doch nicht schuld, Kleine. Es ist schlimm, dass du erst jetzt die Wahrheit über deine Mutter erfährst.«

Siv ließ sich auf die Bank sinken und schlug die Hände vors Gesicht. Idun hätte sie gern getröstet, wagte aber nicht sich zu bewegen oder etwas zu sagen.

»Freya ist böse. Aber Kinder dürfen nicht für die Untaten ihrer Mütter gestraft werden. Du hast ihre Falschheit und ihren gierigen Machthunger nicht geerbt«, sagte Siv.

Dann warf sie einen müden Blick auf Ull.

»Verschwinde aus meiner Halle. Loki ist gekommen, er steht auf dem Hofplatz. Vielleicht kann er dir helfen. Ich kann es nicht und will es auch nicht.«

Idun schluckte. Ihr taten alle beide so Leid. Und ihre eigene Mutter war die Wurzel allen Übels. Wenn sie den beiden doch nur helfen könnte.

Langsam erhob Ull sich.

»Aber ehe du gehst, sagst du mir, was du in Iduns Blut gesehen hast«, befahl Siv.

Ulls Wangen färbten sich aschgrau.

»Ich hatte Bilder im Kopf, von ihr«, sagte Ull und zeigte auf Idun, dann stürzte er aus der Tür.

Idun schaute hinter ihm her. Der Boden unter ihren Füßen schien zu schwanken. Bitterer Geschmack erfüllte ihren Mund. Sie konnte nichts dagegen tun, sie musste sich über der Stickerei auf ihren Knien erbrechen.

»Kleine, nimm es doch nicht so schwer.«

Idun versuchte alles wegzuwischen. Siv schrie nach den Mägden, und die zogen Idun dann aus. Idun weinte verzweifelt. Über alles, was sie über ihre Mutter gehört hatte, über ihre Reise, über Bragis Abwesenheit. Sie hielt es nicht mehr aus.

Siv zog sie zum Waschfass und spülte Erbrochenes und Scham weg.

»Es tut mir Leid, Kleine, ich weiß ja, dass die Wahrheit schmerzt.«

Ein kalter Wind fegte durch die offene Tür. Idun zitterte vor Kälte.

Bragi durfte das alles nicht erfahren. Dann würde er sie nicht mehr wollen. Und das könnte sie nicht ertragen. Wenn er ihr den

Rücken zukehrte, würde sie ins Wasser gehen. Das schwor sie hier und heute.

Siv streifte ihr ein Wams über den Kopf, ein Rock wurde ihr um die Hüften gebunden.

»Meine Güte, du bist zerbrechlicher als ungebrannter Ton«, seufzte die Hausfrau.

In diesem Moment tat sich der Boden unter Iduns Füßen auf. Niemand konnte sie leiden. Das wusste sie jetzt. Auch hier könnte sie nicht zu Hause sein.

Sie schaute ihre Hände an, sie kam sich schmutzig vor, unrein. Wie hatte ihre Mutter das alles tun können?

Was für ein schändliches Erbe trug Idun da mit sich herum?

Hallwi stand am Ruder und schaute misstrauisch zu Freya hinüber. Das ganze Boot war erfüllt von Unlust und Spannung.

»Du musst sagen, wohin wir fahren, wenn du es schon weißt«, verlangte Njörunn.

Freya schaute zum Himmel empor. Die grauen Wolken hingen so tief über dem Wasser, dass die Schiffsmasten sie streiften. Sanft ragten die Felsen aus dem Wasser. Sie waren von Rans ewigen Händen glatt geschliffen worden.

Das Boot knackte unter Freyas Füßen, aber dieses Geräusch war so gedämpft wie jedes andere an diesem Tag. Es war seltsam, sie kam sich vor wie auf dem Giftfluss, nicht wie auf dem Sommermeer.

Sogar der Wind war matt, aber trotzdem blähte er das Segel. Das war so unwirklich wie alles, was passiert war, seit die Asen Freyr nach Alfheim gebracht hatten. Seit dem Tag, an dem ihr Schicksal eine andere Wendung genommen hatte.

Sie sah Idun auf einer der Inseln stehen, an denen sie langsam vorüberzogen. Die Kleine hob mit stolzer Miene einen Korb voll Äpfel. Ihre roten Haare glühten vor der grauen Felswand.

»Nach Westen«, sagte Freya und riss ihren Blick von diesem Trugbild los.

Sogar ihre eigene Stimme schien von weit her zu kommen und nicht mehr zu ihrem Körper zu gehören.

Sie schaute zu dem Falken hoch. Njörds Geschenk führte sie und sie ahnte bereits, wohin sie unterwegs waren.

»Bist du sicher?«, fragte Njörunn.

Freya nickte und versuchte zugleich, sich aus diesem Gefühl der Unwirklichkeit zu befreien.

»Mein Boot werde ich jedenfalls nicht verlassen«, sagte Hallwi, die alles gehört hatte.

Ihre Seefrauen murmelten zustimmend.

»Wir können das Boot nicht verlassen«, sagte ein junges Mädchen hartnäckig.

Freya musterte die anderen mit mildem Erstaunen. Begriffen sie nicht, wen sie hier vor sich hatten? Dann riss sie sich zusammen, denn in ihrem neuen Leben musste sie sich demütigen. Dadurch hatte sie Hels Schutz gewonnen.

»Das ist eure Entscheidung, ich danke euch, wenn ihr mich so weit bringt, wie das für euch möglich ist«, sagte sie mit ernster Miene.

Hallwi drehte das Ruder nach rechts.

»Wir hatten ja wohl kaum eine Wahl«, sagte sie düster.

»Ich war außer mir durch den Tod meines Bruders. Ich habe dich um Verzeihung gebeten. Ich werde euch reichlich für diese Fahrt belohnen.«

Hallwis Miene erhellte sich und sie nickte zufrieden.

»Wir können alle guten Lohn brauchen, nach dem vielen Unheil, das uns in Vanaheim widerfahren ist«, sagte sie zufrieden.

Freya schluckte.

Die Erwähnung von Vanaheims Unglück schmerzte sie noch immer.

Sie rückte die Goldplatte auf ihrer Brust gerade. Die war ihr kostbarster Besitz, unschätzbar in ihrer glänzenden Schlichtheit. Die vier Ecken zeigten in den Himmel und in die Unterwelt, gen Osten und Westen. Diese Platte wollte sie gegen Brisingamen eintauschen, Gold gegen Gold. Die Platte fühlte sich kühl an unter ihren Händen.

Der Falke glitt durch die Wolken, senkte sich auf die Wasseroberfläche, stieg in letzter Sekunde aber wieder nach oben. Freya lächelte. Sie war auf dem richtigen Weg. Die Mächte hielten zu ihr.

Thor setzte sich am Strand auf einen Stein und schaute hinaus aufs Wasser. Die Wellen waren grauschwarz, die Nebelschwaden rochen leicht nach Sturm.

Wir sind zu wenige, dachte er. Er brauchte Verstärkung, wenn sie gegen Gorm kämpfen wollten. Sonst würden sie wie die Schweine vor dem Frühjahrsopfer abgestochen werden, wenn sie die Göteninsel überfielen.

Thor warf einen Stein ins Wasser. Vielleicht hatte Freyr wirklich ihr Glück mit sich genommen?

Er hatte mit sieben, acht Schiffen voller kampftauglicher Männer gerechnet. Aber jetzt, da seine Boten von Idunvallens Höfen zurückgekehrt waren, zeigte sich, dass die Männer, die noch gesund waren und ein Schwert heben konnten, nur ein Schiff füllen würden.

Das war ein harter Schlag.

»Was meinst du?«, fragte er Baldur, der bewegungslos neben ihm stand.

»Wenn wir vor Morgengrauen zuschlagen und sie überraschen, dann werden wir siegen, auch wenn wir wenige sind. Wie könnten wir verlieren, wenn du uns anführst?«, fragte der Bruder voller Überzeugung.

Thor wandte sich ab und seufzte tief. Verdammter Gorm! Nachts zerbrach er sich den Kopf über den bevorstehenden Kampf. Sie waren bereits besiegt. Odin würde bei ihren Feinden sterben müssen. Er selbst, der große Krieger, konnte nicht einmal seinen eigenen Vater retten. Das Selbstmitleid, das an ihm nagte, war ungewohnt und unbehaglich, wie erstmals getragene Beinkleider.

Thor erhob sich und schüttelte seine Schwermut ab. Es gab keinen größeren Feind für einen Mann als Mutlosigkeit, noch ehe der Kampf ausgefochten war. Er durfte sich nicht beklagen, auf seinem Hof war niemand krank. Er war kampfbereit und stark. Thor hatte keine Angst vor einem übermächtigen Feind.

»Es ist ehrenhafter, im Kampf zu fallen, als in Qualen dahinzusiechen.«

»Wenn wir Gorm nicht angreifen und unseren Vater befreien, dann müssen wir uns vor Schande die Kehle durchschneiden. Möge Tiwaz Freya an unseren Strand holen, wir könnten ihre Künste jetzt wirklich brauchen«, sagte Baldur.

Für seinen Bruder war das eine weise Rede. Baldur grinste Thor an.

»Du brauchst nicht zu glauben, ich hätte das nicht verstanden. Hexen müssen von Hexen bekämpft werden, das hat unser Vater doch immer schon gesagt.«

Thor warf einen Stein ins Wasser, der nach einem dumpfen Aufprall versank. Langsam breiteten die Ringe sich aus. Schreiende Vögel jagten nach Süden.

Noch bestand die Hoffnung, dass Freya kommen würde, obwohl er bereits daran zweifelte. Aber er hoffte wirklich, dass es bald passieren würde. Ihr Aufbruch hatte sich bereits verzögert. Bald würden die Reifthursen über das Meer kommen, und dann würde das Segeln schwierig sein.

»Stimmt es, dass sie dich mit einem Liebeszauber vergiftet hat?«

Thor seufzte tief.

»Zerbrich du dir lieber den Kopf über die schwarze Seuche und den bevorstehenden Krieg«, knurrte er und reckte sich.

Er hatte nur wenige Männer, aber sie würden für alle Asen kämpfen. Und wenn Gorms Hexe erst tot wäre, würde die schwarze Seuche sie nicht mehr quälen. Thor hatte keine Wahl, er war in die Enge getrieben wie ein gehetztes Wildschwein.

»Was auch passieren mag, wir wollen immer daran denken, dass ein Schiff voller Asenkrieger mehr wert ist als hundert Boote von Gorm«, sagte Thor.

Er ließ Baldur stehen und wanderte ruhelos zu seinem Hof zurück. Solange es Leben gab, gab es auch einen Ausweg.

»Vater.«

Idun stand zwischen den verwelkten Sträuchern am Weg, sie

hatte die Arme voll von am Ufer gesammeltem Reisig. Offenbar hatte sie auf ihn gewartet.

»Das ist doch Arbeit für Leibeigene«, sagte Thor, schroffer, als er das gewollt hatte.

Sie musterte ihn unsicher.

»Ich hatte nichts zu tun und Arbeit ist besser als Müßiggang.«

Thor legte ihr tröstend die Hand auf die Schulter. Seine Hand lag groß und grob auf ihrer zarten Gestalt. Sie war ein gutes Mädchen, sein Blut war stark in ihr. Sogar Siv hatte das eingesehen.

»In einigen Tagen wird Bragi wieder hier sein.«

Sie strahlte auf wie der Nordstern. Zum ersten Mal fragte Thor sich, ob der Junge eine solche Frau wirklich wert war.

Dann verlosch ihr Lächeln.

»Ich muss dich etwas fragen.«

Ängstlich biss sie sich auf die Lippe.

»Es betrifft meine Mutter.«

Thor schaute zum Hof hinüber, suchte nach einer Fluchtmöglichkeit. Die Narbe auf seinem Rücken glühte. Was war denn heute nur los? Wohin er sich auch wendete, überall wurde er nach Freya gefragt.

Und Freya ging nur ihn etwas an. Sonst niemanden.

»Ist sie böse?«

Iduns Blick war wie zerschlagen, ihre Schultern hingen nach unten wie verwelkte Blüten. Thor begriff. Die scharfzüngige Siv hatte Idun mit ihrem Gift gefüllt.

»Nein, deine Mutter war nie im Leben böse«, antwortete er müde.

»Aber sie hat Siv schlecht behandelt und Siv sagt, dass Freya mich nie leiden konnte.«

Idun schaute zu Boden.

»Ich glaube, Siv hat Recht«, sagte sie leise.

Was war sie für ein zitterndes Angsthäschen. Aber jetzt würde er zum ersten und zum letzten Mal in diesem Leben ein wirkliches Gespräch mit ihr führen – mit seiner Tochter.

Sie brauchte einen Vater, das hatte er immerhin begriffen.

Thor sah, wie sein eigener Vater seine Mutter mit dem Speer erschlug. Das Blut strömte über den Boden. Odin war zum Berserker geworden, Jorunn verblutete. Er schüttelte wütend den Kopf. Trotzdem spürte er die Hand seiner Mutter auf der Schulter, der Wind wurde von ihrem Geborgenheit schenkenden Duft erfüllt.

Es war ein schlechtes Zeichen, wenn Albträume bei Tageslicht Gestalt annahmen.

Thor schaute hinaus auf die Bucht.

»Ich ehre deine Mutter sehr.«

Idun riss überrascht die Augen auf.

»Freya hat mir das Leben gerettet. Sie wurde dafür hart bestraft, denn meinetwegen wurde sie aus Vanaheim vertrieben.«

»Und ihr seid durch den Wald geflohen«, flüsterte sie.

Thor grinste und kratzte sich am Hinterkopf. Sah vor sich, wie sie durch den Finsterwald gelaufen waren, wie Freya im Angesicht der uralten Bosheit des Waldes ihrer beider Leben gerettet hatte. Später hatte er sie dann gerettet, als sie krank geworden war. Wie sollte er der Kleinen das alles erklären?

Das Band zwischen ihnen könnte niemals zerreißen. Er mochte den Boden unter ihren Füßen hassen, aber das spielte keine Rolle. Im Grunde nicht.

»Ich wollte mit Freya unter den Hammer treten. Sie entschied sich gegen mich. Ihre Göttin zwang sie dazu, einen anderen Weg einzuschlagen. Und du lagst bereits unter dem Herzen deiner Mutter. So geht es im Leben, es kommt selten so, wie wir uns das wünschen.«

Thor lächelte seine Tochter vorsichtig an. Sie wusste so wenig über die Welt. Aber er würde für sie und für seine Söhne in den Kampf ziehen.

Zum ersten Mal seit langer Zeit spürte er, dass es das wert war.

Langsam trat Gefion an Åses Lager. Die Hofleute wichen beiseite, nur ihr unterdrücktes Schluchzen störte die Stille.

Gefion blieb neben ihrer Mutter stehen. Deren Augen starrten leer zur Decke hoch. Gefion drückte sie vorsichtig zu. Åse war tot, die Königin war in die Nachwelt eingegangen. Jetzt unterlag Vanaheim Gefions Verantwortung. Sie hatte alles erhalten, was sie sich gewünscht hatte, doch in diesem Moment hätte sie alles getan, um von der Erfüllung ihrer Sehnsucht verschont zu bleiben.

Gefion verschränkte Åses Hände vor ihrer Brust, suchte mit Blicken nach Eir. Die Priesterin stand am Fußende.

»Das Feuer meiner Mutter soll das mächtigste sein, das jemals zu Vanaheims Himmel aufgestiegen ist. Ruf deine Priesterinnen zusammen, macht euch bereit. Die Göttin soll durch eure Zeremonien und das Opfer erfreut werden. Ich werde meiner Mutter einen kostbaren Schatz geben, über den sie sich im Totenreich freuen kann.«

»Wie du willst, Königin«, sagte Eir.

»Macht sie fertig«, sagte Gefion und verließ die Schlafbänke. Åse war nicht die einzige Kranke in der Halle gewesen. Das gequälte Stöhnen würde Gefion noch in den Wahnsinn treiben.

Sie lief zu ihrem Thron, um in der Geborgenheit des uralten Holzes Trost zu suchen.

Krankheit und Finsternis drohten sie zu lähmen. Nicht einmal Sigrid konnte ihr noch Linderung und Freude schenken. Gefion setzte sich müde auf den Thron und ließ sich zurücksinken.

»Königin, wir müssen miteinander reden.«

Das war wieder Eir. Gefion streckte die Hand nach einem Becher Met aus und trank langsam. Sie wusste bereits, was die Priesterin sagen wollte. Sollte sie doch in Nifelheim brennen! Begriff die Alte denn nicht, wie schwer es war, eine zerbröckelnde Macht zu erhalten?

»Freya kommt nicht«, sagte Eir.

Gefion seufzte tief. Sie hatte alle ihre Hoffnungen in ihre verräterische Schwester gesetzt. Wie hatte sie so töricht sein können? Die weichhäutige Freya, diese falsche Schlange.

Vanaheim stand vor dem Untergang und Gefion war allein.

»Eine große Königin hat die Zeit verlassen, und die neue muss eine schwere Last auf sich nehmen«, verkündete die Priesterin.

Gefion schaute sich um, niemand konnte sie hören.

»Mein Reich bricht zusammen.«

Eir faltete die Hände und schaute Gefion in tiefer Sorge an.

»Das neunte Zeitalter geht dem Ende entgegen. Windalter, Wolfszeiten. Niemand wird verschont, wenn die alte Welt untergeht und die neue sich aus der Asche erhebt.«

»Kein Wort mehr!«

Gefion warf ihren Metbecher nach der Priesterin und sprang wütend auf.

»Mein Volk hat genug gelitten! Ich kehre der Göttin den Rücken zu. Soll sie in Ewigkeit verfaulen für das, was sie uns angetan hat!«

Eir erbleichte.

»Überlege, was du sagst, Königin.«

Aber Gefion hörte nicht mehr zu.

»Ich habe nicht vor, mich von den Mächten unterjochen zu lassen. Ich werde mein eigenes Schicksal erschaffen. Hast du das gehört?«

Sie ballte vor den Augen der entsetzten Priesterin die Faust.

»Ich schwöre, dass ich mein eigenes Leben formen werde. Die Göttin hat nichts für mich getan.«

»Du verstehst das nicht, alles ist im Gewebe«, stammelte Eir.

»Wer hat den Nornen das Recht gegeben, unser aller Leben zu formen? Wer hat ihnen das Recht gegeben, mein Reich zu stürzen? Die Opfer und das Kriechen vor der Göttin müssen ein Ende haben. Das ist mein neues Zeitalter. Hast du das gehört?«

Gefion war so wütend, dass ihre Hände zitterten. Die Göttin hatte sie im Stich gelassen, sie hatte nichts mehr, keine Verwandten und kein Reich. Sie hatte nur noch Sigrid und eine zitternde Priesterin, die verlangte, dass sie vor den Mächten den Nacken beugte. Nie im Leben!

»Vielleicht hast du Recht.«

Gefion erstarrte.

»Auch ich habe die Hoffnung aufgegeben, Königin. Mein Zauber hat seine Kraft eingebüßt.«

Eir sank mit leerem Blick zu Boden. Gefion starrte die Alte überrascht an.

Eir hatte die Hoffnung verloren, und ohne Hoffnung konnte weder die Königin noch die Priesterin leben. Sie hatte die letzte flackernde Fackel gelöscht.

Und wenn schon.

»Diene mir, erschaffe dein eigenes Schicksal.«

Sie zog Eir auf die Füße.

»Geh zur Opferquelle, such meine Schwester.«

Die Priesterin sah aus wie eine Schlafwandlerin. Ihre Augen waren leer, ihr Wille gebrochen.

»Ich werde gehorchen, Königin.«

»Zeitalter hin oder her, Vanaheim wird weiterleben.«

Eir verbeugte sich und überließ Gefion ihrer wütenden Verzweiflung.

8

Die Vergangenheit ist der Boden, auf dem die Zukunft ruht. Die Zeit ist eine ewige Spirale, langsam windet sie sich durch das Weltall.

Freya dachte an diese Worte, als sie neben Njörunn durch den Wald eilte.

Ein grauer Dunst schwebte über dem Boden, sie konnte nur bis zu den nächststehenden Bäumen sehen. Nach dem Morgenregen tropfte das Wasser von den Zweigen. Karge Äste ragten zum finsteren Himmel empor.

Der Herbst war vorbei, der Wald war einen farbenfrohen Tod gestorben. Die Bäume waren kahl und stumm. Sie ruhten in ihrer Nachwelt, warteten auf den Frühling. Und dann würde der Saft steigen und die Bäume würden wieder grün sein. Das Leben würde auf die Felder zurückkehren. So wand die Spirale sich weiter durch Geburt und Tod, in alle Ewigkeit.

Freya rückte ihren Gürtel gerade. Am Weg wachte der Heilige Stein.

Jetzt war es nicht mehr weit.

Hallwi und ihre Frauen waren beim Schiff geblieben. Die Seefahrerinnen hatten sich geweigert, Freya zu begleiten. Aber Freya brauchte deren Schutz nicht. Sie kannte diesen Wald. Hier hatte sie nichts zu befürchten.

Ein Hirsch entdeckte sie und floh wie ein Geisterwesen.

»Ich wüsste ja gern, wie es ihr geht«, sagte Njörunn, die unter ihrem Umhang fröstelte. Ihr blaues Gewand war fleckig und ein Saum hing herab.

»Wem?«

»Idun, deiner Tochter«, antwortete Njörunn mit bitterer, fast böser Stimme.

Freya schwieg und spürte, wie die Unruhe in ihr aufquoll wie eine Eiterbeule.

»Hast du keine Angst um sie?«

»Das reicht jetzt«, erklärte Freya und blieb stehen. »Ich kann das, was passiert ist, nicht ungeschehen machen. Besser ist es, sich um das, was kommen wird, zu kümmern, als in den bitteren Irrtümern der Vergangenheit verhaftet zu bleiben.«

Sie zog ihren Umhang fester um sich zusammen und ging mit langen Schritten weiter, während sie alle Gedanken an ihre Tochter verdrängte.

Njörunn lief knurrend hinter ihr her.

Der Wald lichtete sich. Jetzt waren sie bald da.

Ihr Mund kam ihr immer trockener vor, je näher sie dem Berg kam. Hoffentlich waren sie nicht fortgezogen. Denn wenn sie hier keine Hilfe bei der Suche nach Brisingamen fand, dann wusste sie nicht, wohin sie sich wenden sollte.

Schon konnte sie zwischen den Baumstämmen die Felswand ausmachen. Freya ging schneller und lief dann hinaus auf die Lichtung. Dort blieb sie stehen und schaute sich keuchend um. Eine steile Felswand ragte in den Nebel. Sie konnte die Höhlen mit ihren Leitern und Seilen sehen.

Aber kein Feuer, nirgendwo ein Lebenszeichen. Alles war verlassen.

Niemand vom Alten Volk ließ sich sehen. Die Hütten waren eingestürzt wie Reisighaufen. Kein Schwein wühlte im Wald nach Nahrung, die Schmiedehämmer waren verstummt.

Freya verließ der Mut. Sie fuhr sich mit der Hand durch ihre feuchten Haare. War alles umsonst gewesen?

»Hier stimmt etwas nicht«, sagte Njörunn.

Freya gab keine Antwort. Ihre Blicke suchten den regenschweren Himmel ab. Der Falke senkte sich durch die Wolken. Also konnte dieser Ort nicht verlassen sein. Der Vogel führte sie. Hier musste es sein.

Sie ging auf den Opferbaum zu, der sich wie ein Schatten auf der Lichtung erhob.

Nun fielen schwere Regentropfen.

Die Kraft im Boden war noch immer stark, sie ließ ihren Körper prickeln. Ihre Anwesenheit war der Erde selber eingebrannt.

»Vielleicht sind sie in Bestlas Höhle«, sagte Freya.

Die Höhle der alten Priesterin lag tief im Berg, ein Stück von den anderen entfernt. Die Öffnung war ein enger Gang. Sie kannte die Höhle der alten Bestla gut, denn dort hatte sie Idun geboren, nachdem sie Thor und die Asen verlassen musste.

Sie gingen am Berg entlang weiter zur Höhle. Der Regen durchdrang jetzt ihre Kleidung.

»Wahnsinn, im Winter herzukommen«, sagte Njörunn.

»Wir haben keine Wahl«, sagte Freya.

Klagen waren jetzt wirklich das Letzte, was sie brauchte.

Sie hatten die Höhle fast erreicht, als Freya ein kalter Warnschauer über den Rücken lief. Sie blieb stehen und schaute in den Nebel.

»Was ist los?«, flüsterte Njörunn.

»Sie sehen uns. Hier ist jemand«, antwortete Freya leise.

Dann reckte sie sich und rief:

»Dwalins Söhne, ich suche euch!«

Der Regen trommelte auf den Boden. Alles war still. Dann raschelte etwas. Eine schwarze Gestalt nahm im Nebel Form an. Sie kam auf Freya und Njörunn zu und wurde mit jedem Schritt deutlicher. Es handelte sich um einen kleinen, aber kräftigen Mann. Trotz der Kälte trug er nur einen Lendenschurz und einen Umhang. Seine Brust war bedeckt von lockigem grauem Haar, seine Armmuskeln spannten sich. Sein breites Gesicht war mit Spiralen tätowiert.

Freya atmete auf. Jetzt erkannte sie ihn.

»Berling, ich grüße dich.«

Er blieb eine Armspanne von ihr entfernt stehen und musterte sie misstrauisch.

»Bist du ein Trugbild?«

Freya schaute ihn überrascht an.

»Siehst du nicht, dass ich es bin?«

Vorsichtig nahm er ihre Hand und roch daran.

»Du bist aus Fleisch und Blut«, sagte er dann endlich und lächelte so breit, dass nur seine schwarzen Zähne zu sehen waren.

»Ich grüße dich, Wanen-Freya, Freundin unseres Volkes. Dein Anblick erwärmt mir das Herz.«

Freya legte die Hand auf ihr Herz.

»Meine Freude über deinen Anblick ist ebenso groß. Warum hast du an mir gezweifelt, alter Freund? Was ist hier passiert?«

Berling schlug die Arme übereinander.

»Nebeltag. Dann wandern Elend und Trolle über Dwalins Gefilde. Auf nichts ist noch Verlass, nicht einmal auf die eigenen Augen. Die Leute kommen und verschwinden, man hält sie für echt, aber sie sind Trugbilder. Viel Bosheit in der Luft. Besser, vorsichtig zu sein, wenn schwer der Nebel ruht.«

Berling spuckte aus und sah zu Boden. Er war barfuß, dicke Haare wuchsen auf seinen Zehen.

»Was ist deinem Volk widerfahren?«, fragte Freya.

»Komm, wir wollen am warmen Feuer weiterreden«, sagte Berling.

Sie folgten ihm in Bestlas Höhle. Freya kroch auf allen vieren durch den Felsengang. Sie erinnerte sich, es war so eng, als werde sie noch einmal geboren. Aber bald verbreiterte der Gang sich zu einer Höhle.

Freya richtete sich auf und wischte Schmutz von ihrem Gewand. Hier hatten sie sich also versteckt. Ein Feuer loderte auf. Daneben hockten zwei Frauen und drei Männer und starrten die Besucherinnen neugierig an, während Berling mit ihnen sprach.

Die Luft war schwer vor Rauch, es duftete nach Brot. Freya lief das Wasser im Munde zusammen. Sie bückte sich, um Njörunn auf die Beine zu helfen.

»Seltsam, dass sie hier wohnen. Ich hatte Bestlas Höhle für heilig gehalten«, flüsterte die.

»Sicher hat sich vieles geändert, seit wir damals hier waren«, antwortete Freya.

Eine Frau trat vor, um sie willkommen zu heißen. Sie war alt, ihre langen strähnigen Haare waren ergraut. Ihre Brüste hingen schlaff und leer auf ihren Bauch. Sie trug keinen Schmuck, nur ihr Lendenschurz war mit Schlangen bemalt. Dieses Ehrenzeichen deutete darauf hin, dass sie eine Priesterin war.

»Freya aus Vanaheim«, sagte die Frau. »Dein Name glänzt bei meinem Volk.«

»Die Erinnerung an eure Gastfreundschaft ist ein wärmendes Feuer in meinem Gemüt«, erwiderte Freya höflich.

»Dann hoffe ich, es am Leben erhalten zu können. Ich bin Kloska. Seid willkommen an meiner Feuerstätte.«

Sie folgten Kloska zum Feuer und wurden auch von den anderen höflich begrüßt. Außer Berling fand Freya jedoch keine Bekannten.

Er ging vor dem Feuer in die Hocke und wippte auf den Hacken auf und ab.

»Schöne Freya«, murmelte er erfreut.

Ein Mann legte ihr die Hand auf die Schulter und drückte sie, zur Freude der anderen. Freya lachte. Dwalins Söhne waren niemals schüchtern gewesen.

»Wo sind denn die anderen?«

»Beim Heiligen Berg. Wir werden im Winter den Rest der Ader brechen, dann folgen wir ihnen«, sagte Berling.

»Ich bin froh, dass ich euch wieder gefunden habe«, sagte Freya.

»Du bist wie eine Sonne in unserem Leben«, sagte Berling und tippte mit den Fingern an die Goldplatte auf ihrer Brust.

»Eine kostbare Sonne«, lachte Kloska und reichte ihr ein Stück Brot, das noch warm war. Freya verschlang es hungrig, während sie sich in der Höhle umsah und die Bilder an den Wänden betrachtete. Hirsche wurden von Männern mit langen Stangen gejagt, Frauen drohten mit Doppeläxten. Paare waren gierig miteinander befasst. Die Bilder versetzten Freya in die Vergangenheit zurück.

Thor hatte sie hergetragen, als sie im Sterben zu liegen schien. Obwohl das Alte Volk den Menschen aus dem Weg ging, hatten sie sie aufgenommen.

In dieser Höhle hatte Bestla ihr das Leben gerettet, später hatte die Priesterin des Alten Volkes ihr bei Iduns Geburt beigestanden.

Freya lächelte traurig bei den alten Erinnerungen und fragte, ob Bestla tot sei. Obwohl die Antwort nicht unerwartet kam, war Freya doch traurig, als Kloska Ja sagte.

»Sie war mächtig«, sagte sie. »Sehr.«

Die Priesterin fuhr zusammen und schlang die Arme um den Leib.

Freya nickte. Es stimmte, dass Bestla vielen düsteren Mächten gedient hatte, aber sie hatte Freya in ihren schwersten Stunden geholfen. Ohne Bestla wäre Freya verloren gewesen. Und nur das spielte eine Rolle.

Dann riss sie sich von der Vergangenheit los, die Zukunft war wichtiger. Sie rückte näher an Berling heran, legte ihm die Hand auf den Arm.

»Ich brauche deine Hilfe.«

»Was kann die Wanengöttin verlangen?«

Berling lächelte und zeigte seine schwarzen, spitz gefeilten Zähne.

»Ich muss Brisingamen finden.«

Das Lächeln verschwand. Er kratzte sich nachdenklich am Bauch.

Die anderen starrten Freya neugierig an.

In Freya kam neue Hoffnung auf. Dwalins Söhne, die Meisterschmiede, mussten alles über Brisingamen wissen. Hoffentlich wollten sie ihr auch helfen.

»Ohne dieses gesegnete Halsband ist mein Volk zum Untergang verdammt, Krankheit und Feinde werden uns ausrotten. Berling, ich bitte dich, hilf mir bei der Suche nach Brisingamen. Überlass uns nicht den Schatten«, flüsterte sie.

Langsam verrann die Zeit, versickerte wie Wasser durch die Felspalten. Dann erhob Berling sich.

»Komm mit, Wanen-Freya. Vielleicht kann ich dir helfen.«

Freya sprang auf. Aber als Njörunn es ihr nachtat, schüttelte Berling den Kopf.

»Nur Freya. Warte hier. Fürchte dich nicht. Wir kümmern uns um dich.«

Njörunn starrte Berling wütend an, aber Freya legte ihr die Hand auf den Arm und bat leise:

»Warte auf mich, hier oder beim Boot. Ich komme zu dir, sobald ich etwas weiß.«

»Sei vorsichtig«, sagte Njörunn düster.

Freya folgte Berling aus der Höhle. Draußen blieb er bei den verfallenen Hütten stehen.

»Warte hier. Ich muss erst fragen, ob ich dich mitbringen darf. Aber nimm dich in Acht.«

Freya grinste. Glaubte Berling etwa, sie könne Menschen nicht von Trugbildern unterscheiden? Sie schaute hinter ihm her, als er eine Leiter hochstieg und in einer Höhle verschwand. Wen er wohl holen wollte? Aber es war besser, keine Fragen zu stellen. Das Alte Volk war empfindlich, hier war Vorsicht angeraten.

Der Abend warf seine Schatten über den Boden. Aber in den Höhlen war kein Feuer zu sehen, nirgendwo gab es ein Lebenszeichen. Am Ende wurde sie unruhig und hungrig. Ob er sie vergessen hatte? Was verbarg sich in den verschlungenen Gängen?

Es war jetzt fast ganz dunkel. Freya fröstelte.

»Wir haben dich vermisst.«

Sie fuhr zusammen.

Dwalin selbst löste sich aus den Schatten.

Wie hatte er sich so lautlos bewegen können? Überrascht starrte sie den König des Alten Volkes an. Er war so klein wie Berling, aber noch behaarter, was bei seinem Volk als Beweis für Männlichkeit und Kraft galt. Um den Hals trug er ein prachtvolles Halsband aus purem Gold, kunstfertig geschmiedet, auf eine Art, wie Freya es noch nie gesehen hatte. Aber Dwalin war ja auch ein Meisterschmied.

Freya legte sich demütig die Hand aufs Herz und verneigte sich. »Ich grüße dich, König.«

Er musterte sie mit ernster Miene.

»Du hoffst auf unsere Hilfe. Und du bist von Hel auserwählt. Ich weiß noch, wie sie dich in der Höhle meiner Mutter verschont hat.«

Dwalin musterte sie mit scharfem Blick. Freya betete um sein Wohlwollen. Er konnte ihr seine Hilfe nicht verweigern, nicht jetzt. Wenn jemand etwas über Brisingamen wissen konnte, dann er.

»Komm«, sagte er endlich.

Freya atmete auf und folgte ihm zu einer der Höhlen, die sich auf Bodenhöhe öffneten. Sie war niedrig. Freya musste den Kopf einziehen, als sie hineinging, konnte sich nach zwei Schritten aber wieder aufrichten.

Dwalin entzündete eine Fackel und ging durch die Höhle, in der früher die Schweine gehaust hatten. Es roch noch immer nach diesen Tieren. Links ahnte Freya die Schmiede, aber nicht dorthin war Dwalin unterwegs. Sie folgte ihm tiefer in die Höhle, die sich immer mehr verengte. Dwalin sagte kein Wort, als er sie durch den gewundenen Gang führte.

Der wurde immer enger. Bald musste Freya sich bücken, inzwischen tat ihr alles weh. Und das Atmen fiel ihr immer schwerer. Am Ende musste sie auf allen vieren kriechen.

»Führst du mich hinab zu Hel?«

Dwalin drehte sich nicht um und sagte auch kein Wort. Freya biss müde die Zähne zusammen, die Steine rissen ihre Knie blutig. Sie stieß mit dem Kopf an, der Schweiß strömte ihr über den Leib. Sie waren nun schon so lange unterwegs. Viel zu lange. Sie war fast am Ende ihrer Kräfte. Starr vor Müdigkeit sah sie, wie der Gang sich endlich verbreiterte, sodass sie sich wieder aufrichten konnte.

Ihr Gewand war zerfetzt und schmutzig. Sie war außer Atem. Dann plötzlich, hinter einer Kurve, öffnete sich ein Saal, wie sie noch nie einen gesehen hatte.

»Was ist das?«, rief sie überrascht.

Dwalin blieb stehen und steckte seine Fackel in einen Halter an der Wand. Der Saal war hell erleuchtet.

Die Höhle war so hoch, dass vier erwachsene Wanen dort hätten aufeinander stehen können. Weiße, grobe Säulen verbanden Boden und Decke. Es war feucht, das Geräusch tropfenden Wassers hallte zwischen den Felswänden wider.

»Das ist Nardo, die Wegscheide«, sagte Dwalin.

Seine Stimme hatte etwas Endgültiges. Freya wischte sich den Schweiß von der Stirn. Angstschauer jagten über ihren Rücken. Was war das hier für ein Ort?

In der Ferne bellte ein Hund, leer und öde hallte dieses Geräusch zwischen den Felswänden wider. Sie erkannte dieses Gebell. Es stammte von Gram, dem Hund, der vor der Gnipahöhle vor Hels Reich angekettet war. Waren sie denn ihrer Herrscherin hier so nah?

Dwalin löste seinen Hammer von seinem Gürtel, der größte Schmied von allen schaute sich um. Freya schluckte, ihr Hals brannte vor Durst.

»Kannst du mir helfen, das zu finden, was ich suche? Es eilt«, sagte sie.

Er schaute sie aus glasigen Augen an.

»Ich weiß, was passiert ist und was geschehen wird. Alles ist im Gewebe, auch der Untergang der Menschen.«

Freya senkte den Kopf.

»Dann danke ich dir für deine Hilfe.«

Dwalin lachte leise, streckte die freie Hand aus und strich über Freyas Brust. Seine groben Finger drückten zu und zogen an ihrem Gewand.

Freya sah ihn voller Überraschung und Angst an. Der Dwalin, den sie einst gekannt hatte, hätte sie niemals so beleidigt. Etwas stimmte hier nicht.

Die Luft stank nach einem fremden Zauber. Sie wich zurück, um sich der Hand des Schmiedes zu entziehen. Grams Gebell hallte noch lauter wider.

»Wir lieben dich sehr, Priesterin. Meine Mutter hat dich wie eine Tochter aufgenommen«, murmelte Dwalin.

Freya war sich nicht mehr so sicher, mit wem sie hier redete.

Dwalin schaute sich im Saal um und grinste.

»Bestlas Geist ist stark hier, sie weiß alles und wacht.«

Freya schaute zu den weißen Säulen hinüber. Die Zeit ging zu Ende, das spürte sie ganz deutlich.

»Kannst du mir helfen? Ich bitte dich, Dwalin, ich würde alles dafür tun.«

Er grinste.

»Wirklich alles?«

»Ja«, antwortete sie ernst. »Kannst du Brisingamen schmieden?«

Dwalin lachte nur leise und lief zwischen den Säulen hin und her. Ängstlich folgte Freya ihm.

Nein, so war der König des Alten Volkes nicht. Sie schaute sich unruhig um und murmelte einen Schutzzauber, ließ sich von dessen sanften Armen umfangen. Sie hob die Hand, sprach noch einen, der von Kraft erfüllt war.

Alles wurde schwarz. Freya blieb mit klopfendem Herzen stehen.

»Dwalin?«

Ein grobes Lachen hallte zwischen den Wänden wider. Etwas fegte durch die Dunkelheit. Freya warf sich zur Seite, stieß mit der Wange gegen eine Säule. Ein Windhauch jagte vorüber. Er stank vor Bosheit.

Sie war in die Falle gegangen. Wie ein Lamm war sie zur Schlachtbank geführt worden. Nicht Dwalin hatte sie hergebracht. Sondern etwas anderes, ein verfluchtes Trugbild.

»Wer bist du?«

Freyas Ruf hallte zwischen den Felswänden wider.

»Du suchst also Brisingamen? Glaubst du wirklich, das könnte dir und deinem Volk helfen?

Die Stimme war grob, gehörte aber einer Frau. Freya presste sich an die Säule, klammerte sich an den rauen Stein.

Hyndla. Sie musste es sein.

Freya verfluchte ihre eigene Torheit.

Der Wind jagte wieder vorbei. Der faulige Gestank löste in Freya Brechreiz aus.

Sie sammelte ihre Kräfte, versuchte vergeblich, in der Höhle Kraft zu schöpfen.

Aus der Dunkelheit lösten sich Gestalten. Mit böser Absicht schlichen sie näher. Freyas Herz klopfte wild. Dann leuchtete ein Wesen auf. Eine Frau erschien zwischen den Schatten. Die Hexe.

Freyas Zorn vertrieb ihre Angst. Wie hatte sie sich nur wie eine schwachsinnige Leibeigene von einem Trugbild in die Irre führen lassen können?

»Suchst du Streit, Hyndla? Komm her, du Pissrute, dann werde ich dich zu Asche verbrennen.«

Freya hob die Hände, sprach einen Feuerzauber. Er glühte zwischen ihren Händen auf, beleuchtete die Höhle.

Hyndla stand nur eine Armlänge von ihr entfernt. Ihr Körper war nackt und mit Kraftzeichen bemalt, die Haare hatte sie sich mit Lehm eingeschmiert.

»Du kannst mich nicht besiegen, bald werde ich dein Blut trinken, während deine unverbrannten Knochen in der Erde verfaulen.«

Die Augen der Hexe loderten vor Hass.

Freya schleuderte Feuer auf das Trugbild. Hyndla hob die Hand und wischte den Zauber beiseite.

»Deine Zauber sind wie Flohstiche«, sagte sie mit tonloser Stimme und musterte Freya mit leerem Blick.

Das Hundegebell dröhnte in Freyas Kopf, ihre Wut schlug wieder in Ohnmacht um. Die Höhle bebte, Kieselsteine trafen ihren Kopf. Freya wich einige Schritte zurück, drückte sich gegen eine andere Säule. Hyndla fauchte. Die Priesterin hob ihre Hand, warf eine Kampffessel von unerhörter Kraft; nie zuvor hatte Freya das erlebt.

Die Zeit schien still zu stehen.

Freya versuchte verzweifelt sich zu bewegen. Die Säule schien sich in ihren Rücken zu bohren. Freya riss und zog an der unsichtbaren Fessel. Es half nichts. Freya war gefangen. Verzweifelt ließ sie den Kopf sinken. Die Fessel brach ihren Willen. Es hatte keinen Sinn, sich zu widersetzen. Besser, sie ergab sich ihrem Schicksal. Grams Gebell hallte in ihrem Kopf wider. Freya schloss die Augen.

Was war sie doch für eine Närrin gewesen. Berling hatte sie gewarnt. Aber sie hatte nichts begreifen wollen.

Sie starrte in die Finsternis.

Abermals hob Hyndla ihre Hände. Die Kraftzeichen an ihrem nackten Leib schimmerten. Sie war schön, in all ihrer Erbarmungslosigkeit.

»Warum«, konnte Freya herauspressen.

Hyndla strahlte in ihrer berauschenden Macht.

»Weil es möglich ist«, erwiderte sie mit heiserem Lachen.

Freya versuchte, Kraft zur Gegenwehr aufzubringen. Vergeblich. Immer rascher ging sie dem Untergang entgegen, brachte angesichts des Todes aber nur Staunen auf.

Plötzlich flammte in der Höhle Licht auf. Grams Gebell verstummte. Männerstimmen hallten zwischen den Wänden wider. Hyndla fauchte vor Zorn. Lodernde Fackeln, laute Rufe.

»Ich warte«, flüsterte sie und verschwand in der Felswand.

Die Kampffessel lockerte sich. Freya fiel hilflos auf den rauen Steinboden.

Vier Männer kamen auf sie zu.

Dwalin, Berling, Alfrik und Grer. Sie hielten Äxte und Hämmer in der Hand, ihre Gürtel klirrten, alles an ihnen war erfüllt von segensreichem Leben. Diese Männer waren keine Trugbilder, sie waren aus Fleisch und Blut. Entsetzt zogen sie Freya auf die Füße.

»Was machst du hier?«

Dwalin musterte sie erschüttert.

»Ich bin deinem Trugbild gefolgt, es hat mich hergeführt.«

Der König des Alten Volkes und seine Männer tauschten einen Blick.

»Das ist kein Ort für eine deines Geblüts.«

Freya zuckte mit den Schultern, sie spürte ihre Lebenskraft zurückkehren.

»Daran kann ich jetzt nicht mehr viel ändern. Sagt mir, wo ich bin. Es war eine lange Wanderung hierher.«

»Seht das Helzeichen auf ihrer Stirn«, sagte Alfrik und hob seine Fackel.

Freya bückte sich, damit die anderen es sehen konnten.

»Bist du blind für den Zauber in diesem Berg?«

»Verstehst du nicht, wo du hier stehst?«

Freya richtete sich auf, schaute sich um. Sie hatte noch nie von einem solchen Ort gehört, obwohl Bestla ihr doch so viel Wissen übermittelt hatte.

Eine heilige Höhle. Langsam ging ihr auf, wie sehr sie von Angst und Sehnsucht in die Irre geleitet worden war.

»Hyndla ist meine Feindin. Sie hat mich hergelockt.«

»Nein«, sagte Dwalin und schob sich die Axt in den Gürtel. »Der Berg selbst hat dich in die Höhle geführt. Kein Mensch hat bisher einen Fuß in diese Höhle gesetzt.«

Freya sah die Angst der anderen. Sie murmelten und tuschelten miteinander. Afrik strich sich über den Bart.

»Die Göttin muss mich hergeführt haben, und euch auch«, erklärte Freya, wobei sie ihre Zweifel gut verbarg.

Dwalin schlug seine kurzen Arme übereinander und schaute mit gerunzelter Stirn zu ihr hoch.

»Du suchst Brisingamen und endest hier, also kann das wirklich ein Zeichen sein.«

Freya hob den Kopf und fragte freimütig:

»Kannst du mir helfen?«

»Lass uns anderswo darüber reden. Hier können wir nicht bleiben.«

Er machte kehrt und ging los. Freya folgte ihm durch eine andere Öffnung in der Felswand als die, durch die sie gekommen war. Dieser Gang war höher. Sie brauchte den Kopf nicht einzuziehen.

Der Gang wand sich wie eine Schlange. Freya schwieg. Es gab viele Fragen, die sie gern gestellt hätte, aber ihr war klar, dass es besser war zu warten.

Am Ende erreichten sie einen Bach, der sich plätschernd seinen Weg zwischen den Felsen suchte. Freya blieb stehen und löschte mit dem kalten Wasser ihren Durst. Freya, die Friedensstörerin, raunte das Wasser.

»Wodurch störe ich den Frieden? Was ist das hier für ein Ort?«, flüsterte sie, aber der Bach gab keine Antwort, sondern setzte stumm seinen Weg durch den Berg fort.

Dann ging es aufwärts, sie mussten lange klettern, und als Freya schon glaubte, am Ende ihrer Kräfte zu sein, erreichten sie eine Höhle. Hier lebte jemand, an den Wänden waren Felle und Urnen aufgestapelt, die rauen Steine waren mit leuchtenden Bildern bemalt. Durch eine Öffnung war der Nachthimmel zu erahnen. Freya sog erleichtert die frische Luft in sich ein.

Alfrik fiel auf die Knie und machte Feuer. Bald konnte Freya sich in der Wärme ausruhen. Dwalin reichte ihr ein Stück Brot, das sie hungrig verschlang.

Die vier Männer wirkten jetzt ruhiger, sie schienen ihre Besorgnis in der heiligen Höhle zurückgelassen zu haben.

»Sag mir, warum du das mächtigste Schmuckstück von allen suchst.«

Freya schluckte den letzten Rest Brot hinunter und erzählte, was passiert war, seit die Asen Freyr nach Alfheim gebracht hatten. Sie verschwieg nichts, das Alte Volk musste alles über die schwarze Seuche und über Hyndla erfahren, die Freyas Volk verflucht hatte.

Sie lauschten schweigend, ab und zu wechselten sie einen Blick oder grunzten. Danach war Freya heiser und müde, aber die Angst ließ sie weiterreden.

»Ihr besitzt das verborgene Wissen, ihr Meisterschmiede. Niemand kennt die Geheimnisse des Berges besser als ihr. Ich bitte euch demütig, helft mir, Hyndla zu besiegen und mein Volk zu retten. Nicht meinetwegen, denn mein Leben ist verwirkt, sondern für meine Tochter.«

Dwalin schwieg lange, dann sagte er:

»Du verlangst sehr viel. Es ist schwer, die Kraft aus dem Berg zu locken, es ist gefährlich und schmerzhaft.«

Freya schaute den König des Alten Volkes hoffnungsvoll an.

»Aber du bist dazu in der Lage?«

Dwalin grunzte leise.

»Es lässt sich machen«, sagte er.

Freya nahm die goldene Platte von ihrer Brust und legte sie Dwalin vor die Füße.

»Das kann ich dir dafür geben.«

Dwalin fuhr mit der Hand über das Gold, dann blickte er seine Männer lange an. Sie zögerten, Furcht lag in ihren Blicken.

»Begreifst du, was Brisingamen ist? Kennst du seine Macht?«

Freya schüttelte den Kopf angesichts dieser Frage.

»Nur Brisingamen kann mein Volk retten. Das ist genug für mich.«

Berling grunzte, warf Reisig ins Feuer und sah zu, wie es aufflammte.

»Brisingamen zu schmieden, ist mit Blut und Schmerzen verbunden«, sagte er.

»Ich werde alle meine Kräfte aufbieten, um diese Schmerzen zu lindern.«

Dwalin trank aus einem Lederschlauch und wischte sich dann mit dem Handrücken den Mund ab.

»Der Wahnsinn der Menschen ist dem Alten Volk fremd. Deshalb haben wir uns weit fort von euch verkrochen. Aber Bestla hat dich sehr geschätzt, sie hat oft gesagt, dass du eine gute Zukunft in deinen Armen trägst. Deshalb werden wir deinen Willen tun, Freya, Wanenpriesterin.«

»Dwalins Söhne wollen den Tod der Wanen nicht auf ihrem Gewissen haben«, sagte Alfrik.

»Außerdem hat der Berg dich hergeführt«, sagte Dwalin.

Freya atmete auf. Die Hoffnung gab ihr neue Kraft.

»Wann könnt ihr anfangen, wann kann Brisingamen fertig sein?«

»Wir werden vier Nächte brauchen, um die Waffe aus dem Berg zu zwingen«, antwortete Dwalin und erhob sich. »Seltsame Dinge werden geschehen. Zauber und Mächte werden Gänge und Höhlen füllen. Bleib hier, schenk uns Linderung, denn unsere Qualen werden groß sein.«

»Ich bin euch ewig verbunden und verspreche, euch beizustehen.«

Dwalin seufzte tief.

»Nicht das Ausmaß dieser Arbeit fürchte ich, sondern die Kräfte, die wir wecken. Mögest du sie auf kluge Weise leiten, Freya. Sonst sind wir alle dem Untergang geweiht.«

Der braunschwarze Hund lief hin und her und schnüffelte zwischen den Baumstämmen herum. Ab und zu schaute er zu Idun hoch und wedelte mit dem Schwanz. Idun lächelte. Einen treuen Freund hatte sie doch immerhin. Der Hund folgte ihr nun schon den ganzen Morgen.

Idun ging in die Hocke und strich das Laub auf dem Boden beiseite. Die Schweine hatten die meisten Eicheln schon gefunden, aber Idun konnte doch noch einen halben Korb füllen.

Sie fand eine, die fast in den feuchten Boden eingetrampelt war. Der Hund kam angerannt und beschnupperte sie, dann lief er wieder davon.

Sie freute sich über seine Gesellschaft. Der Wald war nicht so bedrohlich wie der zu Hause, aber auch hier konnte sie ab und zu das Rascheln der Wesen hören. Geister gab es überall und sie spürte ihre Blicke im Rücken.

Idun schaute zum Hof hinüber, das Strohdach leuchtete zwischen den Bäumen auf. Sie durfte nicht zu weit gehen. Wenn sie sich verirrte, würde sie für immer verloren sein. Eigentlich sollte sie mit einer Näharbeit an der Feuerstätte sitzen, aber sie hatte einfach frische Luft schnappen müssen, das linderte die quälende Unruhe.

Wenn ihre Hände nicht beschäftigt waren, drohten ihre Gedanken sie zu ersticken. Sie entfernte weitere Blätter, suchte mit Blicken.

Was Freya getan und was Thor gesagt hatte, ließ ihr keine Ruhe. Konnte Siv denn wirklich eine Lügnerin sein? Wenn Siv aber die Wahrheit sagte, dann war Idun von Schande gezeichnet.

Es raschelte. Idun fuhr zusammen.

Ein Igel kam aus einem Blätterhaufen gewatschelt. Der Hund knurrte und wollte das Tier jagen, das sich bereits zu einer Stachelkugel zusammenrollte. Idun lächelte und richtete sich auf.

»Man kann mit ihnen sprechen. Das weißt du, oder?«

Idun erschrak.

Es war Ull. Er lehnte mit dem Bogen in der Hand an einem Baum.

»Wie lange bist du schon hier?«

Ihre Stimme klang ängstlich und elend.

»Lange genug«, sagte er mit ernster Stimme.

Idun schaute den Asen missmutig an. Als sie den Hof verlassen hatte, hatte Ull am Herd gesessen und seinen Bogen repariert. Jetzt stand er hier, mit gespanntem Bogen. Es war schon seltsam.

»Willst du jagen?«

Was für eine dumme Frage, dachte sie. Er zuckte mit den Schultern. Der Hund knurrte, seine Haare sträubten sich. Ull starrte das Tier an und murmelte etwas für Idun Unverständliches.

Der Hund wich zurück und verschwand zwischen den Bäumen. Dann sah Ull sie mit einem seltsamen Blick an, bei dem Idun eine Gänsehaut bekam. Seine Augen waren vollkommen glasig.

Der Griff ihres Korbes triefte vor Schweiß. Vorsichtig trat sie einen Schritt zurück. Ull blieb stehen und schaute sie schweigend an. Er sah ernst aus, gequält.

Idun wich einen weiteren Schritt zurück.

»Ich gehe jetzt nach Hause. Deine Mutter wartet auf mich«, sagte sie und zwang ihre Stimme zur Ruhe.

»Bald wirst du mit Bragi unter den Hammer treten.«

Unruhig biss Idun sich auf die Lippe. Mit einigen geschmeidigen Schritten, wie ein Wolf auf der Jagd, hatte Ull sie erreicht.

»Du wirst ihm viele Söhne gebären, was?«

Er spuckte diese Worte aus, als hätten sie einen bitteren Geschmack. Jetzt wurde Idun wirklich nervös. Ull und Bragi waren Freunde. Ull hätte nicht so zu ihr sprechen dürfen.

»Du bist blind. Weißt du das?«

Idun gab keine Antwort, mit raschen Schritten ging sie auf den Hof zu. Sie hatte Angst. Wo war der Hund? Wo hatte er sich versteckt? Sie schaute sich im Eichenwald um. Offenbar war er weggelaufen.

Ull folgte ihr mit lautlosen Schritten. Nicht einmal ein Rascheln war zu hören. Wenn er nun gar kein Mensch war. Vielleicht war er ein Geist. Ab und zu konnten Geister Menschengestalt annehmen, das hatte Idun schon häufiger gehört.

»Stimmt etwas nicht?«, fragte sie vorsichtig.

Ull lachte leise, es klang wie das Knurren eines Hundes.

»Alles ist genau so, wie es sein soll«, antwortete er.

Er packte ihren Arm, zwang sie, stehen zu bleiben.

»Wir müssen miteinander reden.«

Idun versuchte sich loszureißen, zuerst vorsichtig, aber je ängstlicher sie wurde, um so heftiger widersetzte sie sich ihm.

»Lass mich in Ruhe.«

Ihr Mund war vor Angst wie ausgedörrt.

Ull grinste und schaute sie mit seinem glasigen Blick an.

»Wovor hast du Angst, Wanenmädchen?«

Sein Griff verstärkte sich. Idun keuchte vor Schmerz auf. Ull starrte ihr Handgelenk an.

»So kostbares Blut«, murmelte er.

»Bitte, Ull. Hör auf. Lass mich los.«

Sie bemühte sich verzweifelt, sich von seinem Zugriff zu befreien.

Der Korb fiel auf die Blätter, die Eicheln kullerten über den Boden.

»Warum wehrst du dich? Begreifst du denn nicht?«

Er schaute sie überrascht an, als sei sie hier die Wahnsinnige. Eiskalte Schauer liefen Idun über den Rücken, sie war wie gelähmt. Ull hatte den Verstand verloren. Er wollte sie umbringen, da war sie sich sicher.

»Bitte.«

Ull drückte sie gegen einen Baum, mit einer Wucht, die ihr den Atem verschlug. Mit der einen Hand hielt er ihre Hände fest, mit der anderen streichelte er ihre Wange. Dann erstarrte er und schaute sich um.

»Hörst du sie?«

Idun hielt den Atem an. Wenn doch nur irgendjemand käme!

Von den Bäumen her war ein schwaches Rauschen zu hören. Eine Krähe war aus der Ferne zu hören. Ansonsten war alles still. Ganz still.

»Bitte, lass mich los.«

Ulls Gesicht war ganz nah an ihrem. Seine braunen Haare kitzelten ihren Hals. Dünner heller Haarflaum wuchs auf seiner Wange. Auf der Stirn klebte ein Rest vertrockneten Lehms. Er roch nach fauligen Blättern und Fleisch.

»Wehr dich nicht. Ich bitte dich«, flüsterte Ull.

Idun kämpfte mit den Tränen.

»Lass mich los«, schluchzte sie.

Der Schweiß lief ihr über den Rücken. Ulls braune Augen füllten sich mit traurigem Mitgefühl.

»Ich kann nicht, deiner Mutter wegen, deines Blutes wegen, wegen allem, was geschehen wird«, flüsterte er an ihrer Schläfe.

Iduns Herz überschlug sich. Er würde sie umbringen.

In diesem Moment verlor sie die Beherrschung. Sie schrie so laut, wie sie nur konnte. Kämpfte gegen seinen Zugriff, trat ihm gegen das Bein. Eine Hand wurde auf ihren Mund gepresst. Erstickte ihren Schrei.

»Schweig, sonst breche ich dir das Genick«, keuchte er.

Iduns Tränen fielen auf Ulls Hand.

Sie hielt jetzt ganz still.

Sie wollte nicht sterben, nicht jetzt, noch nicht.

Sie zitterte, der Boden bebte unter ihren Füßen. Sie hatte keine Kraft, war durch und durch schwach.

Ull nahm die Hand von ihrem Mund.

»Das ist schon besser.«

Er drückte sie zu Boden, packte ihre Beine, riss sie auseinander.

»Bitte, tu das nicht.«

Er legte sich auf sie, so schwer, dass sie kaum atmen konnte. Keuchend riss er ihr Gewand bis zu ihrer Taille hoch. Nasses Laub zerkratzte ihre nackte Haut. Seine Hand lag kalt auf ihrem Oberschenkel.

Das hier passierte nicht. Es war ein entsetzlicher Traum. Idun ballte die Fäuste und lag ganz still da. Mach, dass er mich nicht umbringt.

Grunzend drang Ull in sie ein.

Ihr Schoß wurde zerrissen, wurde in eine blutende Wunde verwandelt. Der Schmerz war unerträglich.

Ull keuchte laut an ihrem Ohr.

Sein Gewicht tat ihr weh. Idun weinte und schaute zu den stummen Baumstämmen hinüber. Ein Stück von ihnen entfernt ragte ein bemooster Stein auf. Den starrte sie an; wenn sie ihren Blick darauf konzentrierte, würde sie überleben. Bald würde es vorbei sein. Bald würde es nicht mehr wehtun.

Ull riss an ihren Haaren, stieß fester zu.

Wenn ich ganz still liegen bleibe, dann bringt er mich nicht um. Das Moos auf dem Stein war dunkelgrün. Eine Vogelschar zog über den Himmel. Nein, sie musste den Stein anschauen. Das hier passiert nicht. Es ist ein Albtraum. Ich bin nichts.

Ull stöhnte auf.

Das Gewicht wurde von ihrer Brust entfernt. Er wälzte sich von ihr herunter. Etwas Heißes lief aus ihrem Schoß.

Idun blieb liegen und starrte das Moos an. Sie war nichts. Das hier war nicht passiert.

Ull erhob sich und rückte seinen Gürtel gerade. Dann hockte er sich neben sie und streichelte ihre Haare.

»Kein Wort zu Thor und auch nicht zu Bragi, ist das klar?«

Ihr Herz klopfte wie wild. Ein braunschwarzes Blatt klebte am Moos fest.

»Ja«, flüsterte sie.

Ihr Hals tat weh. Der Boden war kalt unter ihrer nackten Haut. Ull streifte ihr Gewand nach unten und küsste sie auf die Stirn.

Idun blieb ganz still liegen und horchte. Es war ganz still. Kein Wind, kein Vogel, kein Ull. Sie hatte überlebt.

Mühsam kam Idun auf die Beine. Sie erbrach sich heftig. Dann wischte sie sich mit trockenen Blättern den Mund ab. Sie ging in die Hocke und starrte lange ihren zerfetzten Rocksaum an. Was war mit ihr geschehen?

Ihre Hand zitterte, als sie den braunen Rock hob.

Blut klebte an ihren Oberschenkeln, nicht viel, nur ein Rinnsal. Idun wischte auch das mit trockenen Blättern ab. Dann ließ sie sich ins Gras sinken und starrte wieder das grüne Moos an.

Die Welt löste sich auf und fiel in Stücke. Was würde Bragi jetzt von ihr denken? Sie war nichts.

Ein Schnuppern an ihren Haaren, eine kalte Schnauze. Der Hund war wieder da. Er bellte und leckte ihre Wange. Idun legte den Arm um das Tier, sog den Geruch des feuchten Fells in sich ein. Die Zunge des Hundes machte ihre Wange feucht.

»Kleiner Hundebruder«, flüsterte sie.

Das Tier machte einige Schritte, schaute sie auffordernd an. Er wollte mit ihr nach Hause gehen.

Der Hund hatte Recht. Vielleicht käme Ull zurück, um sie doch noch umzubringen?

Sie musste fort. Warum war sie noch immer hier? Ihr Magen krampfte sich zusammen, als sie sich erhob. Wams und Rock waren von Lehm und Schmutz bedeckt. Siv würde böse sein. Die Kleidungsstücke gehörten ihr, und nun hatte Idun sie ruiniert.

»Gehen wir nach Hause«, sagte sie.

Es war nicht weit, bald hatten sie die Hofgrenze erreicht.

Und wenn er nun dort war? Idun nagte an ihrem Daumennagel. Was sollte sie nur machen? Sie blieb auf dem Hofplatz stehen und schaute zum Langhaus hinüber. Der Rauch der Feuerstätte quoll aus dem Loch im Dach und schwebte dann zum Wald hinüber. Idun zitterte vor Kälte. Sie hatte Blutgeschmack im Mund. Als sie ihren Daumen anschaute, bemerkte sie, dass er blutete.

Der Korb. Offenbar hatte sie den Korb im Wald verloren. Wie hatte sie nur so dumm sein können? Sie musste ihn holen. Körbeflechten war harte Arbeit. Man brauchte lange für einen Korb. Sie schaute zwischen den Feldern und Pferchen zum Wald hinüber und nagte nun am Nagel des kleinen Fingers. Sie musste zurückgehen. In diesem Moment öffnete sich die Tür und Siv kam heraus. Überrascht blieb sie stehen und sah Idun an.

»Sind die Wölfe hinter dir her?«

Idun biss immer fester in ihren Nagel. Bitte, nicht böse sein.

Die Hausfrau kam mit wehenden Röcken auf sie zu. Der Hund verzog sich zum Abfallhaufen.

»Ich wollte den Rock nicht ruinieren. Bitte, verzeih mir«, sagte Idun.

»Aber Kleine, was ist denn los? Komm, du bist ja ganz blau gefroren. Ich hab mich schon gefragt, wo du wohl bleibst.«

Siv nahm ihren Arm, zog sie mit sich. Die Wärme schlug Idun entgegen, als sie das Langhaus betrat. Sie fuhr zusammen, als sei sie geschlagen worden. Ull saß an der Feuerstätte. Er schaute vom Bogen auf seinen Knien auf und musterte sie überrascht.

»Was ist passiert?«

Idun zitterte am ganzen Leib. Sein Geruch hing ihr noch immer in der Nase. Wie konnte er so falsch sein? Sie starrte ihre bebenden Hände an.

»Du hast ja blaue Flecken!«

Siv fluchte leise, dann ergoss ihre Fürsorge sich über Idun wie eine warme Welle. Die Hausfrau führte sie zur Feuerstätte und schrie den Mägden zu, sie sollten Wasser holen. Das Feuer wärmte Iduns Körper. Sie starrte mit leerem Blick ihr blutendes Knie an. Wann konnte das passiert sein? Sie wusste es nicht.

»Wer hat das getan?«

Was im Wald passiert war, sah sie wie durch einen Nebel.

Sie schluckte. Zwischen ihren Beinen brannte alles. Und sie war so schmutzig. Wie hatte sie sich so schmutzig machen können? Warum hatte sie den Korb vergessen?

»Idun, sieh mich an. Was ist passiert?«

Sivs Stimme klang böse und streng.

»Es war Ull«, flüsterte Idun und bereute es sofort. Ull hatte ihr Schweigen befohlen. Wenn er sie nun umbrachte!

Siv erstarrte und schien ihren Ohren nicht zu trauen.

»Ull?«

Idun starrte die Flecken an ihren Handgelenken an. Jetzt war auch Siv böse auf sie. Was sollte nur aus ihr werden?

»Ull hat dich geschlagen? Jetzt antworte schon, Kind.«

Sie musste etwas sagen.

»Ja, es war Ull«, sagte Idun.

Sivs Blick verdüsterte sich.

»Dann lügst du, Mädchen, denn Ull hat den ganzen Morgen hier am Feuer gesessen.«

Freya lehnte sich an die Steinwand und sah den Sturm über der kahlen Heide unter ihr wüten. Die Sache mit Idun eilte. Die Kleine brauchte sie, das spürte Freya ebenso deutlich wie den Wind, der an ihrem Rock riss. Besorgt schaute sich durch die Höhlenöffnung.

Die Birken krümmten sich im Wind. Das hier war Riesenland, die Reifthursen tanzten bereits. Bald würden die Kälteriesen den Boden in Besitz nehmen, und dann würde kein Schiff mehr segeln können. Sie musste aufbrechen, ehe es zu spät war.

In der Ferne sah sie ein Licht. Vielleicht hatte das Alte Volk sich dort angesiedelt.

Sie war jetzt weit von dem Berg entfernt, den sie zuerst betreten hatte, und wusste noch immer nicht, warum sie hier gelandet war. Der Zauber in diesem Berg war wirklich fremd. Sie spürte seine Kraft in den dunklen Nischen der Höhle. Sie spürte, wie sie durch den rauen Stein strömte, aber Freya konnte sie weder bezwingen noch begreifen.

Aber das spielte keine Rolle. Wichtig war nur die Arbeit der Meisterschmiede, der Klang ihrer Hämmer, der durch den Berg hallte. Bald würde sie das Halsband tragen. Bald würde sie ihrem Volk neue Hoffnung schenken. Das hier war die vierte Nacht. Bald würde sie ihrer Tochter zu Hilfe eilen können. Dieser verdammte Thor! Wenn Idun etwas zustieße, würde sie ihm die Pisskrankheit auf seine elende Stange hexen.

Schleppende Schritte brachten sie dazu, sich umzusehen. Dwalin betrat die Höhle und sank am Feuer zu Boden. Freya lief hinüber, um ihm zu helfen. Jede Nacht war einer der Schmiede zu ihr gekommen.

Und jetzt war die vierte Nacht, Dwalins Nacht, die Sturmnacht. Sein Gesicht war grau vor Erschöpfung. Seine Augen waren erfüllt von Verzweiflung. Die Arbeit an Brisingamen zehrte an der Lebenskraft der Schmiede.

»Leg dich hin und ruh dich aus«, sagte Freya.

Dwalin ließ sich auf sein Bett aus Reisig und Fellen sinken und schloss die Augen. Sie holte mehr Holz, ließ die Flammen den König des Alten Volkes wärmen.

»Ihr rettet uns alle«, sagte sie und band ihm die Schuhe auf.

Er schien ihre Fürsorge nicht einmal zu bemerken. Freya zog ihm die Hose aus. Hammer und Werkzeug klirrten, als sie seinen Gürtel auf den Boden legte. Dann fuhr sie mit der Hand über seinen muskulösen Körper.

Sie hatte gelernt, was die Schmiede von ihrer Erschöpfung befreite, was sie ins Leben zurückholte. Zauber allein reichte hier nicht aus, Dwalins Männer brauchten mehr. Freya küsste zärtlich seine Lippen und stieg auf ihn. Langsam streifte sie ihr Gewand über den Kopf und schmiegte sich an ihn. Ihre Haut, ihre Wärme und Nähe vertrieben die Kälte, die den Schmied lähmte.

Dwalins raue Hände schlossen sich um ihre Brust, zuerst suchend, dann fordernd.

Freya lächelte, als er zwischen ihren Beinen steif wurde. Sie bewegte sich ein wenig, ließ ihn eindringen. Langsam, zärtlich ritt sie den König zurück ins Leben.

Ihr Genuss strömte in seinen gequälten Körper. Dwalin stöhnte erleichtert und befreit.

Danach schlief er ein.

Der Wind heulte in der Höhlenöffnung. Freya hockte vor dem Feuer und wartete. Als Dwalin erwachte, fühlte er sich belebt und munter. Lachend schnallte er den Gürtel um.

»Ich danke dir.«

»Wird es heute Nacht fertig?«, fragte sie.

Dwalin legte die Hand auf ihre Schulter.

»Komm mit.«

Sie lächelte erwartungsvoll. Endlich.

Er führte sie durch die Gänge, hinunter in den Berg, tief in den Anfang der Schöpfung. Feuchte Felswände schlossen sich um sie, der grobe Steinboden war bedeckt von Lehm und Kies.

Aus der Ferne waren Hammerschläge zu hören. Der uralte Fels flüsterte die Geschichte, als die Welt aus Chaos und Feuer erschaffen worden war. Freya fühlte sich schwach und verloren. Der Berg überwältigte sie. Aber nicht einmal das konnte ihre Freude verringern.

Das war der Weg hinaus aus der Finsternis. Brisingamen war ihre Rettung.

Langsam verhallte das Hämmern.

Der Gang öffnete sich zu einer kahlen Höhle, düster und ohne Bemalungen. Um die Feuerstätte lag Werkzeug verstreut, die Esse ruhte, die Glut verlosch. Die drei Männer saßen erschöpft in der Höhle. Schmutzig und verschwitzt schauten sie Freya mit leeren Blicken entgegen.

Sie folgte Dwalin zu einem großen Stein neben der Feuerstätte. Dort lag es unter einem Fell. Schon jetzt spürte sie dessen Kraft. Freyas Herz klopfte. Das Zeichen auf ihrer Stirn glühte und pochte.

Dwalin musterte sie besorgt.

»Schwöre mir, Brisingamens Kraft niemals gegen dein eigenes Blut einzusetzen.«

»Ich schwöre«, flüsterte Freya, ohne den Blick von dem braunen Fell loszureißen.

»Schwöre, lieber Leben zu bewahren als zu nehmen.«

»Ich schwöre.«

»Mögen die Mächte sich unser erbarmen, da wir dir diese Waffe geben«, sagte Dwalin traurig.

Langsam zog er das Fell beiseite.

Brisingamens goldenes Licht erfüllte die Höhle. Freya schnappte nach Luft. Die strahlende Schönheit des Halsbandes verschlug ihr die Sprache. In ihrem ganzen Leben hatte sie noch nichts so Schönes gesehen.

Neun Halbmonde aus Gold verschmolzen zu einem breiten Kragen, der sich auf jeder Seite zu einer viereckigen Platte verjüngte. Und dort verschlangen sich neun Spiralen in ewiger Bewegung miteinander.

»Wenn du Brisingamen an dich genommen hast, gibt es keinen Weg zurück. Es trinkt dein Leben. Du musst mit dem Tod dafür bezahlen«, sagte Dwalin.

Freya streichelte Brisingamen, spürte die pulsierende Kraft durch ihren Körper strömen. Sie zitterte vor Aufregung.

»Ich weiß. Tu es.«

Ihre Stimme war rau vor Begierde.

»In Hels Namen beschwören wir dich«, sagte Dwalin und hob das Halsband hoch.

Freya leckte sich die trockenen Lippen und schloss die Augen.

Das kühle Gold wurde um ihren Hals gehängt. Brisingamen legte sich zurecht, seine Kraft nahm Freya langsam in Besitz.

Freya öffnete sich, lud den Zauber zu sich ein. Die Kraft des Geschmeides sickerte in ihr Inneres, zuerst vorsichtig, wie ein Gebirgsbach. Licht und Genuss füllten ihren Körper.

Sie spürte, wie der Zauber stärker wurde. Der Bach wurde zum Wasserfall. Schonungslos wurde sie mit brennendem Licht davon erobert. Der Genuss wurde unerträglich stark und beängstigend. Freya stieß einen Schrei aus.

Sie wurde zu Boden geschleudert und zitterte am ganzen Leib. Sie zerkratzte sich den Hals mit ihren Fingernägeln, versuchte, sich Brisingamen herunterzureißen. Das war zu viel. Das Halsband ließ sie zu Asche verbrennen.

Grobes Dröhnen ließ die Welt erbeben. Namenlose Wesen verschlangen Freyas Geist, tranken das, was sie war.

Hels Lachen hallte zwischen den Felswänden wider. Freya stürzte. Unerträgliche Schmerzen, pure Angst ergriffen sie. Sie wurde über die Messer des Gnarpflusses gezerrt, musste vom Gift der Na rnstrände trinken. Sie wurde durch das größte aller Tore gerissen und endete schließlich in Nifelheim.

Freya stand vor Hel, am Ufer der Quelle Vergelmeer. Keuchend legte sie die Hand auf Brisingamen.

Der Schmerz war verschwunden, die Angst ebenfalls. Die Kraft des Halsbandes floss wie Feuerfluten durch ihren Körper, sie fühlte sich jetzt unbesiegbar.

»Herrscherin der Finsternis, ich grüße dich«, sagte sie.

Hels Augen loderten auf.

»Neu erschaffen ist das, was ich mehr begehre als alles andere. Gib mir Brisingamen.«

Hel streckte ihre verwesende Hand aus, mit der sie die Boshaften in ihre neun Reiche holte.

Freya starrte die Königin der Kälte traurig an.

»Ich muss seine Kraft benutzen, um die schwarze Seuche zu besiegen und mein Volk zu retten. Du hast versprochen, mir diese Zeit zu lassen«, flüsterte sie.

»Du solltest lernen, Fremden nichts zu glauben.«

Hel ließ sich zurücksinken und lachte schallend. Große Steinbrocken lösten sich aus der Felsendecke und stürzten in die Quelle. Freya schluckte und schaute zu den elf Flüssen hinter dem Rücken der Todesgöttin hinüber.

Hel musste gewusst haben, dass Freya Brisingamen suchen würde. Sie hatte Freya benutzt, um das Halsband von Dwalin und dessen Söhnen schmieden zu lassen.

Die Todesgöttin hatte nie vorgehabt, ihr zu helfen, sie hatte sich nur von Freya das Halsband holen lassen.

Brisingamen zog und zerrte an ihrem Hals. Es wollte zu seiner Herrscherin.

Freya musste einen Ausweg finden. Es durfte nicht hier und jetzt enden.

»Ich bitte dich, Hel, ich werde dir das geben, was dir gehört, aber lass mich zuerst deinen Namen ehren«, bat Freya rasch.

Hel wuchs. Wie eine blauschwarze Riesin erhob sie sich über dem Quellwasser.

»Göttin des Todes und der Finsternis. Lass mich Brisingamens Kraft nutzen, um dir den Genuss des Kampfes zu schenken, Königin von Nifelheim, aber lass zuerst meine Feinde die Niederlage und die Asche kosten.«

Zischende Schlangen wanden sich um Hels Arme. Die Schwarze leckte sich die Lippen.

»Lass mich dich während meiner letzten Lebenstage ehren. Lass mich Rache an meiner Feindin Hyndla nehmen«, bat Freya.

»Kämpfe können mir nicht mehr Tote schenken als Hyndla. Sie ist meine getreue Dienerin. Sie ist nicht so leichtgläubig wie du«, fauchte Hel.

Ein gequälter Schrei hallte über dem Wasser wider. Freya fror jetzt, ihre Hände bebten,

Frostrauch quoll aus ihrem Mund.

»Hyndla ist trügerisch, Herrscherin. Ich kann dir mehr Tote schenken, als die schwarze Seuche es vermag.«

»Ich mag trügerische Wesen, die amüsieren mich«, sagte die Todesgöttin grinsend.

»Willst du keine Toten, die dir geweiht sind? Gesinde, das deiner Unerschütterlichkeit huldigen kann?«

Hel hob vom Boden ab, kam auf Freya zugeschwebt. Ihr Gestank war unerträglich.

»Meine neun Welten sind verödet«, seufzte sie traurig. »Gute Geister wandern weiter ZU MEINER VERDAMMTEN MUTTER, DIE MICH ZU DIESEM DASEIN VERURTEILT HAT!«

Die Todesgöttin brüllte die Worte zur Welt der Lebenden hoch. Die Unterwelt bebte angesichts ihres Zorns.

»Von der Macht, die die Allmutter ihren neun Töchtern geschenkt hat, wurde mir das härteste aller Schicksale zuteil. Wer in der Welt der Menschen huldigt mir? Wer ehrt mich?«

Freya rang um Atem.

»Beim Schwert meiner Mutter, bei der Ehre der Wanen, ich schwöre. Gib mir nur Zeit, dann bekommst du Tod und Anbetung. Mein Leben ist in deiner Welt nur ein Augenblick, bald wird Brisingamen um deinen Hals liegen.«

Das Helzeichen schmerzte unerträglich, heißes Blut lief ihr über die Stirn und hinunter auf ihr Gewand.

Erleichtert sah sie, wie die Todesgöttin ihr die schöne Seite zukehrte.

»Blut und Opfer?«

»Alles, was du willst.«

»Ich bin nicht unbillig«, sagte Hel selbstzufrieden, ohne ihren Blick von Brisingamen abzuwenden. »Du kannst zurückkehren. Geh und hole meine Ernte ein«, lachte Hel und hob die Hand.

Freya verschmolz mit Brisingamen. Strahlendes Gold, mächtige Waffe, pulsierendes Licht. Freya war ein Feuersturm im Wald, sie war eine brennende Sonne über verdorrter Erde.

Keine Finsternis, keine Schatten waren in ihrer Anwesenheit möglich. Sie war das Licht, das die Bosheit aus der Welt vertrieb. Freya legte die Hände auf ihr Halsband und weinte vor Glück. Sie waren gerettet.

Träge Weichlinge. Gefion stand einsam vor den Überresten von Åses Totenfeuer und schaute zu den Grabhügeln hinüber. Die Arbeit am Hügel ihrer Mutter hatte noch nicht einmal begonnen. Es war wirklich wie verhext. Sie hatte doch alles bis ins letzte Detail geplant und überlegt.

Tag für Tag ließ sie Leute benachrichtigen, aber niemand kam. Sigtjaud behauptete, der Boden sei zu nass und schwer zum Graben, sie müssten bis zum Frühjahr warten.

Diese Ausflüchte trieben Gefion zum Wahnsinn. Sie verstand ja, dass die anderen sich die harte Arbeit ersparen wollten. Aber Åse würde durch einen Hügel geehrt werden, und wenn Gefion den eigenhändig anlegen müsste. Dort sollten die verbrannten Knochen ihrer Mutter zusammen mit überreichen Grabbeigaben ruhen.

Wolfszeit und Schicksalsmond. Gefion schaute zu dem durch die Wolken wandernden Mond, der Seuchen ankündigte, und fröstelte. Diese bösen Zeichen hingen nun schon lange über ihnen. Als ob sie nicht wüsste, was die bedeuteten.

Viele der Höfe waren jetzt abgebrannt. Vanaheims Leben versickerte, die Seuche hatte Vanaheims Adern aufgeschlitzt, und jetzt verblutete Gefions Reich.

Gefion ging in die Hocke und rieb sich ein wenig Asche auf die Stirn.

»Nichts lässt du von meinem Erbe übrig«, flüsterte sie.

Hinter ihrem Rücken bewegte sich etwas. Gefion legte die Hand auf ihr Schwert.

»Ich bin's.«

Erleichtert drehte sie sich zu der schönen Frau um, die eng eingehüllt in ihren Umhang aus der Finsternis hervortrat.

»Du bist ein tröstlicher Anblick.«

Sigrid lächelte müde, doch als Gefion die Arme um sie legen wollte, wich sie zurück.

»Was ist los?«

Sigrid war in letzter Zeit nicht sie selbst gewesen. Sie war müde und übellaunig, ihre Schönheit verblasste. Jetzt zog sie sich den Kittel über die Schultern. Ihre Brust leuchtete in der Abenddämmerung weiß auf. Gefion begriff.

Es gab keine Hoffnung mehr, nichts, woran sie glauben konnte. Ihre Geliebte musste sterben. Schweigend sahen sie einander an. Für ihre Trauer waren keine Worte nötig.

»Verlass Vanaheim. Rette dein Leben«, flüsterte Sigrid.

Eine helle Locke hatte sich aus ihrem Zopf gelöst. Gefion strich sie hinter Sigrids Ohr. Ihr Zorn kroch wie ein Hornissenschwarm über ihre Haut. Jetzt reichte es wirklich mit dem vielen Unglück.

»Nie im Leben«, sagte sie, packte Sigrids Hand und riss sie mit sich zum Langhaus, hinein in die Wärme, durch die Dunkelheit zur Feuerstätte, wo Eir vor den Flammen hockte.

»Wo steckt meine verdammte Schwester!«

Gefion ließ Sigrids Hand los und schaute die alte Priesterin auffordernd an.

»Sie befindet sich jenseits der Welten.«

»Kein Priesterinnengewäsch, sag mir die Wahrheit! Ist sie tot?«

Sigrid ließ sich zu Boden sinken, sie war bleich und sah müde aus. Gefion schrie in die Dunkelheit.

»Gesinde! Bringt Essen und Felle!«

»Ja, Königin«, antwortete eine erstickte Stimme.

Gefion stemmte die Hände in die Seiten und starrte die alte Eir an, die kurz vor dem Zusammenbruch stand.

»Freya lebt. Sie hat die Waffe gefunden und zieht jetzt in den Kampf.«

»Pisswarmes Gefasel.«

Gefion ging weiter zur Wand und riss die Bronzeschilde herab, warf sie zu Boden und trampelte darauf herum.

Eir sprang voller Entsetzen auf.

»Sie hat ein Mittel gegen die schwarze Seuche gefunden.«

Gefion erstarrte mitten in einem Tritt und schaute die Alte abwartend an.

»Wo ist sie?«

Eir schüttelte den Kopf.

»Ich weiß es nicht, Königin. Meine Opferquelle zeigt mir nicht alles.«

»Alfheim«, murmelte Gefion und befahl dem Gesinde, sich um die Kranke zu kümmern.

Man brachte Sigrid etwas zu essen und wickelte sie in Felle. Die junge Frau aber starrte nur leer vor sich hin.

Und dieser leere Blick traf Gefion ins Herz. Sie musste ihre Geliebte retten.

»Veber!«

Der halbwüchsige Junge kam mit einer Fackel in der Hand angelaufen.

»Hol Ane Seefahrer und bete zur Göttin, dass der Alte noch lebt. Nimm ein Pferd, es eilt.«

Sofort stürzte der Junge davon.

Gefion schaute hinter ihm her, bis er durch die Doppeltür verschwunden war.

Als sie sich wieder Sigrid zuwandte, schüttelte diese langsam den Kopf.

»Wie geht es dir?«

Gefion ging in die Hocke und legte Sigrid die Hand aufs Knie.

»Es hat keinen Zweck«, flüsterte Sigrid.

Gefion sprang wütend auf.

»Wenn ich sage, du wirst leben, dann wirst du leben. Meine verdammte Hündin von Schwester wird dich heilen. Das sage ich, und so wird es geschehen.«

Gefion setzte sich an die Feuerstätte und ließ sich eine Schale mit in Milch gekochtem Gemüse reichen. Sie aß rasch, ohne auf den Geschmack zu achten. Tod und Vernichtung. Von den Schlafbänken her hörte sie das Gejammer der Sterbenden. Was im Namen der Mächte sollte sie nur tun? Bleiben und über eine tote Insel herrschen, oder das Leben ihrer Geliebten retten? Diese verdammte Freya, alles war ihre Schuld. Wenn sie nur gekommen wäre und ihre Pflicht getan hätte. Jetzt saß Gefion mit ihrem ganzen Reichtum hier und konnte nichts tun, um die Einzige zu retten, die ihr etwas bedeutete.

Sigrid hustete. Sie bereitete sich auf den Tod vor, das war für alle deutlich zu sehen.

Gefion warf ihren Essnapf auf den Drachenthron und schaute düster zu, wie das Gemüse sich über den Schnitzereien verteilte.

Wenn sie doch nur ihre Macht und ihren Reichtum gegen Sigrids Leben eintauschen könnte. Was hatte es denn für einen Sinn, das alles zu besitzen, wenn das Licht ihres Lebens erlosch?

Gefion war dazu geboren, ihr Volk zu verteidigen. Sie konnte es nicht verlassen. Sie musste jetzt stark sein und durfte unter ihrer Last nicht schwanken.

»Eir kann dich nach Alfheim bringen. Dort wird Freya dich heilen«, teilte sie Sigrid mit.

»Königin, bedenke, dass du eine Entscheidung treffen musst«, mahnte die Priesterin.

»Was du nicht sagst«, fauchte Gefion.

Eir faltete die Hände über ihrem Bauch und blickte sie mit ernster Miene an.

»Nur eine Hand voll Höfe auf den äußeren Inseln ist bisher von der Seuche verschont geblieben. Das hier bedeutet Vanaheims Untergang. Fahr nach Alfheim. Nimm die Reichtümer mit, die durch alle Zeiten hindurch deine Sippe begleitet haben, bring sie und dich selbst in Sicherheit. Du hast für dein Volk getan, was du konntest, rette jetzt dein Erbe«, flehte die alte Priesterin.

Gefion stöhnte gequält. Wie könnte sie die Kranken im Stich lassen? Wer sollte sich um das Vieh kümmern?

»Ich bleibe hier, wenn du willst. Ich kann alle nötigen Pflichten ausführen. Segle du mit Sigrid nach Alfheim. Du hast für dein Volk getan, was du konntest, jetzt musst du deine Sippe und das Blut in deinen Adern schützen.«

Gefion hatte das Gefühl, zerrissen zu werden. Aber Eir hatte schon Recht, sie musste ihren Stolz hinunterschlucken und klug vorgehen. Traurig sah sie zu, wie Sigrid sich zum Ausruhen auf die Bank legte.

Die Tür wurde geöffnet. Veber kam zurück. Er brachte zwei halbwüchsige Knaben mit, die Gefion noch nie gesehen hatte. Die drei Jünglinge kamen jetzt eilig auf sie zu und sanken auf die Knie.

»Ane ist tot, das sind sein Sohn und ein Knecht. Sie waren die Einzigen, die kommen konnten«, sagte Veber.

Die beiden Jungen waren bleich. Sie blickten Gefion müde und ängstlich an.

»Seid ihr krank?«

Der größere Junge schüttelte den Kopf.

»Die Göttin hat uns verschont, aber wir sind die Einzigen.«

Seine Stimme klang verbittert. Gefion entging nicht der hasserfüllte Blick, mit dem der Junge Eir bedachte.

Ohne Bedenken hätte Gefion Ane befohlen, Sigrid nach Alfheim zu bringen, wo sie Freya um Hilfe bitten könnten. Aber niemals würde sie ihre Geliebte diesen Knaben anvertrauen.

Eir schaute sie so auffordernd an, dass es geradezu schmerzte. Gefion seufzte tief. Ihr Schicksal war bitter, aber sie konnte sich jetzt nicht mehr selbst belügen. Für Åse würde es keinen Grabhügel geben; ihr Volk lag im Sterben. Fast zweihundert Wanen waren in die Nachwelt eingegangen und ebenso viele lagen krank in ihren Betten. Es war zu Ende.

Sie musste Vanaheims Rettung anderswo suchen.

»Ich werde nach Alfheim segeln. Ihr könnt Veber beim Beladen des Schiffes helfen«, teilte sie den beiden Jungen mit.

»Eine weise Entscheidung, Königin«, sagte Eir.

Düster betrachtete Gefion den von ihrer Sippe gesammelten Reichtum.

Die Bronzeschilde lagen noch immer auf dem Boden. An der Wand hing der Bildteppich, der erzählte, wie die Göttin die Wanen vor der großen Katastrophe gerettet und sie dann zu dieser Insel geführt hatte. Jetzt war es Gefion, die den Teppich von der Wand nehmen und fortbringen würde. Sie seufzte tief.

Aber es sollte nur für kurze Zeit sein. Sie würde zurückkehren, sowie sie Freya dazu gebracht hätte, Vanaheim zu retten. Ihr Land sollte wieder groß und mächtig werden.

»Wir segeln, sowie das Boot bereit ist. Veber, hol die Mägde zusammen.«

Veber führte die Jungen in die Vorratskammer der Halle. Gefion schloss die Augen und fing an zu planen, das Denken beruhigte sie ein wenig.

Was sollte sie mitnehmen? Und für wen war noch Platz im Boot? Sie erhob sich und fuhr mit der Hand über Sigrids Haare.

»Alles wird wieder gut«, flüsterte sie. »Das verspreche ich.«

Freya erwachte, weil jemand sie schüttelte. Ihre Augenlider kamen ihr schwer wie Steine vor, als sie sie mit Gewalt aufriss.

Vor ihr hockte Dwalin. Er wirkte unruhig, besorgt. Der Meisterschmied zeigte auf die Höhlenöffnung.

»Geh zu deinem Boot. Sie warten auf dich.«

Ehe Freya antworten konnte, war er wie ein Schatten in der Nacht verschwunden.

Freya setzte sich auf und griff sich an den Hals. Brisingamen war noch vorhanden. Sie atmete erleichtert auf und schaute sich um. Der Gestank von Schweinekot plagte ihre Nase.

Sie befand sich wieder in der Höhle, in die Dwalins Trugbild sie geführt hatte. Draußen tobte der Wind.

Freya sprang auf, zu rasch. Ihr wurde schwarz vor Augen. Aber gleich darauf strömte eine unbezwingliche Kraft durch ihren Körper. Das war Brisingamens Geschenk, wie ihr sofort bewusst wurde.

Sie hatte es geschafft. Sie hatte Dwalins Misstrauen und Hels List besiegt. Sie hätte jubeln mögen. Brisingamen gehörte ihr. Sie war neu geboren, unüberwindlich.

Freya hob die Arme und rief den Mächten zu:

»Mich zwingt ihr nicht in die Knie!«

Sie lachte und tanzte über den Schweinekot. Das schwere Gold um ihren Hals ließ sie vor Freude singen.

Freya hatte die Höhlenöffnung erreicht, ein Schritt trennte sie noch von der Ebene draußen, als ein eiskalter Wind sich um ihren Körper schloss.

»Hast du denn immer noch nicht begriffen, Wanentochter«, flüsterte der raue Wind.

Freya ließ beschämt die Arme sinken.

»Mein Hochmut hätte mein Gemüt fast wieder vergiftet«, rief sie überrascht.

Sie musste den Verstand verloren haben. Wie hatte sie sich so aufführen können? Nachdem sie so hart bestraft worden war, versuchte sie noch immer, die Mächte herauszufordern.

»Hel geht aus jedem Kampf als Siegerin hervor«, fauchte der Wind und spielte mit Freyas Umhang.

»Was soll ich tun?«

»Tu, was du tun musst, aber mit gesenktem Haupt. Nur so kannst du die Göttin erweichen.«

Freya rieb sich das Gesicht. Geronnenes Blut zerbröselte unter ihrer Hand. Sie sehnte sich nach einem Bad, nach ihrem Volk, nach ihrer Tochter.

»Ich danke dir, Sturmdise, und ich bitte dich um deinen Beistand auf meiner Fahrt über das Meer.«

Der Wind schlug ihr den Umhang gegen den Rücken.

»Ich beschütze dich bereits, Wanentochter. Rans Herz dagegen ist schwerer zu erweichen, ihre Macht ist größer als meine.«

Gleich darauf war alles still. Freya machte einige vorsichtige Schritte durch das verwelkende Gras.

Das Boot. Hoffentlich war es noch vorhanden. Sie rannte los. Ihre Schritte fielen ihr leichter als je zuvor. Die Kraft des Halsbandes trug sie über Schlamm, Baumstämme und verwelkendes Laub.

Hel, boshafte Priesterinnen und Kinderdiebe. Sie würden für alles bezahlen, was sie ihr angetan hatten.

Die Bäume beugten sich über Freya und peitschten sie mit ihren Zweigen. Freya lachte und lief noch schneller, vorbei an heiligen Steinen, hinunter zum Wasser. Dort ruhte Hallwis Schiff. Freya blieb stehen und lächelte zufrieden. Sie hatten auf sie gewartet.

»Mögen die Mächte uns Kraft schenken.«

Njörunn schaute überrascht zu, wie Hallwi das Seil sinken ließ und zum Waldrand hinüberschaute.

Sie folgte dem Blick der Kapitänin. Ihr Herz überschlug sich.

Es war Freya. Nach der langen Zeit des Wartens kehrte sie zurück.

Mager und mit wilden Blicken kam sie herbeigeeilt, gehüllt in ein zerfetztes Gewand. Sie sah aus wie ein Geisterwesen aus einem Moor. Freya blieb vor dem Schiff stehen und schaute zu ihnen hoch. Ihr Lächeln ließ Njörunns Blut gefrieren.

»Was hat sie denn da um den Hals?«, flüsterte Hallwi verdutzt.

Njörunn schluckte und ging über die Laufplanke zu der Priesterin, die sie schon ihr ganzes Leben lang kannte.

Ihr Körper war eiskalt vor Furcht.

»Ich habe es geschafft«, flüsterte Freya mit einem irrwitzigen Lächeln. Njörunn schluckte ihre Verzweiflung hinunter und schaute Freyas Halsband an.

Es bestand aus einigen verschmutzten Steinen und Stöckchen, die mit Lederriemen aneinander befestigt waren.

»Ich habe Brisingamen. Jetzt kann ich die Kranken heilen und Hyndla bezwingen. Wir werden siegen.«

»Du hast Großes geleistet«, sagte Njörunn traurig.

Freyas verfilzte Haare schwangen im Wind, sie war schmutzig, ihre Augen glasig vor Wahnsinn. Sie war verloren, und mit ihr die Hoffnung, die schwarze Seuche zu besiegen. Njörunn nahm ihre Hand und führte sie über den Brettergang auf das Schiff.

»Segeln wir nach Alfheim«, sagte Njörunn und half Freya beim Hinsetzen.

Sie wickelte Freya in ein wärmendes Wolfsfell und reichte ihr dann ein Stück Brot. Freya griff danach, aß aber nicht. Ihre Hand lag schlaff auf dem Fell. Sie schaute zu den Wolken hoch.

»Siehst du den Falken? Der führt uns«, flüsterte sie.

Njörunn legte den Arm um Freya und küsste zärtlich wie eine Mutter ihre Haare. Der Himmel war leer, bis auf die grauen Wolken. Dort gab es keinen Falken.

Der Wind füllte das Segel und trug das Schiff über die Wellen.

»Wie viele Tage war ich fort?«

»Denk nicht darüber nach«, antwortete Njörunn und verfluchte sich, weil sie Freya mit Berling hatte weggehen lassen. Sie wusste, dass Freya vor einem Sturz in die Finsternis gestanden hatte, aber trotzdem hatte sie sie ziehen lassen. Und dann hatte sie sie auf der Heide und in den Höhlen verzweifelt gesucht.

Jetzt war es vorüber.

Njörunn nahm Freya das Stück Brot aus der Hand, brach ein Stück ab und schob es ihr in den Mund. Freya kaute und schluckte, ohne das zu merken. Ihr Blick haftete noch immer an den Wolken.

Njörunn musterte verzweifelt Freyas Kette aus Stöckchen und Steinen.

Brisingamen war ihre Hoffnung gewesen, jetzt waren sie alle verloren.

»Sag mir, wie viele Tage war ich fort? Waren es vier oder fünf?« Njörunn seufzte tief. Lügen hatte hier keinen Sinn.

»Du warst eine ganze Mondwanderung fort«, sagte sie deshalb.

9

Idun schrubbte ihren Arm so heftig, dass Blut aus der Haut quoll. Sie ließ die Hände sinken und sah zu, wie das Wasser in der Schüssel sich rot färbte. Die blauen Flecken an ihren Handgelenken wurden jetzt schwarz.

Die Schande brannte in ihr wie Feuer. Aber sie war ja selbst schuld, schließlich war sie in den Wald gegangen.

Sie war nicht zu Hause in Alfheim, und in Idunvallen war eben alles anders. Wenn sie im Haus geblieben wäre, wäre nichts geschehen. Und jetzt hatte sie den Unwillen aller auf sich gelenkt.

Warum hatte sie Ull auch angeschwärzt? Sie war so dumm, dass der Wind durch ihren Schädel wehte. Wenn sie das alles nur ungeschehen hätte machen können!

Sivs wütende Blicke brachten ihren Rücken zum Brennen. Sie hatte seit Tagen kaum ein Wort zu Idun gesagt. Aber jeder Moment von Ulls schändlicher Gewalttat war in Iduns Erinnerung eingeätzt.

Trotzdem beteuerten alle, er habe das Langhaus nicht verlassen. Die Leibeigenen flüsterten untereinander, zeigten auf Idun und lachten, wenn sie sich unbeobachtet glaubten. Und Ull starrte sie nur wütend an und verhielt sich seltsam. Sie konnte seinen Anblick nicht ertragen.

Idun wischte sich die Hände an ihrem Rock ab.

Die Jungen rangen jetzt miteinander. Siv rief, sie sollten aufhören. Die Männer standen ins Gespräch vertieft an der Feuerstelle. Sie redeten über den Kampf auf der Göteninsel, denn sobald der Wind sich gelegt hätte und die letzten Krieger eingetroffen wären, würden sie aufbrechen.

Auf dem Hofplatz bellte ein Hund. Idun erstarrte, aber Hufschläge waren nicht zu hören. Langsam atmete sie auf.

Wie sollte sie Bragi unter die Augen treten, jetzt, wo sie vor seiner ganzen Sippe Schande über ihn gebracht hatte?

Niemals würde er jetzt noch mit ihr unter den Hammer treten wollen. Das konnte sie verstehen. Der arme Bragi, jetzt würde er sehen, wie sie wirklich war. Eine verrückte Lügnerin. Wertlos.

Sie biss sich auf den Fingernagel. Thor lachte an der Feuerstätte, sogar sein Wohlwollen war verflogen. Er sah sie missmutig an, als sei sie ihm eine Last.

»Hast du keine Arbeit?«

Siv lehnte mit übereinander geschlagenen Armen an der Wand. Ihre Wangen waren rot, ihr Blick düster.

»Ich weiß nicht, was ich tun soll«, sagte Idun und blickte sie flehend an.

Der Blick der Hausfrau wurde sanfter.

»Ich habe mir das überlegt, was du über Ull gesagt hast. Ich glaube, dir ist ein Trugbild begegnet, Kind. Irgendwer hat die Gestalt meines Sohnes angenommen. Es sind schon seltsamere Dinge passiert.«

Idun schauderte es.

»Aber wer?«

Siv lachte düster.

»Hier in der Gegend könnte das nur einer.«

Sie zeigte auf Loki, der in seinen Fuchspelz gehüllt neben Thor stand. Ein bitterer Geschmack füllte Iduns Mund. Der Boden unter ihren Füßen schien zu schwanken.

»Das muss ich Thor sagen. Er muss es erfahren.«

»Sei still, Kind«, fauchte Siv und kniff sie in den Arm. »Stör Thor nicht mit solchen Dingen, wo er in den Krieg ziehen muss. Sein Gemüt darf jetzt nicht belastet werden. Davon hängt sein Leben ab.«

Idun kämpfte gegen ihre Tränen an. Ihr Arm tat weh. Aber Siv hatte Recht. Sie durfte Thor nicht mit ihren Sorgen behelligen.

»Naja, so schlimm kann es doch nicht gewesen sein. Man muss

auch etwas vertragen können. Außerdem warst du allein im Wald unterwegs, und da ist es wirklich deine eigene Schuld. Du solltest schweigen und froh sein, wenn Bragi dich nach allem immer noch will«, sagte die Hausfrau schroff.

Iduns Augen brannten vor Tränen.

»Ich wollte das doch nicht.«

Sie war so unglücklich, dass sie kaum sprechen konnte.

»Trotzdem ist es passiert. Hör auf meinen Rat, schweig und mach niemandem Vorwürfe. Es ist ein bitteres Los, als Frau geboren zu sein, du musst lernen, damit zu leben, oder du gehst unter. Das sage ich dir.«

Siv lief mit wehenden Röcken weiter.

Idun starrte Loki an. Der saß breitbeinig da und fuhr sich mit der Hand durch die strähnigen Haare. Siv hatte Recht. Idun musste vergessen. Die Geschichte aus ihren Gedanken verbannen, als sei sie nie geschehen. Sie war von einem Trugbild verflucht worden. Im Wald war nichts passiert. Ein betäubender Nebel schloss sich um ihren Körper. Der Schmerz ebbte ab und verschwand. Loki sah sie an und lächelte freundlich.

Idun hätte sich übergeben mögen.

Sie presste die Hand auf den Mund, ließ die Wäschebank stehen und stürzte hinaus.

Der kalte Wind linderte die Übelkeit ein wenig. Idun zog sorgfältig die Tür hinter sich zu. Die Kräuterbündel, die Siv als Schutz gegen böse Geister aufgehängt hatte, bewegten sich im Luftzug.

Wenn Idun im Haus geblieben wäre, dann wäre der Albtraum ihr erspart geblieben. Aber sie war einfach zu dumm.

Ohne Umhang lief sie über den Hofplatz. Der Wind wirbelte ihr Staub in die Augen und in ihren Mund, sodass ihre Zähne knirschten, wenn sie sie zusammenbiss. Dann hörte sie im Wind eine schwache Stimme. Diese Stimme rief ihren Namen. Idun blieb stehen und schaute sich verzweifelt um.

Drei Reiter tauchten am Waldrand auf. Ihre Pferde sprengten mit flatternden Mähnen dahin. Einer war Bragi. Er war hier. Was sollte sie jetzt machen?

Die Pferde kamen auf den Hofplatz getrabt.

Bragi sprang von seinem und kam auf sie zugelaufen. Seine Augen leuchteten glücklich, er war von einem strahlenden Licht umgeben.

Idun wand sich unter diesem Lachen. Sie hatte ihn durch ihre Unfähigkeit besudelt. Sollte sie ihm alles erzählen oder Sivs Rat befolgen und schweigen? Aber es wussten doch ohnehin schon alle. Wie könnte sie die Sache dann verheimlichen?

Sie biss sich auf den Daumennagel und trat einen Schritt zurück.

Gleich darauf umfingen seine Arme sie.

»Was machst du für ein düsteres Gesicht? Freust du dich denn nicht, mich zu sehen?«

Seine Freude machte ihre Trauer nur noch schwerer zu ertragen.

Idun rang sich ein Lächeln ab.

»Das ist schon besser. Hattest du Angst, mir könnte etwas passieren?«

Idun nickte stumm und starrte seine Umhangschnalle an, ein Blatt mit verschlungenen Ranken.

»Hab keine Angst, mir können die Feinde nichts antun.«

Er streichelte ihre Wange. Seine Finger hinterließen glühende Spuren auf ihrer Haut. Idun errötete. Sie hatte das Gefühl, innerlich zu verbluten.

»Was ist passiert? Erzähl.« Die Freude in Bragis Augen verwandelte sich in Unruhe.

»Wir sollen doch bald unter den Hammer treten. Da dürfen wir keine Geheimnisse voreinander haben.«

Der Wind spielte mit seinen Haaren. Er strich sich eine Strähne aus der Stirn. Idun begegnete seinem Blick. Bragi war viel zu gut für sie. Aber er musste erfahren, was passiert war. Nur, was sollte sie tun, wenn er sie dann nicht mehr wollte?

Idun raffte all ihren Mut zusammen.

»Ich habe eine schlechte Nachricht.«

Bragis Lächeln verschwand. Er ließ sie los und trat einen Schritt zurück. Er ahnt schon, dass ich unrein bin, dachte sie. Das geht nie im Leben gut. Sie biss so fest die Zähne zusammen, dass der Sand dazwischen knirschte.

»Sprich!«

Idun holte Atem.

»Ein Mann hat mich im Wald vergewaltigt.«

Sie sprach so leise, dass der Wind ihre Worte fast übertönte. Das Licht, das Bragi umgeben hatte, erlosch, seine Augen wurden schwarz, er schien zu wachsen, als er zornig nach seinem Schwert griff.

»Wer?«

Der Boden schien unter Idun zu beben, ihre Wangen brannten. Sie hätte schweigen müssen. Warum war sie immer so dumm?

Aber sie hatte nicht vor, Bragis Leben aufs Spiel zu setzen. Sie durfte keine Zwietracht unter den Kriegern säen. Denn das könnte Bragi das Leben kosten, und wenn er nicht überlebte und sie an seinem Tod schuld wäre, was sollte sie dann noch auf der Erde?

»Ein Fremder im Wald«, flüsterte sie und starrte zu Boden.

»Bei Tiwazens stinkendem Atem!«

Bragi fuhr herum und ließ sie stehen. Idun schwankte. Sie bohrte ihre Nägel so tief sie konnte in ihre Handfläche, aber das konnte Schwindel und Übelkeit nicht vertreiben.

»Bitte, verzeih mir. Ich wollte das doch nicht«, rief sie.

»Nicht? Und warum rennst du dann in den Wald und machst die Beine breit? Warum bleibst du nicht im Haus, wie sich das für eine Frau gehört?«

Bragi spuckte in den Staub und musterte sie voller Abscheu. Alles, was sie an ihm geliebt hatte, war verschwunden.

Ihre Beine wollten sie nicht tragen. Langsam sank Idun in den Staub.

Alles war verloren, sie hatte so viel gewagt und schließlich doch versagt.

»Steh auf, kriech hier nicht auf dem Boden herum«, fauchte Bragi und schaute zu seinen Begleitern hinüber, die ein Stück entfernt standen.

So bin ich eben, dachte sie. Jetzt siehst du, was ich bin. Nichts.

Bragi drehte sich um und ging auf die Halle zu. Dann blieb er stehen und schien zu zögern.

Idun rang nach Luft, eine schwache Hoffnung keimte in ihrer Brust. Wenn er sie nun doch noch haben wollte? Vielleicht war er einfach zu überrascht gewesen und brauchte Zeit. Vielleicht war es noch nicht zu spät. Aber Bragi ging einfach weiter, ohne sich umzusehen. Er hatte die Halle fast erreicht, als die Tür aufgerissen wurde. Thor kam zum Vorschein.

Idun betete. Sie flehte die Göttin an, bat um Erbarmen, als Thor auf Bragi zuging. Staub wirbelte um die beiden Männer, als sie miteinander sprachen. Idun erhob sich, ihre Beine kamen ihr jetzt stärker vor. Ihre Handflächen waren grau vor Schmutz.

»Du musst zu deinem Wort stehen und sie nehmen«, sagte Thor.

Idun trat näher. Die Männer würdigten sie keines Blickes.

»Ich wollte eine Unberührte. Eine, die nur mir gehört. Tiwaz weiß, wer seine Stange in sie gestopft hat.«

»Den Eid, den du geschworen hast, kannst du nicht brechen. Das Leben kommt selten so, wie man es sich wünscht. Nimm also Vernunft an.«

Iduns Herz klopfte. Wenn sie nur auf die richtige Weise zusammengegeben würden, würde alles gut werden. Sie würde die beste Hausfrau unter allen Asen sein. Alles, was er sich wünschte, würde er bekommen.

Bragi seufzte tief.

»Na gut, dann muss ich wohl.«

Thor lachte und legte ihm die Hand auf die Schulter.

»Hast du das gehört, Kleine?«, rief er Idun zu. »Mach dich bereit. Heute Abend wird gefeiert.«

Idun schwieg. Sie konnte wieder atmen, die Schlinge um ihren Hals hatte sich gelockert. Aber Bragis Blick war erfüllt von Widerwille und Abscheu.

Mein Geliebter. Ich werde dich glücklich machen, dachte sie. Was auch passieren mochte, sie würde den Rest ihres Lebens der

Aufgabe widmen, ihrem Mann Freude zu schenken. Er würde sie wieder voller Liebe ansehen.

Thor ließ Bragi ins Langhaus eintreten, zögerte einen Moment und ging dann hinterher. Die Männer saßen an der Feuerstätte. Über dem Feuer brodelte ein Kochtopf, Essensduft füllte das ganze Haus. Die Mägde liefen hin und her und füllten die Becher der Männer mit Met.

»Seht, hier kommt die angehende Hausfrau«, rief Thor.

Die Männer murmelten beifällig, aber Idun sah, dass ihre Blicke nicht unbeschwert waren. Bragi starrte übellaunig ins Feuer.

Idun kam sich vor wie ein weggeworfener Knochen, der auf einem Abfallhaufen verfault.

»Das ging ja entgegen aller Erwartungen gut«, murmelte Siv und zog sie zur Waschbank. »Ich habe Thor hinausgeschickt, als ich Bragis Pferd kommen hörte. Ich dachte mir schon, dass er versuchen würde zu kneifen.«

Idun starrte die freudestrahlende Siv mit leerem Blick an.

»Jetzt freu dich doch, Kleine. Heute Abend stehst du unter dem Hammer.«

»Er will mich nicht. Er will eine Unberührte.«

Siv legten den Kopf in den Nacken und lachte grob.

»Diese verdammten heuchlerischen Asen. Bragi hat schon als Junge seine Stange in alles gesteckt, was sich überhaupt bewegen konnte. Wieso reißt der den Schnabel so weit auf? Es gibt hier im ganzen Haus kein Frauenzimmer, mit dem er es nicht getrieben hat. Und nur die Göttin weiß, wie viele Bälger er in den Dörfern hinterlassen hat … Mach du dir wegen Bragi keine Sorgen, sowie du ihm einen Sohn geschenkt hast, hast du seinen Sack im festen Griff.« Sie beugte sich vor und flüsterte: »Das ist das Geheimnis, verstehst du. Wenn du erst seine Söhne geboren hast, bist du deinem Mann heilig. Das ist die Gabe der Göttin an uns Frauen. Nicht einmal ihr verdammter Tiwaz kann gegen die Fürsorge eines Mannes für seine Sippe etwas ausrichten. Also, Kopf hoch, Kleine. Warte hier, dann bringe ich die untauglichen Leibeigenen auf Trab, und dann mache ich dich so schön, dass Bragi vor Stolz unter seinem Kittel ganz groß wird.«

Idun ließ sich auf den Hocker neben der Waschbank sinken und wartete, während Siv die Mägde zusammenstauchte. Sie hoffte ja so sehr, dass Thors Gattin Recht hätte. Das hier war einfach zu viel für sie. In ihrem Kopf drehte sich alles und sie fühlte sich ganz schwach.

Plötzlich hatte sie solche Sehnsucht nach ihrer Mutter, dass ihr die Tränen in die Augen traten. Wenn sie doch nur neben Freya sitzen und deren warmen Duft einatmen könnte. Wenn sie doch nur für einen kurzen Moment bei ihr sein könnte. Freya würde außer sich vor Zorn sein, wenn jemand ihrer Tochter zu nahe träte. Sie hätte Idun verteidigt. Aber Idun hatte ihre Mutter verlassen. Sie hatte sich für Bragi entschieden. Jetzt musste sie zu ihrer Entscheidung stehen. Die Würgeschlinge um ihren Hals zog sich wieder zusammen.

Idun verdrängte diese quälenden Gedanken. Sie zwang sich, dem Gespräch der Männer zuzuhören.

»Sturm oder nicht, das ist Skidbladnir doch egal«, sagte Baldur.

Thor schüttelte den Kopf.

»Lieber im Kampf fallen als wie ein Stein versinken.«

»Trotzdem eilt es. Das Wetter scheint nicht besser zu werden.«

»Es kommen noch weitere Männer von den entfernt gelegenen Höfen. Wir müssen warten, wir brauchen jedes Schwert«, sagte Ull.

»Was kannst du machen, Loki?«

Der Schamane zuckte mit den Schultern.

»Was getan werden kann, ist bereits geschehen.«

Thor musterte seine Männer, sie waren wenige, aber sie waren bereit. Vielleicht wäre es besser, dem Wind zu trotzen, dann könnten sie überraschend zuschlagen.

Er seufzte und sah zu Idun hinüber. Wo steckte Freya? Jeden Morgen wartete er vergeblich darauf, ihr Schiff in die Bucht segeln zu sehen.

»Wir fahren an Alfheim vorbei und nehmen die Hexe an Bord«, sagte er.

Die Männer verstummten und wechselten Blicke. Siv wurde stocksteif.

»Wir brauchen ihre Künste«, sagte Thor und kratzte sich im Nacken.

»Anderswo juckt es dich wohl nicht«, sagte Siv wütend.

Die Männer starrten ins Feuer. Keiner sagte ein Wort.

»Soll Gorms Weib mich vielleicht in den Tod schicken?«

Siv zuckte mit den Schultern und watschelte davon.

»Es ist ein Umweg«, sagte Baldur zweifelnd und sah Thor an.

»Kalt ist es auch«, sagte Sakse und schliff weiter seinen Dolch.

»Mein Entschluss steht fest.«

Abermals schaute Thor verstohlen zu Idun hinüber. Sie schien mit den Tränen zu kämpfen. Warum in Tiwazens Namen freute sie sich nicht auf das Fest? Thor hatte doch dafür gesorgt, dass Bragi sie nahm. Was wollte sie denn noch? Thor spuckte ins Feuer, während sich unerwarteterweise Schuldgefühle bei ihm einstellten. Er konnte sich schon vorstellen, wie unter den Männern getuschelt wurde. Dass er, der große Asenkrieger, seine eigene Tochter nicht hatte beschützen können.

Das war das Letzte, was er brauchte, jetzt, wo sie in den Krieg ziehen mussten.

Es war schon ein Elend, dass Idun diesem Fremden über den Weg gelaufen war. Und es war seltsam. Im Wald gab es keine Spur, keinen Hinweis auf ein Handgemenge, nichts. Er war mit Ull draußen gewesen und hatte alles abgesucht, aber nicht einmal die Hunde hatten etwas gefunden.

Sicher hatte Siv Recht, die Kleine war nicht ganz bei Verstand und erzählte allerlei, um sich Aufmerksamkeit zu verschaffen. Thor klammerte sich an diese Erklärung, ließ sich davon beruhigen. Und am Abend würde sowieso alles vergessen sein.

Nicht ganz bei Verstand oder nicht, sie war die einzige Erbin von Vanaheim, ihr Blut war wertvoll. Und sie war seine Tochter. Thor drehte sich um und nahm das Methorn entgegen, das eine Leibeigene ihm reichte. Er leerte es bis auf den Grund. In dieser Nacht wollte er beim Reiher des Vergessens Zuflucht suchen.

Draußen war es fast dunkel, als Siv einen Schritt zurücktrat und zufrieden lächelte. Siv schaute hinab auf das hellblaue Gewand und fuhr mit der Hand über die Stickerei, die sie auf Iduns Brust befestigt hatte. Eine Leibeigene legte dieser den Umhang um die Schultern und schloss die wie eine Blume geformte Schnalle.

»Jetzt fehlt nur noch der Zopf.«

Siv hob das Messer.

»Nein.«

Idun packte ihre Haare. Gehorsam hatte sie sich waschen und ankleiden lassen, wie eine Strohpuppe, mit der Kinder spielten, aber jetzt musste sie sich einfach wehren.

»Der muss der Göttin in der Opferquelle dargebracht werden.«

Siv verzog unwillig den Mund.

»Auf die Idee kommst du ein wenig spät, Kleine. Wir können jetzt nicht in den Wald hinausrennen. Die Kerle sind ja jetzt schon halb betrunken. Wenn du Bragi haben willst, musst du ihn jetzt nehmen, solange er noch aufrecht stehen kann.«

Idun seufzte. Was sollte sie sagen? Es kam ja doch nichts so, wie sie gehofft hatte. Sie ließ ihren Zopf los. Siv schnitt ihn mit einer raschen Bewegung ab. Dann legte sie ihn auf die Waschbank und säuberte die Haare. Wehmütig musterte Idun ihren langen roten Zopf. Ihr Leben und ihre Kraft.

»Ja, so.«

Idun tauschte einen Blick mit der Leibeigenen, die ihr geholfen hatte.

»Du bist so schön wie Gold«, sagte die Magd freundlich.

Baldurs Hausfrau Nanna trat vor Idun und musterte sie ausgiebig. Die junge Frau wohnte auf dem Nachbarhof und war eben mit ihrem Gefolge zu Pferd eingetroffen. Sie lächelte Idun aufmunternd zu.

»Hab keine Angst«, sagte sie sanft und reichte Idun das geschnitzte Horn, das sie in der Hand hielt. »Trink das auf einen Zug, dann wird alles leichter.«

Idun warf einen letzten Blick auf ihren Zopf. Dann hielt sie sich das Horn an die Lippen und trank. Sofort überkam sie ein Brechreiz. Das Horn enthielt keinen Met, sondern etwas Stärkeres. Sie wollte es sinken lassen, aber Nanna presste es gegen ihre Lippen.

»Du musst alles trinken, Mädchen.«

Idun zwang sich zum Schlucken, sonst wäre der Trank auf ihr schönes Kleid gespritzt. Als sie das Horn sinken ließ, lächelte Nanna liebevoll. Iduns Magen glühte. Wärme breitete sich in ihrem Körper aus. Nanna hatte Recht gehabt. Sie war jetzt viel ruhiger und hatte das Gefühl, das alles ginge sie nichts mehr an.

»Danke«, flüsterte sie.

»Das Beilager ist nicht immer so angenehm«, sagte Nanna.

»Das ist eine Unsitte, die ich nicht begreife. Unnatürlich ist das. Die Wanen kennen so etwas nicht.«

Nanna musterte Siv mit strengem Blick, ihr sanftes Lächeln füllte sich mit Gift.

»Jetzt lebst du schon so lange bei uns und willst dich noch immer nicht an unsere Sitten halten?«

Zu Iduns Überraschung schienen die Worte der jüngeren Frau Siv hart zu treffen.

»Naja, das nun nicht, aber schön ist es trotzdem nicht.«

Dann griff Siv nach Iduns Hand und zog sie zur Feuerstätte. Die Männer verstummten. Sie starrten sie voller Bewunderung an. Idun wurde rot und suchte Bragis Blick.

Seine Augen leuchteten ein wenig. Er war nicht mehr ganz so abweisend. Erleichtert atmete sie auf.

Ihr Herz klopfte heftig wie die Trommeln beim Frühlingsopfer. Wie gut, dass Nanna ihr diesen Trank gegeben hatte. Ohne dessen einlullende Wärme wäre sie jetzt gestorben.

»Milde Mächte, wie schön sie ist«, sagte Baldur.

Die Männer murmelten zustimmend. Eine Bewegung, die sie aus dem Augenwinkel heraus wahrgenommen hatte, ließ Idun sich umschauen. Ein Stück von der Feuerstätte entfernt stand Loki mit verschränkten Armen. Er grinste herablassend.

Idun schlug die Hand vor den Mund, ihr Magen drehte sich um, sie hätte sich übergeben mögen. Aber ehe sie sich bewegen konnte, hatte Thor sich schon erhoben.

»Meine Tochter ist lieblicher als der Tau auf einer Blütenknospe.«

Sein betrunkenes Grinsen vertrieb Iduns Übelkeit.

»Tu deine Pflicht, Kerl«, sagte Siv mit derber Freundlichkeit und legte Iduns Hand in Thors. Er führte sie zu Bragi, der sich erhob und sich die Hände an seinem guten Kittel abwischte.

Er hat ebenso große Angst wie ich, dachte Idun überrascht.

Thor legte ihre Hand in Bragis. Bragis Hand war schweißnass. Sie sahen einander hilflos an. Idun war wie gelähmt. Sie hätte im selben Moment jubeln und weinen mögen.

»Ich werde alles für dich tun, wenn du mir nur nicht böse bist«, flüsterte sie.

Bragi drückte tröstend ihre Hand. Erleichtert holte Idun Luft.

Gleich darauf hielt Thor den Hammer über ihre Köpfe.

Loki trat vor und sang in der alten Sprache ein Lied. Idun verstand die Worte nicht, hatte sie aber auch an der Feuerstätte ihrer Mutter schon gehört. Die Tränen traten ihr in die Augen und sie kämpfte dagegen an.

Gleich darauf war alles schon vorbei.

»Die Frau Idun aus Alfheim, meine Tochter, gehört jetzt Bragi aus dem Geschlecht der Asen«, sagte Thor und ließ den Hammer sinken.

Die Männer sprangen auf und schlugen Bragi auf den Rücken.

Idun schaute sich verwirrt um. War das alles? Waren sie jetzt zusammen?

Nanna und Siv lächelten freudestrahlend. Sie sah sie wie durch einen Nebel. Jetzt glühte ihr ganzer Körper, sie fühlte sich heiß und schwach.

»Dann geht's los«, sagte Bragi.

Die Männer johlten und fingen an, sie zu den Schlafbänken zu schieben.

»Zeig jetzt, dass du etwas in deiner Stange hast«, rief jemand.

Alle lachten.

Idun erblickte Ull im Gedränge, Loki grinste. Alles wurde ein einziges Chaos.

»Wohin gehen wir?«

Aber Bragi gab keine Antwort. Er zog sie zu einer Schlafbank und fing ungeschickt an, ihren Gürtel aufzubinden.

»Was erlaubst du dir?«

Der Boden unter Iduns Füßen schwankte. Die lachenden Gesichter der Männer verschwammen in einem wilden Wirbel.

»Zeig dich mit Stolz«, flüsterte er und zog ihr das Gewand aus.

Nackt stand sie vor ihrem Vater und dessen Männern. Schweigend und grinsend glotzten die sie an. Idun errötete und versuchte, sich mit ihren Händen zu bedecken.

Dann drückte Bragi sie aufs Stroh. Sofort zog sie die Felle über sich.

»Da hast du dir aber eine sittsame Hausfrau angeschafft«, rief einer von Thors Männern, ein Riese, dem das Fett aus dem schwarzen Bart tropfte.

»Wollen doch mal sehen, mit welchen Künsten sie dich erfreuen kann.«

Bragi legte sich neben sie. Er war böse, das sah sie seinen Augen an. Jetzt hatte sie ihm schon wieder Schande gemacht.

Die Männer klatschten in die Hände. Die Mägde lachten schallend. Idun kam sich vor wie die Priesterin beim Frühjahrsopfer. Die Luft war von derselben schweren Erwartung erfüllt.

Sie versuchte sich daran zu erinnern, was sie beim Opfer gesehen hatte. Alle tanzten, liebkosten einander mit eifrigen Händen. Alle waren froh. Hier war das ganz anders.

»Was soll ich tun?«, fragte sie ängstlich.

»Versuch so auszusehen, als ob du gern mit mir hier liegst. Dann gehen sie«, sagte Bragi wütend.

»Wie soll ich das denn machen?«, keuchte Idun.

Was wollte er, sollte sie tanzen? Ihn liebkosen? Sie konnte nicht mehr denken, in ihrem Kopf drehte sich alles. Die Männer klatschten noch immer in die Hände. Jetzt stimmten sie ein Lied an, über ein Mädchen, das den Geißböcken hinterherlief, weil sie keinen Kerl hatte. Und deshalb machte sie für alles Viehzeug die Beine breit.

Warum gingen sie nicht? Was erwartete er von ihr?

Wenn er es nur sagte, dann würde sie doch alles tun, um ihm eine Freude zu machen.

»Mach schon, es ist ja schließlich nicht das erste Mal. Du kannst doch immerhin so tun!«

Das Händeklatschen kam ihr vor wie Peitschenhiebe. Idun unterdrückte ein Schluchzen.

»Verzeih mir«, flüsterte sie.

»Verflucht«, fauchte Bragi und legte sich auf sie.

Die Männer jubelten und zogen sich dann einer nach dem anderen zurück. Idun schaute ihren Rücken entsetzt hinterher. Hinten an der Feuerstätte spielte jetzt jemand auf einer Flöte.

Bragis gerötetes Gesicht presste sich auf ihres. Er machte sich zwischen ihren Beinen zu schaffen, versuchte in sie einzudringen. Idun wurde eiskalt. Sie lag ganz still da, konnte sich nicht rühren. Dann erzwang er sich fluchend einen Weg in sie hinein. Idun biss die Zähne zusammen. Sie hatte das Gefühl, in Stücke gerissen zu werden. Aber sie musste das hier durchstehen, musste ihrem Mann mit ihrem Körper Freude machen.

Bragi keuchte. Zwischen Iduns Beinen brannte und schmerzte alles. Sie lag wieder auf dem Rücken im Wald. Ull verging sich an ihr. Seine Hände hielten ihre Handgelenke fest. Der Geruch von fauligem Laub füllte die Schlafbank.

Die Männer lachten sie aus. Sie war wertlos. Sie war nichts. Tränen liefen ihr über die Wangen.

Bragi stöhnte. Sie legte die Hand in seinen schweißnassen Nacken und schaute zur Feuerstelle.

Loki stand jetzt allein dort, er schaute zu ihr herüber. Obwohl sie wusste, dass man in der Dunkelheit nichts sehen konnte, hatte sie das Gefühl, in seine Augen zu blicken. Jetzt drehte auch Ull sich um und starrte sie missmutig an. Bragi stieß ein letztes Mal zu. Sein Körper erstarrte und bebte. Dann ließ er sich neben sie sinken, schweißnass und unzufrieden.

»Begreifst du nicht, dass du mir Schande machst, wenn du wie eine Holzpuppe im Bett liegst? Du hättest dich zeigen müssen, damit die anderen Kerle sehen, was sie niemals bekommen werden.«

Idun wischte sich die Tränen ab und schluckte.

»Verzeih mir.«

Sie zwang sich zu einem Lächeln, das um Entschuldigung bat.

»Wenn ich es nur vorher gewusst hätte.«

Bragi kehrte ihr den Rücken zu und legte sich zum Schlafen bereit.

»Du musst dich nach unseren Sitten erkundigen, wenn du hier leben willst«, murmelte er.

Sein Atem ging langsamer. Bald schlief er. Idun lag noch immer auf dem Rücken und starrte zu den Balken hoch. Ihre Oberschenkel klebten und sie musste sich dringend erleichtern. Aber auf keinen Fall würde sie sich jetzt aus dem Haus wagen.

Hinten bei der Feuerstelle lachten und tranken die Männer. Die Frauen standen daneben und redeten miteinander.

Idun zog sich das Fell bis ans Kinn und schlang die Arme darum. Dieser Abend war ganz anders verlaufen, als sie es gehofft und sich erträumt hatte. Aber Bragi hatte sie nicht verstoßen. Jetzt musste sie zeigen, dass sie seiner wert war, musste ihm in jeglicher Weise Freude machen. Sonst würde er sie nie wieder leiden können.

Sigrid taumelte mit gesenktem Kopf vorwärts. Ohne Hilfe konnte sie kaum noch einen Schritt machen.

Gefion sah zu, wie die Jungen sie an Bord von Åses Prachtschiff hoben. Sie waren spät dran, der Tag war schon weit fortgeschritten. Es waren zu wenige Helfer da gewesen, um Gefions Reichtümer auf das Schiff zu bringen. Jetzt war alles im Boot untergebracht, die Kisten mit Gold, Schilden, Schalen und Schmuckstücken.

Das Prachtschiff lag deshalb tief im Wasser.

Aber trotzdem hatte sie vieles zurücklassen müssen: Möbel, Salz, Vieh, Lebensmittel und vor allem Kupfer und Zinn, mit denen Vanaheim seit dem Morgen der Zeiten Handel getrieben hatte. Aber die Zeit des Bronzegusses war zu Ende und allein der Gedanke daran ließ Gefions Brust sich zusammenkrampfen. Den Drachenthron hatte sie aus freien Stücken zurückgelassen. Sie würde Vanaheim ja nicht für immer verlassen, sondern nur vorübergehend. Die Königin würde zurückkehren. Das mussten alle begreifen. Auch sie.

Gefion ging einige Schritte hinaus in das kalte Wasser, spürte, wie es durch ihre Schuhe drang und ihre Füße kühlte. Es war so weit.

Sie blieb stehen und schaute sich schweren Herzens um. Eine heruntergekommene Schar hatte sich am Ufer versammelt. Eir war die Älteste, der Rest bestand aus bleichen Mädchen und einigen Erwachsenen, die noch immer am Leben waren, sowie zwei von den jüngeren Priesterinnen. Ein kleines Mädchen weinte in den Armen ihrer Schwester.

Hinter ihnen standen Hütten und leere Fischgestelle, am Hang oberhalb von Gefions Halle lagen verbrannte Höfe. Ihr Reich war zerfallen und zerschlagen. Die, die nicht der schwarzen Seuche erlegen waren, waren zu Freunden auf dem Festland geflohen. Die kleine Schar am Strand war alles, was geblieben war.

In der Ferne erhoben die Grabhügel sich wie weiche Brüste. Dort waren seit dem Anbeginn der Zeiten ihre Ahninnen begraben worden. Deren Geister wachten über Gefions Geburtsrecht.

Gefion legte die Hand auf das Schwert ihrer Sippe, auf Sigil, um Kraft zu schöpfen. Von allen schweren Stunden, die sie in ihrem Leben durchgemacht hatte, war das hier die schwerste.

Sie ließ ihr Volk im Stich.

Sie verließ es. Aber nur für den Winter, danach würde sie mit einer gesunden Sigrid und mit ihrer Schwester Freya als Hohepriesterin zurückkehren.

Das Schiff war bereits schwer beladen und sie hatte so viel Gesinde samt Kindern und Verwandten mitgenommen, wie überhaupt nur Platz fand. Draußen in der Bucht wartete die Fischerin Ranhild mit ihrem voll beladenen Boot. Auch sie würde mit nach Alfheim segeln und Nachbarn und Verwandte in Sicherheit bringen.

Eir trat ans Wasser. Gefion ging ihr schweren Herzens entgegen.

»Du handelst klug. Fahr ohne Sorge, ich werde dein Reich hüten.«

»Ich schwöre, dass ich zurückkehren werden. Aber mein Reich ist größer als diese Insel. Die Küsten, Alfheim, Hallunga, die Häuptlinge im Süden, sie alle gehören dem Volk der Wanen an und sind mir untertan.«

Eir runzelte die Stirn.

»Willst du Alfhild herausfordern?«

»Sie muss sich wie alle anderen meiner Macht beugen.«

»Wie denn? Alfheims Königin besitzt Krieger und Gold«, flüsterte Eir.

Gefion warf so energisch den Kopf in den Nacken, dass ihre kurzen Haare gegen ihre Wange schlugen.

»Meine Stellung ist mein Schicksal und mein Recht.«

Eir senkte demütig den Kopf.

»Dann werde ich über dein Reich wachen, in dieser Welt und in der nächsten.«

»Du bist Vanaheims Licht. Danke für deinen Beistand«, sagte Gefion und drückte die Schulter der alten Priesterin.

Eir streichelte ihre Hand. Mehr gab es nicht zu sagen.

Gefion nahm Abschied von ihrem Volk und verließ das Ufer von Vanaheim.

Das Prachtschiff mit dem Schlangenkopf am Bug legte ab und verließ die Bucht von Vanaheim. Gefion stand bewegungslos da und sah zu, wie die Hügel der Insel verschwanden. Im Frühjahr würde sie zurückkehren, und dann würde alles so sein wie früher. Vanaheim würde auferstehen.

Sie riss ihren Blick von der Insel los. Das Schiff war voller Menschen – schlafende kleine Kinder, ängstliche Mädchen, Jugendliche voller Abenteuerlust und Mut. Sigrid ruhte auf ihrem Lager. Veber verteilte die wärmenden Felle, die Gefion aus der Halle mitgenommen hatte.

Sie hatten jetzt das offene Meer erreicht. Eiskalter Wind kam von achtern, füllte das Segel und ließ das Boot über die Wellen jagen.

»Kurs halten«, rief Gefion Anes Sohn am Steuerruder zu.

Zwei, drei Tage würden sie unterwegs sein. Sie schnupperte im

Wind und runzelte die Stirn. Sturm lag in der Luft. Hoffentlich blieb Ran ruhig, Gefion durfte nicht auch noch diese kostbare Ladung verlieren.

Die bleiche Sigrid setzte sich an Deck auf. Sie drückte sich die Hand auf den Mund.

»Musst du dich erbrechen?«

Sigrid schüttelte den Kopf.

»Ich fühle mich gar nicht gut«, sagte sie mit jämmerlicher Stimme.

»Mach dir keine Sorgen, bald wird es besser. In Alfheim findest du Heilung. Bald wird es dir wieder gut gehen, das schwöre ich dir.«

Sigrid versuchte zu lächeln, aber ihre Augen waren traurig. Sie glaubte Gefion nicht.

Ein Windstoß ließ das Boot sich aufbäumen wie ein Pferd. Der Wind wurde immer stärker. Verfluchtes launisches Herbstwetter, jeden Tag konnte es mehrere Male umschlagen. Gefion schaute hinaus auf das grauschwarze Meer und hüllte sich fester in ihren Umhang. In der Ferne kämpfte Ranhilds Boot mit den Wogen.

Es war schon Abend, sie müssten sich einen Unterschlupf für die Nacht suchen. Gefion befahl Anes Sohn, das Land anzusteuern.

Die Wellen wurden immer höher. Ran war schlechter Laune und die Dunkelheit brach herein. Das Boot jammerte, als die Meeresgöttin daran zog. Aber wohin sie sich auch wandten, überall erhoben sich die Wogen. Gefion überkam ein Gefühl bevorstehenden Unheils. Die wütende Ran hielt ihr Schicksal in den Händen.

Eine Welle schlug über die Längsseite herein. Gefion wäre fast umgeworfen worden. Sie rang nach Luft. Die Kinder schrien und weinten. Eine weitere Welle ergoss sich über die Reling.

»Refft das Segel«, brüllte Gefion.

Die Frauen schrien einander zu, sie kämpften bereits mit den Schoten. Etwas zerriss. Das Segel! Bei der elenden Opferquelle der Göttin, nicht jetzt!

Die Reste flatterten im Wind. Das Schiff hatte Schlagseite. Bei allen bösen Zaubern!

Gefion rannte zum Ruder. Eine weitere Welle schleuderte sie hilflos gegen die Reling. Ihr Kopf schlug gegen das Holz und ihr wurde schwarz vor Augen. Jetzt bekam sie wirklich Angst. Der Wind zerriss ihren Schrei.

Sie kämpfte sich auf die Füße. Eine Frau versuchte, zusammen mit Anes Sohn das Steuerruder in den Griff zu bekommen.

Gefion packte die glatte Reling und rang nach Luft.

Ein Schatten erhob sich über dem Schiff.

»Die Blutige«, flüsterte sie, ihr Mund war vor Furcht wie ausgedörrt.

Es war die Meistgefürchtete von Rans Töchtern, die Mörderin mit den blutigen Haaren.

Gefion warf sich über Sigrid, packte deren Leib. Gleich darauf brachen die Wellen mit ohrenbetäubendem Dröhnen über sie herein. Wirbelnde Kälte und übermächtige Stärke schlossen sich um sie.

Gefion klammerte sich an Sigrid fest, als sie in die eiskalte Tiefe gerissen wurden. Greip, die Greiferin, zog sie ins Reich ihrer Mutter. Rans Töchter umfingen sie mit ihren nassen Armen. Sie fielen zu Boden, waren verloren in der eiskalten Finsternis. Tausend Bilder tanzten durch Gefions Kopf. Etwas traf ihre Schulter, sie merkte es kaum. Es fiel ihr immer schwerer, Sigrid festzuhalten. Ihre Arme und Finger wurden taub. Verdammt! Sollte sie hier sterben wie ein Fisch im Netz? Nie im Leben! Sie hatte nicht vor, sich kampflos zu ergeben.

Der Zorn weckte ihre letzten Kräfte. Gefion strampelte mit den Beinen, befreite sich aus Greips Zugriff. Sie kämpfte wütend gegen die Wassermassen, zwang sich nach oben. Sigrid lag schwer in ihren Armen. Gefions Kräfte gingen zur Neige. Ihre Lunge drohte zu bersten. Weiße Flecken tanzten vor ihren Augen. Dann brach sie durch den Wasserspiegel. Gefion schnappte röchelnd nach Luft. Sigrid hustete in ihrer Umarmung. Sie lebte!

Gefion schaute sich zwischen den Wellen um. Ihr Schiff war verschwunden. Die Kinder! Die Frauen!

Ihr ganzer Reichtum, die gesammelten Schätze ihrer Sippe.

Sie schrie wie ein Tier.

»Ran, du goldhungrige Hündin. Möge dein Reich austrocknen!«

»Sei still«, flehte Sigrid. »Hol nicht noch mehr Unglück über uns.«

Gefion schlug wütend mit der Faust ins Wasser.

»Halte deinen Sturm an, Räuberin. Hast du denn immer noch nicht genug?«

Das Wasser um sie herum war voller Gegenstände und Holzstücke. Nicht weit von ihnen entfernt sah Gefion einen kleinen Rücken, bewegungslos trieb er in den Wellen.

Gefion schluchzte verzweifelt. Die Kinder.

Sie trat Wasser, um nicht unterzugehen, aber das Schwert zog sie nach unten und Sigrid wurde in ihren Armen immer schwerer. Atemlos griff sie nach dem Schwert. Sigil war seit dem Morgen der Zeiten von einer Königin an die andere vererbt worden. Es war das Einzige, was ihr noch blieb. Sie versank im Wasser. Entsetzt kämpfte sie sich wieder nach oben. Rang nach Luft. Sigrid hing um ihren Hals, die Kranke zitterte vor Kälte. Gefions Beine waren vor Erschöpfung nicht mehr zu spüren. Sie musste sich entscheiden, was sie loslassen wollte. Sigrid oder Sigil. Die Wellen wiegten sie auf und ab.

Sollten alle ungerechten Mächte doch in Nifelheim brennen.

Gefion betastete den Ledergürtel um ihre Hüften und versuchte, mit steifen Fingern das Schwert zu lösen.

Vergeblich. Sie legte die Hand auf das Schwert und wollte es schon aus der Scheide ziehen, als auf dem Wasser ein Schatten vorüberglitt. Ein Stück Holz. Endlich ein wenig Glück.

Gefion kämpfte sich hinüber, was schwer war, mit Sigrid im Arm und Sigil an der Hüfte. Endlich konnte sie das rettende Holz ergreifen, es war ein Stück vom Mast. Es war glatt und mit steifgefrorenen Händen nicht leicht zu fassen. Aber sie konnten keuchend Luft holen, als sie sich festgeklammert hatten. Gefion war erschöpft. Bald hätte sie keine Kräfte mehr.

»Ran, ich bitte dich. Du hast alles bekommen, was du wolltest«, sagte sie zähneklappernd.

Gleich darauf legte der Wind sich. Die Meereskönigin schien ihr Flehen gehört zu haben. Gefion versuchte verzweifelt einen klaren Gedanken zu fassen. Ihr Körper war so starr, dass sie ihn kaum noch spürte.

Ihre Kräfte versiegten, bald würde alles zu Ende sein.

»Ich kann nicht mehr«, flüsterte Sigrid.

Gefion küsste sie auf den Mund. Es musste einen Ausweg geben, es musste Hilfe geben. Nicht einmal die Göttin konnte so unbarmherzig sein.

»Komm her, Ran, dann werde ich dich zu Rauch verbrennen!«

Gefion brüllte ihre Wut über die Ungerechtigkeit der Meereshündin aus sich heraus, schrie angesichts ihres verfluchten Schicksals. Als sie verstummte, hörte sie in der Dunkelheit leise Rufe. Gefion schaute sich um. In der Ferne leuchtete eine Fackel.

»Hierher. Hier sind wir«, rief sie.

Der Anblick des flackernden Lichtes, das jetzt näher kam, erschien ihr als Wunder. Gefion schüttelte Sigrid, lachte und weinte. Ranhilds kleines Boot kämpfte sich schwer und überladen durch die Wellen.

Die Göttin hatte sie verschont. Bald zogen starke Arme Gefion über die Reling. Ein Mantel wurde um ihre Schultern gelegt. Ihr Körper zitterte vor Kälte, aber zugleich war sie so glücklich, dass sie es kaum spürte.

Die Fischerin stand am Ruder und spähte suchend über das Wasser.

»Ranhild sagt, dass sie suchen wird, bis es keine Hoffnung mehr gibt«, sagte eine Frau von Vilkeskär. Ihre Lippen waren blau, ihre graubraunen Haare jedoch trocken. Sie hatte sich das richtige Boot für die Reise ausgesucht.

Gefion krümmte sich unter ihrem Umhang. Ihre Zähne klapperten so sehr, dass ihr Kopf schmerzte. Das Boot war überfüllt, sogar ein Kind, ein kleiner Junge, war aus Rans Fängen gerettet worden.

Der Wind hatte sich gelegt. Gefion bleckte die Zähne und fluchte leise. Jetzt war die Meeresgöttin wohl zufrieden, die triefnasse Sau.

»Wie viele habt ihr aufgefischt?«

»Mit euch beiden sind es sechs«, sagte die Frau von Vilkeskär.

»Es war ein seltsamer Anblick, das Meer wollte dein Schiff verschlingen, das war deutlich zu sehen. Nur um euch herum ragten die Wellen so hoch auf. Ich verstehe das nicht.«

Gefion zog sich mit zitternden Händen den Umhang um die Schultern. Wams und Beinkleider klebten eiskalt an ihrem Körper. Verdammte Kälte. Die saugte jegliche Lebenskraft aus ihr heraus.

»Die gierige Ran verlangte Vanaheims Reichtum. Und jetzt konnte sie ihn mit einem Bissen verschlingen«, sagte sie bitter.

»Warum strafen die Mächte uns so hart?«

Die Frau von Vilkeskär musterte sie verzweifelt.

»Wenn wir unser Ziel erreicht haben, ist es vorüber«, sagte Gefion.

So war es. Sie würden überleben und wenn sie Alfheim erreicht hätten, würde alles wieder gut werden.

Das Boot wiegte sich im Abendwind. Die Überlebenden schauten wie gelähmt auf das Wasser. Irgendjemand jammerte, eine Frau weinte leise.

Gefion legte die Arme um Sigrid und zog sie an sich, um ihr Wärme zu schenken. Sie hatte an diesem Tag so viele Schätze verloren und nur Sigrid und Sigil behalten dürfen.

Gefion ballte die Fäuste und schaute über das Wasser. Sie würde schon dafür sorgen, dass sie auch weiterhin beide behalten könnte. Nie mehr würde sie etwas verlieren. Es konnte kein Zufall sein, dass ihr das Schwert ihrer Ahninnen gelassen worden war. Sie begriff durchaus, was das bedeutete.

Die Nacht war ein endloser Kampf. Sie drückten sich aneinander, um sich zu wärmen. Die Eingeschlafenen wurden gekniffen und geschüttelt. Trotzdem starb ein Mädchen, das noch nicht einmal die erste Monatsblutung gehabt hatte, still und schweigsam ging sie in die Nachwelt ein. Sie versenkten sie in den Wellen. Während der schmächtige Leichnam vom Boot fortgetrieben wurde, sprach Gefion über Mut und Ausdauer.

Als sie verstummt war, sah sie die Menschen im Boot an.

»Wir werden überleben. Ist euch das klar?«

Die anderen nickten müde.

»Dort beginnt das Sommermeer, dort gehen wir an Land, ja?« Ranhild zeigte eilig auf einige Felsen. Sie hatte eine Hand auf dem Steuerruder liegen und lenkte Segel und Schoten. Ihre blonden Haare waren kurz geschnitten, sie machte ein düsteres Gesicht.

»Ja, halte auf die Insel dahinten zu«, sagte Gefion.

Ranhild hatte Recht. Sie brauchten Ruhe und Wärme. Ungeduldig wartete sie, bis das Boot angelegt hatte. Endlich Land. Gefion half Sigrid aus dem Boot. Bald flackerte unter der Felswand ein Leben spendendes Feuer auf. Stumm wärmten sich Vanaheims Überlebende. Es wurde dunkel und sie hielten es alle für besser, hier zu schlafen, als durch die Nacht zu segeln. Außerdem brauchte Ran Ruhe.

In der Morgendämmerung stachen sie dann wieder in See. Ihre Stimmung war besser geworden, denn sie hatten gegessen und waren jetzt trocken. Aber es war fast schon wieder dunkel, als sie endlich Alfheim erreichten. Alvarins Totenhaus glitt an ihnen vorüber, und bald zeichnete Alfhilds Halle sich vor dem Nebel ab. Die Hunde bellten.

Gefion spuckte ins Wasser und sah Sigrid an. Sie schlief wieder, das Fieber ließ ihren Körper glühen. Hoffentlich konnte die verdammte Freya sich um sie kümmern. Sonst würde Gefion ihre Schwester mit bloßen Händen zerreißen. Und Alfhild sollte sich ja in Acht nehmen. Gefion besaß zwar kein Gold mehr, aber sie hatte nicht vor, um die Gunst ihrer Verwandten zu betteln. Ein falsches Wort, und sie würde der Königin den Dolch in den Leib jagen.

Der Klang eines einsamen Horns schallte über das Wasser. Gefion stand auf und schaute zum Ufer hinüber. Sigvard und seine Krieger wachten, bereit, sich Freunden und Feinden zu stellen.

Sie rief ihren Namen, dann schwieg sie, bis das Boot das Ufer erreicht hatte.

»Verwandte, unser wärmstes Willkommen sei dir gewiss«, rief Alfhild und trat aus den Schatten heraus.

»Was ist passiert?«

»Vanaheim ist in der Finsternis versunken. Unsere Heimatinsel gibt es nicht mehr.«

Alfhild erbleichte. Sie sah mit großen Augen zu, wie Gefion und die Frauen im Boot sich sammelten, um an Land zu steigen.

»Kommt, wärmt euch an meiner Feuerstätte.«

Schon bald saßen sie am wärmenden Feuer.

Die Priesterinnen hatten Sigrid in ihre Obhut genommen.

Alfhilds Hausfrau lief herum und schrie Befehle, alle Mägde rannten umher und holten, was immer benötigt wurde. Die Mädchen aus dem Boot schauten sich verwirrt um, als sie in Umhänge gehüllt wurden und plötzlich Schüsseln mit dampfendem Essen in Händen hielten. Viele weinten vor Verzweiflung.

Gefion hob die Hände über das Feuer und spürte, wie ihr Körper langsam zum Leben erwachte.

»Wo ist meine Schwester?«, fragte sie Alfhild.

»Sie ist vor einer Mondwanderung von Alfheim fortgesegelt. Nur die Göttin weiß, wo sie sich jetzt aufhält.«

Gefion starrte ins Feuer, sie hatte das Gefühl, noch einmal zum Meeresboden gezogen zu werden. Dieses Feuer, diese Halle waren nur ein Traum.

Sie schloss die Augen und spürte, wie ihr Körper sie verriet. Greip lachte, sie hatte am Ende doch noch gewonnen. Es gab keine Luft mehr, der Kampf war zu Ende. Gefion konnte Sigrid nicht mehr festhalten. Sigrid entglitt ihren starr gefrorenen Armen. Ihre blonden Haare wehten wie Seegras, als sie zitternd starb. Gefion stürzte in die Verzweiflung.

In der Ferne bellten die Hunde. Alle redeten, Stimmen von draußen wurden laut, Wind fegte durch die Tür. Gefion kniff die Augen zusammen. Sie konnte nichts mehr aufnehmen.

»Beim Zeichen der Göttin, was sind das für seltsame Mächte, die sich heute Abend bewegen?«, fragte Alfhild neben ihr.

Gefion öffnete langsam die Augen.

Auf der anderen Seite der Feuerstätte stand eine Frau mit einem wahnsinnigen Lächeln auf den Lippen. Ihre dunklen Kleider hingen ihr in Fetzen um den Leib.

Gefion schüttelte den Kopf. Das war Freyas Trugbild. Ein rotes Zeichen leuchtete auf ihrer Stirn. Ihre feuchten Haare klebten an ihrem Kopf. Sie schien eben erst Rans Reich entstiegen zu sein.

Freya legte stolz die Hand auf einige Stöcke und Steine, die sie um den Hals trug.

»Sei gegrüßt, Schwester. Hier habe ich Brisingamen, unsere Rettung.«

Langsam richtete Gefion sich auf. Sie sprach, also konnte sie nicht tot sein.

»Ich bin es«, sagte die dunkel Gekleidete mit sanfter Stimme.

»Du verdammte Hündin, wie konntest du Vanaheim im Stich lassen? Wie konntest du mich im Stich lassen? Ich spucke auf dein Zeichen. Ich verfluche das bittere Schicksal, das für deine Geburt gesorgt hat«, schrie Gefion und warf ihren Umhang zu Boden.

Ihre letzte Hoffnung starb hier und jetzt auf Alfhilds Boden. Alles war vergebens gewesen. Freya war verrückt. Gefion ließ sich wieder auf die Bank sinken.

Freya staunte über ihre wütende Schwester. Jetzt war sie doch hier. Spürte Gefion denn nicht Brisingamens goldglänzende Kraft?

Gefion war sicher vor Kummer wahnsinnig geworden. Freya liebkoste ihr Halsband. So musste es sein. Gefion brauchte sie. Sie hatte während der ganzen Fahrt hierher die Nähe ihrer Schwester gespürt. Der Untergang hatte im Wind gelegen. Ruhelos hatte sie darauf gewartet, endlich hier in Alfheim an Land gehen zu können, wo Sigvard sie am Strand erwartet und ihr erzählt hatte, was geschehen war.

Der Schmerz um Vanaheim war so groß, dass sie sich ihm nicht stellen konnte. Er betäubte sie, fraß ihre Kraft. Aber jetzt musste sie stark sein. Ihrer Schwester zuliebe.

»Ich wünschte, ich wäre an deiner Seite gewesen«, sagte Freya.

Gefions Wut ließ die Luft in der Halle beben.

»Wünschen und im Stich lassen, das hast du immer besonders gut gekonnt.«

»Ich musste das hier finden.«

Freya legte die Hand auf Brisingamen und spürte, wie dessen Kraft ihre Hand wärmte.

Gefion schlug die Hände vors Gesicht und seufzte tief.

»Du hast den Verstand verloren, Schwester. Sicher hat ein Geist dich nach dem Schmuck geschickt, oder ein Flüstern in der Luft, vielleicht ein Bach, der dich betört hat. Verstehst du nicht, dass du nicht gescheit bist«, rief sie und entriss einer Magd einen Becher Met, leerte ihn mit einem Zug und warf ihn ins Feuer.

Im Langhaus war es ganz still. Die Menschen starrten sie überrascht an. Die Flüchtlinge aus Vanaheim kämpften mit den Tränen.

Freya seufzte tief. Die arme Gefion, ganz allein hatte sie diese Last getragen. Langsam ging sie an dicht besetzten Bänken vorbei und trat neben Gefion.

»Jetzt bin ich hier, Schwesterchen, um dir zu helfen. Ich kann deinen Zorn und deine Enttäuschung ja verstehen.«

Sie nahm Gefions Hand und legte sie an ihre Brust.

»Aber wenn du meine Hilfe willst, dann solltest du deine Zunge besser hüten«, sagte Freya so leise, dass nur ihre Schwester es hören konnte.

Das ging nur sie beide an, denn alle hörten ihnen zu und jedes Wort würde bis an das Ende der Zeiten weitererzählt werden.

Gefion riss wütend ihre Hand zurück.

»Hochmütig und klug wie eh und je. Sogar jetzt suhlst du dich in Überlegenheit. Aber ich bin deine Königin, zeig mir deine Achtung, denn von Geburt her stehe ich hoch über dir.«

Freya biss die Zähne zusammen und spürte, wie ihr alter Zorn zum Leben erwachte. Hier kam sie zu Gefion, in Freundschaft und mit der Waffe, die die schwarze Seuche besiegen konnte, aber ihr wurde nur Unverständnis und Misstrauen entgegengebracht. Räudige Hündin. Wenn alles noch so gewesen wäre wie früher, hätte sie eine Kampffessel auf ihre scharfzüngige Schwester geworfen.

Aber sie hatte geschworen, sich zu demütigen.

Jede maß die Stärke der anderen. Dann schlug Gefion die Augen nieder.

»Sigrid hat die schwarze Seuche, ich wollte dich um Hilfe bitten«, sagte sie einlenkend.

Freya reckte sich würdevoll. Das war ein guter Anfang. Jetzt konnte sie Brisingamens Macht zeigen.

»Führ mich zu ihr. Ich werde ihre Krankheit bezwingen.«

Gefion starrte sie wütend an.

»Auch ich trauere«, flüsterte Freya.

Die Worte blieben ihr im Hals stecken. Vanaheim war zerstört, erinnerte sie sich.

Der Boden bebte unter ihren Füßen. Lachende Frauen tanzten auf den weichen Hügeln der Insel. Priesterinnen sangen bei den heiligen Steinen ihre Gebete. Ihr Zuhause. Ihr Leben.

Der Schmerz drohte Freya zu überwältigen.

Gefion hatte Recht. Sie hätte da sein müssen. Wenn sie Brisingamen nur früher gefunden hätte. Die Stimmen in ihr erhoben sich flüsternd.

»Verräterin, Lügnerin. Du warst zu langsam, zu träge«, höhnten sie.

Die Schmerzen schlossen sich um Freyas Kopf wie eine steinerne Haube.

Sie war schuld daran, dass Vanaheim von der Finsternis verschlungen worden war. Wenn sie das Halsband früher gefunden hätte, hätte sie den Untergang der Insel verhindern können.

»Mutter ist tot«, sagte Gefion.

Freya zuckte zusammen. Åse war tot.

»Bewahre Haltung«, fauchte Gefion. »Vergiss nicht, wer du bist. Mach dich hier nicht vor aller Augen zum Gespött.«

Diese Worte waren wie ein Echo aus der Vergangenheit. Freya sah sich als Kind in der Halle ihrer Mutter. Åse saß auf dem Drachenthron, beängstigend und würdevoll.

»Hör auf zu heulen, Freya. Zeig Würde.«

Die Worte schmerzten wie Peitschenhiebe. Åse musterte sie voller Abscheu.

Freya wischte sich mit ihrer Patschhand eine Träne ab. Sie war noch klein, ein Kind nur.

»Verzeih mir, Mutter.«

Vergeblich kämpfte sie mit ihrer Trauer. Sie musste ihrer Mutter Freude machen. Sie durfte nicht auf ihren Schoß klettern. Sie musste Würde zeigen. Freya schloss die Augen. Ihr Körper zitterte vor Sehnsucht. Wenn Åse sie doch nur in die Arme nehmen könnte. Wenn sie nur aufhörte, sie voller Abscheu anzustarren.

»Ich werde euch zu der Kranken führen«, kam Alfhilds Stimme von weither.

Freya kehrte in die Wirklichkeit von Alfheim zurück. Verzweifelt klammerte sie sich an Brisingamen, griff zu dessen Stärke, um ihre Trauer zu vertreiben.

Das Verlorene konnte sie nicht zurückholen. Åse war tot. Die Zeit für eine Versöhnung war verstrichen. Idun tauchte aus den Schatten auf. Freya schluckte ihre Sehnsucht hinunter.

»Gehen wir?«, flüsterte sie.

Die Nachtluft vertrieb die Vergangenheit, Freyas Gedanken klärten sich, als sie auf die Heilhütte zugingen.

Alfhild lief mit raschen Schritten vor ihr her. Obwohl die Königin das zu verbergen suchte, war sie zufrieden. Alfheim war das Reich, das durch Vanaheims Untergang am meisten zu gewinnen hatte. Jetzt hielt Alfhild die Macht in der Hand.

Freya schaute verstohlen zu Gefion hinüber und hätte gern gewusst, was diese jetzt vorhatte. Das Schicksal schien sie beide auszulachen. Einst hatte Freya geschworen, in Vanaheim niemals Zwietracht zuzulassen, weil die Insel dann untergehen würde. Sie hatte ihre Heimat verlassen und ihr Heimweh und ihr Verlangen nach ihrer rechtmäßigen Macht verdrängt. Und weil sie nichts getan hatte, hatte sie ihr Volk verurteilt. Vanaheim war nicht mehr und Freya war daran schuld, aber wenn sie hingefahren wäre, dann wären Alfhild und deren Reich untergegangen.

Ein Riss im Nachthimmel zeigte die Sterne. Verbittert schaute Freya zur Göttin empor, unmenschlich und ganz allein lenkte diese zusammen mit ihren Töchtern die Welt.

Die Menschen waren Spielfiguren in ihren Händen, wehrlos wurden sie gezwungen, den Fäden im Lebensgewebe der Nornen zu folgen. Sie konnten nur hilflos um Erbarmen betteln. Aber jetzt besaß Freya eine Waffe, mit der sie ihr Schicksal ändern konnte.

Freya lief über den kalten Hof zur Hütte, in der Freyr gestorben war. Gefion ging mit zusammengebissenen Zähnen neben ihr her.

»Dein Zorn wird dich noch zerreißen, Schwester. Kämpf nicht dagegen an, lass ihn dich verschlingen. Deine Wut ist deine Stärke.«

Gefion schüttelte überrascht den Kopf.

»Hast du den Verstand verloren? Kannst du die schwarze Seuche heilen, oder hat die Finsternis dich verschlungen?«

»Den Verstand verloren?«

Freya lachte kurz und trat in die Wärme der Hütte.

Sot hockte neben einem nackten Mädchen, das klapperdürr war und Beulen unter den Armen hatte. Sigtjaud und Wiborg zerstampften Kräuter. Sie starrten Freya an wie einen Geist.

»Da bist du ja wieder. Der Name der Göttin sei gepriesen«, flüsterte Wiborg.

»Hast du dich unter meinem Umhang wohl gefühlt?«, fragte Freya.

»Lieber äße ich Zehennägel«, sagte Wiborg ernst.

Njörunn glitt hinter Freya, ihre Augen waren erfüllt von der stillen Trauer, die sich ihrer bemächtigt hatte, seit Freya aus der Höhle zurückgekehrt war.

Freya ging neben der Kranken in die Hocke und legte ihren Umhang ab. Für einen Moment verwandelte Sigrid sich in Freyr, doch sie war nicht so krank wie Freyas Bruder es gewesen war, als er hier auf der Strohmatte gelegen hatte.

Trotzdem war keine Zeit zu verlieren.

»Ich bin so weit«, verkündete sie und die Priesterinnen trafen ihre Vorbereitungen.

Je länger Freya Sigrids Brust betrachtete, umso deutlicher war der Fluch zu sehen. Die dunklen Fäden schlangen sich um ihren Körper.

Freya legte den Kopf schräg und lächelte. Dann legte sie der

Kranken beide Hände auf und glitt in die Krankheit hinein. Es ging leicht, wie durch warme Butter.

Brisingamens Stärke strömte aus Freyas Händen in den Fluch. Ihre Finger brannten wie Feuer. Die Krankheit wurde entzündet, ein Faden nach dem anderen verließ den Körper der Kranken. Sie stiegen zum Strohdach der Hütte empor und lösten sich zu einem vagen Staub auf. Dann war alles vorüber.

Freya hob die Hände und musterte sie überrascht. Wie konnte das alles so einfach sein? Ihr Geist war nicht einmal gereist, es hatte keinen Kampf gegeben, nichts.

Brisingamen kam auf ihrer Brust zur Ruhe. Sein Licht erfüllte Freya mit warmer Freude.

Die Kranke sah sie erleichtert und ängstlich an.

»Du bist geheilt.«

Freya lachte die Priesterinnen an.

»Es geht. Ich habe es geschafft.«

Keine sagte auch nur ein Wort, nicht einmal Njörunn, die verlegen von einem Fuß auf den anderen trat.

»Geht es ihr besser?«

Gefion setzte sich neben Sigrid und streichelte sanft ihre Haare.

Freya strahlte vor Glück.

»Ich schwöre es bei dem goldenen Brisingamen, das ich um den Hals trage.«

Gefions Blick verdüsterte sich.

»Holst du daher deine Kraft? Aus einem Halsband aus Holz und Stein«, sagte sie ungläubig und drückte die Hand der Kranken.

»Was redest du da? Seht ihr nicht die goldene Macht des Geschmeides?«

Freya blickte die anderen erstaunt an und streichelte Brisingamens Gold. Aber die Priesterinnen schüttelten die Köpfe.

»Ihr glaubt wirklich, dass ich den Verstand verloren habe.«

Sie erhob sich.

»Egal. Ihr werdet schon noch begreifen, wer hier blind ist.«

10

Gefion gähnte und setzte sich auf. Neben ihr schlief Sigrid mit ruhigem Atem. Die Hütte stank nach altem Ruß und nach Kräutern. Eine leere Holzschale lag zusammen mit ein wenig Rinde auf dem Boden. Es war kalt. Die Winterkälte stieg aus dem Boden. Sie fröstelte und zog das von Sigrids Schultern gerutschte Elchfell hoch. An der Wand war Holz aufgestapelt. Sie könnte also dem erloschenen Feuer Leben einhauchen.

Gefion rieb sich schlaftrunken die Augen, während der Tag langsam Gestalt annahm. Sie wusste nicht mehr, was sie glauben sollte. Vanaheims Untergang, Rans Diebstahl ihres Schiffes und jetzt auch noch Freya, die Abfall um den Hals trug und als Gold ausgab.

Eine verrückte Schwester war das Letzte, was sie brauchen konnte.

Aber dennoch. Sie hob das Fell hoch und musterte Sigrids Beulen. Die waren über Nacht doch kleiner geworden?

Die Tür öffnete sich und knarrte dabei. Kaum dachte man an jemanden, schon stand diese Person auf der Schwelle. Freya kam mit einer Breischale in der Hand herein. Sie sah heute vernünftiger aus, ihr Blick war ruhiger, sie hatte sich die Haare geflochten und trug saubere, unversehrte Kleider.

Gefion erhob sich.

»Sie hat ruhig geschlafen«, sagte sie und nahm die Schale entgegen.

Die Schale enthielt Roggengrütze mit etwas Honig. Gierig verzehrte Gefion die Mahlzeit. Zwischendurch schaute sie immer wieder Freya, die an Sigrids Beulen roch, besorgt an.

»Die sehen besser aus«, sagte Freya endlich.

Gefion atmete erleichtert auf. Es würde gut gehen. Alles würde sich zum Besten wenden.

»Was hast du jetzt vor?«

Gefion musterte ihre Schwester überrascht. Wie konnte sie eine solche Frage stellen?

»Mich rächen«, antwortete sie.

Freya sah ihre Schwester mit ernster Miene an. Sie war wirklich abgemagert. Die Haut spannte sich über ihren Wangenknochen wie bei einem bettelarmen Dienstmädchen.

»Die schwarze Seuche ist von einer gewissen Hyndla geschickt worden, die Gorm dient«, sagte Freya dann.

Gefion zerbrach ein Stück Holz und warf die Teile ins Feuer. Sie flammten auf wie die Höfe, die sie in Vanaheim hatte verbrennen müssen. Ihr sterbendes Volk war in den Flammen zu sehen. Hyndla.

»Ich werde ihr die Leber herausschneiden und sie auf dem Scheiterhaufen verbrennen«, fauchte Gefion und schaute verstohlen zu Freyas Hals mit der seltsamen Kette hinüber.

»Hilfst du mir? Oder lässt du mich auch diesmal im Stich?«

Freya spürte, wie der Zorn in ihr aufstieg. Aber sie durfte Gefion nicht böse sein. Jetzt mussten sie zusammenhalten.

»Zwei Schwestern, Seite an Seite. Ich werde Hyndla gegenübertreten und sie von dieser Erde fortbrennen«, erwiderte Freya.

Gefion lächelte zufrieden und beugte sich tiefer über das Feuer. Erst jetzt sah Freya die Furchen um ihre Augen. Die Zeit hatte ihrer Schwester zugesetzt. Das hatte sie früher nicht bemerkt.

»Kannst du sie besiegen?«, fragte Gefion.

Freya reckte sich.

»Mit Brisingamen kann ich alles.«

Gefion biss sich auf die Lippe. Sie schien nicht überzeugt zu sein.

»Ich sehe nur Stöckchen und Steine.«

Freya schüttelte eifrig den Kopf.

»Das ist Hels Blendwerk. Hier, fass es an.«

Sie packte Gefions Hand, presste sie auf das funkelnde Gold.

Aber die Schwester machte ein verständnisloses Gesicht. Wütend ließ Freya ihre Hand los. Hel war wahrlich treulos und grausam. Keine ihrer Beschwörungen konnte das Blendwerk der Todesgöttin entlarven. Und nun hielten alle sie für wahnsinnig.

»Ich bin nicht verrückt«, sagte sie ernst.

»Solange du die schwarze Seuche heilst, kannst du machen, was du willst«, sagte Gefion müde.

Freya sah ihr schweigend beim Essen zu. Sie wartete, sammelte sich. Gefion begann zu erzählen.

»Es war schlimm in Vanaheim. Sie sind verfault und dann gestorben. Sie mussten leiden. Junge, Alte. Kinder.«

Freya starrte in die Flammen und kämpfte mit ihrer Trauer.

»Erzähl von Mutter.«

Gefion seufzte tief.

»Sie war am Ende nur noch verwirrt«, antwortete sie sachlich.

Freya spielte mit einem geschnitzten Holzstück, das bei Geburten verwendet wurde. Sie fuhr mit den Fingern über die rauen Zahnspuren.

»Hat sie mich jemals erwähnt?«

Ihre Stimme klang wie die eines kleinen Mädchens.

Gefion sah sie an.

»Ab und zu klärten sich ihre Gedanken. Und da hat es ihr Leid getan, dass sie uns so verletzt hat. Ich glaube, sie hatte Sehnsucht nach dir.«

Freya versuchte zu schlucken, aber ein kalter Kloß steckte ihr im Hals. Sie begann, mit dem Stöckchen auf dem Boden eine Spirale zu zeichnen.

»Ich habe Snotra erstochen«, sagte Gefion ernst.

Freya grinste.

»Das ehrt dich«, meinte sie und erwiderte den Blick ihrer Schwester.

»Wenn du anstelle von Snotra Hohepriesterin geworden wärst, wäre Vanaheim nicht untergegangen. Dann wäre alles noch vorhanden.«

Gefions Augen wurden schwarz vor Verzweiflung. Freya schüttelte langsam den Kopf. Die ganze Nacht war sie wach gelegen und hatte sich darüber den Kopf zerbrochen.

»Nein. Ich hätte nichts ändern können«, widersprach sie.

Die Trauer um Vanaheim kehrte zurück, so tief und betäubend, dass sie unfassbar schien. Es war ihr Traum gewesen, heimzukehren, ihr Ziel. Jetzt war alles verschwunden. Mit einem Schlag ausgelöscht. Von Hyndla.

Freya erschauerte. Die Rache könnte sie läutern, das war Hels Wille, das war es, was ihr Leben und ihre Sippe forderten. Rache. Dieses Wort schmeckte süß und lebendig.

»Ran hat unseren Reichtum verschlungen, uns bleibt vom Sippenschatz nur noch Sigil«, sagte Gefion trotzig und legte die Hand auf das Schwert.

Ihr Gesicht verwandelte sich in das des kleinen Kindes, an das Freya sich noch erinnerte. Eigenwillig, stur und streitlustiger als zwei Hengste zwischen brünstigen Stuten.

»Du hast überlebt und bist mit dem Schwert zu mir gekommen. Das hat einen Sinn.«

Gefions Miene war unergründlich.

»Wir werden Vanaheim wieder aufbauen«, erklärte sie.

»Ich hoffe, du hast Recht«, erwiderte Freya und trank aus einem Holzbecher einen Schluck Wasser.

»Du hast eine Tochter«, sagte Gefion.

Freya nickte stumm. Das Atmen fiel ihr schwer.

»Erzähl, mit wem hat sie Ähnlichkeit? Ist Mutters Blut stark in ihr?«

Freya schloss die Augen, sah Idun vor sich. Damals, als sie sich von Hnoss verabschiedet hatte. Die Tote war so klein, als sie auf ihrer Bahre lag. Ihre Haare waren wie gesponnenes Gold um ihr bleiches Gesicht. Das Licht ihres Lebens war erloschen.

Idun war untröstlich. Sie wollte Hnoss nicht verlassen, weinend wachte sie über ihrer Schwester, bis der Leichnam geholt wurde.

Idun hatte ihre Schwester geliebt. Obwohl sie nur drei Jahre älter gewesen war, hatte sie sich wie eine Mutter um Hnoss gekümmert. Idun hatte mit ihr gespielt, hatte ihre Schritte bewacht.

Aber dann hatte Hnoss sich weggeschlichen und sich das Genick gebrochen.

Idun umarmte den leblosen Leib ihrer Schwester, küsste ihre Wangen. Freya schaute schweigend zu. Sie konnte nichts empfinden und keinen Gedanken fassen.

Sie konnte ihr totes Kind nicht einmal anfassen.

Idun schaute mit flehenden Augen zu ihr auf. Sie wirkte wie ein geschlagener Hund. Ihre roten Haare, Thors verfluchtes Erbe, hingen offen und ungeflochten um ihr vom Weinen entstelltes Gesicht.

»Bitte, verzeih mir, Mama. Ich hätte auf sie aufpassen müssen«, flehte Idun und weinte, bis ihr zarter Körper nur noch zitterte.

»Aber das hast du nicht«, sagte Freya. »Jetzt ist sie tot und du bist daran schuld.«

»Erzähl von Idun«, sagte Gefion noch einmal.

Freya kehrte in die Wirklichkeit zurück. Das Feuer knisterte und knackte. Die Luft war verräuchert. Sie drückte sich die Hand gegen den Hals und zwang sich zum Antworten.

»Idun ähnelt weder dir noch mir. Sie ist mild wie ein Sommerwind und kennt sich mit Näharbeiten und Hofarbeit aus. Wenn sie sich um die Apfelbäume kümmert, tragen sie süße Früchte.«

Freya verstummte. Mehr konnte sie nicht sagen.

»Das hört sich wahrlich nach einem fremden Vogel in unserem Nest an. Über unsere Ahninnen kann man doch sagen, was man will, aber besonders tüchtige Näherinnen sind sie nie gewesen«, sagte Gefion grinsend. »Wo ist die Kleine? Wann kann ich sie kennen lernen?«

Freya erwiderte den Blick ihrer Schwester.

»Thor hat sie gestohlen«, flüsterte sie.

Gefion riss die Augen auf.

»Gestohlen?«

»Er hat sie mit sich nach Idunvallen gelockt.«

»Warum sollte ein Wanenmädchen Thor folgen?«

Freya seufzte tief. Musste Gefion alles aufwühlen, sie war ja schlimmer als ein Schwein in einem Eichenwald.

»Thor ist ihr Vater. Und offenbar hat sie sich mit einem von Thors Kriegern herumgetrieben.«

»Ach, so war das also. Das hatten wir ja schon mal.«

Gefion grinste so breit, dass Freya die Breireste zwischen ihren Zähnen sehen konnte.

»Jetzt erfährst du also selber, wie das ist. Mutter fand es auch nicht lustig, als du damals mit Thor durchgebrannt bist. Das Leben ist eine Spirale, alles wiederholt sich.«

Gefion streckte die Hand nach Sigil aus, das hinter ihr auf der Bank lag. Es klirrte leise, als sie die blanke Klinge aus der Scheide zog.

»Aber diesmal werden wir eingreifen.«

Freya sah ihre Schwester an. So musste es sein. Sie würde Idun um Verzeihung bitten, sie würden sich versöhnen. Die Schlinge um ihren Hals löste sich. Dankbar atmete sie auf.

»Thor wird gegen Gorm in den Krieg ziehen. Er will, dass ich ihn begleite und gegen Hyndla kämpfe«, sagte Freya.

»Sehr gut, das kommt ja wie gerufen«, sagte Gefion und legte die Hand auf Sigrid.

Die schlief noch immer, sie atmete ruhig, ihr dünner Leib strahlte eine gesunde Ruhe aus. Gefion fuhr ihr sanft über die Haare und musterte sie mit einem Blick, den Freya noch nie an ihrer Schwester gesehen hatte.

Dieser Blick erfüllte sie mit Neid. Zahllose Liebhaber jagten an ihrem inneren Auge vorbei. Gut aussehende Burschen. Aber welcher davon hatte sie je mit einem solchen Blick bedacht? Nur einer.

Vor Sehnsucht krampfte ihr Herz sich zusammen. Das hier war ihre letzte Zeit im Leben.

Aber das, was sie begehrte, konnte sie nicht bekommen.

Freya erhob sich, mahnte zur Eile.

»Meine Priesterinnen werden sich um deine Frau kümmern. Wir wollen sofort aufbrechen«, sagte sie und verließ die Hütte.

In Alfhilds Halle waren alle wach. Die Königin war schon frisiert und angezogen, als Freya an ihr Lager eilte.

»Ich segele nach Idunvallen«, sagte Freya.

»Du wirst Begleitung haben«, antwortete Alfhild unwillig und blickte Sigvard, der gerade sein Schwert umschnallte, wütend an.

Er war kampfbereit. Freya schaute sich um. Seine Männer packten ihre Ranzen und machten sich bereit zum Aufbruch.

»Wenn die Asen gegen Gorm in den Krieg ziehen, müssen wir sie begleiten. Das verlangt unsere Ehre«, verkündete Sigvard.

»Streitlust und Stehstange, das sind deine Probleme. Vanaheim ist untergegangen. Es ist nicht mehr da! Sollen denn noch mehr Wanen für den Asenhäuptling sterben? Nie im Leben! Das verbiete ich!«, fauchte Alfhild.

»Diese Macht hast du nicht«, rief Gefion.

Freya fuhr überrascht herum. Ihre Schwester trat hocherhobenen Hauptes in die Halle und legte dabei die Hand auf Sigil.

»Dein Gemahl hat Recht, Alfhild. Wir müssen den Asen beistehen und mein Volk rächen. Das verlange ich, die Königin der Wanen.«

Gefions Stimme hallte durch den Saal.

Alfheims Königin schnappte verstört nach Luft. Aber Gefion stand unerschütterlich vor ihr und erwiderte den Blick.

Die Luft zwischen den beiden Königinnen zitterte vor Spannung. Freya trat einen Schritt zurück. Sie kam sich vor wie mitten in einem Unwetter.

»Du hast kein Recht, meinem Mann in meinem Reich Befehle zu erteilen«, sagte Alfhild, eher erschüttert als wütend.

»Ich bin Vanaheims Königin und du bist mir untertan«, erwiderte Gefion.

Freya staunte. Das also war aus ihrer kleinen Schwester geworden, eine echte Königin, in Geist und Gestalt. Es konnte kein Zweifel daran bestehen, welche der beiden Königinnen die überlegene war.

»Du bist wahnsinnig. Alles, was du hattest, hast du verloren. Das ist mein Reich. Meins«, sagte Alfhild mit schriller Stimme.

Fast hätte sie die Fassung verloren. Und das hatte Freya noch nie erlebt. Jetzt ging ihr auf, worin die beiden Königinnen sich unterschieden.

Die Königin von Alfheim war noch nie herausgefordert worden. Ihr Platz im Leben war selbstverständlich gewesen, genau wie die Macht, die die Göttin ihr geschenkt hatte. Alfhild war alles in den Schoß gefallen. Gefion dagegen hatte schon als Kind kämpfen müssen. Sie war unter den quänischen Kriegerinnen aufgewachsen, war von deren Königin Göndul in Jagd und Kampfkunst ausgebildet worden.

Danach hatte Åse sie gelehrt, die Gemüter der Menschen zu lenken.

»Ich schwöre, dass ich unser Volk rächen werde. Ich werde meine Pflicht den Toten gegenüber erfüllen. Möge Vanaheim nicht vergeblich untergegangen sein, mögen die Toten Frieden im Blut unserer Feinde finden.«

Jede Frau und jeder Mann in der Halle stimmten ihr da zu.

»Folgt mir und tötet die Hexe, die mein Volk mit der schwarzen Seuche geschlagen hat.«

»Ehre sei Königin Gefion«, rief Freya.

Die Hofleute stimmten jubelnd ein. Die Krieger zogen ihre Schwerter, hoben sie zu Gefions Ehren, Freya lächelte vor sich hin.

Das hier war der letzte Dolchstoß in Alfhilds Rücken. Sie war geschlagen, und sie wusste es. Jetzt versuchte sie, die Reste ihrer Macht zu retten.

»Du hast Recht, Königin Gefion. Verzeih meine harten Worte. Die Trauer um Vanaheim hat mein Gemüt verwirrt. Du sollst alles haben, was du begehrst.«

Gefion steckte das Schwert zurück in die Scheide.

»Wir gehören beide zum Volk der Wanen, wir müssen dem Feind einig gegenübertreten.«

Alfhild senkte den Kopf.

»Ich brauche gute Krieger«, rief Gefion. »Ich kann euch keine glattzüngigen Versprechungen machen. Der Feind ist stark, viele werden den Tod finden.«

Sie verstummte und stemmte die Hände in die Seiten. Im Langhaus war es ganz still. Sogar die Kinder schwiegen.

»Wir stehen am Rande des Untergangs. Aber die Göttin wird über uns wachen, denn wir kämpfen für eine gerechte Sache.«

Gefion hob ihr Schwert. Sigil strahlte in der dunklen Halle wie Sternenlicht.

»Folgt mir und gewinnt Unsterblichkeit!«

Stolz erhob sich eine stämmige Frau aus Vanaheim.

»Ich folge dir, Königin.«

Ihre Worte lösten eine Sturzflut aus Gelöbnissen aus. Bald drängten sich alle um Gefion.

Freya war überrascht und sprachlos.

»Sie ist wirklich erwachsen geworden«, sagte Njörunn und lehnte sich an die Wand.

»Sie ist die reine Sagenkönigin«, erwiderte Freya.

»Ach was«, Njörunn grinste und musterte Freya von Kopf bis Fuß. »Du bist ja wirklich auch nicht schlecht.«

Das Schiff aus Alfheim war schwer beladen. Die Krieger drängten sich auf dem Deck.

Hallwi zündete in der steinernen Brandpfanne ein Feuer an und hängte die Pfanne dann über das Feuer.

Sigvard hatte eine Hand auf das Steuerruder und die andere auf den Sonnenstein gelegt. Kaum zeigte die Sonne sich zwischen den Wolken, da hob er den rauen Stein und sah nach, wie das Licht darauf fiel. Mithilfe des Steines und einer runden Scheibe mit einem Stab in der Mitte konnte er ihre Position bestimmen. Sigvard Weitfahrer machte seinem Namen wirklich alle Ehre.

Freya trat zu Gefion, die angespannt war wie ein Bogen und seit dem Aufbruch aus Alfheim kaum einen Moment still gesessen hatte.

»Du hast Alfhild ja wirklich und wahrhaftig in ihre Schranken gewiesen«, sagte Freya lächelnd.

Gefion kratzte sich im Nacken.

»Ich habe eine Hohepriesterin ermordet, ich habe meine Mutter und mein Volk sterben sehen. Glaubst du, da kann eine Kleinkönigin mir noch Angst machen?«

Freya blickte ihre Schwester forschend an. Ihre Stärke schien plötzlich zu zerbrechen. Abgrundtiefe Verzweiflung war in den braunen Augen zu ahnen. Die Trauer um Vanaheim schien sie von innen her zu zerfressen.

»Reiß dich zusammen. Die Göttin steht der bei, die sich selbst hilft.«

»Die Göttin?« Gefion lief tiefrot an. »Was hat die Göttin denn für mich getan?«

Sie spuckte ins Wasser.

»Die Muttergöttin und ihre neun Dirnen von Töchtern, Ran, die Mondgöttin, Hel, ich hab sie alle so satt. Wohin wir uns auch drehen und wenden, überall steht eine Göttin und verlangt Geschenke und Opfer.«

Sie beugte sich über die Reling und schrie ins blaugraue Wasser.

»Ich werde nie mehr vor Göttinnen kriechen.«

Freya schloss die Augen und murmelte einen Friedenszauber. Gefion war wahnsinnig, wie konnte sie es wagen, die Mächte herauszufordern? Das würde sie alle noch teuer zu stehen kommen.

Ran bewegte sich verärgert, ihr Geruch drängte durch das Wasser nach oben. Ein silbriger Rücken glitzerte zwischen den Wogen.

»Greip, meine Freundin, ich grüße dich«, rief Freya.

Rans Tochter tauchte kurz im Schaum auf und übermittelte Freya:

»Meine Mutter ist erzürnt über deine Schwester. Das wird sich rächen.«

Die langen Arme der Greiferin streckten sich im Wasser aus, immer auf der Suche nach einem neuen Opfer, immer hungrig auf Leben.

»Gefion hat vor Kummer den Verstand verloren, ich flehe euch an, habt Erbarmen. Ihr habt bereits alles Gold unseres Reiches verschlungen. Und viele Wanen habt ihr zu euch geholt.«

Das Wasser kochte in leuchtendem Silber. Greips Arme wogten hin und her.

»Habe ich Gefion nicht losgelassen, als mir aufgegangen ist, dass sie deine Schwester ist? Habe ich mich nicht erbarmt?«, flüsterte Rans Tochter.

Freya beugte sich über die Reling.

»Schöne Greip, bitte deine mächtige Mutter, uns auf unserer Fahrt beizustehen. Wenn alles gut geht, werdet ihr funkelndes Gold und blutvolle Körper erhalten. Das schwöre ich euch.«

Greip blitzte kurz auf und verschwand in der Tiefe.

Freya richtete sich mit klopfendem Herzen auf. Das war schlimm. Ran konnte sie alle verschlingen. Hoffentlich hatte sie sie besänftigen können.

Wütend sah sie ihre Schwester an.

»Hast du denn vollständig den Verstand verloren? Jetzt hältst du den Mund! Verstehst du nicht, dass du uns ins Verderben stürzt?«, schrie sie.

Gefion schüttelte überrascht den Kopf.

»Ich werde schweigen. Aber nenn mich nicht wahnsinnig. Immerhin unterhalte ich mich nicht mit Seegras.«

Thor kratzte sich am Bart. Der Wind stank nach Reifthursen. Bald würden die Kälteriesen über das Meer tanzen und ihnen den Weg versperren. Die Zeit zum Aufbruch war gekommen.

Er seufzte tief.

Mit seinen zwölf Männern sollte er die größte Streitmacht bezwingen, über die irgendein König jemals verfügt hatte. Außerdem würden Gorms Männer sich für den Winter versammelt haben. Schlimmer hätte die Lage gar nicht sein können.

Trotzdem hatte er keine Wahl.

Zuerst legte er sich den Umhang um die Schultern, hüllte sich dann in ein Wolfsfell und fuhr schließlich mit der Hand über Mjölnir und sein Schwert. Thor lächelte seine Söhne an, die ihm mit großen Augen dabei zusahen.

Er hatte sich bereits unter vier Augen von jedem verabschiedet.

Siv reichte ihm den Ranzen aus Hirschleder.

»Sei vorsichtig, aber liefere einen guten Kampf.«

Schweigend erwiderte er ihren Blick. Worte waren zu unbedeutend, wenn ein Mann in den Kampf ziehen musste.

Thor und seine Krieger würden auf der Göteninsel fallen. Das hier war ihre Todesfahrt.

Er seufzte. Hinten an der Feuerstätte umarmte Bragi Idun, nicht heiß und hungrig, sondern freundlich wie ein Bruder. Thor hoffte wirklich, dass das Mädchen bereits ein Kind unter dem Herzen trug, eine andere Erinnerung an ihren Gatten würde sie nicht haben.

Er streichelte die Köpfe seiner Söhne.

»Nicht vergessen, seid lieb zu eurer Mutter.«

»Das verspreche ich«, sagte einer nach dem anderen.

Ihre Wangen mochten verdreckt sein, ihre Augen aber leuchteten vor Intelligenz. Seine Söhne. Sein Alles.

Es würde schwer für sie sein, den Vater zu verlieren. Hoffentlich würde seine Sippe sich gut um sie kümmern. Aber dafür würde Siv schon sorgen. Solange sie am Leben war, brauchte er sich um seine Söhne keine Sorgen zu machen. Ungeschickt streichelte er die Wange seiner Hausfrau.

»Dann geht's los«, sagte er.

Schweren Herzens ging er, gefolgt von Bragi, über den Hofplatz. Loki wartete schon, zusammen mit den anderen. Der Schamane hob den mit einem Zaubertrank gefüllten Kraftbecher.

»Trink dich stark, Asenkrieger!«

Der Götenschädel unter Thors Händen war blank und abgegriffen. Thor nahm einen großen Schluck, es schmeckte bitter und abgestanden, dann reichte er den Becher weiter.

Loki trank als Letzter. Er hob den Becher zu den Wolken und nahm dem Feind seine Kraft.

Als er den Schädel sinken ließ, hörten sie vom Strand her Rufe.

»Ein Wanenboot!«

Thor rannte aufgeregt zum Ufer. Das flachbödige Schiff kam soeben in die Bucht gesegelt. Gesegnete Hoffnung. Er grinste breit.

»Freya ist doch noch gekommen. Du hast Recht gehabt«, rief Ull überrascht.

»Ein wenig Ehre haben die Wanen also doch noch im Leib. Seht, da ist Sigvard«, sagte Baldur zufrieden.

Thor atmete auf. Er hatte Recht behalten. Während dieser ganzen schweren Wartezeit hatte er Recht gehabt. Das hier änderte alles.

Freya stieg als Erste an Land. Thor runzelte die Stirn, als die magere Wahnsinnsgestalt auf ihn zukam. Was hatte sie denn da für Stöckchen um den Hals? Und das Zeichen auf der Stirn, was mochte das bedeuten?

Er ging ihr entgegen, ganz allein erwartete er sie. Verdammte Hündin, auf das hier hatte er gehofft, seit sie Alfheim verlassen hatten. Sie hätte ihm so viel Verzweiflung ersparen können, wenn er nur gewusst hätte, dass sie kommen würde.

»Zufrieden?«

Ihre Stimme klang lässig und herausfordernd zugleich.

»Ich habe Tiwaz gebeten, dich kommen zu lassen«, erwiderte er aufrichtig.

Die grünen Augen funkelten vor Zorn.

»Ich sollte dich zu Asche verbrennen«, fauchte sie. Aber Thor war zu erleichtert, um sich auf einen Streit einzulassen.

»Ohne dich kann ich Gorm nicht besiegen«, sagte er.

»Du hast meine Tochter gestohlen.«

Freyas Augen funkelten, das Zeichen auf ihrer Stirn war flammend rot. Was war das für eine fremde Kraft, die sie in Besitz genommen hatte?

»Unsere Tochter ist uns aus freiem Willen gefolgt. Einst hast du dich entschieden, mir zu folgen. Weißt du noch?«

Sie schnaubte und zog wütend ihren Umhang zurecht.

»Ich hatte ja wohl kaum eine andere Wahl.«

»Damals hast du mir das Leben gerettet. Ich hoffe, du wirst das jetzt wieder tun«, sagte Thor.

Langsam erlosch die Wut in den grünen Augen.

»Das hoffe ich auch«, sagte sie.

Freya schaute zu Thor auf. Sie konnte ihn nicht hassen, nicht jetzt, niemals. Die Vergangenheit musste ruhen. Vor dem Schicksal, das jetzt auf sie wartete, verblichen die früheren Unstimmigkeiten.

Die Begegnung mit Hyndla würde ihr Tod sein. Während der Überfahrt war diese Gewissheit in ihr immer stärker geworden. Jetzt ging es nur noch um Versöhnung.

»Wo ist unsere Tochter?«

Thor schaute zum Haus hinüber.

»Dort hinten, nehme ich an.«

»Ich bin Gefion, die Königin von Vanaheim. Falls das irgendwen interessiert.«

Thor fuhr zusammen und begrüßte Freyas Schwester dann höflich.

»Ich hoffe, du bringst Hilfe, Königin.«

»Ich werde Gorms Hündin auf einen Baum spießen und über ihr jämmerliches Flehen lachen, während sie verblutet. Das ist die Hilfe, die ich dir anbieten kann.«

»Und die ich gern annehme«, sagte Thor zufrieden.

Gefion ließ ihren Blick nicht von seinen Augen weichen.

»Mein Volk ist euch großen Dank dafür schuldig, dass ihr allein gegen Gorm gekämpft habt. Jetzt möchte ich das wieder gutmachen. Lass uns dieses verdammte Arschloch besiegen oder gemeinsam sterben.«

Freyas Blicke suchten Idun. Idun stand ein Stück hinter den Männern, halb versteckt hinter einer windgebeutelten Tanne. Mein Mädchen. Freya trat vorsichtig vor.

Idun sah verängstigt aus. Ihr Zopf war verschwunden, ihre Haarsträhnen ragten unter ihrer Lederhaube hervor.

»Sie haben dich also so schnell wie möglich verheiratet«, sagte Freya und seufzte tief.

Idun schien mit den Tränen zu kämpfen, dann aber hob sie den Kopf und riss sich zusammen.

»Verzeih mir, Mutter, dass ich dich ohne ein Wort verlassen habe.«

Idun zeigte eine Entschlossenheit, die Freya noch nie an ihr gesehen hatte. Idun verschränkte die Hände vor ihrem Bauch, sie schwankte zwischen Angst und Würde.

»Ich bin dir nicht böse«, sagte Freya so freundlich, wie sie nur konnte.

Sie musste ruhig und besonnen sein, wenn sie das zerrissene Band flicken wollte.

Es war ihre Schuld, dass Idun hierher geflohen war. Sie hatte das Mädchen vernachlässigt.

»Ist das der Mann, mit dem du unter den Hammer getreten bist?«

Freya musterte den bildschönen Jüngling neben Thor.

»Ja, Mutter«, antwortete Idun stolz.

Wie hatte sie nur so einem Trottel nachlaufen können? Der war doch hohl wie eine Meeresgrotte.

Freya biss die Zähne zusammen. Sie musste ihre Zunge hüten, musste die Fehler der Vergangenheit vorsichtig überspielen.

»Ist hier auf dem Hof irgendjemand krank?«

Idun schüttelte den Kopf.

»Behandeln sie dich gut?«

Idun nickte.

Ihre Wangen waren vom Wind gerötet. Sie war so klein, wie sie hier stand, dünn und elend. Ihre Blicke waren von Angst erfüllt. Sie hatte Angst vor ihrer eigenen Mutter.

In Alfheim hatte Idun oft so ausgesehen. Freya erinnerte sich an eine Situation, als Idun auf dem Hofplatz mit den Hunden gespielt hatte; bei Freyas Anblick war ihr Lächeln erloschen und sie hatte so ausgesehen wie jetzt.

Freya hüllte sich in ihren Umhang, wie um sich vor ihren Schuldgefühlen zu schützen.

Was hatte sie angerichtet?

Sie sah ihre eigene Mutter vor sich, wie sie auf dem Drachenthron in Vanaheim saß, spürte die bohrende Sehnsucht danach, ihr nahe zu sein. Aber Åse, die große Königin, hatte sie voller Kälte gemustert. Hatte Freya sich ebenso verhalten?

Was war sie doch für eine blinde Närrin gewesen.

Das Leben war eine Spirale. Was einmal passiert ist, wird sich wiederholen, bis in alle Ewigkeit. Nur wenn man einen neuen Weg einschlägt, kann man den Kreis durchbrechen. Das ist das größte Geschenk an die Menschheit und ihre ärgste Last.

»Du bist zu Hause immer willkommen. Bei mir«, sagte Freya mit sanfter Stimme.

Für einen Moment huschte Kummer über Iduns Gesicht. Sie flüsterte etwas, das im Wind nicht zu hören war.

»Was sagst du?«

Freya trat so dicht an ihre Tochter heran, dass sie den Geruch von Kochgrube und Rauch wahrnahm. Sie legte die Hand auf den sommersprossigen Arm, streichelte ihn ein wenig.

»Ich will bei meinem Gatten bleiben«, sagte Idun mit heiserer Stimme und krümmte sich wie ein geprügelter Hund.

Freya musterte sie überrascht. Begriff sie denn nicht, dass sie zu ihrem eigenen Volk gehörte? Dort lag doch ihre Zukunft.

»Sei nicht wahnsinnig. Du kannst nicht wie eine Leibeigene leben. Ich werde dafür sorgen, dass sie dich nach Hause bringen«, sagte Freya und gab sich alle Mühe, um ihre Stimme ruhig klingen zu lassen.

Idun entriss ihr ihren Arm.

»Nein, Mutter. Meine Entscheidung steht fest.«

Was hatten sie nur mit dem Mädchen angestellt?

»Du weißt nicht, wofür du dich entschieden hast.«

Freyas Stimme klang wütender, als sie das gewollt hatte. Besorgt biss sie sich auf die Lippe, aber es war zu spät, um ihre Worte zurückzunehmen.

Idun trat einen Schritt zurück.

»Gute Fahrt auf deiner Reise.«

Noch ehe Freya den Mund aufmachen konnte, rannte Idun mit wehendem Umhang zum Hof hinüber.

Es war hoffnungslos. Warum wollte sie nicht hören? Merkte sie denn nicht, wie sehr Freya an einer Versöhnung gelegen war?

»Wir brechen auf. Zur Göteninsel«, rief Gefion.

Freya sah hilflos zu, wie Iduns Rücken hinter dem Gebüsch am Hang verschwand. Und dann war sie nicht mehr zu sehen.

Ihre Tochter hätte sie ja wohl wenigstens ausreden lassen können, ehe sie davongestürzt war. Begriff sie nicht, welche Sorgen Freya sich um sie machte?

Schweren Herzens ging sie auf das Boot zu. Freya starrte zu Boden. Sie hatte versagt.

»Freya.«

Diese Stimme kannte sie von früher her. Eine beleibte Frau trat ihr in den Weg. Das gerötete Gesicht kannte Freya, es war die vor Gift triefende Siv.

»Wo ist der Dolch, den du mir in den Rücken stoßen willst?«

Siv hob abwehrend die Hände.

»Ich habe mich gut um deine Kleine gekümmert.«

Freya starrte ihre ehemalige Freundin wütend an. Deren Stimme und Blick wirkten aufrichtig, aber niemand war falscher als Siv, das hatte Freya lernen müssen.

»Du also hast das Gemüt meiner Tochter gegen mich gekehrt. Du bist wohl nie zufrieden, du schlangenzüngige Hündin. Es hat nicht gereicht, mich zu verleumden, jetzt willst du auch noch Iduns Leben zerstören.«

Siv schnappte nach Atem wie ein Fisch an Land. Freya grinste spöttisch.

»Ich warne dich, wenn du meiner Tochter auch nur ein Haar krümmst, dann werde ich deine Kinder umbringen, eins nach dem anderen.«

Siv war durch diese Drohung so erschüttert, dass sie kaum sprechen konnte.

»Wenn du meine Jungen anrührst, dann reiße ich dir das Herz aus dem Leib. Falsch und giftig, das bist du. Wenn Idun nicht so ganz anders wäre als du, dann hätte ich sie längst von diesen Stränden vertrieben«, brachte sie endlich heraus.

»Komm, Schwester, wir müssen in den Kampf segeln«, rief Gefion vom Boot her.

Freya musterte Siv von Kopf bis Fuß. Sivs Worte hatten sie ein wenig beruhigt. Vielleicht wagte sie wirklich nicht, Idun das Leben schwer zu machen. Thor war ja schließlich der Vater der Kleinen.

»Grüß Idun und sag, dass sie nichts zu befürchten hat. Ich wache über sie, in diesem Leben und im nächsten.«

Siv schaute zu Boden.

»Unter einer Bedingung werde ich ihr das sagen.«

Freya schaute ihre Feindin überrascht an.

»Sorg dafür, dass Thor überlebt.«

Freya lächelte bitter.

»Dann hat jede von uns ihre Geisel.«

Sie kehrte Siv den Rücken zu und lief über die nassen Steine davon.

Die anderen waren schon an Bord gegangen.

Verräterische Siv, ob sie jetzt, als Thors Dienerin, wohl zufrieden war? Sie hatte alles bekommen, was sie sich gewünscht hatte, und dafür hatte sie mit ihren Schwestern und ihrem Volk bezahlen müssen.

Hallwi half Freya an Bord. Freya lehnte sich an die Reling und zog die Schuhe aus.

Der Wind füllte die grauen Segel der Asen, fegte ihr Schiff hinaus aufs offene Meer.

Thor stand mit verschränkten Armen am Bug. Seine langen roten Haare flogen im Wind. Bronze funkelte auf seinem Mantel und an seinem Gürtel, das Wolfsfell über seinen Schultern ließ ihn noch größer aussehen.

Über ihnen verdunkelte sich der Himmel. Eine seltsame Dunkelheit zog sich über das eiskalte Meer. Die Luft verstummte.

Freya lief zum Bug. Sie konnten das Ufer schon nicht mehr sehen, jetzt waren sie auf unruhigem Meer unterwegs.

Hyndlas Nähe war überall zu spüren. Sie reiste mit den Winden, die Wellen waren ihre Augen. Sie sah sie alle, wartete, wachte. Bereitete sich auf den letzten Kampf vor.

Freya legte die Hand auf Brisingamen, streichelte das Gold.

Die Sonne wurde schwächer, glitt immer weiter weg, hinein in Unheil verkündenden Schatten.

Sie würden durch die ewige Nacht reisen. Mächtig war die Priesterin, die sie heraufbeschwören konnte. Freya fühlte sich vom Zweifel wie gelähmt. Wie sollte sie diese Hyndla besiegen können, die doch die Kraft einer Göttin besaß?

Das Schiff der Asen jagte über die Wellen. Thor stand am Bug, zielstrebig und unbezwinglich. Er fürchtete weder den Himmel noch die Mächte. Jetzt, wo es keine Hoffnung mehr gab, würde er trotzdem kämpfen.

Das war Thors größte Stärke.

Freya musste ihm folgen und es ihm nachtun. Vor ihrem Tod würde sie Hyndla überwinden. Sie würde weiterkämpfen, wenn die Hoffnung erloschen war und die Dunkelheit sich um sie schloss.

»Wir werden dem Ende gemeinsam begegnen. Mehr kann ich nicht verlangen«, flüsterte sie Thor zu.

Aber der Wind zerfetzte ihre Worte.

Der Sturm brach los.

Idun wanderte über eine einsame Heide. Der Sturm riss an ihrer nassen Kleidung. Um sie herum war alles öde und leer.

Sie hätte sich fürchten müssen, aber sie hatte diesen Traum nicht zum ersten Mal. Alles war ihr vertraut. Eine Frau nahm zwischen den Schatten neben ihr Gestalt an. Es war Freya. Ihr Blick war sanft und besorgt.

»Was ist los, Mutter, was belastet dich?«

»Ich habe dir so Unrecht getan«, sagte Freya traurig und verschwand in der endlosen Heide.

In der Ferne schrie ein Vogel.

Idun riss die Augen auf. Kehrte zur Schlafbank und in die Wirklichkeit zurück. Das Stroh stach ihr in den Rücken, die Jungen schnarchten. Sie zog sich das Fell über den Kopf. Noch war Nacht, das spürte sie. Bald würde eine weitere dieser seltsamen Dämmerungen einen kalten Tag bringen. Aber noch nicht.

Idun kuschelte sich unter dem Schaffell zusammen und sah die traurige Freya vor sich. Jede Nacht kam derselbe Traum. Es war so seltsam. Freya würde so etwas doch niemals sagen.

Allerdings war sie bei ihrer Begegnung am Strand freundlich gewesen. Sie hatte gesagt, Idun sei zu Hause immer willkommen. Noch nie hatte ihre Mutter so zu ihr gesprochen.

Idun knabberte an einem Fingernagel.

Sie hatte sich in ihrem ganzen Leben nicht so gefürchtet wie an dem Tag, an dem sie Freya getrotzt hatte, aber ihr war nichts anderes übrig geblieben.

Sicher hatte Siv Recht: Sie war eine erwachsene Frau mit einem eigenen Ehemann. Und da musste sie Würde zeigen und konnte nicht zu ihrer Mutter nach Hause fliehen, wenn irgendwo ein Problem auftauchte.

Idun drehte sich fröstelnd auf die Seite. Sie war jetzt erwachsen.

Eine leichte Übelkeit machte sich in ihrem Magen breit. Nicht schon wieder. Idun atmete tief durch. Von der Feuerstätte her breitete sich ein Licht aus. Es hatte schon jemand Feuer gemacht.

Die Übelkeit wurde immer stärker. Sie hatte das Gefühl, jetzt schon seit einer Ewigkeit müde und krank zu sein. Ein bitterer Geschmack war in ihrem Mund, wie von verdorbener Milch.

Idun setzte sich auf. Sie brauchte nur etwas zu essen, dann würde die Übelkeit sich legen. Sie zog ihren Rock an und legte sich den Umhang um die Schultern, dann schlich sie zur Feuerstätte.

Siv kniete vor den Flammen, sie schien weit weg zu sein. Ihr Gesicht war entspannt, ihr Blick in die Ferne gerichtet.

»Du siehst aus wie die Priesterinnen auf der Insel«, sagte Idun überrascht.

Siv fuhr zusammen und schaute Idun wütend an.

»Verzeihung«, flüsterte Idun.

Sie hatte Siv nicht verärgern wollen.

Siv richtete sich auf und wischte ihren Rock ab.

»Erzähl ja nicht weiter, was du hier gesehen hast«, sagte sie mürrisch.

»Das verspreche ich«, versicherte Idun.

»Ich habe die Männer gesucht. Wer weiß, wie es ihnen in diesen bösen Zeiten wohl geht. Mitten am Tag ist es bereits dunkel. In der Luft hängt sehr viel Bosheit, das kannst du mir glauben.«

Idun erstarrte.

Sivs Gesicht wurde weicher, sie setzte sich auf die Bank und warf ein Stück Holz ins Feuer. Idun schaute zu den Urnen hinüber. Sollte sie es wagen, sich ein Stück Brot zu holen? Besser, sie wartete noch einen Moment. Sie ließ sich auf den Sitzstock sinken und rückte so nah ans Feuer, wie das überhaupt nur möglich war.

»Kannst du zaubern?«

Siv beugte sich vor und flüsterte:

»Ich besitze meine Fähigkeiten noch, auch wenn unwissende Asen das gar nicht gern sehen. Schwachsinnige Narren.«

Siv sah wirklich traurig aus. Offenbar hatte sie Heimweh nach Vanaheim. Vanaheim war aber auch der schönste Ort auf der Welt. Die Heimatinsel der Wanen. Auch Idun hätte diese Insel zu gern einmal gesehen.

»Hast du Vanaheim Thors wegen verlassen?«

Siv lachte düster.

»Thors wegen? Nein.«

Leises Schnarchen war von den Schlafbänken zu hören, das trockene Holz knackte im Feuer.

»Wer hat dich denn dazu gebracht, Vanaheim zu verlassen? Wo du doch sogar Priesterin warst«, fragte Idun.

»Freyr«, flüsterte Siv in die Flammen. »Mein schöner Freyr.«

Idun musterte die verträumt vor sich hin blickende Siv. Der Alfenpriester musste eine ganz einzigartige Persönlichkeit gewesen sein. Alle sagten nur Gutes über ihn. Fast hätte man Freyr für einen Gott halten können.

Idun konnte ihren Blick nicht von Siv losreißen.

Die Übelkeit kam und ging, wie Wellen an einem Strand.

»Aber du wolltest doch mit Thor zusammenwohnen«, sagte sie vorsichtig und hielt sich die Hand vor den Mund.

Siv riss ihren Blick vom Feuer los.

»Er brauchte eine Frau auf seinem Hof und als er deine Mutter nicht bekommen konnte, nahm er mich. Ich habe in all diesen Jahren in Freyas Schatten gelebt, und jetzt sitzt du an meiner Feuerstätte.«

Langsam schüttelte sie den Kopf.

Idun spielte an ihrem Rock herum. Niemals wollte sie so werden wie Siv, nie. Bragi würde nach Hause kommen. Sie würde alles wieder gutmachen. Zwischen ihnen würde wieder Freude herrschen.

Da war sie sich sicher.

Jetzt schlug die Übelkeit aus vollen Kräften zu. Sie presste die Hand auf den Mund, beugte sich vor. Eine Leibeigene hatte seit Tagen Durchfall, bestimmt hatte sie sich angesteckt.

»Sieh an«, sagte Siv. »Da hast du dir ja schnell ein Kind in den Bauch geholt.«

Idun schaute verdutzt auf.

Siv grinste sie freundlich an.

»Das ist unmöglich.«

»Wirklich? Hat niemand seine Stange in dich geschoben? Was glaubst du denn, woher die Kinder kommen?«

Sie kniff Idun in die eine Brust.

»Tut das weh?«

Idun nickte stumm.

»Hoffentlich ist es ein blonder Knabe. Bragi hätte sicher nicht gern Lokis Schlangenbrut als Erstgeborenen.«

Ein Kind. Eine ganz neue Freude breitete sich in Idun aus und ließ sie ganz schwach und warm werden. Ein eigenes Kind. Sie würde ein weiches Neugeborenes in den Armen halten. Endlich würde sie ein Kind haben, das seine Mutter einfach liebte. Idun fuhr sich verwundert mit den Händen über den Bauch. Konnte das denn stimmen?

Dann erkannte sie den Ernst der Lage.

»Was passiert, wenn es nicht Bragis Kind ist?«

Siv zuckte düster mit den Schultern.

»Wenn es ganz schlimm kommt, dann setzt er es für die Wölfe aus.«

Idun kämpfte mit einer Ohnmacht.

»Aber ich bin doch die Mutter.«

»Andere Länder, andere Sitten. Die Asen sind nicht wie die Wanen. Bragi kann entscheiden, ob er dem Kind einen Namen geben und es als sein eigenes anerkennen will. Und du hast dich seinem Willen brav zu beugen.«

Idun presste die Hände auf ihren Bauch. Nie im Leben dürfte jemand ihrem Kind etwas tun. Lieber wollte sie sterben.

»Was soll ich denn machen?«

»Ganz ruhig bleiben«, riet Siv. »Jetzt gehen wir ein Problem nach dem anderen an. Zuerst muss Bragi nach Hause kommen, und die Gefahr ist groß, dass er im Kampf fällt. Dann musst du das Kindbett überleben. Die Männer brauchen ihren Krieg, aber unser Schlachtfeld ist das Stroh, wo wir schreiend und blutend ihre Kinder zur Welt bringen. Aber wenn es ein Junge ist, der aussieht wie Loki, dann wird Bragi ihn fortschaffen. Bragi ist nicht wie Thor, der sich um jeden Wurm kümmert, der hier zu Welt kommt. Bragi will seine eigenen Kinder. Und sie sind doch auch noch keine Menschen, wenn sie ganz neugeboren sind, nur blutige Würmchen ohne Gefühle oder Verstand. Sie wissen nicht einmal, ob sie leben oder tot sind.«

Nun liefen Idun die Tränen über die Wangen.

»Wenn er mein Kind umbringt, nehme ich mir das Leben.«

»Aber, aber. Ganz ruhig, Kind. Genauso gut kann es doch Bragis Sohn sein, den du unter dem Herzen trägst. Und dann wird er alles tun, was du wünschst und begehrst. Halte einfach den Mund, Kleine, und hoffe aufs Beste. Das ist der einzige Rat, den ich dir geben kann. Und vergiss nicht, dass du viele Kinder bekommen wirst. Dieses eine ist doch nicht so wichtig.«

»Und wenn es von Ull ist?«

Siv spuckte ins Feuer und musterte Idun mit grimmiger Miene.

»Es war Ull«, sagte Idun verzweifelt. »Ich habe ihn so deutlich gesehen wie jetzt dich.«

»Du hast ein Trugbild gesehen, Kind. Ull hat neben mir gesessen.«

»Aber wenn er es nun war. Was passiert dann?«

Siv seufzte und rieb sich die Augen.

»Freyrs Enkelkind, geboren von Freyas Tochter. Nachkomme von Geschwistern. Sehr viel Kraft in einem solchen Kind, aber auch viele Probleme. Bete darum, dass es nicht so ist, denn dieses Kind könnte viel Zwietracht und Zerstörung mit sich bringen.«

Sie erhob sich, ging zu dem Brett, auf dem die Brote lagen, und sagte so leise, dass Idun es kaum hören konnte:

»Es könnte aber auch das Kind sein, das sie alle vereint.«

»Eiswinde, ich beschwöre euch!«

Freya klammerte sich an die Reling und schleuderte dem peitschenden Hagel Brisingamens Kraft entgegen. Sie verdrängte die schwarze Kraft, die das Unheil auf sie gehetzt hatte.

Freya fror ärger als je zuvor in ihrem Leben. Ihr Körper kam ihr vor wie ein einziger Schmerzensknoten.

Schließlich konnten ihre Beschwörungen den Hagel besänftigen. Jetzt sah sie ein Stück weiter im Halbdunkel Skidbladnirs Kampf gegen die Wellen.

Bald sprengten Sturmreiter aus den Wolken, die schonungslosen Winde verschlugen ihr den Atem.

Eine Welle schlug über den Bug.

Totenwellen, Eiswinde, die hungrigen Krallen der Blutigen.

Für jeden besiegten Feind stellten sich zwei neue ein. Es nahm kein Ende. Seit Tagen kämpfte sie nun schon gegen Hyndlas verdammten Sturm. Aber nicht einmal die Kraft einer Priesterin konnte das Schiff versenken, über das Freya wachte. Brisingamens kaltes Licht führte sie durch die Nacht. Nur ging es langsam, unendlich langsam.

Völlig durchnässt ließ sie sich auf die groben Planken sinken. Ihr Körper bebte, die Kälte zehrte an ihren Kräften.

»Mich zwingst du nicht in die Knie!«

Hyndla musste doch auch erschöpft sein, nachdem sie diesen Sturm aufgepeitscht hatte. Freya wollte sich nicht ergeben, nicht jetzt, nie.

Sie wollte sich nur ausruhen.

Njörunn brachte ihr ein Fell. Sie setzte sich dicht neben Freya, um dieser von ihrer Wärme abzugeben.

»Wir steuern Land an«, schrie sie durch den Wind.

Das Boot lag so tief im Wasser, dass Freya schon glaubte, sie würden sinken.

Gefion schrie Sigvard, der am Ruder stand, etwas zu. Alle anderen hatten sich unter Decken und Fellen verkrochen.

»Wir sind bald da«, rief Njörunn.

Freya schmiegte sich dichter an sie. Sie hatte keine Ahnung, wo sie sich befanden. Verdammte beißende Kälte. Die schnitt sie in Stücke. Wenn sie sich doch nur eine Weile ausruhen könnte.

Freya hüllte sich dichter in ihren Umhang. Genoss dessen Wärme. Sie lehnte ihren Kopf an Njörunns Schulter und versank in einen unruhigen Schlaf.

Sie erwachte, als Sigvard sie zu einem Feuer trug, das im Schutz einiger hoher Steine brannte. Der Wind hatte sich jetzt ein wenig gelegt. Der dunkle Halbtag ging in die Nacht über.

Vorsichtig legte Sigvard sie neben das Feuer.

»Ruh dich aus«, sagte Sigvard und hüllte sie in seinen Mantel.

Freya schaute ihre Kleider an – die trocken waren. Offenbar hatte Njörunn sie auf dem Boot noch umgezogen.

Wie lange sie wohl schon hier waren? Das Schiff war auf das Ufer gezogen. Kräftige Baumstämme waren für das Feuer gefällt worden. Freya schüttelte den Kopf, um ihre Gedanken zu klären.

»Hier.«

Njörunn reichte ihr eine Schale mit saurer Grütze.

Freya aß gierig, bald war ihr Hunger gestillt und ihre Kräfte kehrten zurück. Langsam wurde sie wieder sie selbst. Ein Schatten fiel über sie. Gefion ging neben ihr in die Hocke.

»Gut gemacht, Schwester. Wir haben es dir zu verdanken, dass Ran uns nicht verschlungen hat. Vielleicht ist dein Halsband ja wirklich heilig.«

Freya schaute ihre Schwester empört an. Deren Augen leuchteten, als sei der Sturm ein Spiel gewesen.

»Wie kannst du an mir zweifeln?«

»Wer alles verloren hat, bezweifelt oft das, was noch vorhanden ist. Verzeih mir meine Worte«, bat Gefion eindringlich.

Freya schnaubte. Sie hatte schlechte Laune, und das war nicht gut. Sie musste ihre Stimmung in den Griff bekommen. Sie schaute ins Feuer, versuchte sich zu beruhigen.

Thor starrte sie durch die Flammen an. Mit ernster Miene stand er da, unbeweglich wie ein Felsen.

Dann sagte er etwas zu dem Jüngling, der neben ihm stand. Es war der junge Mann, dem sie beim Opferfest den berauschenden Trank gegeben hatten, Ull, Freyrs Sohn. Düster starrte dieser zu Freya herüber.

Freya schaute neugierig auf. Ull hatte die Kraft seines Vaters geerbt. Das war deutlich für alle, die sehen konnten. Der Zauber lag wie ein Kranz um seinen Kopf. Sie hatte Ulls Sinne wecken können.

Sofort hob sich ihre Stimmung.

»Ist das da Iduns Gatte?«, fragte Gefion und zeigte auf Bragi.

Freya stand auf.

Idun mochte ihre Hilfe abgelehnt haben, aber vor dem Kampf musste sie doch noch eines erledigen.

»Komm mit, Schwester«, sagte sie und ging hinüber zu den Asen.

Sofort trat Bragi vor, legte sich die Hand aufs Herz und verbeugte sich untertänig.

»Es ist eine Ehre, mit dir zu reisen, Freya, Wanendise. Höchste unter den Wanen.«

Freya musterte den Jungen, den Idun sich ausgesucht hatte. Bildschön war er, groß und stattlich mit seinem Schwert. Sein Gesicht war so hübsch wie das eines Mädchens. Aber auch die süßesten Äpfel konnten unter der Schale faul sein.

»Ehrst du meine Tochter?«

Bragi lächelte und verneigte sich ein weiteres Mal. Freya runzelte die Stirn. Was für eine verdammte Kriecherei.

»Idun ehrt mich mit ihrer Schönheit. Sei unbesorgt, hohe Frau. Sie ist meine Königin, ich lebe nur, um ihr zu dienen und sie zu ehren«, sagte Bragi und lächelte.

Freya schaute überrascht zu Thor hinüber, und der wandte sich mit verlegener Miene ab.

»Ja, sein Mundwerk ist immerhin so beweglich wie der Arsch einer magenkranken Kuh«, sagte Gefion.

Sie trat neben Bragi und musterte ihn, von den feuchten Lederschuhen bis zu seinen blonden Haaren. Jetzt machte er ein ängstliches Gesicht. Er war ein glattzüngiger Mann, der daran gewöhnt war, sich seinen Willen zu erschmeicheln.

Das konnte auch Freya sehen.

»Habe ich auf irgendeine Weise dein Missfallen erregt, Königin Gefion? Denn dann bitte ich um Verzeihung«, sagte Bragi jetzt.

Gefion tauschte einen Blick mit Freya, ehe sie antwortete.

»Ich wollte nur sehen, aus welchem Stoff du bist. Du hast dir ja schließlich einen wertvollen Schatz erschlichen.«

»Ich weiß, dass ich unwürdig bin, schlicht bin ich von Geburt, nicht edel wie meine Gattin. Aber ich bin glücklich darüber, dass sie sich für mich entschieden hat.«

Gefion schlug die Arme übereinander und machte ein zufriedenes Gesicht.

Freya schaute dem Jungen in die Augen. Die Göttin mochte wissen, dass sie selbst es nicht geschafft hatte, Idun irgendeine Freude zu schenken. Vielleicht konnte Bragi heilen, wo Freya verletzt hatte? Sie sollte vielleicht nicht versuchen, das neue Leben ihrer Tochter zu zerstören.

»Es ist ein schöner Anblick, wenn Asen und Wanen im heiligen Ehebund vereint werden«, sagte da eine schrille Stimme.

Freya zuckte zusammen. Loki. Diese Stimme hätte sie überall erkannt. Der Schamane trat neben sie und grinste. Die Fuchsfelle wogten um seine Schultern.

»Geh mir aus den Augen, du stinkendes Schwein«, fauchte Freya.

Loki hob abwehrend die Hände.

»Warum diese Feindseligkeit? Ich habe Neuigkeiten für dich, große erschütternde Neuigkeiten«, sagte er und starrte Brisingamen an.

Freya legte schützend eine Hand auf das Gold. Er war es nicht wert, diese Schönheit zu sehen.

»Aus deinem Mund kommen nur Streit und Zwietracht.«

Loki lachte nur.

»Dein schönster Schmuck ist doch wohl deine Tochter?«

Seine Raubtieraugen wurden zu schmalen Schlitzen.

»Weißt du, was ihr im Wald widerfahren ist? Frag Thor«, sagte Loki grinsend.

Ein kalter Wind kam vom Meer herüber und brachte Regen mit. Freya erschauderte. Das hier war schlimm. Böse Vorahnungen machten ihr eine Gänsehaut.

»Was ist passiert?«, fragte sie.

Thor schaute zu Boden, wie um Kraft zu holen, ehe er sprach.

»Idun behauptet, dass jemand sie draußen im Wald vergewaltigt hat, aber wir konnten keine Spuren finden«, sagte er endlich.

Freya holte tief Luft. Ihr Kind war geschändet worden. Sie krümmte sich vor Schmerz.

»Ich habe sie trotzdem genommen«, sagte Bragi.

Was sollte das denn heißen? Und wieso hatte er ihre Tochter nicht beschützt?

Die Finsternis schloss sich um sie. Ohnmächtig sank sie zu Boden.

Aber nun schritt Gefion zur Tat. Sie trat vor Bragi hin und schlug ihn so hart, dass er rückwärts in den Sand geschleudert wurde.

»Glaubst du, du hast dir da eine Kuh eingehandelt? Sie ist die Erbin meines Reiches! Du bist es nicht einmal wert, ihr die Schuhe zu binden!«

Gefions Gesicht war tiefrot, ihre Augen wild vor Stärke.

Bragi wischte sich einen Blutstreifen aus dem Mundwinkel und versuchte aufzustehen. Er war wütend, bereit zum Kampf. Aber Gefion versetzte ihm einen Tritt in den Bauch und er krümmte sich vor Schmerzen.

Sie spuckte ihn an und wandte sich dann Thor zu.

»Was hat du unternommen, um sie zu verteidigen?«

Thor wich zurück. Er schämte sich, das war deutlich zusehen.

»Schwanzlose Asen, was für Schwächlinge.«

Gefion ließ Thor stehen, lief vor seinen Männern hin und her und erwiderte wütend ihre Blicke.

»Was glotzt ihr denn so? Sucht ihr Streit? Dann los. Versucht es mal mit einer, die sich wehren kann!«

Der Umhang wogte auf ihrem Rücken. Sigil funkelte an ihrem Gürtel.

Die Asen wichen zurück, sie wussten nicht, wie sie sich Vanaheims Königin gegenüber verhalten sollten.

Freya kam langsam auf die Beine. Ihre wütenden Schuldgefühle drohten, sie zu zerreißen. Die Mächte mochten sich des Narren erbarmen, der ihr Kind verletzt hatte.

Freya atmete einige Male tief durch. Dann hatte sie sich wieder in der Gewalt.

Loki strahlte glücklich und triumphierend. Auf den brennenden Hass alter Feinde war eben immer Verlass.

»Hast du das getan?«

Loki grinste zufrieden. Er war es. Freya war sich sicher. Sie konnte seine Schuld spüren. Loki hasste sie. Er würde alles tun, um ihr zu schaden.

»Idun ist schwachsinnig, sie hat Ull beschuldigt, aber alle haben ihn an der Feuerstätte sitzen sehen«, sagte Thor.

So war es also gewesen. Loki hatte Ulls Gestalt angenommen, hatte sich als Freyrs Sohn ausgegeben.

»Warum?«

Er grinste.

»Reingefallen, Freya.«

Freya hob die Hand. Wenn er keine Antwort gab, sollte er zu Asche verbrennen. Brisingamen wurde an ihrem Hals heiß. Ihre Kraft wuchs. Jetzt würde sie ein für alle Mal mit Loki abrechnen. Der Schamane wich zurück.

»Willst du mich noch einmal angreifen? Hast du mir nicht schon genug angetan? Ich verfluche dich, Freya, wegen aller Schande, die du über meinen Namen gebracht hast, seit dem Tag, an dem unsere Völker gegeneinander gekämpft haben.«

Freya starrte verdutzt in seine leeren Augen.

Loki war verrückt.

»Stell dir vor, vielleicht wächst mein Sohn in deiner Tochter heran. Was wirst du dann tun? Wer hat dann den Sieg davongetragen, Hexe? Jetzt stehst du hier, total verrückt und willst uns einreden, dein Holzhalsband sei aus funkelndem Gold.«

Gefion brach wie ein Unwetter über Loki herein. Schreiend schlug sie ihn blutig. Keiner der Männer griff ein.

Am Ende erhob sie sich atemlos und mit blutigen Fingern. Loki lag mit geschwollenen Wangen und blutendem Mund im Sand.

»Ich hatte mich darauf verlassen, dass du Idun schützen und nicht im Stich lassen würdest«, sagte Freya zu Thor.

»Ich dachte, sie habe gelogen«, gab er offen zu.

Loki kam mühsam auf die Füße, Blut strömte ihm aus dem Mund, aber er schien das nicht einmal zu bemerken.

»Soll sie mich verurteilen dürfen? Sieh sie dir doch an!«

Er zeigte auf Freya.

»Wir haben unser Leben in die Hände einer wahnsinnigen Hexe gelegt.«

Lokis Lachen hallte über den Strand. Die Asen sahen Freya misstrauisch und voller Zweifel an. Selbst unter Sigvards Männern und bei Hallwi machte sich Skepsis bemerkbar.

Freya schaute sich überrascht um.

»Sie wird uns alle umbringen. Ihr Gemüt ist verfault und gestört. Wie kann sie es wagen, mich anzuklagen? Iduns Mutter ist eine läufige Hündin, natürlich ist die Tochter auch nicht besser. Sie reibt sich doch an jedem Kerl.«

Grinsend strich Loki sich das Blut vom Mund.

»Er lügt«, brüllte Gefion.

Freya war vor Hass wie gelähmt.

»Sie hat sich an mir gerieben und die Beine breit gemacht. So ist die Gattin, die du dir ausgesucht hast, Bragi. Ich sage die Wahrheit.«

Loki zeigte auf den Jungen. Aber anstatt Idun zu verteidigen, machte der ein unsicheres Gesicht.

Die Krieger am Strand tuschelten untereinander. Freya konnte ihre Zweifel nicht begreifen. Glaubten sie Loki etwa? Hatten sie alle den Verstand verloren? Warum nahm Bragi Idun nicht in Schutz?

»Seht euch Freya an. Sie ist kraftlos, sogar die Alfenpriester sagen, dass sie ihre Fähigkeiten verloren hat. Und sie bildet sich ein, sie könnte Hyndla besiegen!«

Loki warf den Kopf in den Nacken und lachte schallend.

»Wir werden alle sterben!«

»Sie hat uns durch den Sturm geführt«, rief Sigvard.

Loki erstarrte.

»Einen Sturm zu beschwören ist wirklich keine Kunst«, erwiderte er.

In diesem Moment konnte Freya sich aus ihrer Lähmung befreien. Jetzt reichte es. Sie würde das Schwein umbringen.

Freya hob ihre Hände und sammelte ihre Kräfte. Mit Brisingamen machte ihr das keine Schwierigkeiten.

Ihre Kraft schien keine Grenzen zu kennen.

Sie wuchs zwischen ihren Händen, bis sie bebten und glühten.

Loki wich zurück und stieß gegen einen hohen Stein.

Die Luft zitterte vor ihrer Stärke. Sie war fast bereit, die Zerstörung loszuschleudern, als ein schwarzer Schatten Loki packte und den zappelnden und schreienden Mann hochhob.

Thor.

»Sie ist meine Tochter«, brüllte Thor und beförderte Loki mit einem Schlag über den halben Strand.

Kaum war Loki auf dem Boden aufgeschlagen, da stand Thor schon wieder neben ihm. Er klemmte sich den bewegungslosen Loki unter den Arm, Blut quoll aus dem Mund des Schamanen.

Freya ließ enttäuscht die Hände sinken.

»Ich wollte ihn bestrafen.«

»Wir brauchen ihn im Kampf. Wir sind ohnehin schon wenige genug«, sagte Thor mürrisch.

»Wer sich an meiner Tochter vergreift, muss bestraft werden«, fauchte Freya wütend und sah Bragi an.

»Was bist du für ein Jammerlappen, der Idun nicht in Schutz nehmen kann?«

Der Junge erbleichte.

»Ich darf nicht noch mehr Krieger verlieren«, mahnte Thor.

Freya lachte spöttisch.

»Wer schwanzlos ist, wird auch schwanzlos bleiben.«

Bragi riss die Augen auf und griff sich zwischen die Beine.

Hallwi prustete los.

»Ohne Manneskraft, wie ein Kälbchen«, rief sie und schlug sich auf die Schenkel. »Wie schade, bei so einem niedlichen kleinen Asenbengel!«

Die Frauen aus Vanaheim jubelten.

»Ich werde mich rächen«, sagte Bragi so leise, dass Freya ihn fast nicht hören konnte.

»Versuch das nur, du Asenhäschen«, sagte sie mit gehässigem Lachen.

Er kehrte ihr den Rücken zu und verschwand in der Dunkelheit.

Die Asen traten unruhig von einem Fuß auf den anderen und schauten verstohlen zu dem bewegungslos dastehenden Thor hinüber.

Freya holte tief Luft und musterte den blutenden Loki. Dieser Anblick brachte sie zur Besinnung.

Gefion zuckte mit den Schultern, ging zum Feuer hinüber und hockte sich dort hin. Nach und nach versammelten sich alle in der Wärme.

Nur Freya und Thor blieben am kalten Strand stehen.

»Wird Bragi sich um Idun kümmern?«

Thor zuckte mit den Schultern.

»Nicht jetzt, wo du ihn behext hast«, antwortete er mürrisch.

Freya musterte ihn überrascht.

»Ich wollte ihm Angst machen, weil er Idun nicht verteidigt hat. Meinst du, ich würde den Mann meiner Tochter behexen? Wofür hältst du mich eigentlich?«

Thor sah sie erleichtert an.

»Bragi ist ein guter Junge. Er hat einen hellen Kopf und ist überaus umgänglich. Sie werden schon gut zusammenleben. Sofern er nicht fällt.«

Freya biss sich auf die Lippe. Thor hatte Recht. Ihre Zeit ging zu Ende. Am nächsten Tag würden sie in den Kampf ziehen, und es war durchaus nicht sicher, ob irgendjemand von ihnen wieder nach Hause zurückkehren würde.

Langsam kehrte Ruhe im Lager ein.

Schilde wurden klirrend zusammen mit Schwertern und Äxten an Steine gelehnt. Hallwi stritt sich mit einem Asen darüber, wie das Fleisch gebraten werden sollte. Sie schrien einander eine Weile an, dann kamen sie überein und fingen an, Glut aus dem Feuer zu kratzen.

Bald verbreitete sich der Bratenduft am ganzen Strand.

Baldur, der sich aus allen Wortwechseln herausgehalten hatte, kam auf Freya und Thor zu.

»Ich hoffe, ich störe nicht zu sehr, aber ich habe doch eine Frage, was den morgigen Tag angeht. Wirst du mit deinen besonderen Künsten Hyndla finden? Und zugleich sehen, wie viele Feinde uns auf Gorms Hof erwarten?«

»Das kann Njörunn. Und bitte sie außerdem, euch mit Beschwörungen zu schützen«, antwortete Freya gereizt.

»Entschuldige meine fehlenden Kenntnisse, was Zauber angeht«, sagte Baldur säuerlich und ging zu Njörunn, die sich am Feuer wärmte.

Sie sprachen eine Weile miteinander, dann verließen sie zusammen das Lager. Freya schaute hinter ihnen her. Baldur würde über die Priesterin wachen, wenn sie Vogelgestalt annahm und über die Insel der Göten flog. Das war gut, denn sonst könnten Raubtiere sich über Njörunns Leib hermachen, während ihr Geist anderswo weilte.

Thor nahm sein Wolfsfell ab und legte es um Freyas Schultern.

»Wir wollen einander wärmen«, sagte er mit sanfter Stimme.

Die zum Kampf gekleideten Frauen und Männer starrten die beiden neugierig an, als sie sich ein Stück entfernt von den anderen hinsetzten. Allen war bekannt, was sich einst zwischen ihnen abgespielt hatte.

Freya schloss die Augen und lehnte den Kopf an Thors Schulter.

Sie musste Zorn und Reizbarkeit unterdrücken. An diesem letzten Abend vor dem Kampf war nichts mehr von Bedeutung. Sie hatte sich mit der Vergangenheit ausgesöhnt. Jetzt blieb ihr nur noch die Gegenwart.

»Du hast mir Kraft gegeben, als ich gegen den Sturm gekämpft habe«, sagte sie.

»Du bist meine Hoffnung, du bist unser aller Hoffnung. Ohne dich hätten wir bereits vor Kampfbeginn verloren«, erwiderte Thor.

Unter seinem Bart leuchtete die weiße Narbe. Ihr geliebter Krieger.

»Du legst mir eine schwere Last auf die Schultern.«

»Dann weißt du, was ich mein Leben lang getragen habe«, sagte Thor und legte den Arm um sie. Freya ließ sich an seinen warmen Körper sinken.

Die Trauer bohrte sich wie spitze Steine in ihre Kehle. Das hier war der letzte Abend in ihrem Leben, das spürte sie. Jeder Atemzug war kostbar.

»Ich werde im Kampf gegen Hyndla umkommen«, sagte sie.

Thor seufzte tief.

»Nur wenige von uns werden überleben.«

Er legte die Wange an ihre Haare und atmete ihren Duft ein.

»Warum durften wir nicht zusammen sein? Wenn ich mir etwas wünsche, dann das. Ich wäre diese Freude wert gewesen«, murmelte er traurig.

Im Feuer tauchte Hels böse Seite auf. Sie lachte, grell und erwartungsvoll.

»Was wir in diesem Leben nicht erhalten, werden wir in der Nachwelt genießen. Du brauchst den Tod nicht zu fürchten, denn ich werde dich dort erwarten«, flüsterte Freya.

Thor hob sie auf sein Knie und drückte sie an sich.

Sie schmiegte sich an seinen Hals. Bei ihm zu sein war das einzige Glück, das ihr noch blieb.

»Genug davon. Wir werden nicht sterben, nicht morgen und auch nicht übermorgen«, sagte Thor verbissen.

Freya sah hinter diese Tapferkeit. Mit kalten, starren Fingerspitzen streichelte sie Brisingamen und versuchte zu lachen.

»Du hast Recht. Wir wollen kämpfen, bis die Zeit ein Ende nimmt«, flüsterte sie und schaute über den vom Wind gepeitschten Strand.

Kahle Lärchen klammerten sich am Boden an. Sturmmeer und Wolfszeit. Freya erstarrte, als ein Blutring sich um die Mondgöttin schloss. Böses Vorzeichen, Zeit des Unheils. Sie waren Überreste einer zum Untergang verdammten Welt.

Zärtlich küsste Thor ihre Wange.

»Ruh dich aus. Bald geht es gegen Gorm.«

Sie schloss die Augen, beruhigt durch seine Nähe.

Das Letzte, was Freya vor dem Einschlafen noch hörte, waren die schweren Schritte der Todesgöttin. Hel suchte sich die Krieger aus, deren Leben sie während des Kampfes ernten wollte.

11

Das Licht der Sterne führte sie zu Gorms Insel. Der Sturm hatte sich gelegt. Langsam stieg der Nebel aus dem eiskalten Wasser empor. Er legte sich um das Schiff, verschlang sich zu Ewigkeitsspiralen.

Das Wasser plätscherte leise. In der Grenzwelt war alles still.

Thor schaute aus zusammengekniffenen Augen in die grauweißen Schleier, er ahnte ein Ufer und einige Bäume. Sie waren am Ziel.

Er drehte sich um, sah seine Männer an. Sie waren bereit, zeigten weder Bedauern noch Angst. Nur feste Entschiedenheit.

Das Schiff glitt mit leisem Scharren auf den Strand. Thor sprang an Land und legte die Hand auf seine Waffen, damit die nicht klirrten. Wenn sie Gorm nicht überraschen konnten, war ihnen der Tod sicher.

Die Sträucher und die vom Wind gepeitschten Bäume oben am Ufer waren in Nebel gehüllt. Alles war still.

Er winkte seinen Männern, sie zogen Skidbladnir auf den feuchten Strand.

Gleich darauf glitt das Wanenschiff auf den Sand, die Krieger sprangen über die Reling. Männer mit Schwertern in der Hand, ohne Umhang, jetzt vor dem Kampf, Frauen mit Äxten und Bögen.

Freya ging als eine der Letzten an Land, zerbrechlich und dünn legte sie sich den Umhang um die Schultern. Ihre Haare hingen in feuchten Strähnen um ihr bleiches Gesicht. Ihre Augen waren unruhig.

Sie dürfte nicht hier sein, dachte Thor. Er hätte sie beschützen, sie weit vom Feind entfernt zurückhalten müssen, hätte sie nicht zum Mitkommen zwingen dürfen. Was hatte er sich nur dabei gedacht?

Thor versuchte, seine Schuldgefühle zu verdrängen. Die ganze Nacht hindurch hatte er Freyas schlafendes Gesicht betrachtet, hatte über sie gewacht und sie gewärmt.

Wie sollte er sterben können, wenn sie in Gefahr war? Wie sollte er leben können, wenn er sie verlor?

»Baldur.«

Er packte seinen Bruder am Harnisch, zog ihn zu sich.

»Schütze Freya mit deinem Leben.«

Sein Bruder verzog verärgert das Gesicht.

»Das meinst du doch nicht im Ernst?«

»Sie ist wertvoll für uns. Ohne Freya sind wir verloren.«

»Du vielleicht«, knurrte Baldur.

Thor schaute den Hang hoch. Der Tag zog auf, langsam lichteten sich die Nebel.

Gorms Hof lag wie ein grauer Schatten auf der Anhöhe. Er nickte Gefion zu. Sie flüsterte ihren Leuten einige Worte zu, ermutigte die Ängstlichen, lobte die Streitlüsternen.

Thor drängte sich zu Freya hindurch. Ihr Blick wurde weich, als sie ihn ansah.

»Wir nageln die Tür zu und stecken das Haus an. Wenn wir Glück haben, sind seine Krieger drinnen. Odin ist unsere Sache, um den kümmern wir uns.«

Ihre grünen Augen funkelten.

»Halt du dich aus dem Kampf heraus, bis Hyndla auftaucht. Baldur wird über deine Schritte wachen. Egal, was passiert, egal, wer fällt, schwör mir, dass du auf sie wartest.«

Sie ließ die Hand über ihr Halsband aus Stöckchen und Steinen wandern. Thors Kehle zog sich zusammen. Hoffentlich war das Halsband von Kraft erfüllt. Die würde sie brauchen.

Freya schaute zum Hof. Ihre Vorahnungen jagten ihr kalte Schauer über den Rücken. Der Wind stank nach Blut und Entbehrung. Das Laub raschelte, fremde Wesen waren in den Schatten zu ahnen.

»Sie wissen, dass wir hier sind«, sagte sie.

Thor erstarrte und fluchte leise.

»Schnell.«

Seine Männer folgten ihm geduckt den Hang hoch, aufeinander eingespielt wie ein Fischschwarm glitten sie zwischen Büsche und verzerrte Bäume. Bald hatte die Nacht sie verschlungen.

»Vanaheim, folge mir«, flüsterte Gefion und schlug mit ihren Frauen und mit Sigvard und dessen Kriegern einen anderen Weg ein.

Gefion und Thor wollten sich aus unterschiedlichen Richtungen dem Hof nähern. Wo die eine Gruppe versagte, sollte die andere Erfolg haben.

Freya folgte Njörunn mit den Blicken, die Priesterin sollte Gefion mit ihrer Kampfmagie beistehen. Sie drehte sich um und schaute Freya ein letztes Mal an. Entsetzen lag in ihrem Blick.

Als sie verschwunden waren, blieb Freya ratlos neben dem unruhig von einem Fuß auf den anderen tretenden Baldur stehen. Im Wind waren flüsternde Stimmen zu hören. Der Gestank der Bosheit schloss sich um sie, löste in ihr Brechreiz aus.

Zögernd ging sie auf das Haus zu. Bei jedem Schritt spürte sie Hyndlas Nähe stärker. Der schlammige Boden, die Bäume, die stacheligen Büsche, alles triefte vor Fäule.

Schwere Hammerschläge hallten in der Dunkelheit wieder. Sie klangen unnatürlich laut. Jetzt wurde die Tür zugenagelt. Es roch nach Rauch. Auf der Anhöhe loderte das Feuer auf. Freya lief den Hang hoch.

Ein Schatten folgte ihr. Hel.

»Nimm das Opfer entgegen, das wir dir schenken. Sag uns, wo wir Hyndla finden«, flüsterte Freya.

Lautlos glitt die Todesgöttin über den Boden.

»Sie ist überall. Spürst du das nicht?«

Unruhig schaute Freya sich um und als sie den Kopf wieder wandte, war Hel verschwunden. Nur Baldur war noch da, angespannt und wachsam.

Hinten beim Hof loderten die Flammen immer höher auf. Bald

flammte das Strohdach mit trägem Knistern auf. Das Feuer färbte den Himmel gelb und rot.

Sie hatten das Haus jetzt fast erreicht.

Die Angstschreie der Sterbenden hätten jetzt über den Hang hallen müssen, aber alles blieb stumm. Kalte Schlangen wanden sich über Freyas Rücken.

»Es ist zu ruhig«, flüsterte sie. »Hier stimmt etwas nicht.«

Gefion sprang streitlüstern auf den Hofplatz. Dort war kein Feind zu sehen. Keuchend holte sie Atem.

Die Türen der Hütten standen offen. Das Feuer verschlang das Strohdach des Langhauses, aber niemand schrie.

Sie packte Sigil, hielt Ausschau nach Göten. Böse Ahnungen machten ihr eine Gänsehaut. Hier gab es keine Feinde. Hier gab es gar nichts.

Die Asen standen zögernd auf der anderen Seite des Hofplatzes.

»Ist das der falsche Hof?«

»Das ist die Königshalle der Göten, ich war schon einmal hier«, sagte Sigvard und zeigte auf die Doppeltüren des Langhauses.

Gorms Widderkopf leuchtete rot hinter den Holzriegeln, die die Asen festgenagelt hatten. Der Wind packte den Rauch, ließ ihn über den Hofplatz fegen.

Gefions Frauen husteten erstickt. Unsichtbare Feinde, Hexen und leere Häuser. Die Vorahnungen wurden zur Gewissheit.

»Das ist eine Falle, geht in Deckung«, schrie Gefion und rannte auf die Hütten zu.

Aber sie schaffte nur wenige Schritte, dann brachen die Krieger aus der Dunkelheit hervor. Sie blieb stehen, streckte die Arme aus, um ihre Frauen zu schützen. Hunderte von Speeren und Schwertern schlossen sich langsam um sie.

Sie waren umringt.

»Verflucht.«

Gefion blieb überrascht stehen. Sie mussten im Dunkeln gewartet haben. Aber wie?

»Das sind Trugbilder«, rief Sigvard.

»Schweig!«

Die Waffen der Göten waren wirklich genug.

Die Kampfrufe der Asen hallten auf dem Hofplatz wider. Klingen schlugen gegeneinander. Gefion hob Sigil und lachte wütend. Wenn das ihr letzter Kampf sein sollte, dann wollte sie würdig sterben.

»Mir nach!«

Sie sprang einen bärtigen Krieger an, schlug seinen Speer zur Seite. Ihr Schwert schlitzte seinen Hals auf, Blut spritzte heraus. Noch ehe er gefallen war, schlug sie einen anderen Schwertträger nieder.

Die Mauer aus Speerspitzen wurde gegen ihren Körper gedrückt. Fast wäre ihre Haut durchbohrt worden.

»Dann bringt mich doch um«, brüllte Gefion.

Aber die Götenkrieger durchbohrten sie nicht und spießten sie auch nicht auf. Sie drängten sie einfach nur zurück, Schritt für Schritt. Was waren das für Krieger? Sie opferten ein ganzes Haus, umringten sie, ohne sie zu töten. Und sie waren stumm wie Disen.

Sigvard hatte wohl doch Recht gehabt. Sie waren nicht wirklich. Wer konnte solche Macht über so viele Krieger besitzen?

Verlegen ließ sie Sigil sinken und kehrte den Asen den Rücken zu.

Was für ein verdammt elendes Schicksal für eine Wanenkönigin.

Sie fuhr sich mit der Hand über den Kittel. Die Messer, die sie in ihrer Kleidung versteckt hatte, waren noch vorhanden. Sie mochten ihr das Schwert nehmen, aber mit einem Dolch konnte sie immer noch Selbstmord begehen.

Sie drehte sich um. Da stand Thor, kampfbereit, mit dem Hammer in der Hand.

»Was sollen wir tun, Asenhäuptling?«

»Wir warten auf Gorm«, sagte Thor gelassen. »Vergeude keine Kraft an die Krieger. Wir müssen den König und seine Hexe zur Strecke bringen.«

Sigil war schweißnass in Gefions Hand, ihr Mund war vor Kampflust wie ausgedörrt.

Sie sah die Götenkrieger an, die auf eine Speerlänge Distanz blieben. Hässlich waren sie mit ihren schmutzigen Bärten.

»Ich werde eure Herzen braten und verschlingen«, fauchte Gefion und spuckte einen an.

Überrascht sah sie, wie er ihre Spucke wegwischte, ohne zu antworten oder zu handeln.

»Du bist mir ja ein mieser Feigling«, fauchte sie.

»Tiwaz beweint eure Schwanzlosigkeit«, brüllte Thor.

Die Krieger bewegten sich nervös, sie brannten vor Lust, die Angreifer niederzumetzeln, die Luft war gesättigt von ihrem Hass. Aber niemand griff an.

Ihr Wille war gefesselt.

Gefion hörte, wie hinter ihr eine ihrer Frauen schnaubte. Sie wollte sie aufmuntern, doch ehe sie den Mund öffnen konnte, teilten die Gegner sich und ließen einen Mann durch.

Gefion biss die Zähne so fest zusammen, dass es wehtat.

»Komm zu mir«, flüsterte sie.

Thor lächelte düster, als Gorm die Mauer seiner Krieger durchschritt. Groß und mit üppigem Bart kam er auf sie zu, sein Umhang und sein Bart funkelten vor Gold.

Mjölnir lag schwer in Thors Hand. Sein Körper war angespannt wie eine Bogensehne. Wenn Gorm nur ein wenig näher käme, dann würde er den Hammer heben und dem grinsenden König den Schädel einschlagen. Aber Gorm blieb hinter einer Mauer aus erhobenen Speeren stehen.

»Dir wird die Freude, im Streit zu fallen, nicht gegönnt sein, Thor, Sohn Odins, Tiwazens Auserwählter«, rief er.

Seine Stimme triefte vor Verachtung.

»Wenn du mich haben willst, dann hol mich doch«, sagte Thor.

Er wischte sich mit dem Handrücken den Schweiß von der Stirn. Das Langhaus sackte in sich zusammen und das Feuer erlosch. Der Hofplatz zitterte vor Hitze.

»Ein Krieger, der sich hinter Weibern versteckt, sollte keine so großen Töne spucken«, rief Gorm.

Die Götenkrieger lachten, wurden aber bald wieder ernst. Gorms Macht über sie schien keine Grenzen zu kennen. Wie hatte er sie dermaßen in seine Gewalt bringen können?

Thor ließ seinen Blick über die Krieger wandern. Wo sie sich wohl so gut versteckt hatten? Wie hatte er in diese Falle tappen können?

Er reckte sich.

»Wie kannst du mich anklagen, wo deine Macht doch auf einer Hexe beruht!«

Gorm grinste und strich sich über den Bart.

»Ach, wo du es schon erwähnst. Lass mich dir die Frau vorstellen, der ich dich versprochen habe«, lachte Gorm und winkte den Schatten.

Eine junge, wunderschöne Frau in goldenem Gewand trat zwischen den Kriegern hervor. Goldschmuck und Tätowierungen wanden sich um ihre Arme. Sie schimmerte im Feuerschein.

Thor musterte sie überrascht. Das sollte Hyndla sein? Die hatte er für eine hässliche und zahnlose alte Vettel gehalten.

»Ich sehne mich schon seit langer Zeit nach diesem Tag«, rief sie. Er erwiderte abwartend ihren Blick. Worauf wollte sie wohl hinaus?

»Du erinnerst dich doch sicher daran, wie du meine Mutter und meine Schwestern niedergemetzelt hast?«

Ihre Stimme wurde dunkler, ihre Schönheit verblasste, denn nun zeigte sie ihr wahres Wesen.

Thor hatte Mjölnir gepackt. Er konnte sich durchaus an die Priesterinnen erinnern, die er getötet hatte. Und für diese verfluchte Tat hatte er teuer bezahlen müssen. Aber was geschehen war, war geschehen. Die Zeit der Reue war vorbei.

Er schaute verstohlen zu den Bäumen am Hang hinüber. Wo war Freya? Jetzt brauchte er sie.

»Ich konnte vor dir fliehen. Ich hatte mich im Wald versteckt, lebte dort wie ein Tier. Lange habe ich nach dir gesucht, Thor.

Weißt du, was es für ein Gefühl ist, die Frauen deiner Sippe tot auf dem Boden zu finden?«

Sie hob die Hand und lächelte erwartungsvoll.

Instinktiv zog Thor den Kopf ein. Dann ließ Hyndla die Hand sinken.

Heulende Pfeile schwirrten durch die Luft.

Eine Wanin fiel, in den Hals getroffen. Thor warf sich über sie, versuchte, den Pfeil herauszuziehen. Vergeblich.

Er ließ die Tote los, schaute sich um.

Nur Frauen waren getroffen worden. Blutend, sterbend lagen sie im Schlamm.

Gefion war ins Bein getroffen, sie riss den Pfeil mit einem groben Fluch heraus. Njörunn kroch zwischen die Verletzten.

Thor drehte sich zu der goldenen Hexe um. Sie lächelte siegesgewiss. Grins du nur, Hyndla, du wirst schreien wie ein Schwein, wenn ich dir über meinem Knie das Genick breche.

»Ist das ein schönes Gefühl, Thor? Ich wollte dir nur zeigen, was es für ein Gefühl ist, zwischen im Kampf gefallenen Frauen zu stehen.«

Gorm, der neben ihr stand, lachte.

»Ganz ruhig, Männer. Wir werden ihnen bald den Blutadler in den Rücken schneiden«, sagte Thor.

»Das sieht nicht gut aus«, sagte Bragi.

»Tiwaz wacht über uns, fürchtet euch nicht. Bald sehen wir uns in der Halle unserer Vorväter«, erwiderte Thor.

Obwohl alles verloren war, wollte er doch wenigstens wie ein Mann sterben.

»Legt eure Waffen auf den Boden«, rief Gorm.

Thor grinste.

»Komm her, Gorm, wenn du dich von Hyndlas Rockzipfel wegtraust. Komm her, dann treten wir einander in ehrlichem Kampf gegenüber, du und ich.«

Aber der König der Göten blieb gelassen stehen.

»Hyndla hat noch etwas, das auf euch wartet.«

Freya presste die Stirn gegen den Baumstamm. Ihr Herz klopfte wild. Was sollte sie jetzt machen? Sie war dieser Priesterin nicht gewachsen. Alles auf dieser Insel war durchsetzt von Hyndlas Bosheit und diese Bosheit raubte Freya den Mut, ließ sie schwach und furchtsam werden.

Hel hatte Recht. Hyndla war überall. Freya atmete schwer, versuchte, sich von der Kampffessel zu befreien, die ihren Willen lähmte. Aber ihre Worte hatten keine Kraft.

»Kannst du sie nicht beschwören?«

Freya schüttelte auf Baldurs Frage hin nur stumm den Kopf. Auf dem Hofplatz drängte sich eine Mauer aus feindlichen Rücken zusammen. Wie sollte Freya so viele verzaubern können?

Ob Gefion noch lebte? Und Njörunn? Sie konnte die beiden nirgendwo entdecken. Die Dunkelheit schloss sich um sie zusammen. Sie durfte nicht fallen, jetzt nicht.

Hinter Freyas Rücken raschelte es. Baldur erstarrte und hob sein Schwert.

Zu spät.

Gorms Kämpfer brachen über sie herein. Starke Hände zwangen Freyas Arme nach hinten. Eine Messerklinge wurde gegen ihre Kehle gepresst. Sie stand ganz still da und atmete schwer. Neben ihr kämpfte Baldur, dann ließ er die Arme sinken. Überwältigt, geschlagen.

Freya traten vor Scham die Tränen in die Augen, als sie durch die Reihen der Götenkrieger gestoßen wurde.

»Hier kommt die Letzte«, sagte Hyndla.

Jetzt, wo sie vor der Hexe stand, die ihr Volk vernichtet hatte, zitterte Freya. Verschlungene Tätowierungen bedeckten Hyndlas Haut. Kraftworte und Beschwörungen waren auf ewig eingeätzt, ein mächtiger, undurchdringlicher Schutz.

Das Helzeichen auf Freyas Stirn schmerzte angesichts dieser Macht.

»Ich werde dich zermalmen und deine Überreste in den Wind streuen«, fauchte Hyndla.

Freya sah in die leeren Augen der Priesterin und ihr schauderte.

Die Kampffessel umschloss sie immer fester. Schwach und willenlos schaute sie zu ihren Verwandten hinüber. Gefion lebte, noch. Ebenso Njörunn. Aber bald würden sie alle sterben. Thor starrte sie verzweifelt an.

Freya riss sich zusammen, kämpfte gegen die Schwäche an. Sie musste sich von der Kampffessel befreien, neue Kraft gewinnen. Sie war jetzt in einer anderen Situation als damals in der Höhle, als sie gegen Hyndla angetreten war. Sie hatte ja Brisingamen.

Freya zwang sich, noch einmal Hyndlas leerem Blick zu begegnen.

»Glaubst du, die Rache wird dir Frieden schenken?«

»Wer behauptet, ich suchte Frieden?«

Jetzt bekam Freya wirklich Angst. War sie denn wahnsinnig gewesen, dass sie geglaubt hatte, dieses Geschöpf in die Knie zwingen zu können?

Hyndlas Zauber hatte sogar Gewalt über die Zeit.

Je mehr Freya kämpfte, desto tiefer wurde sie in Hyndlas Bosheit hinabgezogen. Sie konnte nicht einmal Brisingamens Stärke anrufen.

Nicht, dass Hyndla die Macht des Halsbandes zu erfassen schien. Sie hatte es bisher nicht ein einziges Mal angeschaut. Irgendwie wusste Freya, dass das ein Vorteil war, auch wenn sie nicht erkennen konnte, weshalb.

Freya ließ den Kopf hängen. Ihr Wille war gebrochen.

Sie waren in die Falle gegangen. Hyndla hatte den Sturm geschickt, um Freyas Zauber zu messen und sie zu ermüden. Wie Lämmer waren sie alle in den Wolfsbau getappt.

Eine Schwertspitze wurde gegen ihren Hals gedrückt.

»Legt die Waffen nieder, oder ihr seht sie sterben.«

Thor starrte sie noch immer verzweifelt an. Begriff er denn nicht, dass alles verloren war?

Er zögerte lange, dann legte er Mjölnir und sein Schwert auf den Boden. Sofort waren Götenkämpfer zur Stelle und fesselten ihm die Hände auf den Rücken.

Auch Gefion und die anderen wurden gefesselt.

»Bringt sie zu den Steinen«, befahl Hyndla tonlos und verschwand.

»Was hast du mit der Priesterin vor?«, rief Gorm ihr hinterher.

Hyndla drehte sich um und bedachte Freya mit einem gleichgültigen Blick.

»Nimm sie mit. Sie kann mit den anderen sterben.«

Freya wurde über den Weg gestoßen. Sie starrte zu Boden, um ihre Schande zu verbergen.

Die brennende Halle lag jetzt hinter ihnen, einige Steinwürfe weiter ragten mehrere neue Langhäuser auf. Jetzt begriff sie, warum Gorm so bereitwillig sein Heim geopfert hatte. Er hatte es schon vorher aufgegeben.

Freya wurde über eine Heide geführt, die sich dahinstreckte, so weit das Auge reichte. In der Ferne stand ein Steinkreis. Das Licht der Dämmerung ließ die stehenden Steine leuchten wie goldene Tore.

Und diese Steine waren ihr Ziel.

Freyas Blicke suchten die anderen, doch sie konnte nur Götenkrieger entdecken. Bärtige Männer drängten sich um sie zusammen.

»Hyndla wird dir das Fleisch von den Knochen reißen. Bist du auf die Schmerzen vorbereitet, Wanenhündin?«

Der Krieger, der das gesagt hatte, war außer sich vor Angst. Seine Furcht ließ ihre Haut prickeln wie Ameisenstiche.

»Mir machst du keine Angst«, sagte sie.

Er fuhr sich nervös über den Bart, dann wurde er langsamer und fiel hinter ihr zurück.

Jetzt, wo Freya Hyndla nicht mehr gegenüberstand, spürte sie, wie ein Rest ihrer Kraft zurückkehrte.

»Schwankst du, Schwester?«, fragte eine Stimme in ihrem Kopf.

Eine Hand fuhr ihr zärtlich über die Haare.

»Freyr«, flüsterte sie.

Die Luft erzitterte, sie glitt zwischen die Welten. Ihr Bruder ging neben ihr. Er lächelte sanft, seine langen blonden Haare glänzten wie ein Sonnenaufgang.

Dieser Anblick machte sie froh und traurig zugleich.

»Ich freue mich, dass du gekommen bist, um mich in die Nachwelt zu holen.«

Freyr schüttelte mit ernster Miene den Kopf.

»Sie hat deinen Willen mit einer Kampffessel belegt. Und die musst du sprengen.«

»Das schaffe ich nicht«, flüsterte Freya.

Ihre vielen Beschwörungen, ihr ganzer Zauber waren verflogen.

»Du musst und du wirst.«

Freyr streckte die Hand aus und strich über Brisingamen. Das Halsband funkelte auf und pulsierte dann vor Kraft. Die Luft ließ sich leichter atmen. Freyr sprach eine Beschwörung. Sie kam Freya seltsam vertraut vor und sie wiederholte sie Wort für Wort. Kraftworte, mächtige Waffen.

Als die letzte Beschwörung ausgesprochen war, strömte Erleichterung durch ihren Körper. Die Fessel war zerbrochen, Freyas Kraft war wieder da.

»Danke«, flüsterte Freya.

Freyr lächelte sein überirdisch schönes Lächeln.

»Hab keine Angst. Ich werde über dich wachen.«

Freya musterte die weiß leuchtende Gestalt, die einst ihr Bruder gewesen war.

»Du lässt mich niemals im Stich, nicht einmal im Tod.«

»Die Zeitalter mögen ein Ende nehmen und die Sterne erlöschen, aber du wirst immer meine Schwester bleiben. Und jetzt geh und siege!«

Freyr verschwand im grauen Dämmerlicht.

Freya schaute sich mit scharfem Blick um. Die Schatten hatten ihr Gemüt verlassen.

Weit vorn zwischen den Kriegern konnte sie Hyndla erkennen. Jetzt begriff Freya. Die Priesterin war kein Mensch. Dieses Wesen dort vorn war bereits tot. All diese Schönheit, dieses menschliche Fleisch, war ein Trugbild. Wenn Freya es zerschlagen könnte, hätte sie gesiegt. Eine gewisse Gelassenheit breitete sich in ihr aus. In Alfheim hatte sie doch die ganzen Jahre hindurch immer wieder böse Geister beschwört und sie in die Nachwelt geschickt. Hyndla war nicht unverletzlich.

Die Göten standen außerhalb des Steinkreises. Sie lachten erwartungsvoll, als Freya in den Kreis gestoßen wurde. Sie fiel im trockenen Gras auf den Bauch. Riss an den Riemen, mit denen ihre Hände gefesselt waren. Der Wind jammerte zwischen den Steinen.

Dann nahm sie den Gestank war, einen süßen Geruch von Blut, Verwesung und Bosheit.

Was im Namen der Göttin war hier passiert?

Freya kämpfte sich auf die Füße und schaute zu den heiligen Steinen hoch.

Dann hätte sie sich am liebsten übergeben. Menschenopfer. Ein toter Asenkrieger hing mit ausgebreiteten Armen am Stein. Entsetzen und Schmerzen waren mit seinem blauschwarzen Gesicht erstarrt.

Freya drehte sich langsam um.

Daher hatte Hyndla also ihre große Macht.

Dreizehn Steine, dreizehn Opfer. Nein, noch mehr. Frisches Blut strömte aus einer braunhaarigen Frau, die auf einen verwesten Leichnam gebunden war.

Jedes Opfer war mit ausgebreiteten Armen und geschlossenen Beinen festgebunden worden. Arme Menschen, sie hatten unsäglich leiden müssen.

Freya konnte in Gedanken deren Schreie und gequältes Stöhnen hören.

Sie riss an ihren gefesselten Händen. Die Götenkrieger lachten und johlten. Sie schlugen einander auf den Rücken, feierten ihren Sieg. Das hier war eine Schande, auf diese Weise durften Menschen nicht geopfert werden. Hyndla konnte sich nicht auf Dauer über Menschenopfer in dieser Welt bewegen. Das wäre ein Vergehen gegen die Weltordnung.

Welche finstere Göttin konnte der Leichenfresserin das gestattet haben?

»Verdammte Sau, mein Geist wird dich bis in den Tod hinein verfolgen.«

Das war Bragi.

Freya wandte sich um. Er wurde soeben auf einen der Steine gehievt, mit aneinander gefesselten Beinen und ausgebreiteten Armen, genau wie die anderen Opfer.

Er wurde auf einen toten Krieger gebunden.

Bragis Schrei hallte zwischen den Steinen wider. Die Götenkrieger jubelten angesichts seiner Angst.

Hyndla lachte.

Gorm betrat den Ring, zeigte auf Bragi und flüsterte der Hexe etwas ins Ohr. Sie rieb sich aufreizend am König, spielte mit seinem Bart. Neben ihnen knieten Thor und Gefion, mit auf dem Rücken gefesselten Händen. Götenkrieger bewachten sie mit erhobenen Schwertern.

Freya schaute wütend zu der kichernden Hyndla hinüber. Lach du nur, du geile Sau. Ich werde deine verzerrten Sinne zerschlagen und dich zurück zu den bösen Schatten schicken, die dich geboren haben.

Zwei Götenkrieger kamen auf sie zu. Sie hatten vor, Freya wie ein Schlachtschwein festzubinden.

Niemals.

Brisingamen lag um ihren Hals wie glühende Kohlen. Seine Kraft war aus Feuer und Stein geformt.

Hier zwischen den gequälten heiligen Steinen war die Macht des Halsbandes groß.

Freya atmete tief durch, schaute in sich hinein.

Komm, Stärke, komm, Kraft. Die Schreie der Geopferten durchschnitten die Luft. Das half Freya weiter.

Sie suchte nach dem Kern des Halsbandes, versuchte, in dessen ewige Kraft zu gelangen. Die Luft um sie herum sang. Komm, Unterwelt, komm, Feuer. Befruchtet mich, lasst mich wachsen.

Freya fing an zu zittern, die Kraft des Halsbandes riss an ihrem Körper.

Komm, Ewigkeit, kommt, läuternde Flammen. Nehmt meinen Körper. Nehmt meinen Geist. Lasst mich brennen. Für dich. Die

Riemen um ihre Hände gaben nach. Freya legte den Kopf in den Nacken und holte Feuer. Die Flammen verbrannten die Schatten. Die Kraft, die lebendige läuternde Kraft ließ sie eins werden mit Brisingamen. Sie war Feuersturm und Ewigkeit des Urgesteins.

Sie war die Rächerin.

Die Götenkrieger flohen aus dem Kreis. Das Licht des Halsbandes schwebte zwischen den Steinen und sengte den Boden schwarz.

»Hyndla!«

Freyas Stimme dröhnte wie der Donner.

Die Priesterin starrte sie überrascht an. Sie hatte Freya unterschätzt, hatte deren Kraft verachtet. Das machte sie schwach.

Freya hob die Hand. Die Welt bebte, grelle Blitze durchschnitten die Wolken.

»Ich verschlinge dich«, schrie sie und ließ den Feuersturm los.

Der umschloss den Leib der schreienden Hyndla.

Das Trugbild zersplitterte.

Das Feuer verbrannte das liebliche Gesicht zu zerplatztem Fleisch, Eiter lief über ihre Wangen. Ihr rußschwarzer Mund verzog sich zu einem Schrei. Gorm wich entsetzt zurück.

»Du bist zusammen mit deiner Mutter gestorben, lass los, Leichenfresserin, kehr zurück in die Nachwelt«, rief Freya.

Langsam ging sie auf ihre Feindin zu.

Sie wollte Hyndlas Brust aufkratzen, ihr die Eingeweide herausreißen.

»Niemals«, fauchte das Schattenwesen, das sich aus Hyndlas Trugbild erhob.

Das Helzeichen auf Freyas Stirn fing an zu bluten. Freya verteilte das Blut in ihrem Gesicht und leckte genießerisch an ihren Fingern.

»Mir machst du keine Angst, Geist. Lass mich dir helfen«, lockte sie.

Hyndla stieß einen schrillen Schrei aus und schleuderte eine Todesbeschwörung. Ohne weiter darüber nachzudenken, ließ Freya diese auf halbem Weg verbrennen. Die Asche rieselte auf die verbrannte Erde.

Dann hob sie die Hände und sang den Zauber, mit dem sie in Alfheim die Geister beschworen hatte.

Hyndla erbebte, als die Worte sie trafen.

Sie sank in die Knie. Brisingamen drängte Hyndlas Bosheit zurück. Die Geister verließen sie, die Kraftworte befreiten sie. Freya sah zu, wie die Schatten in Richtung Nachwelt verschwanden.

Ein Fehler.

Ein durchdringender Schrei, und sie wurde zu Boden geworfen.

Hyndla setzte sich rittlings auf Freya und legte ihr ihre Krallen um den Hals. Freya rang röchelnd nach Luft, würgte Kraftworte aus sich heraus, versuchte, die Priesterin damit zu Boden bringen. Sie riss und zerrte an deren Händen, doch keine Sterbliche konnte gegen einen Geist kämpfen.

Sie musste die Beschwörung bis zum Ende aufsagen.

Hyndla heulte wie ein gequältes Tier und drückte immer fester zu. Das Sprechen fiel Freya zusehends schwerer. Ihr Hals blutete, Hyndlas Krallen waren messerscharf.

Freya glitt bereits der anderen Welt entgegen, die Geister sammelten sich. Geduldig warteten sie auf ihren Tod.

Freya fauchte ein Wort nach dem anderen. Jetzt fehlten nur noch wenige. Die Krallen drohten, ihren Hals zu zerfetzen. Freya kämpfte den Rest der Beschwörung aus sich heraus. Langsam lockerte sich der Zugriff um ihren Hals.

Sie stieß Hyndla beiseite und schnappte nach Luft. Hyndla lag still auf dem Boden, ihre Augenhöhlen klafften wie leere Löcher.

Es war zu Ende.

Freya erhob sich und spuckte auf den schwarz verkohlten Körper. Die Erde bebte, Totenvögel schwebten aus den Wolken herab. Freya trat einige Schritte von dem Kadaver zurück und holte Luft. Danke, Hel, für deinen Schutz.

Ein Fauchen ließ sie herumfahren. Hyndla sprang auf, mit ausgefahrenen Krallen, kampfbereit.

Heilige Mutter!

Sofort ließ Freya die Beschwörung wieder los.

Hyndla stürzte auf sie zu. Freya sprach, so schnell sie konnte. Warum war Hyndla noch immer nicht tot?

Dann erstarrte Hyndla mitten in einem Schritt, röchelte und fiel vornüber zu Boden.

Freya wartete. Der Schweiß strömte in Bächen an ihrem Körper hinab. Ihre Hände zitterten.

Aber nichts passierte.

Vorsichtig trat sie vor und musterte Hyndla.

Ihr Körper war tot.

Es war fast zu Ende.

Die Luft verfinsterte sich und bebte. Hinten bei den Steinen öffnete sich das Tor zur Nachwelt. Hel wartete. Hyndlas Geist wurde in die Umarmung der Todesgöttin gezogen. Ihre wütenden Schreie hallten in der Nachwelt wider. Freya sprach eine Totenbeschwörung, trieb sie Hel entgegen, Schritt für Schritt. Hyndla wehrte sich mit ihrer ganzen Bosheit. Sie klammerte sich ans Leben, kämpfte, um bleiben zu können.

Vergebens.

Atemlos drängte Freya sie die letzten Schritte auf das Tor zu.

Hel umschloss Hyndla und nahm deren Geist mit sich in die Ewigkeit.

Alles verstummte.

Hel stand noch immer da und lächelte Freya hämisch an.

»Bald.«

Sie zeigte auf das Halsband.

Freya holte tief Luft. Die Morgenluft ließ ihren Hals schmerzen.

Vanaheim war gerächt, die Bedrohung ihres Volkes aus dem Weg geräumt.

Sie betrachtete Hyndlas im Gras liegenden Leichnam, doch sie verspürte weder Triumph noch Trauer, sondern nur schmerzende Leere.

Erschöpft wischte Freya sich mit dem Arm Blut und Schweiß ab.

Dann drangen Geschrei und Kampflärm in ihre Welt ein.

Außerhalb des Steinkreises tobte der Kampf. Blutige Äxte durchschnitten Menschenfleisch. Sigvard wurde von zwei Göten zurückgedrängt, einer seiner Männer durchbohrte den einen mit seinem Schwert. Ein blonder Asenkrieger fiel mit zerspaltenem Schädel zu Boden.

Gefion kämpfte mit zwei riesigen Männern mit Brünnen und runden Schilden. Sigil wirkte gegen die Hämmer dieser Männer wie ein jämmerlicher Dolch. Freya starrte die Feinde ihrer Schwester an und ließ zwischen ihren Händen eine Kampffessel wachsen. Die schleuderte sie den Göten entgegen, die daraufhin erstarrten. Gefion durchbohrte beide mit ihrem Schwert und verschwand dann hinter einem Stein.

Freya konnte nicht allen helfen. Die Feinde waren zu zahlreich.

Sie hielt Ausschau nach Njörunn, konnte sie aber nirgendwo sehen.

Thor schleuderte Mjölnir hin und her, das Schwert blitzte in seiner anderen Hand, die Krieger, die Gorm beschützten, fielen wie Ähren unter der Sense.

Freya hob die Hände: Schutzbeschwörung, ich schleudere dich.

Wenn der König tot war, war der Kampf gewonnen.

Baldur kämpfte an Thors Seite, vertraute Brüder.

Sie waren jetzt kurz vor ihrem Ziel. Die Kraft glühte zwischen Freyas Händen. Kampffessel, ich schleudere dich.

Thor erlegte den letzten Krieger, der noch vor Gorm stand.

Er stürzte brüllend auf den König zu. Aber Gorm wich aus und schlug Mjölnir mit seinem Schwert beiseite. Er rief seine Männer um Hilfe.

Die Göten stürzten herbei, um ihren König zu retten. Die Asen kämpften tapfer hinter Thors Rücken.

Freya murmelte eine Beschwörung nach der anderen. Thor trieb Gorm gegen einen heiligen Stein, die Schwerter blitzten, Gebrüll hallte über den ganzen Kampfplatz.

Schritt für Schritt wurde Gorm zurückgedrängt.

Die Morgensonne ließ Mjölnir aufleuchten. Thors Hammer traf den Kopf des Königs.

Einen ganzen Atemzug lang konnte Gorm sich aufrecht halten. Das Blut strömte in seinen Bart und auf seine Kleider. Thor stand mit dem Schwert bereit und wartete.

Dann schwankte Gorm und fiel tot zu Boden.

Thor hob im Triumph seinen blutigen Hammer.

»Der König ist tot«, brüllte er. »Sieg den Asen!«

Freya lächelte ihren Krieger voller Stolz an. Das Siegesgeschrei der Asen war auf der ganzen Heide zu hören.

Langsam legte sich der Kampfeslärm.

Die Göten waren wie betäubt. Sie schienen das alles nicht glauben zu können. Aber als die, die den Tod des Königs beobachtet hatten, es ihnen zuriefen, ließen alle die Waffen sinken.

Freya sah, wie Hel zwischen den Gefallenen umherwanderte und ihre Ernte einholte. Diese Toten waren wirklich auserwählt. Sie brauchten nicht in der Grenzwelt herumzuirren. Das Tor zum Totenreich stand für sie weit offen.

»Das ist meine Gabe, Herrscherin«, rief Freya.

Hel hörte nicht auf sie, gierig verschlang sie die Geister der Toten. Freya ließ sie nicht aus den Augen, sie wartete darauf, selbst von Hel heimgeholt zu werden. Doch Hel achtete nicht auf sie.

Bald, hatte sie gesagt.

Aber noch war Freyas Zeit nicht zu Ende.

Sie lief zu Thor hinüber.

Von Blut bespritzt und voller Zorn ließ er Mjölnir sinken.

»Gehen wir. Lasst die Toten liegen«, sagte er müde.

Freya lief weiter zu Gefion, legte den Arm um sie und half ihr beim Gehen. Die Beinwunde der Schwester schien arg zu schmerzen.

Baldur, Ull, Sigvard und drei Wanenkrieger traten neben sie.

Sie waren eine erbärmlich kleine Schar. Nicht einmal die Hälfte derer, die an Land gegangen waren, hatte überlebt. Der Sieg hatte einen hohen Preis gefordert.

Die Frauen aus Vanaheim, die das Geschlecht hätten weiterführen können, waren auf dem Hofplatz gefallen.

Freya drehte sich um, hinter ihr ging Bragi. Der Junge sah aus wie ein Gespenst.

Blut lief über seine Brust. Die rot unterlaufenen Augen blickten leer, als wisse er nicht mehr, wo er sich aufhielt.

Langsam gingen sie zum Ufer. Die Göten wichen ihnen aus und ließen sie widerwillig durch. Die Luft triefte vor Hass und Zorn. Überall lagen Tote.

Auf der dunkelroten Heide leuchtete ein blaues Gewand auf, wie ein Stück Himmel zwischen geronnenem Blut.

Njörunn.

Ihr Schädel war eingeschlagen, ihre Haare von Blut verklebt. Ihre Augen, die so viel Freundschaft und Weisheit ausgestrahlt hatten, zeigten keine Spur mehr von Leben.

»Meine Vertraute«, jammerte Freya.

Der Wind zerrte an Njörunns Gewand. Bestimmt fror sie. Freya wollte sie beschützen, sie zur Ruhe betten. Sie durfte nicht schmutzig und verletzlich da liegen, den Blicken der Göten preisgegeben.

Sie ließ Gefion los und stürzte zu der Toten hinüber. Sie konnte Njörunn doch im Tod nicht verlassen.

Thor aber packte ihren Arm, riss sie zurück.

»Wenn wir hier bleiben, schlagen sie uns tot.«

»Sie ist meine Freundin.«

Thor drückte ihren Arm so hart, dass es wehtat.

»Wir alle haben heute Freundinnen und Freunde verloren. Reiß dich zusammen.«

Das Wolfsfell hing locker über seinem Rücken. Seine Arme glänzten vor Schweiß.

Er hatte Recht.

Freya nickte stumm.

Der Zugriff um ihren Arm lockerte sich.

»Du warst nicht menschlich, als du mit Hyndla gekämpft hast, wie eine Göttin hast du die Luft mit Feuer gefüllt. Die Göten fürchten dich, das kann uns vielleicht das Leben retten.«

Freya holte tief Luft. Sie musste weiterhin Stärke zeigen.

»Ich werde alles tun, was du willst.«

Wieder legte sie Gefion den Arm um die Taille. Thor trat zurück.

»Niemals habe ich so etwas Entsetzliches gesehen wie deinen Kampf gegen Hyndla. Und sieh doch nur dein Halsband an.« Gefion zeigte auf Brisingamen.

»Das leuchtet vor Gold. Du hast die ganze Zeit Recht gehabt.«

Freya schnaubte, ihre Schwester hing warm und lebendig an ihrem Arm. Nur das spielte eine Rolle. Und dass sie von hier fortkamen.

Die Götenkämpfer beobachteten schweigend jeden ihrer Schritte. Sogar jetzt, wo so viele von ihnen auf der Heide gefallen waren, waren sie unendlich zahlreich.

Ein Wort, und alles wäre vorüber.

»Und in manch anderem hattest du auch Recht«, stöhnte Gefion.

Jeder Schritt tat ihr weh. Freya packte sie fester, hob sie ein wenig hoch.

»Schweig und spare deine Kräfte.«

»Besser wir reden jetzt, solange wir noch leben. Danach wäre es schwer«, sagte Gefion und versuchte zu lachen.

»Wir haben sie gemeinsam besiegt, zwei Schwestern, eine mit Macht über Gold, die andere mit Macht über die Göttin. Die alten Worte treffen zu. Du hast gegen Hyndla gekämpft, mein Dolch hat mich und Thor befreit.«

»Wir sind jämmerliche Reste des Reiches, das einst Vanaheim war«, sagte Freya traurig.

»Nein«, widersprach Gefion energisch. »Was einmal gewesen ist, wird wieder zurückkehren. Das Leben stirbt im Winter, Pflanzen verwelken, Laub fällt, aber verdammt, es wird doch immer wieder Frühling. Also schweig. Hyndla und Gorm sind gefallen. Unsere Feinde sind tot.«

»Noch nicht alle«, sagte Freya und blieb stehen.

Drei Göten traten ihnen mit erhobenen Rundschilden und Schwertern in der Hand in den Weg. Thor trat auf den Vordersten zu, einen schwarzhaarigen Burschen mit lockigem Bart.

»Aus dem Weg oder stirb«, brüllte Thor und versetzte dem Krieger einen Stoß.

Dessen Holzschild fiel zu Boden. Freya fuhr zusammen, als sie das Geräusch hörte. Es klang in der gespannten Stille unnatürlich laut.

»Wir haben gesiegt, der Kampf ist zu Ende. Gebt mir meinen Vater, und wir segeln nach Hause. Tiwaz sei mein Zeuge«, sagte Thor.

Der Schwarzhaarige schaute seine Kameraden zweifelnd an. Was hatten sie zu verlieren? Gorm war tot. Er hatte keine Söhne hinterlassen. Es gab niemanden, dem sie Treue schwören konnten, niemanden, der ihre Dienste bezahlen würde.

»Der Kampf ist zu Ende«, sagte Freya und ließ ihre Schwester los.

»Wer das Schwert gegen uns erhebt, sei auf ewig verflucht! Hütet euch vor der Auserwählten der Todesgöttin, sonst wird Hel euch in der Nachwelt strafen.«

Der Wind trug ihren Ruf über die Heide, hinüber zu den stehenden Steinen. Die Krieger starrten sie misstrauisch an.

Ein junger Mann trat vor und deutete eine Verbeugung an.

»Ihr habt freies Geleit, Priesterin.«

Der glatt rasierte Jüngling trug einen kostbaren Umhang und ein seltenes Schwert. Offenbar stammte er aus einer vornehmen Sippe.

»Sag mir deinen Namen, Götenspross.«

»Ich bin Grinde, Sohn des Hauglot. Gorm war der Bruder meiner Mutter.«

Der Wind trug ein Geheul über die Heide. Die Mächte waren in der Nähe. Freya schauderte zusammen und sah zu den Toten hinüber. So viele Leben waren hier geopfert worden. Wohin sie auch schaute, überall gab es Tod, Krankheit und Hass.

»Lass deine Waffen nun und für immer schweigen. Zu viel Blut ist zwischen unseren Sippen geflossen. Das hier sind Wolfszeiten, Trauerzeiten, der Schicksalsmond trieft vor Blut. Lass die Wunden heilen und den Frieden Ruhe finden.«

Freya verstummte, erstaunt über ihre Worte. Niemals hatte jemand auf einem Schlachtfeld so gesprochen.

Der junge Grinde verbeugte sich noch einmal, ehe er das Wort ergriff.

»Deine Worte sind weise, Friedenspriesterin. Es ist viel zu lange her, dass auf dieser Insel jemand über Frieden und Wachstum gesprochen hat. Aber die Göten stehen vor einer neuen Zukunft und wissen nicht, wer Gorms Umhang auf sich nehmen wird.«

»Wo ist mein Vater?«, schaltete Thor sich ein.

Grinde starrte den Asen misstrauisch an.

»Dein Vater steckt in der Höhle beim alten Hof«, erwiderte er mürrisch und wandte sich dem älteren Mann zu.

»Halfdan, hol die gefangenen Asen.«

»Baldur und Ull, geht mit ihm«, befahl Thor.

Die drei Männer liefen über die Heide davon. Wie Wölfe verschwanden sie zwischen den Rauchsäulen am Ufer.

Thor und Grinde traten zurück und musterten einander angespannt und kampfesbereit.

»Leb wohl, Grinde, Götenspross. Mögen die Mächte dir beistehen«, sagte Freya.

Der Jüngling beugte sich vor und flüsterte leise:

»Flieh, Priesterin. Meine Macht ist zu gering, um dich zu schützen.«

Sie flüsterte einen Dank und lief über die Heide davon.

Bald hatten sie die letzten Krieger hinter sich zurückgelassen.

Thor betrat den Hofplatz, auf dem die Feinde sie in der Dämmerung umringt hatten. Noch immer stieg Rauch aus den Trümmern des Langhauses. Die toten Frauen lagen nebeneinander, die Waffen auf ihrer Brust.

Dieser Anblick schmerzte Thor. Es war Sache der Männer, im Kampf zu fallen.

Traurig riss er den Blick von den Toten los. Ull und Baldur warteten schon auf ihn, zusammen mit zwei mageren, schmutzigen Elendsgestalten.

Odin und Heimdal. Sie lebten noch.

Thors Erleichterung wich seinem Zorn.

»Sie haben dich also nicht umbringen können?«

»Ich bin stolz auf dich, mein Sohn, stolz auf euch beide«, sagte Odin mit seiner Greisenstimme und grinste Baldur an.

Die Brüder tauschten einen finsteren Blick.

»Dein Wahnsinn und dein Friedensgerede haben dich in dieses Loch gebracht. Wenn du einen Bogen um Gorm gemacht hättest, dann wäre das alles nie passiert.«

»Mein ältester Sohn nimmt große Worte in seinen Mund. Hast du vergessen, wer der Allvater der Asen ist?«

Odin rückte die Klappe über seinem geblendeten Auge gerade.

Seine grauen Haare trieften vor Fett und Schmutz, seine Kleidung war grau und zerlumpt. Etwas Jämmerlicheres als Odin hatte Thor nie gesehen, sogar Heimdal war sauberer und wirkte stärker.

Thor nahm den Arm des Alten und führte ihn die Böschung hinab zu dem wartenden Boot. Bald würden die Göten sich sammeln und Jagd auf sie machen.

»Aber du hast schon Recht, Junge. Sie haben uns in die Falle gelockt.«

Sein Vater stank wie ein verendetes Schwein. Thor wandte sich angeekelt ab.

»Aber es hat ewig gedauert, bis du gekommen bist«, sagte Odin.

Sie hatten den Strand erreicht. Thor hob den Einäugigen an Bord und schob das Boot ins Wasser. Die Wanen hatten bereits abgelegt. Thor sprang an Bord. Der Wind blähte das Segel.

Thor atmete erleichtert auf. Endlich konnten sie Gorms verdammte Insel wieder verlassen.

12

Das Schiff legte an einer kleinen Insel an, die kaum mehr als ein Felsen war. Thor rieb seine kalten Hände aneinander und schaute hinaus aufs Meer. Im Inneren der Bucht lag das in der Nacht entstandene Eis. Am Ufer funkelten bereifte Bäume und Büsche.

Gut, dass die Männer sich ein wenig ausruhen konnten, der Kampf war hart gewesen und die Fahrt lang und kalt. Sie waren erschöpft, auch die, die sich wie starke Jungbullen aufgeführt hatten, als sie über die Reling gesprungen waren.

»So ist er auf mich losgegangen«, sagte Sakse und führte Heimdal einen Schwerthieb vor.

Thor seufzte. Sakse redete fast ununterbrochen, seit sie die Göteninsel verlassen hatten.

Aber Heimdal lachte so sehr, dass sein Bart auf und ab hüpfte.

»Die Feinde, die du erschlagen hast, werden auch jeden Tag mehr«, rief er.

»Sakse faselt so viel, dass seine Zunge bald faulen wird«, rief Ull und lief hinter ihnen her.

Grinsend gingen sie über den Strand auf die Wanen zu, die sich am Felshang versammelten.

Thor hielt Ausschau nach Freya. Am nächsten Morgen würden sie sich trennen, ihre Schiffe würden in verschiedenen Richtungen davonsegeln. Wo war sie?

Ein heftiges Husten ließ ihn herumfahren. Bragi ging gerade von Bord. Thor runzelte besorgt die Stirn.

»Alles in Ordnung?«

Das war eine blödsinnige Frage, denn jeder konnte sehen, dass

Bragi am Kampfzittern litt. Er war leichenblass, seine Hände bebten und in seinen Augen lag Todesangst. Der Junge starrte ihn an und lehnte sich an die Reling. Seine Nase war rot, seine Fingerknöchel vom Frost zerfressen.

»Geh dich am Feuer wärmen«, sagte Thor.

Der Junge sah aus wie ein Greis, als er da mit hängenden Schultern vor ihm stand.

Das war wirklich Besorgnis erregend. Thor konnte sich nur zu gut daran erinnern, was mit Ulf Großaxt geschehen war. Der hatte kein Wort mehr gesprochen und war zu nichts mehr Nutze gewesen, nachdem sie auf der Wanderung der Asen gen Norden mit Feinden aneinander geraten waren.

Nachts hatte er geschrien wie ein Säugling. Am Ende hatte er sich in einem See ertränkt, wo sie ihn in der Morgendämmerung treiben sahen. Ein bitteres Ende für einen tapferen Krieger.

Thor legte dem Jungen die Hand auf die Schulter und drückte zu.

»Ich bin stolz darauf, dich an meiner Seite zu haben.«

Bragis Augen leuchteten auf.

»Danke«, antwortete er mit heiserer Stimme.

»Ich kann mir kein schlimmeres Schicksal vorstellen, als mit einem verwesenden Leichnam zusammen aufgehängt zu werden. Nur wenige hätten das geschafft und danach noch so gut gekämpft. Und das bringt dir große Ehre«, sagte Thor mit ernster Miene.

Der Junge kratzte sich im Nacken, zögerte.

»Ich habe Bilder im Kopf. Ich spüre immer noch das Seil um meinen Leib. Das erwürgt mich«, sagte er und schüttelte sich.

Thor seufzte.

Loki würde den Jungen vielleicht heilen können. Aber der Schamane war wohl tot. Zwar hatte niemand seinen Leichnam gesehen, aber er war verschwunden.

»Bald bist du zu Hause und liegst in Iduns Armen. Der Kampf wird dann vergessen sein und alles wird sein wie immer«, erklärte Thor und schlug Bragi auf den Rücken.

Er sah zu, wie der Junge über die Reling kletterte. Bragi würde schon wieder zu sich kommen. Tiwaz würde doch niemals zulassen, dass ein solcher Krieger in Feigheit verloren ging.

Freya tauchte mit einem Arm voll Reisig zwischen den Büschen auf. Ihre Haare wogten ihr über die Schultern. Sie ließ das Holz auf den Boden fallen, ging in die Hocke und machte Feuer.

Seine schöne Freya.

Thor strich sich über den Kopf. Er hatte sich gekämmt und die Haare mit einem Riemen zusammengebunden, sodass sie über seinen Rücken hingen. Gesicht und Hände hatte er sich sorgfältig gewaschen.

»Sie ist schon ein feines Mädel.«

Odin kam über das Deck auf ihn zu. Es war glatt, denn das halb gefrorene Wasser bedeckte die Planken, deshalb bewegte Odin sich vorsichtig.

Auch der Alte hatte sich gewaschen und trug nun saubere Kleidung. Aber sein zerfurchtes Gesicht war übersät von Flohstichen und Wunden.

Er sah aus wie ein räudiger alter Hund.

»Bragi hat das Kampfzittern«, sagte Thor schroff.

Odin strich sich über seinen grauschwarzen Bart. Der war inzwischen so lang, dass er fast seinen Bauch erreichte.

»Wir haben anderes zu besprechen«, sagte er mit Greisenstimme.

Thor schaute missmutig zu den anderen hinüber.

Er hatte keine Lust, sich noch einmal anzuhören, wie Odin und die anderen Asen in die Höhle eingesperrt worden waren. Wie Hyndla sie geholt hatte, einen nach dem anderen, bis nur noch er und Heimdal übrig gewesen waren. Wie sie gehofft und zu Tiwaz gebetet hatten, dass Thor sie doch befreien möge.

Er wollte kein Wort mehr über Gorms Insel hören.

Das Wasser schlug gegen das Schiff. Die Sonne ging jetzt unter, schon wurden die Schatten lang.

Freya hatte das Feuer zum Leben erweckt. Sie erhob sich und schaute sich am Strand suchend um. Sie suchte ihn.

»Was willst du, Alter?«, fragte Thor ungeduldig.

Odins Gesicht verdüsterte sich, er richtete sich auf und schien zu wachsen.

»Hüte deine Zunge, mein Sohn. Den Hexen kannst du immer noch nachlaufen. Wenn ich spreche, dann hörst du zu«, brüllte er.

Thor spürte, wie die alte Angst in ihm zum Leben erwachte. Wie ein kleiner Knabe stand er vor seinem Vater, der den Riemen zum Schlag erhoben hatte. Aber diese Zeit war vorüber.

Es war Odin, der die schwarze Seuche über sie geholt hatte. Sein Wahnwitz hätte die Asen fast allesamt das Leben gekostet.

Wenn Thor nicht Gorm und Freya nicht die Hexe besiegt hätte, dann wären sie jetzt alle nicht mehr am Leben gewesen.

Odin verzog den Mund, dünn und elend war der Alte. Thor sammelte seine Kraft, legte die Hand auf Mjölnir.

»Mir machst du keine Angst mehr, Alter«, sagte er.

Odin riss die Augen auf.

»Wie kannst du es wagen, so mit mir zu sprechen!«

Thor sah Furcht in seinem Blick.

»Ich tue, was ich will«, sagte er.

»Widerspenstig bist du geworden, aber ich habe dich gut erzogen. Seit du ganz klein warst, habe ich dein Gemüt abgehärtet. Du gereichst mir zur Ehre, Thor, großer Asenheld.«

Odin hatte diese Worte fast ausgespuckt.

Thor ballte die Faust. Der Zorn ließ seine Schläfen pochen. Odin würde ihn noch zum Wahnsinn treiben. Die Beule war aufgestochen worden, der Eiter, den er schon sein Leben lang mit sich trug, quoll hervor.

»Mein Gemüt geht dich nichts an«, sagte Thor.

Aber seine Stimme klang trotzig wie die eines kleinen Knaben. Warum führte er sich seinem Vater gegenüber auf wie ein Rotzbengel?

Odin fuhr sich mit seinen runzligen Fingern durch den Bart. Der Alte war erschüttert, das konnte Thor sehen. Schon fiel Thor das Atmen leichter.

»Mein Vater war ein boshafter Kerl. Er hat mich so oft geschlagen, dass ich fast verblutet wäre. Aber er hat mich mit seinen Stöcken und Riemen abgehärtet. Ohne ihn hätte ich es nicht geschafft, die Asen vom Schwarzen Meer hierher zu führen. Durch meine Stärke konnte ich uns das Leben retten. Und diese Stärke habe ich an dich weitergereicht. Ohne mich wärst du bei deinem ersten Kampf erschlagen worden. Denk daran.«

Thor holte tief Luft und bezwang seinen Zorn.

Odin hatte die Asen ja wirklich gerettet. Und dafür hatte er alle Achtung verdient. Aber das war jetzt lange her.

»Das Alter verdunkelt deinen Geist.«

Odin seufzte.

»Ich hätte nicht zu Gorm reisen dürfen.«

»Dein Wahnsinn hat viele gute Männer das Leben gekostet«, sagte Thor.

Odin legte die Hände auf die Reling. Frostrauch quoll aus seinem Mund. In der Höhle war er wirklich zu einem alten Mann geworden. Seine Haut war runzlig wie die eines verschrumpelten Apfels.

»Es ist an der Zeit für dich, meinen Umhang auf dich zu nehmen. Ich will dich zum Häuptling der Asen ausrufen«, sagte Odin mit ernster Stimme.

Thor schaute den Alten überrascht an.

Das hatte er sein Leben lang ersehnt und sich gleichzeitig davor gefürchtet.

Drüben am Ufer warf Freya Holz ins Feuer. Odins Worte brachten Thor keine Freude, keinen Stolz. Er verspürte nur Angst.

Häuptling der Asen. Das Netz zog sich um ihn zusammen. Der listige alte Fuchs ließ seine Macht zu leicht los. Odin begriff, dass er die Asen nach seinen Verfehlungen nicht mehr leiten konnte. Deshalb wollte er durch seinen Sohn herrschen. So musste es sein.

Thor spürte, wie der Hass in seinem Bauch wuchs.

»Ich werde deinen Umhang auf mich nehmen. Aber glaub nicht, du könntest mich nach deiner Pfeife tanzen lassen. Die Zeiten sind vorbei.«

Odins Augen wurden schwarz vor Zorn. Er trat einen Schritt auf Thor zu.

»Nicht so zornig, mein Junge. Mein Blut fließt stark in deinen Adern. Alles, was du an mir hasst, wirst du dankbar ausnutzen, wenn du Häuptling bist«, brüllte der Allvater der Asen.

»Ich schwöre bei Jorunn, dass ich niemals so sein werde wie du«, schrie Thor.

Odin lachte spöttisch.

»Was ist das für ein törichtes Gefasel? Machst du mir deshalb noch immer Vorwürfe? Das Weib hat mich doch aufhalten wollen, als ich zum Berserker geworden war, du weißt, was passiert ist. Du warst dabei.«

Thor biss die Zähne so fest zusammen, dass es wehtat. Odin erschlug Jorunn mit seinem Speer. Regen, Blut im Schlamm. Die Schreie seiner Mutter, das Gewitter, das den Himmel erschütterte. Thor packte Odins Kittel und ließ den Alten mit dem Kopf nach unten über die Reling hängen. Der Alte klammerte sich an seinen Armen fest. Seine Finger bohrten sich wie runzlige Krallen in Thors Arm.

»Willst du deinen Vater umbringen?«

Jetzt hatte der Alte Angst. Seine Hilflosigkeit ließ Thors Blut vor Streitlust kochen.

Er brauchte ihm nur noch das Genick zu brechen. Eine kurze Umdrehung, das trockene Knirschen, dann würde Odin in die Nachwelt eingehen. Es wäre eine würdige Rache für Thors Mutter.

Und Thor würde frei sein.

Odin klammerte sich an seine Arme, aber seine Angst ging jetzt zurück. Stattdessen grinste der Vater so breit, dass seine Zähne zu sehen waren.

»Lass erst mal die Berserkerwut über dich kommen, du selbstgerechte Pissstange. Dann erinnere ich dich an die Frauen, die du abgeschlachtet hast. Hyndlas Mutter und die Priesterinnen.«

Thor erstarrte.

»Wer hat die Asen ins Verderben gezogen? Du hältst dich für verdammt edel, aber mein Blut kannst du nicht verleugnen. Das hat dich nämlich am Leben erhalten.«

Möge Tiwaz sich erbarmen. Thor holte tief Atem. Er war das geworden, wovor er sich am meisten gefürchtet hatte. Der rote Nebel verdichtete sich, blendete ihn. Die Wut schrie in seinem Körper. Jeder Muskel an ihm zitterte.

Er brüllte seinen Hass aus sich heraus, stellte den Alten auf die Füße und schleuderte ihn auf die andere Seite des Schiffes.

Odin sank auf dem Deck in sich zusammen.

Thor rang keuchend nach Luft.

Der Alte erhob sich und wischte sich das Blut von der Wange.

»Von jetzt an bestimme ich und du wirst mir gehorchen«, sagte Thor.

Odin lachte.

»Du hast deinen alten Vater besiegt. In deinen Fäusten steckt mehr Kraft, als ich ahnen konnte.«

Thor reckte sich.

Nun sollte für die Asen eine neue Zeit anbrechen. Schluss mit wahnsinnigen Entscheidungen und Fehden. Sein Volk sollte wieder stark werden.

Thor schaute seinen Vater ein letztes Mal an, dann sprang er ans Ufer.

»Alles, was du wolltest, hast du bekommen«, rief Odin.

Nicht alles, dachte Thor und erwiderte Freyas Blick. Nicht alles.

Freya steckte sich ein Stück gebratenen Fisch in den Mund und sah Thor über die Felsplatten kommen, kriegerisch und breitschultrig, das Wolfsfell über die Schultern gelegt. Der Mut verließ sie, als Baldur hinter ihm auftauchte und beide Brüder miteinander sprachen. Hinter ihnen schleppte Odin sich an Land.

Er ging an seinen Söhnen vorbei, ohne sie auch nur eines Blickes zu würdigen. Stattdessen steuerte er auf Freya zu.

Sie schluckte den letzten Rest Fisch hinunter und leckte sich die Finger ab.

»Ich grüße dich«, sagte sie höflich.

»Dass mein Sohn und meine ehemalige Gattin mir in meiner

höchsten Not beistehen konnten, was für eine Vorstellung«, sagte Odin und starrte ihr Helzeichen an.

Er sah aus wie ein alter Rabe, mit seinen strähnigen Haaren und dem grauschwarzen Bart. Wunden überzogen seine Wangen. Es war sehr viel Zeit vergangen, seit Freya gegen ihren Willen dem Asenhäuptling zur Frau gegeben worden war. Sie konnte sich noch gut an ihre Verzweiflung und an Thors Zorn erinnern. Und doch war sie nur offiziell Odins Gattin gewesen, nie hatte sie in seinen Armen gelegen. Aber sie hatte ihn das Zaubern gelehrt.

»Ich werde immer dankbar dafür sein, was du mir geschenkt hast, Wanendise. Meine Kräfte waren groß, aber jetzt werden sie durch mein Alter verdunkelt«, sagte Odin.

»Noch bleibt dir sehr viel Macht. Das kannst du mir nicht verhehlen«, sagte Freya und schaute verstohlen zu Thor hinüber. Aber der war noch immer ins Gespräch mit seinem Bruder vertieft.

Die Krieger, die am Feuer saßen, versuchten zu lachen und zu scherzen, obwohl sie so müde waren. Gefion saß auf einem Fell. Ihr Bein quälte sie, aber es würde heilen, Freya hatte sich die Wunde früher am Tag angesehen.

Jetzt ließ Thor seinen Bruder stehen. Er schaute wütend zu seinem Vater hinüber, als dieser vor Freya trat.

»Du bist der Todesgöttin geweiht. Das ist sicher lustig«, sagte Odin grinsend.

Freya hörte nicht auf ihn. Die Sehnsucht nach Thor riss an ihrem Körper. Er schaute ihr tief in die Augen.

»Wann wirst du sterben?«, fragte Odin freundlich. »Denn das ist doch das Schicksal einer, die Hel dient?«

Thors Augen verdüsterten sich. Der verdammte Odin, konnte er ihnen denn nicht wenigstens diese letzten gemeinsamen Minuten gönnen?

»Hel wird mich holen, wenn die Zeit gekommen ist«, sagte Freya.

Thor schien seinem Vater den Hals umdrehen zu wollen.

»Sie ist tückisch, diese Todesgöttin. Aber ich will nicht stören. Ich sehe ja, dass ihr noch immer nacheinander lechzt.«

Odin lachte und ging weiter zu Baldur.

Freya atmete erleichtert auf.

»Es stimmt also? Du wirst sterben?«, fragte Thor.

Sie legte ihm die Hand auf den Arm.

»Ein kleiner Preis für einen großen Sieg.«

Thor ballte die Fäuste und fluchte.

»Ich werde Idun zu dir schicken«, sagte er dann.

Freya schüttelte den Kopf. Idun hatte ihre Wahl getroffen. Sie mochte die Erbin eines untergegangenen Reiches sein, aber Idun war weder Königin noch Priesterin. Freya wollte dafür sorgen, dass der Kleinen diese Bürden erspart blieben.

Sie sah zu Bragi hinüber, der neben dem Feuer hockte. Vielleicht konnten die beiden ja miteinander glücklich werden.

»Pass auf Idun auf. Schwör mir das«, bat Freya und streichelte Thors Hände.

»Du hast mein Wort«, sagte er mit heiserer Stimme und traurigem Lächeln. »Sie wird meine Erinnerung an dich sein.«

»Wir haben diesen Abend, und das ist mehr, als wir vor dem Kampf erwarten konnten«, sagte Freya.

Thor lächelte noch einmal.

»Es wird kalt.«

»Nur ein Weilchen.«

Zusammen entfernten sie sich vom Feuer und gingen über die Felsplatten davon.

Gefion sah sie in der Dämmerung verschwinden. Wie gut, dass Freya noch eine kleine Freude hatte. Während der ganzen Überfahrt war sie düster und schweigsam gewesen. Und wenn sie etwas sagte, dann sprach sie über ihren bevorstehenden Tod, und das war ebenso lustig, wie einer verendeten Kuh beim Verwesen zuzusehen.

Gefion bewegte ihr schmerzendes Bein. Sie hatte nicht vor, Freya jetzt schon zu betrauern. Wenn sie in diesem Leben etwas gelernt hatte, dann, dass man Dinge glauben soll, wenn sie passiert sind, nicht, wenn man glaubt, dass sie passieren werden. Und wieso sollte die Todesgöttin Freya nach diesem harten Kampf nicht doch am Leben lassen?

Verdammte Mächte. Die Menschen waren wie Rindenboote in ihren Händen. Sie wurden hin und her geschleudert, um die Launen der Göttinnen zu befriedigen. Es war einfach ungerecht.

Aber sie konnte nicht mehr leugnen, dass es diese Göttinnen gab. Als sie gesehen hatte, wie die Luft um Freya herum Feuer gefangen hatte und wie Hyndla verbrannt worden war, hatte sogar Gefion die Macht der Göttinnen anerkennen müssen.

Aber das bedeutete nicht, dass sie sie verehren wollte.

Gefion rückte den Verband um ihre Wunde gerade und schaute dann verstohlen zu Bragi hinüber.

Er sah halb verrückt aus, wie er da auf den Hacken hin und her wippte.

Odin hockte sich neben ihn und flüsterte ihm etwas ins Ohr.

Nun sprachen die beiden miteinander. Gefion rückte näher, um sie zu belauschen.

»Wenn sie nun wirklich Lokis Schlangenbrut in sich trägt. Vielleicht lebt sein Geist in diesem Kind. Schon seit dem Kampf träume ich von einem Seil, das mich bindet, einem Messer, das mich wie ein Schlachtschwein zerlegt, und wer mich tötet, das ist Loki.«

Odin fuhr sich mit der Hand über den Bart.

»Du kannst durchaus Recht haben. Träume sind wichtig, wir müssen auf sie hören. Und Lokis Kraft war groß. Was sagt Thor?«

Bragi schnaubte.

»Ich verehre deinen Sohn sehr, er ist mein Held. Verzeih deshalb meine Worte, Allvater, aber Thor denkt mit der Stange, wenn er Freya sieht. Das wissen doch alle. Er umschmeichelt diese Hexe wie ein Hengst eine brünstige Stute.«

Bragi fuhr sich mit der Hand durch die nach allen Seiten abstehenden Haare.

»Freya hat behauptet, meine Stange verzaubert zu haben, aber Thor meint, das sei nicht so ernst gemeint gewesen.«

Odin lachte leise.

»Thor war immer schwachsinnig, wenn es um die Hexe ging.

Achte nicht auf ihn. Komm im Winter auf meinen Hof, dann können wir einander besser kennen lernen. Wenn du deine Zeit an einen alten Mann verschwenden magst, meine ich.«

»Ich fühle mich geehrt und komme gerne.«

Gefion grinste. Was waren die Asen doch für Schwächlinge. Sie konnten nicht einmal in den Kampf ziehen, ohne irre zu reden und Albträume zu haben.

Und dieser Bragi war ja leichter zu spielen als eine Flöte. Freya hatte ihm wirklich eine Todesangst eingejagt. Er würde für Idun ein guter Mann werden, jetzt, wo er das Leben kennen gelernt und ordentlich Prügel eingesteckt hatte.

Und leichtgläubig war er offenbar auch noch. Er begriff nicht einmal, dass Odin ihn für seine Zwecke ausnutzen wollte. Egal, das war nicht ihre Sache. Sie hatte für ihre unbekannte Nichte getan, was sie konnte. Idun würde keine Probleme mit Bragi haben, da war sie sich sicher.

Gefions Sorge galt vielmehr Sigrid. Wenn sie doch nur am Leben war. Gefion verdrängte diesen Gedanken. Es hatte keinen Sinn, sich den Kopf über Dinge zu zerbrechen, die sie bald erfahren würde.

Mühsam kam sie auf die Füße und humpelte zu Sigvard und seinen Männern hinüber.

Gefion hörte und sah nicht, dass Bragi sich zu Odin vorbeugte und flüsterte:

»Was soll ich tun, wenn Idun ein Kind im Bauch trägt?«

Odin lächelte tröstend.

»Ein Mann darf nicht daran zweifeln müssen, dass er der Vater eines Kindes ist. Setz die Brut im Wald aus, sonst wirst du dich um den Verstand grübeln.«

»Aber Loki.«

»Um Lokis Geist kümmere ich mich, wenn er dich quälen will. Du brauchst dir keine Sorgen zu machen.«

»Wenn die Hexe es ernst gemeint hat, dann kann ich keine Söhne bekommen.«

»An dir ist nichts auszusetzen, Junge. Thor hatte Recht. Sie wollte dir nur Angst machen.«

Bragi lächelte den Allvater der Asen erleichtert an.

»Ich bin dir überaus dankbar.«

Odin spielte mit seinem schwarzgrauen Bart und musterte den Jungen mit freundlicher Fürsorge.

»Irgendwann kannst du das vielleicht wieder gutmachen.«

Das Schiff wollte im ersten Morgenlicht lossegeln. Asen und Wanen nahmen auf den vereisten Felsplatten voneinander Abschied.

»Möge unser Schwur immer gelten«, sagte Gefion zu Thor.

Er legte sich die Hand aufs Herz.

»Du hast unsere Freundschaft gewonnen, Königin. Die Asen werden niemals vergessen, dass du ihnen in ihrer düstersten Stunde beigestanden hast.«

»Ich werde daran denken, wenn ich selbst Probleme habe«, sagte Gefion und hinkte zum Schiff der Wanen hinüber.

Freya legte Thor die Hand auf den Arm und streichelte ihn. Ihr Körper war noch immer heiß von der gemeinsamen Nacht.

Aber jetzt musste sie loslassen.

»Kümmere dich um Idun.«

»Ich bräuchte dich an meiner Seite«, sagte Thor düster.

»Ich werde über dich wachen.«

Freya ging auf das Schiff zu. Sie hatte das Gefühl, als ob ihr das Herz aus der Brust gerissen würde.

Kaum war sie an Bord gestiegen, da setzte Sigvard das Segel. Freya blieb schweigend stehen, während Skidbladnir in der Ferne verschwand. In diesem Leben war ihr ein bitteres Schicksal zuteil geworden. Grimmig und unbarmherzig war es gewesen. Aber bald würde alles vorbei sein.

Es stimmte, sie waren wieder da!

Skidbladnir glitt in die Bucht, rhythmisch bewegten die Ruder sich durch das Wasser.

Idun lief zusammen mit den Hofleuten an den Strand. Sie hatte das Gefühl, über den Boden zu schweben. Die Nächte voller Angst waren zu Ende.

Während der Nacht war eine dünne Schneeschicht gefallen. Sie beleuchtete den ganzen Hof, vertrieb die Dunkelheit.

»Wenn sie nur überlebt haben«, murmelte Siv, als sie auf glatten Lederschuhen den Hang hinunterrutschte.

Die Männer sprangen an Land und zogen das Boot ans Ufer.

Idun erstarrte.

»Es sind so wenige«, flüsterte sie und suchte mit Blicken nach Bragi.

Dann atmete sie erleichtert auf, als sie seinen blonden Schopf entdeckte. Er lebte. Er war zu ihr zurückgekommen.

Welche Schrecken du auch erlebt haben magst, ich werde alles leichter für dich machen, dachte sie und legte die Hand auf ihren Bauch. Wenn er sich nur freute.

Ull half einem alten Mann an Land. Sein Rücken war gebeugt, Haare und Bart waren grauschwarz. Das musste Odin sein.

Die Jungen umschwärmten ihn wie die Bienen. Sie sprangen auf und ab, lachten und johlten. Thor sprach mit Bragi. Loki dagegen war nicht zu sehen. Idun wurde ganz heiß vor Erleichterung, dann riss sie sich zusammen. Sie durfte sich nicht über den Tod eines Menschen freuen.

Denn dann würde sein Geist sie verfolgen.

Sie hatte an diesem Tag so viel Grund zur Freude. Drei Nächte hintereinander hatte sie von Bragi geträumt. Als sie morgens Siv davon erzählte, hatte diese gesagt, das bedeute, dass das Kind von ihm sei. Siv war doch in Vanaheim Priesterin gewesen, und da kannte sie sich mit diesen Dingen aus. Es war wirklich ein glücklicher Tag.

Ihr wurde ganz heiß, als Bragi auf sie zukam. Er war blass und mager und ging mit schweren Schritten über das verschneite Ufer.

»Gattin«, sagte er kurz und ging dann an ihr vorbei.

»Ich bin so froh darüber, dass du wieder da bist«, sagte Idun und lief hinter ihm her den Hang hoch.

Sie rutschte aus und stürzte. Als sie sich aufgerappelt hatte, war Bragi bereits auf dem Hofplatz. Sie rannte hinter ihm her und zögerte kurz, ehe sie die Frage stellte, die in ihr brannte.

»Lebt meine Mutter noch?«

Bragi sah sie nicht einmal an, als er antwortete:

»Die Hexe lebt noch. Hol meine Pferde. Wir reiten nach Hause.«

Sicher war Bragi erschöpft von der Reise und traurig nach dem Kampf. Aber Idun würde ihn gesund pflegen, würde sich um ihn kümmern, damit er wieder zu sich kam. Und sie wusste, wie sie ihn glücklich machen konnte.

Sie holte tief Luft.

»Du wirst Vater«, sagte sie stolz.

Bragi erstarrte. Er sah sie an wie einen boshaften Geist.

»Ein Kind?«

Seine Stimme wurde zu einem heiseren Röcheln.

»Es ist dein Kind. Da bin ich sicher«, sagte sie und versuchte zu lächeln. Warum war er so komisch? Warum freute er sich nicht? Ihr Stolz versank im verschneiten Schlamm.

Bragi starrte ihren Bauch an, als verstecke sie darin ein Untier aus der Tiefe des Meeres.

»Hol die Pferde«, wiederholte er.

Idun lief zum Pferch hinüber. Die Enttäuschung ließ ihre Brust brennen. Sie hätte warten sollen, bis er sich ausgeruht hatte. Es war doch klar, dass er sich nicht über das Kind freuen konnte, solange er erschöpft und mitgenommen vom Kampf war.

Er war doch zum Umfallen müde.

Idun öffnete das aus Weidenruten geflochtene Tor. Die zottigen Pferde hoben neugierig die Köpfe. Idun lächelte. Sie würde sich auch um sie kümmern. Bald würde er wieder er selbst sein.

Sie lächelte noch einmal. Sie waren auf dem Weg nach Hause.

Der Ritt dauerte fast einen halben Tag. Idun klammerte sich mit erfrorenen Händen an der Mähne ihres Pferdes an.

Es war kälter geworden und jetzt rieselten kleine Schneeflocken durch die Luft. Wenn sie nur bald da wären. Sie zitterte vor Kälte und hatte schrecklichen Hunger.

Und dennoch prickelte ihr Körper vor Aufregung. Jetzt würde sie alles erhalten, wovon sie so lange geträumt hatte, ihren eigenen Hof. Das war fast mehr, als sie begreifen konnte.

Sie sah den Hof vor sich, groß und prächtig. Dort würden ihre Kinder zwischen fetten Kühen und üppigen Feldern heranwachsen. Die Kinder würden lachend über den Hofplatz springen.

Wenn nur Bragi ihre Fragen beantworten wollte! Schweigend ritt er vor ihr den Weg entlang. Nicht ein einziges Mal hatte er sich umgesehen. Er hatte es sicher nicht so leicht, der Arme. Sie musste der Göttin dafür danken, dass er noch am Leben war, und sich damit zufrieden geben.

Aber sie waren jetzt wirklich schon lange unterwegs.

Wenn die Kälteriesen sie nun in einem Schneesturm fingen! Dann würden sie erfrieren. Sie schaute besorgt zu den Bäumen hinüber.

Wie konnte Bragi sich in diesem endlosen Wald nur zurechtfinden? Der Weg war doch so schmal wie eine Schlangenspur. Wenn sie sich nun verirrt hatten?

Es war fast ganz dunkel, als sie sich einem bewohnten Gebiet näherten. Hier war der Wald abgeholzt worden und neben dem Weg waren Hufspuren zu sehen.

Idun war es vom langen Reiten schon ganz schlecht.

Sie weinte fast vor Erleichterung, als sie in der Ferne das Haus sah. Aber je näher sie dem Hof kamen, desto mehr sank Iduns Mut.

Es war ein kleines Langhaus, das kleinste, das sie je gesehen hatte. Es war nur zehn Schritte lang und besaß nur ein Nebenhaus.

Sie ritten auf den Hofplatz. Idun rutschte von ihrem Pferd und streichelte dessen Hals. Das zottige Fell war schweißnass. Sie selbst war steif gefroren und ihr Körper schmerzte nach dem Ritt.

Ein alter Mann kam aus dem Haus und übernahm die Pferde. Sein Kittel war grau und verschlissen, sein Rücken gebeugt. Er grüßte Bragi kaum und hatte für Idun nicht einmal ein Wort.

Sie runzelte angesichts dieses unverschämten Leibeigenen die Stirn, dann nahm sie das Bündel mit Kleidern, das Siv ihr gegeben hatte, und folgte Bragi ins Langhaus.

Und dort traten ihr die Tränen in die Augen, es war so schlicht und schmutzig. Sechs Schlafplätze, zwei Sitzstöcke an der Feuerstätte, mehr nicht. Zwei weitere Leibeigene, eine Frau und ein Mann, standen total verdreckt am Feuer und glotzten sie wütend an.

»Mutter.«

Bragi lief zu der grauhaarigen alten Frau, die am Feuer saß.

»Ich bin wieder zu Hause, Mutter. Und ich habe eine Frau mitgebracht, die sich um dich kümmern kann.«

Die alte Frau schaute Idun aus zusammengekniffenen Augen an. Ihre grauen Haare waren geflochten, ihr Kittel war braun und schmutzig, aber sie trug eine Brosche auf der Brust, die wie ein Blatt geformt war.

»Wer ist das? Die kenne ich gar nicht.«

Idun fiel vor der Alten auf die Knie.

»Ich heiße Idun, Mutter.«

»Du bist mir ja eine armselige Kleine. Wessen Tochter bist du?«

Die Stimme der Alten knarrte wie eine alte Tür.

»Sie ist Thors Tochter«, sagte Bragi rasch und winkte Idun, sie solle aufstehen.

Sofort gehorchte sie.

»Thors Tochter.«

Die Alte lachte zufrieden.

»Du hast dich also immerhin aufgerafft und dir eine reiche Frau gesucht. Wie viel Gold bringt sie denn mit?«

Bragi schaute Idun wütend an.

»Es reicht«, sagte er kurz.

»Und wie viel Vieh?«

»Kein Vieh«, sagte Bragi.

Die Alte musterte ihren Sohn verächtlich.

»Hab ich nicht gesagt, du musst dir mehr Vieh zulegen? Du treibst dich mit Thor herum, aber um den Hof kümmerst du dich nicht. Und um mich auch nicht. Und jetzt schleppst du auch noch so ein mageres Ding an. Wie soll die denn auf dem Feld arbeiten können?«

Bragi nahm die Hand seiner Mutter. Er war wütend, auch wenn er das nicht zeigen wollte.

»Alles wird gut, Mutter. Ich bin jetzt zu Hause. Der Hof wird wieder so schön wie zu Vaters Lebzeiten.«

Idun ließ sich auf einen Sitzstock sinken und sah, wie ihre Träume zu Staub zerfielen.

Das also hatte auf sie gewartet. Bragis Gerede von einem prachtvollen Hof und von Reichtum war nur Gerede gewesen.

Die Luft stank nach Kot, Rauch und Schmutz. Auf dem Boden lagen altes Stroh und verwesende Knochen. Es war kalt. Eisiger Wind drang durch das Dach. Und Bragis Mutter verachtete sie.

Und hier sollte sie ihr Kind zur Welt bringen?

»Jetzt glotzt hier nicht herum. Bringt Essen«, schrie Bragi die Leibeigenen an.

Sie verzogen sich wie geprügelte Hunde.

Idun musterte ihren schönen Mann. Sie durfte hier nicht herumquengeln, als sei sie Königin Åse. Sie war mit Bragi unter den Hammer getreten. Sein Hof war vielleicht nicht so reich, wie er behauptet hatte, aber die alte Frau konnte sich doch nicht um alles kümmern.

Idun würde schon dafür sorgen, dass alles schön und sauber würde. Das war die Aufgabe einer Hausfrau, und die würde sie erfüllen.

Gefion sprang am Ufer von Alfheim an Land. Ihr Bein tat weh, aber sie unterdrückte den Schmerz tapfer und hinkte zum Hof hoch. Alfhild kam mit wehenden Haaren und dem Umhang in der Hand über den Hofplatz gerannt.

»Lebt Sigvard noch?«

Gefion zeigte auf das Schiff.

»Deine Freundin liegt in der Heilhütte«, sagte Alfhild und lief zum Strand weiter.

Sigrid saß am Feuer und spann Wolle, als Gefion die Tür öffnete. Sie sprang überrascht auf, die Spindel fiel zu Boden.

»Endlich«, rief sie.

Ihre Wangen waren rosig und gesund, ihre Haare glänzten im Schein des Feuers.

Gefion hätte vor Freude zerspringen mögen.

Sie nahm Sigrid in die Arme und küsste sie gierig.

Ihr Mund schmeckte nach Milch und Brot. Glücklich holte Gefion Luft. Sie hatte sich ja solche Sorgen gemacht.

»Aber du bist ja verletzt«, sagte Sigrid und musterte Gefions Bein. »Leg dich hin, ich kümmere mich um dich.«

»Das ist nicht so schlimm«, sagte Gefion.

Die Wunde in ihrem Bein war fast verheilt, bald würden auch die Schmerzen verschwinden.

»Wir haben einen schweren Sieg errungen. Mein Volk ist im Kampf gefallen.«

Sigrid erstarrte.

»Alle?«, flüsterte sie.

Gefion seufzte tief.

»Sie haben uns durch ihren Tod gerettet. Wir werden ihre Namen an unseren Feuern singen. Ihnen ist es zu verdanken, dass der Feind besiegt ist und dass Vanaheim sich wieder erheben kann.«

»Aber du bist verletzt und brauchst Ruhe. Widersprich nicht, komm jetzt«, befahl Sigrid.

Gefion ließ sich zu den Fellen führen, die auf der Strohmatte ausgebreitet waren. Müde legte sie sich hin. Sie genoss es, still auf dem Boden zu liegen und nicht auf einem wogenden Schiff.

Sigrid legte neues Holz aufs Feuer und zog Gefion dann die Schuhe aus. Die Augen der Schönen waren noch nie so blau gewesen.

»Hast du Hunger? Soll ich was zu Essen holen?«

Gefion schüttelte den Kopf und lächelte müde. Die Wärme des Feuers breitete sich in der Hütte aus. Gefion fühlte sich angenehm schwer.

Sigrid löste das Lederband, das Freya um Gefions Bein gewickelt hatte, und betastete die Wunde vorsichtig.

»Ein Pfeil. Du hättest sterben können!«

Sie beugte sich vor und öffnete Gefions Gürtel. Vorsichtig legte sie Sigil neben das Feuer. Dann zog sie Gefion das Wams aus. Jetzt lag Gefion nackt auf den Fellen. Trotzig richteten ihre Brüste sich in der Wärme auf.

»Ich muss beim Willkommensfest an Alfhilds Feuerstätte sitzen.«

»Du bleibst hier«, sagte Sigrid entschieden und streichelte mit ihrer schmalen Hand Gefions Bauch.

Kleine, heiße Blitze schossen durch Gefions Haut.

»Ich weiß schon, was du brauchst, um wieder zu Kräften zu kommen«, sagte Sigrid lachend.

Ihre Hand stahl sich auf Gefions Brüste. Gefions Brustwarzen erstarrten zu glühenden Kohlen. Ihre Haut wurde heiß vor Hunger. Müdigkeit und Schmerzen waren wie weggeblasen.

Langsam, viel zu langsam zog Sigrid sich das Wams aus. Rote Narben in ihren Achselhöhlen zeigten, wo die Beulen gesessen hatten.

Die Brüste mit ihren hellen Brustwarzen wogten sanft auf und ab.

»Komm«, keuchte Gefion.

Sie erhob sich und streckte die Arme nach ihrer Geliebten aus, doch Sigrid entzog sich ihr. Sie packte Gefions Handgelenke und drückte sie auf die Felle.

»Ganz ruhig, meine Königin. Hier herrsche ich.«

Lange schaute sie in Gefions Augen. Am Ende brannte Gefion vor Erwartung.

Endlich küsste Sigrid sie leidenschaftlich.

Gefion schloss die Augen und genoss es, Sigrids Haut an ihrer zu spüren.

Dann verließ ihre Zunge Gefions Mund und suchte sich einen Weg über Kinn und Hals.

Gefion wimmerte vor Lust.

Ihr Körper zitterte vor Erwartung.

Sigrids Lippen schlossen sich um ihre Brustwarze. Sie leckte sie zuerst vorsichtig, dann saugte sie hart daran. Gefion wand sich vor Lust. Bei der Göttin, wenn sie hier und jetzt sterben müsste, wäre das ein schöner Tod.

Sigrids wunderbare Honigzunge leckte ihren Bauch und wanderte dann langsam weiter abwärts.

»Meine schöne Blonde.«

Gefions Stimme war heiser vor Lust.

Sigrid hob den Kopf, begegnete ihrem Blick. Ihre Lippen leuchteten im Feuerschein blutrot.

»Wem gehörst du?«, fragte sie und ließ ihren Finger über Gefions feuchte Spalte gleiten.

»Ich gehöre dir für immer, du bist mein Alles«, stöhnte Gefion und hob flehend ihren pochenden Schoß.

Sigrid lächelte zufrieden, dann senkte sie den Kopf.

Gefion schrie, als Sigrids Honigzunge sie langsam zum befreienden Genuss brachte.

Die Gesichter der Männer waren gezeichnet von Müdigkeit. Ihre Kleider waren übersät von rotbraunen Flecken, geronnenes Blut stank in der Hitze. Aber sie waren am Leben, und sie hatten gesiegt. Tiwaz hatte wahrlich über ihnen gewacht.

Odin hatte sich in seinen Umhang gehüllt und wiegte sich langsam hin und her.

Baldur saß neben ihm und trank. Sein Gesicht war vom Metgenuss bereits hochrot. Ull starrte mit leerem Blick ins Feuer.

»In diesem Winter sind viele gute Männer ums Leben gekommen«, sagte Thor. »Es sind böse Zeiten für die Asen.«

Die Männer murmelten zustimmend.

»Hört jetzt zu, Männer, hört, was ich euch sage«, verkündete Odin und fuhr sich mit der Handfläche über den Bart.

Thors Stimmung verdüsterte sich. Natürlich musste der Alte ihm das Wort abschneiden. Aber Odin war eben der Einzige, der sagen konnte, was gesagt werden musste.

»Ich bin jetzt lange genug Häuptling der Asen gewesen. Die Dürre im Osten hat mein Volk getötet, ich habe uns durch die Wälder in dieses fruchtbare Land geführt, wo milder Regen unsere Felder nährt. Es war eine schwere und harte Wanderung. Nichts ist uns geschenkt worden, jede Gunst der Mächte haben wir uns erkämpfen müssen. Aber mit Tiwazens Hilfe haben wir unsere Höfe bauen können.«

Die Männer sahen Odin neugierig an. Die Geschichte ihrer Wanderung war ihnen nun wirklich bekannt.

»Meine Zeit ist zu Ende. Ich trete meinen Platz an Thor ab, an meinen ältesten Sohn. Unser tapferster Krieger soll von nun an unser Volk führen.«

Thor sah die Blicke der Männer auf sich gerichtet.

»Ich nehme den Platz meines Vaters als Häuptling ein und wer etwas dazu sagen will, möge jetzt sprechen oder auf ewig schweigen.«

Die Männer hoben ihre Becher und tranken auf sein Wohlergehen. Niemand schien von Odins Entschluss überrascht zu sein.

»Darauf, dass wir die Göten überfallen und verbrennen«, sagte Baldur.

Thor nickte zustimmend.

»Wir werden die Reste ihres Reiches zerschmettern. Aber zuerst müssen wir wieder zu Kräften kommen.«

»Auf den Häuptling der Asen, auf Thor, meinen Pflegevater«, rief Ull.

Abermals tranken die Männer auf Thors Wohl. Sie blickten ihn voller Hoffnung und Achtung an. Mehr konnte Thor nicht verlangen.

Siv trat mit einer Schüssel voller vor Fett triefender Fleischstücke und gekochter Wurzeln an die Feuerstätte. Thor aß schweigend, er dachte an die Pflichten, die ihm jetzt auferlegt waren. Die Männer, die ihn auf dem Kriegszug begleitet hatten, mussten belohnt werden. Die Familien der Gefallenen brauchten Hilfe. Er würde als Erstes zu ihren Höfen reiten und Bericht erstatten. Ull und Baldur sollten ihn begleiten.

Danach würde er alle Asenhöfe aufsuchen und feststellen, wer die schwarze Seuche überlebt hatte. Sicher gab es viele, die Unterstützung brauchten.

Er schaute in die Flammen und sah dort für einen Moment Freya.

Siv war wunderbar, trotz ihrer scharfen Zunge und ihrer giftigen Reden. Es war schon schade, dass er nicht mit beiden leben konnte. Wenn sie sich nur verstanden hätten, dann hätten sie beide auf dem Hof leben und sich um ihn kümmern können. Das wäre für alle das Beste gewesen. Und dann hätte Freya sich nicht der Todesgöttin verschrieben.

Er schnaubte angesichts dieser Träumereien. Die Gegebenheiten waren nun einmal anders. Er hatte Freya für immer verloren.

»Schade, dass Bragi nicht hier ist, er könnte ein Gedicht darüber verfassen, dass ich dir meinen Umhang überlassen habe. Aber er hat sich so schnell mit deiner Tochter verdrückt, dass ich sie mir gar nicht ansehen konnte«, sagte Odin.

Die Augen des Alten funkelten.

»Du solltest auch zu deinen Weibern nach Hause fahren, damit sie dich gesund pflegen können. Ull wird morgen früh mit dem Wagen bereitstehen«, sagte Thor.

Odin lachte.

»Ich mag ja alt sein, aber mein Blick ist noch scharf und mein Verstand funktioniert besser als der der meisten anderen.«

Thor wurde wütend, als Odin eine Pause machte und alle Männer der Reihe nach anlächelte, ehe er einen Schluck aus seinem Horn trank.

»Ich will dir einen einzigen Rat geben, jetzt, wo Gorm besiegt ist. Du kannst vor mir fliehen, Thor, aber dir selbst entgehst du nicht.«

Thor seufzte und erhob sich.

»Komm, Vater, ich werde dafür sorgen, dass du noch vor Einbruch der Dunkelheit zu Hause bist. Du brauchst Ruhe. Und deine Gattinnen sehnen sich nach dir.«

Odin grinste und erwiderte seinen Blick. Aber diesen Kampf hatte Thor bereits gewonnen.

»Die Jugend meiner Frauen ist Grund genug für eine lange Reise. Sie sehnen sich nach mir«, sagte sein Vater und legte sich würdevoll seinen Umhang um.

Hocherhobenen Hauptes ging er dann neben Ull zur Tür.

Thor atmete erleichtert auf.

Jetzt war er wirklich Häuptling.

Alfhild lehnte den Kopf an den Türpfosten und genoss die Wärme. Endlich war der Frühling gekommen. Der verdammte Winter mit dem vielen Unglück lag hinter ihnen. Und er war ungewöhnlich mild gewesen, offenbar hatte die Göttin ihnen weiteres Leid ersparen wollen. Alfheim war von der schwarzen Seuche gnädig behandelt worden.

Auf Alfhilds Hof war niemand an dieser Krankheit gestorben, nicht einmal das Kind einer Magd, und das war mehr, als man von den Mächten begehren konnte. Alfhild schaute zur Bucht hinunter und seufzte zufrieden.

Das Beste von allem aber war, dass Gefion nach Hause wollte.

Sigvard belud gerade ihr Boot. Auch die Mädchen und Bolde waren zum Strand gelaufen. Sie ließ sie nicht aus den Augen. Gefion war ruhiger gewesen als sonst, seit sie von den Göten zurückgekehrt war.

Meistens war sie mit der blonden Schönheit, mit der sie auch ins Bett ging, in der Hütte geblieben oder hatte sich mit Freya auf der Insel der Priesterinnen aufgehalten.

Wenn sie an Alfhilds Feuerstätte gesessen hatte, war sie wortkarg gewesen.

Niemand konnte ihr da Vorwürfe machen, hatte sie doch ihr Reich verloren und die Kriegerinnen, mit denen sie in den Kampf gezogen war, waren gefallen.

Jetzt besaß sie weder Reichtum noch Volk, sie hatte nur ihre Schwester und die Blonde.

Und ihre Zeit mit den beiden zu verbringen, konnte Gefion keine Erbin für Vanaheim verschaffen.

Alfhild lächelte zufrieden vor sich hin.

Die arme Gefion. In Alfheim wurde getuschelt, sie bringe Unglück. Es hieß, Gefion selbst habe die schwarze Seuche über die Wanen gebracht. Die Leute wichen ihr aus, sie hatten Angst, Gefions Unglück könne auf sie übergreifen.

Seltsam, welche Gerüchte in Umlauf kommen konnten. Jetzt flüchteten die Menschen sich zu Alfhild und baten sie, sie mit ihrer Fruchtbarkeit und ihrem Glück zu segnen.

Alles war so, wie es sein sollte.

Die Hunde sprangen auf und bellten zur Heide hinüber. Eine dunkel gekleidete Frau kam über den Weg. Es war Freya.

Alfhild sah der Priesterin neugierig entgegen.

Freya hatte während des ganzen Winters ihre Insel kaum je verlassen.

»Du bist ein ersehnter Gast«, rief Alfhild.

»Wirklich?«, fragte Freya mit einem kleinen Lächeln.

Brisingamen funkelte um ihren Hals, Gold wand sich um Freyas Handgelenke und ihr Umhang wurde von einer Schlangenbrosche zusammengehalten. Um ihren Kopf trug sie neun Zöpfe. Sie wirkte klarer bei Verstand denn je. Nur Manieren besaß sie nicht.

Alfhild schaute überrascht hinter Freya her, die nun, ohne mit ihr gesprochen zu haben, den Hofplatz überquerte.

»Sie ist verrückt, Brisingamen verzehrt ihre Vernunft«, flüsterte eine Stimme hinter ihrem Rücken.

Alfhild lächelte Widar an.

»Der Zwillingsgott ist stark in Alfheim.«

Sie schaute auf den Schild, den er in der Hand hielt. Auf der glänzenden Fläche tanzte der behörnte Gott mit den Disen.

»Eine schöne Arbeit, die du Gefion da schenken willst. Hast du mir das Gold gestohlen?«

Widar schlug die Augen nieder und errötete leicht.

»Freya hat Hyndla durch Brisingamen besiegt, das vom Zwillingsgott geschaffene Halsband. Ihm haben wir also für unsere Rettung zu danken.«

Alfhild lächelte den Hohepriester verkniffen an. Er hatte den Kampf gegen die Göten genutzt, um seine Stellung zu festigen. Aber Widar war ein guter Diener. Mit seiner Hilfe war Alfhilds Macht gewachsen. Abermals hatte sich Ruhe über ihr Reich gesenkt.

»Es ist Zeit, um von Königin Gefion Abschied zu nehmen«, sagte Alfhild und lachte strahlend in die gleißende Sonne.

Alles war so, wie es sein sollte.

Langsam ging Freya den Hang hinunter. Gefion wartete ungeduldig unten am Strand; als sie Freya entdeckte, rannte sie ihr entgegen.

»Was soll das denn? Wo ist dein Gepäck?«

Freya seufzte tief. Immer wieder hatte sie versucht, ihrer Schwester zu erklären, dass sie nicht mitkommen würde. Aber Gefion hatte nur Ohren für ihren eigenen Willen.

Wütend auf die Mächte hatte sie geschworen, ihre Insel wieder aufzubauen.

»Ich bleibe hier. Das weißt du.«

Gefions Augen füllten sich mit dem Trotz, den Freya so gut kannte.

»Unsere Ahninnen haben Vanaheim den Riesen entrissen, sie haben um jedes Feld gekämpft, das sie von Steinen befreit haben, um jeden Baum, den sie fällen mussten. Komm mit. Es ist unser Land.«

Freya schaute ihr in die Augen.

»Nein, meine Schwester. Du weißt, dass mein Schicksal es anders will. Ich warte auf Hel«, sagte sie.

»Das machst du schon den ganzen Winter, aber trotzdem stehst du hier und atmest und tust deine Arbeit«, knurrte Gefion.

»Warum hörst du nie auf das, was ich dir sage?«

»Vielleicht aus Klugheit?« Gefion grinste breit.

Auch Freya musste lachen. Das Boot war jetzt beladen und bereit. Freya hätte die sanften Hügel ihrer Kindheit wirklich gern noch einmal gesehen. Aber sie musste in Alfheim bleiben, das spürte sie mit jeder Faser ihres Körpers.

»Eir ist noch da, das habe ich in der Opferquelle gesehen. Es gibt auch noch andere Überlebende. Du wirst nicht einsam sein«, sagte Freya.

Gefion schnaubte und sah dabei aus wie ein Rappe mit flatternder Mähne.

»Ich mache mir keine Sorgen. Aber ich bitte dich, schwöre mir eines: Wenn du bis zum Herbst nicht gestorben bist, dann kommst du nach Vanaheim. Komm nach Hause.«

»Du hast mein Wort, Schwester.«

Sie nahm Gefions Hand und streichelte sie vorsichtig.

»Pass auf dich auf.«

Gefion sah traurig aus. Dann kamen Widar und Alfhild, um Abschied zu nehmen, und rasch nahm sie wieder Haltung an.

Freya blieb am Strand stehen, bis das Schiff abgelegt hatte. Als jedoch der Frühlingswind das Segel blähte, ließen sie die Vorahnungen erschaudern. Vanaheim würde seine alte Macht nie zurückerringen. Seine Zeit war zu Ende. Gefion würde vergeblich kämpfen.

Den Wanen war ein anderes Schicksal beschieden.

In düstere Gedanken versunken verließ sie den Strand und ging langsam über die Totenheide zur Halle der Priesterinnen. Wenn dieses lange Warten auf Hel doch bald ein Ende nehmen könnte, denn in ihrem leeren Leben gab es jetzt nur noch eine schmerzhafte Einsamkeit.

Ein milder Wind umfing sie und flüsterte ihr ein Wort zu, das sie seit sehr langer Zeit nicht mehr gehört hatte.

»Walhalla.«

Freya kratzte sich am Arm, versuchte, sich zu erinnern. Das war die Vision, die sie in Hallunda an der Opferquelle gehabt hatte, ehe die Wanen gegen Odin und die Asen in den Kampf gezogen waren. Thor war ihr Gefangener gewesen. Sie hatte sein Leben gerettet, obwohl sie gelobt hatte, ihn zu opfern. Stattdessen aber waren sie zusammen geflohen.

Seit damals waren viele Jahre vergangen.

Und seit jenem Tag war ihr Volk immer wieder von Kummer und Schmerz heimgesucht worden. An die Vision jedoch konnte sie sich deutlich erinnern – Tod und Vernichtung, brennende Häuser. Verlassene Höfe. Aber dazwischen erhob Walhalla sich groß und unendlich. Es strahlte heller als die Sonne.

Freya blieb stehen und schaute hinaus aufs Wasser. Gefions Schiff verschwand hinter der Landzunge.

Jetzt begriff sie. Das neunte Zeitalter lag bereits hinter ihnen. Die

Welt der Wanen war in die Finsternis gestürzt. Vanaheim würde niemals wieder auferstehen.

Aber das Neue nahm bereits Form an.

Walhalla.

Die Vögel sangen, die Sonne wärmte ihren Nacken. Freya schaute das Spiralenarmband an, das sich um ihren Arm wand. Das Leben war eine Spirale, die sich durch das Weltall zog und niemals ein Ende nahm.

13

Idun stellte den Eimer auf den Lehmboden und reckte ihren schmerzenden Rücken. Das Kind strampelte, leise und vorsichtig. Sie fuhr mit der Hand über ihren gewölbten Leib und betrachtete stolz ihre Arbeit.

Das Langhaus war vielleicht alt und heruntergekommen, aber jetzt war es immerhin sauber.

Ein Hocker, den sie vom Leibeigenen Stolpe hatte zimmern lassen, stand vor der Feuerstätte. An der Querwand gab es mehrere neue Tonurnen, die sie im späten Winter hergestellt hatte. Einige waren schräg und schief, aber sie konnten doch Samen und Fische darin aufbewahren. Und im Herbst würde sie hinter dem Haus Urnen mit saurer Grütze vergraben. Im vergangenen Winter hatten sie viel zu wenig zu essen gehabt. Das musste jetzt besser werden. Wegen des Kindes.

»In der Grütze ist Sand«, schimpfte Bragis Mutter.

Iduns Lächeln verlosch.

»Was ist los, Mutter?«

Die Alte hob auffordernd ihre Holzschale hoch. Ihre Haare hingen in schmutzigen Strähnen um ihr Gesicht, die Nase war geschwollen und von Ausschlag bedeckt.

Sie stank nach alter Pisse. Ihr braunes Wams starrte vor Schmutz. Idun hatte gebettelt und gefleht, sie waschen zu dürfen, aber die Alte hatte sich geweigert. Manchmal verwirrten sich ihre Sinne und wenn sie Zahnschmerzen hatte, wurde sie wütend wie ein Ameisenhaufen.

»Du willst mich vergiften.«

Ihre Stimme klang wie eine knirschende Tür.

»Nein, Mutter.«

Idun nahm ihr die Schale aus der Hand.

»Geh ein bisschen hinaus in die Sonne. Da ist es schön warm.«

Die Alte verzog ihr Gesicht zu schmutzigen Furchen.

»Was weißt du denn schon, du hast ja kaum eine Monatsblutung. Du rennst hier herum und bringst alles durcheinander. Bragi hätte sich eine richtige Frau suchen sollen, nicht so ein Wechselbalg«, keifte sie.

Idun stellte die Schale auf den Sitzstock.

Plötzlich jagte ein bohrender Schmerz durch ihren Bauch und griff auf den Rücken über.

Es konnte noch nicht so weit sein. Noch nicht. Sie schaute sich voller Angst um. Die Alte legte sich mühsam auf die Bank. Auf dem Hofplatz bellte ein Hund.

»Nicht jetzt«, flüsterte Idun ihrem Bauch zu.

Warum hatte sie gewartet? Sie hatte doch alles genau überlegt und ausgerechnet. Sie wollte Bragi bitten, Siv zu besuchen, um dann dort zu bleiben und ihr Kind zur Welt zu bringen.

Idun biss sich in den Daumennagel.

Jetzt musste sie mit Bragi reden, und es war kein guter Tag für so ein Vorhaben. Er hatte wieder schlecht geschlafen und war noch vor Morgengrauen schweißnass und schreiend hochgefahren.

Der arme Bragi, er hatte es schwer gehabt, seit er vom Kampf zurückgekehrt war. Aber sosehr sie sich auch um ihn bemühte, es half alles nichts. Er wurde immer nur noch wütender.

Idun drückte sich die Hände ins Kreuz und schüttelte sich. Sie musste jetzt tapfer sein. Dem Kind zuliebe.

Sie ging über den sonnigen Hofplatz und dann weiter zum Roggenfeld. Dort war Bragi mit der Sichel am Werk. Er hielt eine Hand voll Halme zusammen, schnitt sie ab und steckte sie in seinen Ranzen, ein ums andere Mal. Sein Oberkörper war braun gebrannt, die Muskeln lagen wie dicke Seile unter der Haut. Auf der Schulter trug er den gefüllten Ranzen. Hinter ihm ging die Leibeigene und las das auf, was zu Boden fiel.

Idun wusste nicht einmal, wie diese Frau hieß. Die Leibeigenen redeten nicht mit ihr. Und ihre Sprache war so unklar, dass Idun kein Wort verstand.

Aber immerhin war Bragi zu Hause. Im Winter und im Frühling war er meistens unterwegs gewesen.

Idun wollte nicht einmal daran denken, was er machte, wenn er nicht bei ihr war. Einmal war sie so töricht gewesen, ihn zu fragen. Diesen Fehler würde sie niemals wieder machen.

Idun nagte jetzt wieder an ihrem Nagel. Ihre Hand zitterte ein wenig. Alles würde besser werden, wenn Bragi erst eingesehen hätte, dass das Kind von ihm war, und wenn Idun wieder aussähe wie früher.

»Kannst du kurz kommen?«

Bragi schaute nicht einmal auf. Er schnitt wütend Halme ab. Idun schluckte. Sie wusste, wie sehr er die Feldarbeit verabscheute. Es war wirklich kein guter Tag.

»Verzeih mir, Gatte, aber es eilt, bitte, komm«, flehte sie.

Sie durfte ihn nicht reizen, nicht jetzt.

Bragi hielt inne und seufzte tief. Dann warf er der Leibeigenen den Ranzen zu und kam mit der Sichel in der Hand zum Zaun.

»Was ist?«

Idun lächelte so liebevoll sie konnte.

»Das Kind ist unterwegs, bitte, bring mich zu Siv, lass mich im Haus meines Vaters niederkommen.«

Idun legte sich die Hände auf den Bauch und blickte ihn flehend an.

Bragis Gesicht verzog sich angeekelt.

»Du kannst das Kind in unserem Haus bekommen, für meine Mutter war das gut genug.«

Idun versuchte verzweifelt, ihre Angst nicht zu zeigen. Wie sollte sie hier gebären, ganz allein? Sivs Worte hallten in ihrem Hinterkopf wider. Er konnte das Kind im Wald aussetzen, wenn er wollte. Das durfte nicht passieren.

»Ich habe nur solche Angst, dass deinem Sohn etwas passieren könnte.«

Bragi trat einen Schritt zurück und seine Augen blitzten.

»Meinem Sohn! Willst du mich auch jetzt noch belügen?«

Er wischte sich den Schweiß von der Stirn und sah sie mit dem Blick an, den sie zu fürchten gelernt hatte. Idun versteckte ihre Hände hinter dem Rücken. Er durfte nicht sehen, wie sehr die zitterten, denn das würde ihn nur noch wütender machen.

Zu spät. Bragi setzte wie ein Hirsch über den Zaun.

Das Kind strampelte in ihrem Bauch, als ob es begriffen hätte, wie gefährlich er war.

»Bitte, lass mich zu Siv, ich …«

Idun verstummte, als er die Faust ballte. Bitte, tu dem Kind nichts.

»Warum kannst du nicht lernen zu gehorchen?«, schrie er.

Die Faust traf sie im Bauch. Idun sank zu Boden. Schmerzen durchschnitten sie wie Messer. Das Kind trat so heftig um sich, dass ihr ganz schlecht wurde.

»Bragi, ich bitte dich.«

»Ich weiß, dass du Lokis Schlangenbrut in dir trägst. Mich kannst du nicht an der Nase herumführen. Ich weiß, welches Übel du verbirgst«, fauchte er.

Sie durfte nicht weinen. Jetzt nicht. Idun kämpfte sich auf die Füße.

»Ich will doch nur deinen Sohn gebären.«

Er hob die Sichel und fuhr damit über ihren Bauch. Idun wurde es eiskalt. Sie starrte die Spitze an, die ihr Wams zerteilte.

»Ich müsste dich aufschneiden und nachsehen«, sagte Bragi tonlos.

Sein Blick war völlig gefühllos. So schlimm war es noch nie gewesen. Ihr Herz hämmerte wie besessen. Sie musste fliehen.

»Auf den Höfen wird über mich gelacht, weißt du das? Bragi hat sich eingebildet, ein unberührtes Wanenmädchen von hoher Geburt eingefangen zu haben. Aber bekommen hat er nur Lokis Brut.«

Idun ging langsam einen Schritt zurück. Bragi schien das nicht einmal zu bemerken.

»Odin hat Recht. Ein Mann darf niemals zweifeln müssen.«

Idun kämpfte mit den Tränen. Sie durfte jetzt nicht weinen. Das würde ihn nur wütender machen. Also zwang sie sich ein Lächeln ab.

»Verzeih mir, mein Geliebter. Ich werde alles wieder gutmachen. Lass mich dir einen Sohn gebären, du wirst stolz auf ihn sein.«

Bragi blickte sie überrascht an und schien aus einem Traum zu erwachen. Er lächelte spöttisch.

»Glaubst du, ich werde dieses Kind am Leben lassen?«

Idun schnappte nach Luft. Sie war wie erstarrt. Ihre Füße schienen am Boden festgewachsen zu sein.

Das Kind strampelte jetzt wieder, zuerst nur ein wenig, dann immer heftiger. Das riss Idun aus ihrer Erstarrung. Langsam wich sie einen Schritt zurück, dann noch einen.

Bragi fing an zu lachen.

»Lauf du nur weg, hier kannst du dich nirgendwo verstecken.«

Thor stützte sich auf den Zaun und sah sich die Kälber an. Neun Stück waren geboren worden und alle hatten überlebt. In diesem Sommer quoll Idunvallen vor Leben geradezu über. Jedes Frauenzimmer hatte einen hohen Bauch und auf den Feldern neigten sich die Ähren.

Die Mächte schienen Krankheit und Tod des Winters ausgleichen zu wollen.

Thor berührte seinen schmerzenden Nacken. Er arbeitete jeden Tag von morgens bis abends, aber schlafen konnte er trotzdem nie. Nacht für Nacht lag er wach und starrte zu den Dachbalken empor. Und doch gab es keinen Grund zur Unruhe, alles war so, wie es sein sollte.

In der Bucht glitzerte das Wasser einladend. Vielleicht sollte er alle Sorgen von sich abspülen? Noch bevor er sich entschieden hatte, hörte er hinter sich Schritte. Ull kam auf ihn zu, mit der besorgten Miene, die er nun schon so lange zeigte. Er war zur Jagd gekleidet und hatte sich Körper und Haare mit Lehm eingeschmiert. Kein Tier im Wald würde die Witterung des Jungen aufnehmen können.

»Was hast du erlegt?«, rief Thor.

Ull spielte an dem Bogen über seinem Rücken herum.

»Einen Hirsch, einen prächtigen Bock.«

Thor lächelte zufrieden.

»Was für ein Glück, dass wir dich haben, Junge.«

»Ich muss etwas mit dir besprechen, Pflegevater«, sagte Ull mit ernster Stimme.

Thor musterte den Jungen neugierig. Er wartete schon lange darauf, dass Ull sich eine Hausfrau nahm, das Alter hatte er nun wirklich erreicht. Vielleicht hatte er jetzt eine gefunden.

»Sag, was du auf dem Herzen hast.«

»Bragi hat unseren Hof schon lange nicht mehr besucht.«

Thor zuckte mit den Schultern.

»Dein Freund fehlt dir, das kann ich mir vorstellen. Aber Bragi hat sich eine Frau genommen, er baut seinen Hof für die Zukunft aus. Du solltest seinem Beispiel folgen.«

Ulls Augen verdunkelten sich.

»Wir müssen hinreiten.«

Thor schaute Ull überrascht an. Was war denn bloß los mit ihm? Er schien völlig außer sich zu sein.

»Wieso die Eile? Ich war doch im Frühling bei Bragi«, sagte Thor.

Damals war es Idun gut gegangen. Sie erwartete ein Kind und deshalb hatte Thor sich alt gefühlt. Aber sie war munter und dienstbeflissen gewesen, ebenso wie Bragi.

Alles hatte sich also bestens gefügt.

»Ich bitte dich, Pflegevater. Wir müssen hinreiten«, sagte Ull.

Er wirkte absolut erschöpft, wie er da stand und von einem Fuß auf den anderen trat. Thor stützte sich auf den Zaun, die Weidenruten ächzten unter seinem Gewicht. Der Junge war seit Freyrs Tod nie wieder so wie früher gewesen. Einsam jagte er im Wald, und kaum war er mit der Beute nach Hause gekommen, zog er schon wieder los. Was hatte Freya beim Totenhaus in Alfheim noch gesagt?

»Wir wecken das Wanenblut des Jungen, wir wollen sehen, ob er seine Kraft einfangen kann.«

War das der Grund für Ulls verändertes Verhalten? Hatte er die Kräfte seines Vaters geerbt?

»Was hast du bei Idun gesehen?«, fragte Thor.

Jetzt wurde er nervös.

Ull schlug die Augen nieder.

»Wir müssen zu Bragis Hof reiten«, sagte er noch einmal.

Thor seufzte tief.

»Dann sollten wir wohl die Pferde holen.«

Bragi war hinter ihr her. Idun rannte durch den Wald. In ihrem ganzen Leben hatte sie sich noch nie so gefürchtet.

Ab und zu hörte sie vom Weg her Hufschläge. Er ritt hin und her und rief ihren Namen, die Jagd schien ihm vorzukommen wie ein lustiges Spiel.

Idun kletterte über einen Baumstamm, auf der anderen Seite glitt sie aus und fiel hin. Erschöpft blieb sie liegen und rang nach Luft. Sie konnte nicht mehr weiter. Sie war so müde, dass es ihr schwarz vor Augen wurde. Idun schluchzte auf und lehnte sich an den Stamm.

»Hab keine Angst«, sagte sie keuchend zu ihrem Kind. »Dir wird nichts passieren.«

Ihr Bauch zog sich zusammen, sie unterdrückte ein Stöhnen.

Es wurde bereits dunkel. Aber was, wenn sie hier in der Dunkelheit ihr Kind bekäme? Idun kämpfte sich auf die Füße. Das durfte nicht passieren. Sie musste zu Siv gelangen. Der Boden schwankte unter ihren Füßen. Idun sank in das weiche, feuchte Moos und starrte ins Leere.

Sie konnte nicht mehr weiter. Sie würde mindestens einen Tag brauchen, um zu Siv zu wandern, und das würde sie nicht schaffen. Sie würde hier im Wald gebären. Sie und das Kind würden sterben. Wilde Tiere würden sie verschlingen, sowie sie das Blut gewittert hätten.

»Ich habe es immerhin versucht«, flüsterte sie ihrem Bauch zu.

Wenn sie ihr Kind doch nur bei Siv oder bei Freya hätte bekommen dürfen. Sie sehnte sich so sehr danach, die Arme ihrer Mutter um sich zu spüren, nur noch ein einziges Mal. Sie wollte Freya doch nur zeigen, dass auch sie zu etwas taugte. Sie hatte ihren eigenen Hof haben wollen, ihre eigenen Kinder.

Idun legte die Arme um den Bauch und kroch in den Schatten in sich zusammen.

Es war schon besser, sie starb, dann wären die anderen sie los. Aber es war schade um das Kind. Das war es.

In der hellen Sommernacht schimmerten die Schatten wie blaues Licht.

Bragis Rufe waren nicht mehr zu hören. Idun fröstelte. Ihr Mund war wie ausgedörrt, aber sie konnte nicht mehr aufstehen. Sie nahm sich eine Hand voll Moos und leckte daran. Etwas raschelte. Ein Schatten löste sich von den Bäumen.

Iduns Herzschlag setzte kurz aus. Ein Mann ging durch das Unterholz. Bragi.

Aber die Schritte waren weich wie die eines Wolfes. Idun presste sich an den Baumstamm und versuchte nicht zu atmen.

Dann ging ihr auf, dass nicht Bragi hier durch die Nacht strich.

Der Mann blieb stehen und schnupperte in der Luft. Es musste der Zwillingsgott sein.

Die Alfenpriester hatten gesagt, der Gott wache über Jäger und Waldleute. Aber warum kam keine Göttin, um sie zu retten?

Vielleicht wachte der Zwillingsgott über Bragi?

Idun bekam vor Angst eine Gänsehaut.

Der Mann kam immer näher, lautlos glitt er durch das Gras. Er hatte einen Bogen umhängen. Besaß der Zwillingsgott so einen? Sie wusste es nicht mehr. Zwei Schritte vor ihrem Versteck blieb er stehen. Idun saß ganz still da und hielt den Atem an. Ihr Herz klopfte so sehr, dass es zu dröhnen schien. Das durfte er nicht hören. Geh weg, sieh mich nicht.

»Komm, du brauchst keine Angst zu haben.«

Idun wäre fast in Tränen ausgebrochen, als sie die Stimme des Jägers erkannte. Es war Ull. Ausgerechnet er!

»Bitte, tu mir nichts«, flüsterte sie.

Der Wald roch jetzt nach verfaulten Blättern, wie damals, als Ull sie zu Boden gedrückt hatte. Ull war daran schuld, dass ihr Leben zerstört war. Und jetzt würde er sie hier im Wald töten.

Sie kroch noch mehr in sich zusammen, als er die Hand ausstreckte.

»Niemand wird dir etwas tun. Das schwöre ich bei meiner Ehre«, sagte Ull.

Idun bewegte sich nicht.

»Ich suche schon die halbe Nacht nach dir. Und Thor auch. Komm jetzt.«

Seine Stimme klang müde und erschöpft.

»Ist Thor hier?«

»Er sucht dich hinten beim Weg.«

Wieder streckte Ull die Hand aus. Was sollte sie machen?

Sie hatte keine Wahl.

Langsam nahm sie die Hand und ließ sich auf die Füße ziehen. Ihr wurde schwarz vor Augen, der Boden schwankte.

Ull reichte ihr einen Lederschlauch mit Wasser, den sie gierig leerte.

Sie erstarrte, als er den Arm um sie legte, ließ sich dann aber von ihm durch den blau schimmernden Nachtwald führen.

Ull roch nach Erde. Sein Arm, der ihren gequälten Körper stützte, war stark. Sie fühlte sich wie eine aufgequollene, gestrandete Seehündin, die er über Stock und Stein zerren musste. Plötzlich kam ihr ein entsetzlicher Gedanke.

»Du bringst mich doch nicht zu Bragi?«

»Nein. Nie im Leben«, sagte Ull verbissen.

Idun stieg vorsichtig über einen Baumstamm, dahinter ging es ein wenig abwärts.

»Wie hast du mich gefunden?«

Ull schaute sie kurz an. Zorn und Schuldgefühle lagen in seinem Blick.

»Ich wusste es«, sagte er dann.

»Aber woher?«

Ull gab keine Antwort. Sein Blick suchte etwas zwischen den Bäumen. In der Ferne sang ein Vogel sein trauriges Lied.

»Ich bin froh, dass du gekommen bist«, sagte sie endlich.

»Das musste ich.«

Er blieb stehen und wieherte leise, so echt, dass Idun nur staunen konnte. Ein leises Schnauben war zu hören, dann knackte ein Zweig. Einige Schritte weiter tauchte ein zottiges schwarzes Pferd aus dem Gebüsch auf.

»Setz dich auf Sleipnir.«

Idun mühte sich auf den Rücken des Pferdes.

Als sie oben saß, ging Ull los und das Pferd folgte ihm.

Ein messerscharfer Schmerz durchfuhr ihren Bauch. Sie beugte sich vor und stöhnte. Ull drehte sich um und musterte sie schweigend, bis die Wehe vorbei war. Dann wühlte er in seinem Ranzen und reichte ihr eine Hand voll Gras.

»Iss.«

Sie nahm das Gras und roch daran. Wenn er sie nun vergiften wollte? Aber das Gras roch ganz normal.

»Das hilft gegen Schmerzen«, erklärte Ull.

Idun kaute auf einigen Halmen herum. Es schmeckte entsetzlich.

Sleipnir suchte sich zwischen Baumstämmen und Steinen vorsichtig einen Weg. Er machte einen kleinen Sprung, dann standen sie auf dem Weg. Dort wartete Thor mit seinem Pferd. Bei seinem Anblick wurde Idun ganz warm. Jetzt konnte ihr nichts mehr passieren.

»Wie geht es meinem Mädchen?«

»Das Kind ist unterwegs«, sagte Ull.

Thor sprang vor und legte Idun die Hand auf den Bauch.

»Hab keine Angst, es wird alles gut werden.«

Sein freundliches Gesicht zu sehen, war zu viel. Idun bohrte die Finger in Sleipnirs Mähne und brach in Tränen aus.

Unbeholfen streichelte Thor ihr Bein.

»Es wird schon gut gehen. Jetzt reiten wir nach Hause.«

Ruhelos lief Thor im Langhaus hin und her, während Siv und Nanna Idun untersuchten.

Die Frauen flüsterten. Es dauerte so unendlich lange.

Thor ging hinaus in den flimmernd heißen Nachmittag.

»Man könnte ja meinen, das sei dein erstes Kind. Kinder kommen, wenn es so weit ist«, sagte Baldur.

Er saß zusammen mit Ull im Schatten unter dem Strohdach. Die Hunde lagen schläfrig neben ihnen. Vom Wasser her war das Geschrei der Jungen zu hören. Sie spielten seit dem Mittag dort, als es zu heiß geworden war, um weiter auf dem Feld zu arbeiten. Thor reckte sich und verzog den Mund. Die Frauen waren schon seit dem Morgen mit Idun beschäftigt. Die Kleine wurde immer schwächer und das Kind kam nicht zum Vorschein. Er hatte das schon früher erlebt, bei Tieren und bei Menschen. Und am Ende starben dann Mutter und Kind.

Ull schaute zum Wald hinüber.

»Bragi kommt«, sagte er gelassen.

»Ja, das wird aber auch Zeit«, sagte Baldur.

Thor starrte den Waldrand an. Bald waren Hufschläge zu hören. Bragi kam auf seinem zottigen Pferd auf den Hofplatz geritten.

Er sprang ab und lief auf Thor zu.

»Häuptling, ich grüße dich. Ich bin dir zu tiefstem Dank verpflichtet, dafür, dass ihr Idun bei der Geburt beistehen wollt.«

Bragis klarblaue Augen strahlten freundliches Vertrauen aus. Thor schlug die Arme übereinander.

»Tiwaz wird dich für deine Schamlosigkeit strafen.«

Bragi musterte ihn überrascht.

»Ich verstehe nicht, Häuptling, womit habe ich dein Missfallen erregt?«, fragte er mit Unschuldsmiene.

Thor ballte die Faust. Er hätte dem jungen Dachs die Kehle aufschlitzen mögen. Er hatte Iduns blaue Flecken gesehen, als sie ins Bett gebracht worden war. Flecken, wie seine Mutter sie Jahr für Jahr gehabt hatte, bis zu dem verdammten Tag, an dem sie von Odin erschlagen worden war.

»Als wir zu deinem Hof kamen, wusstest du nicht, wo Idun war. Ull hat sie im Wald gefunden und sie war außer sich vor Angst. Was bist du für ein Kerl, der seine Frau schlägt und sie unmittelbar vor ihrer Niederkunft in den Wald jagt?«

Bragi seufzte tief.

»Ich wollte dich damit nicht belästigen, Häuptling. Du trägst so große Verantwortung und du hast das Wohlergehen deiner Tochter in meine Hände gelegt.«

Er wirkte aufrichtig unglücklich.

»Idun ist nicht ganz so, wie sie sein soll. Sie hat Visionen und redet nicht immer die Wahrheit. Manchmal glaubt sie, das Kind sei von Bosheit erfüllt und zehre an ihrer Lebenskraft. Die Leibeigenen müssen sie Tag und Nacht bewachen, damit sie sich nicht das Leben nimmt. Gestern ist sie geflohen, als wir zur Ernte auf dem Feld waren. Vergib mir, Thor. Ich hätte besser auf sie aufpassen sollen, aber in letzter Zeit schien es ihr besser zu gehen, und wir mussten doch den Roggen einholen.«

Thor schaute Bragi nachdenklich an. Bragi sah besorgt und aufrichtig aus. Wenn er nun die Wahrheit sagte? Er hatte den Jungen doch schon als kleines Kind gekannt, und ehrlich war er immer gewesen.

»Lügst du mich hier etwa an?«

Bragi schüttelte traurig den Kopf.

»Ich wollte dich nicht sehen lassen, wie schlimm es ist. Ich hatte gehofft, dass es ihr besser gehen würde, wenn das Kind erst da wäre. Es ist eine Schande, die ich nur mit Mühe tragen kann. Idun ist mir kostbarer als mein Leben. Ihr könnt euch nicht vorstellen, wie erleichtert ich war, als ich gehört habe, dass sie noch lebt und hier bei euch ist.«

»So besonders gut geht es ihr ja nicht«, sagte Baldur.

»Ist das Kind schon da?«, fragte Bragi eifrig.

»Das Kind will nicht herauskommen«, sagte Baldur mit einem Schulterzucken.

Ull lehnte an der Wand und starrte den Besucher wütend an.

Bragi warf einen kurzen Blick auf seinen Freund und fuhr sich mit den Fingern durch die Haare.

»Kann ich zu ihr?«

Er sah wirklich verzweifelt aus. Vielleicht hatte Thor sich ja geirrt.

»Du hast meine Tochter ordentlich verprügelt«, sagte Thor.

Bragi starrte zu Boden.

»Ja, ich muss sie manchmal zur Ruhe bringen. Sie quält meine alte Mutter und die Leibeigenen. Es macht mir wirklich keine Freude, Idun zu schlagen, aber sie greift meine Hofleute an, wenn der Wahnsinn über sie kommt. Ich begreife nicht, was mit ihr los ist. Vielleicht hat sie das von ihrer Mutter?«

»Ab und zu brauchen sie Prügel, sonst werden sie zu frech«, sagte Baldur.

Thor dachte über alles nach. Vielleicht stimmte ja, was Bragi erzählte. Freya hatte immer schon sehr viel Wahnsinn in sich getragen und Idun war im Grunde auch ziemlich durcheinander, wenn er sich das richtig überlegte.

»Komm, wir wollen nach ihr sehen«, sagte Thor.

Idun lag bleich und schweißnass auf dem Bettstroh.

Sie schlief unruhig und murmelte unverständliche Dinge vor sich hin.

Siv saß neben ihr und stickte. Nanna hob irgendetwas vom Boden auf. Die beiden Frauen schauten Bragi überrascht an.

»Ich bin euch ewig dankbar dafür, dass ihr euch um meine Gattin kümmert. Jetzt muss ich meine Last nicht mehr allein tragen.«

Er setzte sich neben Idun und streichelte ihr zärtlich die Wange. Der Junge liebte sie doch so sehr. Thors Herz schmolz.

»Aufwachen, Gattin«, flüsterte Bragi.

Idun öffnete schläfrig die Augen. Einige Herzschläge lang starrte sie Bragi an. Dann stieß sie einen grellen Schrei aus.

»Holt ihn weg! Er darf mich nicht mitnehmen!«

Sie schlug nach Bragi, weinte und schrie. Siv stieß den Jungen beiseite.

»Hau ab hier«, schrie sie.

Bragi wich zurück.

»Jetzt seht ihr doch, dass sie den Verstand verloren hat.«

Idun schrie weiter und fuchtelte mit den Armen.

»Ich will euch das ersparen. Ich nehme sie mit nach Hause. Wenn ich einen Wagen leihen darf«, sagte Bragi.

Thor schüttelte den Kopf.

»Verschwinde und lass dich nie wieder hier blicken.«

Der Junge schaute ihn verdutzt an.

»Aber ich …«

»Geh, sonst schlag ich dir den Schädel ein.«

Wütend griff Thor nach Mjölnir.

Er hatte sich an der Nase herumführen lassen, aber jetzt sah er klar. Der Junge hatte ihn angelogen. Iduns Blick, als sie Bragi erkannt hatte, war Thor nur zu vertraut gewesen. Seine Mutter hatte Odin so angesehen. Er hatte Jorunns Leben nicht retten können, aber bei Tiwaz, seine Tochter würde niemals dieses Schicksal erleiden müssen.

Bragi wich zur Tür zurück. Er sah überrascht aus, als könne er nicht begreifen, was sich hier abspielte.

»Wie konntest du ihn einlassen? Hast du denn den Verstand verloren?«, fragte Siv wütend.

Sie hielt die weinende Idun in den Armen und streichelte tröstend ihre Haare.

»Schweig, scharfzüngiges Weib«, sagte Thor gereizt.

Sivs Gezetere konnte er nun wirklich nicht brauchen.

Idun verstummte. Sie wischte sich die Tränen ab und schaute Thor mit so tiefer Verzweiflung an, dass es ihn ins Herz schnitt.

»Bitte, Vater«, flüsterte sie. »Bring mich nach Hause. Bring mich nach Alfheim.«

Er schüttelte den Kopf. Törichtes Gerede. Er würde nicht mitten in der Erntezeit über das Sommermeer segeln. Das dauerte doch Tage.

»Du liegst doch im Kindbett, Mädchen.«

Iduns Unterlippe zitterte.

Jetzt stand Siv auf und zog ihn beiseite.

»Vielleicht wäre es gar nicht so schlecht, sie nach Hause zu bringen. Das Kind will nicht herauskommen. Besser, sie stirbt in Alfheim und nicht hier. Dann können die Wanen uns nicht die Schuld zuschieben.«

Thor nickte. Siv hatte Recht. Er wollte ungern eine rachsüchtige

Königin Gefion auf dem Hof stehen haben, die ihn Bragis wegen mit Vorwürfen überschüttete.

»Vielleicht kann Freya Iduns Leben retten«, sagte Siv und musterte ihn mit scharfem Blick.

Thor kratzte sich an der Stirn.

Freya. Er wagte kaum, an sie zu denken. Es tat zu weh. Aber sie kam nachts zu ihm, wenn die anderen schliefen und er wach lag. Dann sprach er in Gedanken mit ihr. Erzählte ihr, wie es Idun ging und was er tagsüber gemacht hatte.

»Freya ist tot«, sagte Thor.

Siv lachte bitter.

»Glaub mir, sie und ich sind auf ewig im Hass vereint. Die Hündin lebt. Wenn sie tot wäre, dann wüsste ich das.«

Sie lebte noch? Thor wandte sich ab, um seine Freude zu verbergen.

Aber da stand Ull und starrte ihn auffordernd an.

»Mutter hat Recht. Idun muss nach Alfheim, das ist wichtig.«

»Woher weißt du das?«, fragte Thor gereizt.

Warum rotteten sich hier alle gegen ihn zusammen?

»Ich weiß es, so wie ich gewusst habe, dass wir sie holen mussten. Das ist im Gewebe.«

Thor seufzte tief.

Jetzt hörte der Junge sich an wie die Wanen.

»Hör auf ihn«, sagte Siv.

»Die Ernte …«

»Die Jungen und ich schaffen das schon. Baldur kann uns helfen.«

In der Halle war es ganz still.

Siv, Idun, Nanna und Ull sahen Thor gespannt an.

Drachenzähne und Verschwörungen. Wofür hielten sie ihn eigentlich? Für einen Leibeigenen, den sie vor den Pflug spannen konnten?

Er war der Häuptling der Asen. Er fasste hier alle Beschlüsse.

Thor rückte seinen Gürtel gerade und verließ das Langhaus.

Freya pflückte den letzten Apfel und legte ihn in den Korb. Der Apfelgarten war ohne Idun nicht derselbe. Die Früchte waren kleiner und saurer als früher. Den Bäumen fehlte die Fürsorge der Kleinen. Das war deutlich.

Ein warmer Wind fegte über den Hügel und spielte mit ihrem Kleid. Erst jetzt, wo Idun nicht mehr da war, hatte sie ihren Wert erfasst.

Sie hob den Korb hoch, er war so schwer, dass sie ihn kaum tragen konnte. Ihre Kräfte ließen nach. Hel mochte ihr diesen Sommer geschenkt haben, aber bald würde es zu Ende sein. Da war Freya sich sicher. Seit Tagen wurde sie von bösen Vorzeichen gequält. Undeutliche Bilder kamen zu ihr, sie berichteten vom Tod. Und auch Idun war zu sehen. Sie lag im Kindbett und führte die Sippe weiter. Freya hätte gern gewusst, ob das noch bevorstand oder bereits geschehen war.

Sie warf einen letzten Blick auf das Meer und erstarrte. Ein Schiff mit blutrotem Segel durchquerte den Sund. War das ein weiteres Omen?

Freya kniff die Augen zusammen.

»Mach, dass es nicht wahr ist«, flüsterte sie und ließ den Korb fallen.

Die Äpfel kullerten ins Gras, als Freya zum Langhaus hochrannte.

Thor hob Idun hoch. Ihre Stirn war feucht vor Schweiß, ihre Augen glänzten vor Fieber und Schmerzen.

»Wir sind jetzt da«, flüsterte er.

Idun versuchte zu lächeln, war aber viel zu erschöpft. Thor lief mit seiner Tochter auf den Armen den Weg hoch. Ull rannte vorweg, sein Rücken verschwand zwischen den Bäumen.

Wenn nur Freya noch lebte. Wenn sie Idun nur retten könnte, sein tapferes Mädchen. Sie hatte trotz der schrecklichen Schmerzen weder geweint und noch geklagt.

Jetzt konnte er hinter den Bäumen das Strohdach sehen. Er lief schneller, vorbei an einem Kräutergarten und dann auf den Hofplatz.

Ull sprach mit einer braun gekleideten Priesterin. Thors Herz machte einen doppelten Schlag, als die Frau auf ihn zukam.

Freya lebte. Erleichtert atmete er auf.

»Mutter«, flüsterte Idun in seinen Armen.

Freya streichelte ihre Wange, zärtlich und blitzschnell.

»Komm mit. Es eilt«, befahl sie.

Erleichtert folgte Thor ihr in das kühle Langhaus. Freya wusste, was zu tun war. Noch war es nicht zu spät.

»Leg sie hierhin.«

Er legte Idun auf die mit Symbolen bemalte Strohmatte, die Freya ihm angewiesen hatte. Freya rief die Priesterinnen, die sich sogleich um das Lager versammelten.

Freya ging neben Idun in die Hocke und fuhr ihr mit der Hand über den Bauch. Eine andere Priesterin zog ihr den Rock aus. Der Bauch ragte auf wie ein Gipfel. Die beiden Frauen wechselten einen düsteren Blick. Das verhieß nichts Gutes.

Idun schaute ihre Mutter ängstlich an.

»Verzeih mir«, flüsterte sie.

Thor schluckte. Das alles war seine verdammte Schuld. Er hatte sie von Bragi umgarnen lassen, er hatte sie als Köder benutzt, um Freya zum Kampf gegen Hyndla zu holen.

Freya streichelte die Stirn ihrer Tochter.

»Hab keine Angst. Jetzt holen wir das Kind«, sagte sie ruhig.

Eine weitere Priesterin, eine grimmige grauhaarige Vettel, riss Idun das Wams vom Leib. Sie lag jetzt nackt im Kreis der Frauen. Ihre Brüste waren rund und strotzten vor Milch. Dunkle Flecken waren daneben zu sehen.

Freya tastete sie ab.

Dann wandte sie sich an Thor.

»Wie lange geht das schon so?«

Thor rechnete rasch rückwärts.

»Seit sechs Tagen.

Freya schnaubte wütend.

»Warum habt ihr sie den ganzen Weg über das Sommermeer hergeschleppt?«

»Sie wollte unbedingt her und hat gefleht und gebettelt. Siv hat gesagt, dass du noch am Leben bist und dass ohne deine Hilfe Idun und ihr Kind sterben müssen.«

Freyas Augen verdüsterten sich. Jegliche Zärtlichkeit, an die Thor sich so gut erinnerte, war aus ihren Zügen verschwunden.

»Du hast sie also gestohlen und verheiratet, und jetzt, wo sie im Sterben liegt, schleppst du sie hierher«, fauchte sie wütend.

»Ich habe sie beschützt.«

Freya blickte ihn außer sich vor Zorn an.

»Ich sehe doch die Flecken an ihrem Leib. Die Kleine ist so übel geschlagen worden, dass das Kind vielleicht tot ist. – Verschwinde. Hau ab!«

Thor seufzte tief. Idun sah so klein und hilflos aus, wie sie mit ihrem dicken Bauch dort lag. Hatte Bragi sein, Thors, Enkelkind umgebracht? Nicht einmal Odin war jemals so weit gegangen.

Eine junge, dunkelhaarige Priesterin stieß ihn an.

»Raus!«

Er wich zurück, weg vom Leid und von Freyas Zorn.

Ull wartete auf dem Hofplatz. Mager und braun gebrannt lief er rastlos hin und her.

»Wie geht es ihr?«

»Möglicherweise hat Bragi das Kind getötet.«

Thor hätte gern etwas zerschlagen. Warum musste er sich mit diesem Weiberkram abgeben? Er war der Häuptling der Asen. Sogar sein Vater musste ihm jetzt gehorchen.

»Wenn das Kind tot ist, dann bringe ich Bragi um«, sagte Ull einfach.

Thor sah sich den Jungen genauer an. Er hatte während der ganzen Überfahrt bei Idun gesessen. Sie hatten miteinander getuschelt, er hatte ihr geholfen. So fürsorglich hatte er Ull noch nie erlebt.

»Warum kümmerst du dich so um meine Tochter?«

»Das geht nur mich etwas an«, sagte Ull entschieden.

Thor schnaubte.

»Versuch ja nicht, deinem Vater und deinem Häuptling zu trotzen.«

Ull senkte den Kopf. Er wusste nicht weiter, das konnte Thor sehen.

»Na?«

»Er zwingt mich dazu«, sagte Ull endlich.

Was war das für ein Gefasel?

»Freyr spricht in meinem Kopf zu mir«, sagte Ull und fuhr sich mit den Fingern durch die Haare.

»Ich höre ihn, seit Freya mir diesen berauschenden Trank gegeben hat. Ab und zu reden auch andere. Ich weiß, es klingt verrückt, aber es ist so.«

Thor ging zum Schutzbaum, der mitten auf dem Hofplatz stand. Dort setzte er sich in den Schatten. In der Ferne bellte ein Hund. Durch die offenen Türen des Langhauses waren leise Stimmen zu hören.

Wie konnte Freya in einem dermaßen heruntergekommenen Haus wohnen?

Das Strohdach war verfault, die Wände drohten zu zerfallen. Die ganze Halle war baufällig.

Schwarze Seuche, Freyr, Freya, die Hexe und der Kampf mit den Göten. Idun. Es nahm kein Ende.

Thor schaute auf das Meer, das zwischen den Baumstämmen glitzerte. Auf dem Heimweg würde er eine Pause einlegen und Seehunde jagen. Diese Tage wollte er für sich haben. Das hätte er verdient.

Er lehnte den Kopf an den Stamm.

»Ist er hier?«

Ull schaute ihn verwirrt an.

»Wer?«

»Freyr, ist er hier? Hörst du ihn jetzt?«

Ull schüttelte den Kopf.

Thor löste Mjölnir von seinem Gürtel und fuhr mit dem Finger über die verschlungenen Muster des Hammers.

Fünf Kinder waren ihm gestorben. Er konnte sich an ihre Namen erinnern, ihre Gesichter jedoch waren mit den Jahren verblasst.

Immer hatte er sich für einen guten Vater gehalten. Die Jungen machten sich gut und er hatte Ull gern großgezogen. Er hatte sie niemals blutig und bis zur Bewusstlosigkeit geschlagen, so wie Odin das mit ihm und seinen Brüdern gemacht hatte.

Trotzdem gehorchten seine Kinder ihm. Aber jetzt, wo er eine Tochter geschenkt bekommen hatte, war er blind und taub gewesen. Der tote Freyr wachte besser über die Kleine, als er das selbst geschafft hatte. Aber stimmte das wirklich? Freyr hatte die Macht des Zwillingsgottes immer als zweischneidig bezeichnet. Jeder Sieg musste durch ein Opfer erkauft werden.

Ull setzte sich neben ihn.

»Hat Freyr gesagt, wer der Vater von Iduns Kind ist?«, fragte Thor.

Der Junge erstarrte.

»Loki hat gesagt, es sei sein Kind. Er habe meine Gestalt angenommen und sie im Wald vergewaltigt.«

»Lokis Worte sind falscher als das Wasser. Er hasst Freya und sie glauben zu machen, Idun erwarte sein Kind, wäre das Schlimmste, was er ihr überhaupt antun könnte.«

Ulls Augenwinkel zuckten.

»Loki ist tot«, sagte der Junge.

»Ach ja? Hast du seinen Leichnam gesehen?«

Thor ließ Mjölnir hin und her schwingen. Ein Sonnenstrahl traf die Bronze und ließ sie glühen.

Ull sprang auf, geschmeidig wie ein Luchs.

»Ich gehe zum Boot hinunter.«

»Tu das, Junge. Nur sag mir eins: Hat Freyr dir befohlen, Idun im Wald zu überfallen, oder war das deine eigene Idee?«

Ull starrte ihn mit offenem Mund an. Kraftlos ließ er sich dann wieder auf den Boden sinken.

»Na?«

Der Junge schwieg.

»Beide haben mich getrieben«, sagte er endlich.

Thors Finger schlossen sich um den Griff des Hammers.

»Wer noch?«

Seine Stimme klang ganz ruhig.

»Ich wollte ihr nichts tun. Das schwöre ich bei meiner Ehre. Aber sie ließen mir keine Ruhe. Ich musste es tun. Ein Kind mit dem Blut von Freya und Freyr. Das sei wichtig, für die Zukunft.«

Thor starrte Mjölnirs verschlungene Spiralen an. Er spürte, wie die Wut in ihm wuchs.

»Weiter«, befahl er schroff.

»Freyr hat Tag und Nacht in meinem Kopf geredet, sein Geflüster trieb mich fast zum Wahnsinn. Als ich alles Siv erzählte, war sie außer sich. Sie hat mich zu Idun in den Wald geschickt. Meine eigene Mutter. Sie hat es von mir verlangt, für Vanaheim. Und als ich Idun sah«, Ull seufzte tief und fuhr sich wieder mit den Fingern durch die Haare, »da verlor ich die Besinnung, wurde zum Berserker. Die Mächte übernahmen meinen Körper. Es schien einem anderen zu passieren. Die Götter mögen wissen, dass meine Schuld groß und bitter ist«, sagte er mit erstickter Stimme.

Thor erhob sich mit Mjölnir in der Hand.

»Geh zum Boot. Warte da.«

Ull duckte sich wie ein geprügelter Hund.

Thor wartete, bis der Junge zwischen den Bäumen verschwunden war. Erst dann ging er in den Wald, weit weg von der Halle, blieb vor einem Baum stehen und hob Mjölnir. Sein Pflegesohn hatte sich an seiner Tochter vergangen.

Thor schlug auf den Baum ein, dass die Rinde nur so wegspritzte.

Die falsche Siv hatte ihn hintergangen. Sie wurde noch immer vom Hass auf Freya zerfressen, sie wollte alles zerstören, was Freya gehörte.

Jahraus, jahrein hatte er mit ihrem Hass gelebt. Trotzdem hatte er ihr Idun überlassen. Was war er doch für ein Narr. Verdammtes schlangenzüngiges Weib. Ohne sie wäre das niemals passiert.

Er schlug immer härter, der Schweiß lief ihm über den Rücken.

Und seine Tochter musste für diesen Wahnsinn bezahlen.

Thor schrie seine Wut aus sich heraus und hämmerte gegen den Baum.

Mjölnir funkelte auf und verschwand zwischen den Bäumen.

Thor holte keuchend Luft und musterte den zerbrochenen Griff.

»Kämpfe, Mädchen.«

Idun stöhnte und biss die Zähne zusammen. Sie versuchte, sich hinzulegen, aber Wiborg und Sot zwangen sie wieder auf alle viere.

Die Kraftzeichen leuchteten rot auf ihrem Bauch und der spannte und verzog sich und war so groß, dass er fast die Strohmatte streifte.

Freya schaute zwischen die Beine ihrer Tochter. Sie war weit offen. Wenn Freya einen Finger hineinstecke, konnte sie den Kopf des Kindes berühren.

»Bald ist es vorbei«, sagte sie und streichelte vorsichtig die blauen Flecken auf Iduns Rücken.

Sie hatten alle ihre Kraft eingesetzt, um Idun so weit zu bringen. Nicht einmal Brisingamens Macht konnte ihr über das letzte Stück hinweghelfen. Das musste sie allein schaffen. Aber es eilte. Wenn das Kind nicht kam, musste Idun sterben.

Idun wurde von einer neuen Wehe geschüttelt. Ihr Schweiß strömte. Aber sie hatte nicht mehr genug Kraft, um das Kind herauszupressen. Warum wollte es nicht auf die Welt kommen?

»Dreht sie auf den Rücken«, sagte Freya.

Wiborg und Sigtjaud nahmen Idun zwischen sich.

»Idun, hör mir jetzt zu«, sagte Freya mit strenger Stimme.

Idun versuchte, ihre fieberglänzenden Augen auf sie zu richten. Ihr Gesicht war rot und geschwollen.

»Hör jetzt zu!«

Freya hob die Hand und schlug sie ins Gesicht.

Idun zuckte vor Schmerz zusammen, ihr Blick wurde ein wenig klarer.

»Wenn du bei der nächsten Wehe nicht kämpfst, ist alles verloren«, schrie Freya und versuchte, so wütend zu wirken, wie ihr das überhaupt nur möglich war.

Wenn sie sich nur besser um Idun gekümmert hätte, dann wüsste diese jetzt, wie man Kraft sammelt und anwendet. Freya verdrängte ihre Schuldgefühle. Für Reue war später noch Zeit.

»Reiß dich zusammen!«

Idun nickte, sie sah klein und verängstigt aus, als sie so erschöpft und von Schmerzen gequält vor Freya lag.

Sot strich ihr über die Haare. Sie war die ganze Zeit nicht von Iduns Seite gewichen.

»Nicht aufgeben«, flüsterte sie und versuchte, aufmunternd zu klingen, aber ihre Augen waren von Unruhe erfüllt. Freya runzelte die Stirn. Eine verängstigte Geburtshelferin war wirklich keine Hilfe.

»Ich bin froh, dass du hier bist«, sagte Idun.

Sot nahm ihre Hand. Jetzt kämpfte sie wirklich mit den Tränen.

»Danke«, flüsterte sie, aber Idun hörte das nicht.

Eine neue Wehe setzte ein. Idun erstarrte vor Schmerzen.

Freya schaute verbissen die Priesterinnen an, die neben Idun saßen. Dieser Moment war entscheidend. Sie legten sich über Iduns Bauch und drückten das Kind mit aller Kraft heraus. Idun schrie vor Schmerzen.

Freya schob die Finger in sie herein, versuchte, den Kopf zu fassen. Er bewegte sich ein wenig und dann noch ein wenig. Sie zog aus Leibeskräften. Das Kind bewegte sich vorwärts, aber noch nicht genug.

»Mehr, mehr drücken!«, rief sie.

Jetzt war der Kopf deutlich zu sehen. Wasser tropfte aus Iduns Schoß auf die Strohmatte. Freya feuchtete ihren Finger an und steckte ihn in den Mund. Er schmeckte durchaus nicht nach Tod oder Krankheit.

Der Bauch zog sich zitternd zusammen. Das Kraftzeichen leuchtete im Dunkeln rot.

Eine neue Wehe.

Idun schrie verzweifelt, warf den Kopf hin und her.

»Schweig und nutz deine Kräfte für die Geburt«, schrie Freya.

Jetzt konnte sie den Kopf des Kindes ganz umfassen. Die Wehe ebbte ab und Freya holte das Kind heraus ins Leben.

Es fiel mit feuchtem Aufprall auf die Strohmatte.

Ein Mädchen. Freya wischte dem Kind Blut und Schleim aus dem Gesicht.

Ein jämmerliches, blaues Mädchen.

Sie atmete nicht.

Freya schob dem Kind einen Finger in den Mund. Sie drückte auf den winzigen Rücken, doch das Kind lag leblos da, überzogen von Blut und Schleim.

Die Zeit drängte. Das Kind musste atmen.

Freya durchtrennte die Nabelschnur und hob das Kind an den Füßen hoch. Versetzte ihm einen energischen Klaps auf den Hintern. Nichts.

Jetzt atme schon. Was ist denn los mit dir?

Sie versetzte der Kleinen noch einen Klaps und ihre Angst ließ den Schlag härter ausfallen, als sie das gewollt hatte. Das Kind wimmerte.

Freya hielt den Atem an und sah, wie es den Mund öffnete und Luft einsog. Und dann fing das Kind an zu schreien, laut und kräftig.

Freya atmete erleichtert auf. Danke, Göttin, dass du das Kind gerettet hast.

Sie wickelte die Kleine in ein Stück Stoff und schaute das schreiende Mädchen triumphierend an.

Ihre Enkelin. Die Erbin Vanaheims.

Freya wurde es vor Stolz ganz warm.

»Ich weihe dich der Göttin, stark und kräftig sollst du werden«, sagte sie mit lauter Stimme und lächelte Idun an.

Erst jetzt sah sie das Blut. Es quoll zwischen Iduns Beinen hervor.

Freyas Lachen verstummte.

»Hol Blutwurz«, sagte sie zu Wiborg.

Sigtjaud presste einen Lappen gegen den Schoß. Das Blut bildete zwischen Iduns Beinen eine dunkle Lache. Es sah böse aus.

Freya verbarg ihre Unruhe, als sie sich neben die erschöpfte Idun setzte.

Die sah das Bündel in Freyas Armen müde an.

»Mein Kind«, flüsterte sie.

Die Kleine verstummte, als sie die Nähe ihrer Mutter spürte. Sie wurde an die strotzende Brust gelegt und fing sofort an, gierig an der Warze zu saugen.

Freya strich ihrer Tochter die schweißnassen Haare aus dem Gesicht, der Stolz brannte in ihrer Brust.

Sie war so dankbar dafür, dass Idun bei ihr war. Dass sie ihr bei der Geburt einer Tochter hatte helfen können. Das war doch ein Geschenk.

Freya musterte die blauschwarzen Flecken am Körper ihrer Tochter. Vor Schuldgefühlen zog sich ihre Kehle zusammen. Wie hatte sie nur so dumm sein können, Idun bei Bragi zu lassen! Sie hätte sie mit Gewalt mitnehmen müssen.

Idun streichelte ihr Kind und musterte es mit liebevollem Blick.

Wenn ich sie doch nur beschützt hätte, dachte Freya.

Wiborg schaute von Iduns Schoß auf. Sie war nervös, das war ihr anzusehen. Sigtjaud hatte nun schon mehrere Büschel Blutwurz angewendet. Der Boden war mit Rindenstreifen übersät.

Der Blutklumpen mit dem Lebensbaum war auch noch nicht herausgekommen.

Idun durfte nicht sterben. Nicht jetzt, wo sie so hart für ihr Kind gekämpft hatte.

Mein kostbares Mädchen. Gib jetzt nicht auf. Du darfst nicht sterben. Nicht jetzt, wo ich mich um dich kümmern kann.

Idun schaute ihr Kind verwundert an. Es war so klein und sein Mund war so stark. Ihre Brust tat weh, wenn die Kleine daran saugte.

Eine Tochter. Eine schöne kleine Tochter.

Der Albtraum war zu Ende.

Idun schaute die kleinen Finger an. Ihr wurde vor Zärtlichkeit ganz warm im Bauch.

Wie war es möglich, dass Fingernägel so klein sein konnten?

Sie streichelte den dunklen Flaum auf dem Kopf des Kindes. Die Haare waren unter ihren Fingern feucht und glatt.

Es war auf keinen Fall Bragis Kind, das war für jede hier deutlich.

Wenn Bragi das gesehen hätte, hätte er das Kind getötet. Die Wölfe hätten es im Wald zerrissen.

Idun schauderte es.

Aber das alles spielte jetzt keine Rolle mehr. Ihr Kind war in Sicherheit. Sie hatte es geschafft.

Das war das Einzige, was hier eine Rolle spielte.

Sie war so müde, so schrecklich müde. Ihr Körper schmerzte wie eine offene Wunde. Aber es war es wert gewesen. Die Tage voller Wehen, die Unruhe, der Schmerz, alles war vergessen, jetzt, wo sie endlich ihr Kind in den Armen halten konnte.

Freya streichelte ihre Haare.

»Ich bin so stolz auf dich«, sagte Freya und küsste sie. Jetzt konnte ihr nichts Schlimmes mehr passieren. Idun schloss die Augen und genoss die Fürsorge ihrer Mutter.

Die Freude durchspülte Idun wie eine warme Welle.

Sie hatte Recht gehabt. Wenn sie nur ein Mädchen zur Welt brächte, dann würde Freya sie lieben.

Das Kind war an ihrer Brust eingeschlafen. Es schlief mit offenem Mund und atmete in kurzen Zügen.

Idun versuchte, die Arme zu heben und ihr Kind zu halten, aber sie hatte keine Kraft mehr.

»Ruh dich jetzt aus«, sagte Freya und nahm die Kleine von Iduns Brust. Idun wollte das nicht, konnte aber nichts sagen.

Sot kümmerte sich um die Kleine.

»Wir müssen Stärke für sie herbeibeschwören«, rief Freya.

Sie schien sich Sorgen zu machen. Was war denn los?

Idun versuchte zu sehen, was die Priesterinnen zwischen ihren Beinen machten, aber sie war zu schwach, um den Kopf zu heben.

»Du brauchst Ruhe. Du hast so hart kämpfen müssen, um dein Kind zu gebären.«

Freyas Augen waren glasig. Ihr Mund war verzogen, sie schien fast böse zu sein.

Idun holte Luft. Etwas Unheimliches passierte. Deshalb fühlte sie sich so seltsam.

Sie schaute zu dem Bündel in Sots Armen hinüber. Mein Kind. Ich werde mich um dich kümmern. Werde dir am Feuer Märchen erzählen, werde neben dir schlafen, über deine Schritte wachen. Die Tränen brannten in ihren Augen. Sie durfte nicht sterben. Sie musste bei ihrer Kleinen bleiben.

Die Schmerzensmesser in ihrem Bauch verschwanden jetzt. Ihr Körper kam ihr stumm und kalt vor.

Die Lebenskraft sickerte aus ihr heraus. Sie konnte sich nicht belügen, nicht jetzt. Aber was sollte aus ihrer kleinen Tochter werden?

Sie schluchzte auf. Sie wollte sie doch so gerne heranwachsen sehen.

Idun schluckte ihre Tränen hinunter, sah Freya an.

»Freust du dich, Mutter?«

Freya lächelte zärtlich.

»Natürlich freue ich mich.«

»Ich wollte dir Enkelkinder schenken.«

»Das hast du doch auch getan«, sagte Freya mit weicher Stimme.

Idun schloss die Augen und versuchte, ihre Kräfte zu sammeln, das zu sagen, was sie schon so lange mit sich herumtrug.

Sie schluckte, ihr Hals war trocken und sie hatte Durst. Die Zeit drängte. Das spürte sie.

»Verzeih mir, dass ich an Hnoss' Tod schuld war. Ich hätte besser auf sie aufpassen müssen. Ich wünschte, ich wäre an ihrer Stelle gestorben.«

Freya fing an zu weinen, sie wandte den Kopf ab, wischte sich die Tränen ab. Aber Idun hatte sie nicht traurig machen wollen. Sie wollte doch nur, dass Freya ihr Kind liebte.

»Ich weiß, wie schwer das für dich war.«

Freya nahm sie in die Arme. Idun schloss die Augen und nahm den warmen, Geborgenheit schenkenden Duft ihrer Mutter in sich auf.

»Es war nicht deine Schuld. Sondern meine. Ich bitte dich, verzeih mir«, sagte Freya und drückte den Mund in Iduns Haare.

Idun seufzte erleichtert. Sie war nicht schuld gewesen. Sie konnte jetzt leichter atmen. Ihre Schuldgefühle lösten sich auf und verschwanden.

Freya wiegte sie hin und her. Jetzt lag sie endlich in den Armen ihrer Mutter, sicher und geborgen.

Idun fröstelte. Sie war so müde.

Das Kind wimmerte.

Idun schaute zu ihrer Kleinen hinüber. Die feinen Haare schauten aus dem Stoffstück hervor.

Ihr Körper sehnte sich nach dem Kind. Sie wollte ihre Tochter in die Arme nehmen, ihr Milch geben. Sie vor allem Übel beschützen.

Die seltsame Müdigkeit ließ nach. Iduns Gedanken wurden klarer. Plötzlich ging ihr auf, was hier passierte. Sie musste sterben und ihr Kind verlassen. Vor Angst wurde ihr eiskalt.

»Mama, kümmere dich um sie«, schluchzte Idun und brach in Tränen aus.

Die Luft zitterte, es wurde dunkler. Die Haare an Freyas Armen sträubten sich. Die Schatten um sie herum wuchsen.

Entsetzt sah sie, wie das schwarze Tor Form annahm.

»Verschwinde, Totenhündin. Lass dich hier ja nicht blicken«, rief sie.

Hel trat aus der Dunkelheit heraus.

»Schweig, Dienerin, gib mir das, was mir gehört«, fauchte sie und streckte die Hand aus.

Freya holte tief Luft und löste Brisingamen. Hoffentlich war Hel nur wegen des Halsbandes gekommen.

Ihre Hand zitterte, als sie es der Todesgöttin reichte.

Kaum hatte Hel das mächtige Gold an sich gerissen, da wurde Freya von dessen Kräften verlassen. Ihre Stärke und ihre Hoffnung waren verschwunden.

Ohnmächtig sah sie zu, wie Hel sich Brisingamen um den Hals legte und dabei vor Wonne zitterte. Dann richtete sie ihre brennenden Augen auf Freya.

»Ich will hier ein Leben ernten.«

In Freya erwachte eine schwache Hoffnung.

Ein Leben nur, dann waren Idun und das Kind in Sicherheit.

»Ich bin bereit.«

Ihr langes Warten war zu Ende. Endlich konnte sie in die Nachwelt gehen, wo Freyr und ihre Mutter sie erwarteten.

Hel leckte ihre schwarzen Lippen.

»Wer hat gesagt, dass ich dich holen will?«

»Wir hatten eine Abmachung.«

Hel legte den Kopf in den Nacken und lachte schrill. Ihre Stimme dröhnte durch die Halle und ließ die Welten erzittern.

»Ich habe gesagt, dass meine Hilfe einen hohen Preis kostet«, sagte die Todesgöttin und zeigte auf ihre Ernte.

Freya stöhnte vor Schmerz. Nicht Idun. Sie klammerte sich an ihr Kind. Hels Lachen hallte in ihrem Kopf wider.

Der Kummer schien sie zu zerreißen. Hel durfte Idun nicht mitnehmen. Nicht jetzt, wo sie eine Tochter hatte, die sie brauchte. Sie hatte doch so hart gekämpft.

»Du tückische Hündin, mich solltest du doch holen«, schrie sie die Schatten an, denn Hel war nicht mehr da.

Was war sie doch für eine Närrin gewesen.

Verdammte Göttinnen, die nach Belieben mit den Menschen spielten. Machtlos waren die Menschen ihnen gegenüber. Sie kamen und nahmen sich, was sie haben wollten, und die Schlimmste von allen war Hel. Unerbittlich holte sie ihre Opfer, junge wie alte.

»Mir ist kalt«, sagte Idun mit schwacher Stimme.

Lautlos weinte sie an der Brust ihrer Mutter.

Gequält schnappte Freya nach Luft und hüllte den dünnen Leib ihrer Tochter in ihren Umhang. Idun war so klein, ein erschöpftes Kind.

»So habe ich mit dir gesessen, als du noch klein warst«, flüsterte Freya. Die Worte drohten, sie zu ersticken, sie musste sie sich aus ihrer Brust reißen.

»Du warst immer so fröhlich. Kannst du dich an deine Puppe erinnern?«

Idun nickte, ihre Tränen versiegten.

»Du warst immer lieb zu allen Kindern. Und sie alle haben dich so geliebt.«

Behutsam streichelte Freya den Arm ihrer Tochter und küsste die schwarzblauen Flecken an den Handgelenken.

Idun zitterte vor Kälte. Ihr Gesicht war grauweiß, ihre Augen matt.

»Ich habe Angst, Mutter.« Ihre Stimme war schwach.

»Das weiß ich«, sagte Freya und biss sich auf die Lippe.

Ihr Mund schmeckte nach Blut. Warum durfte sie nicht gehen? Eine Mutter soll ihr Kind nicht sterben sehen.

»Du brauchst keine Angst vor der Nachwelt zu haben.«

Freya zwang sich zu einem Lächeln und wischte Idun eine Träne von der Wange.

»Es ist nicht gefährlich, das verspreche ich dir. Hnoss wartet auf dich und Åse, deine Großmutter. Und Freyr, den wirst du mögen.«

Freya streichelte Iduns Arm und wiegte sie langsam hin und her.

»Sie werden sich so freuen, wenn du kommst. Überleg doch mal, wie sehr Hnoss sich nach dir gesehnt hat. Bald könnt ihr spielen wie früher als Kinder. Weißt du noch, wie ihr Nachlaufen gespielt habt? Ihr habt so dabei gelacht.«

Die Angst in Iduns Augen verschwand.

»Ich will nicht brennen, versprich mir das«, flüsterte sie.

Das Sprechen fiel ihr zusehends schwerer.

Freya schaute Idun überrascht an, dann fiel ihr ein, wie ihre Tochter vor Angst geschrien hatte, als damals Hnoss' Leichenfeuer aufgeflammt war.

»Das verspreche ich. Du kannst unter der großen Eiche beim Totenhaus ruhen. Willst du das?«

Idun nickte müde. Freya legte ihr die Hand aufs Herz. Sie spürte kleine, schwache Schläge. Ihre Tochter wanderte der Nachwelt entgegen. Freya zwang sich zum Atmen, zwang sich zum Reden.

»Siehst du, wie sie auf dich warten?«

Iduns Gesicht war ganz ruhig. Ihr Blick ging in die Ferne.

»Geh zu ihnen. Da kann dir niemand mehr wehtun.«

Langsam erlosch Iduns Blick.

Ein letztes röchelndes Atmen.

Ihr Herz flatterte und wurde dann still.

Freya streichelte ihre Haare.

Idun war tot.

Freya umarmte ihren leblosen Körper und brach in Tränen aus.

Thor hatte nicht vor, weiter auf dem Hofplatz auf und ab zu laufen. Die Priesterinnen riefen, etwas war passiert.

»Komm, Ull, wir wollen hier nicht herumstehen wie ausgesperrte Hunde.«

Er riss die Tür auf und betrat das Langhaus.

Die Priesterinnen rannten umher.

Freya hielt Idun in den Armen. Sie schrie wie eine Wahnsinnige und zerkratzte sich das Gesicht.

Thor hielt sich am Türrahmen fest. Das Blut hämmerte in seinen Schläfen.

Idun war tot.

Er starrte die dunkelrote Blutlache auf der Strohmatte an. Das Schuldbewusstsein traf ihn wie ein Schlag in den Bauch. Die Lache wuchs, breitete sich über den Boden aus.

Freyas Wahnsinnsgeschrei zerriss sein Herz. Die Priesterinnen wollten sie dazu bringen, Idun loszulassen. Vorsichtig versuchten sie, Freyas Hände von ihr zu lösen.

»Hilf uns«, rief eine alte Priesterin Thor zu.

Er zwang sich dazu, weiterzugehen.

Iduns Kopf hing schlaff über Freyas Arm.

Ihre Beine waren geöffnet, ihr Bauch blutig.

Er ging in die Hocke, streichelte Iduns kupferrote Haare. Ihre Augen starrten ins Leere.

Thor drückte sie vorsichtig zu. Jetzt sah sie aus, als schlafe sie in den Armen ihrer Mutter.

»Sie ist nicht mehr da, lass sie los, Freya«, rief die alte Priesterin.

Aber Freya klammerte sich weinend an ihre Tochter.

Thor seufzte tief, packte ihre Hände, öffnete sie.

Die Priesterinnen umflatterten sie wie blaue Vögel. Sie trugen Idun fort, nahmen sie mit sich.

Thor zog Freya an sich, legte die Hand auf ihren Mund und erstickte ihr Geschrei.

Die Frauen wuschen seine Tochter, machten sie fein. Das war gut. Sie durfte nicht schmutzig und blutig hier herumliegen. Sie musste saubere Kleider bekommen.

Eine junge Priesterin fing an mit heller Stimme zu singen. Thor verstand die Worte nicht, hörte aber, dass es ein Klagelied war, voller Sehnsucht. Die anderen stimmten eine nach der anderen ein. Ihre Stimmen füllten das dunkle Langhaus.

Die Wirklichkeit glitt noch ein Stück weiter fort.

Er nahm die Hand von Freyas Mund. Freya weinte lautlos an seiner Brust.

Hinten auf der Bank saß Ull und musterte zärtlich das Bündel in seinen Armen. Das Kind? Hatte es überlebt?

Thor war Großvater geworden. Er starrte Freya ausdruckslos an.

Sie hatte sich beruhigt und weinte jetzt nicht mehr. Aber in ihrem Blick lag abgrundtiefe Verzweiflung.

»Es kommt vor, dass Kinder sterben«, sagte Thor hilflos.

Freya starrte ihn an.

»Ich hätte sie nicht von hier fortholen dürfen«, sagte er seufzend.

Sie schüttelte den Kopf.

»Nein«, flüsterte sie. »Es war meine Schuld. Ich habe meine beiden Töchter verloren, Hnoss und Idun. Und ich bin zum Leben verdammt. Aber man kann doch nicht leben, wenn die Kinder sterben.«

Thor musterte ihre blutigen Hände. Er wusste nichts zu sagen. Es gab keine Worte.

Ull hockte sich neben ihn und zeigte ihm das Kind. Ein runzliges Wesen mit dunklem Flaum auf dem Kopf. Es sah aus wie ein Vogeljunges.

»Ein Mädchen«, sagte Ull.

Das Kind schrie, ein dünnes, Herz zerreißendes Gejammer.

Der Junge sah ängstlich aus. Vorsichtig fuhr er mit den Fingerknöcheln über die Wange des Kindes. Die Kleine verstummte und ihr Mund suchte nach Ulls Finger. Ull musterte sie voller Stolz.

»Wie schön sie ist«, sagte er.

Thor starrte den Jungen lange an, ehe er antworten konnte.

»Idun hat für ihr Leben teuer bezahlen müssen.«

Ull schlug traurig die Augen nieder.

»Das weiß ich«, flüsterte er. »Möge sie mir in der Nachwelt verzeihen. Aber jetzt weiß ich, wie ich alles wieder gutmachen kann.«

Neun rote Steine lagen auf Iduns Grab. Ein heiliger Kreis, der sie vor allem Bösen beschützte.

Freya fiel auf die Knie und zupfte eine verwelkte Blume von dem feuchten kleinen Grabhügel.

»Findest du es schön hier?«

Die Zweige der uralten Eiche, die über dem Grab wachte, raschelten. Freya spürte Iduns Nähe. Sie wachte über ihr Kind, blieb in dieser Erde, um sich um sie alle zu kümmern.

Idun hatte ihren Willen bekommen. Kein Feuer hatte sie verzehrt. Jetzt lag sie hier im Boden, war auf die alte Weise beerdigt worden.

Freya hatte ihr ihre kostbarsten Halsbänder geschenkt. Sie hoffte, dass Idun sich darüber freute. Sie hatte sich so gern geschmückt.

Freya schaute sich um und blickte über den Hain des Totenhauses hinweg.

Alfhild und Sigvard verschwanden hinter dem Totenhaus.

Neben ihnen ging Widar.

Viele waren gekommen, um sich von Idun zu verabschieden. Jetzt wusste sie, wie sehr sie vermisst wurde. Niemand konnte auch nur ein böses Wort über sie sagen.

Freya seufzte.

Ein grauer Nebel schob sich zwischen sie und die Welt. Er legte sich um Freyas Körper, verschlang ihre Kräfte. Sie konnte nichts mehr tun. Helle Frauenstimmen flüsterten in ihrem Kopf, sie waren so leise, dass Freya sie nicht verstehen konnte.

»Bist du bereit?«

Schweigend sah sie zu Thor hoch. Er war gealtert. Seit Iduns Tod war er nicht von ihrer Seite gewichen. Er hatte nicht viel gesagt. Das war auch nicht nötig. Sie verstanden einander ohne Worte.

»Du musst dich von mir verabschieden«, sagte Freya.

Der Nebel umschloss sie immer fester. Alles verschwand für sie. Einsam musste sie dieses qualvolle Leben aushalten. Wenn es doch nur ein Ende nehmen könnte.

Sie hatte die vielen Schmerzen ja so satt.

»Ich habe nachgedacht«, sagte Thor und rückte seinen Gürtel gerade. »Deine Halle steht kurz vor dem Einsturz. Du brauchst ein neues Heim«, sagte er schroff.

Freya starrte seinen von der Sonne gebräunten Arm an.

Was redete er da? Wie konnte er am Grab ihrer Tochter von Häusern sprechen?

»Ich habe am Ufer eine Stelle gefunden. Ull wird mir beim Bauen helfen und Sigvard auch.«

Thor schaute sie flehend an.

Langsam begriff sie.

»Dauert das lange?«

»Im Herbst muss ich nach Hause«, sagte er ernst.

Freya lächelte traurig. Sie würde nicht einsam sein. Nicht ganz.

Thor gab ihr, was er geben konnte. Ihr Thor.

»Du hast dir das Kind noch nicht angesehen«, sagte er.

Freya schaute zu den Opfersteinen hinüber und seufzte tief.

Dort saß Moiras Schwester und stillte Iduns Tochter. Ull hatte sie auf einem der Höfe gefunden.

Freya konnte das Kind, das Idun getötet hatte, nicht ansehen. Noch nicht. Freya wandte sich ab und sah den Kreis aus roten Steinen an. Ob Idun unten in der Erde fror?

Sie hatte Idun ihr schönstes Gewand angezogen. Idun sah darin aus wie eine Königin, mit verschränkten Armen und Blumen in der Hand.

Thor packte Freya an den Schultern und drehte sie um.

Ull stand vor ihr und hielt ihr das Kind hin.

»Ich nenne sie Saga«, erklärte der Junge.

Freya zwang sich, nicht auf die Rufe in ihrem Kopf zu hören. Sie runzelte die Stirn, spürte, wie Zorn in ihr aufkam.

»Welches Recht hast du denn überhaupt dazu?«

»Ich bin ihr Vater«, sagte Ull langsam.

Freya schnappte nach Luft.

Endlich. Die Schreie wurden zu leisem Gemurmel.

»Sie ist deine und Freyrs Enkelin. Du weißt, was das bedeutet.«

Ull hob das Bündel und schaute Freya auffordernd an. Freya holte tief Luft und zwang sich, das Kind anzusehen.

Es schlief friedlich in Ulls Armen.

Sein Gesicht war wütend und rot, ein jämmerliches kleines Wesen, mit schwarzem Flaum auf dem Kopf.

Freyas Unbehagen wuchs. Sie wollte mit dem Kind nichts zu tun haben. Noch nicht.

Sie wollte sich schon abwenden, als die Kleine herzhaft gähnte und die Augen öffnete.

Überrascht schnappte Freya nach Luft. Die Kraft schimmerte um das Kind. Sein Blick war erfüllt von Weisheit und Verständnis.

»Stimmt etwas nicht?«, fragte Ull besorgt.

Aber Freya war verloren in den dunkelblauen Augen des Kindes. Die Trauer lockerte ihren Würgegriff. Freya war so blind für das Gewebe gewesen.

Alles, was sie geliebt hatte, fand sie bei diesem Kind. Alle Blutslinien liefen bei Iduns Tochter zusammen. Freyrs Weisheit, Thors Kraft, Gefions Kampfeslust, Iduns Vertrauen und Freyas mächtiger Zauber.

Aber das war noch nicht alles. Es gab noch etwas, gab noch mehr.

Die Stimmen in Freyas Kopf waren jetzt ganz verstummt. Der graue Nebel löste sich im Sonnenschein auf.

Freya legte den Kopf schräg und kniff die Augen zusammen. Sah die unendliche Macht, die das Kind in sich trug. So klein, und zu einem großen Schicksal geboren.

Saga. Das war ein guter Name, der mit diesem neuen Wesen kam.

Freya streichelte die weiche Wange des Kindes.

»Was siehst du?«, fragte Thor.

»Ich sehe Hoffnung«, antwortete Freya.

Sie lächelte Saga an und merkte, wie das Leben erwachte.

»Ich sehe Walhalla.«

Die Erbin der Priesterin

1

Die Augen des Kriegers waren von Angst erfüllt. Blutend kroch er vorwärts. Seine Fersensehnen waren durchschnitten, er konnte nicht mehr fliehen. Trotzdem versuchte er, seinem Schicksal zu entkommen.

Die Frau schloss die Finger um den Dolchgriff. Düstere Wollust erfüllte ihren Körper. Nichts in diesem oder im nächsten Leben könnte schöner sein. Jetzt waren keine höhnischen Worte, keine Drohungen mehr von ihm zu hören. Wie ein törichtes Schaf war er in die Falle getappt.

Sie streckte die Hand nach der Schlinge aus und legte sie um seinen Hals. Er keuchte auf und erstarrte dann. Sie zog an der Schlinge, jedoch nicht fest genug, um ihn zu erwürgen.

»Weißt du, wer ich bin?«

Der Krieger nickte und nuschelte eine Antwort. Schwarzes Blut quoll aus der Wunde in seinem Rücken. Bald würde er tot sein. Die Zeit drängte.

Sie packte seine Haare und schleifte ihn zur Eiche. Das Seil reichte gerade bis zum untersten Ast. Sie zog daran, und der Riese wurde auf die Knie gezwungen.

»Sieh mich an«, befahl sie.

Sein Blick war blutunterlaufen, sein Gesicht schweißnass. Der Gestank seiner Angst erfüllte den ganzen Hain.

»Du wirst in der Nachwelt keine Ruhe finden. Du wirst bereits erwartet, und sie freut sich auf ihre Rache«, sagte sie lachend.

Der Riese keuchte noch einmal auf. Die Hoffnung in seinen Augen erlosch. Es gab keinen Weg zurück, keine Ruhe. Er war verflucht.

Das geflochtene Seil schnitt tief in seinen Hals. Er versuchte nicht, sich zu wehren. Mutlos ließ er sich erwürgen. Sein Körper zuckte noch einmal, doch der Mann war tot, noch ehe die Zunge aus seinem Mund fiel.

Die Frau seufzte zufrieden und verknotete das Seil am Ast. Aber noch war sie nicht fertig.

Abermals griff sie zu ihrem Dolch, und nun schnitt sie dem Mann die Kehle vom Kinn bis zur Halsgrube auf. Einige Blutstropfen sickerten heraus. Das war alles.

Die Frau trat einen Schritt zurück und musterte den Toten zufrieden. Zumindest für den Augenblick war ihr brennender Hass gestillt.

»Mutter, ich schenke dir meine Rache«, flüsterte sie.

Ein jubelndes Glück erfüllte sie, eine Belohnung aus der Nachwelt.

»Einer noch«, flüsterte die Frau.

Danach würde es zu Ende sein.

Die Höhlenöffnung war ein schmaler Schacht in dem verschneiten Berg. Verborgen hinter abgestürzten Felsbrocken, war der Eingang fast unmöglich zu finden. Aber Ull war es gelungen.

Seine Hand zitterte, als er die verblassten Zeichen an der Felswand berührte. Wellenförmige Striche über Kreisen, genau, wie es ihm beschrieben worden war. Fieberschauer durchliefen Ull. Sie waren jetzt in der Nähe, sie waren fast in Reichweite.

»Gebt mir Feuer!«, brüllte er.

Forseti ging in die Hocke und versuchte, im Schutz eines Felsblocks Feuer zu machen. Der junge Ase presste unter seinen Bartstoppeln die Lippen aufeinander.

»Ich bin keine Feuerhexe«, murrte er und schlug abermals die Feuersteine gegeneinander.

Modi und Magni, Thors hochgewachsene Söhne, hockten um den Zunder und beschützten die Funken mit ihren Umhängen.

Ihre Schwester Trudvi lehnte sich gegen einen Felsbrocken. Ihre blonden Haare wogten über ihrem ledernen Harnisch, ihre Hand ruhte auf dem Schwertgriff. Kampfbereit schaute sie zur Höhle hoch.

Nur Arvid hielt hinten Wache. Aufmerksam ließ er seine Blicke über die endlose Heide schweifen. Nicht ein lebendes Wesen war zu sehen, aber das musste nichts zu bedeuten haben. Das hier war das Grenzland zwischen den Welten der Menschen und der Frostriesen, und die Luft stank nach dem fremden Zauber der Reifthursen. Sie mussten auf ihrer Hut sein und mit allem rechnen.

Im Norden ragte das düstere Nifelheim auf, die Heimat des ewigen Winters. Dort gab es Wesen, die ihn aufhalten wollten. Ull spürte ihre Anwesenheit im Wind. Ein Fehler, und sie wären verloren. Aber er hatte nicht vor, zu versagen. Jetzt nicht. Endlich stieg von Forsetis Feuer Rauch auf, und der Ase begann die Flammen mit kleinen Reisigstücken zu füttern. Eine Ewigkeit schien zu vergehen, dann loderte das Feuer auf, und Modi und Magni konnten daran die Fackeln entzünden.

Ull riss ein brennendes Holzstück an sich. Endlich. Er rutschte an dem steinigen Hang aus und wäre fast vor der Höhlenöffnung gestolpert.

Eifrig hob er die Fackel. Der Feuerschein tanzte über die groben Felswände. Da. Ganz hinten ahnte er einen schmalen Gang. Ull wischte sich den Schweiß von der Stirn.

Die jungen Asen wurden von demselben Eifer erfüllt und standen mit Waffen und Fackeln bereit. Nur Forsetis Gesicht wirkte misstrauisch. Ull schnaubte. Dieser jämmerliche Feigling!

»Hab keine Angst. Vergiss nicht, dass Freyr, mein mächtiger Vater, unsere Schritte lenkt«, sagte er mit heiserer Stimme.

Die anderen nickten eifrig.

Der Gang war so eng, dass Ull mit den Schultern anstieß. Und bei jedem Schritt wurde es steiler.

»Hier ist es so eng wie in einer Schafsmöse«, rief Magni.

»Du musst es ja wissen«, erwiderte Trudvi.

Ull drehte sich um und brachte sie mit einem wütenden Blick zum Schweigen.

Der Boden war bedeckt von unberührtem Staub. Hier war seit

Menschengedenken niemand mehr gewesen. Die stickige Luft wurde immer kälter. Die Kraft des Berges schloss sich um sie. Sie wogte durch den Felsgang, dumpf und drohend.

Ull packte sein Schwert fester und streckte die Hand mit der Fackel aus. Sein Körper war angespannt wie eine Bogensehne. Der Gang wand und bog sich immer wieder. Und in Dunkelheit und Staub konnte sich einfach alles verstecken.

Er suchte mit seinen Blicken nach dem nächsten Zeichen. Dort! Sein Herz schlug rascher. An der feuchten Felswand waren mehrere verblasste Zeichen zu sehen. Vier Sonnenspiralen um ein Feuer. Ull tippte mit dem ausgestreckten Zeigefinger auf die Bilder und drehte sich zu Forseti um.

»Jedes Wort, das die Hexe gesagt hat, stimmt«, rief er eifrig.

»Nicht, was sie gesagt hat, macht mir Sorgen, sondern, was sie uns verschwiegen hat«, antwortete sein Waffenbruder mit ernster Miene.

Ull biss die Zähne so fest zusammen, dass es wehtat. Seit die Finnmarkshexe ihnen die Sage vom Gold im Norden erzählt hatte, faselte Forseti von Fluch und Unheil.

Aber Ull wusste, dass diese Sage ein Geschenk seines toten Vaters war. Nachdem er von dem Gold erfahren hatte, war ihm Freyr nachts im Traum erschienen und hatte ihn aufgefordert, sich auf die Suche zu machen. Er hatte in der Nachwelt die Verzweiflung seines Sohnes gespürt und versprochen, ihm Genugtuung zu verschaffen.

Sie würden ihn wie einen Helden verehren, würden Lieder über seine große Tat verfassen. Es würde kein boshaftes Getuschel hinter seinem Rücken mehr über Ergi und seine Unmännlichkeit geben, keine vielsagenden Blicke mehr.

Der Gang wurde jetzt breiter. In der Dunkelheit erklang das Geräusch von fließendem Wasser. Die Fackel in Ulls Hand war schweißnass, eifrig beschleunigte er seine Schritte.

Eine große Höhle. Genau, wie ihm gesagt worden war.

»Möge Tiwaz über uns wachen.«

Seine Stimme hallte in einem großen leeren Raum wider. Er hob die Fackel. Die Decke war eine Manneslänge über ihren Köpfen, und dreißig Schritte weiter konnte er das Ende der Höhle ahnen.

Ull zitterte am ganzen Leib. Er rannte durch die Höhle und rief die letzten Worte aus der Schilderung der Finnmarkshexe:

»Tief im Schoß der Bergmutter liegt er versteckt. Der gesegnete Schatz der Reifthursen.«

Ganz hinten in der Dunkelheit war ein Felssims zu sehen. Ull keuchte auf, als er auf dem Sims verwitterte und von Staub bedeckte Felle fand. Er schloss die Augen. Wenn die Sage nur die Wahrheit berichtete, wenn es auf der Welt doch Gerechtigkeit gab!

Er holte tief Luft und riss die Felle beiseite.

»Danke, Vater«, flüsterte er.

Ull sank in die Knie. Nicht einmal seine Träume hatten ihn darauf vorbereiten können, was er vor sich sah. Schmuckstücke, Becher, Waffen und funkelnde Schilde mit fremdländischen Zeichen. Alles lag durcheinander auf einem glitzernden Haufen. Es gab mehr Gold, als sie tragen konnten. Mehr als Menschenaugen je geschaut hatten.

»Das ist doch Wahnwitz«, flüsterte Magni.

Im funkelnden Licht der Fackeln schien der Schatz lebendig zu sein. Silberschalen, bronzene Spangen, eine Zaubertrommel mit geheimnisvollen Zeichen und eine mannshohe Bronzelure.

Es gab alle Träume, die jemals miteinander verwoben worden waren, und es gab noch mehr.

Der Schatz würde aus ihm den mächtigsten Mann an den Stränden des Sommermeeres machen. Ull zitterte vor Gier. Ein König, ein Herrscher würde er sein, ein Riese unter den Männern.

Trudvi hielt ein goldenes Halsband ins Fackellicht. Ihre Augen funkelten mit dem Schmuck um die Wette.

»Alles, was ich mir wünsche, werde ich bekommen«, rief die Asin lachend und legte sich das kostbare Geschmeide um den Hals.

Ull schrie vor Glück und schlug seinem Bruder in den Rücken. Dessen Schrei hallte zwischen den Felswänden wider.

Er riss ein Schwert aus goldener Bronze an sich, schöner, als die Alfenpriester jemals eins geschmiedet hatten. Rasch schob er sich die Waffe unter den Gürtel und nickte den anderen zu.

»Nehmt alles, was ihr tragen könnt, dann brechen wir auf. Die Beute teilen wir dann an Bord von Skidbladnir.«

Sie ließen sich nicht lange bitten, sondern machten sich über die Reichtümer her und füllten ihre Ledersäcke mit funkelndem Gold und Silber.

Ull nahm hastig Becher und Schilde und stopfte sie in seine eigene Ledertasche. Unter einer verwitterten Trommel lag ein dickes Halsband aus Gold, verziert mit Sonnenspiralen und tanzenden Figuren. Ull grinste zufrieden. Dieses Geschmeide sollte Sagas Hals schmücken. Stolz und erstaunt würde sie vor seinem Reichtum stehen. Nie mehr würde sie sich ihres Vaters schämen müssen.

»Bin ich schön?«

Trudvi zeigte auf einen Armreif, der über ihren verschlungenen Tätowierungen funkelte. Sie lächelte liebevoll und winkte ihn zu sich.

Die verbotene Lust ließ seinen Schritt brennen. Er wollte sie haben, jetzt, sie hier auf dem Höhlenboden nehmen. Die langen braunen Beine um seinen Leib spüren, ihr vor Lust verzerrtes Gesicht sehen. Ull packte seinen Ledersack und zog ihn an sich. Wahnsinnsgedanken. Trudvi war Tiwaz geweiht, er durfte den Kriegsgott nicht verärgern, nicht jetzt, wo ihm dieses große Glück geschenkt worden war.

»Dein Gatte muss sich über deine Schönheit freuen«, sagte er höflich.

Sie schnaubte enttäuscht und kehrte ihm den Rücken zu. Modi und Magni stritten sich um einen Schild, sie rissen und zerrten daran wie Wölfe an einem Stück Fleisch.

Forseti dagegen war verschwunden. Ull schaute sich in der Höhle um. An der hinteren Wand bückte sich Forseti mit erhobener Fackel über etwas, das auf dem Boden lag. Nicht ein einziges Kleinod hatte er eingesteckt. Unmenschlich, so war sein Verhalten.

»Kehrst du den Reichtümern den Rücken zu?«

Der junge Ase drehte sich um.

»Komm her«, sagte er mürrisch.

Ull biss wütend die Zähne zusammen. Forseti hätte für seine ewigen Zweifel eine Tracht Prügel verdient. Düsterkeit und Unwille, mehr gab es nicht in seinem Gemüt. Aber er war Ulls Waffenbruder, und sie hatten geschworen, einander zu beschützen.

Widerwillig schleppte er seinen schweren Sack zu Forseti.

Der Ase strich sich die langen Haare aus dem Gesicht und schaute ihn düster an.

»Die Hüterin des Goldes«, sagte er und zeigte auf den Boden.

Ulls Blut gefror in seinen Adern. In der dünnen Erdschicht lag ein Skelett, leere Augenhöhlen starrten ihn an. Der Kiefer war zu einem ewigen Grinsen nach unten geklappt. Sie trug ein verwittertes ledernes Gewand und eine Kapuze aus Igelfell. Aber nicht die Tote machte Ull solche Angst, sondern die Knochen, die neben ihrem Kopf lagen. Zwei mannslange Rippen waren über Kreuz gelegt. Woher mochten sie stammen? Kein Tier auf der Welt war so groß!

»Vielleicht von einem Drachen«, sagte Forseti ernst.

Ull schüttelte ungläubig den Kopf. Bei allen boshaften und bösen Geschöpfen, so grausam konnten die Mächte nicht sein!

Verwünschungen waren ihm nur zu gut bekannt. Ebenso wie Riesen, Geister und Kampfzauber. Aber fliegende Schlangen? Die gab es doch nur in den Märchen. Er ging in die Hocke und ließ den Finger über die Knochen fahren. Sie waren wirklich riesengroß.

»Schlimmere Zeichen als dieses da wären wohl schwer zu finden. Wenn du in deinem Sack Drachengold hast, dann ist es aus mit uns allen, wenn wir es von hier entfernen«, sagte Forseti.

Die Fieberschauer ließen Ull zittern. Seit Monaten suchte er nun nach dem Gold, spürte, wie es ihn lockte und zu sich rief. Jetzt hielt er seine Zukunft in Händen, ein so großartiges Glück, wie es die Welt noch nicht gesehen hatte. Ull schüttelte den Kopf.

»Das sind keine Drachenknochen! Kein Fluch lastet auf meinem Schatz. Es hängt mit dem Zauber zusammen.«

Voller Ernst erwiderte Forseti seinen Blick.

»Mögest du die Wahrheit sagen, Waffenbruder.«

Hinten beim Schatz stritten sich die Asen freundschaftlich um einen Dolch. Trudvi siegte und hielt ihn triumphierend in die Luft. Ihr helles Lachen hallte zwischen den Felswänden wider.

»Lieber opfere ich mich den Mächten, als meinen Schatz aufzugeben.«

Forseti packte Ull am Arm.

»Sei vorsichtig, wenn du um etwas bittest, es kann ja passieren, dass du es bekommst. Aus dieser Sache hier kann nichts Gutes entstehen. Wir sollten den Schatz hier lassen.«

Ull schaute seinen Waffenbruder verständnislos an. Hatte der Bursche denn den Verstand verloren? Freyr, sein eigener Vater, der mächtigste aller Schamanen, hatte ihn doch hergeführt.

»Freyr schützt uns. Wir haben nichts zu befürchten.«

Forseti schüttelte wütend den Kopf.

»Der Hunger nach Gold lässt dich Vernunft und Verstand verlieren.«

»Schweig still, du schwanzloser Sohn Baldurs. Jetzt habe ich genug von deinem Gejammer. Von mir aus darfst du dich vor Schatten und Mythen fürchten, aber wag ja nicht, dich meinem Glück in den Weg zu stellen«, schrie Ull wütend.

Sie maßen einander mit Blicken. In Forsetis Wange zuckte ein Muskel, seine Augen waren schwarz vor Zorn.

»Ich kann kein Licht in dein verfinstertes Gemüt bringen«, sagte der Ase düster.

Törichter Schurke. Ull ballte wütend die Faust. Er hätte den Verräter niederschlagen, ihn im Berg zurücklassen müssen. Wütend ließ er seinen Waffenbruder bei den gelb gewordenen Gebeinen stehen und schleppte den Sack ans Ende der Höhle.

Der Schatz war jetzt fast verschwunden. Nur Silber, die Bronzelure und einige Trommeln und Holzstücke lagen noch auf dem Boden.

»Wir kehren zum Schiff zurück«, rief Ull und lud sich den Ledersack auf die Schulter.

Er war so schwer, dass er ihn kaum hochheben konnte. Und doch war er die leichteste Last, die er je getragen hatte. Sie hatten es geschafft. Das Glück brandete durch seinen Körper, berauschte ihn und erfüllte ihn mit Frieden.

Die anderen lachten und schlugen sich gegenseitig auf den Rücken.

Ull lächelte Trudvi an. Schön wie eine Kriegerkönigin war sie, mit ihren hellen Haaren und dem Gold, das um ihren Hals tanzte.

»Noch vor einer Sonnenwanderung habe ich geschworen, dass wir am längsten Tag des Jahres nach Walhalla zurückkehren würden. Dieses Versprechen werde ich halten. Als Helden werden wir ins Sommermeer zurücksegeln«, sagte Ull.

Lächelnd verließ er die Höhle mit dem Gold auf dem Rücken. Nichts auf dieser oder der nächsten Welt würde ihm jetzt noch etwas anhaben können. Er war gesegnet.

Wenn ihr nur all dies erspart bliebe. Düster starrte Saga in die Breischüssel. Ein gelber Streifen Honig wand sich um die dunklen Klumpen, wie ein Fluss, der einen Berg umströmt. Sie drückte das Essstäbchen in die Schüssel und stellte das Gefäß dann auf den Boden.

Sofort hielt ihr eine Magd einen Becher mit euterwarmer Milch hin. Saga schüttelte den Kopf. Ihr war ohnehin schon schlecht.

Die anderen Priesterinnen hatten sich erhoben. Hinten bei ihren Schlafbänken fegte Halldis mit einem Reisigbesen den Boden. Botvida kniete neben dem Herd und mahlte für das abendliche Festmahl Mehl. Sie summte leise, als sie den runden Stein über den Mahlstein rollte.

»Komm jetzt. Wenn es noch länger dauert, kriegst du Ärger mit den Ältesten«, sagte Sinmara.

Saga hatte Bauchschmerzen, als sie aufstand.

Die sechs Priesterinnen warteten auf dem Hofplatz. Mit ernster Miene sprachen sie darüber, was jetzt passieren würde. Das bleiche Licht der Dämmerung ließ ihre Gewänder in derselben Farbe schimmern, die das Meer unterhalb des Hanges zeigte. Ihre Haare waren sorgfältig geflochten, die kurzen Umhänge wiesen nicht eine Falte auf. Sie waren perfekte Dienerinnen der Göttin.

Saga lehnte den Kopf an den Türrahmen. Ich schaffe das nicht, dachte sie. Nicht noch einen Tag voller Lügen und Schauspiel. Sollten sie sagen, was sie wollten. Sie konnte nicht hier sitzen und sich anstarren lassen, nicht, wenn alles nur Trugbilder und Lüge war.

Hinten am Zaun ließen Lill-Ylva und Amuld das Vieh los. Kühe, Ziegen und Schweine folgten den Kindern über den Hofplatz, hungrig und voller Sehnsucht nach der Weide.

Amuld pfiff nach den Hunden, die im Abfallhaufen wühlten. Eifrig kamen sie angerannt und trieben das Vieh aus dem Gehege.

Saga schaute ihnen hinterher, bis sie unten am Hang verschwunden waren. Als sie sich dann zum Schutzbaum umblickte, kam Vár auf sie zu, ihre ernste und magere Pflegemutter.

»Es wurde aber auch Zeit, bald wird die Sonne aus dem Meer steigen«, sagte die Priesterin und hob ihren Richterinnenstab.

Saga starrte das geschnitzte Holzstück an. Ein Bach aus Schweiß floss über ihren Rücken.

»Bitte, erspar es mir, nur dieses eine Mal.«

Sofort bereute sie, das laut gesagt zu haben, aber die Worte schienen ihr eigenes Leben zu haben und sich aus ihrem Mund loszureißen.

Várs schmales Gesicht verzog sich unwillig. Sie war wütend. Ängstlich wischte Saga sich die Hände an ihrem Gewand ab.

»Immer machst du Ärger. Wir haben im Namen der Göttin unsere Pflicht zu tun. Achtest du dich denn höher als die Mächte?«

Saga wand sich unter Várs Peitschenstimme.

»Ich will nicht lügen«, flüsterte sie.

»Wäre es besser, die Wahrheit zu sagen?«

Die schmalen Lippen der Priesterin kräuselten sich zu einem Lächeln.

Saga schüttelte geschlagen den Kopf. Vár hatte recht. Ihr blieb nichts anderes übrig.

»Dann wag es nicht, mir zu trotzen«, flüsterte Vár.

Hinten beim Schutzbaum stemmte die Heilpriesterin Eli die Hände in die Seiten und legte den Kopf schräg. Die ersten Sonnenstrahlen ließen den Morgentau am Hang glitzern. Sie hatten es wirklich eilig.

Saga schaute wieder den Stab an, den Vár ihr hinhielt. Widerwillig schlossen sich ihre Finger um das runde Holzstück.

»Geh jetzt«, befahl Vár.

Saga riss sich aus der Geborgenheit des Langhauses los und ging über den Hofplatz. Die Priesterinnen schlossen sich eifrig tuschelnd hinter ihrem Rücken zusammen.

Wie das Vieh, das von den Hunden vor sich hergetrieben wurde. Willenlos und ohnmächtig wurde sie zum Gehorsam gezwungen.

Saga nickte dem alten Halte zu, als der das geflochtene Weidentor öffnete, und ging dann den Weg am Hang hinunter.

Das Tal von Walhalla öffnete sich wie eine grüne Umarmung. Hinter den Zäunen funkelten die jungen Setzlinge in der Morgensonne. Unten am Hang weidete das Vieh im saftigen Gras. Der Morgendunst hing noch als dünner Schleier über der Bucht. Hinter dem Sumpf öffnete sich das glitzernde Meer mit Inseln und Felskuppen.

Saga hielt nach Skidbladnirs Segel Ausschau. Ihr Vater hatte versprochen, an diesem Tag heimzukehren. Bald würde sie das Schiff vor der Landzunge sehen. Die Sehnsucht ließ ihre Brust brennen. Wenn Ull erst da wäre, würden sie in den Wald gehen und jagen, weit weg von den Priesterinnen und den Regeln, die sie fesselten. Ull allein war stark genug, die Macht Freyas und der Priesterinnen herauszufordern und Saga aus deren erstickender Fürsorge zu befreien.

Saga ballte die Fäuste. Eine ganze Sonnenwanderung sehnte sie sich nun schon nach der Freiheit, die ihr Vater ihr schenken konnte. Wenn er doch nur käme. Sie konnte kaum noch atmen.

Die Priesterinnen stimmten ein Dämmerungslied zu Ehren der Sonnengöttin an. Ihre Stimmen schlangen sich umeinander, sie hallten wider über dem leeren Gehege, in dem bald Stiertanz und Hengsthatz gehalten werden sollten.

Auf der Wiese wimmelte es schon von Menschen, die in Erwartung des Festmahls dort ihr Lager aufgeschlagen hatten. Sie hockten an den Feuern und verzehrten ihren Morgenbrei, während die Kinder nackt zwischen Fellzelten und Windschutz herumsprangen. Als sie Saga entdeckten, richteten sie sich neugierig auf.

»Sei gegrüßt, Stimme der Göttin«, rief eine barbusige Frau, der ein kleines Kind auf der Hüfte saß.

Saga starrte zu Boden. Der Tau ließ den Staub an ihren Füßen kleben. Widerwillig wischte sie ihre Fußsohlen am Gras des Wegesrandes ab.

»Reck den Rücken und mach ein würdevolles Gesicht. Sei freundlich zu denen, die dich ehren«, fauchte Eli hinter ihr.

Saga zwang sich, die Frau anzulächeln, aber ihr Magen krampfte sich vor Wut zusammen.

»Du musst Würde zeigen. Freyas Enkelin steht an Rang und Blut über allen«, murmelte Eli und zog Sagas Umhang über den Schultern gerade.

Saga holte tief Luft und zügelte ihren Zorn. Es war die Pflicht der älteren Priesterinnen, die jüngeren zu züchtigen und sie zu würdigen Dienerinnen der Göttinnen zu machen, das rief sie sich jetzt ins Gedächtnis. Nur durch Gehorsam und Furcht vor den Mächten war der Weg zur Magie zu finden.

Saga erinnerte sich nur zu gut daran, wie sie als Kind weggelaufen und zum Fluss gerannt war. Damals hatte sie eine Nacht ganz allein im Wald verbringen müssen, und vor lauter Angst hatte sie nicht gewagt, zu weinen.

Die Macht der Älteren war groß, nicht einmal sie konnte ihnen trotzen. Sie musste gehorchen, auch wenn sie daran zerbrach.

Oben auf dem Gerichtshügel drängten die Leute sich schon unter den Eichen, hungrig wie Wölfe nach Klatsch und Unterhaltung.

»Und jetzt hüte deine Zunge. Sag nicht mehr, als unbedingt nötig«, sagte Vár, als sie den Hang hochkletterten.

Als ob sie eine Wahl hätte. Saga umklammerte den Stab, das Holz war feucht von ihrem Schweiß.

Der Gerichtsplatz verstummte, als sie dort anlangten. Die Menschen wichen beiseite und machten ihnen Platz. Sagas Herz hämmerte heftig.

»Sei gegrüßt, schöne Saga.«

Ein dunkler Alfenpriester mit schwellenden Muskeln hob die Hand.

Sie nickte kurz angesichts dieser Huldigung.

»Segne meine Tochter!«

Eine Frau von den Inseln hielt ihr ein kleines Kind hin und legte flehend den Kopf schräg. Saga blieb stehen, legte die Hand auf die glatten Haare des Kindes und gab vor, einen Zauber zu sprechen.

»Danke, Auserwählte«, sagte die Frau mit zahnlosem Lächeln.

Saga floh vor ihrer Dankbarkeit und den bewundernden Blicken und eilte über die Lichtung auf die Reihe der Steine zu.

Der Richtstein war fast so groß wie sie selbst. Dort hatte Freya gesessen, wenn sie zum Gericht gerufen hatte, und jetzt legte Saga den Umhang ihrer Großmutter um. Sie stieg auf den Stein und setzte sich auf das Lammfell.

Die anderen Priesterinnen ließen sich auf ihre Steine sinken. Nur Vár bleib stehen. Sie stand hinten bei den Bewohnern von Alfheim und unterhielt sich mit Frida vom Ingvaldshof. Die Priesterin sprach vertraulich mit dieser mächtigen Frau. Jetzt lag keine Kälte in ihren Augen, jetzt gab es dort nur lächelndes Wohlwollen. Saga strich ihren Rock gerade und schlug die Beine übereinander.

Umständlich verabschiedete Vár sich und ging dann zu ihrem Stein, der rechts neben Sagas stand.

»Du kannst anfangen«, sagte die Priesterin, ehe sie Platz nahm.

Saga holte tief Luft und hob ihren Stab.

»Hedda aus Alfheim, tritt vor das Ting«, rief sie.

Die sehnige alte Frau trat auf die Lichtung und legte die Hand auf die kleine Kuh, die neben einem Stein angebunden war. Der braune Rock der Frau war verschmutzt und so verschlissen, dass ihr die Fäden um die Knie hingen.

»Wir werden deinen Anklagen gegen deine Nachbarin Butaid lauschen«, sagte Saga.

»Ihre Bosheit fing damit an, dass sie meine Kuh gestohlen hat, aber Butaid hat außerdem auch meine Ziegen verflucht. Ich werde alles Böse schildern, das sie mir angetan hat«, schrie Hedda und warf sich ihren schmutzstarrenden Umhang über die Schulter.

Saga schaute zur Sonnengöttin hoch, die am Himmel brannte. Das Lammfell unter ihren Oberschenkeln war bereits feucht. Das hier würde wirklich ein endlos langer Tag werden. Als ob irgendwer sich für Hedda und ihre elende Kuh interessierte!

Saga schaute hinüber zu den Bewohnern von Alfheim, die sich auf der einen Seite der Lichtung versammelt hatten. Obwohl es so heiß war, trugen fast alle ihre Umhänge. Die Frauen hatten Blumen oder geflochtene Bänder in den Haaren, doch obwohl sie so festlich gekleidet waren, tuschelten sie voller Sorge miteinander.

Die drei reichen Hofbesitzerinnen aus dem Westen waren ebenfalls ernst. In ihren roten Gewändern und mit ihrem kostbaren Schmuck sahen sie aus wie prächtige Vögel.

Neben ihnen stand der dickbäuchige Bolde, der Sohn der Königin. Ein kurzes Schwert hing an seinem breiten Gürtel, seine strähnigen Haare waren unter eine Lederhaube gestopft. Bei sich hatte er seine Gattin, Frida vom Ingvaldshof. Ihre zwei blonden Zöpfe bedeckten fast die Bronzebroschen auf ihrem üppigen Busen.

Ein dunkelhaariger Alfenpriester kam auf sie zu und zeigte anklagend auf die Vanen auf der anderen Seite der Lichtung.

Saga wusste nur zu gut, worüber sie sprachen. Seit zwei Tage zuvor Holme tot aufgefunden worden war, kochten die Gerüchte über, und der Zorn hing schwer in der Luft. Er war draußen im Wald an einer Eiche aufgehängt worden, die Kehle der Länge nach aufgeschlitzt. Er war der dritte Bewohner Alfheims, der auf diese Weise ermordet worden war.

Alle waren sicher, dass sich die Vanen auf diese Weise dafür rächen wollten, dass Königin Alfhild ihnen Tributzahlungen auferlegt hatte. Die Hälfte ihres Besitzes sollten sie der Königin geben, wenn sie weiterhin auf deren Grund und Boden leben wollten. Wahnsinn war das.

Saga schaute sich um. Die Vanen warteten auf der anderen Seite der Lichtung, so weit von den Bewohnern Alfheims entfernt wie überhaupt nur möglich. Bei ihnen gab es keine reichen Frauen, und nur wenige trugen Umhänge oder Bänder in den Haaren. Wenn die Königin ihnen Vieh und Ernte nahm, würden sie im Winter Hunger leiden müssen.

Der stattliche Orm und seine Brüder standen am Rand der Lichtung. Die Sonne ließ Orms helle Locken funkeln. Er war einen Kopf größer als alle anderen und sah aus wie ein König.

Saga ließ seine Lippen nicht aus den Augen, sie konnte fast jedes Wort erraten. Er sprach darüber, dass Königin Alfhild die Vanen aus der Gegend vertreiben wollte, dass sie der Königin keinen Tribut zahlen konnten. Die alten Fehden schwollen an wie eine Eiterbeule. Alles hatte begonnen, ehe Saga geboren worden war und ehe die schwarze Seuche fast alle Bewohner Vanaheims getötet hatte. Die Überlebenden waren zu Alfhild geflohen, hatten bei ihren Verwandten Hilfe gesucht. Zuerst hatten die Bewohner von Alfheim den Flüchtlingen ihre Häuser geöffnet, aber als sie nicht zurückkehren konnten, weil die schwarze Seuche noch immer in Vanaheim wütete, verflog die Gastfreundschaft rasch.

Die Vanen hatten sich eigene Höfe erbaut, doch die Streitereien mit den Leuten von Alfheim um Land und Fischgründe waren nur noch schlimmer geworden.

Am Ende brannten zwei Höfe ab, und Hirda aus Vanaheim wurde erhängt an einer Eiche gefunden. Freya hatte Frieden gestiftet und das Ting eingesetzt, um die Zwistigkeiten zwischen beiden Völkern zu schlichten. Mit der Drohung, sie zu verfluchen, wenn sie nicht gehorchten, hatte die Hohepriesterin einen Frieden erzwungen, der bis jetzt hielt.

Ein scharfer Schmerz zuckte durch Sagas Bauch. Sie presste die Hand auf den groben Stoff ihres Gewandes.

Es war ein fremder Schmerz, nicht die zerreißenden Qualen des Monatsblutes, die sie dazu zwangen, sich in kaltem Schweiß im Stroh der Schlafbänke zu krümmen. Das hier war etwas anderes. Besorgt runzelte sie die Stirn.

»Als die Kinder und ich hungern mussten, wollte sie uns nicht helfen«, rief Hedda und zeigte auf Butaid.

Die jüngere Frau war im Gesicht hochrot vor Wut, die Sehnen an ihrem Hals sahen aus wie straff gespannte Seile.

»Ich habe selbst gehungert, du verlogenes Miststück«, schrie Butaid.

Die hochgewachsene, breitschultrige Frau ballte kampfbereit die Fäuste.

Jetzt setzte der brennende Schmerz in ihrem Bauch wieder ein. Saga biss die Hände zusammen und zwang sich, nicht laut zu stöhnen.

»Du musst sie zurechtweisen«, flüsterte Vár streng.

Saga holte tief Luft.

»Seid still!«

Ihre Stimme hallte auf der Lichtung wider. Butaid setzte sich mit wütendem Murren auf den Boden, Hedda blieb stehen.

»Wir haben in Frieden und Reichtum gelebt, bis die Vanen gekommen sind und unser Land genommen haben. Als sie vor der schwarzen Seuche geflohen sind, haben wir ihnen unsere Häuser geöffnet, bis sie zurückkehren könnten. – Aber noch seid ihr nicht zurückgekehrt! Ihr beißt euch fest, trinkt unseren Reichtum, raubt unser Vieh und tötet uns, wie ihr Holme getötet habt.«

Die Bewohner von Alfheim brachen in Rufe der Zustimmung aus, die reichen Hofbesitzerinnen schlugen sich mit den Fäusten auf die Brust, das Geschrei von Gesinde und Alfenpriestern zerfetzte den Frieden auf der Lichtung.

»Gut gesprochen, Hedda«, rief die stattliche Bösta vom Eichenhof und legte die Hand auf den Dolch in ihrem Gürtel.

Die Leute lachten und klopften ihr auf den Rücken.

Vár packte Saga am Arm.

»Du musst ihren Zorn dämpfen. Sprich über den Fluch, aber mach es freundlich«, befahl sie.

Saga griff nach dem Richterinnenstab und hob ihn in die Luft.

»Hüte deine Zunge, Hedda. Vanaheim ist noch immer verflucht, dort wartet nur ein qualvoller Tod auf die Vanen. Und du willst sie doch sicher nicht in ein solch bitteres Schicksal schicken?«

Hedda senkte den Kopf, versteckte sich hinter ihren dünnen

grauen Zöpfen. Saga konnte trotzdem den Hass in ihren Augen sehen.

»Wenn du weißt, wer Holme ermordet hat, dann bitte ich dich, uns den Schuldigen zu zeigen. Unser Dank wird sehr groß sein. Aber wenn du den Namen des Mörders nicht weißt, dann musst du schweigen. Freya kennt bei bösartigem Geschwätz keine Gnade.«

Hedda kratzte sich an der Wange und nickte dann, ehe sie die Hand aufs Herz legte. Demütig verbeugte sie sich vor Saga und dem Richterinnenstein.

»Verzeih mir, Priesterin. Meine Zunge ist mit mir durchgegangen.«

»Dann kannst du weiter sprechen«, sagte Saga würdevoll und ließ ihren Stab sinken.

Vár nickte ihr zufrieden zu. Als hätten Sagas Worte alle Spannungen verschwinden lassen. Aber kein Irrtum hätte größer sein können.

Orm und seine Brüder verließen die Tingstätte. Sie gingen weit hinaus auf den Höhenzug. Die jungen Vanen verließen ihre Plätze und folgten ihm. Sogar zwei Männer mit Hallundas Wellenzeichen auf den Wangen schlossen sich ihnen an. Das alles verhieß nichts Gutes.

Saga umklammerte den Stab, während der Schmerz in ihrem Bauch weiter wütete.

»Holmes Tod ist ein böses Omen für den Frieden in Walhalla. Viele Gemüter sind in Aufruhr«, flüsterte sie Vár zu.

Die Priesterin kratzte sich an einem Flohstich am Hals und sah sie gleichgültig an.

»Dieses Gerede höre ich nun schon seit deiner Geburt.«

Saga holte langsam Atem. Jetzt redeten auch die Bewohner von Alfheim aufgeregt miteinander. Der dickbäuchige Bolde rückte seinen Gürtel zurecht und zeigte besorgt zu Orm und den anderen Vanen auf dem Hügel hinüber.

»Das Ting sollte vielleicht unterbrochen werden. Seht euch doch den Zorn an, der hier offenbar gerade Wurzeln schlägt«, sagte Saga, so freundlich sie konnte.

Vár verzog unwillig den Mund.

»Zwistigkeiten sind wie eine Wunde, aus der erst der Eiter abfließen muss, bevor sie verheilen kann. Das sind Freyas Worte. Hedda hat das Recht, alles zu sagen, was sie sagen will.«

Die hellblauen Augen waren scharf wie Feuersteinklingen.

Verflucht! Der Schmerz in Sagas Bauch wurde immer schlimmer, wie ein glühender Stein rollte er umher. Alles war sinnlos. Was sie sagte oder tat, hatte keinerlei Bedeutung.

Hier saß sie als Richterin und gab vor, im Namen der Göttin für Gerechtigkeit zu sorgen. In Wirklichkeit aber war sie ohnmächtig. Saga ließ ihre Blicke über die Vanen und die Bewohner von Alfheim wandern. Das hier musste ein Ende finden.

Asta blieb auf halber Höhe des Tinghügels stehen und schaute über das Tal. Hinter den Zäunen und Sträuchern wogten Roggen und Weizen im Wind. In der Bucht wimmelte es von Schiffen und Booten, alle waren hergekommen, um dem Ting beizuwohnen und das Sonnenfest zu feiern.

Asta fuhr mit den Fingern über das Brandzeichen auf ihrer Schulter, wo ihre Haut wie von Nadeln gestochen prickelte. Alle waren willkommen bei der Huldigung der Sonnengöttin. Nur sie nicht.

Sie nahm die Hand ihrer kleinen Schwester und ging zur Lichtung weiter. Die Menschen drängten sich unter den hohen Eichen aneinander. Nackte Kinder spielten Fangen. Unter einem Busch schlief eine alte Frau. Ein Junge versuchte, einem anderen den Lendenschurz wegzureißen, lachend begannen sie im Gras miteinander zu ringen. Feinde, dachte sie. Hier waren zu viele Menschen. Zu Hause auf dem Einödhof kam fast nie Besuch. Dort konnte der Vater mit seinem Gürtel und seinen Schlägen über sie herrschen. Aber diese Zeit war zu Ende. Asta fuhr durch die verfilzten Haare ihrer Schwester und lachte verbissen. Niemals würden sie dorthin zurückkehren.

Liv schaute sie aus weit aufgerissenen Augen an.

»Hab keine Angst«, sagte Asta und zog ihre Schwester weiter auf die Lichtung zu.

Diesmal konnte ihnen niemand etwas tun.

Gleich darauf schaute eine Frau mit langen Zöpfen um sich. Kaum hatte sie Asta gesehen, da verzog sie ihr Gesicht in ängstlicher Verachtung. Rasch drehte sie sich wieder um und flüsterte ihrem kahlköpfigen Nebenmann etwas zu. Verdammt. Asta schaute sich verzweifelt um. Hier waren ja nur Leute aus Alfheim. Sie packte Livs Hand fester. Jetzt verbreitete sich die Nachricht wie ein Lauffeuer, alle drehten sich um und glotzten.

»Ach, da sind ja Einöd-Alvars gebrandmarkte Bälger!«

»Wie können die es wagen, herzukommen?«

Asta spuckte aus und hüllte sich in einen Umhang aus loderndem Hass. Wie konnten die anderen sich das trauen? Schweine waren sie allesamt, stinkende Schweine. Ihre Hand zitterte, als sie sich den Schweiß von der Stirn wischte.

»Nach allem, was sie angerichtet haben«, flüsterte ein Mann.

Die Blicke schnitten wie Messer. Liv klammerte sich so fest an ihre Hand, dass ihre Finger schmerzten.

»Kann denn niemand das Pack vertreiben?«

Vertreiben. Das Brandzeichen auf Astas Schulter brannte und glühte. Sie würde es diesen kläffenden Hündinnen schon zeigen. Sie schloss die Augen und ließ sich in die große Leere weit fort von der Schande und allen boshaften Stimmen sinken. Sie konnten ihr nicht schaden, konnten sie nicht berühren. Das Feuer schoss dröhnend in die Höhe. Der Anblick der Flammen beruhigte sie. Wie ein zärtlicher Trost verbrannten sie das Getuschel und die Blicke.

Asta lächelte zufrieden, als die Flammen die Frau mit den langen Zöpfen verschlangen, die schlecht über sie gesprochen hatte. Schreiend wand sie sich auf dem Boden, ihre Haut platzte durch die Hitze. Asta nahm zufrieden den Gestank von verbranntem Menschenfleisch in sich auf. Ein Todesschrei hallte in ihrem Kopf wider. Sie brauchte keine Angst mehr vor den anderen zu haben. Es gab sie nicht mehr.

»Trag mich, Schwester.«

Liv streckte ängstlich die Arme zu ihr hoch. Asta legte überrascht den Kopf schräg. Sah, wie die Flammen das Kind versengten.

»Ich bitte dich.«

Widerwillig ließ Asta das Feuer los und glitt in die Wirklichkeit zurück. Jetzt schielten die Leute nur noch verstohlen zu ihr herüber. Sie lächelte zufrieden. Das Feuer hatte ihnen Angst gemacht, jetzt fühlten sie sich nicht mehr so überlegen. Rasch hob sie die Schwester auf ihre Hüfte. Liv war so mager, sie war leicht wie Löwenzahnflaum.

»Du siehst schon wieder komisch aus«, flüsterte Liv und suchte bei ihr Zuflucht und Geborgenheit.

Asta streichelte den Rücken des Kindes und sog den Geruch von Schweiß und Erde ein.

Sie musste sich zusammenreißen, musste sich überlegen, was aus Liv werden sollte. Vielleicht wäre es ja doch das Beste, dem Kind die Kehle durchzuschneiden. Ein rascher Schnitt, dann wäre alles vorbei. Die Mutter würde in der Nachwelt auf sie warten. Wenn alles so kam, wie Asta annahm, würde Liv ja ohnehin bald verhungern. Asta nickte. So musste es sein. Das war die gnädigste Lösung.

»Nicht böse sein«, sagte Liv und streichelte ihre Wange. Ihre kleine Hand war schwarz vor Schmutz.

Asta zwang sich zum Lachen.

»Nach dem Ting werde ich dir ein Geheimnis zeigen, tief drinnen im Wald.«

Livs Augen leuchteten auf.

»Was denn?«

»Einen Ort, an dem du nie wieder hungrig sein musst«, antwortete Asta und lächelte traurig.

Ein warmer Wind fegte über die Lichtung und ließ das Laub in den Bäumen rascheln. Auf dem Tingplatz schrie eine schrille Stimme etwas über einen Fluch. Sie durfte nicht mehr daran denken, was sie zu tun hatte. Sie durfte überhaupt nur noch an ihren Schwur denken.

»Sieh an, die Vanenhündin traut sich her«, sagte eine grobe Männerstimme hinter ihrem Rücken.

Astas Lächeln erlosch. Sie konnten doch jetzt nicht erscheinen.

Sie hatte sie schließlich verbrannt. Langsam drehte sie sich um. Vier junge Männer in braunen Kitteln und mit Dolchen im Gürtel. Streitsüchtig wie junge Hengste. Ein Jüngling mit breiten Schultern und spärlichen Locken grinste boshaft. Der Anführer.

Liv klammerte sich an Astas Hals, Asta konnte die Angst der kleinen Schwester riechen, durch ihre Haut spüren.

»Verstehst du nicht, was das Brandzeichen bedeutet?«

Der Breitschultrige schlug seinen Umhang zurück. Drei Striche waren auf seine Brust tätowiert. Alfheims Stierzeichen. Asta erschauderte.

»Ich habe das Recht, im Tal von Walhalla zu sein. Hier herrscht Freyas Friede«, sagte sie und hob den Kopf.

Sein Gesicht unter dem hellbraunen Bart lief rot an.

»Die Hündin glaubt, dass sie irgendwelche Rechte hat«, sagte er zu den anderen.

Die lachten und verschlangen sie mit lüsternen Blicken. Asta schaute ihre schwarzen Füße an. Der Nagel des großen Zehs war eingerissen und hing locker unter der Schmutzschicht. Wenn sie ein wenig Glück hätte, würden die Männer ihrer Beleidigungen müde werden und ihrer Wege gehen, sonst würde sie sich um sie kümmern müssen.

Eine schweißnasse Brust wurde gegen Astas Rücken gepresst. Die anderen schlossen sich um sie, drückten sich gegen sie. Sie seufzte tief. Die Kerle hatten wohl kaum vor, sich zu verziehen.

Jemand hob ihren Lendenschurz an, Finger kniffen in ihren Oberschenkel. Es tat weh. Asta musste sich dazu zwingen, nicht zu lachen.

»Die ist ja vielleicht mager«, rief einer der Burschen dicht neben ihrem Ohr.

Narren. Vor denen hatte sie doch keine Angst. Die konnten ihr nichts tun. Asta hob den Kopf und schaute dem Anführer in die Augen.

»Geht, sonst verfluche ich eure Stangen«, sagte sie gelassen.

Die Augen des Mannes wurden dunkel vor Zorn, ohne ein Wort zu sagen, hob er die Hand und schlug ihr ins Gesicht. Asta nahm den Schmerz dankbar entgegen, er machte sie stärker, vergrößerte ihre Macht.

Liv schrie auf. Asta legte den Arm um sie und lächelte.

Ein Schatten der Unsicherheit trübte seinen Blick. Diese Männer konnten ihr einfach nichts tun. Sie war unbezwinglich.

»Die Kleine oder die Große?«, fragte eine grobe Stimme hinter ihr.

»Von mir aus beide«, sagte der Breitschultrige und fuhr sich durch den Bart. In den schütteren Locken hingen noch Reste des Morgenbreis.

Die schweißnasse Brust wurde härter gegen Astas Rücken gepresst. Die Haare kitzelten auf ihrer Haut. Ein Finger schob sich zwischen ihre Oberschenkel.

»Sie sind gebrandmarkt, wir können mit ihnen machen, was wir wollen, ohne Strafe zu riskieren«, lachte der Jüngste. Sie merkte, wie seine Stange steif wurde.

Asta wandte den Kopf und starrte den hohlwangigen Jüngling an, bis er einen Schritt zurücktrat.

Liv ließ ein leises Jammern hören. Asta spürte die Herzschläge der Kleinen an ihrer Haut. Sie seufzte. Sie konnte nicht zulassen, dass die Männer ihre Schwester umbrachten, nicht auf diese Weise. Diese Qual sollte ihr erspart bleiben.

»Es wird nichts passieren«, sagte sie mit ruhiger Stimme.

Langsam, so vorsichtig, dass niemand es bemerkte, schob sie die Hand in ihren Ranzen.

»Kommt, wir gehen mit ihnen in den Wald«, sagte der schwarzhaarige Jüngling eifrig. Er packte Astas bloße Brust und kniff sie in die Brustwarze.

Der Dolch lag unter einigen Wurzeln und einem Stoffbündel. Astas Finger schlossen sich um den hölzernen Griff. Jetzt! Rasch wie eine Schlange stach sie dem Schwein aus Alfheim in die Hand.

»Hündin!«

Mit hochrotem Gesicht wich er zurück. Blut quoll aus der Wunde. Ehe irgendwer ein Wort sagen konnte, hatte Asta dem Breitschultrigen das Messer an die Kehle gepresst.

»Zurück, sonst drücke ich zu«, fauchte sie.

Blut floss über die scharfe Klinge. Der Mann keuchte auf und starrte das Messer an.

»Sie ist wahnsinnig. Seht ihre Augen an.«

Die anderen starrten Asta entsetzt an und wichen zurück.

Sie lachte leise. Es war so leicht, sie zu verletzen, diese Männer. Ein Schnitt und alles war vorbei.

»Was macht ihr denn hier für einen Unsinn?«

Eine alte Frau schleppte sich auf einen Stock gestützt dahin. Wütend starrte sie den Breitschultrigen an.

»Vergesst nicht den Tingfrieden. Keinen Ärger«, sagte sie mit einer Stimme, die knarrte wie eine alte Tür.

Asta hob eine Augenbraue.

»Na?«, fragte sie.

»Verschwinde, Hündin«, sagte der Breitschultrige.

Sie ließ ihr Messer sinken, hielt es aber in Bereitschaft.

»Ehe die Sonne untergeht, wirst du das teuer bezahlen«, sagte der Breitschultrige und spuckte aus.

Der Speichel traf ihren Mund. Asta seufzte müde, als sie ihn abwischte.

»Du kannst mir nichts tun«, sagte sie mit ernster Miene. »Ich bin doch schon tot.«

Sie verließ ihn mit langen Schritten, wischte sich den Dolch am Lendenschurz ab und steckte ihn in ihren Ranzen. Dort, auf der anderen Seite des Wäldchens, gab es Vanen.

Erst als sie dort angekommen war, blieb Asta stehen und atmete tief durch. Ihre Beine zitterten vor Furcht. Wütend bezwang sie diese Schwäche. Das hier war nur der Anfang. Es würde noch viel schlimmer werden. Sie streichelte tröstend Livs Rücken.

»Jetzt verstehst du, warum ein Dolch im Ranzen gut ist. Wenn er dort ist, glauben sie nicht, dass wir einen haben«, flüsterte sie ihrer Schwester zu.

Liv gab keine Antwort, sie zitterte in Astas Armen vor Angst. Asta streichelte besorgt die verschmutzten Haare ihrer Schwester.

»Du darfst deine Angst nicht zeigen. Du weißt doch, wie es ist, wenn Hunde aneinander geraten? Die Mutigsten bezwingen die anderen durch ihre Willenskraft, verstehst du?«

Liv nickte stumm. Ein Strom von Zärtlichkeit floss durch Astas Brust. Liv war ein Kind, das durfte sie nicht vergessen. Sie kannte nur ihre Hütte weit draußen im Wald. Sie war zu klein, um sich daran zu erinnern, wie sie mit Feuer und Hass aus Alfheim vertrieben worden waren.

Ein Zittern durchlief Asta, und sie sah sich um. Sie musste an etwas anderes denken und nicht an damals.

»Schau mal, das ist genau wie in den Sagen«, sagte sie und zeigte auf die Priesterinnen, die in einem Halbkreis auf dem Tingplatz saßen.

Die heiligen Frauen schenkten Gerechtigkeit. Der bittere Geschmack des Hohns füllte Astas Mund.

In der Mitte der Priesterinnen saß eine junge Frau auf einem mannshohen Stein. Hocherhobenen Hauptes und mit übereinander geschlagenen Beinen sah sie auf alles herab, was hier geschah.

»Das ist Saga, Freyas Enkelin«, sagte Asta.

Ein Sonnenstrahl suchte sich einen Weg durch das Eichenlaub und ließ Sagas Zöpfe rot aufleuchten. Das Bronzehalsband funkelte auf dem blauen Gewand.

Asta legte den Kopf schräg. Nie zuvor hatte sie etwas so Schönes gesehen. Die leicht schräg stehenden Augen, die hohen Wangenknochen. Es musste stimmen, was an den Feuerstätten gesungen wurde, nämlich, dass Saga nicht von dieser Welt war.

Saga hob das Kinn und schaute zum Meer hinüber. Asta runzelte die Stirn. Saga machte ein besorgtes Gesicht, in ihren Augen lag keinerlei Freude. Wieso war ihr Blick so düster? Sie war doch in Sicherheit. Wer Hand an eine Priesterin legte, wurde mit dem Tod bestraft. Reich war sie auch. Verwöhnte Kuh! Worüber konnte die sich schon beklagen?

»Die sehen gefährlich aus«, sagte Liv.

Asta räusperte sich.

»Das sind sie auch. Priesterinnen können in die andere Welt blicken und die Menschen dazu bringen, ihren Gedanken zu gehorchen. Aber hab keine Angst, Kleines. Sie helfen den Menschen in ihrer Not.«

Liv begann, an ihrem Daumennagel zu nagen.

»Warum haben sie uns dann nicht geholfen?«

Asta seufzte tief.

»Du und ich, wir müssen uns selbst helfen«, sagte sie düster.

Livs Unterlippe zitterte. Asta seufzte noch einmal tief. Jeder Mensch musste seinem Schicksal gehorchen, und sie hatte den Eid abgelegt. Niemand würde das ändern können.

Dort. Ein hochgewachsener Mann mit einem Schwert im Gürtel. An seinen Armen schwollen die Muskeln, er war ein Riese und ein reicher Mann. Bolde. Asta fuhr zusammen. Jetzt erkannte sie ihn. Ihr Magen drehte sich um und fast hätte sie sich übergeben.

An ihrer Brust begann Liv zu weinen. Asta wiegte sie und maß Bolde mit Blicken. Er sagte etwas zu einer hochgewachsenen Frau, die neben ihm stand, schlug die Arme übereinander und grinste.

Arme Liv. Zärtlich küsste Asta den Kopf ihrer Schwester. Bald würde sie von Kummer und Sorge befreit sein.

Asta würde sich um alles kümmern.

Heddas Stimme schnitt wie ein Messer durch Sagas Gedanken. Wieder wogte die Übelkeit durch ihren Körper, wurde bei jedem Atemzug stärker. Wenn das so weiter ging, würde sie sich und den Priesterinnen nur Schande machen. Sie wischte sich den Schweiß von der Stirn und beugte sich zu Vár hinüber.

»Ich bin krank«, flüsterte sie.

Die Priesterin maß sie mit einem Blick aus ihren hellblauen Augen.

»Dir kann nichts passieren.«

Saga presste sich die Hand auf den Mund. Unterdrückte den Brechreiz.

»Vár, ich bitte dich.«

»Erspar mir deine verworrenen Ausreden, die kenne ich viel zu gut. Stellst dich krank, um das Ting anzuhalten und deine Wahnsinnsideen ausleben zu können.«

Die Priesterin schnaubte und wandte sich ab.

Saga wäre fast in Tränen ausgebrochen. Konnte die andere nicht ein einziges Mal Erbarmen mit ihr haben? Sie schluckte verzweifelt. Sie hielt es nicht mehr aus. Rasch, ehe Vár sie daran hindern konnte, hob sie den Stab und winkte Hedda zu sich.

Die alte Frau humpelte zum Stein hinüber. Sagas Herz schlug jetzt immer schneller, wie ein sich aufbäumendes Pferd schien es ihre Brust zum Bersten zu bringen.

»Möchtest du vor diesem Ting noch etwas sagen?«

Saga konnte ihre Stimme ruhig klingen lassen, während der kalte Schweiß ihr über den Rücken rann. Hedda schüttelte den Kopf so heftig, dass die grauen Zöpfe tanzten.

»Es ist so viel passiert, aber ich glaube, jetzt bin ich fertig«, sagte sie abwartend.

Saga konnte die brennenden Blicke der Priesterinnen spüren. Aber sie musste das hier tun, die anderen mussten begreifen. Sie richtete den Blick auf die verblassten Tätowierungen auf Heddas Stirn.

»Dann werde ich mein gerechtes Urteil fällen.«

Ihr Magen brannte, als ob sie einen glühenden Stein verschluckt hätte. Saga biss so fest die Zähne zusammen, dass es wehtat, als sie sich an Vár wandte.

Die Priesterin kniff die Augen zu scharfen Dolchen der Unzufriedenheit zusammen. Und die ließen Saga zu einem Nichts zusammenschrumpfen.

»Hilf mir«, flehte Saga.

Widerwillig erhob Vár sich von ihrem Stein und trat hinaus auf die Lichtung.

»Lauscht nun der Stimme der Göttin, hört sie durch ihre Auserwählte singen«, rief sie.

Es war so weit. Saga packte den Richterinnenstab und erhob sich. Ihr Gewand schlang sich um ihre Beine, sie geriet ins Schwanken und wäre fast gefallen, ehe sie ihr Gleichgewicht wiederfand.

Denn reckte sie den Rucken. Ich muss es schaffen. Nur noch kurze Zeit, dann ist es vorbei.

Die anderen sahen sie erwartungsvoll an. Ihr Zorn war verflogen. Jung und Alt, Arm und Reich, alle beobachteten verzückt jede Geste Sagas.

Saga holte tief Luft und schloss die Augen. Die Dunkelheit umfing sie, die Geräusche des Ting glitten immer weiter von ihr fort. Sie fiel durch Zeit und Raum, hinab in die tiefe Finsternis.

Sandkörner aus Licht wirbelten durch die große Leere. Munter tanzten sie durch den weiten schwarzen Raum. In der Ferne wand sich die dunkle Spirale durch das Weltall. Sie rief Saga mit einer Stimme voller Verheißungen von Sternensang und der Nähe der Göttinnen.

Saga streckte sich ihnen entgegen, versuchte, sie zu erreichen. Vergebens. Ihr Herz krampfte sich vor Bitterkeit zusammen. Sie war gefesselt an ihre Lügen, und sie konnte die Mächte nicht erreichen.

Ein leichter Klaps auf ihren Fuß holte sie zurück. Die Erwartungen der Anwesenden ließen ihre Augen schmerzen.

Saga holte zitternd Atem.

»Beugt euch vor der Königin über die unendlichen Mächte. Ehrt die Herrscherin über Himmel und Erde. Die strahlende, die mächtige Königin«, rief sie und hob die Arme.

»Senkt eure Köpfe vor der Priesterin der mächtigen Göttin, beugt euch vor mir!«

Die Anwesenden fielen auf die Knie und verbeugten sich demütig, Saga ließ die Arme sinken und wäre fast in Tränen ausgebrochen. Eine Lügnerin mit gespaltener Zunge war sie, mehr nicht. Keine Göttin hatte sie bei dem Einweihungsritus auserwählt, als sie blutend im Baum gehangen hatte. Sie, die Letzte einer uralten Sippe von mächtigen Priesterinnen, besaß nicht die Fähigkeit, den Mächten zu dienen. Freya hatte gesagt, Sagas Zeit werde noch kommen, das Gewebe zeige, dass eine Göttin ihr Macht schenken werde. Und bis zu diesem Tag müsse sie eben vorgeben, mit den Mächten zu sprechen.

Sagas Bauch schmerzte, als sie die knienden Menschen sah. Wenn sie doch nur nicht lügen müsste!

»Das hier sind die Worte unserer geliebten Mutter an uns. Das hier ist ihr Urteil.«

Ihr Arm zitterte, als sie den Stab hob.

»Butaid darf die Kuh behalten!«, rief sie.

Hedda erbleichte vor Überraschung und Wut. Butaid ballte die Faust und schlug sich damit triumphierend auf die Brust.

Saga holte tief Luft.

»Zweimal soll sie die Kuh mit ihrem besten Stier paaren. Zwei gesunde und kräftige Färsen soll sie danach Hedda schenken. Das ist Walhallas Urteil. Das ist der Wille der Göttin. Freut euch über ihre Gerechtigkeit, singt, um ihre Güte zu preisen!«

Saga ließ den Stab sinken.

Ihr Herz kam zur Ruhe. Es war vorbei.

Die beiden Streitenden standen noch immer vor dem Stein, vereint in ihrer Unzufriedenheit.

Glotzt ihr nur, ihr glaubt doch, das sei der Wille der Göttin, dachte Saga. Der Rat der Priesterinnen hat das schon vor einem Monat beschlossen, als ihr zu uns kamt und um Hilfe bei der Beilegung eures Streits gebeten habt. Ich habe nichts dazu zu sagen. Ich bin ein Schatten fremden Willens, ein mit Worten gefülltes Gefäß.

Überall auf der Lichtung erhoben sich die Leute und redeten über das Urteil. Butaid fing an, die an einen Baum gebundene Kuh zu melken. Kinder rannten hin und her und bettelten mit weit aufgerissenen Mündern. Butaid ließ sie vom Euter trinken. Der strotzte dermaßen vor Milch, dass sie über die schmutzigen Gesichter der Trinkenden floss.

Ich kann es jetzt tun, dachte Saga. Ich kann ihnen sagen, dass ich nicht mehr lügen kann, dass die Lüge mich in Stücke reißt. Sie verließ den Stein und stieg hinab, um sich Várs Zorn zu stellen.

Saga sah die wütende Vár an und holte zitternd Atem.

»Mein Bauch tut weh.«

Sie schlang sich die Arme um den Leib und wandte sich beschämt ab.

Eine grobe Hand streichelte Sagas Wange. Die Priesterinnen umringten sie schützend, verbargen sie vor den neugierigen Blicken.

»Hast du seit dem Morgenbrei etwas gegessen?«

Die sternäugige Sinmara legte ihr die Hand auf den Arm.

Saga schloss die Augen, schüttelte den Kopf. Ein Feuerball schien ihren Magen zu Asche zu verbrennen. Sie sank zu Boden und krümmte sich so sehr, dass sie ganz klein aussah. Vár setzte sich neben sie, die Kälte war aus ihren Augen verflogen, jetzt sah sie zutiefst besorgt aus.

»Ist es so schlimm?«

Saga nickte.

»Sie ist ja ganz weiß im Gesicht. Was ist ihr da für ein Übel geschickt worden?«

Eli beugte sich vor und musterte sie forschend. Das mütterliche Gesicht der Heilpriesterin war besorgt.

»Sie trägt einen Schatten in sich«, sagte Eli.

Eine Welle der Angst spülte über die Priesterinnen hinweg, sie tauschten besorgte Blicke und tuschelten unter sich.

Saga biss sich in die Wange, um nicht loszulachen. Die Heilpriesterin redete immer von drohender Dunkelheit. Aber Sagas Schmerzen waren nicht von übelwollenden Kräften geschmiedet, das wusste sie mit Sicherheit. Sie presste die Hände auf den Bauch und wiegte sich hin und her.

»Wir müssen sie hier wegbringen, kommt, schließt euch zusammen. Niemand darf sehen, dass unserem Schatz etwas fehlt.«

Vár hörte sich gespannt und heiser an. Ein kleiner Strom aus Schadenfreude durchfloss Saga. Jetzt schämte sie sich offenbar, weil sie nicht zugehört, sondern Sagas Worte verscheucht hatte wie Fliegen über einem Essnapf.

Eine Hand fasste Sagas Arm, half ihr auf die Füße. Blutroter Brechreiz wogte durch ihren Leib. Sie versuchte, auszuspucken, aber ihr Mund war wie ausgedörrt. Die Erschöpfung jagte ihr kalte Schauer über den Rücken. So etwas hatte sie noch nie erlebt. Wenn Eli nun doch Recht hatte, wenn sie einen Schatten in sich trug!

»Dein Gesicht ist grau wie ein Stein«, sagte Sinmara und wischte ihr mit ihrem Umhang den Schweiß von der Stirn.

Sinmara, die doch sonst keine Angst kannte, machte vor Besorgnis große Augen. Darüber erschrak Saga mehr als über alles andere.

Sie packte Sinmara, klammerte sich an den Arm der jungen Priesterin.

»Da hinten, beeilt euch«, sagte Vár und zeigte auf die Opferstätte.

Hohe Büsche wuchsen um den heiligen Ort, und es führte nur ein Weg dorthin. Das Gras wogte unter Sagas Füßen, als sie zum Freyrstein geführt wurde. Viele Opfergaben waren dort abgelegt worden, Blumen, ein Stück Brot.

Saga stöhnte und krümmte sich zusammen. Ihr Magen schien von Messern zerfetzt zu werden.

»Leg dich hin«, sagte Eli.

Saga ließ sich rücklings zu Boden sinken und klammerte sich an das Gras. Elis Gesicht schwebte über ihr. Elis Augen waren dunkel vor Sorge.

»Versuch, Frieden zu finden, Kind.«

Sagas Gewand wurde hochgestreift, warme Hände drückten auf ihren Bauch. Sie hielt den Atem an, hatte Angst, sich zu bewegen.

»Þauwinder, þau varðir.«

Elis Stimme wurde dunkler und stärker, als sie diesen Zauber sprach.

Aus den Händen der Heilpriesterin schienen sich wohltuende Wellen zu lösen. Lebensspendende Wärme strömte durch Sagas Bauch, hinab in den blutigen Schmerz, um dort zu lindern und zu heilen.

»Helvandir, þau varðir«, beschwor Eli mit mächtiger Stimme.

»Þau varðir«, beteten die Priesterinnen.

Langsam zog der Schmerz sich zurück. Saga atmete vorsichtig aus, voller Angst, die wunderbare Wärme zu verlieren. Die Priesterinnen beugten sich über sie. Sinmaras rosiges Gesicht, daneben Sigthauds alternder Ernst. Tröskva und Heldir auf beiden Seiten Várs. Saga trank durstig von ihrer Stärke. Es gab nichts zu befürchten. Sie schloss die Finger um das Gras, nahm den dumpfen Herzschlag der Erde wahr. Die Muttergöttin hielt sie in ihrer feuchten Umarmung, wiegte sie zärtlich hin und her. Eine Hummel brummte durch die Luft. Saga bewegte den Kopf, und sie atmete den Duft von Blumen und Gras ein. Alles war so, wie es sein sollte.

Der Schmerz floss in den Boden und wurde vom Sonnenschein verzehrt.

Eli nahm die Hände von Sagas Bauch.

»Das war's.«

Saga setzte sich vorsichtig auf und streifte ihr Gewand nach unten. Die Lebenskraft schäumte durch ihren Leib. Jetzt konnte sie sich kaum noch an die Schmerzen erinnern, die sie so sehr gequält hatten.

»Die Göttin beschützt ihre Töchter«, sagte Vár.

Saga zog ihren Umhang gerade und strich sich dann über die Zöpfe.

»Geht's dir jetzt besser?«

Sinmara legte den Kopf schräg und lächelte sanft. Saga zupfte einen trockenen Grashalm aus ihren Haaren und nickte.

»Es ist nicht alles so, wie es sein soll«, sagte Eli mit so ernster Stimme, dass Saga zusammenfuhr.

Die Priesterin hob eine Hand. Dünne schwarze Striche zogen sich über Schwielen und Schrammen.

»Ein düsterer Zauber«, sagte sie ernst.

Saga starrte die feuchten schwarzen Linien an. Stammte das aus ihrem Bauch?

»Möge die Mutter uns schützen«, flüsterte Vár und machte das Zeichen, das Böses abwehrt.

Ein düsterer Zauber wurde geschickt, um zu quälen und zu töten. Nur eine Priesterin konnte ihn aussenden. Saga schluckte. Sie hatte keine Feindinnen. Sie verließ nur selten das Tal, sie lebte so ruhig.

»Wer will mich töten?«

Eli und Vár wechselten einen wütenden Blick.

»Es gibt nur eine Verräterin unter uns. Sot ist die Schuldige, da bin ich mir sicher«, sagte die Heilpriesterin.

Sot? Saga schüttelte den Kopf. Das konnte doch nicht möglich sein. Die Priesterin Sot hatte seit ihrer Kindheit über sie gewacht.

»Es ist hart, sich der Wahrheit zu stellen, dass es überall Bosheit gibt. Du wirst es begreifen, wenn du älter bist«, sagte Vár.

Eli nickte düster.

»Sie hat uns verraten, ich habe es selbst gesehen.«

Saga zog ihren Umhang fester zusammen, sie verweigerte sich den Reden der anderen. Eli und Vár schworen, gesehen zu haben, wie Sot Alfhilds Mägden Walhallas Geheimnisse zeigte. Freya war nichts anderes übrig geblieben, als sie in die Verbannung zu schicken.

Saga schloss die Augen. Sie sah, wie Sot mit dem Ranzen auf dem Rücken auf dem Hofplatz stand. Ihre grauschwarzen Haare lagen wie Rabenschwingen über ihren Schultern, ihre Augen kannten keine Hoffnung mehr.

»Am Sterbebett deiner Mutter habe ich geschworen, über dich zu wachen, und dieses Versprechen halte ich. Ruf mich, wenn du meine Hilfe brauchst«, hatte sie gesagt.

Sollte Sot zurückgekehrt sein, um ihr Schaden zuzufügen?

Freya sagte immer, nichts sei so, wie es aussehe. Die Wahrheit sei wie eine Zwiebel. Unter jeder Haut zeige sich eine neue Wirklichkeit, der alten ähnlich, aber doch anders. Nur eins stehe fest, nämlich, dass viele Tränen nötig seien, um zur Mitte vorzudringen, und dort sei nichts.

»Die Hündin wird für das Übel bezahlen, das sie geschickt hat.« Vár spuckte diese Worte förmlich aus.

Saga klammerte sich an den groben Umhang. Die Angst wand sich wie eine kalte Schlange um sie.

»Nie im Leben würde Sot mir schaden wollen.«

»Mein lieber Schatz«, sagte Eli und legte ihr den Arm um die Schultern. »Dein Gemüt ist verdüstert, vergiftet vom Zorn. Glaub meinen Worten.«

Saga entzog sich dem fürsorglichen Griff und erhob sich. Das Unbehagen wogte durch ihren Körper. Sie musste schweigen, durfte ihr Glück nicht weiter auf die Probe stellen.

Saga wischte sich die schweißnassen Hände an ihrem Gewand ab.

»Ihr habt kein Recht, sie ungehört zu verurteilen«, flüsterte sie.

Vár schlug die Arme übereinander. Sie war wütend, ihre schmalen Lippen verzogen sich angeekelt.

»Deine Zunge ist sehr scharf für eine Priesterin, die den Zauber nicht beherrscht.«

Diese Worte trafen Saga wie Pfeilspitzen. Langsam erwachte ihr Zorn. So ging das nicht. Sie konnte nicht zulassen, dass Sots Name in den Schmutz gezogen wurde. Sie musste hier und jetzt ihre Meinung sagen. Die Zeit war gekommen, um mit dem Schweigen aufzuhören.

Saga versuchte zu schlucken, aber ihr Mund war wie ausgedörrt, ihre Hände zitterten vor Angst.

»Meine Schmerzen vorhin waren kein Fluch, es war die Verzweiflung angesichts meiner Lügen auf dem Ting, die ihr von mir verlangt habt«, sagte sie und trat noch einen Schritt zurück.

In Várs Wange zuckte ein Muskel, ihre Augen waren weit aufgerissen. Noch immer umspielte ein Lächeln ihre Lippen. Es wurde immer breiter und zog sich schließlich über ihr ganzes Gesicht. Saga keuchte auf. Várs Mund füllte sich mit spitzen Raubtierzähnen. Schließlich bleckte der Kopf eines wütenden Vielfraßes mit braunem Fell die Zähne. Die Luft wurde von einem gellenden Lachen zerrissen.

Sie kniff die Augen zusammen.

»Wir wissen besser, was hier geschehen ist, als du«, sagte Vár.

Jetzt sah sie wieder aus wie sonst.

Bei den Mächten des milden Himmels, was war denn nur los hier? Saga zitterte vor Angst.

Ein Vogel ließ sich auf dem Freyrstein nieder und sang fröhlich, als sei nichts weiter passiert.

Eine warme Brise wehte durch die Baumkronen. Das gellende Lachen war verstummt.

»Du siehst seltsam aus, mein Schatz«, sagte Eli besorgt.

Saga rieb sich die Augen. Hatte sie sich getäuscht? Die Priesterinnen musterten sie überrascht. Keine grinsenden Tierköpfe saßen auf ihren Schultern.

Saga trat einen Schritt zurück, dann noch einen und noch einen.

»Wohin willst du?«

Eli packte ihren Arm.

»Ich will mit Freya sprechen«, flüsterte Saga.

Ihr Herz hämmerte so sehr, dass es ihre Brust zu zerreißen drohte.

»Stör die Hohepriesterin nicht, sie hat an einem solchen Tag viele schwere Pflichten«, sagte Vár.

Ihre Ferse stieß gegen einen Stein. Vorsichtig wich Saga zur Seite, ohne die anderen aus den Augen zu lassen.

»Komm jetzt, Kind, lass dir von dem Fluch nicht das Gemüt verdüstern«, sagte Eli und streckte die Hand aus.

Saga hatte den Hain fast verlassen.

»Du musst bei uns bleiben. Sot wird noch einmal versuchen, dich zu töten«, sagte Eli und griff nach Sagas Arm.

Die Luft bebte. Ein grinsender Hundekopf saß auf den Schultern der Heilpriesterin. In Sagas Nacken sträubten sich die Haare. Irgendwer hatte Besitz von den Priesterinnen ergriffen. Sie gehörten nicht mehr der Wirklichkeit an.

»Hör auf mit deinen schwachsinnigen Sprüngen und komm her«, brüllte Vár.

Niemals! Saga riss sich los und rannte um ihr Leben.

2

Freya schwebte hoch über dem Meer. Schwerelos wurde sie von den Winden getragen, empor zur Sonnengöttin. Laue flüsternde Winde liebkosten ihren Körper. Sie schloss die Augen, genoss die Freiheit.

Im nächsten Moment wurde sie nach unten gezogen. Eine unsichtbare Hand zerrte sie zum Meer. Freya schrie vor Enttäuschung, versuchte mit allen Kräften, sich loszureißen, während sie auf das Wasser zustürzte.

Sie hielt über einem Schiff an. Es wehrte sich mit schäumendem Bug gegen Rans feuchte Arme. Freya glitt durch die Luft, ließ sich näher an das Schiff heranführen.

Ein einsamer Mann stand am Bug. Freya keuchte auf. Thor. Mit ergrautem Haar und zernarbtem Gesicht stand er hocherhobenen Hauptes da und legte die Hände auf die Reling. Der Wind bauschte den Umhang hinter seinem Rücken wie einen grauen Flügel. Ein Lederharnisch umschloss seine Brust, am breiten Gürtel baumelte Mjölnir, der gekreuzte Hammer.

Freya schrie seinen Namen, versuchte vergeblich, ihn zu erreichen. Aber Thor rührte sich nicht. Bewegungslos schaute er auf das Meer hinaus.

Erst jetzt bemerkte sie das Segel, schwarz wie eine Winternacht ragte es hinter seinem Rücken empor. Einsam war er auf dem mächtigen Schiff unterwegs, kein Krieger saß am Ruder, kein Verwandter stand am Steuer.

Die dunklen Wellen schlugen immer höher. Von Schaum bedeckt, leckten sie über die Reling. Der Wind wurde kälter, er zog und zerrte an Freya. Sie streckte die Hände nach ihrem Geliebten aus, kämpfte, um ihn erreichen zu können. Vergeblich. Sie wurde vom Meer weggezogen, hinein in ein unendliches Weiß.

Alles änderte sich. Sie schwebte über einer dünnen, alternden Frau, in der sie überrascht sich selbst erkannte. Langsam watete die Alte im Schneegestöber in einen See und hob ein Opfermesser. Neben ihr stand Saga. Die junge Frau schrie vor Trauer und Angst, Tränen strömten über ihr Gesicht.

Das Weiße um sie herum schimmerte, es blendete Freya, tat ihren Augen weh.

Gleich darauf hielt sie die bluttriefende Messerklinge in die Luft. Ein Tropfen trat an die braune Spitze. Freya starrte das Blut an, ihr graute vor dem, was jetzt geschehen würde. Der Tropfen löste sich vom Messer und fiel herab.

Bei Hels verfluchten Höhlen! Freya warf das Fell zur Seite und setzte sich mit hämmerndem Herzen auf.

Eine Warnung. Die Traumbilder tanzten in ihrem Kopf. Thor, das Messer, Sagas Tränen. Sie packte ein Wolfsfell und klammerte sich an die Wirklichkeit. Zeichen von Finsternis und gellende Warnungen aus der Geisterwelt. Freya holte tief Luft und versuchte, ihre Gedanken zu sammeln.

Der Jüngling, der ihr Bett gewärmt hatte, musterte sie hellwach, kratzte sich an der Brust und lächelte dann zärtlich. Freya schaute ihn mit leerem Blick an.

»Geh weg«, sagte sie.

Dunkle Segel kündigten einen Tod an. Aber in der Warnung hatte noch mehr gelegen. Es war eine Warnung vor einem entsetzlichen Ereignis gewesen. Sie schluckte. Saga würde etwas passieren. Bei Greips blitzendem Wasser!

Der Jüngling lief nackt zu der Sitzbank, auf der er seinen braunen Kittel abgelegt hatte. Er streifte ihn über und schnallte sich dann den Gürtel um die Taille. Seine Blicke waren wie Liebkosungen und voller Versprechen.

»Darf ich heute Nacht zurückkehren?«

Freya runzelte die Stirn.

»Das werden wir sehen. Geh jetzt«, sagte sie.

Ungeduldig wartete sie, bis er hinausgeschlendert war und die Tür hinter sich zugezogen hatte. Saga und ein blutiges Opfermesser. Sollte das Mädchen etwas oder jemanden opfern? Oder, und das mochte die Göttin verhüten, selbst geopfert werden? Nichts durfte der Kleinen passieren, sie war die Letzte der Sippe. Der kostbarste Schatz von allen. So lange Freya überhaupt noch Kraft hatte, würde sie ihre Enkelin beschützen. Verflucht!

Sie ließ sich auf die Felle zurücksinken und wartete, bis ihr Herz sich beruhigt hatte. Das Bündel aus getrockneten Kräutern pendelte unter den verstaubten Dachbalken hin und her. Seit vielen Sonnenwanderungen lebte Freya nun in Stille und Ruhe. Jetzt aber wusste sie mit Sicherheit, dass der Friede zerstört war. Freya seufzte tief. Die Unruhe fraß sich in ihr Herz. Sie musste weitere Antworten suchen, musste die Mächte bitten, ihr zu zeigen, was die Zukunft in ihrem Schoß verbarg. Und Thor war auf dem Weg zu ihr.

Sie rieb ihre von den nächtlichen Spielen noch feuchten Oberschenkel aneinander.

Nach diesen vielen Jahren würde er zu ihr zurückkehren. Freya wandte den Kopf, sah Thor auf dem Bett liegen, schweißnass und zufrieden, die Hände im Nacken verschränkt, so dass seine Armmuskeln anschwollen.

Sie streckte die Hand aus, streichelte die Narbe, die sich über seine Brust zog, dachte daran, wie seine Haare ihre Finger gekitzelt hatten.

»Was bringst du für ein Unheil mit dir?«, flüsterte sie.

Sein gequälter Blick begegnete ihrem. Gleich darauf zog der Häuptling der Asen sie an sich und küsste sie so hart, dass sie aufkeuchte.

Die Erinnerung an Thor verflog. Freya holte tief Luft und verdrängte ihre heftige Sehnsucht. Zehn Sonnenwanderungen waren gekommen und gegangen, seit er Walhalla zuletzt besucht hatte. Freya hob die Hand, musterte die spinnwebdünnen Furchen, die sich durch die leblose Haut zogen. Seit damals hatte sich vieles verändert.

Eine Hummel brummte über die geschnitzte Bank vor der Feuerstelle. Die Regale an der Wand waren mit Schachteln und Bündeln gefüllt.

Dann tauchte eine weitere Erinnerung auf. Thor, der Lehm auf die geflochtene Wand strich, so glatt, dass die Wände eben und schön aussahen. Saga, die neben ihm umhertaumelte, nackt und von Kopf bis Fuß mit Schmutz bedeckt. Das Kind wollte immer zu seinem Großvater, und er kümmerte sich gern um die Kleine.

Damals war die Trauer um Idun, Freyas tote Tochter, noch wie eine offene Wunde gewesen. Deshalb hatte Thor für sie das prachtvollste Haus an den Stränden des Sommermeeres gebaut, ein schwacher Trost, aber der Einzige, den er ihr geben konnte. Als Walhalla fertig gewesen war, hatte er sie weiterhin viele Jahre lang besucht. Aber die Asen hatte seine Anwesenheit verlangt. Odin forderte seinen Sohn heraus, versuchte, die Häuptlingsmacht wieder an sich zu reißen. Kämpfe mit den Göten und die Feindschaft zu anderen Völkern. Schwer war die Last, die Thor auf sich nehmen musste. Bitter war das Schicksal, das sie voneinander trennte.

Auf dem Hofplatz bellte jetzt ein Hund, lang und ausdauernd. Bald stimmten die anderen Tiere ein. Freyas Tag hatte begonnen, mit allem, was dazu gehörte. Bald wurde an die Tür zur großen Halle geklopft.

Rodälv brachte eine Schüssel mit Wasser.

»Die Botin der Königin ist eingetroffen, sie wird gleich kommen«, sagte die Priesterin.

Sie stellte die Schüssel auf die Sitzbank vor der Feuerstelle und strich sich dann einen grauen Zopf aus ihrem zerfurchten Gesicht.

»Ein schlimmerer Beginn für einen Tag ist wohl kaum vorstellbar«, murmelte Freya und ging zu der Schüssel.

Sie riss sich zusammen und schaute ins Wasser. Für einen Moment war die weinende Saga zu sehen, Thor stand bewegungslos auf seinem Schiff.

Freya ließ sich von Rodälv das Moosbüschel reichen. Rasch befreite sie sich von dem Geruch des Jünglings, der ihr Bett gewärmt hatte. Sie fröstelte, als Wasser über ihre Schenkel lief.

»Der Häuptling der Asen ist unterwegs nach Walhalla«, sagte sie zu Rodälv.

Die Priesterin ging vor den Kleidertruhen vor der Wand in die Hocke.

»Dann wird das sicher ein Sonnenfest, das wir nicht so schnell vergessen werden«, sagte sie mit zufriedenem Lachen und öffnete eine Truhe.

Freya musterte ihren alternden Körper. Ihre Brüste hingen herab, eingetrocknet und unfruchtbar. Die Haut an Armen und Beinen war runzlig und schlaff. Sie räusperte sich.

»Wir werden ihn mit der Achtung empfangen, die er verdient«, sagte sie und nahm das dunkle Gewand entgegen, das Rodälv ihr gereicht hatte.

Die dünne Wolle fiel weich um ihren Leib.

»Wir wissen, welchen Empfang sich der König der Asen wünscht«, sagte Rodälv grinsend und zeigte auf das Bett.

»Es geht ihm um etwas anderes«, erwiderte Freya.

»Das wäre dann das erste Mal, dass nicht seine Stange den Häuptling der Asen nach Walhalla führt. Mach dir keine Sorgen, die Jahre sind schonend mit dir umgegangen. Du hast deine Schönheit behalten«, sagte sie mit sanfter Stimme.

»Das weiß ich«, sagte Freya überrascht und sah zu, wie Rodälv den Prachtumhang aus der Kiste nahm.

Steine in vielen Farben funkelten zwischen roten und gelben Stickereien. Mehrere Winter lang hatten die Priesterinnen den Stoff gewebt, bestickt und geschmückt.

»Er bringt eine düstere Warnung vor einem kommenden Tod mit«, sagte Freya.

Rodälv erstarrte.

In diesem Moment fingen zwei Mägde draußen in der großen Halle miteinander Streit an. Wütend brüllten sie los und konnten sich nicht einigen, wo eine Sitzbank stehen sollte.

Rodälv lief zur Tür.

»Seid still, sonst hole ich die Peitsche«, rief sie.

Sofort herrschte draußen wieder Schweigen. Die Priesterin

schloss die Tür und trat mit dem Umhang hinter Freya. Vorsichtig legte sie ihn über Freyas Schultern. Freya zuckte zusammen, so schwer war er, aber an diesem Tag musste sie Würde und Macht zeigen.

»Ylva war beim Ting und hat sich umgehört. Holmes Tod hat böses Blut geweckt, und die Vanen sind außer sich, weil Alfhild so hohen Tribut von ihnen verlangt. Hast du das vielleicht gesehen?«

Freya schüttelte müde den Kopf. Als die Vanen vor der schwarzen Seuche geflohen waren, hatte sie sich ihrer angenommen. Ihre Mutter und ihre Schwester hatten als Königinnen über Vanaheim geherrscht. Freya war als Einzige noch am Leben, und nur widerwillig hatte sie die Verantwortung für die Reste ihres Volkes auf sich genommen. Aber die ewigen Streitereien zwischen Vanen und Alfheimern würden sie noch in den Wahnsinn treiben. Freya ging zu den Regalen an der Wand und öffnete die Schmuckschatulle. Darin glitzerten Gold und Bronze. Nachdenklich entschied sie sich für ein Halsband mit Wellenmuster. Diese elende Alfhild und ihre Gier, sie war an allem schuld.

»Die Ältesten der Vanen flehen um deinen Schutz«, sagte Rodälv und half ihr, das Halsband anzulegen.

Freya seufzte tief.

»Es wäre einfacher, wenn sie mit dem Stehlen aufhörten. Und wenn sie jetzt auch noch mit dem Morden angefangen haben, muss der Mörder seine Strafe auf sich nehmen.«

»Alle vom Blut der Vanen sind bereit, ihre Unschuld zu beschwören. Es heißt, dass Alfhild ihre eigenen Leute umbringen lässt, um dann den Vanen die Schuld zuzuschieben und sie zu vertreiben.«

Freya schaute zu der Wand hinüber, auf der Hel abgebildet war. Das Gesicht der Totengöttin war zur Hälfte verfault, die andere Hälfte war wunderschön. Es waren Symbole für den quälenden und für den erlösenden Tod. Eine Vorahnung kroch über Freyas Rücken, weshalb sie sich vor Unbehagen schüttelte.

»Sie sollten sich nicht vor Alfhild fürchten«, sagte sie tonlos. »Sondern vor dem, was uns bevorsteht.«

Der Nordwind blähte das graue Segel. Skidbladnir jagte über die Wellen. Der hölzerne Schiffsrumpf ächzte gequält, aber Ull kannte die Klagelieder des Schiffes nur zu gut, und er wusste, dass es trotzdem noch viel Kraft besaß. Er hielt sich an einem Brett fest und schaute zufrieden die kahlen Felsen an, die aus dem Meer emporragten. Im Süden schäumte schon der Sund, der zu den Stränden des Sommermeeres führte.

Bei Surts flammendem Schwert! Ihm gelang wirklich alles. Er würde sein Versprechen halten. Skidbladnir würde noch vor Ende des Sonnenfestes vor Walhalla vor Anker gehen. Und alle würden dort sein, um seinen funkelnden Schatz zu bewundern.

»Unser Seefahrer sieht zufrieden aus.«

Trudvi kam angeschlendert und legte ihre Hand so dicht neben seine, dass ihre Finger einander berührten.

Ihre langen blonden Haare flatterten im Wind und das goldene Halsband funkelte. Aber ihr Lachen war noch schöner als jeder Schmuck. Das Lachen Trudvis, der Tochter Thors, seiner Pflegeschwester, über die zu wachen er geschworen hatte.

Ull räusperte sich.

»Wenn wir weiterhin so guten Wind haben, erreichen wir Walhalla noch heute Nacht.«

Trudvi beugte sich so weit zu ihm vor, dass er den herben Geruch ihres Körpers wahrnehmen konnte.

»Seit fast einem Jahr kämpfe ich nun für dich und gehorche deinen Befehlen, Pflegebruder. Ich bin ganz ruhig geblieben, habe auf ein Wort oder eine Geste gewartet. Wenn wir an Land gehen, wird meine Geduld ein Ende finden. Dann will ich dich haben«, sagte sie und schaute ihm tief in die Augen.

Ull klammerte sich an die Reling und blickte Trudvi hinterher, die nun weiterging. Sie hockte sich neben Arvid und Sten, die mit einem Würfelspiel beschäftigt waren.

Er kehrte ihr den Rücken zu und fuhr mit der Hand über die Reling, während er über das wogende Deck lief. Er brauchte einige Schritte, um zu merken, dass er lächelte. Wahnsinn. Ull verdrängte den Gedanken an Trudvi und ihre weiche Brust und ging ebenfalls in die Hocke. Die Säcke waren sorgfältig am Mast festgebunden worden. Sein Schatz. Der Glücksrausch ließ sein Blut auflodern, ließ ihn vor Begierde zittern.

Er würde seinen Hof in der Nähe von Walhalla bauen, denn dann könnte Saga ihn besuchen. Er sah ihn schon vor sich. Die Weiden voll mit fettem Vieh, die Felder schwer vor Weizen und Roggen.

Dort würde er leben, umgeben von schönen leibeigenen Frauen und starken Kämpfern. Er seufzte tief. Auf seinem eigenen Hof würde nur sein Wort gelten. Er liebkoste das harte Leder der Säcke. Zufrieden lächelte er Modi und Magni zu, die auf dem Boden lagen und vor sich hindösten. Die Brüder ließen das Gold nicht aus den Augen. Sie waren zum Kampf gekleidet, und ihre unrasierten Wangen waren bleich vor Müdigkeit.

»Ich bin stolz auf euch. Tiwaz selbst muss euch für diese Fahrt auserwählt haben«, rief Ull Thors hochgewachsenen Söhnen zu.

Modi öffnete hellwach die Augen und strich über seinen blonden Bart.

»Ich habe von einem gebratenen Schwein geträumt«, sagte er und gähnte.

»Morgen sitzt du an den Tafeln Walhallas und kannst dir den Bauch mit fetttriefendem Fleisch voll schlagen«, rief Ull.

Die beiden Brüder stöhnten vor Hunger.

»Ich hätte nie geglaubt, dass man sich noch etwas anderes wünschen kann als neben vier Säcken voll Gold zu sitzen«, sagte der dunkle Magni.

Modi kratzte sich nachdenklich die halbverheilte Wunde an seiner Wange, eine Erinnerung an einen Kampf während ihrer Fahrt.

»Diese Opferfeste der Vanen, bei denen die Priesterinnen mit allen Mannsbildern vögeln, die gerade des Weges kommen – wäre es möglich, dass sie in Walhalla gerade so eins veranstalten?«

Ull schüttelte den Kopf und schaute verstohlen zum Bug. Trudvi lehnte an der Reling und ließ ihn nicht aus den Augen.

»Was du meinst, ist das Frühlingsopfer. Das Sonnenfest wird mit der Hengsthatz und einem Festmahl gefeiert. Opfer oder nicht, dein neuer Reichtum wird dafür sorgen, dass sogar ein hässlicher Kerl wie du eine Frau abbekommt.«

»Und wenn nicht, dann gibt es in Walhalla ja auch noch nette Kühe«, sagte Magni und schlug seinem Bruder auf den Rücken.

Der alte Sigvard blickte von dem Netz hoch, an dem er gerade herumflickte, und lachte zufrieden.

»Schweig still, ich hab doch die Finnmarksfrau gesehen, mit der du zuletzt losgezogen bist. Die war so hässlich, dass mir glatt die Stange geschrumpft ist«, sagte Modi.

»Und da musstest du dich mit den Ziegen begnügen«, prustete Magni und wehrte lachend einen Schlag seines Bruders ab.

Ull überließ sie ihrem Ringkampf auf dem Boden und ging weiter über das schwankende Schiff zu Forseti, der im Wind mit dem Steuerruder kämpfte.

»Deine düstere Rede über Drachengold und Fluch hatte keine Wahrheit in sich«, sagte Ull zufrieden.

Forseti zuckte mit den Schultern.

»Noch sind wir nicht in Walhalla. Man soll den Tag nicht vor dem Abend und eine verheiratete Frau erst nach dem Leichenfeuer loben«, rief er.

Ull grinste den Asenkrieger an, der sich verbissen an seine düsteren Weissagungen klammerte.

»Wir müssen kreuzen«, rief Forseti und zeigte auf den Sund.

Der glitzerte wie ein funkelnder Weg zwischen Ulmen und Birken.

»Am Sund des Sommermeeres muss man den Wind fürchten. Halte dich an den Nordstern, dann werden weder Untiefen doch Felsen den Rumpf aufschlitzen. Und du kannst dein Seepferd über Rans gierigen Rachen reiten.«

Ull stimmte in die letzte Zeile von Forsetis Seeregellied ein.

Baldurs Sohn mochte überall Elend und Unglück sehen, aber er hatte einen klaren Verstand und ein messerscharfes Gedächtnis. Mit sicherer Hand lotste er sie über das Meer. Vor über einer Sonnenwanderung waren sie vom Sommersund losgesegelt, acht tapfere Asen, die nach Reichtum und Ehre dürsteten. Ull grinste. Wovon immer sie geträumt hatten, sie hatten mehr erhalten, als sie jemals hatten begehren können.

»Erinnerst du dich an das Volk im Osten, das nur Trudvi auf dem Schiff gesehen und geglaubt hat, sie verteidige Skidbladnir ganz allein?«

Forseti grinste.

»Die haben schnell kehrt gemacht, als wir sie dann angegriffen haben. Nie sah ich flinkere Krieger!«

Der gesamte Stamm war in den Wald gelaufen, und ungestört hatten sie ihre Hütten plündern können.

Ull packte die Reling und musterte seine schmutzstarrenden Hände. Was war das für eine Reise gewesen! Sie waren zur Insel der Quänen gesegelt, auf der die vielbesungenen Kriegerinnen lebten. Freya hatte ihnen eine Freundschaftsgabe mitgegeben, die Ull ihrer Königin überreichen sollte. Aber die Insel war verlassen. Sie hatten nur die Überreste einiger Hütten gefunden. Trudvi war zutiefst enttäuscht gewesen, als sie die kargen Strände gesehen hatte.

In Finnmark war es besser gelaufen, dort hatten sie Wolfs- und Rentierfelle eingetauscht und waren über den Winter freundlich aufgenommen worden. Und dort hatte die alte Hexe die Geschichte vom Gold des Nordens erzählt. Abend für Abend hatten sie an ihrem Feuer gesessen und Geschichten über den Schatz der Frostriesen gehört, der am Morgen der Zeiten, als alles Eis war, verborgen worden war. Im Frühling waren sie dann nach Norden gesegelt und waren den Spuren der Legende gefolgt. Bei einer Skrälingersiedlung hatten sie einen Führer finden können, der ihnen von den Wegen durch die Heide erzählt hatte. Bald standen sie am Fuß der Bergmutter. Es war fast schon zu leicht gewesen.

Ull packte das Schwert, das er in der Höhle gefunden hatte. Die Klinge war das kostbarste Stück des Schatzes. Eine beißende Waffe, geschmiedet von Reifthursen. Mit dem Schwert in der Hand fühlte er sich als Herr über Himmel und Land. Ull schaute zufrieden zu den Möwen hoch, die schreiend dem Schiff folgten.

Sogar die hochmütige Freya würde erbleichen, jetzt, wo sein Reichtum den ihren übertraf.

»Sie werden Lieder über unsere Fahrt singen, werden uns wie Helden verehren.«

Forseti rieb sich die roten Augen und drückte das Steuerruder dann ein wenig nach rechts.

»Ihr Geheul können sie behalten. Gib mir Essen und Met, dann schlafe ich bis ans Ende der Zeiten«, rief er durch den Wind.

Ull packte ihn an der Schulter.

»Mich betrügst du nicht mit deiner Bescheidenheit, auch du suchst doch Ehre und Reichtum.«

Forseti zuckte mit den Schultern und schaute aus zusammengekniffenen Augen zum Sund hinüber.

»Schätze haben viele Gestalten, und Reichtum hat schon manchen zum Narren gemacht«, antwortete er dann endlich.

Es war schon ärgerlich, dass er sich nie geschlagen gab. Ull schüttelte den Kopf und lachte dann.

»Eines Tages wirst auch du lernen, dich des Lebens zu freuen, statt schwermütig zuzusehen, wie es vorüberzieht.«

Forseti schaute ihn kurz an.

»Dein eigenes Leben ist doch alles andere als munter. Lange sehe ich schon, wie meine Base sich nach dir sehnt, aber du gehst ja nicht darauf ein«, sagte er und griff nach dem Lederschlauch mit Wasser.

»Eine Gattin könnte viele boshafte Zungen zum Verstummen bringen, und jetzt kannst du dir so viele zulegen, wie du willst«, sagte Forseti und trank. Das Wasser lief ihm über die Wangen und in seinen braunen Kittel.

Ull schnaubte. Er konnte diesem verdammten Gerücht, er sei Ergi, einfach nicht entfliehen. Er umklammerte den Schwertgriff so fest, dass seine Fingerknöchel weiß wurden. Tatsache war, dass keine Frau ihn so sehr verlockte wie Trudvi, aber sie war nun einmal nicht für ihn bestimmt.

»Meine eigene Pflegeschwester! Thor würde mich noch umbringen«, murmelte er.

Forseti wischte sich mit dem Handrücken den Mund ab.

»Nicht einmal Thor kann Trudvi widerstehen.«

Eine scharrendes Geräusch lief durch das Schiff. Skidbladnir legte sich auf die Seite und bäumte sich dann auf wie ein bockendes Pferd. Ull wurde gegen die Reling geschleudert. Sein Kopf schlug hart auf, und für einen Moment wurde ihm schwarz vor Augen. Eiskaltes Wasser spülte über ihn hinweg, zwang ihn dazu, sich zu konzentrieren. Er schüttelte den Kopf und kämpfte sich auf die Beine. Sein Blick war trübe, sein Kopf dröhnte vor Schmerz.

Aus der Ferne hörte er die Rufe der Männer. Das Wasser schäumte über die Reling und würde bald das ganze Schiff gefüllt haben. Was war bloß geschehen, bei Tiwaz?

Ull schob eine Urne mit gesäuertem Brei beiseite und drehte sich um. Ihm bot sich ein Anblick, der noch seine schlimmsten Albträume übertraf.

Skidbladnir hatte sich auf die Seite gelegt, der Rumpf war aufgerissen, die Bretter waren zerbrochen wie Reisig. Das Wasser spülte über die Reling, die Hälfte des Schiffes war bereits versunken. Der Schatz! Er musste das Gold retten! Ulls Kleider hingen schwer an seinem Leib, als er zu den Säcken eilte. Urnen, Bretter und Bündel schwammen über das Deck. Das kalte Meerwasser stieg ihm bis zur Taille und zog ihn nach unten.

Er warf sich vorwärts, klammerte sich an einen Ledersack.

»Trudvi!«, rief Ull.

Niemand antwortete auf seinen Ruf, und er konnte die anderen in dem kochenden Wasser nicht sehen. Wo mochten sie sein? Das salzige Nass stieg immer höher und reichte ihm nun schon bis zur Brust. Skidbladnirs Rumpf hob sich und drohte, ihn zu erschlagen. Ull klammerte sich an den Sack, versuchte, ihn auf seine Schultern zu laden. Er musste stark sein, musste seine Leute retten, doch sein Körper bebte vor Angst.

Jemand schrie, und ihm ging auf, dass er das selbst war.

Das Wasser schien ebenfalls wütend zu brüllen. Ran verschlang sein Schiff, die gierige Meereshündin wollte ihm sein Gold nehmen.

Nie im Leben! Der Ledersack fühlte sich unter seinen Fingern glatt an.

Skidbladnir ging unter, das hier war das Ende. Ull schaute sich hilflos um. Modi war für einen Moment vorn am Bug zu sehen, dann verschwand er in den Wellen.

Ull fuhr zusammen. Irgendetwas wickelte sich um seine Füße. Greip. Wütend versetzte er Rans nicht minder gieriger Tochter einen Tritt. Sie zog ihn immer tiefer. Er keuchte entsetzt auf und zog sein Schwert.

»Mich bekommst du nie!«, schrie er und schlug um seine Füße herum auf das Wasser ein.

Der Schiffsrumpf zitterte. Es wurde immer schwerer, den Sack festzuhalten. Ull schrie vor Wut. Das hier war sein Gold. Nie im Leben würde er sich seinen Schatz von Ran stehlen lassen.

Vergeblich versuchte er zu schwimmen, mit dem Goldsack in der einen und dem Schwert in der anderen Hand.

Hilflos wurde er in die Tiefe gezogen.

Das Wasser schlug über seinem Kopf zusammen, und um ihn her wurde es still. Ull schloss die Finger noch fester um den Sack und trat wütend um sich, um an die Oberfläche zu gelangen. Aber er sank immer tiefer in die Finsternis. Das Wasser wurde kälter. Sein Herzschlag dröhnte in seiner Brust. Luft, er musste atmen. Seine Lungen schienen zu bersten. Er durfte nicht sterben, nicht jetzt.

Schließlich ließ Ull den Sack los.

Das Gold sank dem Reich der Meereshündin entgegen, sein Schwert jedoch würde er niemals loslassen. Rasch stieg er zur hellen Wasseroberfläche hoch.

Er musste atmen. Sein Körper zitterte und sein Kopf schien zu zerspringen. Er streckte sich der glitzernden Wasseroberfläche entgegen. Die rettende Luft war jetzt so nah, nur eine Manneslänge entfernt.

Doch gleich darauf umschlangen Greips kalte Arme seine Beine und zogen ihn nach unten. Ull trat wild um sich, um freizukommen. Er konnte im Dunkeln ein weißes, aufgedunsenes Gesicht ahnen. Ran. Ulls Körper zuckte und bebte nun krampfhaft. Das grauenhafte Gesicht wogte ihm entgegen. Er konnte jetzt nichts mehr tun. Es war zu Ende. Ull schloss die Augen und sah das Gesicht seiner Tochter vor sich. Langsam sank er seinem Tod entgegen.

Saga sank neben dem plätschernden Wasser des Sökkvabachs auf die Knie und wusch sich den Schweiß aus dem Gesicht. Vár hatte ein Vielfraßgesicht gehabt, Eli war zu einem Hund geworden. Saga lachte laut und verdrängte danach ihre Ängste.

Sie hatte noch nie Gesichte gehabt, keine Zeichen oder Warnungen waren ihr zuteil geworden. Hatte sie sich einfach geirrt? Alles war doch so schnell gegangen. Jetzt wusste sie überhaupt nichts mehr mit Sicherheit. Vár wollte doch immer nur ihr Bestes. Elis heilende Hände hatten sie von den quälenden Bauchschmerzen befreit. Aber da waren diese Tiergesichter gewesen. Ein Schauer überlief Saga.

Sie ließ sich zurücksinken und atmete tief durch.

Die Sonnenstrahlen bohrten sich wie glühende Speere durch die Baumkronen und füllten den Boden mit Schatten und Licht. Kein Mensch war unten am Hang zu sehen.

Saga schlang die Arme um ihren Leib.

»Was zerbrochen ist, kann nicht geheilt werden«, sang der muntere Bach.

Es stimmte schon, nichts könnte je wieder so werden wie früher. Sie war vor den Priesterinnen davongelaufen, hatte deren Willen getrotzt. Und das würden sie ihr niemals verzeihen.

Saga krümmte sich zusammen und starrte verzweifelt in das Wasser. Aber dennoch. Ein wenig Trotz kehrte zurück. Sie hatten kein Recht, Sot mit falschen Anklagen zu verleumden. Sie riss eine Glockenblume ab und stopfte sich die Blätter in den Mund. Die vielen Regeln und Strafen, welche die Priesterinnen ihr auferlegten, würden sie noch umbringen. Sie konnte sich damit nicht abfinden.

Saga schluckte die bitteren Blätter hinunter und schnitt eine Grimasse.

»Da ist der Flüchtling vom Ting!«

Saga fuhr zusammen. Orm stieg den Hang hoch, der gelbe Umhang tanzte um seine Schultern. Seine blonden Locken umgaben seinen Kopf wie eine Wolke, seine nackte Brust war von der Sonne gebräunt.

Erleichtert atmete sie auf.

»Die Priesterinnen suchen dich überall«, sagte er und ließ sich lächelnd auf einen Stein am Bachufer nieder.

Saga riss ein Moosbüschel vom Boden ab und schleuderte es ins Wasser. Die Priesterinnen würden nicht gnädig gestimmt sein, wenn sie sie fanden. Wer den Ältesten trotzte, wurde immer streng bestraft.

»Aber jetzt erzähl, warum der kostbarste Schatz der Vanen, die Stimme der Göttin, so düster aussieht«, bat Orm zärtlich.

Saga biss wütend die Zähne zusammen.

»Ich bin kein Schatz und auch keine Stute mit glattem Fell, die ihre Künste zeigen muss, wann immer die Peitsche knallt«, erwiderte sie empört.

Sie griff nach ihren Zöpfen, riss die schmalen Lederbänder herunter und löste dann einen nach dem anderen. Schon bald wogten die rotbraunen Haare über ihre Schultern. Und das brachte sie in eine etwas bessere Stimmung.

»Tut es dir leid, dass dein Monatsblut das Leben aus deinem Bauch gespült hat? Wir können doch noch einen Versuch machen. Diesmal wird die Göttin mit dir sein.«

Orm ließ sich neben Saga sinken und küsste sie sanft auf den Hals.

Seine Hand war warm an ihrer Haut, als sie sich zu ihren Oberschenkeln hinunterstahl. Der schöne Orm. Sie hatte schon häufiger mit ihm geschlafen, als sie sich überhaupt erinnern konnte. Wie eine Stute, die gedeckt wird. Freya betastete immer wieder ihren Bauch, immer größer wurde ihr Hunger nach Töchtern, die später die Sippe weiterführen könnten. Aber bei jedem Vollmond setzten Sagas Blutungen ein, zur großen Enttäuschung ihrer Großmutter.

Orms Mund, der über ihren Hals wanderte, ließ ihren Körper vor Wollust zittern.

»Es ist nicht deshalb«, sagte sie.

Orm hielt inne und schaute ihr in die Augen.

»Dann sag mir, was dich quält.«

Was sollte sie sagen? Dass sie sich niemals wieder als Stimme der Göttin ausgeben wollte? Dass die Priesterinnen neuerdings Tiergesichter hatten? Orm mochte ihr Freund sein, aber er war auch ein Mann. Es gab Dinge, die er nicht verstehen konnte.

»Auf dem Ting hatte ich Schmerzen. Die Priesterinnen glauben, Sot habe mich mit einem Fluch belegt, um mich zu töten«, sagte sie dann endlich.

Die halbe Wahrheit musste reichen. Ein düsterer Schatten huschte über Orms Gesicht.

»So weit ist es also gekommen.«

Saga musterte ihn überrascht.

»Willst auch du Sot anklagen?«

»Ich habe damit gerechnet«, sagte er düster.

Saga rieb sich verwirrt die Stirn. Hatten denn heute alle den Verstand verloren?

»Sot würde mir niemals etwas Böses antun«, sagte sie energisch.

Orms Gesicht wurde weicher.

»Gesegnet sei dein schönes Herz.«

Er setzte sich hinter Saga und legte die Arme um ihre Taille. Sie ließ sich zurücksinken, in die warme Geborgenheit, die er ihr schenken konnte.

»Ich glaube, dass die Priesterinnen recht haben«, flüsterte Orm ihr ins Ohr.

Sie versuchte, aufzuspringen, wegzulaufen, aber er hielt sie fest.

»Nein. Hör mir zu, ich bitte dich. Du hast auf dem Ting erfahren, welchen Hass Hedda in sich trägt. Zum ersten Mal hat eine Frau aus Alfheim auf dem Ting offen die Vanen angegriffen.«

Saga nickte.

»Siehst du nicht, was die Königin im Schilde führt? Wenn wir diesen grausamen Tribut nicht bezahlen, wird sie uns von dem Boden vertreiben, den wir urbar gemacht haben. Alle meine Befürchtungen werden wahr«, flüsterte Orm.

Saga schloss müde die Augen.

»Alfhild wird es niemals wagen, Freyas Macht herauszufordern.«

Ihre Großmutter konnte Nachtmahre senden, welche die Königin in Irrsinn und Tod hineinreiten würden. Das hatte sie mit einem Einödbauern gemacht, der seine frischgeborene Tochter getötet hatte. Einen Tag darauf war er in seinem Bett tot aufgefunden worden, mit blauschwarzen Flecken überall am Leib. Seine Augen waren fast aus ihren Höhlen gequollen, die Angst war für immer in sein Gesicht eingeprägt gewesen.

Freya hatte danach noch Tage lang zufrieden gelacht.

»Die Hohepriesterin hat kein großes Interesse an den Vanen. Und das Alter hat ihr die Kraft geraubt. Aber du kannst mir helfen«, flüsterte Orm.

Er ließ seine Hand über ihren Arm fahren, versuchte, sie mit zärtlichen Verlockungen gefügig zu machen. Beschämt wandte Saga sich ab.

»Ich kann überhaupt nichts tun.«

Orm begann, mit federleichten Fingern ihren Hals zu streicheln.

»Du bist die Tochter von Vanaheims Königinnen, du bist Richterin beim Ting, du bist die Erbin von Freyas Umhang. Die Vanen müssen sich gegen die Königin erheben. Stell du dich an die Spitze deines Volkes«, forderte er sie auf.

Seine Worte schwebten über dem plätschernden Bach, ein böses Omen, das drohte, ihre zerbrechliche Lebenslüge zu zerschmettern. Immer wieder bat er sie, ihren Königinnenumhang anzulegen und ihr Volk in die Freiheit zu führen. Ausgerechnet sie. Saga schüttelte traurig den Kopf. Sie konnte weder die Vanen noch sich selbst retten, auf sie hörte ohnehin niemand.

Sie biss sich so hart auf die Lippe, dass ihr Tränen in die Augen traten. Wenn sie nur alles erzählen dürfte, aber das wäre Verrat an Walhalla.

»Diese Macht besitze ich nicht«, flüsterte sie.

Orm erstarrte.

Saga verspürte wieder einen stechenden Schmerz im Bauch, aber es stach nur einmal, nicht mehr.

Düster befreite sie sich aus der Geborgenheit, die sie bei Orm fand, machte zwei Schritte über das feuchte Moos, blieb dann stehen und schaute unschlüssig ins Tal hinunter.

Gleich war Orm wieder bei ihr. Er legte ihr die Hände auf die Schultern und drehte sie um.

»Das Schicksal der Vanen steht auf Messers Schneide. Wir müssen jetzt unsere Zukunft formen«, sagte er und küsste sie zärtlich.

Saga schloss die Augen.

»Ich sehe, dass du schwankst. Mach dir keine Sorgen, mein Schatz. Ich werde dir helfen, dein Volk zu beschützen.«

Ein dumpfer Hornstoß hallte im Tal wider. Bald hörten sie Pferdehufe trampeln.

»Die Königin kommt«, sagte Orm verärgert.

Ein kalter Schauer der Ohnmacht jagte über Sagas Rücken.

»Geh jetzt«, sagte sie.

Orm schaute ihr mit ernster Miene in die Augen.

»Niemand darf dir etwas tun, weder Sot noch sonst jemand. Hab keine Angst.«

Mit einem letzten Kuss lief er den Hang hinab und ließ sie am Bach stehen. Die Hilflosigkeit bedrückte Saga wie ein bleierner Umhang. Wenn es doch nur anders wäre. Sie ließ sich zu Boden sinken. Wenn sie doch nur Macht hätte!

Alfhilds überdachter Holzwagen rollte in einer Staubwolke vorüber.

Die Sonne ließ die bronzenen Eichen glitzern, so als sei die Königin die Sonnengöttin selbst, die über die Erde fuhr.

Asta reckte sich, versuchte, die Frau im Wagen zu sehen, doch rote Stoffstücke hingen vor der Öffnung und verbargen das Innere.

Rasch war der Wagen vorübergepoltert.

»Das sind die Krieger«, sagte Asta. Ihre Worte waren wegen des Hufschlags kaum zu hören.

Hocherhobenen Hauptes saßen sie auf ihren Rössern, die Speere in der Hand. Alfhilds Wahrzeichen, der Stier, leuchtete auf ihren wehenden Umhängen.

Eine mächtige Leibgarde hatte sie, die Königin von Alfheim. Sie war klug genug, für sicheren Schutz zu sorgen.

Ein Blick aus hellblauen Augen traf sie. Asta sah den braunhaarigen Krieger aus zusammengekniffenen Augen an. Er war Rutgar, der Einzige in Alfheim, dem sie als Kind nahegestanden hatte.

Ohne zu überlegen, hob Asta eine Hand zum Gruß, aber Rutgar starrte schon wieder vor sich hin und trieb sein hellbraunes Pferd zur Eile an. Mit gesenktem Kopf trabte es weiter.

Dann waren Pferd und Reiter in einer Staubwolke verschwunden.

Asta musterte überrascht ihre noch immer erhobene Hand, die zitterte wie mitten im kalten Winter.

»Er wollte dich nicht grüßen«, sagte Liv.

Asta schluckte und sah ihre Schwester an.

Livs Rücken war von roten Flohstichen übersät. Eigentlich müsste sie sich waschen, sich schön machen. Schmutzstreifen zogen sich über die mageren Wangen, unter der Nase klebte getrockneter Rotz. Ihr Anblick war einfach abstoßend.

»Ich bin müde«, sagte Liv.

Sie hob die Arme und legte den Kopf schräg.

Asta trat einen Schritt zurück und sog den Brandgeruch ein. Jemand schrie, überall waren gequälte Todesklagen zu hören. Überrascht schaute sie sich um.

Auf der anderen Seite des Tales zog ein Strom von Menschen auf Walhalla zu. Mit ernster Miene sprachen sie miteinander, sie flüsterten und steckten die Köpfe zusammen.

Einige langbeinige Mädchen mit wohlgefüllten Ranzen und schwingenden Kitteln liefen vor ihr her. Sie tänzelten wie Fohlen über die Wiese. Hinter ihnen kamen zwei Männer, sie riefen etwas, das die Mädchen zum Lachen brachte.

Asta schluckte und sah zu Boden. Sie kniff sich in den Arm, kniff noch einmal, so fest sie konnte. Der Schmerz verjagte den Schrei aus ihrem Kopf, ermöglichte es ihr, ruhiger zu atmen.

Sie zwang sich, einen Schritt und dann noch einen weiterzugehen. Alles war gut. Nichts würde passieren. Die Räder hatten tiefe Spuren auf dem breiten Weg hinterlassen. Liv ging neben ihr. Rutgar war zu einem Krieger der Königin geworden.

Asta dachte an das Frühlingsopfer, als sie sich an eine Magd angeschlichen hatten, die sich gerade der Lust hingab, um ihren Kittel zu stehlen. Die Mutter war außer sich gewesen, rot vor Wut hatte sie Asta nach Hause geschleift. Damals hatte sie Liv unter dem Herzen getragen, der braune Kittel spannte sich über ihrem Leib und ihre Augen waren müde.

Wieder waren die Todesschreie zu hören. In der Ferne weinte ein Kind. Lachende Männer lockten sie. Die Fackel wurde gegen ihren Arm gepresst, es roch nach verbranntem Fleisch. Die Mutter schrie, als sie fortgeschleppt wurde.

Asta beugte sich vor, zwang sich, durchzuatmen. Alles würde gut werden.

Sie packte ihre Schwester, drückte sie an sich. Die Rufe verhallten in der Ferne. Asta kniff die Augen zusammen und ging vorsichtig weiter. Sie musste sich bewegen, dann würde es nicht mehr wehtun. Vorwärts.

»Sieh mal, das Pferd«, sagte Liv vorsichtig.

Asta öffnete die Augen. Sie hatten das Gehege erreicht, wo abends die Spiele stattfinden sollten. Liv zeigte auf einen Schimmel, der mit wogendem Schwanz im Kreis trabte. Der Riese von Walhalla. Die Muskeln spielten unter dem glänzenden Fell. Es war der heilige Hengst, der auf Leben und Tod gegen Alfheims Hengst antreten würde.

Immer hatten die wenigen Gäste, die den Einödhof besucht hatten, von der Hengsthatz erzählt. Wie die Tiere darum kämpften, beim Frühlingsfest geopfert zu werden.

Das Pferd blieb stehen und riss einige Grashalme mit den Zähnen aus. Dann warf es den Kopf in den Nacken und galoppierte zum Zaun, während Mähne und Schwanz wie Staubschleier hinter ihm herflatterten.

Asta ließ sich müde ins Gras sinken.

»Wann kriegen wir was zu essen?«, fragte Liv.

Essen, immer dieselbe Frage. Asta schob die Hand in den Ranzen. Unter dem Messer spürten ihre Finger eine dünne Wurzel.

»Nach der Hengsthatz. Wenn sie das besiegte Pferd geschlachtet und sein Fleisch gebraten haben«, sagte sie und reichte Liv das Stück Süßwurz.

Unzufrieden nahm die Kleine es in ihre schmutzige Hand. Dann setzte sie sich und pisste, ohne das Pferd aus den Augen zu lassen.

»Asta!«

Eine Hand packte sie an der Schulter. Die Angst bohrte sich wie ein glühendes Schwert in ihren Körper. Sie sprang auf, kampfbereit, aber als sie auf die Füße kam, stand kein Alfheimer vor ihr. Ein blonder Mann hob abwehrend die Hand.

»Du bist ja kampfeslustiger als der Hengst«, sagte er mit sanfter Stimme.

Asta starrte den schönen Fremdling überrascht an. Der Zwillingsgott selbst schien mit schwellenden Muskeln und kostbarem Umhang vom Himmel herabgestiegen zu sein.

»Ich bin's, Orm«, sagte er lächelnd.

Asta runzelte die Stirn. Das konnte doch nicht sein. Der Orm, den sie früher gekannt hatte, war klein und dunkelhaarig gewesen. Er hatte keinerlei Ähnlichkeit mit diesem reichen Mann gehabt.

»Erkennst du mich nicht?«

Der Fremde hob den Arm und zeigte ihr Vanaheims schwarze Schlangentätowierung. Er gehörte jedenfalls zu den Vanen. Vielleicht sprach er ja die Wahrheit.

»Du siehst nicht aus wie der Junge, den ich gekannt habe«, sagte Asta mit heiserer Stimme und schaute hinab auf ihren schmutzigen Lendenschurz.

»Du bist schließlich auch gewachsen, seit wir auf den Opferfesten Unfug angestellt haben. Ich weiß noch, dass du den Rauschtrank der Priesterinnen gekostet und in den Wolken Drachen gesehen hast. Und niemand hat damals geglaubt, dass du jemals deinen Verstand wiederfinden würdest«, sagte Orm und prustete los.

Asta musste ebenfalls lächeln. Sie erinnerte sich nur zu gut an diesen Tag, obwohl sie am liebsten alles ungeschehen gemacht hätte. Das war vor ihrer Vertreibung gewesen, damals hatten sie noch in Alfheim gelebt. Viele schwere und freudlose Sonnenwanderungen waren seit damals gekommen und gegangen.

»Ich habe dich gesucht«, sagte er und fuhr sich mit den Fingern durch die blonden Locken.

Asta runzelte die Stirn. Sie waren niemals eng befreundet gewesen, und sie waren auch nicht durch Blutsbande verbunden. Sie musterte den kostbaren Ranzen, den er über der Schulter trug. Sein Umhang und sein Lendenschurz waren aus goldenem Stoff. Der Gürtel war mit Bronze beschlagen, ein Dolch steckte hinter dem Leder.

»Was kann einer wie du von mir wollen?«

Orm schlug die Arme übereinander und musterte sie mit zärtlichem Blick.

»Ich wollte meine Hilfe anbieten.«

Asta schnaubte. Kein Mensch würde einer Gebrandmarkten helfen. Er wollte vielleicht mit ihr schlafen, aber bei seiner Schönheit hatte er doch unter Frauen und Männern die freie Auswahl. Sie war nicht dumm. Sie würde sich nicht an der Nase herumführen lassen.

Trotzdem. Verstohlen musterte sie Orms vollgestopften Ranzen.

»Hast du etwas zu essen?«

Orm nickte eifrig. Asta lief das Wasser im Mund zusammen, als er ein dunkles Brot herauszog. Sie reichte Liv die eine Hälfte und schlang die andere so rasch hinunter, dass sie kaum zum Kauen kam. Asta fuhr sich mit der Hand über den Mund, als sie fertig war. Sie wusste gar nicht mehr, wann sie zuletzt Brot gegessen hatte.

Orm schaute ihr mit besorgter Miene zu, sagte aber nichts.

Verdammter Sohn aus reichem Haus!

»Hast du einen Hof?«, fragte sie dann endlich.

»Meine Mutter hat einen, hinten im Tal.«

Orm zeigte auf ein Strohdach, das hinter den Eichen auf dem Tinghügel zu sehen war. Asta konnte sich von ihrer Wanderung hierher an dieses Haus erinnern. Fette Schweine hatten auf dem Hofplatz herumgewühlt, und im Gehege hatten mehrere vor Milch strotzende Kühle gelegen. Der Neid ließ ihre Brust brennen.

Zwei kleine Brüder hatte Asta auf das Leichenfeuer gelegt, in den Spätwintern, als nichts wuchs und als es im Wald kein Wildbret mehr gab. Sie konnte noch immer ihr hungriges Weinen hören, das leiser und leiser geworden war, um dann für immer zu verstummen. Wenn sie auch nur eine von Orms Kühnen besessen hätten, dann wären die beiden jetzt noch am Leben. Und jetzt stand er breitschultrig vor ihr und spielte den Mann mit dem guten Herzen.

»Du bist reich«, sagte sie.

Eine schwache Röte färbte Orms Wangen. Er kratzte sich im Nacken und löste sich vom Zaun.

»Wir haben Glück gehabt. Die Göttinnen wollten uns wohl.«

Asta folgte ihm, als er loslief, und sie streckte die Hand nach Liv aus, doch die ging bereits neben Orm her und verschlang ihn mit hingerissenen Blicken. Asta schnaubte gereizt.

»Auch du hättest Glück verdient«, sagte Orm und legte Asta die Hand auf die Schulter. Er ließ seinen Daumen auf ihren dunklen Kittel zuwandern. Sie schaute zu seinem wogenden Lendenschurz hinab. Warum nicht?

Sie kratzte sich am Hals. Andererseits, warum denn wohl? Sie durfte jetzt nicht an etwas anderes denken, jetzt, wo sie so kurz vor dem Ziel war.

»Viele finden das, was euch geschehen ist, ungerecht«, sagte Orm und zog seine Hand zurück.

Asta stieß ein bitteres Lachen aus.

»Du bietest einer bereits Verdursteten Wasser an.«

Sie schaute zum Lager beim Gehege hinüber. Zwei Männer hockten vor einem Feuer und brieten auf Stöckchen gespießtes Fleisch. Asta lief abermals vor Hunger das Wasser im Munde zusammen.

Ein Stück weiter entfernt warfen drei Frauen mit einer Axt nach einem Baumstumpf.

»Sieh dir die Stöcke dort an«, sagte Orm und zeigte auf vier Holzstäbe, die auf der anderen Seite des Weges aus dem Sandboden aufragten.

»Das ist der Knecht, der im vorigen Jahr von Bolde erschlagen worden ist. Freya hat ihn zu den Disen geschickt, damit er nicht umgehen und seine Mörder heimsuchen kann. Unsere eigene Hohepriesterin hat dem Sohn der Königin geholfen. Ungestraft läuft er im Tal ein und aus. Bestimmt kannst du dich an ihn erinnern.«

Asta biss die Zähne zusammen. Ob sie sich an Bolde erinnern konnte? Sie sah sein rotangelaufenes Gesicht vor sich, während er stöhnte und sich vor Wollust wand.

»Ja«, sagte sie, während der Hass in ihr aufwallte. »Wir kennen uns gut.«

Orm musterte sie nachdenklich, sagte aber nichts. Schweigend erreichten sie die Linden, die auf beiden Seiten des Weges standen. In ihrem Schatten saßen Menschen auf ihren Umhängen und boten ihr Handwerk feil.

Orm blieb bei einer Frau stehen, die einen Säugling an der Brust hatte. Sie hatte zwei schön gestickte Gürtel vor sich liegen. Die Farben der feinen Stiche leuchteten in allen Regenbogenfarben. Liv ging in die Hocke und starrte sie sprachlos an.

»Da bringst du aber eine magere Elendsgestalt mit, Orm«, sagte die Frau und wiegte ihr Kind in den Armen. »Es sind hoffentlich nicht die Ableger von Einöd-Alvar, mit denen du dich hier abgibst?«

Orm lächelte freundlich.

»Verspotte die Schöne nicht für Dinge, an denen sie keine Schuld trägt.«

Die Frau legte das schlafende Kind auf den Boden und musterte Asta verächtlich.

»Bring sie weg von hier, sie stinkt.«

Asta riss die Augen auf. Verdammte Hündin! Sie hatte sich sehr sorgfältig gewaschen, hatte sich im Bach abgespült. Sauber zu sein war wichtig. Sie wusch sich immer.

Der Säugling strampelte auf dem Boden.

»Wenn ich so ein hässliches Balg geboren hätte, hätte ich ihm aus purem Mitleid schon längst den Schädel eingeschlagen«, sagte Asta.

Sie packte Liv und zog sie von der gehässigen Vettel fort. Sie hasste sie alle. Sollten sie doch alle sterben, sich brennend zu ihren Füßen winden.

»Lunda ist widerlich wie ein Bienenstich in der Stange«, sagte Orm, der hinter ihr herlief.

Hinten am Gehege standen die langbeinigen jungen Mädchen. Als sie Orm erblickten, lächelten sie so hold, als wäre er der Sohn der Sonnengöttin.

Asta holte tief Luft und wandte sich Orm zu. Das hier war doch nicht normal.

»Was willst du eigentlich?«

»Der Zwillingsgott sagt, wer andere ehrt, ehrt auch sich selbst.«

Seine braunen Augen füllten sich mit Milde. Bei ihm gab es keine Falschheit, in seiner Brust verbarg sich keine Bosheit. Er war ein Freund. Asta biss sich in die Wange.

»Alle wollen etwas«, sagte sie abwartend.

»Das stimmt«, erklärte Orm.

Asta blieb schweigend stehen und erwiderte seinen Blick. Nie zuvor war ihr ein Mensch wie Orm begegnet. Seiner glattzüngigen Rede mochte sie aber trotzdem keinen Glauben schenken. Und buhlen wollte er auch nicht. Aber etwas wollte er, und das konnte sie sich zu Nutzen machen.

Asta schaute zu ihrer kleinen Schwester hinüber. Die Zeit drängte. Sie musste sich Livs so rasch wie möglich entledigen. Es wäre viel wert, wenn Orm ihr helfen könnte. Sie nickte vor sich hin. So sollte es sein.

3

Das wütende Gebell der Hunde vermischte sich mit dem Hufschlag, der auf dem Hofplatz erklang. Das Poltern der Karrenräder ertrank im Wiehern eines Pferdes.

Königin Alfhild war eingetroffen.

Freya riss die Tür auf und schritt hinaus in die große Halle.

Es war schon ärgerlich, dass sie sich nach der mächtigen Warnung, die sie erhalten hatte, Begrüßungszeremonien und leerem Gerede widmen musste. Sie hatte die Königin schon als junges Mädchen gekannt und verabscheute sie seit fast ebenso langer Zeit.

Wütend blieb Freya bei den Schlafbänken stehen. Kleider und Kämme lagen wild durcheinander im Stroh. Eine Truhe stand mitten im Gang. Sie versetzte dem braunen Holz einen Tritt.

»Ich werde mit den jungen Leuten reden«, sagte Rodälv besänftigend.

Freya ließ ihre Blicke durch die Halle wandern. Die Bronzeschilde hingen frischgeputzt neben den Wandteppichen. Der Lehmboden war sauber gefegt und duftende Wacholderzweige lagen auf den Sitzbänken. An all dem war nichts auszusetzen, jedenfalls, wenn sie ihren schwächer werdenden Augen trauen durfte.

Priesterinnen und Mägde warteten vor dem Hochsitz, der sich gegenüber der Türen befand. Die beiden Mägde, die sich früher am Tag so laut gestritten hatten, standen jetzt in ihren dunklen Kitteln ernst und würdevoll da.

Freya nahm auf dem Hochsitz Platz und nickte dann Rodälv zu.

Die Doppeltüren wurden mit lautem Dröhnen geöffnet, und Sonnenlicht ergoss sich in die Halle.

Gleich darauf stürmte Alfhild herein. Fett wie die Muttergöttin selbst kam sie in ihrem blutroten Gewand angewatschelt.

»Sei gegrüßt, mächtige Priesterin«, rief sie und lächelte so energisch, dass ihre runden Wangen bebten. Unter ihrem Doppelkinn funkelte ein Halsband. Bei jedem ihrer Schritte klirrten die Bronzestücke an ihrem Gürtel.

»Friede und gutes Wachstum«, sagte Freya und zeigte auf die Sitzbank.

Alfhild schlug ihren roten Umhang zur Seite und ließ sich auf das abgewetzte Holz sinken.

»Wir haben viel zu besprechen«, sagte sie.

»In der Tat«, erwiderte Freya und streichelte die in die Armlehnen eingeschnitzten Schlangen.

Zwei Alfenpriester führten Widar zur Bank. Das Alter war nicht gnädig mit dem Hohepriester des Zwillingsgottes umgegangen. Mager, zahnlos und grauhaarig ähnelte er inzwischen mehr einem Dörrfisch als einem Menschen. Freya erschauderte. Mit dieser Schreckensgestalt hatte sie in ihrer Jugend gebuhlt, aber jetzt würde sie lieber Gift trinken, als mit ihm ins Bett zu gehen.

Die beiden jungen Priester, die ihn begleiteten, waren schon eher eine Freude für die Augen, mit ihren kräftigen Armmuskeln und ihrer nackten Brust. Ihnen folgten zwei Dienerinnen der Königin mit Blumenschmuck in den Haaren. Das Gefolge war kleiner als sonst.

»Wir machen uns wegen Holmes Tod große Sorgen. In den Wäldern geht irgendein Übel um, und wir können uns schon denken, woher es kommt«, sagte Alfhild mit honigsüßer Stimme.

Freya lächelte freudlos. Sie verschwendete keine Zeit mit Vorwürfen.

»Ich werde meinen wichtigsten Priesterinnen den Auftrag erteilen, den Mörder zu finden«, sagte sie. Sie tauschte einen Blick mit Rodälv, die alles andere als froh aussah. Aber Alfhilds Gesicht verzog sich zu einem breiten Lächeln.

»Das höre ich gern. Ich habe meinen treuen Kriegern dasselbe befohlen. Zusammen werden sie dieses schleichende Übel wohl besiegen können.«

Freya musterte die Königin misstrauisch. Alfhild hatte ihre Pläne sorgfältig geschmiedet.

»Ich hoffe, deine Schwerthunde werden den Schuldigen suchen, statt die Vanen von Haus und Herd zu vertreiben.«

Alfhild riss überrascht die Augen auf und legte die Hand auf die Brust. An den Stränden des Sommermeeres konnte keine andere so unschuldig aussehen wie sie.

»Warum sollte ich so etwas dulden? Wir sind doch vom selben Blut! Unsere Ahninnen standen nebeneinander auf den Schiffen, die im Morgen der Zeiten nach Vanaheim geführt wurden. Ein solches Band kann man nicht zerreißen.«

Sie fuhr sich mit der Hand über ihr blutrotes Gewand und wechselte Blicke mit ihrem Gefolge.

Freya schnitt angesichts ihrer heftigen Gesten eine Grimasse.

»Es ehrt dich, dass dir die Gerechtigkeit so wichtig ist, denn dann wirst du deinen Sohn Bolde zum Ting schicken.«

»Bolde wurde überfallen, es war Notwehr«, entgegnete Alfhild, plötzlich wütend.

Freya schnaubte. Bolde hatte einen armseligen Schwächling blutig geschlagen. Der Leichnam, den sie draußen im Moor beschworen hatte, war so entstellt gewesen, dass er kaum noch einem Menschen geähnelt hatte. Sie hätte niemals auf Alfhilds Bitten eingehen und ihn an die Nachwelt binden dürfen. Die Leute klagten über diese Ungerechtigkeit.

Freya hielt Ausschau nach den Priesterinnen, die die Trinkhörner bringen sollten. Sie standen bei den Bänken und gossen Met aus großen Kannen. Verdammte Faulenzerinnen. Hatte sie nicht gesagt, dass sie beim Gastmahl schneller zur Stelle sein müssten?

»Mein Sohn braucht sich den Priesterinnen gegenüber nicht zu verantworten. Ich bin Königin. Mein Wille herrscht unwidersprochen«, fauchte Alfhild.

»Nicht in Walhalla, hier herrscht meine Gerechtigkeit«, erklärte Freya.

»Diese Macht hast du dir selbst genommen. Ich habe dir niemals gestattet, meinen Boden zu besetzen«, sagte Alfhild und sah ihre Priesterinnen viel sagend an.

»Ich baue mein Haus, wo es mir passt«, sagte Freya bedeutungsvoll und schloss die Hände um die Armlehnen. Undankbares Miststück. Seit vielen Jahren diente sie nun schon Königin Alfhild, ohne ihren Zauber wäre Alfheim längst von bösen Geistern und der schwarzen Seuche zerstört worden.

Die Priesterinnen brachten die Trinkhörner. Freya riss ihr schwarzes, reich verziertes Horn an sich und nahm einen tiefen Schluck. Das lauwarme Getränk wärmte ihren Magen.

Alfhild ließ ihr Horn sinken und wischte sich einen Schweißtropfen von der Schläfe. Danach räusperte sie sich.

»Wir wollen nicht über einen toten Knecht und einen Zipfel Boden streiten. Die Bande, die uns zusammenhalten, sind viel wichtiger.«

Sie wollte etwas, das war deutlich. Freya wartete schweigend darauf, dass die Königin weitersprach.

»Heute ist ein Tag der Freude. Ingvild wird einen Edlen aus dem Volk der Göten zum Gatten nehmen«, sagte Alfhild und wischte sich mit dem Handrücken den Mund ab.

So war das also. Freya fuhr mit den Fingern über die Beschläge ihres Trinkhorns und verbarg ihren aufwallenden Zorn. Die Göten hatten ihnen die schwarze Seuche geschickt. Vanen und Asen waren weiterhin mit ihnen verfeindet, Alfhild dagegen wollte sich mit ihnen und ihrer stetig wachsenden Macht gut stellen. Oft legten götische Schiffe in Alfheim an, um Felle und die von den Alfenpriestern geschmiedete Bronze einzutauschen.

»Eine Tochter ist ein geringer Preis, wenn dafür mehr Gold in die Truhen kommt«, sagte Freya und trank einen Schluck Met.

Alfhilds Augen schleuderten Blitze.

»Das hier ist ein Friedensbündnis. Es wird keine Kämpfe mehr geben, keine weinenden Mütter mehr an den Leichenfeuern. Das muss der Göttin doch gefallen?«

»Mag sein«, erwiderte Freya abwartend und sah zu, wie ein neuer Schweißtropfen über Alfhilds hochrote Wange lief.

»Allerdings geht es über meinen Verstand, dass du deine Tochter opferst und zulässt, dass ein Göte sich Alfheim erbuhlt.«

»Ingvild betrachtet es nicht als Opfer. Sie ist stolz und froh, weil sie ihrem Volk helfen kann«, sagte die Königin mit zornerstickter Stimme.

Freya winkte eine Magd herbei. Die junge Frau brachte sofort eine Bronzeschüssel und hielt sie der Königin hin.

»Ich habe außerdem einen Boten zum Häuptling der Asen geschickt, um einem von Thors Söhnen eine Ehe mit meiner anderen Tochter anzubieten. Siehst du nicht, wie ich hier Frieden schaffe?« Alfhild nahm sich mit ihren plumpen Fingern ein mit Honig getränktes Stück Brot. Würdevoll schob sie es sich in den Mund.

Freya runzelte die Stirn. War Thor deshalb nach Walhalla unterwegs, wollte er einen seiner Söhne verschenken? Aber in ihrer Vision war davon nichts zu sehen gewesen. Dort hatte es nur Trauer gegeben.

Freya fuhr mit den Fingern über ihr Trinkhorn und wischte einen Tropfen fort, der über den Rand gelaufen war.

»Wir waren oft und in vielen Dingen anderer Ansicht, aber nun bitte ich dich, segne Ingvild und ihren Gatten«, bat Alfhild.

»Warum sollte ich das tun?

Die Königin beugte sich vor. Ein erstickender Geruch nach Schweiß und Blumen stieg aus ihrem fülligen Busen auf.

»Setz die Freundschaft zwischen Alfheim und Walhalla nicht aufs Spiel.«

Freya lachte leise.

»Ich werde meinen Segen geben, wenn die Vanen dir keinen Tribut zahlen müssen«, sagte sie dann gelassen.

»Die Göten haben auf ihren Heerfahrten so manchen Hof verwüstet, und jetzt haben sich auch die Westmänner auf die Suche nach Gold gemacht. Wir leben in düsteren Zeiten und Sicherheit ist ein kostbares Geschenk«, sagte Alfhild und strich sich eine dunkle Locke aus dem Gesicht.

Freya schüttelte den Kopf. Diese gierige Hündin. Kaum sah sie ein Goldstück, schon machte sie wie eine brünstige Stute die Beine breit.

»Wenn du den Tribut senkst, den du den Vanen auferlegt hast, dann werde ich deine Tochter segnen.«

Alfhild machte sich an ihrem goldenen Halsband zu schaffen, sie zögerte, aber das dauerte nicht lange.

»Dann ist das abgemacht«, sagte sie.

Freya lächelte viel sagend, beugte sich vor und schaute der Königin in die Augen.

»Bei der Totengöttin Hel, der ich diene, schwöre ich: Wenn du dein Versprechen brichst, werden deine Töchter ihren Kopf verlieren und ich werde lachen, wenn du ihre leblosen Überreste verlangst.«

Sie ließ sich zurücksinken. Alfhilds hochrotes Gesicht wurde grau.

»Natürlich stehe ich zu meinem Wort, Hohepriesterin«, sagte sie atemlos.

»Das will ich auch hoffen, liebe Verwandte.«

Freya lächelte zufrieden und hob ihr Horn.

»Das will ich wirklich hoffen.«

Sinmara strahlte, als sie Saga entdeckte. Lachend hob sie die Hand zum Gruß.

Sie hätte es wissen müssen. Überall im Tal waren die stets wachsamen Priesterinnen am Werk. Natürlich reichten Várs unsichtbare Fäden bis zum Sökkvabach. Saga kletterte über ein niedriges Gebüsch und erreichte dann den schmalen Weg.

»Bist du allein?«

Sinmara nickte.

»Ich habe dich oben beim Bach gesehen, wollte aber nicht stören.«

Saga holte tief Luft. Sinmara gehorchte nur ihren Befehlen. Sie durfte nicht böse werden, nicht auf Sinmara.

»Die Priesterinnen haben sich Sorgen gemacht«, sagte die junge Priesterin.

»Aber nicht deshalb haben sie dich hergeschickt«, sagte Saga düster.

Sinmara schüttelte den Kopf, und ihre Haare tanzten um ihr Gesicht.

»Sie sind unsere Mütter, sie sind älter und sie wissen alles besser als wir. Du warst wütend, die Düsterkeit lenkt deine Gedanken, du bist nicht du selbst.«

Wenn du meine Vision gehabt hättest, würdest du die Priesterinnen nicht mehr so hoch achten, dachte Saga und schaute zu Walhalla hinüber.

»Und welche Strafe erwartet mich jetzt?«

Sinmara öffnete den Mund zu einer Antwort, verstummte dann aber. Aus der Nähe war ein verspieltes Lachen zu hören. Hinter den blassrosa Blüten der Büsche konnten sie zwei Gestalten ahnen. Bald tauchte ein zärtlicher Alfenpriester auf, der den Arm um eine Ingvaldstochter gelegt hatte. Das Paar errötete, als es die Priesterinnen sah, und lief rasch den Weg hinunter.

»Bitte die Priesterinnen um Erbarmen, dann werden sie dir verzeihen, denn ihre Herzen sind groß und gütig.«

Das glaub ich nicht, dachte Saga, riss ein Blatt von einem Busch und zupfte es in winzige Fetzen, als sie den Weg hinunterging.

Sie erreichten die Straße. Die Leute starrten sie hemmungslos an und winkten. Eine Frau mit einem Kind wich ihnen aus. Zwei Greise mit Lederkappen glotzten lüstern.

Saga versuchte, auf sie alle nicht zu achten. Sehnsüchtig schaute sie hinaus auf die glitzernde Bucht, doch Skidbladnirs Segel war nicht zu sehen.

»Du träumst von Forseti. Mach dir keine Sorgen, er wird zurückkehren.«

Saga bedachte die junge Priesterin mit einem düsteren Blick.

»Mein Verwandter aus Idunvallen kümmert mich nicht weiter.«

»Mich kannst du nicht hinters Licht führen. Ich habe euch an dem Abend, an dem Skidbladnir losgesegelt ist, zusammen gesehen. Die Liebesgöttin Sjöfn stand neben euch und hat euch mit Fäden der Lust und der Zärtlichkeit aneinandergebunden.«

Saga rieb sich müde die Stirn und sah vor sich Forsetis kluge Augen. In ihren Schläfen pochte jetzt der Schmerz.

»Ihr seid wie füreinander geschaffen. Stattlich ist er außerdem, ein Asenkrieger mit breiter Brust und festem Blick. Auf diesem Hengst würde ich auch gern einen Ritt wagen«, sagte Sinmara lächelnd.

»Jetzt beleidige meinen Verwandten nicht durch deine törichten Reden!«

Sinmara hatte kein Recht, so mit ihr zu sprechen.

»Wenn du meinst, das sei eine Beleidigung«, kicherte die Priesterin. »Sieh mal, sie warten schon auf uns«, fügte sie dann hinzu und zeigte auf den Zaun, der Walhalla umgab.

Saga erstarrte. Die Priesterinnen hatten sich versammelt und beobachteten jeden ihrer Schritte. Die Tierköpfigen. Ein glühendes Band schloss sich um ihren Kopf.

»Bitte sie um Verzeihung für deine Aufsässigkeit. Du weißt ja, wozu sie sonst in der Lage sind«, flüsterte Sinmara.

Doch das brachte Saga nicht über sich. Sie wollte nicht mehr schweigen und die Zähne zusammenbeißen. Wollte sich Várs Willen nicht mehr beugen. Sollten die Priesterinnen sie doch blutig peitschen und die Wahrheit über ihre Lügen verraten.

Saga schluckte. Lange hatte sie grübelnd am Bach mit sich gekämpft, hatte verzweifelt mit ihrer Angst gerungen. Jetzt stand ihr Entschluss fest.

Vár rannte mit flatterndem Umhang den Hang herab. Vár mit dem Vielfraßgesicht. Sagas Herz hämmerte in ihrer Brust.

»Schöner Schatz, wir haben uns solche Sorgen gemacht«, sagte Vár und schaute sie mit honigsüßem Blick an.

Saga starrte zu Boden und ging weiter. Sie musste mit Freya sprechen, musste ihr Herz öffnen und alles erzählen. Ihre Großmutter würde ihre Vision deuten können, und wenn sie erst begriffen hätte, wie schrecklich das Ting und die damit verbundenen Lügen für Saga waren, würde ihre Enkeltochter nicht mehr hingehen müssen. Sie holte zitternd Atem und lief den Hang hoch.

Vár packte ihren Arm.

»Was sind das nur für finstere Kräfte, die in dir wüten. Sieh mich an!«

Saga riss sich los. Nur einige Schritte noch, dann hätte sie ihr Ziel erreicht. Auf dem Hofplatz führten die Krieger ihre Pferde hinunter zur Bucht. Die Hufe ließen Staubwolken aufwirbeln.

Saga streckte die Hand nach dem Tor aus, doch ehe sie es öffnen konnte, hatten die Priesterinnen sie umstellt.

»Lass mich sehen, ob meine Befürchtungen zutreffen«, sagte Eli und griff nach Sagas Gesicht.

Die Blicke der Priesterin bohrten sich tief in Saga hinein, als könne sie bis in deren geheimste Gedanken sehen.

Sie durfte keine Angst haben. Saga zwang sich, ihren Blicken standzuhalten und keine Unsicherheit zu zeigen. Dann ließ die Priesterin sie los und drehte sich um.

»Das hier ist nicht unsere Saga. Der Fluch hat Besitz von ihr ergriffen. Fremde Kräfte lenken ihr Gemüt.«

Die Priesterinnen nickten einander verständnisinnig zu.

Saga keuchte auf. Sie hatte mit strengen Zurechtweisungen gerechnet, mit so etwas jedoch nicht.

»Ich bin nicht verflucht«, rief sie und schaute sich verzweifelt um.

Aber keine der Priesterinnen erwiderte ihren Blick, alle wandten sich ab wie von einer Gezeichneten.

»Wir müssen sie in die Heilhütte bringen und ihren Leib läutern. Mit Hilfe der Mächte können wir unsere Saga zurückerlangen«, sagte Vár mit ernster Stimme.

»Noch nicht. Beim Stiertanz wird sie gebraucht. Alles muss so aussehen wie immer«, sagte Sigthaud und zeigte auf die Menschenmenge beim Gehege.

»Dann eben heute Nacht. Wir müssen sorgfältig über sie wachen.«

Saga biss sich in die Lippe, sie spürte, wie weh ihr Herz jetzt tat. So hatte sie sich das alles nicht vorgestellt.

»Auf mir lastet kein Fluch«, sagte Saga mit lauter Stimme. »Und in mir wütet keine Finsternis.«

»Wir bringen sie ins Langhaus und sorgen dafür, dass sie sich für heute Abend würdig anzieht«, sagte Vár.

»Wenn sie gewalttätig wird, müssen wir sie fesseln. Das wäre schrecklich für mich, aber wenn wir Saga helfen wollen, müssen wir jetzt stark sein«, sagte Eli düster und schaute die anderen Priesterinnen auffordernd an.

Saga hätte vor Wut aufschreien mögen, als sie sah, wie eine nach der anderen nickte. Sie hatten doch den Verstand verloren!

Das Tor knackte leise, als Sinmara es öffnete. Die junge Priesterin wandte sich traurig ab, als Saga auf den Hofplatz geführt wurde.

Ausgerechnet sie konnte doch nicht an diese wahnsinnige Behauptung glauben? Saga biss sich so hart in die Wange, dass Blutgeschmack ihren Mund füllte. Was hatte sie nur getan? Früher hatte sie immerhin das Wohlwollen der Priesterinnen besessen. Ihr Magen krampfte sich vor Angst zusammen. Sie war ganz allein. Saga holte zitternd Atem. Ihre Großmutter würde sie verstehen, Freya würde die anderen zur Rechenschaft ziehen.

Várs Finger bohrten sich in ihren Arm, zogen sie unsanft über den staubigen Hofplatz. Die Krieger grüßten freundlich. Alfheims Hengst wieherte hinten bei den Hütten. Saga schaute verstohlen zu Alfhilds Wagen im Schatten des Schutzbaumes hinüber.

Gleich darauf fing sie Ingvilds Blick auf. Die junge Frau stand mit ihrer Schwester und drei Fremden unter dem Schutzbaum. Ihre dunklen Haare waren kunstvoll geflochten, sie trug ein rotes Gewand und ein kostbares goldenes Geschmeide um den Hals. Ingvilds drei Töchter standen neben ihr, bescheiden, in sauberen Kleidern und mit Bernsteinketten um den Hals.

Nicht auch noch das. Nicht jetzt. Ingvilds Hass war mehr, als sie ertragen konnte. Alfheims angehende Königin war eine Meisterin der boshaften Nadelstiche. Sagas Kinderlosigkeit, ihr Verhalten beim Ting, an allem hatte Ingvild etwas auszusetzen.

»Sei gegrüßt, hochgeehrter Gast in Walhalla«, sagte Saga steif.

Die Priesterinnen stellten sich hinter ihr im Halbkreis auf, wie wachsame Raubvögel.

»Ich grüße auch dich«, sagte Ingvild und lächelte verächtlich, während ihre Blicke über Sagas schmutziges Gewand wanderten. »Hast du dich auf dem Waldboden gewälzt, vielleicht eine fremde Macht angebetet?«, fragte sie gehässig.

Sagas Wangen brannten vor Zorn. Wie konnte Ingvild es wagen, sie auf dem Hofplatz von Walhalla zu verspotten?

Saga sah die drei Fremden an, die neben Ingvilds Töchtern standen.

»Du bringst ungebetene Besucher mit zum Sonnenfest, wie ich sehe. Eine solche Schamlosigkeit ist nur selten zu beobachten«, stellte Saga ruhig fest.

Ingvild hob eine Augenbraue.

»Die Einzige, die sich schamlos verhält, ist diejenige, die zu dumm ist, um meinen edlen Gästen Achtung zu erweisen.«

Sie hob die Hand und winkte den Größten der Fremdlinge zu sich. Weißgekleidet, wie ein Alfenpriester, eilte er an ihre Seite.

Saga sog überrascht die Luft ein. Die blondgelockten Haare des Fremden waren in seinem Nacken zusammengebunden. Seine Augen funkelten grau. Gegen seine Schönheit wirkte Orm wie ein Bauerntrottel.

»Ich bin Hauglot von der Insel der Göten. Es freut mich, die vielbesungene Saga kennen zu lernen«, sagte er und verneigte sich höflich.

Saga trank durstig an seiner Bewunderung, die in der vielen Feindschaft, die sie umgab, wie eine Liebkosung für sie war. »Die Freude ist ganz auf meiner Seite«, sagte sie.

Der Göte bedachte sie mit einem zärtlichen Blick voller Verheißungen.

»Hauglot wird mein Gatte sein«, sagte Ingvild rasch und legte ihm die Hand auf den Arm.

Sollte sie, diese Hündin, der das Gift nur so von den Lefzen troff, ihn wirklich haben?

Ingvilds dunkelblaue Augen leuchteten triumphierend.

»Wir wollen die Priesterin nicht mehr stören, bestimmt muss sie noch viel erledigen«, sagte eine sanfte Stimme.

Erleichtert begrüßte Saga Svea, Alfhilds jüngste Tochter.

»Achte nicht auf Ingvilds scharfe Zunge«, flüsterte sie leise, als sie einander umarmten.

Saga lächelte ihre Freundin an. Die dunkle Svea war in allem Ingvilds Gegensatz. Svea kannte keine Feindschaft und keine Bosheit. Sie war ruhig und herzensgut. Wäre sie doch nur Alfheims künftige Königin! Dann würde im Tal alles gut werden.

»Ich freue mich darauf, mit dir sprechen zu können«, sagte Saga.

Svea lächelte strahlend.

Saga zwang sich, ruhig durchzuatmen, höflich verneigte sie sich vor Ingvild und dem Göten.

»Möget ihr zusammen das Glück finden.«

Sie musste sich zu diesen Worten zwingen, sie geradezu ausspucken. Wütend ließ sie die boshafte Ingvild stehen und floh in die Dunkelheit des Langhauses.

Wie sie Ingvild hasste, deren Nähe sie schmelzen ließ und sie klein und ohnmächtig machte, genau so wie, wenn sie neben Vár saß. Sie wollte das niemals wieder empfinden müssen.

Der vertraute Duft getrockneter Kräuter schlug Saga entgegen, als sie durch Walhallas Tür trat. Sie kniff die Augen zusammen, damit sie sich nach dem gleißenden Sonnenlicht an die Dunkelheit gewöhnen konnten.

Ihre Großmutter sah aus wie eine Märchenkönigin, wie sie da mit ihrem Prachtumhang auf den Schultern auf ihrem Hochsitz saß. Die grauen Zöpfe umrahmten ihr zerfurchtes Gesicht. Ihr Blick war scharf, als sie sich zu der üppigen Alfhild vorbeugte und etwas sagte.

Jetzt würde alles gut werden.

Saga ging zu den Sitzbänken, nickte Widar und dem übrigen Gefolge höflich zu und wartete, bis Freya fertig gesprochen hatte.

»Hohepriesterin, das Ting ist zu Ende«, sagte sie dann und legte die Hand aufs Herz. Die Großmutter schaute sie dankbar an, sie schien sich Sorgen um Saga gemacht zu haben.

»Du bist erlöst«, sagte Freya.

Saga lächelte. Jetzt würde sie erzählen, was passiert war.

Aber nun packte Vár sie, Eli sank neben Freya in die Knie und redete mit ernster Miene auf sie ein. Die Großmutter machte große Augen, dann verdüsterte sich ihre Miene. Nein. Saga schüttelte den Kopf. Hör nicht auf sie.

Freya starrte sie düster an. Sie wandte sich an Eli, sagte etwas.

Die Heilpriesterin machte eine Verbeugung und kam mit zufriedenem Lächeln auf Saga zu.

»Sie soll in Freyas Saal warten, getrennt von den anderen«, sagte sie leise.

Vár packte Saga am Arm und wollte sie von ihrer Großmutter wegziehen.

»Nein!«

Saga versuchte, sich loszureißen, aber Eli stieß sie vor sich her.

»Sie darf Freya nicht vor den Augen der Königin Schande machen. Das würde ihr die Hohepriesterin niemals verzeihen.«

Saga drehte sich um. Ihre Großmutter sagte etwas zu Widar, doch für Saga hatte sie keinen Blick. Sie glaubte den Lügen der Priesterinnen.

Die Enttäuschung bohrte sich wie ein glühender Dolch in Sagas Brust. Die geringe Widerstandskraft, die sie aufgebaut hatte, fiel in sich zusammen. Sie konnte nichts tun, konnte mit niemandem reden. Der Schmerz in ihrem Bauch loderte wieder auf. Untauglich, das war sie. Eine von der Göttin abgewiesene Priesterin. Eine kinderlose Königin mit unfruchtbarem Schoß. Sie war nichts. Warum hatte sie sich Vár widersetzt? Ihr Aufbegehren war so unbeschreiblich töricht gewesen. Sie wischte sich eine Träne von der Wange. Warum im Namen der Göttin hatte sie das überhaupt versucht? Willenlos ließ sie sich zu den Schlafbänken führen.

Vár zog ihre Truhe unter der Bank hervor.

»Sie soll sich umziehen«, sagte sie und trat dann zurück.

Das Licht, das durch die Tür fiel, reichte kaum bis zu den Schlafbänken hinten in der Halle. Vár war im Zwielicht nur zu ahnen. Doch nun hob die den Kopf und schaute Saga triumphierend an.

Saga fuhr zusammen.

Der Boden unter ihren Füßen begann zu zittern, löste sich auf, wollte ihre Beine verschlingen. Entsetzt sah sie, wie ihre Füße in der Erde verschwanden. Hilflos wurde sie nach unten gesogen, die Dunkelheit umschloss sie, erstickende, endlose Schwärze.

»Priesterin.«

Saga fuhr hoch und schaute überrascht den Boden an. Sie stand neben einer Schlafbank, auf der ein zerbrochener Kamm lag. Eine Magd stand vor ihr und bot ihr eine Schale mit Wasser an. Die Priesterinnen zogen sich um und plauderten dabei leise miteinander. Alles sah aus wie sonst.

Bei der Heiligen Mutter. Sagas Herz hämmerte wie besessen. Was ging denn nur mit ihr vor?

Die Magd hielt ihr auffordernd die Holzschale hin. Sagas Hände zitterten, als sie sich wusch.

Sie trocknete sich mit ihrem Umhang ab und sah zu, wie Vár zu ihrer Schlafbank ging und sich zwischen Stroh und Felle sinken ließ. Sie lächelte, als habe sie es genossen, Saga bestrafen zu können.

Saga ging neben ihrer Kleidertruhe in die Hocke und starrte das Holz mit leerem Blick an.

Wieder schien ein glühendes Band sich um ihren Kopf zu legen. Saga rieb sich ihre pochenden Schläfen. Die Angst kroch wie tausend Ameisen über ihren Leib. Várs Macht erstreckte sich überall hin, und jetzt hatte sie alle anderen gegen Saga aufgebracht.

»Sie muss sich umziehen«, sagte Eli hinter ihrem Rücken.

Saga drehte sich um und sah, dass Eli zu Vár hinüberging. Mit ernster Miene tuschelten die beiden miteinander.

Saga zuckte zusammen, dann strich sie mit der Hand über die in den Kistendeckel eingeschnitzten Hirsche. Das hatte ihr Vater gemacht, als sie ein Kind gewesen war. Sie konnte sich sehr gut daran erinnern, wie er mit dieser Arbeit beschäftigt gewesen war und Geschichten über Seeungeheuer und längst vergangene Schlachten erzählt hatte. Er hatte wunderbar ausgesehen mit seinen dunklen Haaren und seinen ernsten Augen. Immer waren die Frauen ihm nachgerannt, aber er hatte kaum auf sie geachtet. Ihm war nur Saga wichtig gewesen. Die Trauer ließ ihren Magen brennen.

Der Truhendeckel knackte leise, als sie ihn öffnete. Oben auf den zusammengefalteten Kleidungsstücken lag das saubere Kleid. Sie legte es auf die Schlafbank und suchte dann nach Hemd und Umhang. Die lagen ganz unten in der Truhe, auf dem Schmuckschrein.

Saga warf alles auf die Schlafbank, holte dann den Schrein hervor und öffnete ihn. In dem dunklen Holzkasten funkelten ein Bronzehalsband und zwei Armringe. Saga griff zu dem Halsband, das Forseti ihr vor seiner Abreise geschenkt hatte. Ein großer Bernstein an einem Lederriemen, eine viel zu kostbare Gabe. Sie hatte ablehnen wollen, aber er hatte nichts davon hören wollen.

»Wenn du es bei meiner Rückkehr trägst, dann weiß ich, woran ich bin«, hatte er gesagt.

Saga schüttelte den Kopf. Niemand war wie Forseti. Als sie das Halsband wieder in den Schrein legte, fiel ihr Blick auf eine kleine Nadel. Saga griff mit zitternden Fingern danach.

Die Nadel ihrer Mutter.

Sie hatte diese Nadel fast vergessen. Idun war für sie noch immer eine offene Wunde. Sie brachte es fast niemals über sich, an ihre tote Mutter zu denken.

Saga ließ traurig die Finger über das Wellenmuster wandern, zwei Tierköpfe waren in jeden Wellenkamm eingeritzt. Sie hob die Nadel ins Licht und sah sie sich genauer an.

Bei Hels Unterwelt! Sie schnappte nach Luft.

Ein kleiner Vielfraßkopf grinste sie an. Auf der nächsten Welle lachte ein Hund. Die gleichen Köpfe, die sie bei Vár und Elin gesehen hatte.

Sagas Hand zitterte dermaßen, dass sie die Nadel fast fallen gelassen hätte. Das hier war eine Botschaft. Ihre tote Mutter warnte sie. Saga schaute sich verängstigt im dunklen Langhaus um. Jetzt wusste sie, dass ihr Leben in Gefahr war.

Asta hob ihre Schwester auf ihre Schultern und drängte sich zum Zaun durch, um Walhalla sehen zu können. Das Langhaus war an die fünfzig Schritte lang, und sein Strohdach reichte fast bis auf den Boden. Gras und Blumen wuchsen auf dem Dach, und an den Giebeln ragten rote Drachenköpfe auf. Wie sie dort oben über Land und Meer wachten, wirkten sie beinahe lebendig.

Aber das Schönste war das reich verzierte Dach über der doppelten Tür. Jedes Holzstück dort war mit roten, blauen und gelben Figuren bemalt.

»Fremdlinge aus weiter Ferne sind hergekommen.«

Orm zeigte auf drei gut gerüstete Männer, die trotz der Hitze Harnisch und Beinkleider trugen. An ihren Hüften und Hälsen leuchtete Bronze auf, stolz und aufrecht standen sie ins Gespräch vertieft ein Stück von den Kriegern entfernt.

»Sind das Asen?«, fragte Asta.

Orm grinste.

»Die Asen würden sich lieber die Kehlen durchschneiden, als etwas so Unmännliches zu tragen wie ein Halsband«, sagte er und lehnte sich an den Zaun.

»Wie können sie in einem so großen Haus wohnen?«, fragte Liv.

Die kleinste Hütte am Hofplatz war größer als ihr Haus im Wald.

»Freya ist doch eine Göttin, die viel Platz zum Leben braucht«, sagte Asta und stellte die Kleine auf den Boden.

Liv drückte sich an den Zaun und sah, wie sich der Hengst der Königin aufbäumte. Die Alfenpriester zwangen ihn zu Boden und begannen dann, sein glänzendes Fell mit Strohbündeln abzureiben.

»Du weißt doch, dass Thor, der Häuptling der Asen, diese Halle für Freya gebaut hat?«, fragte Orm und ging neben Liv in die Hocke.

Sie nickte ernst.

»Sie lieben einander, aber die Göttin hat ihnen verboten, miteinander zu leben, weil Thor Tiwaz anbetet. Die Disen haben damals so sehr über ihr Leid geweint, dass sie eine Zeit lang zusammenbleiben durften. Dann hat Thor Freya verlassen, und jetzt weint sie Tränen aus Gold. Vater kennt ein Lied, in dem das alles erzählt wird«, sagte sie.

Orm richtete sich auf und grinste Freya an.

»Deine Schwester ist ja ganz schön aufgeweckt.«

Asta blickte Liv düster an.

»Hast du Geschwister?«, fragte sie.

»Fünf Brüder, keine Schwester, das ist der große Kummer meiner Mutter«, sagte Orm und zuckte mit den Schultern.

So ging es den meisten, das wusste Asta. Niemals waren so viele Kinder geboren worden wie nach der schwarzen Seuche, aber es waren fast ausschließlich Jungen. Ihre Mutter hatte das als die grausamste Strafe der Göttin bezeichnet.

»Unsere schönen Vanenfrauen, ihr seid so kostbar«, sagte Orm liebevoll.

Kostbar? Asta schaute verstohlen zu den Frauen hinüber, die am Zaun miteinander plauderten. Ihre kurzen Kittel waren aus feinster Wolle gewebt, die Brust war mit kleinen Sonnenspiralen bestickt.

Eine schwache Hoffnung keimte in ihrer Brust auf. Frauen waren wertvoll. Vielleicht könnte sie sich diese Tatsache zunutze machen.

Sie räusperte sich.

»Deine Mutter, ist sie eine gute Frau?«

Orm lachte überrascht.

»Was heißt schon gut oder schlecht? Sie ist wie die meisten Leute. Ich achte sie sehr, weil sie mir das Leben geschenkt hat.«

Asta biss sich in die Lippen und schaute sich um. Hinten am Zaun stand eine alte Frau mit einem verschlissenen Umhang und redete mit einer Hand voll Männern und Kindern. Sie konnte nur Wortfetzen vom Mythos des Sommerkönigs hören. Er war während des ewigen Winters geopfert worden, damit die Sonne zu den Menschen zurückkehrte.

»Liv, geh doch mal zu der Erzählerin hinüber«, sagte Asta.

Sofort sprang das Kind leichtfüßig los. Die Angst, die sie beim Ting gehabt hatte, war verschwunden. Vielleicht würde Asta ihre kleine Schwester doch nicht töten müssen. Orm hatte eine reiche Mutter mit vielen Söhnen. Die könnten sie beschützen. Asta holte tief Luft.

»Willst du Liv haben?«

Orm kniff die Augen zusammen und musterte sie nachdenklich. Sie rückte ihren Ranzen gerade, um seinen Blick nicht erwidern zu müssen.

»Ist es so schlimm?«

Asta presste die Lippen aufeinander. Was glaubte er wohl, dieser göttergleiche Orm mit seinem großen Hof? Was wusste er darüber, im Spätwinter vor Hunger so schwach zu sein, dass man kaum aufrecht stehen konnte? Was wusste er davon, die eigene Schwester weinen zu hören, weil der Vater ….

Asta verschränkte die Arme und holte dann tief Luft.

Es würde nie mehr geschehen. Sie hatte Alvar so lange geschlagen, bis er fast gestorben war. Wenn ihre Brüder sie nicht angefleht hätten, hätte sie Schluss mit dem alten Bock gemacht. Danach war sie gemeinsam mit Liv losgezogen. Sie würde das alles nie wieder mitmachen müssen.

Orms Blick wanderte in die Ferne. Er würde die Kleine nicht nehmen, das konnte Asta sehen.

Liv hockte vor der Erzählerin, ihre Augen strahlten vor Freude. Astas Kehle schnürte sich zusammen. Jetzt hatte sie es immerhin versucht. Mehr konnte sie nicht tun. Und da wäre es doch besser, die Sache so schnell wie möglich hinter sich zu bringen. Schwesterchen. Asta lächelte dem Kind liebevoll zu. Bald würde sie in der Nachwelt ihrer Mutter begegnen. Asta würde sie beschützen. Kein betrunkener Krieger sollte ihre Schwester zu Tode quälen. Kein Feuer sollte die Haut der Kleinen verbrennen. Ein rascher Schnitt durch die Kehle, ein paar Zuckungen, danach würde alles vorbei sein.

»Wenn ich mich um deine Schwester kümmere, was tust du dann für mich?«

Asta holte tief Luft. Es gab doch noch Hoffnung.

»Alles, was du willst«, sagte sie aufrichtig.

»Alles?«

Er hob die Augenbrauen. Asta nickte verdutzt. Warum sollte es sie interessieren, was mit ihr geschah? Sie war doch bereits tot.

»Was sagt dein Vater? Nur wenige Väter lassen freiwillig eine solche Kostbarkeit laufen, wie eine Tochter es ist.«

»Er hat in dieser Sache nichts zu sagen«, sagte sie und umklammerte den geflochtenen Zaun.

Orm trat so dicht an sie heran, dass seine Haut ihre streifte.

»Meine Mutter wird deine Schwester sehr gern bei sich aufnehmen. Und sie wird gut behandelt werden. Darauf hast du mein Wort.«

Eine Welle der Erleichterung durchlief Asta, ihre Knie drohten, nachzugeben.

»Danke«, flüsterte sie und schloss die Augen.

»Aber jetzt stehst du in meiner Schuld«, sagte Orm und streichelte ihren Arm.

Asta schauderte zusammen. Sie würde gern mit ihm buhlen, wenn er sich um Liv kümmerte. Das war ein billiger Preis für das Wohlergehen ihrer Schwester.

»Sieh dir die Krieger der Königin an«, sagte Orm und zeigte auf Rutgar, der auf dem Hofplatz stand. Er sagte etwas zu den anderen Männern, während er das Maul seines Pferdes streichelte. Die Männer lachten und schlugen sich gegenseitig auf den Rücken.

Was hatte das mit Astas Schuld zu tun?

»Da stehen sie und protzen mit ihren Schwertern. Jedes Jahr werden es mehr, und glaub mir, sie schmieden den Untergang der Vanen«, sagte Orm und spuckte zu Boden.

Asta runzelte die Stirn und blickte ihn verlegen an.

»Du brauchst mir nicht beizubrigen, sie zu hassen.«

»Ich hatte gehofft, dass du das sagst.«

Ein lautes Lachen ertönte, und Asta drehte sich um. Er war es. Ein eiskalter Blitz durchfuhr ihren Körper.

Bolde ging zusammen mit einigen anderen Alfheimern am Zaun entlang. Breitbeinig und selbstsicher legte er den Kopf in den Nacken und lachte, bis sein Bauch bebte.

Astas Herz schlug doppelt so schnell. Sie schlich näher an ihn heran, versteckte sich hinter den anderen, horchte genau darauf, was Boldes Begleiter sagten.

»Sie werden uns umbringen, wenn wir nichts unternehmen. Hedda hat beim Ting die Wahrheit gesagt«, sagte eine rundliche Frau mit einer großen Brosche auf der Brust.

»Mutter wird uns beschützen. Wir haben nichts zu befürchten«, sagte Bolde.

»Du vergisst, dass Freyas Macht die Felder fruchtbar erhält«, sagte die Frau mit der Bronzebrosche.

Der hochgewachsene Mann schnaubte.

»Die waren fruchtbar, ehe Freya hergekommen ist, und sie werden wieder fruchtbar sein, wenn sie verschwunden ist.«

»Nimm dich in Acht. Ruf nicht das Unglück auf uns alle herab.«

Die Frau hob die Hand.

»Zwietracht in der Sippe führt zum Untergang.«

Bolde rückte das Schwert in seinem Gürtel gerade und schaute die Frau gebieterisch an.

Langsam ließ sie die Hand sinken.

»Bald wird es zu Ende sein. Die Wanzen werden von Alfheims Wänden weggebrannt werden. Ihr habt mein Wort«, sagte er.

Der Hass wärmte Asta, verbrannte Angst und Zweifel. Dort, mitten in dem braungelockten Bart, würde ihr Dolch die Kehle öffnen. Röchelnd würde er nach Luft ringen, wenn seine Lunge sich mit Blut füllte. Seine Augen würden erlöschen und sein Körper schwanken und schließlich tot zu Boden stürzen.

Jeder Atemzug, jeder Herzschlag, hatten sie zu diesem Moment geführt. Asta schob die Hand in ihren Ranzen, griff nach ihrem Dolch. Die Macht strömte durch ihre Fingerspitzen, ließ ihre Hand vor Sehnsucht zittern.

»Ich sehe deine Gedanken«, flüsterte Orm ihr ins Ohr.

Asta ließ den Dolch fallen wie ein glühendes Kohlenstück.

»Unsere Herzen schlagen im selben Takt. Bestimmt hat der Zwillingsgott dich in meine Arme geschickt«, sagte Orm.

Seine Finger fingen an, im Kreis über ihren schweißnassen Rücken zu wandern. Asta stand ganz still da. Schauer der Wollust überliefen sie. Hass und Leid verschmolzen mit einem brennenden Hunger. Sie hätte beinahe vor Enttäuschung aufgeheult, als Orm seine Hand zurückzog.

»Komm mit. Es gibt viel zu tun«, sagte er.

Freya ließ sich auf dem Hochsitz zurücksinken und sah zu Saga hinüber, die hinten bei den Schlafbänken war. Das Mädchen starrte ins Leere, düster war sie, als habe alles Leid der Welt sie getroffen.

Eli hatte gesagt, Saga habe vor dem Ting den Priesterinnen getrotzt, sie habe Vár bedroht und sei dann weggelaufen. Freya konnte das kaum glauben. Saga war immer sanft und fügsam gewesen, sie ähnelte ihrer Mutter Idun mehr als allen anderen aus der Sippe. Freya kratzte besorgt einen Flohstich in ihrem Nacken. Erst das böse Omen und jetzt das hier. Das musste etwas zu bedeuten haben. Sie musste mit Saga sprechen, musste in Erfahrung bringen, was passiert war. Saga durfte nichts zustoßen. Saga war die letzte einer heiligen Blutlinie von Königinnen und mächtigen Priesterinnen. Eines Tages würde die Göttin sie für sich erwählen und Saga würde ihre volle Kraft erreichen. Freya war sich darin sicher, und es konnte jeden Augenblick so weit sein.

Rodälv füllte ihr Horn mit schäumendem Met und zog sich dann zurück. Der stattlichste Alfenpriester sang das Lied vom Tod des Zwillingsgottes. Ein Riese hatte geschworen, den Gott zu töten, worauf dessen Mutter allen Tieren und allen Gewächsen den Eid abverlangt hatte, ihm nichts zu tun. Doch sie hatte die Mistel vergessen. Der Riese machte einen Pfeil aus dieser heiligen Pflanze und zielte damit auf das Herz des Zwillingsgottes. Aber die Welt liebte ihn so sehr, dass er aus Hels Reich zurückkehren durfte. Nach seiner Auferstehung rächte er sich und fand dann den ewigen Frieden.

Freya konnte dieses Lied nicht mehr hören. Sie musste immer wieder zu Saga hinüberschauen.

Wenn das Mädchen doch nur einige prächtige Töchter gebären könnte, damit Freya sich nicht mehr um die Zukunft der Sippe zu sorgen brauchte. Immer wieder hatte sie der Göttin geopfert und sie angefleht, Saga Töchter zu schenken. Sie hatte als Buhlen für sie sogar Orm erwählt, den schönsten Jüngling. Aber dennoch blieb Sagas Schoß unfruchtbar. Freya seufzte tief. Wohin sie sich auch drehte und wendete, überall sah sie nur Schwierigkeiten.

Der Alfenpriester beendete sein Lied und deutete eine Verbeugung an, ehe er sich wieder setzte. Alfhild beugte sich vor und sagte etwas. Freya runzelte die Stirn, zwang sich zum Zuhören.

»Wirst du Ingvild und ihren Gatten empfangen und sie segnen?«

»Wenn du zu deinem Versprechen stehst«, sagte Freya und erwiderte Alfhilds blauen Blick.

Die Königin warf den Kopf in den Nacken und lachte belustigt.

»Du hast mein Wort«, sagte sie.

Ein blondgelockter Jüngling betrat zusammen mit Ingvild die Halle.

Er trat vor Freyas Hochsitz, sank in die Knie und legte die Hand aufs Herz. Die Begrüßung der Vanen. Immerhin hatte er Manieren.

Freya nickte zufrieden und musterte den Göten. Er war kein hässlicher Bursche, seine Augen waren von klarem Blau, sein Blick fest. Unter seinem Umhang trug er einen weißlich schimmernden Kittel, wie Freya ihn noch nie gesehen hatte. Auf seinen Hüften ruhte ein breiter, geflochtener Gürtel. Er war von hoher Geburt, das konnte sie sofort erkennen.

»Ich grüße dich, Friedenspriesterin«, sagte der Göte. »Ich bin Hauglot, Sohn des Grinde, dem du vor langer Zeit auf unserer Insel begegnet bist.«

Freya beugte sich vor. Grindes Sohn. Ohne ihn hätten sie nicht von der Insel der Göten fliehen können, nachdem Freya Hyndla getötet hatte, die Hexe, welche die schwarze Seuche in die Welt geschickt und damit Vanaheims Untergang verursacht hatte.

Nach ihrem Sieg hatte Grinde großherzig sein Leben aufs Spiel gesetzt, um ihnen freies Geleit zu geben, wie die Sitten es erforderten.

»Ich habe nie vergessen, welchen Dank ich deinem Vater schuldig bin«, sagte Freya und musterte den Jüngling noch einmal. Das änderte alles. Grinde war der einzige Göte, den sie ertragen konnte.

»Sei willkommen in meiner Halle, Hauglot, Sohn von Freyas Wohltäter.«

Er senkte den Kopf.

»Du ehrst mich, Priesterin. Du hast schließlich einst zu meinem Vater gesagt, dass zuviel Blut zwischen unseren Völkern geflossen ist.«

Freya nickte kurz.

»Möge die Göttin auf deine Worte hören.«

Ingvild strahlte. Sie ähnelte ihrer Mutter in deren Jugend auf erschreckende Weise, sie war ebenso schön mit ihren wogenden dunklen Haaren. Und ebenso versessen darauf, ihren Reichtum zu zeigen.

Drei Töchter standen schweigend neben ihr, mit rosigen Wangen, gekleidet in ihre besten Kittel. Freya schnitt eine Grimasse. In diesem Schoß gab es wirklich mehr als genug Lebenskraft.

»Du nimmst den Göten aus freiem Willen?«, fragte sie.

»O ja«, flüsterte Ingvild und schaute errötend den Lehmboden an.

Hauglot bedachte sie mit einem zärtlichen Blick.

Freya stellte ihr Horn auf den Boden und nickte dem jungen Paar zu.

»Nach der Hengsthatz werde ich euch mit dem Blut des getöteten Tieres segnen. Seine Kraft wird euch miteinander verbinden«, sagte sie, bevor sie sich wieder zurücksinken ließ.

Der Göte verbeugte sich höflich und setzte sich dann neben Alfhild, die sich sofort mit dem Jüngling ins Gespräch vertiefte. Die Königin umschmeichelte ihn wie eine brünstige Stute. Freya lächelte hämisch. Ingvild würde nicht als Einzige die Gunst des schönen Hauglots genießen.

Alfhild flüsterte dem Jüngling etwas ins Ohr, worauf dieser schallend lachte. Seine freundliche Maske zerfiel, und hinter seiner Schönheit war ein anderes Gesicht zu erkennen, aber nur einen Atemzug lang.

Freya hob überrascht den Kopf und sah, wie Hauglot mit eleganter Verbeugung ein Methorn annahm. Seine lächelnden Lippen waren füllig und sanft. Eine kleine Narbe zog sich über die glatt rasierte Wange.

Freyas Herz schlug schneller. Was bei Sjöfns stinkendem Moor ging hier vor sich? Ein Schatten lag über dem Göten, schwach wie ein Zittern in der Luft. Sie beugte sich vor und kniff die Augen zusammen. Ein Trugbild, so geschickt um seinen Körper gewebt, dass sogar sie es nur mit Mühe entdecken konnte.

Welche finsteren Ränke waren in ihre Halle geschleppt worden? Das hier war keine einfache Beschwörung, wie eine Priesterin sie durchführen konnte. Gewaltige Kraft war nötig gewesen, um dieses Trugbild zu schaffen. Freya flüsterte einen Spruch. Die Kraftworte wickelten sich um den Göten, lösten einige der Schatten um das schöne Gesicht auf. Ein anderes Antlitz erschien hinter Hauglots Lächeln. Eins, von dem sie gehofft hatte, es niemals wieder sehen zu müssen. Bei allen Flüchen Hels. Kochender Hass stieg in ihr auf.

Hauglot war ebenso wenig Grindes Sohn wie sie selbst. Lokis Blut floss durch seine Adern, es war der Sohn des Schamanen, der sich hier der Göttin andiente.

Der Schleier war zerrissen. Jetzt konnte sie unter Hauglots freundlicher Maske deutlich Lokis Züge erkennen. Dieser Widerling. Alle hatten geglaubt, Loki sei in der Schlacht auf der Göteninsel gefallen. Aber offenbar hatte er überlebt, sich den Göten angeschlossen und sie mit seiner schleimigen Falschheit eingewickelt. Hauglot musste kurz darauf geboren worden sein.

Alfhild lachte und legte freundschaftlich die Hand auf den Arm des Göten. Erst jetzt erfasste Freya wirklich, was das alles bedeutete. Diese machtgierige Hündin hatte sich mit Loki verbündet. Soviel war ihr Gerede von Friede und Schutz für die Vanen also wert. Wenn Loki hinter all dem steckte, dann warteten Streit und Untergang auf sie alle. Loki war der Mächtigste unter Freyas Feinden. Sie setzte sich auf, spürte, wie Hels düstere Kraft in ihrem Blut aufloderte. Zweimal war sie ihm im Kampf gegenüber getreten. Beide Male hatte seine Falschheit sie besiegt. Zornig lächelte sie den Göten an. Diesmal würde sie den Sieg davontragen.

Ingvild wurde bei jedem Atemzug wütender. Zornig starrte sie den Boden an. Ihre Mutter bot sich Hauglot an wie eine rollige Katze. Sie umschmeichelte ihn schamlos und schien ihre eigene Dreistigkeit nicht zu bemerken. Ingvild presste die Lippen aufeinander. Wie sie ihre Mutter verabscheute.

Alfhild wusste, wie sehr Ingvild Hauglot liebte. Deshalb wollte ihre Mutter seine Gunst stehlen, alles, was Ingvild sich wünschte, nahm sie ihr weg. Jetzt musste sie hier sitzen und diesem Liebesgeturtel zuhören, während Hauglot sie vergessen zu haben schien.

Aber sie würde es Alfhild schon zeigen. Der umfangreiche Leib der Mutter und ihre ergrauenden Schläfen konnten sich mit Ingvilds Schönheit nicht messen. Wenn Hauglot erst einmal ihre Liebeskünste genossen hatte, würde er Alfhilds goldglänzende Macht bald vergessen.

Ingvild strich sich über ihre kunstvoll aufgesteckten Haare. Eine Strähne hatte sich im Nacken bereits gelöst. Verdammte Veba. Sie würde die Magd auspeitschen, weil sie an so einem wichtigen Tag gepfuscht hatte.

Ingvild schob die Locke vorsichtig zurück in den Haarknoten und hob würdevoll den Kopf. Dort drüben thronte Freya auf ihrem reich verzierten Stuhl. Ihr wurde schlecht davon, wie Alfhild die Priesterin umschmeichelte wie eine Göttin. Freya lebte auf dem Boden Alfheims, sie schmarotzte an ihrem Reichtum wie alle elenden Vanen. Dieses verlogene Pack hatte kein Recht auf Ingvilds Boden.

Sie holte tief Atem und unterdrückte ihre Wut. Alles würde gut werden. Jetzt würden sie sich ein für alle mal dieser Eindringlinge entledigen. Schwachsinniges Pack. Nur, weil Vanaheim einst reich und mächtig gewesen war, hielten sie sich für etwas Besseres. Aber jetzt war Alfheim die reichste Siedlung an den Stränden des Sommermeeres. Und mit Hauglots Hilfe konnte es auch zur mächtigsten werden.

Ingvild fuhr mit der Hand über ihr rotes Gewand. Alles würde anders werden, wenn sie erst Königin wäre. Alfhild musste sterben, und zwar bald.

»Hochverehrte Dame, darf ich dir etwas anbieten, um deine Kehle anzufeuchten?«

Ingvild winkte die flüsternde Magd fort. Nie im Leben würde sie in dieser Halle etwas trinken. Wer wusste denn, was hier in den Trank gemischt wurde?

»Hast du denn gar keinen Durst?«

Endlich wandte Hauglot sich ihr zu.

»Ich habe vorhin genug getrunken«, erwiderte sie und lächelte so hold sie konnte, während ihr Herz bei seinem Anblick zu schmelzen drohte.

Hauglots Augen funkelten auf. Vorsichtig rutschte er näher zu ihr heran, bis sein Oberschenkel den ihren streifte.

»Du bist eine Lügnerin.«

Sein Atem war warm an ihrem Ohr. Wunderbare Schauer jagten durch Ingvilds Leib. Hauglot hatte seine Sache großartig gemacht und Freya um den Finger gewickelt. Sogar Saga hatte ihn neidisch angestarrt, und das geschah ihr recht.

Sie schaute sich zu Saga um, die auf ihrer Schlafbank saß. Alle behaupteten, dieses Miststück sei so seltsam; verschüchtert und schwachsinnig, mehr war sie eben nicht.

»Vielleicht fühlst du dich in dieser Halle nicht wohl?«

Hauglots Stimme war warm und neckend.

»Doch, wenn du bei mir sitzt.«

Er lächelte zufrieden.

Was für eine Erleichterung, dass dieser wunderbare Mann ihr gehören sollte. Seit ihre Mutter zu den Göten geschickt hatte, um einen Gatten für sie zu finden, hatte Ingvild unter Albträumen gelitten. Monatelang hatte sie gefürchtet, sie könnten ihr einen zahnlosen Greis mit einem Altmännerkörper anbieten.

Immer wieder musste sie sich einreden, dass die Ehe mit einem Göten ein kleines Opfer im Vergleich zu der Macht war, die ihr das einbringen würde. Und dann war Hauglot mit seinem mächtigen Gefolge in Alfheim ans Land gegangen. Klug und schön, mächtig und reich. Niemals hätte sie sich einen edleren Mann wünschen können.

»Gefällt es dir in meinem Reich?«, flüsterte sie.

Er hob die Augenbrauen.

»Unser Reich ist schön und edel«, sagte er ernst und nahm ihre Hand.

»Freyas Name und Macht sind weithin bekannt. Aber dennoch brennt es in meinem Herzen, wenn ich sehe, dass sie einen größeren Hof besitzt als die Königin. Müsste nicht Alfheims edelste Frau besser leben als die Priesterin, die ihr dient?«

Ingvild errötete vor Glück. Wie scharfäugig er doch war, der edle Göte. Nach allem, was sie gehört hatte, wimmelte seine Insel nur so von Höfen, Gold und Reichtum.

»Ich bitte um Verzeihung, mein Herr, wenn mein Reich angesichts der Pracht der Göten schlicht aussieht.«

Er musterte sie so scharf, dass sie noch tiefer errötete. Ingvild fuhr zaghaft über ihr goldenes Halsband.

»Ist dein Reichtum geringer, als mir versprochen worden ist?«

Ingvild schüttelte den Kopf.

»Er kennt keine Grenzen, mein Herr.«

Er nickte kurz.

»Gut, dann baue ich uns ein neues Heim an Alfheims Toren. Ich habe schon einen Ort dafür ausgesucht. Lehm und Stroh bieten in unruhigen Zeiten keinen Schutz. Das aber tut ein Haus mit einer mächtigen Steinmauer, es wird die Königin und ihr Volk schützen.«

Hauglot nickte, als sei das alles schon beschlossen. Ingvild schaute ihren künftigen Gatten verdutzt an. Wie konnte er sich einbilden, er könne ein Haus nur aus Stein bauen? Niemand würde ihm dabei helfen.

»Großartige Pläne für einen Fremden in dieser Gegend«, sagte sie.

»Wenn ich dich heirate, bin ich König, und dann wird meine Macht so groß wie deine sein, und die Leute werden sich fügen müssen.«

Ingvild runzelte die Stirn. So hatten sie das nicht vereinbart. Ihr Vater hatte die Mächte niemals herausgefordert.

»Ich trage die Sippe auf meinen Schultern, und deshalb gehört nach uraltem Recht auch die Macht mir«, sagte sie energisch.

Hauglot strahlte sie an.

»Natürlich, meine Teure«, flüsterte er und streichelte ihre Wange mit dem Finger. »Ich will dir ja nur mehr Macht geben. Ihr lebt schlicht, im Vergleich zu den reichen Völkern im Süden. Ein steinernes Haus, eine Festung, die kein Feuer fangen kann. Dort werden meine Gattin und meine Kinder in Sicherheit leben.«

Er legte eine Hand auf ihren Oberschenkel und drückte ihn vorsichtig.

»Ich sehe alles. Die Schwäche deiner Mutter. Freyas Macht. Überlass das nur mir. Darüber brauchst du dir keine Gedanken mehr zu machen.«

Ingvild spürte, wie sie ein Freudenschauer überlief.

»Deine Klugheit ist womöglich noch größer als deine Schönheit.«

Hauglot hob sein Horn und leerte es auf einen Zug. Danach wischte er sich mit dem Handrücken den Mund ab.

»Vieles muss sich ändern. Und schon heute Nacht wird alles anders sein.«

4

Es war kein großer Hof. Das Strohdach war vielleicht fünfzehn Schritte lang, aber am Hofplatz lagen mehrere Hütten, und am Hang hinter dem Haus grasten zwei Kühe und einige Ziegen.

Orm öffnete das Tor.

Ein alter Hofhund kam angetrottet und wedelte zur Begrüßung mit dem Schwanz.

»Graupfeil ist der schlechteste Wachhund in Walhalla«, sagte Orm und versetzte dem Rücken des Tieres einen groben Klaps. Der Hund schnupperte müde an Astas Beinen, als sie den Hof betrat.

»Ich werde mit Mutter sprechen. Ihr könnt euch inzwischen dort am Brunnen waschen«, sagte Orm und lief auf die offene Tür des Langhauses zu.

Asta musterte den Hof zufrieden. Braunschwarze Schweine wühlten im Abfallhaufen, den eine Wolke aus Fliegen umstob. Vor der Querseite des Hauses lag ein Kräutergarten, geschützt durch einen Zaun. Hier brauchte niemand zu hungern.

»Warum sind wir hier?«

Asta runzelte die Stirn, stellte Liv auf den Boden. Sie wollte jetzt keine Klagen hören. Jetzt nicht.

»Wir müssen uns waschen«, sagte sie und hielt Ausschau nach dem Brunnen.

Liv musste sauber sein. Der, die ihren Weg rein hält, passiert kein Unglück. Asta wusste, wie wichtig Sauberkeit war. Vor einer der Hütten sah sie einen großen hölzernen Trog. Der graue Hund hob träge den Kopf, als sie vorüberging.

»Ich will nicht hier sein«, sagte Liv und wand sich unruhig.

Asta schob die geflochtene Strohmatte über dem Brunnen beiseite, griff nach dem Seil und zog einen Ledersack voller Wasser herauf. Liv schaute düster zu, wie sie den Sack in den Trog leerte.

»Wasch dich.«

Liv tunkte widerwillig die Hände ins Wasser und rieb sich dann kurz das Gesicht, wobei sie den Schmutz auf ihren Wangen verschmierte. Sie starrte Asta durch ihre Haarmähne wütend an, ihre Augen waren von trotzigem Kummer erfüllt. Verdammte Undankbarkeit. Begriff sie nicht, wie schwer dies hier für Asta war? Sie hatte dafür gesorgt, dass Liv nichts Böses passieren konnte. Die Schlinge der Trauer legte sich wieder um ihren Hals und machte ihr das Atmen immer schwerer.

»Willst du etwa zurück zu Vater?«

Liv zuckte zusammen, wie nach einem Schlag. Rasch schüttelte sie den Kopf.

»Du weißt, was ich tun muss«, sagte Asta.

Livs Unterlippe zitterte. Ihre Augen wurden blank, bohrten sich in Astas, klagten sie an. Ihr Herz schlug immer heftiger. Verflucht. Wenn sie doch Mutter nicht so ähnlich gewesen wäre.

Ein leichter Rauchgeruch füllte die Luft. Aus der Ferne war ein knisterndes Feuer zu hören. Livs Gesicht nahm eine andere Form an, verwandelte sich. Wütend starrte die Mutter sie an.

Asta rieb sich mit der Hand über den Arm. Der Schmutz klebte auf ihrer Haut, stank nach Exkrementen, Erde und Blut. Sie rieb härter, versuchte vergeblich, die Flecken zu entfernen.

Sie war nicht schmutzig. Die anderen irrten sich. Sie sah nicht aus wie in jener Nacht.

Der Rauch füllte den Hofplatz und ließ ihre Augen brennen. Die Hüttentüren wurden aufgerissen, Männer drängten sich herein. Das verschmutzte Gesicht der Mutter war angstverzerrt, als sie fortgeschleppt wurde.

Der Vater drückte sich an die Wand, legte die Arme um die kleinen Brüder. Asta schrie, sie sollten aufhören, sie müssten gehen. Eine Hand packte ihren Arm, zog sie mit sich. Metstinkende Münder an ihrem Gesicht, grobes Lachen.

»Na, seht euch doch die kleine Drecksau an.«

Asta schlug sich mit der Faust gegen die Stirn, zwang diese Gedanken fort. Sie war jetzt geläutert, alles war besser. Alle Eide, die sie an jenem verdammten Tag geschworen hatte, hatte sie gehalten. Ihre Schwester hatte kein Recht, sie anzuklagen.

Wütend drehte Asta sich um und zog noch einen Wassersack hoch, den sie dann über Liv ausleerte. Das Wasser strömte über den nackten Leib der Kleinen.

»Man muss sich waschen, sonst ist man nicht sicher«, schrie Asta und riss Moos vom hölzernen Trog. Wütend rieb sie den Schmutz aus dem Kindergesicht.

Als Liv endlich sauber war, ließ Asta das Moos fallen und trat einen Schritt zurück. Die schwarzen Haare der Kleinen trieften vor Nässe, ihre Haut war rosig und rein. Das war gut so. Jetzt war sie fein. Jetzt würden alle sie mögen.

»Ich habe gesagt, dass du in einem schönen Haus wohnen und nie mehr Hunger leiden wirst«, sagte sie mit heiserer Stimme.

Liv nickte mürrisch.

»Das ist hier«, sagte Asta und beugte sich über den Trog. Sie wusch sich den Staub ab, rieb unsanft ihre ganze Schande fort.

»Wir könnten zusammen hier wohnen«, sagte Liv kleinlaut.

Asta musterte ihre kleine Schwester mit ernster Miene.

»Du weißt, dass ich schon tot bin.«

Liv klammerte sich an ihre Hand.

»Dann will ich auch tot sein«, sagte sie mit zitternder Unterlippe.

»Nein! Ich tue das alles doch nur für dich!«

Asta schnappte nach Luft. Sie beugte sich vor, rang um Atem. Die Schlinge zog sich immer fester zusammen. Sie fuhr sich mit den Nägeln über den Hals, versuchte, die Schlinge wegzureißen.

»Hör auf. Ich schwöre dir, ich will hier blieben«, schrie Liv.

Astas Augen waren vor Entsetzen weit aufgerissen. Liv riss und zog an ihrer Hand. Asta holte zitternd Atem und merkte, wie die Schlinge sich lockerte.

»Schwörst du?«

»Ja«, antwortete Liv kurz.

Ihre Schwester war zufrieden. Ihr Herz kam wieder zur Ruhe.

»Das ist meine Mutter, Vala«, rief Orm.

Er ging über den Hofplatz, begleitet von einer rundlichen Frau. Sie sah stark aus. Ihr blondes Haar hing in zwei Zöpfen über ihren Rücken, ihr Blick war fest und stolz. Alles würde gut gehen. Hier würde Liv sich satt essen und in Frieden schlafen können.

Die Frau nickte Asta zu.

»Ich kann mich um deine Schwester kümmern«, sagte sie kurz.

Das war besser, als im Wald die Kehle durchgeschnitten zu bekommen. Asta biss sich auf die Lippe.

Orms Mutter ging vor Liv in die Hocke.

»Ich habe deine Mutter gekannt. Wir waren Nachbarinnen in Vanaheim«, sagte sie mit ernster Miene.

»Hast du sie gemocht?«, fragte Asta.

Vala antwortete nicht sofort.

»Es wäre gelogen, wenn ich sagen wollte, dass ich sie geliebt habe«, sagte sie und streichelte Livs Wange. »Wenn ich ehrlich sein soll, dann hat sie mir Angst gemacht, und ich fürchte mich nicht so leicht.«

Asta nickte ernst. Auch sie hatte Angst vor ihrer Mutter gehabt. Sie war hart und schnell bereit gewesen, die Hand zum Schlag zu erheben.

Vala legte besorgt den Kopf schräg und musterte Liv.

»Sie ist im Kopf doch so, wie sie sein soll?«

»Die Kleine ist sogar überaus gescheit«, sagt Orm.

Vala betastete Livs Bauch und schnalzte unzufrieden mit der Zunge.

»Ein magerer Kümmerling. Du musst hier gut essen, damit du arbeiten kannst. Möchtest du ein wenig Milch und Fleisch? Das schmeckt dir doch, oder?«

Liv nickte vorsichtig. Ihr Griff um Astas Hand lockerte sich ein wenig.

»Komm mit.«

Orms Mutter fuhr Liv durch die feuchten Haare.

»Nimm Abschied von deiner Schwester. Wir haben viel vor.«

Liv schaute zu Asta hoch. Asta ballte so hart die Faust, dass ihre Nägel sich in die Haut bohrten.

»Ich werde dich oft besuchen«, log sie.

»Mach dir keine Sorgen um sie. Ich werde sie hüten wie unsere eigenen Kinder«, versprach Orms Mutter feierlich.

Ein warmes Bett, Fleisch und Milch. Geborgenheit. Hier gab es alles, was Liv brauchte.

»Danke!« Mehr brachte Asta nicht heraus.

Langsam lief eine Träne über Livs Wange, dann schluchzte sie auf und schlang die Arme um Astas Taille. Asta konnte sich kaum aufrecht halten.

»Schwör mir, dass du meinen Vater nie in ihre Nähe lässt«, sagte sie mit heiserer Stimme.

Valas hellblaue Augen blitzten auf.

»Du hast mein Wort.«

Asta verdrängte die Trauer aus ihrem Herzen und ließ sich in die große Leere sinken, die sie vor allem beschützte, was wehtat.

»Geh jetzt.«

Liv nickte, das Gesicht noch immer an Astas Bauch gepresst. Vala nahm die Hand der Kleinen und führte sie auf das Haus zu. Liv weinte so sehr, dass ihre dünnen Schultern bebten. Die arme Kleine.

Asta biss die Zähne zusammen.

Liv drehte sich um, schaute sie ein letztes Mal verzweifelt an. Gleich darauf ging sie durch die Tür und wurde von der Dunkelheit dahinter verschluckt. Asta stöhnte vor Schmerz auf. Es war unerträglich, von dem Kind getrennt zu werden, das sie seit seiner Geburt behütet hatte. Sie schlug die Hände vors Gesicht. Aber ihr blieb ja nichts anderes übrig.

»Ein Geschenk von meiner Mutter«, sagte Orm und hielt ihr ein Bündel hin. Einen Umhang und einen Lendenschurz, ebenso gelb gefärbt wie die Kleidung, die Orm trug. Kleider für Reiche. Als Bezahlung für Liv. Asta schüttelte den Kopf, verdrängte alle Gedanken an Liv aus ihrem Kopf. Sie war für das Mädchen nicht mehr verantwortlich. Sie war frei.

»Zieh das an«, sagte Orm.

Seine nussbraunen Augen leuchteten auf, als Asta ihren schmutzstarrenden Lendenschurz zu Boden fallen ließ.

»Richte deiner Mutter meinen Dank aus«, sagte sie und wickelte sich den gelben Stoff um die Hüften.

Er umschloss ihren Körper wie eine Liebkosung. Nie zuvor hatte sie gewebte Kleidungsstücke getragen.

Orm legte ihr den kurzen Umhang über die Schultern.

»Sie haben meinem Bruder gehört. Im vorigen Winter hat die Lungenseuche ihn dahin gerafft.«

Er schloss den Umhang auf Astas Brust mit einer schlichten Nadel.

Sie schaute verstohlen zur Tür hinüber, hoffte, dass Liv jetzt Essen bekam. Sie hatte den ganzen Tag schon solchen Hunger gehabt.

»Mutter wird gut für die Kleine sorgen«, sagte Orm beruhigend.

Er trat so dicht an sie heran, dass seine Haut ihre nackten Brüste streifte. Eine kleine Wunde war auf seiner glattrasierten Wange zu sehen. Astas Brustwarzen erstarrten. Hungrig leckte sie an dem Schnitt und musste dann lachen.

»Du bist beängstigend und schön«, sagte Orm und strich ihr eine schwarze Locke aus dem Gesicht. In seinem Blick lag Wertschätzung und etwas anderes, vielleicht Zärtlichkeit. Asta holte tief Atem. Jetzt gab es nur noch die Gegenwart.

Gleich darauf spülte eine heiße Welle Kummer und Leid davon und erfüllte sie mit etwas Fremdem. Ihr Herz hämmerte, aber nicht vor Angst oder Zorn. Asta legte Orm die Hand auf den Bauch und liebkoste verwundert seine straffe Haut. Jetzt begriff sie, was dieses Fremde war. Es war Lebenskraft.

»Bist du bereit?«, fragte er.

Asta erwiderte seinen Blick.

»So bereit wie nie zuvor«, sagte sie.

Saga atmete in Freyas Zimmer den Erdgeruch ein. Der Duft tröstete sie und linderte ihre Furcht.

Vár hatte gesagt, sie solle hier ihre Großmutter erwarten, aber dabei hatte sie ein seltsames Gesicht gemacht. Saga schauderte es.

Vár hatte genauso ausgesehen wie an dem Tag, an dem Saga zu Orms Hof gelaufen und die ganze Nacht dort geblieben war. Danach hatten die Priesterinnen sie auf einen Felsen im Meer gesetzt. Zwei Tage hatte sie sich von Flechten und rohen Muscheln ernährt, voller Angst, dass sie nie mehr abgeholt werden würde. Danach hatte Vár ihr erklärt, sie habe sie aus Liebe gestraft. Sie müsse abgehärtet und gezüchtigt werden, um würdig zu sein. Sonst werde die Göttin sie nicht erwählen.

Saga ging zu den Regalen, die an der Wand standen. Dort drängten sich Rindenschachteln, Mörser und kleine Urnen mit getrockneten Rabenfüßen und Bündeln, deren scharfer Geruch die Nase plagte.

Saga erstarrte. Vár und Eli betraten das Zimmer und zogen sorgfältig die Tür hinter sich zu. Wenn die beiden sie nun umbringen wollten? Warum hätte Idun sie sonst gewarnt? An der Wand grinste die Totengöttin Hel boshaft. Saga umklammerte die Nadel ihrer Mutter. Verängstigt floh sie zum Bett ihrer Großmutter. Sie musste sich besinnen.

Wie dumm sie doch war, hier in Freyas Zimmer konnten die Priesterinnen sie ja wohl nicht umbringen.

»Es ist eine Schande, dass Saga unsere Fürsorge nicht zu schätzen weiß«, sagte Vár traurig.

Diese Klage hörte Saga nicht zum ersten Mal. Aber sie würde sich nie davon beeindrucken lassen.

»Sie, die wir mit einem Gewebe aus Lügen geschützt haben, wähnt sich über die Regeln erhaben. Was wir ihr unter Schmerzen geschenkt haben, wirft sie weg, ohne auf unser Opfer zu achten«, seufzte Eli.

Ihr Gewand raschelte, als sie über den Lehmboden schritt. Alles Mütterliche war verschwunden, ihre Züge waren schärfer und düsterer geworden. Wie ein Hund, dachte Saga. Dann richtete sie sich auf. Sie durfte sich von diesen Gehässigkeiten nicht beeindrucken lassen.

Ihr Vater hatte Vár einst als Amme für die kleine Saga eingestellt, erst später war sie als Priesterin in Freyas Dienste getreten. Eli war eine arme Fischerstochter, die den Umgang mit Heilkräutern gelernt hatte. Jetzt sprachen sie dauernd über Schatten und Flüche. Aber sie waren Menschen, mehr nicht. Strenge Strafen hatten viele Priesterinnen hart werden lassen.

»Jetzt ist sie entlarvt und verlassen, sogar ihre eigene Großmutter hat erkennen müssen, dass sie eine Verräterin ist«, sagte Vár.

»Sie hält sich für eine von uns. Wenn sie wüsste, wie die Priesterinnen über sie lachen. Die angebliche Stimme der Göttin, dabei kann sie doch keinen Schritt ohne unsere Hilfe gehen«, sagte Eli und lächelte Vár vertraulich zu.

Lachten sie wirklich über sie? Sagas Hände zitterten so sehr, dass sie keine Macht mehr über sie hatte. Sie durfte den beiden nicht zuhören. Sie versuchten, ihren Willen zu brechen und Saga zum Gehorsam zu zwingen.

»Sie will nicht einmal begreifen, dass sie verflucht ist. Sie hat meine Worte in Frage gestellt, *meine* Worte, wo ich doch die wichtigste Heilerin bin«, sagte Eli empört.

Sie irrten sich. Sot hatte ihr nicht schaden wollen. Sie hatten kein Recht, so boshaft zu sein. Sie würde Freya alles erzählen und ihre Großmutter würde die beiden bestrafen. Saga holte Luft.

»Ich werde beim Ting nicht mehr lügen«, sagte sie und wischte sich wütend eine Träne von der Wange.

Vár riss die Augen auf.

»Wir müssen das Böse aus ihr austreiben. Ich sehe, wie es ihr Gemüt übernimmt.« Eli stemmte die Hände in die Seiten und lachte höhnisch.

»Vanaheims letzte Königin, die letzte der mächtigen Priesterinnen. Ich sehe hier nur eine Priesterin ohne Kraft, eine Königin ohne Reich, aber mit einem unfruchtbaren Schoß. Ohne Freya würde sie hier nicht einmal als Magd geduldet.«

Saga kämpfte mit den Tränen. Sie durften sie nicht zum Weinen bringen. Nicht jetzt. Bald würde ihr Vater heimkehren. Und ihre Mutter wachte über sie. Saga war nicht allein. Sie hob das Kinn und starrte trotzig die Wand an. Sie wollte die anderen nicht ansehen und ihnen nicht mehr zuhören.

»Die Tochter einer schwachsinnigen Mutter, die von Ull vergewaltigt worden ist. Natürlich sucht keine Göttin sich ein dermaßen beschmutztes Wesen aus«, sagte Eli mit eiskalter Stimme.

Sagas zerbrechlicher Schild aus Stärke zersplitterte.

»Ihr lügt«, schrie sie und sprang auf. »Warum redet ihr so über meine Eltern?«

»Ich habe nie verstanden, warum wir das verschweigen sollen, was alle wissen.« Várs Stimme klang jetzt noch zufriedener.

»Es ist unbegreiflich, dass Freya Ull hierher auf den Hof kommen lässt. Er müsste für seine Untat gebrandmarkt und aus Walhalla vertrieben werden«, sagte Eli ruhig.

»Du lügst!«

Tränen strömten nun über Sagas Wangen. Sie klammerte sich an das Fell auf dem Bett, wiegte sich hin und her.

»Saga sollte sich lange und gut überlegen, was denen passiert, die uns den Rücken zukehren. Einsamkeit ist ein schweres Los. Sie muss lernen, der Göttin in Demut zu gehorchen und zu dienen«, sagte Eli. Das Gesicht der Priesterin verzog sich vor Verachtung.

»Gehen wir, Schwester. Die Luft hier drinnen stinkt nach Hochmut«, sagte Vár und legte Eli die Hand auf die Schulter. Sie lachten zufrieden, als sie die Tür hinter sich zuzogen.

Die Trauer drohte, Saga zu zerreißen. Sie krümmte sich auf dem Bett zusammen und weinte verzweifelt. Sie logen. Niemals würde Ull eine Frau vergewaltigen.

Er hatte Idun das Leben gerettet und sie zu Freya gebracht, als Sagas Geburt bevorstand. Sie wollte von Idun getröstet werden und hören, dass alles gut werden würde. Saga krümmte sich zusammen und weinte verzweifelt.

Vár presste ein Ohr an die Tür. Sie hörte Sagas verzweifeltes Schluchzen.

Das würde sie lehren, in Zukunft ihre Zunge zu hüten. Várs Befriedigung linderte ihren Zorn, wenn auch nur ein wenig.

Sie ging von der Tür weiter zur Schlafbank. Wie konnte sie es wagen? Den ganzen Tag lang hatte sie Vár getrotzt, hatte sich geweigert, ihr zu gehorchen, war einfach weggelaufen.

Großzügig hatte Vár ihr verziehen, hatte am Tor gestanden und wie eine Dienerin auf sie gewartet. Als Saga dann endlich gekommen war, hatte sie sich geweigert, mit Vár zu reden. Hatte sie wie eine schnöde Magd vor aller Ohren durch ihr Schweigen beleidigt.

Nach allem, was sie für die Kleine getan hatte, wurde sie verworfen und erniedrigt. Vár öffnete ihren Umhang und legte ihn sich auf die Knie. Die Wut glühte und bohrte in ihrem Bauch. Dieses nutzlose Balg. Wie hatte sie sich abgemüht, um aus Saga eine würdige Priesterin zu machen, und nun wurde sie mit Hass und Verachtung belohnt.

»Du hast deine Pflicht getan, du brauchst dich nicht schuldig zu fühlen. Wenn sie sich ausgeweint hat, wird sie bestraft werden. Erst, wenn das Böse geschwächt ist, können wir den Fluch aus ihr vertreiben«, sagte Eli.

Das Stroh raschelte, als sie sich neben sie setzte. Vár gab keine Antwort. Sie spielte schweigend an ihrem Armband herum.

»Mach nicht so ein trauriges Gesicht.«

Die Stimme der Heilpriesterin war bittend und zärtlich. Vár nahm ihre Hand, drückte sie ein wenig.

»Alles habe ich für die Kleine geopfert«, sagte sie traurig.

Eli rutschte ein wenig näher an sie heran.

»Niemand weiß deinen wahren Wert zu schätzen. Aber halte durch, denn bald wird alles anders. Sot sind wir doch auch losgeworden, nicht wahr?«, flüsterte sie.

»Wir hätten vielleicht nichts über Ull sagen dürfen.«

Eli streichelte ihr zärtlich die Wange.

»Junge Priesterinnen sind wie ungezähmte Pferde, sie müssen gebrochen werden, damit sie gehorchen lernen.«

Vár lehnte den Kopf an die Schulter der anderen. Was für ein Segen, dass sie Eli hatte. Sie war die Einzige, die sie verstand.

Saga fuhr sich mit den Händen über ihr verweintes Gesicht. Ein Vogel flatterte unter den Dachbalken umher, kam dann aber bald zur Ruhe. Staub wirbelte durch das Licht. Saga gähnte. Sie empfand eine seltsame Ruhe, als hätten die vielen Tränen ihren Schmerz gelindert.

Sie schloss die Augen und sog den Duft von Freyas Bett in sich ein. Die Stimmen auf dem Hofplatz schienen sich immer weiter zu entfernen. Jetzt waren nicht einmal mehr die Pferde zu hören.

Saga hob den Kopf. Kühle Stille schlug ihr entgegen. Sie hatte ein komisches Gefühl, kleine Schauer jagten über ihre Haut.

»Du bist mir ja vielleicht ein jämmerliches Wesen.«

Diese neckende Stimme kannte sie sehr gut. Sie setzte sich auf, schaute sich im Dunkel um, aber das Zimmer war leer und die Türen verschlossen.

»So geht das nicht weiter.«

Ein Schatten löste sich von der Wand. Sot trat lächelnd vor sie.

Saga keuchte auf. Es war wirklich Sot. Das zerfurchte Gesicht mit seiner verwelkten Schönheit. Die schwarzgrauen Haare. Saga schluckte ihre Überraschung hinunter.

»Wie bist du hereingekommen?«

Sot gab keine Antwort. Saga schüttelte den Kopf. Sie konnte einfach nicht glauben, was sie sah. Nach all diesen Monaten war Sot zurückgekehrt. Und dann fiel ihr ein, was damals passiert war.

»Sie sagen, dass du mich verflucht hast.«

Die Priesterin schlug die Arme übereinander und lachte.

»Warum stellst du Fragen, deren Antwort du bereits kennst?« Noch immer umspielte das Lächeln ihre Lippen, ihre Augen funkelten wie von einem wunderbaren Geheimnis.

Saga nickte zufrieden. Sie hatte Recht gehabt. Sie hatte es gewusst. Sie umklammerte ihre Brustnadel und blickte die Priesterin mit ernster Miene an.

»Eli und Vár …«

Sot verdrehte die Augen.

»Sie haben mich mit ihren Lügen vertrieben, fort von Walhalla und fort von dir. Auch das weißt du.«

Saga atmete tief durch. Sot sprach die Wahrheit. Saga hatte nicht gewagt, die Augen zu öffnen. Immer hatte sie solche Angst gehabt.

»Ich habe versucht, ihre Macht zu brechen«, flüsterte sie.

»Dazu gehört aber mehr, als zum Sökkvabach zu laufen und sich in Selbstmitleid zu suhlen. Was du tun musst, erfordert dein ganzes Herz. Du musst stark sein«, sagte Sot streng.

Saga musste über die harten Worte ihrer Pflegemutter lachen. Immer wusste Sot Wahrheiten zu verkünden, die nur schwer zu schlucken waren. Dann runzelte sie die Stirn.

»Woher weißt du, dass ich am Bach war?«

Sots meerblaue Augen funkelten.

»Ich sehe alles.«

Sot kam langsam auf sie zu, glitt fast über den Boden, aufrecht und würdevoll. Allein schon ihr Anblick machte Saga stärker, so sehr hatte sie sich nach Sots Vernunft gesehnt.

»Ich bin so froh, dass du hier bist.«

Sots Blick wurde ernst.

»Erinnerst du dich an die Sage über die Priesterin, die in die Unterwelt hinabgestiegen ist?«

Saga nickte. Diese Geschichte kannte sie gut. Je tiefer die Priesterin im Totenreich gelangte, um so mehr musste sie opfern, zuerst ihre Kleider und ihren Schmuck, dann ihr Leben. Als sie in Qualen gestorben war, musste sie, an einem Haken hängend, das Leid der ganzen Welt auf sich nehmen. Danach gab Hel ihr ein neues Leben und wiedergeboren und gestärkt stieg sie zur Erde hoch.

»Die Zeit ist gekommen, und du musst dieselbe Reise machen. Geh zu denen, die dir am meisten fehlen, sie werden dir beistehen. Aber eil dich, die Zeit drängt.«

Saga musterte sie überrascht. Sollte sie in die Unterwelt hinabsteigen und sich opfern?

»Ich bin doch nicht mal eine echte Priesterin, nie habe ich in die Geisterwelt blicken können«, flüsterte sie.

»Mein ängstlicher Schatz.«

Sots Augen füllten sich mit solcher Wärme, dass Saga fast in Tränen ausbrach.

»Wenn du nicht die Kraft hättest, könntest du mich jetzt nicht sehen«, sagte Sot und streichelte ihre Wange.

Eine eisige Kälte sprang aus Sots Hand auf Sagas Körper über. Sie zitterte vor Kälte.

Sot kehrte in die Schatten zurück. Dort blieb sie stehen und drehte sich um. Die Haare fielen weich um ihr Gesicht und sie leuchtete, wie Saga das noch nie gesehen hatte.

»Idun bittet dich, die Nadel auf deinem Herzen zu tragen.«

Dann war sie verschwunden.

Saga starrte die Nadel an. In ihrem Nacken sträubten sich die Haare. Jetzt begriff sie. Sot war tot. Sie hatte mit ihrem Geist gesprochen.

Ull wurde vom Schmerz geweckt. Der spülte in blutroten Wellen durch seinen Körper und riss ihn aus der tröstlichen Dunkelheit.

Ull lag mit geschlossenen Augen da und horchte auf das sanfte Plätschern der Wellen. Ein lauer Wind streichelte seinen nackten Leib, sonnenwarme Steine bohrten sich in seinen Rücken. Das hier konnte nicht die Nachwelt sein. Langsam öffnete er die Augen und stöhnte gequält, als die Sonnenstrahlen sich wie spitze Messer in seine Augen bohrten.

»Tiwaz sei Dank«, sagte eine Frauenstimme.

Ull drehte mühsam den Kopf. Ein dunkler Schatten beugte sich über ihn.

Er schaute mit zusammengekniffenen Augen ins Licht.

»Ich hatte dich für tot gehalten«, sagte Trudvi.

Sie küsste sanft und zärtlich seine Lippen. Noch immer funkelte ihr goldenes Halsband. Ihre weichen Brüste wurden von ihren feuchten Haaren verdeckt.

Skidbladnir. Ull stöhnte gequält auf, als die Erinnerung wie ein Blitz durch seinen Kopf fuhr. Der zerfetzte Rumpf. Das Wasser, das über seinem Kopf zusammenschlug. Die Bilder rollten durch seinen schmerzenden Schädel.

»Mein Schatz«, stöhnte er und versuchte, sich aufzusetzen.

Sein Schiff war untergegangen. Ull holte röchelnd Atem. Der

Reichtum war auf ewig verloren. Er hatte den Sack mit den Schätzen loslassen müssen.

»Bleib liegen«, befahl Trudvi und drückte ihn unsanft auf die Steine.

»Mein Schatz«, flüsterte er und griff sich an den Hals. Erst jetzt merkte er, wie ausgedörrt seine Kehle war.

Trudvi erhob sich und holte einen Rindenbecher voller Wasser, den er gierig leerte.

»Wir konnten Rans Schlund einen Sack entreißen. Und das«, sagte sie und hob das Schwert aus dem Schatz der Reifthursen hoch.

Ull riss die Waffe an sich und presste sie an seine Brust.

»Und du lebst. Nur das hat Bedeutung«, sagte Trudvi.

Ihr Ernst ließ ihn erstarren.

Ull hob den Kopf und schaute über die Felsen. Überall waren Kleidungsstücke und Ausrüstung verstreut und trockneten in der Sonne. Menschen konnte er jedoch nicht entdecken.

»Forseti?«

Sie nickte zum Strand hinüber. Modi kam gerade aus dem Wasser, und die Tropfen stoben von seinem kräftigen Körper. Er schaute Ull düster an, dann setzte er sich und legte den Kopf auf die Arme.

Draußen auf dem Meer sah er Forseti, der sich an einem Stück Mast festhielt. Er strampelte mit den Beinen, um das Land zu erreichen.

Von Skidbladnir war nichts zu sehen. Einige Holzstücke schlugen gegen die Felsen, Reste trieben auf dem Meer. Das war alles.

Ull stützte sich auf die Ellbogen, sein Herz hämmerte.

»Die anderen?«

»Die feiern in Rans funkelnden Hallen«, sagte Trudvi grob und spuckte in das glitzernde Wasser.

Ull fröstelte. Dann zitterte er, die Eiseskälte fraß sich in seine Knochen vor. Seine Männer waren verschwunden. Was in Tiwazens Namen sollte er jetzt machen? Ull klammerte sich an sein Schwert und versuchte, durchzuatmen. Fünf von den Asen, die mit ihm losgezogen waren, hatten ihr Leben verloren.

Möge Tiwaz ihnen gnädig sein. Magni. Er hatte seinen Pflegebruder getötet. Die Trauer war schmerzhaft wie ein Schlag mit einer stumpfen Axt. Ull rollte sich zusammen und bebte vor Angst.

Trudvi deckte ihn mit einem feuchten Umhang zu und musterte ihn besorgt.

»Selig ist, wer im Tod Linderung und Lobesworte erringt«, sagte sie ernst.

Ull atmete tief durch. Trudvi hatte Recht. Er musste sich zusammen reißen, durfte hier nicht zitternd herumliegen wie ein verängstigtes Tier. Er schloss die Augen, zwang sich zur Ruhe, setzte sich auf.

Forseti kam aus dem Wasser. Erschöpft sank sein Waffenbruder am Strand zu Boden.

»Es gibt nichts mehr zu holen, keine Toten, nichts«, sagte er und legte den Arm über die Augen.

»Ich hab's ja gewusst«, murmelte Modi.

Trudvi richtete sich auf und stemmte die Hände in die Seiten.

»Was denn, Bruder?«

»Dass es Unglück bringt, mit einem Ergi loszusegeln. Ehe wir Idunvallen verlassen haben, habe ich Magni gesagt, dass Ull uns in den Tod führen würde. Aber er wollte nicht auf mich hören. Er ist unser Pflegebruder, wir müssen ihm auf dieser Fahrt helfen, hat er gesagt. Und das hat er jetzt mit seinem Leben bezahlt. Verflucht!«

Modi schlug wütend mit der Faust gegen die Felswand und kehrte Ull dann den Rücken zu.

Ergi. Seine Schuldgefühle drohten, Ull zu zerreißen. Modi hatte laut gesagt, was hinter seinem Rücken alle flüsterten. Man sagte, dass er unmännlich war und mit Männern schlief. Ull ballte so fest die Faust, dass seine Fingerknöchel weiß wurden. Das Gold hätte ihn von diesen Reden befreien sollen. Jetzt hatte er alles verloren.

Der Felsboden schwankte unter Ulls Füßen, als er sich erhob. Der Schmerz in seinem Kopf brannte und stach, aber er zwang sich dazu, aufrecht zu stehen.

»Es war nicht mein Unglück, das deinen Bruder getötet hat.

Dem Goldhunger der Meereshündin ist kein Mensch gewachsen«, sagte er ernst.

Modi gab keine Antwort. Ohne sich zu rühren, schaute er aufs Meer hinaus.

»Dort, wo wir gesegelt sind, gab es keinen Grund. Ich begreife nicht, wie das passieren konnte«, sagte Forseti.

Blutige Striemen zogen sich über seinen nackten Körper. Auf seiner Brust prangte ein schwarzer Fleck, groß wie eine Faust. Er hatte gegen die Meereshündin keinen leichten Kampf ausgefochten.

»Auch dir kann niemand wegen Skidbladnirs Schicksal Vorwürfe machen. Einen besseren Seefahrer findet man weder zu Wasser noch zu Lande«, sagte Ull ernst.

»Hört auf ihn«, forderte Trudvi auf. »Schuld und Vorwürfe führen nirgends hin. Was geschehen ist, ist geschehen. Heute war es ihr Schicksal, in die Nachwelt einzugehen, morgen kann die Reihe an uns kommen.«

Die Männer zögerten und wechselten Blicke, dann nickten sie.

Ull seufzte tief. Mein Schiff. Meine Brüder. Er musterte den kleinen Ledersack, der neben Forseti lag. Das war alles, was von seinem großen Reichtum übrig geblieben war.

Wenn er doch nur mit Skidbladnir untergegangen wäre. Ull hatte Rans aufgedunsenes Gesicht gesehen. Er durfte nicht hier stehen, am Leben sein. Das war nicht richtig und nicht gerecht.

»Wer hat mich gerettet?«

Trudvi verschlang vor ihrer nackten Brust die Arme.

»Ich habe dich heraufgezogen«, antwortete sie.

Er schaute in ihre meeresblauen Augen, sah dort die ungezähmte Kraft funkeln. Er hätte sie retten müssen, nicht umgekehrt. Er hätte sie am Strand ins Leben zurückholen müssen.

Ull kratzte sich an der Wange. »Danke«, sagte er.

Sie grinste, wie es ihre Art war.

»Keine Meereshündin darf sich das holen, was mir gehört«, sagte sie.

Ull räusperte sich und ging zu den Kleidungsstücken, die auf den Felsen zum Trocknen ausgebreitet waren. Sein brauner Kittel war noch feucht, als er ihn über den Kopf zog.

»Ich habe Magnis Hand gehalten. Dann wurde er mir entrissen und sank«, sagte Modi und starrte verzweifelt seine Faust an.

Sein grobes Gesicht war vor Trauer verzerrt. Trudvi legte ihm die Hand auf die Schulter.

»Unser Bruder hatte einen ehrenvollen Tod. Wir werden uns an Magnis Namen erinnern, werden von seinem Heldenmut singen. Mehr kann kein Sterblicher begehren«, sagte sie.

Modi erwiderte den Blick seiner Schwester.

»Jedenfalls ist er nicht allein in Rans Sälen. Gute Freunde haben ihn in die Nachwelt begleitet.«

»Das ist wahr und richtig. Magnis Zeit hier war zu Ende, es war sein Schicksal. Seine Axt und sein kraftvoller Arm werden uns fehlen, und wir werden seinen Ruhm am Leben erhalten«, sagte Trudvi.

Ihre Stimme war fest und stark, aber Ull konnte die Qual in ihren Augen sehen, als sie jetzt Modis Schulter drückte und sich zum Wald umdrehte, der dicht am Ufer wuchs.

»Lasst uns diesen Ort verlassen«, sagte sie düster.

Forseti nickte ernst.

»Es kann nicht weit bis Walhalla sein, eine Tageswanderung oder zwei.«

Er schaute Ull fragend an.

»Wenn du schon wieder bei Kräften bist.«

»Ladet alles auf, was ihr könnt, dann gehen wir«, sagte Ull mürrisch und schnallte sich den Gürtel um.

Niemals würde er klagen wie ein Greis, nicht nach allem, was hier geschehen war. Die schmerzhafte Erschöpfung würde bald verfliegen.

Er schaute zu dem dichten Wald hinüber. Das hier waren fremde Gefilde, in denen sich allerlei Böses verstecken konnte, aber er kannte sich mit den Geheimnissen aus, die in Wald und Feld lauern mochten. Er würde die jungen Asen nach Hause führen. Ull befestigte das Schwert an seinem Gürtel und warf sich den nassen Ranzen über die Schulter. Einige Schritte weiter stand eine Weide.

Dort schnitt er ein großes Stück Rinde ab und steckte es mit etlichen Blättern in seinen Ranzen, als Heilmittel gegen Fieber und Gliederreißen. Niemand wusste schließlich, welche Prüfungen ihnen noch bevorstanden.

Modi stand unten im Schilf und riss mit weit ausholenden Bewegungen Rohr aus dem Boden. Er kaute an den weißen Trieben, dann band er die Wurzeln zu einem Bündel zusammen.

Trudvi lag auf den Knien und kratzte mit einem scharfen Stein essbare Flechten von den Felsen. Sie war jetzt angezogen. Der graue Kittel verbarg ihre Brust.

»Saure Grütze. Die Urnen sind zerbrochen, aber ich habe doch allerlei retten können. Zu essen haben wir genug«, sagte Forseti und schob einige Blätterbündel in seinen Ranzen.

»Gut. Und deine beißende Freundin hast du also auch retten können«, sagte Ull und nickte zu der Axt an Forsetis Gürtel hinüber.

Der junge Ase nickte.

»Zwei Waffen haben wir behalten dürfen.«

Das war besorgniserregend. Im Wald verbargen sich allerlei wilde Tiere, ausgehungerte Meuten von Wölfen und Bären.

»Ich musste mit meinem Schwert für dein Leben bezahlen«, sagte Trudvi düster und legte die essbaren Flechten auf einen Haufen.

Ull räusperte sich.

»Dann freut es mich, dass du dich für mich entschieden hast«, erwiderte er höflich.

Bald hatten sie Ranzen und Bündel mit Essbarem gefüllt. Und waren abmarschbereit.

Ull lud sich den Goldsack auf den Rücken. Er war schwer, aber doch nicht so schwer, wie es der verlorene Schatz gewesen war. Er spuckte in die sanften Wellen. Mochte Ran sich des Diebesgutes erfreuen.

»Die Plage ist nicht endlos«, sagte Forseti und zeigte nach Norden.

Dort ballten sich schwarze Sturmwolken zusammen. Bald rollte ein leises Donnergrollen über das Wasser. Ull packte seinen nassen

Ledersack und seufzte tief. Sollten sie jetzt auch noch durch ein Unwetter bestraft werden? Warum wollten die Mächte ihn dermaßen quälen?

Im Norden dröhnte das Gewitter. Brüllte wie ein gefährliches Himmelstier.

Nur Trudvi schaute dem Unwetter vertrauensvoll entgegen.

»Fürchtet euch nicht vor der Stimme meines Gemahls Tiwaz. Freut euch darüber, dass er über uns wacht«, rief sie und ging mit energischen Schritten auf den Waldrand zu.

Lokis Sohn war in ihrer Halle, und das Schicksal der Vanen lag in ihren Händen. Freya zog ihr Gewand zurecht und verließ die Grube hinter dem Haus. Die Fliederbüsche füllten die warme Luft mit ihrem Duft. Sie pflückte eine Blüte ab und steckte sie in den Mund. Ihre Frische vertrieb den süßlichen Metgeschmack.

An diesem verfluchten Tag folgte wirklich ein böses Omen auf das andere. Böse Vorzeichen einer harten Zukunft.

Freya blieb vor der Querseite des Hauses zwischen Unkraut und Holzstapeln stehen und schaute zu den Geistern hinüber, die sich vor dem Zaun aneinander drängten.

Ein alter Mann mit triefnassen Haaren jammerte leise, weil es ihm nicht gelang, den Zauber zu durchdringen, der seinesgleichen von Walhalla forthalten sollte. Es war der Knecht, den Bolde umgebracht hatte. Sein Kopf bestand zur Hälfte aus einer grauen, blutigen Masse. Neben ihm stand ein kleines Mädchen, das zweifellos verhungert war. Ihre Rippen ragten aus ihrem mageren Leib hervor. Ein Greis mit Würgemalen um den Hals fauchte Freya an. Neben ihm stand die dunkelhaarige Hirda, die in Alfheim erhängt worden war. Ihre Augen waren im Wahn weit aufgerissen, und sie jammerte gequält im Wind.

Freya seufzte tief. Die Unseligen drängten zu ihr, verdüsterte Gemüter, die sich weigerten, in die sanfte Umarmung der Göttin heimzukehren. Hel, Freyas erbarmungslose Herrin, hatte kein Mitleid mit ihnen. Ewig verflucht, hatten sie beschlossen, hier zu bleiben, um Rache für alles zu fordern, was ihnen angetan worden war.

Verbittert und erzürnt konnten sie das Vergangene nicht loslassen, um in eine bessere Welt weiterzuwandern.

Freya musterte die Toten mit düsterer Miene, deren Körper im Sonnenlicht fast durchsichtig waren. Sie konnte durch sie hindurch beobachten, wie die Menschen weiter unten im Tal die Feuer entfachten. Einige junge Leute tanzten zu den munteren Klängen eines Flötenspielers.

»Ich kann nichts für euch tun«, sagte sie.

Immer wieder hatte sie versucht, sie in die Nachwelt zu schicken, aber dazu reichten ihre Kräfte nicht mehr aus. Das Alter hatte sie geschwächt, das war die bittere Wahrheit.

»Wenn dein Volk für dich ebenso wichtig gewesen wäre wie Thor, dann wärst du an Stärke gewachsen.«

Diese Stimme war ihr nur zu vertraut. Freya schaute aus zusammengekniffenen Augen in die andere Welt und sah vor sich eine dunkle Gestalt Form annehmen.

Eine breitschultrige, kräftige Frau mit kurzen Haaren und scharfen Zügen stand neben dem Strohdach. Freya fuhr sich mit einer müden Geste über die Stirn. Es war schon ein Fluch, dass dieser Geist sie immer wieder heimsuchte. Kein Zauber konnte ihre Schwester fernhalten, wie ein schwarzer Nachtmahr kehrte sie immer wieder aus der Nachwelt zurück.

»Schande über dich, die unser Volk im Stich lässt. Hebe den Fluch auf, ehre das Reich unserer Urmütter.« Gefions Geist funkelte im Sonnenschein. Nachdem die schwarze Seuche alles verwüstet hatte, war sie nach Vanaheim zurückgekehrt, um den Glanz der alten Zeiten wieder herzustellen. Aber der Fluch war im Erdboden versteckt, er tötete sie, und das war den Vanen eine Warnung. Danach hatte niemand mehr die Heimkehr gewagt.

Tot oder nicht, Gefion betrachtete sich immer noch als Vanaheims Königin, noch immer wachte sie über ihr Volk.

»Ich habe alles für die Vanen getan«, sagte Freya wütend.

»Erfülle deine Pflicht«, entgegnete Gefion und hob einen Finger. Anklagend richtete sie ihn auf Freya.

Bei Hels düsterem Antlitz! Das war ungerecht. Obwohl Freya

in ihrer Jugend in Schande aus Vanaheim vertrieben worden war, hatte sie mehr für die Vanen getan als irgendeine andere.

Sie hatte das Ting eingerichtet, um für Gerechtigkeit zu sorgen. Erst an diesem Tag hatte sie Alfhild dazu gebracht, den verlangten Tribut zu senken.

»Weiche von mir, du starrköpfige Schlampe«, knurrte sie und lief wütend über den Hofplatz.

Nie im Leben würde sie nach Vanaheim zurückkehren, um den Fluch aufzuheben. Sie hatte nicht vor, sich auf ihre alten Tage noch immer von Gefion schikanieren zu lassen.

Zwei Mägde hockten vor der Kochgrube neben den Türen des Langhauses. Sie tuschelten besorgt miteinander, dann schürten sie weiter die Kohle unter dem bratenden Fleisch.

»Holt Rodälv«, befahl Freya.

Sofort stürzte eine Magd los.

Alfhilds Krieger erhoben sich vom Boden bei den Hütten, als sie Freya erblickten. Sicher hatten sie träge vor sich hingedöst. Nichtsnutzige Kerle, zu mehr waren sie wohl nicht in der Lage.

Freya ging zum Hang, der zum Meer hinunterführte. Legte die Hände auf den geflochtenen Zaun, während der Zorn ihre Brust weiterhin glühen ließ.

Kein Segel war auf den Wellen zu sehen. Noch nicht. Aber die Sonnengöttin lenkte noch immer ihren Wagen über die Wolken. Der Wolf, der sie jagte, war zwischen den Wolken als Schatten zu sehen. Noch war der Tag nicht zu Ende.

»Er kommt sicher bald«, sagte Rodälv hinter ihrem Rücken.

Freya drehte sich um.

»Wer sagt, dass ich auf Thor warte?«

Rodälv starrte zu Boden, versuchte vergebens, ihr Lächeln zu verbergen.

»Du hast mich rufen lassen.«

Freya schaute ihrer Vertrauten in die Augen.

»Hauglot ist nicht der, für den wir ihn halten«, sagte sie und verstummte.

Einer von Alfhilds Kriegern lehnte nur einen Steinwurf von ihnen entfernt am Wagen der Königin. Er ließ die beiden Frauen nicht aus den Augen. Ob er sie etwa belauschte? Konnte sie auf ihrem eigenen Hof schon nicht mehr frei sprechen?

Eine Hohepriesterin, die in ihrer eigenen Halle belagert wurde. Sie tauschte mit Rodälv einen Blick, und ohne mehr zu sagen, gingen sie zu der Tür, die in Freyas Zimmer führte.

Freya betrat das kühle Dunkel und schloss sorgfältig die Tür hinter sich.

»Großmutter, ich muss mit dir reden.«

Saga erhob sich vom Bett. Ihre Schultern bebten, ihr Gesicht war vom Weinen geschwollen.

Freya hatte bereits völlig vergessen, wie unmöglich die Kleine sich beim Ting aufgeführt hatte. Nahmen die Sorgen an diesem Tag denn nie ein Ende?

»Du musst warten«, sagte sie schroff und wandte sich Rodälv zu.

»Zuerst haben Schönheit und Gefälligkeit des Göten mich hinters Licht geführt, doch dann habe ich sein wahres Gesicht gesehen. In seinen Adern fließt Lokis Blut.«

»Meinst du Loki, den Schamanen, der mit den Asen unterwegs war? Ist er nicht in der Schlacht auf der Göteninsel gefallen?«, fragte Rodälv.

»Er war nach der Schlacht verschwunden. Sein Leichnam ist nie gefunden worden. Offenbar hat die Schlangenbrut überlebt und einen Sohn gezeugt, und diesen Sohn hat er jetzt hergeschickt, um sich mit Ingvild zu vermählen.«

Freya ließ sich müde auf einen Stuhl sinken.

»Bist du ganz sicher?«, wollte Rodälv besorgt wissen.

Freya seufzte angesichts dieser törichten Frage.

»Noch sind meine Kräfte nicht ganz versiegt. Ich habe in seinem Gesicht Loki erkannt. Das verheißt nichts Gutes, glaub mir«, sagte Freya.

»Was sollen wir jetzt machen?«

Freya holte tief Luft. In ihrer Vision hatte sie ein Schiff mit schwarzen Segeln gesehen. Und das kündigte qualvollen, plötzlichen Tod an. Thor war unterwegs zu ihr. Nichts geschah aus Zufall, alles war im Gewebe. Die Omen, das bluttriefende Messer. Und Saga.

Besorgt musterte Freya das vom Weinen gerötete Gesicht ihrer Enkelin. Die Kräfte der Dunkelheit waren an diesem Tag in Bewegung gesetzt worden, aber der Feind, der sich dahinter verbarg, würde sich bald zeigen.

»Ein Opfer kann die Mächte dazu bringen, Licht in die wachsende Finsternis zu werfen. Wir müssen ihnen auch dafür danken, dass sie Thor geschickt haben. Wir werden den Beistand der Asen brauchen, wenn alles so kommt, wie ich glaube.«

Rodälv nickte.

»Ich werde ein Lamm bereit halten.«

Mehr brauchte nicht gesagt zu werden.

»Großmutter, ich flehe dich an, hör mir zu.«

Freya schaute zu der verweinten Saga hinüber.

»Es stimmt, nicht wahr? Ull hat meine Mutter vergewaltigt«, sagte Saga rasch.

Freya erstarrte.

»Wer hat das gesagt?«

»Vár und Eli.«

Freya blickte Rodälv verdutzt an. Keine Priesterin durfte mit Saga über Ulls Schandtat sprechen. Das hatte Freya unmissverständlich klargestellt.

»Was haben sie sonst noch gesagt?«

»Dass keine Göttin mich erwählen wird, weil ich in Schande gezeugt worden bin.«

Bei Hels lodernden Feuern! Wie konnten zwei einfache Priesterinnen es wagen, sich Freyas Willen zu widersetzen?

Rodälv fuhr sich mit den Fingerspitzen über die Wange. Ihre Augen leuchteten vor Zorn.

»Vár verspritzt Gift, um ihre Macht zu vergrößern. Das geht schon viel zu lange so«, sagte sie mit angeekelter Miene.

»Warum habe ich das nicht erfahren?«

Freya sprang auf und lief wütend hin und her. Verfluchtes Pack! Sie würde sie wegen dieses Ungehorsams zu Asche verbrennen.

»Soll ich mich um sie kümmern?«, fragte Rodälv.

Freya schüttelte wütend den Kopf.

»Diese Freude will ich mir nicht nehmen lassen. Ich werde schon mit Vár sprechen, diesem Schandmaul, das die Verantwortung für meine Kleine trägt.«

Saga machte ein verzweifeltes Gesicht. Die Haare hingen ihr vor dem Gesicht und verbargen ihre Augen. Freyas Zorn verrann wie Spülwasser auf einem trockenen Hofplatz.

Hinter dem Rücken der Kleinen tauchte der Schatten auf, der ihr auf Schritt und Tritt folgte. Vergeblich versuchte Idun, ihre Tochter zu trösten. Liebevoll wachte sie über dem Kind, das sie niemals in den Armen hatte halten dürfen, doch die Tochter konnte ihre tote Mutter nicht einmal spüren. Mutter und Tochter hatten solche Sehnsucht nacheinander, dass die Luft in ihrer Nähe glühte. Aber Saga war dafür blind.

Idun erwiderte Freyas Blick und flehte sie an, sich um Saga zu kümmern. Ihr die Fürsorge zu schenken, auf die Idun ihr Leben lang hatte verzichten müssen. Der alte Kummer packte Freyas Herz. Sie schämte sich so sehr über die Lieblosigkeit, mit der sie ihre Tochter behandelt hatte. Aber die Macht, die Idun im Leben gefehlt hatte, besaß sie im Tod. Es gab nichts, was Freya ihr verwehren konnte.

Saga sah nicht einmal auf, als ihre Großmutter neben ihr Platz nahm. Freya öffnete ihren schweren Umhang. Erleichtert rieb sie sich die schmerzenden Schultern.

»Was geschehen ist, war im Gewebe. Die Geister hatten Ull in ihrer Macht. Immer hörte er ihre Stimmen.«

Saga starrte sie an. »Dann stimmt es also.«

Freya nickte. Sie hatte lange gebraucht, um Ull verzeihen zu können, aber Iduns Geist hatte sie heimgesucht, hatte verlangt, dass sie ihren Zorn bezwang. Am Ende hatte Freya sich gefügt.

Saga schlug die Hände vors Gesicht.

»Idun hat Ull alles verziehen«, sagte Freya und fuhr mit der Hand über die funkelnden Verzierungen auf ihrem Umhang. Ein roter Stein löste sich, sie zog daran, aber er fiel nicht herunter.

Saga holte zitternd Atem.

»Warum?«

Freya seufzte traurig. Wie sollte sie die Launen der Mächte erklären? Sie spielten mit den Menschen und ihren Schicksalen wie mit Strohpuppen. Ull war sein Leben lang gequält worden, weil er Idun vergewaltigt hatte. Schwer war das Schicksal, das er tragen musste, er wurde verleumdet und verachtet.

»Die Geister verlangten ein heiliges Kind. Idun war meine Tochter, Ulls Vater war mein Bruder Freyr. In deinen Adern fließt das reinste Blut der Vanen.«

Kaum hatte sie das gesagt, als ihr die volle Bedeutung dieser Worte aufging. Die Bilder aus ihrer Vision nahmen an der blassgelben Lehmwand Form an. Das erhobene Messer. Sagas Tränen. Eine kalte Schlange glitt über Freyas Rücken. Das Reinste und Schönste wurde den Göttinnen geschenkt. Saga war das Teuerste, was sie opfern könnten. Freya schloss die Augen, die Angst spülte in sanften Wellen über sie hinweg. Verschone mich, Hel. Nimm mir nicht auch noch Saga. Nicht sie. Aber die Totengöttin gab keine Antwort. Alles blieb stumm.

»Ich hatte ein Gesicht«, sagte Saga und schaute Freya zaghaft an.

Freya schluckte ihre wilde Unruhe herunter und zwang sich zum Lächeln. Ein Gesicht. Sie hatte ja gewusst, dass Saga der Zauber im Blut lag.

»Vár hatte einen Vielfraßkopf. Eli verwandelte sich in einen Hund. Deshalb bin ich vor den Priesterinnen davongelaufen. Und sieh her, genau diese Köpfe befinden sich auf der Nadel meiner Mutter«, sagte sie eifrig und zeigte auf ihre Brosche.

Freya kniff die Augen zusammen, aber die waren zu müde, um irgendwelche Symbole zu erkennen. Sie nahm die Hand der Enkelin und drückte sie. Idun stand neben ihrer Tochter und streckte sehnsüchtig die Hand aus.

»Deine Mutter will zu dir«, sagte Freya mit heiserer Stimme.

»Sie hat mich vor den Priesterinnen gewarnt. Sie strafen mich mit Schweigen, quälen mich mit Lügen. Du musst es ihnen sagen, Großmutter, du musst sie dazu bringen, auf mich zu hören.«

Freya schüttelte den Kopf. Saga wusste so wenig über die Welt. Die Kleine würde noch viel lernen müssen.

»Ich kann niemanden dazu zwingen, dir Achtung entgegen zu bringen. Diese Macht musst du dir selbst erwerben.«

Saga schaute überrascht auf.

»Aber wie soll ich das schaffen?«

Freya sah zu, wie sich eine Ameise über den Boden kämpfte.

»Sie kennen deine Angst, sie nutzen sie aus und kehren sie gegen dich. Du fürchtest die Priesterinnen, weil sie auserwählt wurden. Du erhebst sie über dich selbst, und deshalb hören sie nicht auf deine Worte.«

Saga riss ihre grauen Augen auf und musterte Freya misstrauisch.

»Du hast es gewusst.«

»Ich kann mich deiner Finsternis und deinen Ängsten nicht stellen. Das musst du selbst tun. Das ist der Weg, den du gehen musst, um zur Priesterin zu werden. Und dafür musst du bezahlen«, sagte Freya und nahm Sagas Hand.

»Was hast du bezahlt, Großmutter?«

»Alles«, sagte Freya müde und sah traurig zu, wie Idun mit der Hand über Sagas Haare fuhr.

Vanaheim, Thor, Idun, ihre Freiheit. Alles hatte sie im Namen der Göttin geopfert. Jetzt wurde sie vom Alter aufgezehrt und war umgeben von streitenden Priesterinnen und bösen Geistern, die Rache suchten. Einst hatte sie wahrlich auf ein fröhlicheres Schicksal gehofft.

»Befrei mich vom Ting. Ich kann einfach nicht mehr lügen.«

Freya lächelte vor sich hin.

»Bisweilen sind Lügen wichtiger als die Wahrheit. In den Herzen der Menschen gibt es beides, Schatten und Licht. Hast du das noch immer nicht gelernt? Deshalb habe ich dir den Richterinnenstab gegeben. Damit du in die kleinlichen Gemüter der Menschen blicken kannst.«

»Aber lügen ist nicht richtig«, sagte Saga verzweifelt.

Freya sah zu den Schatten in der Ecke hinüber.

»Es gibt keine Wahrheit, es gibt nur unterschiedliche Möglichkeiten, das Gewebe zu deuten. Merk dir das.«

Saga strich sich die Haare aus dem Gesicht.

»Bei dir hört sich das so einfach an.«

Freya lachte.

»Das Schwerste im Leben ist, das Leichte zu tun. Das wirst du auch noch erfahren.«

Sagas Wange war weich und glatt, als sie darüber streichelte.

»Du bist Vanaheims letzte Königin, du bist Thors und meine Tochterstochter. Trotzdem fürchtest du dich vor zwei Priesterinnen, die sich an dir festgebissen haben und von deiner Kraft zehren. Vor zwei schlichten Frauen von den Einödhöfen.«

Freya schüttelte den Kopf.

»Du fragst dich, warum keine Göttin dich erwählt hat, als du blutend im Baum hingst. Verstehst du das nicht? Wie kann eine Göttin dich erwählen, wenn du es nicht wagst, deine eigene Macht und Größe zu sehen? Zerschlag deine Schatten, Kind. Sieh dein wahres Ich.«

Saga hob langsam den Kopf. In ihrem Blick lag eine neue Kraft.

Freya lächelte zufrieden. Jetzt ahnte sie in der Enkelin die Macht ihrer Ahninnen.

»Ich weiß, was ich zu tun habe«, sagte Saga.

Freya erhob sich.

»Dann darfst du dich weder vom Himmel noch von der Erde daran hindern lassen.«

Der Klang eines einsamen Horns hallte im Tal wider. Es rief die Menschen zum Stiertanz und kündigte den Beginn des Sonnenfestes an. Astas Blut brannte vor Erwartung, als sie hinter Orm über den schmalen Weg ging, fort von dem Gedränge und den Menschen.

Die Muskeln spielten unter seiner goldenen Haut, sein geschmeidiger Körper war stark.

Asta ging schneller, sie jagte den Schatten von Lebenskraft, den sie in seiner Nähe gespürt hatte.

»Wohin gehen wir?«

Asta grinste zu dem Steinhaufen hinüber, der auf der Opferstätte errichtet worden war. Wahrlich ein passender Platz zum Buhlen. Sie lief den Hang hoch und wartete ungeduldig auf Orm. Hohe Büsche umstanden die Lichtung, nur ein schmaler Pfad führte auf den Platz. Aber als Orm ihn erreicht hatte, blieb er stehen und verschränkte die Arme vor seiner Brust.

Asta runzelte die Stirn.

»Du hast geschworen, alles für mich zu tun, wenn ich für deine Schwester sorge«, sagte er mit ernster Miene.

Sie nickte ungeduldig und fuhr mit den Fingern über das Brandzeichen auf ihrer Schulter. Ihre Fingerspitzen kitzelten auf der versehrten Haut.

»Ich will, dass du mir bei meinem Kampf beistehst«, forderte Orm.

In seinen Augen lag keine Verlockung mehr, in seiner Stimme gab es keine Zärtlichkeit. Wütend packte sie seinen Lendenschurz und versuchte, seine Stange einzufangen. Geschmeidig wich Orm ihr aus.

»Wollen wir nicht buhlen?«

Nach so vielen Liebkosungen und Blicken konnte er doch nun nicht einfach kneifen.

»Ich weiß alles über dich. Du bist gekommen, um die Priesterinnen anzuflehen, damit sie deiner Mutter beim Ting Gerechtigkeit widerfahren lassen. Du hasst die Leute von Alfheim ebenso sehr wie ich.«

Asta biss sich in die Wange, um nicht loszuprusten. Die Priesterinnen anflehen, hatte er denn den Verstand verloren?

»Ich biete dir einen anderen Weg an, um Genugtuung zu erlangen. Du kannst unter den Vanen zur Heldin werden. Dein Name wird an den Feuerstätten besungen werden.«

Was sollte das denn nun bedeuten? Wütend kratzte Asta sich zwischen den Beinen. Es war ihr doch egal, ob sie eine Gebrandmarkte oder eine Heldin war. Sie musste ihren Eid einlösen und beenden, was sie begonnen hatte. Das war es, was sie wollte.

Ihr Schritt war schon längst feucht und bereit.

»Komm, wir buhlen jetzt«, sagte sie und zog ihn hinter die schützenden Büsche der Opferstätte. Er zögerte und schaute sie skeptisch an.

Asta packte mit unsanftem Griff seine Stange.

»Leg dich hin«, sagte sie ungeduldig.

Er biss sich in die Lippe und errötete ein wenig.

»Schwöre, dass du an meiner Seite kämpfen wirst.«

Asta schnaubte. Wie konnte er daran denken, jetzt, wo er in ihrer Hand steif wurde?

Er zog sie zu sich und küsste sie hart. Seine warme Haut lag an ihrer Brust, seine Zunge füllte ihren Mund. Seine Steifheit pochte in ihrer Hand. Asta verlor fast die Besinnung, ihr Schritt hatte sich in glühendes Feuer verwandelt.

»Schwöre«, keuchte Orm.

»Ich schwöre«, flüsterte sie.

Sie stieß ihn an, versuchte, ihn zu sich zu zwingen.

Orm zögerte noch immer, jedoch nur für einen Atemzug, dann ließ er sich ins Gras sinken.

Asta kniete sich über ihn. Er war so schön. Sie leckte an seiner goldbraunen Brust, ihre Zunge kostete den salzigen Geschmack. Er gehörte ihr, sie konnte mit ihm machen, was sie wollte.

»Küss das da.«

Sie hielt ihre Schulter vor seinen Mund. Orm küsste das Brandzeichen, leckte spielerisch über die verbrannte Haut. Asta schluchzte vor Leidenschaft.

Eifrig warf sie ihren Lendenschurz ab und hockte sich über seine Manneszier. Er füllte jeden Teil ihres Körpers aus. Orm packte ihren Kopf, schaute ihr in die Augen, versuchte, sie zu küssen. Wütend riss sie sich los und begann, ihn zu reiten, so hart sie es vermochte. Sie zog jeden Rest Kraft aus seinem Körper. Flüssiges Feuer jagte durch Astas Schoß, immer schneller ritt sie Orm, bis die wunderbare Dunkelheit sich um sie schloss. Zitternd ließ sie sich treiben, bis sie schließlich keuchend über ihm zusammensank und schwer an seinem Ohr atmete.

»Was bist du für eine Frau! Dunkel und schön wie eine Dise der Finsternis«, flüsterte Orm und streichelte ihre Haare.

Asta bewegte sich, bis er aus ihrem Schoß glitt, dann legte sie sich ins Gras und kehrte Orm den Rücken zu. Was hatte sie getan? Warum hatte sie nachgegeben?

Asta rollte sich wie ein Kind zusammen und zog die Knie an. Langsam sickerte sein Samen zwischen ihren Oberschenkeln aus ihr heraus. Sie war nichts, eine gebrandmarkte Hündin, vogelfrei, wo sie auch ging und stand.

Orms Hand schloss sich um ihre Brust.

Mit leerem Blick starrte Asta den Freyrstein an. Warum verhöhnte er sie? Er brauchte sich nicht zu verstellen. Orm schmiegte sich an sie, legte den Arm um ihre Taille. Sie schloss die Augen, genoss einige Atemzüge lang seine Nähe, dann verdrängte sie das warme Gefühl aus ihrem Bauch.

»Als ich dich beim Ting gesehen habe, habe ich sofort gewusst, dass du die Richtige für mich bist.«

Asta schnitt eine Grimasse. Der Sohn einer wohlhabenden Frau, der von allen geehrt wurde, was hatte er denn mit ihr zu schaffen?

»Hör auf, mich zu verspotten«, sagte sie traurig.

Er ließ seine Finger über ihren Bauch wandern, so leicht, dass Schauer über ihren Leib liefen.

»Ich sage die Wahrheit, Asta. Die Frauen hier wollen alles bestimmen. Sie sind hochmütig und gierig. Du bist anders, wie ein ungezähmtes wildes Tier, das Hilfe braucht«, sagte Orm und schloss abermals die Hand um ihre Brust.

Asta schüttelte verwirrt den Kopf.

»Wer bist du denn eigentlich?«

»Nicht der, für den du mich hältst. Ich muss mich verstellen, muss immer auf der Hut sein«, flüsterte er.

Asta drehte sich um und vertiefte sich in den Anblick seiner Schönheit. Seine Augen waren aufrichtig, aber es lag noch etwas anderes darin, Wehmut. Der arme reiche Jüngling, es war sicher schwer, satt zu sein und ein Dach über dem Kopf zu haben. Sie lachte spöttisch.

»Und was versteckst du denn wohl?«

Orms weiche Lippen verzogen sich zu einem zufriedenen Lächeln.

»Komm, dann zeige ich es dir.« Er zog sie auf die Füße. Asta rieb sich missmutig mit dem Lendenschurz ab.

»Du wirst es verstehen«, sagte Orm und verließ die Opferstätte, er steuerte die Eichen auf dem Tingplatz an. Widerwillig ging Asta hinterher.

Auf dem Tingplatz wimmelte es nur so von kriegerischen Männern. Alle trugen Äxte, Keulen und Speere. Einer hatte sogar ein Schwert im Gürtel stecken. Sie erhoben sich und begrüßten Orm wie einen König.

Asta lehnte sich am Rand der Lichtung an eine Eiche und sah ihnen verdutzt zu. Sie hatte mit allem Möglichen gerechnet, nicht aber mit einer Truppe von Kriegern. Ein alter Mann mit Schmerbauch schlug Orm auf den Rücken und lief dann eilig zu den Steinen, auf denen früher an diesem Tag die Priesterinnen gesessen hatten.

Jünglinge, die noch kaum Flaum auf den Lippen trugen, scharten sich um Orm zusammen, reckten sich und bettelten um seine Aufmerksamkeit.

War es das hier, was er verbergen musste? Asta kratzte sich am Kopf. Sie begriff überhaupt nichts mehr.

Orm stieg auf den hohen Richterinnenstein und hob die Arme. Die Krieger verstummten.

»Brüder! Heute Nacht wollen die Leute aus Alfheim uns mit geschliffenen Schwertern und lodernden Fackeln vertreiben. Wenn die Vanen im Tiefschlaf liegen, berauscht vom Gelage, werden Alfhilds Mannen mit blankgewetzten Schwertern antreten.«

Verflucht! Asta ballte angesichts ihres neuerlichen Pechs die Faust. Das konnte ihre so sorgsam gehegten Pläne über den Haufen werfen. Sie hatte sich lange überlegt, wie sie Bolde töten sollte. Asta hatte vor seinem Hof gewacht, hatte einen Weg gesucht, ihm sich dort zu nähern, wo es weder Hunde noch Schwertträger gab.

Das Sonnenfest war ihre einzige Möglichkeit, an ihn heranzukommen, aber wenn seine Mutter einen Angriff plante, würde er sicher nicht bis zur Bewusstlosigkeit zechen. Diese größenwahnsinnigen Pläne ruinierten alles für sie.

»Verwandte, die sich gegen die eigene Sippe kehren, das ist der ärgste Verrat. Aber Alfhild wird diese Schandtat nicht gelingen. Ihr, meine tapferen Brüder, werdet unser Volk retten«, rief Orm.

Schweigend hoben die Männer ihre Waffen. Ein Wald aus Keulen und Klingen hob sich gen Himmel.

»Dankt Hallunda, das seine tapfersten Krieger hergeschickt hat, um uns im Kampf gegen dieses treulose Weib beizustehen!«

Vier breitschultrige Männer traten vor und grüßten die anderen ehrerbietig. Orm warf sich den Umhang um die Schultern und betrachtete die Krieger von seiner erhöhten Position her.

»Wir leiden schon lange unter dem Verhalten der Frauen. Sie begreifen nicht, dass Alfhild nur deshalb Tributzahlungen verlangt, weil sie damit ihre üblen Pläne verhehlen will. Nur die edelsten Frauen haben die Wahrheit erkannt. Saga, der kostbarste Schatz der Vanen, hat unseren Kampf gesegnet.«

Er ballte die Faust und hob sie zum klaren blauen Himmel.

»Nach Jahren der Schande brechen neue Zeiten an. Das hier ist die Morgendämmerung eines neuen großen Tages für die Vanen.«

Orm sprang vom Stein herab und schritt auf seine Männer zu. Er wuchs vor Astas Augen, verwandelte sich in einen Krieger.

Sie drückte sich an die Eiche und betrachtete erstaunt den Mann, den sie eben noch dazu gebracht hatte, vor Lust zu stöhnen. Orm hatte die Wahrheit gesagt. Er hatte wirklich etwas zu verbergen. Kämpfer, die er in aller Heimlichkeit gesammelt hatte. Asta schüttelte den Kopf, wusste nicht, was sie glauben sollte.

»Möge die Göttin euren Armen Kraft schenken, damit sie den Feind niedermähen können. Verschont niemanden, weder Alt noch Jung. Verhärtet euer Gemüt und denkt daran, dass Saga uns den Sieg schenken wird.«

Orm drehte sich um und schaute zur anderen Seite der Lichtung hinüber.

Ein zufriedenes Lächeln lag auf seinem Gesicht. Asta beugte sich vor und sah sich neugierig an, was Orm dermaßen in Zufriedenheit versetzt hatte.

Der Anblick jagte ihr einen eiskalten Schauer über den Rücken.

Im Namen der heiligen Mutter, was hatten sie getan?

Eine Frau hing an einem Ast. Die Zunge quoll ihr aus dem Mund. Ihre leeren Augen starrten in die Nachtwelt. Rauch füllte die Abendluft, quälte Astas Nase und ließ ihre Augen tränen. Langsam ging sie über den Tingplatz. Der Lederriemen ächzte, während der Körper langsam hin und her pendelte. Die nackten Füße hingen eine Armeslänge über dem Boden.

Es war ihre Mutter, die dort an der Eiche hing. Die Schlinge bohrte sich in ihren Hals, ihre Augen starrten leer vor sich hin.

Asta sah ihren Körper, der sich in Todeszuckungen wand, hörte das betrunkene Lachen der Männer. Hände packten sie, zwangen sie zu Boden, hielten ihre Arme fest.

Sie hielt sich die Ohren zu, zwang das Lachen zu verstummen. Es musste still werden, wenn nicht, könnte sie niemals wieder rein sein.

Asta holte röchelnd Atem. Es war wichtig, rein zu bleiben. Sie griff sich an die Kehle, drückte so hart zu, dass es wehtat. Der Schmerz vertrieb die Nebel, sie konnte wieder klar sehen.

Es war nicht ihre Mutter, die dort an der Eiche hing. Asta schaute zu der Toten hoch.

»Ihr habt eine Priesterin erhängt«, sagte sie tonlos.

Ein kalter Schauer lief ihr über den Rücken. Priesterinnen waren heilig, gewöhnliche Menschen durften sie nicht anrühren.

Orm trat an die Tote heran.

»Ich habe doch gesagt, dass du es verstehen würdest«, flüsterte er und drehte sich dann zu den Männern um.

»Die erste Bedrohung Vanaheims ist aus dem Weg geschafft. Ihr macht eurem Volk alle Ehre«, sagte er und nickte den Kriegern zufrieden zu.

Die Priesterin drehte sich an ihrer Schlinge, und bei diesem Anblick sträubten sich die Haare auf Astas Armen.

Sie musste fort von hier. Orm war doch verrückt.

»Wer eine Priesterin tötet, wird in der Nachwelt verflucht sein.«

Er drehte sich mit boshaftem Lächeln zu ihr um. Eine Locke fiel ihm in die Stirn. Seine Augen zogen sie zu ihm, füllten sie mit frischer Stärke. Asta legte den Kopf schrägt, sie staunte über seine neu gewonnene Schönheit.

Orm holte Luft, bevor er sagte: »Sot hat vor langer Zeit Walhalla verlassen, um Königin Alfhild zu dienen. Sie diente nicht der Göttin, sie ist eine Verräterin. Heute hat sie versucht, Saga zu ermorden. Das hier ist ihre gerechte Strafe.«

Er spuckte die tote Priesterin an. Der Speichel traf ihr Gewand.

»Jetzt kann sie ihre verräterischen Zaubersprüche in den stinkenden Sälen der Verdammten aufsagen. Die Vanen schützen ihre eigenen Leute. Gut gemacht, Reidar. Saga wird dir deine Treue lohnen.«

Orm ging zu einem blonden Jüngling und legte ihm die Hand auf die Schulter. Der Junge reckte sich stolz und versuchte, auszusehen wie ein Asenkrieger.

»Das war doch einfach. Wir haben sie unten auf dem Weg gesehen und dann einfach deinen Befehl befolgt. Es ging schnell, sie hat nur ein wenig geschrien, dann war es vorbei«, sagte Reidar.

»Die Göttin wird im Kampf über dich wachen«, sagte Orm zufrieden und streichelte den Jüngling mit seinen Blicken.

Asta hatte genug gesehen. Wenn sie sich mit Kampfspielen und Priesterinnenmorden unterhalten wollten, dann war das ihre Sache. Sie aber musste ihren Eid erfüllen. Entschlossen begann sie, den Tingplatz zu verlassen.

»Bleib stehen, Asta. Du darfst hier nicht weggehen.«

Sie durfte nicht? Langsam drehte sie sich um. Bildete Orm sich denn ein, über sie bestimmen zu können?

»Denk an dein Versprechen. Du hast mir dein Wort gegeben.«

Asta war überrascht. Hatte sie tatsächlich ihr Wort gegeben? Ja, offenbar, ehe sie miteinander geschlafen hatten. Aber jetzt bereute sie es. Sie warf sich den Ranzen über den Rücken und ging weiter in Richtung Tal.

»Meine Mutter schneidet deiner Schwester die Kehle durch, wenn du uns im Stich lässt«, rief Orm.

Verflucht. Asta biss die Zähne zusammen und drehte sich um. Er hatte sie an der Nase herumgeführt. Sie war dem blondgelockten Orm genau in die Falle getappt.

Er lächelte triumphierend, als sie wütend kehrtmachte.

»Auf die kannst du dich aber nicht verlassen. Du weißt, was ihre Mutter getan hat. Die Tochter ist auch nicht anders. Sie wird uns Alfhild ausliefern und lachen, wenn sie uns tötet«, sagte Reidar.

Asta schnaubte. Das musste sie sich von einem Kerl sagen lassen, der eben erst eine Priesterin ermordet hatte.

»Wer kann am Hass einer Frau zweifeln, deren Mutter von Alfheim gehängt worden ist?«

Die Krieger musterten sie forschend. Asta biss die Zähne zusammen. Sie wollte nicht kriechen, um von den Männern anerkannt zu werden, von diesen weichwangigen Knaben, die so wohlgenährt waren, dass sie kaum eine Axt heben konnten. Alfhilds Kämpfern hatten sie nichts entgegenzusetzen. Bald würde ihre Siegesgewissheit aus ihren zerschlagenen Leibern herausbluten.

»Mager ist sie, und tückisch dazu, das weiß doch jeder. Aus dieser Sache kann nichts Gutes entstehen.«

Der Mann, der das gesagt hatte, war breit wie ein Stier, sein Bauch hing über seinen Ledergürtel. Sein brauner Kittel war aus schlichtem Stoff, an seinen Armen funkelte keine Bronze.

Der Hass spülte über Asta hinweg, hüllte sie in Selbstsicherheit.

»Wer bist du überhaupt, dass du meine Tauglichkeit in Zweifel ziehst? Ein vollgefressenes Schwein, dessen Wanst über den Boden schleift.« Wütend spuckte sie ins Gras.

Zwei Männer lachten los, der Schmerbauch dagegen fand das gar nicht lustig. Er sprang auf und schwenkte seine Keule. Er hatte mehrere Totenkerben darin, das konnte Asta sehen. Aber seine Augen wirkten dumm, und als er nun auf Asta zukam, waren seine Schritte viel zu schwer.

»Dir werd ich's zeigen, du mörderische Schlampe! Aus deiner

ehrlosen Sippe ist noch nie etwas Gutes gekommen«, brüllte er und schwenkte weiterhin mit dumpfem Heulen seine Axt.

Zornwellen durchliefen Asta, schärften ihre Sinne, ließen ihren Körper ganz ruhig werden. Alles um sie herum verschwand, es gab nur noch sie und den Schmerbauch.

»Komm her, du Schwanzloser«, rief sie.

Vorsichtig, damit niemand es sehen könnte, schob sie die Hand in ihren Ranzen und schloss ihre Finger um das Messer.

Der Schmerbauch hob die Keule und kam mit wildem Gebrüll auf sie zu.

Sein Gesicht leuchtete hochrot. Er zielte mit der Keule auf Astas Kopf. Jetzt.

Sie wich geschmeidig aus und bohrte ihm das Messer in die Kehle. Ein schwaches Knirschen, dann war es schon vorbei.

Der Schmerbauch sank in die Knie und rang röchelnd nach Luft.

»So, du Schlappschwanz. Und wer ist jetzt hier unter uns ohne Ehre?« Asta lachte und versetzte seinem Rücken einen Tritt. Schwer fiel der Mann ins Gras. Er zuckte noch einmal, dann lag er ganz stil.

Asta lächelte. Mit leeren Augen lag er da und starrte in die Nachwelt. Sein Blut strömte ins Gras, bildete eine Lache. Jetzt war er wirklich still, kein höhnisches Wort kam mehr über seine Lippen. Freude erfüllte Asta und schwemmte Schmerz und Verachtung davon.

Im nächsten Moment erstarrte sie.

Die Männer versammelten sich mit erhobenen Waffen um sie.

»Ein ehrlicher Kampf. Er hat es selbst so gewollt«, rief sie, und ihre Finger schlossen sich um den Messergriff. An der Klinge klebte Blut.

Die Männer beugten sich kampfbereit vor. Aber sie konnte in ihren Augen Furcht sehen.

»Wer sich Krieger nennt, darf den Tod nicht fürchten. Niemand wird euer Leben verschonen, wenn ihr in den Kampf zieht«, sagte sie rasch.

Sie durften sie nicht töten. Sie hatte nichts getan. Der Mann hatte sie angegriffen wie ein wütender Stier.

»Asta hat vollkommen recht«, sagte Orm und trat einen Schritt vor. »Es war seine eigene Schuld. Bringt ihn hier weg, legt ihn in die Büsche, wir werden in der Morgendämmerung die Toten verbrennen.«

Zwei Männer nahmen den Toten bei den Füßen und zogen ihn mühsam durch das Gras.

»Sie hat sich als würdig erwiesen«, sagte Orm und legte Asta die Hand auf die Schulter. Die Männer machten murrend Platz, einer nach dem anderen zog sich zu den Steinen zurück.

Orm aber blieb stehen und musterte sie mit einer Mischung aus Angst und Verlangen.

»In dir hausen düstere Kräfte«, sagte er und bohrte seine Finger in ihr Fleisch.

Asta wischte das Messer an ihrem Arm ab und steckte es in den Ranzen.

Orm war wie ein Kind, aber das waren sie doch alle. Knaben, die Krieg spielen wollten. Was glaubte Orm wohl, wie sie überlebt hatte? Von der harten Arbeit ihres Vaters auf freigebigen Feldern mitten im Wald? Asta kicherte in sich hinein.

»Man sieht, was man sehen will.«

Er trat einen Schritt auf sie zu, und blieb so dicht vor ihr stehen, dass sie den kleinen Schnitt auf seiner Wange sehen konnte.

»Nichts an dir hat mich bisher enttäuscht. Du bist wie ich«, flüsterte Orm zärtlich.

Asta wollte das alles nicht hören. Sie war nicht wie er.

»Wenn deine Krieger alle so schwerfällig sind wie der da, dann hast du schon verloren. Alfhilds Leute haben schon oft vor dem Feind gestanden. Deine dickbäuchigen Brüder aber nicht, das sehe ich«, sagte Asta und wischte sich die Hände an einem Grasbüschel ab.

»Sie werden um ihr Leben kämpfen, genau wie du. Das wird uns den Sieg schenken.«

Orm ließ die Hand über ihren Bauch gleiten, ehe er sich wieder seinen Mannen zuwandte.

Asta schaute verdutzt hinter ihm her. Begriff er denn gar nichts? Entweder war er listig wie eine Nachtdise oder er war der dümmste Kerl an den Stränden des Sommermeeres.

Sie schaute zu der toten Priesterin hoch. Ein Rabe setzte sich auf den Ast über ihr und fing an, nach dem Kopf der Toten zu hacken. Ihr war es nun wirklich egal, ob die Leute lebten oder starben. Nicht einmal ihr eigenes Leben war von irgendeiner Bedeutung, aber sie musste ihre Rache nehmen.

»Wir werden uns geehrt fühlen, wenn du an unserer Seite kämpfen willst.«

Asta drehte sich um. Der blonde Reidar, der Priesterinnenmörder, hatte gesprochen. Er trat vor, legte Asta die Hand auf die Schulter und schaute ihr mit einem strahlendem Lächeln in die Augen. Ein Mann nach dem anderen erhob sich und tat es ihm nach.

Sie reckte sich überrascht. Die Achtung dieser Männer erfüllte sie mit Stolz. Dann ballte sie ihre Hand zur Faust und riss sich zusammen. Sie durfte sich von diesen fiebrigen Träumen nicht mitreißen lassen. Sie musste an Bolde denken.

Orm stemmte die Hände in die Seiten und ließ seinen Blick über seine Männer wandern.

»Sie wollen uns Vanen für Holmes Tod verantwortlich machen, so, wie sie uns auch die anderen Toten zur Last legen. Sie ermorden ihre eigenen Leute, um einen Grund zu haben, uns von unseren Höfen zu verjagen und unseren Boden zu stehlen. Aber heute Nacht werden wir Alfhilds Tücke ein Ende setzen.«

Asta starrte ins Gras, ihr Herz hämmerte wie besessen. Heilige Mutter, was hatte sie getan? Sie wollten wegen der Männer, die sie umgebracht hatte, in den Krieg ziehen. Sie hielten die Bewohner Alfheims für schuldig an diesen Todesfällen, und jetzt wollten sie sich rächen. Asta presste die Hand auf den Mund und zwang sich dazu, nicht laut loszulachen.

Das war das Beste, was sie je erlebt hatte. Sie, die Gebrandmarkte, hatte einen Krieg ausgelöst.

5

Der kalte Wind heulte durch den Wald. Wütende Windstöße rüttelten an den Baumwipfeln. Erde und Blätter wurden über den Boden gewirbelt.

Ull zog seinen Umhang fester zusammen. Die Kälte wanderte an seinen Beinen hoch bis zu seiner Stange. Als ob sie nicht auch so schon genug gestraft wären! Und nun waren sie auch noch in dieses verdammte Unwetter geraten.

»Bald wird uns der Regen erreicht haben«, sagte Forseti und schaute zu dem grauen Himmel hoch.

Ull blieb stehen und atmete den kalten Wind ein. Der junge Ase hatte recht, in der Luft lag schon die grobe Feuchtigkeit des heraufziehenden Regens.

»Wir müssen einen Beschluss fassen«, sagte Ull und blieb stehen, um auf Trudvi zu warten.

Sie kämpfte sich mit dem Goldsack auf dem Rücken durch den Wind. Obwohl diese Last sie verlangsamte, hatte sie verlangt, einen Teil der Bürde auf sich zu nehmen. Stur wie eh und je, dachte Ull fröstelnd.

Kälteriesen und Sturmhündinnen lärmten durch den Buchenwald. Ein drohender Nebel stieg vom Boden hoch. Es war allzu leicht, sich bei diesem Wetter zu verirren.

Gleich darauf ahnte er hinter den Bäumen etwas Helles, eine weiße Frauengestalt. Ull kniff die Augen zusammen und versuchte, sie genauer zu erkennen. Ein Wirbel aus Laub und Lehm fegte vorüber, gleich darauf war die Frau verschwunden.

»Halt die Augen offen. Niemand weiß, welche Wesen sich hier verbergen«, ermahnte er Forseti.

Der Jüngere rieb die Hände aneinander.

»Tiwaz hat uns nicht aus Rans Schlund gerettet, nur damit wir in einem fremden Wald sterben. So ungerecht ist kein Gott.«

Es ist auch nicht die Macht der Götter, vor der wir uns fürchten müssen, dachte Ull und schaute sich wachsam um. Er hatte das Gefühl, dass unsichtbare Blicke seinen Schritten folgten.

Gleich darauf trat Trudvi neben ihn. Forseti nahm ihr den Sack von der Schulter.

»Jetzt bin ich an der Reihe, liebe Base.«

Sie nickte atemlos und packte den Umhang, den der Wind gerade über ihren Kopf geweht hatte.

»Wir müssen bald ein Lager aufschlagen«, sagte Ull.

Sie wussten alle nicht, wie groß der Wald war. Das hier war fremdes Terrain für sie, und alles Mögliche konnte sich hier verstecken.

»Es wäre besser, so weit zu gehen, wie wir nur können. Wer weiß, was sich dort hinten verbirgt. Vielleicht finden wir ja sogar einen Hof mit einem freundlichen Feuer, an dem wir uns wärmen können«, sagte Trudvi.

Ihre Wangen waren vom Wind gerötet. Ihre Arme zitterten vor Kälte.

Ull schaute Forseti und Modi skeptisch an. Das Vernünftigste wäre, hier einen festen Schutz zu errichten, ein Feuer zu entfachen und auf das Ende des Sturms zu warten. Aber was er erblickt hatte, machte ihm Sorgen. Vielleicht handelte es sich um ein Wesen der Finsternis, das ihr letztes Gold stehlen wollte.

»Kannst du noch weitergehen?«, fragte er Trudvi.

Sie musterte ihn abschätzig.

»Die einzige schwere Last, die ich trage, ist die Trauer um meinen Bruder.«

Ull war besorgt. Dieses eine Mal sehnte er sich nach den Stimmen, die bisweilen seine Schritte lenkten. Nach dem Geflüster aus der Geisterwelt, das ihn unterwarf und verlockte. Viele Sonnenwanderungen hindurch hatte er sich über sein Verstummen gefreut, jetzt sehnte er sich nach dessen Herrschaft.

»Trudvi hat recht. Wir gehen noch ein Stück weiter, dann können wir immer noch entscheiden, ob wir Schutz suchen wollen.«

Sie nickten einander schweigend zu und kämpften sich dann weiter durch den Wind.

Forseti ging mit langen Schritten voran. Modi folgte ihm auf dem Fuß. Sie gingen durch den Wald, so rasch sie konnten, denn mit jedem Schritt wurde es dunkler. Der kalte Wind biss mit scharfen Zähnen in ihre Haut. Bald bebten ihre Beine vor Erschöpfung.

Ull schaute den Rücken des hochgewachsenen Modi an. Thors Sohn hatte nicht viele Worte verloren, seit sie den Strand verlassen hatten. Schweigend machte er Ull Vorwürfe für alles, was passiert war.

Der Missmut fraß sich immer tiefer in Ull hinein. Modi hatte recht gehabt. Er hatte sein Schiff verloren, dazu die Besatzung. Und das Gold, seinen großen Reichtum.

Er schaute auf seine bloßen Füße hinab, er hatte jegliches Gefühl darin verloren.

Ergi. Frauenmörder. Die Schuldgefühle ließen seine Brust schmerzen. Alle würden seinen Namen in den Schmutz ziehen. Am schlimmsten waren die Weiber in Walhalla. Er hatte Idun doch niemals schaden wollen. Es waren die Stimmen, die ihn dazu gezwungen hatten, ihr Gewalt anzutun, sie hatten seine Sinne und seinen Körper übernommen. Es war nicht sein Fehler, dass Idun bei Sagas Geburt gestorben war. Und hatte er sich nicht um das Mädchen gekümmert? Über ihre Schritte gewacht, die Asen verlassen, um so oft er nur konnte nach Walhalla zu segeln? Er hatte geschworen, sie zu beschützen, und er hatte sein Wort gehalten. Aber seine Schande brannte noch immer, dank der boshaften Priesterinnen und ihres gemeinen Geredes.

Das Gold hätte sie zum Schweigen gebracht. Reichtum war das Einzige, das sie beeindrucken konnte. Saga wäre stolz auf ihn gewesen.

Ull schnappte nach Luft und duckte sich im eisigen Wind.

»Was quält dich so?«, fragte Trudvi und legte ihm den Arm um die Taille.

Ull räusperte sich.

»Nichts. Du gehst doch neben mir«, sagte er und legte ihr den Arm um die Schulter. Trudvi musterte ihn aufmerksam.

»Ich kenne dich besser, als du dich selbst kennst, Pflegebruder. Du trauerst um die guten Männer, die heute in die Nachwelt eingegangen sind. Spreche ich die Wahrheit?«

Ull nickte stumm, wandte sich ab und sah, wie Forseti und Modi vor ihnen gegen den Wind kämpften.

Trudvis Hüfte streifte seinen Oberschenkel, ihre Schultern lagen unter seinem Arm. Sie nannte ihn niemals Ergi, was so viele Asen taten, sie achtete ihn sehr. Ull zog sie dichter an sich und küsste ihre Haare. Sie fühlten sich kalt unter seinen Lippen an. Sie war Tiwazens Gattin, rief er sich in Erinnerung. Er durfte sich nicht zu sehr auf ihre Kraft verlassen.

Ull lachte bitter in den Wind. Freyr, sein wirklicher Vater, hätte ihn sicher verspottet, weil er eine Frau abwies. Niemand hatte so freigiebig herumgebuhlt wie sein Vater. Ull hatte ihn allerdings nicht besonders gut kennen lernen können, ehe er an der schwarzen Seuche gestorben war.

Thor hatte Ull aufgezogen. Nichts konnte eine größere Ehre sein, als beim größten Helden der Asen aufzuwachsen. Er war der Mutter gegenüber zwar hart und unfreundlich gewesen, aber Ull hatte er immer gut behandelt.

Trudvi war die Tochter einer Magd auf dem Hof, aber trotzdem hatte Thor sie als seine Tochter anerkannt. Er bekannte sich zu allen seinen Kindern und sorgte für sie. Dort, wo Thor herrschte, wurde kein Neugeborenes im Wald ausgesetzt. Er war ihnen allen ein guter Vater.

Ull versuchte, seine Enttäuschung hinunterzuschlucken. Er hatte Thor die Hälfte des Goldes schenken wollen, jetzt würde das Geschenk sehr viel bescheidener ausfallen.

»Denk nicht solche düsteren Gedanken, Ull. Bald wird der Sturm sich legen, hörst du nicht, dass mein Gemahl Tiwaz verstummt ist? Bald stehen wir auf dem Hofplatz von Walhalla«, erklärte Trudvi voller Überzeugung.

Was wusste sie aber von der Finsternis, die er in seiner Brust trug? Trudvi war jung und stark, der Kriegsgott liebte sie so sehr, dass er sie zu seiner Gemahlin erwählt hatte. Niemals würde sie begreifen können, was es für ein Leben war, einsam durch die Finsternis zu wandern, verhöhnt und verspottet. Sie hatten recht, er war ein Ergi. Idun war gestorben, und jetzt hatte er den Arm um Trudvi gelegt, die ebenfalls Thors Tochter war. Wohin er auch ging, immer folgte der Tod ihm auf dem Fuße.

Wie Sol, die junge Magd in Idunvallen, die Thors Bett gewärmt hatte. Wenn der Pflegevater unterwegs gewesen war, hatte sie mit Ull geschlafen, und manchmal hatten sie sich draußen im Wald getroffen. Er hatte sie lieb gewonnen, aber ehe er sich erklären konnte, war Sol an der Lungenseuche erkrankt. Lange hatte sie sich quälen müssen, dann war sie gestorben. Forsetis Schwester war ertrunken im Wasserfall gefunden worden und niemand hatte begriffen, wie das passieren konnte. Aber Ull wusste, dass sie durch den Wasserfall gewatet war, um ihn in aller Heimlichkeit im Wald zu treffen.

Als er sie mit gebrochenem Genick zwischen den Steinen fand, hatte er geschworen, nie wieder sein Herz an eine Frau zu hängen. Und dann war die Sache mit Björn geschehen, die niemals hätte geschehen dürfen.

Ein Sturmwind packte Ull und bohrte ihm kalte Stacheln in die Haut. Zitternd zog er seinen Umhang fester um sich. So gern er auch alles vergessen wollte, immer wieder kehrte die Erinnerung zurück und gewann neues Leben. Sie hatten in einer hellen Sommernacht am Fluss ihr Lager aufgeschlagen. Er konnte sich nicht mehr daran erinnern, wer den Anfang gemacht hatte. Sie hatten sich heftig geküsst. Björns Körper, sein eigener, es gab keinen Anfang und kein Ende. Sie waren eins gewesen, und es hatte nur noch den Genuss gegeben.

Dreimal hatten sie sich getroffen, dann hatte das Gerede über *Ergi* begonnen. Für die Asen gab es nichts Schändlicheres als Unmännlichkeit, und Ull wollte Thor keine Schande machen. Stoisch hatte er fortan Björns Verlockungen widerstanden, obwohl das Verlangen ihn fast umbrachte.

Seither hatte er weder Frau noch Mann berührt. Nicht einmal, wenn er Walhalla besuchte, wo die Vanen oft miteinander buhlten, hatte er die Gelegenheit wahrgenommen.

Ull nahm den Arm von Trudvis Schultern und wandte sich von ihrem fragenden Blick ab.

Mit dem Gold hätte er sich bei den Vanen einen eigenen Hof bauen können. Der Reichtum hätte die losen Zungen zum Verstummen gebracht, und dort hätte sich niemand darum gekümmert, wer sein Bett wärmte. Aber jetzt war alles verloren.

Ull schlug die Arme übereinander und kämpfte sich durch den Wind. Die Frauen, die er liebte, starben, der Mann, nach dem er sich vor Sehnsucht verzehrte, war für ihn unerreichbar. Die größte Wohltat, die er Trudvi erweisen konnte, war deshalb, künftig einen großen Bogen um sie zu machen. Eines Tages, wenn sie begriffen hätte, was er für ein Mann war, würde sie ihm dankbar sein. Er hatte keinerlei Achtung verdient.

Die Klauen des Stiers ließen den Boden dröhnen. Die Männer schwenkten Mäntel und Fackeln und reizten das Tier zu immer stärkerer Wut. Brüllend stieß er mit seinen spitzen Hörnern zu, aber die junge Frau kannte keine Furcht. Sie lief leichtfüßig an ihm vorbei, ihre goldenen Haare umspielten ihre bloßen Schultern wie Sonnenstrahlen.

Asta schaute ihr hinterher.

»Niemand hat Sinmara beim Stiertanz besiegt, nicht einmal die Alfenpriester«, sagte Orm hinter ihrem Rücken. Die Priesterinnen oben am Hang schlugen jetzt rhythmisch auf ihre runden Trommeln. Die raschen Schläge steigerten die Spannung noch. Obwohl das Tageslicht noch nicht verflogen war, brannten überall im Gehege Fackeln.

Asta stellte sich auf die Zehenspitzen, um besser sehen zu können.

Der Stier machte zwei Schritte zur Seite und schnaubte, die Muskeln spielten unter seinem blanken Fell. Die Priesterin streckte die Arme aus und forderte ihn lachend zum Angriff auf.

Er gehorchte sofort. Mit dumpfem Brüllen senkte er wütend den Kopf und stürzte los. Die Priesterin stand ganz still da. Lächelnd sah sie den Stier auf sich zukommen.

Jetzt war er nur noch einige Schritte von ihr entfernt. Asta drängte sich dichter an den Zaun.

»Lauf weg«, murmelte sie. »Spring zur Seite!«

Gleich darauf trat die Priesterin zwei Schritte vor, hob leicht wie ein Schmetterling vom Boden ab, überschlug sich hoch über dem Kopf des Stiers und landete hinter ihm. Der Stier kam in einer Staubwolke zum Stehen.

So rasch, dass Asta es kaum sehen konnte, schwang die Priesterin sich auf seinen Rücken. Das wütende Tier warf den Kopf hin und her und rannte auf die Helfer zu. Zwei Atemzüge lang stand die Frau aufrecht auf seinem Rücken. Eine federleichte Drehung, und sie landete auf dem Boden.

Asta atmete erleichtert auf. Niemals hatte sie so etwas gesehen. Überall schrien die Leute vor Bewunderung.

Die Helfer legten dem brüllenden Stier ein Seil um den Hals und führten ihn zum Zaun.

Die junge Priesterin verbeugte sich lachend vor ihrem Publikum und verließ dann das Gehege. Erst jetzt erfasste Asta die tiefere Bedeutung des Stiertanzes, nämlich, dass rohe Kraft durch geschmeidige Klugheit besiegt werden kann.

»Komm mit«, flüsterte Orm.

Astas Lächeln erlosch, als ihr der Ernst seiner Worte aufging. Im Gedränge von Frauen in prachtvollen Umhängen und Männern mit schweißglänzender Brust konnte sie die Vanenkrieger ahnen.

Sie schlossen sich immer dichter um die Königin und die Hohepriesterin zusammen, die weit entfernt von den gewöhnlichen Menschen unter einem Strohdach am Hang saßen. In dieser Nacht würden die Vanen sie in die Nachwelt schicken, wenn sie betrunken herumlärmten. In der Dunkelheit der milden Sommernacht würden Alfhilds Männer besiegt werden.

Astas drei Morde waren zu einem Lauffeuer der Rache geworden. Spitze Klingen, siegesgewisse Herzen; in dieser Nacht sollten die Ungerechten sterben. Das Feuer würde sie alle verschlingen.

Asta schloss die Augen und sah den Todeskampf der Männer von Alfheim vor sich, ihre aus den Mündern quellenden, geschwollenen Zungen, ihre blutenden Wunden.

Alles, was sie ihr angetan hatten, hatte sie tausendfach vergolten. Aufgeschlitzte Kehlen, eine Schlinge um den Hals, und schon war es vorbei.

Sie holte zitternd Atem und spürte tiefe Befriedigung. Kein Geschenk war so süß wie die Rache.

Sie öffnete die Augen und sah Orms Entschlossenheit. Noch einer. Dann könnte sie in einem Kampf fallen. Livs Schicksal war gesichert und neben Asta stand der schönste aller Vanen. Ihr Unglück hatte sich gewendet, aber trotzdem stimmte etwas nicht.

Sie runzelte die Stirn und schaute zu dem Hang hinüber, an dem die Edlen sich versammelt hatten.

»Alle an einem einzigen Ort«, sagte Orm.

»Und Saga«, sagte Asta.

»Unsere schöne Saga, Vanaheims kostbarster Schatz. Für sie kämpfen wir doch«, sagte Orm rasch.

Zu rasch. Sein Arm glitt um Astas Taille, seine Finger schoben sich zwischen ihren Bauch und ihren Lendenschurz.

»Heute Nacht können wir nicht verlieren«, sagte er.

Asta spürte die Liebkosungen an ihrer Haut, sie vertrieben ihre bangen Ahnungen.

Hinten auf dem Weg tanzte jetzt ein Flötenspieler mit einem grauen Hut vor einigen Kindern. Er krümmte sich, ließ sie in Lachen ausbrechen. Die munteren Flötentöne verbreiteten sich in der Menschenmenge. Viele waren jetzt schon angetrunken, eine grauhaarige Frau schwankte mit leerem Blick über den Weg und ließ sich dann ins Gras fallen.

Orm beugte sich zu Asta vor, sein Atem kitzelte ihr Ohr.

»Komm mit, noch ist genug Zeit, die Gaben der Liebesgöttin Sjöfn zu genießen.«

Asta drehte sich um und liebkoste mit ihrer Hand seinen Oberschenkel. Die Lebenskraft, die er schenkte, vertrieb ihre Finsternis, und für einen kurzen Moment wurde sie wieder lebendig.

Orm erstarrte, als ihre Finger sich um seine Hoden schlossen.

»Du siehst unzufrieden aus, meine Schöne«, sagte er mit roten Wangen.

Asta fuhr mit dem Daumen über die behaarte Haut und schaute ihm aufmerksam in die Augen. Schatten der Unsicherheit waren in seinem Blick zu ahnen.

Es war eine Heldentat, dass er Krieger für den Kampf gegen Alfheim gesammelt hatte, und den Mord an der Priesterin konnte sie hinnehmen. Aber sein Wohlwollen ihr gegenüber, das ergab keinen Sinn. Warum hatte er sie erst mit Freundlichkeit umgarnt und dann gedroht, Liv zu töten? Etwas mit Orm stimmte nicht, sagte ihr Bauch.

»Du bringst mich zum Brennen, Asta, ich muss dich haben. Wenn wir diese Nacht überleben, dann musst du bei mir bleiben«, murmelte Orm und beugte sich mit halb offenem Mund zu ihr vor, hungrig nach Küssen.

Und wenn er nun die Wahrheit sprach? Ein Leben mit Orm, nie mehr einsam sein zu müssen, sondern auf den Höfen mit Freude und Achtung empfangen zu werden. Lebenskraft zu verspüren und nicht tot zu sein. Asta versuchte, ihre Sehnsucht hinunterzuschlucken. Er log. So musste es sein.

»Ich bin gebrandmarkt«, sagte sie.

Die Leute starrten sie hasserfüllt an.

Orm aber achtete nicht darauf, er hob den Umhang von ihrem Brandzeichen, damit alle es sehen konnten.

»Deshalb will ich dich«, sagte er ernst.

Astas Verteidigungswall begann, in sich zusammenzubrechen. Bisher hatte keiner sie gewollt, nicht auf diese Weise.

Sie räusperte sich.

»Wenn du meine Schwester anrührst, dann bringe ich dich um«, sagte sie und ließ ihre Hand an seiner Stange hoch wandern. Er schwoll in ihrer Hand an, wurde stocksteif.

»Komm und zeig mir, wie«, flüsterte er und zog sie an sich. Seine gierigen Lippen pressten sich auf ihre und weckten ihre Begierde aufs Neue.

»Gehen wir zum Tingplatz, wir machen es da«, keuchte Orm ihr ins Ohr.

Unter der gehängten Priesterin wollte er buhlen! Asta ließ ihn los.

»Ich dachte, du hättest begriffen, dass du wie ich bist«, flüsterte er.

Asta ließ ihn stehen, verlegen drängte sie sich durch die Menschenmenge. Ihre Unlust wuchs.

»Ich meinte doch die Opferstätte«, sagte Orm rasch. »Ich habe mich versprochen. Du machst mich so scharf, dass ich nicht mehr klar denken kann.«

Asta stieß eine betrunkene Frau mit geflochtenen Haarbändern und einem schönen Rock beiseite und stieg über Alfenpriester, die spielerisch im Gras miteinander rangen.

Weiter vorn auf dem Weg wogte die Menschenmenge hin und her. Ein Mann schrie wütend auf. Es gab eine Schlägerei.

Da war er! Der Alfheimer, der sie beim Ting schikaniert hatte, kämpfte mit einer hochgewachsenen Frau. Sie wich geschmeidig seiner Faust aus und verpasste ihm einen Tritt in den Bauch.

Asta lächelte zufrieden. Er hatte ihr Vergeltung und Rache angedroht, und jetzt wurde er selber blutig geschlagen. Vielleicht gab es ja doch Gerechtigkeit.

»Gib's ihm, Unna«, rief das Mädchen neben Asta.

Die Frau grinste zufrieden und beugte sich vor. Das Schwein aus Alfheim warf sich ihr brüllend entgegen. Die Frau verlor das Gleichgewicht, als er gegen sie knallte, beide wurden in Astas Richtung geschleudert.

Sie sprang zurück, versuchte, auszuweichen. Vergeblich.

Die beiden prallten mit ihr zusammen.

Asta wurde rückwärts geworfen. Etwas Hartes traf ihren Rücken und hilflos fiel sie zu Boden.

Verflucht. Da lag Asta nun und schnappte nach Luft. Ein schwarzer Nebel tanzte vor ihren Augen, alles verschwamm.

Das Geschrei und die Prügeleien verstummten.

Ihr Rücken schmerzte wie eine blutende Wunde. Offenbar war sie auf etwas Spitzes gefallen Mühsam hob sie den Kopf.

»Verdammte Mörderhündin!«

Der Tritt traf sie voll in den Bauch. Stöhnend krümmte sie sich zusammen und schnappte nach Luft.

Eine Hand schloss sich um ihren Nacken, zog sie auf die Füße. Vergeblich versuchte sie, sich loszureißen.

»Lass mich los oder tritt mir im Kampf gegenüber«, fauchte sie und versuchte, nach dem Messer in ihrem Ranzen zu greifen. Eine starke Faust packte ihre Finger so hart, dass sie knackten.

Sie wurde halb umgedreht. Dort, neben einem Zaunpfahl, lag eine Priesterin leblos auf dem Boden. Aus ihrem offenen Mund tropfte dunkles Blut, ihre Augen waren leblos und geschlossen. Offenbar war sie mit dem Kopf auf den Pfahl aufgetroffen. Eine tote Priesterin! Verzweifelt schaute Asta sich um. Alle musterten sie hasserfüllt. Sie glaubten, sie habe die Frau umgebracht.

»Ich bin nicht daran schuld.«

Sie war von den Kämpfenden doch nur nach hinten geschleudert worden.

»Halt dein verfluchtes Mundwerk, du Abschaum«, brüllte der Mann, der sie festhielt. Asta keuchte auf. Diese Stimme kannte sie. Bei allen Mahren, Bolde, der Mörder ihrer Mutter, wollte sie umbringen.

Sein Arm presste sich gegen ihren Hals. Asta bekam keine Luft mehr. Die Dunkelheit schloss sich um sie. Sie wollten sie aufhängen. Luft, sie musste atmen.

Das grobe Lachen der Männer hallte in ihrem Kopf wider. Sie brannte. Die Flammen loderten aus ihrer Haut auf, verschlangen sie. Die Gesichter der Toten erwachten in der Dunkelheit zum Leben, sie lachten über ihren Todeskampf, hießen sie in der Nachwelt willkommen.

»Wartet!«

Der Griff um ihren Hals lockerte sich ein wenig. Asta holte röchelnd Atem.

»Sie ist nicht tot«, schrie eine junge Frau, die neben der Priesterin hockte. Verängstigt sah Asta, wie die Blaugekleidete sich erhob, während ihr noch immer das Blut aus dem Mund strömte. Sie schaute sich mit einem hasserfüllten Blick um, und als sie Asta sah, zeigte ihr Gesicht nur noch hemmungslosen Zorn.

Asta holte keuchend Atem, sie sah ein Geisterwesen aus der Unterwelt, eine Rachedise, die ihr Leben auslöschen wollte.

»Dafür wird sie brennen«, sagte die Priesterin mit ganz ruhiger Stimme.

»Wir hängen sie an dieselbe Eiche wie ihre Mutter, das wird mir ein Vergnügen sein«, sagte der Mann, der sie festhielt.

Asta versuchte vergeblich, sich loszureißen. Die Angst jagte kalte Schauer durch ihren Körper. Die Leute lachten höhnisch über ihren Todeskampf. Sie genossen ihn, das sah sie ihren aufgeregten Blicken an.

»Sie zappelt schon genauso wie ihre Mutter«, lachte Bolde.

Asta schluckte verzweifelt. Sie konnte nicht sterben, so lange er noch lebte. Ihre Rache musste vollendet werden. Das hatte sie geschworen.

»Kennst du die Strafe dafür, eine Priesterin zu berühren?«

Dunkle Wogen des Wahnsinns schlugen über Asta zusammen. Eine tote Priesterin hing auf dem Tingplatz in einer Schlinge. Die Raben zerhackten ihr Gesicht, während Asta für etwas getötet werden sollte, das sie nicht getan hatte. Wie ungerecht war die Göttin denn eigentlich?

»Führt sie zu Freya, die Hohepriesterin soll sie zum Tode verurteilen«, sagte die Priesterin.

»Sie ist gebrandmarkt und rechtlos. Wir können mit ihr machen, was wir wollen«, sagte Bolde.

»Das hier ist Walhalla. Alles hier muss seine Richtigkeit haben«, erklärte die Priesterin und rieb sich mit ihrem Umhang das Gesicht ab. Dabei verschmierte sie Blut auf ihren Wangen.

»Dann fesselt sie.«

Das breitschultrige Alfheimer Schwein packte Astas Handgelenke und band sie aneinander.

»Jetzt bist du nicht mehr so frech wie beim Ting«, grinste er und zog so hart an den Lederriemen, dass sie in ihre Handgelenke schnitten.

Das passiert nicht wirklich, dachte Asta und glitt in die graue Leere. Ich bin nicht hier. Ich bin schon tot. Er kann mir nichts tun.

Bolde führte sie an dem Lederriemen wie eine Kuh, die geschlachtet werden soll. Die Leute wichen ihnen aus. Asta schleppte sich schweren Herzens durch diese Erniedrigung.

»Was hat die Hündin verbrochen?«, rief ein neugieriger Mann.

»Sie hätten sie schon längst von hier vertreiben sollen, sie ist doch gebrandmarkt«, sagte eine junge Frau.

Asta starrte ins Gras. Nichts kann mir etwas anhaben. Ich bin tot.

»Willst du die auch aufhängen, Bolde?«, fragte ein Krieger, der neben einigen reichen Männern stand.

»Diese Wohltat werde ich euch allen erweisen«, johlte Bolde und stieß Asta so heftig an, dass sie fast gefallen wäre. Die Kerle lachten begeistert.

»Gut gemacht. Die wollen wir hier wirklich nicht«, kreischte eine Frau.

Sie beugte sich vor und spuckte Asta an. Der Speichel traf ihre Schulter.

Astas Augen brannten, fast hätte sie jetzt geweint. Das hier passiert nicht, dachte sie und starrte zu Boden.

Gleich darauf bildeten Alfheims Kämpen eine Gasse und ließen sie zu dem geflochtenen Strohdach durch, unter dem die Mächtigen sich versammelt hatten.

Ein Ruck am Riemen, und stolpernd wurde sie weitergezogen.

»Runter!«

Ein Tritt traf sie in der Kniekehle, und sie sank ins Gras. Asta schnappte nach Luft.

Freya saß auf einem geschnitzten Stuhl, sie hatte sich einen Umhang mit bunten Steinen um die Beine gewickelt. Aber was Asta vor allem Angst machte, war Freyas Maske. Das bemalte Holz bedeckte fast ihr ganzes Gesicht. Die Sehschlitze waren leer und schwarz. Sie konnte kein Mensch sein.

Neben ihr beugte die üppige Alfhild sich auf ihrem Stuhl vor und musterte Asta neugierig. Ihr Gewand wogte wie Blut über ihren runden Leib.

Asta keuchte ängstlich auf. Sie nahm den Gestank von Feuer und Rauch wahr. In der Ferne erklangen Todesschreie. Es gab nichts mehr, was sie tun konnte. Es war zu Ende.

Sie ballte die Hände so hart zu Fäusten, dass ihre Nägel sich in die Haut bohrten. Verflucht, warum war es ihr nicht gelungen, Bolde zu töten. Das Feuer loderte aus dem Boden auf, erfasste Asta, verbrannte sie zu Asche. Alles war verloren. Alles war schief gegangen.

Saga fiel es schwer, bei Elis Anblick ihre Befriedigung zu verbergen. Es gab eben doch Gerechtigkeit. Die Priesterin presste den Umhang gegen ihren Mund, eine gezackte Wunde zog sich über ihre Wange. Ihr Gewand war voller Blutflecken.

Saga legte die Hand auf Freyas Rückenlehne. Welch ein Segen, dass die Großmutter von ihr verlangt hatte, sich Sinmaras Stiertanz anzusehen. Denn sonst wäre ihr dieser Anblick entgangen.

»Sie ist wie eine blutrünstige Hündin über mich hergefallen«, sagte die Heilpriesterin und zeigte auf die Frau, die ein Stück weiter unten am Hang auf den Knien lag.

Es war eine Fremde, Saga hatte sie noch nie gesehen. Mager und barbusig war sie. Ihre schwarzen Haare hingen verfilzt über ihre Schultern, ihre Augen waren weit aufgerissen, wie die einer Wahnsinnigen.

Ich müsste sie dafür umarmen, dass sie Eli gezwungen hat, in ihrem eigenen Blut zu baden, dachte Saga.

»Wer ist das?«, fragte Vár und sah sich Elis Wunde an.

»Das ist Asta, die Brut von Einöd-Alvar. Schuldig wie die Sünde ist sie, und ich verlange Genugtuung«, schrie die Heilpriesterin.

»Wir hätten die ganze Sippschaft ausräuchern müssen«, lachte Königin Alfhild. »Gut gemacht, mein Sohn, du hast die Gebrandmarkte gefangen,« fügte sie dann hinzu.

Bolde stand neben der Frau. Er strich sich zufrieden seinen gekräuselten Bart.

»Hohepriesterin, ich bitte dich um Gerechtigkeit«, sagte Eli.

Freya wandte sich um und musterte die Priesterin lange durch ihre Maske.

»Saga ist die Stimme der Göttin. Sie sorgt auf dem Ting von Walhalla für Gerechtigkeit«, sagte sie mit einer Stimme, die ruhig und bedrohlich zugleich klang.

Saga keuchte auf. Mochte die Göttin die Großmutter segnen. Jetzt konnte niemand mehr behaupten, sie sei verflucht. Freya hatte sie vor allen wieder in Ehren aufgenommen.

Sie lächelte den verdutzten Priesterinnen triumphierend zu. Vár verzog verstimmt den Mund. Eli schüttelte den Kopf, als könne sie dieses gewaltige Pech nicht fassen.

»Ich danke dir«, rief Saga.

Freya nickte und ließ sich auf ihrem Stuhl zurücksinken. Ihre Finger trommelten leicht auf der Armlehne. Saga spürte ihre Zufriedenheit. Geliebte Großmutter. Ihr Herz wurde ganz warm. Sie würde Freya nicht enttäuschen.

Die Zeit der Angst vor vorbei. Jetzt würden die Priesterinnen für ihre boshaften Worte bezahlen.

»Meine Forderung steht fest, die Gebrandmarkte muss die strengste Strafe erhalten«, sagte Eli und versuchte, trotz ihres blutigen Gesichts würdevoll auszusehen.

Wenn das heute Morgen passiert wäre, hätte ich alles getan, um deinen Willen zu erfüllen, dachte Saga. Aber da hatte ich noch nicht gesehen, wie dein wahres Ich auf deinen Schultern Gestalt annimmt, du läufige Hündin. Da hattet ihr noch nicht versucht, mich durch gemeine Reden über meinen Vater zur Unterwerfung zu zwingen.

Saga trat einen Schritt auf die junge Frau zu. Unter ihnen am Hang drängten sich die Menschen zusammen, aber niemand sagte auch nur ein Wort. Alle wollten hören, was Saga zu sagen hatte, und jetzt würden sie Sagas eigene Stimme vernehmen.

»Sieh mich an«, sagte Saga zu der Gebrandmarkten.

Schwarze Augen hatte sie, und ihr Blick was trotzig und hasserfüllt. Aber darin lag auch noch etwas anderes.

Saga legte den Kopf schräg und sah sich Asta genauer an. An ihrem mageren Körper stachen die Rippen hervor. Das hellrote Brandzeichen bedeckte ihre halbe Schulter.

Sie hatte nichts auf dieser Welt, weder Reichtum noch Freundschaft oder Wertschätzung. Trotzdem versuchte sie, ihre Würde zu bewahren.

Freya räusperte sich.

Saga riss ihre Blicke von der Gefangenen los und wandte sich den Zuschauern zu.

»Wer hat gesehen, was passiert ist?«

»Ich habe gesehen, wie die Gebrandmarkte sich mit Mord im Sinn auf die Priesterin gestürzt hat. Wir müssen den Mächten dafür danken, dass sie Eli nicht töten konnte«, sagte Bolde wütend.

»Warum wolltest du sie umbringen?«

Asta schüttelte so energisch den Kopf, dass die schwarzen Haare über ihren gelben Umhang tanzten.

»Ich wurde gestoßen und bin gefallen, Priesterin. Ich ehre die Göttin sehr, niemals würde ich ihren Dienerinnen etwas antun wollen.«

»Asta sagt die Wahrheit.«

Hocherhobenen Kopfes trat Orm vor und blickte sie bittend an.

»Sie wollte das nicht. Frida vom Ingvaldshof hat sie gestoßen, ich habe es gesehen.«

»Das ist gelogen!«, schrie Frida.

Ihre Augen waren schwarz vor Zorn, ihre Haare in wilder Unordnung, ihre Bronzebrosche saß schief an ihrem Umhang.

»Ihre Mutter hat meine ganze Sippe umgebracht. Wir hätten ihren boshaften Kindern längst den Hals durchschneiden sollen.«

Jetzt erinnerte sich Saga wieder. Astas Mutter war Hirda gewesen, die Frau, die in Alfheim gehängt worden war. Die restliche Familie war in die Wälder im Norden verbannt worden. Die Königin hatte oft damit geprahlt, dass sie nur aus purer Herzensgüte ihr Leben geschont hatte.

»Bringt sie um«, rief Frida, und die Bewohner von Alfheim brachen in beifälliges Gemurmel aus.

Saga hob die Hand.

»Das reicht jetzt«, mahnte sie und alle verstummten.

Ein Wonnegefühl breitete sich in Sagas Bauch aus. Jetzt hörten sie ihr zu, Hoch und Niedrig, und niemand lenkte ihre Gedanken oder legte ihr die Worte in den Mund.

Saga fuhr mit den Fingern über Iduns Nadel und sah die junge Frau mit den gefesselten Händen an. Mutterlos war sie, und wie sehr sie zitterte.

Dann holte sie tief Luft und schloss die Augen. Aber keine funkelnden Sterne warteten auf sie, und auch nicht die Spirale. Mit schwerem Herzen starrte sie in endlose Finsternis. Es gab keine Mächte, die sie hier leiten konnten, keine Stimme der Gerechtigkeit. Sie musste selbst entscheiden.

Saga verdrängte ihre Angst.

Frida vom Ingvaldshof hatte Asta gestoßen. Asta war unschuldig. Und Saga hatte nicht vor, die hundsköpfige Eli zu erfreuen, indem sie Asta das Leben nahm.

Aber Saga konnte sie auch nicht ungeschoren davonkommen lassen. Freyas Gesetz musste aufrechterhalten werden. Asta hatte eine Priesterin verletzt, eine Unberührbare. Und da blieb Saga nur eine Möglichkeit.

»Mein Urteil«, rief sie mit mächtiger Stimme, »lautet auf fünf Peitschenhiebe.«

Eli schwankte. Ihr blutverschmierter Umhang fiel ins Gras.

Saga biss sich in die Wange, um nicht grinsen zu müssen. Damit hast du wohl nicht gerechnet, als du mich in Großmutters Zimmer verhöhnt hast. Jetzt kannst du ernten, was deine Bosheit gesät hat.

»Wer eine Priesterin verletzt, muss mit dem Leben dafür bezahlen«, sagte Eli heiser. Sie konnte fast nicht sprechen, ihr Gesicht war hochrot vor Zorn.

Saga lächelte so freundlich, wie sie nur konnte.

»Wer hier mit dem Leben bezahlen sollte, ist Frida vom Ingvaldshof, die zulässt, dass eine Frau fälschlich angeklagt wird.«

Freya ließ sich auf ihrem Stuhl zurücksinken. Saga konnte das zufriedene Lächeln hinter ihrer Maske ahnen.

»Willst du die Peitsche halten, Eli?«, fragte Freya mit einer Stimme, die dumpf hinter der Holzmaske hervorkam.

Die Priesterin schüttelte den Kopf.

»Das überlasse ich Boldes starkem Arm«, erwiderte Eli.

Asta riss ihre wahnerfüllten Augen auf und krümmte sich zusammen.

Warum überließ Eli das einem Alfheimer, dem Sohn der Königin?

Bolde verbeugte sich so tief, dass ihm fast die lederne Mütze vom Kopf gefallen wäre.

»Dieser Pflicht unterziehe ich mich nur zu gerne. Und so lange kann ich auf die Frau aufpassen. Von dieser Last sollte eine Priesterin verschont bleiben.«

Saga schnitt eine Grimasse. Wenn sie Asta jetzt wegbringen ließ, dann konnte Bolde sie töten und danach behaupten, sie sei geflohen. Diesen Fehler durfte Saga nicht begehen. In diesem Moment des Triumphs und der Genugtuung durfte sie keinen falschen Schritt machen.

»Walhalla wird sich um Asta kümmern, bis die Stunde gekommen ist«, sagte sie.

Es fiel dem Sohn der Königin schwer, seine Enttäuschung zu verbergen.

Vár stand mit übereinander geschlagenen Armen neben Eli. Ihr Gesicht war zu eiskalter Verachtung verzogen, als sie sich zu der Heilpriesterin hinüberbeugte und ihr etwas zuflüsterte.

Sagas Freude verflog. Vár hatte sie als Kind getröstet und ihr Märchen erzählt. Hart und streng war sie, aber das war eben nicht alles. Es gab auch Gutes in ihr.

Ein bitterer Geschmack füllte ihren Mund. Welchen Wert hatte denn ein Sieg, der eine alte Freundschaft kostete?

Sie schluckte und schaute traurig in Várs kaltes, verächtliches Gesicht. Sie, die alle Antworten kannte, warum beneidete sie Saga eigentlich? Die Königin eines verlorenen Reiches, eine Priesterin, die den Zauber nicht beherrschte. Alles, was Saga sich wünschte, war doch, nicht mehr lügen zu müssen.

Die braungebrannten Gesichter unten am Hang beobachteten jede Bewegung, die Saga machte, sie ließen ihre Blicke nicht von ihr weichen. War es das, wonach Vár sich sehnte? Saga hatte niemals diese Verehrung angestrebt. Sie wollte nur in Ruhe am Sökkvabach sitzen dürfen.

Die Haare an Sagas Armen sträubten sich. Ein Schatten funkelte im Sonnenschein auf. Die Luft verdichtete sich und nahm einen fremden Geruch an. Sot trat aus der zitternden Luft heraus. Sie stand nur eine Armlänge von Saga entfernt. Aber die Priesterin war jetzt anders, ihr Lächeln war verschwunden, und ihre Augen waren leere Löcher.

»Ich habe doch gesagt, dass es eilt. Warum trödelst du hier herum und bettelst um Anerkennung?«

In Sots Stimme lag keine Freude.

Die Angst wand sich wie eine kalte Schlange um Saga. Sie hatte in zwei Tagen losgehen wollen, wenn alles vorüber war.

»Beeil dich«, mahnte Sot.

Gleich darauf war sie verschwunden, als sei sie niemals da gewesen. Sagas Hand zitterte, als sie Iduns Nadel umklammerte. Etwas zog an ihr, rief sie, riss an ihrem Herzen.

Saga keuchte auf. Das Ting, Vár, Genugtuung und Sieg. Flüchtige Träume und wertloser Abfall. Nichts davon war wirklich von Bedeutung.

Sie musste sich auf den Weg machen, musste sich ihren Mahren stellen. Saga schaute sich ratlos um. Wenn sie losginge, dann müsste das jetzt geschehen, vor der Hengsthatz. Wenn die erst angefangen hätte, würde niemand ihr Verschwinden bemerken, und die Hatz konnte lange dauern.

Saga schaute die zu Boden gesunkene Asta an. Beim Namen der Göttin, jetzt wusste sie, was sie tun würde.

Sie würde die Gebrandmarkte benutzen, um ungesehen aus Walhalla zu verschwinden.

Vom Mörder ihrer Mutter ausgepeitscht. Die Mächte mussten sie an dem Tag verflucht haben, an dem sie blutend und schreiend aus dem Schoß ihrer Mutter gezogen worden war.

Bolde verzog seine fetten Lippen zu einem höhnischen Grinsen. Asta bebte vor Hass.

Ich werde dich langsam umbringen, werde deine Stange verdrehen, bis du schreiend in deinem eigenen Blut umherkriechst, und dann werde ich dir die Augen ausstechen. Blutend wirst du um Gnade winseln.

Gequält rang Asta nach Atem, das hier würde sie noch in den Wahnsinn treiben.

Sie riss an ihren Fesseln. Wenn sie doch nur frei wäre. Niemals würden die anderen sie zurückhalten können, wenn sie sich über Bolde hermachte. Ein Stich, und schon wäre es zu Ende. Dankbar könnte sie dann nach vollbrachter Tat in die Nachwelt wandern.

Verflucht!

Die Priesterin, die sich ohne ihr Zutun verletzt hatte, starrte sie mit solchem Hass an, dass Asta zusammenfuhr. Sicher würde die Priesterin sie verfluchen, würde ihr Mahren schicken, die ihren Verstand verschlingen sollten.

Fünf Hiebe.

Asta schüttelte trostlos den Kopf, sah, wie Saga Orm zu sich winkte. Orm, der ungestraft eine Priesterin hatte ermorden lassen, eilte an ihre Seite. Schmeichlerisch verneigte er sich vor der Frau, für die er und seine Männer zu sterben bereit waren.

»Nimm sie und folge mir«, sagte Saga kurz und ging hocherhobenen Hauptes den Hang hoch in Richtung Walhalla. Sie schaute sich nicht einmal um, um sich davon zu überzeugen, dass Orm ihr gehorchte.

Was Asta noch viel wütender machte.

»Tut mir leid«, sagte Orm und half Asta auf die Füße. Sie versteckte ihr Gesicht hinter ihren Haaren. Die Schande brannte wie Feuer in ihrem Magen. Vor den Augen aller gepeitscht werden wie ein Hund. Schreiend und blutend würde sie hilflos auf dem Boden liegen.

»Saga hat dir das Leben gerettet«, flüsterte Orm, als sie den Weg zum Zaun erreicht hatten.

»Daran werde ich denken, wenn mir die Haut vom Rücken gerissen wird«, erwiderte Asta verbittert.

Orm streichelte ihren Arm.

»Du wirst stark genug sein, um mit uns zu kämpfen. Lerne von den Kriegern, gehe dem Schmerz mit Würde entgegen«, sagte er und zeigte auf Walhalla.

Die Alfenpriester führten den goldenen Hengst durch das Tor. Das Tier strebte seinem Kampf um Leben und Tod entgegen. Es spitzte die Ohren, sein Schweif wogte wie eine Fahne.

Das Pferd wich mit angelegten Ohren zurück, als es sie sah. Der Priester, der es an einem Strick hielt, strich ihm über die Brust und versuchte, beruhigend auf das Tier einzureden.

Das Pferd zitterte, hob dann stolz den Kopf und ließ sich vorwärts führen.

»Mutig zu sein ist einfach für die, die ihr eigenes Schicksal nicht kennen«, sagte Asta und musterte Sagas Rücken mit düsterer Miene. Nicht ein einziges Mal hatte sie sich umgeschaut. Ihre Schultern wirkten angespannt und nervös. Als könnte eine verehrte Priesterin etwas zu befürchten haben.

»Du hast Angst«, sagte Orm.

Asta schnaubte.

»Was denn sonst.«

»Genieß den Zorn, den die Peitsche schenkt, meine Geliebte. Bald wirst du jeden Schlag tausendfach rächen können.«

Meine Geliebte? Asta biss sich in die Lippe.

»Mach nicht so ein düsteres Gesicht. Heute Nacht kannst du den Mann töten, der deine Mutter aufgehängt hat. Was könnte großartiger sein als das?«

Asta kniff die Augen zusammen.

»Was weißt du über den Tod meiner Mutter?«

Orm zog ihren Umhang gerade.

»Ich weiß, dass deine Mutter das, wofür sie angeklagt wurde, nicht getan hatte«, sagte er mit sanfter Stimme.

Ihre Mutter sollte unschuldig gewesen sein?

Asta ging schweigend weiter bis zum Tor und schaute dann auf das funkelnde Meer hinaus.

Ihre Mutter war schuldig gewesen bis in die tiefsten Gründe ihres Herzens. Asta hatte ihr selbst dabei geholfen, die Tür von Ingvalds-Björns Wohnhaus zuzunageln. Danach hatten beide ihre Fackeln an das Strohdach gehalten, dann war das Feuer aufgelodert und hatte das Haus und dessen Bewohner verschlungen.

Die Todesschreie hatten über den Hofplatz gehallt. Eine Frau hatte sich durch das brennende Dach stürzen können. Sie brannte wie eine Fackel, als sie auf den Brunnen zuwankte, dann fiel sie tot um. Asta hatte den Blick nicht von ihr losreißen können. Rosa Wunden zogen sich über ihr schwarzverbranntes Fleisch, wie bei einem Schwein, das über der Feuerstätte zu stark gebraten worden ist. Ihre Haare waren weggesengt gewesen, ihre Lippen ebenfalls. Sie hatte ein Kind unter dem Herzen getragen, ihr von den Flammen zerfressener Kittel hatte ihren gewölbten Leib entblößt.

Die Mutter war zwischen den Hütten hin und her gelaufen, hatte alles an sich gerissen, was sie dort finden konnte. Asta dagegen hatte sich nicht rühren können. Feuer und Schreie hatten sie verhext.

Es war das Schönste, was sie jemals gesehen hatte.

Am Ende hatte die Mutter ihr ein Bündel zugeworfen und sie vom Hof fort in den Wald gezerrt. Sie waren so weit gelaufen, wie sie nur konnten. Als ihre Kräfte nachließen, verkrochen sie sich unter einer Tanne mit tiefhängenden Zweigen und aßen sich an Dörrfleisch und Brot satt.

Asta konnte sich daran erinnern, wie das Feuer in ihrer Mutter noch immer gelebt hatte.

»Nichts in diesem Leben ist schöner als gerechte Rache«, hatte sie gesagt.

Und als Asta in die Augen der Mutter sah, die vor Freude und Wahn leuchteten, wusste sie, dass in diesen Worten eine tiefe Wahrheit lag.

Ingvalds-Björn hatte ihre Mutter vergewaltigt, als sie auf der Jagd gewesen war. Ihre Schreie waren im Wald ungehört verhallt, als er sie zu Boden gezwungen hatte und in ihren Körper eingedrungen war.

»Als das Schwein sich da unten zu schaffen gemacht hat, habe ich diesen Eid geschworen«, sagte die Mutter.

Und sie hatte wahrlich eine großartige Rache genommen. Ingvalds-Björns gesamte Sippe hatte sich im Langhaus aufgehalten, die Flammen hatten alle verzehrt, hatten die Schande der Mutter verbrannt, hatten sie von ihrem Zorn erlöst.

»Ich bin geläutert«, sagte sie immer wieder, während sie zu ihrer Hütte zurückwanderten.

Aber nach dieser Nacht hatte Asta angefangen, von den Toten zu träumen. Sie hörte sie nachts schreien, und wenn sie erwachte, hing noch immer der Gestank des verbrannten Fleisches in der Luft.

Als sie ihrer Mutter davon erzählt hatte, war sie wütend geworden und hatte Asta als Schwächling beschimpft.

»Du hast den Willen der Göttin herausgefordert, wie kannst du es wagen, an ihren Worten zu zweifeln?«

Die Mutter war jetzt fast immer zornig, denn in ihrem Bauch wuchs Ingvalds-Björns Kind heran.

Sie hatte versucht, es auszutreiben, aber es klammerte sich in ihrem Schoß fest.

Es waren schwere Zeiten, Elendszeiten. Der Hunger wetzte sein Messer. Wenn sie um Hilfe baten, kehrten die Leute ihnen den Rücken zu, niemand schenkte ihnen auch nur den kleinsten Bissen Brot. Sie wären verhungert, wenn Asta und ihre Mutter nicht des Nachts losgezogen wären, um sich zu holen, was sie brauchten. Als die Mutter zu schwer und unbeholfen wurde, wanderte Asta allein zu den abgelegenen Höfen, um dort aus den Vorratshäusern zu stehlen.

Nach Livs Geburt verschwanden die Albträume aus Astas Schlaf. Damals ging ihr auf, dass dieses Kind ein Geschenk war, das sie hüten musste, deshalb beschützte sie Liv vor der Mutter und sorgte dafür, dass die Kleine genug zu essen bekam.

Dann waren sie gekommen.

Asta strich mit der Hand über das Brandzeichen. In der Morgendämmerung hatten sie die Mutter aus der Hütte gezerrt. Danach war all das Schreckliche geschehen.

Aber als die Hütte brannte, als sie gebrandmarkt und aus Alfheim vertrieben wurde, hatte Asta ihren Eid geschworen. Die Mutter hatte ihr den Weg zur Freiheit gezeigt.

Jetzt sagte Orm, ihre Mutter sei unschuldig gewesen.

Asta lachte bitter.

Orm hatte Kämpfer um sich gesammelt und sie mit seinen glattzüngigen Reden geblendet. Bald würde er die Raubtiere loslassen und seine Feinde töten.

Wenn er überlebte und den Sieg davontrug, würden seine Krieger auf den Höfen von Alfheim Vieh und Kostbarkeiten rauben. Alles, was Asta getan und wofür sie bestraft worden war, würde Orm zum Helden der Vanen werden lassen.

Die Mutter hatte Recht gehabt, die einzige Gerechtigkeit war die, für die man selber sorgte.

Asta sah in Orms stolzes Gesicht. So schön war er, dass die Disen Loblieder über ihn sangen. *Geliebte* hatte er sie genannt. Das hatte noch keiner zu ihr gesagt.

»Bringst du mir denn wirklich Liebe entgegen?«

Orm nickte ernst.

»Das schwöre ich dir.«

Sein Gemüt war verdreht und seine Rede verlogen, aber warum sollte sie sich weigern, die guten Gaben des Lebens anzunehmen?

»Dann gehörst du mir«, sagte Asta und lächelte herausfordernd.

»So lange, bis der Tod uns trennt.«

Der Hofplatz war leer. Saga atmete erleichtert auf. Alle waren zum Gehege gegangen, genau, wie sie gehofft hatte. Sie legte die Hand auf Iduns Nadel, spürte, wie sich deren Kraft auf sie übertrug. Die Macht, die sie rief, wurde immer stärker. Nichts anderes war noch von Bedeutung.

Saga blieb beim Tor stehen, sie dachte daran, was Freya über Hauglot und Thor gesagt hatte. Eine tiefe Finsternis war auf dem Weg nach Walhalla, Alfhild plante üble Taten.

Sie biss sich auf die Lippe und zögerte, aber nur für einen Moment.

»Komm her, und lass die anderen außer Hörweite stehen«, rief sie Orm zu.

Sofort kam er angerannt.

»Danke für deine Gnade, Saga. Es wäre ungerecht gewesen, Asta zu töten«, sagte er und küsste ihre Finger.

»Ich habe Neuigkeiten«, sagte Saga und zog ihre Hand zurück. »Freya sagt, dass Thor unterwegs ist.«

Ein Schatten zog sich über Orms schönes Gesicht. Er sah durchaus nicht so erleichtert aus, wie sie erwartet hatte, sondern eher besorgt.

»Freust du dich nicht?«

Er lächelte, aber das Lächeln erreichte seine Augen nicht.

»Mit einem Kämpen wie Thor können die Vanen sich sicher fühlen«, antwortete er.

Er war ja nicht an gute Nachrichten gewöhnt, deshalb war er sicher so überrascht, überlegte Saga. Der arme Orm, er kämpfte nun schon so lange, dass er einfach nicht mehr spürte, wenn der Sieg näherrückte.

»Ich habe aber auch schlechte Nachrichten. Dieser Fremde, den Ingvild mitgebracht hat, ist ein Göte namens Hauglot. Sein Vater ist Freyas Feind.«

Nicht einmal das schien jetzt noch von Bedeutung zu sein. Das Totenhaus lockte und ließ ihr Blut singen, machtvoll rief es sie zu sich.

Orm kehrte ihr den Rücken zu und schaute nachdenklich aufs Meer hinaus. Nicht einmal jetzt zeigte er Dankbarkeit für alles, was sie ihm gesagt hatte. Er schien eher traurig zu sein.

»Mach dir keine Sorgen«, sagte er dann schließlich.

Das war eine seltsame Bemerkung. Saga hob den geflochtenen Riemen, mit dem das Tor geschlossen wurde.

»Asta, komm mit mir«, rief sie und stieß das Tor auf.

Die Dunkelhaarige kam langsam mit gefesselten Händen auf sie zu. Als sie an Orm vorüberging, warf sie ihm einen viel sagenden Blick zu.

»Was hast du mit ihr vor?«

Er war wirklich in seltsamer Stimmung. Saga wartete, bis Asta den Hofplatz betreten hatte, dann schloss sie das Tor.

»Das ist meine Sache«, sagte sie.

»Du darfst nicht allein mit ihr bleiben, sie könnte dir etwas tun.«

Orm packte das Tor, versuchte, es zu öffnen. Saga hielt es fest. Das durfte nicht sein. Wenn sie Orm nicht loswürde, könnte sie Walhalla nicht unbemerkt verlassen.

»Was ich darf oder nicht, ist ebenfalls meine Sache. Geh zum Gehege«, befahl sie.

Jetzt herrschte sie, jetzt galt nur ihr Wort.

»Sie ist gebrandmarkt und gefährlich, ich bitte dich.«

Asta schüttelte den Kopf und lächelte grimmig.

»Ich habe gesprochen. Geh jetzt«, sagte Saga würdevoll.

Orm trat zwei Schritte rückwärts, dann drehte er sich wütend um und fing an, den Hang hinunterzulaufen.

»Komm mit«, sagte Saga und ging über den Hofplatz, vorbei am Wagen der Königin und weiter zu den vier Hütten.

Die Pferde der Krieger weideten unten am Wasser.

Saga atmete erleichtert auf. Hier waren keine neugierigen Augen in der Nähe.

»Binde mich los.«

Saga fuhr zusammen. Asta hob ihre gefesselten Hände. Ihre Augen waren dunkel und hasserfüllt. Warum brachte sie ihr solchen Groll entgegen? Saga hatte ihr doch das Leben gerettet.

»Du kannst hier drinnen warten«, sagte Saga und führte sie zur Heilhütte. Dort würde sie bald entdeckt werden, gleich nebenan lag ein Vorratshaus, das immer wieder von den Mägden aufgesucht wurde.

Saga öffnete die dünne Holztür der Hütte. Die Hütte war leer, bis auf zwei aufgerollte Schilfmatten, die mitten auf dem Lehmboden lagen. Asta schnitt eine Grimasse, als sie trotzig hineinging.

»Es tut weh«, sagte sie und hob abermals ihre blutroten Hände. Saga zögerte. Der Lederriemen schnitt sich wirklich tief in die Handgelenke ein, und die Hütte war stabil und mit einem starken Riegel versehen. Sie ließ die Hand an ihren Gürtel wandern und schloss die Finger um ihr Messer.

Asta machte große Augen und wich einen Schritt zurück. Glaubte sie, Saga wolle sie mitten in Walhalla erstechen?

»Ich tu dir doch nichts«, sagte Saga.

Mit raschem Schnitt durchtrennte sie die Riemen.

»Danke«, sagte Asta und rieb sich die Handgelenke.

Saga drehte sich zur Tür um.

»Sie werden dich bald abholen«, sagte sie.

»Was ist mit dir und Orm?«

Saga runzelte die Stirn. Diese Gebrandmarkte war wirklich unverschämt. Orm ging allein Saga etwas an.

»Er achtet dich sehr«, sagte Asta rasch.

»Das stimmt«, antwortete Saga ungeduldig.

Sie hatte keine Zeit für solches Gerede. Gleich nach der Hengsthatz würden sie Asta holen kommen. Sie schloss die Tür und schob sorgfältig den Riegel vor, dann schaute sie sich um.

Saga rannte den Hang zum Meer hinunter. Dort unten hatten die Krieger ihre Pferde angebunden, gelassen weideten si auf der üppigen Wiese. Saga kletterte über den Zaun. Dann sprang sie auf der anderen Seite ins Gras.

Ein braunes, zottiges Pferd wich zurück, als sie mit ausgestreckter Hand darauf zukam.

»Hilf mir, mein Freund, und trag mich zu dem Ort, den ich besuchen muss.«

Das Pferd spitzte die Ohren und beruhigte sich. Saga packte das Seil, das um seinen Hals lag. Der Hengst war so klein, dass sie mit Leichtigkeit auf seinen breiten Rücken springen konnte. Sein warmes Fell kitzelte ihre Beine.

Ängstlich schaute sie sich um, aber niemand hatte sie entdeckt. Saga schluckte. Sie musste um das ganze Tal herumreiten, um weiterhin ungesehen zu bleiben.

»Lauf mit dem Wind«, rief sie und trieb das Tier an.

Der Hengst schnaubte und trabte dann los, fort vom Tal und in den spärlichen Wald hinein.

»Schneller«, rief Saga und klammerte sich an die volle Mähne.

Das Pferd warf den Kopf in den Nacken und fiel in Galopp.

Zum ersten Mal in ihrem Leben verließ Saga Walhalla ohne Begleitung. Das Pferd sprang über einen morschen Baumstamm und lief in den Wald. Saga warf den Kopf in den Nacken und lachte. Sie war endlich aufgebrochen.

Asta lehnte den Kopf an die Lehmwand der Hütte und hörte die Hufschläge in der Ferne verhallen. Die hasserfüllte Finsternis drohte, sie zu ertränken. Verdammte Sau!

Saga hatte alles in dieser und in der nächsten Welt. Sogar Orm kam angelaufen, sobald sie einen Finger hob. Dabei hatte er Asta seine Geliebte genannt, er gehörte ihr.

Hochnäsige Hündin!

Asta warf die Reste der Riemen auf den Boden. Wut stieg in ihr auf. Saga hatte sie verurteilt, obwohl sie unschuldig war. Ihretwegen würde sie wie ein Hund ausgepeitscht werden.

Sie rieb die blauroten Spuren, die die Riemen an ihren Handgelenken hinterlassen hatten, und schaute sich in der Dunkelheit um. Vom Gehege her waren jubelnde Rufe zu hören. Die Hengsthatz hatte begonnen, die Asta so gern gesehen hätte. Aber sie hatte nicht vor, hier zu bleiben. Eine törichte Priesterin würde sie ja wohl nicht gefangen halten können. Sie schob die Hand in den Ranzen und zog ihr Messer heraus. Asta musste es einige Male probieren, ehe sie das Messer zwischen Tür und Wand schieben konnte. Es war ein einfacher Riegel. Bohrender Hass erfüllte sie, als sie die Messerklinge gegen das Holz presste. Ein scharrendes Geräusch, dann war es so weit. Asta stieß die Tür auf und trat hinaus in den staubigen Sonnenschein.

Sie würde es Saga zeigen, sie würde es allen zeigen. Nie im Leben würde sie sich auspeitschen lassen, als Strafe für etwas, das sie nicht getan hatte. Damit musste es hier und jetzt zu Ende sein. Nur die Rache konnte sie befreien. Saga würde für das bezahlen, was sie getan hatte.

Asta ging einige Schritte weiter und sah dann unter dem Schutzbaum den Wagen der Königin. Viereckig und verziert wie eine Kleidertruhe ruhte er auf den mit Bronze verkleideten Rädern.

Asta biss sich auf die Lippe, zögerte einen Atemzug lang und rannte dann zum Wagen. In das dunkle Holz waren Sonnenräder eingeritzt, die Tür stand offen, aber der rote Vorhang versperrte den Blick ins Wageninnere.

Rasch kletterte Asta hinein. Das Innere war eine Enttäuschung. Es gab auf jeder Seite einen hölzernen Sitz, das war alles. Sie wollte schon wieder hinausklettern, als sie auf dem Boden etwas entdeckte. Asta bückte sich und hob ein graues Bündel aus Seehundsfell hoch. Es war schwer, vielleicht war es ja kostbar?

Astas Herz hämmerte, als sie das weiche Fell auseinander faltete. Ein kurzes Schwert mit hölzernem Griff funkelte ihr entgegen. Ein Vermögen, bestimmt war es mehrere Kühe wert. Es musste sich um ein Geschenk der Mächte handeln. Sie presste den Schatz an ihre Brust, spürte, wie dessen Kraft ihr Herz füllte. Es war ein Zeichen, ihre Schande würde hier und jetzt enden. Asta rannte zum Zaun und riss an einem Stück Seil, das irgendwer über einen Pfosten gehängt hatte. Ihr Herz hämmerte noch immer. Sie war frei, und sie hatte ein Schwert. Rasch band sie sich das Seil um die Taille und schob die Waffe hinein. Ein Hengst wieherte dumpf unten im Tal. Die Leute jubelten und klatschten.

Die Pferde weideten friedlich am Hang. Unten am Ufer lagen Walhallas Schiffe, kleinere Boote dümpelten auf dem ruhigen Wasser. Fische und Seehundsfelle hingen an den Trockengestellen.

Asta sprang geschmeidig über den Zaun und ging dann zu dem Pferd, das ihr am nächsten stand, einem schwarzen, zottigen Biest, das drohend mit dem Schwanz schlug. Sie war noch nie geritten, aber es sah ja nicht schwer aus.

Asta setzte sich rittlings auf das Tier. Das Pferd hob den Kopf und legte die Ohren an. Sie presste die Beine an den Pferdeleib, spürte das Fell an ihren Waden.

»Na, los«, sagte sie ungeduldig und schlug dem Tier auf den Hals.

Das Pferd machte einen Sprung nach vorn. Asta klammerte sich an, als es in die Richtung jagte, in der Sagas Schritte verhallt waren. Die Mächte würden sie führen.

Die Hündin musste bestraft werden. Asta lächelte zufrieden. Die Rache gehörte ihr.

6

Die Maske scheuerte an Freyas Wange, das Band riss ihr an den Haaren. Aber trotzdem war diese Maske ein Segen. Geschützt durch das bemalte Holz konnte sie sich gegen Lebende und Tote wehren.

Sie ließ sich auf ihrem Stuhl zurücksinken und sah zu, wie die beiden Hengste im Gehege aufeinander zuliefen, die Ohren angelegt, die Zähne gebleckt. Ihre Hufe blitzten in der Luft.

Alfheims Kämpe stürzte sich auf seinen weißen Feind, bäumte sich schreiend auf und schlug mit den Vorderhufen auf den Hals seines Gegners ein. Walhallas Hengst drehte sich um und ging mit den Hufen auf den goldenen Feind los. Er traf dessen Bauch mit einem dumpfem Knall.

Die Vanen schrien vor Freude. Torva schien vor Spannung beinahe zusammenzubrechen, wie sie mit vor den Mund geschlagenen Händen dastand. Ihre Mutter beugte sich mit geballten Fäusten über den Zaun. Hinter ihnen drängten Rota und ihre Söhne sich zusammen. Mager und jämmerlich waren sie allesamt, kaum jemand trug einen Umhang über den Schultern.

Alfheims Hengst biss Walhallas Hengst in den Hals, so dass helles Blut aufspritzte. Hinter Freya brüllte Hauglot siegesgewiss los. Sie schaute sich um und musterte ihn durch die beiden Löcher in ihrer Maske. Lokis Sohn, diese götzendienerische Schlangenbrut. Alfhild wusste ja nicht, welches Übel sie sich da ins Haus geholt hatte.

Machthungrige Göten, die mit Loki im Bunde waren, konnten nur den Untergang mit sich bringen. Außerdem opferten sie irgendwelchen Göttern, nur wenige von ihnen verehrten die Göttin. Kriegsanbeter, das waren sie.

Alles war so anders gewesen, als Freya jung war und Vanaheim das mächtigste Reich der Welt. Damals hatten die Kerle gewusst, wo ihr Platz war.

Sie hob die Hand und musterte düster das Netz aus Linien, das sich über ihre Haut zog. Es war schwer zu begreifen, wohin all die Zeit verschwunden war. Kaum etwas war so gekommen, wie sie es sich vorgestellt hatte. Das Walhalla, das sie in ihren Visionen gesehen hatte, war das Neue, das sich auf den Trümmern des Alten erheben sollte. Eine mächtige Kraft, das Symbol für ein neues Zeitalter. Jetzt jedoch war sie umgeben von Fehden und Priesterinnen, die immer mehr von ihrer Kraft verloren.

Ein kalter Wind kam von Norden her. Freya seufzte tief und wickelte den Umhang fester um ihre Beine.

Das Versagen nagte ihr am Herzen. So hatte sie sich ihren Lebensherbst nicht vorgestellt.

Walhallas Hengst schrie auf. Er kam auf die Knie und warf sich Alfheims goldenem Kämpen entgegen.

Königin Alfhild saß nach vorne gebeugt neben Freya. Ihre Fäuste waren vor Spannung geballt, der Schweiß strömte über ihre Wangen. Freya lächelte grimmig.

»Sieh nur, wie die Männchen bis zum Tod kämpfen, Königin. Das ist die Zukunft, die der Welt bevorsteht.«

Alfhild schaute sie nur vorwurfsvoll an.

»Das ist doch nur ein Spiel, ein Zeitvertreib«, sagte sie.

Es ist viel mehr, dachte Freya und blickte zu den Wolken hoch. Im Norden wurde es dunkel, schlechtes Wetter war auf dem Weg nach Walhalla. Auch das noch. An diesem Tag blieb ihr wirklich nichts erspart. Hauglot beugte sich eifrig vor, fast hätte er ihren Arm berührt.

»Walhalla wird siegen«, sagte Freya.

Er riss den Blick von dem Kampf los, der ihn bisher in Anspruch genommen hatte.

»Alfheims Hengst besitzt mehr Kraft, mächtige Herrscherin.«

Sie lächelte boshaft hinter ihrer Maske.

»Ich nehme an, dass du dich darüber freust.«

»Der Bessere soll gewinnen«, sagte Hauglot.

»Wir werden ja sehen, welchen die Mächte erwählen.«

Die beiden Hengste bäumten sich voreinander auf. Schweißüberströmt, mit blitzenden Augen und angelegten Ohren, stießen sie zusammen wie zwei Gewitter. Walhallas Hengst schrie gequält auf, als spitze Hufe seine Kehle aufrissen. Blut färbte sein weißes Fell, seine Kräfte schienen zur Neige zu gehen.

Freya setzte sich aufrecht hin. Alfheims goldener Hengst schien neue Kraft gewonnen zu haben. Wie flüssiges Gold legte er sich über den Schimmel, drehte sich dann um und trat mit den Hinterbeinen.

Walhallas Hengst knickte blutend mit den Vorderbeinen ein. Er war tödlich verwundet, das Blut sprudelte aus seinen Nüstern. Er hob den Kopf, versuchte tapfer, noch einmal auf die Beine zu kommen. Aber sofort griff Alfheims Streiter mit donnernden Hufen an.

Der Schimmel sank ins Gras. Er wieherte leise und blieb dann ganz still liegen, während sein Leben verrann.

Freya ballte die Faust. Verflucht.

Die Bewohner von Alfheim brachen in Jubelrufe aus. Ein Flötenspieler mit spitzem Hut sprang ins Gehege und tanzte um das sterbende Tier herum.

Neben ihr lächelte Hauglot zufrieden.

Jetzt nahm Freya das Schimmern wahr, das seinen Körper umgab. Sie keuchte auf. Lokis Sohn brachte einen Zauber mit sich, er musste die Kräfte seines Vaters geerbt haben. Das machte ihn nur noch gefährlicher. Das Lachen der Totengöttin Hel hallte in Freyas Kopf wider. Hab keine Furcht, Herrin, dachte Freya, während der Zorn in ihrer Brust wuchs. Hauglot soll mein Geschenk für dich sein, mit ihm kannst du dich im Totenreich amüsieren. Niemals würde sie sich kampflos ergeben.

»In diesem Jahr hat Walhallas Pferd ja nicht viel Kraft gehabt«, sagte Alfhild zufrieden.

Alfheims goldener Hengst galoppierte mit wehendem Schwanz durch das Gehege.

Die Alfenpriester näherten sich dem besiegten Tier mit Messern und Äxten, um das Fleisch zu zerteilen, an dem die Festbesucher sich dann gütlich tun würden. Der Schimmel versuchte, den Kopf zu heben, schaffte es aber nicht mehr und wartete nur noch reglos auf das Ende. Widar schnarchte hinter ihrem Rücken. Der Hohepriester des Zwillingsgottes schlief mit halb offenem Mund auf seinem Stuhl. Ein Speichelfaden zog sich über sein Kinn. Er hatte alles verpasst, sogar das hier.

Freya runzelte die Stirn. Saga hätte Asta jetzt zur Bestrafung ins Gehege führen müssen. Sie winkte Vár, die weiter unten am Hang stand. Schmeichlerisch lächelnd verbeugte Vár sich vor ihr und kniete dann neben Freyas Stuhl nieder.

»Wo steckt meine Tochterstochter?«

Die Priesterin seufzte tief.

»Ich weiß es nicht. Saga ist heute wie verhext, aufsässig und ungehorsam«, sagte sie und breitete die Hände aus.

Dieses unverschämte Weibsstück. Freya würde sie schon lehren, die zu achten, die von Geburt höher standen als sie.

»Du hast heute meinem Willen getrotzt. Du hast Saga erzählt, was Ull getan hat«, sagte Freya mit eiskalter Stimme.

Vár erbleichte und starrte zu Boden.

»Ich wollte nicht …«

»Es ist deine Verantwortung, über Saga zu wachen, also finde sie oder verlass meinen Hof.«

Vár riss die Augen auf.

»Hohepriesterin, ich bitte dich…«

Freya kratzte sich an dem Flohstich in ihrem Nacken. Jämmerliche kleine Geschöpfe. Die, welche am leichtesten in Zorn gerieten, waren immer die feigsten. Verzweifelt versuchten sie, ihre eigenen Ängste zu verbergen. Immer suchten sie jemanden, der Angst vor ihnen hatte. Nur durch die Furcht der anderen konnten sie wachsen und das Gefühl haben, am Leben zu sein. Aber wenn sie an jemanden gerieten, der ihnen überlegen war, dann bettelten sie um Freundschaft.

Freya beugte sich über die Armlehne und schob die Maske so

weit hoch, dass sie ins Gras spucken konnte. Die Menschen waren doch wie Hunde.

»Bist du noch immer hier?«

Mit hochrotem Gesicht richtete Vár sich auf und verließ Freya mit einer Verbeugung.

»Mit dem Gesinde gibt es immer nur Ärger, aufsässig sind sie, kennen keinen Anstand und keine Vernunft«, sagte Alfhild vertraulich und schaute sich um. »Wo ist die Gebrandmarkte? Bolde wartet schon.«

Freya schaute Rodälv fragend an. Die Priesterin schüttelte den Kopf. Sie wusste es auch nicht. Vor Besorgnis krampfte sich Freyas Magen zusammen. Der Kleinen konnte doch nichts passiert sein?

»Warten wir mit der Bestrafung«, sagte Freya und erhob sich auf steifen Beinen.

»Genau! Freuen wir uns doch lieber über die beiden, die hier ihren Segen empfangen sollen«, rief Alfhild und nahm Ingvild und Hauglot bei den Händen.

Elend. Dieses Versprechen hatte sie vollkommen vergessen. Freya seufzte tief, dankbar für die Maske, die ihr Gesicht verbarg.

»Sinmara wird euch ins Gehege führen. Ich muss mich vorbereiten.«

Sofort sprang die junge Priesterin herbei und führte die beiden zum Zaun.

Die Alfenpriester versuchten, den schlafenden Widar zu wecken.

Freya schaute sich besorgt um. Saga hatte doch hoffentlich keine Dummheit begangen?

»Deine Gabe für die Opferquelle ist bereit und wartet. Ich habe ein prachtvolles Tier ausgesucht«, sagte Rodälv.

»Vergiss das Opfer für den Moment. Wo ist Saga?«, fauchte Freya.

»Deine Enkelin hat niemand mehr gesehen, seit sie mit Asta verschwunden ist. Beide sind weg, sie sind nirgendwo zu finden«, antwortete die Priesterin.

Freya biss so hart die Zähne zusammen, dass es wehtat. Untaugliche Priesterinnen und falsche Königinnen, von welchem Elend war sie doch umgeben.

»Ihr müsst sie sofort finden. Wenn sie nicht zur Stelle ist, ehe ich die Zeremonie abgeschlossen habe, dann lasse ich euch alle auspeitschen«, fauchte Freya.

Rodälv nickte Sigthaud zu, die neben ihr ging.

»Zieh dein Federkleid an und suche oben und unten, nichts darf meiner Kleinen passieren«, sagte Freya verzweifelt. Die Priesterin stürzte davon.

Der Bauch des Pferdes war bereits aufgeschnitten. Das blutrote Gedärm quoll aufs Gras hinaus. Aber sein Kopf war noch unversehrt, die Augen starrten leer in die Nachwelt, und das weiße Fell des Halses war von geronnenem Blut verklebt.

»Lasst uns allein«, befahl Freya den Alfenpriestern.

Sie legten Leber und Fleischstücke auf die Haut und trugen sie zum Feuer.

Übrig waren noch die Erddisen, die vom Boden aufstiegen, um die Lebenskraft des Tieres zu trinken. Wie ein Zittern in der Luft krochen sie über den Leib des Hengstes.

Hauglot nahm die Hand seiner künftigen Gemahlin und lächelte Freya erwartungsvoll an. Seine Augen funkelten vor unterdrücktem Lachen. Er glaubt, er habe mich mit seinen Lügen umgarnt, dachte sie.

Sollte er das nur glauben. Lokis Sohn. Sie würde es ihm schon zeigen. Freya lächelte hämisch.

»Können wir anfangen, Hohepriesterin?«, fragte Alfhild.

Warum verlangte die Königin nach dem Segen der Göttin? Alfhild neigte sich immer mehr der goldgeschmiedeten Macht des Zwillingsgottes zu. Aber der Segen würde Alfheimern und Vanen gleichermaßen beweisen, dass Hauglot zu ihnen gehörte und kein Fremdling war.

Listig war Königin Alfhild immer schon gewesen, doch Freya würde ihr noch zeigen, wie wahre List aussah. Sie holte tief Luft.

»Die Liebe von Frauen, die Falschheit kennen, ist wie ein Pferd ohne Hufstroh auf glattem Eis, oder wie ein Schiff, das ohne Steuer in einen wütenden Sturm segelt«, sagte Freya zu Hauglot.

Der senkte höflich den Kopf und schlug seinen Umhang zur Seite.

»Das stimmt, Hochwürdige.«

Freya richtete ihren Blick auf Ingvild, die mit holdem Lächeln zwischen Mutter und Gatten stand.

»Die Kerle, welche die schönsten Worte schmieden, hegen die falschesten Gedanken. Sie können sogar kluge Gemüter einwickeln«, sagte Freya zu Alfheims künftiger Königin.

Auch die senkte den Kopf.

»Wahr gesprochen, Hohepriesterin.«

»Gut, dann werde ich jetzt für euch sprechen.«

Freya bückte sich und tunkte die Hand in das heiße Pferdeblut. Die Kraft ließ ihre Haut stechen und brennen. Freya schloss die Augen und flüsterte über dem Blut einen Zauber, sie beschwor die Mächte, ihr Kraft zu schenken. Sofort wogte die Antwort als heiße Welle durch ihren Körper. Freya leckte sich die Lippen, genoss die zitternde Kraft. Sie wuchs aus ihr hinaus, verband die Priesterin mit Himmel und Erde, ließ ihre Sinne bis an die Mächte heranreichen.

Sie war Wind und Erde, Feuer und Wasser. Freya hob die Arme und ließ die Macht verströmen.

Dann strich sie mit dem Daumen über Ingvilds Stirn. Die junge Frau fuhr zusammen, als ob sie einen Schlag erhalten hätte. Jetzt konnte Freya sehen, wie sich Hass und böse Gedanken der anderen wie schwarze Schlangen um sie wanden. In Alfheims angehender Herrscherin gab es keine Güte.

»Ich beschwöre dich, dein Gemüt zur Ruhe kommen zu lassen und weder Vanen noch Asen Feindschaft entgegenzubringen«, sagte Freya in der alten Sprache. Nur die Priesterinnen kannten die Worte, die sie hier sang, Alfhild und die anderen verstanden sie nicht.

Ingvilds Augen wurden ruhiger, sie atmete erleichtert auf, wie von einer schweren Last befreit.

Freya lächelte, bückte sich wieder zu dem blutigen Hengst und malte dann das Zeichen auf Hauglots Stirn. Sie spürte seine fremde Magie auf ihrer Haut. Wie ein Tier in seiner Höhle lag dieser Zauber auf der Lauer, um sie dann mit all seiner Kraft anzufallen.

»Ich beschwöre dich: Zeige dein wahres Ich«, sang Freya.

Das Zaubernetz, das so sorgfältig um den Körper des Göten gesponnen worden war, funkelte wie ein regennasses Spinngewebe in der Sonne. Dann verdunkelte es sich und schrumpfte zu einem Nichts.

Hauglot merkte nichts, so mächtig waren seine Kräfte doch nicht. Sie würde Lokis Sohn etwas zeigen, was er so schnell nicht mehr vergessen würde.

»Erstarre, Stange, erhebe dich zu den Wolken. Willig und bereit sollst du sein, eine Mondwanderung lang. Das Einzige, was deine Sinne erfüllt, ist das Buhlen, nirgendwo wirst du Ruhe finden.«

Hauglot riss die Augen auf, als sich sein Lendenschurz hob.

Freya lachte zufrieden. Was immer er erwartet hatte, das hier jedenfalls nicht.

»Ihr habt den Segen der Mächte, mögen Friede und guter Wuchs all eure Tage füllen«, rief sie.

Alfhild klatschte lachend in die Hände.

»In Alfheim werdet ihr auf die alte Weise getraut«, rief sie.

Vor dem Gehege jubelten die Leute von Alfheim und wünschten dem Paar Glück.

Hauglot hielt sich die Hände vor den Schritt und versuchte vergeblich, seine steife Stange nach unten zu drücken. Danach verbarg er sie unter seinem Umhang.

»Die Kraft des Hengstes hat Besitz von dir ergriffen, eine Gunst der Liebesgöttin«, sagte Freya.

Ingvild sagte nichts, sie starrte nur verdutzt Hauglots Lendenschurz an. Er war ganz offenbar gut ausgerüstet, das Stoffstück wurde weit hoch gehoben.

»Dann ist es vollbracht«, sagte Freya und verließ die beiden mit einem zufriedenen Lächeln.

Niemand konnte sie zu etwas bringen, das sie nicht tun wollte.

Vor dem Gehege hatte das Sommerfest bereits begonnen, mit Blumen geschmückte Mädchen und Jungen tanzten um das Feuer.

Die Mägde von Walhalla brachten Met. Sofort umdrängten die Leute sie, um ihre Becher füllen zu lassen.

»Was für einen Fluch hast du Hauglot auferlegt?«

Alfhild sah aus wie ein überladenes Schiff, als sie auf Freya zugewogt kam.

»Ich herrsche nicht über die Manneskraft, und ich habe weder Frau noch Mann je über so etwas klagen hören. Ingvild wird große Freude an ihm haben, und du ebenfalls«, sagte Freya.

Ein kühler Wind fuhr durch das Tal. Freya schauderte zusammen, als Alfhild ihren Arm packte.

»Das reicht jetzt, Priesterin. Alles musst du beschmutzen und verzerren, wie eine Allwissende glaubst du, über Leben und Tod gebieten zu können«, sagte sie.

Freya schnaubte. Das musste sie sich ausgerechnet von Königin Alfhild sagen lassen, die Lokis Sohn hergeschleppt hatte.

»Schluck deine gemeinen Lügen hinunter. Ich sehe genau, welches Übel du webst«, schrie Freya.

Alfhild schnappte wie ein Fisch auf dem Trockenen nach Luft, als Freya sie stehen ließ. Treulose Kuh.

Freya atmete die Abendluft ein und schaute sich unruhig zwischen den tanzenden jungen Leuten um. Wo mochte Saga sein?

Kalte Winde fegten durch das Tal, trieben die Menschen näher zu den Feuern. Freya fröstelte und schaute zu den Wolken hoch. Bei Nifelheims schwarzem Kessel! Die Finsternis jagte über den Himmel, schwarze Wellen schwappten über das Tal. Ein Sturm zog auf.

Die Kälteriesen lachten grollend und höhnisch im stärker werdenden Wind, ein kühler Vorläufer dessen, was bevorstand. In der Ferne war zwischen Wolken und Feldern eine graue Regenwand zu ahnen. Das Dröhnen stürmender Heerscharen hallte im Himmelsgewölbe wider.

Gleich darauf hatten die Sturmhündinnen ihr Ziel erreicht. Sie jagten heulend durch das Tal und hätten Freya mit ihrer vernichtenden Kraft fast zu Boden geworfen. Das geflochtene Strohdach, unter dem sie vorher gesessen hatten, war im Nu zerfetzt.

Freya zog ihren Umhang ganz fest um sich. Sie sah, wie Rodälv sich durch den Wind weiterkämpfte. Ihr Gewand flatterte hinter ihrem Rücken, ihre Zöpfe peitschten um ihr Gesicht.

»Ich habe Läufer ausgeschickt, die Saga suchen sollen, hoch oben bin ich im Federkleid geschwebt, aber ich konnte sie nirgends entdecken«, rief sie.

Freya erschauderte. Die Angst brannte in ihrer Brust.

»Wenn die Gebrandmarkte ihr etwas angetan hat …«

Freyas Kehle schnürte sich zusammen, sie konnte nicht weitersprechen.

»Bestimmt besteht kein Grund zur Sorge. Niemand kann sich vor Walhallas Priesterinnen verbergen«, sagte Rodälv langsam.

Jetzt fielen schwere Regentropfen auf den trockenen Boden. Überall rannten die Leute davon, um unter den Bäumen Schutz zu suchen. Sie drängten sich unter den Baumkronen zusammen und sprachen aufgeregt und besorgt miteinander. Und jetzt prasselte der Regen nur so herab, peitschte die Erde.

Alfhilds Krieger rannten mit flatternden Umhängen zu den Bäumen. Die Königin selbst eilte mit ihrem Gefolge nach Walhalla. Freya wischte sich grimmig den Regen aus dem Gesicht. Ungebeten wollten die Alfheimer in ihrer Halle Schutz suchen.

»Ein Sturm während des Sonnenfestes, ein böses Omen«, sagte Rodälv.

»Es ist zu Ende«, riefen die vorüberfegenden Winde. »Sie ist unterwegs.«

»Wer?«, rief Freya, bekam aber keine Antwort.

Wütend band sie die Maske los und ließ sie sinken. Rasch griff sie nach den Händen der Priesterinnen, vereinigte deren Stärke mit ihrer eigenen. Zusammen webten sie einen Schutz vor Wind und Regen, einen Zufluchtsort im Herzen des Sturms.

Jetzt kamen Reifriesen, die höher waren als die Bäume, von Norden her gewandert. Die Kälteriesen zertrampelten die Saat auf den Feldern, füllten die Luft mit winterlichem Frost.

Wütende Sturmdisen rüttelten an den Bäumen und fegten durch Freyas Tal. Durchsichtig wie Wasser waren die heulenden Frauengestalten, als sie mit ihren langen Krallen nach den Menschen schlugen, während diese sich fallen ließen und vorwärts krochen, auch wenn sie für diese Geschöpfe blind waren.

Freya keuchte auf. Was für ein Übel hatte mitten im Sommer diese Wesen losgelassen? Diese bösen Vorzeichen jagten ihr kalte Schauer über den Rücken. Das hier war kein normaler Sturm. Die Luft stank nach Zauber und Finsternis. Also, was in Hels mächtigem Namen, war da über sie gekommen?

»Seht nur, ein Schiff«, schrie Sinmara.

Freyas Herz setzte einen Schlag aus. Das Meer kochte als grauer Schaum, die Wellen in der Bucht ragten auf wie Felsen. Aber dort, hinter Inselchen und Schären, war ein graues Segel zu ahnen. Thor. Die Bilder aus ihrer Vision tauchten vor Freyas innerem Auge auf. Thor mit der Trauernachricht, die weinende Saga.

»Es wird nicht leicht sein, durch das Riff zu kommen«, sagte Rodälv besorgt und zeigte auf das Schiff, das über die Wellen ritt. Die Sturmdisen tobten lachend um das Schiff herum, rüttelten an Segel und Mast, warfen es im Wasser fast um.

Sie musste ihm zu Hilfe kommen.

Freya zog den Umhang fester um ihre Schultern.

»Sigthaud, kümmere du dich um die Gäste in Walhalla. Eli, du begleitest sie. Geh ihr bei allem zur Hand. Ihr anderen kommt mit mir.«

Hocherhobenen Hauptes lief Freya mit den Priesterinnen auf die Landzunge. Sie konnte den Sturm der Dunkelheit vielleicht nicht bannen, aber mit Rans Gemüt kannte sie sich aus. Freya rieb die Hände aneinander, sie waren starr vor Kälte.

Thors Schiff würde sicher an Walhallas Stränden anlegen. Sie hob die Hände und rief die Meeresgöttin an. Nichts Böses durfte ihr Thor wegnehmen.

Hels Totenhaus ragte mitten im Hain auf. Gras wuchs in den Rissen der dunklen Steinmauern. Eine Urne war vor der Tür abgestellt worden. Auf dem Steinaltar lagen frische Blumen und einige Brotkrümel.

Der Opferstein einige Schritte weiter war dunkelrot von geronnenem Blut.

Saga spürte, wie die unsichtbare Kraft, die sie von Walhalla hergelockt hatte, ihren Griff lockerte. Sie ließ sich vom Pferd gleiten und streichelte dessen zottigen Hals.

»Ich muss wahnsinnig gewesen sein«, flüsterte sie.

Das Tier schnaubte unglücklich, es fühlte sich so dicht beim Totenhaus nicht wohl in seiner Haut. Kaum hatte es entdeckt, dass es frei war, da warf es den Kopf in den Nacken und galoppierte davon.

Saga biss sich auf die Lippe.

Hoffentlich machte Freya sich keine Sorgen. Aber jetzt müssten sie doch Asta gefunden haben, und die konnte ihnen erzählen, wohin Saga geritten war. Die Großmutter würde sie sicher verstehen, sie hatte doch selbst gesagt, dass Saga sich von nichts aufhalten lassen sollte.

Zwischen den Bäumen war Alfhilds Hof zu sehen. Friedlich ruhte er hinter Alvarins Grabhügel. Hier im Herzen der Feinde war sie frei. Allein.

Saga atmete auf, ängstlich und erleichtert zugleich.

Jeden Herbst und Frühling hielt Freya Rituale ab, um ihre Herrin Hel zu ehren. Aber Saga war hier noch nie allein gewesen, niemals hatte sie die volle Kraft des Totenhains gespürt.

Sie biss die Zähne zusammen, verdrängte ihre Angst und ging auf die Querseite des Totenhauses zu.

Der Singstein, den Freya einst vom alten Volk erhalten hatte, war über der Tür eingemauert, die nicht geöffnet werden durfte. Dort konnte seine Macht die Geister bannen.

Die Kälte der Nachwelt kroch unter ihre Haut, als sie mit der Hand über das Zeichen der Göttin im Stein fuhr. Sie wischte den Staub der Menschenknochen ab, die Freya dort zermahlen hatte.

Sie musste Mut finden.

Saga nahm den kleinen Stein aus dem Wandfach, ließ ihn zwischen ihren Händen hin und her rollen und betete darum, dass sie seine Stärke benutzen durfte. Dann holte sie tief Luft und schlug damit gegen den grauen Singstein. Der tiefe Klang hallte im Hain wider, erreichte die Nachwelt, erreichte das Reich der Totengöttin.

»Ich grüße euch, ihr, die ihr früher gelebt habt. Zeigt mir den Weg«, flüsterte sie und legte den Stein wieder an seinen Platz.

Das war der Anfang.

»Verschone mich, Totengöttin«, flüsterte sie dann.

Idun war unter der alten Eiche begraben, die ein Stück abseits stand. Der kleine Hügel war bedeckt von weißen Blumen, und ganz oben bildeten neun rot bemalte Steine einen Kreis.

Saga holte zitternd Atem. Zum ersten Mal in ihrem Leben stand sie allein am Grab ihrer Mutter. Ihre Knie zitterten. Kraftlos sank sie in das hohe Gras.

»Ich bin jetzt hier, Mutter«, flüsterte sie und legte die Hand auf die Nadel. »Ich habe sie angesteckt, so, wie du es gewollt hast.«

Ihre Kehle schnürte sich dermaßen zusammen, dass sie kaum sprechen konnte. Saga presste die Lippen aufeinander, dann zwang sie die Worte zwischen ihnen hindurch.

Sie verschob einen Stein auf dem Grab, er war ein wenig von den anderen im Kreis weggerollt.

»Verzeih mir, dass es so lange gedauert hat. Ich …«

Sie konnte nicht mehr. Saga schlug die Hand vor den Mund, kämpfte mit den Tränen.

»Ich hatte solche Angst.«

Eine Hummel schwebte über den Blumen auf dem Grab. Das Wasser unterhalb des Hügels schlug leise gegen den Strand.

Sie musste es laut sagen. Ihr ganzes Leben hatte sie unter dieser Schande gelitten, hatte nicht gewagt zu sagen, wie weh sie tat, diese schwerste aller Lasten. Jetzt musste es sein, wenn sie nicht daran zerbrechen wollte. Saga holte zitternd Atem.

»Es tut mir so leid, dass ich dich getötet habe, Mutter.«

Die alte Trauer brach sich wieder Bahn. Saga jammerte vor Schmerz. Diese vielen Nächte, in denen sie vor Sehnsucht geweint und sich gewünscht hatte, niemals geboren worden zu sein. Denn dann wäre Idun noch am Leben. Alles war ihre Schuld.

»Sie nennen mich die Stimme der Göttin, aber wie kann ich ihr dienen, nach allem, was ich getan habe?«

Der Schmerz in ihrem Bauch loderte wieder auf. Glühende Schwerter schnitten sie in Stücke. Saga krümmte sich zusammen und weinte ihre Schande aus sich heraus.

»Vergib mir!«

Sie legte sich auf das Grab ihrer Mutter. Die Tränen liefen in den Boden, befeuchteten ihn mit lebenslanger Trauer. Ein Wind schwebte durch den Hain, streichelte tröstend Sagas Wange. Als wäre ihre Mutter bei ihr.

Sie wischte sich mit dem Handrücken die Wange ab und schniefte.

Da war sie wieder, diese leichte Berührung ihrer Haare. Ein Vogel sang in der Eiche, aber es war keine glückliche Huldigung an den Sommer, sondern ein lockendes Klagelied.

Saga keuchte auf.

Ihre Mutter war bei ihr.

Sie konnte sie spüren. Idun war in der Luft, im Boden, im Wind. Saga presste die Hände auf die feuchte Erde. Spürte deren stille Ruhe. Ihre Mutter wachte über sie.

Die sanfte Gewissheit erfüllte sie. Ein plätschernder Bach, der sie zärtlich von aller Schuld reinwusch. Saga war vergeben worden.

Die Finsternis in ihrer Brust löste sich auf, die Lebenskraft pulsierte wieder durch ihren Körper.

Davor hatte sie sich am meisten gefürchtet, vor dieser Begegnung mit ihren Mahren. Was war sie für eine Närrin gewesen. Jetzt verspürte sie nur eine segensreiche Erleichterung. Sie holte tief Luft.

»Wenn ich das doch nur gewusst hätte.«

Saga hob ein Stöckchen vom Grab auf und warf es weg, dann kroch sie zwischen die Blumen. Der Duft gab ihr ein Gefühl der Geborgenheit.

»Ich gäbe alles darum, zu sehen, wie du ausgesehen hast.«

Saga schloss die Augen, spürte, wie das Gras ihre Wange kitzelte.

»Großmutter sagt, dass du schön warst, dass ich manchmal Ähnlichkeit mit dir habe«, flüsterte sie dem Grabhügel zu.

Sie seufzte glücklich, genoss den Frieden in ihrem Gemüt.

»Du hast mich vor Vár und Eli gewarnt, sie hassen mich. Ich habe mich heute an ihnen gerächt; nun werden sie mich bestimmt bestrafen.«

Aber nicht einmal das spielte noch eine Rolle.

Sie schloss die Augen und ließ sich noch tiefer über den Boden sinken. Die Blumen wiegten sich im Wind, die Sonne wärmte ihre Wange.

»Wichtig ist nur, dass du bei mir bist.«

Müde ließ sie sich vom Wind wiegen und wäre fast eingeschlafen.

In der Ferne war dumpfer Herzschlag zu hören. Die Erde schloss sich um sie wie eine Geborgenheit schenkende Umarmung. Saga lächelte zärtlich, sie wollte immer noch tiefer. Sie ruhte wirklich in der Umarmung der großen Mutter.

Plötzlich wurde die Umarmung härter, sie fesselte Saga, so dass sie sich nicht rühren konnte. Sie keuchte entsetzt auf, versuchte freizukommen. Aber sie steckte fest, zusammengekrümmt wie ein Kind.

Bewegungslos lag sie in der schwarzen Finsternis. Der Herzschlag umgab sie dröhnend. Bei der heiligen Göttin. Sie lag im Bauch ihrer Mutter!

Gleich darauf fiel sie. Sie sank durch die Dunkelheit, die Haare umflatterten ihr Gesicht, aber sie konnte weder Arme noch Beine bewegen. Jetzt war der stille Friede verschwunden.

Die Erde schloss sich immer dichter um sie. Warm und feucht fiel sie auf Sagas Brust. Das Atmen fiel ihr schwer. Saga versuchte zu schreien, als die Erde begann, ihr Gesicht zu bedecken, doch dann füllte sie auch ihren Mund.

Ihr ganzer Körper schmerzte vor Angst. Luft, sie musste atmen.

Schreiend versuchte sie, sich aus dem Grab zu befreien. Vergeblich. Sie konnte die Arme nicht bewegen.

Sie schloss die Augen, spürte, wie die warme Erde ihr Gesicht bedeckte.

War das ihr Schicksal? Zu sterben, nun da sie endlich Frieden gefunden hatte? Die Angst machte einer stillen Ruhe Platz. Dann wollte sie würdevoll in die Nachwelt eintreten.

Saga ließ das Leben los, an dem sie sich eben noch krampfhaft festgehalten hatte.

Gleich darauf begann sie erneut zu fallen.

Sie stürzte durch die Ewigkeit. Ihr Körper erstarrte, und Saga keuchte auf. Die Spirale, die sie so lange zu erreichen versucht hatte, drehte sich langsam in der Dunkelheit. Jetzt war sie nicht mehr gefesselt. Sie wurde zu der Spirale hingezogen, fiel ihrer Mitte entgegen, fiel ins Nichts.

Sie schwebte frei.

Saga schnappte entsetzt nach Luft. Überall funkelten Sterne, sie leuchteten ganz in ihrer Nähe, mit Silber bestreute Wege in die Ewigkeit.

Ein wunderschönes Lied, zart, aber doch kraftvoll, füllte die Unendlichkeit. Tausende von Stimmen hießen sie willkommen.

Ihr ganzes Leben lang hatte sie sich danach gesehnt, das wusste sie jetzt.

Die hellen, klaren Stimmen sangen über den Anfang und das Ende aller Dinge. Dort gab es die Antworten auf alle Fragen, die jemals gestellt worden waren.

Nicht ein einziger falscher Ton störte die Harmonie des Sternenchors, es gab nur Friede und Freude und großartige Schönheit. Tränen liefen ihr über die Wangen. Die Musik verwandelte sie in flüssiges Licht.

Schwerelos schwebte sie durch die Zeitalter, während die Ewigkeit wie der Herzschlag einer Mutter pulsierte. Das war die Wirklichkeit, ein Gewebe aus wunderschönem Gesang, das alles Lebende zusammenband. Hier gab es keinen Hass, keinen Kampf, nur Frieden.

Sie drehte sich um, reckte sich dem Sternenlicht entgegen.

Über ihr drehte sich die Spirale in die Ewigkeit. Sie hatte sie erreicht, hatte die große Dunkelheit durchquert. Saga lachte. Das Glück, das sie erfüllte, schien ihren Körper aufzulösen.

In diesem Moment wollte sie auch nichts anderes. Für immer hier bleiben zu können, wäre der größte Segen von allen. Aber das war unmöglich, und tief in ihrem Herzen wusste sie das.

In der Ferne leuchtete ein Blitz auf. Das Lied änderte sich, jetzt wurde es dunkler, kräftiger.

Gleich darauf schwebte in der Dunkelheit vor ihr ein Wesen. Saga keuchte vor Schmerz auf. Ein blendendes Licht riss sie in Stücke. Das hier war zu groß, zu stark.

Saga starrte die Gestalt mit entsetzter Ehrerbietung an.

Sie war gewaltig. Die goldenen Haare leuchteten wie Sterne um sie und schienen ein eigenes Leben zu besitzen. Ihr Körper war dunkel wie feuchte Erde. Der Bauch schwoll an, als trage sie ein Kind, grüne Gewächse umschlangen ihre üppigen Arme.

Saga krümmte sich vor dieser Macht zusammen. Niemals hätte sie sich vorstellen können, dass es eine Göttin wie diese geben könnte.

Die Augen in dem gütigen Gesicht leuchteten wie Sterne. Sie war nicht schön, aber ihre zärtliche Mütterlichkeit ließ Saga fast in Tränen ausbrechen.

Aber in das Licht konnte sie nicht mehr hineinschauen.

Sie brach in krampfhafte Zuckungen aus.

Die Ewigkeit an sich pulsierte von der Lebenskraft der Göttin. Unbezähmbar fegte sie durch die Dunkelheit, füllte sie mit Leben und Tod, Saat und Ernte, Opfern und Gaben.

Die Göttin hob ihren dunklen Arm und zeigte auf Saga. Frische Blätter fielen von ihrem Körper und schwebten durch die Ewigkeit.

»Ich habe dich gerufen, und du hast dich widersetzt.«

Die dröhnende Stimme war erfüllt von einer uralten Kraft, wie ein Messer schnitt sie in Sagas Ohren. Heißes Blut tropfte auf ihre Schultern.

»Verzeih mir, Göttin, ich habe es nicht begriffen«, flüsterte sie.

Das Wesen schwebte vor ihr und streckte die Arme aus. Saga atmete den Geruch von Erde und Verwesung, von Leben und Tod ein. Die Göttin hatte nach ihr gerufen, nach Saga. Sie war auserwählt, geehrt unter den Menschen.

»Ich tue alles, was du begehrst«, flüsterte sie.

»Ich bin der Anfang und das Ende. Ich gebe und ich nehme«, sagte die Göttin mit sanfterer Stimme.

Erst jetzt begriff Saga. Eine Welle aus heißem Glück spülte durch ihren Körper.

»Erce, ich grüße dich«, flüsterte sie.

Die ewige Kraft, Mutter Erde. Tränen strömten über Sagas Wangen.

»Ich bin unwürdig«, weinte sie.

Ihr Mund füllte sich mit heißem Blut, sie beugte sich mit offenem Mund vor, es strömte über ihr Gewand, brach aus ihr heraus.

Erces leuchtende Augen schauten durch Saga hindurch, ließen ihr Fleisch zu Asche verbrennen. Entsetzlich war der Schmerz und gleichzeitig wunderbar.

»Ich, die Ewige, die Unzerstörbare, habe dich erwählt. Der Kampf der Schwestern zerreißt das Gewebe. Mit Worten soll das bewahrt werden, was kommen muss.«

Saga wischte sich ihren blutenden Mund ab.

»Möge es mir gelingen, dir zu dienen, Königin.«

Ein trauriges Lächeln huschte über Erces Gesicht.

»Denk daran, dass Zeit nichts ist.«

Die Göttin löste sich vor Sagas Augen auf. Jetzt konnte Saga durch ihren Körper hindurch die Sterne sehen. Einen Atemzug darauf war Erce in der Ewigkeit verschwunden.

Ein tiefes Dröhnen kam immer näher. Saga schloss die Augen und ließ sich von der Schwärze verschlingen.

Sie befand sich wieder in ihrem Albtraum. Asta klammerte sich an die dicke Mähne des Pferdes. Das machte schwere, müde Schritte, aber immerhin war es den ganzen Weg von Walhalla gelaufen.

Endlich blieb es stehen und begann, Gras zu fressen. Asta sprang ab und rieb sich die schmerzenden Beine.

Sofort lief das Pferd mit frisch gewonnenen Kräften weiter.

»Lauf du nur nach Hause, du verdammtes Vieh«, knurrte sie und wischte sich Pferdehaare von den Beinen. Als sie damit fertig war, reckte sie den Rücken und schaute sich zitternd um.

Alfheim war öde und verlassen. Beim Hof der Königin war nur ein einsamer Greis zu sehen. Sie sah zu, wie der Alte über den Hofplatz eilte und hinter den Hütten verschwand. Von dort wurden Männerstimmen laut, aber niemand sonst tauchte auf.

Unten am Ufer standen die leeren Trockengestelle. Ein Hund schnüffelte am Boden und fand bei einem an Land gezogenen Boot etwas, worauf er dann herumkaute.

Drei Schiffe ruhten auf den Wellen. Nur eins zeigte am Bug Alfheims Stierkopf, die anderen sahen anders aus, fremd.

Aber niemand stand auf den schwankenden Holzbrettern. Alles war öde und verlassen.

Asta zog ihren Umhang fester zusammen. Ihr Herz hämmerte. Was waren es für böse Kräfte, die sie hergeführt hatten?

Auf dem Todeshang, dort, wo die Geister wanderten, erhob der Grabhügel sich wie ein Fels. Ganz hinten, am Wasser, konnte sie die Ruinen des alten Totenhauses ahnen.

Die Stimmen vom Hof waren jetzt deutlicher zu hören. Wenn man sie entdeckte, würde man sie noch einmal töten.

Sie umklammerte das gestohlene Schwert. Der Hass auf Saga stellte sich wieder ein, vertrieb ihre Angst. Wie ein unsichtbares Wesen trieb er sie weiter.

Asta lief vorbei an Alfhilds Hof und den Feldern. Erst bei dem roten Pfosten am Todeshang blieb sie stehen.

Zwischen den grauen Steinen grasten einige Kühe. Asta kniff die Augen zusammen, wollte das nicht sehen. Eine unsichtbare Macht zwang sie, sich zur Eiche umzudrehen.

Der verwesende Körper ihrer Mutter hing an einem Ast. Darunter kämpften fünf Männer mit einem kleinen Mädchen. Sie rissen ihr die Kleider vom Leib, hielten ihre Arme fest.

Um Asta herum loderten die Feuer auf, leckten an ihren Beinen, verbrannten ihre Haut.

Asta kniff sich, so hart sie konnte. Versuchte, die Flammen zu vertreiben. Das Feuer loderte brüllend auf. Die Todesschreie ließen ihren Kopf schmerzen, sie presste die Hände auf die Ohren und versuchte, sie auszusperren.

Ihr Kittel fing Feuer. Sie kämpfte gegen die Flammen, versuchte, sie mit den Händen zu ersticken. Das gelang ihr nicht. Sie musste sie löschen! Der Schmerz verbrannte sie. Sie konnte es nicht ertragen!

Asta riss das kurze Schwert aus der Schnur um ihren Leib, hielt die Schneide an ihre Wange und drückte zu. Sie stöhnte vor Erleichterung. Der heftige Schmerz befreite sie, vertrieb die Finsternis. Das Feuer erlosch. Blut strömte über ihre Wange, über ihren Hals. Der Schmerz quoll aus der Wunde.

Asta holte zitternd Atem. Alles war so, wie es sein sollte. Sie wischte das Schwert ab und ging dann weiter den Weg entlang. Die Wunde glühte und brannte. Aber das schenkte ihr nur Ruhe.

Vom Hof her hörte sie Männerstimmen. Die Männer ließen ihre Waffen rasseln. Asta schnappte nach Luft und rannte weiter.

Erst bei den schützenden Bäumen des Totenhains blieb sie stehen und versteckte sich. Sie schmiegte die Stirn an den glatten Baumstamm und zwang sich dazu, ruhig zu atmen.

Jetzt traten Krieger auf Alfhilds Hofplatz. Diese Männer waren keine Bewohner von Alfheim. Die beiden Götenschiffe gaben Orm recht. Asta lachte auf.

Die Königin wollte die Vanen wirklich vertreiben und hatte dazu Hilfe geholt.

Orm und seine Krieger würden wie Lämmer geschlachtet werden.

Sie hielt einen Finger an die Wunde in ihrer Wange und leckte nachdenklich das Blut ab. Sie müsste das Pferd einfangen, nach Walhalla reiten und die anderen warnen. Aber es war verschwunden und sie wusste ja doch nicht, wie sie es lenken sollte.

Etwas raschelte im Wind, ließ sie ängstlich herumfahren. Ein Schatten glitt durch die Bäume, etwas versteckte sich dort.

Asta rannte zum Totenhaus hoch und drückte sich keuchend

an die Lehmwand. Aber kein Krieger folgte ihr. Langsam atmete sie auf.

Da war doch die Hündin. Asta legte den Kopf schräg und lächelte. Saga lag auf einem kleinen Grabhügel. Auf dem Bauch, die rotbraunen Haare über das Gras gebreitet.

Der Hass durchfuhr Asta wie ein Blitz. Rasch packte sie ihr Schwert und rannte hinüber. Der Brandgeruch ließ ihre Nasenlöcher schmerzen. Jetzt würde sie brennen. Asta war unschuldig. Sie würde nicht von Bolde ausgepeitscht werden. Er würde sterben, so wie Saga. In ihr wütete der Hass. Sie mussten brennen, weil sie so ungerecht waren.

Sie ging in die Hocke und riss Saga auf den Rücken.

»Du feige Sau«, murmelte Asta enttäuscht.

Saga war ganz und gar leblos. Ihre offenen Augen starrten ins Leere, ihr Mund stand halb offen und ihre Wangen waren leichenblass.

Asta legte ihr die Hand auf die Brust. Keine Spur von Herzschlag war zu spüren. Saga war tot.

Asta schüttelte enttäuscht den Kopf. Langsam verflog ihr Zorn. Wie konnte das möglich sein? Sagas Körper wies keine Spuren auf, keine Zeichen. Hatte sie sich einfach hingelegt und ihr Leben ausgehaucht?

Vorsichtig tippte sie Sagas Wange an. Nichts passierte. Dann nicht. Eine Sorge weniger. Asta kratzte sich im Nacken und schaute zur Totenebene hinüber. Aber seltsam war es doch.

Sie seufzte tief und legte den Kopf schräg.

So klein sah sie aus, wie sie hier lag, wie eine Strohpuppe. Sie hatte fast Ähnlichkeit mit der schlafenden Liv.

Asta riss eine Blume vom Grabhügel. War hier nicht Idun begraben, Sagas Mutter?

Saga hatte auch keine Mutter, so wie sie selbst. Wer würde jetzt um sie trauern? Arme Kleine, sie war ganz allein und verlassen, genau wie Asta.

Asta zögerte nur einen Moment. Dann nahm sie Saga vorsichtig in die Arme. Die Stimme der Göttin, die Schönste vom Volk der Vanen.

Astra streichelte die glänzenden Haare und wiegte Saga hin und her, als tröste sie ihre Schwester.

»Sei nicht traurig. Ich bin auch tot, und das ist ein Segen. Dann tut es nicht so weh«, flüsterte sie und küsste Sagas Kopf.

Saga lächelte glücklich. Sie lag in den Armen ihrer Mutter und hatte alles erhalten, was sie sich gewünscht hatte. Zärtlich erwiderte Idun ihren Blick. Ihre Haare waren kupferrot, wie die des Großvaters, ihre Augen blaugrau und voller Liebe.

»Du musst zurückgehen«, sagte die Mutter und küsste Saga auf die Stirn.

Aber Saga konnte sich nicht rühren. Nicht jetzt, wo sie das schöne Gesicht ihrer Mutter vor sich hatte.

»Ich habe mich so nach dir gesehnt.«

»Das weiß ich«, sagte Idun mit ihrer sanften Stimme. »Alles wird gut, mach dir keine Sorgen. Ich bin bei dir und wache über deine Schritte. Das habe ich immer schon getan.«

Saga runzelte die Stirn, sie hatte das Gefühl, dass sie noch etwas Wichtiges zu erledigen hatte, aber ihr fiel nicht ein, was. Sie beugte sich zu dem warmen Körper ihrer Mutter vor, nahm den Blumenduft wahr.

»Ull.«

Idun lachte, es klang wie Wellen, die ans Ufer schlagen.

»Wache über deinen gequälten Vater. Seine Lasten sind so schwer, und er ist so schwach.«

Sie streichelte Sagas Wange und schaute ihr in die Augen.

»Ich bin stolz auf dich.«

Gleich darauf war sie verschwunden. Übrig war nur eine schmerzhafte Leere. Das Licht. Es schnitt Saga in die Augen, ließ ihren Kopf schmerzen.

Aber noch immer wurde sie von den Armen ihrer Mutter gewiegt, hin und her.

Saga stöhnte gequält und schlug die Augen auf. Eine blutverschmierte, schwarzhaarige Frau starrte sie mit wahnsinnigem Blick an. Ein Mahr aus der Unterwelt.

Saga stieß einen Angstschrei aus.

»Verschwinde!«

Die Frau ließ sie los, kroch durch das Gras und hockte sich ein Stück von ihr entfernt hin.

Heilige Erce. Saga starrte die entsetzliche Erscheinung an. Es war die Frau, die sie vor dem Tod gerettet hatte, Asta.

Eine Wunde klaffte in ihrer Wange, Blut klebte an ihrer Brust, Trotzdem wirkte sie ganz und gar sorglos, wie sie da auf den Hacken hin und her wippte und Saga neugierig anstarrte.

»Wie kannst du es wagen!«

»Du bist tot«, sagte Asta überrascht.

Asta griff nach ihrem Schwert und strich zufrieden über die Klinge.

»Ich habe dich getröstet.«

Asta war wahnsinnig, für ihren Blick und das Blut gab es keine andere Erklärung. Saga starrte die Irre entsetzt an.

»Willst du mir etwas antun?«

Asta legte den Kopf schräg und lachte auf.

»Warum sollte ich?«

Saga schnappte nach Luft. Asta hätte ihr den Hals durchschneiden können. Sie fuhr sich mit den Fingern durch die Haare und schaute besorgt zum Grab hinüber. Sofort ließ ihre Furcht nach. Die Mächte würden nicht zulassen, dass ihr etwas zustieß, nicht jetzt, nach allem, was passiert war.

Langsam setzte die Erinnerung ein. Iduns Zärtlichkeit. Sie hatte endlich die Umarmung ihrer Mutter gespürt. Sie lächelte gelassen und fuhr mit der Hand über das Gras. Iduns rote Haare, ihre sanfte Stimme.

Sagas Lächeln erlosch. Was, wenn nun alles nur ein Traum gewesen war? Schließlich hatte doch Asta sie in ihren Armen gehalten.

Über dem Grab fegte ein Wind durch die Eiche, öffnete die Blätter raschelnd für die Sonne. Schatten und Licht tanzten über den kleinen Hügel. Nein. Die Gewissheit wuchs immer weiter. Idun hatte mit ihr gesprochen. Asta wusste nichts über Sagas Vater oder die Stimmen. Alles hatte seine Richtigkeit.

Wie hatte sie nur zweifeln können?

Und Erce. Andächtig holte Saga Atem. Die Erdkönigin hatte sie ausgewählt. Sie war von der großen Mutter umschlossen.

Sie schlug die Hand vor den Mund, spürte, wie dieses große Erlebnis sie füllte. Von diesem Moment an war alles ganz anders. Nichts würde je wieder so sein wie vorher.

Sie war wie neugeboren. Saga holte zitternd Atem. Es war genau, wie Sot gesagt hatte. Sie war in die Unterwelt hinabgestiegen und gestorben, hatte neues Leben gewonnen und war jetzt stärker denn je.

»Danke, Mutter.«

Sie beugte sich vor und küsste den Boden. Das Gras kitzelte ihre Wange, brachte sie zum Lachen.

»Danke, Erce.«

»Ja, du warst wirklich tot«, sagte Asta und musterte sie misstrauisch.

Saga richtete sich auf zitternden Beinen auf. Sie musste pissen und hatte solchen Durst, dass ihre Zunge am Gaumen klebte.

Dann spürte sie Erces Herzschläge in ihrem Körper. Sie wogten durch die Erde, füllten sie mit unbezwinglicher Kraft. Alles war verändert.

Das Gras funkelte grün. Die Blumen auf dem Grab ihrer Mutter glitzerten wie Schneesterne. Die Kraft der Eiche ließ die Luft pulsieren.

Alle Farben waren so scharf. Sie hatte das Gefühl, die Welt zum ersten Mal zu sehen. Saga öffnete ihre Sinne, ließ sich von der Geborgenheit schenkenden Umarmung ihrer Mutter umfangen.

»Vielleicht bin ich tot«, sagte sie und lachte, als Asta erstarrte. »Oder ich bin zum ersten Mal in meinem Leben lebendig«, fügte sie kichernd hinzu.

Es war seltsam. Alle Wunden, die sie mit sich herumgeschleppt hatte, waren verheilt. Erst jetzt begriff sie, wie viele es waren und wie sehr die Wunden sie gequält hatten.

Verborgene Eiterbeulen, versteckt unter Schichten von Angst und Unsicherheit. Kein Wunder, dass es Vár so leicht gefallen war, sie zu unterdrücken. Sie hatte nur das benutzt, was ohnehin schon vorhanden war. Aber das spielte jetzt keine Rolle mehr, Saga war frei.

»Du siehst unmöglich aus«, sagte Asta brutal. Saga erstarrte.

»Warum bist du mir gefolgt?«

Asta zuckte mit den Schultern. Die Dunkelhaarige war wie ein Tier, sie war nicht wirklich menschlich. Ein Brandzeichen breitete sich auf ihrem Arm aus, darunter gab es mehrere Narben. Sie schien die Wunde in ihrem Gesicht nicht einmal zu bemerken. Saga runzelte die Stirn.

»Was ist mit deinem Gesicht passiert?«

»Ich habe das Feuer gelöscht«, sagte Asta.

Sie ließ ihr wahnsinniges Lachen hören. Das Geräusch schien direkt aus der Unterwelt zu stammen.

Aber Saga konnte sich trotzdem nicht vor ihr fürchten. Etwas in diesen grünen Augen sagte ihr, dass ihr hier nichts passieren würde. Und was, wenn die Göttin selbst Asta gesandt hatte? Wahnsinnige konnten ins Verborgene blicken, ihnen musste man zuhören.

Saga nickte vor sich hin. So war das, das hatte sie jetzt begriffen.

»Fremde Krieger haben sich auf dem Hof der Königin versammelt. Orms Truppe ist zu klein, sie werden mit den übrigen Vanen niedergemetzelt werden«, sagte Asta.

Der Boden unter Sagas Füßen schien zu schwanken, dann spürte sie Erces Herzschlag unter ihren Fußsohlen. Und das machte sie stärker.

Krieger?

»Orm hat keine Kampftruppe. Er ist kein Krieger«, sagte sie mit sanfter Stimme.

Asta zuckte mit den Schultern.

»Ich habe sie gesehen. Sie haben sich auf der Tingstätte unter der gehängten Priesterin versammelt. Sie haben mich als Kriegerin eingeschworen, auf deinen Namen.«

Das konnte doch nicht sein. Niemals würde Orm ihr so etwas antun, niemals würde er in aller Heimlichkeit Krieger sammeln.

Saga zitterte vor Entsetzen. Eine gehängte Priesterin. Das schlimmste Verbrechen, das der Göttin angetan werden konnte. Bei Erces Größe. Sie schlug die Hand vor den Mund.

»Du lügst.«

Asta schüttelte den Kopf, ihre Haare blieben an der Wunde kleben.

»Ich habe sie gesehen, wirklich«, sagte sie, ohne darauf zu achten.

»Die Priesterin.« Sagas Stimme zitterte. »Wie sah sie aus?«

Asta schaute zum Baum auf der Heide hinüber. Ihre sonnenverbrannten und blutigen Wangen erbleichten.

»Ihre Haare waren grauschwarz, wie ein Rabenflügel«, sagte sie mit leiser Stimme.

Der Schmerz traf Saga wie ein Schlag in den Bauch. Heilige Erce, verschone mich. Mach, dass es nicht wahr ist. Die arme Sot. Aufgehängt an einem Baum.

Das konnte Orm nicht getan haben. Bitte, bitte, mach, dass es nicht wahr ist.

»Wer hat sie umgebracht?«, flüsterte Saga.

Asta ging in die Hocke. Ihre grünen Augen starrten Saga an und schienen sie nicht mehr zu kennen.

»Wer?«

Saga ballte mit hämmerndem Herzen die Faust.

»Reidar heißt er, der Priesterinnenmörder. Ich fand es schrecklich. Wir sollen die Göttin doch ehren.« Asta rieb sich missmutig die Wange und musterte dann überrascht ihre Hand, als habe sie das viele Blut erst jetzt entdeckt.

»Ich muss mich waschen.«

Asta erhob sich und verließ den Grabhügel mit langen Schritten.

»Warte!«

Saga rannte mit hämmerndem Herzen hinter ihr her. Bei allen Schrecken Hels! Sie wollte es nicht glauben.

»Komm mit nach Walhalla, sag Freya, was du gesehen hast.«

»Warum sollte ich?«

Asta reckte den Rücken und blickte sie überrascht an. Sie war fast einen Kopf größer als Saga, und sie hatte breite Schultern, obwohl sie so mager war, dass ihre Rippen hervortraten.

»Ich flehe dich an.«

Asta musterte sie überrascht.

»Dann müsste ich doch eine Närrin sein!«

Saga schaute in die grünen Augen, sah den schwarzen Nebel in Astas Blick. Asta litt. Saga konnte ihr Entsetzen spüren. Wahnsinnig und von Schmerzen gequält. Was war das für ein Wesen, das hier vor ihr stand?

»Hilf mir, und ich werde dein Gemüt von allem befreien, was dir wehtut. Das schwöre ich.«

»Kannst du mich vom Feuer befreien?«

Saga nickte eifrig.

»Ich schwöre.«

Asta biss sich in die Lippe und schaute in die Richtung, in der Walhalla lag.

»Das wird schwer«, sagte sie und zeigte in die Luft.

Verflucht. Verzweifelt ballte Saga die Fäuste und drehte sich um. Erst jetzt sah sie es. Über den Baumwipfeln zog von Norden her tiefe Finsternis heraus.

»Da kommt ein Sturm.«

Saga holte tief Luft. Alle Mächte der Finsternis schienen es an diesem Tag auf sie abgesehen zu haben.

»Hast du ein Pferd?«

Asta schüttelte den Kopf.

»Ich kann Pferde nicht leiden«, sagte sie düster.

Saga vertrieb ihre Angst mit Gewalt.

»Wir müssen aber trotzdem eins finden.«

Sie verließ das Totenhaus und ging über den mit grauen Steinen eingefassten Weg nach unten. Auf der Totenheide grasten ein paar Kühe.

»Mein Gaul ist zu Alfhilds Hof hochgelaufen. Wenn da nicht die vielen Krieger wären, dann könnten wir ihn holen«, sagte Asta und legte die Hand auf ihr Schwert.

Saga erstarrte.

»Welche Krieger?«

»Ich hab doch gesagt, dass sie auf dem Hof sind«, sagte Asta ungeduldig.

Dann stimmte es also. Alfhild wollte die Vanen überfallen. Sie hatte Hilfe bei Hauglot gesucht, hatte Ingvild verkauft, um sich Unterstützung in ihrem Kampf zu verschaffen.

Saga schaute zitternd zu Alfhilds Halle hinüber. Das Strohdach ragte über Hütten und Zäunen auf. Aber unter dem Schutzbaum auf dem Hofplatz konnte sie keine Krieger sehen. Nicht einen einzigen.

Hundert Schritte weiter lag das kleinere Langhaus der Alfenpriester. Dort war alles verschlossen und verlassen.

»Wir brauchen ein Pferd, hilf mir dabei, und dein guter Name wird wieder hergestellt werden.«

»Du redest wie Orm. Er nennt mich seine Geliebte, aber mich kann er nicht so betrügen wie dich«, sagte Asta und grinste.

Sie blieb neben Alvarins Grabhügel stehen und schaute zu der einsamen Eiche am Hang hinüber. Saga ballte die Fäuste. Orms Lügen brannten wie Feuer in ihrer Brust.

»Was ist denn jetzt schon wieder?«

»Siehst du meine Mutter, nach so langer Zeit hängt sie noch immer dort«, sagte Asta und zeigte auf die Eiche.

Ängstlich drehte Saga sich um. Aber die Äste der Eiche waren leer, kein Leichnam hing daran. Einzig eine Kuh graste im Schatten des Baumes.

»Siehst du sie?«

Saga nickte.

»Sie ist tot, aber trotzdem lebt sie noch. Und du musst mir helfen. Dann verschwindet das Böse. Das willst du doch?«

Asta nickte düster.

Sie verfluchte sich, weil sie das Pferd hatte laufen lassen. Sie war einfach nicht auf die Idee gekommen, es anzubinden.

»Da kommt ein Pferd«, sagte sie dann.

Saga erstarrte. Asta hatte recht, jetzt hörte auch Saga das Klappern rascher Hufe vom Meer her.

Ein Pferd galoppierte durch den Wald. Saga sprang auf und versteckte sich hinter dem Zaun.

Von hier aus konnte sie die Hütten um den Hofplatz erkennen, aber sie würde den Reiter sehen, ehe er dort angekommen wäre. Die Hufschläge kamen immer näher.

Das Gras neben ihr raschelte. Asta ließ sich neben sie sinken. Sie packte den geflochtenen Zaun und schaute zum Waldrand hinüber.

Ein grauschwarzes Pferd jagte über den Weg. Saga hob den Kopf, sah den Reiter.

Er brachte sein keuchendes Pferd zum Stehen. Es war einer der Göten, die neben Hauglot auf dem Hofplatz von Walhalla gestanden hatten. Jetzt lächelte er seine Waffenbrüder strahlend an.

Saga ging in die Hocke und schnappte nach Luft.

»Jetzt gibt's Krieg«, sagte Asta grinsend.

Sturmhündinnen und Reifthursen, alle Übelkeit der Welt war aus Nifelheims Kessel gestiegen.

Ull zitterte vor Kälte. Eiswinde, Regen und Hagel peitschten sein Gesicht, tranken seine Lebenskraft und ließen seine Schritte an Kraft verlieren.

»Der Sturm wird uns töten, wenn wir keinen Schutz finden«, rief er.

Die Dunkelheit füllte den Wald. Die Bäume waren nur noch Schatten im Regen. Aber es gab keine Lichtungen, keinen Waldrand, es gab nur Bäume und ebenen Boden.

»Schaut, da vorn«, schrie Forseti und zeigte vorwärts.

Ull nahm Trudvis Hand, zog sie mit sich. Vor ihnen waren Forseti und Modi als schwarze Schatten zu erkennen.

Ein verfaulender Baumstamm lag über einem Stein. Trudvi kroch unter den dicken Stamm. Ull packte einen kräftigen Ast, schleppte ihn zu dem Baumstamm und lehnte ihn dagegen. Die anderen taten es ihm nach, zitternd und fluchend brachen sie Äste ab und bauten sich einen Schutz.

Jetzt prasselte Hagel herab, traf sie wie Peitschenhiebe.

Ull las ein Hagelkorn von der Größe eines Hühnereis auf und steckte es sich in den Mund. Das Eis linderte seinen Durst ein wenig. Besorgt musterte er die schlichte Schutzwand. Sie konnte den eisigen Wind nicht aussperren.

Ull kroch unter den Stamm, nahm Trudvi in den Arm und versuchte, sie vor der Kälte zu schützen. Modi kauerte sich bebend neben ihn. Er legte den Goldsack als Windschutz hinter ihre Rücken.

»Der Zunder ist nass«, rief Forseti und hielt seinen Lederbeutel hoch.

»Es hat keinen Sinn, hier Feuer schlagen zu wollen«, sagte Ull leise.

Es war so dunkel wie mitten im Winter. Der Hagel fiel so dicht, dass er den Boden erhellte. Bei jedem Atemzug wurde es kälter. Forseti hatte schon Reif im Bart, sein Atem quoll wie weißer Rauch aus seinem Mund.

Ull rieb Trudvis Schultern, versuchte, ihr ein wenig Wärme zu geben. Sein Körper schmerzte vor Kälte. Verflucht, das tat ja so wen Füße und Hände hatten jegliches Gefühl verloren. Sein Kopf schmerzte, und er konnte kaum noch klar denken.

Ein trauriges Geheul zerfetzte den Wind. Ull zwang seine zitternden Hände zur Ruhe. Ein einsamer Wolf. Bald antworteten andere Wölfe ihrem Verwandten.

»Ich habe meine Axt«, sagte Forseti zähneklappernd.

Ull nickte und musterte seine rotgefrorenen Hände. Eine Axt und ein Schwert waren ein schwacher Schutz gegen Isegrim. Ohne Feuer und eine solide Schutzwand waren sie verloren.

Wie hatte er sich nur so töricht verhalten können? Sonst war er doch ein meisterlicher Jäger, ein unübertroffener Waldläufer.

Ull starrte verzweifelt in die Dunkelheit. Er hatte alle Anzeichen des Sturms gesehen, aber trotzdem hatte er weitergehen wollen. Die anderen hatten ihm vertraut. Ull – der große Jäger. Und jetzt würden sie mit ihrem Leben dafür bezahlen müssen.

Ull zog sich den nassen Umhang über die Beine. Kein anderer Mann war so wertlos wie er. Warum hatte er Skidbladnir nicht auf den Meeresgrund folgen dürfen! Er hatte es nicht verdient, noch am Leben zu sein.

»Vater«, flüsterte er in den Wind hinaus. »Hilf mir.«

Aber Freyr gab keine Antwort.

Ull drückte Trudvi an sich und schmiegte den Kopf an ihre Wange. Wenn das sein Ende sein sollte, dann konnte er doch immerhin ihre Nähe auskosten.

»Es tut mir leid«, flüsterte er.

Sie drehte sich um. Ihr Gesicht war rot vor Kälte, aber ihre meeresblauen Augen leuchteten vor Entschlossenheit.

»Wir werden das hier überleben, und wenn alles vorüber ist, werden wir einander bis an das Ende der Zeiten gehören. Das schwöre ich bei Tiwaz, dem ich geweiht bin.«

Ull wandte sich ihr zu und küsste sie. Ihre Lippen waren schon weiß. Bald würde der Schmerz unerträglich sein, aber das würde nicht lange dauern. In kurzer Zeit würde sie nichts mehr empfinden.

»Erfrieren ist kein schlechter Tod«, sagte er.

Trudvi gab keine Antwort.

»Erinnerst du dich an den alten Enok, der mit den Sturmhündinnen gebuhlt hat, ehe er in die Nachwelt eingegangen ist?«, fragte Forseti.

Ull nickte. Sie hatten ihn nackt in einer Schneewehe gefunden, starr wie ein Stock, aber mit einem glücklichen Lächeln auf den Lippen.

»Als er noch lebte, hat er nie so zufrieden ausgesehen«, sagte Ull.

Er spürte seine Finger nicht mehr. Vergeblich versuchte er, sie zu bewegen, sie wollten ihm nicht gehorchen.

Seine Füße schmerzten, als ob er sie in kochendes Wasser gesteckt hätte.

Das Geheul der Wölfe war jetzt näher gerückt. Der Hagel tanzte auf dem Boden, als schmatzender Vernichter.

Ull tauschte einen Blick mit Forseti. Lange sahen sie einander an.

»Wie kann Tiwaz uns im Stich lassen?«, fragte der junge Ase wütend.

»Was kann er dagegen schon machen? Die Sonnengöttin selbst hat ihr Gesicht abgewandt und uns der Kälte und der Finsternis preisgegeben«, sagte Ull bitter.

»Wenn ich nur in der Nachwelt Magni wiedersehe. Es wäre schwer, wenn er nicht dort wäre, sagte Modi.

»Verflucht!«, schrie Trudvi und befreite sich aus Ulls Umarmung. Sie schleuderte mit einem Tritt die Äste beiseite und lief hinaus in den Hagelsturm.

»Niemand wird sterben. Wir werden nach Walhalla gelangen«

»Das ist doch hoffnungslos, Schwester«, sagte Modi.

Er war fast eingeschlafen, sein Kopf lag schwer an Ulls Schulter.

»Es ist niemals hoffnungslos«, brüllte Trudvi und versetzte ihrem Bruder einen Tritt, woraufhin er sich aufsetzte. »Niemand stirbt, ehe ich es sage.«

»Nicht einmal dein Wille kann uns aus dieser Not befreien«, knurrte Forseti verbissen.

Trudvi schaute ihn wütend an. Der Zorn hatte ihr neue Kräfte geschenkt. Wie eine Königin hob sie die Arme und schrie gegen den Sturm an.

»Bei allen Mächten, die sich in diesem Wald verbergen, kommt und tretet mir im Kampf gegenüber oder helft mir gegen die Kälte. Ich bin Tiwazens Gemahlin, tretet einzeln gegen mich an, und mein Gemahl, der Herr des Donners, wird euch ehren.«

Lachend stand sie in dem Hagel, der auf sie einprasselte, prachtvoll in ihrem Zorn.

Ebenso schön war sie, wenn sie ihren Feinden im Kampf gegenüber trat, ebenso mutig wie Thor.

Ull erhob sich auf zitternden Beinen. Er konnte nicht aufgeben, wenn sie weiterkämpfte. Vergeblich versuchte er, Leben in seine gefühllosen Füße zu stampfen.

»Besser, man stirbt aufrecht, als zusammengekrümmt wie ein Tier.«

Vielleicht gab es in der Nähe einen Hof, oder eine Höhle. Ull zog den erschöpften Modi auf die Füße. Forseti stand bereits zitternd und aufbruchsbereit da. Jetzt musste er sich den Sack auf die Schulter laden.

»Folgt mir«, rief Trudvi und verschwand zwischen den Bäumen.

Gleich darauf hörte der Hagel auf. Nachtschwarzes Schweigen umfing sie.

Um sie herum wütete der Sturm, doch um Ull und die anderen herrschte plötzlich Stille.

»Trudvi. Was ist los?«

Die Asin gab keine Antwort. Sie trat einen Schritt zurück und schaute zu einem Baum hoch.

Eine weißgekleidete Frau löste sich aus den Schatten. Ihr Umhang war lang und von alter Herkunft. Das Einzige, was in ihrer funkelnden Weiße schwarz aufleuchtete, waren ihre kalten Augen.

Sie war kein menschliches Wesen.

Ull wich zurück, riss Trudvi mit sich.

»Was hast du da hervorgelockt?«, flüsterte er.

Das Wesen lächelte wie ein Raubtier. Die schwarzen Augen funkelten drohend.

Eine Jägerin, die zum Angriff ansetzt. Sie musste es gewesen sein, deren Gestalt er zwischen den Bäumen geahnt hatte.

Forseti hob die Axt, aber Ull legte seinem Freund die Hand auf den Arm.

»Du kannst ihr nichts tun.«

»Was ist das für ein Ungeheuer?«, flüsterte der junge Ase.

Ull schüttelte den Kopf. So ein Wesen hatte er noch nie gesehen.

Es war keins von denen, die Männern den Kopf abrissen und ihr Blut tranken. Es war auch kein Waldgeist, denn die kannte er alle.

»Welches Übel hat dich gesandt?«, rief er.

Die Gestalt legte den Kopf in den Nacken, sie bewegte sich ruckend, ungeübt. Dann lachte sie, es war ein schrilles, entsetzliches Geräusch. Schleier der Finsternis stiegen aus dem Boden auf und wanden sich um ihren Leib.

»Du bist Ull, Sohn von Siv und Freyr. Aufgezogen vom Häuptling der Asen. Sagas Vater. Der Wanderer zwischen den Welten. Der Gequälte.«

Woher konnte sie das wissen? Ull bebte vor Furcht. Er schlang sich die Arme um den Leib, versuchte vergeblich, zur Ruhe zu kommen.

Das Wesen glitt auf sie zu, schwebte zwei Handbreit über dem Hagel.

Ull konnte sich nicht rühren. Wie gelähmt sah er sie näher kommen. Dann schloss er die Augen und wartete darauf, dass die Blutrünstige seinen Hals aufschlitzte. Die Kälte schnitt bereits wie eisige Schwerter durch seinen Leib. Mach schon, dachte er und keuchte auf.

Er sank in die Knie, entblößte seinen Hals für ihre Zähne und wartete auf das Ende.

Aber nichts passierte.

Ull öffnete die Augen, schaute sich um. Sie schwebte zwei Armlängen vor ihm. Ihr Blick war voller Verachtung.

»Sag meinen Namen, dann lasse ich euch am Leben«, sagte sie und lächelte Trudvi verlockend an.

Ull konnte kein Wort herausbringen.

»W-w-weißt du, w-wer die G-göttin ist?«, stammelte Forseti.

Ull schüttelte den Kopf. Die Angst lähmte seine Sinne, vergeblich versuchte er, klar zu denken. Er musste die richtige Lösung erraten. Trudvi schaute ihn auffordernd an. Er musste ihr das Leben retten, musste auch die anderen beschützen.

»Das ist keine Göttin. Dann hätte ihre Kraft uns schon getötet«, rief er und klammerte sich an sein Schwert.

Ein zufriedenes Lächeln breitete sich im Gesicht des Wesens aus.

»Ich warte auf Antwort. Die Reifthursen haben schon Hunger auf euch, hört ihren Schlachtgesang«, sagte sie.

Der Wind trug plötzlich Gebrüll mit sich und wirbelte eine Wolke aus Blättern und Schmutz auf. Ull hustete und rieb sich die Augen.

Die schwarzen Schleier wehten um das Wesen, ließen es wachsen. Eine Sturmhexe. Jetzt war sie schon halb so groß wie die Bäume. Ihr wahrer Name. Eine Weißgekleidete, die Kälte brachte.

»Deine Zeit ist zu Ende, Menschenkind.«

»Nenn den Namen«, schrie Modi.

»Mach schon«, rief Trudvi.

Ull rang verzweifelt die Hände.

Etwas Schwarzes tauchte hinter dem Rücken des Wesens auf, ragte über der Schulter hoch. Ein Bogen. Ull keuchte auf. Sie trug einen Bogen und brachte den Winter. Die Weißgekleidete.

»SKADI!«

Der Wind füllte sich mit einem Höllengebrüll. Aller Zorn der Welt fegte durch die Luft, der Sturm warf Ull zu Boden, schleuderte ihn über Hagelkörner und regenfeuchten Boden. Gleich darauf war alles still. Wind, Winter, alles verschwand.

Ull hob vorsichtig den Kopf.

Eine kleine Frau in uralten Lederkleidern stand vor ihm und hielt einen Bogen in der Hand. Die Dunkelheit, die sie umgeben hatte, war verschwunden, nur ihre langen weißen Haare und ihr bleiches Gesicht erinnerten an das blutrünstige Wesen, das sie vormals gewesen war.

»Skadi, ich grüße dich«, flüsterte Ull demütig.

Er erhob sich. Es war unfassbar. Er schüttelte den Kopf, konnte seinen Augen nicht trauen. Die Weißgekleidete hob das Kinn und musterte ihn würdevoll.

»Dann stimmt es also«, flüsterte er.

Die Frau nickte mit ernster Miene.

»Was stimmt?«, rief Trudvi.

Sie zitterte vor Kälte, ihre Lippen waren blau, als sei sie im Sturm fast ertrunken.

Skadi legte den Kopf schräg.

»Ihr werdet sterben«, sagte sie mit fast erstauntem Tonfall.

Ull keuchte auf.

»Hilf uns, ich bitte dich, Beschützerin.«

Skadis Gesicht war ausdruckslos.

»Was gibst du mir dafür?«

Ull senkte demütig den Kopf.

»Was immer du willst«, flüsterte er.

Die weißen Haare schimmerten wie Schnee.

»Geh.«

Sie lächelte boshaft. Ulls Hoffnung erlosch und starb. Sie würde ihnen nicht helfen, sie waren im Sturm verloren.

»Geh und du wirst finden«, sagte Skadi und streckte den Finger aus.

»Ein Licht«, rief Modi.

Ull drehte sich um. Weit in der Ferne konnte er zwischen den Bäumen einen flackernden Feuerschein ahnen.

Skadis schwarze Augen funkelten bedrohlich. Kein Wind berührte ihre Haare, alles um sie herum war still.

»Beschützerin, ich werde dir ewig dankbar sein«, flüsterte Ull und wich vor dem Wesen zurück.

Er packte Trudvi und rannte los. Der Sturm schlug ihnen schon entgegen, als sie sich nur wenige Schritte von Skadi entfernt hatten. Sie liefen durch den Wind. Bei jedem Schritt wurde Ulls Hoffnung größer.

Eine Höhle! Das flackernde Licht war ein Feuer, das in einer Höhle brannte. Forseti ließ sich zu Boden fallen und kroch eilig durch den engen Gang. Trudvi folgte ihm, sie half Modi mit dem Sack.

Ull bückte sich und wollte soeben hinterher kriechen, als alles still wurde.

Er erstarrte verängstigt und drehte sich um. Skadi. Sie lächelte vor sich hin, nicht boshaft, nicht freundlich, sondern einfach gefühllos.

»Noch vor der Dämmerung werde ich meine Schuld eintreiben.«

Gleich darauf war sie verschwunden. Ull zuckte zusammen,

legte die Hand auf das Schwert. Eine Dankesschuld. Worauf hatte er sich da nur eingelassen?

Eine segensreiche Wärme umfing Ull, als er in die verräucherte Höhle kroch. Die anderen saßen schon um das lodernde Feuer.

Er setzte sich und genoss die Hitze. Gesegnetes Feuer, Freund der Menschen.

Seine Hände schmerzten entsetzlich, als das Gefühl zurückkehrte, aber in diesem Moment konnte es keinen größeren Genuss geben. Er rieb sich vorsichtig die Füße. Unter Schmutz und schwarzen Nägeln ahnte er weiße Frostflecken. Das verhieß nichts Gutes. Er seufzte tief und versuchte, wieder Leben in seine Glieder zu bringen.

An der Höhlenwand lag ein hoher Holzstapel. Sie würden sich lange vor der Kälte retten können, die vor dem Höhleneingang heulte. Hinter ihnen schien die Höhle unendlich tief in den Berg hineinzuragen.

Ull musterte den Boden. Höhlen waren das Zuhause wilder Tiere und seltsamer Wesen. Aber in dem sandigen Boden gab es keine Spuren. Sie waren in Sicherheit. Die jungen Asen starrten schweigend ins Feuer. Sie hatten überlebt.

Endlich räusperte Forseti sich, griff nach seinem Ranzen und zog die Bündel mit der sauren Grütze heraus.

»Was, bei Tiwazens verfaulender Stange, ist da nur passiert«, fragte er, als er Ull etwas zu essen gab.

Trudvi schaute neugierig auf.

»Du hast gesagt, es sei nicht die Göttin«, sagte sie und packte mit den Fingern Grütze, die sie sich dann genüsslich in den Mund stopfte.

Ull wickelte die Blätter auseinander und folgte ihrem Beispiel. Der säuerliche Geschmack der gegorenen Grütze füllte seinen Mund. Er schlang das Essen hinunter, ohne zu kauen. Als er fertig war, leckte er Blätter und Finger sorgfältig ab.

Essen, Schutz und Wärme. Auf einen einzigen Schlag hatte sich ihr Schicksal gewendet.

»Na, wer war sie?«

Forseti ließ sich zurücksinken und lehnte den Rücken an die Höhlenwand. Modi lag ausgestreckt auf dem Boden. Trudvi hockte am Boden und wippte auf den Hacken hin und her.

Ull gähnte. Es gab viele Berichte über Skadis große Tat. Er suchte sich die Geschichte aus, die ihm am Besten gefiel.

»Es ist allgemein bekannt, dass die Reifthursen kämpfen, um dieses Land zu erobern, und einst, in der Dämmerung der Zeiten, ist es ihnen gelungen. Fruchtbarer Boden wurde von Eis bedeckt, und die Menschen, die nicht nach Süden fliehen konnten, erfroren oder verhungerten. Die Kälteriesen herrschten über Land und Meer. Ein ewiger Winter hielt das Land in seinem eisigen Griff. Es waren Wolfszeiten.«

Die jungen Asen ließen Ull nicht aus den Augen. Aufmerksam und gespannt lauschten sie seiner Erzählung.

»Als es schon keine Hoffnung mehr gab, beschloss Skadi, die Reifthursen nach Nifelheim zu jagen. Sie begab sich, bewaffnet mit Pfeil und Boden, ins Reich der Kälte. Ihre Füße hatte sie in Lappen gewickelt, ihre Kleider waren aus weißem Seehundsfell genäht. Kaum war sie aufgebrochen, da kehrten Sonne und Wärme zurück. Skadi war es gelungen, die Kälteriesen zu vertreiben. Aus Dankbarkeit wurde diese Gegend hier Skadiland genannt«, sagte Ull.

Forseti schaute ihn durch das Feuer an. Das Licht tanzte über sein verhärmtes Gesicht. Die Narben, die er beim Kampf gegen die Göten davongetragen hatte, leuchteten weiß auf seiner Wange.

»Warum stand sie im Wald? Warum wurde sie kleiner, als du ihren Namen genannt hast?«

Trudvi gähnte ausgiebig und legte dann den Kopf schräg.

Ull zuckte mit den Schultern.

»Ich weiß nicht«, antwortete er aufrichtig.

Er streckte die Hand nach einem trockenen Zweig aus und warf ihn ins Feuer. Das loderte knisternd auf. Warum Skadi ihnen zu Hilfe gekommen war, konnte er nun wirklich nicht begreifen. Aber es würde nichts Gutes dabei herauskommen, soviel wusste er immerhin.

»Du hast die Mächte angerufen, vielleicht hat sie dich gehört«, sagte er zu Trudvi.

Das Feuer beleuchtete ihr Gesicht, als sie langsam den Kopf schüttelte.

»Sie ist nicht meinetwegen gekommen, sie hat mit dir gesprochen. Und ihre dunklen Augen waren blutrünstig. Und doch hast du sie *Beschützerin* genannt«, sagte Trudvi.

»Vielleicht beschützt sie ihr Land vor den Reifthursen«, überlegte Forseti schon halb im Schlaf.

Ull nickte und ließ sie seine bösen Ahnungen nicht sehen.

»Dann ist sie also gütig«, sagte Modi.

Ull lachte bitter.

»Welche Mächte sind das schon? Wir sind nichts in ihrer Welt, wir sind nur Strohpuppen, mit denen sie nach Belieben verfahren. Sie machen, was ihnen passt, ab und zu können wir sie mit einem Geschenk erweichen und dazu bringen, etwas für uns zu tun. Tatsache ist, dass Skadi uns diese Höhle geschenkt hat, weil ich ihren wahren Namen genannt habe, aber sie wird ihren Preis dafür fordern, das könnt ihr mir glauben.«

Ull verstummte und schaute ins Feuer.

Er war von den Mächten gelenkt worden, seit dem Tag, an dem Freya ihn heimlich dazu gebracht hatte, den Zaubertrank zu kosten, der seine Sinne geöffnet hatte. Ein Jüngling war er gewesen, der am Totenbett seines Vaters getrauert hatte. Verdammte Hexe, Freya hatte es getan, weil sie es lustig gefunden hatte, ihm Wissen zu schenken, um das er nie gebeten hatte.

Sie hatten ihm keine Freude gemacht, sondern ihm nur endlose Qualen bereitet. Immer wieder hatte er gefürchtet, die flüsternden Stimmen könnten zurückkehren, jederzeit könnten sie böse Taten von ihm verlangen.

Jetzt saß er hier in der Spur des Todes und sehnte sich nach der Nachwelt. Und alles war ihm genommen worden.

»Verdammter Zauber«, knurrte Modi.

»Leg dich nach draußen, wenn die Höhle dir nicht gut genug ist«, sagte Trudvi und gähnte.

Ull zögerte für einen Moment. Dann hob er seinen Arm und bot ihr an, den Kopf auf sein Knie zu legen. Ihre Haare machten seine Beine nass, als sie sich mit einem zufriedenen Seufzer sinken ließ.

»Skadi ist böse, wolltest du uns das sagen?«, fragte Modi, hob den Kopf vom Boden und schaute sich verwirrt um.

Trudvi hob eine Hand voll Erde hoch und warf sie nach ihm. Die Klümpchen trafen seinen Lederharnisch, dass es nur so knallte.

»Er hat gesagt, dass er das nicht weiß, du blöder Ochse«, fauchte sie und ließ sich wieder auf Ulls Knie sinken.

Modi wischte sich wütend die Erde ab.

»Du hast keine Ahnung von Zauberkraft, Schwester, also schweig. Ulls Vater war Schamane, er weiß, wovon er redet.«

Ulf schaute ins Feuer, versuchte, sich an Freyrs Gesicht zu erinnern, aber der war vor viel zu langer Zeit in Alfheim gestorben. Flüchtig ist das Aussehen des Menschen, nur sein Nachruhm bleibt erhalten. Trotzdem wusste er, dass Freyr über ihm wachte. Er hatte ihm den Weg zum Gold gezeigt, zur Genugtuung.

Ull schaute auf Trudvi hinab, streichelte ihre feuchten Haare. Wie schön sie war.

Er holte tief Luft, nahm seine Hand weg.

»Wenn wir eine Priesterin bei uns hätten, würden wir mehr wissen«, sagte Forseti.

Auf Ulls Knie gelehnt, lachte Trudvi.

»Wir wissen schon, welche das sein sollte, nicht wahr, Vetter?«

Forseti legte die Arme übereinander und schaute wütend in die Dunkelheit.

»Hüte deine spitze Zunge«, knurrte er.

»Saga ist schön, ich kann verstehen, dass du sie auserwählt hast«, sagte Trudvi.

Worüber redeten sie hier? Ull schaute den Mann, den er seinen Waffenbruder nannte, wütend an.

»Hast du dich mit meiner Tochter herumgetrieben?«

Trudvi lachte abermals.

»Hat er das nicht erzählt?«

Forseti fluchte leise.

»Hör nicht auf sie«, sagte er leise.

»Ich höre, auf wen es mir passt«, brüllte Ull und ballte die Fäuste.

Hatte sein eigener Waffenbruder, der Mann, mit dem er gekämpft hatte, sein kleines Mädchen beschmutzt?

»Wenn du mit Saga gebuhlt hast, dann dreh ich dir den Schwanz um!«

Forseti erhob sich und ging zum Holzhaufen.

»Ich habe nicht mit ihr gebuhlt, ich habe ihr erzählt, wie man ein Schiff lenkt. Es war an dem Abend, ehe wir mit Skidbladnir Walhalla verlassen haben. Deine Tochter ist schön wie eine Göttin, und wenn sie mich erwählt hätte, dann wäre ich ihr bei Tiwaz glücklich überallhin gefolgt, aber nichts ist passiert. Leider.«

Er packte einen Zweig und ging damit zum Feuer. Er biss die Zähne zusammen, und sein Blick leuchtete vor Zorn.

»Ich sollte dich aber wohl doch töten, weil du nichts gesagt hast«, sagte Ull.

Forseti seufzte.

»Ich habe geschwiegen, weil du über Saga wachst wie ein Wolf.«

Er ließ den Zweig Feuer fangen und ging tiefer in die Höhle hinein. Die endete ganz plötzlich. Forseti hob die Fackel und musterte verblichene Bilder von Hirschen, mit denen die graue Felswand vor langer Zeit bemalt worden war.

Trudvi schlief mit tiefen Atemzügen auf Ulls Knien.

»Ich übernehme die erste Wache«, sagte er.

Modi drehte sich auf die Seite. Bald war von seinem großen Körper lautes Schnarchen zu hören. Draußen schlug der Hagel auf den Boden.

Ull rieb sich die Augen, versuchte, die Müdigkeit zu verdrängen. Die Reifthursen waren losgelassen worden. Winter mitten im Sommer. Er seufzte tief.

Forseti ließ seine Fackel auf den Boden fallen und ging dann in die Hocke.

»Das Gold hat den Fluch auf uns gezogen«, flüsterte er.

Ull starrte schweigend ins Feuer.

»Ich habe ja gesagt, dass wir es nicht nehmen sollten«, sagte Forseti dann. »Drachengold ist verflucht, und jetzt haben wir alles verloren, die Krieger, Skidbladnir. Dieser Sturm kommt von Norden, von Nifelheim. Er folgt dem Gold.«

Ull legte die Hand auf sein Schwert, betastete das Muster. Er wollte nicht auf Forseti und dessen verdammte Vernunft hören. Es konnte doch nicht seine Schuld sein. Nicht auch das noch.

Forseti legte ihm die Hand auf die Schulter.

»Du weißt, dass ich die Wahrheit sage«, sagte er leise.

Schwache Erinnerungen wurden lebendig, vergifteten Ulls Geist. Er keuchte auf. Es durfte nicht wahr sein. Er durfte daran nicht schuld sein. Der Sturm würde die Ernte dieses Jahres zerstören, Menschen würden Hunger leiden.

Eine solche Schandtat würde Schande über seine ganze Sippe bringen.

Ull umklammerte das Schwert, er sah in den Flammen Sagas Gesicht.

Er trug die Schuld.

Die Mauer aus Lügen, die er so sorgsam errichtet hatte, zerbarst in tausend Stücke.

Ull senkte entsetzt den Kopf. Die Dunkelheit schlug um ihn zusammen. Todesgeister brüllten ihren Hass aus der Tiefe aller Abgründe. Er war gebrandmarkt. Für alle wertlos.

»Du hast recht.«

Seine Worte waren nur ein leises Flüstern. Forseti nickte müde und ging zu seinem Platz an der Wand.

»Wir kämpfen seit vielen Jahren, sind vielen Gefahren gegenüber getreten. Tiwaz ehrt den, der zu seinen Freunden hält.«

Er grinste.

»Bestimmt werden wir auch jetzt einen Ausweg finden.«

Der kluge Forseti, der beste aller Männer. Als alle anderen Ull den Rücken gekehrt und ihn Ergi genannt hatten, hatte der sich als sein Waffenbruder angeboten. Und Ull hatte ihn dadurch belohnt, dass er sich weigerte, auf seine klugen Mahnungen zu hören. Die

Schande brannte in Ull. Er war wertlos. Er trug die Schuld an dieser Finsternis. Er war der schlechteste aller Männer.

Er holte Luft.

Es gab einen Weg, einen schwierigen, und es war ihm bestimmt ihn zu gehen.

Wenn die Sage stimmte, dann verlangte Skadi Blutgeld für jeden Dienst, den sie jemandem erwies. Teuer sei ihr Wohlwollen, hieß es in den Sagen.

Sie hatten vielleicht diesen schrecklichen Tag überlebt, aber bald würde Skadi ihren Lohn fordern. Ull schluckte. Und er würde ihn bezahlen müssen.

7

Thor packte die Reling und sah, wie der Strand sich näherte. Sie stand oben auf einem Felsvorsprung, im Kreis ihrer Priesterinnen. Mager war sie, und ein glitzernder Umhang wehte hinter ihrem Rücken. Thor grinste. Er hätte wissen müssen, dass die Hexe begriffen hatte, dass er unterwegs war.

Das Schiff legte sich auf die Seite und gleich darauf schlug eine Welle über die Reling und ließ die Männer an den Rudern aufschreien und ihr Unglück verfluchen.

»Schneller, ihr Jammerlappen«, schrie Baldur wütend, während er sich mit dem Steuerruder abmühte.

»Könnt ihr denn nicht mal einen Tropfen Wasser vertragen, Mädels?«

Die triefenden Krieger legten sich in die Riemen. Glattwangige Jünglinge in feuchtkalten Kitteln. Sie waren tatendurstig und eifrig wie junge Hunde. Thor schüttelte den Kopf. Er konnte sich nicht einmal daran erinnern, dass er jemals so jung gewesen war.

»Und noooch einen, und nooooch einen.«

Jetzt waren sie nur noch einige Steinwürfe vom Strand entfernt. Thor packte die Reling, als das Schiff sich schräg legte und sich dann aufbäumte wie ein wildes Pferd. Danke, Tiwaz, dass der Sturm sie nicht auf offenem Meer überfallen hatte.

Die kochenden Wellen türmten sich in der Bucht auf. Es war kein gnädiges Wetter, das da über sie gekommen war.

Thor wischte sich den Regen aus dem Gesicht, spürte Freyas Blicke auf seinem Körper brennen.

Sie hatte ihm gefehlt. Er wäre schon früher an Walhallas Strände zurückgekehrt, wenn nicht sein Vater gewesen wäre. Aber immer, wenn Thor die Höfe der Asen verlassen hatte, versuchte Odin, seine alte Macht zurückzuerlangen. Bösartig war der Uralte, selbst bettlägerig wob er noch, zusammen mit Bragi, seine unheilvollen Pläne.

Aber Thor hatte sich nicht erweichen lassen, er hatte die Göten von Idunvallens Stränden vertrieben. Die Asen waren stark, und jetzt war Odin endlich in die Nachwelt eingegangen. Viele vermissten ihn, Thor jedoch nicht.

Er legte die Hand auf Mjölnir und schaute aus zusammengekniffenen Augen zu den Wolken hoch.

Ein düsteres Donnergrollen jagte über den Himmel. Ein scharfer Blitz leuchtete auf, der Knall ließ Himmel und Erde beben. Tiwaz wachte über ihm.

Das Boot lief schwankend auf den weichen Boden auf. Die Krieger sprangen an Land und packten das Tau. Energisch begannen sie, das flache Schiff an Land zu ziehen.

»Beeilen wir uns, mir brennt schon die Kehle vor Durst«, sagte Baldur, der rotäugig und metlüstern über das Deck hinkte.

Das Schiff ruckte, als es noch ein Stück weiter auf den Strand gezogen wurde. Die Jungen legten das Laufbrett zurecht. Thor musterte seine groben Hände.

Dann rückte er seinen Harnisch zurecht und verließ das Schiff.

Die Jahre waren schonend mit ihr umgegangen. Das wurde bei jedem Schritt deutlicher, den er an dem felsigen Hang hinter sich brachte. Sie war ergraut, und ihr Gesicht war zerfurcht. Aber der Blick ihrer grünen Augen war ebenso messerscharf und unbezwinglich wie früher. Würdevoll wie eine Königin wartete sie vor ihren blaugekleideten Priesterinnen. Nicht einmal der Sturm, der an Thor riss und zerrte, wagte, sich ihr zu nähern. Er lächelte grimmig.

Nach dieser ganzen Zeit, nach allen weichhäutigen Schönheiten, die sein Bett geteilt hatten, war sie für ihn noch immer schön.

Er blieb stehen und legte die Hand auf Mjölnir. In der Ferne grollte drohend der Donner.

»Sei gegrüßt, Freya«, sagte er würdevoll.

Ein leises Lächeln umspielte ihre Lippen, dann wurde ihr Blick schärfer, durchbohrte ihn.

»Du bringst Unheil.«

Thor schloss die Finger um Mjölnirs Schaft und drehte sich um. Die Krieger hatten inzwischen das Schiff vertäut.

»Zwei Mann Wache halten«, brüllte er.

Erst, als die Männer angerannt kamen, drehte er sich wieder zu Freya um.

»Sprechen wir unter vier Augen miteinander.«

Sie nickte kurz. Wortlos machte sie kehrt und ging in Richtung Walhalla davon.

Baldur trat neben ihn. Schweigend folgten sie Freya entlang den Mooren, die sie damals, als sie sich den Ort für ihr Haus ausgesucht hatte, als heilig bezeichnet hatte. Nicht viel hatte sich hier verändert.

»Skidbladnir ist nicht zu sehen. Ull scheint den Weg hierher nicht finden zu können«, sagte Baldur düster.

Die Sehnsucht nach Walhallas Met leuchtete aus seinen Augen. Zwei ganze Tage hatte er auf seinen Durstlöscher verzichten müssen, und das hatte sein Gemüt verdüstert.

»Sie haben schlimmere Stürme bezähmt als diesen hier«, erwiderte Thor knapp.

Er hatte gehofft, das Schiff in der Bucht vorzufinden. Er hatte zwar Vertrauen zu Ull, aber das Schicksal schlug blind gegen Seefahrer zu. Zwei Söhne und eine Tochter hatte er auf dem Schiff, sie zu verlieren, wäre hart.

»Ich hatte mich darauf gefreut, Forseti zu sehen, mir fehlt sein unerträglicher Verstand schon fast«, sagte Baldur und schaute zu den Wolken hoch.

Ein dumpfes Donnern war durch die schwarze Wolkendecke zu hören.

»Tiwaz wacht über sie«, erklärte Thor erneut und verbarg seine Unruhe sorgfältig. In seinem Rücken setzte der Schmerz ein. Verflucht. Thor musste husten, boshafte Krallen zerrissen seine

Lunge. Er presste ein Stoffstück auf seinen Mund, wartete, bis der Schmerz nachließ. Als es vorüber war, stopfte er den blutigen Fetzen in seinen Ranzen und seufzte müde.

Tapfer hatte er auf dem Schlachtfeld gekämpft. Zahllos waren die Feinde, die er in die Nachwelt geschickt hatte. Trotzdem schlug Tiwaz ihn mit einer zehrenden Krankheit. Freya war seine letzte Hoffnung, wieder einmal musste er ihre Hilfe suchen.

Aber wenn sie gegen diese Qualen nichts ausrichten könnte, würde er nicht ohnmächtig in seinem Bett dahinsiechen. Ein schlimmeres Schicksal konnte er sich nicht vorstellen. Dann würde er sich lieber ein männlicheres Ende suchen. Diesen Entschluss hatte er bereits gefasst.

Thor hob den Kopf und ließ seine Blicke durch das Tal wandern.

Hinten beim Gehege suchten die Leute unter aufgespannten Häuten und hinter jämmerlichen Wänden Schutz vor dem Wind. Sie hatten wohl das Sonnenfest feiern wollen, fiel ihm jetzt ein. Einige magere Jammergestalten mit Bündeln in den Armen drängten sich unter den Eichen aneinander. Freya würdigte sie nicht eines einzigen Blickes, als sie auf dem Weg nach oben an ihnen vorbei kam.

»Denen steht eine böse Nacht bevor. Wir werden sie an den Bäumen hängend vorfinden, wenn wir nach Idunvallen zurückkommen«, sagte Baldur grinsend.

Falls wir nach Hause kommen, dachte Thor und kämpfte gegen den Wind. Der Himmel wurde immer dunkler, ein harter Sturm stand bevor. Das spürte er in seinen Narben, sein ganzer Körper schmerzte und war verspannt.

»Ein prachtvolles Haus hast du gebaut«, sagte Baldur.

Thor musterte den Hof, den er zusammen mit Ull errichtet hatte. Das Strohdach war erneuert worden, die Wände wiesen keine Risse auf. Er nickte beifällig. Da hatten sie wirklich gute Arbeit geleistet.

Und sie hatten sich auch um Walhalla gekümmert. Die Zäune waren unversehrt, und im Gehege drängten sich fette Kühe.

Er schaute verstohlen zu Freya hinüber, die mit ihren Priesterinnen sprach.

»Rodälv wird dafür sorgen, dass ihr alles bekommt, was ihr braucht«, rief Freya durch den Wind.

Eine alte Priesterin winkte die Asen durch die Doppeltür zu sich.

Thor nickte seinen Männern zu. Gespannt und abwartend folgten sie Baldur in die Halle.

Thor hustete wieder. Der Wind wirbelte Staubwolken hoch, die ihn zu ersticken drohten. Er riss den Lappen aus dem Ranzen und presste ihn sich an den Mund. Freya blickte ihn forschend an.

»Noch nicht«, sagte er und ging auf ihr Zimmer zu.

Freya erstarrte, als sie nach dem Lederriemen griff, mit dem die Tür verschlossen wurde. Thor folgte ihrem Blick.

Der Wind wurde immer stärker, er riss an Baumkronen, wirbelte Staubwolken hoch und trieb sie über den Hofplatz. Ein Blitz leuchtete am Himmel auf. Tiwaz schlug zornig mit seinem Hammer zu. Der Lärm ließ Thor erbeben, erfüllte ihn mit bangen Ahnungen.

Gleich darauf brach das Unwetter mit neuer Härte los.

Zackige Blitze zerteilten das Himmelsgewölbe, der Boden wurde erschüttert vom Kampfeslärm der Mächte. Niemals hatte er so etwas gesehen. Die Blitze bohrten sich wie glühende Speere durch den trüben Tag.

Gleich darauf stellte sich die Kälte mit Eisregen ein, er brach aus den Wolken hervor, bohrte sich wie Nadeln in die Haut. Thor lehnte sich in den Wind, der so stark war, dass er sich kaum aufrecht halten konnte.

Ein scharfer Knall ließ seine Ohren dröhnen. Es war zu nah, viel zu nah.

Thor schaute besorgt zum Schutzbaum hoch. Nichts war dem Baumriesen anzusehen, aber der Wind roch verbrannt. Langsam senkte sich der Baum. Thor packte Freya am Arm, riss sie mit sich weg.

Mit schwerem Knall stürzte der Baum über den Zaun und zerbrach die Einfriedung und das Tor.

Thor hielt Freya noch immer an den Schultern gepackt. Der halbe Baum stand noch, weiße Holzreste ragten aus dem schwarz versengten Holz. Die restliche Eiche bedeckte fast den halben Hofplatz. Bei einer anderen Windrichtung hätte sie Thors Leute erschlagen können.

»Gehen wir ins Haus, das hier ist kein Wetter für Menschen«, rief Thor.

Der Regen ließ den Hofplatz kochen. Wütende Blitze zerfetzten die Wolken. Freya riss vor Entsetzen die Augen auf.

»Nifelheim ist über uns, sieh nur den Siegestanz der Reifthursen«, rief sie.

Thor wischte sich den Regen aus dem Gesicht. Hatte sie denn den Verstand verloren?

»Mitten im Sommer?«

Freya hob die Hand und zeigte auf die Sonne, die hinter den Wolken gerade noch zu ahnen war.

»Bei Tiwazens verfaulender Stange«, knurrte Thor.

Ein graues Wesen erhob sich zwischen Himmel und Erde, ein Wirbel fegte vom Meer heran. Riesengroß war er, größer, als Thor es jemals gesehen hatte. Er verschluckte das Wasser, sog die Wellen in seinen grauen Leib. In hohem Tempo jagte er dahin.

Jetzt reckte er sich zur Sonne hoch und verschlang wie ein riesiges Tier das Licht.

Dunkelheit senkte sich über das Tal. Thor konnte den Baum kaum noch sehen.

Die Sonne war verzehrt worden, verschluckt von der Finsternis. Die Blitze zerfetzten die Wolken, ließen den Boden beben. Der Wind brüllte wie ein Untier, als er über den Boden fegte. Was, im Namen aller Götter, war hier passiert?

Es gab nicht viel, was er in diesem Leben fürchtete, aber jetzt hatte er Angst.

Freya zitterte am ganzen Leib. Die Sonnengöttin war verschwunden. Der graue Wolf hatte die Lebensspenderin eingeholt.

Sie schaute in die Dunkelheit. Wie sollten sie das überleben?

Siegesgewiss tanzten die Reifthursen über Felder und Gärten, zertrampelten die Ernte, schüttelten wütend die Bäume. Die Kälte quoll aus dem Boden hoch und ließ die Körper der Menschen erstarren.

Alles war wie in der Weissagung.

Verwandte wenden sich gegeneinander und Menschen geben sich der Blutschande hin.

Der Wolf jagt die Sonne über das Himmelsgewölbe und verschlingt die Leuchtende, und dann kommt der Fimbulwinter über die Welt der Menschen. Das ist der Anfang vom Ende. Götterdämmerung.

Freya krümmte sich angesichts des Unfassbaren zusammen. Der Hofplatz füllte sich mit Priesterinnen, Kriegern und Gesinde. Wie graue Schatten quollen sie aus dem Langhaus.

Weinend und jammernd fielen sie auf die Knie, während der Eisregen auf ihre gebeugten Rücken einhämmerte. Rodälv lief zu dem gefallenen Schutzbaum hinüber, dem Symbol für das Wohlergehen des Hofes. Sie berührte die Eiche und schüttelte den Kopf, von Trauer betäubt.

Freya schaute zu der Stelle hoch, an der die Sonne verschwunden war.

Es konnte doch nicht möglich sein. Die Göttin konnte nicht zulassen, dass ihnen die Leuchtende gestohlen wurde. Ihre geliebte Sonnengöttin, die Lebensspendende. Gestohlen am längsten Tag des Jahres.

Höhnische Winde schlugen ihr ins Gesicht.

»Es ist vorbei, Hündin.«

»Alles ist aus.«

Das Gewitter ließ die Wolken dröhnen, schüttelte die Welt. Blutend war sie den Göttinnen gegenüber getreten und hatte sich ihren Kräften gebeugt. Sie hatte in der Unterwelt Geister besiegt, war durch die Welten gereist, hatte die Macht der Nachwelt gesehen. aber nichts, weder in dieser noch in der nächsten Welt, hatte ihr solche Angst gemacht.

Keine Sonne scheint über sinkender Sonne, losreißen sich die flimmernden Sterne, flüsterte sie.

Ein Arm legte sich um ihre Taille. Thor drückte mit der Schulter die Tür auf und zog sie ins Warme.

Die Kälteriesen schlugen hungrig gegen das Holz, versuchten vergeblich, sich Eintritt zu verschaffen.

Freya schob mit zitternden Händen den Riegel vor und lehnte sich dann atemlos an die Tür.

Ein Feuer prasselte munter in der Feuerstätte, füllte den Raum mit Rauch. Erschöpft ging sie zur Bank hinüber. Dort setzte sie sich und wischte sich den Regen aus dem Gesicht.

»Was ist das für ein Elend, das ich da draußen gesehen habe?«

Thor musterte sie unruhig. Das Kupferrot seines Haares war blasser geworden, die Narben in seinem Gesicht waren von grauen Bartstoppeln umrahmt, aber seine Augen waren so blau wie zuvor.

Sogar jetzt durchlief die Begierde sie wie eine schwarze Flut. Sie holte tief Luft, spürte, wie die Trauer ihren Körper füllte.

»Heute Morgen hatte ich eine Warnung von Tod und Untergang. Aber niemals hätte ich solche Schrecken erwartet.«

Sie schauten einander schweigend an.

Draußen wurde der Regen immer stärker. Jetzt dröhnte er auf den Boden, ließ die Wände beben. Freya faltete auf ihren Knien die Hände.

»Ich freue mich darüber, dass du hier bist, dass wir unseren Eid einlösen können«, sagte sie.

Er nahm seinen Umhang ab und legte ihn auf die Sitzbank. Seine Bewegungen waren gequält und langsam.

»Du weißt es, ja? Du hast es gesehen.«

Freya nickte stumm.

Sie sah die zehrende Dunkelheit, die über seinen Schultern lag und langsam sein Leben zum Erlöschen brachte.

»Vielleicht kann ich …«

»Denk nicht mehr daran«, sagte er und grinste.

»Spare deine Kräfte für diesen schrecklichen Sturm auf. Reichen sie dafür?«

Er nickte der Tür zu, die im Wind zitterte und ächzte.

»Für die Dunkelheit?«

An der Wand hob die Totengöttin Hel ihre Arme. Ihr leises Lachen war aus der Unterwelt zu hören. Freya nahm ihren nassen Umhang ab, ließ ihn zu Boden fallen.

Nur eins hatte dieses Chaos gebären können. Die neun Töchter der Göttin im Kampf gegeneinander. Was sollte sie, ein Mensch, denn ausrichten, wenn die göttlichen Schwestern aufeinander losgingen und die Weltordnung zerfiel? Sie kümmerten sich nicht um die Verzweiflung gebrechlicher Menschen, diese verdammten Schlampen.

»Alles entspricht den Mythen unserer Urmütter. Das hier ist die Götterdämmerung, der Untergang der Welt«, sagte Freya mutlos.

Thor nahm ihre Hand und drückte sie. Das Feuer prasselte und loderte in der Feuerstelle auf. Das Licht tanzte über sein zerfurchtes Gesicht.

»Es stimmt, der Mensch steht den Mächten hilflos gegenüber, aber Tiwaz hält zu denen, die sich wehren. Noch ist unser Schicksal nicht besiegelt.«

Freya legte lächelnd den Kopf an Thors Schulter und atmete den Geruch von feuchtem Leder und scharfem Schweiß ein. Der tapfere Thor, der Größte aller Krieger. Er legte den Arm um sie. Schweigend schauten sie ins Feuer.

Hier musste nichts gesagt werden.

»Schwöre mir, zu kämpfen«, sagte er endlich.

Sie erwiderte seinen Blick, hob ihr Kinn.

»Mit allen Kräften, bis ans Ende.«

Zärtlich küsste sie seine warmen Lippen.

Es gab nichts, vor dem sie sich fürchten müsste, alles, was ihr in dieser Welt verwehrt worden war, würde sie in der nächsten genießen können. Die Zeit ist eine Spirale, die sich langsam durch das Weltall windet. Wer stirbt, wird auferstehen.

Thor räusperte sich leise.

»Beim Gehege haben sehr viele Menschen ihr Lager aufgeschlagen. Vielleicht brauchen sie Schutz.«

Elend! Wie hatte sie das vergessen können? Freya sprang auf und riss die Tür zur Halle auf.

»Rodälv!«

Freyas Blick suchten zwischen Priesterinnen, Gesinde und Kriegern, die sich um die Feuerstätte drängten. In der Halle herrschte fast vollständiges Schweigen. Irgendwer weinte untröstlich, aber die meisten starrten schweigend und mit leerem Blick ins Feuer. Wer den Mythos von der Götterdämmerung noch nicht gekannt hatte, hatte jetzt davon gehört, das war deutlich. Nur Widar, der Alfenpriester des Zwillingsgottes, wirkte unbesorgt. Der Alte nagte an einem Brotkanten, vermutlich hatte er nichts begriffen.

Alfhild sprang auf und kam mit zerzausten Haaren und verrutschten Gewändern auf Freya zugestürzt.

»Die Sonne ist verschwunden, du musst sie zurückholen. Mein Reich, mein Volk. Alles geht unter!«, schrie sie.

»Sei still«, brüllte Freya.

Eine hysterische Königin konnte sie jetzt nicht auch noch brauchen.

Sie starrte Alfhild an und brachte sie dazu, zwei Schritte zurückzuweichen. Aber wo steckte die verflixte Rodälv?

Jetzt erhob die Priesterin sich vor der Feuerstätte.

»Hol die Leute, die im Gehege ihr Lager aufgeschlagen haben. Gib ihnen Schutz und Nahrung.«

Die Priesterin holte tief Atem und schüttelte sich dann, wie um eine Kampffessel aufzulösen, die ihre Sinne gelähmt hatte.

Dann nahm sie ihren Umhang und befahl Sinmara und Sigthaud, sie hinaus in den Sturm zu begleiten.

»Ich komme mit«, sagte Baldur, und sofort erhoben die Asenkämpfer sich und gingen hinter den Priesterinnen her.

Alfhilds Männer dagegen wärmten sich weiterhin am Feuer.

Freya runzelte wütend die Stirn. Die Worte der alten Sagen hallten in ihrem Kopf wider. Verwandte kehren sich gegen Verwandte, Freunde gegen Freunde. Beim Namen der Göttin, es stimmte alles.

»Verlasst meine Halle, ihr findet Schutz in den Hütten«, sagte Freya und zeigte auf die Männer der Königin.

Niemals würde sie zulassen, dass sie an ihrer Feuerstätte Platz belegten und Schandtaten ausheckten, wenn die einfachen Leute Schutz brauchten.

Die Männer erhoben sich widerwillig und starrten Freya ungläubig an.

»Wie kannst du es wagen? Das sind meine Krieger und sie beschützen mich«, schrie die Königin.

Freya biss wütend die Zähne zusammen. Für wen hielt Alfhild sich eigentlich?

»Jetzt schweigst du! Das hier ist meine Halle, das ist mein Reich, hier bestimme ich. Gehorche oder kehre nach Alfheim zurück.«

Alfhild riss die Augen auf, sie brachte kein Wort heraus. Dann wich sie zu den Sitzbänken zurück.

Die Krieger gingen widerwillig zur Tür. Wachsam schauten sie ihre Königin an, bereit, wieder zur Feuerstätte zurückzukehren. Aber Alfhild schwieg, fett und faul war sie ja immer schon gewesen.

»Du verdammte Hexe!«

Wütend legte Ingvild die Arme um ihre Töchter.

»Wie kannst du es wagen, meiner Mutter Befehle zu erteilen, Vanenhündin? Du lebst von unserem Reichtum und versprichst gute Ernte, aber jetzt, wo die Finsternis sich über uns gesenkt hast, bist du ohnmächtig. Wir werden sterben, und das ist deine Schuld!«

Ingvilds jüngste Tochter begann zu weinen, laut schluchzend klammerte sie sich an den Rock ihrer Mutter. Hauglot legte Ingvild die Hand auf die Schulter und mahnte sie, die Ruhe zu bewahren.

Freya schnaubte. Was man sich alles bieten lassen musste. Sie ging zur Feuerstätte hinüber und sah, wie verängstigt Krieger und Priesterinnen waren. So ging das nicht. Das Gesinde drückte sich zusammen und hatte die Arme umeinander gelegt. Vor Angst fauchten sie sich gegenseitig an wie eingesperrte Ratten. Freya schluckte ihre eigene Angst hinunter und hob hoheitsvoll den Kopf.

»Fürchtet euch nicht, das hier ist nicht die Götterdämmerung. Hel, meine Herrrin, hat geschworen, dass die Sonne morgen früh zurückkehren wird. Alles ist so, wie es sein soll. Also betragt euch würdevoll und bringt keine Schande über euch«, sagte sie gelassen.

Eine Welle der Erleichterung lief durch die Halle. Eli lachte den lächelnden Priesterinnen verlegen zu. Eine der jüngsten Mägde brach in Tränen aus.

Freya nickte zufrieden. Eine Lüge war besser, als vor Mutlosigkeit in die Irre zu laufen. Langsam drehte sie sich zu Ingvild um, die noch immer die Arme um ihre Kinder gelegt hatte.

»Eins musst du wissen, und merk es dir gut«, sagte Freya.

Ingvilds Blicke irrten nervös hin und her.

»Wenn du mich noch einmal so beleidigst, dann schicke ich dir einen Mahr, der dich dazu bringt, deine Töchter zu töten.«

Ingvilds Gesicht wurde weiß, sie zog die Mädchen enger an sich und klammerte sich an ihre schmächtigen Körper. Als sie den Mund öffnete, hob Freya gebieterisch die Hand.

»Ich will kein Wort von dir hören«, sagte sie und wandte sich dem Gesinde zu.

»Trödelt nicht herum, macht Wasser heiß und holt Felle und Decken. Öffnet die Vorratshäuser, bewirtet die, die unter unserem Dach Zuflucht suchen.«

Die Doppeltüren wurden aufgerissen. Baldur kam herein, nass und atemlos und mit einem leblosen Kind in den Armen.

»Sie braucht Hilfe.«

Die Priesterinnen machten an der Feuerstätte Platz für das Kind.

Jetzt drängten die Leute ins Langhaus. Durchnässt und vor Kälte bibbernd näherten sie sich zaghaft dem Feuer.

»Sorgt dafür, dass sie trocknen und ruhig bleiben. Sagt ihnen, was ich über den Sturm gesagt habe«, rief Freya den Priesterinnen zu, die sich bereits um die Gäste kümmerten.

Freya nickte zufrieden und wollte dann in ihr Zimmer zurückkehren, aber Thor stand bereits hinter ihr.

»Du benimmst dich wie ein Krieger.«

Sein Lächeln konnte seine schmerzverzerrten Augen nicht ganz erreichen.

»Du hast gelogen, was den Sturm angeht, hast ihnen Hoffnung geschenkt«, flüsterte er.

Freya bestätigte das durch ein Nicken.

»Was hast du jetzt vor?«

»Meine Herrin aufsuchen, sie um Rat anflehen«, sagte sie müde.

Nur Hel konnte ihnen in diesem Chaos beistehen. Aber es war nicht sicher, dass sie auf die Bitten der Menschen achten würde. Launisch war sie und erbarmungslos.

»Hohepriesterin«, sagte eine vertraute Stimme hinter Freyas Rücken.

Sie riss ihre Blicke von Thor los und drehte sich gereizt um. Vár hockte vor ihr. Die Priesterin sah aus wie ein Hund, der sich vor Schlägen fürchtet.

»Hast du Saga gefunden?«

»Nein«, flüsterte Vár.

Freya erstarrte, kalte Schauer jagten über ihren Rücken. Saga war allein und schutzlos den Kälteriesen ausgeliefert.

»Lass mich bleiben, schick mich nicht hinaus in den Sturm.«

Dieses nichtsnutzige Stück. Alles war ihre Schuld. Wenn Vár nicht gewesen wäre, dann könnte Saga jetzt hier in Sicherheit sein.

Vár fiel auf die Knie, während die Tränen über ihre Wangen strömten.

»Vergib mir bitte«, flüsterte sie.

Sie packte Freyas Rock, küsste dessen Saum. Glaubte sie, Freya werde ihr Gnade schenken, während Vár Saga diese Gnade verweigert hatte?

»Wenn der Sturm sich gelegt hat, wirst du Walhalla verlassen. Ich verstoße dich.«

Vár jammerte vor Schmerz.

»Es ist nicht meine Schuld. Saga ist wie verhext.«

Freya hob die Hand und schlug die andere so hart ins Gesicht, dass diese zu Boden fiel.

»Ich will kein Wort mehr von dir hören.«

»Bist du sicher?«

Asta musterte misstrauisch das Langhaus. Saga schnaubte wütend. Immer wieder hatte sie gesagt, dass sie nur bei den Alfenpriestern Schutz finden könnten. Wenn sie versuchten, durch den Sturm nach Hause zu reiten, könnte das ein böses Ende nehmen. Asta schaute hinüber zu Alfhilds Hof, der einige Steinwürfe entfernt lag. Dorthin, zu den Götenkriegern, konnten sie nicht gehen, aber auch die Alfenpriester erschienen ihr nicht als die richtige Lösung. Vielleicht sollte sie Saga verlassen und sich im Wald verstecken, das hatte sie auch bei früheren Unwettern schon getan.

»Hier herrscht der Zwillingsgott. Niemand darf dir etwas tun. Darauf hast du mein Wort«, rief Saga.

Asta schnitt eine Grimasse und ging widerwillig auf die verschlossene Doppeltür zu. Sie konnte Saga nicht verlassen. Saga war wie Liv, völlig hilflos.

Und Saga konnte sie beschützen. Das hatte sie versprochen. Sie würde das entfernen, was wehtat.

»Alles wird gut. Verbirg dein Brandzeichen einfach«, sagte Saga und klopfte an die Tür.

Die wurde sofort aufgerissen. Ein alter Alfenpriester steckte den Kopf heraus und musterte die Besucherinnen überrascht.

»Was soll das denn? Hier hat keine Frau Zutritt.«

»Ich bin Saga von Walhalla, ich suche Schutz vor dem Sturm.«

Asta sah überrascht, wie die Priesterin wuchs, während sie mit dem alten Mann sprach. Hocherhobenen Hauptes stand sie vor ihm und ihre langen Haare wogten über ihre Schultern.

Der Greis kniff die Augen zusammen und zögerte.

»Wie kann der Diener des Zwillingsgottes es wagen, einer Priesterin die Gastfreundschaft zu verweigern? Lass uns ein.«

Der Alte murmelte vor sich hin, dann riss er die Tür auf. Asta betrat verwundert das verräucherte Dunkel. An den Wänden glänzten wunderschöne Schilde, niemals hatte sie so etwas Prachtvolles gesehen. Sie hätte nicht geglaubt, dass es solchen Reichtum überhaupt geben könnte.

»Mund zu«, flüsterte Saga.

Asta schluckte und folgte ihr zur Feuerstätte. Fünf Männer saßen in sich zusammengesunken auf den Bänken, aber nur drei trugen den weißen Lendenschurz der Alfenpriester. Die beiden anderen waren gekleidet wie Krieger.

Das Licht des Feuers tanzte über ihre grobgeschnittenen Gesichter.

Asta runzelte die Stirn, als Saga die Männer begrüßte. Der Geruch hier gefiel ihr nicht, er jagte ihr Schauer über den Rücken.

Saga musste sich vorsehen.

Aber Saga setzte sich gelassen hin und redete über den Sturm, blind für den Unwillen der Männer. Astas Finger schlossen sich um den Schwertgriff.

»Wer ist die Wahnsinnige, die du da bei dir hast?«, fragte der Alte, der die Tür geöffnet hatte.

Die Blicke der Männer richteten sich auf Asta.

Jetzt ging es los. Asta holte tief Atem und schaute ins Feuer. Jetzt würde die höhnische Verachtung der Männer über sie hereinbrechen.

»Hüte deine Zunge. Sie ist meine Dienerin, und ihr habt sie ebenso zu achten wie mich«, sagte Saga streng.

Der Alte humpelte zur Wand und machte sich zwischen den Urnen zu schaffen.

»Eine zerschnittene Irre herzuschleppen. Man muss sich ja wirklich allerlei gefallen lassen«, knurrte er.

Asta atmete langsam auf. Aber sie trat einen Schritt zurück, in den Schatten neben der Tür. Nichts hier war so, wie es sein sollte. Sie musste auf der Hut sein.

Saga streckte die Hände zum Feuer hin, genoss die Warme. Verstohlen schaute sie zu den Fremden hinüber. Unbekannte Stickereien zogen sich über ihre dunklen Kittel, sie konnten nicht aus der Gegend stammen.

»Du kommst also aus Walhalla«, sagte der Ältere und beugte sich vor.

Saga nickte.

Weiße Haarsträhnen hingen ihm ins Gesicht, aber er sah trotzdem nicht alt aus. Sein Gesicht war fast schön. Um den Hals trug er eine Kette aus Wolfszähnen, die auch einem Alfenpriester gehören könnte.

»Du bist Freyas Tochterstochter.«

Das Feuer ließ seine Augen bedrohlich funkeln.

»Ja«, antwortete Saga und schluckte.

Die Blicke des Fremden erschreckten sie. Sie schielte zu den Alfenpriestern an der Feuerstätte hinüber, aber die schwiegen und wichen ihren Blicken aus.

»Kennst du meine Großmutter?«

Der Fremde lachte freudlos und streckte die Hand nach einem Becher aus.

»Wir sind uns begegnet. Auch deinen Großvater, Thor, kenne ich gut. Und Ull. Das ist ein ehrenwerter Mann.«

Saga entspannte sich. Wenn er ihre Familie so gut kannte, konnte er nicht gefährlich sein.

Draußen riss der Wind am Strohdach. Der Sturm befand sich jetzt genau über ihnen.

Saga räusperte sich.

»Dann darf ich dich vielleicht nach deinem Namen fragen.«

Der Fremde trank, ohne sie aus den Augen zu lassen.

»Ich bin in meinem Leben schon mit vielen Namen belegt worden. Jetzt heiße ich Lopt«, sagte er.

Saga runzelte die Stirn. Der Luftfahrer, was für ein seltsamer Name.

»Ich habe von Schamanen im Norden gehört, die solche Namen tragen«, sagte sie und schaute sich nach dem Diener um, der ihr etwas zu trinken anbieten müsste. Was war bloß aus der Gastfreundschaft der Alfenpriester geworden?

Asta stand an der Tür und hatte die Hand auf dem Schwertgriff liegen. Sie schüttelte den Kopf, bewegte die Hand. Saga begriff nicht, was sie ihr damit sagen wollte.

Es regnete jetzt. Saga hörte den Regen auf den Boden peitschen und das Rütteln des Windes am Dach.

Also würden sie hier warten müssen. Aber sowie der Sturm sich legte, würden sie nach Walhalla zurückkehren. Und dann würde

Freya alles über Alfhilds schändliche Pläne erfahren. Stolz stieg in Saga auf. Sie wolle so gern Freyas Gesicht sehen, wenn sie ihr erzählte, dass sie von keiner Geringeren als Erce auserwählt worden war. So wie Sot.

Die Haare in ihrem Nacken sträubten sich. Die Erdgöttin hatte gesagt, sie habe sie gerufen. Und das war an diesem Tag passiert. Alle Zeichen, der Boden, der sie verschlingen wollte, Sot – alles gehörte zueinander. Saga keuchte auf. Nur eine einzige Priesterin wurde von den großen Göttinnen auserwählt, es gab nie mehr als eine.

Deshalb war sie bisher nicht auserwählt worden. Erst nach Sots Tod konnte Saga ihren Platz einnehmen. Jetzt verstand sie alles. Alles war im Gewebe.

Saga zog die Beine an und sah zu, wie die Flammen das Feuer verschlangen.

Schwache Herzschläge pochten in der Erde, trösteten sie und schenkten ihr eine stille Ruhe. Orm hatte Sot töten lassen. Asta sprach die Wahrheit, das spürte Saga in ihrem Herzen.

Orm war nicht schlecht, sie kannte ihn schon ihr Leben lang. Er war zärtlich, freundlich und voller Freude. Aber wenn alles stimmte, was Asta gesagt hatte, dann stand für Saga nur ein Weg offen. Sie schlang die Arme um die Knie und zitterte. Orm musste für seine Tat bezahlen, und sie, Erces Priesterin, musste ihm das Leben nehmen.

Sie seufzte tief. Aber sich zu weigern oder zu beklagen, hätte keinen Sinn. Wenn das hier ihr Schicksal war, dann wollte sie es mit Stolz und Würde tragen.

Saga reckte sich, spürte, wie Erces Macht sie durchströmte. Sie war die Auserwählte der Erdgöttin, die Tochter der zärtlichen Mutter. Keine Macht konnte ihr jetzt noch etwas antun.

Lopt erhob sich von der Bank und ging hinüber auf die andere Seite der Halle, wo die Schlafbänke der Diener standen. Es war so dunkel, dass sie ihn dort nicht sehen konnte.

Plötzlich hörte sie sein zufriedenes Lachen.

»Komm her, Saga, ich habe eine Überraschung für dich. Etwas, das Thor gehört hat.«

Saga umklammerte das glatte Holz der Sitzbank und zögerte.

»Komm schon, Mädchen, mach dir keine Sorgen. Du wirst dich freuen.«

Langsam erhob sie sich und ging hinüber in die Dunkelheit. Sie konnte fast nichts sehen. Lopt stand mit dem Rücken zu ihr vor der Wand.

»Was willst du mir zeigen?«

»Endlich«, sagte er und drehte sich um.

Saga keuchte auf. Forseti stand lächelnd vor ihr. Seine langen braunen Haare hatte er in seinem Rücken zusammengebunden. Seine klugen Augen, sein lederner Harnisch und sein bronzener Armschutz, alles war so wie bei ihrem Abschied in Walhalla.

Saga schüttelte den Kopf.

»Das ist unmöglich.«

»Ich bin heute Nacht hergekommen«, sagte er mit einem warmen Lächeln.

Sagas Herz hämmerte los. Sie konnte sich nicht rühren und wurde ganz schwach. Seine Blicke lähmten sie, erfüllten sie mit einer bohrenden Lust.

»Ich habe jeden Augenblick an dich gedacht, seit ich Walhalla verlassen habe«, sagte Forseti und strich ihr eine Haarsträhne aus dem Gesicht.

Sagas Wangen glühten. Er war so schön mit seinen breiten Schultern und seinem männlichen Körper. Schon bei seinem bloßen Anblick empfand sie heftiges Verlangen nach ihm.

»Ich weiß, dass du mich willst«, sagte Forseti, zog sie an sich und küsste sie zärtlich.

Wie konnte er wissen, dass sie ihn begehrte? Sie hatte es keinem Menschen gesagt, nicht einmal sich selbst gegenüber hatte sie es wirklich einzugestehen gewagt. Aber jetzt, wo seine Arme sich um sie schlossen, war es ganz klar. Und nichts anderes war jetzt noch wichtig.

Er streifte ihren Rock hoch, liebkoste ihre Oberschenkel. Saga stöhnte vor Verlangen, als sie spürte, wie seine Stange an ihrem Bauch immer härter wurde.

»Ich muss dich haben«, flüsterte er und leckte ihren Hals.

Die Lust entzündete sie. Niemals hatte sie so empfunden. Sie zwang seine Hand zu ihrem Schoß hinab.

»Komm in mich hinein«, keuchte sie.

Er schob sie auf die Bank, küsste spielerisch ihren Bauch.

»Schöne Saga«, flüsterte er und ließ seine Zuge über ihre Oberschenkel wandern.

Gleich darauf drang er mit harten Stößen in sie ein. Sie wand sich und seufzte vor Lust, umschloss ihn mit ihrem Schoß.

Niemals hatte sie einen solchen Genuss erlebt. Jeder Stoß ließ ihr Blut vor Begehren brennen. Sie umklammerte seinen Kopf, umschloss seinen Leib mit ihren Beinen, trank seine Männlichkeit.

Forseti ergoss sich mit unterdrücktem Stöhnen in sie.

Saga legte die Finger um seinen Kopf und küsste ihn. Ihr schöner Mann. Ihre Fingerspitzen wanderten über seinen Schädel.

Etwas stimmte hier nicht. Das waren nicht seine langen Haare. Verdutzt starrte sie die weißen Strähnen in ihrer Hand an.

Es war nicht Forseti, der hier über ihr lag, sondern der Alte.

»Geh. Verschwinde!«

Sie trat um sich und schlug auf den lachenden Lopt ein.

Saga drehte sich der Magen um. Da war sie wie eine Magd von einem Trugbild in die Irre geführt worden. Ihr wurde schlecht von dieser Schande.

»Bestraf dich nicht so hart, nur wenige können meinen Kräften widerstehen, und du, meine Schöne, hast ein weit offenes Gemüt«, sagte Lopt.

Saga setzte sich auf und zog wütend ihre Kleider gerade.

»Möge Hel deine Schritte auf Erden verfluchen.«

Er lachte leise.

»Das hat sie schon, glaub mir.«

Saga sprang von der Schlafbank. Ihr Herz schlug wie besessen. Sie musste diesem Übel entkommen.

»Nicht so schnell.«

Er packte ihr Handgelenk. Sein Lächeln war jetzt verschwunden, sein Gesicht war verzerrt vor Hass. Saga hätte sich erbrechen mögen. Er war nicht mehr schön, ein Greis starrte sie an, ein Mahr aus der Unterwelt.

»Asta!«

»Die ist schon geflohen. Schade, ich hätte sie gern als Dienerin behalten. Sie ist fast noch wertvoller als du«, zischte Lopt zufrieden.

Der Griff um ihr Handgelenk lockerte sich nicht. So sehr sie auch zog und zerrte, sie konnte sich nicht befreien. Er zog eine Schnur hervor, wickelte sie hart um ihre Handgelenke und band sie an den Balken, der die Schlafbänke voneinander trennte.

»Meine Großmutter wird mich tausendfach rächen.«

»Du hast ja keine Ahnung, welche Freude es mir macht, Freyas Augenstern zu stehlen. Das wird meiner Rache noch größeren Genuss verschaffen.«

Seine Augen leuchteten in der Dunkelheit.

Saga presste die Lippen aufeinander und fing an zu weinen.

»Sei nicht traurig«, sagte er mit so dunkler Stimme, dass sich die Haare auf ihren Armen sträubten.

»Der Sturm wird noch lange andauern. Wir werden viel Freude an dir haben.«

Saga schaute zu dem Fremden hoch. Wie ein Raubtier bleckte er seine Zähne zu einem Lächeln voller Bosheit.

»Was bist du?«

Er setzte sich neben sie, streichelte ihren Arm.

»Ich bin der Albtraum, vor dem Idun dich warnen wollte. Ich bin der, der alles im Himmel und auf Erden sieht, ein Rächer, der zurückgekehrt ist, um sein Recht zu fordern.«

Er packte ihr Kinn und zwang sie, seinem kalten Blick zu begegnen.

»Dein Volk nennt mich Loki.«

Der Regen schlug wie kleine Steine auf den Boden auf. Asta zog ihren Umhang fester um sich zusammen und rannte durch den

Sturm. Sie hatte es ja gewusst. Noch ehe sie das Haus betreten hatten, hatte sie es begriffen.

Sie ging in die Hocke, krümmte sich im Schlamm zusammen. Verdammt, es war zu kalt. Sie zitterte am ganzen Leib.

Und Saga hatte es mit dem Schlimmsten von allen getrieben. Stöhnend wie eine läufige Hündin hatte sie sich an ihm gerieben.

Asta dagegen war weggelaufen, ehe sie gefangen worden war. Sie wusste alles über solche Männer wie die im Langhaus. Solche Männer mussten sterben.

Alfhilds Langhaus war im Zwielicht nur zu ahnen. Sie musste Schutz suchen, sich dort wärmen, wo es trocken war. Aber dorthin konnte sie nicht gehen. Sie wusste, was die Krieger vorhatten. Sie wusste alles.

Asta kam zitternd auf die Füße. Aber was war mit Saga? Sollte sie die Priesterin ihrem Schicksal überlassen? Sie hatte dort drinnen gebuhlt, glücklich hatte sie gestöhnt und gewimmert. Aber Saga musste sie von dem befreien, was wehtat.

Asta schaute zum Haus der Alfenpriester hinüber. Der Regen prasselte herab, sie war triefnass. Hier konnte sie jedenfalls nicht bleiben. Sie zögerte einen Moment, dann lief sie weiter zum Hof der Königin.

Die Hütten ragten wie düstere Schatten am Hofplatz auf. Der Regen hatte den Boden in Schlamm verwandelt. Nicht einmal die Hunde waren draußen.

Asta lächelte zufrieden und rannte zur ersten Hütte weiter. Sie schlüpfte hinein und zog die Tür hinter sich zu.

Es tropfte durch die Decke, der Wind wehte durch die Risse, aber ein wenig Schutz fand sie hier immerhin. Asta tastete sich weiter, dann fanden ihre Finger einen geflochtenen Korb. Verdammte Dunkelheit. Sie hatte nicht vor, zu erfrieren, nur weil es zu gefährlich wäre, hier Feuer zu machen. Sie brach kleine Holzstücke ab und zog ihren Feuerbeutel aus dem Ranzen. Gut. Alles war trocken. Mit zitternden Fingern zog sie Zunder heraus und schlug dann die Steine gegeneinander. Erst ein Funken, dann mehrere.

Die Luft war feucht und es war nicht leicht, Feuer zu schlagen.

Asta kämpfte mit den Feuersteinen, ließ sie immer wieder aufeinander treffen. Es dauerte eine Ewigkeit, bis der Zunder zu glühen begann. Sie blies vorsichtig in die Glut, dann loderte die Flamme auf. Die kleinen Korbstücke fingen Feuer, bald fütterte sie es mit weiteren. Und dann brannte auf dem Boden ein kleines Feuer.

In der Hütte wimmelte es nur so von Urnen. Asta lachte schallend auf. Fackeln waren aufeinander getürmt. Sie zündete eine an und genoss das Licht. In einem Rahmen war eine ungegerbte Kuhhaut aufgespannt.

Asta zuckte mit den Schultern. Die war sicher genauso gut wie alles andere. Sie nahm ihren Dolch, schnitt ein Loch in die Mitte und zog sich dann die Haut über den Kopf. Sie war steif wie die Stange eines Hengstes zwischen brünstigen Stuten.

Sie schnitt das Seil ab, mit dem die Haut aufgespannt gewesen war, und band es sich um die Taille. Dann riss sie einige Fackeln an sich und roch daran. Alle waren mit Harz eingeschmiert. Gut. Dann würden sie im Regen nicht erlöschen.

Jetzt musste sie nur noch einen Entschluss fassen.

Was sollte sie machen? Hier bleiben, nach Hause gehen oder Saga helfen? Asta sah, wie ein kleiner Bach über den Boden lief. Es war der pure Wahnsinn, Saga zu folgen. Jetzt begriff sie nicht einmal mehr, warum ihr das so wichtig gewesen war. Nur die Rache an Bolde spielte eine Rolle. Sie nickte grimmig. So musste es sein. Sie musste nach Walhalla zurückgehen.

In der Halle wimmelte es nur so von halbschlafenden Menschen, die Schutz vor dem Sturm gesucht hatten. Schnaufend und hustend versuchten sie, zur Ruhe zu kommen, während der Wind draußen heulte wie ein wildes Tier. Das Dach bebte und ächzte, während die Sturmhündinnen am Stroh rissen. Thor stieg über eine alte Frau hinweg, die ein schlafendes Kind in den Armen hielt. Sie wiegte sich hin und her und jammerte dabei leise. Neben ihr lag auf dem Boden ein zusammengekrümmter, magerer Mann. Thor ließ aufmerksam seine Blicke über diese mutlosen Menschen wandern, als er vorsichtig weiter ging.

Nirgends konnte er ein Mädchen mit rotbraunen Haaren finden. Er kratzte sich besorgt am Hals. Er wusste kaum, wie die Kleine aussah, seine einzige Erinnerung an Saga bestand darin, dass sie immer hinter ihm hergelaufen war, als sie das Haus gebaut hatten. Ungeschickt hatte sie versucht zu helfen, sie hatte bei ihm und Ull sein wollen, war offenbar lieber mit ihnen zusammen gewesen als mit den Priesterinnen. Das Asenblut war stark in seiner Tochterstochter, das hatte er deutlich gesehen.

Die Tür wurde aufgerissen. Yngvi und Gisli flohen vor den Sturmwinden in die Wärme.

»Keine Spur von der Kleinen«, sagte Gisli und strich sich zitternd die feuchten Haare aus der Stirn.

»Und jetzt hagelt es auch noch«, fügte Yngvi hinzu.

Er verriegelte sorgfältig hinter sich die Tür, ehe er mit den Füßen aufstampfte und sich die schmelzenden Hagelkörner von Umhang und Schultern wischte.

»Die sind so groß wie Eier. Von der Ernte wird nicht viel übrig bleiben«, sagte Gisli und schüttelte besorgt den Kopf.

Das verhieß nichts Gutes. Thor trommelte mit den Fingern auf Mjölnirs Schaft. Die Kleine konnte da draußen doch erfrieren. Durch Freyas verschlossene Tür war schriller Gesang zu hören, Beschwörungen, die den Sturm beruhigen und das Haus beschützen sollten. Er hatte nicht vor, Freya bei ihren Hexenkünsten zu stören.

Eine Priesterin hatte gemeint, Saga habe sicher auf einem Hof weiter hinten im Tal Schutz gesucht. Wenn das nur stimmte.

Thor ging an den Sitzbänken vor der Feuerstätte vorbei. Sofort drehte Königin Alfhild sich zu ihm um und lächelte einschmeichelnd. Fett war sie geworden, fast hätte er sie nicht wieder erkannt.

»Es freut mich, dass der größte Krieger an den Stränden des Sommermeeres an diesem schweren Tag unter uns weilt.«

»Gegen Sturm und Finsternis helfen weder Schwert noch Axt«, erwiderte Thor.

Er schaute verstohlen zu dem Jüngling mit der prachtvollen

Mähne hinüber, der neben Ingvild saß. Das Götenschwein hatte seine Schritte gar zu aufmerksam beobachtet. Thor tauschte einen Blick mit Baldur auf der anderen Seite der Feuerstätte. Baldur nickte beruhigend, sein Bruder behielt den schwanzlosen Schwächling also schon im Auge.

Mochten andere mit den Göten Frieden schließen, Thor war nicht so dumm. Feinde waren sie, verlogene Feiglinge. Wenn er nicht Freyas Gast wäre, hätte er den Göten und dessen Diener schon längst getötet. Aber das wäre ein Missbrauch der Gastfreundschaft.

»Es mag ein schlecht gewählter Zeitpunkt sein, aber trotzdem muss es gesagt werden. Ich habe einen Boten nach Idunvallen geschickt und für meine wunderschöne Tochter Svea um einen deiner Söhne angehalten«, sagte Alfhild.

Die Königin schleuderte ihre Mähne in den Rücken und lächelte einladend.

Thor tauschte einen belustigten Blick mit Baldur. Der Bruder trank rasch einen Schluck Met, dann prustete er los.

Der bleichgesichtige Schlappschwanz hatte seine Botschaft auf eine Weise vorgebracht, die sie so schnell nicht vergessen würden. Mitten bei einem Gastmahl war er mit seinen wohlgesetzten Worten und seiner glatten Stimme hereingeplatzt. Thor und seine Männer waren übereingekommen, dass Blutsbande zu Alfheim eine gute Idee sein könnten. Aber keiner der unverheirateten Asen wollte Idunvallen verlassen. Am Ende hatte Thor beschlossen, um die Sache zu spielen. Der Verlierer würde Alfhilds Tochter heiraten müssen. Durch diese Vorstellung ermuntert, fingen die Jünglinge an zu würfeln. Baldur, der bereits zu dieser frühen Stunde sturzbetrunken gewesen war, hatte mitmachen wollen. Da er bereits eine Gattin hatte, setzte er einen seiner Söhne ein, Forseti. Vom Met benebelt, wie er war, hatte Baldur seinen Sohn bald verloren.

Als der Bote dann erfahren hatte, dass Forseti gar nicht Thors Sohn war und sich außerdem auf Heerfahrt befand, hatte er einen Höllenlärm geschlagen und so herumgeschrien, dass die jungen Männer ihn in den Wald getragen hatten. Dabei war Arnulf gestolpert und hatte den Kopf des Alfheimers an einem Stein zerschlagen. Betrunken, wie sie waren, warfen sie den Leichnam ins Meer und bisher hatte sich keiner über diese Geschehnisse weiter den Kopf zerbrochen.

Thor musste lachen. Forseti würde sich über diese Mitteilung gar nicht freuen.

»Vielleicht hast du schon entschieden, wer der Glückliche sein soll? Svea möchte es so gern wissen«, sagte Alfhild und zeigte auf ein griesgrämiges Mädchen, das hinten auf der Bank saß.

Thor hüstelte.

»Forseti hat die Ehre gewonnen, mit deiner Tochter unter den Hammer zu treten.«

Alfhild strahlte.

»Hast du das gehört, Svea? Wer ist dieser Jüngling, ist er hier anwesend?«

»Er ist auf dem Heimweg, zusammen mit Ull und Skidbladnir«, sagte Thor und schaute zur Decke hoch, die im Sturm bebte. Hoffentlich hatten die Kinder Verstand genug gehabt, einen Nothafen anzulaufen. Alfhild wickelte sich eine Haarsträhne um ihre Wurstfinger und zierte sich wie ein kleines Mädchen.

»Dieser Forseti ist doch sicher dein Sohn?«

»Baldur ist sein Vater. Meine Söhne sind bereits versprochen«, sagte Thor kurzangebunden.

Baldur grinste die Königin an. Alfhild warf beleidigt den Kopf in den Nacken.

»So hatte ich mir das aber nicht gedacht«, sagte sie wütend.

»Forseti besitzt einen scharfen Verstand, deine Tochter wird zufrieden sein.«

Baldur lachte und spielte an seinem Harnisch herum. Thor lächelte seinen hoffnungslosen Bruder müde an. Aber gleich darauf erhob sich Alfhilds düstere Tochter.

»Sicher ist Forseti in jeder Hinsicht ein guter Mann, aber zum Gatten werde ich ihn niemals nehmen«, sagte sie gelassen.

Da hat Baldur aber Glück gehabt, dachte Thor.

»Schweig, Svea. Setz dich hin«, sagte Alfhild.

Aber Svea schüttelte den Kopf.

»Nein, Mutter. In diesem Fall werde ich dir nicht gehorchen.«

Thor räusperte sich.

»Dann wirst du eben nicht mit Forseti unter den Hammer treten«, sagte er und wechselte einen Blick mit Baldur. Sein Bruder hatte sofort begriffen.

»So eine holde Maid darf zu nichts gezwungen werden. Das würde mein Junge niemals dulden.«

Die Frau senkte den Kopf und schaute Thor dann dankbar an. Danach verließ sie die Feuerstätte. Alfhild watschelte hinterher, wütend wie ein aufgescheuchter Bienenschwarm.

Thor ließ sich neben seinen Bruder sinken.

»Da hattest du ja mehr Glück als Verstand«, sagte er.

»Ein wenig Glück im großen Unglück. Tiwaz schenkt uns alles Elend der Welt«, entgegnete Baldur.

Er schüttelte den Kopf und schaute besorgt ins Feuer.

»Die Sonne ist verschwunden, böse Stürme sind aufgekommen. Bald werden wohl die Drachen von Norden her geflogen kommen.«

Eine neuerliche Sturmböe ließ das Dach erbeben. Regen drang herein, das Wasser tropfte und lief von den Balken. Die Menschen wichen aus, legten sich Umhänge als Schutz über den Kopf.

»Wer nicht erfriert, wird verhungern.«

»Noch ist die Schlacht nicht verloren«, sagte Thor und rückte seinen Gürtel gerade.

»Nicht einmal deine Hexe kann verfaulte Saat wieder wachsen lassen.«

Thor seufzte tief. Verloren denn jetzt alle die Hoffnung? Unter den Feindinnen der Menschen war Mutlosigkeit die allergrößte.

»Noch steht die Saat auf den Feldern. Und auch wenn der Sturm Idunvallen und unsere Höfe erreicht, so ist das Hungermesser für die Asen doch kein Fremdling«, sagte Thor.

Siv hatte zu Hause in Idunvallen die Vorratshäuser gefüllt. So wenig er sein Weib auch leiden mochte, er musste doch zugeben, dass sie sich um Hof und Kinder immer gut gekümmert hatte.

Seine Söhne und Enkelkinder würden keine Not leiden müssen.

»Konnte Freya dir helfen?«, fragte Baldur flüsternd und schaute ihn erwartungsvoll an

Thor schüttelte den Kopf.

»Dann musst du entscheiden, wer Häuptling sein soll.«

Thor spürte, wie sein Gesicht glühend heiß wurde. Ein Kind fing an zu schreien, verstummte dann aber wieder. Baldur hatte Recht, trotzdem fiel dieser Entschluss ihm schwer. Die Asen zu führen, war eine schwere Last. Magni war sein ältester lebender Sohn, aber besonders gescheit war der Junge nicht. Er würde sich mit Leichtigkeit von anderen lenken lassen. Baldur wäre der Richtige gewesen, nur liebte er den Trunk zu sehr.

Thor seufzte tief.

»Stark genug wäre allein Trudvi, aber kein Asenkämpfer würde einer Frau gehorchen«, sagte er. Baldur leerte sein Methorn und wischte sich nachdenklich den Mund.

»Dann muss es Magni sein.«

Thor nickte. Das war das Erstgeburtsrecht des Jungen.

»Mach dir keine Sorgen, ich werde mich schon um ihn kümmern«, sagte Baldur.

Thor grinste seinen rotnasigen Bruder an.

»Das macht mir doch gerade solche Sorgen.«

Freya glitt durch den dichten Nebel. Es war kalt. Die feuchte Kühle legte sich wie eine zweite Haut über ihre Sinne. Tränen und Jammer mischten sich unter Garms dumpfes Bellen.

Ab und zu ahnte sie in der Ferne eine Gestalt, aber die Geister glitten davon, sowie sie sich ihnen näherte.

Es war schon seltsam. Nichts sah aus wie sonst an der Schwelle zu Hels Wohnstatt.

Ein dunkles Lachen hallte im Grenzland wider. Hel. Freya holte tief Atem. Alles zitterte und bebte, ein Erdbeben schien die Höhlen der Totengöttin zu erschüttern. Freya nahm den Gestank von Feuer und Verwesung wahr und sah, wie die Nebel zerrissen.

Hel erwartete sie, prachtvoll in ihrer Bosheit. Die Herrin über die Wiedergeburt. Die Lebensverzehrerin, die Königin des Chaos. Die Schonungslose.

Feuer loderte in ihren Augenhöhlen. Schwarze Schleier wanden sich um ihren Körper. Zur Hälfte war sie eine wunderschöne Frau mit glatter Haut, der schöne Tod, sanft und ersehnt. Wer dieser Schönheit begegnete, wurde zur Göttin geleitet.

Aber die andere Hälfte war verbrannt und verwest. Weiße Würmer krochen durch ihre Wange, versengte Hautfetzen fielen zu Boden. Das war der grausame, qualvolle Tod. Hart war das Schicksal derer, die von dieser Hel von ihrem Totenbett geholt wurden.

»Seht meine Dienerin, die mein Reich betritt, gebrechlich und hässlich. Bald werde ich dich von deinem elenden Leben befreien.«

»Ich komme, um dich um Hilfe zu bitten, mächtige Königin der neun Welten«, sagte Freya.

Hel leckte sich genüsslich die Lippen.

»Winterzeit, Wolfszeit, schöne Zeit für meine leeren Welten. Meine Ernte an Menschenleben wächst.«

Zitternd sank Freya in die Knie. Frostiger Atem quoll aus ihrem Mund. Sie musste die Erbarmungslose erweichen, die Herzlose anflehen.

»Allwissende Hel, mächtige Herrin. Wo ist deine schöne Schwester, die Sonne? Die Menschen sterben ohne ihre lebensspendende Wärme.«

Hels Lachen klang wie das Brüllen tausender wilder Tiere. Es löste den Nebel in dünne Schleier auf, die langsam zur Decke hochschwebten. Freya schaute sich in der riesigen Höhle um. Schwarze Felswände wölbten sich hoch über ihrem Kopf.

»Die Sonnenhündin ist durch meine Macht gefesselt worden.«

Hels düsteres Lachen hallte zwischen den Felsen wider. Die Katastrophe war größer, als Freya es sich jemals hätte vorstellen können. Wie gelähmt starrte sie die Würmer in Hels Wange an. Einer fiel zusammen mit zerbröselnder Erde auf den Boden.

»Du Schönste unter allen Göttinnen, welche Macht hat die Sonnengöttin gefesselt?«

Die Flammen in Hels Augenhöhlen loderten auf. Boshaft lächelte sie Freya an.

»Ein Wesen, erweckt von deinem eigenen Fleisch und Blut«, sagte sie zufrieden.

Freyas Herz setzte einen Schlag aus. Nicht ihre Kleine. Die Angst brannte und riss in ihrer Brust. Was hatte das Kind nur angestellt?

»Ist Saga tot?«, flüsterte sie.

Die Erbarmungslose leckte sich die Lippen.

»Noch nicht.«

Sie lebte. Bisher. Freya zitterte. Hel wandte ihr langsam die verbrannte Gesichtshälfte zu und starrte sie an. Kein Laut kam über ihre verfaulenden Lippen.

»Ungebeten bist du in mein Reich gekommen. Mit leeren Händen kommst du und verlangst eine Antwort. Ich schweige, bis du mir eine kostbare Gabe schenkst«, brüllte Hel und hob die Hand.

Freya wurde aufwärts und rückwärts gezogen. Einen Atemzug lang wirbelte sie durch das Chaos zwischen Leben und Tod.

Die Priesterinnen saßen im Kreis um ihren Körper und sangen Zauber, die sie nach Hause führen sollten.

Rodälv schlug auf die runde, mit schwarzen Kraftzeichen bemalte Trommel. Die Angst hing wie dunkle Schleier um ihren gebeugten Oberkörper. Unruhig musterte sie die leblose Hülle auf der Strohmatte.

Freya zitterte, als sie sich dort liegen sah. Das dunkle Gewand umgab sie wie ein Schatten, ihr zerfurchtes schlaffes Gesicht schien bereits tot zu sein. Es wäre so leicht, jetzt loszulassen, in die Nachwelt hineinzugleiten. Was Hel begehrte, war das Entsetzlichste von allem. Das äußerste Opfer. Verzweiflung erfüllte sie mit nachtschwarzer Finsternis. Wie im Namen der Göttin sollte sie sich dazu überwinden können? Aber es musste sein.

Freya holte tief Luft und kehrte in ihren Körper zurück.

Die Strohmatte scheuerte gegen ihren Rücken. Ihr Kopf schmerzte und dröhnte.

Sie setzte sich auf und schaute die besorgten Priesterinnen an.

Rodälv beugte sich vor, ihr Gesicht war kreideweiß vor Unruhe.

»Hast du die Antwort gefunden?«, fragte sie.

Freya ballte so hart die Fäuste, dass ihre Fingerknöchel weiß wurden.

»Saga«, flüsterte sie. »Wir müssen Saga finden.«

8

Ull fuhr mit der Hand über den Griff des Schwertes, das er im Norden gefunden hatte. Es war eine schöne Waffe, er hatte ihresgleichen noch nie gesehen. Sonnenspiralen waren dort eingraviert, neun auf jeder Seite. Zwölf funkelnde Nieten schmückten einen Halbmond, der in die Klinge überging. Er strich mit dem Daumen über die breite Klinge, die noch immer scharf und bissig war.

Ull gähnte und schlug auf dem sandigen Boden die Beine übereinander.

Forseti lehnte an der Felswand, sein Kopf hing zur Seite. Männlich und breitschultrig war Baldurs Sohn. Ull schielte zu den starken Armen hinüber, die über der Brust verschränkt waren, dann wandte er seinen Blick ab.

Modis Schnarchen hallte in der Höhle wider, er lag auf der Seite und sein umfangreicher Bauch hing über seinen Gürtel.

Seine Leute, seine Verantwortung. Ull packte das Schwert und spürte, wie die Schande in seiner Brust brannte.

Trudvi schlief mit dem Kopf auf seinen Knien. Ihr Mund stand halb offen, ein Speichelfaden zog sich über ihr Kinn. Ihr Halsband funkelte im trüben Feuerschein.

Was hatte er getan?

Forseti hatte recht gehabt. Ull konnte sich nicht mehr belügen. Seit er von dem Schatz gehört hatte, hatte der Hunger nach Gold seine Gedanken gelenkt. Fünf Männer hatten dafür bereits mit ihrem Leben bezahlt.

Ull schaute zum Höhleneingang hinüber, hörte, wie der Raubtierwind nach seiner Beute schrie. Es würde noch mehr Tote geben, ehe alles vorüber wäre. Die Schuld brach in Wellen über ihn herein, zerschlug seine Lügen. Traurig legte er das Schwert auf den Boden und rutschte unter Trudvi hervor.

Er war nichts, ein Narr, der einer Versuchung erlegen war, ein Ergi, der durch seine Gier seine Männer getötet hatte.

Ull erhob sich und ging zum Holzhaufen.

Das Feuer war fast niedergebrannt, es bestand nur noch aus züngelnden Flämmchen im Steinring. Die Kälte strich über den Höhlenboden. Er bückte sich und hob ein wenig Reisig auf.

Als er sich aufrichtete, fiel sein Blick auf Skadi.

Sie stand bei dem Goldsack, ihre weißen Haare wogten über ihre schmalen Schultern. Vor ihren Füßen lagen die schlafende Trudvi und das Schwert.

Vor den Mächten gab es kein Entrinnen. Jetzt würde er für seine Fehler bezahlen müssen.

»Du bist gekommen, um den Preis für deine Hilfe einzutreiben. Nimm das Gold, lass mich auch das verlieren.«

Skadis schwarze Augen funkelten höhnisch.

»Das ist zu wenig«, fauchte sie.

Ull nickte. Im tiefsten Herzen hatte er es gewusst.

»Nimm mein Leben, ich habe es nicht anders verdient.«

Ihr Lachen klang wie das Knurren eines Wolfes. Noch immer war in ihrem Gesicht keine Bewegung zu erkennen. Lautlos glitt sie über den Boden.

Ull schauderte vor Angst zusammen.

»Jämmerliche Menschen, verblendet lebt ihr eure kurzen Leben, flehend und um Gnade bettelnd angesichts der Finsternis, die ihr selbst verursacht.«

Ull holte röchelnd Atem. Die Schande schnürte seine Kehle so fest zusammen, dass er kaum Luft bekam.

»Tu, was du nicht lassen kannst«, keuchte er.

Für die anderen zu sterben, war für ihn der einzige Ausweg. Seine Verwandten würden seinen Namen dann wieder mit Achtung statt mit Abscheu nennen können.

Skadi schwebte auf ihn zu. Die stickige Luft, die ihn umgab, ließ seine Haut prickeln. Entsetzlich war Skadi in ihrer uralten Macht. Ein Überbleibsel von etwas, das längst hätte begraben sein sollen.

»Du willst also in die Nachwelt fliehen? Das ist viel zu wenig als Bezahlung«, knurrte sie.

Ull musterte sie verzweifelt.

»Was soll ich denn machen?«

Sie bewegte die Hand. Eine unsichtbare Kraft zwang ihn auf die Knie.

»Sieh dir deine Tat an«, sagte sie und hob die Hand.

Bilder nahmen vor Ulls Augen Gestalt an. Iduns Tränen, als er sie im Wald vergewaltigte, ihr blutiger Tod. Freyr, der besorgt auf den kleinen Ull zeigte und sagte:

»Aus diesem Knaben kann doch nichts werden.«

Björns Gesicht, voller Genuss, als sie hungrig am Fluss miteinander buhlten.

Magnis aufgequollener Leib, der auf dem Meeresgrund lag. Hungernde Menschen, die kraftlos in ihren Betten lagen und auf den Tod warteten. Eis, das sich über Feld und Wald legte, wo kein Leben mehr zu finden war.

Das alles war seine Schuld.

Ull stöhnte vor Schmerz, glühende Messer zerschnitten seinen Leib zu einer einzigen blutigen Wunde. Er krümmte sich zusammen, schlang die Arme um die Knie und flehte um Gnade.

»Soll ich den Schmerz vertreiben, für immer?«

Er packte ihre schneeweiße Hand, presste sie gegen seine Stirn. Bilder wuchsen in seinem Kopf. Sie dröhnten über ihm wie ein Wasserfall aus Qualen. Er konnte diese Schuld nicht tragen, konnte es einfach nicht.

»Ich tue, was du willst, wenn es nur ein Ende nimmt«, flüsterte er.

Sie fuhr mit den Nägeln über ihren Arm. Schwarzes Blut spritzte aus der Wunde.

Ull strömten Tränen über die Wangen. Er begriff. Ein Mensch, der das Blut einer Unsterblichen trank, war für immer mit ihr verbunden.

Skadi hielt den Arm an seine Lippen. Jeder Teil seines Körpers und seiner Sinne warnte ihn. Die Stimmen in seinem Kopf flehten ihn an, es nicht zu tun. Aber die Bilder wuchsen in seinem Inneren und rissen ihn in blutige Fetzen. Ull konnte nicht mit dem Wissen darum leben, was er getan hatte.

»Trink.«

Ull klammerte sich an ihren kalten Arm, leckte ihre Wunde, trank das Innerste ihres Wesens.

Ein fremder Verwesungsgestank füllte seinen Mund. Ull drehte sich vor Ekel der Magen um. Sein Mund brannte, als hätte er glühende Kohlen verschluckt.

Skadi legte den Kopf in den Nacken und lachte.

»Frei, endlich frei!«

Eine blutrote Kälte breitete sich in Ull aus. Sie befreite ihn von Schande und Kummer, brachte ihm eine segensreiche Leere. Alles löste sich zu Staub auf und wurde vom Wind davongetragen.

Ergi zu sein, Idun, das Gold, Saga.

Nichts war noch von Bedeutung.

Er war erleichtert. Er war jetzt nichts mehr.

Skadi schwebte bewegungslos eine Handbreit über dem Boden. Ihre schwarzen Augen glänzten in dem schimmernden Weiß.

»Danke«, flüsterte Ull.

»Sieh die andere Wirklichkeit«, sagte Skadi tonlos.

Die Höhle zitterte, das Trugbild löste sich vor seinen Augen auf. Die Asen lagen mitten im Sturm auf dem Boden. Skadis Zauber bildete eine schützende Wand, die sie umgab. Riesige Wesen, durchsichtig wie Wasser, wanderten durch den Wald. Verzerrte Riesen mit geschwollenen Köpfen und Raubtierzähnen.

In ihrem Berserkerzorn zerrissen und zerfetzten sie alles, was ihnen in die Hände fiel. Aber in Skadis Schutz war alles still.

Ull klammerte sich an seinen Umhang. Die segensreiche Leere machte jetzt etwas anderem Platz.

Skadi zeigte auf den Goldsack, der sich öffnete. Das Gold glänzte träge.

»Du warst der Erste, der dieser Verlockung erlegen ist.«

Ull stöhnte gequält, als ihr Blut sich in seinem Körper verteilte, es lähmte ihn, betäubte seine Sinne.

»In jedem Zeitalter habe ich die Menschen wegen meines Schicksals verflucht.«

Die schwarzen Augen funkelten bedrohlich.

»Ull, du Narr, du hast mich befreit. Jetzt musst du meine Last auf dich nehmen. Bis ans Ende der Zeiten.«

Ull beugte sich ihren Worten. Sie war er, und er war sie. Das Blut ließ sie verschmelzen, jetzt sah er die Wahrheit.

Arme Skadi. Ull stöhnte voller Mitleid, als die Ewigkeit durch seinen Körper hallte.

Er sah, wie sie mit ihrem Volk über die Eismassen wanderte. Sah den Bogen auf ihrem Rücken, die Kleidung aus Seehundspelz, die Mütze aus Igelfell. Am Fuße des Berges band der Schamane ihre Hände, zusammen mit den Ältesten führte er Skadi in die Höhle.

Ihr Volk, die Menschen, die sie ihr Leben lang gekannt hatte, kamen mit dem goldenen Schatz hinter ihr her. Sie legten ihn auf den Felsabsatz, bildeten dann um sie einen Kreis. Skadi flehte um Gnade, aber niemand wollte auf sie hören. Sie war die Auserwählte.

Skadi weinte, als ihre Hände an die Drachenknochen gefesselt wurden. Sie wusste, welches Schicksal sie erwartete, voller Angst sah sie, wie ihre Mutter dem Schamanen das Opfermesser reichte.

Er hob es, bat die Sonnengöttin, ihr Opfer anzunehmen und flehte sie an, mit ihrer Wärme zurückzukehren. Er bat die Totengöttin, das Licht aus der Unterwelt freizugeben.

Das Messer traf ins Herz. Skadis Blut floss über den Boden, hinaus in den Winter, hinunter in die Nachwelt. Sie starb, geopfert von ihrer eigenen Familie und ihrer Sippe. Die Sonne kehrte zurück und vertrieb die Reifthursen, aber Skadis Geist konnte die Höhle nicht verlassen. Sie war zu ewiger Einsamkeit verdammt. Ihr Hass ließ ihre Kräfte wachsen, sie wurde mit jedem Zeitalter mächtiger. Sie hörte, wie die Menschen von ihrer Heldinnentat sangen, und das machte sie wütend. Skadi verwandelte sich in eine Riesin, in eine Urkraft, geschmiedet aus Rache.

Wenn der Schatz die Höhle verließ, würden die Reifthursen wieder frei sein und die Menschen mit ewigem Winter quälen, und dann würde Skadi jemanden finden, der ihren Platz einnehmen könnte. Nur jemand, der ihren wahren Namen nannte und sein Blut mit Skadis Blut vermischte, würde sie ersetzen können.

Ull erhob sich mit zitternden Knien, sah ihre uralte Größe. Unter allen Wesen zu Wasser und zu Lande gab es kein schöneres.

»Ich gehöre dir, für immer«, sagte er und liebkoste ihre schneeweiße Wange.

Ein schwaches Lächeln huschte über ihre Lippen.

»Ja, sei mein«, flüsterte sie.

Er wusste, was sie wollte, er kannte alle ihre Wünsche und Begierden. Das Einzige, was von Bedeutung war, war, sie zu erfüllen.

Ull hob sein Schwert vom Boden auf und schaute tief in Skadis schwarze Augen.

»Tu es jetzt«, flüsterte sie.

Er legte die Klinge auf seinen Arm, schnitt in die Haut. Blut quoll aus der Wunde. Skadi riss an seinem Arm, gierig trank sie seine Lebenskraft.

Ull stöhnte vor Schmerz. Ihre Zunge drückte sich in seine Wunde, bohrte sich tief in ihn hinein.

Sie hob den Kopf, während das Blut über ihre weißen Wangen lief.

»Es ist vollbracht.«

Er küsste sie hungrig. Der Geschmack von Blut, die gierige Lebenskraft dieses Wesens. Ull wurde von einer Lust erfüllt, wie er sie nie zuvor gekannt hatte. Gesegnet war er unter den Männern, denn er durfte ihr dienen.

»Nei – ein!«

Trudvi jagte an ihm vorbei, wütend sprang sie Skadi an. Die Uralte glitt wie Luft zur Seite.

»Er gehört jetzt mir.«

Die Asin sah Ull entsetzt an.

»Was hat sie getan?«

Ull lächelte Thors Tochter schweigend an. Sah sie nicht, dass er neu geboren war? Die Lust auf Skadi ließ sein Blut kochen. Sie hatte ihn von aller Schuld befreit, hatte verbrannt, dass er Ergi war. Endlich war er ein richtiger Mann.

Er würde für seine Schuld büßen, würde ein besungener Held werden und die Schöne bis ans Ende der Zeiten lieben.

»Ich habe mich der Mächtigen verschworen.«

Trudvi traten Tränen in die Augen, dann schüttelte sie den Kopf.

»Sie hat dich mit ihrem Zauber umgarnt.«

Ull lächelte Skadi an. Wunderschön stand sie da, während das Blut über ihre Wange lief. Seine Geliebte, seine Herrin, seine Befreierin. Keine Schande ließ sein Blut noch brennen, hocherhobenen Hauptes konnte er der Welt gegenübertreten.

»Du verdammte Hündin! Lass ihn frei! Er gehört mir!«

Skadi lachte über Trudvis Wutausbruch.

»Nicht mehr.«

Trudvi riss wütend an seinem Arm.

»Du kannst uns nicht dem Sturm preisgeben.«

Sie konnte nicht begreifen, warum er so glücklich war. Tiwazens Stärke ließ ihren Körper schimmern. Wie ihr unsterblicher Gemahl wich sie niemals einem Kampf aus. Sie begriff nicht, was es bedeutete, zu zweifeln und seine Schande verbergen zu müssen.

»Denk an Saga!«

Skadi glitt über den Boden, so schön in ihrem Lederwams mit den Kraftzeichen. Sie streckte die Hand aus, befahl ihn zu sich.

»Bleib dort stehen, du kreideweiße Hündin, du nimmst Ull nicht. Im Namen meines Gemahls Tiwaz beschwöre ich dich.«

Skadi fauchte sie an, hielt aber inne. Ull schaute sich staunend um. Konnte Trudvi das schaffen? Besaß sie soviel Kraft?

Er wischte sich den Mund ab, sah, wie das Blut aus der Wunde auf seinem Arm quoll.

Trudvi weckte Forseti und Modi mit Tritten, zwang die jetzt hellwachen Asen auf die Beine.

»Beeilt euch, wir müssen weiter. Jetzt.«

Sie schauten Skadi und Ull verwundert an, dann rafften sie in aller Eile ihre Sachen zusammen.

»Wenn du sie retten willst, dann nimm meinen Platz ein. Erst dann wird der Sturm sich legen«, flüsterte Skadi.

»Los jetzt.«

Trudvi versuchte, ihn mit sich zu ziehen. Aber Ull schüttelte gelassen den Kopf.

»Ich muss hier bleiben.«

»Dann bringt sie dich um.«

»Nein. Ich rette euch das Leben«, antwortete er.

Forseti und Trudvi wechselten einen Blick, dann packten sie Ulls Arme und schleppten ihn mit sich. Ull kämpfte, um sich loszureißen. Sie durften ihn nicht mitnehmen, nicht jetzt, wo er Frieden gefunden hatte. Skadi war wütend, ihr Zorn brannte in seinem Blut.

»Das ist nur deinetwegen«, rief Trudvi und ballte die Faust.

Gleich darauf wurde alles schwarz.

Endlich. Saga lehnte die Stirn gegen den Balken und atmete langsam auf. Der Riemen um ihre Handgelenke scheuerte so sehr, dass sie blutete, aber sie hatte das Messer aus ihrem Gürtel ziehen können. Sie umklammerte den Griff und fing an, am Riemen zu sägen.

Loki saß an der Feuerstelle und kehrte ihr den Rücken zu. Er sagte etwas und lachte los, und die anderen Männer stimmten ein.

Saga erstarrte und wagte kaum zu atmen.

Das Stroh stank vor Feuchtigkeit und Schweiß, als sie weiter über die Schlafbank rutschte. Aber niemand blickte in ihre Richtung. Die Dunkelheit bot ihr Schutz. Saga sägte weiter und schaute immer wieder verstohlen zu Loki hinüber.

Ihre Oberschenkel klebten aneinander. Wie hatte sie nur so dumm sein können? Ihr Leben lang war sie vor Trugbildern gewarnt worden. Und doch war sie geradewegs in die Falle gegangen, sie, die Auserwählte Erces.

Die Schande ließ ihre Wangen brennen. Wenn es wenigstens ein anderer gewesen wäre als Forseti. Er hatte sie bei ihren Begegnungen ja nicht einmal geküsst. Hätte Loki nicht die Gestalt Orms oder eines anderen der Männer annehmen können, die sie bei den Opferfesten ausgesucht hatte?

Sie schluckte und schnitt energischer.

Bestimmt war Loki das Böse an sich. Ein Mann, der den Zauber beherrschte und solche Macht besaß, dass er sie umgarnen konnte. Sie war wie verhext gewesen, hatte an nichts anderes gedacht als daran, sich mit Forseti zu vereinen.

Saga schnitt eine angeekelte Grimasse, als sie an den alternden Körper dachte, um dessen Gunst sie gefleht und gebettelt hatte.

Sie schnitt fester. Endlich fraß das Messer sich durch die letzte Faser. Sie war frei. Erleichtert streifte sie die Riemen von ihren Handgelenken.

Jetzt musste sie sich an den Männern vorbeischleichen. Der alte Diener lief zwischen Feuer und Bänken hin und her. Sie sah keine andere Tür, keine Fluchtmöglichkeit. Saga schaute sich verzweifelt um. Es musste einen Ausweg geben.

Zum ersten Mal in ihrem Leben konnte sie etwas tun, das einen Wert hatte. Das Schicksal Walhallas ruhte auf ihren Schultern. Sie durfte nicht versagen, nicht jetzt.

Ein Alfenpriester erhob sich und wanderte zu dem Strohhaufen neben der Tür. Dort pisste er lange und ausgiebig. Der bittere Gestank verbreitete sich in der Halle.

Saga drückte sich an die Wand, der trockene Lehm war kalt an ihrer Schulter. Der Wind heulte draußen wie der Himmelswolf. Sie umklammerte den Dolch und hielt Ausschau nach einem Fluchtweg. Die Bronzeschilde schimmerten im Feuerschein. Der Alfenpriester verstaute seine Stange unter seinem Gewand und kehrte pfeifend zur Feuerstätte zurück.

Bei Erces großer Umarmung. Sie musste doch etwas tun können. Das Strohdach über ihr war so dick wie ihr halber Arm. Dort hinaus konnte sie sich keinen Weg bahnen. Saga holte tief Atem, zählte die Schritte zur Tür, die im Wind zitterte und ächzte. Wenn sie so schnell lief, wie sie nur konnte, würde sie vielleicht nach draußen gelangen, ehe die anderen sie einholten. Sie biss sich wütend in die Lippe.

Was würde geschehen, wenn es ihr nicht gelänge?

Vár hatte immer gesagt, sie sei allein zu nichts imstande, sie sei zu zaghaft und unsicher.

Sie durfte nicht so denken, jetzt nicht. Wenn Freya nicht erfuhr, dass es auf Alfhilds Hof von Götenkriegern nur so wimmelte, dann würden die Vanen untergehen. Ihr Volk schwebte in Gefahr. Saga schluckte die beißende Angst hinunter. Sie würde Orm zeigen, dass sie ihr Erbe als Vanaheims angehende Königin durchaus tragen konnte. Vár würde ihren wahren Wert erkennen. Bei Erces lebensspendendem Namen, sie musste auf irgendeine Weise fliehen.

Saga setzte sich auf. Hatten sie mehr Holz ins Feuer gelegt? Der stechende Feuergeruch verbreitete sich im Langhaus.

Jetzt erhoben die Männer sich unruhig. Saga keuchte auf. Auf der anderen Seite des Langhauses quoll Rauch durch das Strohdach. Nichts war gefährlicher als Feuer. Jetzt loderte das Dach bereits auf. Dröhnend breitete sich das Feuer auf der gesamten Querseite aus.

Der alte Diener schüttete vergeblich Wasser auf das Feuer. Jetzt brannte es an drei, nein, an vier Stellen im Dach.

Loki und die anderen Fremdlinge stürzten aus dem Haus. Die Alfenpriester und der Diener liefen hin und her und gossen Wasser auf die Flammen. Der Qualm füllte den ganzen Raum.

Saga kam hustend auf die Füße. Fort, sie musste nach draußen, ehe es zu spät war. Jetzt konnte sie die Tür kaum noch erkennen.

Sie rieb sich die Augen und suchte sich einen Weg durch den Rauch. Hinten an der Wand riss ein Alfenpriester die Schilde an sich und war dann verschwunden. Saga kämpfte sich weiter zur Tür. Über ihr knisterte es, Funken fielen zu Boden. Wenn sie jetzt hier sterben musste! Nein, so durfte sie nicht denken.

Ihr Bein stieß gegen irgendetwas, es tat schrecklich weh. Verflucht. Eine Sitzbank. Falsche Richtung, sie war zu weit gelaufen.

Saga holte röchelnd Atem. Der Rauch bohrte sich wie Nadeln in ihren Hals und ihre Tränen strömten. Vor sich ahnte sie eine dunkle Gestalt. Gleich darauf sah sie die Tür.

Sie warf sich der Tür entgegen und stolperte dann hinaus auf den Hofplatz.

Der Sturm traf ihren Körper wie ein Hammerschlag. Der Regen peitschte in ihr Gesicht. Endlich Luft. Saga atmete tief durch.

Sie rieb sich die Augen, ihre Tränen flossen, und sie konnte nicht klar sehen.

Gleich darauf packte jemand ihren Arm und wollte sie mit sich ziehen.

»Ich rette dich«, rief eine Frauenstimme.

Asta. Saga kniff die Augen zusammen. Vor ihr schwebte ein dunkler Schatten.

Saga rutschte aus und fiel auf die Knie. Sofort riss Asta sie auf die Füße und zog sie hinter das Haus der Alfenpriester. Das Feuer hob sich brüllend zum Himmel, eine heiße Welle mitten im kalten Regen.

»Beeil dich«, brüllte Asta.

Verflucht. Der Husten riss und zerrte in ihrer Brust. Ihre Beine waren schwach wie Wasser. Sie versuchte zu laufen, aber sie wollten ihr nicht mehr gehorchen. Ein Arm legte sich um ihre Taille und schleppte sie tiefer in die Schatten hinein.

»Auf den Gaul!«

Saga wischte sich den Regen aus dem Gesicht. Ein Pferd war an einen Baum gebunden. Ein Pferd, Asta hatte ein Pferd gefunden! Rasch band sie es los und kletterte auf den Rücken des Tieres. Endlich. Keuchend beugte Saga sich über den Pferdehals.

»Ich bin so weit.«

Aber die Gebrandmarkte blieb stehen und schaute zum Haus der Alfenpriester hinüber. Das Dach brannte lichterloh, weder Sturm noch Regen konnten die Flammen löschen. Sie züngelten hoch in den Sturmhimmel.

Asta sah hingerissen aus. Ihre Augen strahlten vor Freude.

»Komm, wir haben es eilig.«

Asta lachte.

»Sieh nur, wie die Flammen das Böse verbrennen. Es ist so stark, so rein.«

Sie legte den Kopf schräg.

Saga packte die Mähne des Pferdes und griff nach Astas Schulter.

»Komm jetzt, ehe sie uns entdecken. Wir müssen zurück nach Walhalla.«

Asta zuckte zusammen, wie aus einem Traum gerissen.

»Ich habe dir geholfen«, sagte sie.

»Spring jetzt auf das Pferd«, sagte Saga ungeduldig.

Wie in Trance stieg Asta hinter Saga auf. Sie versetzte dem Pferd einen Tritt, trieb das unwillige Tier zum Trab an.

Sie ritten hinter den Höfen vorbei, folgten dem Weg nach Walhalla. Schatten rannten zwischen dem brennenden Langhaus und Alfhilds Hof hin und her. Sie versuchten, die Schätze der Alfenpriester zu retten.

Saga klammerte sich an die Mähne und trieb das Pferd an, bis es in Galopp überging.

Sie mussten fort, ehe die anderen die Verfolgung aufnahmen. Die Schritte des Pferdes auf dem nassen Boden waren schwer. Der Pfad war nur eine schwache Spur vor ihnen. Saga konnte fast nicht sehen, wohin der Weg führte, aber das Pferd machte nicht einen einzigen Fehltritt.

Erst tief im Wald wagte Saga, sich umzusehen. Der Feuerschein erhellte den Himmel über Alfheim. Das Pferd fiel in Trab zurück.

Saga zog ihren Umhang dichter um sich zusammen. Der Regen peitschte ihre nackten Beine und Füße.

Gleich darauf legte Asta ihr eine Haut über den Kopf. Saga lehnte sich fröstelnd an sie, spürte, wie die Wärme langsam zurückkehrte.

»Ich habe gewusst, dass die Flammen mich nicht im Stich lassen würden. Das Feuer hat so wunderbar gebrannt, der Regen konnte es nicht bezähmen.«

Asta lachte laut los. Die Verrückte machte Saga Angst. Wenn sie sich nicht von ihren Fesseln befreit hätte, dann wäre sie jetzt tot. Verbrannt. Aber Asta war zurückgekehrt und hatte sie gerettet.

Wenn sie das Haus nicht angesteckt hätte, wäre Saga die Flucht nicht gelungen.

»Danke für deine Hilfe«, rief sie.

Asta packte sie fester.

»Ich wollte dich eigentlich verlassen, als du mit dem Alten gevögelt hast. Aber das ging nicht. Ich bin hierher geritten, aber das Feuer hat mich zurückgerufen«, rief sie durch den Wind.

»Die Göttin selbst hat dich geführt«, sagte Saga und nickte bestätigend. »So muss es gewesen sein.«

Asta lachte ihr schrilles Lachen.

»Du bist ihnen voll in den Rachen gelaufen, töricht warst du und blind. Dafür, dass du die Stimme der Göttin bist, bist du wirklich ganz schön dumm.«

Saga biss sich in die Lippe.

»Er hat einen Zauber über mich gelegt, hat mich mit einem Trugbild geblendet.«

»Das war bestimmt wundervoll, so, wie du gewinselt und gestöhnt hast«, lachte Asta.

Saga krümmte sich in ihrer glühenden Schande unter der Kuhhaut zusammen, zog die Beine an.

Sie hatten jetzt den tiefen Wald erreicht. Die Baumstämme waren im Dunkeln zu sehen, den Weg konnten sie hier nur noch ahnen.

»Glaubst du, sie verfolgen uns?«

Saga gab keine Antwort, sondern lehnte sich an Asta. Ihr ganzer Körper war von Müdigkeit erfüllt.

»Ich weiß nicht. Vielleicht müssen wir hier in der Dunkelheit sterben«, sagte sie.

Ihre Stimme hatte keine Kraft mehr. Eine seltsame Erschöpfung hüllte sie ein. Das Pferd wiegte sie, der Regen klatschte auf die Haut. Saga konnte nicht einmal die Augen aufhalten. Sie ließ sich zurücksinken und nickte ein.

»Nicht einschlafen, sonst erfrierst du. Willst du noch einmal sterben?«

Saga gab keine Antwort. Sie war ganz und gar in sich versunken.

Asta rüttelte vorsichtig an ihrem Arm. Schlaff wie eine Strohpuppe.

Ein so seltsamer Mensch war Asta noch nie über den Weg gelaufen. Sie hatte Priesterinnen für unüberwindliche und kraftvolle Wesen gehalten, aber Saga vertrug weniger als Astas kleine Schwester.

»Reiß dich zusammen, es ist noch weit bis Walhalla«, schrie sie.

Saga fuhr hoch.

»Hat Orm wirklich in meinem Namen Krieger zusammengeführt?«

Asta schnaubte. Sollte das nun ein Grund sein, sich zu beklagen?

»Besser, Krieger zu haben, die bereit sind, in deinem Namen zu kämpfen, als ganz allein zu sein. Sei dankbar dafür, dass Orm dich verteidigen will«, erwiderte sie.

»Er hat gelogen.«

»Alle Menschen lügen. Sie morden, brennen und nehmen sich, was sie wollen.«

Saga schüttelte den Kopf.

»Das stimmt nicht.«

Asta zog die Haut fester um sich zusammen. Saga war wirklich eine törichte Närrin, die keine Ahnung von der Welt hatte.

»Ist Bolde von der Gerechtigkeit der Göttin getroffen worden? Er hat den Diener getötet, der bei Walhalla aufgespießt worden ist.«

Saga gab keine Antwort. Asta beugte sich vor. Die Priesterin war totenblass, wie sie da zusammengekrümmt und mit nassen Haaren unter dem Umhang saß.

»Ist er überhaupt bestraft worden?«

»Nein«, sagte sie leise.

»Siehst du, ich habe immer recht«, sagte Asta und zuckte mit den Schultern.

Aber niemand hört auf mich, fügte sie in Gedanken hinzu.

»Du hast fast dein ganzes Leben im Wald verbracht. Was weißt du über Gerechtigkeit?«

Asta starrte in die Dunkelheit. Jetzt wurde sie schon wieder hochmütig, die dumme kleine Saga.

»Ich weiß mehr als du«, sagte sie wütend.

Schweigend ritten sie weiter. Bald ließ Saga sich wieder zu Asta zurücksinken.

Langsam glitt sie vom Pferd, Asta packte sie, hielt sie fest.

Sie könnte sie auch loslassen, sie hier im Schlamm sterben lassen. Aber das brachte sie nicht über sich. Asta seufzte tief. Es war ebenso unmöglich, wie sie den Alfenpriestern zu überlassen. Etwas verband sie beide, und davon konnte Asta sich nicht losreißen.

Außerdem konnte sie nur gewinnen, wenn sie Saga zu Freya zurückbrachte. Sicher würde sie großzügig belohnt werden. Vielleicht könnte sie Freya bitten, Liv Priesterin werden zu lassen. Asta wurde plötzlich unruhig.

Wenn sie nun Liv die Kehle durchschnitten, weil Asta nicht an Orms Seite kämpfte? Aber jetzt, wo der Tag zur Nacht geworden war und der Sturm wütete, konnten sie doch wohl nicht in den Kampf ziehen?

Sie schlug dem Pferd aufs Hinterteil und trieb es zu schnellerem Lauf an. Sie mussten jetzt rasch nach Walhalla gelangen.

9

Freya schüttete vorsichtig zerstoßene Kräuter in den Holzbecher und rührte dann den Sud mit einem Stöckchen um. Der Hagel trommelte auf das Dach, in der Ecke tropfte Wasser auf den Boden. Noch hielten die Zauber, die sie um das Haus gewebt hatten, das Schlimmste ab. Wie glühende Bänder liefen sie über das Dach, stärkten und schützten den First. Freya leckte das Stöckchen ab und legte es in das Regal zu Schalen und Rindenschachteln.

In der Dunkelheit war leises Schnarchen zu hören. Die Priesterinnen hatten sich in Freyas Zimmer schlafen gelegt. Der Feuerschein tanzte über sie, als sie zusammengerollt auf den Strohmatten lagen.

Draußen in der großen Halle redeten die Leute miteinander. Langsam kamen sie zur Ruhe, beruhigt durch die Überzeugung, dass Freyas Kräfte sie vor den Mächten beschützten.

Freya seufzte tief. Die Priesterinnen, die Kinder, sie alle verließen sich auf sie. Und sie wusste nicht mehr, was sie machen sollte.

Freya trank den eben zusammengerührten Absud und schnitt wegen des bitteren Geschmacks eine Grimasse. Als das Getränk ihren Magen erreichte, vertrieb es ein wenig von der zehrenden Müdigkeit. Sie durfte jetzt nicht schwach werden, jetzt wirklich nicht.

Freya warf ein Holzscheit ins Feuer und sah zu, wie es Funken sprühend Feuer fing. Ihre Sorge um Saga saß wie ein bohrender Schmerz in ihrem Bauch. Wo konnte das Kind nur sein? Sie kannte doch nur dieses Tal, in dem sie bislang beschützt und umhegt gelebt hatte. Wie hatte sie nur Reifthursen und Sturmmächte losjagen können? Die Bilder aus der Vision tanzten vor Freyas Augen, Saga, der Dolch. Verdammte Hel. Alles hatte die Totenhündin ihr genommen, aber Saga würde sie nicht bekommen. Freya presste die Lippen aufeinander. Nie im Leben.

Sie starrte in die Flammen. Hels verbranntes Gesicht tauchte im Feuer auf. Sie hatte ihre schwarzen Lippen zu einem grausamen Lächeln verzogen.

»Wie kannst du das verlangen? Nachdem ich dir so lange gedient, nach allem, was ich für dich getan habe?«, flüsterte Freya.

Hels Gesicht erstarrte zu einem Grinsen.

Freya schleuderte den Holzbecher in die Flammen. Bei den Namen aller Vormütter, sie würde ihr eigenes Fleisch und Blut nicht opfern. Weder den Mächten noch den Menschen.

Die Luft um Freya schien sich zu verdichten. Die Schreie der Geister mischten sich in das Heulen des Sturms. Glühende Messer stachen in ihren Kopf. Freya schwankte unter den unerträglichen Schmerzen.

»Ich gehorche dir, Herrin«, flüsterte sie gequält.

Hel verschwand lachend.

Der Schmerz ließ Freya los. Sie richtete sich auf und spuckte ins Feuer. Saga würde leben. Lieber würde sie sich selbst opfern.

Schwere Schritte ließen sie aufblicken. Die Königin betrat ungebeten ihr Zimmer. Hinter ihr in der Dunkelheit war ihr gesamtes Gefolge zu ahnen. Freya seufzte gereizt. Hatte sie nicht schon Sorgen genug?

»Hüte deine Schritte«, sagte sie mit scharfer Stimme und stieg über die schlafende Sinmara, die zusammengekrümmt auf einer geflochtenen Schilfmatte lag. Überall schliefen Priesterinnen, und Alfhild schaute sie verdutzt an.

»Ich will nicht bei Unfreien und Gesinde schlafen«, sagte sie und strich sich mit einer würdevollen Geste die Haare aus dem Gesicht.

Ingvild mit ihren Töchtern stand hinter ihr. Die Augen der Kinder waren trübe vor Müdigkeit.

»Wenn die Unterkunft, die ich dir anbiete, nicht gut genug ist, dann kannst du nach Alfheim zurückkehren. Hier ist kein Platz«, sagte Freya.

Alfhilds Augen blitzten.

»Ich bin deine Königin und Verwandte, Sitte und Gastrecht verlangen, dass du mir das Beste anbietest, was dein Haus aufbringen kann«, sagte sie.

Freya biss so fest die Zähne zusammen, dass es wehtat. Diese miese Kuh, wie konnte sie es wagen, Freya in ihrem eigenen Haus zu tadeln?

»Du hast mehr bekommen, als du den Vanen gegeben hast, die vor der schwarzen Seuche fliehen mussten. Die Mächte haben dich zum Flüchtling gemacht. Lass dir das eine Lehre sein.«

Sie ging zu ihrem Bett und ließ sich müde auf die Felle sinken.

Aber Alfhild blieb stehen. Trotzig verschränkte sie die Arme vor ihrer üppigen Brust.

»Als deine eigene Mutter dich verstoßen hat, war ich die Einzige, die dich aufnehmen mochte. Ich habe dich vor dem alten Volk gerettet, bei dem du wie ein Tier gelebt hast. Soll ich dafür mit Undankbarkeit belohnt werden? Du lebst hier durch mein Wohlwollen. Vergiss das nicht, Freya aus Vanaheim.«

Freya ballte die Fäuste. Das Weib musste auf ihre alten Tage den Verstand verloren haben. Sie sollte sie zu Asche verbrennen, sie den Göttern opfern, um sich dieses idiotische Gefasel zu ersparen.

»Du hast mich geholt, weil dein Reich unterzugehen drohte, nachdem dein schwachsinniger Vater die vielen Geister losgelassen hatte. Ich habe sie gebannt und dein Volk gerettet. Ebenso habe ich euch vor der schwarzen Seuche beschützt. Du hast kein Recht, mir etwas von Undankbarkeit zu erzählen.«

Alfhild fuhr mit den Fingern über ihr Halsband, mit hochrotem Gesicht kämpfte sie gegen ihren Zorn an.

»Willst du die Blutsbande entehren, die uns miteinander verbinden?«

Freya lachte düster.

»Jetzt ist dir das Vanenblut in deinen Adern gut genug, und dabei hast du vorher so lange geleugnet, dass wir zum selben Volk gehören. Such dir bei den anderen einen Schlafplatz. Das Schicksal ist ebenso verlässlich wie frisches Eis, und das Unglück kann uns alle treffen. Mach dir das klar.«

Ingvild bebte vor Wut. Aber sie wagte nichts zu sagen, kein Wort brachte sie über ihre Lippen.

»Das wirst du teuer bezahlen«, fauchte Alfhild.

Hauglot lehnte sich schweigend an den Türrahmen.

»Denk an meinen Schwur, denk daran, was ich tun werde, wenn du Hand an mein Volk legst. Die Vanen werden von der Göttin beschützt, wer aber über dich wacht, Verwandte, das weiß ich wirklich nicht«, sagte Freya verbissen.

Alfhild warf beleidigt den Kopf in den Nacken und verließ den Raum. Als Letzter folgte ihr Hauglot. Er bedachte Freya mit einem düsteren Blick, ehe er im Dunkel der Halle verschwand. Versuch es nur, du Schwächling, dachte sie und streckte sich müde auf ihrem Bett aus.

Sie strich einen Strohhalm glatt, der ihr in den Rücken stach, und zog sich ein Wolfsfell über ihre schmerzenden Beine.

Die Sonne war vom Wolf verschlungen worden, Saga hatte den Sturm entfesselt – und jetzt auch noch Alfhild, die zusammen mit Lokis Sohn böse Ränke schmiedete. Wie im Namen der Göttin sollte sie mit all dem fertig werden?

Freya versuchte, die ängstlichen Sorgen aus ihrer Brust zu vertreiben.

»Alles in Ordnung?«

Thors tiefe Stimme ließ sie den Kopf heben. Er betrat das Zimmer und schaute sie fragend an. Freya rückte beiseite, machte im Bett Platz für ihn.

»Alfhild scheint etwas Böses zu planen. Sie hat für einen Freundschaftsbesuch zu viele Krieger bei sich«, sagte Thor und öffnete seinen Harnisch.

Er hatte es also auch gesehen. Freya nickte erleichtert.

»Der Göte, den sie bei sich hat, ist Lokis Sohn.«

Thor legte mit erleichtertem Seufzen seinen Harnisch ab, öffnete dann seinen Gürtel und legte ihn neben das Bett.

»Hätte ich mir ja denken können, dass der Ergi den Kampf überlebt hat«, sagte er langsam und ließ sich neben sie sinken.

Freya legte den Kopf auf seinen Arm und schloss die Augen. Sein Körper unter dem feuchten Kittel war warm und stark. Seine Nähe linderte ihre Schmerzen und schenkte ihr Kraft.

Sie fuhr mit der Hand über seinen Bauch und dachte an die vielen Nächte voller Liebe, die sie in diesem Bett geteilt hatten.

»Es ist so lange her«, flüsterte sie.

Ein Ausdruck von Trauer huschte über sein Gesicht. Dann schlossen seine Arme sich um Freya, drückten sie so fest an sich, dass sie kaum atmen konnte.

»Das ist das Schicksal, das uns zugeteilt worden ist«, sagte Thor.

»War es das wert?«

Thor legte sich auf die Seite und musterte sie nachdenklich. Der Feuerschein tanzte über ihre grauen Wangen, tiefe Falten umrahmten ihre Augen. Zärtlich streichelte er ihre Stirn.

»In diesem Moment siehst du aus wie die Göre, die mich befreit hat, als die Vanen mich opfern wollten. Weißt du noch, wie wir durch den Wald geflohen sind?«

Freya nickte. Wie könnte sie den Wahnwitz ihrer Jugend vergessen? Sie hatte sich ihrer eigenen Mutter widersetzt, der Königin von Vanaheim. Sie hatte Thor befreit, als Rache, weil ihre Mutter sie Odin als Geisel überlassen hatte. Zusammen waren sie durch den Finsterwald geflohen, den verdammten Wald. Viele Tage waren sie gewandert, um zu den Asen zu gelangen.

Sie hatte Thor das Leben gerettet, hatte ihn der Mondgöttin gestohlen, obwohl er der Verschleierten als Opfer versprochen worden war. Freya setzte sich mit hämmerndem Herzen im Bett auf. Die Mondgöttin hatte gesagt, sie werde teuer dafür bezahlen müssen, dass sie ihr Wort gebrochen hatte.

Und dem Schicksal konnte niemand entfliehen. Sollte sie ihre einzige Enkelin opfern müssen, weil sie es nicht über sich gebracht hatte, auf Thor zu verzichten? Nein, das konnte doch nicht sein. Verzweiflung und Düsterkeit senkten sich über sie.

»Gegen Stürme, Zauber und verschlungene Sonnen kann ich dir

nicht beistehen. Aber denk nicht mehr an Alfhild und ihre Krieger. Da kann ich mich erkenntlich zeigen«, sagte er sanft.

Er zog sie an sich, küsste ihre Brust. Geliebter Thor. Freya atmete erleichtert auf. Sie spürte, wie Thors raue Hand ihre Haut zum Glühen brachte. Es war keine Zeit vergangen, gar keine. Er legte sich auf sie, begegnete ihrem Blick. Verblasste Narben zierten seine Haut.

Freya legte die Arme um seinen Nacken und zog ihn an sich. Seine Lippen schmeckten nach Salz, als sie ihn küsste.

Ein dumpfes Dröhnen an der Tür hallte in der großen Halle wider. Freya erstarrte und tauschte einen Blick mit Thor.

»Hilfe!«

Die Rufe einer Frau waren durch den Sturm zu hören. Jemand zog den Riegel beiseite und öffnete die Doppeltür.

»Das ist Saga«, rief eine Magd.

Den Mächten sei gedankt! Freya sprang aus dem Bett und lief in die große Halle. In der Tür stand das Einödmädchen, schmelzende Hagelkörner und Wasser tropften von einer schwarzen Kuhhaut, in die sie sich gewickelt hatte. Im Arm hielt sie die leblose Saga. Freya fuhr vor Angst zusammen.

»Sie ist fast tot. Schon wieder«, sagte das Einödmädchen tonlos.

Freya hob Sagas leichenblasses Gesicht hoch. Sie war eiskalt, ihre Augen glasig und leer. Was im Namen der Göttin mochte der Kleinen widerfahren sein? Sie hob die Hand, schlug sie auf die Wange. Saga blinzelte, das Leben kehrte in ihre Augen zurück.

»Großmutter«, flüsterte sie.

Freya holte zitternd Atem. Die Mächte hatten ihr Kind nach Hause geführt. Schreiende Stimmen füllten ihren Kopf mit einem entsetzlichen Klagelied. Sie beugte sich über Saga, streichelte ihre Wange.

In diesem Moment empfand Freya nur noch Furcht.

Ein hochgewachsener Asenkrieger nahm Saga auf die Arme. Ängstlich wich Asta einen Schritt zurück, gefasst auf weitere Anklagen.

»Ich war es nicht«, sagte sie, aber er gab keine Antwort.

Er trug sie durch eine offene Tür zu den Schlafbänken. Die Frau, die sicher Freya war, lief hinterher. Es war schwer zu sagen, wenn sie keine Maske trug, aber die Hohepriesterin trug als Einzige ein dunkles Gewand und ein goldenes Halsband.

Asta schaute sich unschlüssig um. Auf dem Boden drängten sich die Leute, Vanen neben Alfheimern, es war kaum Platz zum Weitergehen. Ein halbwüchsiges Mädchen schlief nur einen Schritt von ihr entfernt. Neben ihr saß ein Mann mit übereinander geschlagenen Beinen und aß Blätter, die er aus seinem Ranzen gezogen hatte. Eine alte Frau schnarchte laut mit halb offenem Mund, ungestört durch das wütend schreiende Kind neben ihr. Die Mutter nahm es auf den Arm und legte es an die Brust. Nun erst verstummte das Kind und fing an, mit schmatzenden Geräuschen zu trinken.

Ein grauhaariger Mann reichte einer Frau aus Alfheim ein Laubbündel. Ein junges Paar tauschte dermaßen heiße Küsse, dass man meinen mochte, sie würden gleich auf dem Boden buhlen.

Warm war es außerdem, eine feuchte Hitze, die nach Schmutz und Schweiß stank. Nichts wies auf einen Kampf hin. Astas Blicke suchten Orm in dem schmalen Langhaus. Sie streifte die schwere Kuhhaut ab. Umhang und Lendenschurz klebten an ihrem Leib.

An der Feuerstätte erkannte sie Königin Alfhild. Und Bolde.

Das Schwein war also hier. Sie schloss die Hand um ihr Schwert. Verflucht. Sie hätte es verstecken sollen, ehe sie hergekommen war. Jetzt konnten alle sehen, was sie im Wagen der Königin gestohlen hatte. Wo sie doch ohnehin schon zu Peitschenhieben verurteilt war.

Asta wickelte eilig die Waffe in die schwere Kuhhaut. Sie musste sie so rasch wie möglich loswerden.

»Ich hatte dich schon für tot gehalten.«

Orm stieg vorsichtig über die Schlafenden hinweg und blieb vor ihr stehen. Sein Gesicht war verhärmt vor Müdigkeit, oder vielleicht auch vor Besorgnis.

»Dank sei den Göttern, dass dir nichts passiert ist«, sagte er und legte ihr die Hand auf die Schulter.

Asta packte die schwere Kuhhaut fester und überlegte ihre nächsten Schritte.

»Wie geht es meiner Schwester?«, fragte sie.

Er zuckte mit den Schultern.

»Sie hat es sicher gut bei meiner Mutter.«

Er streckte die Hand aus, berührte die Wunde auf ihrer Wange. Orm wirkte ehrlich beunruhigt, vielleicht war sie ihm tatsächlich wichtig.

»Was ist passiert?«

Asta biss sich auf die Lippe, dachte an die Erleichterung, die sie bei diesem Schnitt empfunden hatte.

»Mir ist der schlimmste meiner Feinde begegnet«, sagte sie und lachte grimmig.

Orm nahm Asta in die Arme und küsste sie auf die Stirn.

»Ich war so verzweifelt, als du im Sturm verschwunden bist.«

»Hattest du nach mir Sehnsucht oder nach Saga?«, fragte sie bissig.

Orm schaute sich kurz um, um sicherzustellen, dass niemand ihnen zuhörte. Dann beugte er sich vor und flüsterte ihr ins Ohr:

»Ich brauche Sagas Macht und ihren Reichtum für meine Sache. Das müsstest du doch gerade verstehen. Ich brauche ihr Wohlwollen. Aber in meinem Herzen ist nur für dich Platz. Wir sind gleich, du und ich.«

Asta seufzte tief und musterte den schönen Jüngling. Seine braunen Augen strahlten vor Zärtlichkeit. Er war alles, was eine Frau sich wünschen konnte, und noch mehr. Asta beugte sich vor und küsste seine weichen Lippen, spürte, wie die Lust ihren Schritt zum Brennen brachte.

»Ich glaube nicht, dass Saga dir noch helfen wird«, sagte sie ernst.

Orm musterte sie abwartend.

»Warum nicht?«

Asta packte die schwere Haut in ihren Armen fester, Wasser lief an ihrem Bein nach unten.

Die kalte Luft, die durch die Tür hereinkam, ließ sie frösteln.

Hunger hatte sie auch, seit dem Stück Brot, das Orm ihr gegeben hatte, hatte sie nichts mehr gegessen.

»Ich habe ihr gesagt, dass ihr die Priesterin ermordet habt, und das hat sie gar nicht gern gehört«, sagte sie.

Orm lief vor Zorn knallrot an. Seine Zärtlichkeit war wie weggeblasen.

»Du Wahnsinnshündin, begreifst du, was du da angerichtet hast? Jetzt kann alles zusammenbrechen.«

Asta zuckte mit den Schultern und schaute zur Feuerstätte hinüber. Hinter einem mit Schnitzwerk verziertem Stuhl sah sie an der Wand Regale voller Urnen. Ihr lief das Wasser im Mund zusammen.

»Sieh mich an.« Orm packte ihren Arm.

Jetzt war er so wütend, dass er am ganzen Leib zitterte.

»Dieser Verrat bedeutet für deine Schwester den Tod.«

Asta biss sich auf die Lippe und schaute in die Menschenmenge. Sie musste Liv holen, eine andere Möglichkeit gab es nicht.

Es war draußen zwar sehr kalt, aber sie hatte das Pferd an den umgestürzten Baum auf dem Hofplatz gebunden.

Sie zog sich die Haut wieder über. Besser, sie brachte das so schnell wie möglich hinter sich.

»Warte«, sage Orm rasch. »Lass uns darüber reden. Du hast doch gesagt, dass ich dir gehöre, bis in den Tod.«

Asta runzelte die Stirn. Richtig, das hatte sie gesagt.

»Du da, komm her.«

Eine grauhaarige Priesterin zeigte auf Asta und winkte sie zu sich.

Asta zuckte mit den Schultern und beugte sich zu Orm vor.

»Ich will dich nicht mehr, ich habe es mir anders überlegt.«

Sie stieg über einen schlafenden Jüngling hinweg und ging zu der Priesterin. Es musste doch eine Möglichkeit geben, sich des Schwertes zu entledigen. Sie schielte zu den Schlafbänken hinüber, aber die waren von Frauen und Kindern besetzt. Doch unter den Bänken war Platz genug. Sie schob die Kuhhaut hinein, stieß das Schwert so tief in die Dunkelheit, wie sie nur konnte. Dann folgte sie der Priesterin in den anderer Raum.

Saga lag auf einem von Priesterinnen umstandenen breiten Bett. An den Wänden waren in reich verzierten Haltern Fackeln angebracht. Durch ihr Licht war es taghell in dem Raum.

Eine junge Frau drängte sich durch die Priesterinnen und reichte Freya eine Schale. Asta stellte sich auf Zehenspitzen und sah, wie die Hohepriesterin Saga zum Trinken zwang.

Tropfen liefen über Sagas Wangen, dann hustete sie und holte tief Luft. Die arme Närrin war nicht in Gefahr. Bald würde sie sicher wieder gesund werden.

Asta schaute neugierig in Freyas Gesicht. Sie sah so aus, wie sie in den Liedern beschrieben wurde. Zwar war sie verhärmt und bleich, aber sie war schöner als jedes Mädchen mit glatten Wangen.

Neben ihr stand ein riesiger Ase mit übereinander geschlagenen Armen. Besorgt musterte er Saga. Asta keuchte auf. Das musste Thor sein, der Häuptling der Asen. Sie, die Gebrandmarkte und Verworfene, stand vor den beiden meistbesungenen Menschen an den Stränden des Sommermeers.

Sie standen so dicht vor ihr, sie hätte sie berühren können.

Freya legte Saga die Hand auf die Stirn und murmelte etwas, worauf Saga die Augen schloss und einschlief. Danach tauschte sie einen Blick mit Thor und wandte sich an Asta.

»Komm her und erzähl uns alles.«

Asta schluckte und trat vor Freya hin. Die Priesterinnen wichen zurück und ließen sie zum Bett durch. Für einen kurzen Moment wusste Asta nicht, wie viel sie sagen sollte. Dann begegnete sie Freyas Blick und spürte, wie der sie durchbohrte. Asta holte tief Luft und berichtete alles, was ihr an diesem Tag passiert war.

Bei der Quelle aller düsteren Kräfte. Saga war von der mächtigen Erce auserwählt worden. Die unendliche Kraft der Erdgöttin durchströmte sie.

Freya schob die feuchten Haare aus dem Gesicht des Mädchens. Sagas Wangen waren eiskalt, sie brauchte Ruhe nach der Weihung. Die meisten brauchten Tage, um sich davon zu erholen. Arme Kleine.

Man muss vorsichtig sein, wenn man um etwas bittet, es kann schließlich sein, dass man es bekommt.

Immer wieder hatte Freya die Mächte angefleht, aus Saga eine Auserwählte zu machen, und jetzt wünschte sie so sehr, dass es nie geschehen wäre.

Durch Erces Kräfte konnte Saga in die Unterwelt hinabsteigen und die Sonnengöttin befreien. Saga war das Opfer, das die Menschen vor der Götterdämmerung retten konnte.

Hels Lachen hallte in ihrem Kopf wider. Freya packte die Hand ihrer Enkelin und gab sich große Mühe, ihre Verzweiflung zu verbergen. Saga durfte nichts geschehen.

»Sie ähnelt ihrer Mutter«, sagte Thor, der Saga aufmerksam gemustert hatte. Zum erstenmal sah er seine Tochterstochter als Erwachsene. »Loki wird es bitter büßen, dass er sie jemals angerührt hat«, knurrte er dann und schnallte sich den Gürtel um.

»Wenn Asta die Wahrheit sagt, dann kommt er nicht allein«, erwiderte Freya mit dumpfer Stimme.

»Ich werde meine Männer warnen. Wir sollten bereit sein, wenn der Sturm nachlässt, denn dann werden die Göten wohl angreifen.«

Freya seufzte tief.

»Mach das in aller Stille. Ich werde mit Alfhild sprechen«, sagte sie und schaute sich im Raum um. Die Priesterinnen standen in kleinen Gruppe zusammen, misstrauisch beäugten sie Asta.

»Niemand weiß, ob das Einödmädchen lügt. Immerhin ist sie eine Mörderin, eine Gebrandmarkte, die von sich behauptet, den Hof der Alfenpriester angesteckt zu haben.«

Das hatte Eli gesagt. Freya seufzte noch einmal. Sogar jetzt, wo die Welt kurz vor dem Untergang zu stehen schien, wollte sie ihre jämmerliche Rache nicht aufgeben.

»Sie spricht die Wahrheit«, erklärte Freya.

Asta war keine einfache junge Frau von einem Einödhof. Um sie herum knisterte eine düstere Kraft. Freya sah alles, was sich in ihr verbarg.

Den Hof der Alfenpriester anzuzünden und Loki selbst zu trotzen! Es musste ein schöner Anblick gewesen sein, wie er vor dem Feuer geflohen war. Freya verzog belustigt den Mund.

Sie hätte Sot niemals aus Walhalla verbannen dürfen. Sots Mutter hatte ihr zu ihren Lebzeiten so nahe gestanden. Aber dennoch hatte Freya auf die falschzüngigen Lügnerinnen gehört. Jetzt war es zu spät, und es brachte nichts, noch weiter daran zu denken.

»Es sind Wolfszeiten, wir sehen alle Zeichen aus den Mythen, die unsere Ahninnen durch die Zeitalter hindurch weitergegeben haben. Verwandte wenden sich gegeneinander, wir erleben Blutschande und das Wüten der Reifthursen. Der graue Wolf hat bereits die Sonne verschlungen. Nichts ist noch so, wie es sein sollte.«

Freya erhob sich und musterte die Priesterinnen, die ihr im Namen der Göttin dienten.

Rodälv und Halldis standen ruhig und gelassen neben dem Bett, sie waren auf alles vorbereitet. Ylvas Unterlippe bebte, aber sie hob tapfer das Kinn. Sigthaud sah so ängstlich aus wie immer. Auch die anderen zögerten, das konnte Freya in ihren Augen lesen.

Freya schnaubte. Schwankende Menschen, immer fürchteten sie sich vor Streit und Kampf. Niemals wagten sie es, sich zu entscheiden.

»Ihr habt alle den Eid auf die Göttin und ihre neun Töchter abgelegt. Brecht ihn und geht zur Königin, wenn ihr das wollt, oder bleibt bei mir und kämpft um Frieden und Licht.«

Die Schatten an den Wänden zitterten. Gefions Geist stieg aus dem Dunkel herauf. Sie schaute Freya auffordernd an. Sie ließ sich wirklich keine Gelegenheit entgehen.

»Aber denkt daran, dass meine Mutter und meine Schwester in Vanaheim Königinnen waren. Ich werde keine Schande über meine Sippe bringen, indem ich mein Volk im Stich lasse. Wenn es Krieg gibt, dann weiß ich, auf welcher Seite ich stehe.«

Ein bleiches Lächeln huschte über Gefions Lippen, dann trat sie einen Schritt zurück in die Schatten.

Freya ging zu ihrem Stuhl neben der Feuerstätte und setzte sich.

»Nun, wer bleibt?«

Die dreizehn Priesterinnen wechselten fragende Blicke. Alle blieben stehen, nicht einmal Eli verließ das Zimmer.

Sigthaud räusperte sich.

»Was soll mit Asta geschehen? Sie ist zu fünf Peitschenhieben verurteilt worden, weil sie eine Priesterin verletzt hat. Jetzt hat sie noch dazu den Hof der Alfenpriester angezündet. Was immer auch passieren wird, wir können das nicht ungestraft lassen. Wenn wir die Regeln nicht einhalten, bricht alles zusammen, vor allem in Notjahren und friedlosen Zeiten«, sagte die alte Priesterin und hob die Hände.

Freya seufzte tief. Sigthaud klammerte sich immer an Regeln und Gesetze, Veränderungen konnte sie einfach nicht ertragen.

Asta starrte die Priesterinnen mit gesenktem Kopf wütend an. Ihre verfilzten Haare verbargen ihr Gesicht, aber Freya konnte den Zorn der jungen Frau trotzdem deutlich sehen.

Freya beugte sich vor und musterte sie. Schon am Gehege hatte sie hinter Asta einen fremden Schatten geahnt. Freya lachte düster.

»Die Todesgöttin Hel wacht über dem Mädchen, sie ist ein Geschenk an uns alle, eine Priesterin.«

Freya kannte den Wahnsinn, der Asta ritt, nur allzu gut. Er war Hels größtes Geschenk und ihr ärgster Fluch. Aber er hatte Asta nicht zerbrechen können. Und das machte ihr Ehre.

Asta fuhr sich mit der Hand durch die Haare und schaute verblüfft auf.

»Das stimmt nicht, ich habe nicht den Beistand irgendeiner Göttin verdient. Ich habe Dinge getan, die …« Sie verstummte und biss sich auf die Lippe.

Freya schnaubte. Zweifel waren das Letzte, was sie hier erwartet hatte.

»Ich erkenne die Hand meiner Herrin. Du besitzt eine Gabe, also achte sie.« Freya hob die Hand und zeigte auf Sinmara.

»Hol Alfhild. Es wird Zeit, der tückischen Königin den Schleier von dem verräterischen Gesicht zu reißen.«

Baldur schlief auf einer Gesindebank auf seinem Fell. Um ihn herum schnarchten die übrigen Asen. Thor packte seinen Bruder an der Schulter.

»Reiß dich zusammen und wach auf.«

Baldur hob den Kopf und hustete. Ein scheußlicher Metgestank quoll aus seinem Mund.

»Was ist los?«, fragte er verschlafen.

Thor beugte sich über sein Ohr.

»Sag den Männern Bescheid, die Göten haben sich in Alfheim versammelt.«

Jetzt erwachte sein vom Trunk benommener Bruder zum Leben. Baldur setzte sich auf und grinste breit.

»Das wurde aber auch Zeit. Mein Schwert hat schon viel zu lange kein Götenblut mehr gekostet.«

Thor klopfte auf seinen Harnisch. Ein letztes Gefecht. Damit hatte Tiwaz ihm wahrlich ein großes Geschenk gemacht.

»Glattwangige Leibwachen und schwanzlose Göten sind die Feinde, denen wir gegenüber treten werden. Sprich mit der Vanin Asta, sie hat sie gesehen.«

Baldur kratzte sich am Kinn und nickte dann.

Thor richtete sich auf, stieg über den hellwachen Arvid hinweg und ging weiter zu Freyas Zimmer.

Baldur hatte recht, sie hatten zu lange in Frieden gelebt. Einige von ihren Männern waren niemals in Blut und Eisen getauft worden. Und sie mussten doch in den Kampf ziehen, um ihre Männlichkeit auf die Probe zu stellen.

Thor lächelte zufrieden. Im Kampf zu sterben, in Ehren zu fallen. Mehr konnte er nicht verlangen. Er hätte niemals daran zweifeln dürfen, dass Tiwaz ihm den Tod auf dem Stroh seines Lagers ersparen würde. In Blut und Feuer hatte er seinem Gott gedient, und so würde er auch in die Nachwelt eingehen.

»Häuptling!«

Ein blondgelockter Jüngling versperrte ihm den Weg.

»Ich bin Orm aus Vanaheim, kann ich mit dir sprechen, Asenhäuptling?«

Thor nickte und musterte den Glattwangigen. Das war also der Junge, der Vanenkämpfer gesammelt hatte, um Alfhild gegenüberzutreten. Außerdem hatte er eine Priesterin getötet.

Dabei konnte nichts Gutes herauskommen, das wusste Thor nur zu gut.

»Ich weiß von deiner Kampftruppe. Geh zu meinem Bruder, Baldur. Er wird entscheiden, wie wir dich einsetzen werden«, sagte Thor.

Orm konnte sich nur schwer damit abfinden. Er zögerte und seine Wangen glühten vor Zorn. Thor schnaubte den jungen Hahn an.

»Krieger zu versammeln, macht noch niemanden zum Helden. Oder kannst du dich in der Kriegskunst mit mir messen?«

Der Junge schüttelte den Kopf.

»Nein, niemals. Es ehrt mich, dem großen Helden der Asen dienen zu dürfen. Wenn die Frauen zu entscheiden hätten, wären wir alle verloren.«

Thor lachte zufrieden. Der hier war jedenfalls kein Ergi, die versteckten sich immer hinter den Frauenzimmern, sowie ein Feind das Schwert hob.

»Wir werden ja sehen, wozu du im Kampf taugst«, sagte er.

Orm machte eine höfliche Verbeugung.

»Du ehrst mich, Häuptling. Noch eine Frage. Wird Saga wieder gesund werden?«

Thor schloss die Hand um Mjölnir, er spürte, wie in seiner Brust der Zorn erwachte. Seine Enkelin war so schön, dass ihr Anblick den Augen wehtat. Kein Kerl sollte sie mit seinem Zauber umgarnen dürfen.

»Lass die Finger von meiner Tochterstochter, Knabe. Sonst dreh ich dir den Schwanz um«, sagte er leise.

Orm hustete.

»Ich werde dir gehorchen.«

»Gut«, sagte Thor und setzte sich in Bewegung.

»Die Frau, die mit ihr gekommen ist, Asta. Ich möchte mich um sie kümmern«, sagte Orm rasch.

Thor blieb stehen und drehte sich um.

»Sie lügt sicher die ganze Zeit, sie ist doch wahnsinnig«, sagte Orm und fuhr sich mit den Fingern durch die Haare.

Thor schaute verstohlen zu den Schlafbänken hinüber. Die Leute atmeten ruhig, ihre Augen waren jedoch offen. Überall waren eifrige Ohren am Werk.

»Wenn ich nicht eingegriffen hätte, hätte sie heute ihre kleine Schwester getötet. Sie wollte ihrem eigenen Fleisch und Blut den Hals durchschneiden«, sagte Orm.

Thor musterte den Jüngling mit ernster Miene. Es war klar, dass die Vanin nicht ganz bei sich war, aber dieser Knabe hier machte ihm auch keine Freude. Glattzüngige Schmeichler kannte Thor zur Genüge.

Trotzdem. Ein Kind umzubringen…

»Ich werde sie im Auge behalten«, sagte er.

»Ein Licht. Seht ihr, da vorn!«

Ull hob müde den Kopf und schaute in die Richtung, in die Trudvi gezeigt hatte.

Und dort war wirklich ein schwaches Licht zu sehen.

Modi und Forseti schleppten ihn weiter. Das hier war ein Albtraum. Sein Kopf schmerzte von dem Schlag, den sie ihm versetzt hatten, sein Körper war vergiftet von dem fremden Blut, das auch seine Gedanken verdüsterte.

Ull zwang seine Beine dazu, sich vorwärts zu bewegen, aber sie wollten ihm nicht gehorchen. Ermattet taumelte er voran, während der Wind ihn zu zerreißen schien.

Trudvi hatte ihn seiner Geliebten gestohlen, als sie einander Treue geschworen hatten.

Er spürte in der Dunkelheit die Nähe seiner Geliebten. Sie war dort draußen, wachte über seine Schritte. Warum befreite sie ihn nicht von den Asen? Die Sehnsucht nach ihr schnitt wie ein Messer in seine Brust. Ohne sie war er verloren. Denn dann würde er sich wieder so wie bisher fühlen und sich an alles erinnern, was gewesen war.

Ull blieb stehen und schaute aus zusammengekniffenen Augen in die Dunkelheit.

Ein Haus, zur Hälfte in einen Hügel eingegraben, war dort zu sehen. Es war ein ärmliches Zuhause, nicht größer als eine Hütte, aber aus dem Feuerloch stiegen Rauch und Funken auf. Dort gab es Schutz und Wärme.

Modi und Forseti schleppten ihn weiter. Ein vom Sturm zerfetzter Zaun schlug im Wind hin und her.

Trudvi hämmerte an die Tür.

Niemand machte auf.

»Wir kommen in Frieden und suchen Gastfreundschaft.«

Ihr Rufen ertrank im heulenden Wind. Trudvi zuckte mit den Schultern und riss dann die Tür auf.

Endlich Wärme. Ull stöhnte vor Freude, als Modi und Forseti ihn über die Schwelle schleppten. Es war die jämmerlichste Wohnstatt, die Ull jemals gesehen hatte. Es gab keine Möbel, keine gezimmerte Bank, es gab nur zwei in den Boden eingegrabene Betten.

An der Feuerstätte saß ein altes Paar und starrte sie verängstigt an. Sie waren schmutzig und hatten strähnige Haare. Zwei nackte Kinder klammerten sich an sie, sie winselten und schrien wie Tiere.

Hinter der Feuerstätte waren zwei magere Ziegen angebunden, anderes Vieh schienen sie nicht zu haben. Modi und Forseti ließen Ull los. Kraftlos sank er zu Boden und kroch weiter bis zur nächsten Wand.

Sein Herz hämmerte, als ob es seine Brust sprengen wollte, Schauer des Unbehagens liefen über seinen Rücken. Etwas stimmte nicht mit diesem Haus, etwas war seltsam hier. Das spürte er.

»Hier gibt es nichts zu stehlen«, sagte die alte Frau und schaute Trudvi ängstlich an.

»Ihr braucht euch nicht zu fürchten. Wir suchen wirklich nur Schutz vor dem Sturm«, antwortete die Asin müde und hob ihre rot gefrorenen Hände der Wärme des Feuers entgegen.

Langsam stand die Frau auf. Sie trug ein verschlissenes altes Fell um den Leib, sonst nichts. Das Misstrauen leuchtete aus ihren Augen, als sie Ull ansah. Er kroch in sich zusammen, versuchte, sich vor ihr zu schützen.

»Was habt ihr denn da für ein Übel mitgebracht?«

Ull schluckte und versuchte, freundlich zu lächeln. Aber ehe er den Mund aufmachen konnte, ergriff Trudvi das Wort.

»Wir sind mit Freyas Verwandtem auf dem Weg nach Walhalla. Wie weit ist es noch?«

Die Frau kratzte sich an der Wange, ohne Ull aus den Augen zu lassen.

Widerliches Weib, weiche! Sie hatte kein Recht, ihn so anzusehen. Er war Skadis Geliebter, er war Skadi.

»Nicht sehr weit, wenn man den Weg weiß. Sehr weit, wenn man sich in einem finsteren Sturm verirrt«, sagte die Alte mit rauer Stimme und ging dann vor dem Feuer in die Hocke.

»Zeig uns den Weg, wenn der Sturm sich beruhigt hat.«

Trudvi drehte sich um und öffnete den Sack. Ull runzelte die Stirn. Dort gab es keine verschlungenen Schlangen, es gab nur funkelndes Gold. Trudvi hielt den beiden Alten eine glitzernde Schale hin.

»Das ist euer Lohn, eine großzügige Entschädigung.«

Die Augen der Alten leuchteten auf.

»Kostbar ist deine Gabe, aber die Wanderung ist schwer für die, welche sich im Sturm verirren. Und das ist leicht passiert, wenn man *so* einen bei sich hat. Er trägt die Kräfte der Finsternis in sich, das ist deutlich zu sehen«, sagte die Frau und zeigte auf Ull.

Trudvi schnitt eine Grimasse und zog dann einen kleinen goldenen Becher hervor.

»Nehmt auch den, aber verlangt nicht mehr.«

Die Frau nahm die funkelnden Gaben entgegen und lachte zufrieden.

»Ich wusste ja gar nicht, was hier für feine Leute zu Besuch kommen. Aber alles kann sich finden«, sagte sie und streichelte die Geschenke mit ihren vor Schmutz starrenden Klauen.

»Bil und Hjuki, holt den Kessel. Unsere Gäste müssen sich nach dem Sturm stärken.«

Die Kinder, ein Junge und ein Mädchen, die die Gäste entsetzt angestarrt hatten, fuhren herum und hoben eine geflochtene Schilfmatte vom Boden auf. Aus dem Loch darunter zogen sie einen Kessel.

»Es ist mitten in der Nacht, aber ihr schlaft nicht«, sagte Trudvi.

Sie sind böse, dachte Ull und kauerte sich immer weiter zusammen. Das hier sind keine echten Einödbauern.

Die alte Frau grinste, in ihrem Mund fehlten mehrere Zähne.

»Gute Frau, wir wachen, damit die Reifthursen nicht das wenige stehlen, was wir haben. Beeilt euch, Kinder, macht für unsere feinen Gäste den Brei warm. Und zieht euch etwas an, damit ihr ihnen den Weg zeigen könnt.«

Trudvi rieb sich die Hände.

»Die Kinder sollen uns durch den Sturm führen?«

Die Frau rutschte näher an das Feuer heran und starrte zu Trudvi hoch.

»Mein Alter und ich sind zu alt und schwach dazu. Aber die Kinder sind gesund und stark, sie kennen den Weg sehr gut«, sagte sie und lachte zufrieden.

Die Kinder nickten mit großen Augen. Sie hatten schreckliche Angst, so, als ob jemand ihnen das so eingeredet hätte.

Ull schielte zu dem alten Mann hinüber, der neben dem Feuer hockte. Er war ungeheuer schmutzig, und seine Augen leuchteten weiß in seinem Gesicht. Seine ungekämmten Haare hingen in Strähnen um seinen Schädel. Er starrte Trudvi abweisend an und kratzte sich dann die Brust, die von Wunden und Flohstichen übersät war.

Ull fröstelte. Kalte Luft drang durch die Spalten im Türrahmen. Seine Ohren schmerzten nach der Wanderung durch den Sturm. Er seufzte tief. Wenn doch Skadi endlich käme!

Forseti rückte dichter an Ull heran und schaute ihm forschend in die Augen.

»Bist du du selbst?«, fragte er flüsternd.

»Wer sollte ich denn sonst sein?«, erwiderte Ull gereizt.

Forseti nahm seinen Umhang ab und legte ihn sich über die Knie.

»Ich bin im Kampf vielen Feinden gegenübergetreten und habe tiefe Furcht kennen gelernt. Aber niemals habe ich mich so gefürchtet wie heute, als die weiße Hexe von dir Besitz genommen hat. Du hättest dich mal sehen sollen! Wahnsinnig warst du, und das Blut quoll dir aus dem Mund.«

Er schüttelte düster den Kopf.

»Deine Augen wurden schwarz wie die der Hexe. Ganz schwarz waren sie, als Trudvi, gesegnet sei ihre schnelle Hand, dich bewusstlos geschlagen hat.«

Ull biss sich in die Wange. Jetzt musste er klug und listig sein. Forseti war sein Waffenbruder und Freund, aber Skadi hatte ihn befreit. Er musste zu ihr zurückkehren, sie war die schönste aller Kräfte.

»Wir sind miteinander verbunden«, sagte er.

Forseti musterte ihn überrascht.

»Trudvi?«

Ull lachte.

»Lasst mich im Wald zurück, lasst mich zu Skadi gehen. Ihr könnt nichts gegen den Eid unternehmen, den ich freiwillig geschworen habe. Sie ist ich, ich bin sie. So soll es bleiben.«

Forseti erhob sich mit besorgter Miene.

»Ich bin ein Kämpfer, ich habe nichts mit Zauber oder dunklen Kräften zu tun. Aber eins weiß ich; nämlich, dass ich kein Mann wäre, wenn ich zuließe, dass mein Waffenbruder von einer Hexe verzaubert in den Wald rennt.«

»Was sagt er?«, fragte Modi und ging vor Ull in die Hocke. Er hielt eine Schale mit Brei in der Hand und langte eifrig mit einem Essstäbchen zu.

»Er will in den Wald laufen«, sagte Forseti.

Modis Hand erstarrte auf halbem Weg zu seinem Mund. Der Brei landete in seinem Bart.

»Ist er so dumm?«, fragte er und leckte das Stäbchen ab.

Forseti zuckte mit den Schultern.

Trudvi reichte Ull eine Schale Brei. Er schloss die Finger um das Holz und nahm die Wärme wahr. Es roch üppig nach Blut. Aber essen konnte er nicht. Nicht, so lange die Sehnsucht nach Skadi in seinem Inneren brannte.

»Es ist eine halbe Tageswanderung bis Walhalla. Wir wollen uns ausruhen und hoffen, dass der Sturm sich legt, wie die Alten sagen«, sagte Trudvi und bedachte ihn mit einem scharfen Blick.

Ull spürte, wie das Unwohlsein in ihm aufstieg. Wie hatte er sie jemals für schön halten können, mit ihren roten Wangen und starken Armen? Sie war doch hässlich wie eine Nachtdise.

Er umklammerte die Schale und schaute in den grauroten Brei. Wenn die anderen schliefen, würde er entfliehen. Draußen wartete Skadi auf ihn, er spürte ihre Nähe im Wind. Sie lockte ihn mit einem Leben ohne Schmerzen und Schuldgefühle.

Ull lachte zufrieden. Niemals würden sie ihn gefangen halten können, nichts würde ihn von seiner Geliebten fern halten.

»Soll ich ihn bewusstlos schlagen?«, fragte Modi und schaute zu Trudvi hoch.

Sie zuckte mit den Schultern, dann nickte sie.

»Na gut«, sagte Modi und hob die Faust.

Ulls Kopf wurde von einem brennenden Blitz gespalten und alles wurde schwarz.

»Ich rechne hier mit einer wohlgesprochenen Entschuldigung«, sagte Alfhild und warf den Kopf in den Nacken.

Ingvild und Hauglot saßen auf der Sitzbank, die Königin aber blieb starrköpfig stehen.

Freyas Finger schlossen sich um die geschnitzte Stuhllehne und sie wartete, bis Thor zusammen mit Baldur das Zimmer betrat. Die beiden ergrauten Kämpen traten neben sie.

Freya beugte sich vor und musterte Hauglot sorgfältig. Er war nicht mehr so schön; der Zauber, mit dem sie ihn umwoben hatte, tat jetzt langsam seine Wirkung. Aber seine Stange hing wieder nach unten. Freya runzelte die Stirn. Das war seltsam. Ihrem Zauber konnte doch nichts widerstehen.

»Dein Vater, Loki, hält sich in Alfheim versteckt.«

Angst und Überraschung waren in den Augen des Göten zu sehen, aber nur für einen Moment, dann hob er den Kopf.

»Mein Vater? Ich verstehe nicht«, sagte er überrascht.

Freya lächelte. »Du mieser kleiner Lügner, glaubst du wirklich, ich sehe nicht, was sich in deiner Brust verbirgt?«

Alfhilds Gesicht war dagegen grau wie Stein. Sie konnte sich nicht verstellen.

»Der Sturm ist dir sicher ungelegen gekommen, Alfhild. Wann hätten die Götenkrieger angreifen sollen? Im Morgengrauen, wenn alles schläft?«

Die Königin stemmte die Hände in die Seiten.

»Ich weiß nicht, wovon du hier redest, und ich bin der Priesterin, die mir dient, keine Erklärungen schuldig.«

Freya hob den Kopf. Vor Zorn bebte sie am ganzen Leib.

»Lüg mich nicht an, du fette Kuh. Weißt du nicht, wen du vor dir hast? Ich bin Hels Hohepriesterin. Meine Macht kann dich zu Asche verbrennen.«

Alfhild erblasste, dennoch blieb sie trotzig bei der Feuerstätte stehen.

»Hör auf, Mutter«, schrie Ingvild und sprang auf. »Lass dir von der Vanenhexe nichts gefallen, ich kann das nicht mehr mit ansehen.«

Zwei Schritte, dann stand Ingvild neben ihrer Mutter.

Der Friede, den sie in Ingvilds Gemüt gezaubert hatte, war verflogen. Freya umklammerte die Armlehne. War Hauglot ihrer Kraft etwa überlegen?

»Jetzt schweigst du«, fauchte Alfhild.

»Niemals werde ich mich von der Hexe erniedrigen lassen«, kreischte Ingvild und starrte Freya mit glühenden Wangen an. »Du hast recht. Lokis Krieger werden deine Vanenmacht zerbrechen. Wir haben gesehen, wie du dein großes Haus gebaut und dieses Tal an dich gerissen hast, um es dein Eigen zu nennen.«

Sie warf sich den Umhang über die Schultern und starrte die Priesterin voller Verachtung an.

»Alfheim wird von Mördern und Abschaum gereinigt werden. Danach werde ich mit Hauglot an meiner Seite herrschen, und du wirst nichts dagegen tun können. Nichts. Denn das hier ist unser Land«, rief sie.

Alles wurde ganz still. So also war die Lage. Sie wollten nicht die Vanen vertreiben, sie glaubten, Freya bedrohe Alfheim. Nach allem, was sie für Alfhild getan hatte, sollte sie verstoßen werden, weil ihre Macht zu groß geworden war. Welche Torheit.

Freya drehte sich um und wechselte einen Blick mit Thor.

Rodälv, die neben ihm stand, schüttelte traurig den Kopf und schien ihren Ohren nicht zu trauen.

Freya ließ sich auf ihrem Stuhl zurücksinken und schaute abermals Alfheims angehende Königin an. Das Licht der Fackeln ließ Ingvilds dunkle Haare glänzen. Ihr halb offener Mund leuchtete im Dunkeln blutrot. Neben ihr kämpfte Alfhild um ihre Würde. Zornschauer liefen über Freyas Rücken. Dieses verräterische Weibsbild. Wenn sie Streit wollte, dann sollte sie ihn haben. Freyas Geduld war zu Ende.

»Geht«, sagte Freya.

Hauglot erhob sich.

»Hohepriesterin, noch wütet draußen der Sturm.«

»Saga konnte durch diesen Sturm vor deinem Vater fliehen, da wirst du es wohl auch schaffen«, sagte Freya verächtlich und stand auf.

»Verlasst Walhalla, ihr schmarotzt schon zu lange an unserer Gastfreundschaft.«

»So belohnst du mich also für meine Hilfsbereitschaft«, brüllte Alfhild mit zitternden Wangen. Die beiden Frauen maßen einander mit Blicken.

Ich werde dir zeigen, was ein Kampf ist, du doppelzüngige Hündin, dachte Freya. Der Hass, den sie so lange unterdrückt hatte, schäumte jetzt durch ihren Leib.

In all den Jahren hatte sie sich Alfhilds wahnwitzige Reden anhören müssen. Höflich hatte sie vor deren Dünkel den Kopf gesenkt. Aber damit war jetzt Schluss.

»Du wirst für deine Bosheit teuer bezahlen. Hol deine Kämpfer, Alfhild. Ich bin bereit«, fauchte Freya und ballte die Faust.

»Schweigt, ich bitte euch«, sagte Hauglot mit sanfter Stimme. »Das alles ist doch ein Missverständnis. Thor, ich bitte dich, von Mann zu Mann, halte deine Metze zurück.«

Die Priesterinnen schnappten nach Luft und schüttelten den Kopf. Aber ehe Freya den Mund öffnen konnte, ergriff Thor das Wort.

»Du bist ebenso schwanzlos wie dein Vater. Ein götischer Schwächling, der sich hinter Frauenzimmern verschanzt. Verlass diesen Hof. Sei froh darüber, dass das hier geheiligter Boden ist, sonst würde ich deinen Schädel ebenso zerschmettern, wie ich schon viele von deinem Volk zerschmettert habe.«

Drohend hob er Mjölnir.

»Bitte Freya um Verzeihung. Sie steht an Würde und Geburt über dir«, fügte er langsam hinzu.

Freya hörte ihm nicht zu. Sie hob die Hände, holte Kraft aus der Dunkelheit, saugte die nachtschwarze Stärke an.

»Ich verfluche dich dreifach, Hauglot, Sohn des Loki. Unfruchtbar sei deine Stange, die Waffen, die du erhebst, mögen sich gegen dich selbst wenden, und du sollst einen qualvollen Tod erleiden!«

Die Dunkelheit schwoll an und ließ ihre Hände brennen. Sie flüsterte einen Kraftzauber und ließ ihn dann auf Hauglot los. Aber der Fluch konnte sein Ziel nicht erreichen. Er zerfiel und stürzte zu Boden. Der Göte hob grinsend den Kopf.

»Deine Kraft lässt nach, Hohepriesterin.«

Freya riss die Augen auf. Das konnte doch nicht sein. Niemand konnte ihrem Zauber widerstehen.

In diesem Moment wurde gegen die Tür gehämmert. Was bei allen Schrecken der Göttinnen würde jetzt noch ihre Halle betreten?

Die Tür wurde aufgerissen. Verflucht. Alfhilds Krieger strömten ins Langhaus. Sie hatte sie in den Hütten warten lassen. Woher nur konnten sie wissen, was sich in der Halle zugetragen hatte?

Alfhild grinste triumphierend und verließ Freyas Zimmer.

Baldur trat neben die Tür und hob die Hand. Die Asenkämpfer standen bei den Schlafbänken bereit. Ihre Waffen klirrten, als sie danach griffen. Keiner von Alfhilds Kriegern sollte sich zu Freya durchkämpfen können.

Jetzt war es ganz still. Freya atmete die rauchige Luft ein und sah, wie Schwerter und Äxte in der Dunkelheit funkelten.

Ein Blutbad in ihrer Halle, ein Kampf auf geheiligtem Boden.

Ingvild klammerte sich an Hauglots Arm.

Baldur stand vor der Tür und grinste breit. Für Ingvild gab es keine Fluchtmöglichkeit.

Freya schloss die Augen. Wollte Alfhild ihre eigene Tochter opfern?

»Lass uns nach Alfheim zurückkehren«, rief Hauglot draußen im großen Saal der Königin zu.

Freya horchte gespannt auf Alfhilds Antwort.

»In dieser Nacht sind tückische Anschläge auf uns geplant worden. Spannt die Pferde vor, wir fahren nach Hause«, rief sie würdevoll.

Freya atmete auf. Die Erleichterung spülte wie warme Wellen durch ihren Leib. Gleich darauf fing sie Hauglots hasserfüllten Blick auf.

Würdevoll nahm er Ingvilds Hand und küsste sie zärtlich, ehe er sie zur Tür geleitete.

Baldur schaute Freya fragend an. Sie nickte, und er trat beiseite.

»Ingvild«, rief Freya.

Alfheims angehende Königin blieb in der Türöffnung stehen.

»Ehe der Morgen graut, wirst du eins von deinen Kindern getötet haben«, sagte Freya und erwiderte lächelnd den entsetzten Blick der jungen Frau.

»Nein, Freya«, sagte Hauglot gelassen. »Diese Macht hast du nicht mehr.«

Freya schauderte zusammen, als er den Raum verließ.

»Das werden wir noch sehen«, flüsterte sie seinem Rücken zu. »Das werden wir noch sehen.«

Walhalla zitterte vor Spannung. Königin Alfhild sprach leise mit dem Göten Hauglot. Ihre Krieger standen im Kreis um sie beide, kampfbereit mit Schilden und Schwertern.

Asta schaute sich verstohlen um. Alle im Langhaus waren wach. Die meisten standen aufrecht und hatten ihre Umhänge umgelegt.

Fast alle konnten die Stimmen von Freya und Alfhild hören.

Asta kratzte sich zufrieden im Schritt. Zwietracht zwischen Alfheim und Walhalla. Dann hatte der Krieg begonnen.

»Hört auf, Leute von Alfheim. Flieht um euer Leben. Walhallas Maske ist gefallen, jetzt zeigen sie die Bosheit, die sie so sorgfältig versteckt hatten. Von diesem Moment an sind Vanen und Asen unsere Feinde.«

Sofort drängten die Leute sich zu den offenen Türen.

»Verschwindet, ihr Esel«, rief Orm auf der anderen Seite der Halle und versetzte einem Mann mit einem bestickten Umhang einen Stoß.

Der Alfheimer drehte sich um und wollte schon Streit anfangen, dann ging er weiter auf die Tür zu.

Asta drückte sich an die Wand, um nicht von den reichen Hofbesitzerinnen aus dem Osten und deren Gefolge zu Tode getreten zu werden.

»Hätte das nicht früher geschehen können«, murmelte eine blonde Frau neben ihr.

»Wieso denn?«, fragte Asta überrascht.

»Dann hätte ich meine Zeit nicht mit dieser Sau hier beim Ting zu vergeuden brauchen.«

Die Frau streckte so rasch den Fuß vor, dass eine alte Frau fast zu Boden gestürzt wäre. Asta erkannte sie, ihr Name war Hedda.

»Das wirst du noch bereuen, Butaid«, fauchte die Alte, als sie sich wieder aufgerappelt hatte. Aber Hedda war schon in der Menge verschwunden. Jetzt stießen die Leute einander umher und brüllten wie besessen. Ein kräftiger Jüngling mit einem langem Zopf blieb neben Butaid stehen. Sein Ranzen war vollgestopft, sicher mit Lebensmitteln. Rasch riss Asta ihn an sich.

»Was erlaubst du dir denn?«

Asta versetzt dem Alfheimschwein einen Tritt, und er ging zu Boden. Sie brauchte nicht auf ihn zu achten, es war Krieg. Sie riss seinen Ranzen auf und öffnete ein Bündel. Eine Speckschwarte! Wollüstig verschlang sie das Fett. Endlich etwas zu essen. Sie schloss genießerisch die Augen.

Butaid streckte die Hand aus und nahm ein Bündel an sich. Asta nickte. Sollte sie doch zugreifen, das war nicht von Bedeutung. Aber als sie gerade weiter essen wollte, fiel ihr Blick auf Bolde und dessen fetten Sohn. Wollte er etwa jetzt fliehen? Sich hinter den Röcken seiner Mutter verstecken?

Ein schrilles Geräusch füllte Astas Kopf, grelles Geheul hallte in ihr wider. Sie war nicht bereit, ihr Eid war noch nicht eingelöst.

Asta ließ den Ranzen los und ging auf Bolde zu. Sie schlug sich auf das Ohr, versuchte vergeblich, den Schrei zum Verstummen zu bringen.

Sie waren Feinde. Alle Leute aus Alfheim waren ihre Feinde. Sie zwängte sich durch die Tür. Der Sturm hatte nachgelassen, aber jetzt war es fast dunkel, eine Art Halbtag, und kalt war es noch dazu. Die Leute rissen an dem Baum, der über den Hofplatz gefallen war, und versuchten, ihn vom Weg zu entfernen. Alfhilds Pferde waren bereits vor dem Wagen angeschirrt. Asta keuchte auf, als sie das eine Pferd sah, das sie aus Alfheim mitgebracht hatte. Jetzt nahmen sie es, obwohl es doch ihr gehörte. Asta schlug sich wieder auf das Ohr und hielt Ausschau nach Bolde. Ihr Herz schlug immer schneller. Sie stand unter Feinden, aber niemand achtete auf sie.

Weiter hinten auf dem Hofplatz umschlossen die Asenkrieger Freya und ihre Priesterinnen. Sie ragten auf wie eine schützende Mauer. Asta schob die Hand in ihren Ranzen und umklammerte das Messer.

Sie konnte es nicht zulassen, dass Bolde wegging. Und dann sah sie ihn.

Der Lärm in ihrem Kopf verstummte. Alles um Asta verschwand, es gab nur sie und diesen Abschaum. Er beugte sich zu seinem Sohn vor, flüsterte ihm etwas ins Ohr. Astas Herz raste.

Sie spürte, wie die anderen ihre Arme festhielten. Bolde kniete über ihr und löste seinen Gürtel. Asta blutete schon von den anderen, glühende Messer schienen sie dort unten zu zerfetzen. Weinend hatte sie die Männer angefleht, doch aufzuhören.

Bolde lachte und drang in sie ein. Über ihnen hing der Leichnam der Mutter. Eine Hand wurde auf ihren Mund gepresst, brachte sie zum Verstummen.

Danach strömte Blut aus ihrem Schritt. Bolde erhob sich und spuckte sie an.

»Du willst das doch so«, sagte er.

Asta zog ihr Messer und rannte los. Der Hass trug sie vorwärts.

Sie war noch ein Kind gewesen. Nur sechs Sommer alt.

Dieses widerwärtige Schwein. Sie würde ihn wie alle anderen zum Schweigen bringen. Jetzt flehte sie nicht mehr.

Bolde drehte sich um und schaute sie überrascht an. Asta machte einen Sprung nach vorn. Das Messer schlitzte seine Kehle unter seinem Bart auf. Ein heißer Blutstrahl traf ihre Hand. Asta rannte weiter an den Leuten aus Alfheim vorbei, hinüber zu Asen und Priesterinnen.

Erst, als sie die Hütten auf der anderen Seite des Hofplatzes erreicht hatte, blieb sie stehen und drehte sich um.

Er lag am Boden. Alfhilds Gesicht war verzerrt vor Trauer. Jetzt hob sie ihre Hände zum Himmel. Boldes Sohn fiel auf die Knie und schlug die Hände vors Gesicht.

Asta wischte sich den Schweiß von der Stirn. Ein seltsamer Friede erfüllte ihr Gemüt. Nichts war noch von Bedeutung, es gab keinen Zorn mehr. Sie hatte ihren Schwur erfüllt. Sie musterte das blutige Messer in ihrer Hand, eine schlichte Steinklinge, die an ein Holzstück gebunden war.

Nichts besaß sie auf dieser Welt, aber trotzdem hatte sie sich an allen gerächt.

Sie war frei.

Freya schaute erstaunt zu der Gebrandmarkten hinüber. Die junge Frau war von den Geistern besessen, als sie mit ihrem blutigen Messer dort stand. Eine Rachegöttin aus der Nachwelt.

Alfhilds Schreie zerrissen die Dämmerung. Ingvild und Frida stimmten ein. Wie Wölfinnen heulten sie ihren Zorn und ihre Trauer heraus. Bald stimmten Alfheims Klageweiber ebenfalls ein.

Die Krieger der Königin zogen ihre Waffen und stellten sich in einem Halbkreis um Boldes Leichnam auf. Die Augen der Männer waren kalt vor Zorn, in ihren Händen hielten sie tödliche Äxte und glitzernde Schwerter. Aber es gab noch etwas anderes, einen Hauch von Angst nämlich.

Denn vor Freya standen die Asen bereit, die gefürchtetsten Krieger an den Stränden des Sommermeeres. Breitschultrig standen sie nebeneinander, mit ihren verschlissenen Harnischen und ihren gezückten Waffen. Freya holte Atem. Die Luft zwischen den Männern bebte vor Zorn und Kampfeslust, nur sieben, acht Schritte trennten sie von den Gegnern.

Bei der kleinsten Bewegung würden sie aufeinander losgehen.

Das Weinen der Frauen verstummte. Es wurde kälter. Die eisige Luft fraß sich durch Freyas Gewand und weiter bis zu ihren Knochen. Sie zog ihren Umhang fester um sich zusammen und schaute zwischen den Männern hindurch.

»Das hier ist geheiligter Boden. Verlasst Walhalla«, rief sie.

Alfhild erhob sich neben dem Leichnam ihres Sohnes. Ihre Haare hingen wirr um ihren Kopf, ihr rundes Gesicht war verzerrt von Kummer und Zorn.

»Gebt mir die Mörderin!«

Ihr rotes Gewand leuchtete über den halb geschmolzenen Hagelkörnern auf dem Boden wie Blut. Freya drehte sich um und sah Asta an. Asta zog den Kopf ein und trat einen Schritt zurück.

»Bolde hat endlich seine Strafe erhalten, die Gerechtigkeit hat ihn getötet. Verlasst meinen Hof, oder nehmt den Kampf auf«, rief Freya.

»Sollen sie doch angreifen, wir können sie jetzt besiegen«, sagte Rodälv.

Thor drehte sich um und musterte die Priesterin belustigt.

»Es bringt keine große Ehre, Kinder und Jünglinge mit dem ersten Flaum auf den Wangen zu töten. Wir wollen den Götenkriegern gegenübertreten«, rief er.

Die Asen lachten und hoben beifällig Schwerter und Äxte.

»Für Tiwaz!«

Die Alfheimkämpfer schauten einander an. Sie waren unsicher. Einer trat einen Schritt zurück, und bald folgten die anderen seinem Beispiel. Freya lächelte. Thor hatte den Kampf ohne einen einzigen Schwertstreich gewonnen.

»Wir kommen zurück, du Hündin«, schrie Alfhild.

Die Männer führten die Pferde der Krieger herbei, nass und müde trotteten sie über Schlamm und Hagelkörner.

Die Alfheimer stiegen auf die Pferde. Da war die alte Hirda, die auf den Boden spuckte und fluchte, neben ihr gingen die Alfenpriester. Und da war auch Vár. Die Priesterin schaute die anderen, die neben Freya standen, auffordernd an.

Gleich darauf drängte Eli sich an den Asen vorbei und lief zu Vár hinüber. Die beiden Frauen umarmten einander. Jetzt folgten auch Allvis und Verdandi. Das konnte doch nicht möglich sein. Freya presste die Hand auf ihr Herz. Vier Schlangen hatte sie an ihrem Busen genährt.

Sie schaute hinter den vier Priesterinnen her, als sie Walhalla verließen. Nicht ein einziges Mal drehten sie sich um.

»Die verfaulten Zweige sind abgeschnitten worden«, sagte Rodälv grimmig.

Freya nickte.

»Freut euch darüber, dass keine falsche Schwester uns noch vergiften kann.«

Sinmara starrte mit offenem Mund hinter den Priesterinnen her.

»So sind die Menschen. Dunkelheit und Falschheit wachsen schnell bei denen, die sich Lügen und doppeltem Spiel zuwenden. Aber diese Macht ist ein zu unsicherer Boden, habt also keine Angst. Die Verräterinnen werden ihrer Strafe nicht entgehen.«

Frida vom Ingvaldshof wurde von Ingvild und Hauglot zum Wagen geführt. Die Männer hatten Bolde offenbar schon hineingetragen, von ihm waren nur die Blutflecken auf dem Boden übrig.

Damit hatte es begonnen.

Freya sah düster zu, wie der Wagen losfuhr, gefolgt von Pferden und Menschen. Schlaftrunkene Kinder liefen barfuß durch die Kälte, ein wütender Alfenpriester schleuderte einen Stein auf die Vanen.

»Verpiss dich, du Schwein«, riefen einige junge Mädchen und warfen Lehm nach seinem weißen Umhang.

»Aufhören!«, brüllte Freya wütend.

Aber die Vanen konnten ihre Zufriedenheit nicht verbergen. Sie lehnten an der Hauswand und grinsten.

»Rennt zurück nach Alfheim!«

»Wir zahlen euch keinen Tribut, was ihr kriegt, sind nur beißende Äxte«, lachte Butaid.

Freya schüttelte den Kopf. Die Leute aus Alfheim waren jetzt unten im Tal, auf jämmerliche Weise hatten sie Freyas Halle verlassen.

Die Pferde vor Alfhilds Wagen kämpften sich tapfer durch den schweren Schlamm. In der Bucht sahen sie mehrere Boote, die westwärts nach Alfheim ruderten. Eine Verwandte hatte sich gegen die andere gewandt. Freya lief es eiskalt über den Rücken.

»Wir können nur hoffen, dass die Gäste bald zurückkehren werden«, sagte Baldur, zog seinen Gürtel höher und grinste zufrieden.

Sein Harnisch hing schief, seine graublonden Haare hingen in Strähnen um sein Gesicht. Seine Nase leuchtete rot in der rauen Kälte. Die Asenkrieger steckten lachend ihre Waffen in ihre Gürtel.

»Mach dir keine Sorgen, Bruder, die werden bald wieder hier sein«, erwiderte Thor.

Freya atmete langsam auf und sah sich an, was das Unwetter angerichtet hatte. Der Sturm hatte nicht nur den Schutzbaum umgeworfen, unten im Tal lagen noch andere umgestürzte Stämme.

Der Zaun um den Viehpferch war arg mitgenommen. Zwei Schweine waren noch dort zu sehen, die anderen waren offenbar in den Wald gelaufen. Freyas Magen krampfte sich besorgt zusammen. Ohne die Schweine waren sie verloren. Sie drehte sich zu Rodälv um, aber die Priesterin lief bereits über den Hofplatz, um das Gesinde zur Suche nach den Tieren anzutreiben.

Freya öffnete das Tor zum Kräutergarten und musterte traurig die Verwüstungen. Die Pflanzen lagen im Schlamm, zerbrochen und zerfetzt. Die Reifthursen hatten sie in Grund und Boden getrampelt. Freya ging in die Hocke und versuchte vergeblich, eine Schlafblume wieder aufzurichten. Der Garten war windgeschützt; wenn er verwüstet war, mussten die Felder noch schlimmer aussehen. Die Ernte war verloren. Ihr Magen drehte sich vor Verzweiflung um. Notjahr, Hungerwinter. Sie schwankte, als sie sich aufrichten wollte.

Ein kalter Wind kam von Norden hereingefegt und riss an ihrem verdreckten Rock.

»Das ist nur der Anfang«, flüsterte sie.

Das hier war das Auge des Sturms. Die Ruhe, die jetzt herrschte, würde bald vergehen. Die Sonnengöttin musste zurückkehren. Ein brennender Schmerz packte ihr Herz. Freya stützte sich müde auf den Zaun und rieb sich mit der Hand über die Brust.

Sie hatte keine Wahl. Sie musste das Unvorstellbare tun.

10

Saga fuhr aus dem Schlaf hoch. Götenkämpfer, Loki, alles, was passiert war, jagte durch ihren Kopf. Sie musste es sofort erzählen.

Sie setzte sich im Bett auf. Die Tür stand offen, ein grauer, schwerer Nebel lag über dem Hofplatz. Aber der Sturm hatte sich gelegt.

Saga schob die Felle beiseite und stellte die Füße auf den Boden. Ihr Gewand klebte feucht an ihrem Körper. Verflucht, es war ja so kalt.

Dann spürte sie die Kraft, die aus dem Erdboden aufstieg, dumpfe Herzschläge, die ihr Stärke schenkten. Erce war bei ihr. Saga atmete tief durch, nahm die gesegnete Ruhe wahr.

Gleich darauf nahm in der Türöffnung eine schwarze Gestalt Form an. Asta. Die Haare umstanden ihr kreideweißes Gesicht, in der Hand hielt sie ein blutverschmiertes Messer.

»Ich bin frei.«

Asta rannte auf das Bett zu und umarmte Saga so wild, dass deren Brust fast zerdrückt wurde. Saga schnappte nach Luft. Asta stank ekelerregend nach Rauch, Blut und Schweiß.

»Was hast du denn angestellt?«, flüsterte Saga.

Sofort ließ Asta sie los und ließ sich neben ihr auf das Bett sinken.

»Ich hab es getan, ich habe den vierten Mann getötet. Jetzt werden sie in der Nachwelt allesamt von meiner Mutter gequält.«

Saga wartete, bis ihr Herz zur Ruhe gekommen war.

»Wen hast du getötet?«

Asta kicherte und strich sich die Haare aus dem Gesicht.

»Bolde und die anderen. Sie haben mich getötet, als ich noch ein

Kind war. Jetzt habe ich mich für diese Schande gerächt. Verstehst du das nicht? Er war der Letzte.«

Saga brachte kein Wort heraus. Asta hatte Bolde und die anderen Männer aus Alfheim umgebracht? Sie war die Schuldige? Milde Mutter! Saga rückte ein Stück von Asta ab und schaute durch die Türöffnung. Die Unruhe bohrte sich wie Nadeln in ihren Rücken. Wenn Asta sich nun auch über sie hermachte! Sie hatte doch vollständig den Verstand verloren.

Asta packte ihren Arm.

»Ich musste sie doch umbringen? Du sitzt auf dem Richterinnenstein, da musst du doch wissen, dass meine Rache gerecht war? Bestimmt werde ich nicht bestraft.«

Ihre Finger bohrten sich wie scharfe Krallen in Sagas Arm. Vorsichtig lockerte sie diesen Griff, schaute Asta in die Augen.

»Über fünf Morde habe ich geurteilt. Immer mussten die Mörder den Familien der Getöteten zwei Kühe geben«, sagte sie so freundlich, wie sie nur konnte.

Ich muss sie beruhigen, damit sie nicht in einem Anfall von Wahnsinn mit dem Messer um sich sticht.

Asta starrte sie besorgt an und betastete dann die Wunde in ihrer Wange, die mit gelbem Eiter und geronnenem Blut bedeckt war. Saga versuchte vergeblich, ihren Abscheu zu verbergen.

»Ich habe keine Kühe und auch sonst nichts. Aber das, was sie mir angetan haben, durften sie das denn?«

Jetzt klang ihre Stimme so unglücklich wie die eines kleinen Mädchens. Saga schüttelte den Kopf.

»Erzähl mir, was passiert ist«, sagte sie sanft.

Asta hob das Messer und starrte es an. Eine Feuersteinspitze, die an ein Stück Holz gebunden war. Die schlichteste aller Waffen.

Saga schielte zur Tür hinüber, während die Angst ihr Herz hämmern ließ. Warum kam niemand? Wenn Asta Bolde getötet hatte, wurde doch jetzt sicher nach ihr gesucht?

Die Gebrandmarkte jammerte wie ein verletztes Tier, ließ ihr Messer los, starrte ihre blutige Hand an. Ihre Wangen unter den dunklen Haaren waren kreideweiß.

»Ich war so klein, erst sechs Sommer.«

Sie rang nach Atem, kämpfte röchelnd um Luft.

»Es hat wehgetan.«

Langsam begriff Saga. Die toten Männer, wie sie getötet worden waren. Rache.

Asta schrumpfte unter ihrem Blick, verwandelte sich in ein verzweifeltes Kind. Saga nahm ihre Hand, streichelte mit dem Daumen ihre Finger. Sie konnte sich nicht mehr vor Asta fürchten.

»Du hast versprochen, dass es nicht mehr wehtun würde«, flüsterte Asta.

»Das habe ich«, erwiderte Saga traurig.

Wie sollte sie das Entsetzen lindern, das Asta mit sich herumschleppte? Nie zuvor hatte sie sich so hilflos gefühlt.

»Nichts hat sich verändert. Bolde ist tot, aber das Böse ist noch da.«

Saga kämpfte mit den Tränen. Die arme Asta. Besudelt von vier Männern, verjagt und gebrandmarkt. Die Rache hatte sie angetrieben, hatte ihrem Leben einen Sinn gegeben. Jetzt, wo sie sich gerächt hatte, gab es nur noch Leere.

»Hat dein Vater dir nicht geholfen?«, fragte sie.

Astas Augen verdüsterten sich.

»Er hat sich über meine Schwester hergemacht. Ich hätte ihn getötet, wenn meine Brüder nicht gewesen wären. Jemand musste sich ja um sie kümmern«, sagte sie mit tonloser Stimme.

Wie war das nur möglich gewesen? Irgendwer hatte doch sehen müssen, was da passierte, Gäste, die auf den Hof kamen, Verwandte, Bekannte. Irgendwer musste es gesehen und dann beide Augen zugekniffen haben. Saga drückte Astas Hand.

»Hat denn niemand zu dir gehalten?«

Asta schüttelte den Kopf. Eine Träne lief über ihre Wange.

»Komm«, flüsterte Saga und streckte die Arme aus.

Asta sank in ihre Umarmung.

»Alles wird gut«, flüsterte Saga und wiegte sie wie ein kleines Kind. Asta schluchzte herzzerreißend. Die Trauer lief aus ihr heraus, das Gift ließ sie los.

Asta weinte so sehr, dass Sagas Brust von ihren Tränen nass wurde.

»Alles ist so, wie es sein soll«, flüsterte sie und hüllte die Gebrandmarkte in ein Fell, dann wiegte die Priesterin sie wieder zärtlich, ließ Erces sanfte Kraft das heilen, was zerbrochen war.

Ein Windstoß schlug die Tür hin und her. Auf dem Hofplatz und in der großen Halle waren laute Stimmen zu hören, in Freyas Zimmer dagegen war alles still.

Hel, die Unbarmherzigste unter den neun Töchtern der großen Göttin, starrte sie von der Wand her an. Ihr Gesicht war zur Hälfte verbrannt, die andere war wunderschön, das Symbol für den schmerzlosen Tod. Entsetzen und Befreiung.

So ist es eben, dachte Saga. Die Kraft der Göttinnen ist Segen und Fluch zugleich. Ohne Erces Lebenskraft kann nichts wachsen, ohne sie gibt es nur leere Gleichgültigkeit. Die Schlimmste aller Qualen. Liebevoll streichelte sie Astas Haare.

»Ich werde mich um dich kümmern, Schwester. Du bist nicht mehr allein«, flüsterte sie, und in diesem Moment wusste Saga, dass es so kommen würde. Von nun an war ihrer beider Schicksal miteinander verflochten.

»Warum streichelst du sie?«

Saga hob den Blick und schaute zu Thor hoch. Gekleidet wie ein Krieger füllte ihr hochgewachsener Großvater die gesamte Türöffnung. Der schwere Hammer hing an seinem Gürtel.

Asta erstarrte.

»Weißt du, was sie getan hat?«

Sein Umhang wogte um seine Schultern, als er vor dem Bett stehen blieb. Er war kräftig wie ein Bär.

»Ich grüße dich, Großvater«, sagte Saga.

Jetzt kamen auch Freya und Rodälv herein.

Saga streichelte beruhigend Astas Rücken.

»Sie hat sich an den vier Männern gerächt, die sie als Kind geschändet haben. Die Gerechtigkeit, die ihr verweigert wurde, hat sie in die eigenen Hände genommen. Wer kann Asta deshalb anklagen?«

Asta setzte sich im Bett auf, rotverweint und angespannt.

Die Furchen in Thors Gesicht glätteten sich.

»Sie hat aus Rache vier Kerle umgebracht?«

Saga nickte.

Er zuckte mit den Schultern und schob dann die Daumen unter seinen Gürtel.

»Warum heult sie dann wie ein Säugling in deinen Armen? Ist sie nicht ganz bei sich?«

Saga musste lachen. Sie hatte Thor schon lange treffen wollen, hatte sich gefragt, was er wohl für ein Mann war. Jetzt wusste sie es.

»Mit ihr ist alles in Ordnung.«

»Gut. Schnelle Füße und rasche Klingen können wir brauchen.«

Freya musterte Saga. Sie schien nicht froh darüber zu sein, dass sie auserwählt worden war. Seltsam, danach hatte sie sich doch so sehr gesehnt.

»Erce möge sich erbarmen«, sagte Saga vorsichtig.

Freya lächelte traurig.

»Möge sie dir Stärke schenken. Walhalla steht im Krieg gegen Alfheim.«

Saga spürte, wie die Ruhe in ihrem Herzen verflog. Krieg, Kampf zwischen Verwandten und Freunden. Orms Worte waren jetzt Wirklichkeit geworden.

»Ich habe bei Alfhild Göten gesehen«, sagte sie.

Thor verschränkte über seinem verschlissenen Harnisch die Arme. Ein leises Lächeln umspielte seine Lippen.

»Das wissen wir, das hat uns die Gebrandmarkte schon erzählt.«

Saga ließ traurig den Kopf sinken. Blut und Tod, verletzte Krieger und Feindschaft. Und aus dieser Feindschaft würde viel zu großes Leid entstehen.

»Das ist nicht Erces Wille, sie will Frieden.«

Thor seufzte.

»Es ist niemandes Wille, Tochterstochter. Trotzdem werden Alfhild und die Göten bald mit gezückten Waffen hier im Tal stehen.

Sie werden niemandem Gnade gewähren, nicht dir und niemandem sonst.«

Thor zog Freya an sich.

»Ich gehe zu den Männern«, sagte er dann und verließ mit langen Schritten das Zimmer.

Rodälv trat vor das Bett, auf dem Asta zusammengekauert hockte.

»Komm du auch mit, Kind. Ich muss nach deiner Wunde sehen«, sagte sie und streckte die Hand aus.

Asta starrte die Priesterin misstrauisch an, zuckte mit den Schultern und ging dann hinter ihr her.

Jetzt war nur noch Freya im Zimmer. Die Großmutter sah müde und traurig aus, ihr schien das alles zu viel zu sein.

»Dahinter steckt mein Feind Loki. Er hat Alfhilds Neid auf mich geschürt«, sagte sie und streckte die Hand nach dem Reisig aus, um einige Zweige ins Feuer zu werfen.

Saga schüttelte den Kopf. Alfhild, die sie schon als Kind gekannt hatte, wollte sie umbringen. War Svea, ihre Freundin in Alfheim, jetzt ihre Feindin? Das war doch Wahnwitz!

»Es muss einen Weg zum Frieden geben!«

Freya schüttelte langsam den Kopf. Saga schluckte.

»Können wir nicht fliehen? Nach Vanaheim segeln?

Freya reckte sich, ihr Blick wurde hart.

»Das hier sind unser Tal, unser Hof, unser Volk. Weder Alfhild noch die Göten werden uns von hier vertreiben.«

Eine Welle von Schuldgefühlen spülte über Saga hinweg. Die Großmutter hatte recht, und wie sollten sie überhaupt auf eine verfluchte Insel fliehen? Wenn sie Walhalla verließen, würden sie niemals zurückkehren können.

Überrascht sah sie zu, wie Freya eins ihrer dunklen Gewänder aus einer Truhe nahm und ihr auf die Knie legte. Nur die Hohepriesterin trug ein solches Kleid.

»Die Zeit ist gekommen. Du musst jetzt deinen Umhang nehmen. Halte dich daran fest, stehe deinem Volk bei, schenke ihnen Kraft und Mut, um sich zu verteidigen.«

Saga fuhr mit der Hand über das Gewand und spürte, wie die Last sich wie ein Joch auf ihre Schultern legte. Sie war die letzte Königin der Vanen, das hier war ihr Erbe und ihre Verantwortung. Diesmal würde sie nicht weglaufen und sich verstecken können.

Saga erhob sich und öffnete ihren alten Umhang.

»Ich werde mein Möglichstes tun.«

Thor schaute die Vanen grimmig an. Die waren wirklich nichts, womit man gern in den Kampf zieht. Schwächlinge ohne Kraft oder Stärke des Arms.

»Die Leute von Alfheim sind dreimal so viele und wer weiß, wie viele Göten sie bei sich haben«, sagte Baldur.

Thor nickte düster. Das war wirklich nicht einfach. Sein Bruder schlug vor, Alfheim zu überfallen, die Türen zu vernageln und das Dach anzustecken. Dadurch würden die Göten den Vorteil einbüßen, den ihre zahlenmäßige Überlegenheit ihnen schenkte. Das Feuer würde sie aus dem Haus treiben, und dort würde ein Pfeilregen sie in die Nachwelt schicken.

Aber das war unmännlich, verglichen mit einem richtigen Kampf.

»Wir werden die Göten hier erwarten«, sagte Thor.

Baldur schnaubte wütend.

»Geht es dir um den Sieg oder um einen ehrenvollen Tod auf dem Schlachtfeld?«

Thor legte die Hand auf Mjölnir und schaute seinen Bruder zornig an.

»Hüte deine Metzunge, Bruder. Noch bin ich Häuptling der Asen. Ich entscheide hier, und ich entscheide mich für einen ehrlichen Kampf. Blitzende Äxte, Pfeile und Schwerthiebe. Und keine nächtliche Schleicherei.«

Baldur zuckte resigniert mit den Schultern.

»Wie du willst«, sagte er und ging zu den Asen hinüber.

Die Krieger brannten vor Kampfeslust, sie untersuchten ihre Waffen und rückten Beinkleider und Schutzleder gerade. Sie waren wirklich mutig. Thor lächelte zufrieden. Er war stolz auf sie alle.

Gleich darauf betraten Freya und Saga die Halle, was die mutlosen Vanen zu neuem Leben erweckte. Sie richteten sich auf und begrüßten die Priesterinnen.

Thor ließ seine Enkelin nicht aus den Augen. Sie war jung und bislang vor der Schlechtigkeit der Welt beschützt gewesen. Schöne Worte über Frieden waren ja nett, aber wenn der Feind mit erhobenem Schwert vor dem Hof stand, sollten sie verstummen. Dann sprach nur noch die Kraft. Dieser Ordnung hatten alle sich zu beugen. Es war Tiwazens Wille.

»Wir werden im Kampf wohl deine Hexenkünste brauchen«, sagte er zu Freya.

Ein Schatten von Unsicherheit lag in dem Blick der grünen Augen.

»Ich werde Loki brennend in die Nachwelt schicken«, sagte sie, aber ihre Stimme klang nicht überzeugend.

Freya hatte Angst. Thor rieb sich den Rücken, eine alte Narbe juckte und spannte. Das verhieß nichts Gutes. Sie brauchten die Streitfesseln der Priesterinnen, um den Feind zu lähmen.

»Wer den Mut verliert, hat auch die Schlacht schon verloren. Reiß dich zusammen, Priesterin, du trägst das Schicksal deines Volkes auf deinen Schultern.«

Freya drehte sich um und sah Thor an. Wie konnte er es wagen, so zu ihr zu sprechen? Natürlich fürchtete sie Lokis Zauber, aber nie im Leben würde sie in dieser schweren Stunde ihr Volk im Stich lassen.

Sie ließ Thor stehen, trat mitten in den Raum und hob die Arme.

»Hört her, Töchter und Söhne Vanaheims. Unglück und Seuchen, Feindschaft und Verrat – hart ist das Schicksal, das unser Volk getroffen hat. Trotzdem stehen wir hier, stark und lebendig. Niemand hat unser mächtiges Volk zerstören können.«

Frauen und Männer und sogar die kleinsten Kinder waren verstummt. Butaid und ihre Mutter richteten sich auf und lauschten gespannt. Der fast kahle Gladvar hob seine Tochter hoch, neben ihm stand die mürrische Klodvir mit übereinander geschlagenen Armen. Einöd-Fjalar und seine große Familie starrten sie mit leeren Blicken an, aber in dieser Sippe zeichnete sich auch niemand durch besonderen Verstand aus.

Freya fuhr so rasch herum, dass ihr Umhang hinter ihr wehte.

In den Schatten bei den Schlafbänken der Priesterinnen stand Gefion mit zufriedenem Lächeln. Jetzt, wo Freya ihr Volk verteidigte, war sie zufrieden. Neben ihr war eine grauhaarige Frau zu ahnen, streng und ehrfurchtgebietend. Der Boden wogte unter Freyas Füßen. Åses Geist war in ihrer Halle, ihre Mutter wachte über sie.

Die Kraft durchströmte sie, und Freya bot sie ihrem Volk an.

»Fürchtet euch nicht. Ich sehe meine Schwester Gefion, Vanaheims letzte Königin wacht über euch. Meine Mutter, die mächtige Åse, wandert an ihrer Seite. Die mächtigsten Geister der Vanen kämpfen mit euch. Wir werden siegen!«

Die Leute hoben ihre Fäuste und brüllten ihren Beifall aus sich heraus. Eine Welle der Kraft fegte durch die Halle, gab allen neuen Mut.

Saga stand würdevoll an der Feuerstätte. Ihr Wesen schimmerte durch eine Kraft, die noch nie zu sehen gewesen war. Sie würde es schaffen.

Freya seufzte. Sie hatte ihre Pflicht getan, hatte allen Mut gemacht. Das geschah Thor Recht, der sie für zu alt hielt, um ihre Aufgaben zu erfüllen. Sie fing seinen Blick auf, sah sein spöttisches Grinsen. Und jetzt begriff Freya, was er getan hatte, der alte Bock. Er hatte sie gereizt, hatte sich ihren Zorn zu Nutze gemacht. Egal. Sie lächelte den Häuptling der Asen viel sagend an. Jetzt wusste er, das sie die Gemüter der Menschen noch immer erreichen konnte.

Saga empfand einen nie zuvor gekannten Stolz. Mächtig war ihr Erbe, großartig war ihr Schicksal, denn sie konnte in dieser schweren Stunde ihrem Volk beistehen. Sie setzte sich neben Sinmara auf die Bank und fuhr mit der Hand über das dunkle Gewand, das ihre Großmutter ihr gegeben hatte.

»Verzeih mir, dass ich auf Vár gehört habe. Ich habe dir den Rücken zugekehrt«, flüsterte Sinmara.

Saga legte ihr die Hand aufs Knie. Was geschehen war, hatte keine Bedeutung mehr, war eine verblasste Erinnerung an eine entschwundene Zeit. Sie hegte gegen niemanden einen Groll. Im Gegenteil, sie wollte mit Vár reden und alles klären, wollte ihr vergeben und selbst Vergebung erlangen.

»Denk nicht mehr daran. Wo ist meine Pflegemutter?«

»Vár, Eli, Allvis und Verdandi sind mit nach Alfheim gegangen. Sie haben uns verlassen«, sagte Sinmara traurig.

Dann gab es keine Möglichkeit zur Versöhnung. Saga trank einen Schluck Wasser. Diese Entwicklung tat ihr weh. Jetzt würden die Priesterinnen ihre Kräfte gegen sie verwenden.

Rodälv spuckte die Kräuter aus, auf denen sie gekaut hatte, und verteilte sie dann auf Astas Wunde. Die Gebrandmarkte schnitt eine Grimasse und wand sich.

»Die Mörderin macht mir Angst«, sagte Sinmara.

Empört runzelte Saga die Stirn. Niemand sollte vor ihren Ohren schlecht über Asta sprechen.

»Ich achte sie sehr, denn sie ist wie die Quäninnen aus den Sagen. Eine Kriegerin«, sagte sie streng.

Sinmara errötete und bat leise um Verzeihung.

Halldis ging vor dem Feuer in die Hocke, kratzte ein wenig Glut heraus, hob es mit zwei Stöckchen hoch und legte es in eine Holzschale voller Wasser. Es fauchte und siedete, als sie die Schale hochhob, dann ging sie zu den Regalen an der Wand, wo die Mägde Essen zubereiteten.

Saga ließ ihren Blick über die Vanen wandern und nickte denen, die sie kannte, freundlich zu. Dann erstarrte sie.

Im Dunkeln, bei den Schlafbänken des Gesindes, fast ganz versteckt hinter seinen Brüdern, stand Orm. Sagas Herz setzte einen Schlag aus. Dieser Lügner, dieser Priesterinnenmörder. Jetzt würde er für seine Tat büßen müssen.

Orm lächelte freundlich, als sie auf ihn zukam.

»Du bist wieder gesund, nichts könnte mich glücklicher machen«, sagte er zärtlich.

»Du hast Sot getötet.«

Orms Brüder verstummten und wandten sich ab. Orm fuhr sich mit den Fingern durch die blonden Locken.

»Ich habe es getan, um dich zu schützen.«

Saga keuchte vor Wut auf. Wie konnte er es wagen, sie für seine Untaten verantwortlich zu machen?

»Ich habe gesagt, dass Sot schuldlos war.«

Orm legte den Kopf schräg und schaute Saga aus seinen braunen Augen flehend an.

»Kostbarer Schatz. Deine Sinne sind so rein. Ich wollte dich doch nur vor dem Bösen beschützen, wollte dir das Leben retten.«

Eiseskälte breitete sich in Saga aus. Das war nun der Mann, der ihr immer am Nächsten gestanden hatte. Ein glattzüngiger Lügner.

Wie hatte sie so blind sein können!

»Beschützt du mich, indem du insgeheim in meinem Namen Krieger sammelst?«

»Ja«, antwortete Orm und breitete die Arme aus. »Ich hatte erkannt, was Alfhild vorhatte, aber niemand wollte auf mich hören. In meiner Verzweiflung habe ich Männer gesammelt, die dein Leben schützen könnten. Alles ist nur deinetwegen geschehen.«

Orms Augen wurden blank, er schien jeden Moment in Tränen ausbrechen zu wollen. Saga zitterte am ganzen Leib, sie war so wütend, dass sie kein Wort herausbrachte.

»Was bist du doch für ein schwanzloser Schwächling«, sagte Asta.

Sie drängte sich an Saga vorbei und versetzte Orms Schulter einen Stoß. Wütend starrten sie einander an.

»Du hast gesagt, dass du dich mit Saga gut stellen musst, um von ihrer Kraft zu trinken, dass ich dir aber unter allen Frauen die Wichtigste bin.«

Orm öffnete den Mund, sagte aber nichts. Seine Brüder traten neben ihn, ebenso blond, aber nicht so hoch gewachsen. Wütend versuchten sie, Orm zu verteidigen.

»Du spielst auf dem Gemüt der Leute wie auf einer Flöte. Davon wird mir übel«, sagte Asta und trat einen Schritt zurück.

»Hör nicht auf sie«, flehte Orm. »Sie ist wahnsinnig.«

Wie Saga diesen Mann hasste. Ein Fremdling, der sich hinter einer Maske versteckte, ein in sich zusammengefallenes Blendwerk. Übrig war nur noch ein jämmerlicher Lügner.

Gleich darauf wurde Sagas Gemüt von Erces Ruhe erfüllt. Die Luft, die Orm umgab, erzitterte. Langsam begann er, im Dunkeln zu glühen.

Saga schloss die Augen, spürte, wie die Herzschläge im Boden pulsierten. Sie füllten ihren Kopf, übernahmen die Herrschaft über ihren Körper. Erce war bei ihr, die milde Kraft strömte durch ihren Leib, füllte sie mit glühender Kraft.

Sagas Hand zuckte, fing an, sich ganz von selbst zu bewegen. Sie öffnete die Augen, sah, wie ihre Hand auf Orm zeigte.

»Deine Buße wird das äußerste Opfer sein.«

Sagas Stimme sprach, aber es war auch die Stimme der Macht.

Die Herzschläge verhallten in der Ferne, die Ruhe verflog. Kraftlos sank Sagas Hand. Sie schwankte, erschöpft von der Nähe der Göttin.

Freya packte ihren Arm, hielt sie aufrecht.

»Das äußerste Opfer?«, flüsterte Freya.

Orm verhakte die Daumen im Gürtel und starrte seine Brüder ängstlich an. Niemand in der Halle sagte ein Wort, alle lauschten gespannt.

»Asta, pass du auf Orm auf. Er darf den Hof nicht verlassen«, brüllte Freya und scheuchte Saga dann zu den Sitzbänken. Saga lehnte sich an ihre Großmutter, spürte, wie der Boden unter ihren Füßen bebte.

»Hast du in deinem Warngesicht Orm gesehen? Rede schon!«

Saga nickte und ließ sich, erschöpft und hungrig, auf die Sitzbank sinken.

»Das ist der Zauber, du musst etwas essen«, erklärte Freya und winkte Sinmara zu, die sofort ein Stück Schweinefleisch brachte. Saga schlang es fast ohne zu kauen hinunter.

»Folgt mir, Vanen, holt Hacken und Grabstöcke. Der Zaun muss repariert werden, wir müssen Schutzwälle errichten«, rief Baldur.

Während die Leute langsam zu den Türen gingen, trieb Rodälv das Gesinde an, das draußen nach dem Vieh suchte.

»Macht Feuer in den Kochgruben, trödelt hier nicht herum. Ihr da«, sagte sie und zeigte auf zwei halbwüchsige Kinder. »Geht an die Arbeit.«

Als sie gegessen hatte, leckte Saga sich die Finger ab und hielt Ausschau nach mehr. Der Hunger riss und zerrte an ihrem Magen, wie sie es noch nie gespürt hatte. Sinmara hielt ihr eine Schale mit gegorener Grütze hin. Saga verschlang den säuerlichen Brei, ohne die Fischstücke darin zu schmecken, obwohl sie die eigentlich für ihr Leben gern aß.

Am Ende ließ sie ihr Essstäbchen sinken und leerte den Metbecher, den Freya in der Hand hielt. Sie trank ihn aus und rülpste dann laut.

Die Großmutter schaute sie glücklich an.

»In diesem Moment hast du das schwerste Joch von meinen Schultern genommen«, sagte sie.

Verlegen runzelte Saga die Stirn.

»Ich weiß nicht, wie ich das gemacht haben soll.«

Freya beugte sich vor und schlug ihr so hart auf die Wange, dass ihre Haut brannte.

»Du wirst nicht geopfert werden, du bist die Opferdise. Das sehe ich jetzt.«

Saga riss die Augen auf. Hatte Freya geglaubt, Saga werde wie ein Hengst beim Frühjahrsfest geopfert werden? Wieso hatte sie ihr dann den Umhang gegeben und ganz normal mit ihr sprechen können?

Ihr Herz machte einige dumpfe Schläge. Langsam drangen Erces Worte zu ihr durch. Saga schluckte.

»Orm wird das Opfer sein«, flüsterte sie.

Freya packte ihre Armlehne.

»Das Opfer, das die Nacht zum Tage macht, das auszuführen die Mächte dir die Kraft gegeben haben.«

Saga starrte ihre Großmutter überrascht an. Sie sollte Orm töten, ihren Geliebten, den Verräter.

»Diese Zeiten sind doch längst vorbei.«

Freya hob abwehrend die Hand.

»In schweren Zeiten müssen die Mächte gnädig gestimmt werden. Und was ist Krieg denn anderes als auserwählte Krieger, die sich für ihr Volk opfern?«

So hatte Saga das noch nie gesehen. Sie faltete ihre Hände auf den Knien, starrte ihre schmutzigen Finger an.

Vom Hofplatz her waren Axthiebe und laute Männerstimmen zu hören. Nur wenige waren in der Wärme geblieben. Nur einige alte Leute, die bei den Schlafbänken der Priesterinnen die kleinen Kinder hüteten. Ein Opfer. Ein Säugling kroch zu einem Holzstückchen und steckte es dann in den Mund.

Freya griff zu der geschnitzten Holzschale. Der Feuerschein tanzte über ihr zerfurchtes Gesicht, ließ sie streng und würdevoll aussehen, wie eine Totenhexe.

»Der Wolf hat die Sonne verschlungen, das Licht ist in der Unterwelt gefangen. Nur ein geheiligtes Opfer kann es aus dem Bauch der Bestie befreien.«

Saga starrte in die Flammen.

»Die Finsternis bedroht Asen und Vanen, und doch ziehen wir gegeneinander in den Kampf. Das ist doch Wahnsinn.«

Freya stellte die Schale auf die Bank.

»Die neun Töchter der Göttin kämpfen gegeneinander. Was in der Welt der Unsterblichen geschieht, lenkt die Taten der Menschen. Und wir können nichts dagegen tun«, sagte Freya.

Saga legte die Hand auf den Bauch, spürte, wie weh es tat. Erce hatte gesagt, dass der Kampf der Schwestern das Gewebe zerreißt. Langsam nahm in ihr eine Erkenntnis Form an.

»Und wenn es jetzt umgekehrt ist, wenn die Taten der Menschen die Mächte lenken?«

Asta bohrte das Holzstück in den feuchten, weichen Boden, dann kratzte sie einige Hand voll Erde heraus und warf sie auf den Damm. Der Schneeregen peitschte ihren Rücken, ihre Füße waren von der Kälte betäubt. Sie starrte ihre verschmierten Beine düster an. Nach allem, was passiert war, nachdem sie Saga gerettet und sich an Bolde gerächt hatte, war sie hier gelandet, in einem Graben.

Überall standen arbeitende Frauen und Männer, die fröstelnd und fluchend die kalte Erde aushoben. Dunkel war es noch dazu, das graue Zwielicht hing wie eine Decke über dem Tal.

Ein beleibter Knecht kam aus dem Nebel gehumpelt. Er zog an einem Strick eine Kuh hinter sich her. Die ganze Zeit wurden entlaufene Tiere zurückgebracht. Diese Aufgabe hätte auch Asta gern übernommen.

Sie ging im Graben in die Hocke und löste einen großen Stein aus dem Boden, er war dick wie vier Fäuste. Winter mitten im Sommer.

Aber immerhin lebte sie noch. Das war mehr, als sie nach ihrer Rache an Bolde erwartet hatte. Aber Freude und Erleichterung, die sie nach dem Mord empfunden hatte, hatten dem anderen rasch weichen müssen.

Asta strich sich den Schneeregen aus den Augen, dann warf sie den Stein auf den Damm. Bei der Erinnerung an Sagas tröstende Arme wand sie sich vor Unbehagen. Nie zuvor war jemand so gut zu ihr gewesen. Und sie hatte wie ein kleines Kind geweint. Asta lächelte verlegen. Aber es war ein gutes Gefühl gewesen.

Ein harter Stoß, der ihren Rücken traf, warf sie fast um. Wütend fuhr sie herum und schlug auf den Glatzkopf hinter ihr ein.

»Soll ich deinen Schwanz umdrehen, du Schwein?«

»Das war doch nicht so gemeint«, sagte er und hob abwehrend die Hände. Asta starrte ihm wütend in die Augen, bis er seinen Blick abwandte. Sie schnaubte und grub weiter, denn nur auf diese Weise konnte sie sich warm halten. Zwei Mädchen brachten Stangen und ließen sie auf dem Hofplatz fallen. Zwei Asenkrieger spitzten sie mit ihren Äxten an. Die Mädchen kicherten und rannten dann den Hang hinab. Bald waren sie im Nebel verschwunden. Verdammte Schlampen, wieso hatten die eine so einfache Aufgabe bekommen, während Asta hier in Wind und Schnee schuften musste?

Über eins konnte sie sich immerhin freuen. Sie grinste zufrieden, als sie Orms Hinterteil ansah, als der sich bückte, um Erde auszuheben. Sie sollte auf ihn aufpassen. Das hatte Freya ihr gesagt. Sie, die Gebrandmarkte, sollte den reichen Jüngling bewachen. Asta streckte die Hand aus und zog an seinem Lendenschurz.

»Arbeite härter, der Damm muss fertig sein, ehe der Feind kommt.«

Er drehte sich um und sah sie wütend an. Verschlammt und schmutzig war er und durchaus nicht mehr schön. Seine blonden Haare klebten wie eine nasse Haube an seinem Kopf.

»Hüte deine Zunge, noch befindet deine Schwester sich in der Obhut meiner Mutter«, knurrte er und fuhr sich mit dem Arm über die Stirn. Ein grauer Schmutzfleck blieb an seiner Haut zurück.

Asta bebte. Verdammt, ihr war ja so kalt.

»Warum hilft sie den Vanen nicht im Kampf?«

»Sie steht außerhalb von allem«, sagte Orm und kehrte ihr den Rücken zu.

Wohin sie sich auch wandte, überall sah sie Menschen, die gruben oder spitze Stangen wie eine scharfe Mauer gegen den Feind aufstellten. Wie konnte Vala auf ihrem Hof sitzen und sich einbilden, dass der Streit sie nicht erreichen würde?

»Vielleicht ist sie feige?«

Orm richtete sich auf und drohte ihr mit der Faust.

»Du undankbare Hündin, wie kannst du es wagen? Ich war der Einzige, der sich um dich gekümmert hat. Mein Herz habe ich dir angeboten, Freundschaft und einen Platz in meiner Truppe. Aber kaum winken die Weibsbilder mit dem kleinen Finger, schon kehrst du mir den Rücken zu.«

Asta schnitt eine Grimasse. Nichts war noch so klar wie früher. Natürlich hatte Orm ihr Freundschaft angeboten, und ihr zuliebe hatte er Liv geholfen. Sie schaute zu Boden.

»Für deine Fürsorge danke ich dir, für deine Freundschaft ebenfalls, aber ich kann nicht zu dir halten. Du hast kein reines Herz«, antwortete sie ernst.

Orms Augen blitzten auf, wütend packte er ihren Arm.

»Sagt die Hündin, die Bolde auf dem Hofplatz einfach so abgeschlachtet hat. Blinde Weibsbilder, ihr bildet euch ein, über allem zu stehen. Ich habe gesehen, was passieren würde, und nur ich war bereit, Walhalla zu verteidigen. Und das ist nun mein Lohn, Hohn und das Gerede über ein Opfer. Ihr werdet schon sehen …«

Er kehrte ihr den Rücken zu und grub weiter.

Schauer des Unbehagens liefen über Astas Rücken. Vieles von dem, was Orm gesagt hatte, war wahr und richtig. Trotzdem konnte sie kein Vertrauen zu ihm haben. Aber was, wenn er jetzt einen Boten zu Vala schickte und aus Rache Liv töten ließ? Die Angst traf sie wie ein Fausthieb in den Magen.

Sie ließ ihr Grabholz fallen und stieg aus dem Graben.

Auf dem Hofplatz blieb sie stehen und schaute sich unschlüssig um. Sie konnte Orm nicht einfach verlassen, sie sollte doch auf ihn aufpassen.

Ein Asenkrieger, der mit der Axt Stangen anspitzte, sah freundlich aus. Er hatte einen Bart, trug prachtvolle Beinkleider und ein wollenes Wams. Und seine Augen waren munter.

Asta räusperte sich.

»Kannst du auf den Vanen da im Graben aufpassen? Ich muss meine Schwester aus dem Tal holen«, sagte sie und zeigte auf Orm.

Der Ase musterte sie schweigend von Kopf bis Fuß. Asta schlug rasch den Umhang vor ihre nackte Brust. Die Asen waren wie Rüden, sie versuchten, sich mit allem zu paaren, was ihnen über den Weg lief. Sie warteten nicht einmal, bis sie auserwählt wurden, das hatte Asta gehört. Hier war sie lieber vorsichtig.

»Hast du es weit?«

Asta nickte abwartend.

Der Ase schaute aus zusammengekniffenen Augen zu den schwarzen Wolken hoch, es schneite jetzt noch heftiger. Sein dunkler Schädel war mit weißen Flocken bedeckt. Asta zitterte in der Kälte. Konnte er nicht ja sagen, damit sie sich warm laufen könnte? Sie fror dermaßen, dass ihr ganzer Körper wehtat.

»Warte hier«, sagte der Krieger und ging in die Halle.

Asta schaute sich verdutzt um. Die anderen Asen schlugen mit ihren Äxten auf die Pfähle ein und schauten dann gleichgültig zu ihr herüber.

Gleich darauf war der andere Krieger wieder da. Er hielt etwas in der Hand.

»Das kannst du sicher brauchen«, sagte er und warf ihr etwas Schwarzes zu. Asta fing es mit einer Hand auf. Ein wollenes Wams!

Der Asenkrieger machte sich über eine neue Stange her.

Asta wickelte sich in den dicken Stoff. In ihrem ganzen Leben hatte sie nichts so Schönes besessen. Jetzt würde sie nicht zu frieren brauchen. Sprachlos starrte sie den langhaarigen Mann an.

»Ich …«

Er grinste.

»Das ist kein Wetter, um busenfrei herumzulaufen.«

Asta riss sich den feuchten Umhang vom Leib und zog das Wams über den Kopf. Es umschloss sie wie eine kratzende Liebkosung. Außerdem war es lang, es fiel ihr bis über die Knie.

Sie räusperte sich vorsichtig.

»Danke, so etwas Schönes habe ich noch nie gehabt.«

Er grinste, legte die spitze Stange auf den Boden und hob dann eine neue auf.

»Ich habe es vorigen Sommer einem Göten weggenommen. Bisher hat er es nicht wiederhaben wollen«, sagte er und schlug der Stange mit einem einzigen Hieb die Spitze ab. »Du hast heute den Alfheimer mit einem feinen Schnitt erledigt. Wenn du im Kampf genauso gut bist, wirst du hohe Achtung gewinnen«, sagte er und schlug die andere Hälfte ab, so dass die Stange spitz wurde wie ein Speer.

»Sei still, Arvid, Frauenzimmer haben im Kampf nichts zu suchen. Das bringt nur Unglück«, sagte der andere Asenkrieger.

Arvid drehte sich um, breitschultrig, mit wogendem Umhang.

»Das erzähl mal meiner Verwandten Trudvi, wenn du dich traust.«

»Die zählt nicht«, knurrte der andere.

»Bitte die Hexen doch, deine Pisskrankheit zu heilen, Brynolf. Du bist sauer wie ein zahnloses altes Weib«, sagte Arvid.

Asta lachte überrascht. Sie hätte sich niemals vorstellen können, dass die Asen so waren.

»Ich brauche immerhin eine Buhle nicht so nötig, dass ich dafür ein prachtvolles Wams verschenken muss«, knurrte der untersetzte Brynolf und schlug mit der Axt zu, dass die Spitze der Stange über den halben Hofplatz flog.

»Kein Wams auf der ganzen Welt könnte ein Frauenzimmer in dein Bett locken, du hässlicher Schwächling«, sagte Arvid und nickte Asta zu. »Hol jetzt deine Schwester, ich passe solange auf den Vanen auf. Versuch, etwas für deine Füße zu finden. Kein Mensch kann ohne Schuhe kämpfen.«

Asta lächelte.

»Ich danke dir.«

Er nickte kurz und bückte sich nach einer weiteren Stange.

Asta kehrte ihm den Rücken zu und stieg über die umgestürzte Eiche, die hinter dem Zaun lag, dann sprang sie über den Graben und drängte sich vorbei an den Asen, die die spitzen Stangen in den Boden trieben. Der Weg schlängelte sich ins dunkle Tal hinab. Aber es war doch nicht so dunkel wie in der Nacht, sie konnte zwei Baumlängen weit sehen.

Asta schnitt eine Grimasse, als sie die Verwüstungen sah.

Sie lief vorbei am Gehege, wo sie zusammen mit ihrer Schwester Walhallas weißen Hengst gesehen hatte. Jetzt lag das Tier tot im Gras. Graue Hunde kämpften wütend um seine Knochen. Sie drehte sich um und schaute zu Walhalla hoch. Der Hof war im Zwielicht nur wie ein nebliger Traum zu ahnen.

Sie strich mit der Hand über das schwarze Wollwams und zögerte einen Moment. In Dunkelheit und Nebel verbarg sich allerlei Böses. Und der Wind wurde stärker, es roch wieder nach Sturm. Den Ranzen mit dem Messer hatte sie auf dem Hof vergessen.

Asta schüttelte den Kopf über ihre Feigheit und rannte weiter. Sie würde Liv holen. Sie würde mit ihrer Schwester zusammen sein, wenn sie noch am Leben war. Die Angst brannte in ihrem Bauch, zwang sie dazu, noch schneller zu laufen.

Es war scheußlich hier draußen. Die Zäune der Höfe sahen im Nebel aus wie schadhafte Zähne. Die Saat, die vorher im Wind gewogt hatte, lag jetzt zertrampelt im Schlamm. Überall lagen Zweige und Äste herum. Ein Riese schien durch das Tal gewandert zu sein und alles zertreten zu haben.

Sie wurde langsamer und schaute sich besorgt um. Hinter ihrem Rücken raschelte es, etwas bewegte sich im Unterholz. Asta fuhr herum. Dort war nichts zu sehen, außer einem nebligen Pfad mit ihren Fußspuren. Jetzt hörte sie es wieder, schwere Schritte.

Die Angst schlug über ihr zusammen wie kaltes Wasser. Dort war etwas, etwas, das es auf sie abgesehen hatte. Sie keuchte auf und wich einen Schritt zurück. Ein böses Wesen.

Sie nahm die Beine in die Hand, um doch noch zu ihrer Schwester zu gelangen. Jeder Schritt im Schlamm fiel ihr schwer. Sie riss das Wams hoch, kämpfte sich weiter, aber sie schien auf der Stelle zu treten. Die Schritte hinter ihr kamen immer näher. Asta schluchzte auf. Es war ein Albtraum. Der Schweiß lief über ihren Rücken, als sie sich über den verschlammten Weg weiterkämpfte.

Erst nach einer Ewigkeit löste Orms Hof sich aus dem Nebel. Asta riss das Tor auf und zog es hinter sich zu. Sie hatte es geschafft. Sie wischte sich den Schweiß von der Stirn und schnappte nach Luft. Hinter ihr war nichts zu sehen. Hatte sie sich denn alles nur eingebildet?

Sie schlug die Arme übereinander und lief über den Hof. Zerbrochene Zweige, Körbe und Gemüse lagen im Schlamm herum. Vieh war nicht zu sehen. Der Zaun um den Kräutergarten war eingestürzt, und eine Hüttentür schlug einsam im Wind hin und her. Der Hof sah aus, als sei er seit Jahren unbewohnt.

Asta holte tief Luft, dann hämmerte sie gegen die Tür.

Drinnen war nichts zu hören.

»Aufmachen, ich will meine Schwester Liv holen«, schrie sie.

Jetzt endlich, ein Scharren. Einer von Orms blonden Brüdern öffnete die Tür. Gleich darauf warf Liv sich in ihre Arme.

»Da bist du wieder!«

Sie war am Leben! Asta atmete erleichtert auf und hob ihre Schwester hoch. Sie drückte die Kleine fest an sich. Liv hatte ihr ja so gefehlt.

Jetzt würde alles wieder gut werden, jetzt waren sie zusammen.

»Ich habe gewusst, dass du kommen würdest«, flüsterte Liv und klammerte sich an sie.

Asta streichelte den Rücken des Kindes. Die Kleine trug einen Kittel und Beinkleider.

Im Langhaus saßen zwei alte Leute an der Feuerstätte, einer von Orms Brüdern verschwand im Dunkeln. Vala wischte sich an ihrem Rock die Hände ab und musterte sie düster.

»Ich habe böse Dinge gehört. Du hast meinen Jungen im Stich gelassen.«

Asta grub ihr Gesicht in Livs Haare und sog den Duft des Kindes in sich ein. Sie dankte der Göttin dafür, dass sie die Kleine holen konnte. Valas Blick verhieß nichts Gutes.

»Deinem Sohn ist nichts passiert, er baut Schutzwälle um Walhalla«, erwiderte Asta freundlich.

Vala schnaubte und warf so heftig den Kopf in den Nacken, dass ihre Zöpfe nur so tanzten.

»Ich hatte für meinen Sohn größere Pläne, als ihn auf dem Opferstein zu sehen. Nun? Stimmt es also?«

Liv küsste Asta auf die Wange und schlang dann die Arme um sie.

»Ich weiß nicht«, antwortete Asta wahrheitsgemäß. »Saga hat auf ihn gezeigt und gesagt, dass er das äußerste Opfer bringen soll. Aber das wird wohl erst nach dem Kampf passieren. Sie rechnen jeden Moment mit den Göten«, sagte sie ernst.

Valas Blick wanderte in die Ferne, lange starrte sie in die Dunkelheit hinter Astas Rücken.

»Wir werden ja sehen, was dabei herauskommt«, sagte sie endlich.

»Ich nehme meine Schwester mit nach Walhalla.«

Asta trat einen Schritt hinaus auf den Hofplatz.

Etwas an diesem Hof gab ihr ein ungutes Gefühl. Das spürte sie am ganzen Leib. Vala schnitt eine Grimasse.

»Wahnsinn. Dort warten doch nur Feuer und Tod. Lass das Kind hier, bei uns ist sie in Sicherheit«, sagte Vala.

»Nein«, schrie Liv. »Ich will bei dir sein. Sie wollen mich als

Leibeigene verschenken, wenn die Leute von Alfheim kommen. Ich habe gehört, wie sie das gesagt hat.«

Asta trat zwei Schritte zurück.

»Ich danke dir für deine Fürsorge«, sagte sie rasch, machte kehrt und lief zum Tor. Danach eilte sie über den aufgeweichten Weg zurück. Erst, als sie im Nebel Walhalla ahnen konnte, stellte sie Liv auf den Boden und brach keuchend zusammen.

Bei den Brüsten aller Göttinnen, was war sie müde. Bei jedem Atemzug schmerzte ihre Lunge, der Schweiß strömte über ihren Rücken. Sie strich sich die Haare aus dem Gesicht und wischte sich über die Stirn.

Liv stand schweigend neben ihr. Ihre Augen strahlten vor Freude. Asta seufzte tief, was war sie doch für eine Närrin gewesen, die Kleine zu verlassen. Sie hatte doch sonst nichts auf der Welt.

»Verzeih mir«, sagte sie und schluchzte.

Liv streckte vorsichtig die Hand aus und berührte ihre Wunde.

»Mir geht's jetzt besser.«

Liv nickte.

»Ich weiß«, flüsterte sie und lächelte strahlend.

Asta kam auf die Füße und nahm die Hand ihrer Schwester.

»Walhalla wird angegriffen werden. Dabei können wir beide sterben.«

Ruhig erwiderte Liv ihren Blick, in ihren Augen war nicht eine Spur von Angst zu sehen.

»Ich will nur bei dir sein, große Schwester.«

Zärtlichkeit durchlief Asta wie eine warme Welle. Sie presste die Lippen aufeinander, versuchte, nicht in Tränen auszubrechen.

»Das kannst du, bis alles zu Ende ist.«

Die Großmutter hatte recht gehabt. Der Sturm war jetzt über ihnen. Der Wind sang ein Klagelied, während er um die Hausecken heulte. Schneeflocken wirbelten durch die Dunkelheit. Saga fröstelte und schaute zum Sturmhimmel hoch. Brandgelbe Blitze zuckten über den schwarzen Himmel, als stünden die Wolken in Flammen. Niemals hatte sie so etwas gesehen. Es war nicht natürlich.

Kleine spitze Schneeflocken bohrten sich in ihr Gesicht. Es war kalt wie beim Herbstopfer.

Düster schaute sie über den Hofplatz. Asen und Vanen arbeiteten am Wall. Der vom Blitz getroffene Schutzbaum lag wie eine Mauer zwischen ihnen und Alfheim. Davor erhoben sich die spitzen Stangen, und nun wurde noch ein Graben ausgehoben. Saga stieg über einen Hund, der an einem Knochen herumkaute. Sie konnte nicht begreifen, dass all das wirklich passierte. Ein Krieg mit Alfheim.

»Die Welt ist verrückt geworden«, flüsterte sie.

»Warum stehst du hier herum? Hilf uns lieber«, rief Rodälv.

Sie eilte, den Arm voller Bündel, durch den Wind. Saga lief zu ihr und nahm ihr einen Teil ihrer Last ab.

»Wir bringen das in die Heilhütte. Weiß die Göttin, ob wir es brauchen werden«, sagte Rodälv und lief zu den drei Hütten auf der anderen Seite des Hofplatzes weiter. Das Dach des Vorratshauses war weggeweht worden.

Ylva und zwei halbwüchsige Kinder trugen Lebensmittel in das große Haus.

»Und stell dir vor, da haben Alfhilds Krieger sich bedient. Verdammte Verschwendung«, knurrte Rodälv.

Die zweite Hütte, in der Häute gegerbt wurden, stand schief, aber sie stand noch. Die Heilhütte schien einigermaßen unversehrt zu sein.

Rodälv öffnete die Tür und ließ die Bündel auf den Boden fallen.

»Falls es Verletzte gibt, kannst du sie herbringen«, sagte sie und zuckte mit den Schultern.

»Das ist alles wie ein böser Traum«, sagte Saga.

Rodälv seufzte tief.

»Besser, du begreifst, dass es die Wahrheit ist, denn unsere Feinde kommen bald über uns«, sagte sie grimmig.

Gleich darauf begannen die Hunde zu bellen. Dumpfes Warngekläff hallte im Wind wider.

Saga lief in den Wind hinaus. Die Hunde standen bei den Hütten und bellten zum Wald im Osten hinüber, nicht in Richtung Alfheim.

»Könnt ihr etwas sehen?«, rief Thor, der zusammen mit Baldur und drei weiteren Asen vom Zaun her gerannt kam.

Saga kniff im Schneegestöber die Augen zusammen, sah aber kaum etwas. Ihr Mund war vor Angst wie ausgedörrt.

Gleich darauf ahnte sie etwas zwischen den Bäumen.

»Da, seht ihr«, rief sie und zeigte zum Wald.

Zwei Männer trugen einen dritten. Vor ihnen gingen eine Frau und zwei Kinder. Saga atmete auf. Ihre Beine gaben nach, als die Spannung sich löste. Die Männer blieben stehen und hoben eine Hand zum Gruß.

»Bei Tiwaz«, rief Thor, öffnete das Tor und lief den Hang hinunter. Baldur und die anderen Asen rannten hinterher.

Saga konnte sich nicht rühren. Sie starrte die Fremden mit pochendem Herzen und leerem Blick an.

Thor hob den Verletzten auf. Baldur umarmte einen der anderen Männer. Bei jedem Schritt, den sie Walhalla näher kamen, sah Saga sie deutlicher.

Forseti, Modi und Trudvi. Sie keuchte auf und rang die Hände. Hoffentlich brachten sie ihren Vater mit sich.

Freya kam über den Hofplatz gelaufen. Sie trat ans Tor und nahm Thor und den Verletzten in Empfang. Hob seinen Kopf hoch und drehte sich dann um.

»Es ist Ull«, rief sie grimmig.

Saga schluchzte auf.

Der Mann in Thors Armen hatte überhaupt keine Ähnlichkeit mit ihrem Vater. Sein Gesicht war verhärmt und mager, seine Augen leer, sein Körper schlaff.

Sagas Hand zitterte, als sie seine Wange berührte.

»Ull?«

Er starrte ins Leere. Sie versuchte, ihre Angst hinunterzuschlucken.

»Ist er tot?«, flüsterte sie.

Freya schüttelte besorgt den Kopf. Etwas Ernstes war passiert, das konnte Saga ihrer Großmutter ansehen.

»Er lebt noch. Bringt ihn in die Hütte.«

Ull hing wie eine Strohpuppe in Thors Armen. Baldur packte seine Beine und zusammen schafften sie ihn in die Heilhütte.

Aber dort brannte kein Feuer, es war kalt.

»Das könnt ihr nicht machen«, rief Saga.

Freya drehte sich in der Türöffnung um.

»Warte hier«, sagte sie und schloss die Tür.

Niemals. Ull war ihr Vater. Er brauchte sie. Was war mit ihm geschehen?

»Sein Geist ist verschwunden«, sagte eine dunkle Stimme hinter ihrem Rücken.

Forseti. Unter seinem halblangen Bart sah er bleich und verhärmt aus. Seine Kleider waren zerfetzt und nass. Aber sein Blick war so ruhig wie eh und je.

Saga starrte ihn einen Moment lang an, dann lief sie zur Heilhütte.

»Warte«, sagte Forseti, als sie die Hand nach der Tür ausstreckte. »Egal, was passiert, denk daran: Ich habe alles getan, um deinen Vater zu beschützen.« Saga erwiderte seinen Blick und schluckte. Dann öffnete sie die Tür und ging hinein.

Freya zog einen Kraftkreis um Ulls leblosen Körper. Rodälv hockte neben ihm und sagte Stärkezauber auf. Ihre schrillen Stimmen ließen die Luft vor Kraft beben. Sie fesselten den Vater, banden ihn fest.

Ull lag still und mit offenen Augen da. Er starrte ins Leere, ab und zu zitterte er. Sein lebloser Mund stand halb offen.

Saga trat einen Schritt in die Hütte.

Ihr kluger, starker Vater. Sie schlug die Hand vor den Mund, versuchte, die Tränen zurückzuhalten. Was hatten sie ihm angetan? Nichts an diesem Mann hier erinnerte noch an ihren Vater.

Freya und Rodälv verstummten, rührten sich aber nicht. Saga machte noch einen Schritt und hatte den Kreis jetzt fast erreicht.

»Wie bald kannst du ihn heilen, Großmutter?«

Freya schaute sie traurig an.

»Um geheilt zu werden, muss der Kranke gesund werden wollen«, sagte sie und schüttelte den Kopf.

Saga starrte in das bleiche Gesicht ihres Vaters. Seine Haare waren lang und ungekämmt, und dabei hatte er sich immer so sorgfältig gepflegt. Zwei blaurote Flecken waren auf der Wange unter seinem Bart zu sehen, als sei er geschlagen worden. Eingetrocknetes Blut befleckte seinen Kittel.

Saga sank in die Knie und streichelte seine Wange.

Ull, der mit ihr in den Wald gegangen war und sie gelehrt hatte, mit dem Pfeil einen Kronhirsch zu erlegen. Der ihr alle alten Sagen erzählt hatte. Alles, was Ull ausmachte, war verschwunden.

Die Beschwörungen schlangen sich um Ulls Körper, dunkle Schatten, die langsam seine Lebenskraft verzehrten. Freya schüttelte verdutzt den Kopf. Wie konnte Ull sich einen so schweren Fluch zugezogen haben?

Sie nickte dem jungen Asen zu, der mit Ull in den Kampf gezogen war.

»Wann hat das angefangen?«

Forseti räusperte sich.

»Wir haben im Berg bei Nifelheim einen Schatz gefunden.«

Eine kalte Vorahnung lief über Freyas Rücken.

»Zeig her«, sagte sie.

Forseti nickte und verließ die Hütte. Bald war er wieder da, mit einem mit Gold und Kleinoden gefüllten Ledersack. Freya starrte die Finsternis an, die aus dem Schatz hervorquoll, verschlungene Zauber, gewebt aus unbekannter Kraft.

»Heilige Einfalt«, flüsterte sie.

Hel hatte gesagt, ihr eigen Fleisch und Blut habe den Sturm verursacht. Aber nicht Saga war die Schuldige, sondern Freyas Brudersohn Ull. Er hatte das Gold hergebracht, aus dem Sturm und Finsternis ihre Nahrung sogen.

Freya lehnte sich an die geflochtene Hüttenwand. In ihrem Kopf hallte Hels Hohngelächter wider.

»Wir haben es im Berg gefunden, vier Säcke hatten wir, aber Ran hat drei davon verschlungen, als Skidbladnir untergegangen ist«, sagte Forseti.

Freya hob die Hände. Die Einfalt der Menschen. Wie hatten sie verfluchtes Drachengold holen können?

»Dankt Ran dafür, dass sie das Gold verschlungen und den Sturm besänftigt hat. Dieser Schatz ist grauenhaft«, fauchte sie wütend.

Der junge Ase nickte, als wisse er das schon längst.

»Uns ist ein Wesen begegnet, das sich Skadi nannte. Ull war wie verhext, fast hätte er mit ihr gebuhlt.«

Freya ließ sich neben Ull sinken, legte die Hand auf seine fieberheiße Stirn. Skadi war eine der Beschützerinnen dieses Landes. Hatte sie die Götterdämmerung über sie hereinbrechen lassen? Das konnte Freya sich nicht vorstellen.

Aber eins stand fest, weder Skadi noch irgendeine andere Macht der Finsternis sollten sie ins Verderben ziehen.

Sie biss die Zähne zusammen und ging auf der Strohmatte in die Hocke.

Sie würde den Streit mit der Hündin aufnehmen und ihr zeigen, wer hier die wahre Macht besaß. Kein böser Geist sollte nach Walhalla kommen und sie quälen.

Freya musterte Saga grimmig, die zitternd an der Tür stand und mit den Tränen kämpfte. Neben ihr wachte Forseti.

»Geht jetzt! Ich brauche Ruhe bei den Ritualen«, sagte sie, nahm ein wenig Erde vom Boden auf und zerbröselte sie über Ull.

Das würde durchaus kein schöner, sehenswerter Tanz werden.

Saga richtete sich ganz gerade auf. Nie im Leben würde sie ihren Vater verlassen, wenn er sie brauchte. Es tat ihr im Herzen weh, ihn so matt und hilflos zu sehen, weit weg von allem, was er in Wirklichkeit war.

»Ich bleibe hier«, sagte sie.

Freya machte eine abwehrende Handbewegung, ohne aufzublicken.

»Forseti, bring sie weg.«

Zwei Hände schlossen sich um Sagas Schultern und zogen sie aus der Hütte. Vergeblich setzte sie sich zur Wehr.

»Ich habe das Recht, bei meinem Vater zu sein.«

Der Schneesturm schlug ihr ins Gesicht. Wütend riss sie sich los.

»Tut mir Leid«, sagte Forseti.

Dieser Verräter! Er war Ulls Waffenbruder und hatte geschworen, ihn zu beschützen.

Sie biss die Zähne zusammen und wandte sich um. Bei dem umgestürzten Baum unterhielt Thor sich leise mit Trudvi und Modi. Baldur lief zu ihnen und hörte mit erregtem Gesicht zu.

»Erzähl mir alles, ich will alles wissen«, schrie Saga Forseti an.

Der junge Ase hüllte sich in seinen Umhang.

»Wir sind weit gewandert.«

Ihr Zorn war so schnell verflogen, wie er gekommen war. Jetzt sah sie, wie ungeheuer erschöpft er war.

»Verzeih mir,« bat sie. »Lass uns ins Haus gehen.«

Er lächelte dankbar.

»Ich werde dir alles erzählen. Aber wir bringen keine guten Nachrichten.«

»Schlimmer als das Unglück, das uns getroffen hat, können sie gar nicht sein«, sagte Saga düster.

Er blieb stehen und winkte die beiden Kinder heran, die mit ihnen gekommen waren. Mit großen Augen standen sie zitternd im Schlamm, Hand in Hand.

»Kommt mit.«

Die feuchte Wärme der Halle schlug ihnen entgegen wie ein lange ersehnter Segen. In der Feuerstätte loderten die Flammen auf, und es duftete nach frisch gebackenem Brot. Das Licht der brennenden Fackeln tanzte über die Wände.

Saga zog die Tür hinter sich zu und lehnte die Stirn an das grobe Holz. Der arme Ull. Erce, mach ihn gesund. Nimm mir meinen Vater nicht weg, betete sie in Gedanken.

»Eins musst du wissen«, sagte Forseti und legte eine schmutzstarrende Hand auf ihren Arm. »Ich habe die Erinnerung an dich immer in mir getragen.«

Sein Blick war wie eine Liebkosung. Saga biss sich auf die Lippe. Der Blick sagte mehr, als sie wissen wollte.

»Macht Wasser heiß, wie haben Gäste, die Essen und Pflege brauchen«, rief sie dem Gesinde zu.

Forseti schloss die Finger fester um Sagas Arm. Sie stand ganz still da und wartete. Dann beugte sie sich vor und flüsterte ihm ins Ohr:

»Ich weiß, dass ich in deinem Herzen bin.«

Er ließ sie los und ging zur Feuerstätte.

»Sieh an, Baldurs Sohn sucht uns in diesen Unglückszeiten auf, und zwei arme kleine Kinder hat er auch mitgebracht«, sagte Halldis und watschelte zum Breikessel hinüber. Sie brachte drei Schalen mit warmem Brei und drei flache Brotstücke. Die Kinder nahmen die Kost schweigend in Empfang.

»Du willst dich sicher waschen und dir vielleicht auch den Vollbart abnehmen«, sagte Halldis.

»Das kann ich dir sagen«, sagte Forseti und kratzte sich am Kinn.

Er grinste Saga an und machte sich dann über das Essen her. Noch immer trug er Beinkleider und Harnisch. Saga ließ sich ihm gegenüber auf der Sitzbank nieder und musterte ihn durch die Flammen.

Ein Wolfsmann war er, voller Stärke und Klugheit.

Wenn nur die Sache mit Loki nicht passiert wäre. Saga errötete bei dem Gedanken, wie sie sich von Forsetis Trugbild hatte verführen lassen. Liederlich wie eine Nachtdise hatte sie sich unter seinem starken Körper vor Begehren gewunden.

Saga zuckte zusammen, als ein Säugling anfing zu schreien. Eine der alten Frauen erhob sich und bewegte die Wiege, die sie zwischen zwei Schlafbänken befestigt hatten. Wie konnte Saga hier an Wollust denken, wo ihr Vater krank in der Heilhütte lag, während die Reifthursen draußen wüteten und der Krieg auf Walhalla zukam? Alles Böse auf der Welt war losgelassen, und hier saß sie und sehnte sich nach einem Asen.

Saga war von der Muttergöttin auserwählt und hätte also von erhabener Ruhe erfüllt sein müssen.

Forseti spülte seine Mahlzeit mit einem Horn voll Met hinunter, dann fuhr er sich mit der Hand über den Bart.

Die Tür wurde geöffnet, und Thor, Modi und Trudvi kamen herein. Der Häuptling der Asen sah traurig aus.

»Thor hat Magni verloren«, sagte Forseti leise.

»Ich habe heißes Wasser eingegossen«, sagte Halldis und zeigte auf die dunkle Ecke hinter den Schlafbänken des Gesindes.

Forseti begann, seinen Harnisch aufzubinden, dann ließ er Saga bei der Feuerstätte sitzen.

Sie wusste nicht, was sie jetzt machen sollte. Die Kinder, die zusammen mit Forseti gekommen waren, starrten die Asen ängstlich an.

Saga schaute abwartend zu ihrer Verwandten, der Schildmaid, hinüber. Breitschultrig war sie und kraftvoll.

Trudvi grüßte sie kurz, dann wandte sie sich wieder Thor zu, der den Kopf gesenkt hatte und in die Dunkelheit starrte. Saga wusste nicht, was geschehen war, und sie würde als Letzte erfahren, was ihrem Vater zugestoßen war. Skadi und bluttrinkende Wesen. Kurz entschlossen stand sie von der Bank auf.

Forseti hatte der Halle den Rücken zugekehrt und rieb sich zwischen den Beinen. Saga blieb stehen und biss sich auf die Lippe. Einen schönen Körper hatte er, geschmeidig und kräftig. Eine Narbe zog sich über eines seiner Schulterblätter.

Saga räusperte sich.

»Es wird Zeit für dich, zu berichten.«

Forseti zuckte zusammen und drehte sich um.

»Du schämst dich offenbar nicht«, sagte er grinsend. Er packte ihre Hand und drückte den Waschlappen hinein. Sagas Finger schlossen sich um das nasse Stoffstück.

»Wasch mir den Rücken.«

Wasser lief über ihre Finger. Für wen hielt er sie eigentlich? Wütend drehte Saga sich um.

Forseti hielt sein Rasiermesser in der Hand. Mit einer raschen Handbewegung schnitt er die langen Barthaare ab und ließ sie auf den Boden fallen. Dann wusch er sich das Gesicht in der Holzschüssel und rieb die verbliebenen Bartstoppeln mit dem Inhalt einer Schachtel ein, die er in seinem Ranzen aufbewahrt hatte.

»Ich schweige, bis du mich gewaschen hast.«

Saga schluckte und zog den Waschlappen über die Narbe auf seinem Schulterblatt. Seine Haut war schwarz von Schmutz und Staub.

Forseti sagte nichts, er stand schweigend vor ihr und rasierte sich weiter.

Saga ließ die Hand sinken.

»Mach weiter«, sagte er mit heiserer Stimme.

»Ich bin keine Magd«, fauchte Saga und schleuderte den Waschlappen so energisch in die Holzschüssel, dass das Wasser hoch aufspritzte.

Sie hatte durchaus nicht vor, sich hier herumkommandieren zu lassen. Wütend erwiderte sie seinen Blick.

Forseti seufzte.

»Wir haben in Finnmark übernachtet …«

Dann schilderte er ihre Reise vom Anfang bis zum Ende. Als er verstummte, waren fast alle Haare aus seinem Gesicht verschwunden. Saga starrte Forseti überrascht und traurig an. Das Gold, der Schiffbruch, Skadi. Wie hatte Ull, ihr kluger Vater, sich an diesem Wahnsinn beteiligen können?

Sie hoffte nur, dass Freya ihm helfen konnte. Sie rieb sich die Schläfen, und versuchte, ihre Kopfschmerzen zu vertreiben. Es passierte zu viel, sie konnte nicht mehr alles in sich aufnehmen.

»Es gibt noch mehr, was ich dir sagen möchte, ehe die Göten kommen«, sagte Forseti.

Eine kleine Schnittwunde in seiner Wange blutete leicht. Seine Augen waren zärtlich und müde.

»Wenn wir mehr Zeit hätten, würde ich dich mit Geschenken und schönen Reden umwerben.«

Er nahm ihre Hand, legte sie sich auf die Brust.

Ihr Magen zog sich zusammen, als sie die dunklen Locken streichelte. Forseti. Das war doch Wahnsinn. Wie konnte sie hier mit ihm stehen, wenn hinter der Hausecke Krieg und Unheil lauerten?

»Jeden Abend vor dem Einschlafen habe ich an dich gedacht«, sagte er und schien sich fast dafür entschuldigen zu wollen.

Saga nahm seinen Kopf in ihre Hände und küsste ihn hungrig.

Er legte die Arme um ihre Taille. Die Hand des Asen liebkoste ihre Hüften. Saga klammerte sich an ihn, spürte seine schweren Atemzüge an ihrem Hals.

Sie musste ihn jetzt haben. Und wenn es das Letzte wäre, was sie auf dieser Welt noch tat, sie musste ihn jetzt in sich haben.

»Du zitterst«, sagte sie überrascht.

Forseti bebte wirklich unter ihren Händen. Er küsste ihre Stirn und trat dann einen Schritt zurück.

»Ich kann mich nicht beherrschen«, keuchte er und schaute zu Thor und der Feuerstätte hinüber.

Saga zwang sich, zur Besinnung zu kommen.

In der Halle wimmelte es nur so von neugierigen Augen. Sie deutete mit ihrer Hand auf die möglichen Zuschauer. Er fuhr mit dem Finger über ihre Lippen und lächelte.

»Das spielt keine Rolle, wenn ich dich bekomme, wenn ich nur weiß, dass du mir gehörst.«

Saga schloss die Augen und spürte, wie der Hunger in ihr wütete.

»Es spielt eine Rolle«, erwiderte sie.

»Er liegt im Sterben«, sagte Freya und schaute auf Ull hinunter. Leblos lag er im glühenden Kraftkreis, eine leere Schale ohne Geist. Vier Öllampen brannten um den Kreis. Das schwache Licht tanzte über seine ergrauenden Schläfen.

Die Tür wurde aufgerissen und Thor kam herein.

Er wischte sich Schnee von den Schultern, dann fiel er neben seinem Pflegesohn auf die Knie. Sein Gesicht war starr vor Trauer, er biss die Zähne zusammen.

»Dann habe ich heute zwei Söhne verloren«, sagte er mit rauer Stimme.

Freya legte die Hand auf seine Schulter und spürte unter seinem Umhang den harten Harnisch. Thor hatte den Jungen geliebt, hatte ihn behandelt wie seine eigenen Kinder, hatte ihn verteidigt, wenn andere ihn verspottet hatten.

»Er wird uns an der Feuerstätte fehlen«, sagte er und richtete sich auf.

Alles Leid der Welt verbarg sich in seinen meerblauen Augen. Hart war das Schicksal, das Thor in diesem Leben auferlegt worden war, und doch trug er tapfer seine Last.

»Ich werde versuchen, das Wesen auszutreiben«, sagte Freya und nahm seine Hand.

Thor nickte kurz.

»Wir müssen weiter am Schutzwall arbeiten«, sagte er und verließ die Hütte. In der Tür begegnete ihm Sigthaud. Die Priesterin hielt eine neue Fackel und eine weitere Öllampe in den Händen.

Rodälv nahm das Öl und goss es in den Kreis, den sie in den Boden geritzt hatten. Als sie fertig war, nahm Freya Sigthaud die Fackel ab. Sie nickte ihren Priesterinnen kurz zu.

Sie waren bereit.

Freya bewegte die Fackel über Ull hin und her und sprach die alte Sprache. Ihre Zauber fielen wie glühende Zeichen auf Ulls Brust. Sie loderten auf und erloschen. Aber nichts passierte. Er bewegte sich nicht. Die Macht, die ihn in ihrem Griff hielt, war stark.

»Weiche von uns, du Unwesen«, brüllte Freya und zündete mit der Fackel den Kreis an.

Er loderte dröhnend auf. Ull begann zu zittern.

Er setzte sich mit ruckenden Bewegungen auf und schrie wie ein Tier.

»Zeig dich!«, befahl Freya.

Er wandte ihr den Kopf zu und fauchte. Seine Augen waren tiefschwarz. In Ull steckte Skadi, Freya konnte ihr Antlitz hinter seinem Gesicht wie einen Schatten ahnen.

»Pass auf«, schrie Rodälv.

Ull warf sich auf Freya, versuchte, ihren Rock zu packen.

Sie schlug mit der Fackel auf seine Hand.

Lachend wich er in die Mitte des Kreises zurück und kauerte sich dort wie ein kleines Kind zusammen.

Freya wischte sich den Schweiß von der Stirn und schaute ihre Priesterinnen besorgt an.

»Er klammert sich an sie, obwohl sie seine Lebenskraft trinkt«, sagte Sigthaud.

Etwas fauchte die drei Priesterinnen siegesgewiss an. Ulls Menschlichkeit verrann vor ihren Augen. Sein Gesicht wurde immer verhärmter, schwarze Schatten traten auf seine Wangen. Er müsste doch versuchen, Freyas Zauber zu erreichen, müsste sich dem Leben entgegenstrecken. Sie konnte es nicht verstehen.

»Er wird nicht überleben«, sagte sie düster.

Es schien noch gar nicht lange her zu sein, dass sie Ull auf die Welt geholfen hatte. Schreiend und blutig hatte er in ihren Armen den ersten Atemzug getan. Jetzt sollte er vor ihren Augen sterben. Sie, die bedeutendste aller Priesterinnen, stand hilflos dem Wesen gegenüber, das ihn in Besitz genommen hatte.

Ulls Augenlider zitterten.

»Lass mich zu ihr gehen.«

Seine flehende Stimme klang wie die eines kleinen Kindes.

»Sag ihren Namen«, beschwor Freya ihn.

Es wurde ganz still in der Hütte, nur das Heulen des Windes war zu hören.

»Skadi«, flüsterte Ull und schloss müde die Augen.

Ein greller Schrei erfüllte die Hütte. Jetzt quoll Kälte aus dem Boden, ließ frostigen Atem aus den Mündern der Priesterinnen stieben.

Freya keuchte auf. Dann war es wirklich Skadi. Die Beschützerin des Landes, die Weiße, die am Morgen der Zeiten die Reifthursen vertrieben und das Eis zum Verschwinden gebracht hatte.

»Über Skadi wird doch nur Gutes gesagt. Sie soll die Gütigste unter den Riesinnen sein«, sagte Rodälv und schaute Freya verdutzt an.

Freya zog eine Grimasse und zog ihren Umhang fester um sich zusammen. Die Kälte fraß sich bis zu ihren Knochen durch. Der arme Ull. Für einen kurzen Moment tat er Freya aufrichtig Leid. Sicher hatte Skadi ihn mit dem Gold gelockt, hatte sich in sein Gemüt eingeschlichen. Aber wie hatte er sich von ihr verführen lassen können? Er kannte doch die Sagen und den Zauber sehr gut.

Der Wind schüttelte die Hütte. Die beißende Kälte drang durch das Flechtwerk. Vom Hofplatz her waren die Rufe der Leute zu hören, die am Schutzwall arbeiteten.

Freya ging in die Hocke. Die Trauer umschloss ihre Stirn wie ein glühendes Band.

Ull drehte sich um und starrte sie aus seinen schwarzen Augen an.

»Du bist verloren«, schrie er mit einer mächtigen Frauenstimme.

In der Ferne bellte ein einsamer Hund.

»Geyr Garmr mjök fyr Gnipahelli, festr mun slitna en freki renna«, schrie Ull in der alten Sprache.

Er wand sich genüsslich auf dem Boden, wie eine Frau, die beim Fruchtbarkeitsopfer die Beine breit macht.

»Laut bellt Garm vor der Gnipahöhle, die Fesseln zerbrechen, der Fenriswolf ist los«, übersetzte Rodälv.

Freya keuchte auf. Sie hätte es begreifen müssen. Der Zorn verbreitete sich in ihrem Körper wie ein Lauffeuer. Garm war der Wächter vor Hels Reich. Was war sie doch für eine Närrin! Hinter allem steckte die Totengöttin selbst. Keine andere hatte am Tod der Menschen mehr zu verdienen. Und Skadi war Hels Dienerin.

Freya gab Sigthaud die Fackel. Das Alter hatte offenbar ihr Gemüt verdunkelt. Sie hätte es längst durchschauen müssen. Stattdessen hatte sie Hel um Rat gebeten, und die hatte das sicher gewaltig genossen.

Freya kniete mühsam auf der Strohmatte nieder und spürte, wie das Muster sich in ihre Beine drückte.

»Lasst mich allein.«

Die beiden Priesterinnen waren sofort verschwunden. Der jammernde Ull lag weiterhin auf dem Boden. Freya atmete tief durch. In diesem Spiel musste sie ihre ganze List aufwenden.

»Hel«, flüsterte sie. »Hör die Bitte deiner Dienerin. Steh mir bei, rette mich.«

Sie ließ den Kopf sinken und wartete. Der Sturm heulte vor der Hütte wie eine hungrige Wolfsmeute. In der Ferne bellte Garm.

Hels Hund riss an seiner Kette. Dann ließ ein grelles Lachen den Boden zittern.

»Nun, jetzt kommst du wieder, kriechst und bettelst.«

Freya schaute auf. Neben Ulls Kopf stand die Todesgöttin und leckte sich die Lippen. Hel kehrte ihr die schreckliche Hälfte zu, verbrannt, verwesend, mit hängenden Hautfetzen.

»Ich grüße dich, meine Herrin«, flüsterte Freya und presste die Stirn auf den kalten Boden.

Blut lief aus ihrer Nase, erst langsam, dann immer üppiger. Hels finstere Kräfte füllten ihren Körper, ließen ihn krampfhaft zucken.

Sie zwang sich, sich aufzusetzen.

»Skadi, deine Dienerin, zerstört die Welt der Menschen.«

»Die Riesin ist losgelassen. Meine neun Welten werden sich mit Geistern füllen«, fauchte die Leichenverschlingerin.

Würmer und Ungeziefer tummelten sich auf Hels Wange, schwarze Schleier, die sich langsam um sie wanden, verdeckten ihren Körper.

»Hör auf mein Flehen. Binde Skadi, lass die Sonnengöttin frei.«

Hel legte den Kopf in den Nacken und lachte so laut, dass der Boden bebte. Schlangen wanden sich um ihren Schädel. Entsetzlich war sie in ihrer perfekten Grausamkeit.

»Niemals. Deine Zeit ist bald zu Ende, Vanendise. Der Finstere tötet deine Verwandten. Tränen und Trauer werden dein Erbe sein, wenn du ins Totenreich eingehst.«

Freya schaute in die brennenden Augen der Totenhündin. Dann war der Kampf im Gewebe, sie konnten ihm nicht ausweichen. Und der Finstere musste Loki sein. Freya versuchte, zu schlucken, aber ihr Mund war vor Angst wie ausgedörrt.

Jetzt musste sie ganz vorsichtig sein.

»Freu dich über den Kampf, viele Tote werden in deine Welt hinabsteigen, Herrin.«

»Hündin«, fauchte Hel. »Ein Kampf ist nichts im Vergleich zu Skadis Ernte. Meine weiße Dienerin verbreitet Schweigen in der

Welt der Menschen. Meine Schwester Sonne liegt gefesselt in der Unterwelt, wo sie für alle Ewigkeit leiden wird.«

Hel lachte zufrieden.

»Das hier ist mein Zeitalter.«

Freya wischte sich das Blut ab, das aus ihrer Nase geflossen war. Sie musste es einfach schaffen, irgendwie würde es ihr schon gelingen.

»Zügele Skadi, und du wirst ein wunderschönes Geschenk erhalten. Einen dir geweihten Jüngling, den Schönsten aller Diener«, flehte sie.

Hel wandte den Kopf, zeigte ein wenig von ihrer schönen Seite, dann lachte sie Freya spöttisch aus.

»Axtzeit, Wolfszeit, gekreuzte Klingen. Die Wunder sind losgelassen. Niemand kann den Menschen jetzt noch beistehen.«

Ihre lange Zunge fuhr über ihre schwarz verbrannten Lippen. Sie hob die Arme und beugte sich über Ull. Sein Körper wurde in einem Bogen angehoben. Zweimal zuckte er, dann glitt sein Geist aus seinem Körper in Hels Finsternis.

Die Totengöttin holte Atem, dann warf sie den Kopf in den Nacken.

»Sein Geist war Skadi verschworen, er hat meine Welten verlassen, ist zur Riesin gegangen«, fauchte sie wütend.

Freyas Herz setzte einen Schlag aus, jetzt wusste sie, wie sie Hel umstimmen konnte.

»Du hast ein gewaltiges Übel an deinem Busen genährt, Herrin. Skadi ist zu stark geworden. Ull hat mit ihrer Macht geprahlt, hat sie die Größte aller Göttinnen genannt.«

Hel öffnete den Mund und stieß einen Schrei aus. Der Boden unter ihren Füßen öffnete sich, die Todesschreie der Geister hallten in der Unterwelt wider.

Heißes Blut tropfte aus Freyas Ohren, sie bohrte sich die Nägel in die Hand, zwang sich dazu, nicht ohnmächtig zu werden.

»Skadi ist deine Feindin.«

»Keine kann sich an Macht mit mir messen«, schrie Hel.

»Sie behauptet, höher zu stehen als du, das habe ich mit eigenen Ohren gehört, Herrin. Halte sie zurück, Mächtige. Lass deine Schwester Sonne frei. Jag Skadi zurück nach Nifelheim.«

Freya senkte erschöpft den Kopf. Hel hatte ihre Lebenskraft verschlungen. Sie würde ihr nicht mehr lange widerstehen können. Aber als sie dann hochblickte, hatte Hel ihr die andere Seite zugekehrt, wunderschön und makellos erhob sie sich über die Dunkelheit.

»Ich will das, was Skadi bekommen hat, einen Jüngling, der mir in alle Ewigkeit verschworen ist.«

Freya zitterte, als sie ihre Hand an ihr Herz hob.

»Du wirst den Schönsten aller Männer erhalten, bereitwillig wird er zu dir gehen.«

Freya streckte die Hand nach dem Umhang aus, der den Goldsack bedeckte, und riss ihn weg.

»Nimm auch dieses Gold, es ist ein Geschenk für dich, du Schöne.«

Hel lachte drohend und riss das Gold an sich. Sie hob einen Becher und hielt ihn vor ihr Auge.

»Glänzende Verlockungen, heraufbeschworen, um die Menschen zu Toren werden zu lassen. Ihr seid doch alle blind.«

Hel fuhr mit dem Finger über das Gold, es schrumpfte zusammen und zerfiel dann zu dünnem Staub. Der Sack schien plötzlich leer zu sein. Alles war verschwunden.

»Wenn wir uns das nächste Mal begegnen, wird dein Leben auf dem Spiel stehen, Dienerin.«

Hel drehte sich um und verschwand in der Dunkelheit.

Freya atmete erleichtert auf. Bei den Quellen der guten Mächte, sie hatte es geschafft.

Sie legt die Hand auf Ulls Herz. In seinem Körper war kein Leben mehr vorhanden, tot lag er auf dem Boden. Aber dennoch. Freya atmete tief durch. Sie hatte einen Weg aus der Finsternis gefunden, es gab eine Möglichkeit, Walhalla und die Welt der Menschen zu retten.

11

Sie hatten getan, was sie konnten. Thor rüttelte an einem der spitzen Pfähle vor dem tiefen Graben und schaute auf die fröstelnden und mageren Vanen hinab, die sich im Schlamm abmühten, die Befestigung zu bauen. Walhalla zu überfallen, würde nicht leicht werden.

Das Langhaus ragte wie ein Schatten im Zwielicht auf. Kein Göte würde es betreten dürfen. Er klopfte sich den Schnee von den Füßen und ging an dem schlammigen Graben entlang.

Diese verdammten Götenschweine und ihre wachsende Macht. Überall an den Küsten und in den Tälern schlossen die Menschen sich ihrem Bündnis an. König Botbjärn hatte es geschafft, die Häuptlinge zu unterwerfen und sich mit Gold und Handelsabsprachen ihr Wohlwollen zu erkaufen. Nur die Asen und die Völker im Westen wollten sich nicht beugen. Alles andere wäre Wahnsinn gewesen, bei all den Reichtümern, welche die Göten von den Asenschiffen geraubt hatten.

Er kletterte über den Graben und rüttelte an einigen Pfählen, die fast umgefallen wären.

»Das muss ausgebessert werden«, schrie er einen kleinen untersetzten Vanen an, der sofort den Hammer hob. Erst, als die Pfähle fest in den Boden getrieben worden waren, nickte Thor zufrieden und ging dann mit langen Schritten weiter am Wall entlang.

Ohne Vorwarnung überfiel ihn der Husten. Scharfe Klingen bohrten sich in seine Brust. Wütend wischte er sich mit dem Umhang das Blut ab und reckte dann den Rücken. Die Narben schmerzten und spannten in der Kälte. Verdammt, was war es für eine Qual, einen so elenden Körper mit sich herumschleppen zu müssen.

»Nicht einmal Vater war mit Bluthusten geschlagen«, knurrte er wütend.

Baldur grinste.

»Odin war so giftig, dass nicht einmal Seuchen in seinem Körper überleben konnten. Er bot einen schrecklichen Anblick, als er im Bett lag und sich weigerte zu sterben. Du hättest ihn totschlagen sollen, dann wärst du von seinen Ränken verschont geblieben. Aber auf deine alten Tage bist du edel geworden, Bruder, und das ist niemals gut für einen Krieger.«

Baldur hatte recht. Oft hatte Thor mit dem Gedanken gespielt, seinen Vater selbst in die Nachwelt zu senden, und die Götter mochten wissen, wie sehr Odin das verdient hätte. Trotzdem hatte Thor niemals den Hammer heben und ihm den letzten Schlag verpassen können, als der Alte siech im Bett lag. Odin hatte ihn deshalb verspottet, hatte ihn eine Schande für die Sippe genannt. Immerhin war er jetzt tot und verbrannt, und niemand vermisste ihn.

»Die schwächsten Vanen sollen im Graben bleiben, vielleicht können sie sich nützlich machen, wenn die Göten an uns vorbei kommen«, sagte Baldur fröstelnd. »Verdammtes Hexenwetter«, knurrte er dann.

Thor schaute aus zusammengekniffenen Augen ins Tal.

»Sie sind da draußen.«

Schatten in der Nacht waren sie, die Göten. Schwanzlose Schwächlinge ohne Ehre oder Mut. Sie würden hier ein leichtes Spiel haben, da war er sich sicher. Er blickte Trudvi an, die aus dem Gehege weitere Stangen brachte. Ihre Arme und Beine verrieten ihre Kraft.

»Das Kampfesglück ist mit uns, ich spüre Tiwazens Nähe«, sagte Trudvi und ließ die Stangen auf den Boden fallen. Lächelnd strich sie sich eine Haarsträhne aus der Stirn.

Thor musterte seine Tochter besorgt und spürte seine alte Enttäuschung. Achtzehn Söhne hatte er gezeugt, doch seine Tochter war klüger und mutiger als sie alle. Er wusste aber nicht, ob er ihr glauben konnte, dass sie Tiwaz geweiht war. Andererseits hatte Odin diese Zeremonie ja hinter Thors Rücken ausgeführt, und Thor konnte nichts daran ändern.

Bitter war es trotzdem. Trudvi hätte sich einen Gatten nehmen und Kinder gebären sollen, statt sich als Schildmaid mit den Männern zu messen. Nun aber war sie einem Leben in Keuschheit geweiht, und das fand er wieder beruhigend. Sonst hätte er ihr niemals gestattet, den Hof zu verlassen.

Trudvi zeigte zur Heilhütte hinüber.

»Was ist mit Ull, wird er wieder gesund?«

Thor schüttelte traurig den Kopf.

Trudvi wandte sich ab, aber ihre Trauer hatte er trotzdem gesehen.

Zwei Brüder hatte sie verloren, und das tat ihr ebenso weh wie ihm.

»Du musst dich aus dem Kampf heraushalten.«

Trudvis Augen blitzten auf, wütend erwiderte sie seinen Blick.

»Niemals«, sagte sie. »Ohne mich verliert ihr Tiwazens Kampfglück.«

Thors Hand schloss sich um Mjölnirs Schaft. Ihm fiel wieder ein, warum er zugelassen hatte, dass sie mit den anderen loszog. Trudvis Starrsinn trieb ihn bisweilen zur Verzweiflung.

Die junge Frau, die Bolde getötet hatte, ging mit einem Kind an der Hand vorbei. Thor schaute hinter ihnen her, bis sie im Langhaus verschwunden waren.

»Du musst über Frauen und Kinder wachen«, sagte er zu Trudvi.

Seine Tochter lief hochrot an. Wütend schluckte sie.

»Du brauchst mein Schwert, Vater«, sagte sie flehend.

Thor schnaubte.

»Ich habe gesprochen, gehorche deinem Vater und Häuptling. Schwör mir, dass du dein Schwert nicht im Kampf erheben wirst, so lange nicht die Göten auf der Schwelle stehen.«

Trudvi nickte eilig.

»Ich schwöre«, murmelte sie.

Das war schon besser. Thor nickte zufrieden.

»Wenn ich falle und zu meinen Vorvätern eingehe, dann musst du eins wissen. Modi soll meinen Umhang umlegen und Häuptling der Asen werden. Hilf ihm bei allem, er wird deine Weisheit brauchen. Das ist mein Wunsch.«

Enttäuschung und Zorn huschten über ihr Gesicht, dann senkte sie den Kopf.

»Ich werde gehorchen, Vater.«

Thor schaute hinter seiner Tochter her, als sie durch das Zwielicht zum Gehege ging, wo sich das Vieh im kalten Wind aneinander presste. Sie widersprach also nicht, offenbar hatte der Tod ihrer Brüder sie gezähmt. Es war aber auch höchste Zeit gewesen.

Wenn sie doch nur ein Mann gewesen wäre. Was hätte sie für ein Häuptling sein können, was für ein Krieger.

Aber so war es nun einmal nicht. Thor nickte Modi aufmunternd zu, als der die letzten Pfähle in den schlammigen Boden einschlug. Mit Trudvis Hilfe würde der Junge ein brauchbarer Häuptling werden.

»Hast du mit ihm gesprochen?«, fragte Baldur.

»Wenn die Zeit gekommen ist, wird Modi wissen, dass Mjölnir ihm gehört«, antwortete Thor und ging in die warme Halle.

Das Gesinde hatte alle Hände voll damit zu tun, allen zu essen zu geben, die in der Halle erschienen. Ein junges Mädchen kniete vor der Feuerstätte und knetete auf einer Steinplatte einen Brotteig. Thor wärmte sich die Finger über den Flammen und ließ sich dann das Fladenbrot schmecken, das sie ihm verschüchtert hingehalten hatte.

Er setzte sich auf die Bank, band den Hammer los und legte ihn neben sich.

Einen Moment fragte er sich, wie es wohl zu Hause auf dem Hof aussehen mochte. Der Tod von Magni und Ull würde Siv schwer treffen. Sie hatte ihn auch nicht gern nach Walhalla segeln sehen. Mit Tränen in den Augen hatte sie ihn angeblickt, und auch, wenn sie es nicht laut gesagt hatten, so hatten doch beide gewusst, dass er nicht zurückkehren würde.

Er seufzte tief. Siv war boshaft und hatte eine spitze Zunge, aber sie hatte ihm prächtige Söhne geschenkt und sich sehr gut um seinen Hof gekümmert.

Die Kinder, die er mit leibeigenen Frauen gezeugt hatte, hatte sie gut behandelt. Er hatte sich nicht über vieles beklagen können, nachdem Siv gelernt hatte, wo ihr Platz war. Aber Freya war sie nicht.

Die Magd gab ein wenig Teig auf den heißen Stein und lächelte ihn dann einladend an. Jung und langbeinig war sie, ihre Brüste waren fest unter ihrem Kittel. Er musterte sie beifällig.

»Du siehst nachdenklich aus, Großvater«, sagte Saga.

Thor räusperte sich und biss in das Brot. Sand und Erde knirschten beim Kauen zwischen seinen Zähnen.

»Lässt sich der Kampf denn gar nicht verhindern?«

Thor schaute die Kleine gereizt an. Dachte sie denn immer noch an Frieden?

»Nein«, antwortete er kurz.

Er schaute in ihre Augen, sah ihre Unruhe. Saga hatte Angst. Natürlich, wo sie in Walhalla so beschützt gelebt hatte.

»Großvater, ist Forseti ein Krieger, den du achtest?«

So war das also. Thor grinste müde. Manche Meinungsverschiedenheit hatte er in seiner Zeit als Häuptling geklärt, aber in Liebesdingen war er noch nie um Rat gefragt worden.

»Er ist ein guter Mann.«

»Hat er zu Hause in Idunvallen eine Gattin, hat er Töchter und Söhne?«, fragte Saga und starrte ihn fordernd an.

Thor überlegte, aber er hatte keine Ahnung. Erleichtert sah er, dass gerade Baldur die Halle betrat. Sein rotnasiger Bruder schüttelte seinen Umhang sorgfältig aus und breitete ihn dann über eine Sitzbank.

»Hat dein Junge zu Hause ein Weib?«

Saga lief hochrot an.

»Nein, warum?«, sagte Baldur und ging weiter zum Gesinde, um sich ein Horn voll Met geben zu lassen.

»Als er noch ein Kind war, wollte Siv ihn mit Trudvi unter den Hammer treten lassen, aber beide haben sich geweigert, deshalb ist nichts daraus geworden«, sagte Baldur und trank einen Schluck Met.

Thor runzelte die Stirn. Daran konnte er sich gar nicht erinnern.

»Hast du nichts Sinnvolleres, worüber du dir Gedanken machen kannst?«, fragte Baldur und fuhr sich mit der Hand über den Mund.

»Saga wollte das wissen«, sagte Thor und nickte in ihre Richtung.

Baldurs rotes Gesicht strahlte.

»Eine gute Wahl, Kleine, er ist ein prächtiger Bursche. Und er hat wirklich Grütze im Kopf. Wenn du mit ihm unter den Hammer treten willst, dann lässt sich das ganz schnell einrichten. Je früher, desto besser, wer weiß denn, ob wir diesen Tag überleben werden«, sagte er munter und rülpste laut.

Saga murmelte etwas und lief dann ins Dunkle zu den Schlafbänken.

»Was ist denn in die Kleine gefahren?«, fragte Baldur überrascht.

Thor zuckte mit den Schultern.

»Hast du Folke mit den Vanen losgeschickt?«

»Sie sind vor einer Weile losgeritten, sicher dauert es eine Weile, bis sie uns von den Unternehmungen der Göten berichten können. Überleg doch mal, Bruder. Noch können wir gegen Alfheim losschlagen, können den Feind zerschmettern, wenn er am wenigsten damit rechnet.«

Thor schlug sich aufs Knie.

»Nein, habe ich gesagt.«

In diesem Moment betrat Freya das Langhaus. Sie schüttelte auf Thors stumme Frage hin den Kopf. Ull war in die Nachwelt eingegangen. Thor starrte seine Faust an und seufzte tief. Hoffentlich wurde sein Junge im Totenreich freundlich aufgenommen.

Saga erstarrte bei Freyas Anblick. Etwas Schreckliches war passiert. Sie konnte es ihr an den Augen ansehen. Freya legte ihr die Hand auf die Schulter.

»Ull ist in die Nachwelt eingegangen. Schmerzlos wurde er befreit.«

Ihr Vater war tot. Saga ließ sich auf die Schlafbank sinken. Der Schmerz war unerträglich. Glühende Messer schienen sie in blutige Fetzen zu zerschneiden. Sie hatte sich nicht einmal verabschieden können. Sie biss die Zähne zusammen. Wie eine Hündin war sie aus der Hütte gejagt worden.

»Du solltest ihn doch retten«, schrie sie.

Freya streckte die Hand aus, aber Saga entzog sich ihr.

»Du hast mich nicht einmal mit ihm sprechen lassen.«

Der unsägliche Schmerz wuchs in ihrer Brust. Saga senkte den Kopf und weinte. Ihr Vater war tot. Nach soviel Warten und so großer Sehnsucht war er einfach verschwunden.

Freya stand neben ihr und teilte ihre herzzerreißende Trauer.

»Jetzt wachen Ull und Idun gemeinsam über dich.«

Aber die beiden sollten doch hier sein, bei ihr. Saga lief aus der Halle und rannte durch den Schnee zur Heilhütte hinüber.

Ull lag mitten im Kreis. Sie hatten etwas verbrannt, der Kreis war schwarz von Feuer und Ruß. Er sah friedlich aus, so, als sei er erleichtert in die Nachwelt übergewechselt.

Saga sank neben ihm auf die Knie, legte ihm die Hand auf die Wange, die unter seinem Bart noch warm war.

»Er hat sich am Leben gehalten, bis er hier eingetroffen war, sicher wollte er sich von dir verabschieden«, sagte Freya, die ihr gefolgt war.

Saga holte Luft, wischte ihre Tränen ab. Sie musste sich zusammennehmen, sich wie eine Königin verhalten. Ull war nicht verloren, sie würde seinen Geist beschwören und mit ihm sprechen, wie sie mit Sot gesprochen hatte.

Saga keuchte auf. Wie im Namen der Göttin hatte sie das vergessen können?

»Sot!«

Die Großmutter legte den Kopf schräg und sah sie verlegen an.

»Hat jemand sie vom Baum geschnitten? Sich um ihren Leichnam gekümmert?«

Freya schloss die Augen.

»Nein.«

Saga erschauderte. Sots Leichnam hing noch immer in der Kälte.

»Ich schicke Sigthaud und ein paar Knechte hin«, sagte Freya.

Saga bückte sich und küsste die Lippen ihres Vaters.

»Nein. Ich mache das«, sagte sie dann.

Sots Leichnam pendelte unter der Eiche langsam hin und her. Sie war verschneit, kleine Schneehaufen lagen auf ihren Schultern. Ihr Gesicht war gelblich blass, alle Menschlichkeit war daraus verschwunden. Das half Saga, ihre Trauer zu bezwingen. Sie zog den Umhang fester um sich zusammen. Sot war eine leere Hülle ohne Geist, so wie Ull.

Forseti kletterte auf den Ast und begann, den Lederriemen durchzuschneiden.

Zwei andere Asen hielten Sots Beine. Als der Riemen fiel, fingen sie den Körper auf und trugen ihn zu dem wartenden Pferd. Saga drehte sich um und schaute zu dem verschneiten Tingplatz hinüber. Es schien erst einige Atemzüge her zu sein, dass sie auf dem Richterinnenstein gesessen und sich über Várs Bosheit beklagt hatte. Jetzt war alles, was sie für ewig gehalten hatte, zu Staub zerfallen.

»Man muss vorsichtig sein, wenn man um etwas bittet, denn vielleicht bekommt man es ja.«

Ein Schatten löste sich aus dem Nebel. Saga keuchte auf. Sot. Düster wie ein Nachtgeist sah sie zu, wie ihr Leichnam über den zottigen Pferderücken gelegt wurde. Ihr Gesicht war nicht zu sehen, es blieb in der Schwärze.

»Du hast getan, was du tun musstest, du bist hinabgestiegen und hast neues Leben erhalten. Das ehrt dich«, flüsterte der Geist.

Ihre Stimme schien von sehr weit her zu kommen.

»Mein Vater ist tot«, flüsterte Saga.

Der Schmerz brannte noch immer, als ob sie einen Schlag erhalten hatte.

»Das war seine eigene Entscheidung. Die Welt ist eine Spirale, die sich langsam durch das Weltall dreht. Eine neue Zeit zieht herauf.«

Sot wanderte in den Nebel, der schien sie zu umwirbeln, um dann ihren Geist sanft zu umschließen.

Saga versuchte, sich zu sammeln. Aber sie bekam immer nur Scherben der Zukunft zu sehen. Das würde sie noch in den Wahnsinn treiben.

»Ist alles so, wie es sein soll?«

Forseti legte dem Pferd ein Seil um das Maul.

»Wir sollten gehen. Wer weiß, was sich im Nebel versteckt.«

Saga nickte und ging neben ihm her durch das verschneite Tal. Der Nebel dämpfte alles, sie hatte das Gefühl, in der Nachwelt unterwegs zu sein. Nicht einmal die Schritte der hinter ihr gehenden Asen waren deutlich zu hören.

»Es muss schwer sein, seinen Vater zu verlieren«, sagte Forseti.

Saga schaute hinab auf Schlamm und Schneematsch. Die Nässe drang in ihre Schuhe ein, ließ ihre Füße zu Eis erstarren. Aber nicht das war es, was ihr zu schaffen machte.

Sots Leichnam bewegte sich auf dem Pferderücken hin und her.

Forseti räusperte sich.

»Als Ulls Waffenbruder habe ich nun die Pflicht, für dich zu sorgen. Wenn du reines Asenblut in den Adern hättest, würde ich dich bitten, mit mir unter den Hammer zu treten. Aber ich weiß, dass bei den Vanen andere Sitten gelten«, sagte er ernst.

Sagas Herz setzte einen Schlag aus. Sie schaute verstohlen den ernsten Forseti an, er sah gespannt und fast verlegen aus. Wie konnte er nur jetzt an so etwas denken?

»Du kennst meine Wünsche, aber ich richte mich nach dir. Eine Vanenpriesterin muss ihren eigenen Weg gehen. Das begreife ich.«

Er führte das Pferd den Hang hoch, vorbei an Schutzwall und Graben. Zum Kampf gerüstete Wachen nickten ihm achtungsvoll zu. Forseti blieb stehen und schaute Saga in die Augen.

»Was immer in dieser Schlacht geschehen wird, du musst wissen, dass bei meinem Tod meine Brüder meine Pflichten deinem Vater gegenüber erben. Sie können dich nicht abweisen, wenn du um Hilfe bittest. Wenn du siehst, dass alles verloren ist, dann nimm dir nicht das Leben, sondern flieh.«

Der Boden bebte unter Sagas Füßen. Sich das Leben zu nehmen, auf diese Idee war sie noch gar nicht gekommen. Forseti beugte sich vor und musterte sie besorgt.

»Schwör mir, dass du fliehen wirst.«

Sie nickte.

»Ich schwöre.«

»Gut so«, sagte Forseti und streichelte den Hals des Pferdes. Dann beugte er sich vor und löste die Riemen, mit denen Sots Leichnam festgebunden war.

»Die Heilhütte«, sagte Saga.

Aus irgendeinem Grund wurde alles leichter für sie, wenn die beiden Toten nebeneinander liegen konnten. Dann würden sie nicht mehr einsam sein. Es war ein dummer Gedanke, das wusste sie, aber es kam ihr trotzdem wichtig vor.

Forseti nahm Sots Schultern, ein Ase packte ihre Füße. Zusammen trugen sie den Leichnam in die Hütte.

Sigthaud hockte neben Ull, sie malte die Zeichen auf seinen Körper, die ihn bereit für das Feuer machten.

»Legt sie da hin«, sagte sie zu den Männern, die Sot neben Ulls Leichnam betteten. Saga strich ihr die Haare aus dem Gesicht. Der Riemen hatte um ihren Hals eine üble Schnittwunde hinterlassen, die Zunge hing ihr aus dem Mund. Im Leben hatte Sot niemals so ausgesehen. Saga bedeckte das Gesicht der Priesterin mit ihrem Umhang, verbarg ihre Wunde vor allen Augen.

So war es besser. Sot würde sich nicht zu schämen brauchen.

»Er war mir ungeheuer wichtig.«

Trudvi betrat die Hütte und fiel neben Ull auf die Knie.

»Das war er uns allen«, sagte Forseti und legte die Hand auf ihre Schulter. Trudvis Augen waren blank vor Trauer, wütend wischte sie sich eine Träne von der Wange.

Sie hatte Sagas Vater geliebt. Das begriff Saga jetzt. Die starke, unbesiegbare Trudvi hatte Ull ihr Herz geschenkt. Sie fing den Blick der Asin auf.

»Alles, was er getan hat, war für dich«, sagte Trudvi.

Saga klammerte sich an ihren Umhang.

»Hoffentlich hat er dir die Achtung geschenkt, die du verdienst«, sagte Saga.

Trudvi legte Ull sein Schwert auf die Brust und erhob sich dann.

»Vielleicht nicht. Aber es hat keinen Sinn, sich über Vergangenes den Kopf zu zerbrechen.«

Sie lächelte Saga und Forseti traurig an.

»Besser ist es, wenn die Lebenden das verteidigen, was sie haben.«

Freya eilte durch das Schneegestöber. Sie waren bereit. Alfhild, die verdammte Hündin, würde auf eine Kampftruppe stoßen, die sich verteidigen konnte.

Sie würde Lokis Kräfte wie verbrannte Schlacke in ihrer Hand zerbröseln. Aber zuerst musste Hel erweicht werden.

Freya ließ ihren Blick über den Graben wandern. Dort war Orm zusammen mit seinen Brüdern am Werk.

»Folg mir, Knabe«, sagte sie und wartete, während er aus dem Graben stieg.

»Hohepriesterin, du ehrst mich.«

»Das werden wir noch sehen«, sagte Freya und führte ihn in die Heilhütte.

Orm blieb in der Türöffnung stehen, er zögerte, als er Sot und Ull dort liegen sah.

»Ich werde dich nicht bestrafen, sondern dich um einen Dienst bitten«, sagte Freya.

Orm machte zwei Schritte in die Dunkelheit hinein, ohne den Blick von Sot zu wenden.

Schön war er, trotz seiner schmutzigen Kleidung und seines mit Lehm verschmierten Gesichts. Freya nickte zufrieden. Ja, er war gut genug. Jetzt musste sie ihn nur noch dazu bringen, es freiwillig zu tun.

»Die Kräfte, die Walhalla getroffen haben, stammen nicht aus dieser Welt. Meine Herrin, die schonungslose Hel, wird sich besänftigen lassen, wenn ihr ein Geschenk gemacht wird. Und dazu bist du ausersehen.«

Orms braune Augen wurden schwarz vor Angst. Er wusste, worum sie ihn bitten würde, das war ihm anzusehen.

»Das macht dich zum größten Helden der Vanen. Die Menschen werden an den Feuerstätten dein Lob singen, sie werden voller Achtung deines Namens gedenken«, sagte sie und zeigte auf Sot. »Ein Priesterinnenmörder genannt zu werden, ist ein harter Nachruhm. Nur wenige würden diese Schmach im Tod haben wollen.«

Orm schlug die Arme übereinander, er war unter dem Schlamm blass geworden, aber noch fürchtete er sich nicht wirklich.

»Ein Opfer, der dreifaltige Tod«, sagte er heiser.

Freya nickte.

»Das verlangen die Göttinnen.«

Lange schwieg er und überlegte.

»Ich verlange eine Gegengabe. Vanaheim für meine Brüder.«

Freya lachte. Der Junge war offenbar größenwahnsinnig geworden. Sie konnte doch das Erbe ihrer Ahninnen nicht einem Mann geben.

»Das muss Saga entscheiden, sie ist die letzte Königin von Vanaheim.«

Orm zögerte, aber nur für einen Moment.

»Dann will ich, dass sie einen meiner Brüder zum Mann nimmt und in Vanaheim mit ihm lebt. Wenn sie das tut, werde ich voller Stolz und Freude in die Nachwelt eingehen.«

Freya ballte die Faust. Für diese Unverschämtheit sollte sie ihn zu Tode peitschen lassen. In einer Notzeit geopfert zu werden, war eine Gnade, die sonst nur dem Gemahl einer Königin gewährt wurde. Orm müsste sich vor Dankbarkeit darüber, dass er zum Sommerkönig ausersehen war, auf dem Boden winden.

»Freu dich darüber, dass du auserwählt bist.«

Orm fuhr sich mit den Fingern durch die Haare und schaute sie zögernd an.

»Ich werde freiwillig gehen, wenn mein Bruder mit Saga unter den Hammer tritt und sein erstgeborener Sohn König wird. Das ist ein kleiner Preis für einen Mann, der unser Volk, ja, die ganze Welt vor diesem Winter rettet.«

Freya versuchte, ihren Zorn zu verbergen. Das war doch Wahnsinn, ein Verstoß gegen alle Vanensitten. Ein Erbe wurde von der Mutter an die Tochter weitergegeben. So war es seit Anbeginn der Zeiten gewesen.

»Männer können nicht über Vanaheim herrschen, dazu fehlt ihnen der Verstand«, schnaubte sie.

Jetzt war sie so wütend, dass ihre Hände zitterten.

Orm hob den Kopf und erwiderte gelassen ihren Blick.

»Du lebst in der Vergangenheit, Hohepriesterin. Die Macht der Göttinnen hat der Stärke der Götter weichen müssen. Überall in der Welt herrschen Könige und mächtige Häuptlinge. Nur bei den Vanen leben die alten Sitten noch, ein Rest von Sand in der neuen Gezeitenflut.«

Orm fiel auf die Knie und entblößte vor Freya seinen Nacken. Er legte zuerst auf Ulls, dann auf Sots Fuß eine Hand. Sein Umhang hing nass und verdreckt um seinen Körper. Sogar jetzt war er schön wie ein Gott.

»Ich schenke mein Leben dir und meinem Volk. Nichts auf dieser Welt ist mir wichtiger als das Wohlergehen der Vanen. Aber mein Preis steht fest. Mein Bruder Atle muss Sagas Gemahl werden, er kann die Vanen besser beschützen als irgendeine Königin.«

Freya und Sigthaud wechselten einen Blick. Orm war der schönste Mann hier, nur mit ihm konnte sie Hel verlocken. Aber sollte sie dafür Vanaheims Königinnenreihe unterbrechen und die Macht einem Mann übergeben? Freya holte tief Luft und spielte an ihrem goldenen Halsband herum. Sie durfte sich durch ihren Zorn nicht vom klaren Denken abhalten lassen.

Wenn Orm erst einmal Hel verschworen war, würde er ihre Welten nicht verlassen können. Bis ans Ende der Zeiten würde er der Totengöttin dienen müssen. Freya konnte Orm versprechen, was immer er verlangte, und dann ihr Wort brechen. Sie lächelte und streckte ihre Hand nach dem knienden Orm aus.

»Dein Wunsch wird dir erfüllt werden.«

Sigthaud machte große Augen, Orm aber strahlte und erhob sich siegesgewiss.

»Ich danke dir, Priesterin.«

Sie erwiderte seinen Blick und sah darin Freude und Furcht. Es musste bald passieren. Wenn Hel sich erweichen ließe, würde nicht nur die Sonne zurückkehren, die Schonungslose würde ihnen außerdem im Kampf beistehen.

»Mach ihn bereit«, sagte sie zu Sigthaud.

»Die Sitte erheischt lange Vorbereitungen«, sagte die Priesterin.

Freya drehte sich zu ihrer ergrauenden Dienerin um.

»Zeit ist ein Gut, das wir nicht mehr besitzen.«

Orm stand nackt vor der Feuerstätte, hocherhobenen Hauptes erwiderte er ohne Reue oder Trauer Sagas Blick. Sie schluckte bitter, spürte, wie die Angst in ihrem Bauch wütete. Wie in Erces mildem Namen sollte sie das durchstehen?

Ein totes Lamm lag auf dem Boden, sein Hals war durchschnitten und das Blut füllte eine Schale. Freya tunkte den Finger ins Blut und malte Kraftzeichen auf Orms Haut. Sigthaud, Ylva und Rodälv lagen auf den Knien und sagten Totenzauber auf. Glühend und schwer wanden sie sich um Orms goldbraunen Körper.

»Ist es wirklich wahr?«, flüsterte Saga.

Freya vollendete ein Zeichen auf Orms Oberschenkel und drehte sich um. Das Blut sah auf seiner Haut fast schwarz aus.

»Es muss sein«, sagte sie kurz und tunkte den Finger in die Schale.

Saga lehnte sich an den Türrahmen und holte tief Luft. Orms jüngerer Bruder schaute mit übereinander geschlagenen Armen der Zeremonie ohne große Begeisterung zu. Er errötete, als er Saga sah, ihm wuchs noch kaum Flaum auf den Wangen.

Orm lächelte sie liebevoll an.

»Du kennst Atle, er ist gut und stark.«

Saga presste die Hände auf ihren Bauch. Sie würde das Ritual durchführen müssen, wenn Freya ihr das befahl. Aber wie ein Stück Vieh verschenkt zu werden, darauf würde sie niemals eingehen. Nicht einmal dann, wenn die Welt darüber unterging.

»Ich tu es nicht.«

Freya erhob sich und wischte sich ihren Rock ab.

»Sei doch in dieser großen Zeit der Not ein wenig einsichtiger. Skadi liegt schwer über Feld und Wald, ihre Reifthursen werden uns vernichten, wenn wir uns nicht alle opfern«, sagte ihre Großmutter und schaute sie mit einem Blick an, den Saga nicht deuten konnte. »Du kannst gehen«, sagte Freya dann zu Atle.

Der Junge floh mit gesenktem Kopf aus dem Raum.

Freya packte Orms Kinn und musterte ihn sorgfältig.

»Du musst jetzt den Opfertrank zu dir nehmen, er wird dich in die Geisterwelt schicken und deine Angst und deinen Schmerz dämpfen. Wenn du ein letztes Wort zu sagen hast, dann sag es jetzt.«

Orm schluckte und erwiderte Sagas Blick. Die Zeichen auf seinem Körper schienen sich auf seiner nackten Haut zu bewegen.

»Ich habe alles, was gesagt werden muss, zu meiner Sippe gesagt.«

Orm grinste auf die Art, die Saga so gut kannte.

»In den Sagen darf der Sommerkönig mit den Priesterinnen buhlen, ehe er in die Nachwelt eingeht«, sagte er und legte die Hände auf seine Stange.

»In den Sagen mussten sie auch nicht mit einem Überfall durch die Göten rechnen«, sagte Freya und ging zu den Regalen an der Wand, wo Rodälv den Trank zusammenrührte.

Saga schüttelte den Kopf. Ein Menschenopfer. Orm, der ihr Freund gewesen war, ihr Liebhaber, sollte in die Nachwelt eingehen, um sein Volk zu retten. Das war edel. Sie presste die Lippen aufeinander und spürte, wie der Zorn wie mit Nadeln in ihr Herz stach.

»Du hast nicht das Recht, das von mir zu verlangen.«

Jetzt sah sie Angst in seinen Augen, das aber nur für einen Moment.

»Du bist eine gute Frau, Saga, zu gut für diese Welt. Und die Vanen brauchen zu ihrem Schutz einen starken Mann, der zielstrebig und mutig ist.«

Mit welchem Recht wollte er über sie verfügen?

Freya hielt Orm eine Tonschale hin. Mit ernster Miene musterte er den Trank, zögerte, atmete immer schneller.

»Einen Wunsch habe ich noch. Ich will mit Asta sprechen, der Gebrandmarkten«, sagte er dann.

Freya ließ die Schale sinken und schnitt eine Grimasse.

»Hole sie, Saga.«

Asta starrte Orm verblüfft an. Er war nackt und von Kopf bis Fuß bemalt. Ein Band war um seinen Kopf geknotet, das war alles. Der Feuerschein wanderte über seinen Körper und verlieh den Schlangen auf seinen Armen ein eigenes Leben.

Asta erschauderte.

Das hier waren Zauber und Hexenkünste. Die Priesterinnen sahen aus wie drei Totenhexen, als sie da vor dem Feuer hockten, alt und boshaft. Nicht einen Blick hatten sie für Asta, genauso gut hätte sie unsichtbar sein können.

»Du hast mich rufen lassen«, sagte Asta.

Orm nickte, er schien gerade an etwas anderes gedacht zu haben.

»Ehe ich in die Nachwelt eingehe, sollst du wissen, wie wichtig du mir bist. Als ich dich beim Ting gesehen habe, hast du mein Herz gewonnen. Das ist die Wahrheit«, sagte er.

Sie hatte sein Herz gewonnen? Asta musterte die Zeichen auf seinem nackten Leib. Der Blutgeruch hing harsch und süßlich im Raum.

Das hier waren die letzten Worte eines Sterbenden. Er flehte sie an, seinen Namen zu bewahren.

Asta kratzte sich im Nacken. Als alle anderen sich von ihr abgewandt hatten, war Orm bei ihr gewesen. Glattzüngig war er und sein Gemüt war gespalten und trübe. Aber dennoch, jetzt würde er sterben. Für sie. Für alle.

»Du musst jeden Tag für mich opfern. Ich hätte vieles anders machen können, aber erinnere dich an das Gute, das ich getan habe, berichte von meinen Wohltaten«, bat Orm. »Du weißt das, denn du bist so wie ich.«

Asta schüttelte den Kopf. Sie hatte Orm benutzen, seine Macht gebrauchen wollen. Sie hatte ... die Erkenntnis traf sie wie ein Schlag in den Bauch.

Beim immerwährenden Rausch der Mächte. Orm hatte recht. Sie war genauso wechselhaft wie er. Sie hatte ihm Saga vorgezogen, weil sie von ihr den größeren Nutzen hatte.

»Fürchte dich nicht, ich werde über deinen Namen wachen und dafür sorgen, dass er geehrt wird. Viele werden bei der Erinnerung an dich weinen«, sagte Asta entschlossen.

Er atmete erleichtert auf. Freya hielt Orm eine Schale hin, forderte ihn auf zu trinken. Aber noch nicht.

Asta beugte sich vor und küsste ihn sanft auf die Lippen. Orm lächelte dankbar.

Seine Hände zitterten, als er die Schale an den Mund hob. Mit einem einzigen Zug leerte er sie und ließ sie dann auf den Boden fallen. Spitze Scherben flogen durch den Raum. Orm schluchzte auf.

»Geh mit mir«, flüsterte er.

Eine Priesterin legte einen Dolch mit gebrochener Spitze auf eine bestickte Stoffdecke. Daneben lag ein Seil mit neun Knoten.

Freya trat neben Asta und schaute Orm forschend in die Augen. Ihrem Gesicht war keinerlei Empfindung anzusehen, und das machte Asta größere Angst als alles andere.

Orm schwankte und wäre gestürzt, wenn Saga ihn nicht aufgefangen hätte. Seine Augen starrten ins Leere, sein Gesicht war friedlich und abwesend.

»Er ist unterwegs«, verkündete Freya düster.

Ein schimmerndes Licht wogte über den Himmel. Etwas streckte seine weißen Arme über die Wolken aus, rote und rosa Lichtzungen leckten an der Dunkelheit. Asta war entsetzt. Was im Namen der Göttin konnte das sein?

»Es ist wie aus dem Nichts gekommen«, sagte der glatzköpfige Ervild.

»Reichen Hexenwetter und Schnee mitten im Sommer denn

nicht? Welches neue Übel ist das nun wieder?«, sagte Ubba und legte die Hand auf den Kopf ihrer kleinen Tochter.

»Da ist er. Dann stimmt es also, dass er geopfert werden soll«, sagte Butaid erregt und zeigt auf Orm.

Asta ging schneller, trat ganz dicht an die Priesterinnen heran.

»Skadi erreicht jetzt ihre volle Kraft, das Opfer kommt nicht einen Moment zu früh«, hörte sie Freya Rodälv zuflüstern.

»Wird er sich wehren?«

Freya schüttelte den Kopf.

»Nach allem, was er getrunken hat, weiß er nicht mehr, wo er ist.«

Orms Brüder sahen ihn traurig an. Sein Gesicht war ganz leer, als er weiterschwankte. Frostiger Atem quoll aus seinem Mund, splitternackt wurde er durch den tiefen Schnee geführt, in dem er bis zu den Knöcheln versank. Aber er schien die Kälte nicht zu spüren.

Niemals würde Asta einen solchen Trank schlucken, was immer darin enthalten sein mochte. Nicht einmal einen Schluck Wasser würde sie von den Priesterinnen annehmen.

Sie drehte sich um, hielt Ausschau nach Liv. Endlich sah sie das Kind bei den jüngeren Priesterinnen stehen, die Fackeln austeilten. Als sie eine bekommen hatte, kam sie angerannt und hielt sie Asta hin.

Bald wand sich eine brennende Schlange den Hang hinab und weiter zum Sumpf. Schweigend gingen sie unter dem brennenden Himmel durch den Schnee. Das, was jetzt bevorstand, wurde mit keinem Wort erwähnt.

Freya bahnte sich einen Weg durch die Schilfrohre. Ihre Füße versanken im eiskalten Schlamm, das Wasser schwappte um ihre Beine und ließen sie vor Kälte gefühllos werden.

Die Priesterinnen zogen Orm ins Wasser, drückten ihn auf die Knie. Zitternd versank er bis zum Kinn in dem mit Schnee bedeckten Moorwasser.

Die Priesterinnen sprachen den Todeszauber über ihn und riefen Hel an.

Aber über ihnen wurde Skadi verwandelt, die Wolken füllten sich mit glühender Feuersbrunst, es wurde immer noch kälter.

Freya ballte die Fäuste. Es durfte noch nicht zu spät sein.

Sie fuhr Orm mit der Hand über die Haare, dann schaute sie zum Ufer hinüber.

Dort standen die Menschen ganz still, sie hielten die Fackeln in der Hand. Eine Frau weinte untröstlich. Vala, Orms Mutter, hatte ihren Hof verlassen, um ihren ältesten Sohn sterben zu sehen.

Freya seufzte tief.

Wenn sie eine Wahl gehabt hätte, dann wäre das hier nicht passiert.

»Es ist so weit«, verkündete sie.

Saga legte Orm die Hand auf die Schulter, ihr liefen die Tränen über die Wangen. Die Kleine sollte größeres Vertrauen zu ihr haben. Natürlich würde Freya Saga niemals verschenken wie irgendein Schmuckstück.

»In den schwersten aller Zeiten hat Orm sein Leben angeboten, um die Vanen zu retten«, rief Freya und hob die Hände zu den Wolken.

Sie trat auf ihren starr gefrorenen Füßen einen Schritt vor. Ihr dunkles Gewand schwamm auf der Wasseroberfläche.

»Komm, meine düstere Herrin!«

Die Geister sammelten sich im Moor um sie, sie fauchten angesichts von Freyas wachsender Kraft. Das Wasser brodelte, als habe sich etwas darin versteckt. Die Kraftzeichen auf Orms Körper strahlten in der Dunkelheit, sie lockten die Schonungslose an.

»Hel, nimm das Geschenk entgegen, den schönsten Mann unter den Vanen.«

Oberhalb des Wassers nahm eine schwarze Spirale Gestalt an. Hel schwebte herbei, entsetzlich in ihrer Grausamkeit. Freya hob Orms Kopf. Er riss entsetzt die Augen auf. Auch er hatte Hel gesehen.

»Hat er die Worte gesagt?«, fauchte Hel.

Freya bückte sich und flüsterte Orm ins Ohr:

»Ich verschwöre mich dir, Totenkönigin.«

Er bewegte die blau gefrorenen Lippen, brachte aber kein Wort heraus.

Freya legte ihm die Hand in den Nacken, drückte heftig zu. Endlich flüsterte er die Worte.

»Von diesem Tag bis ans Ende der Zeiten.«

Orm begriff, was dieser Schwur bedeutete. Verflucht! Sein Gesicht verzerrte sich vor Trauer und Abscheu.

»Sag es«, flüsterte Freya.

Das kalte Wasser ließ seinen Körper zittern. Seine Lippen waren blau, seine Augen leer und blank.

»Von diesem Tag bis ans Ende der Zeiten.«

Hel lachte und leckte sich mit ihrer langen Zunge erwartungsvoll die Lippen.

»Hatwor, vardi, evon«, fauchte die Schonungslose.

»Hatwor, vardi, evon«, stöhnte Orm gequält.

Hel holte genüsslich Atem und fuhr dann mit ihrem schwarzen Finger über seine Wange. Ihre Kralle hinterließ eine blutende Wunde.

»Es ist vollbracht«, sagte Freya und schloss die Augen. »Mögen die Mächte mir vergeben, aber ich habe keine Wahl«, flüsterte sie.

»Gib ihn mir«, verlangte Hel.

Freya streckte die Hand nach dem Dolch aus und nickte Rodälv zu, die die Schnur mit den neun Knoten zu einer Schlinge band.

Schwere Schneeflocken fielen unbeirrt vom Himmel.

»Schwör mir, die Sonnengöttin freizulassen und uns im Kampf beizustehen«, rief Freya.

Hel warf den Kopf in den Nacken und lachte.

»Her mit ihm«, fauchte sie.

Freya umklammerte den Dolch.

»Sieh, wie Skadis Macht in den Wolken wächst, bald wird sie mächtiger sein als du. Deine Dienerin hat dich betrogen, bestrafe sie, lass Sol frei.«

Hel hob die Arme in das schimmernde Licht der Wolken und brüllte ihren Hass auf Skadi aus sich heraus. Eine Welle der Dunkelheit wälzte sich über die Wolken. Freya schwankte, sie sah, wie das Licht in den Wolken flimmerte und trübe zu werden begann.

»Lass sie frei«, rief Freya.

Hel fuhr zu ihr herum und fauchte:

»Ich schwöre!«

Freya atmete langsam auf, gab sich aber große Mühe, ihre Dankbarkeit zu verbergen.

»Haltet ihn fest«, befahl sie den Priesterinnen.

Sinmara und Rodälv packten Orms Arme.

Zitternd und blau gefroren stand er im Wasser.

Freya streckte die Hand nach dem Seil aus und reichte es Saga. Saga riss die Augen auf, ihr Gesicht verzog sich vor Abscheu, aber sie nahm es. Freya nickte ihr schweigend zu.

Tränen liefen über Sagas Wangen, als sie die Schlinge um Orms Hals legte. Sie küsste seine Wange. Und dann zog sie.

Er röchelte und seine Augen quollen hervor.

Rodälv drückte ihn in das verschneite Wasser. Sein Körper zuckte und wehrte sich. Nicht einmal der Opfertrank konnte ihn dazu bringen, das Leben ohne Kampf loszulassen.

Freya watete an seine Seite und hob den Dolch.

Sie war die Totenhexe.

Hels Jubelschrei ließ ihre Hand zittern. Die düstere Kraft quoll aus der Unterwelt, erfüllte sie mit Hunger nach Orm.

»Für Hel!«

Sie bohrte ihm das Messer in die Brust, zog es heraus und stach noch einmal zu. Und noch einmal. Orms Körper zuckte und trieb dann leblos im Wasser. Das strömende Blut färbte das Moor rot.

Freya wischte sich atemlos die Stirn.

»Er ist zur Göttin gegangen«, verkündete Ylva am Strand. Die anderen stimmten ein, ein mächtiger Sprechchor in der Winternacht.

Hel hob die Arme. Orms Geist verließ seinen leblosen Körper und wurde in die Umarmung der Todesgöttin gezogen. Er war jetzt frei, doch als Hels Arme ihn umfingen, ging ihm erst wirklich auf, was er da geschworen, was Freya getan hatte. Niemals würde er in dieser Welt wiedergeboren werden können. Auf ewig war er mit Hel verbunden. Er drehte sich um und schaute Freya mit abgrundtiefem Entsetzen an. Freya hob ihr Kinn, es hatte so sein müssen.

»Dein Bruder wird nicht mit Saga unter den Hammer treten. Du bist betrogen worden«, rief sie Orm zu.

Hel legte den Kopf in den Nacken und lachte dumpf.

Gleich darauf sprang Orm auf Freya zu und streckte die Hand nach ihrem Herzen aus. Eine eisige Kälte breitete sich in ihrer Brust aus, sie stöhnte vor Schmerz.

Hel zog Orm mit sich in die Finsternis. Ein gellender Schrei war aus der Unterwelt zu hören. Danach war alles still.

Freya starrte ihr blutiges Messer an. Um sie herum fiel der Schnee und färbte alles weiß. Saga weinte trostlos neben Orms Leichnam. Ein Blutstropfen sammelte sich an der Messerspitze und fiel dann in das verschneite Wasser.

Jetzt mochte es geschehen. Freya atmete tief durch, ihre Herzschläge dröhnten durch ihren Körper. Mochte ihre Vision zur Wirklichkeit werden. Ein dumpfes Grollen war aus der Unterwelt zu hören. Der Boden bebte. Die Wolken hellten sich auf, der Himmel schien erleichtert aufzuatmen.

Im Osten war ein schwaches Licht zu sehen. Skadis Schimmer trübte sich. Die Reifthursen fegten ziellos umher, sie brüllten vor Wut, die Sturmhunde, die mit Kälte geschlagenen Mächte.

Skadis Todesschrei durchschnitt die neun Welten, dann zog sie sich langsam nach Norden zurück, zurück nach Nifelheim, gefesselt von der gütigsten unter den Mächten.

Freya lächelte glücklich, als sie die Sonnengöttin sah. Die Lichte war ans Himmelsgewölbe zurückgekehrt. Und damit herrschte wieder Ordnung auf der Welt.

Freya schloss die Augen.

»Danke«, flüsterte sie dem lebensspendenden Licht zu.

Rodälv fasste ihren Arm. Ermattet watete sie auf das Ufer zu, einen Schritt schaffte sie, dann gaben ihre Beine unter ihr nach.

»Was ist passiert?«, flüsterte Rodälv und beugte sich über sie.

Freya rang nach Atem. Die Kälte in ihrer Brust breitete sich in ihrem Körper aus. Orms Berührung fraß sich durch sie hindurch, ließ ihre Kräfte schwächer werden.

»Großmutter.«

Saga sank neben ihr auf die Knie. Thors Gesicht schwebte über ihnen in der Luft. Ihre Lippen bewegten sich, doch Freya konnte ihre Worte nicht hören, sie sah nur ihre Besorgnis.

»Das war schändlich von dir, Schwester.«

Gefion hockte neben ihr, der Bogen hing auf ihrem Rücken. Jetzt sah sie nicht mehr aus wie ein Geist, sondern wie ein Mensch aus Fleisch und Blut. So, wie sie in ihrer beider Jugend ausgesehen hatte.

»Ich habe es für dich getan, für Vanaheim«, flüsterte Freya.

Gefion grinste.

»Es ist an der Zeit, nach Hause zu kommen, zu Mutter und mir. Du sollst in geheiligtem Boden ruhen.«

Ein hellgekleideter Mann nahm neben ihr Gestalt an. Schön und schimmernd wie eine Dise in der Sommernacht. Freya lächelte ihrem Bruder zu.

»Wir haben Sehnsucht nach dir, Schwester«, flüsterte Freyr und streckte die Hand aus.

Ein herzzerreißender Ton ließ Freya zögern. Jemand weinte, Hände wurden auf ihren Leib gepresst, ließen dumpfe Herzschläge durch ihren gequälten Körper hallen.

Angst presste Freyas Brustkorb zusammen. Sie konnte nicht sterben, noch nicht.

»Der Kampf. Ich muss den Vanen beistehen.«

»Die Zeit drängt«, sagte ihre Schwester und richtete sich auf.

Freyr und Gefion gingen dem Licht entgegen.

Sie wollte bei ihnen bleiben, in Hels wartende Arme sinken. Doch Sagas Schreie wurden immer lauter. Sie war nicht frei. Noch nicht.

Thor öffnete die Tür zur Halle mit einem Fußtritt und trug Freya zu ihrem Bett. Ihre Lippen waren bleich, sie sah mehr tot als lebendig aus. Aber er hatte gesehen, dass ihr Brustkorb sich ein wenig hob und senkte.

Freya konnte nicht sterben. Sie durfte nicht ohne ihn in die Nachwelt gehen. Das hatten sie geschworen. Sie musste zurückkehren.

Saga ließ sich neben ihm zu Boden sinken und legte sich Freyas Hand auf die Stirn. Eine Priesterin versuchte, Freya aus einer Holzschale ein Getränk einzuflößen, aber die dunkle Flüssigkeit lief über Freyas Wange.

»Aufwachen«, sagte Thor ungeduldig und schlug ihr ins Gesicht, zuerst leicht, dann immer härter. Leblos wurde ihr Kopf hin und her geworfen.

Thor begriff nicht, was da im Moor passiert war. Lange hatte sie mit etwas gesprochen, das den Augen der Sterblichen verborgen gewesen war, danach hatten sie Orm getötet. Freiwillig war er in den Tod gegangen, um ihnen den Sieg zu sichern. Und dafür konnte Thor ihm immerhin Achtung erweisen.

Thor legte Saga die Hand auf die Schulter, drückte sie tröstend.

»Ich habe deine Großmutter schon Schlimmeres überleben sehen«, sagte er zu der jungen Frau.

Sie wischte sich die Tränen aus dem Gesicht und schaute ihn verzweifelt an.

»Etwas Schlimmeres kann es doch gar nicht geben.«

Thor räusperte sich. Es würde wirklich schwer sein, ohne Freyas Kräfte den Kampf durchzustehen.

»Sie wird überleben«, sagte er voller Überzeugung.

Freyas Augenlider bewegten sich, müde schaute sie zu ihnen hoch. Thor atmete erleichtert auf. Er hatte es ja gewusst.

»Freyr?«

»Er ist schon lange tot«, sagte Thor gepresst.

Sie seufzte tief und drückte Sagas Hand. Saga beugte sich vor und küsste sie.

»Kleines Mädchen, das ist der Preis dafür, dass ich Orm mit meinen falschen Versprechungen betrogen habe.«

Saga schüttelte den Kopf.

»Das verstehe ich nicht.«

Freya nahm einen Schluck aus der Schale, die die Priesterin ihr nun wieder an den Mund hielt.

»Orms Bruder wäre niemals dein Gemahl geworden. Um nichts in der Welt würde ich Vanaheim einem Mann schenken.«

Saga nickte schweigend.

»Das hatte ich gehofft.«

Freya schaute zu Thor hoch und lachte dann.

»Denn dann wäre durch mein Leben nicht viel gewonnen.«

Thor schüttelte den Kopf. Vieles an Freya und ihrem Volk konnte er nicht verstehen, aber überall in der Welt herrschten eben andere Sitten.

Und er konnte sich mit allem abfinden, nur die Göten konnte er nicht ausstehen.

»Hol den Gürtel aus der kleinen Truhe«, flüsterte Freya.

Saga sprang auf und lief zur Wand hinüber. Gleich darauf brachte sie einen breiten Ledergürtel. Thor griff danach und musterte ihn aufmerksam. Kleine verschlungene Zeichen waren zu Schlangen geformt, sie wanden sich umeinander, bis es kaum noch möglich war, zu sehen, wo die Zeichen begannen und wo die Schlangen endeten.

»Das ist Megingjord, geschaffen, um dir doppelte Kraft zu schenken. Ich habe es gern getan.«

Thor erhob sich und legte seinen Gürtel ab.

Erwartungsvoll band er sich Freyas Gürtel um, spürte aber nichts, keine Kraft und auch sonst nichts.

»Im Kampf«, flüsterte Freya. »Dann stellt sich seine wahre Kraft ein. Saga, nimm die Priesterinnen mit und lass mich mit Thor allein. Wir wollen uns heute Nacht ausruhen. Morgen kommt ein neuer Tag. Möge er Sonne und Wärme bringen.«

Thor band Megingjord ab und legte ihn aufs Bett. Mit schwerem Herzen betrachtete er die Frau, die er ein ganzes Leben lang geliebt hatte. Sie bereitete sich auf den Tod vor, und er sollte wohl ihrem Beispiel folgen.

12

Saga lag auf der Schlafbank auf dem Rücken. Vor ihr in der Dunkelheit schwebte Orms Gesicht. Sein Blick trübte sich, als sie die Schlinge anzog. Die Knoten im Seil bohrten sich in seine Haut. Er röchelte, als seine Kehle zusammengeschnürt wurde, er zuckte im eiskalten Wasser. Immer wieder suchten die Bilder seines Todes sie heim.

Saga drehte sich auf die Seite, gequält von Ekel. Sie hatte Orm getötet. Hatte ihn geschlachtet wie ein Opfertier. Ihr Innerstes schmerzte vor Widerwillen.

Sinmara, die neben Saga lag, drehte sich um. Lautes Schnarchen war von den umstehenden Schlafbänken zu hören. Ein Kind schrie auf. Jetzt reichte es.

Saga stand auf. Der Boden unter ihren Füßen war kalt und feucht. Sie streckte die Hand nach ihrem Umhang aus, hüllte sich hinein. Ihr Herz hämmerte, als sie über die Schlafenden hinwegstieg.

Er lag auf Hildas Schlafbank, die Magd hatte ihm früher an diesem Abend ihr Bett angeboten, das hatte sie gesehen.

Vollständig angezogen war er, trug Beinkleider und Kittel. Die Axt funkelte neben seiner rechten Hand im Stroh. Er war bereit, aber trotzdem sah er friedlich aus, wie er so dalag und schlief.

Saga fuhr mit dem Finger über Forsetis Wange, und sofort schlug er die Augen auf. Einen Atemzug lang sahen sie einander an, dann setzte er sich auf und machte neben sich Platz für sie.

Saga presste sich an die Wand, unsichtbar für neugierige Blicke. Er drehte sich zu ihr um, sah sie in der Dunkelheit an.

»Bist du sicher?«, flüsterte er.

Sie nickte ungeduldig und schlang die Arme um seinen warmen Leib.

Weiter hinten in der Reihe der Schlafbänke war ein unterdrücktes Stöhnen zuhören, gefolgt von einem rhythmischen Rascheln. Sie war nicht die Einzige, die in dieser Nacht ihr Bett verlassen hatte.

Forseti legte einen Finger auf ihren Mund.

»Das vertreibt den Tod«, flüsterte er.

Saga konnte ihn nur zu gut verstehen. Ihr Herz setzte einen Schlag aus, als er ihren Rock hochstreifte.

Federleichte Liebkosungen kitzelten ihre Oberschenkel, ließen sie erschaudern. Dann beugte er sich über sie und küsste sie zärtlich. Saga löste ungeduldig die Riemen seiner Beinkleider. Ihr ging es jetzt nicht um zärtliche Spielereien.

Er lag pochend und steif in ihrer Hand. Eifrig führte sie seine Stange in sich hinein, ließ sich von ihm füllen. Endlich. Sie stöhnte wollüstig auf und rieb sich an dem jungen Asen. Forseti erstarrte und legte ihr die Hand auf den Mund. Sie knabberte an seinen Fingern, bewegte hungrig ihre Hüften. Suchte seine Lebenskraft, um ihre Mahren zu vertreiben.

Saga bohrte die Nägel in seinen Rücken, drückte ihn in sich hinein. Er keuchte an ihrem Ohr auf.

»Du bist alles, was ich will«, sagte er und stieß tief in ihren Körper.

Danach stützte er sich auf den Ellbogen und sah sie lange an. Saga presste seine Hand an ihre Wange, schwer und zufrieden. In diesem Augenblick gab es keinen Tod, keinen wartenden Krieg. Es war eine Ruhepause zwischen den vielen Schrecken.

Sie drehte seine Hand um, küsste die harten Schwielen. Er war ihr so nah, ihre Herzen schienen im selben Takt zu schlagen.

»Du hast denselben Blick wie ein junger Krieger nach seinem ersten Kampf«, sagte Forseti.

In der Dunkelheit erschien Orms Gesicht, er riss die Augen auf, ehe er im Wasser versank. Saga klammerte sich an Forsetis Hand.

»Ich sehe seine Augen vor mir«, flüsterte sie.

Forseti drückte sie an sich.

»Ich habe den ersten Feind, den ich erschlagen habe, viele Jahre mit mir herumgetragen.«

Saga schluckte.

»Und jetzt? Verfolgen sie dich?«

Er antwortete nicht sofort.

»Die Göten haben meinen jüngsten Bruder gefangen genommen, sie haben ihn an einen Mast gebunden und ihn totgeschlagen. Das hat zwei Tage und zwei Nächte gedauert. Wir mussten anhören, wie seine Schreie immer leiser wurden.«

Er schüttelte düster den Kopf.

»Sie sind schlimmer als Raubtiere. Einmal haben wir an einem Hof angelegt, wo wir sonst Nahrungsmittel eingetauscht hatten. Sie hatten die ganze Familie getötet, hatten sie an die Wand genagelt, Männer, Frauen und Kinder. Eine Warnung an alle, die uns an Land kommen lassen. Ich würde alles tun, um uns von dieser Götenpest zu befreien.«

Sie konnte seine starken Muskeln unter ihrem Arm spüren. Seine Brust war noch feucht von ihrem Liebesspiel. Die Axt funkelte auf dem Boden, sie glänzte wie erstarrtes Wasser. Ull hatte immer gesagt, dass nur ein Mann, der keine Furcht in seiner Brust trägt, damit zuschlagen kann. In wilder Wut ging so ein Mann seine Feinde an und schlug sie mit gewaltigen Schlägen in die Flucht. Zersplitterte Schilde mit der Axt, brachte den Feind zum Aufgeben.

Sie konnte es nicht begreifen. Wie konnte ein Mann, der so zärtlich war, mit einer solchen Waffe kämpfen?

»Fürchtest du dich denn gar nicht vor dem Tod?«

Er zuckte mit den Schultern.

»Ich fürchte mich eher vor einem siechen Alter oder einem ehrlosen Ende. Beim Angeln zu ertrinken wäre hart.«

»Oder über die Schwelle zu stolpern und sich das Genick zu brechen«, sagte sie lächelnd.

Auch Forseti lachte.

»Ein solcher Tod wäre ein düsteres Schicksal.«

Saga schluckte.

»Was glaubst du, wann sie kommen?«

»Sicher bald.«

Die Tür wurde geöffnet und eine dunkle Gestalt streifte sich den Schnee von den Füßen, ehe sie zu den Schlafbänken ging.

»Wachablösung«, flüsterte Forseti und zog den Umhang über Saga. Sie rollte sich auf dem warmen Stroh zusammen.

»Bei Tiwazens verfaulender Stange. So ein schreckliches Wetter habe ich nicht mehr erlebt, seit Olov unerwartet zu seiner Frau nach Hause gekommen ist und ich wie ein Hase durch den Sturm fliehen musste.«

Der Asenkrieger riss sich ein Fell vom Leib und beugte sich über den Mann, neben dessen Bank er stand.

»Hoch mit dir, Boldvar, jetzt kannst du dir die Eier abfrieren.«

Saga legte Forseti die Hand auf den Oberschenkel, liebkoste ihn.

»Bist du wach, du schwanzloser Schwächling?«

»Eines Tages schlage ich dir die paar Zähne ein, die du noch in der Fresse hast«, knurrte eine tiefe Stimme.

»Es schneit wie mitten im Winter«, sagte der erste Ase und ließ sich mit einem zufriedenen Stöhnen auf die Bank sinken.

Der andere Ase ging zur Tür, doch ehe er sie öffnen konnte, wurde sie bereits aufgerissen.

Drei Männer stürmten in die Halle.

»Sie kommen! Die Göten haben Alfheim verlassen. Sie kommen zu Fuß!«

Sagas Magen krampfte sich zusammen. Jetzt war es so weit, jetzt würde es geschehen.

»Aufstehen, Brüder«, brüllte Forseti und sprang aus dem Bett.

Überall erhoben die Leute sich, banden ihre Gürtel um und griffen zu ihren Waffen. Fackeln wurden angezündet und füllten die Halle mit Licht.

Saga setzte sich auf.

Forseti legte den Umhang über seinen Harnisch und hängte sich dann die Axt an den Gürtel.

Sie sahen einander stumm an.

»Wenn wir verlieren, dann musst du fliehen, du darfst dich nicht gefangen nehmen lassen«, sagte er ernst.

Der Boden bebte unter Sagas Füßen. Sie wollte nicht sterben, und Forseti durfte nichts zustoßen, jetzt nicht.

»Mögen die Mächte über dich wachen«, flüsterte sie und lief zu den Priesterinnen auf die andere Seite der Halle.

»Manche dürfen frisch vom Buhlen zu Tiwaz gehen«, hörte sie hinter ihrem Rücken jemanden knurren.

Hellwach und überrascht rissen die Leute sich aus dem Schlaf und griffen zu Keulen und Speeren. Butaid hockte neben dem Herd und malte sich das Gesicht mit Ruß an. Sie war angespannt und biss die Zähne fest zusammen. Asta hob ihre Schwester auf die Schlafbank, ermahnte sie, dort zu bleiben. Bei der Tür stand Trudvi, bewegungslos und grimmig.

Saga riss ihre Schuhe an sich und schnürte sie mit zitternden Händen. Sinmara lief halb angezogen hin und her.

»Was machen wir jetzt?«, rief sie und griff nach Sagas Händen. Sie war außer sich vor Angst.

»Wir werden warten«, sagte Saga ernst.

Kinder schrien, die Leute riefen durcheinander. Dann wurden die Doppeltüren aufgerissen und Thor betrat die Halle.

Er hob Mjölnir und lachte, seine grauen Haare umwogten seinen Kopf wie eine Wolke.

»Asen, Einherjer. Vanen. Zu den Waffen. Folgt mir.«

Die Asen drängten sich zur Tür. Forseti drehte sich um. Er lächelte, furchtlos trat er dem Feind entgegen. Asta stand hinter ihm, ernst, mit einem Schwert in der Hand. Der Krieg hatte sie erreicht. Jetzt gab es kein Zurück mehr.

Baldurs und Thors Rufe hallten über den Hofplatz. Männer rannten zum Schutzwall, Asen und Vanen gemeinsam. Frauen mit Speeren, die Gesichter bemalt, um Kriegsglück anzuziehen, ernste Männer mit Keulen und Bögen.

Freya spürte bei jedem Schritt einen stechenden Schmerz in der Brust. Ihre Erschöpfung machte ihr zu schaffen, kaum hatte sie sich aus dem Bett erheben können. Sie schwankte über den Lehmboden, spürte, wie die Feuchtigkeit in ihre Schuhe eindrang. Trübes Dämmerlicht verbreitete sich über dem Meer. Ein neuer Tag brach an. Die Sonne kehrte zurück.

»Komm, Freya.«

Thor stand breitbeinig auf dem umgestürzten Baum und zeigte ins Tal hinab.

»Der Feind«, sagte er grimmig und half ihr auf den Stamm.

Die Götenkrieger quollen aus dem Wald, eine Reihe grimmiger Speerträger nach der anderen. Ihre Kampftrommeln dröhnten dumpf, als sie durch den Nebel wanderten.

Freya ballte so hart die Fäuste, dass ihre Nägel sich in ihre Haut gruben.

Es waren dreimal so viele, wie Walhalla aufbieten konnte, ein übermächtiges Heer.

Ganz vorn ritt jemand auf einem nachtschwarzen Pferd. Drohend tänzelte das Tier über den schmelzenden Schnee.

»Loki«, sagte Thor. »Was mag das für eine Hexenkraft sein, über die er gebietet?«

Loki war noch immer stattlich, kein Zeichen des Alters war in seinem Gesicht zu sehen. Auf seinen Schultern ruhte ein weißer Umhang mit Goldstickerei. Kostbar gekleidet war er, wie ein Herrscher.

Neben ihm ritten zwei Jünglinge. Hauglot war der eine, den anderen kannte Freya nicht.

Aber weder Alfhild noch Ingvild waren in der Schar zu sehen. Die Schlangen waren wohl in ihre Löcher zurückgekrochen. Aufwallender Hass erfüllte Freya.

Zweimal hatten Lokis Kräfte sie besiegt und betrogen. Beim ersten Mal hatte sie als junge Priesterin gegen die Asen gekämpft, beim zweiten Mal gegen die Göten. Immer hatte der Schamane versucht, sie zu vernichten. Eingehüllt in seine finstere Macht, trotzte er den Göttinnen

Aber diesmal würde sie ihn besiegen. Sie würde ihn tief in Hels neun Welten hineinschicken, wo er bis in die Ewigkeit verzehrt werden würde.

Rodälv hielt ihr den dunklen Stab hin, den Kraftstab der Totengöttin. Freyas Finger schlossen sich um das kühle Metall, sie spürte, wie dessen Kraft auf sie übergriff.

Loki würde sterben.

Die Feinde hatten jetzt das Gehege erreicht. Dort stellten sie sich in drei Reihen auf, die runden Schilde wie eine Wand gegen Walhalla erhoben. Hinter ihnen ragte eine Mauer aus Speeren auf. Grimmig starrten sie zum Hof hinüber.

Freya versuchte zu schlucken, aber ihr Mund war wie ausgedörrt. Sie klammerte sich an den Bronzestab, zwang sich, aufrecht zu stehen.

Loki ritt den Hang zur Hälfte hoch. Dann hielt er grinsend an und grüßte Freya.

»So treffen wir uns wieder, Vanendise. Diesmal werde ich die Macht deiner Göttinnen zerschlagen und zusehen, wie du im Schlamm verblutest«, rief er.

Das war nicht der Loki, den sie gekannt hatte, dieser hier war finsterer, mächtiger.

Erschöpfung erfüllte Freya, ließ ihre Beine zittern. Aber sie zwang sich, gerade zu stehen.

»Du hättest längst tot sein müssen, du schwanzloser Schwächling. Weiche von uns, scher dich heim auf deine Insel, die deine Finsternis nährt«, rief sie und spuckte auf den Boden.

Er schnitt eine wütende Grimasse. Der Wind packte seinen Umhang und hob ihn über seinen Rücken wie einen Rabenflügel. Sein Pferd senkte schnaubend den Kopf und scharrte mit den Hufen.

»Thor, einmal waren wir Brüder. Leg die Waffen nieder, und du hast freies Geleit. Die Weiber hier gehen dich nichts an. Vereine dich mit meinen Brüdern«, rief Loki.

Thor packte Mjölnir fester.

»Ich habe nie begriffen, warum mein Vater dich so geachtet hat, Zwietracht und Hass säst du. Niemals werde ich einem Ergi weichen, der mit Götenschweinen schläft«, brüllte er.

Die Asen lachten und schlugen auf ihre Schilde, die Krieger im Tal dagegen wurden wütend, sie stießen sich gegenseitig an und drohten mit ihren Speeren. Loki hob die Hand, Hauglot und der andere ritten vor und nahmen Lokis Pferd in die Mitte.

Saga zitterte. Die Feinde mochten ja mächtig sein, aber hinter ihr standen die Priesterinnen mit Zaubern und Kampffesseln bereit. Die Göttinnen standen ihnen bei, sie würden Loki besiegen.

»Legt die Waffen nieder. Alfheim ist in meiner Hand, ihr habt keine Hoffnung und auch keinen Ort, an den ihr fliehen könntet.«

Er hob die Hand. Ein Krieger brachte einen Pfahl und bohrte ihn in den Boden. Freya keuchte auf. Alfhilds abgehackter Kopf starrte leer vor sich hin, der Mund halb offen, die Haare verfilzt und blutverschmiert. Er hatte die Königin ermordet!

Lokis grelles Lachen stieg zu den Wolken auf.

»Ingvild ist von der Trauer um ihre Mutter niedergedrückt und kann nicht mehr in Alfheim regieren. Huldigt meinem Sohn Hauglot, dem König von Alfheim«, rief er.

»Hoch Hauglot«, riefen Göten und Alfheimskrieger und hoben die Waffen.

Hauglot nickte ihnen gnädig zu und lächelte Freya an. Sie war dieser listigen Schlange in die Falle getappt. Niemand konnte bestreiten, dass Hauglot Anspruch auf die Königswürde hatte, schließlich hatte Freya das Paar gesegnet. Dafür würden sie bitter bezahlen.

»Nimm deine Leute und verschwinde von meinem Hof«, rief sie.

Loki feixte.

»Deine Macht vergeht, Vanendise.«

Freya schloss die Augen und hob ihren Stab. Der Königinnenmörder würde seiner Strafe nicht entgehen. Die Luft um sie herum verdichtete sich. Sie beschwor den mächtigsten aller Mahren herauf. Eine Blendung, mit der sie Loki schlagen wollte. Die Macht wuchs in ihren Händen, sie flüsterte einen Zauber und ließ ihn dann los.

Verflucht!

Loki hob die Hand, drehte sie in der Luft herum. Wirkungslos fiel Freyas Zauber zu Boden.

»Seht die mächtige Freya«, rief Loki und hob die Faust.

Eine unsichtbare Schlinge legte sich um ihren Hals. Freya schwankte.

Der Stab fiel zu Boden.

Sie fuhr sich mit den Nägeln über die Haut, versuchte verzweifelt, sich loszureißen. Luft, sie brauchte Luft. Röchelnd rang sie nach Atem. Sie ließ den Stab in den Schlamm fallen.

»Gebt auf, und ich lasse euch am Leben«, rief Loki.

Freya sank in die Knie. Schwarze Punkte tanzten vor ihren Augen. Bei der großen Mutter, er hatte sie besiegt.

Die Priesterinnen umdrängten sie, sprachen ihre Zauber. Die Luft zitterte vor Kraft. Aber nichts passierte. Lokis Kraft war größer. Freya fiel der Länge nach in den Schnee. Die Kälte in ihrem Herzen breitete sich in ihrer Brust aus, vergiftete ihren Körper. Wie gelähmt starrte sie den Schlamm an. Sie starb. Das war das Ende ihres Lebens.

Asta konnte ihren Augen nicht trauen. Die mächtige Freya sank durch die Kraft des schwarzen Reiters zu Boden. Hilflos lag sie im Schlamm. Die grellen Stimmen der Priesterinnen hallten im Tal wider.

Das konnte nicht möglich sein, die Blaugekleideten waren doch mit dem Zauber verbunden. Sie konnten nicht besiegt werden. Freya war die mächtigste Frau der Welt, eine lebende Göttin.

Wenn Freya den Feinden nicht widerstehen konnte, waren sie verloren. Asta umklammerte ihr Schwert. Vor kurzer Zeit war sie noch stolz darauf gewesen, es zu tragen. Jetzt wollte sie es nur noch wegwerfen und fliehen.

Der Feind war übermächtig. Die Göten standen in dreifachen Reihen da und hoben die Speere. Sie hatten ihre Gesichter schwarz bemalt und sahen aus wie Nachtmahren. Die runden Schilde waren gegen die Asen erhoben.

»Es sind nur Männer, und die kann man töten«, sagte Arvid.

Aber seine Stimme klang unsicher.

Ein breitschultriger Riese drängte sich durch die Reihen der Feinde. Er trug ein Bärenfell auf dem Rücken, hatte die Augen aufgerissen, Schaum stand vor seinem Mund. Brüllend schwenkte er eine riesige Keule hin und her.

»Geht dem Berserker aus dem Weg, er ist vom Bären beseelt und kaum zu bezwingen«, sagte Arvid düster.

»Fürchtet euch nicht vor diesen Schwanzlosen, die können nur heulen, aber sie kämpfen wie die alten Weiber«, rief Baldur, der neben Forseti stand.

Asta richtete sich auf und versuchte, ihren Mut zu sammeln.

Unter den Göten entdeckte sie Rutgar und mehrere andere Krieger aus Vanaheim. Sie hatten Alfhild treu gedient, aber dann hatten sie sich die Sache rasch anders überlegt.

Ein rotbärtiger Mann in einem mit Bronze beschlagenen Harnisch fing ihren Blick auf. Lachend schlug er mit seinem Schwert auf seinen rot bemalten Schild. Astas Herz hämmerte dermaßen, dass ihre Brust zu bersten schien. Sie ging hinter den Pfählen in die Hocke und spürte, wie ihr der Schweiß über den Rücken lief.

Das war also das Ende. Jetzt, wo ihr Schicksal endlich eine Wende genommen hatte, sollte sie in die Nachwelt eingehen. Wenn sie nur einen raschen Tod hatte und nicht lange auf dem Schlachtfeld leiden musste, verstümmelt und hilflos verblutend. Sie drehte sich um und warf einen letzten Blick auf das Langhaus. Bleiches Sonnenlicht verbreitete sich im Osten, verhieß einen neuen Tag.

»Bereitet euch auf die Nachwelt vor«, brüllte Loki.

Der Rappe bäumte sich auf und schlug mit den Vorderhufen. Freyas Körper zuckte im Schlamm, ihr Gesicht war blaurot, als sie keuchend nach Atem rang.

Eine Bewegung auf dem Dach fing Astas Blick ein. Ein schwarzer Schatten kroch über das Langhaus. Asta riss an Arvids Kittel.

»Sieh mal da, bei Walhallas Schlangen!«

Eine Bogenschützin. Es war Trudvi, die ihren Bogen spannte und auf Loki zielte. Asta keuchte auf. Mach schon. Erschieß ihn.

Der finstere Reiter hatte nur Augen für Freya. Er zeigte auf sie und flüsterte etwas Unhörbares. Sein Rappe tänzelte hin und her, stand fast aufrecht auf den Hinterbeinen. Asta biss die Zähne zusammen und flehte alle Mächte um Hilfe an.

Ein singendes Geräusch durchschnitt die Luft. Loki schwankte und griff sich an die Brust. Der Pfeil hatte ihn ins Herz getroffen.

Einen Moment lang war alles still.

Asta hielt den Atem an.

»Bei allen Mächten …«, murmelte Arvid neben ihr.

Loki schrumpfte vor ihren Augen in sich zusammen. Sein Rücken wurde krumm und sein Gesicht verwitterte. Von seinem stattlichen Aussehen war nichts mehr übrig. Loki war kein Krieger mehr, sondern ein alter Mann. Dann glitt er von seinem Pferd in den Schnee.

Der Rappe bäumte sich noch einmal auf und galoppierte durch die Reihen der Göten davon.

»Einherjer, zerschmettert sie. Tiwaz ist mit uns. Ehret seinen Namen«, schrie Trudvi vom Dach her und hob den Bogen zu einer Siegesgeste.

Asta lachte. Mit einem Schlag hatte sich alles verändert. Die Asen hoben mit Siegesgebrüll ihre Schwerter, die Schützen feuerten ihre Bögen ab. Ein Pfeilregen ergoss sich über Göten und Alfheimer und ließ die Feinde wie blutendes Fallobst zu Boden gehen.

»Folgt mir«, rief Arvid.

Sie rannten an den Pfählen vorbei und trafen auf halber Höhe des Hangs auf die Feinde.

Rutgar warf sich ihr schreiend entgegen. Ohne nachzudenken, hob Asta ihr Schwert und bohrte es in seinen Hals.

Etwas Heißes traf ihr Gesicht. Sie hörte neben sich jemanden rufen, traf einen blonden Jüngling in den Rücken, riss sofort das Schwert heraus und brachte sich durch einen Sprung vor einem Schwert in Sicherheit.

Das Feuer loderte zu den Wolken hoch, um sie herum brannte alles. Asta ließ sich von der großen Finsternis verschlingen. Schreiend schlug sie mit dem Schwert auf die Feinde ein, etwas anderes lenkte ihre Sinne, etwas, das größer war als sie selbst.

Sie bohrte einem von Alfhilds Kämpfern das Schwert in den Bauch. Sah, wie das Blut aus seinem Mund schoss. Sie war unbesiegbar. Asta lachte, erfüllt von einer wahnwitzigen Stärke. Sie mussten sterben, wegen ihrer vielen Missetaten. Sie war die Rächerin.

Saga starrte wie gelähmt auf das Kampfgetümmel. Ein Mann aus Alfheim lag schreiend im Schnee. Ihm war ein Arm abgehackt worden, Blut strömte aus der Wunde.

Einer von Orms Brüdern taumelte vorüber, er blutete aus einer tiefen Kopfwunde.

Überall brüllten und kämpften wütende Männer. Ein Junge in einem Bärenfell schleuderte seine Keule auf Oddvar von Friön. Der Alte merkte erst etwas, als die Keule seinen Hinterkopf traf. Er stürzte in den blutigen Schlamm.

Forseti stürzte sich auf zwei mit Schwertern bewaffnete Göten, in wilder Kampfeswut hob er seine Axt. Er zerhieb mit zwei Schlägen den Schild des einen Gegners und fällte ihn dann mit einem Schlag auf den Kopf, während er sich sofort geschmeidig dem anderen zuwandte. Sein Harnisch war von Blut überströmt, sein Gesicht vor Zorn verzerrt.

Saga trat an den Schutzwall. Gesinde und alte Vanen warteten dort mit Keulen und Speeren. Walhallas letzte Verteidigung. Bleich und verängstigt starrten sie ins Tal hinunter, wo die Todesschreie widerhallten.

Erces Trauer erhob sich aus der Erde und raubte Saga die letzten Kräfte.

Die Krieger glitten aus dem Zwielicht heraus und verschwanden wieder darin, die Schlacht tobte wie ein Albtraum. Und es gab nichts, was Saga hätte tun können, um ihr ein Ende zu machen.

Freya hustete, ihr Hals schmerzte in der kalten Luft. Mit letzter Kraft richtete sie sich auf alle viere auf, ihre Hände waren mit Schnee und Erde beschmutzt. Sie hatte überlebt.

Eine von Butaids Töchtern machte kehrt und rannte nach Walhalla hoch. Ein Speer traf sie im Rücken, sie riss die Augen auf und fiel vornüber.

Ein blonder Junge stürzte mit zerschlagenem Schädel zu Boden. Butaid wurde von einer Keule an der Schulter getroffen. Der Alfheimer, der sie getroffen hatte, hob abermals seine Waffe, aber Reidar traf ihn mit dem Schwert im Bauch. Das Blut strömte aus seinem Mund, dann stürzte er auf Butaid.

Rodälv beschwor eine Kampffessel und schleuderte sie auf den Fremden, der neben Loki geritten war. Der erstarrte, aber nur für einen Augenblick, dann schüttelte er den Zauber ab und zielte mit dem Schwert auf Baldur, der dem Schlag auswich.

Freya kämpfte sich auf die Füße.

Hel wanderte über das Schlachtfeld, gierig verschlang sie die Geister der Toten.

Die Unverdorbenen würden ihre neun Welten verlassen und zur Göttin aufsteigen dürfen. Aber die Übelgesinnten mussten in ihrem finsteren Reich bleiben.

»Wir werden verlieren«, sagte Rodälv. Keine Furcht war bei ihr zu erkennen, dort gab es nur Resignation.

Asen und Vanen wurden den Hang hinaufgetrieben, Schritt für Schritt. Verbissen kämpfend konnten sie den Speeren und Schwertern der Göten doch nicht widerstehen. Hinter ihnen ritt Hauglot, schreiend und vom Wahnsinn ergriffen. Er trieb seine Mannen an, hetzte sie wie Hunde.

Thors Hammer blitzte hinten bei Lokis Leichnam auf, ein bärtiger Göte stürzte zu Boden. Aber die Feinde waren zu zahlreich.

»Mutter, steh deinen Priesterinnen bei, lass nicht zu, dass wir von dem Übel besiegt werden«, flüsterte Freya.

Sie hob die Arme und beschwor die düstere Kraft. Aber Hel hörte nicht auf sie. Ein junger Ase sank in die Knie und presste sich die Hände auf den Bauch.

Ein bärtiger Göte schlug ihm die Axt in den Nacken.

»Mutter«, schrie Freya.

Sie hob abermals die Arme, flehte die große Göttin und deren neun Töchter an, ihnen zu Hilfe zu kommen.

Im Osten schimmerte das milde Licht der Sonnengöttin. Stumm wandte sie ihr Gesicht von den Leiden der Vanen ab.

»Steh mir bei!«

Freyas Ruf hallte über das Schlachtfeld, vermischte sich mit den Schreien der Sterbenden.

Aber ihre Bitten wurden von den Göttinnen nicht erhört. Ein eiskalter Dolch bohrte sich in ihre Brust. Das hier war das Ende.

»Mutter, warum hast du mich verlassen?«

»Tiiiwaaaz!«

Thors blonde Tochter hob ihr Schwert. Eine Rachedise, beseelt von wildem Zorn. Blut lief über ihr Gesicht und ihren Harnisch, ihr Gesicht funkelte vor Stärke.

»Gemahl, steh mir bei«, schrie sie und hob ihr Schwert zum Himmel. »Komm zu mir!«

Ein dumpfes Dröhnen rollte über den Himmel. Freya keuchte auf. Der Kampfgott der Asen hatte geantwortet. Trudvi warf den Kopf in den Nacken und lachte, als sei sie von Sinnen.

Das schwache Licht der Sonnengöttin verblasste in den Wolken. Abermals wogte die Dunkelheit über das Tal hinweg.

Ein rotschimmernder Krieger wanderte über das Himmelsgewölbe. Sein Mantel und sein Harnisch waren schwarz. Während sein wahnsinniges Gelächter erklang, schwenkte er seinen Hammer und füllte den Himmel mit wilden Blitzen.

»Tiwaz!«

Die Asen kämpften jetzt mit frischer Kraft, sie griffen die Göten an, trieben sie Schritt für Schritt zurück.

Tiwaz streckte eine Hand aus und berührte Trudvi. Sie schüttelte sich wie in Krämpfen und schrie mit gellender Stimme, beseelt von der göttlichen Liebkosung.

Die Kraft umglühte sie, sie funkelte vor Blutdurst.

Freya starrte die Asin verblüfft an. So etwas hatte sie noch nie gesehen.

Tiwaz hob die Hand, schleuderte Blitze auf die Göten. Zwei verbrannte Krieger sanken zu Boden.

»Kämpft, Einherjer, mein Gemahl schenkt uns den Sieg«, rief Trudvi und stürzte sich mit hoch erhobenem Schwert auf die Göten.

Blitze jagten über den Himmel, Tiwazens schwere Schritte ließen den Boden beben.

Genüsslich sah er zu, wie seine Braut sich eine Schneise durch die Feinde schlug. Er brüllte vor Freude, wenn ihr Schwert ein neues Leben erntete, er schützte mit seiner Hand ihren Leib vor Pfeilen und Speeren.

Thor und die anderen Asen waren von der selben zornglühenden Kraft beseelt.

Freya wischte sich ihre verschmierten Hände an ihrem Rock ab. Der Schmerz wütete in ihrer Brust, ihr wurde immer kälter. Sie zitterte und bebte.

Tiwaz hatte sie gerettet. Thors Kriegsgott hatte eingegriffen, als die Göttinnen ihnen den Rücken zugekehrt hatten.

Jetzt flohen die Göten über den blutverschmierten Schnee. Freya sah, wie die Asen sie verfolgten, wie sie ihre Feinde durch das Tal trieben. Hel fauchte den Kriegsgott an und wich dann zurück in die Finsternis. Freya sank kraftlos zu Boden. Ihre Herrin, die Schonungslose, hatte sich nicht an Kraft mit Tiwaz messen können.

Ylva und Sigthaud jubelten zusammen mit den Vanen. Alte und Kinder kamen aus dem Langhaus gerannt und umarmten die lachenden Krieger.

Sie hatten überlebt.

»Freust du dich nicht, Priesterin?«, rief Rodälv und lächelte Freya strahlend an.

Freya nickte stumm. Der Sieg hatte ihnen das Leben gerettet, was blieb ihr da anders übrig, als sich zu freuen?

Sie holte tief Luft, packte eine Stange und versuchte, sich auf die Füße zu ziehen. Vergeblich. Sie war so schwach, dass sich vor ihren Augen alles drehte. Erschöpft sank sie wieder zu Boden.

Seit ihrer Jugend hatte sie gesehen, wie das strahlende Walhalla sich aus der Asche des Vergangenen erhob. Diese Visionen hatten sie geführt, hatten ihr Mut geschenkt, aber niemals hatte sie ihren

Inhalt erfasst. Walhalla war nicht Freyas von Priesterinnen bewohnter Hof, es war überhaupt kein Ort auf dieser Welt. Es war das neue Zeitalter, die Zukunft.

Freya bewegte den Kopf und sah zu, wie die Krieger auf dem Schlachtfeld die verletzten Feinde töteten. Die Angstschreie verstummten jäh. Die Leichen wurden sorgfältig geplündert.

Die Zeit ist eine Spirale, die sich langsam durch das Weltall dreht. Das Zeitalter der Göttinnen war zu Ende. Walhalla war die Zeit des Tiwaz, des Krieges und des Kampfes.

Freya legte sich die Hand auf die Brust. Ihr Herz kam ihr eiskalt vor.

»Hohepriesterin, du bist ganz grau im Gesicht«, sagte Rodälv und ging neben ihr in die Hocke. Ihr Blick war erfüllt von ängstlicher Sorge.

»Ich sterbe«, erwiderte Freya.

Gefions Geist schwebte über dem Boden, sie lächelte einladend und streckte die Hand aus. Lokis Sohn herrschte in Alfheim, das Schicksal der Vanen war besiegelt. Aber eins konnte sie noch für ihr Volk tun, wenn sie lange genug lebte.

Thor kam angerannt und beugte sich über sie. Freya erwiderte seinen besorgten Blick.

»Bring mich heim«, sagte sie.

Saga musterte die toten Körper. Die Verwundeten jammerten im Schnee, wo sie langsam verbluteten. Sie blieb neben einem Jungen stehen, er war wirklich noch ein Kind. Er blutete heftig aus einer Brustwunde, sein Körper zitterte in Todeskrämpfen.

»Weg da, Mädchen«, sagte Halte und hob seinen Speer. Ehe Saga noch etwas sagen konnte, hatte er ihn dem Jungen in die Brust gerammt.

Ein leises Gurgeln erklang, dann erloschen seine Augen.

»Sieh nach, ob er irgendwas Wertvolles bei sich hat«, sagte Halte.

Saga wich zurück vor dem Mann, der Walhallas Tor bewacht hatte, seit sie ein Kind gewesen war.

Einen Steinwurf weiter lag der tote Loki auf dem Rücken. Er sah durchaus nicht aus wie der Mann, der ihr bei den Alfenpriestern begegnet war. Er war weißhaarig und klein, sein Gesicht war eingesunken und zerfurcht wie das eines uralten Mannes.

Saga zitterte. Erces Klagegesang hallte in ihrem Körper wider, das Lied zahlloser Mütter, die um ihre toten Kinder trauerten. Sie hielt sich die Ohren zu, versuchte, diese Qual auszusperren. Vergeblich. Der Boden war bedeckt von Leiden und Tod. Asta und Butaid liefen zwischen den Toten umher und rissen eifrig deren Habseligkeiten an sich.

Sagas Magen krampfte sich zusammen.

Forseti kam auf sie zugetaumelt, gestützt auf einen anderen Krieger. Er hinkte stark, Blut floss aus seinem Oberschenkel. Sein Umhang war zerrissen, sein Harnisch von Blut bespritzt, aber in der Hand hielt er noch immer die Axt.

»Nur eine Stichwunde.«

Er versuchte zu lächeln, aber die Schmerzen verwandelten dieses Lächeln in eine Grimasse. Jetzt sah sie die Blutspritzer in seinem Gesicht. Das Blut gefallener Feinde.

Saga schloss die Augen, sah vor sich, wie Forseti die Göten niedermetzelte. Vielleicht war der tote Junge dabei gewesen. Übelkeit stieg in ihr auf.

»Es freut mich, dass es nur eine oberflächliche Wunde ist«, sagte sie tonlos, während Erces Schmerz ihren Kopf dröhnen ließ.

Forseti musterte sie traurig. Er hätte bei dem Versuch, Saga zu beschützen, sterben können. Sie streckte die Hand aus, streichelte seine Wange.

»Du bist wirklich ein Held«, flüsterte sie und ließ ihn stehen.

Sie wanderte über das Feld der Gefallenen, fort von Halte und seinem Speer. Sie ging schneller, überholte die müden Krieger, die sich auf dem Rückweg nach Walhalla befanden.

»Bleib stehen«, riefen sie.

»Es ist gefährlich, dorthin zu gehen!«

Erces gequälte Schreie drohten sie zu zerreißen. Sie presste die Hand auf den Mund, hätte sich fast in den Schlamm übergeben.

Sie hatten gesiegt, aber Alfhild war tot, Hauglot hatte die Macht über Ingvild und Alfheim an sich gerissen. Das viele Sterben war umsonst gewesen. Saga lehnte sich an den Zaun. Eine gewundene Blutspur führte zu dem verschneiten Roggenfeld. Ein leises Stöhnen ließ sie zusammenfahren. Sie betrat den Garten, angespannt und fluchtbereit.

Ganz hinten lag eine zusammengekrümmte Frau, eine Priesterin. Sagas Herz hämmerte, als sie weiterlief. Sie kannte diese dünne Gestalt.

»Vár«, flüsterte sie.

Vár hob den Kopf, schaute Saga müde an. Ihr Gesicht war weiß wie Schnee, ihre Augen bitter.

»Beende du nur, was dein Volk begonnen hat«, sagte sie hasserfüllt.

Saga sank neben ihr auf die Knie, streichelte liebevoll ihre Wange.

»Du bist meine Pflegemutter. Ich bringe dir keinerlei Feindschaft entgegen.«

Várs Blick trübte sich vor Schmerzen. Sie nahm Sagas Hand, drückte sie.

»An der Grenze zum Totenreich wird alles deutlich. Die guten und die schlechten Tage im Leben, das ganze Elend.«

Sie leckte sich die grauen Lippen, kalter Schweiß perlte auf ihrer Stirn. Vár lag im Sterben.

»Lass uns diesen Moment zur Versöhnung nutzen«, sagte Saga und jetzt schrie Erce nicht mehr vor Trauer. Leise weinte sie über den Wahnwitz der Menschen.

»Fliehe, Saga, rette dein Leben. Hauglot ist das pure Böse. Er hat Ingvilds älteste Tochter getötet, hat ihr vor den Augen der Mutter den Kopf abgeschlagen.«

Vár zitterte vor Kälte, ihre Augen füllten sich mit Entsetzen, dann öffnete sie den Mund und seufzte tief. Ihr Blick erlosch. Vár war zu ihren Vormüttern eingegangen.

Saga erhob sich langsam und fuhr mit den Händen über ihren verschmutzten Rock.

»Freya braucht dich.«

Das war Thor, müde und düster zeigte er zum Hof hinüber.

Saga schaute auf die tote Vár hinunter. Ingvilds älteste Tochter war geköpft worden, und Alfheims Königin hatte ihre Macht eingebüßt.

»Du wirst heim nach Vanaheim reisen«, sagte Thor.

Heim?

Saga ging in Richtung Walhalla los.

Der Nebel hing schwer um die Eichen auf dem Tingplatz, der Freyrstein ragte stolz zu den leuchtenden Wolken auf. Vanaheim war nicht ihr zu Hause. Saga war hier in Walhalla aufgewachsen, hier war ihre Mutter begraben.

Sie ballte die Fäuste. Sollte sie vor den Göten fliehen, vor Hauglots Macht weichen? Auf einer Insel Zuflucht suchen, die sie noch nie gesehen hatte? Niemals!

»Der Kampf ist noch nicht zu Ende. Hauglot muss aus Alfheim vertrieben werden.«

Thor schüttelte müde den Kopf.

»Alfheim ist nicht unsere Sache.«

»Das hier ist mein Zuhause«, sagte Saga und biss die Zähne zusammen. Sie hatte nicht vor, stillschweigend den Göten Platz zu machen. Wenn irgendwer Ingvild unterwarf, dann ja wohl sie. Aber doch nicht Hauglot.

»Das hier sind mein Reich, mein Hof, mein Erbe. Hier werde ich bleiben. So lange Hauglot in Alfheim sitzt, ist mein Tal bedroht. Hilf mir, Großvater.«

Thor kratzte sich an der Wange, musterte sie forschend. Dann ahnte Saga in seinem Gesicht ein leises Lächeln. Sie hob den Kopf.

»Ich bitte dich als Tochterstochter und als Königin.«

Thor lachte.

»Da ist doch endlich das Asenblut in dir erwacht, Kind. Überleg dir jetzt genau, was du willst. Ein Kampf auf Alfheims Boden würde nicht nur Göten töten. Die Schreie der Unschuldigen würdest du dann für den Rest deines Lebens mit dir tragen«, sagte er.

Saga nickte kurz. Sie hatte verstanden. Unschuldige würden sterben. Das hatte keine Bedeutung.

»Das Böse muss ausgemerzt werden.«

Thor drehte sich um und zeigte auf Baldur, der ein erbeutetes Schwert musterte.

»Sammle die Einherjer. Was wir begonnen haben, werden wir zu Ende führen.«

Baldur ließ das Schwert los und wandte sich seinem Bruder erwartungsvoll zu.

»Na, endlich dürfen wir den großen Reichtum ernten. Wann?«

»Sofort«, erwiderte Thor grimmig.

Drei Bogenschützen zündeten an den Fackeln der Krieger ihre Pfeile an. Dann zielten sie sorgfältig in den Nachthimmel. Asta stand neben Arvid. In ihrer Brust schien es zu sieden. Kein Kampf könnte mächtiger sein als dieser hier. Alfheim würde mit Feuer besiegt werden. Sie konnte ihr Glück kaum fassen.

»Siehst du«, sagte sie zu Arvid und zeigte auf das heruntergebrannte Haus der Alfenpriester. »Das habe ich getan, mit Fackeln.«

Arvid grinste und klopfte ihr auf die Schulter.

»Jetzt ganz ruhig.«

Asta liefen zufriedene Schauer über den Rücken, als die Pfeile vor dem Nachthimmel einen Bogen beschrieben. Sie trafen das Strohdach, das sofort zu rauchen begann. Ihr Mund war wie ausgedörrt. Sie spürte die Wunde in ihrem Bein nicht mehr. Die Flammen loderten krachend auf. Das läuternde Feuer. Sie lachte glücklich.

»Vorwärts«, rief Thor.

Auf dem Hofplatz wimmelte es schon von Menschen, die schreiend zu fliehen versuchten. Asta warf sich mit der Axt in der Hand einem Alfenpriester entgegen, ein Schlag und er fiel zu Boden. Das Feuer trug sie weiter, erfüllte sie mit einer wunderbaren Kraft.

Die Alfheimer waren umzingelt, alle würden sie in den Flammen den Tod finden.

Sie stellten sich vor die Türen, hinter die Bogenschützen, die darauf warteten, dass die Türen sich öffneten. Die Göten kamen mit Waffen in der Hand heraus, hinter ihren Frauen und Kindern. Verdammte Feiglinge!

Ein Pfeilregen traf die Göten, tot fielen sie zu Boden, die Krieger, aber auch die Frauen und Kinder. Und es kamen immer mehr.

Asta schlug einen Krieger zu Boden, der gerade Arvid das Schwert in den Rücken bohren wollte. Sie ließ eine Magd entkommen und nahm dann den Kampf gegen einen schwachen Jungen auf. Ihre Schwerter trafen aufeinander, blitzten in der Nacht. Die Füße des Schwächlings waren schnell. Asta trat ihm zwischen die Beine und schlug ihm dann in den Nacken. Arvid warf ihr einen beifälligen Blick zu und beugte sich kampfbereit vor.

»Dein Schwert leistet uns gute Dienste«, rief er.

Asta umklammerte die Waffe, die sie in Alfhilds Wagen gefunden hatte. Sie war in ihrer Hand glitschig vor Schweiß. Das Feuer verschlang das Strohdach. Der Rauch wogte über dem Hofplatz. Asta starrte aus zusammengekniffenen Augen die Türen an, sie leckte sich die Lippen. Ihr Körper war gespannt wie eine Bogensehne, ihr Herz hämmerte. Asta lächelte. In diesem Moment war sie von purem Glück erfüllt.

Saga klammerte sich an die Mähne ihres Pferdes. Alfhilds Hof wurde von den Flammen verschlungen. Das Feuer ließ die Wolken leuchten, grauer Rauch quoll aus der Halle, stieg aber nicht empor, sondern legte sich schwer über den Hofplatz. Die Doppeltüren standen offen. Frauen, Krieger und Kinder versuchten, zu entkommen. Die Krieger wurden bei der Tür niedergemacht. Saga sah einer Magd hinterher, die in das Chaos aus Rauch, Pfeilen und Kampf rannte.

Schreiend fiel sie zu Boden. Auf dem ganzen Hofplatz lagen Tote. Die Krieger hatten alle Besinnung verloren, sie schlugen sich durch den Rauch eine Gasse, sie kämpften gegen alles, was sich bewegte.

»Ich würde meinen Brüdern gern beistehen«, sagte Forseti düster und fuhr sich mit der Hand über sein verbundenes Bein. Ruhelos musste er dem Kampf der Asen zusehen und Saga schützen. Sein Pferd schnaubte und warf den Kopf in den Nacken.

Der Kampf tobte immer wütender. Eine der Ingvildstöchter rannte aus dem Rauch und wurde sofort von einem dunklen Asenkämpfer zu Boden geschlagen.

Saga verflocht ihre Finger in die Pferdemähne und sprach sich selbst Mut zu. Das hier musste sein. Sie musste das Wohlergehen ihres Volkes höher stellen als ihr eigenes, höher als alles.

Jetzt kam Hauglot mit seinen Männern aus dem Haus, wie wahnsinnig schlugen sie im Rauch um sich. Eifrig richtete Saga sich auf. Jetzt würde die Entscheidung fallen.

Das Gesicht des Göten war im dichten Rauch nur zu ahnen. Thor hustete und hob Mjölnir. Seine Augen brannten und trieften. Da! Hauglots blonde Haare leuchteten im Feuerschein auf.

Thor schleuderte Mjölnir, aber der Göte wich aus. Rasch hob er zu seiner Verteidigung den Hammer. In letzter Sekunde fing er das Schwert auf. Thor kniff die Augen zusammen, die Tränen liefen ihm über die Wangen. Verdammter Rauch. Ein Schatten glitt vorbei. Etwas blinkte auf. Thor drehte sich langsam um. Er konnte die Nähe des anderen spüren, er war irgendwo im Rauch. Sein Fuß stieß gegen einen weichen Körper.

Wo war der Feigling? Der andere, der Loki gefolgt war, lag bereits tot am Boden, ein Pfeil hatte sich durch seinen Hals gebohrt. Wenn er nur dieses andere Schwein zu fassen bekäme! Er stieg über den Toten hinweg.

Ein blonder Krieger mit weißem Umhang kehrte ihm den Rücken zu. Thor schlug mit aller Kraft zu, aber der Hammer rutschte ihm aus der Hand. Er flog außer Reichweite, so, als sei er ihm aus der Hand gerissen worden. Bei Tiwaz! Bestimmt hatten Hexenkräfte ihm seine Waffe geraubt!

Er hustete gequält, während er sich wachsam umblickte. Schwarze Schatten glitten durch den Rauch. Thor wich zwei Schritte zurück. Unbewaffnet war er eine leichte Beute. Er musste eine Waffe finden, sofort.

Hauglot kam mit gezücktem Schwert auf ihn zu.

»Fang, Thor«, rief eine Frauenstimme.

Etwas blitzte durch die Luft. Thor schnappte das Schwert im Flug und zielte damit auf den schreienden Hauglot. Der Göte verstummte und stürzte.

Thor hustete. Verdammter Rauch.

Er packte die Haare des Göten und schleifte ihn hustend aus dem Rauch. Diese Schlangenbrut würde kein Unheil mehr anrichten.

»Du hast mein Schwert brauchen können«, sagte Asta stolz.

Thor hob die Waffe, die er im Flug gefangen hatte. Die Wahnsinnige handelte immerhin schnell, ohne ihre Hilfe hätte er sich kaum verteidigen können.

»Ein Götenschwert«, stellte er fest und lachte leise.

In die Bronze war ein Pferd mit acht Beinen eingeritzt. Dieses Zeichen war ihm nur zu bekannt.

»Woher hast du das?«, fragte er Asta.

Sie fuhr sich mit den Fingern durch die Haare und zögerte.

»Das habe ich aus Alfhilds Wagen gestohlen.«

Thor schüttelte den Kopf.

»Dann wurde Lokis Sohn durch Lokis Schwert getötet. Der Kerl ist von seiner eigenen Waffe gefallen. Ich kann mir nur schwer ein bittereres Schicksal vorstellen.«

Asta zuckte mit den Schultern.

»Schweine gibt es immer wieder.«

Thor prustete los. Gleich darauf krümmte er sich. Der Husten zerriss ihm Lunge und Hals, Blut schäumte aus seinem Mund. Es war schlimmer denn je.

Arvid verschwand im Nebel und kam mit Mjölnir in der Hand zurück. Thor atmete erleichtert auf, sein Husten beruhigte sich.

Thor packte Hauglot, riss den Leichnam hoch.

»Sieg den Asen!«

Der Ruf hallte auf dem Hofplatz wider.

»Trag ihn«, sagte er zu Arvid, der sich den Toten über die Schulter warf und Thor zum Waldrand folgte.

Saga saß hocherhobenen Hauptes auf ihrem Pferd. Sie war bleich, bewahrte aber ihre Würde. Thor nickte Forseti zu.

»Der Sieg ist unser.«

Sie glitt zu Boden, beugte sich über den Toten. Seine Kehle war aufgeschlitzt. Seine Augen starrten ausdruckslos in die Nachwelt.

»Ingvild?«, fragte Saga mühsam.

Thor zuckte mit den Schultern. Seine Brust krampfte sich zusammen, sein Körper schmerzte durch alte und neue Wunden. Etwas stimmte hier nicht.

Die Leute aus Alfheim saßen weinend am Wegrand, ängstlich klammerten sie sich aneinander. Unten am Strand glitt ein Schatten über das Wasser. Die Göten flohen. Rasche Ruderschläge trugen sie vom Land fort. Thor lief auf den Hofplatz, jagte die Krieger hoch, die auf dem Boden herumlungerten.

»Arvid! Sie fliehen! Halt das Götenschiff mit deinen Brandpfeilen auf!«

Der Ase sprang auf und warf sich den Köcher über die Schulter. Mit dem Bogen in der Hand lief er zur Bucht. Zwei weitere Krieger folgten ihm.

Die anderen ließen sich bei den Hütten zu Boden sinken, müde und hohläugig lehnten sie sich an die Wand. Die Frauen brachten ihnen Wasser, das sie gierig tranken.

»Die Leute aus Alfheim danken ihnen«, sagte Saga, die Thor gefolgt war.

»Die Leute wenden sich der Macht zu, von der sie sich den größten Nutzen versprechen, vergiss das nicht, Tochterstochter«, sagte Thor düster.

Modi lag auf dem Boden. Der junge Mann war stark wie ein breitschultriger Stier. Ein Riemen seines Beinschutzes hatte sich gelöst und lag im Schlamm, seine Wange war mit Blut bespritzt.

Trudvi ging in die Hocke und wiegte sich auf den Hacken hin und her, ihr Schwert war blutverschmiert. Ein tiefer Riss zog sich über ihren Harnisch, ein Andenken an eine Schwertklinge. Thor schüttelte den Kopf. Es schien erst einen Atemzug her zu sein, dass eine Leibeigene ihm die neugeborene Trudvi gebracht und ihn gefragt hatte, ob sie im Wald ausgesetzt werden sollte. Jetzt war sie eine erwachsene Schildmaid.

»Gut gekämpft«, lobte er seine ungebärdige Tochter.

Sein schlechtes Gewissen versetzte seiner Brust einen Stich. Trudvis Mut hatte sie zum Sieg geführt, ihre Kraft hatte die Göten zermalmt. Nicht seine. Thor rieb sich den schweißnassen Nacken, spürte, wie die Zeit wie Sand durch seine Finger rann.

»Tiwaz ist wahrlich dein Gemahl«, sagte er ernst.

Ihr Gesicht öffnete sich zu einem freudigen Lächeln.

»Bestraf mich nicht dafür, dass ich dir nicht gehorcht habe. Tiwaz selber hat mich geführt.«

Thor grinste.

»Ich bin dankbar dafür, dass der Allvater über uns wacht. Ich bin nicht zornig, sondern nur stolz.«

Trudvis Augen funkelten überrascht, dann lächelte sie strahlender, als er das je an ihr gesehen hatte. Thor nickte grimmig und nahm Mjölnir in die Hand. Der Hammer war verklebt mit Blut und Haaren, Thor fuhr mit dem Daumen über die verschlungenen Muster.

»Ich nähere mich dem Abend meines Lebens, das hier ist mein letzter Kampf.«

Viele Gefahren hatte er in diesem Streit auf sich genommen, er hatte gehofft und geglaubt, dass ein Hieb ihn in die Nachwelt senden würde. Aber diese Gnade hatte Tiwaz ihm nicht erwiesen. Thor wischte Mjölnir an seinem Kittel ab, musterte die Waffe, die er fast sein Leben lang bei sich getragen hatte. Ein Geschenk des alten Volkes, das ihm so treu gedient hatte. Er hielt Modi den Hammer hin. Verwirrt kam der Junge auf die Füße, nahm die Waffe entgegen.

»Du bist es wert, meinen Umhang umzulegen. Möge Mjölnir dir gute Dienste erweisen, Häuptling«, sagte Thor.

Stolz schloss Modi die Finger um die Waffe. Die Asen sprangen auf und grüßten ihren neuen Häuptling voller Achtung.

»Ich werde dich in Wort und Werk ehren«, sagte Modi mit gepresster Stimme.

Thor räusperte sich. »Das tust du doch schon, Junge. Und hör vor allem auf deine Schwester«, sagte er und klopfte seinem Sohn gerührt auf die Schulter.

Besser, er kümmerte sich um Saga, ehe sie sich alle in rührselige alte Weiber verwandelten.

Die Toten bedeckten den ganzen Hofplatz, Göten mit eingeschlagenen Schädeln. Ein Alfenpriester lag auf der Seite, eine Magd lag auf dem Rücken und starrte aus leeren Augen in die Nachwelt. Ein kleines Mädchen lief weinend zwischen den Toten hin und her. Bei einer molligen Frau ging sie in die Hocke und schüttelte die Tote, als ob sie nur schliefe.

Saga ballte die Fäuste und ging zwei Schritte weiter in Richtung Langhaus.

Das war fast heruntergebrannt. Dicker grauer Rauch stieg aus den Ruinen auf. Die Türen waren verschwunden, die Wände um die Türöffnung schwarz vor Ruß. Schwarze Balken ragten aus dem schwelenden Feuer auf.

Eine verbrannte Frau lag tot bei der Türöffnung. Saga drehte sie mit dem Fuß um. Im Arm hielt die Frau ein Kind. Ihr Gesicht war noch zu erkennen. Der Boden unter Sagas Füßen bebte. Brennendes Feuer, verzehrender Hass.

»Ingvild«, flüsterte sie.

»Ich hab dich gewarnt«, sagte Thor, der durch den Rauch auf sie zukam.

Saga erhob sich. Jeder Sieg musste bezahlt werden, jedes Opfer hatte einen Preis. Das musste eine Königin wissen.

»Ihr Ende wird mich verfolgen, wie das der anderen.«

Thor legte ihr die Hand auf die Schulter und drückte sie.

»Du hast richtig gehandelt, du hast dein Volk beschützt.«

Sie nickte und drehte sich um.

Svea wartete auf sie, ihr Gesicht war von Rußflecken übersät, ihr Rock zerfetzt und verschmutzt.

Saga musste gegen das Entsetzen kämpfen, das sie heraufbeschworen hatte, ehe sie etwas sagen konnte.

»Ingvild ist tot«, flüsterte sie endlich.

Svea nickte. »Aber mein Volk ist befreit von der Torheit, die uns erfasst hatte. Ich bin Vanen und Asen zutiefst dankbar«, sagte sie ernst.

Saga füllte ihre Lunge mit Nachtluft, nahm den Geruch von versengtem Fleisch und Feuer wahr. Rußflocken segelten durch die Luft, färbten den Schnee schwarz.

»Es war ein hoher Preis«, flüsterte sie.

Sveas dunkle Augen füllten sich mit trauriger Wärme.

»Lieber Tod als Sklaverei. Ingvild wollte lieber sterben, als weiter von Hauglot gequält zu werden.«

Svea drehte sich zu Thor um und verbeugte sich würdevoll.

»Ihr habt uns befreit.«

Thor schaute zum Meer hinüber, das Schiff floh über das Wasser. Kein Brandpfeil hatte ihm etwas anhaben können.

»Es kann dauern, aber eines Tages werden die Göten zurückkehren«, sagte er.

Saga strich sich die Haare aus dem Gesicht, spürte, wie ihre Hoffnung wieder erwachte.

Sie hatten Zeit. Wenn Ingvild tot war, war Svea Königin von Alfheim, und dann würden sie erneut in Frieden leben. Die Göten mochten zurückkommen, aber dann würden die Vanen und Alfheimer sie gemeinsam erwarten. Die Sonnengöttin war zurückgekehrt, Freyas Opfer war nicht umsonst gewesen. Nach diesem Tag würde alles besser werden.

Erces Herzschläge dröhnten durch ihren Leib, erfüllten sie mit Ruhe. Sie hatte getan, was sie tun musste, sie hatte Alfheim gegen die Eindringlinge verteidigt, hatte sie vertrieben. Viele Unschuldige waren gestorben, aber auch ihre Opfer waren nicht vergebens gewesen.

»Lass uns dafür sorgen, dass unsere Freundschaft nie gebrochen wird. Möge der Wahnsinn der Toten zur Ruhe gebettet werden. Einig müssen wir den Göten gegenüber treten, zwei Schwestern, Seite an Seite, so, wie Vanaheim das in seiner großen Zeit gehalten hat«, sagte Saga.

Svea lächelte sanft.

»Nichts würde mir größere Freude bereiten.«

Saga atmete erleichtert auf. Ihre Schuldgefühle lösten sich auf, schon konnte sie leichter atmen. Dann fiel ihr Freya ein, die leblos in ihrem Bett lag. Ihre Großmutter lag im Sterben. Saga schluckte.

»Großmutter ist auf dem Weg in die Nachwelt. Ich werde sie heim nach Vanaheim bringen.«

Svea schüttelte traurig den Kopf.

»Wir haben so viel verloren.«

Saga nahm ihre Hände, drückte sie kurz. Schweigend standen sie zwischen Alfheims Ruinen.

»Das ist das Ende und der Anfang«, sagte Saga.

Svea lächelte traurig.

»Dann ist es der Anfang unserer Zeit«, sagte sie.

Sie war zu Hause. An der Bucht ragten Vanaheims drei Hügel auf. Möwen schwebten vor dem klaren blauen Himmel und hießen Freya schreiend willkommen. Sie klammerte sich an die Bahre, während die Priesterinnen sie vorsichtig nach Vanaheim trugen.

Das Schiff der Asen war zur Insel gesegelt, wohlwollend hatte Ran Freya heimwärts getragen.

Sie lächelte glücklich, als sie die mächtige Halle ihrer Mutter sah, die sich oben auf dem Hügel erhob. Alles war so wie früher, nichts hatte sich verändert.

Ein ganzes Leben war vergangen, aber jetzt, in ihren letzten Tagen, kehrte sie endlich nach Hause zurück.

Saga beugte sich über sie, die Enkelin kam ihr vor wie ein schwacher Schatten der Wirklichkeit.

Sie stellten die Bahre zwischen nach Salz duftenden Gräsern und Felsen ab. Freya streckte die Hand aus, spürte die feuchte Erde zwischen den Fingern. Ihre Erleichterung spülte Kälte und Schmerzen davon.

»Du bist zu Hause.«

Gefion stand lächelnd neben ihrer Mutter vor der Bahre. Schimmernd wie Lichtdisen hießen die beiden Königinnen sie zu Hause willkommen. Das Gesicht der Mutter war mild und freundlich, nicht streng und abweisend, wie damals, vor so langer Zeit, als Freya von der Insel vertrieben worden war. Sie seufzte glücklich. Das hatte keine Bedeutung, jetzt nicht mehr.

Freya bewegte den Kopf. Die Fischer flickten ihre Netze, die Händler saßen unter ihrem Sonnenschutz auf dem Markt. Schiffe von weither drängten sich in der Bucht. Die Leute lachten und feilschten. Es gab nur üppiges Gedeihen.

»Können wir weitergehen?«

Ein dunkler Schatten schwebte vor ihr. Freya runzelte die Stirn.

»Wirkt der Fluch noch?«

Gefion schüttelte den Kopf.

»Der Boden ist schon lange frei von Hyndlas Bosheit.«

Freya lachte traurig. Wenn sie das doch nur gewusst hätte.

»Hier gibt es keinen Fluch«, flüsterte sie den Schatten zu, die sich über sie beugten.

»Das ist wahr und richtig, hier ist alles so, wie es sein soll.«

Sie erkannte Rodälvs Stimme. Die Bahre wurde hochgehoben. Sie trugen sie vorbei an den prachtvollen Höfen und hoch zu den Hallen der Priesterinnen auf dem östlichen Hügel.

Unter einer Eiche spielte ein junge Alfenpriester mit einer blonden Schönheit. Lachend legte er ihr den Arm um die Taille. Sie küsste ihn auf den Mund und lief dann den Hügel hoch.

Freya traten Tränen in die Augen. Das waren Widar, der Hohepriester der Alfen, und sie selbst in ihrer Jugend, ehe Ränkespiele und Machtkämpfe sie vergiftet hatten. Was war das für eine glückliche Zeit gewesen.

Sie sah ihr junges Ich, das sich umdrehte und die Hand zu einem Gruß für den jungen Priester erhob. Der Wickelrock wogte um ihre Beine. Ihre Wangen leuchteten rot, sie sah glücklich aus, keine Last hatte damals ihre Schultern bedrückt.

Die junge Freya erstarrte, sie schien in der Luft etwas zu spüren. Sie kniff die Augen zusammen und beugte sich vor. Für einen kurzen Moment sah sie Freya an. Aber sie erkannte sie nicht, sie ahnte nur ihre Nähe. Dann zuckte sie mit den Schultern und lief auf den staubigen Hofplatz, in den Schatten unter dem Schutzbaum. Die blonde Siv kam ihr entgegen. Die beiden jungen Frauen lachten, glattwangig und schön.

Freya lächelte traurig, als sie an ihre Freundschaft zu Siv dachte. Jetzt waren sie bittere Feindinnen, aber trotzdem trauerte sie um ihre gemeinsame Jugendzeit. Eine alte Frau stützte sich schwer auf ihren Stock, als sie zum Langhaus ging. Tante Gullveig, Vanaheims Hohepriesterin. Die mächtigste Frau der Welt, ehe diese Welt von Göten und Asen zerschlagen worden war. Freya seufzte liebevoll, noch heute sehnte sie sich nach der alten Frau.

Die Sonne ging jetzt unter. Die Schatten unter dem Schutzbaum wurden länger. Sie wurde in die Halle der Priesterinnen getragen und dort neben ihrer alten Schlafbank auf den Boden gestellt. Einige Priesterinnen waren an der Feuerstätte mit Weben beschäftigt, Freya erkannte Eir und Snotra.

Gefion hockte sich neben sie und schaute ihr in die Augen.

»Es ist jetzt so weit.«

»Noch nicht ganz«, flüsterte Freya.

Saga fuhr zusammen, als sie das verfallene Langhaus betrat. Sie hatte das Gefühl, in die Nachwelt zu steigen. Im verfaulten Stroh der Schlafbänke ahnte sie gelbe Knochen, eine dicke Staubschicht lag auf den Möbeln und dem Boden. Zwitschernde Vögel flogen durch das eingestürzte Dach ein und aus.

Unter ihr glitzerte die Bucht in der untergehenden Sonne. Die beiden Boote, die sie aus Vanaheim begleitet hatten, wurden an Land gezogen. Saga ging zu der eingestürzten Wand hinüber.

Butaids Mutter Ulvir watete an Land. Die alte Frau fiel auf die Knie und bohrte die Hände in Vanaheims Boden. Butaid führte eine widerwillige Kuh ans Ufer. Saga beugte sich vor. Das war Heddas altes Tier, das Butaid auf dem Ting erhalten hatte. Seit damals schien eine Ewigkeit gekommen und vergangen zu sein.

Butaids Töchter standen mit geradem Rücken in ihren braunen Kitteln da und schauten sich staunend um. Der alte Halte fiel ebenfalls auf die Knie. Fodvar und seine Familie machten ein paar

Schritte an Land und blieben dann stehen. Sie waren die einzigen Vanen, die beschlossen hatten, auf die Insel zurückzukehren. Sicher bereuten sie ihren Entschluss bereits.

Das Gras wogte schweigend im Wind. Zwischen den zerfallenen Häusern war kein Lebenszeichen zu entdecken. Es war eine Insel voller Geister und Erinnerungen.

Saga konnte sich nur zu gut an die Pfähle mit den Menschenköpfen erinnern, die am Strand gestanden hatten. Sie warnten vor dem Fluch.

Hier gab es nur Tod und Stille. Hoffentlich hatte Freya die Wahrheit gesagt, als sie behauptet hatte, der Fluch sei gebrochen. Saga schauderte vor Unbehagen und starrte die untergehende Sonne an. Das hier war ihr Erbe. Hier hatten ihre Ahninnen seit dem Morgengrauen der Zeiten gelebt. Kaum etwas war davon übrig.

Die Priesterinnen, die Freyas Bahre abgestellt hatten, verbeugten sich vor ihr. Eine nach der anderen trat vor, flüsterte ihr etwas zu und verließ das alte Haus.

Freya strahlte. Niemals hatte Saga ihre Großmutter so friedlich erlebt wie in diesem Moment, als die Schatten sich verdichteten und die Dunkelheit sich auf sie herabsenkte.

Thor betrat mit einer Fackel in der Hand die Ruine, schweigend sah er zu, wie Rodälv Abschied nahm und dann Freyas Bahre verließ. Jetzt waren nur noch Thor und Saga übrig. Saga fuhr sich mit der Hand über die Haare. Er würde der Letzte bei Freya sein, das war beschlossen worden.

»Großmutter«, flüsterte Saga mit zitternder Stimme und sank auf die Knie.

»Hier bin ich aufgewachsen und zur Priesterin geworden. Meine Tante Gullveig war Hohepriesterin, ich sehe sie auf der Schwelle stehen.«

Freya lächelte glücklich. Die Runzeln in ihrem Gesicht glätteten sich, für einen Moment sah sie aus wie ein junges Mädchen.

»In dieser Halle hatte ich eine Vision von brennenden Höfen und einem Volk aus dem Osten, das die Vanen ermordete. Ich durfte meine Tante Gullveig begleiten, die Friedensverhandlungen führen sollte. Und dabei habe ich Thor kennen gelernt«, sagte sie und lächelte dem Häuptling der Asen liebevoll zu.

Er nickte ernst. Saga kniff die Augen zusammen. Vor ihr stand ein rothaariger Jüngling mit schwellenden Muskeln, stattlich und schön. Sie schüttelte den Kopf. Der junge Mann verschwand und der ergrauende Thor sah sie verdutzt an. Die Schatten waren jetzt lang, sicher hatten sie ihr einen Streich gespielt.

»Wir waren damals ein mächtiges Volk, reich und friedlich. Jetzt sind wir Geister in der Nacht, eine verblassende Erinnerung«, seufzte Freya.

Saga klammerte sich an ihre Hand. Sie wollte sich nicht von ihrer Großmutter trennen, konnte es nicht.

»Du bist alles, was du sein willst. Vergiss das nicht, Auserwählte Erces. Du wirst die richtigen Entscheidungen treffen und das tun, was getan werden muss.«

Freya rang um die Worte, sie hatte Schmerzen, das war deutlich zu sehen.

»Ich spreche dich von deinen Pflichten der Sippe und deinem Volk gegenüber los. Geh den Weg, den du gehen willst, als Priesterin oder als Frau. Das ist mein Geschenk an dich. Freiheit.«

Saga schnappte nach Luft. Die Tränen liefen ihr über die Wangen.

»Danke, für alles.«

Freya lächelte zärtlich.

»Geh jetzt, mein Kind. Es wird Nacht.«

Freya ließ sich auf der Bahre zurücksinken, als Saga die Halle verließ, sie schaute ihre Verwandten und Freundinnen an. Das Leben war eine Spirale, deren Enden einander berührten. Diese viele Zeit, dieses viele Leid, aber nichts hatte sich geändert.

Thor beugte sich über die Bahre, das Licht der Fackel tanzte über Freyas Lager. Die Nacht war da. Freya holte tief Atem, die zehrende Müdigkeit überwältigte sie.

»Ich werde dich verlassen«, sagte sie.

Er grinste auf die vertraute Weise. Die Zärtlichkeit, die sie ihm gegenüber empfand, schien Freya zerreißen zu wollen. Ein ganzes Leben lang hatte sie diesen Mann geliebt und sich nach ihm gesehnt.

»Mein größtes Geschenk und mein größter Fluch«, flüsterte sie.

Sie sahen einander an, dachten an alles, was geschehen war. An die Flucht nach Idunvallen, den Abend vor dem Kampf mit Hyndla, als sie schweigend beieinander gesessen hatten, überzeugt davon, dass sie sterben müssten. Die Trauer, die sie an Iduns Grab geteilt hatten, die Freude, die sie beieinander fanden. Ohne ihn wäre alles nur traurig und einsam gewesen.

Freya holte tief Atem, glühende Schmerzensmesser zerschnitten ihre Brust.

»Ich spreche auch dich von deinem Eid los. Führ ihn nicht aus, bleib hier«, keuchte sie.

Er legte ihr einen Finger auf den Mund und schüttelte dann den Kopf.

Freya faltete die Hände, spürte, wie die Kälte sich in ihrem Körper ausbreitete. In ihrem Herzen ging mit lautem Knirschen etwas in Stücke.

Vor Angst zitterte sie, klammerte sich an das Leben, wenn auch nur für einen kurzen Moment, dann ließ sie los.

Eine gesegnete Leere erfüllte sie. Sie erhob sich und schaute auf ihren Körper hinab, wie eine zerbrochene Schale lag er auf der Bahre. Sie war frei. Freude durchfuhr sie.

Endlich.

Hel trat aus der Dunkelheit hervor und kehrte ihr die schöne Seite zu.

»Du bist gnädig, Herrin«, sagte Freya.

Hel schnaubte.

»Mehr, als du auch nur ahnen kannst«, sagte sie und streckte die Hand aus.

Tote Königinnen und Priesterinnen nahmen in der Dunkelheit Gestalt an. Uralte Geister in Umhängen und mit Schmuckstücken aus der verschwundenen Zeit, als die ersten Vanenschiffe an den

Stränden Vanaheims angelegt hatten. Stolz führten sie Freya in die Nachwelt. Freya lächelte ihre Schwestern und Verwandten an und spürte die Bande, die sie in dieser und in der nächsten Welt vereinten.

Sie verneigte sich vor Hel und trat in die Dunkelheit hinein.

Die Todesgöttin schwebte an ihren neun Welten vorbei, sie stiegen auf, immer weiter nach oben. Freya lächelte ihre Herrin erleichtert an. Sie musste nicht bei den Verdammten bleiben.

Gleich darauf hielt Hel an. Sie schwebten zwischen den Welten und warteten ab.

Thor betrachtete die tote Freya. Friedlich war sie in die Nachwelt übergetreten. Ein würdiger Tod für seine Frau.

Der Schmerz wütete in seiner Brust, er konnte sich kaum noch aufrecht halten. Ihm blieb nicht mehr viel von diesem Leben, und die wenigen Tage, die er noch hatte, würden von Qualen erfüllt sein. Da hielt er doch besser den Eid, den sie einst geschworen hatten: zusammen zu sterben. Wenn sie sich nur in der anderen Welt wieder begegneten! Es wäre schrecklich, nach allem, was gewesen war, einander zu verlieren.

Thor hob die Fackel und schaute sich ein letztes Mal um. Auf dem Boden lagen Stroh und Dachbalken. Es würde schnell gehen.

Ein ehrenvoller Tod im Kampf war ihm versagt geblieben, jetzt blieb ihm nur noch das hier.

»Tiwaz, führe mich«, sagte er und ließ die Fackel fallen.

Das Feuer verbreitete sich knisternd über den Boden.

Thor legte sich neben Freya. Feuerlohen trieben über ihn hinweg. Der Schmerz war unmenschlich, schreiend trat er ihm entgegen.

Grauer Rauch füllte seine Lunge. Hustend wand er sich in seinen Qualen. Erlöse mich, flehte er.

Gleich darauf waren die Schmerzen verschwunden.

Es war zu Ende.

Thor strahlte, als er durch die Welt geführt wurde. Er war jung und kräftig, die roten Haare schienen Funken zu sprühen. Seine meerblauen Augen glitzerten.

»Da bist du«, flüsterte Freya.

Er legte ihr den Arm um die Schultern, zog sie an sich. Freya atmete tief durch und genoss das schwindelerregende Glück, mit ihm zusammen zu sein.

Die andere Welt konnten sie in der Ferne als Schatten ahnen, als verblassende Erinnerung an etwas, das sie einst für Wirklichkeit gehalten hatte. Über der Welt der Menschen gerieten die Mächte aneinander. Heftige Kämpfe wüteten zwischen Göttern und Göttinnen, gefolgt von Stürmen und Überschwemmungen.

Freya schüttelte den Kopf. Arme Menschen. So große Leiden mussten sie ertragen. Sie spürte diese Qualen wie dunkle Wellen, die in die Nachwelt hineinspülten.

Freya schaute traurig in Thors Augen. Er grinste und streichelte ihre Schulter. Sie schluckte ängstlich. Wenn es in der Nachwelt von den Göttinnen und Göttern wimmelte, denen sie sich verschworen hatten, würden sie vielleicht wieder getrennt werden.

»Mächtige Hel, lass mich bei meinem Mann bleiben.«

Die Todesgöttin lachte höhnisch.

»Ihr einfältigen Menschen«, fauchte sie.

Die Todesgöttin führte sie weiter, durch eine gestirnte Finsternis.

Ein Licht tauchte in der Ferne auf, glitzernd und scharf.

Je näher sie diesem Licht kamen, um so mehr begriff Freya. Ihr ganzer menschlicher Wahnsinn fiel von ihr ab. Hel hatte recht, sie waren wirklich alle einfältig.

Das Licht, das vor ihnen schwebte, war die größte aller Kräfte. Aber es war keine Muttergöttin, die sie zu sich holte, und es war auch nicht Tiwaz oder irgendein anderer Gott. Es war unendlich viel mehr.

Wenn sie das nur verstanden hätte. Wenn sie das nur gewusst hätte.

Die Leben, die sie in den Zeitaltern gelebt hatte, glitten durch ihr Bewusstsein, wie Erzählungen an der Feuerstätte liefen sie vor ihrem inneren Auge ab. Zur Priesterin geboren, in einem Leben nach dem anderen. Immer hatte sie Thor gesucht. Immer hatte ihr menschlicher Wahnsinn sie getrennt. Und doch waren sie dieselben.

Sie schaute ihren Geliebten an, sah, dass auch er wusste und verstand.

Tiwaz oder Hel, Mächte, die sich durch die Anbetung der Menschen ernährten, Abbilder menschlicher Hoffnungen und Ängste. Es waren die Menschen, welche die Mächte erschufen, die sie mit ihren Sinnen nährten.

Sie hatten das Licht jetzt fast erreicht. Es streckte sich ihnen entgegen, umschloss sie mit Glück und gesegnetem Frieden. Freya lächelte Thor an, öffnete sich ihrem Geliebten, wurde mit ihm jenseits von Raum und Zeit vereint.

Und nichts war noch von Bedeutung.

»Nein!!!!«

Saga wollte zu dem brennenden Langhaus stürzen. Forseti packte sie an den Armen, hielt sie fest. Weinend sah sie zu, wie die Flammen das Haus verschlangen. Schwarz verbrannte Balken stürzten zu Boden, der Feuerschein erfüllte den Nachthimmel.

Freya und Thor waren nicht mehr da. Saga fiel auf die Knie. Alle starben. Und sie hatte niemanden mehr in diesem Leben.

Forseti zog sie auf die Füße, drückte sie an sich.

»Thor ist ihr in den Tod gefolgt«, sagte Saga.

»Er war krank, vom Tode gezeichnet. Er hat Modi schon den Hammer überreicht«, sagte Forseti und streichelte ihre Haare.

Saga schaute sich um. Trudvi stand neben ihrem Bruder. Das Licht tanzte über ihre von Trauer verzerrten Gesichter. Die anderen Asen umringten sie, die Fäuste auf die Brust gepresst. Würdevoll nahmen sie Abschied von ihrem großen Häuptling und Anführer.

Neben den Priesterinnen stand Asta und starrte begeistert in die Flammen, im Bann ihrer knisternden Kraft.

Es war zu Ende. Saga wischte sich die Tränen ab.

»Zuviel Tod und Feuer«, sagte sie mit heiserer Stimme.

Forseti drückte sie so fest an sich, dass sie kaum atmen konnte.

»Nur Leben kann den Tod vertreiben«, flüsterte er ihr ins Ohr.

Saga nickte stumm. Sie zwang sich dazu, den Kopf zu heben und Würde zu zeigen. Stumm blieb sie stehen, bis das Feuer erlosch und die ersten Sonnenstrahlen das Meer zum Glühen brachten.

Als die Vögel den neuen Tag begrüßten, legte Rodälv ihr die Hand auf den Arm.

»Vanaheim kann wieder mächtig werden, wenn du bleibst und dem Gedenken deiner Ahninnen huldigst«, sagte die Priesterin.

Saga schaute die drei Hügel der Insel an. Zeitalter voller Verantwortung wurden auf ihre Schultern gelegt. Es wäre nur richtig, zu bleiben und ihre Sippe zu ehren. Lang und mächtig war die Geschichte der Vanen, sie durfte ihr keine Schande machen.

Sie lehnte sich an Forseti und seufzte tief.

»Die Zeit ist gekommen, um diesen Entschluss zu fassen.«

13

Königin Åses Halle war ein stummes Echo aus einer verschwundenen Zeit. Die Sonne schien durch das eingestürzte Dach, goldene Lichtbündel zeigten Staub und Verfall. Alles war still. Aus der Ferne war Vogelgezwitscher zu hören, doch das schien aus einer anderen Welt zu stammen.

Saga schaute sich in der Halle um. Bänke und Truhen waren bedeckt mit verfaulendem Stroh, das vom Dach heruntergefallen war. Durch die Dachbalken war der blaue Himmel zu sehen. Einsam war es in der großen Halle, wie in einer Grabkammer. Aber Saga ahnte doch die verschwundene Größe. Vor einer Querwand stand ein reich verzierter Stuhl, in dessen Holz verschlungene Drachen geritzt worden waren. Saga fuhr mit der Hand über die dicke Staubschicht, spürte unter ihren Fingerspitzen die gewundenen Lindwürmer.

»Der Drachenthron, von hier aus hat deine Urgroßmutter regiert«, sagte Rodälv.

Saga kannte Åses Leben gut. Die reiche und mächtige Königin hatte über ein Vanaheim geherrscht, das bis Alfheim und noch weiter gereicht hatte.

»Saga, sieh dir das an«, rief Rodälv und ging neben dem Thron in die Hocke.

Sie hob verfaultes Stroh vom Boden auf und entblößte zwei gelbe Skelette. Nebeneinander lagen sie da, noch im Tod umschlungen.

Bestimmt hatte die schwarze Seuche sie getötet. Krank und sterbend hatten sie im letzten Moment beieinander Zuflucht gesucht. Saga bekam eine Gänsehaut.

»Vanaheim ist wie die Nachwelt, eine Grabkammer voller Tod und verwitternder Knochen«, sagte sie heiser.

»Schatten und Licht«, sagte Rodälv und las ein wenig Stroh vom Boden auf. Zwischen Staub und Knochen lag ein Schwert.

Saga hob es mit zitternder Hand auf.

»Lass mal sehen«, sagte Rodälv und beugte sich über die Waffe.

»Ich dachte, das gäbe es nur in den Sagen«, flüsterte die Priesterin dann und fuhr mit der Hand über die Schneide. Unter dem Schmutz waren dort verschlungene Zeichen eingeritzt.

»Sigil, das Schwert deiner Ahninnen. Sie haben es getragen, seit sie von der Insel im Süden gekommen sind. Das, mein Kind, ist dein wahres Erbe.«

Saga musterte die Waffe andächtig. Sigil war durch neun Generationen von Königinnen vererbt worden. Es war zu einem einzigen Zweck im Feuer geformt worden, nämlich, Vanaheim zu beschützen.

Gefion war die letzte Königin gewesen, die diese Waffe getragen hatte.

Dann musste es Sigrid sein, die neben ihr lag, die Frau, die sie geliebt hatte.

Saga musterte die verwitternden Knochen ihrer Großtante voller Trauer. Gefions Mut und Tapferkeit wurden so viel besungen. Saga wünschte sich sehr, sie kennen gelernt zu haben.

»Du bist die zehnte Königin, die das Schwert trägt«, sagte Rodälv.

Ein mächtiges Erbe, die schwerste aller Lasten. Saga erhob sich mit der Waffe in der Hand und blickte auf die beiden Liebenden hinunter.

»Wir werden ihre Gebeine zur Ruhe betten«, sagte sie heiser.

Staub und Verfall drohten sie zu ersticken. Plötzlich konnte Saga kaum noch atmen. Sie kehrte Gefion den Rücken zu und stürzte aus der Halle.

Der Sonnenschein empfing sie auf dem Hofplatz wie eine warme Umarmung. Sie atmete in der frischen Luft tief durch und spürte, wie ihr Herz sich langsam beruhigte.

Unten in der Bucht brachten die Asen Wasserschläuche auf ihr Boot, bald würden sie bereit zur Abfahrt sein. Asta lief mit einem

Ledersack zwischen den Höfen umher und las alles Mögliche auf. Jetzt rannte Butaid hinter ihr her und schrie etwas. Sie und die übrigen Vanen sammelten Knochen, um sie dann zu den Grabhügeln zu bringen. Die Opfer der schwarzen Seuche wurden zur Ruhe gebettet, damit die beiden Familien, die in Vanaheim bleiben wollten, nicht von ihren Geistern heimgesucht würden.

Saga schaute das Schwert in ihrer Hand an. Was sollte sie selbst machen? Auf der Insel bleiben, ihre Sippe ehren und den Boden bestellen? Aber Freya hatte sie freigesprochen, hatte sie von allen Pflichten als Königin und Priesterin entbunden.

Es wäre sicher einfach, sich hier auf der Insel zu verstecken, weit fort von allen Kämpfen. Ein stilles Leben im Schatten der Toten. Aber sie konnte Erces Herzschlag nicht spüren, als sie über den Boden Vanaheims ging, ihre Göttin war nicht hier. Und Sagas Herz auch nicht. Die Insel war ihr fremd.

Sie schaute zu den Grabhügeln auf der Heide hinüber. Eine Möwe schwebte über ihnen, sie wachte über die Zeit, die vergangen war. Aber die Zukunft gehörte Saga.

»Nun, wo willst du bleiben?«, fragte Forseti.

Sie lächelte.

»Mein Zuhause ist Walhalla, dort lebt mein Volk. Mein Platz ist an seiner Seite.«

Der Ase strich sich eine Haarsträhne aus dem Gesicht.

»Dann bleibe ich bei dir«, sagte er ernst.

Saga musterte ihn überrascht. Er war ein Ase, ein Krieger, der seiner Sippe verbunden war.

»Willst du meinetwegen dein Volk verlassen?«

»Wenn du das wünschst«, sagte er ernst.

In seinen Augen lag nicht der Schatten eines Zweifels.

Ihr Magen zog sich vor Freude zusammen. Sie presste die Lippen aufeinander und lächelte dann glücklich.

»Du wirst mein Gemüt nicht so behexen können, wie Hauglot das bei Ingvild gemacht hat.«

Forseti hob den Kopf und legte ihr den Arm um die Schultern.

»Mein Vater mag der schlimmste Säufer unter den Asen sein,

aber ein boshafter Schamane ist er deshalb noch lange nicht«, sagte er.

Ein warmer Wind streifte Sagas Wange, wie eine Liebkosung aus der Geisterwelt. Und in diesem Moment wusste sie, dass ihre Sippe mit ihrer Entscheidung zufrieden war.

»Fahren wir nach Hause«, sagte sie.

Die Morgendisen umschlangen die Wasserläufe im Sumpf. Das stillstehende Wasser roch muffig und faulig.

Asta ließ sich am Ufer auf die Knie sinken und legte eine Hand auf den Steinhaufen. Der Boden war bedeckt von Opfergaben, von Brotstücken, einer Spange, einem Halsband.

»Ich grüße dich, Orm, größter Held der Vanen. Ich ehre deinen Namen«, sagte sie und streute Blütenblätter ins Wasser.

Der Nebel wand sich langsam um die Pfähle, die Orms Körper festhielten.

Hinter ihr knieten zwei von Orms Brüdern, zusammen mit Elof von einem Einödhof und Yggda aus Alfheim. Sie riefen Orm an, baten ihn um guten Wind auf dem Meer und gutes Wetter bis zur Ernte.

»Mächtiger Orm, wir danken dir für dein äußerstes Opfer. Beschütze uns mit deinem Wohlwollen«, rief Asta und hob die Arme.

Ihr Ruf hallte über dem grünbraunen Wasser wider. Die Nebel wogten über dem Sumpf. Für einen kurzen Moment sah sie Orm, lächelnd und stattlich hob er die Hand zum Gruß.

Asta richtete sich auf und wischte Schmutz von ihrem bestickten Kittel. Die Morgenzeremonie war beendet.

Liv fing an, die Gaben der Betenden einzusammeln. Würdevoll hielt sie ihnen den bestickten Ranzen hin. Bei jeder Gabe zeigte ihr rundes Gesicht ein strahlendes Lächeln.

Asta legte die Hand auf ihr verziertes Bronzehalsband. Liv wuchs jetzt aus ihrem Kittel heraus, rund und üppig war ihre Schwester in den beiden Sonnenwanderungen geworden, die seit Orms Tod vergangen waren. Asta musste die Frauen bald neuen Stoff für die

Kleine weben lassen. Liv hatte nur das Beste verdient, ebenso wie Asta selbst.

Sie drehte sich um und lächelte Orms Grab zufrieden an.

Die Mächte waren ihr wahrlich gnädig gewesen.

Saga ging langsam den Hang hinab. Glücklich schaute sie über das fruchtbare Tal. Der Roggen wogte hinter neu errichteten Zäunen, am Hang graste das Vieh sich fett. Die einzige Spur des Finstersommers war der umgestürzte Schutzbaum auf dem Hofplatz von Walhalla. Aber neben ihm wuchs bereits ein neuer Baum heran.

Es war eine schwere Zeit mit Missernten und Hunger gewesen. Ohne die Hilfe der Asen hätten sie den ersten Winter nach Freyas Tod nicht überlebt. Aber Trudvi und Baldur hatten ihnen Getreide und andere Geschenke gebracht. Und jetzt war das Glück nach Walhalla zurückgekehrt. In diesem Jahr konnten sie mit reicher Ernte rechnen. Und wenn die Göten kamen, dann stand der Schutzwall. Sie waren bereit.

Saga legte die Hand auf ihren gewölbten Leib, spürte, wie das Kind sich bewegte.

»Ist es so weit?«, fragte Forseti besorgt.

Sie schüttelte den Kopf, spürte, wie das stille Glück sich in ihrem Körper ausbreitete. Alles war gut geworden. Ohne Forseti wäre ihr Hof nicht erblüht. Er hatte hart gearbeitet und sich nie beklagt. Und nach langem Warten schenkte die Göttin ihnen jetzt ein Kind. Die Mächte zeigten ihnen wirklich ihr Wohlwollen.

Sie blieb am Sumpf stehen und wartete auf Asta. Die Priesterin sammelte immer mehr Menschen um sich, die Orm anbeteten. Immer wieder wurde von den großen Taten erzählt, die er in seinem Leben verrichtet hatte, jetzt hieß es schon, er könne auch das Wetter lenken. Orm musste in der Nachwelt doch zufrieden sein, so groß wie sein Ruhm jetzt war. Niemand konnte sich noch daran erinnern, dass er Sot ermordet hatte. Mit jedem Tag wurde die Wahrheit ein Stück weiter verzerrt.

Saga konnte Orm in Astas Erzählungen nicht wieder erkennen.

»Ich bin bereit, Königin«, sagte die Priesterin.

Astas kleine Schwester machte einen artigen Knicks. Saga legte

Forseti die Hand auf den Arm, streichelte den schwarzen Blitz, der dort eintätowiert war. Tiwazens Zeichen. Fast alle jungen Männer trugen es jetzt. Seit dem Krieg wurde kein Gott so angebetet wie der Kriegsgott der Asen, nur er konnte sie vor den Göten beschützen.

Orm, Tiwaz, der Zwillingsgott. Überall an Stränden und in Hainen wurden sie verehrt. Vergessen war, dass Sagas Sippe über die Vanen wachte, nur wenige ehrten die Göttin und ihre neun Töchter noch.

Saga schüttelte besorgt den Kopf und ging weiter den Hang hoch zur Lichtung.

Sie lächelte Königin Svea verständnisinnig zu, die sich mit den reichen Hofbesitzerinnen aus dem Westen unterhielt. Sogar Vala, Orms Mutter war gekommen, um das erste Ting seit der Sonnenfinsternis zu erleben. Überall herrschten Einigkeit und Freundschaft.

Saga zog ihren Umhang gerade und schaute sich entschlossen um. Früher hatte sie ihr Leben auf Lügen und Schauspiel gebaut, und sie hatte sich davor gefürchtet, in den Hain treten und mit der Stimme der Göttin sprechen müssen. Die Lüge hatte sie damals fast vernichtet.

Aber was war die Wahrheit? Saga sah, wie Asta auf ihrem Tingstein Platz nahm.

Orm wurde wie ein Gott verehrt, niemand wollte sich noch an die Wahrheit über sein Leben erinnern. Die Lüge schenkte viel mehr Trost und Hoffnung.

Saga fuhr sich mit der Hand über ihren gewölbten Leib, während Forseti, Rodälv und Sigthaud auf die Tingsteine stiegen.

Als Erce sie zur Priesterin erwählt hatte, hatte sie Saga als Bewahrerin bezeichnet. Und Saga hatte seither nichts getan, um ihr zu gehorchen. Sie ließ die Blicke über ihr Volk wandern und lächelte zufrieden. Jetzt wusste sie, was sie zu tun hatte.

»Hört auf meinen Bericht über große Taten früherer Zeiten«, rief sie und trat mitten auf die Lichtung.

Niemand sagte auch nur ein Wort.

Saga atmete tief durch und wechselte einen Blick mit Forseti.

»In der Morgendämmerung der Zeiten lebten Göttinnen und Götter an einem Ort namens Vanaheim. Mächtig waren die Zauberkundigen dort, reich waren sie an Gold, und die Mächtigste unter ihnen war Freya, die Vanendise.«

Saga wuchs mit jedem Wort. Sie erzählte von dem rothaarigen Thor und seinem Hammer Mjölnir, von Odin, der den Zauber gelernt hatte. Von Loki und der ewig jungen Idun. Aber vor allem erzählte sie von ihrer Großmutter, die über Leben, Tod und Krieg geherrscht hatte. Als mächtigste aller Göttinnen.

Als Saga verstummte, war es fast dunkel. Ihr Hals schmerzte vom vielen Reden, gierig trank sie das Wasser, das Sinmara ihr anbot.

»Merkt euch ihre Namen, tragt den Bericht über ihre Großtaten weiter«, sagte Saga heiser und setzte sich müde auf den Stein. Ihre Füße taten weh, und sie war hungrig und müde. Aber es reichte noch immer nicht.

Saga schloss die Augen und holte tief Atem.

Bilder tauchten in ihrem Kopf auf. Vor Alfheim ragten drei Hügel auf, mächtige Häuptlinge zogen in den Kampf. Menschen fielen vor Holzbildern auf die Knie. Leichname hingen an einem Baum. Lodernde Flammen und kalter Winter. Gefesselte Frauen, angekettete Leibeigene. Die Zukunft. Ihr schauderte vor Unbehagen. Das Leben würde schwer und unbarmherzig sein.

Saga öffnete die Augen und sog den Duft von Meer und sonnenwarmer Erde in sich ein.

Die Priesterinnen hatten sich um sie versammelt, vier alternde Frauen und die junge Sinmara. Die Reste einer mächtigen Vergangenheit, der Beginn des Neuen, das nun entstehen sollte.

»Geht in die Welt hinaus, erzählt von Walhalla und Freya. Verbreitet die Namen der Göttinnen«, sagte sie.

Die Priesterinnen sahen einander an, tauschten besorgte Blicke.

»Wir sprechen ja gern über Freya und Thor, aber von der Göttin und ihren neun Töchtern will niemand mehr etwas hören«, sagte Rodälv.

Erces Herzschlag dröhnte in der Erde, griff auf Sagas Körper über, tröstete und schenkte Hoffnung.

»Erzählt trotzdem, eines Tages werden sie es hören wollen«, sagte sie und lächelte die Frauen aufmunternd an.

Diese Gewissheit in ihr wuchs immer mehr. Es würde lange dauern und viel Schlimmes würde gesehen, und doch lag es im Gewebe.

»Eines Tages wird die Göttin zurückkehren«, sagte Saga und nickte zufrieden.

»Möge die Welt dann für sie bereit sein.«

Nachwort

Die Priesterin:

Die Geschichte in diesem Buch baut auf uralten Mythen auf. Lebensumstände und Glaubensvorstellungen sind jedoch so realistisch geschildert wie möglich.

In der jüngeren Bronzezeit, etwa siebenhundert Jahre vor Christus, wurde aller Wahrscheinlichkeit nach eine Göttin verehrt. Diese Meinung wird in der Archäologie vertreten, da die Gaben, die in den Opfermooren abgelegt wurden, weiblicher Natur waren: Schmuckstücke, kleine Göttinnenfiguren mit Halsringen, Gewandschnallen und Ähnliches.

In der Bronzezeit wurden auch die Gruben angelegt, die vermutlich die Göttin symbolisieren. Felszeichnungen aus derselben Zeit zeigen, wie wichtig den Menschen die Fruchtbarkeit war. Männer mit gewaltigen Geschlechtsorganen wurden zusammen mit Schiffen und Jägern dargestellt. Seltsamerweise haben die Männergestalten oft lange Haare, wie Frauen.

Die Priesterinnen waren damals ebenfalls sehr wichtig. Sie wurden in jeder Lebenslage um Rat gefragt, und sie konnten in die Zukunft schauen.

Die Natur wurde als beseelt angesehen und deshalb galt es, in Harmonie mit den Geistern der Natur und der Vorfahren zu leben. Die Mächte konnten jederzeit eingreifen und mussten deshalb gnädig gestimmt werden.

Das Klima war ungefähr so wie heute, die Menschen bestellten den Boden und hielten Vieh, sie waren tüchtige Handwerker und reisten viel.

Leider konnten sie nicht schreiben. Erst achthundert Jahre später wurde der erste Bericht aufgezeichnet. Damals schrieb der römische Historiker Tacitus, dass die Menschen in Skandinavien die Göttin Nerthus anbeteten. Sie wurde einmal im Jahr in einem Wagen umhergefahren und in dieser Zeit herrschten Friede und Freude. Nur ihre Priester durften sie sehen.

Wenn Nerthus ihr Volk besucht hatte, wurde sie auf eine in einem See gelegene Insel gebracht. Dort wurde ihr Wagen von Sklaven gewaschen, die danach ertränkt wurden.

Tacitus erwähnt auch die Insel der Quänen, die von tüchtigen Seehundsjägerinnen bewohnt wird, deren Männer sie nur einmal im Jahr treffen. Niemand weiß heute, wo diese Insel gelegen haben mag, aber vor der lettischen Küste gibt es eine Insel, die noch heute den Namen Fraueninsel trägt.

In diesem Buch heißen die Quäninnen nach den Walküren, die die Toten vom Schlachtfeld heimholten. Kriegerinnen hat es wirklich gegeben. Es gibt Grabfelder aus der Eisenzeit, in denen Frauen mit Schwertern in prachtvollen Grabhügeln bestattet sind. In einem Skelett wurde eine Pfeilspitze gefunden, was darauf hinweist, dass diese Frau im Kampf gefallen ist. In anderen Gräbern wurden tätowierte Frauen gefunden, die für Priesterinnen gehalten werden.

Der Konflikt zwischen Asen und Vanen ist ein Mythos aus der Wikingerzeit: Gullveig aus Vanaheim kam zu den Asen und erzählte von Gold. Odin tötete sie dafür. Ein Krieg brach aus, doch die Ältesten erkannten, wie unsinnig das sei, deshalb schlossen sie Frieden und tauschten Geiseln aus.

Es gibt die Theorie, dass es sich bei den Asen um einen kriegerischen Stamm gehandelt hat, der von Osten her eingewandert war. Dieser geriet mit den Vanen, die einem Fruchtbarkeitsritus huldigten, aneinander. Das kann durchaus stimmen. Schließlich haben die meisten Mythen einen wahren Kern.

Freya, die wichtigste Göttin, war nicht nur Liebesgöttin, sie kannte sich auch mit Magie aus und lehrte Odin ihre Zauberkunst. Sie war dazu die Kriegsgöttin und teilte sich mit Odin die toten Seelen. Sie vertrat eine entspannte Haltung, was Sex anging, schlief mit jedem Mann, auf den sie Lust hatte, und niemand hatte daran etwas auszusetzen.

Es ist gut denkbar, dass sie auch mit Thor eine Liebesbeziehung hatte. Thor wird in den Mythen als starrköpfiger, streitsüchtiger, aber auch verantwortungsbewusster Macho dargestellt. Thor verteidigte Walhalla gegen die Riesen und beging noch manche andere Heldentat.

Niemand weiß, wo Vanaheim gelegen hat oder wer auf dieser Insel herrschte. Ich habe mich für Åland entschieden, das damals ein wichtiger Knotenpunkt war. Königin Åse ist ebenfalls meine Erfindung, aber wer weiß? In der Nähe von Vesterås gibt es ein Gräberfeld, wo in reichen Häuptlingsgräbern nur Frauen bestattet sind.

In der Bronzezeit war der Mälar eine Meeresbucht, in der Menschen siedelten, die auf der ganzen Welt Handel trieben.

Hallunda bei Stockholm war eine blühende Siedlung mit tüchtigen Bronzegießern. Und nur einen Steinwurf vom Langhaus entfernt liegt ein unerforschter Grabhügel.

Die Mythen und Sagen der Bronzezeit sind im Lauf der Zeit verloren gegangen. Uns bleiben frühgeschichtliche Siedlungen und vage Spuren der Vergangenheit in Form von Namen wie dem Vanadisplan in Stockholm und dem Stockholmer Vorort Torshälla.

Wir wissen nicht viel, aber wir können uns das Leben in der damaligen Zeit doch vorstellen.

Und vielleicht sah das Leben in Schweden vor ungefähr zweitausendsiebenhundert Jahren ja wirklich so aus.

Tochter des Donners:

Die Handlung in diesem Buch ist erfunden, spielt sich aber an einem tatsächlich existierenden Ort ab.

Das Alfheim des Buches liegt in Håga bei Uppsala. In der Bronzezeit war dieser Ort ein Knotenpunkt und ein religiöses Zentrum. Es gibt dort einen großen Grabhügel und zwei Totenhäuser. Die Archäologin Helena Victor hat das ältere der beiden untersucht. Ihre Doktorarbeit »Mit dem Grab als Nachbarn« war für mein Buch eine wichtige Inspirationsquelle.

Ein Gang durch den Wald, in dem das Totenhaus liegt, verursacht ein ganz besonderes, fast andächtiges Gefühl. Die Landschaft soll heute noch genauso aussehen wie damals.

Der Klangstein liegt derzeit auf dem Feld, wenn man ihn anschlägt, klingt er fast wie eine Kirchenglocke. Einige Schritte weiter wurde eine junge Frau gefunden, die unter einem Kreis aus roten Steinen beerdigt worden war. Im Buch ist das natürlich Iduns Grab.

Es ist schwer, sich von den Menschen der Bronzezeit nicht faszinieren zu lassen. Die Bedeutung ihrer Höhlenmalereien, ihrer Gräber und ihres Kunsthandwerks ist im Laufe der Zeiten verloren gegangen, aber Schönheit und Mystik sind noch vorhanden. Ebenso spannend ist es, dass vor ungefähr 2700 Jahren in Schweden eine Göttin verehrt wurde. Aus dieser Zeit sind in den Opfermooren bisher nur weibliche Gegenstände gefunden worden.

Aber wir wissen nicht, ob die Menschen der Bronzezeit auf Pferden geritten sind oder ob sie ihre Dächer mit Stroh gedeckt haben. Vermutlich haben sie eine bestimmte Grassorte benutzt. Es steht nicht einmal fest, ob sie gesegelt sind. Das alles sind nur Vermutungen.

Sie wohnten eng zusammen in Langhäusern. Sie wurden geboren, starben, stritten sich und hatten Sex unter demselben Dach. Ihr Leben wurde von den Wettermächten geleitet und von der Frage, ob es im Meer Fische und im Wald Wild gab, ob die Ernte auf den Feldern wuchs, und ob die Hoftiere Junge hatten. Wenn nicht, warteten Hungerwinter und Tod.

Natürlich verbrachten sie viel Zeit damit, die Mächte anzubeten, die ihr Schicksal in ihren Händen hielten.

Die Menschen der Bronzezeit waren tüchtige Seefahrer und reisten viel. Außerdem kannten sie sich mit den Sternen und deren Lauf aus.

Ihre Vorstellung vom Tod war anders als die, die wir heute haben. Für sie war der Tod nur ein anderer Lebenszustand. Die Toten waren nicht für immer verschwunden, sie verhielten sich nur anders als zuvor.

Vor etwa 3100 Jahren kam die Sitte auf, die Körper der Toten zu verbrennen, um auf diese Weise den Geist schneller zu befreien. Die Menschen glaubten, dass manche Geister über den Hof wachten, die aber nicht nur gütig waren, sondern auch kontrolliert werden mussten.

Aus diesem Grund wurden Totenhäuser gebaut, in denen die Gebeine vergraben wurden, damit die Geister nicht umherstreiften und die Menschen plagten. Ab und zu wurden den Toten auch Dienstboten mitgegeben.

Menschenopfer können vorgekommen sein, waren aber wohl eine Ausnahme.

Wir brauchen nicht weiter als bis zur nächstgelegenen Felsmalerei zu gehen, um festzustellen, dass die Menschen damals zu Sex eine ganz andere Beziehung hatten als wir heute. Die Bilder zeigen überaus gut ausgerüstete Männer, die sich mit Frauen oder Tieren paaren. In der Bronzezeit war Zartgefühl in dieser Hinsicht nicht angesagt.

Eine witzige Geschichte, die die damalige Auffassung von Fruchtbarkeit illustriert, ist folgende: Eine Bäuerin schnitt einem geschlachteten Hengst das Geschlechtsorgan ab und füllte es mit Äpfeln und Zwiebeln. Abends versammelten sich die Hofleute und reichten das Teil herum. Die Männer waren höflich und passiv, die Frauen sagten Dinge wie: »Ich will dich in mir haben und dich nass machen.«

Es ist schwer, sich heute etwas Vergleichbares vorzustellen.

Ebenso natürlich für die Menschen der Bronzezeit war die Magie, oder das »Seid«, wie es noch im Althochdeutschen hieß. Alles in der Natur galt als beseelt, von den Bächen bis zu den Steinen. Mit einem Baum zu sprechen, galt nicht als sonderbar, im Gegenteil. Bäume wurden als besonders heilig angesehen und während der Wikingerzeit glaubte man, das Universum werde von der heiligen Weltenesche Yggdrasil getragen. Am Fuße dieses Baumes saßen die drei Nornen und in ihrem Gewebe war jeder Faden das Schicksal eines Menschen. Vermutlich existierten solche Vorstellungen bereits in der Bronzezeit.

Mit Geistern zu sprechen, das Wetter anzuflehen oder in die Zukunft zu blicken, war für eine Priesterin der Bronzezeit ganz normal. Meistens beschäftigten sich Frauen mit Magie, Männer galten als dafür ungeeignet.

Die Priesterinnen oder Wölwen kannten sich außerdem mit der Heilkunst aus und wussten sehr viel mehr über die Natur als wir in unserer heutigen Zeit.

Leider konnten sie nicht schreiben.

Die Berichte, die wir besitzen, stammen aus der Wikingerzeit, also 1500 bis 1700 Jahre nach der Handlung in diesem Buch. Deshalb habe ich Mythen und Gestalten aus der Wikingerzeit übernommen, zum Beispiel die Sage von den beiden Göttervölkern, den kriegerischen Asen und den die Fruchtbarkeit verehrenden Vanen, und die Geschichte des Kampfes zwischen den beiden. Vielleicht gab es ja tatsächlich zwei Völker dieser Art, die irgendwann in grauer Vorzeit miteinander verschmolzen sind.

Auch von Hel wurde im Mittelalter berichtet – die Todesgöttin, die über die Unterwelt herrschte und deren Name mit dem Wort »Hölle« verwandt ist.

Idun war die Göttin der Jugend, die den Asen den Apfel schenkte, der sie ewig jung erhielt.

Die Göttin Gefion war die Beschützerin der unverheirateten Frauen.

Von allen Göttinnen aber wurde Freya am meisten geliebt. Sie war die wichtigste Person unter den Vanen und herrschte über Fruchtbarkeit, aber auch über Krieg und Tod.

Die Hälfte der auf dem Schlachtfeld gefallenen Krieger durfte das Nachleben in Freyas Halle verbringen, die andere landete bei Odin in Walhalla.

Die Mythen berichten, dass Freya Brisingamen erhielt, nachdem sie mit jedem der vier Zwerge, die das Halsband geschmiedet hatten, eine Nacht verbracht hatte.

Sie scheint es auch mit ihrem Bruder Freyr getrieben zu haben, wenn wir Loki glauben wollen, der sich als Einziger darüber empörte.

Wenn wir von ihrer Beziehung zu ihrem Bruder und der Art und Weise absehen, wie sie sich das Halsband verschafft hat, dann hat Freya sehr viel von einer modernen Frau. Sie ist selbstständig, besitzt Macht und ist eine allein stehende Mutter mit eigenem Hof und eigenem Vermögen.

Wir können aus den Mythen und ihrer Darstellung des menschlichen Lebens viel lernen. Die altgermanischen Sagen sind grob, brutal, unheimlich und voller Schilderungen des ewigen Kampfes gegen die Natur.

Aber vor allem schildern sie die Mentalität und die Lebensbedingungen der Menschen, die einst in unseren Ländern gelebt haben.

Die Erbin der Priesterin:

In der altnordischen Mythologie war Saga die Göttin, die alles wusste und kannte. Ihr Name bedeutet »Die Sehende«, und sie war die Göttin der Geschichte und der Dichtkunst. Deshalb ist es nur natürlich, dass sie diese Saga abschließt.

Das Walhalla des Buches liegt in Broby in der Gemeinde Börje bei Uppsala. Dort steht neben einer Kultstätte ein riesiger Stein.

Hier wurden während der Bronzezeit die Mächte verehrt, und wir können uns sehr leicht vorstellen, wie Priesterinnen und Priester Opfer darbrachten, um sie gnädig zu stimmen. Die Symbolik des stehenden Steines ist überaus deutlich, vor allem für Menschen, welche die Fruchtbarkeit anbeten, und ich habe mich oft gefragt, was die Menschen, die sich dort während der Kulthandlungen versammelt haben, wohl gedacht haben.

Wir deuten die Geschichte durch unsere Wirklichkeit. Deshalb können wir nicht gänzlich verstehen, wie die Menschen in der Bronzezeit gelebt und empfunden haben, wir können nur raten und ahnen. Und nachdem ich einen Krieg erlebt habe, weiß ich, dass unser Bild der Gegenwart nur ein Fragment dessen ist, was wirklich passiert. Die Gegenwart wird geformt und gedreht, um bestimmten Zielen zu dienen. Vieles wird vergessen oder gilt als uninteressant, die Geschichte der Frauen zum Beispiel.

Wie viel Wissen muss dann im Lauf der Zeit verloren gegangen sein?

Einer der Gründe, aus denen ich die Sage von Walhalla geschrieben habe, war, dass ich unsere Vorstellungen von den Dingen verändern wollte. Da zu allen Zeiten Männer die Geschichte zu ihren eigenen Zwecken geformt haben, kam es mir ganz selbstverständlich vor, das ebenfalls zu tun.

Die altnordische Mythologie zu verwenden, lag sehr nahe, denn sie ist faszinierend und reich an weiblichen Vorbildern. und Archetypen. Wir finden nicht nur eine starke Frau, sondern viele. Diese Frauen waren außerdem gut *und* böse und nicht immer sonderlich tugendhaft, was es leicht macht, sich mit ihnen zu identifizieren.

In den protestantischen Kirchen gibt es schließlich keine Frauen, die Jungfrau Maria verschwand während der Reformation, und seither ist alles leer.

Aber die christliche Grundhaltung prägt die Gesellschaft noch immer, durch unsichtbare Normen, die im Guten wie im Bösen in unserem Unterbewusstsein verankert sind. Noch immer werden Frauen vor Gericht als Madonna oder Hure bewertet, und wir können uns nur fragen, wie die Gesellschaft aussehen würde, wenn wir tausend Jahre lang eine Göttin angebetet hätten und keinen Gott.

Ich sage nicht, dass dann alles perfekt wäre, aber vielleicht wäre es doch anders, wenn eine Frau das höchste geistige Vorbild gewesen wäre.

Aber die Göttinnen, die früher verehrt wurden, waren nicht einfach nur Muttergöttinnen. Freya herrschte über Fruchtbarkeit, Sexualität und Krieg, wie die sumerische Göttin Inanna und die babylonische Istarte.

Die Menschen der Frühzeit müssen nicht unbedingt dieselben Vorstellungen von Weiblichkeit und Männlichkeit gehabt haben wie wir, es steht auch nicht fest, dass sie ihre Tätigkeiten so bewertet haben wie wir unsere. Vielleicht war Jagen eine Aufgabe, die viel geringere Achtung genoss, als an der Feuerstätte zu sitzen und Nahrung zuzubereiten. Was wissen denn wir?

Wir wissen aber immerhin, dass die Menschen damals aller Wahrscheinlichkeit nach zyklisch dachten, auf Tod folgte Auferstehung, auf Winter Frühling, auf Dunkelheit Licht. Die Zeit war wie ein Rad oder vielleicht wie eine Spirale.

Deshalb ist es vielleicht kein Wunder, dass einer der ältesten Mythen der Menschen vom symbolischen Tod handelt.

Er wurde vor fast fünftausend Jahren erstmals von den Sumerern aufgezeichnet. Die Göttin Inanna steigt hinab in die Unterwelt. Ich habe übrigens die Worte der sumerischen Hohepriesterin Enheduanna in Sagas Mund gelegt, als sie vor dem Ting steht und die Göttin anruft. Mir kam das akzeptabel vor, wenn ich daran denke, dass Enheduanna vor ca. 4300 Jahren die revolutionäre Idee hatte, ein von ihr verfasstes Gedicht mit ihrem Namen zu unterschreiben. Auf diese Weise wurde sie zur ersten namentlich bekannten Autorin der Welt.

In einer Zeit, in der Wetter und Wachstum für die Menschen über Leben und Tod entschieden, galt es, die Mächte für sich einzunehmen.

Bei großer Not opferten die Menschen der Frühzeit das Kostbarste, was sie hatten – einen Menschen. Durch diese großartige Gabe hofften sie, die Mächte gnädig zu stimmen.

Hier in Schweden wurden die Leichen verbrannt, und deshalb ist es schwer zu sagen, ob jemand geopfert wurde.

In Hågehögen bei Uppsala wurde ein verbrannter Leichnam gefunden, bei dem es sich möglicherweise um eine Frau handelt. Bei sich hatte diese Tote ein Schwert und weitere kostbare Grabbeigaben.

Die bestbewahrten Menschenopfer kennen wir bisher aus dänischen Mooren. Der Stenstrupsmann hat, obwohl er erwürgt und dann im Moor versenkt wurde, einen fast friedlichen Gesichtsausdruck.

In England wurde in der frühen Eisenzeit ein Mann geopfert, der während seines Lebens keine Not gelitten hatte. Er war wohlgenährt und hatte keine harten Arbeiten verrichten müssen.

Vielleicht ist er als Held in den Tod gegangen, der durch sein Opfer sein ganzes Volk rettete.

Für mich war es ein ungeheuer lehrreiches Abenteuer, über Walhalla zu schreiben. Ich danke allen Leserinnen und Lesern für Tipps, gute Ratschläge und vor allem Ermunterung. Ich habe das wirklich zu schätzen gewusst.

Und wenn ich dabei irgendwo ein Interesse für die Bronzezeit, die altnordische Mythologie oder die Göttinnen erweckt habe, dann bin ich mehr als zufrieden. Mehr über Freya und ihre Welt ist zu lesen unter: www.johannehildebrandt.com.

Ansonsten – Friede und gute Ernte!

Oder wie Freya sagen würde:

Es ist vollbracht.

Johanne Hildebrandt

Glossar

Alfen: auch Alben, Elfen, mit übernatürlichen Kräften ausgestattete Wesen, bei den Nordgermanen kultisch verehrt (Fruchtbarkeitskult, Totenverehrung)

Allweiß: auch Allwis, weiser Zwerg, in manchen alten Texten auch eine Schwanenjungfrau, im Nibelungenlied kündigt die Schwanenjungfrau Allweis Hagen von Tronje den Tod der Nibelungen an

Allvater: der erste der zwölf Beinamen Odins

das Alte Volk: Zwerge, die als die von den Germanen zurückgedrängte zauberkundige Urbevölkerung Nordeuropas galten

Asen: zentrales Göttergeschlecht der Nordgermanen, galten als besonders kriegerisch

Baldur: Inbegriff des Guten und Sinnbild der Gerechtigkeit

Berserker: »Bärenfellhemd«, Kämpfer, die sich in höchste Kampfwut steigern konnten

Bestla: Mutter der Götter Odin, Vili und Ve

Beyla: Magd des Gottes Freyr

Bil: Bruder des Hjuki, beide sind Symbole für die Mondphasen

Botbjärn: sagenhafter König Gotlands

Bragi: Gott der Dichtkunst, Gatte der Idun

Brisingamen: Halsschmuck der Göttin Freya, geschmiedet von vier kunstreichen Zwergen

Brokk: ein kunstreicher Zwerg, Schmied von Thors Hammer

Disen: im Althochdeutschen Disi, Nebengöttinnen, die fast immer in Gruppen auftreten, nur ganz wenige haben überhaupt einen eigenen Namen

Einherjer: wörtlich: Einzelkämpfer, die im Kampf Gefallenen
Eir: Göttin der Heilkunde
Erce: Name der Erdgöttin
Ergi: Mann, der das Begehren anderer Männer erregt
Fenriswolf: götterfeindliches Ungeheuer, Sohn Lokis und der Riesin Angrboda
Fimbulwinter: der lange strenge Winter, der die Götterdämmerung ankündigt
Finsterwald: altnordisch Myrkviðr, gefährlicher Grenzwald
Forseti: Sohn von Baldur und Nanna, Gott des Friedens, noch in christlicher Zeit war die Insel Helgoland ihm geweiht
Freya: höchste germanische Göttin, Gattin Odins
Freyr: Bruder Freyas, Gott des Wachstums und der Erde
Frigg: Göttermutter, Gemahlin Odins und Mutter Baldurs
Fulla: Göttin der Fülle und des Überflusses, Dienerin Friggs
Garm: Hund, der den Eingang zu Hels Reich bewacht
Gefion: Kampfgöttin, die alle Jungfrauen nach dem Tod bei sich aufnimmt
Gjalp: Tochter der Meeresgöttin Ran
Gnarpfluss: Fluss, der die Grenze zum Totenreich bildet, ist nicht mit Wasser, sondern mit Messern gefüllt
Gnipahöhle: Felshöhle am Eingang zum Totenreich Hels
Göten: eines der ersten namentlich bekannten Völker, die Schweden besiedelt haben, ihr Name lebt weiter in Ortsbezeichnungen wie Göteborg, Gotland
Greip: eine der neun Töchter der Meeresgöttin Ran
Gullveig: vanische Zauberin, von den Asen ermordet, was den ersten Krieg der Welt auslöste, zwischen Vanen und Asen
Gungnir: Speer Odins, der nie sein Ziel verfehlt
Heimdal: Sohn Odins, der ihn zusammen mit Rans neun Töchtern gezeugt hat, Wächter der Götter
Hel: Todesgöttin, ihr Name ist mit dem Wort »Hölle« verwandt, Frau Holle im Märchen ist ein später Nachhall des Hel-Mythos
Helweg: Weg, den die Toten wandern müssen, um in Hels Reich zu gelangen

Hnoss: Tochter von Freya und Od, einem Gott, über den nur wenig bekannt ist

Hochsitz: geschnitzter Stuhl der wichtigsten Person in einem Wohnhaus, aber nicht so hoch wie der der Göttin geweihte Thron

Hönir: Gott, über dessen Funktion wenig bekannt ist

Hjuki: Sohn des Widfinn, Bruder der Bil, er und Bil sind Symbole für die Mondphasen

Hrist: Walküre und Mundschenkin Odins

Hyndla: Riesin und Zauberin

Idun: Gattin Bragis, Hüterin der Äpfel, die den Asen ewige Jugend schenken

Jorunn: auch Jörd, Jord, Gemahlin Odins und Mutter Thors

Kwasir: ein überaus weises Wesen, das aus dem Speichel der Asen und Vanen entstand, als sie zur Bekräftigung ihres Friedensvertrages in ein Gefäß spuckten

Leipt: Fluss in Nifelheim

Lin: auch Hilin, Dienerin der Frigg, Göttin des Trostes und der Menschenfreundlichkeit

Lökk: Name einer Walküre

Loki: der absolut Böse in der Götterschar, der gegen alle intrigiert und nur Unfrieden stiftet

Magni: Sohn des Thor und der Riesin Jarnsaxa, bekannt für seine Stärke

Mahren: bedrückende Nachtgespenste, das Wort Mahrenfuß ist eine alte Bezeichnung für Drudenfuß oder Pentagramm

Megingjord: Gürtel Thors, der seine Kraft verdoppelte (megin = göttliche Kraft)

Mitgardschlange: riesiges Meeresungeheuer, das sich um Mitgard, den von Menschen bewohnten Teil der Welt, ringelt und seinen Schwanz in den Mund nimmt

Mjölnir: Thors Hammer, der nach jedem Wurf von selbst in Thors Hand zurückkehrt

Modi: Sohn des Thor

Nanna: Gattin Baldurs, sprichwörtlich war ihre Gattenliebe

Neblige Inseln: die Britischen Inseln

Nifelheim: das nördliche Eismeer, die neunte Welt, die von der Todesgöttin Hel beherrscht wird

Njörd: einer der Meeresgötter, der über den Wind gebietet, Vater von Freya und Freyr

Nornen: Schicksalsgöttinnen, sie lenken das Geschick der Menschen und heißen Urd (Schicksal), Werdandi (Werden) und Skuld (Schuld)

Odin, auch Wotan, Oden, Woden: in historischer Zeit der höchste germanische Gott

Ottar: König aus dem Geschlecht der Ynglinge

Quänen: Volk finnischen Ursprungs, ihre Nachkommen leben heute in Nordnorwegen und sprechen noch immer ihre mit dem Finnischen verwandte Sprache Quänisch

Ran: Meeresgöttin

Reifriesen, auch Reifthursen, Frostriesen: Riesengeschlecht, das aus schmelzendem Eis entstanden ist, hausen unter einer der drei Wurzeln der Weltenesche Yggdrasil

Rimfaxe: übersetzt »Reifmähne«, Pferd, das den Götterwagen über den Himmel zieht und morgens die Erde mit dem Schaum seines Gebisses zieht

Röskwa: Magd im Dienste Thors

Rota: eine der Walküren, die den Kämpfern in die Schlacht vorausreiten

Saga: Göttin der Dichtkunst und der Unsterblichkeit

Schildmaid: der Keuschheit verpflichtete Kämpferin, die denselben Status genießt wie männliche Krieger

Schutzbaum: Baum, der vor dem Wohnhaus auf dem Hofplatz steht und den Schutzgeistern der Sippe als Wohnung dient

Sinmara: Riesin in der Liederedda

Siv: Gattin Thors, berühmt durch ihre goldenen Haare

Sjöfn: Göttin des Liebesverlangens

Skadi: Gattin Njörds, sagenhafte Stammmutter Skandinaviens

Skidbladnir: Schiff des Freyr, so groß, dass es alle Asen auf einmal aufnehmen kann

Skrälinger: verächtliche Bezeichnung für die Urbevölkerung Grönlands
Sleipnir: Odins achtbeiniger grauer Schimmel
Snotra: Göttin der Klugheit und der feinen Manieren
Sökkvabach: Wohnsitz der Göttin Saga
Surt: Feuerriese, hilft bei der Götterdämmerung bei der Vernichtung der Asen
Svea: sagenhafte Stammmutter der Schweden, der Name Schweden wird gedeutet als »Svearike«, Sveas Reich
tanzende Riesen: die Steine von Stonehenge
Thor, auch Donar: der stärkste aller Götter, Gewitter-. und Wettergott, Sohn Odins und Jorunns
Thursen: Riesengeschlecht
Tiwaz: ursprünglich der wichtigste germanische Gott, entspricht Zeus und Jupiter, wurde später im Glauben von Odin ersetzt und geriet in Vergessenheit
Ull: Sohn Sivs, Stiefsohn Thors, kühner Jäger
Utgard: äußere Weltgegend, Wohnbereich der Riesen
Vanaheim: Heimat der Vanen
Vanen: Göttergruppe, ursprünglich mit den Asen verfeindet
Vár: Asin, Schutzgöttin der Verträge und Abkommen
Verdandi: mittlere Norne, die das Seiende, Gegenwärtige kennt
Vili: Bruder Odins
Walhalla: berühmteste Stätte in Asgard, hier empfängt Odin die in der Schlacht Gefallenen
Westmänner: Bewohner der Britischen Inseln
Widar: Sohn des Odin und der Riesin Grid
Wõlwa: Seherin und Prophetin